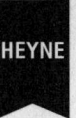
HEYNE

Das Buch

Der zwölfjährige Jack Sawyer hat eine weite, abenteuerliche Reise vor sich. Er begibt sich auf die Suche nach dem Talisman, der allein durch seine magische Kraft Jacks todkranke Mutter retten kann. Um ihn zu erreichen, muss Jack nicht nur die Vereinigten Staaten vom Atlantik bis zur Pazifikküste durchqueren, sondern auch ihre geheimnisvolle, phantastische Gegenwelt, die Region. Die Region, so wirklich und zugleich unwirklich wie Atlantis oder Avalon, und an das Mittelalter der Menschheit gemahnend, ist sie eine Welt magischer Spiegelungen. In beiden Welten hat Jack auf seiner Suche nach dem *Talisman* Abenteuer zu bestehen, Mut zu beweisen und Gefahren zu überwinden, aus denen ihn oft nur das "Flippen" rettet, der Sprung in die jeweils andere Welt. Doch hier wie dort liegen Idyll und Entsetzen nahe beieinander.

Horror und Fantasy durchdringen sich in einer Geschichte von faszinierendem Bilderreichtum und atemberaubender Spannung.

Der Autor

Stephen King gilt weltweit als der Meister der modernen Horrorliteratur. Seine Bücher haben eine Weltauflage von 100 Millionen weit überschritten. Seine Romane wurden von den besten Regisseuren verfilmt. Geboren 1947 in Portland / Maine, lebt er mit seiner Frau, der Schriftstellerin Tabitha King, und drei Kindern in Bangor / Maine. Schon während seines Studiums schrieb und veröffentlichte er Science-Fiction-Stories. 1973 gelang ihm mit *Carrie* der internationale Durchbruch. Alle folgenden Bücher wurden Bestseller, die meisten davon liegen im Wilhelm Heyne Verlag vor.

Peter Straub gilt als einer der bedeutendsten Erneuerer der fantastischen Literatur und erhielt für sein Werk zahlreiche Preise. Er lebt in New York City.

Das schwarze Haus, der Nachfolgeband zu *Der Talisman* ist seit August 2002 im Heyne Hardcover erhältlich.

STEPHEN KING
PETER STRAUB

DER
TALISMAN

Roman

Aus dem Amerikanischen
von Christel Wiemken

WILHELM HEYNE VERLAG
MÜNCHEN

HEYNE ALLGEMEINE REIHE
Band-Nr. 01/13740

Titel der Originalausgabe
THE TALISMAN

(Der Titel erschien bereits unter der Band-Nr. 01/7662)

Umwelthinweis:
Dieses Buch wurde auf
chlor-und säurefreiem Papier gedruckt.

Taschenbuchausgabe 09/2002
Copyright © 1984 by Stephen King and Peter Straub
Copyright © der deutschsprachigen Ausgabe 1986 by
Wilhelm Heyne Verlag GmbH & Co. KG, München
Printed in Germany 2002
Umschlaggestaltung: Hauptmann und Kampa
Werbeagentur, CH- Zug, unter der Verwendung einer Illustration
von Sabine Hofkunst-Schroer
Gesamtherstellung: Clausen & Bosse, Leck

ISBN: 3-453-86678-9

http://www.heyne.de

Für
Ruth King
und
Elvena Straub

Inhalt

Erster Teil: Jack bricht auf   13

1. Kapitel
Das Alhambra Inn and Gardens   15

2. Kapitel
Der Trichter öffnet sich   24

3. Kapitel
Speedy Parker   37

4. Kapitel
Jack überschreitet die Grenze   55

5. Kapitel
Jack und Lily   72

Zwischenspiel:
Sloat in dieser Welt (I)   86

Zweiter Teil: Die Straße der Prüfungen   97

6. Kapitel
Der Pavillon der Königin   99

7. Kapitel
Farren   110

8. Kapitel
Der Oatley-Tunnel   144

9. Kapitel
In der Kannenpflanze   155

10. Kapitel
Elroy   177

11. Kapitel
Der Tod von Jerry Bledsoe   189

12. Kapitel
Jack geht auf den Markt   203

13. Kapitel
Die Männer am Himmel   209

14. Kapitel
Buddy Parkins   228

15. Kapitel
Snowball singt   241

16. Kapitel
Wolf   256

Zwischenspiel:
Sloat in dieser Welt (II)   262

17. Kapitel
Wolf und die Herde   264

18. Kapitel
Wolf geht ins Kino   275

19. Kapitel
Wolf rennt mit dem Mond   293

Dritter Teil: Welten im Widerstreit   317

20. Kapitel
Im Namen des Gesetzes   319

21. Kapitel
Das Sunlight-Heim   332

22. Kapitel
Die Predigt   343

23. Kapitel
Ferd Janklow   359

24. Kapitel
Jack benennt die Planeten   372

25. Kapitel
Jack und Wolf in der Hölle   380

26. Kapitel
Wolf in der Box   391

27. Kapitel
Jack macht sich davon   416

28. Kapitel
Jacks Traum   419

29. Kapitel
Richard in Thayer   426

30. Kapitel
Thayer wird unheimlich   438

31. Kapitel
Thayer geht zum Teufel   442

32. Kapitel
»Schick deinen Passagier raus!«   447

33. Kapitel
Richard im Dunkeln   457

Zwischenspiel:
Sloat in dieser Welt / Orris in der Region (III)   473

Vierter Teil: Der Talisman   483

34. Kapitel
Anders   485

Zwischenspiel:
Sloat in dieser Welt (IV)   501

35. Kapitel
Das Verheerte Land   505

36. Kapitel
Jack und Richard ziehen in den Krieg   535

37. Kapitel
Richard erinnert sich   553

38. Kapitel
Das Ende der Straße   578

39. Kapitel
Point Venuti   584

40. Kapitel
Speedy am Strand   597

Zwischenspiel:
Sloat in dieser Welt (V)   610

41. Kapitel
Das schwarze Hotel   616

42. Kapitel
Der Talisman   630

43. Kapitel
Nachrichten aus aller Welt   646

44. Kapitel
Das Erdbeben   654

45. Kapitel
Entscheidungen am Strand   668

46. Kapitel
Noch eine Fahrt   687

47. Kapitel
Das Ende der Reise   699

Epilog   713

Schluß   715

Erster Teil

Jack bricht auf

Nun, als Tom und ich oben auf dem Hügel angelangt waren, blickten wir hinunter in das Dorf und sahen dort drei oder vier Lichter blinken, wo vielleicht Leute krank waren; und die Sterne über uns funkelten so herrlich; und drunten beim Dorf war der Fluß, eine volle Meile breit und ungeheuer still und großartig.

Mark Twain, *Huckleberry Finn*

Meine neuen Sachen waren völlig verdreckt und lehmverkrustet, und ich war hundemüde.

Mark Twain, *Huckleberry Finn*

Erstes Kapitel

Das Alhambra Inn and Gardens

1

Am 15. September 1981 stand ein Junge namens Jack Sawyer da, wo Wasser und Land zusammentreffen, die Hände in den Taschen seiner Jeans, und blickte hinaus auf die Weite des Atlantik. Er war zwölf Jahre alt und groß für sein Alter. Der Seewind wehte ihm das braune, ein wenig zu lange Haar aus der klaren Stirn. Er stand da mit den verworrenen und schmerzlichen Gefühlen, mit denen er seit drei Monaten lebte – seit dem Tag, an dem seine Mutter ihr Haus am Rodeo Drive in Los Angeles geschlossen und in einem Wirbel von Möbeln, Schecks und Maklern eine Mietwohnung am Central Park West in New York bezogen hatte. Aus dieser Wohnung waren sie in den stillen Badeort an der Küste von New Hampshire geflüchtet. Ordnung und Regelmäßigkeit waren aus Jacks Leben verschwunden. Sein Leben kam ihm so unstet vor wie das wogende Wasser vor ihm. Seine Mutter trieb ihn durch die Welt, schleppte ihn von einem Ort zum anderen, aber was trieb seine Mutter?

Seine Mutter flüchtete, flüchtete.

Jack drehte sich um und blickte den leeren Strand entlang, zuerst nach links, dann nach rechts. Links lag Arcadia Funworld, ein Vergnügungspark, in dem vom Memorial Day Ende Mai bis zum Labor Day Anfang September Lärm und Trubel herrschten. Jetzt war er leer und still, ein Herz zwischen zwei Schlägen. Die Achterbahn war ein Gerippe vor diesem monotonen, bedeckten Himmel, die Pfosten und Querträger wie Holzkohlenstriche. Dort drüben arbeitete Speedy Parker, sein neuer Freund, aber der Junge konnte jetzt nicht an Speedy Parker denken. Rechts stand das Alhambra Inn and Gardens, und die Gedanken des Jungen führten ihn unerbittlich dorthin. Am Tag ihrer Ankunft hatte Jack einen Augenblick lang geglaubt, er sähe einen Regenbogen über den Giebeln seines verwinkelten Daches. Eine Art Zeichen, die Verheißung besserer Dinge. Aber da war kein Regenbogen gewesen. Eine Wetterfahne schwenkte, vom Seitenwind erfaßt, von links nach rechts und von rechts nach links. Er war aus dem Mietwagen ausgestiegen, hatte die unausgesprochene Bitte seiner Mutter, sich ums Gepäck zu kümmern, ignoriert und nach oben geschaut. Über dem Messinghahn der Wetterfahne hing nur ein leerer Himmel.

»Mach den Kofferraum auf und hol die Tüten heraus, Sonnyboy«, hatte seine Mutter ihm zugerufen. »Eine völlig erledigte alte Schauspielerin muß sich jetzt anmelden und dann nach einem Drink fahnden.«

»Einem elementaren Martini«, hatte Jack gesagt.

»So alt bist du gar nicht, hättest du sagen sollen.« Sie stemmte sich mühsam vom Wagensitz hoch.

»So alt bist du gar nicht.«

Sie lächelte ihn an – etwas von der alten, unbekümmerten Lily Cavanaugh Sawyer, über zwei Jahrzehnte hinweg die Königin der B-Filme, kam zum Vorschein. Sie streckte ihren Rücken. »Hier sind wir gut aufgehoben, Jacky«, hatte sie gesagt. »Hier kommt alles wieder in Ordnung. Es ist ein guter Ort.«

Eine Möwe glitt über das Dach des Hotels, und für einen Moment hatte Jack das beunruhigende Gefühl, der Wetterhahn hätte sich in die Luft geschwungen.

»Für eine Weile sind wir dem Telefon entkommen, stimmt's?«

»Stimmt«, hatte Jack gesagt. Sie wollte sich vor Onkel Morgan verstecken, sie wollte sich nicht mehr mit dem Geschäftspartner ihres toten Mannes herumschlagen, sie wollte mit einem elementaren Martini ins Bett kriechen und die Decke über den Kopf ziehen . . .

Mom, was stimmt nicht mit dir?

Es gab zu viel Tod, der Tod hatte die Welt halb verrückt gemacht. Über ihnen schrie die Möwe.

»Und nun beweg dich, Junge, beweg dich«, hatte seine Mutter gesagt. »Sehen wir zu, daß wir in dieses phantastische Haus hineinkommen.«

Dann hatte Jack gedacht: *Wenigstens ist da immer noch Onkel Tommy, der uns hilft, wenn wir zu tief in der Patsche sitzen.*

Aber auch Onkel Tommy war tot; die Nachricht steckte lediglich noch am anderen Ende zahlloser Telefondrähte.

2

Das Alhambra ragte über dem Wasser, ein großer, viktorianischer Kasten auf riesigen Granitblöcken, die fast nahtlos mit der flachen Landzunge zu verschmelzen schienen – ein vorstehendes Schlüsselbein aus Granit auf dem nur wenige Meilen langen Küstenstreifen von New Hampshire. Von da, wo Jack am Strand stand, waren die landwärts gelegenen Gärten kaum zu sehen – ein dunkelgrüner Streifen Hecke, das war alles. Der Messinghahn stand schwarz vor dem Himmel, nach West-Nordwest gerichtet. Eine Plakette in der Halle verkündete, daß hier die Northern Methodist Conference im Jahre 1838 die erste ihrer großen Kundgebungen für die Abschaffung der Sklaverei in Neuengland abgehalten hatte. Daniel Webster hatte eine zündende Rede gehalten. Der Plakette zufolge hatte er gesagt: »Wisset von diesem Tage an, daß die Sklaverei als amerikanische Institution zu kränkeln begonnen hat und in all unseren Staaten und Territorien bald sterben muß.«

3

So waren sie angekommen an jenem Tag der vergangenen Woche, an dem die Unruhe der letzten Monate in New York geendet hatte. In Arcadia Beach gab es keine von Morgan Sloat beauftragten Anwälte, die aus Autos sprangen und Papiere schwenkten, die unterschrieben und zu den Akten gelegt werden *mußten*, Mrs. Sawyer. In Arcadia Beach läutete das Telefon nicht von mittags bis drei Uhr morgens (Onkel Morgan schien vergessen zu haben, daß die Uhren der Bewohner von Central Park West eine andere Zeit anzeigten als die von Kalifornien). In Arcadia Beach läutete das Telefon überhaupt nicht.

Als sie den kleinen Badeort erreicht hatten und seine Mutter sich so aufs Fahren konzentrierte, daß sie fast schielte, hatte Jack nur einen Menschen auf den Straßen gesehen – einen verrückten alten Mann, der einen leeren Einkaufswagen ziellos auf dem Gehsteig vor sich herschob. Über ihnen ein leerer grauer Himmel, ein unerfreulicher Himmel. In krassem Gegensatz zu New York gab es hier nur das stetige Geräusch des Windes, der durch verlassene Straßen heulte, die das Fehlen jeglichen Verkehrs viel zu breit erscheinen ließ. Hier gab es leere Läden mit Schildern in den Schaufenstern, auf denen stand NUR AM WOCHEN- ENDE GEÖFFNET oder, schlimmer noch, AUF WIEDERSEHEN IM JUNI! Es gab hundert leere Parkplätze auf der Straße vor dem Alhambra, leere Tische im Arcadia Tea and Jam Shoppe nebenan.

Und schäbige, verrückte alte Männer schoben Einkaufswagen durch verlassene Straßen.

»In diesem komischen kleinen Nest habe ich die glücklichsten drei Wochen meines Lebens verbracht«, erklärte ihm Lily, als sie an dem alten Mann vorüberfuhr (der sich, wie Jack bemerkte, umdrehte, um ihnen bestürzt und argwöhnisch nachzublicken; er murmelte etwas, aber Jack konnte nicht verstehen, was er sagte) und dann den Wagen auf die Auffahrt lenkte, die sich durch den Vorgarten des Hotels wand.

Deshalb also hatten sie alles, was sie zum Leben brauchten, in Koffer, Taschen und Einkaufsbeutel gestopft und den Schlüssel im Schloß der Wohnungstür umgedreht (ohne sich um das schrille Läuten des Telefons zu kümmern, das durch eben dieses Schlüsselloch hindurchzudringen und sie bis in die Halle zu verfolgen schien); deshalb hatten sie den Kofferraum und den Fond des Mietwagens mit überquellenden Tüten und Taschen gefüllt und waren stundenlang auf dem Henry Hudson Parkway nordwärts gekrochen und anschließend weitere Stunden die Interstate 95 entlanggerollt: Lily Cavanaugh Sawyer war hier einmal glücklich gewesen. 1968, ein Jahr vor Jacks Geburt, war Lily für ihre Rolle in einem Film mit dem Titel *Blaze* für den Oscar vorgeschlagen worden. *Blaze* war besser gewesen als die meisten anderen Filme; in ihm hatte Lily ein wesentlich größeres Talent zur Schau stellen können, als die schlimmen Mädchen, die sie gewöhnlich spielte, vermuten ließen. Niemand rechnete damit, daß sie einen Oscar bekam, am wenigsten Lily selbst. Aber Lily nahm das oft beanspruchte Cliché der bloßen Ehre einer Nominierung für bare Münze – sie fühlte sich wirklich und zutiefst geehrt, und um diesen Augenblick beruflicher Anerkennung zu feiern, war Phil Sawyer in weiser Voraussicht für drei Wochen mit ihr ins Alhambra Inn and Gardens gefahren, an die andere Seite des Kontinents, wo sie, im Bett Champagner trinkend, der Oscarverleihung im Fernsehen zugeschaut hatten. (Wenn Jack älter gewesen wäre und es ihn interessiert hätte, dann hätte er errechnen können, daß das Alhambra der Ort war, an dem sein eigentliches Dasein begonnen hatte.)

Als die Nominierungen für die weiblichen Nebenrollen verlesen wurden, hatte Lily, der Familienlegende zufolge, Phil angefaucht: »Wenn ich dieses Ding bekomme und nicht dabei bin, dann tanze ich mit *Pfennigabsätzen* auf deinem Brustkorb Boogie.«

Aber als Ruth Gordon den Oscar erhielt, hatte Lily gesagt: »Sie verdient ihn, sie ist ein prächtiges Mädchen.« Und gleich danach hatte sie ihrem Mann einen Rippenstoß versetzt und gesagt: »Sieh gefälligst zu, daß du mir bald wieder eine solche Rolle beschaffst, du großes Tier von einem Agenten.«

Es hatte keine solchen Rollen mehr gegeben. Lilys letzte Rolle, zwei Jahre nach Phils Tod, war die einer zynischen Ex-Prostituierten in einem Film mit dem Titel *Motorcycle Maniacs* gewesen.

Jack wußte, daß Lily jetzt an diese Zeit zurückdachte, als er das Gepäck aus dem Kofferraum und dem Fond zerrte. Ein d'Agostino-Beutel war bis auf das große D'AG hinunter aufgerissen und hatte einen Wust von aufgerollten Socken, losen Photos, Schachfiguren, Schachbrett und Comics über alles andere im Kofferraum entleert. Jack gelang es, den größten Teil dieser Sachen in anderen Beuteln zu verstauen. Lily stieg langsam die Vordertreppe hinauf und zog sich dabei am Geländer hoch wie eine alte Dame. »Ich schicke den Pagen«, sagte sie, ohne sich umzudrehen.

Jack richtete sich von den vollgestopften Beuteln auf und blickte wieder zum Himmel empor, wo er einen Regenbogen gesehen zu haben glaubte. Es war kein Regenbogen da, nur der unerfreuliche, wechselhafte Himmel.

Und dann:

»Komm zu mir«, sagte hinter ihm jemand mit leiser und deutlich hörbarer Stimme.

»Wie?« fragte er und fuhr herum. Vor ihm der leere Garten und die Auffahrt.

»Ja?« sagte seine Mutter. Auf die Klinke der großen Holztür gestützt sah sie aus, als hätte sie einen krummen Rücken.

»Irrtum«, sagte er. Da war keine Stimme gewesen, kein Regenbogen. Er vergaß beides und blickte zu seiner Mutter hinauf, die sich mit der riesigen Tür abmühte. »Warte, ich helfe dir«, rief er und trabte die Stufen hinauf, beladen mit einem großen Koffer und einer bis zum Platzen mit Pullovern vollgestopften Papiertüte.

4

Bevor er Speedy Parker begegnete, hatte sich Jack durch die Tage im Hotel bewegt, ohne sich des Vergehens der Zeit deutlicher bewußt zu sein als ein schlafender Hund. In diesen Tagen voller Schatten und unerklärlicher Übergänge kam ihm sein ganzes Leben fast wie ein Traum vor. Selbst die entsetzliche Nachricht über Onkel Tommy, die am Abend zuvor eingetroffen war, hatte ihn, so bestürzend sie war, nicht vollständig aufgeweckt. Wäre Jack ein Mystiker gewesen, hätte er vielleicht gedacht, daß andere Kräfte von ihm Besitz ergriffen hatten und das Leben seiner Mutter und sein eigenes manipulierten. Mit seinen zwölf Jahren war Jack Sawyer gewohnt, etwas zu tun, und die stumme Untätigkeit dieser Tage im Gefolge des Trubels von Manhattan hatte ihn zutiefst verwirrt und aus der Fassung gebracht.

Jack hatte sich am Strand wiedergefunden, ohne Erinnerung daran, daß er hergekommen war, ohne Vorstellung davon, was er hier wollte. Vermutlich trauerte er um Onkel Tommy, aber ihm war, als wäre sein Verstand schlafen gegangen und hätte seinen Körper sich selbst überlassen. Er konnte sich nicht lange genug konzentrieren, um der Handlung der Situationskomödien zu folgen, die er und Lily im Fernsehen sahen, oder Einzelheiten seiner Bücher im Kopf zu behalten.

»Du bist müde von all dieser Herumzieherei«, hatte seine Mutter gesagt, während sie einen tiefen Zug aus ihrer Zigarette tat und ihn durch den Rauch hindurch anblinzelte. »Aber du brauchst nichts zu tun, Jacko. Dies ist ein guter Ort. Genießen wir ihn, solange wir können.«

Auf dem leicht rotstichigen Fernsehbild betrachtete Bob Newhart nachdenklich einen Schuh, den er in der rechten Hand hielt.

»Genau das tue ich, Jacky.« Sie lächelte ihn an. »Ich ruhe mich aus und genieße es.«

Er sah auf die Uhr. Zwei Stunden hatten sie vor dem Fernseher gesessen, und er konnte sich an nichts erinnern, was dieser Sendung voraufgegangen war.

Jack wollte gerade zu Bett gehen, als das Telefon läutete. Der gute alte Onkel Morgan Sloat hatte sie aufgespürt. Onkel Morgans Neuigkeiten waren nie sehr erfreulich, aber wie es schien, war dies sogar nach Onkel Morgans Maßstäben eine Bombe. Jack stand mitten im Zimmer und sah, wie das Gesicht seiner Mutter blasser, blasser, blasser wurde. Ihre Hand glitt an ihre Kehle, an der in den letzten paar Monaten neue Falten erschienen waren, und preßte sich leicht dagegen. Sie hatte kaum ein Wort gesagt, nur zum Schluß hatte sie »Danke, Morgan« geflüstert und dann den Hörer aufgelegt. Dann hatte sie sich zu Jack umgedreht und dabei älter und kränker ausgesehen als je zuvor.

»Du mußt jetzt ganz tapfer sein, Jacky, ja?«

Er war sich überhaupt nicht tapfer vorgekommen.

Sie hatte seine Hand ergriffen und es ihm gesagt:

»Onkel Tommy ist heute nachmittag bei einem Verkehrsunfall mit Fahrerflucht umgekommen, Jack.«

Er keuchte; ihm war, als wäre ihm die Luft aus den Lungen gerissen worden.

»Er überquerte den La Cienega Boulevard, und ein Lieferwagen fuhr ihn an. Es gibt einen Zeugen, der ausgesagt hat, er wäre schwarz gewesen und hätte die Aufschrift WILD CHILD getragen, aber das war – das war alles.«

Lily begann zu weinen. Einen Augenblick später begann Jack, fast überrascht, gleichfalls zu weinen. All das war vor drei Tagen passiert, und Jack kamen diese drei Tage vor wie eine Ewigkeit.

5

Am 15. September 1981 stand ein Junge namens Jack Sawyer auf einem unmarkierten Stück Strand vor einem Hotel, das aussah wie eine Burg aus einem Roman von Walter Scott, und blickte auf das stetige Meer hinaus. Er wollte weinen, konnte aber seinen Tränen keinen Lauf lassen. Er war vom Tod umgeben, die halbe Welt bestand aus Tod, es gab keine Regenbogen. Der WILD CHILD-Lieferwagen hatte Onkel Tommy aus der Welt befördert. Onkel Tommy, tot in Los Angeles, zu weit von der Ostküste entfernt, wo er, wie selbst ein Junge wie Jack wußte, von Rechts wegen hingehörte. Ein Mann, der sich eine Krawatte umbinden mußte, bevor er zu Arby's ging und sich ein Roastbeef-Sandwich holte, hatte an der Westküste nicht das mindeste zu suchen.

Sein Vater war tot. Onkel Tommy war tot. Auch seine Mutter würde vielleicht sterben. Er spürte den Tod auch hier, in Arcadia Beach, wo er mit Onkel Morgans Stimme durchs Telefon sprach. Nichts war so wohlfeil und offenkundig wie die Melancholie, die von einem Badeort außerhalb der Saison ausging, in dem man ständig über die Gespenster vergangener Sommer stolperte; es schien in der Anordnung der Dinge zu stecken, ein Geruch in der Meeresbrise zu sein. Er hatte Angst – er hatte seit langer Zeit Angst. Hier zu sein, wo alles so still war, hatte ihm nur geholfen, sich darüber klarzuwerden; es hatte ihm geholfen, zu begreifen, daß vielleicht der Tod die ganze Strecke auf der Interstate 95 von New York mitgefahren war, durch Zigarettenrauch geblinzelt und ihn gebeten hatte, im Autoradio ein bißchen Bebop zu suchen.

Er erinnerte sich – ganz vage –, daß sein Vater einmal gesagt hatte, er wäre mit einem alten Kopf geboren worden, aber jetzt kam ihm sein Kopf nicht alt vor. Im Augenblick kam er ihm sogar sehr jung vor. *Angst,* dachte er. *Ich habe entsetzliche Angst. Hier kommt das Ende der Welt.*

Möwen kreisten am grauen Himmel über ihm. Die Stille war so grau wie die Luft – so tödlich wie die dunkler werdenden Ringe unter ihren Augen.

6

Seit er nach einer Reihe von Tagen benommenen Driftens durch die Zeit in die Funworld gewandert und Lester Speedy Parker begegnet war, hatte ihn dieses passive Gefühl des *Gefangenseins* irgendwie verlassen. Lester Parker war ein Schwarzer mit krausem grauem Haar und faltigen Wangen. Er war nicht im mindesten bemerkenswert, obwohl er in seinem früheren Leben als wandernder Bluesmusiker einiges geleistet haben mochte. Er hatte auch nichts sonderlich Bemerkenswertes gesagt. Und dennoch hatte Jack, der ziellos in die Spielarkade von Funworld hineingewandert war und in Speedys blasse Augen geblickt hatte, gespürt, wie die ganze Benommenheit von ihm wich. Er war wieder er selbst geworden. Es war, als wäre eine magische Strömung von dem alten Mann auf Jack übergegangen. Speedy hatte gelächelt und gesagt: »Sieht aus, als bekäme ich jetzt ein bißchen Gesellschaft. Der kleine Wanderer ist da.«

Es stimmte, er war nicht mehr *gefangen;* noch eine Sekunde zuvor hatte er das Gefühl gehabt, in nasse Wolle und Zuckerwatte eingehüllt zu sein, und nun war er frei. Einen Augenblick lang schien ein silberner Nimbus den alten Mann zu umspielen, eine Aureole aus Licht, die verschwand, sobald Jack blinzelte. Zum ersten Mal bemerkte Jack, daß der Mann den Stiel eines breiten, schweren Besens hielt.

»Na, Junge, wie geht's?« Der alte Mann legte eine Hand ins Kreuz und

21

streckte sich nach hinten. »Ist die Welt gerade schlechter geworden oder vielleicht besser?«

»Oh, besser«, sagte Jack.

»Dann bist du an der richtigen Stelle, würde ich sagen. Wie heißt du?« *Kleiner Wanderer*, hatte Speedy an jenem ersten Tag gesagt, *Travelling Jack*. Er hatte seinen hochgewachsenen, kantigen Körper gegen den Skee-Ball-Automaten gelehnt und die Arme um den Besenstiel geschlungen, als wäre er ein Mädchen beim Tanz. *Der Mann, den du hier vor dir siehst, ist Lester Speedy Parker, ein Mann, der früher selbst gewandert ist, Junge – oh ja, Speedy kannte die Straße, er kannte alle Straßen, damals in der alten Zeit. Hatte eine Band, Travelling Jack, spielte den Blues, Gitarrenblues, machte sogar ein paar Platten, will dich aber nicht mit der Frage in Verlegenheit bringen, ob du je eine davon gehört hast.* Jede Silbe hatte ihre eigene Melodie und ihren eigenen Rhythmus, jeder Satz seine eigene Kadenz; Speedy Parker hielt keine Gitarre in der Hand, sondern einen Besen, aber ein Musiker war er trotzdem noch. Schon nach fünf Sekunden wußte Jack, daß sein jazzbegeisterter Vater das Zusammensein mit diesem Mann genossen hätte.

Er hatte sich an Speedy angehängt und war ihm drei oder vier Stunden gefolgt, hatte ihm bei der Arbeit zugesehen und geholfen, wenn er konnte. Speedy ließ ihn Nägel einschlagen, ein oder zwei Zaunpfähle abschleifen, die gestrichen werden mußten; diese simplen Arbeiten, die er nach Speedys Anweisungen ausführte, waren der einzige Unterricht, den er erhielt, aber sie bewirkten, daß er sich wohler fühlte. Er empfand seine ersten Tage in Arcadia Beach jetzt als eine Periode ungemilderten Elends, von der sein neuer Freund ihn erlöst hatte. Denn Speedy Parker war ein Freund, das war gewiß – so gewiß, daß irgendein Geheimnis dahinterstecken mußte. In den paar Tagen, seit Jack seine Benommenheit abgeschüttelt hatte (oder seit Speedy ihn mit einem Blick aus seinen hellen Augen davon befreit hatte), fühlte er sich Speedy Parker enger verbunden als jedem anderen Freund – ausgenommen vielleicht Richard Sloat, den er fast von der Wiege auf kannte. Und jetzt spürte er – wie ein Heilmittel gegen sein Entsetzen über Onkel Tommys Tod und seine Angst, daß auch seine Mutter sterben mußte – die Anziehungskraft von Speedys Wärme und Weisheit von jenseits der Straße.

Wieder überkam Jack das unbehagliche Gefühl, *gelenkt* zu werden, manipuliert zu werden; es war, als hätte ein langer, unsichtbarer Draht ihn und seine Mutter zu diesem verlassenen Ort am Meer gezogen.

Sie wollten ihn hier haben, wer immer *sie* sein mochten.

Oder war das nur eine verrückte Idee? Vor seinem inneren Auge sah er einen krummrückigen alten Mann, der eindeutig den Verstand verloren hatte und Selbstgespräche führte, während er einen leeren Einkaufswagen über den Gehsteig schob.

Eine Möwe kreischte in der Luft, und Jack nahm sich fest vor, sich zu *überwinden* und über einige seiner Gefühle mit Speedy Parker zu sprechen. Selbst wenn Speedy ihn für übergeschnappt hielt; selbst wenn Speedy ihn auslachte. Aber im Innern wußte Jack, daß Speedy nicht lachen würde. Sie waren alte Freunde, denn wenn Jack etwas begriff, so war es die Tatsache, daß er Speedy fast alles erzählen konnte. Aber noch war er dazu nicht bereit. Alles war zu verrückt, er verstand es selbst noch nicht. Fast zögernd kehrte Jack dem Vergnügungspark den Rücken und trabte durch den Sand auf das Hotel zu.

Zweites Kapitel

Der Trichter öffnet sich

1

Es war einen Tag später, aber Jack war nicht klüger geworden. Allerdings hatte er in der Nacht zuvor einen der schlimmsten Alpträume aller Zeiten gehabt. In ihm war ein grauenhaftes Geschöpf erschienen, um seine Mutter zu holen – ein zwergenhaftes Ungeheuer mit schiefen Augen und faulender, käsiger Haut. *Deine Mutter ist schon fast tot, Jack, bekomme ich ein Halleluja?* hatte dieses Ungeheuer gekrächzt, und Jack wußte – wie man im Traum Dinge weiß –, daß es radioaktiv war und daß auch er sterben würde, wenn es ihn berührte. Er war schweißüberströmt aufgewacht, nahe daran, einen bitteren Schrei auszustoßen. Nur das Tosen der Brandung brachte ihn dahin zurück, wo er sich wirklich befand, und es dauerte Stunden, bis er wieder einschlafen konnte.

Er hatte vorgehabt, seiner Mutter am Morgen von dem Traum zu erzählen, aber Lily war verdrossen und nicht zu Gesprächen aufgelegt gewesen und hatte sich in einer Wolke von Zigarettenrauch eingenebelt. Erst als er den Frühstücksraum des Hotels unter irgendeinem Vorwand verlassen wollte, lächelte sie ein wenig.

»Überleg dir, was du heute abend essen möchtest.«

»Ja?«

»Ja. Irgend etwas, aber nichts vom Schnellimbiß. Ich bin nicht von L. A. nach New Hampshire gereist, um mich mit Hot Dogs zu vergiften.«

»Wir könnten es mit einem dieser Fischrestaurants in Hampton Beach versuchen«, sagte Jack.

»Gut. Und nun geh und spiele.«

Geh und spiele, dachte Jack mit einer Bitterkeit, die ihm sonst völlig fremd war. *Oh ja, Mom, das ist ein großes Wort. Ganz lässig. Geh und spiele. Mit wem? Mom, warum bist du hier? Warum sind wir hier? Wie krank bist du? Und warum willst du nicht über Onkel Tommy reden? Was führt Onkel Morgan im Schilde? Was…*

Fragen, Fragen. Und keine war einen Pfifferling wert, weil es auf keine eine Antwort gab.

Es sei denn, Speedy…

Aber das war lächerlich; wie konnte ein alter Schwarzer, den er gerade kennengelernt hatte, irgendeines seiner Probleme lösen?

Dennoch tanzte der Gedanke an Speedy Parker am Rande von Jacks Bewußtsein, als er über den Gehsteig zum deprimierend leeren Strand hinunterwanderte.

2

Hier kommt das Ende der Welt, dachte Jack abermals. Möwen kreisten über ihm durch die graue Luft. Dem Kalender nach war es noch Sommer, doch hier in Arcadia Beach endete der Sommer am Labor Day. Die Stille war so grau wie die Luft. Er warf einen Blick auf seine Turnschuhe und sah, daß eine teerige Masse an ihnen klebte. *Stranddreck*, dachte er. *Eine Art Ölpest*. Er hatte keine Ahnung, wo er das aufgelesen hatte, und trat unbehaglich einen Schritt vom Wasser zurück. Die Möwen in der Luft, herabstoßend und schreiend. Eine von ihnen kreischte genau über ihm, und er hörte ein dumpfes, fast metallisches Knacken. Er drehte sich gerade rechtzeitig um, um zu sehen, wie sie ungeschickt flatternd auf einem Felsbrocken landete. Die Möwe drehte mit schnellen, fast roboterhaften Bewegungen den Kopf, wie um sich zu vergewissern, daß sie allein war; dann hüpfte sie herunter, dorthin, wo die Muschel, die sie fallen gelassen hatte, auf dem glatten, verdichteten Sand lag. Die Muschel war aufgeplatzt wie ein Ei, und Jack sah das rohe Fleisch im Innern; noch zuckend – aber vielleicht war das auch nur Einbildung. *Ich will das nicht sehen.* Aber bevor er sich abwenden konnte, zerrte der gelbe, gekrümmte Schnabel der Möwe bereits an dem Fleisch, dehnte es wie ein Gummiband, und ihm war, als balle sich sein Magen zu einer Faust zusammen. In Gedanken konnte er das gedehnte Gewebe schreien hören – nichts Verständliches, nur geistloses Fleisch, das vor Schmerz aufschrie. Er versuchte abermals, den Blick von der Möwe abzuwenden, und konnte es nicht. Der Möwenschnabel öffnete sich, erlaubte ihm einen kurzen Blick in den schmutzigrosa Schlund. Die Muschel schnellte in ihre zerbrochene Schale zurück, und einen Moment lang sah die Möwe ihn an – mit tödlich schwarzen Augen, die es ihm unwiderlegbar bestätigten: Väter sterben, Mütter sterben, Onkel sterben, selbst wenn sie in Yale studiert haben und in ihren dreiteiligen Savile Row-Anzügen so solide aussehen wie Bankmauern. Vielleicht sterben Kinder auch – und letzten Endes gibt es womöglich nichts mehr außer dem geistlosen, gedankenlosen Aufschrei lebenden Fleisches. »He«, sagte Jack laut; er wußte nicht, daß er etwas anderes tat, als den Gedanken in seinem Kopf nachzuhängen. »He, Moment mal.«

Die Möwe hockte über ihrer Beute und betrachtete ihn mit ihren glänzenden schwarzen Augen. Dann begann sie wieder in dem Fleisch zu wühlen. *Willst du etwas abhaben, Jack? Es zuckt noch! Bei Gott, es ist so frisch, daß es noch kaum weiß, daß es tot ist!* Der kräftige gelbe Schnabel hakte sich wieder ins Fleisch und zerrte. ·Es riß. Der Möwenkopf hob sich in den grauen Septemberhimmel, und der Schlund arbeitete. Wieder schien die Möwe ihn anzusehen, so wie Personen auf manchen Gemälden einen immer anzusehen scheinen, an welcher Stelle im Zimmer man sich auch befindet. Und die Augen – er kannte diese Augen.

Plötzlich sehnte er sich nach seiner Mutter – nach ihren dunkelblauen Augen. Er konnte sich nicht erinnern, sich je so verzweifelt nach ihr gesehnt zu haben, seit er sehr, sehr klein gewesen war. *La-la,* hörte er sie in Gedanken singen, und ihre Stimme war die Stimme des Windes, jetzt hier, bald irgendwo anders. *La-la, schlaf jetzt, Jacky, schlaf, Kindchen, schlaf, dein Vater hüt' die Schaf'. Und dergleichen mehr.* Die Erinnerung daran, gewiegt zu werden, während seine Mutter eine Herbert Tareyton nach der anderen rauchte, vielleicht ein Skript durchblätterte – blaue Blätter nannte sie ihre Skripts immer, daran erinnerte er sich: blaue Blätter. *La-la, Jacky, alles ist in bester Ordnung. Ich liebe dich, Jacky. Psst ... schlaf jetzt, la-la.*

Die Möwe sah ihn an.

Mit plötzlichem Grauen, das ihm in die Kehle fuhr wie heißes Salzwasser, bemerkte er, daß *sie ihn tatsächlich ansah.* Diese schwarzen Augen (*wessen Augen?*) sahen ihn an. Und er kannte diesen Blick.

Aus dem Schnabel der Möwe hing noch ein Fetzen rohes Fleisch. Während er hinblickte, sog die Möwe ihn ein. Ihr Schnabel öffnete sich zu einem gespenstischen, aber unmißverständlichen Grinsen.

Da machte er kehrt und rannte, mit gesenktem Kopf, die Augen gegen die heißen, salzigen Tränen verschlossen; die Turnschuhe gruben sich in den Sand, und wenn man hätte aufsteigen können, immer höher und hoher, bis zum Blickpunkt eines Möwenauges, dann hätte man an diesem ganzen grauen Tag nur ihn gesehen, nur seine Spuren; Jack Sawyer, zwölf und allein, der zum Hotel zurückrannte, der Speedy Parker vergessen hatte, dessen Stimme fast verloren war in Tränen und Wind, als er immer wieder seinen Einspruch herausschrie: *nein* und *nein* und *nein.*

3

An der Oberkante des Strandes hielt er inne, außer Atem. Ein heißes Stechen zog sich von der Rippenmitte bis zur tiefsten Stelle seiner Achselhöhle hinauf. Er ließ sich auf einer der Bänke nieder, die die Stadt für alte Leute aufgestellt hatte, und wischte sich das Haar aus den Augen.

Du mußt einen klaren Kopf behalten. Wer soll denn die Kommandotrupps anführen, wenn Sergeant Fury wegen Unzurechnungsfähigkeit aus der Armee entlassen wird?

Er lächelte und fühlte sich tatsächlich ein wenig wohler. Von hier aus, fünfzehn Meter oberhalb des Wassers, sah alles schon ein bißchen besser aus. Was mit Onkel Tommy passiert war, war grauenhaft, aber wahrscheinlich würde er darüber hinwegkommen, sich an den Gedanken gewöhnen. Das jedenfalls hatte seine Mutter gesagt. Onkel Morgan war in letzter Zeit besonders ekelhaft gewesen, aber schließlich hatte er *schon immer* etwas von einem Ekel an sich gehabt.

Und was seine Mutter anging – ja, das war das große Problem...

Vielleicht, dachte er, als er da auf der Bank saß und mit dem Fuß im Sand neben der Strandpromenade grub, vielleicht ging es seiner Mutter doch nicht so schlecht. Sie *konnte* sich wieder erholen; es war sicher *möglich*. Schließlich hatte niemand *gesagt*, daß es sich um Krebs handelte, oder? Nein. Wenn sie Krebs hatte, dann hätte sie ihn nicht hierhergebracht, oder? Dann wären sie wahrscheinlich in der Schweiz, damit seine Mutter in kaltem Mineralwasser baden und Ziegendrüsen oder sonst etwas schlucken konnte. Und sie würde es auch tun.

Also vielleicht...

Ein leises, trockenes Wispern drang in sein Bewußtsein ein. Er blickte hinunter, und seine Augen weiteten sich. Neben dem Spann seines linken Schuhs hatte der Sand begonnen, sich zu bewegen. Die feinen weißen Körnchen beschrieben einen kleinen Kreis, der vielleicht den Durchmesser einer Fingerlänge hatte. Dann brach der Sand in der Mitte des Kreises plötzlich ein, so daß eine kleine Grube entstand. Sie war vielleicht fünf Zentimeter tief. Auch die Wände dieser kleinen Grube waren in Bewegung; sie wirbelten und wirbelten, drehten sich rapide gegen den Uhrzeigersinn.

Nicht in Wirklichkeit, erklärte er sich unverzüglich, aber sein Herz begann wieder schneller zu schlagen, und auch sein Atem begann wieder schneller zu gehen. *Nicht in Wirklichkeit, es ist einer der Tagträume, sonst nichts, oder vielleicht ist es auch ein Krebs oder so etwas...*

Aber es war kein Krebs, und es war auch keiner der Tagträume – dies war nicht die andere Gegend, von der er träumte, wenn er sich langweilte oder vielleicht ein bißchen fürchtete; und es war ganz bestimmt kein Krebs.

Der Sand wirbelte schneller herum, mit einem dürren, trockenen Geräusch, das ihn an statische Elektrizität erinnerte, an ein Experiment, das sie im vergangenen Schuljahr mit einer Leidener Flasche gemacht hatten. Aber darüber hinaus hatte das winzige Geräusch etwas vom langen Seufzer eines Irren, vom letzten Atemzug eines Sterbenden. Mehr Sand brach ein und begann herumzuwirbeln. Jetzt war es keine kleine Grube mehr; es war ein Trichter im Sand, ein umgekehrter Saugwirbel. Das leuchtende Gelb eines Kaugummipapiers tauchte auf, verschwand wieder, tauchte auf, verschwand – so oft es zum Vorschein kam und je größer der Trichter wurde, konnte Jack mehr von der Beschriftung lesen: JU, dann JUI, dann JUICY F. Der Trichter wuchs, und der Sand wurde wieder von dem Papier weggerissen. Er war so schnell und grob wie eine unfreundliche Hand, die die Tagesdecke von einem gemachten Bett herunterreißt. JUICY FRUIT las er, und dann flatterte das Papier nach oben.

Der Sand drehte sich immer schneller; das Geräusch, das er dabei machte, glich einem wütenden Zischen. Jack starrte hinunter, zuerst fasziniert, dann entsetzt. Der Sand öffnete sich wie ein großes, dunkles Auge; es war das Auge der Möwe, die die Muschel auf den Stein geschmettert und dann das lebendige Fleisch herausgezerrt hatte wie ein Gummiband.

Der Sandstrudel verhöhnte ihn mit seiner toten, trockenen Stimme. Diese Stimme war keine Einbildung. So sehr sich Jack auch wünschte, sie existierte nur in seinem Kopf – diese Stimme war wirklich. *Seine falschen Zähne flogen heraus, als der WILD CHILD-Wagen ihn traf, Jack, in hohem Bogen! Yale oder nicht Yale, wenn der alte WILD CHILD-Wagen kommt und dir die falschen Zähne aus dem Mund schlägt, dann bist du dran. Und deine Mutter...*

Da rannte er wieder, blindlings, ohne zurückzublicken, mit aus der Stirn gewehtem Haar und entsetzt geweiteten Augen.

4

Jack durchquerte die Hotelhalle, so schnell er konnte. Die Atmosphäre des Raums verbot ihm das Rennen; er war so still wie eine Bibliothek, und das graue Licht, das durch die hohen Sprossenfenster einfiel, ließ die ohnehin verblichenen Teppiche noch blasser und verschwommener erscheinen. Jack fiel in Trab, als er die Rezeption passierte, und der krummrückige, aschengesichtige Tagesportier wählte genau diesen Augenblick, um aus einem holzverkleideten Bogengang hervorzutreten. Der Portier sagte nichts, aber in seinem stets mißmutigen Gesicht verzogen sich die Mundwinkel einen weiteren Zentimeter nach unten.

Jack war, als wäre er beim Rennen in der Kirche ertappt worden. Er wischte sich mit dem Ärmel über die Stirn und zwang sich, den Rest des Weges bis zum Fahrstuhl in normaler Gangart zurückzulegen. Er drückte auf den Knopf; der finstere Blick des Portiers schien sich zwischen seinen Schulterblättern einzubrennen. Das einzige Lächeln, das Jack in dieser Woche auf dem Gesicht des Portiers gesehen hatte, war erschienen, als der Mann seine Mutter erkannt hatte. Lily hatte mit ihrem Mindestmaß an Huld darauf reagiert.

»So alt muß man wohl sein, um sich an Lily Cavanaugh zu erinnern«, hatte sie zu Jack gesagt, als sie in ihren Zimmern allein waren. Es hatte eine Zeit gegeben – und sie lag gar nicht so lange zurück –, in der das Erkanntwerden nach einem der rund fünfzig Filme, die sie in den fünfziger und sechziger Jahren gedreht hatte (»Königin des B-Films« hatte man sie genannt; ihre eigene Version »Liebling der Drive-in-Kinos«) – ob durch einen Taxifahrer oder die Dame, die bei Saks am Wilshire Boulevard Blusen verkaufte – sie für Stunden in Hochstimmung versetzt hatte. Jetzt war sogar diese simple Freude versiegt.

Jack trat vor den geschlossenen Fahrstuhltüren von einem Bein aufs andere; er hörte eine unmögliche, vertraute Stimme aus dem wirbelnden Sandtrichter aufsteigen. Einen Augenblick lang sah er Thomas Woodbine, den soliden, beruhigenden Onkel Tommy Woodbine, der sein Vormund hatte sein sollen – ein starkes Bollwerk gegen alle Sorgen und Probleme –, zerschlagen und tot auf dem La Cienega Boulevard, seine Zähne wie Popcorn sechs Meter entfernt in der Gosse. Er drückte wieder auf den Knopf.

Mach *zu*!

Dann sah er noch Schlimmeres – seine Mutter, die von zwei mitleidslosen Männern in einen wartenden Wagen gezerrt wurde. Plötzlich spürte Jack seine Blase. Er legte die ganze Handfläche auf den Knopf, und der gebeugte graue Mann hinter dem Pult gab einen mißbilligenden Laut von sich. Jack preßte die Kante seiner anderen Hand auf die magische Stelle unterhalb des Magens, die den Druck auf seine Blase verringerte. Jetzt konnte er das leise Schwirren des herunterkommenden Fahrstuhls hören. Er schloß die Augen, preßte die Beine aneinander. Seine Mutter sah verunsichert aus, hilflos und verwirrt, und die Männer zerrten sie so mühelos in den Wagen, als wäre sie ein erschöpfter Collie. Doch das geschah nicht wirklich, das wußte er; es war eine Erinnerung – ein Teil davon mußte zu einem der Tagträume gehören –, und es war nicht seiner Mutter widerfahren, sondern ihm selbst.

Als die Mahagonitüren des Fahrstuhls den Blick auf das verschattete Innere freigaben und ihm aus einem fleckigen und rissigen Spiegel das eigene Gesicht entgegenschaute, hüllte ihn diese Szene aus seinem achten Lebensjahr abermals ein, und er sah, wie sich die Augen des Mannes gelb verfärbten, fühlte, wie die Hand des anderen zupackte, hart und unmenschlich ... Er sprang in den Fahrstuhl, als wäre er mit einer Gabel gestochen worden.

Es war nicht möglich; die Tagträume waren nicht möglich, er hatte *nicht* gesehen, wie sich die Augen des Mannes von Blau zu Gelb verfärbten, und seiner Mutter ging es gut, es gab nichts, wovor man Angst haben mußte, und Gefahr war das, was eine Möwe für eine Muschel bedeutete. Er schloß die Augen, und der Fahrstuhl ächzte aufwärts. Das Ding im Sand hatte ihn ausgelacht.

Jack quetschte sich durch die Öffnung, sobald die Türen auseinanderzugleiten begannen. Er trabte an den geschlossenen Mäulern anderer Fahrstühle vorüber, bog rechts in den getäfelten Korridor ein und rannte an Wandleuchtern und Bildern vorbei zu ihren Zimmern. Sie hatten 407 und 408 – zwei Schlafräume, eine kleine Küche und ein Wohnzimmer mit Blick auf die lange, glatte Küste und den unendlichen Ozean. Seine Mutter hatte von irgendwoher Blumen beschafft, sie in Vasen arrangiert und ihre kleine Sammlung gerahmter Photos daneben aufgestellt. Jack mit fünf, Jack mit elf, Jack als Baby auf dem Arm seines Vaters. Sein Vater, Phil Sawyer, am Steuer des alten DeSoto, in dem er mit Morgan Sloat nach Kalifornien gefahren war – in jener nicht mehr vorstellbaren Zeit, in der sie so arm waren, daß sie oft im Wagen geschlafen hatten.

Als Jack die Tür zu 408, dem Wohnzimmer, aufriß, rief er: »Mom? Mom?«

Er sah die Blumen, die Photos lächelten; er bekam keine Antwort. »Mom!« Die Tür fiel hinter ihm ins Schloß. Jack spürte Kälte im Magen. Er stürzte durch das Wohnzimmer in das große Schlafzimmer zur Rechten. »Mom!« Noch eine Vase mit bunten Blumen. Das leere Bett sah aus wie gestärkt und gebügelt, so steif, daß eine Münze von der Bettdecke abprallen würde. Auf dem Nachttisch stand eine Batterie brauner Fläschchen mit Vitamin- und anderen Tabletten. Durchs Fenster sah er schwarze Wellen, die eine nach der anderen auf ihn zurollten.

Zwei Männer, die aus einem undefinierbaren Wagen ausstiegen, selbst undefinierbar waren, und nach ihr griffen ...

»Mom!« schrie er.

»Ich höre dich, Jack«, drang die Stimme seiner Mutter durch die Badezimmertür. »Was in aller Welt ...?«

»Oh«, sagte er und spürte, wie sich all seine Muskeln entkrampften. »Entschuldige, ich wußte nur nicht, wo du steckst.«

»Ich bade«, sagte sie. »Bereite mich auf das Dinner vor. Oder darf ich das etwa nicht?«

Jack hatte nicht mehr das Gefühl, auf die Toilette gehen zu müssen. Er ließ sich in einen der gepolsterten Sessel fallen und schloß erleichtert die Augen. Sie war noch okay ...

Vorläufig noch okay, flüsterte eine dunkle Stimme, und in Gedanken sah er, daß sich der Sandtrichter wieder öffnete, herumwirbelte.

Zehn oder zwölf Kilometer die Küstenstraße hinauf, unmittelbar am Stadtrand von Hampton, fanden sie ein Restaurant, das The Lobster Chateau hieß. Jack hatte einen sehr skizzenhaften Bericht über seinen Tag erstattet – schon jetzt wich er vor dem Entsetzen zurück, das ihn am Strand ergriffen hatte, ließ zu, daß seine Erinnerung es abschwächte. Ein Kellner in einem roten Jackett mit einem gelben Hummer auf dem Rücken wies ihnen einen Tisch neben einem breiten, streifigen Fenster an.

»Wünschen Sie einen Drink, Madam?« Der Kellner hatte ein der abgelaufenen Saison entsprechend steinkaltes Neuengland-Gesicht, und als Jack es ansah und hinter seinen wäßrigen blauen Augen den Haß auf sein Ralph Lauren-Sportjackett und das lässig getragene Halston-Nachmittagskleid seiner Mutter spürte, überkam ihn eine vertrautere Form des Entsetzens – simples Heimweh. *Mom, wenn du nicht wirklich krank bist, was zum Teufel tun wir dann hier? Dieser Laden ist leer! Herrgott, er ist unheimlich!*

»Bringen Sie mir einen elementaren Martini«, sagte sie.

Der Kellner hob die Brauen. »Madam?«

»Eis in ein Glas«, sagte sie. »Eine Olive auf das Eis. Tanquaray-Gin auf die Olive. Und dann – können Sie mir folgen?«

Mom, um Gottes willen, siehst du denn seine Augen nicht? Du glaubst, du wärest charmant – er glaubt, du machst dich über ihn lustig! Siehst du denn seine Augen nicht?

Nein. Sie sah sie nicht. Und dieses Versagen ihres Einfühlungsvermögens, wo sie doch immer genau gespürt hatte, was andere Leute empfanden, war ein weiterer Stein auf seinem Herzen. Sie zog sich zurück – in jeder Hinsicht.

»Ja, Madam?«

»Dann«, sagte sie, »nehmen Sie eine Flasche Wermut, irgendeinen, und halten sie an das Glas. Dann stellen Sie den Wermut wieder ins Regal und bringen mir das Glas. Okay?«

»Ja, Madam.« Wäßrigkalte Neuengland-Augen, die seine Mutter ohne eine Spur von Zuneigung anstarrten. *Wir sind die einzigen Gäste hier*, dachte Jack, der es erst jetzt begriff. *Die einzigen.* »Junger Mann?«

»Ich möchte eine Cola«, sagte Jack unglücklich.

Der Kellner ging. Lily wühlte in ihrer Handtasche, zog eine Schachtel Herbert Tarrytoons heraus (so hatte sie sie genannt, als Jack noch ein kleiner Junge gewesen war, »bring mir meine Tarrytoons von dem Regal dort drüben«; und so nannte er sie in Gedanken noch heute) und zündete sich eine an. Dann hustete sie den Rauch in drei harten Stößen aus.

Es war ein weiterer Stein auf seinem Herzen. Vor zwei Jahren hatte seine Mutter mit dem Rauchen aufgehört. Jack hatte mit jenem eigenartigen Fatalismus, der die Kehrseite kindlicher Gutgläubigkeit und Unschuld darstellt, auf einen Rückfall gewartet. Seine Mutter hatte immer geraucht, sie würde bald wieder anfangen. Aber sie hatte es nicht getan – bis vor drei Monaten, in New York. Carltons. War in ihrem Wohnzimmer am Central Park West herumgewandert, qualmend wie eine Lokomotive, oder hatte vor dem Plattenschrank gehockt und in ihren alten Rockplatten oder den Jazzplatten ihres toten Mannes gekramt.

»Du rauchst wieder, Mom?« hatte er sie gefragt.

»Ja. Kohlblätter«, hatte sie geantwortet.

»Ich wollte, du tätest es nicht.«

»Warum stellst du nicht den Fernseher an?« Sie hatte mit ganz ungewohnter Schärfe reagiert und sich mit fest zusammengepreßten Lippen zu ihm umgedreht. »Vielleicht erwischst du Jimmy Swaggart oder Reverend Ike. Scher dich mit den Betschwestern in die Halleluja-Ecke.«

»Entschuldige«, hatte er gemurmelt.

Immerhin – es waren nur Carltons gewesen. Kohlblätter. Aber jetzt waren es die Herbert Tarrytoons – die altmodische blau-weiße Packung, die Mundstücke, die wie Filter aussahen, aber keine waren. Er erinnerte sich vage, daß sein Vater einmal gesagt hatte, daß er Winstons rauchte und seine Frau Lungenschwärzer.

»Siehst du Gespenster, Jack?« fragte sie ihn jetzt, die zu stark glänzenden Augen auf ihn gerichtet, die Zigarette in der üblichen, etwas exzentrischen Position zwischen dem Zeige- und Mittelfinger der rechten Hand. Forderte ihn heraus, etwas zu sagen. Forderte ihn heraus zu der Bemerkung: »Mom, du rauchst wieder Herbert Tarrytoons – heißt das, daß du meinst, du hättest ohnehin nichts mehr zu verlieren?«

»Nein«, sagte er. Dieses erbärmliche, bestürzende Heimweh überkam ihm wieder, und ihm war nach Weinen zumute. »Es ist nur dieser Laden hier. Er hat etwas Gespenstisches.«

Sie sah sich um und lächelte. Zwei weitere Kellner, einer dick, der andere dünn, beide in roten Jacken mit gelben Hummern auf dem Rücken, standen an der Schwingtür zur Küche und unterhielten sich leise. Quer vor dem Eingang zu einem großen Speisesaal gegenüber der Nische, in der Jack und seine Mutter saßen, hing eine Samtschnur. Die Stühle in dieser dunklen Höhle waren auf die Tische getürmt. Am hinteren Ende gaben große Fensterwände den Blick auf eine rauhe Strandlandschaft frei, die Jack an *Death's Darling* erinnerte, einen Film, in dem seine Mutter mitgespielt hatte. Sie hatte eine junge Frau mit viel Geld gespielt, die gegen den Willen ihrer Eltern einen dunklen, gutaussehenden Fremden heiratete. Der dunkle, gutaussehende Fremde hatte sie in ein großes Haus am Meer gebracht und versucht, sie in den Wahnsinn zu treiben. *Death's Darling* war für Lily Cavanaughs Karriere mehr oder weniger typisch gewesen – sie hatte Hauptrollen in zahlreichen Schwarzweißfilmen gespielt, in denen gutaussehende, aber bald wieder vergessene Schauspieler mit dem Hut auf dem Kopf in Ford-Kabrioletts durch die Landschaft fuhren.

Das Schild, das von der den Eingang versperrenden Samtschnur herabhing, war eine absurde Untertreibung: DIESER RAUM IST GE-SCHLOSSEN.

»Es ist tatsächlich ein bißchen komisch«, sagte sie.

»Wie im Schattenreich«, entgegnete er, und sie ließ ihr hartes, ansteckendes, liebenswertes Lachen hören.

»Oh, Jacky, Jacky, Jacky«, sagte sie und beugte sich vor, um ihm lächelnd durch das zu lange Haar zu fahren.

Er schob ihre Hand beiseite, gleichfalls lächelnd (aber ihre Finger fühlten sich an wie Knochen. *Sie ist so gut wie tot, Jack...*) »Das Berühren der Figuren mit den Pfoten ist verboten.«

»Mach dich nicht mausig.«

»Ziemlich keß für so ein altes Mädchen.«

»Komm nur und versuche, diese Woche Kinogeld herauszuschinden.«

»Aber gern.«

Sie lächelten einander an, und Jack konnte sich nicht erinnern, daß ihm je so stark nach Weinen zumute gewesen wäre, und ebenso wenig, daß er sie so sehr liebte. Es war jetzt eine Art tollkühner Zähigkeit an ihr; daß sie zu den Lungenschwärzern zurückgekehrt war, gehörte dazu.

Ihre Drinks kamen. Sie hob ihr Glas. »Auf uns.«

»Okay.«

Sie tranken. Der Kellner kam mit der Speisekarte.

»Habe ich ihm vorhin ein bißchen zuviel zugemutet, Jacky?«

»Ein bißchen vielleicht«, sagte er.

Sie dachte darüber nach, dann tat sie es mit einem Achselzucken ab. »Was nimmst du?«

»Seezunge, denke ich.«

»Gut. Auch für mich.«

Also bestellte er für sie beide, kam sich dabei ungeschickt und verlegen vor, wußte aber, daß sie es wünschte – und als der Kellner gegangen war, konnte er in ihren Augen lesen, daß er seine Sache nicht allzu schlecht gemacht hatte. Das war zum großen Teil Onkel Tommys Verdienst. Nach einem Besuch bei Hardee's hatte Onkel Tommy gesagt: »Ich glaube, es besteht noch Hoffnung für dich, Jack, wenn es uns gelingt, dich von dieser widerlichen Gier nach Schmelzkäse zu heilen.«

Das Essen kam. Er schlang seine Seezunge hinunter, die heiß, pikant und gut war. Lily stocherte in ihrer herum, aß ein paar grüne Bohnen und schob dann das Essen auf ihrem Teller hin und her.

»Vor zwei Wochen hat hier die Schule wieder angefangen«, verkündete Jack beim Essen. Beim Anblick der großen gelben Busse mit der

Aufschrift ARCADIA DISTRICT SCHOOLS hatte er ein schlechtes Gewissen gespürt – was unter den gegebenen Umständen wahrscheinlich verrückt war, aber es führte kein Weg daran vorbei. Er schwänzte. Sie sah ihn fragend an. Sie hatte einen zweiten Drink bestellt und getrunken; jetzt brachte ihr der Kellner den dritten.

Jack zuckte die Achseln. »Es fiel mir nur gerade ein.«

»Möchtest du wieder in die Schule?«

»Wie? Nein! Nicht hier!«

»Das ist gut«, sagte sie. »Weil ich nämlich deinen verdammten Impfpaß nicht habe. Ohne Stammbaum lassen sie dich nicht hinein, Kumpel.«

»Nenn mich nicht Kumpel«, sagte Jack, aber Lily reagierte nicht mit einem Lächeln auf den alten Scherz.

Junge, warum bist du nicht in der Schule?

Er blinzelte, als hätte die Stimme hörbar gesprochen und nicht nur in seinen Gedanken.

»Ist etwas?« fragte sie.

»Nein. Oder doch. – Da ist ein Mann im Vergnügungspark. Funworld. Hausmeister, Mädchen für alles oder so. Ein alter Schwarzer. Er hat mich gefragt, warum ich nicht in der Schule bin.«

Sie beugte sich vor, ohne eine Spur von Belustigung, fast erschreckend ernst. »Was hast du ihm erzählt?«

Jack zuckte die Achseln. »Ich habe gesagt, ich müßte mich von einer Virusangina erholen. Erinnerst du dich an die Zeit, als Richard eine hatte? Der Arzt sagte zu Onkel Morgan, Richard dürfte sechs Wochen lang nicht in die Schule, aber er könnte draußen herumlaufen und tun, wozu er Lust hätte.« Jack lächelte ein wenig. »Ich habe ihn beneidet.«

Lily entspannte sich etwas. »Es gefällt mir nicht, daß du mit Fremden redest, Jack.«

»Aber Mom, er ist doch nur...«

»Es spielt keine Rolle, *wer* es ist. Ich möchte nicht, daß du mit Fremden redest.«

Jack dachte an den alten Schwarzen, sein Haar wie graue Stahlwolle, das dunkle Gesicht tief zerfurcht, die seltsamen, hellen Augen. Er hatte in der Arkade auf der Pier einen Besen vor sich hergeschoben – die Arkade war der einzige Teil von Arcadia Funworld, der das ganze Jahr offen blieb, aber sie war völlig verlassen gewesen bis auf Jack und den Schwarzen und zwei alte Männer weit im Hintergrund, die in apathischem Schweigen Skee-Ball gespielt hatten.

Doch jetzt, da er mit seiner Mutter in diesem etwas gespenstischen Restaurant saß, war es nicht der Schwarze, der die Frage stellte; er war es selbst.

Warum bist du nicht in der Schule?

Es ist genau, wie sie sagt. Kein Impfpaß, kein Stammbaum. Glaubst du etwa, sie hat daran gedacht, deine Geburtsurkunde einzustecken? Glaubst du das etwa? Sie ist auf der Flucht, und du flüchtest mit ihr. Du...

»Hast du in letzter Zeit von Richard gehört?« unterbrach sie seine Gedanken, und als sie es sagte, überkam es ihn – nein, das war zu schwach. Es prallte gegen ihn. Seine Hände zuckten, sein Glas fiel vom Tisch und zerbarst auf dem Fußboden.

Sie ist so gut wie tot, Jack.

Die Stimme aus dem wirbelnden Sandtrichter. Die Stimme, die er in Gedanken gehört hatte.

Es war Onkel Morgans Stimme gewesen. Nicht vielleicht, nicht fast, nicht ungefähr. Es war eine *wirkliche* Stimme gewesen. Die Stimme von Richards Vater.

6

Auf der Heimfahrt fragte sie ihn: »Was war da drinnen mit dir los, Jack?«

»Nichts. Mein Herz hat nur versucht, ein kleines Gene Krupa-Riff zu spielen.« Er demonstrierte es durch einen kurzen Wirbel auf dem Armaturenbrett. »Eine leichte Pseudotachykardie, genau wie in *General Hospital*.«

»Versuch nicht, mich für dumm zu verkaufen, Jacky.« Die Instrumentenbeleuchtung des Armaturenbretts ließ sie blaß und abgezehrt erscheinen. Zwischen Zeige- und Mittelfinger ihrer rechten Hand qualmte eine Zigarette. Sie fuhr sehr langsam – nie mehr als sechzig –, wie immer, wenn sie zu viel getrunken hatte. Sie hatte ihren Sitz ganz nach vorn geschoben und den Rock hochgezogen, so daß ihre mageren Knie beiderseits der Steuersäule aufragten und ihr Kinn über dem Lenkrad zu hängen schien. Einen Augenblick lang hatte sie etwas von einem häßlichen alten Weib, und er sah schnell weg.

»Tu ich auch nicht«, murmelte er.

»Was?«

»Dich für dumm verkaufen«, sagte er. »Es war nur eine Art Zucken. Tut mir leid.«

»Schon gut«, sagte sie. »Ich dachte, es hinge irgendwie mit Richard Sloat zusammen.«

»Nein.« *Sein Vater hat unten am Strand aus einem Loch im Sand zu mir gesprochen, das ist alles. In Gedanken hörte ich ihn reden, wie von der Tonspur eines Films. Er sagte, du wärst so gut wie tot.*

»Vermißt du ihn, Jack?«

»Wen, Richard?«

»Spiro Agnew etwa? Natürlich Richard.«

»Manchmal.« Richard Sloat besuchte jetzt eine Schule in Illinois – eine jener Privatschulen, in denen die Teilnahme am Gottesdienst Pflicht war und niemand Akne bekam.

»Irgendwann wirst du ihn wiedersehen.« Sie fuhr ihm durchs Haar.

»Mom, fehlt dir etwas?« Die Worte brachen aus ihm heraus. Er spürte, wie seine Finger sich in seine Schenkel gruben.

»Nein«, sagte sie und zündete sich eine weitere Zigarette an (dabei ging sie auf dreißig herunter; ein verbeulter Kleinlaster überholte sie mit lauten Hupen). »Mir geht es ausgezeichnet.«

»Wieviel hast du abgenommen?«

»Jacky, der Mensch kann nie zu dünn oder zu reich sein.« Sie hielt inne und lächelte ihn dann an. Es war ein müdes, schmerzliches Lächeln, das ihm alles sagte, was er wissen mußte.

»Mom...«

»Genug davon«, sagte sie. »Es ist alles in Ordnung, glaub mir. Sieh zu, ob du im Radio irgendwo ein bißchen Bebop findest.«

»Aber...«

»Stell das Radio an und halt den Mund.«

Eine Bostoner Station brachte Jazz – ein Altsaxophon spielte das Thema von »All the Things You Are«. Aber der Ozean lieferte einen steten, sinnlosen Kontrapunkt dazu. Und später konnte er das große Skelett der Achterbahn vor dem Himmel aufragen sehen. Und die weitläufige Anlage des Alhambra Inn. Wenn das ihr Zuhause war, dann waren sie zu Hause.

Drittes Kapitel

Speedy Parker

1

Am nächsten Tag war die Sonne zurückgekehrt – eine harte, helle Sonne, die wie Farbe auf dem flachen Strand und dem schrägen, mit roten Ziegeln gedeckten Dachstreifen lag, den Jack vom Fenster seines Schlafzimmers aus sehen konnte. Eine lange, flache Welle weit draußen im Meer schien im Licht zu erstarren und einen Speer aus Helligkeit direkt in seine Augen zu lenken. Der Sonnenschein kam Jack anders vor als das Licht in Kalifornien – irgendwie dünner, kälter, weniger nahrhaft. Die Welle draußen auf dem dunklen Meer zerschmolz und türmte sich dann wieder auf; ein harter, blendender Goldstreifen sprang über sie hinweg. Jack wandte sich vom Fenster ab. Er hatte schon geduscht und sich angezogen, und seine innere Uhr sagte ihm, daß es an der Zeit war, sich auf den Weg zur Schulbus-Haltestelle zu machen. Viertel nach sieben. Aber natürlich würde er auch heute nicht zur Schule gehen, nichts war mehr normal; er und seine Mutter würden nur wie Gespenster durch weitere zwölf Stunden Tageslicht driften. Kein Stundenplan, keine Verpflichtungen, keine Hausarbeiten – überhaupt keine Ordnung außer der, die durch die Essenszeiten diktiert wurde.

War heute überhaupt ein Schultag? Jack blieb vor seinem Bett stehen, ergriffen von einer leichten Panik, weil seine Welt so gestaltlos geworden war. Er hatte *nicht* das Gefühl, daß dies ein Samstag war. Jack versuchte sich auf den letzten Tag zu besinnen, den er in seiner Erinnerung mit Sicherheit identifizieren konnte; das war der letzte Sonntag gewesen. Seiner Berechnung nach mußte heute Donnerstag sein. Donnerstags hatte er Computer-Unterricht bei Mr. Balgo und frühmorgens Sport. So wenigstens war es gewesen, als sein Leben noch normal verlief, zu einer Zeit, die ihm – obwohl sie erst vor wenigen Monaten geendet hatte – jetzt unwiderbringlich verloren vorkam.

Er wanderte aus seinem Schlafzimmer ins Wohnzimmer. Als er an der Vorhangschnur zog, flutete das harte, helle Licht ins Zimmer und bleichte die Möbel. Dann drückte er den Knopf des Fernsehers und setzte sich auf die steife Couch. Seine Mutter würde frühestens in einer Viertelstunde aufstehen. Wahrscheinlich sogar später: sie hatte zum Essen am vergangenen Abend drei Drinks gehabt.

Jack warf einen Blick auf die Tür zu ihrem Zimmer.

Zwanzig Minuten später klopfte er leise an. »Mom?« Ein undeutliches Murmeln war die Antwort. Jack stieß die Tür einen Spaltbreit auf und spähte hinein. Sie hob den Kopf vom Kissen und blinzelte durch halbgeschlossene Lider.

»Jacky. Morgen. Wie spät ist es?«

»Fast acht.«

»Du lieber Gott. Bist du am Verhungern?«

»Es geht. Aber ich mag nicht mehr herumsitzen. Ich wollte nur fragen, ob du bald aufstehen willst.«

»Nicht wenn es sich vermeiden läßt. Geh in den Speisesaal hinunter und laß dir etwas zu essen geben. Und dann kannst du dich am Strand amüsieren, ja? Du wirst eine bessere Mutter haben, wenn du ihr noch eine Stunde im Bett gönnst.«

»Klar«, sagte er. »Okay. Bis später.«

Ihr Kopf war schon wieder aufs Kissen gesunken.

Jack schaltete den Fernseher aus und verließ das Zimmer, nachdem er sich vergewissert hatte, daß der Schlüssel in der Tasche seiner Jeans steckte.

Der Fahrstuhl roch nach Kampfer und Ammoniak – eines der Mädchen hatte eine Flasche vom Wagen fallen lassen. Die Türen öffneten sich; der graue Portier verzog das Gesicht und wendete sich dann ostentativ ab. Daß du der Balg eines Filmstars bist, hat hier überhaupt nichts zu besagen, mein Junge – und warum bist du nicht in der Schule? Jack trat durch den getäfelten Eingang zum Speisesaal – zum Saddle of Lamb – und sah Reihen von leeren Tischen in einer verschatteten Öde. Vielleicht sechs waren gedeckt. Eine Kellnerin in weißer Bluse und rotem Faltenrock sah ihn an und wandte dann den Blick ab. Zwei erschöpft wirkende alte Leute saßen an einem Tisch am anderen Ende des Raums. Sonst frühstückte hier niemand. Jack beobachtete, wie sich der alte Mann über den Tisch lehnte und die Spiegeleier seiner Frau in kleine Quadrate zerschnitt.

»Einen Tisch für eine Person?« Die Frau, die tagsüber im Saddle of Lamb die Aufsicht hatte, war neben ihm aufgetaucht und griff bereits nach einer Speisekarte von dem Stapel neben dem Reservierungsbuch.

»Ich hab mir's anders überlegt. Entschuldigen Sie.« Jack flüchtete.

Das kleinere Restaurant des Alhambra, die Beachcomber Lounge, lag jenseits der Halle am Ende eines langen, öden, von leeren Schaukästen gesäumten Ganges. Sein Hunger verging, als er sich vorstellte, dort ganz allein am Tresen sitzen und zusehen zu müssen, wie ein gelangweilter Koch Speckstreifen auf den verkrusteten Grill warf. Er würde warten, bis seine Mutter aufgestanden war – oder, noch besser, hinausgehen und zusehen, ob er in einem der Läden an der Straße, die in den Ort führte, einen Krapfen und eine kleine Packung Milch bekam.

Er stieß die schwere Eingangstür des Hotels auf und trat in den Sonnenschein hinaus. Einen Augenblick lang blendete ihn die unvermutete Helligkeit. Er kniff die Augen zusammen und ärgerte sich, weil er nicht daran gedacht hatte, seine Sonnenbrille einzustecken. Er überquerte den Vorplatz aus roten Ziegelsteinen und gelangte über die vier gerundeten Stufen auf den Weg durch die Gartenanlagen vor dem Hotel. Was würde geschehen, wenn sie starb?

Was würde mit ihm geschehen – wohin würde er gehen, wer würde für ihn sorgen, wenn wirklich das Allerschlimmste eintrat und sie starb, ein für allemal und unwiderruflich *starb*, da oben in diesem Hotelzimmer?

Er schüttelte den Kopf, versuchte, den entsetzlichen Gedanken abzuschütteln, bevor aus den gepflegten Gartenanlagen des Alhambra eine lauernde Panik hervorbrach und ihn in Stücke riß. Er würde nicht weinen, er würde es nicht zulassen – und er würde nicht über die Tarrytoons nachdenken und über das Gewicht, das sie verloren hatte, über das Gefühl, daß auch sie hilflos war und sich ziellos treiben ließ. Er ging jetzt sehr schnell, und als er von dem gewundenen Pfad durch die Gartenanlagen auf die Auffahrt des Hotels heruntersprang, schob er die Hände in die Taschen. *Sie ist auf der Flucht, mein Junge, und du flüchtest mit ihr.* Auf der Flucht, aber vor wem? Und wohin? Hierher – ausgerechnet hierher, in diesen verlassenen Badeort?

Er erreichte die breite Straße, die an der Küste entlang in den Ort führte, und die ganze leere Landschaft vor ihm war wie ein Strudel, der ihn einsaugen und dann an irgendeinem schwarzen Ort wieder ausspukken konnte, einem Ort, an dem es Frieden und Sicherheit nie gegeben hatte. Eine Möwe segelte über die leere Straße, beschrieb einen großen Bogen und flog dann wieder zum Strand. Jack sah ihr nach, bis sie zu einem weißen Punkt über dem bizarren Gerüst der Achterbahn zusammengeschrumpft war.

Lester Speedy Parker, ein Schwarzer mit krausem grauem Haar und tiefen Furchen, die in seine Wangen einschnitten, war irgendwo dort drüben im Vergnügungspark, und es war Speedy, zu dem er gehen mußte. Der Gedanke war ebenso deutlich wie die Erkenntnis, die er plötzlich über den Vater seines Freundes Richard gewonnen hatte.

Eine Möwe kreischte, eine Welle schleuderte ihm hartes, goldenes Licht entgegen, und Jack sah Onkel Morgan und seinen neuen Freund Speedy als Gestalten, die einander fast allegorisch gegenüberstanden, als wären sie Statuen von TAG und NACHT, auf Sockel montiert, MOND und SONNE – das Dunkle und das Helle. In dem Augenblick, in dem Jack begriffen hatte, daß Speedy Parker seinem Vater gefallen hätte, hatte er auch gewußt, daß in dem ehemaligen Bluesmusiker nichts Böses steckte. Onkel Morgan dagegen war ein völlig anderer Mensch. Bei Onkel Morgan drehte sich alles ums Geschäft, um den Profit, ums

Vorwärtskommen; er war so ehrgeizig, daß er beim Tennisspiel gegen jeden auch nur eine Spur zweifelhaften Punkt Einspruch erhob; sogar so ehrgeizig, daß er bei den Pokerpartien mit einem Einsatz von nur einem Cent mogelte, zu denen sein Sohn ihn hin und wieder überredet hatte. Zumindest *glaubte* Jack, daß Onkel Morgan bei etlichen ihrer Spiele gemogelt hatte – er gehörte nicht zu denen, die mit Anstand verlieren konnten.

NACHT und TAG, MOND und SONNE, DUNKEL und HELL, und der schwarze Mann war bei diesen Kontrasten das Helle. Als Jack mit seinen Gedanken so weit gekommen war, stürmte die Panik, gegen die er in den gepflegten Gartenanlagen des Hotels angekämpft hatte, von neuem auf ihn ein. Er rannte.

2

Als der Junge Speedy vor dem grauen und abblätternden Arkadengebäude entdeckte – er wickelte Isolierband um ein dickes Kabel, den Stahlwollekopf fast bis auf die Pier gesenkt; das magere Gesäß zeichnete sich unter dem abgewetzten grünen Stoff seiner Arbeitshose ab, und die staubigen Sohlen seiner Stiefel wirkten wie hochkant gestellte Surfbretter –, wurde ihm klar, daß er keine Ahnung hatte, was er ihm hatte sagen wollen; er wußte nicht einmal, ob er vorgehabt hatte, überhaupt etwas zu sagen. Speedy führte die Bandrolle noch einmal um das Kabel, nickte, zog ein abgenutztes Messer aus der Tasche seines Arbeitshemdes und trennte das Band mit einem säuberlichen Schnitt von der Rolle. Jack wäre am liebsten auch von hier geflüchtet – er störte den Mann bei der Arbeit; außerdem war der Gedanke, daß Speedy ihm wirklich irgendwie helfen könnte, völlig absurd. Wie sollte er ihm helfen können – ein alter Wachmann in einem leeren Vergnügungspark?

Dann wandte Speedy den Kopf und registrierte die Anwesenheit des Jungen mit einem Ausdruck herzlichen Willkommens – es war weniger ein Lächeln als ein Vertiefen der Falten in seinem Gesicht –, und Jack wußte, daß er zumindest nicht störte.

»Travelling Jack«, sagte Speedy. »Ich fürchtete schon, du hättest beschlossen, nicht mehr herzukommen. Noch dazu, wo wir doch gerade Freunde werden. Schön, dich wiederzusehen, Junge.«

»Ja«, sagte Jack. »Ich freue mich auch, Sie wiederzusehen.«

Speedy ließ das Messer wieder in die Hemdentasche gleiten und richtete seinen langen, knochigen Körper so geschmeidig, so athletisch auf, daß er gewichtlos wirkte. »Dieser ganze Laden geht vor die Hunde«, sagte er. »Ich bringe nur hier und da etwas in Ordnung, damit alles mehr oder weniger so läuft, wie es laufen soll.« Er brach ab und blickte Jack ins

Gesicht. »Mir scheint, mit der Welt stimmt einiges nicht. Travelling Jack schleppt eine Menge Sorgen mit sich herum. Ist das so?«

»Ja, so ungefähr«, setzte Jack an – er wußte immer noch nicht, wie er die Dinge, die ihn bedrückten, in Worte fassen sollte. Er konnte sie nicht in gewöhnliche Sätze bringen, denn gewöhnliche Sätze ließen alles vernünftig erscheinen. Eins – zwei – drei: Jacks Welt bewegte sich nicht mehr in derart geraden Linien. Alles, was er nicht aussprechen konnte, lag ihm schwer auf der Brust.

Er blickte unglücklich zu dem großen, hageren Mann auf. Speedy hatte die Hände tief in die Taschen geschoben; seine dichten grauen Augenbrauen zogen sich zusammen. Seine Augen, so hell, daß sie fast farblos zu sein schienen, lösten sich von der abgeblätterten Farbe der Pier und begegneten Jacks Blick – und plötzlich fühlte Jack sich wieder wohler. Warum das so war, wußte er nicht; Speedy schien imstande, Gefühle direkt auf ihn zu übertragen – so, als hätten sie einander nicht erst vor einer Woche, sondern schon vor Jahren kennengelernt und mehr als nur ein paar Worte in einer menschenleeren Arkade gewechselt.

»So, fürs erste hab ich genug getan«, sagte Speedy und warf einen Blick zum Alhambra hinüber. »Mehr zu tun, hieße die Leute verwöhnen. Ich glaube, du hast mein Büro noch nicht gesehen, oder?«

Jack schüttelte den Kopf.

»Zeit für eine kleine Erfrischung, Junge. Genau die *richtige Zeit*.«

Er setzte sich in Bewegung, marschierte mit langen Schritten die Pier entlang, und Jack trabte hinter ihm her. Als sie die Stufen der Pier hinabgestiegen waren und über kümmerliches Gras und harte braune Erde auf die Gebäude am hinteren Ende des Vergnügungsparks zugingen, begann Speedy zu Jacks Erstaunen zu singen.

> *Travellin' Jack, ole Travellin' Jack,*
> *Got a far long way to go,*
> *Longer way to come back.*

Es war eigentlich kein Singen, dachte Jack, sondern ein Mittelding zwischen Singen und Sprechen. Wären da nicht die Worte gewesen, hätte er es genossen, Speedys rauher, sicherer Stimme zuzuhören.

> *Long long way for that boy to go,*
> *longer way to come back.*

Speedy warf ihm über die Schulter einen fast funkelnden Blick zu. »Warum nennen Sie mich so?« fragte Jack ihn. »Warum Travelling Jack? Weil ich aus Kalifornien komme?«

Sie hatten den blaßblauen Kartenschalter am Eingang zur Achterbahn

41

erreicht, und Speedy schob die Hände wieder in die Taschen seiner ausgebeulten grünen Arbeitshose, wirbelte auf dem Absatz herum und lehnte die Schultern gegen die kleine blaue Bude. Er bewegte sich so gezielt und bewußt, daß es fast etwas Theatralisches an sich hatte – es war, dachte Jack, als hätte er gewußt, daß Jack eben diese Fragen in eben diesem Augenblick stellen würde.

He say he come from California,
Don he know he gotta go right back . . .

sang Speedy, und sein zerfurchtes Gesicht war von einem Gefühl erfüllt, das Jack fast wie Widerstreben vorkam.

Say he come all that way,
Poor Travellin' Jack gotta go right back . . .

»Was?« sagte Jack. »Gleich zurück? Ich glaube, meine Mom hat sogar das Haus verkauft oder vermietet oder so. Ich weiß wirklich nicht, worauf Sie hinauswollen, Speedy.«

Er war erleichtert, als Speedy nicht mit diesem rhythmischen Sprechgesang antwortete, sondern mit normaler Stimme sagte: »Ich wette, du weißt nicht mehr, daß wir uns schon einmal begegnet sind, Jack? Oder weißt du es noch?«

»Ich soll Ihnen schon einmal begegnet sein? Wo war das?«

»In Kalifornien – jedenfalls *glaube ich*, daß es dort war. Aber du wirst dich kaum daran erinnern, Travelling Jack. Es waren ein paar hektische Minuten. Das muß – warte mal –, das muß vor vier, fünf Jahren gewesen sein. Neunzehnhundertsechsundsiebzig.«

Jack blickte verwirrt zu ihm auf. Neunzehnhundertsechsundsiebzig? Da war er sieben Jahre alt gewesen.

»Gehen wir in mein kleines Büro«, sagte Speedy und stieß sich mit der gleichen gewichtlosen Anmut von der Kartenbude ab.

Jack folgte ihm zwischen den hohen Pfosten der Achterbahn durch ein scheinbar willkürliches Gitternetz schwarzer Schatten auf einem mit Bierdosen und Papierfetzen übersäten, staubigen Ödland. Die Fahrspur der Bahn hing über ihnen wie ein unfertiger Wolkenkratzer. Speedy bewegte sich mit der lockeren Mühelosigkeit eines Basketballspielers, mit erhobenem Kopf und schlendernden Armen. Sein Körperumriß, seine Haltung in dem Schattengitter unter den Pfosten und Streben ließen ihn sehr jung erscheinen – er hätte in den Zwanzigern sein können.

Dann trat er wieder ins grelle Sonnenlicht hinaus, und fünfzig zusätzliche Jahre ließen sein Haar ergrauen und furchten sein Genick. Als er die letzte Pfostenreihe erreichte, blieb Jack stehen; ihm war, als wäre Speedy

Parkers scheinbare Verjüngung ein deutlicher Hinweis darauf, daß die Tagträume irgendwie sehr nahe waren, daß sie ihn von allen Seiten umgaben.

Neunzehnhundertsechsundsiebzig? Kalifornien? Jack setzte sich wieder in Bewegung und folgte Speedy, der jetzt auf eine winzige, rotgestrichene Holzbude zuging, die sich an den Maschendrahtzaun am hinteren Ende des Vergnügungsparks lehnte. Er war sicher, daß er Speedy in Kalifornien nie begegnet war ... Aber die fast greifbare Nähe seiner Phantasien hatte ihm eine andere Erinnerung an jene Zeit ins Gedächtnis gerufen, die Bilder und Gefühle eines Spätnachmittags in seinem sechsten Lebensjahr, als Jacky hinter der Couch im Büro seines Vaters mit einem schwarzen Blechauto spielte und sein Vater und Onkel Morgan unvermutet auf die Tagträume zu sprechen gekommen waren.

Sie haben Magie, wie wir Physik haben, richtig? Eine Agrarmonarchie, die mit Magie anstelle von Wissenschaft arbeitet. Aber kannst du dir vorstellen, was für einen Riesenreibach wir machen könnten, wenn wir ihnen elektrischen Strom gäben? Wenn wir die richtigen Leute da drüben mit modernen Waffen ausrüsteten? Hast du eine Idee davon?

Hör auf damit, Morgan. Ich habe eine Menge Ideen, die dir offenbar noch gar nicht gekommen sind ...

Jack konnte fast die Stimme seines Vaters hören, und das eigentümliche, beunruhigende Reich der Tagträume schien sich in dem verschatteten Ödland unter der Achterbahn zu regen. Er begann wieder hinter Speedy herzutraben, der die Tür des kleinen roten Schuppens geöffnet hatte und sich dagegenlehnte und lächelte, ohne das Gesicht zu verziehen.

»Dir geht etwas im Kopf herum, Travelling Jack. Etwas schwirrt darin herum wie eine Biene. Komm ins Chefbüro und erzähl mir davon.«

Wäre sein Lächeln breiter, offensichtlicher gewesen, so hätte Jack vielleicht kehrtgemacht und wäre davongelaufen; das Schreckgepenst des Ausgelachtwerdens war noch immer demütigend nahe. Aber aus Speedys ganzem Wesen schien nur einladende Anteilnahme zu sprechen – eine Botschaft, die von den tiefen Furchen in seinem Gesicht ausging –, und Jack trat an ihm vorbei durch die Tür.

Speedys »Büro« war ein kleiner Bretterverschlag – innen ebenso rot wie außen – ohne Schreibtisch oder Telefon. Zwei hochkant gestellte Apfelsinenkisten lehnten an einer der Seitenwände und flankierten einen nicht angeschlossenen elektrischen Heizofen, der dem Kühlergrill eines Pontiac aus den fünfziger Jahren ähnelte. In der Mitte des Raums leistete ein alter, rundlehniger Schulstuhl einem dicken, mit verblichenem grauem Stoff bezogenen Sessel Gesellschaft.

An den Armlehnen des Polstersessels hatten offenbar Generationen von Katzen ihre Krallen gewetzt: schmutzige Strähnen von Polsterwatte lagen auf den Lehnen wie Haare; die Rückenlehne des Stuhls war mit eingeritzten Initialen bedeckt. Möbel von der Müllkippe. In einer der Ecken waren Taschenbücher in zwei ordentlichen, knapp halbmeterhohen Stapeln aufgeschichtet, in einer anderen stand der rechteckige, mit Alligatorimitation überzogene Deckel eines billigen Plattenspielers. Speedy deutete mit einem Nicken auf den Heizofen und sagte: »Du mußt im Januar oder Februar herkommen, Junge, dann weißt du, wozu ich den brauche. Kalt ist gar kein Wort dafür.« Aber Jack betrachtete inzwischen die Bilder, die über dem Heizofen und den Apfelsinenkisten an die Wand geheftet waren.

Bis auf eines waren alle Bilder aus Herrenmagazinen ausgeschnittene Aktphotos. Frauen mit Brüsten so groß wie ihre Köpfe lehnten sich lässig an unbequeme Bäume und spreizten durchtrainierte, muskulöse Beine. Ihre Gesichter kamen Jack faszinierend und raubgierig zugleich vor – als könnten diese Frauen Stücke aus seiner Haut herausbeißen, nachdem sie ihn geküßt hatten. Einige der Frauen waren nicht jünger als seine Mutter; andere schienen kaum älter zu sein als er selbst. Jacks Augen wanderten über all das ausgestellte Fleisch – jung und nicht so jung, rosa oder schokoladenbraun oder honiggelb –, das seiner Berührung entgegenzudrängen schien; daß Speedy Parker neben ihm stand und ihn beobachtete, machte ihn verlegen. Dann sah er die Landschaft mitten zwischen den Aktphotos, und einen Moment lang vergaß er zu atmen.

Es war gleichfalls ein Photo; und es schien nach ihm zu greifen, als wäre es dreidimensional. Eine weite, grasbewachsene Ebene von einem ganz eigenartigen, schmerzlichen Grün erstreckte sich vor einer niedrigen, abgeschliffenen Bergkette. Über der Ebene und den Bergen breitete sich ein tief durchsichtiger Himmel. Jack konnte die Frische dieser Landschaft fast riechen. Er kannte diesen Ort. Er war nie dort gewesen, nicht in Wirklichkeit, aber er kannte ihn. Es war ein Ort aus dem Bereich der Tagträume.

»Zieht irgendwie den Blick auf sich, nicht?« sagte Speedy, und Jack erinnerte sich wieder, wo er war. Eine Eurasierin mit dem Rücken zur Kamera schwenkte ihr herzförmiges Gesäß und lächelte ihn über die Schulter an. Ja, dachte Jack. »Eine wirklich hübsche Landschaft«, sagte Speedy. »Die hab ich selbst aufgehängt. Die Mädchen waren schon da, als ich einzog. Hatte nicht das Herz, sie von der Wand zu reißen. Irgendwie erinnern sie mich an die alten Zeiten, als ich durchs Land zog.«

Jack blickte betroffen zu Speedy auf, und der alte Mann zwinkerte.

»Kennen Sie diese Landschaft, Speedy?« fragte Jack. »Ich meine, wissen Sie, wo sie liegt?«

»Vielleicht, vielleicht auch nicht. Es könnte Afrika sein – irgendwo in Kenia. Oder vielleicht auch nur irgendwo in meiner Erinnerung. Setz dich, Travelling Jack. In den bequemen Sessel.«

Jack drehte den Sessel so, daß er das Bild der Tagtraum-Landschaft auch weiterhin sehen konnte. »Das soll *Afrika* sein?«

»Könnte auch viel näher sein. Könnte eine Gegend sein, die man aufsuchen kann, wann immer man will – wenn man es sich nur stark genug wünscht.«

Jack merkte plötzlich, daß er zitterte, und zwar schon seit geraumer Zeit. Er ballte die Hände zu Fäusten und spürte, wie sich das Zittern in seinen Magen verlagerte.

Er wußte nicht, ob er diese Tagtraum-Landschaft jemals sehen wollte, aber er warf einen fragenden Blick zu Speedy hinüber, der sich auf dem Schulstuhl niedergelassen hatte. »Das ist doch nicht Afrika, oder?«

»Ja, ich weiß nicht recht. Ich hab meinen eigenen Namen dafür. Ich nenne es die Region.«

Jacks Blick kehrte zu dem Photo zurück – der weiten, welligen Ebene, den langgestreckten braunen Bergen. Die Region. Das war es; das war der Name.

Sie haben Magie, wie wir Physik haben, richtig? Eine Agrarmonarchie ... moderne Waffen für die richtigen Leute da drüben ... Onkel Morgan, der Pläne schmiedete. Sein Vater, der antwortete und zu bremsen versuchte: *Ich finde, wir müssen sehr behutsam sein, wenn wir uns dort einmischen, Partner ... wir sind ihnen Dank schuldig, will sagen, wir haben ihnen wirklich eine Menge zu verdanken ...*

»Die Region«, sagte er zu Speedy – fragend und zugleich den Namen im Mund auskostend.

»Eine Luft wie der beste Wein im Keller eines reichen Mannes. Sanfter Regen. So ein Land ist das, Junge.«

»Sind Sie da gewesen, Speedy?« fragte Jack; er wünschte sich inständig eine unumwundene Antwort.

Aber Speedy wich aus, wie Jack befürchtet hatte. Er lächelte ihn an, und diesmal war es ein richtiges Lächeln, nicht nur ein unterschwelliges Aufflackern von Wärme.

Einen Augenblick später sagte Speedy: »Ich bin noch nie aus den Vereinigten Staaten herausgekommen, Travelling Jack. Nicht einmal im Krieg. Bin nie weiter gekommen als bis Texas und Alabama.«

»Und woher wissen Sie dann über die – die Region Bescheid?« Sein Mund begann sich gerade an den Namen zu gewöhnen.

»Männer wie ich hören alle möglichen Geschichten. Über Papageien mit zwei Köpfen, über Männer, die mit ihren eigenen Flügeln fliegen, Männer, die sich in Wölfe verwandeln, Geschichten über Königinnen. Kranke Königinnen.«

... Magie, wir wir Physik haben, richtig?

Engel und Werwölfe. »Ich habe schon Geschichten über Werwölfe gehört«, sagte Jack. »Sie kommen sogar in den Comics vor. Das besagt nicht viel, Speedy.«

»Wahrscheinlich nicht. Aber ich hab mir sagen lassen, wenn ein Mann dort einen Rettich aus dem Boden zieht, kann ein anderer Mann eine halbe Meile entfernt diesen Rettich riechen – so rein und klar ist die Luft.«

»Aber Engel...«

»Männer mit Flügeln.«

»Und kranke Königinnen«, sagte Jack; er meinte es scherzhaft – *Mann, da hast du dir aber ein komisches Land ausgedacht, alter Besenschwinger.* Doch im gleichen Augenblick, in dem er die Worte aussprach, fühlte er sich selbst krank. Er mußte an das schwarze Auge einer Möwe denken, die ihn mit seiner eigenen Sterblichkeit konfrontierte, als sie eine Muschel aus ihrer Schale zerrte; und er hörte die geschäftig drängende Stimme von Onkel Morgan, der Jack aufforderte, Königin Lily an den Apparat zu holen.

Die Königin des B-Films. Königin Lily Cavanaugh.

»Ja«, sagte Speedy leise. »Probleme überall, mein Junge. Eine kranke Königin – die vielleicht stirbt. Bald stirbt, mein Junge. Und ein oder zwei Welten, die da draußen warten, nur darauf warten, daß jemand sie retten kann.«

Jack starrte ihn offenen Mundes an; ihm war, als hätte ihm der Hausmeister einen Tritt in den Magen versetzt. Sie retten? Seine Mutter retten? Die Panik begann ihn wieder zu überfluten – wie konnte *er* sie retten? Und sollte dieses verrückte Gerede bedeuten, daß sie tatsächlich im Sterben lag, da drüben in ihrem Zimmer?

»Du hast eine Aufgabe, Travelling Jack«, erklärte ihm Speedy. »Eine Aufgabe, um die du nicht herumkommst, und das ist die reine Wahrheit. Ich wollte, es wäre anders.«

»Ich weiß nicht, wovon Sie reden«, sagte Jack. Sein Atem schien in einer heißen kleinen Nische in seiner Kehle steckengeblieben zu sein. Er schaute in eine andere Ecke des kleinen roten Raumes und sah im Schatten eine mitgenommene Gitarre an der Wand lehnen. Daneben lag eine säuberlich zusammengerollte Matratze. Speedy schlief neben seiner Gitarre.

»Da bin ich nicht so sicher«, sagte Speedy. »Du wirst bald wissen, was ich meine, denn du weißt mehr, als du zu wissen glaubst. Eine ganze Menge mehr.«

»Aber ich...« setzte Jack an, und dann riß er sich zurück. Ihm war gerade etwas eingefallen. Jetzt hatte er sogar noch mehr Angst – ein weiterer Brocken aus der Vergangenheit war auf ihn niedergestürzt und verlangte seine Aufmerksamkeit. Plötzlich war er schweißgebadet, und seine Haut kam ihm kalt vor, als wäre er mit fein zerteiltem Wasser aus einem Schlauch besprüht worden. Diese Erinnerung hatte er gestern morgen zu unterdrücken versucht, als er vor dem Fahrstuhl stand und sich einredete, daß seine Blase nicht dem Platzen nahe war.

»Sagte ich nicht, es wäre Zeit für eine kleine Erfrischung?« fragte Speedy und bückte sich, um ein loses Fußbodenbrett beiseitezuschieben. Wieder sah Jack zwei ganz gewöhnlich aussehende Männer, die versuchten, seine Mutter in ein Auto zu schieben. Über dem Dach des Autos schaukelten die gebogenen Wedel eines riesigen Baumes. Speedy zog behutsam eine Halbliterflasche unter den Fußbodenbrettern hervor. Das Glas war dunkelgrün, die Flüssigkeit in ihr sah schwarz aus. »Das wird dir helfen, mein Junge. Du brauchst nur ein bißchen von dem Geschmack – er bringt dich anderswohin, hilft dir auf den Weg zu der Aufgabe, von der ich gesprochen habe.«

»Ich muß jetzt weg, Speedy«, stieß Jack heraus; er hatte es plötzlich entsetzlich eilig, ins Alhambra zurückzukehren. Der alte Mann unterdrückte sichtbar die Überraschung, die sich auf seinem Gesicht breitmachte, dann schob er die Flasche wieder unter das lose Fußbodenbrett. Jack war schon auf den Füßen. »Ich mache mir Sorgen«, sagte er.

»Wegen deiner Mom?«

Jack nickte und bewegte sich rückwärts auf die offene Tür zu.

»Dann geh und sieh nach, ob alles in Ordnung ist. Du kannst jederzeit wiederkommen, Travelling Jack.«

»Okay«, sagte der Junge, doch bevor er hinauslief, zögerte er noch einen Augenblick. »Ich glaube – ich glaube, ich weiß jetzt, wo wir uns schon einmal begegnet sind.«

»Nein, nein, ich hab nur gesponnen«, sagte Speedy, schüttelte den Kopf und schwenkte abwehrend die Hand. »Du hattest schon recht. Vor letzter Woche sind wir uns nie begegnet. Geh zu deiner Mom und beruhige dich.«

Jack sprintete zur Tür hinaus und lief durch den harten Sonnenschein auf den großen Torbogen zu, der auf die Straße hinausführte. Über sich sah er die Buchstaben DLROWNUF AIDACRA, die sich vor dem Himmel abzeichneten; nachts schrieben farbige Glühlampen den Namen nach beiden Seiten. Unter seinen Turnschuhen wirbelten Staubwölkchen auf. Jack arbeitete gegen seine eigenen Muskeln an, zwang sich, sie schneller und angestrengter zu bewegen, so daß er fast das Gefühl hatte, zu fliegen, als er durch den Bogen schoß.

Neunzehnhundertsechsundsiebzig. Jack war den Rodeo Drive hinaufgeschlendert, an einem Nachmittag im Juni? Juli? ... irgendeinem Nachmittag in der Trockenzeit, aber vor jenen Wochen des Jahres, in denen sich jedermann wegen der Buschfeuer in den Bergen Sorgen machte. Jetzt wußte er nicht einmal mehr, wohin er gehen wollte. Zu einem Freund? Jedenfalls hatte er es nicht eilig gehabt. Er hatte, erinnerte sich Jack, gerade den Punkt erreicht, an dem er nicht mehr in jeder freien Minute an seinen Vater dachte. Viele Monate, nachdem Phil Sawyer bei einem Jagdunfall ums Leben gekommen war, war sein Schatten, sein Fehlen auf Jack eingestürmt, immer dann, wenn der Junge am wenigsten damit rechnete. Jack war erst sieben, aber er wußte, daß man ihm einen Teil seiner Kindheit gestohlen hatte – sein sechsjähriges Ich kam ihm jetzt unvorstellbar simpel und gedankenlos vor –, aber er hatte gelernt, der Kraft seiner Mutter zu vertrauen. Jetzt schienen keine formlosen und grausamen Bedrohungem mehr in dunklen Ecken zu lauern, in Schränken mit halboffenen Türen, schattigen Straßen, leeren Räumen.

Aber die Ereignisse jenes ziellosen Sommernachmittags im Jahre 1976 hatten seinen wiedergewonnenen Frieden gemordet. In den folgenden sechs Monaten schlief Jack bei eingeschaltetem Licht, und Alpträume zerrütteten seinen Schlaf.

Der Wagen kam ein Stück oberhalb des dreigeschossigen weißen Hauses im Kolonialstil zum Stehen, in dem die Sawyers wohnten. Es war ein grüner Wagen gewesen, mehr wußte Jack nicht, außer daß es kein Mercedes gewesen war – Mercedes war die einzige Marke, die er auf Anhieb erkannte. Der Mann am Steuer hatte das Fenster heruntergekurbelt und Jack zugelächelt. Der erste Gedanke des Jungen war gewesen, daß er diesen Mann kannte – der Mann hatte Phil Sawyer gekannt und wollte nun seinem Sohn guten Tag sagen. Irgendwie vermittelte das Lächeln des Mannes diesen Eindruck, ein müheloses, ungezwungenes, vertrautes Lächeln. Ein anderer Mann beugte sich auf dem Beifahrersitz vor und blickte Jack durch eine Blindenbrille hindurch an – die Gläser waren rund und so dunkel, daß sie fast schwarz wirkten. Dieser zweite Mann trug einen reinweißen Anzug. Der Fahrer ließ sein Lächeln noch einen Augenblick länger wirken.

Dann sagte er: »Weißt du, wie wir zum Beverly Hills Hotel kommen, Kleiner?« Also war er doch ein Fremder. Jack spürte seltsamerweise eine leichte Enttäuschung in sich aufflackern.

Er deutete die Straße hinauf. Das Hotel lag gleich da oben, so nahe, daß sein Vater immer zu Fuß ging, wenn er zu einem Frühstück in der Loggia verabredet war.

»Geradeaus?« fragte der Fahrer, immer noch lächelnd.

Jack nickte.

»Du bist ein kluger kleiner Bursche«, erklärte ihm der Mann, und der andere Mann kicherte. »Hast du eine Ahnung, wie weit es ist?« Jack schüttelte den Kopf. »Vielleicht ein paar Blocks?«

»Ja.« Er hatte begonnen, sich unbehaglich zu fühlen. Der Fahrer lächelte noch immer, aber jetzt wirkte sein Lächeln grell und hart und leer. Und das Kichern des Beifahrers hatte wie feuchtes Pfeifen geklungen, so als saugte er an etwas Nassem.

»Fünf vielleicht? Oder sechs? Was meinst du?«

»Vielleicht fünf oder sechs, glaube ich«, sagte Jack und trat zurück.

»Ja, ich bin dir wirklich sehr dankbar, Kleiner«, sagte der Fahrer. »Wie wär's mit etwas Süßem?« Er streckte eine geschlossene Faust durchs

Fenster, drehte die Handfläche nach oben und öffnete sie: eine Tootsie Roll. »Das ist für dich. Nimm nur.«

Jack trat zögernd vor, hörte in Gedanken die tausend Warnungen vor fremden Männern und Süßigkeiten. Aber dieser Mann saß noch immer in seinem Auto; wenn er etwas versuchte, konnte Jack schon einen halben Block entfernt sein, bevor er die Tür geöffnet hatte. Und das Geschenk nicht anzunehmen, kam ihm irgendwie unhöflich vor. Er trat noch einen Schritt näher. Er blickte dem Mann in die Augen, die blau waren und so grell und hart wie sein Lächeln. Jacks Instinkt befahl ihm, die Hand zu senken und davonzulaufen. Er ließ zu, daß sich seine Hand ein paar Zentimeter näher an die Tootsie Roll herabschob. Dann taten seine Finger einen kurzen Griff danach.

Die Hand des Fahrers schloß sich um Jacks Hand, und der Beifahrer mit der Blindenbrille lachte laut auf. Verblüfft blickte Jack in die Augen des Mannes, der seine Hand gepackt hatte, und sah, wie ihre Farbe von Blau zu Gelb zu wechseln begann – *glaubte* zu sehen, wie sie zu wechseln begann.

Aber später waren sie gelb.

Der Mann auf dem Beifahrersitz stieß die Tür auf und kam hinten um den Wagen herum. Er trug ein kleines goldenes Kreuz am Revers seines seidenen Jacketts. Jack versuchte verzweifelt, sich loszureißen, aber der Fahrer lächelte grell und leer und hielt ihn fest. »NEIN!« schrie Jack. »HILFE!«

Der Mann mit der dunklen Brille öffnete die hintere Tür auf Jacks Seite.

»HILFE!« schrie Jack.

Dann versuchte der Mann mit der dunklen Brille, ihn so zu beugen, daß er durch die offene Tür paßte. Jack wehrte sich, immer noch schreiend, aber der Mann verstärkte mühelos seinen Griff. Jack schlug ihm auf die Hände, versuchte, sie fortzuschieben, aber die Finger bohrten sich wie Krallen in seine Seite. Jack schrie abermals.

Aus einiger Entfernung kam eine laute Stimme: »He, laßt den Jungen los! Ihr da! Laßt den Jungen in Ruhe!«

Jack keuchte erleichtert und versuchte mit aller Kraft, sich aus den Armen des Mannes zu befreien. Vom Ende des Blocks kam ein hochgewachsener, magerer Schwarzer auf sie zugerannt, immer noch rufend. Der Mann, der Jack festhielt, ließ ihn auf den Gehsteig fallen und hastete um den Wagen herum. Die Vordertür eines der Häuser hinter Jack wurde aufgerissen – ein weiterer Zeuge.

»Schnell, *schnell*!« sagte der Fahrer, den Fuß schon auf dem Gaspedal. Der Weißgekleidete glitt auf den Beifahrersitz, und der Wagen schoß mit quietschenden Reifen quer über den Rodeo Drive, knapp an einem langen, weißen Clenet mit einem sonnengebräunten Mann im Tennisdress vorbei. Die Hupe des Clenet heulte auf.

Jack rappelte sich hoch. Ihm war schwindlig. Ein kahlköpfiger Mann in einem bräunlichen Safarianzug tauchte neben ihm auf und sagte: »Wer waren die Männer? Weißt du, wie sie heißen?«

Jack schüttelte den Kopf.

»Ist dir etwas passiert? Wir sollten die Polizei rufen.«

»Ich möchte mich hinsetzen«, sagte Jack, und der Mann trat einen Schritt zurück.

»Soll ich die Polizei rufen?« fragte er, und Jack schüttelte den Kopf. »Ich kann es einfach nicht glauben«, sagte der Mann. »Wohnst du hier in der Nähe? Ich hab dich doch schon gesehen, oder?«

»Ich bin Jack Sawyer. Ich wohne dort drüben.«

»In dem weißen Haus«, sagte der Mann und nickte. »Du bist Lily Cavanaughs Sohn. Ich bringe dich nach Hause, wenn du möchtest.«

»Wo ist der andere Mann?« fragte Jack. »Der Schwarze – der, der gerufen hat?«

Er wich einen unsicheren Schritt vor dem Mann im Safarianzug zurück. Außer ihnen war niemand auf der Straße.

Lester Speedy Parker war der Mann gewesen, der auf ihn zugelaufen war. Und jetzt begriff Jack, daß Speedy ihm damals das Leben gerettet hatte, und er rannte nur noch schneller auf das Hotel zu.

3

»Hast du gefrühstückt?« fragte seine Mutter und stieß dabei eine Rauchwolke aus. Sie hatte ein Tuch wie einen Turban um den Kopf geschlungen; so, mit verhülltem Haar, wirkte ihr Gesicht knochig und verletzlich. Ein kaum zentimeterlanger Zigarettenstummel schwelte zwischen Zeige- und Mittelfinger, und als sie sah, daß sein Blick darauf fiel, drückte sie ihn im Aschenbecher auf ihrer Frisierkommode aus.

»Eigentlich nicht«, sagte er, an der Tür zu ihrem Schlafzimmer innehaltend.

»Bitte ein klares Ja oder Nein«, sagte sie und wendete sich wieder dem Spiegel zu. »Diese Ungewißheit bringt mich um.« Die Spiegelbilder des Handgelenks und der Hand, die Make-up auf Lilys Gesicht auftrug, waren wie dünne Stöcke.

»Nein«, sagte er.

»Dann warte einen Augenblick. Wenn deine Mutter sich schön gemacht hat, nimmt sie dich mit nach unten und kauft dir, was dein Herz begehrt.«

»Okay«, sagte er. »Es war irgendwie deprimierend, da unten allein zu sitzen.«

»Du hast doch wahrhaftig keinen Grund, deprimiert zu sein . . .« Sie beugte sich vor und inspizierte ihr Gesicht im Spiegel. »Würde es dir etwas ausmachen, im Wohnzimmer zu warten, Jacky? Ich mache das hier lieber ohne Publikum. Stammeszauber.«

Jack wandte sich wortlos ab und kehrte ins Wohnzimmer zurück. Als das Telefon läutete, fuhr er zusammen.

»Soll ich abnehmen?« rief er.

»Ja, bitte«, kam ihre kühle Stimme zurück.

Jack hob den Hörer ab und meldete sich.

»He, Junge, endlich habe ich euch«, sagte Onkel Morgan Sloat. »Was zum Teufel geht im Kopf deiner Mutter vor? Weiß der Himmel, was hier alles passieren kann, wenn sich nicht endlich jemand um die Details kümmert. Ist sie da? Sag ihr, sie muß mit mir reden – mir ist es egal, was sie sagt, aber sie muß mit mir reden. Unbedingt.«

Jack ließ die Hand mit dem Hörer sinken. Er hätte am liebsten aufgelegt und wäre mit seiner Mutter ins Auto gestiegen und in ein anderes Hotel in einem anderen Staat gefahren. Er legte nicht auf. Er rief: »Mom, Onkel Morgan ist am Apparat. Er sagt, du mußt mit ihm sprechen.«

Sie schwieg einen Moment, und er wünschte sich, er könnte ihr Gesicht sehen. Endlich sagte sie: »Ich spreche von hier aus.«

Jack wußte bereits, was er zu tun hatte. Seine Mutter schloß leise die Schlafzimmertür; er hörte sie zur Frisierkommode zurückkehren. Sie nahm den Hörer in ihrem Schlafzimmer ab. »Okay, Jacky«, rief sie durch die Tür. »Okay«, rief er zurück. Dann hielt er den Hörer wieder ans Ohr und deckte die Sprechmuschel mit der Hand ab, damit niemand seinen Atem hören konnte.

»Ein Bravourstück, Lily«, sagte Onkel Morgan. »Grandios. Wenn du noch beim Film wärest, könntest du damit Schlagzeilen machen. Warum verschwand diese Schauspielerin? – oder etwas dergleichen. Wird es nicht allmählich Zeit, daß du anfängst, dich wieder wie ein vernünftiger Mensch zu benehmen?«

»Wie hast du mich gefunden?«

»Glaubst du etwa, du wärest schwer zu finden? Daß ich nicht lache. Mach, daß du nach New York zurückkommst, Lily. Es wird Zeit, daß du aufhörst, davonzulaufen.«

»Tue ich das, Morgan?«

»Du hast nicht gerade die halbe Ewigkeit vor dir, Lily, und ich kann meine Zeit nicht damit vergeuden, dir durch ganz Neuengland nachzuspüren. He, warte mal. Der Bengel hat den Hörer nicht aufgelegt.«

»Natürlich hat er das.«

Jacks Herz hatte ein paar Sekunden zuvor zu schlagen aufgehört.

»Geh aus der Leitung, Junge«, sagte Morgans Stimme zu ihm.

»Mach dich nicht lächerlich, Sloat«, sagte seine Mutter.

»Ich werde dir sagen, was lächerlich ist, Lady. Daß du dich in irgendeinem schäbigen Badeort verkriechst, während du von Rechts wegen im Krankenhaus sein solltest, *das* ist lächerlich. Herrgott, weißt du denn nicht, daß wir eine Million Entscheidungen zu treffen haben? Außerdem mache ich mir Gedanken über die Zukunft deines Sohnes, und es ist nur gut, daß ich das tue, denn dir scheint das völlig gleichgültig zu sein.«

»Ich will nicht mehr mit dir reden«, sagte Lily.

»Du willst nicht, aber du mußt. Ich werde kommen und dich in ein Krankenhaus stecken, mit Gewalt, wenn es sein muß. Wir müssen zu einer *Übereinkunft* gelangen, Lily. Dir gehört die Hälfte der Firma, die ich zu leiten versuche – und Jack bekommt deine Hälfte, wenn du tot bist. Ich will sicherstellen, daß für Jack gesorgt ist. Und wenn du dir einbildest, du sorgtest in diesem gottverdammten Nest in New Hampshire für Jack, dann bist du erheblich kränker, als du glaubst.«

»Was willst du, Sloat?« fragte Lily mit erschöpfter Stimme.

»Du weißt genau, was ich will – ich will, daß für alle gesorgt ist. Ich will nur, was recht und billig ist. Ich kümmere mich um Jack, Lily. Ich gebe ihm fünfzigtausend Dollar pro Jahr – überleg dir das, Lily. Ich sorge dafür, daß er auf ein gutes College kommt. Du kannst ihn ja nicht einmal in die Schule schicken.«

»Edelmütiger Sloat«, sagte seine Mutter.

»Hältst du das für eine Antwort? Lily, du brauchst Hilfe, und ich bin der einzige, der sie dir anbietet.«

»Und was springt dabei für dich heraus?« fragte seine Mutter.

»Das weißt du verdammt gut. Ich bekomme meinen gerechten Anteil. Ich bekomme das, was mir zusteht. Deinen Anteil an Sawyer & Sloat – ich habe mich halb totgearbeitet für die Firma, und sie sollte mir allein gehören. Wir könnten den ganzen Papierkram an einem Vormittag erledigen, Lily, und uns dann darum kümmern, daß für dich gesorgt wird.«

»Wie für Tommy Woodbine gesorgt worden ist«, sagte sie. »Manchmal habe ich das Gefühl, ihr beide, du und Phil, wart zu erfolgreich. Sawyer & Sloat war besser unter Kontrolle zu halten, bevor ihr ins Grundstücksgeschäft und in die Industrie eingestiegen seid. Denkst du noch an die Zeit, in der ihr nur eine Handvoll unbedeutender Komiker und ein halbes Dutzend hoffnungsvoller Schauspieler und Drehbuchautoren als Klienten hattet? Mir gefiel das Leben besser, bevor das große Geld anrollte.«

»Unter Kontrolle zu halten? Du spinnst wohl?« schrie Onkel Morgan. »Du kannst ja nicht einmal dich selbst unter Kontrolle halten.« Dann bemühte er sich um mehr Gelassenheit. »Ich will vergessen, daß du Tom Woodbine erwähnt hast. Das war unter deiner Würde, Lily.«

»Ich lege jetzt auf, Sloat. Bleib fort von hier, und bleib fort von Jack.«

»Du gehst in ein Krankenhaus, Lily, und mit diesem Herumreisen ist ein für allemal ...«

Seine Mutter legte mitten in Onkel Morgans Satz auf; auch Jack legte seinen Hörer auf die Gabel, ganz leise. Dann trat er ein paar Schritte näher ans Fenster heran, als wollte er nicht in der Nähe des Telefons im Wohnzimmer gesehen werden. Aus dem geschlossenen Schlafzimmer kam nur Stille.

»Mom?« sagte er.

»Ja, Jacky?« Er hörte ein leichtes Beben in ihrer Stimme.

»Bist du okay? Ist alles in Ordnung?«

»Ja. Natürlich.« Ihre Schritte näherten sich leise der Tür, die sich einen Spaltbreit öffnete. Ihre Augen begegneten sich, ihre blauen mit seinen blauen. Lily stieß die Tür vollständig auf. Wieder trafen ihre Augen ineinander; es war ein Augenblick von bestürzender Intensität. »Natürlich ist alles in Ordnung. Warum sollte es anders sein?« Ihre Augen lösten sich voneinander. Irgendein Wissen hatte zwischen ihnen gehangen, aber welches? Jack fragte sich, ob sie wußte, daß er ihr Gespräch mitgehört hatte; dann ging ihm auf, daß das Wissen, das sie eben – zum ersten Mal – miteinander geteilt hatten, die Tatsache ihrer Krankheit war.

»Nun ja«, sagte er, jetzt verlegen. Die Krankheit seiner Mutter, dieses schwere, unaussprechliche Thema, wuchs zwischen ihnen zu widerwärtiger Größe heran. »Ich weiß nicht recht. Onkel Morgan schien...« Er zuckte die Achseln.

Lily zitterte, und Jack drängte sich eine weitere Erkenntnis auf. Seine Mutter hatte Angst – mindestens ebenso viel Angst wie er.

Sie steckte eine Zigarette in den Mund und ließ ihr Feuerzeug aufschnappen. Ein weiterer bohrender Blick aus ihren dunklen Augen. »Mach dir wegen diesem Ekel keine Sorgen, Jack. Mich ärgert nur, daß ich es anscheinend nicht fertigbringe, ihm zu entkommen. Deinem Onkel Morgan macht es Spaß, mich herumzukommandieren.« Sie stieß grauen Rauch aus. »Aber der Appetit aufs Frühstück ist mir vergangen. Geh hinunter und laß dir diesmal ein richtiges Frühstück servieren.«

»Komm doch mit«, sagte er.

»Ich möchte eine Weile allein sein, Jack. Versuch das zu verstehen.«

Versuch das zu verstehen. Vertrau mir.

Dinge, die Erwachsene sagten, wenn sie ganz etwas anderes meinten. Was sie in Wirklichkeit sagte, war: *Ich möchte schreien, ich ertrage das nicht mehr, verschwinde, verschwinde!*

»Soll ich dir etwas mitbringen?«

Sie schüttelte den Kopf, lächelte ihn tapfer an, und er mußte das Zimmer verlassen, obwohl auch ihm nicht mehr nach Frühstück zumute war. Er wanderte den Korridor entlang zu den Fahrstühlen. Wieder gab es nur einen Ort, zu dem er gehen konnte, aber diesmal wußte er es, noch bevor er die düstere Halle und den aschengesichtigen, tadelsüchtigen Tagesportier erreicht hatte.

4

Speedy Parker war nicht in dem kleinen, rotgestrichenen Büroschuppen; er war nicht draußen auf der langen Pier, nicht in der Arkade, in der die beiden Alten jetzt wieder Skee-Ball spielten, als wäre es ein Krieg, von dem beide wußten, daß sie ihn verlieren würden; er war nicht in der staubigen Ödnis unter der Achterbahn. Jack Sawyer drehte sich ziellos in dem grellen Sonnenlicht und ließ seine Augen über die leeren Wege und die verlassenen Attraktionen des Vergnügungsparks wandern. Seine Angst verstärkte sich. Wenn Speedy nun etwas passiert war? Es war unmöglich, aber wenn Onkel Morgan von Speedy erfahren hatte (aber was sollte er erfahren haben?) und wenn er... Vor seinem geistigen Auge sah Jack den WILD CHILD-Lieferwagen um eine Ecke biegen und mit knirschendem Getriebe beschleunigen.

Er gab sich einen Ruck, ohne recht zu wissen, wohin er gehen sollte. In der panischen Verfassung, in der er sich befand, sah er Onkel Morgan an einer Reihe von Zerrspiegeln vorüberlaufen, die ihn in monströse und deformierte Gestalten verwandelten. Hörner wuchsen auf seiner kahlen Stirn, ein Buckel wölbte sich zwischen seinen massigen Schultern, seine breiten Finger wurden zu Schaufeln. Jack bog scharf nach rechts ab und bewegte sich auf ein merkwürdig geformtes, fast rundes Gebäude aus schmalen weißen Brettern zu.

Plötzlich hörte er ein rhythmisches *tap-tap-tap* herausdringen. Er lief auf das Geräusch zu – ein Schraubenschlüssel, der auf ein Rohr schlug, ein Hammer, der auf einen Amboß traf, ein Arbeitsgeräusch. An der Lattenwand fand er einen Türknopf und zog eine zerbrechliche Lattentür auf.

Jack tappte durch die gestreifte Dunkelheit, und das Geräusch wurde lauter. Die Dunkelheit ringsum wechselte ihre Form, änderte ihre Dimensionen. Er streckte die Hand aus und berührte Segeltuch. Es glitt beiseite, und schon stand er in leuchtendgelbem Licht. »Travelling Jack«, sagte Speedys Stimme.

Jack wandte sich der Stimme zu und sah den Wachmann neben einem teilweise auseinandergenommenen Karussell auf dem Boden sitzen. Er hielt einen Schraubenschlüssel in der Hand, und vor ihm lag ein weißes Pferd mit schaumiger Mähne und einem langen, silbernen Pfahl, der es vom Sattelknopf bis zum Bauch durchbohrte. Speedy legte den Schraubenschlüssel beiseite. »Bist du jetzt zum Reden bereit, mein Junge?« fragte er.

Viertes Kapitel

Jack überschreitet die Grenze

1

»Ja, ich bin bereit«, sagte Jack mit gelassener Stimme; dann brach er in Tränen aus.

»Oh, Travelling Jack«, sagte Speedy; er erhob sich und trat zu ihm.

»Oh, Junge, nimm's nicht so schwer, nimm's nicht so schwer...«

Aber Jack mußte es schwer nehmen. Plötzlich war alles zu viel für ihn, viel zu viel, und er mußte entweder weinen oder unter einer großen schwarzen Welle versinken – einer Welle, die kein leuchtender Goldstreifen erhellen konnte. Die Tränen schmerzten, aber er hatte das Gefühl, die Angst würde ihn umbringen, wenn er sie nicht herausweinte.

»Weine nur, Travelling Jack«, sagte Speedy und legte die Arme um ihn. Jack preßte das heiße, verschwollene Gesicht an Speedys dünnes Hemd, registrierte den Geruch des Mannes – etwas wie Old Spice, etwas wie Zimt, etwas wie Bücher, die seit langem nicht aus den Regalen genommen wurden. Gute Düfte, beruhigende Düfte. Seine Arme tasteten um Speedy herum; unter den Handflächen fühlte er die Knochen in Speedys Rücken, dicht unter der Oberfläche, nur dünn mit magerem Fleisch bedeckt.

»Weine nur, wenn es dir hilft«, sagte Speedy und wiegte ihn dabei. »Manchmal hilft es. Ich weiß Bescheid. Speedy weiß, welchen Weg du hinter dir hast, Travelling Jack, und welchen vor dir, und wie müde du bist. Also weine nur, wenn es dir hilft.«

Die Worte verstand Jack kaum – er hörte nur die Laute, besänftigend und beruhigend.

»Meine Mutter ist wirklich krank«, sagte er schließlich gegen Speedys Brust. »Ich glaube, sie kam her, um den alten Partner meines Vaters loszuwerden – Mr. Morgan Sloat.« Er schnüffelte heftig, ließ Speedy los, trat zurück und wischte mit den Handballen über die verschwollenen Augen. Es überraschte ihn, daß er überhaupt nicht verlegen war – sonst hätte er sich seiner Tränen geschämt ... fast so, als hätte er sich in die Hose gemacht. Lag es daran, daß seine Mutter immer so zäh gewesen war? Zum Teil mochte das tatsächlich der Grund sein; Lily Cavanaugh hatte wenig für Tränen übrig.

»Aber das ist nicht der einzige Grund, aus dem sie herkam, nicht wahr?«

»Nein«, sagte Jack leise. »Ich glaube – sie kam her, um zu sterben.« Beim letzten Wort hob sich unwillkürlich seine Stimme; sie krächzte wie ein ungeöltes Scharnier.

»Vielleicht«, sagte Speedy und blickte Jack unverwandt an. »Und vielleicht bist du hier, um sie zu retten. Sie – und eine Frau, genau wie sie.«

»Wen?« fragte Jack mit tauben Lippen. Er wußte, wen. Er kannte ihren Namen nicht, aber er wußte, wer sie war.

»Die Königin«, sagte Speedy. »Sie heißt Laura DeLoessian, und sie ist die Königin der Region.«

2

»Hilf mir«, grunzte Speedy. »Pack die alte Silver Lady unter dem Schwanz. Damit trittst du der Lady zwar zu nahe, aber ich denke, sie hat nichts dagegen, wenn du mir hilfst, sie wieder dahin zu bringen, wo sie hingehört.«

»Heißt sie so? Silver Lady?«

»Yeah-bob. So ist es«, sagte Speedy und zeigte grinsend ein Dutzend Zähne in Ober- und Unterkiefer. »Alle Karussellpferde haben Namen, wußtest du das nicht? Faß an, Travelling Jack.«

Jack griff unter den hölzernen Schwanz des weißen Pferdes und verschränkte die Finger ineinander. Grunzend legte Speedy seine großen braunen Hände um die Vorderbeine der Lady. Gemeinsam trugen sie das hölzerne Pferd hinüber zum schrägen Teller des Karussells, den Pfahl, dessen unteres Ende eine dicke Schicht Schmieröl schwärzte, abwärts gerichtet.

»Etwas mehr nach links . . .« keuchte Speedy. »Ja . . . und nun pflock sie auf, Travelling Jack! Pflock sie richtig auf!«

Sie ließen den Pfahl einrasten und traten dann zurück, Jack keuchend, Speedy lächelnd und mit pfeifendem Atem. Der Schwarze wischte sich den Schweiß von der Stirn und lächelte Jack an.

»Sind wir nicht tüchtig?«

»Wenn Sie es sagen«, erwiderte Jack lächelnd.

»Ich sage es! Jawohl, das tue ich!« Speedy griff in die Gesäßtasche und zog die dunkelgrüne Halbliterflasche heraus. Er schraubte den Verschluß ab, trank – und für einen Augenblick überkam Jack eine gespenstische Gewißheit: er konnte durch Speedy hindurchsehen. Speedy war durchsichtig geworden wie die Gespenster in der *Topper*-Show, die eine der unabhängigen Fernsehstationen in L.A. gebracht hatte. Speedy verschwand. *Verschwand er,* dachte Jack, *oder geht er nur woanders hin?* Aber das war wieder so ein verrückter Gedanke; er war völlig absurd.

Dann war Speedy so solide wie eh und je. Es war nur ein Streich, den seine Augen ihm gespielt hatten, eine vorübergehende...

Nein. Das war es nicht. Einen Augenblick lang war er fast nicht da!

... Halluzination.

Speedy blickte ihn verschmitzt an. Er machte Anstalten, Jack die Flasche zu reichen, dann schüttelte er leicht den Kopf, schraubte sie zu und ließ sie wieder in die Gesäßtasche gleiten. Er drehte sich um und betrachtete Silver Lady, auf ihren Platz im Karussell zurückgekehrt; nur die Bolzen fehlten noch, die sie sicherten. Er lächelte. »So was Tüchtiges wie uns gibt's nicht noch einmal, Travelling Jack.«

»Speedy...«

»Sie haben alle Namen«, sagte Speedy; er wanderte langsam um den schrägen Teller des Karussells herum, und seine Schritte widerhallten in dem hohen Raum. Über ihnen im schattigen Gitter der Balken gurrten leise ein paar Rauchschwalben. Jack folgte ihm. »Silver Lady – Midnight – der Rotschimmel hier heißt Scout – die Stute Ella Speed.«

Der Schwarze warf den Kopf zurück und sang, daß die Rauchschwalben erschreckt aufflogen.

»Ella Speed, die allein auf der Weide stand ... laß dir sagen, was Bill Martin fand... He! Sieh nur, wie sie fliegen!« Er lachte – aber als er sich zu Jack umdrehte, war er wieder ernst. »Willst du versuchen, deiner Mutter das Leben zu retten, Jack? Ihr Leben und das der anderen Frau, von der ich dir erzählt habe?«

Ich... *weiß nicht wie,* wollte er sagen, aber eine Stimme in ihm – eine Stimme, die aus dem bisher verschlossenen Raum kam, aus dem eine Weile zuvor auch die Erinnerung an die beiden Männer und den Entführungsversuch gekommen war – erhob sich machtvoll: *Du weißt wie! Vielleicht brauchst du Speedy, damit du anfangen kannst, aber du weißt wie, Jack. Du weißt es.*

Er kannte diese Stimme sehr gut. Es war die Stimme seines Vaters.

»Ja, wenn Sie mir sagen, wie«, sagte er mit unsicherer Stimme.

Speedy wanderte zur entgegengesetzten Wand des Raumes – ein großes Rund, aus schmalen Latten errichtet und mit einem primitiven, aber schwungvollen Gemälde dahinstürmender Pferde geschmückt. Die Wand erinnerte Jack an das Rollpult seines Vaters bei geschlossenem Deckel (und dieses Pult hatte in Morgan Sloats Büro gestanden, als Jack und seine Mutter das letzte Mal darin gewesen waren, fiel ihm plötzlich ein, und der Gedanke erfüllte ihn mit dünnem, milchigem Zorn).

Speedy förderte einen gewaltigen Schlüsselring zutage, suchte eine Weile, fand dann den Schlüssel, den er brauchte, und drehte ihn in einem Vorhängeschloß. Er nahm das Schloß vom Riegel, ließ es zuschnappen und steckte es in eine seiner Brusttaschen. Dann schob er die ganze Wand auf ihren Schienen beiseite. Strahlend helles Sonnenlicht flutete herein; Jack mußte die Augen zusammenkneifen. Wasserreflexe tanzten leicht über die Decke. Vor sich hatten sie den herrlichen Seeblick, den die Besucher des Arcadia Funworld-Karussells jedesmal genießen konnten, wenn Silver Lady und Midnight und Scout sie an seiner Ostseite vorübertrugen. Eine leichte Brise wehte Jack das Haar aus der Stirn.

»Bei Sonnenschein läßt es sich besser über das alles reden«, sagte Speedy. »Komm herüber, Travelling Jack, und dann erzähle ich dir, was ich kann – was weniger ist, als ich weiß. Gott verhüte, daß du je alles erfahren mußt.«

3

Speedy sprach mit seiner sanften Stimme – sie war so weich und beruhigend wie gut durchgewalktes Leder. Jack hörte zu, manchmal stirnrunzelnd, manchmal fast außer Atem.

»Du kennst die Dinge, die du Tagträume nennst?«

Jack nickte.

»Das sind keine Träume, Travelling Jack. Weder Tagträume noch Nachtträume. Dieses Land ist ein wirkliches Land. Wirklich genug jedenfalls. Es sieht dort etwas anders aus als bei uns, aber es ist wirklich.«

»Speedy, meine Mom sagt immer...«

»Lassen wir das fürs erste. Sie weiß nichts über die Region – aber in gewisser Weise weiß sie doch Bescheid. Weil dein Daddy sie kannte. Und dieser andere Mann...«

»Morgan Sloat?«

»Ja, der kennt sie auch.« Dann setzte Speedy geheimnisvoll hinzu: »Und ich weiß auch, wer er drüben ist. Und ob ich das weiß!«

»Das Bild in Ihrem Büro – das ist nicht Afrika?«

»Nein, nicht Afrika.«

»Kein Trick?«

»Kein Trick.«

»Und mein Vater war in diesem Land?« fragte er, aber sein Herz wußte die Antwort bereits – eine Antwort, die vieles klärte, was nicht stimmte. Aber ob es nun stimmte oder nicht – Jack war sich nicht sicher, wie viel er davon *glauben* wollte. Eine magische Gegend? Eine kranke Königin? Es flößte ihm Unbehagen ein, großes Unbehagen. Hatte seine Mutter ihn nicht immer wieder ermahnt, als er noch klein war, er solle seine Tagträume nicht mit der Wirklichkeit verwechseln? Sie war sehr streng gewesen in dieser Hinsicht und hatte Jack ein wenig Angst eingejagt. Aber vielleicht, dachte er jetzt, hatte sie selbst Angst gehabt.

Konnte sie so lange mit Jacks Vater zusammengelebt haben, ohne *etwas zu erfahren*? Jack hielt es nicht für möglich. *Vielleicht*, dachte er, *wußte sie nicht viel – gerade genug, um Angst zu bekommen.*

Durchdrehen. Davon hatte sie gesprochen, Leute, die nicht zwischen Wirklichkeit und Einbildung unterscheiden konnten, drehten durch. Aber sein Vater hatte es besser gewußt, oder? Ja. Er und Morgan Sloat.

Sie haben Magie, wie wir Physik haben, richtig?

»Dein Vater war oft drüben, ja. Und dieser andere Mann, Groat . . .«

»Sloat.«

»Yeah-bob! Genau der. Er ist drüben gewesen. Nur – dein Dad, Jacky, der ging hinüber, um zu sehen und zu lernen. Dieser andere Kerl, der ging nur, um ein Vermögen herauszuplündern.«

»Hat Morgan Sloat meinen Onkel Tommy umgebracht?« fragte Jack.

»Davon weiß ich nichts. Aber du mußt jetzt genau zuhören, Travelling Jack. Wir haben nicht viel Zeit. Wenn du wirklich glaubst, daß dieser Sloat hier auftauchen wird . . .«

»Er schien mächtig wütend zu sein«, sagte Jack. Schon der Gedanke, daß Onkel Morgan in Arcadia Beach erscheinen könnte, machte ihn nervös.

». . . dann ist die Zeit noch knapper, als ich dachte. Weil es ihm vielleicht sehr gelegen käme, wenn deine Mutter stirbt. Und sein Twinner hofft ganz bestimmt, daß Königin Laura stirbt.«

»Sein Twinner?«

»Es gibt Menschen in dieser Welt, die in der Region eine Art Zwilling oder Doppelgänger haben«, sagte Speedy. »Nicht viele, weil da drüben weniger Leute leben – vielleicht einer auf hunderttausend hier. Aber Twinner haben es am leichtesten, hinüber und herüber zu wechseln.«

»Diese Königin – ist sie – der Twinner meiner Mutter?«

»Es sieht so aus.«

»Aber meine Mutter war doch nie . . .«

»Nein. Nie. Sie hatte keinen Grund dazu.«

»Mein Vater – hatte der einen Twinner.

»Den hatte er. Einen prachtvollen Mann.«

Jack befeuchtete seine Lippen – was für ein verrückter Kram! Twinner, die Region! »Als mein Vater hier starb, starb da auch sein Twinner drüben?«

»Ja. Nicht genau zur gleichen Zeit, aber fast.«

»Speedy?«

»Ja?«

»Habe ich auch einen Twinner? In der Region?«

Speedy blickte ihn so ernst an, daß ihm ein Schauder über den Rücken lief. »Nein, du nicht, mein Junge. Dich gibt es nur einmal. Du bist was Besonderes. Und dieser Smoat . . .«

»Sloat«, sagte Jack mit leichtem Lächeln.

»... ja, wie auch immer, er weiß es. Und das ist einer der Gründe dafür, daß er bald hier erscheinen wird. Und einer der Gründe dafür, daß du dich aufmachen mußt.«

»Warum?« brach es aus Jack heraus. »Was kann ich denn tun, wenn es Krebs ist? Wenn es Krebs ist und sie ist hier und nicht in irgendeinem Krankenhaus, dann heißt das doch, daß es keinen Ausweg gibt, wenn sie hier ist, dann bedeutet das doch...« Die Tränen stiegen wieder hoch, und er schluckte sie mit einiger Anstrengung hinunter. »Dann bedeutet das doch, daß er durch und durch gedrungen ist.«

Durch und durch.

Das war eine weitere Wahrheit, die sein Herz kannte: die Wahrheit über ihr immer schnelleres Abmagern, die Wahrheit über die dunklen Schatten unter ihren Augen. *Durch und durch,* aber bitte, lieber Gott, bitte, sie ist doch meine *Mutter...*

»Ich meine«, fuhr er mit erstickter Stimme fort, »was kann dieses Tagtraumland denn für sie tun?«

»Ich glaube, fürs erste haben wir genug geredet«, sagte Speedy. »Aber eines mußt du mir glauben, Travelling Jack: ich würde nie sagen, daß du gehen mußt, wenn du ihr nicht helfen könntest.«

»Aber...«

»Ruhig, Travelling Jack. Ich kann nicht mehr sagen, bevor ich dir gezeigt habe, um was es geht. Hätte keinen Sinn. Komm mit.«

Speedy legte Jack einen Arm um die Schultern und führte ihn um das Karussell herum. Gemeinsam traten sie durch die Tür und wanderten über die verlassenen Wege des Vergnügungsparks. Zu ihrer Linken stand das Gebäude mit den Autoscootern, jetzt verlassen und vernagelt. Zu ihrer Rechten reihten sich Buden – Ringwerfen, Pizzas und Pfannkuchen, eine Schießbude, gleichfalls mit Brettern vernagelt (über die ausgeblichene Tiere jagten – Löwen und Tiger und Bären, du meine Güte).

Sie erreichten die breite Hauptstraße, die in schwacher Anlehnung an Atlantic City Boardwalk Avenue genannt worden war – Arcadia Funworld hatte eine Pier, aber keine Strandpromenade. Die Arkade lag jetzt rund hundert Meter zu ihrer Linken und der Bogen über dem Eingang etwa zweihundert Meter zu ihrer Rechten. Jack hörte das stetige, mahlende Donnern der Brecher, vereinzelte Möwenschreie.

Er sah Speedy an, wollte ihn fragen, was nun kam, was als nächstes kam, ob das alles sein Ernst war oder nur ein grausamer Scherz ... aber er sprach nichts davon aus. Speedy hielt ihm die grüne Glasflasche entgegen.

»Das...« setzte Jack an.

»Bringt dich hin«, sagte Speedy. »Eine Menge Leute, die hinübergehen, brauchen nichts dergleichen, aber du bist eine ganze Weile nicht mehr dort gewesen, nicht wahr, Jacky?«

»Nein.« Wann hatte er zum letzten Mal seine Augen in dieser Welt geschlossen und sie in der magischen Welt der Tagträume wieder geöffnet, in dieser Welt mit ihren reichen, satten Düften und dem tief durchsichtigen Himmel? Im vorigen Jahr? Nein. Wesentlich früher . . . in Kalifornien . . . nachdem sein Vater gestorben war. Damals mußte er ungefähr . . .

Jacks Augen weiteten sich. Neun Jahre alt gewesen sein? So lange war das her? Drei Jahre?

Der Gedanke, wie still, wie unmerklich diese Träume, manchmal süß, manchmal auf unerklärliche Weise beunruhigend, davongeglitten waren, hatte etwas Bestürzendes – ihm war, als wäre ein großer Teil seiner Phantasie schmerzlos und ohne jede Vorankündigung gestorben.

Er nahm die Flasche rasch aus Speedys Hand und ließ sie beinahe fallen. Eine leichte Panik hatte ihn ergriffen. Einige der Tagträume waren tatsächlich beunruhigend gewesen, und die eindringlichen Ermahnungen seiner Mutter, Wirklichkeit und Einbildung nicht zu vermengen (*mit anderen Worten, dreh bloß nicht durch, Jacky, okay, mein Junge?*), waren ein bißchen beängstigend gewesen, ja, aber jetzt stellte er fest, daß er diese Welt doch nicht verlieren mochte.

Er blickte in Speedys Augen und dachte: *Er weiß es auch. Alles, was ich eben gedacht habe, weiß er auch. Wer bist du, Speedy?*

»Wenn man eine Zeitlang nicht dort gewesen ist, vergißt man, wie man aus eigener Kraft hinkommt«, sagte Speedy. Er deutete mit einem Nicken auf die Flasche. »Deshalb habe ich mir etwas Zaubersaft besorgt. Einen ganz *besonderen* Saft.« Speedys letzte Worte klangen fast ehrfürchtig.

»Stammt er von drüben? Aus der Region?«

»*Etwas* Magie gibt es hier auch, Travelling Jack. Nicht viel, aber ein bißchen. Dieser Zaubersaft hier kommt aus Kalifornien.«

Jack sah ihn zweifelnd an.

»Also, nimm einen kleinen Schluck und sieh zu, wo er dich hinbringt.« Speedy grinste. »Wenn du genug von diesem Zeug trinkst, kannst du so ziemlich überall hinkommen. Du hast jemanden vor dir, der das weiß.«

»Mag sein, Speedy, aber . . .« Er hatte wieder Angst. Sein Mund war trocken geworden, die Sonne kam ihm viel zu hell vor, und er spürte den Puls in seinen Schläfen schneller werden. Unter seiner Zunge lag ein kupfriger Geschmack, und Jack dachte: *Genauso wird sein* »*Zaubersaft*« *schmecken – grauenhaft.*

»Wenn du Angst hast und zurückwillst, nimmst du noch einen Schluck«, sagte Speedy.

»Ich kann sie mitnehmen? Die Flasche? Wirklich?« Der Gedanke, dort festzusitzen, in diesem geheimnisvollen anderen Land, während seine Mutter hier krank war und von Sloat bedrängt wurde, war entsetzlich.

»Wirklich.«

»Okay.« Jack setzte die Flasche an die Lippen – und ließ sie dann wieder ein Stückchen sinken. Der Geruch war scheußlich – scharf und ranzig. »Ich mag nicht, Speedy«, flüsterte er.

Lester Parker sah ihn an; seine Lippen lächelten, aber in seinen Augen war kein Lächeln – sie waren streng. Unnachgiebig. Erschreckend. Jack sah schwarze Augen vor sich: Möwenaugen, das Auge des Strudels. Entsetzen durchwogte ihn.

Er streckte Speedy die Flasche entgegen. »Können Sie sie nicht zurücknehmen?« fragte er; seine Stimme war nur ein kraftloses Flüstern. »Bitte?«

Speedy gab keine Antwort. Er erinnerte Jack nicht daran, daß seine Mutter starb oder daß Morgan Sloat kommen würde. Er nannte ihn nicht einen Feigling, obwohl Jack sich noch nie in seinem Leben so feige vorgekommen war, nicht einmal damals, als er auf dem Sprungbrett in Camp Accomac einen Rückzieher gemacht hatte und von einigen der Kinder ausgelacht worden war. Speedy wandte sich nur ab und pfiff zu einer Wolke hinauf.

Jetzt gesellte sich Einsamkeit zu seinem Entsetzen, er war ihr hilflos ausgeliefert. Speedy hatte sich von ihm abgewandt. Speedy drehte ihm den Rücken zu.

»Okay«, sagte Jack plötzlich. »Wenn es das ist, was Sie von mir verlangen.«

Er hob die Flasche abermals und trank, bevor er Zeit hatte, es sich anders zu überlegen.

Der Geschmack übertraf seine schlimmsten Vorstellungen. Er hatte schon früher Wein getrunken, hatte sogar Geschmack daran gefunden (besonders an den trockenen Weißweinen, die seine Mutter zu Seezunge oder Schnapper oder Schwertfisch auf den Tisch brachte), und dies war so etwas Ähnliches wie Wein – doch zugleich war es eine grauenhafte Verhöhnung aller Weine, die er jemals getrunken hatte. Der Geschmack war scharf und süß und faulig, nicht der Geschmack von gesunden Trauben, sondern der von toten Trauben, die verkümmert waren.

Als dieser grauenhafte, süßlich-purpurne Geschmack in seinen Mund flutete, konnte er diese Trauben sogar sehen – matt, staubig, fleischig und widerwärtig, auf dem schmutzigen Putz an einer Wand in dickem, siruppartigem Sonnenschein, in dem nichts zu hören war als das dumpfe Summen zahlreicher Fliegen.

Er schluckte, und dünnes Feuer brannte eine Schneckenspur in seine Kehle.

Er schloß die Augen und verzog den Mund, weil sein Schlund sich in Bewegung zu setzen drohte. Er übergab sich nicht, war aber sicher, daß es dazu gekommen wäre, wenn er etwas zum Frühstück gegessen hätte.

»Speedy . . .«

62

Er öffnete die Augen, und alle weiteren Worte erstarben in seinem Hals. Er vergaß das Bedürfnis, diese grauenhafte Parodie von Wein zu erbrechen. Er vergaß seine Mutter und Onkel Morgan und seinen Vater und fast alles andere. Speedy war verschwunden. Die kühne Silhouette der Achterbahn vor dem Himmel war verschwunden. Boardwalk Avenue war verschwunden.

Er war jetzt woanders. Er war . . .

»In der Region«, flüsterte Jack, und ein Schauder überlief ihn, eine verrückte Mischung aus Bestürzung und Begeisterung. Er spürte, wie sich das Haar in seinem Nacken sträubte, spürte, wie ein einfältiges Grinsen an seinen Mundwinkeln zerrte. »Speedy, ich bin hier, mein Gott, ich bin in der Region! Ich . . .«

Aber das Staunen überwältigte ihn. Er schlug eine Hand vor den Mund und drehte sich langsam um sich selbst und betrachtete diesen Ort, an den Speedys »Zaubersaft« ihn versetzt hatte.

4

Das Meer war noch da, aber jetzt in einem dunkleren, satteren Blau – das schönste Indigo, das Jack je gesehen hatte. Einen Augenblick stand er wie gebannt da, die Meeresbrise fuhr ihm durchs Haar, und er blickte zum Horizont hinaus, wo das indigofarbene Meer an einen Himmel von der Farbe verblichener Jeans stieß.

Dieser Horizont war leicht, aber unverkennbar gekrümmt.

Er schüttelte den Kopf, runzelte die Stirn und drehte sich in die entgegengesetzte Richtung. Seegras, hoch, wild und wirr, überzog die Landzunge, auf der noch eine Minute zuvor das runde Karussellgebäude gestanden hatte. Auch die Pier mit der Arkade war verschwunden; wo sie gewesen war, erstreckte sich ein wüster Haufen von Granitblöcken bis hinunter zum Strand. Die Wellen prallten gegen die untersten Blöcke und ergossen sich mit lautem, hohem Getöse in uralte Risse und Spalten. Gischt, dick wie Schlagsahne, sprühte in die klare Luft und wurde vom Wind verweht.

Unvermittelt packte Jack seine linke Wange mit Daumen und Zeigefinger der linken Hand und kniff sich heftig. Seine Augen tränten, aber sonst änderte sich nichts.

»Es ist wirklich«, flüsterte er, und eine weitere Welle toste gegen die Landzunge und ließ weiße Gischt aufsprühen.

Jack erkannte plötzlich, daß Boardwalk Avenue doch noch da war – in anderer Form. Ein tief ausgefahrener Karrenweg zog sich von der Spitze der Landzunge – dort, wo in dem, was sein Verstand nach wie vor beharrlich »die wirkliche Welt« nannte, der Eingang zur Arkade gewesen war – bis dorthin, wo er stand, und dann weiter nordwärts, genau wie sich Boardwalk Avenue nordwärts erstreckte und jenseits des Torbogens in die Arcadia Avenue mündete. In der Mitte dieses Weges wuchs Seegras, aber es wirkte niedergedrückt und verfilzt – Jack vermutete, daß der Weg zumindest gelegentlich benutzt wurde.

Er wandte sich nach Norden, die grüne Flasche in der rechten Hand. Irgendwo, fiel ihm ein, in einer anderen Welt, hatte Speedy den Verschluß zu dieser Flasche.

Ob ich vor seinen Augen verschwunden bin? Ich glaube, so muß es gewesen sein. Phantastisch!

Nachdem er auf dem Weg ungefähr vierzig Schritte getan hatte, stieß er auf ein Gestrüpp aus Brombeersträuchern. Zwischen den Dornen hingen die größten, dunkelsten, üppigsten Brombeeren, die er je gesehen hatte. Jacks Magen, offenbar nicht mehr vom »Zaubersaft« beleidigt, gab einen verlangenden Laut von sich.

Brombeeren? Im September?

Wenn schon. Nach allem, was heute passiert war (und es war noch nicht einmal zehn Uhr), kam ihm die Frage nach Brombeeren im September ungefähr so vor wie die Weigerung, ein Aspirin zu nehmen, wenn einem ein Stein im Magen lag.

Jack pflückte eine Handvoll Brombeeren und steckte sie in den Mund. Sie waren wunderbar süß, wunderbar gut. Lächelnd (seine Lippen hatten sich bläulich verfärbt) und mit dem Gedanken, daß es durchaus möglich war, daß er den Verstand verloren hatte, pflückte er eine weitere Handvoll Beeren . . . und dann noch eine dritte. Etwas so Delikates hatte er noch nie gegessen – obwohl, dachte er später, das nicht an den Beeren allein lag; auch die unglaubliche Klarheit der Luft hatte dazu beigetragen.

Er holte sich ein paar Kratzer, als er die vierte Portion pflückte – es war, als wollten die Sträucher ihm sagen, er solle aufhören, jetzt reicht es. Er saugte an dem tiefsten Kratzer auf dem Daumenballen; dann setzte er entlang der Karrenspur seinen Weg nach Norden fort, ganz langsam, und versuchte, gleichzeitig überallhin zu schauen.

Ein Stück von den Brombeersträuchern entfernt blieb er stehen, um zur Sonne emporzublicken, die ihm irgendwie kleiner vorkam und dennoch viel feuriger. Hatte sie nicht einen schwachen Anhauch von Orange, wie auf mittelalterlichen Gemälden? Jack kam es so vor. Und . . .

Ein Schrei, so rostig und unangenehm wie ein alter Nagel, der langsam aus einem Brett gezogen wird, brach plötzlich in seine Gedanken ein. Jack fuhr herum; seine Schultern zuckten, seine Augen weiteten sich.

Es war eine Möwe – und ihre Größe war verblüffend, fast unglaublich (aber sie war da, so solide wie Stein, so real wie Häuser). Sie hatte die Größe eines Adlers. Den glatten, runden weißen Kopf hatte sie zur Seite geneigt. Der Angelhaken von einem Schnabel öffnete und schloß sich. Der Schlag ihrer großen Flügel ließ das Seegras ringsum wogen. Und dann begann sie plötzlich, anscheinend völlig furchtlos, auf Jack zuzuhüpfen.

Ganz schwach vernahm Jack den klaren, metallenen Laut vieler Trompeten, die einen einfachen Tusch bliesen, und dabei dachte er ohne erkennbaren Anlaß an seine Mutter.

Er blickte einen Augenblick nach Norden, in die Richtung, in die er gegangen war, von diesem Laut angezogen – er erfüllte ihn mit einem undeutlichen Gefühl von Dringlichkeit. Es war, so dachte er (sofern er überhaupt *Zeit* zum Denken hatte), als hungerte man nach etwas ganz Bestimmtem, das man seit langem entbehren mußte – Eiscreme, Kartoffelchips, vielleicht eine Tortilla. Man weiß es nicht, bevor man es sieht; bis dahin ist es nur ein namenloses Verlangen, das einen rastlos und nervös macht.

Er sah Fahnen, und die Spitze von etwas, das ein großes Zelt sein mochte – ein Pavillon –, zeichnete sich vor dem Himmel ab.

Das ist die Stelle, wo das Alhambra steht, dachte er, und dann kam der Möwenschrei. Er drehte sich um und stellte erschrocken fest, daß sie kaum anderthalb Meter von ihm entfernt war. Ihr Schnabel öffnete sich wieder, ließ das schmutzigrosa Innere sehen, erinnerte ihn an gestern, an die Möwe, die die Muschel auf den Felsen fallen ließ und ihn dann auf die gleiche grauenhafte Art angestarrt hatte wie jetzt diese. Die Möwe grinste ihn an – da war er ganz sicher. Als sie noch näher heranhüpfte, roch Jack den widerlichen Gestank, der sie umgab – toter Fisch und verfaulter Tang.

Die Möwe zischte ihn an und schlug wieder mit den Flügeln.

»Verschwinde«, sagte Jack laut. Sein Herz lief auf Hochtouren, und sein Mund war trocken geworden, aber er wollte sich nicht vor einer Möwe fürchten, nicht einmal vor einer großen. »Verschwinde!«

Die Möwe öffnete abermals den Schnabel – und dann kam aus der offenen Kehle eine Reihe von Lauten; sie sprach – oder schien zu sprechen.

»*Utter iiiirb Ack – utter iiiirb ...*«

Mutter stirbt, Jack ...

Die Möwe tat einen weiteren unbeholfenen Hopser auf ihn zu; ihre schuppigen Füße krallten sich in das verfilzte Gras, ihr Schnabel öffnete und schloß sich, die schwarzen Augen fixierten Jack. Fast ohne zu wissen, was er tat, hob Jack die grüne Flasche und trank.

Wieder zwang ihn der grauenhafte Geschmack, die Augen zuzukneifen – und als er sie wieder öffnete, blickte er gedankenlos auf ein gelbes Schild mit den schwarzen Silhouetten zweier laufender Kinder, eines kleinen Jungen und eines kleinen Mädchens. VORSICHT KINDER stand darauf.

Eine Möwe in völlig normaler Größe flog mit einem Schrei davon auf, zweifellos durch Jacks plötzliches Erscheinen erschreckt. Er blickte sich um, völlig verwirrt. Sein Magen, voll von Brombeeren und Speedys ekelhaftem »Zaubersaft«, drehte sich grollend um. Die Muskeln in seinen Beinen begannen zu zittern, und er setzte sich so unvermittelt und heftig am Pfosten des Schildes auf den Bordstein, daß der Stoß an seinem Rückgrat hinaufwanderte und seine Zähne gegeneinanderschlagen ließ. Plötzlich beugte er sich zwischen den gespreizten Knien vor und machte den Mund weit auf – ihm war, als müßte er alles von sich geben. Stattdessen stieß er nur zweimal mit leichtem Würgen auf und spürte dann, wie sich sein Magen langsam entkrampfte.

Es liegt an den Beeren, dachte er. *Ohne die Beeren hätte ich bestimmt gespuckt.*

Er blickte auf und wurde wieder von Verwirrung ergriffen. Er war in der Welt der Region bestimmt nicht mehr als sechzig Schritte auf dem Karrenweg entlanggewandert. Da war er ganz sicher. Wenn seine Schrittlänge sechzig Zentimeter betrug – nein, sagen wir fünfundsiebzig, um ganz sicher zu gehen –, so bedeutete das, daß er knapp fünfzig Meter gelaufen war. Aber . . .

Er drehte sich um und sah den Torbogen mit den großen roten Lettern ARCADIA FUNWORLD. Obwohl er gute Augen hatte, war die Schrift so weit entfernt, daß er sie kaum lesen konnte. Zu seiner Rechten erstreckte sich das weitläufige, vielflügelige Alhambra Inn mit den Gartenanlagen davor und dem Meer dahinter.

In der Region hatte er knapp fünfzig Meter zurückgelegt.

Hier waren es an die achthundert Meter.

»Großer Gott«, flüsterte Jack Sawyer und schlug die Hände vor die Augen.

5

»Jack! He, Jack! Travelling Jack!«

Speedys Stimme überdröhnte das Waschmaschinen-Gedröhn eines alten Motors mit sechs Kurzhub-Zylindern. Jack blickte auf – sein Kopf kam ihm unvorstellbar schwer vor, seine Glieder schienen voll Blei – und sah, daß ein sehr alter International Harvester-Laster langsam auf ihn zurollte. Die Seitenwände der Ladefläche bestanden aus selbstgebastelten Pflöcken, die wie lose Zähne hin- und herschaukelten, als der Laster die Straße entlang auf ihn zukam. Die Karosserie war in einem gräßlichen Türkis gestrichen. Speedy saß hinter dem Lenkrad.

Er fuhr an den Bordstein, drosselte den Motor und ließ ihn absterben. Dann stieg er rasch aus.

»Alles in Ordnung, Jack?«

Jack streckte Speedy die Flasche entgegen. »Ihr Zaubersaft ist das reinste Gift, Speedy«, sagte er kraftlos.

Speedy schien verletzt – dann lächelte er. »Wer hat dir erzählt, daß Medizin gut schmecken müßte, Travelling Jack?«

»Vermutlich niemand«, sagte Jack. Er spürte, wie etwas von seiner Kraft – ganz langsam – zurückkehrte und dieses wattige Gefühl der Verwirrung ihn verließ.

»Glaubst du mir jetzt, Jack?«

Jack nickte.

»Nein«, sagte Speedy. »Das genügt nicht. Sprich es aus.«

»Die Region«, sagte Jack. »Es gibt sie. Sie ist wirklich. Ich sah einen Vogel . . .« Er brach ab und schauderte.

»Was für einen Vogel?« fragte Speedy scharf.

»Eine Möwe. Die größte Möwe . . .« Jack schüttelte den Kopf. »Sie würden es nicht glauben.« Er überlegte und sagte dann: »Doch, *Sie* würden es glauben. Vielleicht niemand sonst, aber *Sie* würden es glauben.«

»Hat sie geredet? Eine Menge Vögel drüben reden. Meist dummes Zeug. Und es gibt ein paar, deren Rede eine Art Sinn hat – aber es ist ein böser Sinn, und meistens sind es Lügen.«

Jack nickte. Schon daß er Speedy über diese Dinge reden hörte, völlig verständig und völlig vernünftig, bewirkte, daß er sich besser fühlte.

»Ich glaube, sie hat geredet. Aber es war wie . . .« Er dachte angestrengt nach. »In der Schule, in die Richard und ich in L.A. gingen, war ein Junge – Brandon Lewis. Er hatte einen Sprachfehler, und wenn er etwas sagte, konnte man ihn kaum verstehen. Bei dem Vogel war es so ähnlich. Aber ich weiß, was er gesagt hat. Er sagte, meine Mutter stirbt.«

Speedy legte einen Arm um Jacks Schultern, und sie saßen eine Weile schweigend nebeneinander auf dem Bordstein. Der Tagesportier des Alhambra, blaß, schmal und – wie es schien – voller Argwohn gegenüber jedem Lebewesen im Universum, erschien mit einem großen Packen Post. Speedy und Jack beobachteten, wie er zur Ecke Arcadia und Beach Drive ging und die Hotelpost in den Briefkasten stopfte. Er machte kehrt, bedachte Jack und Speedy mit seinem dünnen Blick und bog dann in die Auffahrt des Alhambra ein. Über der dichten Buchsbaumhecke war gerade noch sein Schädel zu erkennen.

Das Öffnen und Schließen der großen Eingangstür war deutlich zu hören, und das Gefühl der herbstlichen Verlassenheit dieses Ortes traf Jack wie ein heftiger Schlag. Breite, menschenleere Straßen. Der lange Strand mit seinen leeren Dünen aus Zuckersand. Der leere Vergnügungspark, die Wagen der Achterbahn mit Planen abgedeckt in einem Verschlag, Vorhängeschlösser vor allen Buden. Ihm war, als hätte seine Mutter ihn an einen Ort am Ende der Welt gebracht.

Speedy legte den Kopf in den Nacken und sang mit seiner klaren, vollen Stimme: *Ich habe dagestanden ... und habe herumgespielt ... zu lang in dieser alten Stadt ... der Sommer ist fast vergangen, der Winter steht bevor ... der Winter steht bevor, und mir ist ... als müßte ich wieder wandern ...*

Er brach ab und sah Jack an.

»Ist dir auch, als müßtest du wandern, Travelling Jack?«

Er spürte bleierne Angst in den Knochen.

»Ich denke schon«, sagte er. »Wenn es hilft. Ihr hilft. Kann ich ihr helfen, Speedy?«

»Du kannst es«, sagte Speedy ernst.

»Aber ...«

»Es gibt Dutzende von Aber«, sagte Speedy. »Ganze *Wagenladungen* von Aber, Travelling Jack. Ich verspreche dir keinen Sonntagsspaziergang. Ich verspreche dir keinen Erfolg. Verspreche nicht, daß du lebendig zurückkommst oder daß in deinem Kopf noch alle Schrauben festsitzen, wenn du es schaffst. Du mußt einen Teil des Weges in der Region hinter dich bringen, weil die Region wesentlich kleiner ist. Hast du das bemerkt?«

»Ja.«

»Dachte ich mir. Schließlich hast du da unten auf der Straße einen tüchtigen Schluck genommen.«

Jetzt fiel Jack eine Frage wieder ein, und obwohl sie nicht zum Thema gehörte, brauchte er eine Antwort. »Bin ich verschwunden, Speedy? Haben Sie gesehen, wie ich verschwand?«

»Du warst auf einmal weg«, sagte Speedy und klatschte kurz in die Hände, »einfach so.«

Jack spürte, wie ein langsames, unwillkürliches Lächeln seinen Mund verzog – und Speedy erwiderte es.

»Das möchte ich einmal in Mr. Balgos Computer-Unterricht tun«, sagte Jack, und Speedy kicherte wie ein Kind. Jack folgte seinem Beispiel, und das Lachen tat gut, fast so gut, wie die Brombeeren geschmeckt hatten.

Wenige Sekunden später wurde Speedy wieder ernst und sagte. »Es gibt einen Grund dafür, daß du in die Region mußt, Jack. Dort ist etwas, das du holen mußt. Etwas sehr Mächtiges.«

»Und das ist dort drüben?«

»Yeah-bob.«

»Es wird meiner Mutter helfen?«

»Ihr – und der anderen.«

»Der Königin?«

Speedy nickte.

»Was ist es? Wo ist es? Wann werde ich ...«

»Halt! Hör auf!« Speedy hob eine Hand. Seine Lippen lächelten, aber seine Augen waren ernst, fast bekümmert. »Eins nach dem anderen. Und ich kann dir nicht sagen, was ich nicht weiß, Jack – oder was ich nicht sagen darf.«

»Was Sie nicht sagen dürfen?« fragte Jack bestürzt. »Wer ...«

»Du fängst schon wieder an«, sagte Speedy. »Jetzt hör gut zu, Travelling Jack. Du mußt so schnell wie möglich aufbrechen, bevor dieser Bloat hier auftaucht und dich kassiert ...«

»Sloat.«

»Genau der. Du mußt verschwinden, bevor er kommt.«

»Aber er wird über meine Mutter herfallen«, sagte Jack und fragte sich, warum er das sagte – weil es wahr war oder weil es ihm einen Vorwand lieferte, die Reise zu vermeiden, die Speedy ihm vorsetzte wie eine möglicherweise vergiftete Mahlzeit. »Sie kennen ihn nicht. Er ...«

»Ich kenne ihn«, sagte Speedy leise. »Ich kenne ihn seit langem, Jack. Und er kennt mich. Er trägt mein Zeichen. Es ist verborgen, aber es ist da. Deine Mutter kann für sich selber sorgen. Sie muß es, zumindest eine Zeitlang. Weil du dich auf den Weg machen mußt.«

»Wohin?«

»Nach Westen«, sagte Speedy. »Von diesem Ozean zum anderen.«

»Was?« rief Jack, völlig fassungslos beim Gedanken an eine derart weite Reise. Und dann fiel ihm ein Werbespot ein, den er keine drei Tage zuvor im Fernsehen gesehen hatte – ein Mann, der sich in rund elftausend Meter Höhe an einem kalten Büffet bediente, in aller Seelenruhe. Jack war mehr als zweidutzendmal mit seiner Mutter von Küste zu Küste geflogen, insgeheim immer von der Tatsache entzückt, daß es sechzehn Stunden hell war, wenn man von New York nach L.A. flog. Es war, als schlüge man der Zeit ein Schnippchen. Und es war ganz einfach.

»Kann ich fliegen?« fragte er Speedy.

»Nein!« Speedy schrie es fast heraus, und seine Augen weiteten sich vor Bestürzung. Er packte Jacks Schulter mit festem Griff. »Du darfst auf keinen Fall irgendwo in die Luft gehen! Hörst du, auf gar keinen Fall! Wenn du in die Region überwechselst, während du dort oben bist ...«

Mehr sagte er nicht; mehr brauchte er nicht zu sagen. Jack sah sich mit entsetzlicher Deutlichkeit aus diesem klaren, wolkenlosen Himmel herabstürzen, ein schreiendes Projektil in Jeans und rot-weiß gestreiftem T-Shirt, ein Fallschirmspringer ohne Fallschirm.

»Du gehst zu Fuß«, sagte Speedy. »Und fährst per Anhalter, wenn es möglich ist – aber du mußt sehr vorsichtig sein, wenn du es mit Fremden zu tun hast. Manche sind nur ein bißchen verrückt, Schwule, die dich betatzen, und Ganoven, die dich ausplündern wollen. Aber es gibt auch echte Fremde, Travelling Jack. Das sind Leute mit einem Fuß in beiden

69

Welten – sie blicken in beide Richtungen, wie ein verdammter Janus-kopf. Und ich fürchte, sie werden bald wissen, daß du unterwegs bist. Sie werden auf der Lauer liegen.«

»Sind sie . . . Twinner?«

»Einige ja. Andere nicht. Mehr kann ich jetzt darüber nicht sagen. Aber du mußt hinüberkommen, wenn du kannst. Hinüber zum anderen Ozean. Wenn es geht, wanderst du in der Region, da kommst du schneller voran. Du nimmst den Saft . . .«

»Er ist widerlich!«

»Das spielt keine Rolle«, sagte Speedy ernst. »Du mußt hinüberkom-men, und du mußt ein Haus finden – ein anderes Alhambra. Es ist ein beängstigendes Haus, ein böses Haus. Aber du mußt hineingehen.«

»Wie soll ich es finden?«

»Es wird dich rufen. Du wirst es hören, laut und deutlich, mein Junge.«

»Warum?« fragte Jack. Er befeuchtete seine Lippen. »Warum muß ich hineingehen, wenn es so böse ist?«

»Weil«, sagte Speedy, »der Talisman dort ist. Irgendwo in diesem anderen Alhambra.«

»Ich weiß nicht, wovon Sie reden!«

»Du wirst es erfahren«, sagte Speedy. Er stand auf und ergriff Jacks Hand. Jack erhob sich. Die beiden standen sich von Angesicht zu Ange-sicht gegenüber, ein alter schwarzer Mann und ein weißer Junge.

»Hör zu«, sagte Speedy und verfiel in einen langsamen, rhythmischen Singsang. »Der Talisman wird in deine Hand gegeben, Travelling Jack. Nicht zu groß, nicht zu klein; wie eine Kristallkugel sieht er aus. Travelling Jack, geh nach Kalifornien und bringe ihn her. Aber er ist deine Bürde, dein Kreuz; wenn du ihn fallen läßt, ist alles verloren.«

»Ich weiß nicht, wovon Sie reden«, wiederholte Jack mit einer Art verängstigter Dickköpfigkeit. »Sie müssen . . .«

»Nein«, sagte Speedy nicht unfreundlich. »Ich muß heute vormittag mit dem Karussell fertig werden, Jack, das ist es, was ich muß. Ich habe keine Zeit mehr zum Schwatzen. Ich muß wieder an die Arbeit, und du mußt dich auf den Weg machen. Ich kann dir jetzt nicht mehr erzählen. Aber wir sehen uns sicher noch. Hier – oder dort drüben.«

»Aber ich weiß doch nicht, was ich *tun* muß«, sagte Jack, als Speedy sich in die Kabine des alten Lasters schwang.

»Du weißt genug, um aufbrechen zu können«, sagte Speedy. »Du machst dich auf den Weg zum Talisman. Er wird dir den Weg schon zeigen.«

»Ich weiß nicht einmal, was ein Talisman ist.«

Speedy lachte und drehte den Zündschlüssel. Der Motor sprang an, und aus dem Auspuff fuhr eine dichte blaue Wolke. »Schlag im Lexikon nach«, rief er und legte den Rückwärtsgang ein.

Er setzte zurück, wendete, und dann ratterte der Laster in Richtung Arcadia Funworld davon. Jack saß am Bordstein und sah ihm nach. Er war sich noch nie im Leben so einsam vorgekommen.

Fünftes Kapitel

Jack und Lily

1

Als Speedys Laster von der Straße abgeschwenkt und unter dem Torbogen verschwunden war, machte sich Jack auf den Weg zum Hotel. Ein Talisman. In einem anderen Alhambra. Am Rande eines anderen Ozeans. Sein Herz kam ihm leer vor. Ohne Speedy neben sich erschien ihm die Aufgabe riesig, gewaltig; und unklar außerdem. Solange Speedy redete, hatte Jack geglaubt, diesen Wirrwar von Andeutungen und Warnungen und Anweisungen *fast* zu verstehen. Aber die Region war wirklich. Er klammerte sich an diese Gewißheit, so gut er konnte; sie wärmte ihn und ließ ihn gleichzeitig frösteln. Es war ein wirkliches Land, und er würde dorthin zurückkehren. Auch wenn er noch nicht alles richtig begriffen hatte – auch wenn er ein unwissender Pilger war, er würde zurückkehren. Als erstes mußte er jetzt versuchen, seine Mutter zu überzeugen. »Talisman«, sagte er zu sich selbst, nahm das Wort für den Gegenstand; dann überquerte er die leere Boardwalk Avenue und sprang die Stufen auf den Weg zwischen den Hecken hinauf. Als die große Tür aufschwang, überfiel ihn das Dunkel im Innern des Alhambra. Die Halle war eine lange Höhle – man hätte ein Feuer gebraucht, um nur die Schatten voneinander zu trennen. Der bleiche Tagesportier regte sich hinter dem langen Tresen und durchbohrte Jack mit seinen weißen Augen. Sie übermittelten eine Botschaft, jawohl. Jack schluckte und wandte sich ab. Die Botschaft machte ihn stärker und kräftiger, obwohl sie nichts als hämisch war.

Mit geradem Rücken und gemessenen Schritten ging er auf den Fahrstuhl zu. *Treibst dich mit Schwarzen herum, ja? Läßt sie den Arm um dich legen, ja?* Der Fahrstuhl kam heruntergeschwirrt wie ein großer, schwerer Vogel; die Türen glitten auseinander, und Jack trat hinein. Er drückte auf den mit einer leuchtenden 4 bezeichneten Knopf. Der Portier stand noch immer wie ein Gespenst hinter seinem Tresen und übermittelte seine Dumdum-Botschaft. *Niggerlover Niggerlover Niggerlover (so hast du's gern, du Balg, ja? Heiß und schwarz, so liebst du's, ja?).* Dann schlossen sich gnädig die Türen. Jacks Magen sackte ein Stück tiefer, der Fahrstuhl rumpelte aufwärts.

Der Haß blieb in der Halle zurück; sogar die Luft im Fahrstuhl fühlte sich besser an, nachdem er den ersten Stock erreicht hatte. Nun brauchte Jack nur noch seiner Mutter beizubringen, daß er ganz allein nach Kalifornien zurückkehren mußte.

Laß bloß nicht zu, daß Onkel Morgan irgendwelche Papiere für dich unterschreibt ...

Als Jack den Fahrstuhl verließ, fragte er sich zum ersten Mal in seinem Leben, ob Richard Sloat wohl ahnte, was für ein Mensch sein Vater in Wirklichkeit war.

2

Die Tür von Zimmer 408 am Ende des Korridors mit den leeren Wandlampen und den Bildern, auf denen kleine Boote auf einem schaumigen, geriffelten Meer tanzten, stand einen Spaltbreit offen und ließ einen Streifen blassen Teppich in der Suite erkennen. Der durch die Wohnzimmerfenster einfallende Sonnenschein zeichnete ein langes Rechteck an die Innenwand. »He, Mom«, sagte Jack beim Eintreten. »Du hast die Tür offengelassen, was soll ...« Er war allein im Zimmer. »... das bedeuten?« sagte er zu den Möbeln. Es war, als wäre Unordnung in das aufgeräumte Zimmer eingesickert – ein überquellender Aschenbecher, ein halbvolles Glas Wasser auf dem Couchtisch.

Diesmal, versprach sich Jack, würde er nicht in Panik geraten.

Er drehte sich langsam im Kreis. Die Tür zu ihrem Schlafzimmer stand offen; der Raum war so dunkel wie die Halle, weil Lily die Vorhänge nicht aufgezogen hatte.

»He, ich weiß doch, daß du da bist«, sagte er und durchquerte ihr leeres Schlafzimmer, um an die Badezimmertür zu klopfen. Keine Antwort. Jack öffnete die Tür und sah eine rosa Zahnbürste auf dem Waschbeckenrand, eine einsame Haarbürste auf dem Bord darüber. In den Borsten hingen helle Haare. *Laura DeLoessian* verkündete eine Stimme in Jacks Kopf, und er trat rückwärts aus dem kleinen Badezimmer heraus – der Name hatte ihn getroffen.

»Oh, nicht schon wieder«, sagte er zu sich selbst. »Wo steckt sie bloß?«

Er sah es, als er in sein eigenes Schlafzimmer trat, sah es, als er die Tür öffnete und den Blick über das ungemachte Bett gleiten ließ, den zusammengelegten Rucksack und den kleinen Stapel Taschenbücher, die zusammengesteckten Socken auf der Kommode. Er sah es, als er in sein eigenes Badezimmer blickte, wo Handtücher in buntem Durcheinander auf dem Fußboden, dem Wannenrand und den Kunststoffborden lagen.

Morgan Sloat, der durch die Tür preschte, den Arm seiner Mutter packte und sie hinunterschleifte ...

Jack hastete wieder ins Wohnzimmer, und diesmal blickte er hinter die Couch.

... sie durch eine Nebentür zerrte und sie in einen Wagen schob, wobei seine Augen gelb wurden ...

Er nahm den Telefonhörer ab und wählte die Null. »Hier ist Jack Sawyer, äh, ich spreche, äh, von Zimmer vier-null-acht. Hat meine Mutter eine Nachricht für mich hinterlassen? Sie müßte eigentlich hier sein, und aus irgendeinem Grund – äh ...«

»Moment, ich sehe nach«, sagte das Mädchen, und Jack umklammerte den Hörer mit brennenden Händen, bis sie zurückkehrte. »Tut mir leid, keine Nachricht für vier-null-acht.«

»Und für vier-null-sieben?«

»Das ist dasselbe Fach«, erklärte ihm das Mädchen.

»Hatte sie Besuch in der letzten halben Stunde oder so? Ist heute morgen irgend jemand gekommen? Jemand, der zu ihr wollte, meine ich?«

»Das müßte die Rezeption wissen«, sagte das Mädchen. »Ich weiß es nicht. Soll ich nachfragen?«

»Wenn es Ihnen nichts ausmacht ...«

»Ach, ich bin froh, wenn ich in dieser Leichenhalle überhaupt etwas zu tun habe. Bleib am Apparat.«

Ein weiterer brennender Moment. Als sie zurückkehrte, lautete die Antwort: »Keine Besucher. Vielleicht hat sie irgendwo in der Suite eine Nachricht hinterlassen.«

»Ja, ich sehe nach«, sagte Jack verstört und legte auf. Würde der Portier die Wahrheit sagen? Oder würde Morgan Sloat ihm eine Hand entgegenstrecken, auf deren fleischiger Fläche wie eine Briefmarke zusammengefaltet eine Zwanzig-Dollar-Note lag? Auch das konnte Jack sich vorstellen.

Er ließ sich auf die Couch sinken und unterdrückte den wirren Impuls, unter den Kissen nachzusehen. Natürlich konnte Onkel Morgan nicht hier hereingekommen sein und sie entführt haben – er war noch immer in Kalifornien. Aber er hätte jemanden schicken können, der es für ihn getan hatte. Einen von den Leuten, die Speedy erwähnt hatte – einen der Fremden mit einem Fuß in beiden Welten.

Dann hielt Jack es im Zimmer nicht mehr aus. Er sprang von der Couch auf, trat in den Korridor hinaus und schloß die Tür hinter sich. Als er ein paar Schritte getan hatte, wirbelte er unvermittelt herum, kehrte zurück und öffnete die Tür mit seinem Schlüssel. Er stieß sie einen Spaltbreit auf, dann machte er sich wieder auf den Weg zum Fahrstuhl. Es war durchaus möglich, daß sie ohne ihren Schlüssel fortgegangen war – zu dem Laden in der Halle, zum Zeitungsstand, um sich eine Zeitung oder eine Zeitschrift zu kaufen.

Aber sicher. Er hatte sie seit dem Frühsommer keine Zeitung mehr aufschlagen sehen. Alle Nachrichten, die sie interessierten, kamen über das Hausradio.

Dann war sie spazierengegangen.

Ja, sie machte Turnübungen und atmete tief ein und aus. Vielleicht joggte sie auch; vielleicht begeisterte sich Lily Cavanaugh plötzlich für den Hundert-Meter-Lauf. Sie hatte am Strand Hürden aufgestellt und trainierte für die nächsten Olympischen Spiele . . .

Als ihn der Fahrstuhl in der Halle absetzte, warf er einen Blick in den Zeitungsstand, aus dem ihn eine ältliche Blondine über den Rand ihrer Brille hinweg musterte. Stofftiere, ein winziger Haufen dünner Zeitungen, ein Regal voller Süßigkeiten. Aus einem Ständer an der Wand ragten *People* und *Us* und das *New Hampshire Magazine* heraus.

»Entschuldigung«, sagte Jack und wandte sich ab.

Sein Blick fiel auf die Bronzeplakette neben einem riesigen, welken Farn . . . *zu kränkeln begonnen hat und . . . bald sterben muß.*

Die Frau im Zeitungsstand räusperte sich. Jack war, als hätte er minutenlang auf diese Worte Daniel Websters gestarrt. »Ja?« sagte die Frau hinter ihm.

»Entschuldigung«, wiederholte Jack und zwang sich in die Mitte der Halle. Der widerliche Portier hob eine Braue; dann drehte er sich zur Seite und starrte eine verlassene Treppe an. Jack zwang sich zum Nähertreten.

»Mister«, sagte er, als er vor dem Tresen stand. Der Portier tat, als riefe er sich die Hauptstadt von North Carolina oder die Hauptausfuhrgüter von Peru ins Gedächtnis. »Mister.« Der Mann runzelte die Stirn; gleich hatte er es, er durfte sich nicht stören lassen.

Jack wußte, daß er nur eine Schau abzog, und sagte: »Könnten Sie mir vielleicht helfen?«

Der Mann entschloß sich, ihn nun doch anzusehen. »Kommt darauf an, wie die Hilfe aussehen soll.«

Jack beschloß, das versteckte Hohnlächeln zu ignorieren. »Haben Sie meine Mutter vor einer Weile hinausgehen sehen?«

»Was verstehst du unter einer Weile?« Jetzt war das Hohnlächeln fast sichtbar.

»Haben Sie sie hinausgehen sehen? Das ist alles, was ich wissen möchte.«

»Hast wohl Angst, sie könnte gesehen haben, wie du da draußen mit deinem Liebsten Händchen gehalten hast?«

»Gott, was sind Sie für ein Widerling«, sagte Jack zu seiner eigenen Verblüffung. »Nein, davor habe ich keine Angst. Ich möchte wissen, ob sie ausgegangen ist, und wenn Sie nicht so ein Widerling wären, würden Sie es mir sagen.« Sein Gesicht brannte, und er merkte, daß er die Hände zu Fäusten geballt hatte.

»Also schön, sie ist ausgegangen«, sagte der Portier und wandte sich

den Brieffächern hinter dem Tresen zu. »Aber du tätest gut daran, deine
Zunge im Zaum zu halten, mein Junge. Du tätest gut daran, dich zu
entschuldigen, Master Sawyer. Ich habe nämlich Augen im Kopf. Ich
weiß einiges.«

»Sie kümmern sich um Ihren Mund, und ich kümmere mich um
meinen Kram«, sagte Jack; der Satz stammte von einer der alten Schallplatten seines Vaters – vielleicht traf er die Situation nicht ganz, aber er
fühlte sich richtig an, und der Portier zuckte dementsprechend zusammen.

»Vielleicht ist sie im Garten, ich habe keine Ahnung«, sagte er verdrossen, aber Jack war bereits auf dem Weg zur Tür.

Daß der Liebling der Drive-ins, die Königin des B-Films, sich nicht in
den weitläufigen Gartenanlagen vor dem Hotel aufhielt, sah Jack sofort –
und er hatte gewußt, daß sie nicht im Garten sein konnte, denn dann
hätte er sie auf seinem Weg in das Hotel gesehen. Außerdem schlenderte
Lily Cavanaugh nicht durch Gärten; das paßte ebenso wenig zu ihr wie
das Aufstellen von Hürden am Strand.

Ein paar Autos rollten die Boardwalk Avenue entlang. Hoch oben am
Himmel schrie eine Möwe, und Jacks Herz krampfte sich zusammen.

Der Junge fuhr sich mit den Fingern durchs Haar und spähte die
sonnenhelle Straße hinauf und hinunter. Vielleicht war sie auf Speedy
neugierig geworden – vielleicht hatte sie herausfinden wollen, was es mit
diesem merkwürdigen neuen Freund ihres Sohnes auf sich hatte, und
war zum Vergnügungspark hinuntergegangen. Aber er konnte sie sich
in Arcadia Funworld ebenso wenig vorstellen wie lustwandelnd im
Garten. Er wandte sich in die weniger vertraute Richtung, zum Ort hin.

Vom Grundstück des Alhambra durch eine hohe, dichte Hecke
getrennt, war der Arcadia Tea and Jam Shoppe der erste in einer Reihe
buntfarbig angestrichener Läden. Neben den New England Drugs war es
der einzige Laden in der Reihe, der auch nach dem Labor Day offenhielt.
Jack zögerte einen Moment auf dem rissigen Gehsteig. Auch in einem
Teerestaurant konnte er sich den Liebling der Drive-ins nur schwer
vorstellen. Aber da es der erste Ort war, an dem sie womöglich anzutreffen war, überquerte er den Gehsteig und blickte durchs Fenster.

Eine Frau mit hochtoupiertem Haar saß rauchend hinter einer Regi-
strierkasse. Eine Kellnerin in einem rosa Kleid lehnte hinten an der
Wand. Jack sah keine Gäste. Doch dann bemerkte er an einem Tisch an
der dem Alhambra zugewendeten Seite des Restaurants eine alte Frau,
die eine Tasse hob. Vom Personal abgesehen, war sie allein. Jack beobachtete, wie die alte Frau die Tasse behutsam wieder auf die Untertasse
stellte und dann eine Zigarette aus ihrer Tasche holte, und es versetzte
ihm einen heftigen Schlag, als er begriff, daß sie seine Mutter war. Einen
Augenblick später war der Eindruck hohen Alters verschwunden.

Aber er konnte sich an ihn erinnern – und es war, als sähe er sie durch eine Zweistärkenbrille, als sähe er Lily Cavanaugh Sawyer und die gebrechliche alte Frau im gleichen Körper.

Jack öffnete die Tür ganz behutsam, setzte aber trotzdem das Glockengeläut in Gang, von dem er *gewußt* hatte, daß es über der Tür hängen würde. Die blonde Frau an der Kasse nickte ihm lächelnd zu. Die Kellnerin richtete sich auf und strich den Rock ihres Kleides glatt. Seine Mutter schaute ihn mit einem Ausdruck unverhohlener Überraschung an, dann begrüßte sie ihn mit einem offenen Lächeln.

»Hallo, Wandering Jack. Du bist so groß, daß du ausgesehen hast wie dein Vater, als du durch die Tür kamst«, sagte sie. »Manchmal vergesse ich, daß du erst zwölf bist.«

3

»Du hast mich Wandering Jack genannt«, sagte er, zog einen Stuhl vor und ließ sich darauffallen. Ihr Gesicht war sehr blaß, und die dunklen Ringe unter ihren Augen sahen fast aus wie Prellungen.

»Hat dich dein Vater nicht immer so genannt? Es fiel mir nur gerade ein ... Du warst den ganzen Morgen unterwegs.«

»Er nannte mich Wandering Jack?«

»So oder ähnlich – ja, so hat er dich genannt. Als du noch ganz klein warst. *Travelling Jack*«, sagte sie bestimmt. »Das war es. Er nannte dich Travelling Jack, nachdem wir gesehen hatten, wie du über den Rasen ranntest. Muß wohl ein komischer Anblick gewesen sein. – Ich habe übrigens die Tür offengelassen. Ich wußte nicht, ob du daran gedacht hattest, deinen Schlüssel einzustecken.«

»Ich habe es gesehen«, sagte er, erregt über die neue Information, die sie ihm so beiläufig vermittelt hatte.

»Möchtest du Frühstück? Ich konnte den Gedanken, noch eine Mahlzeit in diesem Hotel einnehmen zu müssen, einfach nicht ertragen.«

Die Kellnerin war neben ihnen aufgetaucht. »Junger Mann?« fragte sie und hob ihren Bestellblock.

»Woher wußtest du, daß ich dich hier finden würde?«

»Wo hätte ich sonst hingehen sollen?« fragte seine Mutter sachlich; dann sagte sie zur Kellnerin: »Bringen Sie ihm das Drei-Sterne-Frühstück. Er wächst drei Zentimeter am Tag.«

Jack lehnte sich auf seinem Stuhl zurück. Wie sollte er jetzt anfangen? Seine Mutter musterte ihn neugierig, und er fing an – er mußte anfangen. »Mom, wenn ich für eine Weile fort müßte – würdest du zurechtkommen?«

»Was meinst du damit, ob ich zurechtkommen würde? Und was soll das heißen, daß du für eine Weile fortgehen willst?«

»Würdest du in der Lage sein – äh, ich meine, würdest du Probleme mit Onkel Morgan haben?«

»Mit Sloat werde ich fertig«, sagte sie mit angespanntem Lächeln. »Zumindest für eine Weile. Aber was soll das, Jacky? Du gehst nirgendwo hin.«

»Ich muß«, sagte er. »Ehrlich.« Dann begriff er, daß sich seine Worte anhören mußten wie die eines Kindes, das um ein Spielzeug bettelt. Glücklicherweise erschien die Kellnerin mit Toast in einem Ständer und einem Glas Tomatensaft. Er wendete den Blick einen Moment ab, und als er wieder hinsah, strich seine Mutter Marmelade aus einer der Schüsseln auf dem Tisch auf ein dreieckiges Stück Toast.

»Ich muß gehen«, sagte er. Seine Mutter reichte ihm den Toast; auf ihrem Gesicht spiegelte sich ein Gedanke, aber sie sagte nichts.

»Wahrscheinlich wirst du mich eine Zeitlang nicht sehen, Mom«, sagte er. »Ich will versuchen, dir zu helfen. Deshalb muß ich fort.«

»Mir helfen?« fragte sie, und Jack vermutete, daß ihre gefaßte Ungläubigkeit zu ungefähr fünfundsiebzig Prozent echt war.

»Ich will versuchen, dir das Leben zu retten«, sagte er.

»Ist das alles?«

»Ich kann es.«

»Du kannst mir das Leben retten. Das ist interessant, Jackyboy; das müßte Schlagzeilen machen. Hast du schon einmal daran gedacht, dich beim Rundfunk zu bewerben?« Sie hatte das rotverschmierte Messer weggelegt und sah ihn mit spöttisch geweiteten Augen an; aber unter der bewußten Verständnislosigkeit sah er zweierlei. Ein Aufflackern ihrer Angst; und eine schwache, kaum greifbare Hoffnung, daß er vielleicht doch etwas bewerkstelligen könnte.

»Ich gehe auf jeden Fall, auch wenn du sagst, ich dürfte es nicht versuchen. Also kannst du es mir ebensogut erlauben.«

»Ein großartiger Handel. Zumal ich nicht die mindeste Ahnung habe, wovon du redest.«

»Das bezweifle ich – ich glaube, du hast eine gewisse Ahnung, Mom. Weil Dad nämlich genau gewußt hätte, wovon ich rede.«

Ihre Wangen röteten sich; ihr Mund verzog sich zu einem Strich. »Das ist ausgesprochen unfair, Jacky. Du kannst das, was Philipp gewußt haben mag, nicht als Waffe gegen mich verwenden.«

»Was er wußte – nicht, was er gewußt haben mag.«

»Du redest kompletten Bockmist, Sonnyboy.«

Die Kellnerin, die gerade einen Teller mit Rührei, Pommes frites und Wurst vor Jack stellte, zog hörbar den Atem ein.

Nachdem die Kellnerin gegangen war, zuckte seine Mutter die Achseln. »Anscheinend gelingt es mir nicht, beim Personal hier in der Gegend den richtigen Ton zu treffen. Aber Bockmist ist Bockmist ist Bockmist, um Gertrude Stein zu zitieren.«

»Ich will dir das Leben retten, Mom«, wiederholte er. »Und deshalb muß ich sehr weit weggehen und etwas holen. Und genau das werde ich tun.«

»Ich wollte, ich wüßte, wovon du redest.« Eine ganz gewöhnliche Unterhaltung, sagte sich Jack; so gewöhnlich wie die Bitte, ein paar Nächte bei einem Freund schlafen zu dürfen. Er zerschnitt eine Wurst und schob ein Stück in den Mund. Sie beobachtete ihn genau. Nachdem er die Wurst zerkaut und geschluckt hatte, beförderte er eine Gabel voll Rührei in seinen Mund. Speedys Flasche war wie ein Felsblock in seiner Hüfttasche.

»Ich wollte außerdem, daß du so tätest, als hörtest du die kleinen Bemerkungen, die ich mache, so beschränkt sie dir auch vorkommen mögen.«

Ungerührt schluckte Jack das Ei hinunter und schob einen salzigen, knusprigen Kartoffelstreifen in den Mund.

Lily legte die Hände in den Schoß. Je länger er schwieg, desto aufmerksamer würde sie zuhören, wenn er sprach. Er tat, als konzentrierte er sich auf sein Frühstück – Ei Wurst Kartoffel, Wurst Kartoffel Ei, Kartoffel Ei Wurst –, bis er das Gefühl hatte, daß sie nahe daran war, ihn anzuschreien.

Mein Vater nannte mich Travelling Jack, dachte er. So ist es; es hätte gar nicht anders sein können.

»Jack . . .«

»Mom«, sagte er, »hat Dad dich nicht gelegentlich von weit außerhalb angerufen, während du annahmst, er wäre in der Stadt?«

Sie hob die Brauen.

»Und bist du nicht manchmal, äh, in ein Zimmer gekommen, weil du dachtest, er wäre darin, vielleicht sogar *wußtest*, daß er darin war – und er war nicht da?«

Soll sie das verdauen.

»Nein«, sagte sie.

Beide ließen das Leugnen abklingen.

»So gut wie nie.«

»Mom, sogar *ich* habe es erlebt«, sagte Jack.

»Es gab immer eine Erklärung dafür, das weißt du genau.«

»Mein Vater – und das weißt *du* genau – war immer gut darin, Dinge zu erklären. Besonders Dinge, die unerklärlich waren. Er war sehr gut darin. Zum Teil war er gerade deshalb ein so erfolgreicher Agent.«

Jetzt schwiegen sie wieder.

»Nun, ich weiß, wo er hinging«, sagte Jack. »Ich war auch schon dort. Ich war heute morgen dort. Und wenn ich wieder dorthin gehe, kann ich versuchen, dir das Leben zu retten.«

»Mein Leben braucht von dir nicht gerettet zu werden, es braucht von niemandem gerettet zu werden«, zischte seine Mutter. Jack blickte auf

seinen fast geleerten Teller und murmelte etwas. »Wie war das?« bohrte sie nach.

»Ich glaube, das braucht es doch.« Ihre Blicke trafen sich.

»Und wenn ich dich nun fragte, wie du es anstellen willst, mein Leben zu retten, wie du es ausdrückst?«

»Dann könnte ich dir nicht antworten. Weil ich es selbst noch nicht ganz begriffen habe. Mom, ich gehe ohnehin nicht in die Schule – gib mir eine Chance. Vielleicht bin ich nur eine Woche fort.«

Sie hob die Brauen.

»Es kann auch längern dauern«, gab er zu.

»Mir scheint, du bist verrückt«, sagte sie. Aber er sah, daß ein Teil von ihr ihm glauben wollte, und ihre nächsten Worte bewiesen es. »Wenn – wenn – ich wahnsinnig genug wäre, dir diese mysteriöse Reise zu erlauben, müßte ich zumindest sicher sein, daß dir nichts passieren wird.«

»Dad ist immer zurückgekommen«, erinnerte Jack sie.

»Ich würde lieber mein Leben aufs Spiel setzen als deines«, sagte sie, und auch diese Wahrheit türmte sich einen langen Moment zwischen ihnen auf.

»Ich rufe an, wenn ich kann. Aber mach dir keine Sorgen, wenn ein paar Wochen vergehen, ohne daß du von mir hörst. Ich komme zurück, so wie Dad immer zurückgekommen ist.«

»Diese ganze Geschichte ist verrückt«, sagte sie. »Und ich auch. Wie kommst du zu diesem Ort, zu dem du gehen mußt? Und wo liegt er? Hast du genug Geld?«

»Ich habe alles, was ich brauche«, sagte er und hoffte, daß sie nicht auf einer Antwort auf die ersten beiden Fragen bestehen würde. Das Schweigen breitete sich immer weiter aus, und schließlich sagte er: »Und ich werde wohl meistens zu Fuß gehen. Ich kann nicht viel davon erzählen, Mom.«

»Travelling Jack«, sagte sie. »Ich glaube beinahe . . .«

»Ja«, sagte Jack. »Ja.« Er nickte. *Und vielleicht*, dachte er, *weißt du etwas von dem, das sie weiß, die wirkliche Königin, und gibst deshalb so bereitwillig nach.* »So ist es. Ich glaube es auch. Und deshalb ist es richtig.«

»Ja . . . Wenn du sagst, du gehst auf jeden Fall, einerlei, was ich sage . . .«

»So ist es.«

». . . dann spielt es wohl keine Rolle, was ich sage.« Sie sah ihn tapfer an. »Aber es spielt trotzdem eine Rolle. Komm wieder, sobald du kannst, Sonnyboy. Du gehst doch nicht gleich, oder?«

»Ich muß.« Er atmete tief ein. »Ja. Ich gehe gleich. Sobald ich hier verschwunden bin.«

»Fast könnte ich an Hirngespinste glauben. Du bist tatsächlich Phil

Sawyers Sohn. Du hast doch nicht irgendwo ein Mädchen gefunden, oder?« Sie musterte ihn scharf. »Nein. Kein Mädchen. Okay. Rette mir das Leben. Verschwinde.« Sie schüttelte den Kopf, und ihm war, als sähe er einen zusätzlichen Glanz in ihren Augen. »Wenn du gehen mußt, dann verschwinde jetzt, Jacky. Ruf mich morgen an.«

»Wenn ich kann.« Er stand auf.

»Wenn du kannst. Natürlich. Entschuldige.« Sie senkte den Blick, und er bemerkte, daß ihre Augen verschwommen waren. Auf ihren Wangen brannten rote Flecke.

Jack beugte sich nieder und küßte sie, aber sie winkte ab. Die Kellnerin starrte sie an, als wären sie Schauspieler in einem Theaterstück. Jack glaubte, daß es ihm trotz allem, was seine Mutter eben gesagt hatte, gelungen war, ihre Ungläubigkeit auf fünfzig Prozent zu reduzieren; und das hieß, daß sie nicht mehr wußte, *was* sie glauben sollte.

Ihr Blick fand ihn noch einmal für einen Augenblick, und er sah wieder diesen hektischen Glanz in ihren Augen. Zorn – Tränen? »Gib auf dich acht«, sagte sie und winkte der Kellnerin.

»Ich liebe dich«, sagte Jack.

»Geh nie mit einem solchen Satz ab.« Jetzt lächelte sie beinahe. »Mach dich auf den Weg, Jack. Verschwinde, bevor ich begriffen habe, wie verrückt das alles ist.«

»Bin schon fort«, sagte er, machte kehrt und verließ das Restaurant. Sein Kopf fühlte sich an, als wären alle Schädelknochen plötzlich für ihre Umhüllung aus Fleisch zu groß geworden. Der leere gelbe Sonnenschein stach ihm in die Augen. Dann hörte Jack die Tür des Arcadia Tea and Jam Shoppe ins Schloß fallen, gleich nachdem das Glöckchen geläutet hatte. Er blinzelte, überquerte die Boardwalk Avenue, ohne nach Autos Ausschau zu halten. Als er den Gehsteig auf der anderen Straßenseite erreicht hatte, fiel ihm ein, daß er noch einmal ins Hotel zurückkehren und ein paar Sachen holen mußte. Als er die große Vordertür aufzog, war seine Mutter noch nicht aus dem Restaurant herausgekommen.

Der Tagesportier trat einen Schritt zurück und starrte ihn verdrossen an. Jack spürte, daß irgendein Gefühl von dem Mann ausging, aber einen Augenblick lang war ihm nicht klar, weshalb der Portier bei seinem Anblick so heftig reagierte. Die Unterhaltung mit seiner Mutter – die viel kürzer gewesen war, als er es sich vorgestellt hatte – schien ihm Tage gedauert zu habe. Jenseits der ungeheuren Zeitspanne, die er im Tea and Jam Shoppe verbracht hatte, hatte er den Portier einen Widerling genannt. Sollte er sich entschuldigen? Er wußte nicht einmal mehr, was ihn gegen den Portier aufgebracht hatte . . .

Seine Mutter war einverstanden – sie hatte ihm erlaubt, seine Reise anzutreten, und als er das Sperrfeuer der finsteren Blicke des Portiers durchquerte, begriff er endlich, warum sie es getan hatte. Er hatte den Talisman nicht erwähnt, nicht ausdrücklich; aber wenn er es getan hätte

– wenn er über den irrsinnigsten Aspekt seiner Mission gesprochen hätte –, dann hätte sie auch das akzeptiert. Und wenn er gesagt hätte, er würde einen halbmeterlangen Schmetterling mitbringen und ihn im Ofen braten, dann hätte sie sich bereit erklärt, gebratenen Schmetterling zu essen. Ihr Einverständnis wäre ironisch gewesen, aber dennoch echt. Daß sie nach solchen Strohhalmen griff, zeigte unter anderem, wie tief ihre Angst saß.

Aber sie griff auch danach, weil sie wußte, daß es keine Strohhalme, sondern Ziegelsteine waren. Sie hatte zugestimmt, weil irgend etwas in ihr über die Region Bescheid wußte.

War sie je in der Nacht aufgewacht, weil der Name *Laura DeLoessian* in ihren Gedanken widerhallte?

Oben in 407 und 408 warf er, fast ohne hinzuschauen, Kleidungsstücke in seinen Rucksack; was seine Finger in einer Schublade fanden und was nicht zu groß war, kam hinein. Hemden, Socken, ein Pullover, Unterhosen. Er rollte ein Paar bräunlicher Jeans fest zusammen und stopfte sie gleichfalls hinein; dann stellte er fest, daß der Rucksack unbequem schwer geworden war, und holte den größten Teil der Hemden und Socken wieder heraus. Auch der Pullover mußte heraus. Erst in letzter Minute dachte er an seine Zahnbürste. Dann schob er die Riemen über die Schultern und spürte das Gewicht auf seinem Rücken – nicht zu schwer; mit diesen paar Pfund konnte er den ganzen Tag wandern. Dann blieb er einen Augenblick still im Wohnzimmer der Suite stehen, von dem – unvermutet heftigen – Gefühl überwältigt, daß nichts und niemand da war, von dem er sich verabschieden konnte. Seine Mutter würde erst in die Suite zurückkehren, wenn sie sicher war, ihn nicht mehr anzutreffen; wenn sie ihn jetzt sähe, würde sie ihm befehlen hierzubleiben. Er konnte sich nicht von diesen drei Räumen verabschieden wie von einem Haus, das er geliebt hatte; Hotelzimmer nehmen Abschiede gefühllos hin. Schließlich ging er zum Telefonblock, dessen eierschalendünne Blätter mit einer Zeichnung des Hotels bedruckt waren, und schrieb mit dem stumpfen Bleistift des Alhambra die drei Zeilen, die fast alles ausdrückten, was er zu sagen hatte:

Ich liebe dich
und komme wieder
Danke

Jack wanderte in der dünnen nördlichen Sonne die Boardwalk Avenue entlang und suchte nach dem geeigneten Ort zum Flippen. Das war das Wort dafür. Und sollte er Speedy noch einmal sehen, bevor er in die Region hinüber»flippte«? Eigentlich mußte er noch einmal mit Speedy reden; schließlich wußte er kaum, wo er hingehen sollte, wem er begegnen würde, wonach er suchte . . . *wie eine Kristallkugel sieht er aus.* War das alles, was Speedy ihm an Informationen über den Talisman mitgeben wollte? Das und die Ermahnung, ihn nicht fallenzulassen? Bei dem Gedanken, wie miserabel er vorbereitet war, wurde ihm fast schlecht – es war, als müßte er eine Abschlußprüfung für einen Kurs ablegen, den er nie besucht hatte.

Außerdem war ihm, als könnte er gleich da flippen, wo er sich befand, er war ungeduldig, wollte aufbrechen, anfangen, sich in Bewegung setzen. *Es zog ihn in die Region zurück,* begriff er plötzlich; dieser Faden hob sich deutlich aus dem Wirrwarr seiner Gefühle und Sehnsüchte heraus. Er wollte diese Luft atmen; er hungerte nach ihr. Die Region, die weiten Ebenen und die Ketten niedriger Berge riefen ihn, die Felder mit hohem Gras und die Flüsse, die zwischen ihnen leuchteten. Jacks ganzer Körper verlangte nach dieser Landschaft. Und er hätte auf der Stelle die Flasche aus der Tasche gezogen und einen Mundvoll von dem widerlichen Saft durch seine Kehle gezwungen, wenn er nicht in diesem Augenblick den früheren Besitzer der Flasche entdeckt hätte, der mit angezogenen Beinen und über den Knien verschränkten Händen an einem Baum saß. Neben ihm stand eine braune Einkaufstüte, auf der ein riesiges Sandwich lag, anscheinend Leberwurst und Zwiebel.

»Du bist also bereit«, sagte Speedy und lächelte zu ihm empor. »Ich sehe, du willst dich auf den Weg machen. Hast du dich verabschiedet? Deine Mutter weiß, daß du eine Weile fort sein wirst?«

Jack nickte, und Speedy streckte ihm das Sandwich entgegen. »Hast du Hunger? Nimm dies, es ist mir zuviel.«

»Ich habe gerade gegessen«, sagte der Junge. »Aber ich bin froh, daß ich Ihnen auf Wiedersehen sagen kann.«

»Jack brennt lichterloh, er brennt darauf zu gehen«, sagte Speedy und neigte den Kopf zur Seite. »Der Junge macht sich auf den Weg.«

»Speedy?«

»Aber geh nicht ohne ein paar Kleinigkeiten, die ich dir mitgebracht habe. Sie sind hier in dieser Tüte. Willst du sie sehen?«

»Speedy?«

Der Mann blinzelte, an den Baumstamm gelehnt, zu Jack empor.

»Wußten Sie, daß mein Vater mich Travelling Jack genannt hat?«

»Oh, vielleicht habe ich es irgendwo gehört«, sagte Speedy und grinste ihn an. »Komm her und schau dir an, was ich dir mitgebracht habe.

Außerdem muß ich dir ja wohl sagen, wo du zuerst hingehen sollst, oder?«

Erleichtert ging Jack über den Gehsteig auf Speedys Baum zu. Der alte Mann legte das Sandwich in seinen Schoß und zog die Einkaufstüte näher zu sich heran. »Fröhliche Weihnachten«, sagte er und brachte ein großes, mitgenommen aussehendes Taschenbuch zum Vorschein. Jack sah, daß es ein alter Rand McNally-Straßenatlas war.

»Danke«, sagte er und nahm das Buch aus Speedys ausgestreckter Hand entgegen.

»Da drüben gibt es keine Karten, also halte dich, soweit es geht, an die Straßen im alten Rand McNally. Dann kommst du dahin, wo du hinwillst.«

»Okay«, sagte Jack und ließ den Rucksack von den Schultern gleiten, um das große Buch hineinstecken zu können.

»Und was jetzt kommt, das brauchst du nicht in das komische Ding zu stecken, das du da auf dem Rücken trägst«, sagte Speedy. Er legte das Sandwich auf die flache Papiertüte und stand mit einer einzigen, fließenden Bewegung auf. »Nein, das paßt in deine Tasche.« Er steckte die Finger in die linke Tasche seines Arbeitshemdes. Was zum Vorschein kam, zwischen Zeige- und Mittelfinger eingeklemmt wie eine von Lilys Tarrytoons, war ein weißer, dreieckiger Gegenstand, und es dauerte einen Augenblick, bis Jack erkannte, daß es ein Gitarren-Plektron war.

»Nimm das und verlier es nicht. Du mußt es einem Mann zeigen. Er wird dir helfen.«

Jack drehte das Plektron in der Hand. So eines hatte er noch nie gesehen – es war aus Elfenbein und mit einem feinen Schnitzmuster verziert, das sich in diagonalen Linien darum herumzog wie eine Art außerirdischer Schrift. Ein wundervolles Stück, aber fast zu schwer, um ein brauchbares Plektron zu sein.

»Wer ist der Mann?« fragte Jack. Er ließ das Plektron in eine seiner Hosentaschen gleiten.

»Er hat eine große Narbe im Gesicht – du wirst ihm bald nach deiner Ankunft in der Region begegnen. Er gehört zur Wache. Er ist sogar Hauptmann der Außenwache, und er wird dich an einen Ort bringen, wo du eine Dame sehen kannst, die du sehen mußt. Eine Dame, die du sehen solltest. Damit du den anderen Grund kennst, aus dem du deinen Hals riskierst. Mein Freund dort drüben wird begreifen, was du vorhast, und er wird eine Möglichkeit finden, dich zu der Dame zu bringen.«

»Diese Dame . . .« setzte Jack an.

»Richtig«, sagte Speedy. »Du hast's erfaßt.«

»Es ist die Königin.«

»Schau sie dir gut an, Jack. Wenn du sie siehst, siehst du, was du sehen mußt. Du siehst, *was* sie ist, verstehst du? Und dann machst du dich auf den Weg nach Westen.« Speedy stand da und musterte ihn eindringlich, fast als zweifelte er daran, ob er Jack Sawyer je wiedersehen würde, und dann zuckten die Falten in seinem Gesicht, und er sagte: »Hüte dich vor dem alten Bloat – vor ihm und seinem Twinner. Wenn du nicht aufpaßt, findet der alte Bloat heraus, wo du hinwillst, und wenn er es weiß, ist er hinter dir her wie der Fuchs hinter der Gans.« Speedy schob die Hände in die Taschen und musterte Jack abermals; es war, als wünschte er sich, mehr sagen zu können. »Hol den Talisman«, fuhr er schließlich fort. »Hol ihn und bring ihn heil zurück. Er ist deine Bürde, aber du mußt größer sein als deine Bürde.«

Jack konzentrierte sich so stark auf das, was Speedy ihm sagte, daß er mit verkniffenen Augen in das faltige Gesicht des Mannes starrte. Ein Mann mit einer Narbe, Hauptmann der Außenwache. Die Königin. Morgan Sloat, hinter ihm her wie ein Raubtier. In einem bösen Haus am anderen Ende des Landes. Eine Bürde. »Okay«, sagte er und wünschte sich plötzlich, wieder bei seiner Mutter im Tea and Jam Shoppe zu sein.

Auf Speedys Gesicht erschien ein offenes, warmes Lächeln. »Yeah-bob. Travelling Jack wird's schon schaffen.« Das Lächeln vertiefte sich. »Und nun wird es wohl Zeit, daß du einen Schluck von diesem besonderen Saft nimmst, findest du nicht?«

»Ja, das wird es wohl«, sagte Jack. Er zog die dunkle Flasche aus der Hüfttasche und schraubte den Deckel ab. Dann blickte er zu Speedy auf, dessen blasse Augen sich in die seinen bohrten.

»Speedy hilft dir, wenn er kann.«

Jack nickte, blinzelte und setzte die Flasche an den Mund. Der süßlich-faule Geruch, der ihm entgegenstieg, bewirkte fast, daß sich seine Kehle unwillkürlich verkrampfte. Er kippte die Flasche hoch, und der Geschmack füllte seinen Mund. Sein Magen zog sich zusammen. Er schluckte, und die heiße, brennende Flüssigkeit ergoß sich in seine Kehle.

Schon lange, bevor Jack die Augen öffnete, sagte ihm die Intensität und Reinheit der Gerüche um ihn herum, daß er in die Region geflippt war. Pferde, Gras, der betäubende Duft von rohem Fleisch; und die klare Luft.

Zwischenspiel

Sloat in dieser Welt (I)

»Ich weiß, daß ich zu hart arbeite«, erklärte Morgan Sloat an diesem Abend seinem Sohn Richard. Sie telefonierten miteinander; Richard stand am Gemeinschaftstelefon im unteren Korridor seines Wohnheims, sein Vater saß an seinem Schreibtisch im obersten Stock des Hauses in Beverly Hills, das zu den frühesten und einträglichsten Erwerbungen von Sawyer & Sloat gehörte. »Aber laß dir gesagt sein, mein Junge, es kommt immer wieder vor, daß man etwas selbst in die Hand nehmen muß, wenn man will, daß es richtig gemacht wird. Besonders, wenn es um die Familie meines verstorbenen Partners geht. Es ist nur eine kurze Reise, hoffe ich. Wahrscheinlich habe ich da drüben in dem verdammten New Hampshire in knapp einer Woche alles unter Dach und Fach. Wenn alles erledigt ist, rufe ich dich wieder an. Vielleicht fahren wir dann in Kalifornien mit unserer Bahn, so wie in früheren Zeiten. Es gibt noch Gerechtigkeit in der Welt. Verlaß dich auf deinen Vater.«

Der Kauf des Hauses war deshalb besonders einträglich gewesen, weil Sloat immer bereit war, die Dinge selbst in die Hand zu nehmen. Nachdem er und Sawyer die Bedingungen eines kurzfristigen und anschließend (nach einer Salve von Prozessen) eines langfristigen Pachtvertrags ausgehandelt hatten, hatten sie die Mieten pro Quadratmeter kräftig angehoben, die notwendigen Änderungen vorgenommen und eine Annonce nach neuen Mietern aufgegeben. Der einzige alte Mieter war ein chinesisches Restaurant im Erdgeschoß; die Chinesen zahlten kaum ein Drittel dessen, was die Räume wert waren. Sloat hatte versucht, vernünftig mit ihnen zu reden, aber als sie begriffen hatten, daß er versuchte, sie zum Zahlen einer höheren Miete zu bewegen, verloren sie plötzlich die Fähigkeit, Englisch zu sprechen oder zu verstehen. Sloats Verhandlungsversuche schleppten sich ein paar Tage hin. Dann sah er zufällig, wie eine Küchenhilfe einen Eimer voll Fett durch die Hintertür der Küche hinaustrug. Interessiert folgte Sloat dem Mann in eine dunkle, enge Sackgasse und beobachtete, wie er das Fett in eine Mülltonne kippte. Mehr brauchte er nicht. Einen Tag später trennte ein Maschendrahtzaun die Sackgasse vom Restaurant; einen weiteren Tag später überbrachte ein Inspektor des Gesundheitsamtes den Chinesen eine Beschwerde und eine Vorladung. Jetzt mußte die Küchenhilfe sämtliche Abfälle einschließlich des Fettes durch den Speisesaal hinaustragen und in eine Art Hundezwinger vor dem Restaurant bringen, den Sloat gleichfalls aus Maschendraht hatte errichten lassen. Das Geschäft flaute ab; die unangenehmen Gerüche aus den nahen Mülltonnen irritierten die Gäste. Die Besitzer entdeckten ihre englischen Sprachkenntnisse wieder und boten eine Verdoppelung ihrer monatlichen Zahlung an. Sloat reagierte mit einigen dankbaren Worten, die nichts besagten. Am selben Abend brachte er sich mit drei großen Martinis in die richtige Verfassung, fuhr zu dem Restaurant, holte einen Baseballschläger aus dem Kofferraum und zertrümmerte die große Fensterscheibe, die einst einen interessanten Ausblick auf die Straße geboten hatte, jetzt aber auf einen Korridor aus Maschendraht hinausging, an dessen Ende ein wüster Haufen Mülltonnen stand.

Das alles hatte er getan – aber er war nicht eigentlich Sloat gewesen, als er es tat.

Am nächsten Morgen baten die Chinesen um ein weiteres Gespräch; diesmal erklärten sie sich bereit, die vierfache Miete zu zahlen. »Jetzt redet ihr wie vernünftige Menschen«, sagte Sloat zu den ausdruckslos dreinblickenden Chinesen. »Und wißt ihr was? Um zu beweisen, daß wir alle in einem Boot sitzen, übernehme ich die Hälfte der Kosten für eine neue Scheibe.«

Neun Monate, nachdem Sawyer & Sloat das Gebäude erworben hatte, waren alle Mieten beträchtlich gestiegen, und die ursprüngliche Kalkulation über Kaufpreis und zu erwartende Profite erwies sich als viel zu pessimistisch. Jetzt gehörte dieses Gebäude zu den eher bescheidenen Transaktionen von Sawyer & Sloat, aber Morgan Sloat war ebenso stolz darauf wie auf die gewaltigen Neubauten, die sie im Geschäftsviertel der Stadt errichtet hatten. Schon das Passieren der Stelle, an der er den Zaun hatte errichten lassen, erinnerte ihn täglich daran, wie viel Sawyer & Sloat ihm zu verdanken hatte – und wie gerechtfertigt seine Ansprüche waren.

Dieses Gefühl, daß das, was er wollte, nur recht und billig war, flackerte in ihm, als er mit Richard sprach – schließlich wollte er Phil Sawyers Anteil an der Firma um Richards willen übernehmen. Richard war in gewisser Hinsicht seine Unsterblichkeit. Sein Sohn würde in der Lage sein, die besten Handelsakademien zu besuchen und Jura zu studieren, bevor er in die Firma eintrat; und dann würde Richard Sloat, bestens gerüstet, die komplizierte und empfindliche Maschinerie von Sawyer & Sloat ins nächste Jahrhundert lenken. Der lächerliche Ehrgeiz seines Sohnes, Chemiker zu werden, konnte die Entschlossenheit seines Vaters nicht lange überleben – Richard war intelligent genug, um einzusehen, daß das, was sein Vater tat, entschieden interessanter – um nicht zu sagen, entschieden einträglicher – war als das Hantieren mit einem Testkolben über einem Bunsenbrenner. Wenn der Junge erst einmal einen Blick in die wirkliche Welt getan hatte, würde dieser Unfug mit dem »Forschungschemiker« schnell genug verfliegen. Und wenn Richard sich Gedanken machte, ob er auch Jack Sawyer gegenüber fair handelte, dann würde er ihn darauf hinweisen, daß fünfzigtausend pro Jahr und ein garantierter Collegebesuch nicht nur fair, sondern hochherzig waren. Geradezu fürstlich. Und wer konnte sagen, ob Jack überhaupt an der Firma interessiert war, ob er in dieser Hinsicht irgendwelche Talente besaß?

Außerdem passierten gelegentlich Unfälle. Wer konnte sagen, ob Jack Sawyer überhaupt das zwanzigste Lebensjahr erreichen würde?

»Im Grunde geht es nur darum, daß die Besitzverhältnisse geregelt und alle Papiere unterschrieben werden«, erklärte Sloat seinem Sohn. »Lily hat sich zu lange vor mir versteckt. Ihr Gehirn ist mittlerweile so weich wie Quark, das kannst du mir glauben. Sie hat wahrscheinlich kein Jahr mehr zu leben. Wenn ich mich also nicht aufmache und zusehe, daß ich sie festnagele, dann könnte sie die Angelegenheit so lange hinauszögern, bis alles testamentarisch festgelegt ist oder sie einen Treuhandfonds errichtet hat, und ich glaube nicht, daß die Mama deines Freundes mir die Verwaltung übertragen würde. Aber ich will dich nicht mit meinen Problemen langweilen. Ich wollte dich nur wissen lassen, daß ich ein paar Tage nicht zu Hause bin, nur für den Fall, daß du anrufen willst. Und denk an die Bahn, ja? Wir müssen unbedingt einmal wieder damit fahren.«

Der Junge versprach zu schreiben, fleißig zu lernen und sich um seinen Vater oder Lily Cavanaugh oder Jack keine Sorgen zu machen. Und irgendwann, wenn sein gehorsamer Sohn vielleicht sein letztes Jahr in Stanford oder Yale absolvierte, würde Sloat ihn mit der Region bekanntmachen. Richard würde dann sechs oder sieben Jahre jünger sein, als er selbst gewesen war – damals, als Phil Sawyer, vergnügt und high von Marijuana, in ihrem ersten kleinen Büro in North Hollywood seinen Partner zuerst verblüfft, dann (weil Sloat sicher war, daß Phil sich über ihn lustig machte) in Wut gebracht und schließlich fasziniert hatte (denn Phil war offensichtlich zu sehr weggetreten, um diesen ganzen Science-Fiction-Roman über eine andere Welt erfinden zu können). Und wenn Richard die Region sah, war die Sache gelaufen – sie würde seine Pläne ändern, wenn er es bis dahin nicht schon selbst getan hatte. Schon ein kurzer Ausflug in die Region genügte, um den Glauben an die Allmacht der Wissenschaft zu erschüttern.

Sloat fuhr sich mit der Hand über den glänzenden Schädel, dann befingerte er genüßlich seinen Schnurrbart. Der Klang der Stimme seines Sohnes hatte ihn auf eine geheimnisvolle, beiläufige Art beruhigt: solange Richard höflich hinter ihm hertrabte, war alles gut, alles war gut, alles und jedes war gut. In Springfield, Illinois, war es bereits Abend, und im Nelson House der Thayer School kehrte Richard Sloat über den grünen Korridor an seinen Schreibtisch zurück und dachte vielleicht an die schönen Zeiten, die sie auf Morgans Spielzeug-Eisenbahn an der kalifornischen Küste erlebt hatten und wieder erleben würden. Wenn der Jet seines Vaters hoch über ihm und einige hundert Kilometer weiter nördlich vorbeizog, würde er bereits schlafen; aber Morgan Sloat würde das Rouleau seines Erste-Klasse-Fensters beiseiteschieben und hoffen, daß der Mond schien und die Wolken sich teilten.

Er wäre am liebsten gleich nach Hause gefahren – es war eine Fahrt von nur dreißig Minuten –, damit er sich umziehen, etwas essen und vielleicht ein bißchen Kokain schnupfen konnte, bevor er zum Flughafen mußte. Stattdessen mußte er über den Freeway zur Marina: eine Verabredung mit einem Klienten, der übergeschnappt und nahe daran war, aus einem Film hinausgeworfen zu werden, und dann ein Treffen mit einem Haufen von Querulanten, die behaupteten, ein Projekt von Sawyer & Sloat gleich neben der Marina del Rey verschmutze den Strand – Dinge, die sich nicht aufschieben ließen. Aber sobald er sich um Lily Cavanaugh und ihren Sohn gekümmert hatte, würde er damit anfangen, Klienten von seiner Liste zu streichen, das versprach er sich – er hatte jetzt Besseres zu tun. Jetzt war er der Makler ganzer Welten, und sein Anteil an dem Geschäft würden keine schäbigen zehn Prozent sein. Wenn er zurückdachte, begriff Sloat selber nicht recht, wie er Phil Sawyer überhaupt so lange ertragen hatte. Sein Partner war nie auf Gewinn ausgewesen, nicht ernsthaft; er war behindert von sentimentalen Vorstellungen über Ehre und Loyalität, verdorben von dem Kram, den man Kindern einredete, um sie zu halbwegs zivilisierten Menschen zu machen, bevor man ihnen schließlich die Binde von den Augen riß. So belanglos sich das alles angesichts des Einsatzes ausnahm, um den er jetzt spielte, konnte er doch nicht vergessen, was die Sawyers ihm zu verdanken hatten – Sodbrennen stieg in seiner Brust auf wie ein Herzanfall, wenn er daran dachte, wie viel sie ihm zu verdanken hatten; und bevor er seinen Wagen auf dem noch von der Sonne beschienenen Parkplatz neben dem Gebäude erreicht hatte, schob er die Hand in die Jackentasche und fischte eine zerknüllte Packung Di-Gel heraus.

Phil Sawyer hatte ihn unterschätzt, und das nagte noch immer an ihm. Weil Phil ihn für eine Art dressierter Klapperschlange gehalten hatte, die man nur unter strenger Kontrolle aus ihrem Käfig herausließ, hatten andere es auch getan. Der Parkwächter, ein Hinterwäldler mit einem verbeulten Cowboyhut, ließ ihn nicht aus den Augen, als er um seinen Wagen herumwanderte und nach Beulen und Kratzern Ausschau hielt. Das Di-Gel hatte den größten Teil des Feuerballs in seiner Brust schmelzen lassen. Der Parkwächter hütete sich vor jeder Anbiederung: eine Woche zuvor hatte Sloat dem Mann buchstäblich das Fell über die Ohren gezogen, nachdem er in der Tür des BMW eine winzige Delle entdeckt hatte. Mitten in seiner Tirade hatte er gesehen, wie Gewalttätigkeit die grünen Augen des Hinterwäldlers zu verdunkeln begann, und plötzlich aufkommende Freude hatte ihn veranlaßt, auf den Mann zuzugehen, ihn nach wie vor beschimpfend, fast in der Hoffnung, der Parkwächter würde ihm einen Schlag versetzen. Doch von einer Sekunde zur anderen hatte der Hinterwäldler den Rückzug angetreten und schwächlich, ja sogar reumütig angedeutet, daß dieses winzige *Nichts* von einer Delle vielleicht woanders entstanden sein mochte. Vielleicht auf dem Parkplatz eines Restaurants? Nach der Art, wie das Pack dort mit den Wagen umgeht, und schließlich ist das Licht um diese Zeit auch nicht so gut, also...

»Machen Sie Ihr stinkendes Maul zu«, hatte Sloat gesagt. »Dieses kleine Nichts, wie Sie es nennen, kostet mich ungefähr das Doppelte von dem, was Sie in der Woche verdienen. Ich sollte Sie auf der Stelle hinauswerfen, Sie Cowboy, und der einzige Grund, warum ich es nicht tue, ist die ungefähr zweiprozentige Möglichkeit, daß Sie recht haben könnten; als ich gestern abend bei Chasen's herauskam, habe ich vielleicht nicht unter den Türgriff geschaut; vielleicht tat ich es, vielleicht tat ich es auch nicht. Aber wenn Sie mich noch einmal anquasseln, wenn Sie jemals mehr sagen als ›Guten Tag, Mr. Sloat‹ und ›Auf Wiedersehen, Mr. Sloat‹, dann fliegen Sie so schnell, daß Sie nicht wissen, ob Sie Ihren Kopf noch auf den Schultern haben.« Also sah der Hinterwäldler nur zu, wie Sloat seinen Wagen inspizierte; er wußte, wenn Sloat auch nur die kleinste Unvollkommenheit in der Politur des Wagens entdeckte, würde er die Axt niedersausen lassen; er hatte sogar Angst, nahe genug an ihn heranzutreten, um den rituellen Abschiedsgruß zu murmeln. Gelegentlich hatte Sloat von dem Fenster, das auf den Parkplatz hinausging, beobachtet, wie der Wächter mit Feuereifer etwas von der Haube des BMW wischte, etwas Vogeldreck oder einen Schlammspritzer. So etwas nennt sich Management, mein Lieber.

Als er den Parkplatz verließ, warf er einen Blick in den Rückspiegel und sah auf dem Gesicht des Hinterwäldlers einen Ausdruck, der Phil Sawyers Miene in den letzten Sekunden seines Lebens, draußen in Utah in der Mitte von Nirgendwo, sehr ähnlich war. Er lächelte, bis er die Auffahrt zum Freeway erreicht hatte.

Philipp Sawyer hatte Morgan Sloat unterschätzt, von ihrer ersten Begegnung an, als sie Erstsemester in Yale waren. Vielleicht, überlegte Sloat, war er leicht zu unterschätzen gewesen – ein dicklicher Achtzehnjähriger aus Akron, unbeholfen, von Befürchtungen und Bestrebungen belastet, zum ersten Mal in seinem Leben außerhalb von Ohio. Wenn er hörte, wie seine Kommilitonen sich beiläufig über New York unterhielten, über das »21« und den Stork Club, über Brubeck in Basin Street und Erroll Garner im Vanguard, hatte es ihn Schweiß gekostet, seine Unwissenheit zu verbergen. »Mir gefällt die Downtown-Gegend besonders gut«, hatte er eingeworfen, so beiläufig, wie er nur konnte. Nasse Handflächen, in die sich verkrampfte Finger bohrten. (Morgens zeigten Sloats Handflächen oft ein Muster kleiner Wunden, die seine Fingernägel hinterlassen hatten.) »Welche Downtown-Gegend, Morgan?« hatte Tom Woodbine ihn gefragt. Die anderen hatten gekichert. »Ach, Broadway, Greenwich Village. Dort herum.« Weiteres gefühlloses Gekicher. Er war unansehnlich und schlecht angezogen; seine Garderobe bestand aus zwei Anzügen, beide anthrazit und beide offensichtlich für einen Mann mit den Schultern einer Vogelscheuche angefertigt. Schon in der High School hatte er Haare verloren, sein rosa Skalp schimmerte durch die flach angeklatschte Frisur.

Nein, Sloat war keine Schönheit gewesen, und das war einer der Gründe. Die anderen brachten es fertig, daß er sich vorkam wie eine geballte Faust; die morgendlichen Wunden waren kleine Schattenphotos seiner Seele. Die anderen, wie er und Sawyer am Theater interessiert, hatten scharfgeschnittene Profile, schlanke Taillen, ungezwungene Umgangsformen. Sie hatten sich im Aufenthaltsraum von Davenport House in ihre Sessel gelümmelt, während Sloat in einem Nebel von Schweiß danebenstand, um seine Anzughose nicht zu verknittern, weil er sie dann ein paar Tage länger tragen konnte; manchmal hatten sie ausgesehen wie eine Versammlung von jungen Göttern – Kaschmirpullover um die Schultern drapiert wie das Goldene Vlies. Sie hatten vor, Schauspieler, Dramatiker, Texter zu werden. Sloat hatte sich selbst als Regisseur gesehen, sich vorgestellt, wie er sie alle in ein Netz aus Komplikationen und Projekten verstrickte, das nur er entwirren konnte.

Sawyer und Tom Woodbine, für Sloat beide unvorstellbar reich, waren Zimmergenossen. Woodbine brachte für das Theater nicht mehr als lauwarmes Interesse auf und nahm am Theaterseminar nur teil, weil Phil es tat. Er war ein Goldjunge, der eine teure Privatschule absolviert hatte, und unterschied sich von den anderen durch seine ausgeprägte Ernsthaftigkeit und Zielstrebigkeit. Er wollte Anwalt werden und schien bereits damals über die Redlichkeit und Unparteilichkeit eines Richters zu verfügen. (Die meisten von Woodbines Bekannten waren der Ansicht, daß er eines Tages beim Obersten Gerichtshof landen würde, sehr zur Verlegenheit des Jungen.) Nach Sloats Begriffen hatte Woodbine überhaupt keinen Ehrgeiz – er war mehr daran interessiert, rechtschaffen zu leben als gut zu leben. Aber schließlich hatte er ja alles, und was ihm zufällig abging, wurde ihm rasch von anderen gegeben; wie konnte er, von der Natur und seine Freunden so verwöhnt, Ehrgeiz entwickeln? Fast unbewußt verabscheute Sloat Woodbine; er konnte sich nicht überwinden, ihn »Tommy« zu nennen.

In seinen vier Jahren in Yale brachte Sloat zwei Inszenierungen auf die Bretter: *No Exit*, das die Studentenzeitung »ein heilloses Durcheinander« nannte, und *Volpone*, das als »aufgepeitscht, zynisch, düster und fast unvorstellbar chaotisch« beschrieben wurde. Die meisten dieser Eigenschaften wurden Sloat angekreidet. Vielleicht war er doch kein Regisseur – seine Sicht war zu gefühlsbetont und verworren. Sein Ehrgeiz ließ nicht nach, er verlagerte sich lediglich. Wenn er schon nicht hinter der Kamera stehen konnte, dann wollte er hinter den Leuten vor der Kamera stehen. Phil Sawyers Gedanken begannen in die gleiche Richtung zu gehen – Phil war nie sicher gewesen, wohin ihn seine Liebe zum Theater führen würde; jetzt glaubte er, möglicherweise ein gewisses Talent zum Vertreten von Schauspielern und Schriftstellern zu haben. »Laß uns nach Los Angeles gehen und eine Agentur gründen«, sagte Phil in ihrem letzten Jahr zu ihm. »Die Idee ist total verrückt, und unsere Eltern werden stocksauer sein, aber vielleicht schaffen wir es ja. Wir brauchen uns nur ein paar Jahre durchzuhungern.«

Phil Sawyer, das hatte Sloat schon bald herausgefunden, war keineswegs reich. Er *wirkte* lediglich reich.

»Und wenn wir es uns leisten können, engagieren wir Tommy als Anwalt. Bis dahin müßte er mit dem Studium fertig sein.«

»Gute Idee«, hatte Sloat gesagt und dabei gedacht, daß er das zu gegebener Zeit schon verhindern würde. »Wie sollen wir uns nennen?«

»Was hältst du von Sloat & Sawyer? Oder sollen wir uns ans Alphabet halten?«

»Sawyer & Sloat natürlich, nach dem Alphabet«, hatte Sloat gesagt – innerlich schäumend, weil er glaubte, sein Partner hätte ihn ein für allemal darauf hingewiesen, daß ihm nach Sawyer irgendwie der zweite Rang zukam.

Beide Elternpaare waren stocksauer, wie Phil vorhergesehen hatte, aber die Partner der frischgebackenen Künstleragentur fuhren in dem alten DeSoto (Morgans Wagen, ein weiteres Beispiel dafür, wieviel Sawyer ihm schuldete) nach Los Angeles, eröffneten in einem Gebäude in North Hollywood ein von Ratten und Flöhen bevölkertes Büro und begannen, sich in den Klubs herumzutreiben und ihre brandneuen Geschäftskarten zu verteilen. Nichts – fast vier Monate völlige Pleite. Sie hatten einen Komiker, der zu viel trank, um noch komisch sein zu können, einen Schriftsteller, der nicht schreiben konnte, eine Stripperin, die darauf bestand, bar bezahlt zu werden, damit sie ihre Agenten übers Ohr hauen konnte. Und dann hatte Phil Sawyer, high von Marijuana und Whiskey, Sloat eines Nachmittags kichernd von der Region erzählt.

»Weißt du, was ich kann, du ehrgeiziger Niemand? Ich kann wandern, Partner. Hin und zurück.«

Kurze Zeit später, als sie beide wanderten, lernte Phil Sawyer auf einer Studioparty eine vielversprechende junge Schauspielerin kennen, und binnen einer Stunde hatten sie ihre erste wichtige Klientin. Und sie hatte drei Freundinnen, die mit ihren Agenten ebenso unzufrieden waren.

Und eine der Freundinnen hatte einen Freund, der tatsächlich ein anständiges Drehbuch geschrieben hatte und einen Agenten brauchte, und der Freund hatte wieder einen Freund . . . Bevor das dritte Jahr um war, hatten sie ein neues Büro, neue Wohnungen, eine Scheibe vom großen Hollywood-Kuchen. Auf eine Art, die Sloat akzeptierte, aber nie begriff, hatte die Region ihnen Glück gebracht.

Sawyer kümmerte sich um die Klienten, Sloat um das Geld, die Anlagen, die geschäftliche Seite der Agentur. Sawyer gab Geld aus – für Essen, Flugtickets –, Sloat sparte es, und das genügte ihm als Rechtfertigung dafür, daß er ein bißchen von der Sahne abschöpfte. Und es war Sloat, der ständig in neue Bereiche drängte, Landkäufe, Grundstücksgeschäfte, Industriebeteiligungen. Als Tommy Woodbine nach Los Angeles kam, war aus Sawyer & Sloat ein Fünf-Millionen-Dollar-Unternehmen geworden.

Sloat stellte fest, daß er seinen früheren Kommilitonen noch immer verabscheute. Tommy Woodbine hatte fünfzehn Kilo zugenommen und wirkte und benahm sich in seinem blauen Anzug mit Weste mehr denn je wie ein Richter. Seine Wangen waren immer leicht gerötet (von Alkohol? fragte sich Sloat), sein Wesen nach wie vor umgänglich und etwas gespreizt. Die Welt hatte ihre Spuren an ihm hinterlassen – schlaue Fältchen um die Augenwinkel, die Augen selbst unendlich mehr auf der Hut als die des Goldjungen in Yale. Sloat erkannte sofort – und wußte, daß Phil Sawyer es nicht bemerken würde, wenn man es ihm nicht sagte –, daß Tommy Woodbine mit einem großen Geheimnis lebte: was immer der Goldjunge gewesen sein mochte – jetzt war Tommy Woodbine ein Homosexueller. Und das machte alles leichter – es machte es zuguterletzt auch leichter, Tommy loszuwerden.

Schließlich werden Schwule immer umgebracht, oder? Und konnte jemand tatsächlich wollen, daß eine Hundertkilo-Tunte für die Erziehung eines heranwachsenden Jungen verantwortlich war? Man könnte es so ausdrücken, daß Sloat seinen Partner lediglich vor den postumen Konsequenzen eines schwerwiegenden Mangels an Urteilsvermögen bewahrte. Wenn Sawyer Sloat zum Testamentsvollstrecker und zum Vormund seines Sohnes bestellt hätte, hätte es überhaupt keine Probleme gegeben. Doch so waren die Mörder aus der Region – die beiden Männer, die auch die Entführung des Jungen verpfuscht hatten – bei Rot über eine Kreuzung gebraust; sie wären beinahe verhaftet worden, bevor sie nach Hause zurückkehren konnten.

Alles wäre wesentlich einfacher gewesen, überlegte Sloat vielleicht zum tausendsten Mal, wenn Phil Sawyer nicht geheiratet hätte. Ohne Lily kein Jack; ohne Jack keine Probleme. Möglicherweise hatte Phil nicht einmal einen Blick auf die Berichte über Lily Cavanaughs Vorleben geworfen, die Sloat zusammengetragen hatte: in ihnen stand, wo und wie oft und mit wem, und sie hätten dieser Romanze ebenso mühelos den Garaus machen können, wie der schwarze Lieferwagen Tommy Woodbine in einen Haufen auf der Straße verwandelt hatte. Doch obwohl Phil Sawyer diese detaillierten Berichte las, machten sie erstaunlicherweise keinerlei Eindruck auf ihn. Er wollte Lily Cavanaugh heiraten, und er tat es. Und sein verdammter Twinner hatte Königin Laura geheiratet. Wieder eine Unterschätzung. Und auf die gleiche Weise heimgezahlt; es schien nur angemessen.

Und das hieß, dachte Sloat befriedigt, daß alles endlich geregelt sein würde, nachdem er sich noch um ein paar Details gekümmert hatte. Nach all diesen Jahren – wenn er von Arcadia Beach zurückkehrte, hätte er Sawyer & Sloat vollständig in der Tasche. Auch in der Region stand die Entscheidung bevor; es fehlte nicht viel, daß alles in Morgans Hände fiel. Sobald die Königin gestorben war, würde der frühere Stellvertreter ihres Gemahls das Land regieren und all die interessanten kleinen Veränderungen vornehmen, die er und Sloat sich wünschten. Und dann brauchte man nur noch zuzusehen, wie das Geld hereinrollte, dachte Sloat, als er vom Freeway zur Marina del Rey abbog. Dann konnte man zusehen, wie *alles* hereinrollte!

Sein Klient Asher Dondorf wohnte in der unteren Hälfte eines neuen Hauses mit Eigentumswohnungen in einer der engen Gassen der Marina, nicht weit vom Strand entfernt. Dondorf war ein alter Charakterdarsteller, der Ende der siebziger Jahre durch eine Rolle in einer Fernsehserie zu erstaunlicher Prominenz und Beliebheit aufgestiegen war; er hatte den Hauswirt der jungen Leute gespielt, die die Stars der Serie waren – Privatdetektive, beide so niedlich wie junge Pandas. Dondorf bekam nach seinen paar Auftritten in den ersten Folgen so viel Post, daß die Drehbuchautoren seinen Part vergrößerten, ihn zu einer Art Vater der jungen Detektive machten, ihn ein oder zwei Mordfälle aufklären ließen, ihn in Gefahr brachten – und so weiter und so weiter. Seine Gage verdoppelte, verdreifachte, vervierfachte sich, und als die Serie nach sechs Jahren abgesetzt wurde, kehrte er zum Film zurück. Dondorf hielt sich für einen Star, aber die Studios und die Produzenten hielten ihn nach wie vor für einen Charakterdarsteller – beliebt, aber nicht von entscheidendem Wert für irgendeine Produktion. Dondorf verlangte Blumen in seiner Garderobe, er verlangte einen eigenen Friseur und Dialogrepetitor, er verlangte mehr Geld, mehr Respekt, mehr Liebe, mehr von allem. Mit anderen Worten, Dondorf war ein Rindvieh.

Als er seinen Wagen in die Parkbucht lenkte und vorsichtig ausstieg, um nicht mit der Tür an den Bordstein zu stoßen, wurde sich Sloat über eines klar: wenn er irgendwann in den nächsten Tagen erfuhr oder auch nur argwöhnte, daß Jack Sawyer die Existenz der Region entdeckt hatte, dann würde er ihn töten. Es gab Risiken, die man nicht einging.

Sloat lächelte, schob sich ein weiteres Di-Gel in den Mund und klopfte an die Wohnungstür. Er wußte es schon: Asher Dondorf würde sich umbringen. Er würde es in seinem Wohnzimmer tun, um so viel Unordnung wie möglich anzurichten. Ein temperamentvoller Idiot wie sein zukünftiger Ex-Klient würde glauben, ein wirklich schmutziger Selbstmord wäre eine Rache an der Bank, von der seine Hypothek stammte. Als ein bleicher, zitternder Dondorf die Tür öffnete, war die Wärme, mit der Sloat ihn begrüßte, völlig aufrichtig.

Zweiter Teil

Die Straße der Prüfungen

Sechstes Kapitel

Der Pavillon der Königin

1

Die sägezähnigen Grashalme unmittelbar vor Jacks Augen kamen ihm so groß und steif vor wie Säbel. Sie würden sich dem Wind nicht beugen, sie würden ihn zerschneiden. Jack stöhnte, als er den Kopf hob. Ihm ging solche Würde ab. Er hatte noch immer ein bedrohliches Gefühl im Magen, und seine Stirn und seine Augen brannten. Er erhob sich mühsam auf die Knie, dann zwang er sich zum Aufstehen. Ein langer, von Pferden gezogener Karren kam auf dem staubigen Weg auf ihn zugerumpelt, und der Kutscher, ein bärtiger, rotgesichtiger Mann von ungefähr der gleichen Form und Größe wie die Holzfässer, die hinter ihm ratterten, musterte ihn. Jack nickte und versuchte, so viel wie möglich von dem Mann mitzubekommen und dabei den Eindruck eines herumlungernden Jungen zu erwecken, der sich davongeschlichen hatte, um irgendwo ein bißchen zu dösen. Nachdem er einmal aufrecht stand, war ihm nicht mehr schlecht; er fühlte sich sogar wohler als jemals, seit er aus Los Angeles fort war, nicht nur gesund, sondern irgendwie harmonisch, in völliger Übereinstimmung mit sich selbst. Die warme, bewegte Luft der Region streichelte ganz sanft und duftgeschwängert sein Gesicht – ihr zarter Blütenduft unterschied sich deutlich von dem kräftigeren Geruch nach rohem Fleisch, den sie herbeitrug. Jack fuhr sich mit der Hand übers Gesicht und musterte verstohlen den Kutscher: seine erste Begegnung mit einem Menschen der Region.

Wenn der Kutscher ihn ansprach, wie sollte er dann antworten? Sprachen die Leute hier überhaupt Englisch? Einen Augenblick lang stellte Jack sich vor, er müßte versuchen, sich unauffällig in einer Welt zu bewegen, in der die Leute so sprachen, wie die Pilgerväter gesprochen hatten; er beschloß, den Stummen zu spielen, wenn das der Fall sein sollte.

Endlich wendete der Kutscher den Blick von Jack ab und rief seinen Pferden etwas zu, das eindeutig kein amerikanisches Englisch der achtziger Jahre war. Aber vielleicht war das nur die Art, in der man mit Pferden redete. *Slusha! Slusha!* Jack wich in das Seegras zurück und wünschte sich, ein paar Sekunden früher auf die Beine gekommen zu sein. Der Mann warf Jack noch einen Blick zu und überraschte ihn durch ein Nicken – eine Geste, die weder freundlich noch unfreundlich war, ein Gruß zwischen Gleichgestellten. *Ich will froh sein, wenn ich mein Tagewerk geschafft habe, Bruder.* Jack erwiderte das Nicken, versuchte, die Hände in die Taschen zu stecken, und einen Augenblick lang mußte er vor Erstaunen ein dummes Gesicht gemacht haben. Der Kutscher lachte – nicht unfreundlich.

Jacks Kleidung hatte sich verwandelt. Anstelle seiner Cordjeans trug er eine grobe, weite Wollhose. Oberhalb der Taille bedeckte ihn eine locker sitzende Jacke aus weichem blauem Stoff. Anstelle von Knöpfen hatte die Jacke – das Wams? überlegte er – eine Reihe von Haken und Ösen. Wie die Hose war sie offensichtlich Handarbeit. Auch die Turnschuhe waren verschwunden und durch flache Ledersandalen ersetzt worden. Der Rucksack hatte sich in einen Lederbeutel verwandelt, der an einem dünnen Riemen über seiner Schulter hing. Der Kutscher trug fast die gleiche Kleidung – sein Wams war aus Leder und voller Flecken, die aussahen wie die Jahresringe im Innern eines alten Baumes.

Ratternd und Staub aufwirbelnd polterte der Karren an Jack vorüber. Von den Fässern ging ein scharfer Biergeruch aus. Hinter den Fässern lagen Dreierstapel von etwas, das Jack gedankenlos für Lastwagenreifen hielt. Doch dann roch er die »Reifen« und bemerkte im gleichen Augenblick, daß sie makellos glatt waren – es war ein sahniger Duft, voll geheimer Tiefe und sanfter Wonne, der ihn unvermittelt Hunger verspüren ließ. Käse, aber kein Käse, den er je gegessen hatte. Hinter den Käserädern, im hinteren Teil des Karrens, schlitterte ein unregelmäßiger Berg rohen Fleisches – lange, gehäutete Rinderseiten, große Scheiben Steak, ein Haufen glitschiger Innereien, die er nicht identifizieren konnte – unter einer gleißenden Matte von Fliegen. Der starke Geruch des Fleisches überfiel Jack und tötete den Hunger, den der Käse geweckt hatte. Nachdem der Karren vorbei war, trat Jack in die Mitte des Weges und beobachtete, wie er dem Kamm eines kleinen Hügels entgegenrumpelte. Eine Sekunde später begann er ihm zu folgen, Richtung Norden.

Er hatte erst die Hälfte der Anhöhe hinter sich gebracht, als er abermals die Spitze des großen Zeltes sah, ragend inmitten einer Menge schmaler, flatternder Fahnen. Das, so vermutete er, war sein erstes Ziel. Noch ein paar Schritte an den Brombeersträuchern vorüber, wo er das vorige Mal stehengeblieben war (Jack erinnerte sich, wie gut die Beeren geschmeckt hatten, und schob sich zwei der riesigen Früchte in den Mund), und dann konnte er das ganze Zelt sehen. Es war ein riesiger, weitläufiger Pavillon mit langen Flügeln zu beiden Seiten, mit Toren und einem Innenhof. Wie das Alhambra stand auch dieses merkwürdige Bauwerk – ein Sommerpalast, wie Jack instinktiv erkannte – unmittelbar am Rand des Ozeans. Kleine Gruppen von Leuten bewegten sich innerhalb und außerhalb des großen Pavillons, getrieben von Kräften, so machtvoll und unsichtbar wie die Wirkung eines Magneten auf Eisenspäne. Die kleinen Gruppen vereinigten sich, gingen auseinander, verschmolzen wieder.

Einige der Männer trugen kostbar aussehende Gewänder in leuchtenden Farben, die meisten jedoch waren ebenso gekleidet wie Jack. Ein paar Frauen in glänzenden, langen weißen Roben schritten über den Hof, zielstrebig wie Generäle. Außerhalb der Tore standen zahlreiche kleinere Zelte und Holzhütten, die einen improvisierten Eindruck machten; auch hier bewegten sich Leute, aßen, handelten, unterhielten sich, aber ungezwungener und beiläufiger. Irgendwo in der geschäftigen Menge würde er den Mann mit der Narbe finden müssen.

Doch zuerst blickte er hinter sich, den tief ausgefahrenen Weg entlang, um zu sehen, was aus Funworld geworden war.

Als er zwei kleine, dunkle Pferde entdeckte, die – vielleicht fünfzig Meter entfernt – einen Pflug zogen, dachte er, aus dem Vergnügungspark wäre eine Farm geworden, doch dann bemerkte er die Menge, die vom Rande des Feldes aus den Pflügern zusah, und begriff, daß es ein Wettbewerb war. Dann fiel sein Blick auf einen riesigen, rothaarigen Mann mit nacktem Oberkörper, der wie ein Kreisel herumwirbelte. In den ausgestreckten Händen hielt er einen langen, schweren Gegenstand. Plötzlich hörte der Mann mit dem Herumwirbeln auf und ließ den Gegenstand los, der weit durch die Luft flog, bevor er auf das Gras aufschlug und als Hammer erkennbar wurde. Funworld war ein Jahrmarkt, keine Farm – jetzt sah Jack auch Tische, auf denen sich Eßbares häufte, und Kinder auf den Schultern ihrer Väter.

Ob es auf diesem Jahrmarkt wohl einen Speedy Parker gab, der dafür sorgte, daß jeder Riemen und jedes Geschirr hielt, daß für jeden Herd genügend Holz da war? Jack hoffte es.

Und saß seine Mutter noch immer im Tea and Jam Shoppe und fragte sich, warum sie ihn hatte gehen lassen?

Jack drehte sich wieder um und sah, wie der lange Karren durch die Tore des Sommerpalastes rumpelte und nach links abbog, wo er die Leute, die sich dort bewegten, voneinander trennte wie ein von der Fifth Avenue abbiegendes Auto die Fußgänger, die gerade die Seitenstraße überqueren. Einen Moment später folgte er dem Karren.

2

Er hatte gefürchtet, daß sich alle Leute auf dem Gelände des Pavillons nach ihm umdrehen und sofort spüren würden, daß er anders war als sie. Er hielt die Augen niedergeschlagen, wann immer es möglich war, und tat, als wäre er ein Junge, der einen schwierigen Auftrag zu erfüllen hat – er war ausgeschickt worden, um eine Reihe von Dingen zu besorgen;

sein Gesicht zeigte, wie er sich konzentrierte, nichts zu vergessen. *Eine Schaufel, zwei Hacken, eine Rolle Bindfaden, ein Glas Gänseschmalz* ... Erst allmählich wurde ihm klar, daß keiner der Erwachsenen vor dem Sommerpalast ihn auch nur wahrnahm. Sie beeilten sich oder trödelten herum, betrachteten die angebotenen Waren – Decken, Eisentöpfe, Armreifen –, die in kleinen Zelten ausgestellt waren, tranken aus Holzbechern, zupften sich gegenseitig am Ärmel, um eine Bemerkung zu machen oder ein Gespräch in Gang zu bringen, diskutierten mit der Wache am Tor; jeder war vollauf mit seinen eigenen Angelegenheiten beschäftigt. Die Rolle, die Jack spielte, war so unnötig, daß sie lächerlich war. Er richtete sich auf und beschrieb einen unregelmäßigen Halbkreis, um ans Tor zu gelangen.

Er hatte fast auf den ersten Blick erkannt, daß er nicht einfach würde hindurchgehen können – die beiden Wachtposten hielten jeden an, der versuchte, in den Sommerpalast hineinzukommen. Die Leute mußten Papiere vorzeigen oder Abzeichen oder Siegel präsentieren, die ihnen den Zutritt gestatteten. Jack hatte nur Speedy Parkers Gitarren-Plektron, und er glaubte nicht, daß die Wachen das gelten ließen. Ein Mann, der ans Tor getreten war, ließ gerade ein rundes silbernes Abzeichen aufblitzen und wurde durchgewinkt; der Mann, der ihm folgte, wurde angehalten. Er argumentierte, dann änderte sich sein Verhalten, und Jack sah, daß er flehte. Der Wachtposten schüttelte den Kopf und wies den Mann ab.

»*Seine* Leute kommen ohne Schwierigkeiten hinein«, sagte jemand rechts von Jack und löste damit das Problem der Sprache der Region; Jack drehte den Kopf, um festzustellen, ob der Mann ihn angesprochen hatte.

Aber der Mann in mittleren Jahren, der neben ihm herging, unterhielt sich mit einem anderen Mann; beide trugen die gleiche, einfache Kleidung wie die meisten Männer und Frauen außerhalb des Palastgeländes. »Es wäre nicht gut, wenn es anders wäre«, erwiderte der zweite Mann. »Er ist unterwegs – soviel ich weiß, wird er noch im Laufe des Tages erwartet.«

Jack schloß sich den beiden Männern an und folgte ihnen zum Tor.

Die Wachtposten traten vor, als sich die Männer näherten, und da sie sich beide an denselben Posten wandten, winkte der zweite den ihm am nächsten stehenden Mann zu sich heran. Jack blieb ein paar Schritte zurück. Bisher hatte er noch niemanden mit einer Narbe gesehen, er hatte überhaupt noch keine Offiziere gesehen. Die einzigen Soldaten in Sicht waren die Wachtposten, die beide jung waren und ländlich aussahen; mit ihren breiten rötlichen Gesichtern über den kunstvoll gefältelten und gekrausten Uniformen sahen sie aus wie kostümierte Bauern. Die beiden Männer, denen Jack gefolgt war, hatten sich offenbar den Wachtposten gegenüber ausgewiesen; nach kurzem Wortwechsel traten die Uniformierten beiseite und ließen sie durch. Einer der Wachtposten bedachte Jack mit einem mißtrauischen Blick, und Jack wendete den Kopf ab und trat zurück.

Wenn es ihm nicht gelang, den Hauptmann mit der Narbe zu finden, würde er nie in den Palast hineinkommen.

Einige Männer näherten sich dem Posten, der Jack gemustert hatte, und begannen zu argumentieren. Sie hatten eine Verabredung, es war von größter Bedeutung, daß sie hineinkamen, viel Geld stand auf dem Spiel, aber leider hatten sie keine Papiere. Der Posten schüttelte den Kopf; sein Kinn schabte über die weiße Halskrause seiner Uniform. Jack, der sich noch immer fragte, wie es ihm gelingen sollte, den Hauptmann zu finden, sah, wie der Anführer der kleinen Gruppe die Hände in der Luft schwenkte und sich mit der Faust auf die Handfläche schlug. Sein Gesicht war jetzt so rot wie das des Postens. Schließlich begann er, mit dem Zeigefinger auf den Posten einzustechen. Der andere Posten trat neben ihn, und beide wirkten gelangweilt, fast feindselig.

Ein hochgewachsener Mann in einer Uniform, die sich irgendwie von der der Posten unterschied – vielleicht war es nur die Art, wie er sie trug, aber sie sah aus, als wäre sie nicht nur in einer Operette, sondern auch in der Schlacht brauchbar –, tauchte lautlos neben ihnen auf. Er hatte keine Halskrause, stellte Jack einen Moment später fest, und auf dem Kopf trug er keinen Dreispitz, sondern eine Art Schirmmütze. Er redete mit den Wachtposten und wendete sich dann dem Anführer der kleinen Gruppe zu. Es gab kein Schreien, kein Fingerstechen mehr. Der Mann sprach ganz ruhig, und Jack sah, wie die Gruppe aufhörte, eine Gefahr darzustellen. Die Männer traten von einem Fuß auf den anderen, ihre Schultern sackten herunter. Dann verzogen sie sich. Der Offizier sah ihnen nach und sprach noch einmal mit den Wachtposten.

In dem Augenblick, in dem der Offizier, der die Männer gewissermaßen durch seine bloße Anwesenheit verscheucht hatte, Jack das Gesicht zuwandte, bemerkte Jack eine lange bleiche Narbe, die sich wie eine Blitzspur von seinem rechten Auge bis fast zum Kiefer hinzog.

Der Offizier nickte den Posten zu und entfernte sich mit raschen Schritten. Ohne nach rechts oder links zu schauen, schritt er durch die Menge; sein Ziel lag offenbar an der Seite des Sommerpalastes. Jack lief ihm nach.

»Sir!« rief er, aber der Offizier setzte seinen Weg durch die schiebende Menge fort.

Jack rannte um ein paar Männer und Frauen herum, die ein Schwein zu einem der kleinen Zelte zerrten, schoß durch eine Lücke zwischen zwei weiteren Personengruppen, die sich dem Tor näherten, und war dem Offizier endlich nahe genug, um die Hand ausstrecken und seinen Ellenbogen berühren zu können. »Hauptmann?«

Der Offizier wirbelte herum und bannte Jack auf der Stelle fest. Aus der Nähe betrachtet wirkte die Narbe dick und isoliert, wie ein lebendes

Wesen, das auf dem Gesicht des Mannes saß. Selbst wenn die Narbe nicht wäre, dachte Jack, spräche aus diesem Gesicht kraftvolle Ungeduld. »Was willst du, Junge?« fragte der Mann.

»Hauptmann, mir wurde gesagt, ich sollte mich an Sie wenden – ich muß die Dame sehen, aber ich glaube, ich komme nicht in den Palast hinein. Ach ja, das sollte ich Ihnen zeigen.« Er griff in die geräumige Tasche der ungewohnten Hose und schloß die Finger um den dreieckigen Gegenstand.

Als er ihn auf der Handfläche vorzeigte, durchfuhr ihn Bestürzung – was er in der Hand hielt, war kein Plektron, sondern ein langer Zahn, vielleicht ein Haifischzahn, mit einem vielfach gewundenen und verschlungenen Goldmuster eingelegt.

Als Jack aufblickte und halb mit einem Schlag rechnete, sah er eine ähnliche Bestürzung auf dem Gesicht des Hauptmanns. Die Ungeduld, die für den Mann so typisch schien, war völlig verschwunden. Einen Augenblick lang verzerrten Unsicherheit und sogar Angst seine kraftvollen Züge. Der Hauptmann hob die Hand, und der Junge glaubte, er wollte den gemusterten Zahn an sich nehmen; er hätte ihn ausgehändigt, aber der Mann bog nur die Finger des Jungen um den Gegenstand auf seiner Handfläche. »Komm mit«, sagte er.

Sie gingen an der Seite des Pavillons entlang, und der Hauptmann trat in einen Raum hinter einer großen, segelförmigen Klappe aus steifem, verblichenem Segeltuch. Im Halbdunkel hinter der Klappe sah das Gesicht des Soldaten aus, als hätte jemand mit einem dicken rosa Stift darauf gemalt. »Dieses Zeichen«, sagte er gelassen. »Wo hast du es her?«

»Von Speedy Parker. Er sagte, ich sollte Sie finden und es Ihnen zeigen.«

Der Mann schüttelte den Kopf. »Den Namen kenne ich nicht. Und jetzt gib mir das Zeichen. Sofort.« Er packte Jacks Handgelenk. »Gib es mir, und dann sag mir, wo du es gestohlen hast.«

»Ich spreche die Wahrheit«, sagte Jack. »Ich bekam es von Lester Speedy Parker. Er arbeitet in Funworld. Aber es war kein Zahn, als er es mir gab. Es war ein Gitarren-Plektron.«

»Ich glaube, du weißt nicht, was dir bevorsteht, Junge.«

»Sie *kennen* ihn«, beharrte Jack. »Er hat Sie mir beschrieben – er hat mir gesagt, Sie wären Hauptmann der Außenwache. Speedy hat mir *aufgetragen*, Sie ausfindig zu machen.«

Der Hauptmann schüttelte den Kopf; sein Griff um Jacks Handgelenk wurde fester. »Beschreib diesen Mann. Ich merke sofort, ob du mich anlügst, Junge, also gib dir Mühe.«

»Speedy ist alt«, sagte Jack. »Er war früher Musiker.« Er glaubte, in den Augen des Mannes eine Art Begreifen aufblitzen zu sehen. »Er ist schwarz – ein schwarzer Mann. Mit weißem Haar. In seinem Gesicht

104

sind tiefe Falten. Er ist ziemlich dünn, aber wesentlich kräftiger, als er aussieht.«

»Ein schwarzer Mann? Du meinst, ein *brauner* Mann?«

»Nun ja, schwarze Leute sind nicht richtig schwarz. Ebenso, wie weiße Leute nicht richtig weiß sind.«

»Ein brauner Mann namens Parker.« Der Hauptmann ließ sanft Jacks Handgelenk los. »Hier heißt er Parkus. Also kommst du von...« Er deutete mit einem Nicken auf einen fernen, unsichtbaren Punkt am Horizont.

»So ist es«, sagte Jack.

»Und Parkus – Parker – hat dich geschickt, damit du unsere Königin siehst.«

»Er sagte, ich müßte sie sehen. Und Sie würden mich zu ihr bringen.«

»Das muß schnell geschehen«, sagte der Hauptmann. »Ich glaube, ich weiß, wie wir es anstellen können, aber wir dürfen keine Zeit verlieren.« Er hatte seine Gedanken mit militärischer Gewandtheit in eine andere Richtung gelenkt. »Jetzt hör genau zu. Hier treibt sich ein Haufen Bastarde herum, deshalb werden wir so tun, als wärest du mein Sohn von der falschen Seite des Lakens. Du hast irgendeinen kleinen Auftrag, den ich dir erteilt habe, nicht ausgeführt, und ich bin wütend auf dich. Ich *glaube*, daß uns niemand aufhalten wird, wenn wir eine überzeugende Vorstellung geben. Zumindest kann ich dich auf diese Weise hineinbringen – aber es könnte etwas riskanter werden, sobald wir drinnen sind. Glaubst du, daß du das schaffst? Die Leute davon zu überzeugen, daß du mein Sohn bist?«

»Meine Mutter ist Schauspielerin«, sagte Jack und empfand wieder seinen alten Stolz auf sie.

»Gut, dann wollen wir sehen, was du gelernt hast«, sagte der Hauptmann und überraschte Jack, indem er ihm zuzwinkerte. »Ich werde versuchen, dir nicht weh zu tun.« Dann fuhr Jack zusammen, weil sich eine sehr kräftige Hand um seinen Oberarm legte. »Gehen wir«, sagte er und verließ, Jack halb hinter sich herzerrend, den Raum hinter der Klappe.

»Wenn ich dir sage, du sollst den Plattenweg hinter der Küche scheuern, dann scheuerst du die Platten«, sagte der Hauptmann laut, ohne ihn anzusehen. »Hast du verstanden? Du tust, was dir aufgetragen wird. Und wenn du es nicht tust, dann wirst du bestraft.«

»Aber ich habe doch ein paar Platten gescheuert...« heulte Jack.

»Ich habe dir nicht aufgetragen, ein *paar* Platten zu scheuern!« brüllte der Hauptmann und zerrte Jack hinter sich her. Die Leute um sie herum wichen zurück, um den Hauptmann durchzulassen. Einige grinsten Jack voller Mitgefühl an.

»Ich wollte sie ja alle scheuern, ehrlich, ich wollte gleich wieder zurück...«

Der Hauptmann zerrte ihn auf das Tor zu, ohne die Wachtposten auch nur anzusehen, und zog ihn hindurch. »Nein, Dad!« heulte Jack. »Du tust mir weh!«

»Ich werde dir noch viel mehr weh tun«, sagte der Hauptmann und zerrte ihn über den weitläufigen Hof, den Jack vom Karrenweg aus gesehen hatte.

Am anderen Ende des Hofes zog ihn der Soldat die hölzernen Stufen hinauf und in den Palast hinein. »Jetzt kommt es darauf an, daß du eine gute Schau abziehst«, flüsterte der Mann und schritt einen langen Korridor entlang, wobei er Jacks Arm so hart umfaßte, daß blaue Flecke zurückblieben.

»Ich will alles tun, ich verspreche es!« rief Jack.

Der Mann zerrte ihn in einen anderen, engeren Korridor. Das Innere des Palastes hatte keinerlei Ähnlichkeit mit dem Innern eine Zeltes, stellte Jack fest. Es war ein labyrinthisches Gewirr von Gängen und kleinen Räumen, und es roch nach Rauch und Fett.

»Versprich es!« brüllte der Hauptmann.

»Ich verspreche es! Ganz bestimmt!«

Als sie aus einem weiteren Korridor herauskamen, stießen sie auf eine Gruppe kostbar gekleideter Männer, die entweder an einer Wand lehnten oder auf Polsterbänken saßen und die Köpfe nach diesem lauten Paar umdrehten. Einer von ihnen, der gerade damit beschäftigt war, zwei Frauen mit Stapeln von Laken auf den Armen Anweisungen zu geben, warf Jack und dem Hauptmann einen argwöhnischen Blick zu.

»Und ich verspreche dir eine gehörige Tracht Prügel«, sagte der Hauptmann laut.

Einige der Männer lachten. Sie trugen weiche, breitrandige, pelzbesetzte Hüte und Samtstiefel. Ihre Gesichter waren gierig und rücksichtslos. Der Mann, der mit den Frauen gesprochen hatte, offenbar ihr Anführer, war groß und mager wie ein Skelett. Sein verkniffenes, habgieriges Gesicht verfolgte den Mann und den Jungen, die vorbeieilten.

»Bitte nicht!« heulte Jack. »Bitte!«

»Jedes *Bitte* ist eine weitere Tracht!« knurrte der Soldat, und die Männer lachten wieder. Der Magere gestattete sich ein Lächeln, das so kalt war wie eine Messerklinge, bevor er sich wieder den Frauen zuwandte.

Der Hauptmann stieß den Jungen in einen leeren Raum, in dem ein paar verstaubte Holzmöbel standen. Dann endlich ließ er Jacks schmerzenden Arm los. »Das waren *seine* Leute«, flüsterte er. »Wie das Leben aussehen wird, wenn . . .« Er schüttelte den Kopf und schien für einen Augenblick seine Eile zu vergessen. »Im *Buch vom guten Wirtschaften* heißt es, daß die Erde den Sanftmütigen gehören soll, aber in diesen Kerlen steckt nicht einmal ein Teelöffel voll Sanftmut. Sie nehmen alles, was sie bekommen können. Sie wollen Reichtum, sie wollen…« Er blickte nach oben, nicht willens oder nicht fähig zu sagen, was die Männer draußen sonst noch alles wollten. Dann richtete er den Blick wieder auf den Jungen. »Wir müssen uns beeilen; aber in diesem Palast gibt es immer noch ein paar Geheimnisse, die seine Leute noch nicht kennen.« Er deutete mit einem Nicken auf eine verblichene Holzwand. Jack folgte ihm und begriff, als der Hauptmann zwei der flachen braunen Nagelköpfe verschob, die am Ende eines staubigen Brettes freilagen. Eine Tür in der verblichenen Wand schwang einwärts und gab den Weg frei in einen engen, schwarzen Gang, nicht breiter als ein hochkant gestellter Sarg. »Du wirst nur einen Blick auf sie werfen können, aber ich denke, das ist alles, was du brauchst. Auf jeden Fall ist es alles, was du erreichen kannst.«

Der Junge folgte der stummen Anweisung, in den Gang einzutreten. »Immer geradeaus, bis ich Bescheid sage«, flüsterte der Hauptmann. Nachdem er die Tür hinter sich geschlossen hatte, bewegte sich Jack in völliger Dunkelheit vorwärts.

Der Gang wand sich abwechselnd nach der einen und der anderen Seite, nur gelegentlich schwach erhellt von Licht, das durch den Spalt einer verborgenen Tür oder durch ein Fenster über dem Kopf des Jungen einfiel. Jack hatte bald jedes Gefühl für die Richtung verloren und folgte blindlings den geflüsterten Anweisungen seines Begleiters. Einmal roch er den köstlichen Duft bratenden Fleisches, ein anderes Mal den unverkennbaren Gestank einer Kloake.

»Halt«, sagte der Hauptmann endlich. »Jetzt muß ich dich hochheben. Streck die Arme aus.«

»Werde ich sie sehen?«

»Das wirst du in einer Sekunde wissen«, sagte der Hauptmann, schob die Hände unter Jacks Achselhöhlen und hob ihn kraftvoll in die Höhe. »Vor dir ist ein Brett«, flüsterte er. »Schieb es nach links.«

Jack tastete blindlings nach vorn und berührte glattes Holz. Es glitt leicht beiseite, und genügend Licht fiel in den Gang, daß er eine Spinne von der Größe einer jungen Katze sehen konnte, die zur Decke emporkroch. Dann blickte er in einen Raum hinab, der so groß war wie eine Hotelhalle, angefüllt mit Frauen in Weiß und so kostbaren Möbeln, daß sich der Junge an all die Museen erinnerte, die er mit seinen Eltern besucht hatte. In der Mitte des Raums lag eine Frau schlafend oder bewußtlos in einem riesigen Bett; nur ihr Kopf und ihre Schultern ragten aus dem Laken hervor.

Und dann hätte Jack vor Bestürzung und Schrecken fast aufgeschrien, denn die Frau in dem Bett war seine Mutter. Es war seine Mutter, und sie lag im Sterben.

»Du hast sie gesehen«, flüsterte der Hauptmann und streckte die Arme, um Jack sicherer zu halten.

Offenen Mundes starrte Jack seine Mutter an. Sie lag im Sterben, daran konnte er nicht mehr zweifeln; sogar ihre Haut wirkte ausgeblichen und krank, und auch ihr Haar hatte seinen Glanz und seine Farbe verloren. Die Pflegerinnen um sie herum taten geschäftig, glätteten die Laken oder arrangierten Bücher auf einem Tisch, aber gerade dieses geschäftige und zielstrebige Gebaren verriet, daß sie im Grunde keine Ahnung hatten, wie sie ihrer Patientin helfen sollten. Die Pflegerinnen wußten, daß es für eine solche Patientin keine Hilfe gab. Wenn sie den Tod noch einen weiteren Monat oder auch nur eine Woche hinauszögern konnten, hatten sie getan, was in ihren Kräften stand.

Er schaute wieder auf das Gesicht, das einer wächsernen Maske glich, und sah schließlich, daß die Frau in dem Bett doch nicht seine Mutter war. Ihr Kinn war runder, die Form ihrer Nase eine Spur klassischer. Die sterbende Frau war Lily Cavanaughs Twinner; es war Laura DeLoessian. Wenn Speedy gewollt hatte, daß er mehr sah, dann war er dazu nicht imstande: das reglose weiße Gesicht sagte ihm nichts von der Frau, der es gehörte.

»Okay«, flüsterte er, schob das Brett wieder vor die Öffnung, und der Hauptmann ließ ihn herunter.

In der Dunkelheit fragte er: »Was fehlt ihr?«

»Das weiß niemand«, kam die Stimme des Hauptmanns von oben. »Die Königin kann nicht sehen, sie kann nicht sprechen, sie kann sich nicht bewegen . . .« Einen Augenblick herrschte Stille, dann berührte der Hauptmann seine Hand und sagte: »Wir müssen zurück.«

Schweigend traten sie aus der Dunkelheit in den staubigen, leeren Raum. Der Hauptmann wischte dicke Spinnweben von seiner Uniform. Dann musterte er Jack eindringlich mit zur Seite geneigtem Kopf; auf seinem Gesicht lag unverhohlener Kummer. »Und jetzt mußt du mir eine Frage beantworten«, sagte er.

»Ja?«

»Bist du geschickt worden, um sie zu retten? Die Königin zu retten?«

Jack nickte. »Ich glaube – ich glaube, das gehört dazu. Aber sagen Sie mir eines.« Er zögerte. »Warum reißen die Widerlinge da draußen nicht einfach alles an sich? Sie kann sie doch nicht daran hindern.«

Der Hauptmann lächelte, aber in seinem Lächeln war keine Spur von Humor. »Ich«, sagte er. »Meine Männer. *Wir* würden sie daran hindern. Ich weiß nicht, wie weit sie im Grenzland schon gekommen sind, wo weniger geregelte Verhältnisse herrschen – aber hier halten wir zur Königin.«

Ein Muskel unter dem Auge in der narbenlosen Gesichtshälfte zuckte wie ein Fisch. Der Hauptmann drückte die Hände zusammen, Handfläche an Handfläche. »Und deine Arweisungen, deine Befehle oder was auch immer, wie lauten sie? Du sollst nach Westen gehen, stimmt das?«

Jack konnte förmlich spüren, wie der Mann bebte und seine Erregung nur unter Kontrolle hielt, weil er zeit seines Lebens Selbstbeherrschung geübt hatte. »So ist es«, sagte er. »Ich soll nach Westen gehen. Ist das nicht richtig? Sollte ich nicht nach Westen gehen? Zu dem anderen Alhambra?«

»Das kann ich dir nicht sagen, ich kann es nicht«, stieß der Hauptmann hervor und trat einen Schritt zurück. »Und jetzt müssen wir zusehen, daß wir hier herauskommen. Was du zu tun hast, kann ich dir nicht sagen.« Jack bemerkte, daß er ihn nicht einmal ansehen konnte. »Aber hier kannst du keinen Augenblick länger bleiben – wir müssen sehen, daß wir dich hier herausbringen, damit du fort bist, bevor Morgan kommt.«

»Morgan?« sagte Jack; er glaubte fast, den Namen nicht richtig verstanden zu haben. »Morgan Sloat? Er kommt hierher?«

Siebtes Kapitel

Farren

1

Der Hauptmann schien Jacks Frage nicht gehört zu haben. Sein Blick war in eine Ecke des leeren, unbenutzten Raums gerichtet, als gäbe es dort etwas zu sehen. Er dachte ausgiebig und angestrengt nach; das war Jack klar. Und Onkel Tommy hatte ihm beigebracht, daß das Unterbrechen eines Menschen, der angestrengt nachdenkt, ebenso ungehörig war wie das Unterbrechen eines Menschen, der redet. Aber . . . *Hüte dich vor dem alten Sloat. Sei auf der Hut vor ihm und seinem Twinner . . . er ist hinter dir her wie der Fuchs hinter der Gans.*

Das hatte Speedy gesagt, und Jack war in Gedanken so sehr mit dem Talisman beschäftigt gewesen, daß er es fast überhört hatte. Jetzt fielen ihm die Worte wieder ein; sie drangen so schlagartig in sein Bewußtsein, daß ihm war, als hätte ihm jemand einen Hieb in den Nacken versetzt.

»Wie sieht er aus?« drang er in den Hauptmann.

»Morgan?« fragte der Hauptmann, als hätte man ihn aus irgendeinem Traum gerissen.

»Ist er fett? Ist er fett und fast kahlköpfig? Sieht er so aus, wenn er wütend ist?« Und Jack machte von seinem Nachahmungstalent Gebrauch – einem Talent, das seinen Vater selbst dann zum Lachen gebracht hatte, wenn er müde und deprimiert gewesen war – und imitierte Morgan Sloat. Sein Gesicht alterte, als er seine Stirn in Falten legte, wie Onkel Morgan es tat, wenn er wegen irgendetwas wütend war. Gleichzeitig saugte Jack die Wangen ein und senkte den Kopf so, daß ein Doppelkinn entstand. Seine Lippen stülpten sich zu einem schmollenden Fischmaul auf, und er begann, die Brauen rasch auf und ab zucken zu lassen. »Sieht er so aus?«

»Nein«, sagte der Hauptmann, aber in seinen Augen flackerte es auf die gleiche Art wie in dem Moment, als Jack ihm erzählt hatte, daß Speedy Parker alt war. »Morgan ist groß. Er trägt sein Haar lang« – der Hauptmann hob eine Hand an die rechte Schulter, um Jack zu zeigen, wie lang – »und er hinkt. Ein Fuß ist verkrüppelt. Er trägt einen besonders gearbeiteten Stiefel, aber . . .«

»Es sah aber so aus, als kennten Sie ihn, als ich ihn nachmachte! Sie . . .«

»Pst! Nicht so gottverhämmert laut, Junge!«

Jack senkte die Stimme. »Ich glaube, ich kenne den Mann«, sagte er; und zum ersten Mal verspürte er Angst als ein Gefühl, das auf Wissen beruhte – als etwas, das er auf eine Art begriff, wie es ihm mit dieser Welt noch nicht gelang. *Onkel Morgan hier? Großer Gott!*

»Morgan ist eben Morgan. Einer, mit dem nicht zu spaßen ist, mein Junge. Und nun komm, wir müssen weiter.«

Seine Hand schloß sich wieder um Jacks Oberarm. Jack stöhnte, aber er widerstrebte.

Aus Parker wird Parkus. Und Morgan ... es ist zu offensichtlich, um Zufall zu sein.

»Noch nicht«, sagte er. Eine andere Frage drängte sich auf. »Hatte sie einen Sohn?«

»Die Königin?«

»Ja.«

»Sie hatte einen Sohn«, erwiderte der Hauptmann zögernd. »Ja. Aber wir können hier nicht bleiben, Junge. Wir...«

»Erzählen Sie mir von ihm!«

»Da gibt es nichts zu erzählen«, sagte der Hauptmann. »Er starb als Säugling, noch keine sechs Wochen alt. Es wurde darüber geredet, daß einer von Morgans Leuten – Osmond vielleicht – den Kleinen erstickt hätte. Aber Gerede dieser Art ist immer wohlfeil. Ich kann Morgan von Orris nicht ausstehen, aber jedermann weiß, daß von einem Dutzend Kinder eines in der Wiege stirbt. Niemand weiß warum; sie sterben einfach, ohne ersichtlichen Grund. Wir haben ein Sprichwort – *Gott hämmert seine Nägel.* In den Augen des Zimmermanns macht auch ein Königskind keine Ausnahme. He... was ist los, Junge?«

Jack spürte, wie die Welt um ihn herum grau wurde. Er taumelte, und als der Hauptmann ihn auffing, fühlten sich seine harten Hände so weich an wie Daunenkissen.

Auch *er* war als Säugling beinahe gestorben.

Seine Mutter hatte ihm die Geschichte erzählt – wie sie ihn regungslos und scheinbar tot in seinem Bettchen gefunden hatte, mit blauen Lippen und Wangen von der Farbe von Beerdigungskerzen, nachdem man ihnen Hütchen aufgesetzt und sie dadurch ausgelöscht hat. Sie hatte ihm erzählt, wie sie mit ihm auf dem Arm schreiend ins Wohnzimmer gelaufen war. Sein Vater und Sloat saßen auf dem Fußboden, voll von Wein und Marijuana, und sahen sich im Fernsehen einen Ringkampf an. Sein Vater hatte ihn seiner Mutter aus den Armen gerissen, hatte mit der linken Hand heftig seine Nasenlöcher zugekniffen (*die Druckstellen waren fast einen Monat lang zu sehen, Jacky*, hatte ihm seine Mutter mit nervösem Lachen erzählt) und dann seinen Mund auf Jacks winzigen Mund gepreßt, während Morgan rief: *Ich glaube nicht, daß das etwas nützt, Phil, ich glaube nicht, daß das etwas nützt!*

(*Onkel Morgan war komisch, nicht wahr, Mom?* hatte Jack lächelnd gesagt. *Ja, sehr komisch, Jacko,* hatte seine Mutter mit seltsam humorlosem Lächeln erwidert und sich an dem im Aschenbecher glimmenden Zigarettenstummel eine weitere Herbert Tarrytoon angezündet.) »Junge!« flüsterte der Hauptmann und schüttelte ihn so heftig, daß Jacks taumelnder Kopf in seinen Nacken flog. »Junge! Verdammt! Wenn du hier ohnmächtig wirst...«

»Es geht schon«, sagte Jack – seine Stimme schien von weither zu kommen; sie klang wie die Stimme des Ansagers bei einem Spiel der Dodgers, wenn man nachts mit offenem Verdeck durch die Chavez-Schlucht fuhr, widerhallend und fern, der Ablauf eines Baseballspiels in einem süßen Traum. »Okay, lassen Sie mich los. Es reicht.«

Der Hauptmann hörte auf, ihn zu schütteln, musterte ihn aber besorgt.

»Okay«, sagte Jack noch einmal und versetzte sich selbst einen Schlag auf die Backe. Der Schmerz ließ ihn die Welt wieder klar sehen.

Er war beinahe in seinem Bettchen gestorben. In der Wohnung, die sie damals hatten, die seine Mutter wegen der grandiosen Aussicht, die man vom Wohnzimmer auf die Hollywood Hills hatte, immer den Technicolor-Traumpalast nannte. Er war fast in seinem Bettchen gestorben, und sein Vater und Morgen Sloat hatten Wein getrunken, und wenn man viel Wein trank, mußte man viel Wasser lassen, und er erinnerte sich gut genug an den Technicolor-Traumpalast, um zu wissen, daß man, um vom Wohnzimmer ins Bad zu gelangen, den Raum durchqueren mußte, in dem er als Baby geschlafen hatte.

Er sah es: Morgan Sloat, der aufstand, ungezwungen grinste, etwas sagte wie: *Nur eine Sekunde, Phil, ich muß ein bißchen Platz schaffen;* sein Vater, der kaum aufblickte, weil Haystack Calhoun sich gerade anschickte, einen glücklosen Gegner auf die Matte zu legen. Morgan, der aus der Fernseh-Helligkeit des Wohnzimmers in die aschfarbene Düsternis des Kinderzimmers überwechselte, in dem der kleine Jacky Sawyer in tiefem Schlaf lag, warm und sicher mit einer trockenen Windel. Er sah, wie Onkel Morgan verstohlen auf das helle Rechteck der Tür zum Wohnzimmer zurückblickte, wie sich die kahle Stirn in Leitersprossen legte, die Lippen sich aufstülpten wie das kalte Maul eines Flußbarsches; er sah, wie sich Onkel Morgan vom nächsten Stuhl ein kleines Kissen griff, sah, wie er es sanft und dennoch fest auf den Kopf des schlafenden Kindes drückte, es mit einer Hand festhielt, während die andere flach auf dem Rücken des Kindes lag. Und als jede Bewegung aufgehört hatte, sah er, wie Onkel Morgan das Kissen wieder auf den Stuhl zurücklegte, auf dem Lily immer saß, wenn sie ihn stillte, und dann ins Badezimmer ging, um zu urinieren.

Wenn seine Mutter nicht gleich danach gekommen wäre, um nach ihm zu sehen...

Kalter Schweiß brach an seinem ganzen Körper aus. War es so gewesen? So konnte es gewesen sein. Sein Herz sagte ihm, daß es so gewesen *war*. Der Zufall war zu vollkommen, zu nahtlos und zu vollständig.

Im Alter von sechs Wochen war der Sohn von Laura DeLoessian, der Königin der Region, in seiner Wiege gestorben.

Im Alter von sechs Wochen war der Sohn von Phil und Lily Sawyer *beinahe in seiner Wiege gestorben – und Morgan Sloat war dabeigewesen.*

Seine Mutter beendete die Geschichte immer mit einem Scherz: wie Phil Sawyer fast ihren Chrysler ruiniert hatte, als er zum Krankenhaus jagte, nachdem Jacky wieder zu atmen begonnen hatte.

Wirklich komisch, wahrhaftig.

2

»Und nun komm«, sagte der Hauptmann.

»Okay«, sagte Jack, immer noch schwach und benommen. »Okay, gehen wir...«

»*Pssst!*« Das Geräusch näher kommender Stimmen veranlaßte den Hauptmann, sich schnell umzuschauen. Die Wand zu ihrer Rechten bestand nicht aus Holz, sondern aus schwerem Segeltuch und endete zehn Zentimeter über dem Boden. Durch die Lücke sah Jack gestiefelte Füße vorbeigehen. Fünf Paar. Soldatenstiefel.

Eine Stimme hob sich heraus. »... wußte gar nicht, daß er einen Sohn hat.«

»Nun ja«, erwiderte eine zweite. »Bastarde zeugen Bastarde – das solltest du eigentlich wissen, Simon.«

Das wurde mit röhrendem, brutalem, leerem Gelächter quittiert – der Art von Gelächter, das Jack von manchen der größeren Jungen in der Schule gehört hatte, solchen, die hinter dem Holzschuppen Joints rauchten und die jüngeren Schüler mit mysteriösen, aber irgendwie beängstigenden Namen riefen: *Stricher* und *Pickelfresse* und *Tränentier*. Auf jeden dieser irgendwie schleimigen Ausdrücke folgte eine Salve von Gelächter, das sich genauso anhörte wie dieses.

»Vorsicht!« – eine dritte Stimme. »Wenn *er* das hört, gehst du im Grenzland Streife, bevor die Sonne dreißigmal untergegangen ist.«

Gemurmel.

Unterdrücktes Gelächter.

Ein weiterer Wortwechsel, diesmal unverständlich. Mehr Gelächter, während sie sich entfernten.

Jack sah den Hauptmann an, der die kurze Segeltuchwand anstarrte

und die Lippen so weit zurückgezogen hatte, daß sein Zahnfleisch bloß-
lag. Keine Frage, über wen sie redeten. Und wenn sie redeten, mochte
jemand zuhören . . . der Falsche. Jemand, der sich fragte, wer dieser
plötzlich zur Sprache gekommene Bastard sein mochte. Das begriff
selbst ein Kind wie er.

»Du hast genug gehört«, sagte der Hauptmann. »Wir *müssen* weiter.« Er sah aus, als würde er Jack am liebsten nochmals schütteln, wagte
es aber nicht so recht.

*Und deine Anweisungen, deine Befehle oder was auch immer, wie
lauten die – du sollst nach Westen gehen, stimmt das?*
Er hat sich verändert, dachte Jack. *Er hat sich zweimal verändert.*

Das erste Mal, als Jack ihm den Haifischzahn zeigte, der in der Welt, in
der auf den Straßen Lieferwagen anstelle von Pferdekarren fuhren, ein
filigrangeschmücktes Gitarren-Plektron gewesen war. Und dann hatte
er sich wieder verändert, als Jack ihm bestätigt hatte, daß er nach Westen
ging. Erst war er bedrohlich gewesen, dann hilfsbereit und jetzt – was?
Das kann ich dir nicht sagen, ich kann es nicht . . .
Etwas wie religiöse Ehrfurcht – oder religiöses Entsetzen.
*Er will mich hier herausbringen, weil er Angst hat, daß wir erwischt
werden können,* dachte Jack. *Aber es steckt noch mehr dahinter. Oder
nicht? Er hat Angst vor mir. Angst vor . . .*

»Komm«, sagte der Hauptmann. »Komm endlich, um Jasons willen.«
»Um *wessen* willen?« fragte Jack verblüfft, aber der Hauptmann
beförderte ihn bereits hinaus. Er zog Jack scharf nach links und dann,
indem er ihn halb führte und halb zerrte, einen Gang entlang, dessen
eine Seite aus Holz bestand, die andere aus steifem, modrig riechendem
Segeltuch.

»Hier sind wir aber nicht hergekommen«, flüsterte Jack.

»Ich will nicht wieder an den Leuten vorbei, die wir beim Hereinkommen sahen«, flüsterte der Hauptmann zurück. »Morgans Leuten. Hast
du den Großen gesehen? So mager, daß man fast durch ihn hindurchsehen kann?«

»Ja.« Jack erinnerte sich an das dünne Lächeln und an die Augen, die
nicht lächelten. Die anderen hatten weich ausgesehen. Der dünne Mann
hatte hart ausgesehen. Er hatte verrückt ausgesehen. Und noch etwas: er
war ihm irgendwie bekannt vorgekommen.

»Osmond«, sagte der Hauptmann und zog Jack jetzt nach rechts.

Der Duft bratenden Fleisches war allmählich immer stärker geworden, und jetzt erfüllte er die Luft. Jack hatte noch nie in seinem ganzen
Leben Fleisch gerochen, nach dem ihn so sehr verlangte. Er hatte Angst,
balancierte vielleicht am Rande des Wahnsinns – aber das Wasser lief
ihm im Munde zusammen.

»Osmond ist Morgans rechte Hand«, knurrte der Hauptmann. »Er
sieht zuviel, und mir wäre es lieber, wenn er dich nicht *zweimal* sieht.«

»Wie meinen Sie das?«

»Pst!« Er umklammerte Jacks Arm noch fester. Sie näherten sich einem breiten Tuch, das vor einem Eingang hing. Jack erinnerte es an einen Duschvorhang – nur bestand der Stoff aus Sackleinen, so grob und locker gewebt, daß er fast netzartig war, und die Ringe, an denen er hing, waren nicht aus Chrom, sondern aus Knochen.

»Jetzt *weine*«, hauchte der Hauptmann warm in Jacks Ohr.

Er schob den Vorhang beiseite und zog Jack in eine riesige Küche, angefüllt mit köstlichen Düften (unter denen das Fleisch noch immer vorherrschte) und Schwaden heißen Dampfes. Jack erhaschte einen flüchtigen Blick auf Fleischroste, auf einen großen, aus Steinen aufgemauerten Kamin, auf die Gesichter von Frauen unter wogenden weißen Kopftüchern, die ihn an die Hauben von Nonnen erinnerten. Einige von ihnen standen an einem langen, auf Böcken ruhenden Eisentrog und spülten mit roten, verschwitzten Gesichtern Töpfe und Küchenutensilien. Andere standen an einem Tresen, der sich quer durch den Raum zog, und schnitten, würfelten, entkernten und schälten. Eine weitere trug ein Drahtgestell mit rohen Pasteten. Sie alle starrten den Hauptmann und Jack an, als sie in die Küche eindrangen.

»Nicht noch einmal!« fauchte der Hauptmann Jack an und schüttelte ihn, wie ein Terrier eine Ratte schüttelt – während er gleichzeitig so schnell wie möglich den Raum durchquerte und auf den Ausgang am entgegengesetzten Ende zuhielt. »Nicht noch einmal, hast du gehört? Wenn du dich noch einmal von der Arbeit drückst, ziehe ich dir bei lebendigem Leibe das Fell über die Ohren!«

Und kaum hörbar zischte er: »Sie werden sich alle erinnern und schwatzen, also *heule*, verdammt noch mal!«

Und während ihn der Hauptmann mit dem vernarbten Gesicht am Genick durch die dampfende Küche schleppte, rief sich Jack ganz bewußt das entsetzliche Bild seiner in einem Bestattungsinstitut aufgebahrten Mutter vor Augen. Er sah sie in einem Gewoge aus weißem Organdy – sie lag in ihrem Sarg und trug das Brautkleid, das sie in *Drag Strip Rumble* (RKO, 1953) getragen hatte. Vor Jacks innerem Auge wurde ihr Gesicht immer deutlicher, ein vollkommenes Ebenbild in Wachs, und er sah, daß sie die Ohrringe mit den winzigen Goldkreuzen trug, die Jack ihr zwei Jahre zuvor zu Weihnachten geschenkt hatte. Dann veränderte sich das Gesicht. Das Kinn wurde runder, die Nase gerader und aristokratischer. Das Haar wurde eine Schattierung heller und irgendwie gröber. Jetzt war es Laura DeLoessian, die er in diesem Sarg liegen sah – und der Sarg selbst war nicht mehr ein glattes, anonymes Produkt der Bestattungsindustrie, sondern etwas, das aussah, als wäre es mit roher Gewalt aus einem alten Baumstamm herausgehackt worden –, ein Wikingersarg, wenn es je dergleichen gegeben hatte; sich vorzustellen, daß dieser Sarg auf einem Scheiterhaufen aus ölgetränkten Balken verbrannt wurde, war einfacher, als sich vorzustellen, daß man ihn in die widerspruchslose Erde senkte. Es war Laura DeLoessian, die Königin der Region, aber in seiner Einbildung, die jetzt die Deutlichkeit einer Vision gewonnen hatte, trug die Königin das Brautkleid seiner Mutter aus *Drag Strip Rumble* und die Ohrringe mit den Goldkreuzen, die er mit Onkel Tommys Hilfe bei Sharp's in Beverly Hills ausgesucht hatte. Plötzlich kamen ihm die Tränen in einer heißen und brennenden Flut – nicht vorgetäuschte, sondern echte Tränen; er weinte nicht nur um seine Mutter, sondern um diese beiden verlorenen Frauen, die durch Welten voneinander getrennt im Sterben lagen, durch irgendeine unsichtbare Schnur verbunden, die verrotten mochte, aber nie reißen würde – zumindest so lange nicht, bis sie beide tot waren.

Durch die Tränen sah er einen Riesen von einem Mann in wogendem Weiß durch den Raum auf sie zustürzen. Anstelle einer weißen Kochmütze trug er ein rotes Tuch um den Kopf, aber Jack vermutete, daß es den gleichen Zweck erfüllte – seinen Träger als Küchenchef auszuweisen. Außerdem schwang er eine gefährlich aussehende dreizinkige Holzgabel.

»HINAUS!« kreischte der Küchenchef ihnen zu, und die Stimme, die aus dem gewaltigen Brustkasten kam, hatte absurderweise etwas Piepsendes an sich – es war die Stimme eines zierlichen Schwulen, der einem Strichjungen den Marsch bläst. Aber an der Gabel war nichts Absurdes; sie sah tödlich aus.

Die Frauen flüchteten bei seinem Ansturm wie aufgescheuchte Vögel. Aus dem Drahgestell der Pastetenfrau rutschte die unterste Pastete heraus, und als sie auf den Dielen auseinanderfiel, stieß die Frau einen schrillen, entsetzten Schrei aus. Erdbeersaft spritzte heraus, und sein Rot war so frisch und hell wie arterielles Blut.

»RAUS AUS MEINER GÜCHE, IHR FAULEN GERLE! DAS IST GEINE ABGÜRZUNG! DAS IST GEINE RENNBAHN! DAS IST MEINE GÜCHE, UND WENN IHR EUCH DAS NICHT MERGEN GÖNNT, DANN SCHNEID ICH EUCH BEI GOTT DEM ZIMMERMANN EINE SCHEIBE VOM ARSCH AB!«

Er stieß mit der Gabel nach ihnen, wobei er gleichzeitig den Kopf halb abwandte und die Augen fast vollständig zusammenkniff, als wäre ihm trotz seiner wüsten Rede der Gedanke an Blutvergießen unerträglich. Der Hauptmann löste die Hand von Jacks Nacken und holte aus – fast beiläufig, wie es Jack schien. Einen Augenblick später lag der Küchenchef in seiner ganzen Länge von fast zwei Metern auf dem Boden. Die Fleischgabel lag in einer Pfütze aus Erdbeersauce und auf Brocken von rohem weißem Teig. Der Küchenchef wälzte sich hin und her, umklammerte sein gebrochenes Handgelenk und kreischte mit seiner hohen, piepsenden Stimme. Die Neuigkeit, die er allen im Raum Anwesenden zuschrie, war schmerzlich genug: er war tot, der Hauptmann hatte ihn umgebracht; er war zumindest verkrüppelt, der grausame und herzlose Hauptmann der Außenwache hatte seine gute rechte Hand vernichtet, ihn damit seines Lebensunterhalts beraubt und ihn zu einem Dasein als erbärmlicher Bettler verdammt; der Hauptmann hatte ihm entsetzliche Schmerzen zugefügt, unglaubliche Schmerzen, es war nicht auszuhalten.

»*Halt den Mund!*« brüllte der Hauptmann, und der Küchenchef tat es.

Er lag auf dem Fußboden wie ein Riesenbaby, die rechte Hand auf der Brust; das rote Tuch war so verrutscht, daß ein Ohr (in der Mitte des Läppchens saß eine schwarze Perle) zu sehen war, seine feisten Wangen bebten. Die Küchenfrauen keuchten und tuschelten, als sich der Hauptmann über das gefürchtete Chefmonster der dampfenden Höhle beugte, in der sie ihre Tage und Nächte verbrachten. Immer noch weinend, erhaschte Jack einen Blick auf einen schwarzen Jungen (einen *braunen* Jungen, korrigierten seine Gedanken), der am Ende des größten Fleischrostes stand. Der Mund des Jungen stand offen, auf seinem Gesicht lag ein überraschter Ausdruck, so komisch übertrieben wie in einer Minstrel-Show, aber er hörte nicht auf, die Kurbel zu drehen, und die über den glühenden Kohlen hängende Lende rotierte weiter.

»Und nun hör zu, weil ich dir einen Rat geben will, den du nicht im *Buch vom guten Wirtschaften* findest«, sagte der Hauptmann. Er beugte sich über den Küchenchef, bis sich ihre Nasen beinahe berührten (ohne dabei seinen lähmenden Griff um Jacks Arm – der jetzt gnädigerweise taub zu werden begann – auch nur im geringsten zu lockern). »Geh niemals – *niemals*, sage ich – auf einen Mann los mit einem Messer – oder einer Gabel – oder einem Speer – oder auch nur mit einem gottverhämmerten *Splitter* in der Hand, wenn du nicht vorhast, ihn damit zu töten. Man erwartet zwar Temperament bei einem Küchenchef, aber Temperament ist keine Entschuldigung für einen Angriff auf die Person des Hauptmanns der Außenwache. Hast du mich verstanden?«

Der Küchenchef gab ein jammerndes, aufmüpfiges Gemurmel von sich, das Jack nicht recht verstand – der Akzent des Mannes wurde immer dicker –, aber es hatte etwas mit der Mutter des Hauptmanns und den Hunden auf der Müllkippe hinter dem Pavillon zu tun.

»Das mag sein«, sagte der Hauptmann. »Ich kannte die Dame nicht. Aber es ist keine Antwort auf meine Frage.« Er tippte den Küchenchef mit einem staubigen, abgetragenen Stiefel an. Es war ein sanfter Stoß, aber der Küchenchef schrie, als hätte der Hauptmann den Fuß zurückgezogen und ihm mit aller Kraft einen Tritt versetzt. Die Frauen tuschelten wieder.

»Sind wir uns einig über das Thema Küchenchefs und Waffen und Hauptleute? Wenn wir uns nicht einig sind, wäre vielleicht etwas mehr Belehrung angebracht.«

»Wir sind uns einig«, stieß der Küchenchef heraus. »Ja, das sind wir, wir sind uns einig. Wir . . .«

»Gut. Weil ich heute nämlich schon genug Belehrung zu erteilen hatte.« Er packte Jack im Genick und schüttelte ihn. »Stimmt's, Junge?« Er schüttelte ihn abermals, und Jack stieß einen völlig ungeheuchelten Schmerzensschrei aus. »Das dürfte so ziemlich alles sein, was er zu sagen hat. Der Junge ist ein Einfaltspinsel. Wie seine Mutter.«

Der Hauptmann ließ seinen Blick durch die Küche wandern. »Guten Tag, meine Damen. Der Segen der Königin über euch.«

»Gleichfalls, Herr«, brachte die Älteste unter ihnen heraus und sank in einen verlegenen, ungeschickten Knicks. Die anderen folgten ihrem Beispiel.

Der Hauptmann schleifte Jack durch die Küche. Jacks Hüfte schlug mit schmerzhafter Gewalt an die Kante des Waschtrogs, und er heulte abermals auf. Dampfende Wassertropfen spritzten auf die Dielen und liefen ihnen zischend zwischen die Füße. *Die Frauen hatten ihre Hände da drin*, dachte Jack. *Wie halten sie das nur aus?* Dann schob der Hauptmann Jack, den er mittlerweile fast trug, durch einen anderen Segeltuchvorhang und in den dahinterliegenden Gang.

»Puh!« sagte er mit unterdrückter Stimme. »Das gefällt mir nicht, ganz und gar nicht. Das hat einen üblen Geruch.«

Links, rechts, dann abermals rechts. Jack hatte das Gefühl, daß sie sich den Außenwänden des Pavillons näherten, und er hatte genügend Zeit, um sich darüber zu wundern, daß er im Innern viel größer schien als von außen. Dann schob ihn der Hauptmann durch eine Klappe, und sie standen wieder im Tageslicht – frühnachmittäglichem Tageslicht, das nach der wechselnden Düsternis des Pavillons so grell war, daß Jacks Augen schmerzten und er sie schnell zusammenkneifen mußte.

Der Hauptmann zögerte keine Sekunde. Schlamm platschte und spritzte unter ihren Füßen. Es roch nach Heu und Pferden und Mist. Jack öffnete die Augen wieder und sah, daß sie etwas überquerten, das eine Koppel sein mochte oder ein Pferch oder vielleicht auch nur ein Scheunenhof. Er sah einen offenen Verschlag mit Segeltuchwänden und hörte von irgendwo dahinter Hühner gackern. Ein hagerer Mann, nackt bis auf einen schmutzigen Kilt und Riemensandalen, warf Heu in einen offenen Stall; dazu benutzte er eine Gabel mit hölzernen Zinken. Aus dem Stall blickte ein Pferd, kaum größer als ein Shetlandpony, verdrossen zu ihnen heraus. Sie hatten den Stall bereits passiert, als Jacks Verstand endlich begriff, was seine Augen gesehen hatten: das Pferd hatte zwei Köpfe gehabt.

»He«, sagte er. »Kann ich noch einmal in diesen Stall sehen? Das . . .«

»Keine Zeit.«

»Aber das Pferd hatte . . .«

»Keine Zeit, habe ich gesagt.« Er hob die Stimme und schrie: »Und wenn ich dich noch einmal dabei erwische, daß du dich herumtreibst, anstatt deine Arbeit zu tun, dann bekommst du die *doppelte* Ration!«

»Ich will es nie wieder tun!« schluchzte Jack (dem diese Szene mittlerweile ein wenig verbraucht vorkam). »Ich schwöre es. Ich tue es nie wieder! Ich habe versprochen, daß ich brav sein will!«

Unmittelbar vor ihnen ragten hohe Holztore aus einer Umfriedung aus Holzpfosten, an denen noch die Borke saß – sie sah aus wie eine Palisade in einem alten Western (seine Mutter hatte in einigen mitgespielt). In die Torpfosten waren schwere Klampen geschraubt, doch die Stange, die diese Klampen halten sollten, lehnte an einem Holzstapel links davon, so dick wie eine Eisenbahnschwelle. Das Tor stand fast fünfzehn Zentimeter weit offen. Irgendein verworrenes Orientierungsvermögen in Jacks Kopf ließ ihn vermuten, daß ihr Weg sie ans entgegengesetzte Ende des Pavillons geführt hatte.

»Gott sei Dank«, sagte der Hauptmann mit normalerer Stimme. »Und nun . . .«

»Hauptmann«, ertönte eine Stimme hinter ihnen. Die Stimme war leise, aber tragend und täuschend beiläufig. Der Hauptmann blieb unvermittelt stehen.

Der Anruf kam genau in dem Augenblick, in dem Jacks narbiger Begleiter die Hand ausstreckte, um nach dem linken Torflügel zu greifen und ihn aufzustoßen; es war, als hätte der Besitzer der Stimme sie beobachtet und auf genau diesen Augenblick gewartet.

»Vielleicht sind Sie so freundlich, mich bekannt zu machen mit Ihrem – äh – Sohn.«

Der Hauptmann fuhr herum und Jack gleichfalls. In der Mitte der Koppel stand, auf beunruhigende Weise fehl am Platze wirkend, der knochendürre Höfling, den der Hauptmann fürchtete – Osmond. Er blickte sie aus dunkelgrauen, düsteren Augen an. Jack sah, wie sich in diesen Augen etwas regte, irgend etwas tief drunten. Seine Angst wurde plötzlich schärfer, glich einem spitzen Gegenstand, der auf ihn einstach. *Er ist verrückt* – das war die intuitive Erkenntnis, die ihn ansprang. *Total verrückt.*

Osmond tat zwei Schritte auf sie zu. In der Linken hielt er den mit ungegerbtem Fell überzogenen Griff einer Bullenpeitsche. Ihr Schaft, nur um ein weniges dünner als der Griff, ging in eine dunkle, geschmeidige Sehne über, die sich dreifach um seine Schulter rollte; sie war so dick wie eine Waldklapperschlange und verzweigte sich an ihren Enden in ein Dutzend Stränge, alle aus rohem Leder geflochten, alle mit einem grob gearbeiteten, aber funkelnden Metallsporn an der Spitze.

Osmond zog am Peitschengriff, und die Schnur glitt mit einem trockenen Zischen von seiner Schulter. Er schwenkte den Griff, und die metallbesetzten Lederstränge wanden sich träge auf dem strohbedeckten Schlamm.

»Ihrem Sohn?« wiederholte Osmond und tat einen weiteren Schritt auf sie zu. Und Jack begriff plötzlich, warum ihm dieser Mann gleich bekannt vorgekommen war. Der Tag, an dem er beinahe entführt worden war – war das nicht der Mann im weißen Anzug gewesen? Jack dachte, daß das durchaus möglich war.

3

Der Hauptmann ballte die Rechte zur Faust, führte sie an die Stirn und verneigte sich. Nach nur sekundenlangem Zögern tat Jack das gleiche. »Mein Sohn Lewis«, sagte der Hauptmann steif. Er stand noch immer gebeugt, stellte Jack mit einem verstohlenen Blick nach links fest. Also blieb er gleichfalls in dieser Stellung, mit rasendem Herzen. »Danke, Hauptmann. Danke, Lewis. Der Segen der Königin über euch.«

Osmond war jetzt nur zwei Schritte entfernt und musterte Jack mit seinem verrückten, düsteren Blick. Er trug eine Lederjacke mit Brillantknöpfen. Sein Hemd war elegant gefältelt. Ein Kettenarmband klirrte an seinem rechten Handgelenk (aus seiner Art, die Peitsche zu halten, schloß Jack, daß er Linkshänder war). Sein Haar war zurückgekämmt und wurde von einem breiten Band zusammengehalten, das vermutlich aus weißem Atlas bestand. Zwei Gerüche gingen von ihm aus. Der eine war das, was seine Mutter »all diese Männerdüfte« nannte, womit sie After-Shave meinte, Kölnisch Wasser und dergleichen. Der von Osmond ausgehende Geruch war stark und puderig. Er erinnerte Jack an alte englische Schwarzweißfilme, in denen irgendein armer Kerl im Old Bailey zur Rechenschaft gezogen wurde. Die Richter und Anwälte in diesen Filmen trugen Perücken, und Jack war überzeugt, daß die Schachteln, in denen diese Perücken aufbewahrt wurden, wie Osmond riechen müßten – trocken und krümelig süß wie ein uraltes, mit Puderzucker überzogenes Gebäckstück. Darunter jedoch lag ein lebendigerer, noch unangenehmerer Geruch – der Geruch von Schweiß und Schmutz, der Geruch eines Mannes, der selten oder nie badete.

Ja. Das war einer der Männer, die ihn an jenem Tag zu entführen versucht hatten.

Sein Magen verkrampfte sich und geriet ins Schleudern.

»Ich wußte gar nicht, daß Sie einen Sohn haben, Hauptmann Farren«, sagte Osmond. Obwohl er mit dem Hauptmann sprach, behielt er den Jungen im Auge. *Lewis*, dachte er. *Ich bin Lewis, das darf ich nicht vergessen...*

»Ich könnte gut auf ihn verzichten«, erwiderte der Hauptmann und warf Jack einen wütenden, verächtlichen Blick zu. »Ich erweise ihm die Ehre, ihn in den großen Pavillon mitzunehmen, und er schleicht sich davon wie ein Hund. Ich habe ihn dabei ertappt, wie er...«

»Ja, ja«, sagte Osmond mit abwesendem Lächeln. *Er glaubt kein Wort,* dachte Jack bestürzt und spürte, wie sein Verstand der Panik einen Schritt nähertaumelte. *Kein einziges Wort.* »Jungen sind schlecht. Alle Jungen sind schlecht. Eine unumstößliche Tatsache.« Er tippte Jack mit dem Griff der Peitsche leicht aufs Handgelenk. Jack, dessen Nerven bis zum Zerreißen gespannt waren, schrie auf – und errötete sofort vor Scham.

Osmond kicherte. »Schlecht, oh ja, eine unumstößliche Tatsache, alle Jungen sind schlecht. *Ich* war schlecht, und ich wette, *Sie* waren auch schlecht, Hauptmann Farren. Eh? Eh? Waren Sie schlecht?«

»Ja, Osmond«, sagte der Hauptmann.

»Sehr schlecht?« fragte Osmond. Es war kaum zu glauben, aber er hatte begonnen, im Schlamm zu tänzeln. Dennoch war nichts Weibisches an ihm: Osmond war geschmeidig und fast zierlich, erweckte aber nicht den Eindruck echter Homosexualität; wenn eine Anspielung darauf in seinen Worten lag, so steckte nichts dahinter. Nein, was am deutlichsten zutage trat, war der Eindruck von Bosheit – und Wahnsinn. »Sehr schlecht? Ganz *furchtbar* schlecht?«

»Ja, Osmond«, sagte Hauptmann Farren hölzern. Seine Narbe glühte in der Nachmittagssonne, jetzt mehr rot als rosa.

»Niemand wußte, daß Sie einen Sohn haben, Hauptmann.«

»Er ist ein Bastard«, sagte der Hauptmann. »Und ein Einfaltspinsel. Und wie sich herausstellte, außerdem noch faul.« Er wirbelte plötzlich herum und versetzte Jack eine Ohrfeige. Es lag nicht viel Kraft hinter dem Schlag, aber Hauptmann Farrens Hand war hart wie ein Ziegelstein. Jack heulte auf, fiel in den Schlamm und hielt sich das Ohr.

»Sehr schlecht, ganz *furchtbar* schlecht«, sagte Osmond, und jetzt war sein Gesicht entsetzlich leer, dürr und verschlossen. »Auf mit dir, du schlechter Junge. Schlechte Jungen, die ihren Vätern nicht gehorchen, müssen gestraft werden. Und schlechte Jungen müssen befragt werden.« Er ließ die Peitsche zur Seite schnellen. Sie gab ein trockenes Knallen von sich. Jacks taumelnder Verstand gelangte zu einer weiteren merkwürdigen Assoziation – er versuchte auf jede nur erdenkliche Art nach Vertrautem zu greifen. Das Geräusch von Osmonds Peitsche glich dem Knallen des Daisy-Luftgewehrs, das er als Achtjähriger besessen hatte. Er und Richard Sloat hatten beide ein solches Gewehr gehabt.

Osmond ergriff Jacks schlammigen Arm mit einer weißen, spinnenfingrigen Hand. Er zog Jack zu sich heran, in diese Gerüche hinein – alter süßer Puder und alter ranziger Schmutz. Sein unheimlicher grauer Blick bohrte sich eindringlich in Jacks blaue Augen. Jack spürte seine Blase schwer werden und versuchte mit aller Kraft, nicht in die Hose zu machen.

»Wer bist du?« fragte Osmond.

Die Worte hingen über den drei Menschen in der Luft.

Jack war sich bewußt, daß der Hauptmann ihn mit einem Blick ansah, der Strenge heuchelte, seine Verzweiflung aber nicht ganz verbergen konnte. Er hörte Hennen gackern; ein Hund bellte; von irgendwo kam das Rumpeln eines herannahenden Karrens. *Sag die Wahrheit. Ich durchschaue jede Lüge,* sagten diese Augen. *Du siehst aus wie ein ganz bestimmter schlechter Junge, dem ich zuerst in Kalifornien begegnet bin – bist du dieser Junge?*

Und einen Augenblick lang bebte alles auf seinen Lippen: *Jack. Ich bin Jack Sawyer, ja, ich bin das Kind aus Kalifornien, die Königin dieser Welt war meine Mutter, aber ich bin gestorben, und ich kenne Ihren Boss, ich kenne Morgan – Onkel Morgan –, und ich sage Ihnen alles, was Sie wissen wollen, wenn Sie nur aufhören, mich mit diesen verrückten Augen anzustarren, ganz bestimmt, denn ich bin nur ein Kind, und genau das tun Kinder, sie sagen alles...*

Dann hörte er die Stimme seiner Mutter, zäh und fast höhnisch: *Du willst diesem Kerl gegenüber auspacken, Jacko? DIESEM Kerl gegenüber? Er riecht wie ein Notverkauf am Parfümeriestand für Herren, und er sieht aus wie eine mittelalterliche Version von Charles Manson ... aber gut, ganz wie du willst. Du kannst ihn täuschen, wenn du es darauf anlegst – aber ganz wie du willst.*

»Wer bist du?« fragte Osmond abermals und trat noch näher heran, und in seinem Gesicht spiegelte sich jetzt völlige Selbstsicherheit: er war es gewohnt, die Antworten zu bekommen, die er haben wollte – und nicht nur von zwölfjährigen Jungen.

Jack tat einen tiefen, zitternden Atemzug (*wenn du volle Lautstärke willst – wenn du willst, daß man dich bis in die hinterste Reihe der Galerie hört –, dann mußt du es vom Zwerchfell heraufholen, Jacky. Irgendwie gelangt es dann schon durch den alten Stimmkasten nach oben*) und schrie:

»*ICH WOLLTE DOCH GLEICH WIEDERKOMMEN! EHRLICH, DAS WOLLTE ICH!*«

Osmond, der sich in Erwartung eines gebrochenen und kraftlosen Flüsterns noch weiter vorgebeugt hatte, fuhr zurück, als hätte Jack plötzlich ausgeholt und ihn geschlagen. Er trat mit einem gestiefelten Fuß auf einen der im Schlamm liegenden Peitschenstränge und wäre fast darüber gestolpert.

»Du gottverhämmerter kleiner...«

»*ICH WOLLTE WIEDERKOMMEN! BITTE NICHT SCHLAGEN OSMOND ICH WOLLTE GLEICH WIEDERKOMMEN! ICH WOLLTE ÜBERHAUPT NICHT HIERHER ÜBERHAUPT NICHT ÜBERHAUPT...*«

Hauptmann Farren sprang vor und versetzte ihm einen Schlag in den Rücken. Jack fiel der Länge nach in den Schlamm, immer noch schreiend.

»Er ist einfältig, ich sagte es schon«, hörte er den Hauptmann sagen. »Ich bitte um Entschuldigung, Osmond. Sie können sich darauf verlassen, daß ich ihn windelweich prügele. Er...«

»Was hat er überhaupt hier zu suchen?« kreischte Osmond. Seine Stimme war jetzt so schrill und giftig wie die eines Fischweibs. »Was hat Ihr rotznäsiger, plärrender Bastard von einem Sohn hier zu suchen? Kommen Sie mir nicht mit seinem Paß! Ich weiß, daß er keinen Paß hat! Sie haben ihn hereingeschmuggelt, damit er sich am Tisch der Königin vollfressen kann – vielleicht stiehlt er sogar das Silber der Königin –, er ist schlecht – ein Blick genügt, um jedermann erkennen zu lassen, daß er sehr, unerträglich, ganz zweifellos schlecht ist!«

Die Peitsche sauste wieder herab, nicht das milde Husten eines Daisy-Luftgewehrs, sondern der laute, saubere Knall einer Zweiundzwanziger, und Jack hatte gerade noch Zeit zu denken: Ich weiß, wo die hintrifft, und dann krallte sich eine große, feurige Hand in seinen Rücken. Der Schmerz schien in sein Fleisch zu sinken, nicht nachlassend, sondern immer heftiger werdend. Es brannte zum Wahnsinnigwerden. Er schrie und wand sich im Schlamm.

»Schlecht! Ganz furchtbar schlecht! Zweifellos schlecht!«

Jedes »schlecht« war von einem weiteren Knallen von Osmonds Peitsche begleitet, einem weiteren feurigen Handabdruck, einem weiteren Schrei von Jack. Sein Rücken brannte. Er hatte keine Ahnung, wie lange das noch weitergegangen wäre – Osmond schien sich mit jedem Schlag in noch größere Wut hineinzusteigern –, doch dann ertönte eine neue Stimme: »Osmond! Osmond! Hier sind Sie! Dem Himmel sei Dank!«

Das Geräusch eiliger Schritte.

Osmonds Stimme, wutentbrannt und leicht außer Atem: »Ja? Ja? Was ist los?«

Eine Hand packte Jacks Ellenbogen und half ihm auf die Füße. Als er taumelte, glitt der Arm, an dem die Hand saß, um seine Taille und stützte ihn. Es war kaum zu glauben, daß der Hauptmann, der auf ihrer verworrenen Wanderung durch den Pavillon so hart und selbstsicher gewesen war, so sanft sein konnte.

Jack taumelte abermals. Die Welt wollte unbedingt vor seinen Augen verschwimmen. Warmes Blut rann ihm über den Rücken. Er blickte Osmond mit rasch erwachendem Haß an, und es tat gut, diesen Haß zu verspüren. Er war ein willkommenes Heilmittel gegen Angst und Verwirrung.

Das warst du – du hast mich geschlagen, du hast mir wehgetan. Aber ich verspreche dir – wenn ich je Gelegenheit finde, dir das heimzuzahlen...

»Geht es wieder?« flüsterte der Hauptmann.

»Ja.«

»Was?« kreischte Osmond den beiden Männern zu, die ihn beim Auspeitschen von Jack gestört hatten. Der erste war einer der Höflinge, an denen Jack und der Hauptmann auf ihrem Weg in die Geheimkammer vorübergekommen waren. Der andere hatte eine gewisse Ähnlichkeit mit dem Kutscher, dem Jack gleich nach seiner Ankunft in der Region begegnet war. Der Mann sah zu Tode verängstigt aus, und verletzt war er auch – Blut quoll aus einer klaffenden Wunde an der linken Seite seines Kopfes und bedeckte fast die ganze linke Gesichtshälfte. Sein linker Arm war abgeschürft, sein Wams zerrissen. »Was sagst du da, du Tölpel?«

»Mein Karren ist umgestürzt, als ich hinter dem Dorf All-Hands um die Kurve bog«, sagte der Kutscher. Er sprach mit der langsamen Benommenheit und Geduld eines Mannes, der einen schweren Schock erlitten hat. »Mein Sohn ist tot, Herr. Er wurde von den Fässern zermalmt. Am letzten Mai-Farmtag war er gerade sechzehn geworden. Seine Mutter . . .«

»Was?« kreischte Osmond wieder. »Fässer? Bier? Doch nicht etwa das Kingsland? Du willst doch nicht etwa sagen, daß du eine ganze Wagenladung Kingsland-Bier umgekippt hast, du idiotischer Ziegenschwanz? Das willst du mir doch wohl nicht sagen, wie?«

Beim letzten Wort hob sich Osmonds Stimme wie die eines Mannes, der mit Hohn und Spott eine Operndiva imitiert. Sie bebte und vibrierte. Gleichzeitig begann er wieder zu tänzeln – aber jetzt vor Wut. Die Kombination war so sonderbar, daß Jack beide Hände vor den Mund schlagen mußte, um ein unwillkürliches Kichern zu unterdrücken. Die Bewegung führte dazu, daß sein Hemd über seinen striemenbedeckten Rücken schabte, und das ernüchterte ihn, noch bevor ihm der Hauptmann ein warnendes Wort zuwispern konnte.

Geduldig, als hätte Osmond die einzig bedeutsame Tatsache überhört (und als solche mußte sie ihm erscheinen), setzte der Kutscher wieder an: »Am letzten Mai-Farmtag war er gerade sechzehn geworden. Seine Mutter wollte nicht, daß er mit mir fuhr. Ich weiß nicht . . .«

Osmond hob die Peitsche und ließ sie mit unvermuteter Schnelligkeit niedersausen. Im einen Augenblick lag der Griff noch locker in seiner Hand und die Rohlederstränge breiteten sich im Schlamm, und im nächsten ertönte ein Knall, der nicht dem einer Zweiundzwanziger glich, sondern eher dem eines Karabiners. Der Kutscher taumelte zurück, schrie auf, schlug die Hände vors Gesicht. Frisches Blut quoll zwischen seinen schmutzigen Fingern hervor. Er stürzte zu Boden und schrie mit dumpfer, gurgelnder Stimme: »Oh Herr! Herr! Herr!«

Jack stöhnte. »Lassen Sie uns verschwinden. Schnell!«

»Warte«, sagte der Hauptmann. Der grimmige Ausdruck seines

Gesichtes schien sich eine Spur gemildert zu haben. In seinen Augen lag etwas wie Hoffnung.

Osmond wirbelte zu dem Höfling herum, der einen Schritt zurücktrat; sein voller roter Mund zuckte.

»War es das Kingsland?« keuchte Osmond.

»Osmond, Sie sollten sich nicht so aufregen wegen . . .«

Osmond ließ das linke Handgelenk emporschnellen; die Rohlederstränge mit ihren metallenen Sporen trafen die Stiefel des Höflings. Der Höfling trat noch einen Schritt zurück.

»Erzähl mir nicht, was ich tun oder lassen soll«, sagte er. »Beantworte meine Fragen. Ich bin beunruhigt, Stephen. Ich bin ganz unerträglich beunruhigt. War es das Kingsland?«

»Ja«, sagte Stephen. »Ich bedaure, es zugeben zu müssen, aber . . .«

»Auf der Grenzlandstraße?«

»Osmond . . .«

»*Auf der Grenzlandstraße, du nasser Schwanz?*«

»Ja«, schluckte Stephen.

»Natürlich«, sagte Osmond, und ein gräßliches weißes Grinsen spaltete sein dürres Gesicht. »Wo liegt All-Hands, wenn nicht an der Grenzlandstraße? Kann ein Dorf fliegen? He? Kann ein Dorf von einer Straße zur anderen fliegen, Stephen? Kann es das? Kann es das?«

»Nein, Osmond. Natürlich nicht.«

»Nein. Und deshalb liegen auf der Grenzlandstraße jetzt Fässer herum, richtig? Habe ich recht mit der Annahme, daß diese Fässer und ein umgestürzter Bierwagen die Grenzlandstraße blockieren, während das beste Bier der Region in die Erde sickert, damit sich die Regenwürmer besaufen können?«

»Ja – ja. Aber . . .«

»*Morgan kommt über die Grenzlandstraße!*« schrie Osmond. »*Morgan kommt, und du weißt, wie er seine Pferde antreibt!* Wenn seine Kutsche um eine Kurve biegt und dieses Chaos vor ihm liegt, kann der Kutscher vielleicht nicht mehr anhalten! *Seine Kutsche könnte umstürzen! Er könnte ums Leben kommen!*«

»Großer Gott«, sagte Stephen. Sein bleiches Gesicht wurde noch zwei Schattierungen bleicher.

Osmond nickte langsam. »Ich glaube, wenn Morgans Kutsche umstürzen sollte, täten wir alle gut daran, dafür zu beten, daß er sich nicht erholt, sondern stirbt.«

»Aber – aber . . .«

Osmond wandte sich von ihm ab und rannte beinahe dahin zurück, wo der Hauptmann der Außenwache mit seinem »Sohn« stand. Hinter Osmond wand sich der unglückliche Kutscher noch immer im Schlamm und gurgelte: *Herr, Herr.*

Osmonds Blick berührte Jack und glitt dann über ihn hinweg, als wäre er nicht vorhanden. »Hauptmann Farren«, sagte er. »Sind Sie dem Geschehen der letzten fünf Minuten gefolgt?«

»Ja, Osmond.«

»Sind Sie ihm genau gefolgt? Haben Sie es *begriffen*? Haben Sie es voll und ganz begriffen?«

»Ja, ich glaube schon.«

»Sie glauben es? Was für ein exzellenter Hauptmann sind Sie doch! Wir unterhalten uns ein andermal darüber, wie so ein exzellenter Hauptmann einen solchen Froschhoden von einem Sohn zeugen kann.« Einen Moment berührten seine Augen Jacks Gesicht, eiskalt. »Aber dafür haben wir jetzt keine Zeit, oder? Nein. Ich schlage vor, daß Sie ein Dutzend Ihrer kräftigsten Männer rufen und sie im Eilmarsch – nein, im *Laufschritt* zur Grenzlandstraße schicken. Ihre Nase wird Sie dorthin führen, wo das Unglück passiert ist, nicht wahr?«

»Ja, Osmond.«

Osmond blickte kurz himmelwärts. »Morgan wird um sechs erwartet – vielleicht schon etwas früher. Es ist jetzt – zwei Uhr. Ich würde sagen, zwei Uhr. Würden Sie auch sagen, zwei Uhr, Hauptmann?«

»Ja, Osmond.«

»Und was würdest du sagen, du Tropf? Dreizehn Uhr? Fünfundzwanzig Uhr? Einundachtzig Uhr?«

Jack keuchte. Osmond verzog verächtlich das Gesicht, und Jack spürte, wie der Haß wieder in ihm aufwallte.

Du hast mich geschlagen, und wenn sich je die Gelegenheit bietet ...

»Ja, Osmond.«

»Dann macht, daß ihr fortkommt.«

Hauptmann Farren hob die Faust an die Stirn und verneigte sich. Noch immer von so heftigem Haß erfüllt, daß sein Gehirn zu pulsieren schien, folgte Jack mit leerem Blick seinem Beispiel. Osmond war herumgewirbelt, noch ehe sie recht mit dem Gruß begonnen hatten. Er schritt auf den Kutscher zu und ließ die Peitsche knallen, daß sie wieder wie eines dieser Daisy-Luftgewehre hustete.

Der Kutscher hörte Osmond kommen und begann zu schreien.

»Komm«, sagte der Hauptmann und ergriff zum letzten Mal Jacks Arm. »Das wirst du nicht sehen wollen.«

»Nein«, stieß Jack hervor. »Bei Gott nicht.«

Aber als Hauptmann Farren den rechten Torflügel aufstieß und sie endlich den Pavillon verließen, hörte es Jack – und er hörte es in jener Nacht noch im Traum: ein pfeifender Karabinerknall nach dem anderen, jeder gefolgt von einem Aufschrei des unglücklichen Kutschers. Und Osmond gab auch ein Geräusch von sich. Der Mann keuchte, war außer Atem, und deshalb war schwer zu sagen, was für ein Geräusch es genau war, wenn man sich nicht umdrehte und ihm ins Gesicht sah – was Jack nicht tun wollte.

Er war sich seiner Sache jedoch ziemlich sicher.

Er wußte, daß Osmond lachte.

5

Jetzt befanden sie sich wieder in dem der Öffentlichkeit zugänglichen Teil des Pavillon-Geländes. Die Leute warfen aus den Augenwinkeln heraus flüchtige Blicke auf Hauptmann Farren – und wichen eiligst zurück. Der Hauptmann schritt schnell aus, mit angespanntem und von Nachdenken verdunkeltem Gesicht. Jack mußte in Trab fallen, um an seiner Seite bleiben zu können.

»Wir haben Glück gehabt«, sagte der Hauptmann plötzlich. »Verdammtes Glück. Ich glaube, er wollte dich umbringen.«

Jack starrte ihn an; sein Mund war heiß und trocken.

»Er ist nämlich verrückt. So verrückt wie ein dreiköpfiges Schaf.«

Jack hatte keine Ahnung, was das heißen sollte, aber er stimmte mit ihm überein, daß Osmond verrückt war.

»Was...«

»Warte«, sagte der Hauptmann. Sie waren wieder bei dem kleinen Zelt angekommen, in das der Hauptmann Jack geführt hatte, nachdem er den Haifischzahn sah. »Bleib hier und warte auf mich. Sprich mit niemandem.«

Der Hauptmann trat ins Zelt. Jack blieb stehen, wartend und beobachtend. Ein Jongleur ging vorüber, warf einen Blick auf Jack, ohne aus dem Rhythmus zu kommen, in dem er ein halbes Dutzend Bälle in einem komplizierten Muster durch die Luft wirbeln ließ. Eine Horde schmutziger Kinder folgte ihm, wie die Kinder dem Rattenfänger von Hameln gefolgt waren. Eine junge Frau mit einem sabbernden Säugling an einer riesigen Brust erklärte ihm, wenn er ein oder zwei Münzen übrig hätte, würde sie ihm beibringen, wozu sein kleiner Mann außer zum Pissen gut wäre. Jack wendete verlegen und mit brennendem Gesicht den Blick ab.

Die Frau lachte gurrend. »Oooh, dieser hübsche junge Mann ist schüchtern! Komm her, du Hübscher. Komm...«

»Verschwinde, du Schlampe, sonst landest du in der Spülküche.«

Es war der Hauptmann. Er war mit einem anderen Mann aus dem Zelt getreten. Dieser zweite Mann war alt und dick, aber er hatte eine Eigenschaft mit Farren gemeinsam – er sah aus wie ein richtiger Soldat, nicht wie eine Figur aus einer Operette von Gilbert und Sullivan. Er versuchte, die Uniform über seinem vorquellenden Bauch zu schließen und gleichzeitig ein gewundenes Instrument festzuhalten, das einem Waldhorn ähnelte.

Die Frau mit dem schmutzigen Säugling eilte ohne einen weiteren Blick auf Jack davon. Der Hauptmann nahm dem dicken Mann das Horn ab, damit er seine Uniform zuknöpfen konnte, und erteilte ihm einen Befehl. Der dicke Mann nickte, wurde mit seiner Bluse fertig, nahm sein Horn wieder an sich und stieß hinein, während er davonging. Der Hornstoß war anders als die Laute, die Jack bei seinem ersten Abstecher in die Region gehört hatte; das waren viele Trompeten gewesen, ein irgendwie prunkvolles Geräusch, das an Herolde denken ließ. Der Hornstoß jetzt glich einer Fabriksirene; er verkündete, daß es Arbeit gab.

Der Hauptmann wendete sich wieder Jack zu.

»Komm mit«, sagte er.

»Wohin?«

»Zur Grenzlandstraße«, sagte Hauptmann Farren, und dann warf er Jack einen erstaunten, fast ehrfürchtigen Blick zu. »Mein Vater nannte sie die Weststraße. Sie führt durch immer kleinere Dörfer nach Westen bis ins Grenzland. Hinter dem Grenzland führt sie weiter ins Nirgendwo – oder in die Hölle. Wenn du nach Westen gehst, Junge, brauchst du Gott an deiner Seite. Aber ich habe sagen hören, daß selbst Gott sich nicht über das Grenzland hinaus vorwagt. Und jetzt komm.«

Fragen drängten sich in Jacks Kopf – eine Million Fragen –, aber der Hauptmann legte ein mörderisches Tempo vor, und Jack hatte nicht genug Atem, um sie zu stellen. Sie überquerten die Anhöhe südlich des großen Pavillons und passierten die Stelle, an der Jack beim ersten Mal aus der Region geflippt war. Der ländliche Jahrmarkt war jetzt ganz nahe – Jack hörte einen Ausrufer, der die Leute aufforderte, ihr Glück auf Wonder, dem Teufelsesel, zu versuchen; wer zwei Minuten oben blieb, verkündete der Ausrufer, bekam einen Preis. Seine Stimme wurde von der Seebrise mit vollkommener Klarheit herangetragen, ebenso wie der appetitanregende Duft der Speisen – hier mischte sich der Fleischduft mit dem von geröstetem Mais. Jacks Magen knurrte. Jetzt, in sicherer Entfernung von Osmond dem Großen und Schrecklichen, verspürte er Heißhunger.

Bevor sie den Jahrmarkt ganz erreicht hatten, bogen sie nach rechts auf eine Straße ab, die wesentlich breiter war als die, die zum Pavillon führte. *Die Grenzlandstraße*, dachte Jack, um sich dann, mit einem leisen Gefühl der Furcht und der Vorahnungen im Magen, zu korrigieren: *Nein – die Weststraße. Der Weg zum Talisman.*

Dann eilte er wieder hinter Hauptmann Farren her.

Osmond hatte recht gehabt: sie konnten, falls erforderlich, ihrer Nase folgen. Sie waren noch fast zwei Kilometer von dem Dorf mit dem seltsamen Namen entfernt, als ihnen der Wind zum ersten Mal den sauren Geruch verschütteten Biers entgegentrug.

In Richtung Osten herrschte reger Verkehr auf der Straße. Die meisten Fahrzeuge waren Karren, die von schweißnassen Pferden gezogen wurden (es war aber keines mit zwei Köpfen darunter). Diese Wagen waren, so vermutete Jack, die Diamond Reos und Peterbilts dieser seltsamen Welt. Auf einigen türmten sich Beutel, Ballen und Säcke, auf anderen rohes Fleisch; einige beförderten Käfige voller gackernder Hühner. Kurz vor dem Dorf All-Hands jagte ein offener Wagen voller Frauen mit beängstigendem Tempo an ihnen vorüber. Die Frauen lachten und kreischten. Eine von ihnen stand auf, hob den Rock fast bis zum Nabel und ließ herausfordernd ihr Becken kreisen. Sie war so betrunken, daß sie über die Seitenwand gefallen und in den Graben gestürzt wäre – und sich dabei vermutlich den Hals gebrochen hätte –, wenn nicht eine andere sie hinten am Rock gepackt und grob wieder heruntergezerrt hätte.

Jack errötete wieder: er sah die große weiße Brust der jungen Frau vor sich, die Warze im Mund des schmutzigen Säuglings. *Oooh, dieser hübsche junge Mann ist schüchtern!*

»Gott!« murmelte Farren und schritt noch schneller aus als zuvor. »Sie sind alle betrunken. Betrunken von verschüttetem Kingsland! Die Huren ebenso wie der Kutscher! Sollte mich nicht wundern, wenn er den Wagen auf der Straße umstürzen ließe oder ihn über die Klippen lenkte – kein großer Verlust. Kranke Huren!«

»Immerhin«, keuchte Jack, »muß die Straße doch halbwegs passierbar sein, wenn all diese Wagen durchkommen können, oder?«

Sie waren jetzt im Dorf All-Hands. Hier war die breite Weststraße geölt worden, damit die Fahrzeuge keinen Staub aufwirbelten. Wagen kamen und gingen, Menschengruppen überquerten die Straße, und alle schienen zu laut zu reden. Jack sah zwei Männer, die vor etwas, das ein Wirtshaus sein mochte, miteinander stritten. Plötzlich versetzte der eine dem anderen einen Schlag, und einen Augenblick später lagen beide Männer am Boden. *Die Huren sind nicht die einzigen, die sich am Kingsland betrunken haben,* dachte Jack. *Ich glaube, hier im Dorf hat jeder sein Teil gehabt.*

»Die großen Wagen, die an uns vorüberfuhren, kamen alle von hier«, sagte Hauptmann Farren. »Ein paar von den kleineren kommen vielleicht durch. Aber Morgans Kutsche ist nicht klein, mein Junge.«

»Morgan...«

»Lassen wir Morgan jetzt aus dem Spiel.«

Als sie das Zentrum des Dorfes passiert hatten und es am anderen Ende wieder verließen, wurde der Biergeruch immer durchdringender. Jacks Beine schmerzten; er hatte Mühe, mit dem Hauptmann Schritt zu halten. Er schätzte, daß sie inzwischen etwa fünf Kilometer zurückgelegt hatten. *Wie weit ist das in meiner Welt?* fragte er sich, und der Gedanke erinnerte ihn an Speedys Zaubersaft. Er griff in sein Wams und suchte verzweifelt, überzeugt, daß die Flasche verschwunden war – aber sie war da, steckte sicher in der Tasche seiner weiten Hose.

Sobald sie sich westlich des Dorfes befanden, kamen ihnen weniger Wagen entgegen, aber die Zahl der Fußgänger, die ihnen entgegenkamen, nahm rapide zu. Die meisten Fußgänger schwankten, torkelten, lachten. Alle rochen nach Bier. Einige hatten tropfnasse Kleider an, als hätten sie der Länge nach daringelegen und es aufgeschleckt wie Hunde. Wahrscheinlich, vermutete Jack, hatten sie genau das getan. Er sah einen lachenden Mann, der einen lachenden Jungen von vielleicht acht Jahren an der Hand führte. Der Mann hatte eine alptraumhafte Ähnlichkeit mit dem widerlichen Tagesportier des Alhambra, und Jack wurde schlagartig klar, daß dieser Mann der Twinner des Portiers sein mußte. Er und der Junge, den er an der Hand führte, waren betrunken, und als Jack sich nach ihnen umdrehte, fing der Junge gerade an, sich zu übergeben. Sein Vater – zumindest vermutete Jack, daß es sein Vater war – riß ihn grob am Arm, als der Junge versuchte, ins Gestrüpp des Straßengrabens zu taumeln, wo er in relativer Abgeschiedenheit speien konnte. Der Junge wurde zu seinem Vater zurückgerissen wie ein Straßenköter an einer kurzen Leine und spritzte Erbrochenes auf einen ältlichen Mann, der am Straßenrand zusammengesunken war und dort schnarchte.

Hauptmann Farrens Gesicht wurde immer düsterer. »Gott strafe sie alle«, sagte er.

Selbst die Betrunkensten wichen respektvoll vor dem narbengesichtigen Hauptmann zurück. Im Wachzelt außerhalb des Pavillons hatte er sich eine kurze, praktische Lederscheide umgegürtet. Jack vermutete (wohl nicht zu Unrecht), daß sie ein kurzes, praktisches Schwert enthielt. Wenn ihm einer der Säufer zu nahe kam, berührte der Hauptmann das Schwert, und der Säufer machte rasch einen großen Bogen um ihn.

Zehn Minuten später – als Jack sich nicht mehr imstande fühlte, Schritt zu halten – hatten sie die Unfallstelle erreicht. Der Kutscher war um die Innenseite der Kurve gebogen, als der Wagen kippte und umstürzte. Die Folge war, daß die Fässer über die ganze Straße gerollt waren. Viele von ihnen waren zerbrochen, und auf sechs Meter war die Straße ein Morast. Ein Pferd lag tot unter dem Wagen, nur seine Hinterbeine waren zu sehen. Ein zweites lag im Graben, und aus seinem Ohr ragte eine zersplitterte Faßdaube. Jack hielt es für unwahrscheinlich, daß sie zufällig dahingelangt war. Wahrscheinlich war das Pferd schwer verletzt gewesen, und jemand hatte es mit dem naheliegendsten Mittel von seinen Qualen erlöst. Die beiden anderen Pferde waren nirgends zu sehen. Zwischen dem Pferd unter dem Wagen und dem im Graben lag der Sohn des Kutschers auf der Straße. Eine Hälfte seines Gesichtes starrte mit einem Ausdruck fassungslosen Erstaunens zum leuchtendblauen Himmel empor. Wo die andere Hälfte gewesen war, war jetzt nur ein roter Brei mit weißen Knochensplittern, die aussahen wie Gipsklümpchen.

Jack sah, daß man seine Taschen nach außen gestülpt hatte.

An der Unfallstelle hielt sich vielleicht ein Dutzend Leute auf. Sie wanderten langsam herum, bückten sich oft, um beidhändig Bier aus einem Hufabdruck zu schöpfen oder ein Taschentuch oder ein Stück Hemd in eine andere Pfütze zu tauchen. Die meisten von ihnen torkelten. Nach langem Betteln hatte seine Mutter ihm einmal erlaubt, mit Richard eine Mitternachts-Doppelvorstellung von *Night of the Living Dead* und *Dawn of the Dead* in einem Kino in Westwood zu besuchen. Die schlurfenden, volltrunkenen Leute hier erinnerten ihn an die Zombies in diesen beiden Filmen.

Hauptmann Farren zog sein Schwert. Es war so kurz und praktisch, wie Jack es sich vorgestellt hatte, das genaue Gegenstück zu einem Schwert in einer romantischen Geschichte. Es war kaum länger als ein kräftiges Schlachtermesser, schartig, narbig und zerkratzt, das Heft mit dunkel verschwitztem Leder überzogen. Auch die Klinge war dunkel – bis auf die Schneide. Die sah frisch und glänzend aus – und *sehr* scharf.

»Verschwindet, Leute!« rief Farren. »Fort vom Bier der Königin, gottverhämmertes Pack! Verschwindet und schert euch dahin, wo ihr hingehört!«

Sie reagierten mit verdrossenem Murren, aber sie wichen vor Hauptmann Farren zurück – bis auf einen Koloß von einem Mann, auf dessen sonst kahlem Schädel aufs Geratewohl einzelne Haarbüschel sprossen. Jack schätzte sein Gewicht auf fast hundertfünfzig Kilo, seine Größe auf etwas über zwei Meter.

»Hättest wohl Lust, uns alle zu verhaften, Soldat?« fragte der Koloß und wies auf die Gruppe von Dorfbewohnern, die sich auf Farrens Befehl hin aus dem Biersumpf zurückgezogen hatten.

»Gewiß«, sagte Hauptmann Farren und grinste den großen Mann an. »Dazu habe ich durchaus Lust, vorausgesetzt, du bist der erste, du großer besoffener Klumpen Scheiße.« Farrens Grinsen wurde breiter, und der große Mann wich vor seiner gefährlichen Kraft zurück. »Versuch dein Glück, wenn du willst. Dich in Stücke zu hauen wäre das erste Vergnügen, das ich heute hätte.«

Murmelnd schlurfte der betrunkene Riese davon.

»Und jetzt, Leute«, rief Farren, »macht, daß ihr fortkommt! Ein Dutzend meiner Männer hat gerade den Pavillon der Königin verlassen!

Sie sind nicht glücklich über diesen Befehl, und ich mache ihnen daraus keinen Vorwurf. Ich kann keine Verantwortung für sie übernehmen! Ihr habt gerade noch Zeit, ins Dorf zurückzukehren und euch in euren Kellern zu verstecken, bevor sie eintreffen! Ihr tätet jedenfalls gut daran! Verschwindet!«

Sie strömten in das Dorf All-Hands zurück, der große Mann, der den Hauptmann herausgefordert hatte, an ihrer Spitze. Farren knurrte und wendete sich dann wieder der Unfallstelle zu. Er zog die Jacke aus und bedeckte damit das Gesicht des Kutscherjungen.

»Ich möchte wissen, wer von ihnen dem Jungen die Taschen geleert hat, als er tot oder sterbend auf der Straße lag«, sagte Farren nachdenklich. »Wenn ich es wüßte, hinge er noch vor Einbruch der Nacht an einem Kreuz.«

Jack erwiderte nichts.

Eine ganze Weile stand der Hauptmann nur da und betrachtete den toten Jungen; seine Hand rieb über das glatte Narbengewebe in seinem Gesicht. Als er Jack ansah, war es, als wäre er gerade wieder zu Bewußtsein gekommen.

»Du mußt dich jetzt auf den Weg machen, Junge. Jetzt gleich. Bevor Osmond den Wunsch verspürt, sich eingehender mit meinem schwachsinnigen Sohn zu beschäftigen.«

»Werden Sie Ärger bekommen?« fragte Jack.

Der Hauptmann lächelte ein wenig. »Wenn du fort bist, bekomme ich keinen Ärger. Ich kann sagen, ich hätte dich zu deiner Mutter zurückgeschickt, oder mich hätte die Wut gepackt und ich hätte dir ein Holzscheit über den Schädel geschlagen und dich umgebracht. Osmond würde beides glauben. Er hat den Kopf voll mit anderen Dingen, und seine Kumpane auch. Sie warten darauf, daß die Königin stirbt. Das wird bald geschehen. Es sei denn...«

Er beendete seinen Satz nicht.

»Geh«, sagte Farren. »Mach dich auf den Weg. Und wenn du Morgans Kutsche kommen hörst, dann verschwinde von der Straße und verdrück dich tief in den Wald. *Ganz tief.* Sonst riecht er dich, wie eine Katze die Ratte riecht. Er weiß sofort, wenn etwas nicht in Ordnung ist. In *seiner* Ordnung. Er ist ein Teufel.«

»Werde ich sie kommen hören? Seine Kutsche?« fragte Jack verängstigt. Er spähte über die zerbrochenen Fässer hinweg die Straße entlang. Sie führte stetig zum Rand eines Nadelwaldes hinauf. Es würde dunkel sein dort drinnen, dachte er – und Morgan kam aus der anderen Richtung. Angst und Einsamkeit verbanden sich zur spürbarsten, entmutigendsten Woge von Elend, die ihn je überspült hatte. *Speedy, ich schaffe es nicht! Ich schaffe es wirklich nicht! Ich bin doch nur ein Kind!*

»Morgans Kutsche wird von sechs Paar Pferden und einem dreizehnten als Leitpferd gezogen«, sagte Farren. »In vollem Galopp macht dieser verdammte Leichenkarren ein Geräusch wie Donner, der über die Erde rollt. Du kannst es nicht überhören. Und du hast reichlich Zeit, dich zu verkriechen. Aber verkriech dich.«

Jack flüsterte etwas.

»Wie?« fragte Farren scharf.

»Ich sagte, ich will nicht gehen«, sagte Jack, nur eine Spur lauter. Er war den Tränen nahe und wußte, wenn er jetzt zu weinen anfing, dann hatte er verloren; er mußte gelassen bleiben und Hauptmann Farren bitten, ihn herauszuholen, ihn zu beschützen, *irgend etwas* . . .

»Ich glaube, was du willst, spielt jetzt keine Rolle mehr«, sagte Hauptmann Farren. »Ich kenne deine Geschichte nicht, Junge, und ich will sie auch nicht kennenlernen. Ich will nicht einmal wissen, wie du heißt.«

Jack stand da und sah ihn an, mit hängenden Schultern, brennenden Augen, bebenden Lippen.

»Reiß dich zusammen!« brüllte ihn Farren mit plötzlicher Wut an. »Wen willst du retten? Wo willst du hin? Keine drei Meter weit, so wie du aussiehst! Du bist zu jung, um ein Mann zu sein, aber wenigstens kannst du so *tun*, als wärst du einer, oder? Du siehst aus wie ein getretener Hund!«

Betroffen straffte Jack seine Schultern und unterdrückte die Tränen. Sein Blick fiel auf die Überreste des Kutscherjungen, und er dachte: *Ich liege wenigstens nicht so auf der Straße, noch nicht. Selbstmitleid ist ein Luxus, den ich mir nicht leisten kann.* Es stimmte. Trotzdem konnte er nicht umhin, den Hauptmann ein wenig zu hassen, weil er imstande gewesen war, einfach in ihn hineinzufassen und auf die richtigen Knöpfe zu drücken.

»Besser«, sagte Farren trocken. »Nicht viel, aber ein wenig.«

»Danke«, sagte Jack sarkastisch.

»Du kannst nicht mehr aussteigen, Junge. Osmond ist hinter dir her. Und Morgan wird auch bald hinter dir her sein. Und vielleicht gibt es da, wo du herkommst, auch Probleme. Aber nimm dies. Wenn Parkus dich zu mir geschickt hat, dann wollte er auch, daß ich es dir gebe. Also nimm es, und dann geh.«

Er hielt ihm eine Münze entgegen. Jack zögerte, dann nahm er sie. Sie war so groß wie ein Kennedy-Halbdollar, aber viel schwerer – so schwer wie Gold, vermutete er, obwohl sie von trübsilberner Farbe war. Die eine Seite zeigte das Gesicht von Laura DeLoessian im Profil – und wieder war er, kurz, aber heftig, betroffen von der Ähnlichkeit mit seiner Mutter. Nein, es war nicht nur Ähnlichkeit – trotz äußerlicher Unterschiede wie der schmaleren Nase und dem runderen Kinn *war* sie seine Mutter. Jack wußte es. Er drehte die Münze um und sah ein Tier mit dem Kopf und den Flügeln eines Adlers und dem Körper eines Löwen. Es schien Jack anzusehen. Es machte ihn ein wenig nervös, und er steckte die Münze in die Tasche, zu der Flasche mit Speedys Zaubersaft.

»Wozu ist sie gut?« fragte er Farren.

»Das wirst du zu gegebener Zeit erfahren«, erwiderte der Hauptmann. »Vielleicht auch nicht. Jedenfalls habe ich meine Pflicht dir gegenüber erfüllt. Berichte es Parkus, wenn du ihn wiedersiehst.« Jack hatte das Gefühl, von einer Woge von Unwirklichkeit überspült zu werden.

»Geh, mein Sohn«, sagte Farren. Seine Stimme war leiser, aber deshalb nicht unbedingt sanfter. »Erfülle deinen Auftrag – oder so viel davon, wie du kannst.«

Letzten Endes war es dieses Gefühl der Unwirklichkeit – das überwältigende Gefühl, nicht mehr zu sein als das Produkt von irgendjemandes Einbildungskraft –, das ihn in Gang brachte. Linker Fuß, rechter Fuß, Heufuß, Strohfuß. Er stieß einen Splitter biergetränkten Holzes beiseite. Stieg über die verstreuten Trümmer eines Rades. Umrundete das hintere Ende des Wagens, unbeeindruckt von dem trocknenden Blut und den summenden Fliegen. Was haben Blut oder summende Fliegen in einem Traum schon zu bedeuten?

Er erreichte das Ende des morastigen, trümmerübersäten Wegstückes und blickte zurück – aber Hauptmann Farren hatte sich in die andere Richtung gedreht; vielleicht, um nach seinen Männern Ausschau zu halten, vielleicht aber auch, um Jack nicht mehr ansehen zu müssen. Beides lief auf dasselbe hinaus, dachte Jack. Ein Rücken ist ein Rücken. Nichts, das das Anschauen lohnt.

Er griff in die Tasche, berührte leicht die Münze, die Farren ihm gegeben hatte, und umschloß sie dann fest. Danach war ihm ein wenig wohler. Er hielt die Münze in der Hand wie ein Kind einen Vierteldollar, den es geschenkt bekommen hat, damit es sich ein paar Süßigkeiten kaufen kann, und ging weiter.

7

Möglicherweise war es nur zwei Stunden später, als Jack das Geräusch hörte, von dem Hauptmann Farren gesagt hatte, es klänge wie »Donner, der über die Erde rollt«; es mochten aber auch vier Stunden vergangen sein. Nachdem die Sonne unter den Westrand des Waldes gesunken war (und das geschah bald, nachdem Jack ihn betreten hatte), wurde es schwierig, die Zeit zu schätzen.

Des öfteren kamen Fahrzeuge von Westen, vermutlich auf dem Weg zum Pavillon der Königin. So oft er eines kommen hörte (und Wagen waren hier schon aus großer Entfernung zu hören; die Klarheit, mit der der Schall trug, erinnerte Jack an das, was Speedy gesagt hatte: wenn jemand einen Rettich aus dem Boden zog, konnte ein anderer eine halbe

Meile entfernt ihn riechen), mußte er an Morgan denken, und jedesmal huschte er zuerst in den Straßengraben, kletterte dann an der anderen Seite wieder heraus und flüchtete in den Wald. Er fühlte sich gar nicht wohl in diesem dunklen Wald – nicht einmal, wenn er nur so weit in ihn eindrang, daß er die Straße noch sehen konnte, wenn er hinter einem Baumstamm hervorlugte; es war eine Strapaze für die Nerven, aber der Gedanke, daß Onkel Morgan (denn trotz allem, was Hauptmann Farren gesagt hatte, war er nach wie vor überzeugt, daß *er* Osmonds Vorgesetzter war) ihn auf der Straße aufgriff, gefiel ihm noch weniger.

Deshalb ging er jedesmal in Deckung, wenn sich ein Wagen oder eine Kutsche näherte, und jedesmal, wenn das Fahrzeug vorbei war, kehrte er auf die Straße zurück. Einmal, als er den feuchten und von Unkraut überwucherten rechten Straßengraben durchquerte, glitt etwas über seinen Fuß, und Jack schrie auf.

Es hatte nur einen einzigen Wunsch: die Region zu verlassen.

Speedys Zaubersaft war die schlimmste Medizin, die er je in seinem Leben eingenommen hatte, aber er hätte mit Vergnügen einen übelkeiterregenden Schluck davon genommen, wenn jemand – Speedy selbst, zum Beispiel – jetzt vor ihm erschienen wäre und ihm gesagt hätte, das erste, was ihm vor die Augen käme, wenn er sie wieder öffnete, würde der goldene Doppelbogen von McDonald's sein, den seine Mutter immer die »Großen Titten Amerikas« nannte. Ein Gefühl lähmender Angst ergriff ihn – ein Gefühl, daß dieser Wald wirklich gefährlich war, daß in ihm Dinge waren, die um seine Anwesenheit wußten, daß vielleicht der Wald selbst um seine Anwesenheit wußte. Die Bäume waren näher an die Straße herangerückt, oder? Ja. Vorher hatten sie nur bis an die Gräben herangereicht. Jetzt hatten sie auch von ihnen Besitz ergriffen. Vorher hatte der Wald nur aus Kiefern und Fichten bestanden. Jetzt hatten sich auch andere Bäume eingeschlichen, einige mit schwarzen Stämmen, die ineinander verschlungen waren wie Knoten aus verrotteten Seilen, und andere, die aussahen wie merkwürdige Kreuzungen zwischen Tannen und Farnen – sie hatten tückisch aussehende graue Wurzeln, die sich in den Boden krallten wie teigige Finger. *Unser Junge?* glaubte Jack diese tückischen Gewächse flüstern zu hören. *UNSER Junge?*

Alles nur Einbildung, Jacko. Du drehst nur ein bißchen durch.

Leider konnte er es nicht glauben.

Die Bäume veränderten sich tatsächlich. Das bedrängende Gefühl – das Gefühl, *beobachtet* zu werden – war allzu wirklich. Und irgendwie hatte er den Eindruck, daß die unerfreulichen Gedanken, die sich ihm immer wieder aufdrängten, etwas waren, das er aus dem Wald empfing – fast so, als sendeten die Bäume sie auf irgendeiner grauenhaften Kurzwelle aus.

Aber die Flasche mit Speedys Zaubersaft war nur noch halb voll, und sie mußte für den ganzen Weg durch die Vereinigten Staaten ausreichen. Sie würde nicht einmal durch die Neuengland-Staaten reichen, wenn er jedesmal, wenn er nervös wurde, einen kleinen Schluck nahm.

Außerdem kehrten seine Gedanken immer wieder zu der erstaunlichen Entfernung zurück, die er in seiner Welt hinter sich gebracht hatte, als er aus der Region zurückgeflippt war. Fünfzig Meter hier waren so viel wie achthundert Meter dort. Das hieß – es sei denn, das Verhältnis der zurückgelegten Strecken schwankte, was Jack für durchaus möglich hielt –, daß er hier fünfzehn Kilometer laufen konnte und dort schon fast die Grenze von New Hampshire erreicht hatte. Es war, als trüge man Siebenmeilenstiefel.

Aber die Bäume – diese grauen, teigigen Wurzeln.

Wenn es richtig dunkel wird – wenn sich der Himmel von Blau zu Purpur verfärbt –, dann flippe ich zurück. Punktum. Ich wandere nicht im Dunkeln durch diesen Wald. Und wenn mir in Indiana oder sonstwo der Zaubersaft ausgeht, kann mir Speedy eine andere Flasche schicken, mit der Post oder durch reitenden Boten.

Immer noch mit diesen Gedanken beschäftigt – und denkend, um wie viel wohler er sich fühlte, nachdem er einen Plan hatte (selbst wenn er auch nur die nächsten zwei oder drei Stunden umfaßte) –, wurde sich Jack plötzlich bewußt, daß er ein weiteres Fahrzeug und zahlreiche Pferde hörte.

Mit zur Seite geneigtem Kopf blieb er mitten auf der Straße stehen. Seine Augen weiteten sich, und plötzlich rollten zwei Bilder wie von einer Filmkamera abgespult an seinem inneren Auge vorüber: der große Wagen, in dem die beiden Männer gesessen hatte – der Wagen, der kein Mercedes gewesen war –, und dann der WILD CHILD-Lieferwagen, der über Onkel Tommys Leichnam hinwegjagte und von dessen zersplittertem Kühlergrill das Blut herabtroff. Er sah Hände am Lenkrad des Lieferwagens – aber es waren keine Hände. Es waren ganz eindeutig Hufe.

In vollem Galopp macht dieser verdammte Leichenkarren ein Geräusch wie Donner, der über die Erde rollt.

Jetzt, da er es hörte – noch weit entfernt, aber ganz deutlich in der klaren Luft –, fragte sich Jack, wie er nur hatte glauben können, es habe sich bei den anderen herannahenden Fahrzeugen um Morgans Kutsche gehandelt. Dieser Irrtum würde ihm gewiß nicht noch einmal unterlaufen. Das Geräusch, das er jetzt hörte, war unheildrohend, bis zum Bersten angefüllt mit der Kraft des Bösen – das Geräusch eines Leichenkarrens, in der Tat, eines Leichenkarrens, der von einem Teufel gefahren wurde.

Er stand starr auf der Straße, fast hypnotisiert wie ein Kaninchen im Scheinwerferlicht eines Autos. Das Geräusch wurde ständig lauter – das Donnern von Rädern und Hufen, das Knarren von Ledergeschirr. Jetzt

hörte er auch die Stimme des Kutschers: »*Hüü-ahh! Hüüü-aaah! HÜÜÜ-AAAH!*«
Er stand auf der Straße, stand einfach da, und der Kopf dröhnte ihm vor Entsetzen. *Ich kann mich nicht rühren, oh Gott, oh Jesus, ich kann mich nicht rühren, Mom Mom Mommmeee ...*
Er stand auf der Straße, und vor seinem inneren Auge sah er ein schwarzes Ding wie eine Postkutsche auf der Straße heranjagen, gezogen von schwarzen Tieren, die Pumas ähnlicher sahen als Pferden; er sah schwarze Vorhänge, die die Fenster der Kutsche umflatterten; er sah den Kutscher auf dem wippenden Fußbrett stehen, mit flatterndem Haar, die Augen so wild und irre wie die eines Psychopathen mit einem Schnappmesser.
Er sah sie mit unverminderter Geschwindigkeit auf sich zukommen. Er sah, wie sie ihn überrollte.
Das löste seine Lähmung. Er rannte nach rechts, glitt den Straßenrand hinunter, sein Fuß verhakte sich unter einer dieser knorrigen Wurzeln, er fiel, rollte. In seinem Rücken, der in den letzten Stunden relativ ruhig gewesen war, flackerte frischer Schmerz auf, und sein Mund verzerrte sich vor Qual.
Er kam wieder auf die Füße und huschte geduckt in den Wald.
Er verbarg sich hinter dem ersten der schwarzen Bäume, aber der knorrige Stamm – er hatte eine gewisse Ähnlichkeit mit den Banyanbäumen, die er im vorletzten Jahr gesehen hatte, als sie in Hawaii Ferien machten – fühlte sich ölig und wiederwärtig an. Jack glitt nach links hinter den Stamm einer Kiefer.
Das Donnern der Kutsche und ihrer Vorreiter wurde immer lauter. Jede Sekunde erwartete Jack sie in Richtung auf das Dorf All-Hands vorbeijagen zu sehen. Seine Finger krallten sich in die harzige Rinde der Kiefer. Er biß sich auf die Lippen.
Unmittelbar vor ihm lag eine schmale, leere Schneise, die ihm die Sicht auf die Straße freigab, ein Tunnel mit Wänden aus Laub, Farn und Kiefernnadeln. Und gerade als Jack zu glauben begann, daß Morgan und seine Begleiter nie eintreffen würden, preschte ein rundes Dutzend berittener Soldaten vorbei, in vollem Galopp Richtung Osten. Der vorderste trug eine Fahne, aber Jack konnte ihre Devise nicht erkennen – und war auch nicht sicher, ob er sie erkennen wollte. Dann rollte die Kutsche in Jacks schmales Blickfeld.
Der Augenblick ihres Vorüberrollens war kurz – nicht länger als eine Sekunde, vielleicht noch kürzer –, aber Jacks Gedächtnis hortete jede Einzelheit. Die Kutsche war ein riesiges Gefährt, bestimmt mehr als drei Meter hoch. Die mit kräftigen Seilen auf dem Dach befestigten Koffer und Bündel machten einen weiteren Meter aus. Jedes Zugpferd trug einen schwarzen Federbusch auf dem Kopf – und diese Federbüsche wurden vom Wind der schnellen Fahrt fast waagerecht nach hinten

gebogen. Später dachte Jack, daß Morgan wohl für jede Etappe frische Pferde brauchen würde, denn sie sahen aus, als wären sie am Ende ihrer Kräfte. Schaum und Blut spritzten in Flocken aus ihren strapazierten Mäulern; ihre Augen waren verdreht und zeigten weiße Bögen.

Und wie in seiner Einbildung – oder seiner Vision – flatterten schwarze Kreppvorhänge um die glaslosen Fenster. Plötzlich erschien in einem dieser schwarzen Rechtecke ein weißes Gesicht, ein weißes Gesicht in einem Rahmen aus verschlungenem Schnitzwerk. Das plötzliche Erscheinen dieses Gesichts war so beängstigend wie das Gesicht eines Gespensts im zerbrochenen Fenster eines Spukhauses. Es war nicht das Gesicht von Morgan Sloat – aber in gewisser Weise war es das doch.

Und der Besitzer dieses Gesichtes wußte, daß Jack – oder irgendeine andere Gefahr, ebenso verhaßt und ebenso *persönlich* – dort draußen existierte. Jack erkannte es an der Art, wie sich seine Augen weiteten und sein Mund sich plötzlich bösartig verzog.

Er riecht dich, wie eine Katze die Ratte riecht, hatte Hauptmann Farren gesagt, und jetzt dachte Jack verzweifelt: *Er hat mich gerochen. Er weiß, daß ich hier bin. Und was passiert jetzt? Bestimmt hält er die ganze Korona an und schickt seine Soldaten in den Wald, damit sie mich suchen.*

Eine weitere Gruppe von Berittenen – die Nachhut, die Morgans Kutsche von hinten schützte – galoppierte vorüber. Jack wartete, die Hände in die Borke der Kiefer verkrampft; er zweifelte nicht daran, daß Morgan einen Halt befehlen würde. Aber es kam kein Halt; wenig später begann der dumpfe Donner der Kutsche und ihrer Eskorte in der Ferne zu verklingen.

Seine Augen. Es waren die gleichen. Diese dunklen Augen in dem weißen Gesicht. Und...

Unser Junge? JA!

Etwas glitt über seinen Fuß – an seinem Knöchel hinauf. Jack schrie auf und taumelte zurück, weil er dachte, es wäre eine Schlange. Aber als er herunterschaute, sah er, daß eine dieser grauen Wurzeln sich um seinen Fuß gelegt hatte und sich jetzt an seiner Wade emporringelte.

Das ist unmöglich, dachte er. *Wurzeln bewegen sich nicht...*

Er fuhr heftig zurück, riß sein Bein aus der rauhen grauen Fessel. Er spürte einen dünnen Schmerz in der Wade, ähnlich dem, der von einem gleitenden Seil hervorgerufen wird. Er glaubte jetzt zu wissen, warum Morgan weitergefahren war, obwohl er seine Anwesenheit gespürt hatte; Morgan wußte, daß der Weg durch diesen Wald dem Durchqueren eines Dschungelflusses glich, in dem es von Piranhas wimmelte. Warum hatte Farren ihn nicht gewarnt? Jack konnte sich nur vorstellen, daß der narbengesichtige Hauptmann es nicht gewußt hatte; daß er noch nie so weit nach Westen vorgedrungen war.

Und nun gerieten die grauen Wurzeln dieser Kreuzungen aus Tannen und Farnen sämtlich in Bewegung – sie hoben und senkten sich, krochen über den weichen Boden auf ihn zu. *Ents und Entfrauen*, schoß es Jack durch den Kopf. *BÖSE Ents und Entfrauen.* Eine besonders dicke Wurzel, das hintere Ende dunkel von Erde und Feuchtigkeit, streckte sich hoch und schwankte vor ihm wie eine Kobra, die ein Fakir aus ihrem Korb gelockt hat. *UNSER Junge! JAAA!*

Sie kam auf ihn zugeschossen, und Jack wich vor ihr zurück; er sah, daß die Wurzeln jetzt zwischen ihm und der Sicherheit der Straße eine lebende Schranke errichtet hatten. Er stieß mit dem Rücken gegen einen Baum – und taumelte dann wieder von ihm fort, laut schreiend, weil die Borke an seinem Rücken anfing, sich zu kräuseln und zu zucken – sie fühlte sich an wie ein von Krämpfen befallener Muskel. Jacks Blick fiel auf einen der schwarzen Bäume mit den knorrigen Stämmen. Auch dieser Baum bewegte sich jetzt, er krümmte sich. Aus den verschlungenen Borkenknorren entstand so etwas wie ein grauenhaft zerfurchtes Gesicht, das eine Auge ein großes, schwarzes Loch, das andere zu einem gräßlichen Blinzeln verzerrt. Weiter unten spaltete sich der Stamm mit einem mahlenden, reißenden Laut, und gelblichweißer Saft begann herauszusickern. *UNSER Junge! Oh, jaaa!*

Wurzeln wie Finger glitten zwischen Jacks Oberarm und seinen Brustkorb, als wollten sie ihn kitzeln.

Er riß sich los, klammerte sich unter Aufbietung all seiner Willenskraft an den letzten Rest seines Verstandes und tastete in seiner Tasche nach Speedys Flasche. Eine Folge von gewaltigen Reißlauten drang – schwach – in sein Bewußtsein. Wahrscheinlich rissen sich die Bäume regelrecht aus der Erde. So etwas kam bei Tolkien nicht vor.

Er bekam den Hals der Flasche zu fassen und zog sie heraus. Er versuchte den Deckel abzuschrauben; doch dann glitt eine dieser grauen Wurzeln geschmeidig um seinen Hals. Einen Augenblick später umschloß sie ihn so fest wie die Schlinge eines Henkers.

Jacks Atem stockte. Die Flasche glitt ihm aus den Fingern, als er sich gegen das Ding wehrte, das ihn würgte. Er schaffte es, die Finger unter die Wurzel zu schieben. Sie war nicht kalt und steif, sondern warm und geschmeidig wie Fleisch. Er kämpfte mit ihr, er begriff, daß der gurgelnde Laut aus seiner Kehle kam und sein Kinn mit Speichel bedeckt war.

Unter Aufbietung seiner letzten Kräfte riß er die Wurzel los. Danach versuchte sie, sich um sein Handgelenk zu ringeln, und Jack zog mit einem Aufschrei seinen Arm zurück. Er blickte zu Boden und sah, daß sich eine der grauen Wurzeln um den Flaschenhals geschlungen hatte, und daß die Flasche davonholperte.

Jack tat einen Sprung danach. Wurzeln griffen nach seinen Beinen, umschlangen sie. Er fiel schwer zu Boden, streckte sich, griff nach der Flasche, grub die Fingerspitzen in den dicken schwarzen Waldboden, um noch einen Zentimeter weiterzukommen . . .

Er berührte das glatte grüne Glas – und bekam die Flasche zu fassen. Er zog mit aller Kraft, und die Tatsache, daß die Wurzeln jetzt überall auf seinen Beinen lagen, sich auf ihnen überkreuzten wie Fesseln, ihn in ihrer Gewalt hatten, wurde ihm nur verschwommen bewußt. Er schraubte hastig den Verschluß von der Flasche. Eine weitere Wurzel schwebte herab, spinnwebartig, und versuchte ihm die Flasche zu entreißen. Jack stieß sie beiseite und hob die Flasche an die Lippen. Plötzlich schien dieser Geruch kränkelnder Früchte überall zu sein, er schien ihn zu umgeben wie eine lebendige Membran.

Speedy, bitte laß es wirken!

Als weitere Wurzeln über seinen Rücken und um seine Taille glitten und ihn in diese und jene Richtung schwenkten, ohne daß er etwas dagegen tun konnte, trank Jack, und der billige Wein rann über seine Wangen. Er schluckte, stöhnte, betete, und es half nichts, *es wirkte nicht*, seine Augen waren noch immer geschlossen, aber er spürte, wie die Wurzeln seine Arme und Beine umschlangen, fühlte...

8

...wie sich seine Jeans und sein T-Shirt mit Wasser vollsaugten, roch
Wasser?
Schlamm und Nässe, hörte
Jeans? T-Shirt?
das stetige Quaken von Fröschen und...

Jack schlug die Augen auf und sah das orangefarbene Licht der untergehenden Sonne, das von einem breiten Fluß reflektiert wurde. An der Ostseite des Flusses stand dichter Wald; an der Westseite, der Seite, an der er sich befand, erstreckte sich ein langes Feld, jetzt teilweise vom abendlichen Bodennebel verhüllt, bis ans Ufer des Flusses. Der Boden war naß und morastig. Jack lag dicht am Ufer, dort, wo es am sumpfigsten war. Hohe Unkräuter wuchsen hier – die Fröste, die sie absterben lassen würden, waren noch einen Monat entfernt –, und Jack hatte sich in ihnen verfangen, ungefähr wie ein Mann, der aus einem Alptraum erwacht und entdeckt, daß er sich in seinem Bettzeug verfangen hat.

Stolpernd und taumelnd kam er auf die Füße, naß und mit stinkendem Schlamm bedeckt; er spürte die Riemen seines Rucksacks unter den Armen. Er wischte sich Pflanzenteile von Gesicht und Armen. Er wollte ans Ufer klettern, ins Trockene, doch dann blickte er zurück und sah Speedys Flasche im Schlamm liegen, den Deckel daneben. Etwas von dem »Zaubersaft« war ausgelaufen, oder er hatte beim Kampf mit den bösartigen Bäumen der Region etwas verschüttet. Jetzt war die Flasche nur noch zu einem Drittel gefüllt.

Die verkrusteten Turnschuhe fest in den schlüpfrigen Morast gestemmt, blieb er einen Augenblick stehen und blickte auf den Fluß hinaus. Das war seine Welt; das waren die guten alten Vereinigten Staaten von Amerika. Er sah zwar weder den goldenen Doppelbogen, auf den er gehofft hatte, noch einen Wolkenkratzer oder einen Satelliten, der an dem dunkler werdenden Himmel aufblinkte, aber wo er war, wußte er so gut, wie er seinen eigenen Namen wußte. War er überhaupt in jener anderen Welt gewesen? Das war die Frage.

Er blickte um sich – auf den unvertrauten Fluß, die gleichermaßen unvertraute Landschaft, und lauschte dem fernen, sanften Muhen von Kühen. Er dachte: *Du bist jetzt irgendwo anders. Dies ist bestimmt nicht mehr Arcadia Beach, Jacko.*

Nein, Arcadia Beach war es nicht, aber er kannte die Umgebung von Arcadia Beach nicht gut genug, um mit Sicherheit sagen zu können, ob er mehr als acht oder zehn Kilometer davon entfernt war – vielleicht gerade so weit landeinwärts, daß er den Atlantik nicht mehr riechen konnte. Er war zurückgekehrt, als erwachte er aus einem Alptraum – und konnte es das nicht gewesen sein, die ganze Geschichte, von dem Kutscher mit seiner Karrenladung fliegenumschwärmten Fleisches bis zu den lebendigen Bäumen? Eine Art wacher Alptraum, in dem auch Schlafwandeln eine Rolle gespielt hatte? Es klang vernünftig. Seine Mutter lag im Sterben, und er begriff jetzt, daß er es schon seit geraumer Zeit gewußt hatte – alle Anzeichen waren da, und sein Unterbewußtsein hatte die richtigen Schlüsse gezogen, obwohl sein Bewußtsein sich dagegen wehrte. Das mochte die richtige Atmosphäre gewesen sein für einen Akt der Selbsthypnose, und dieser verrückte Säufer Speedy Parker hatte ihn ausgelöst. So war es. Alles paßte zusammen.

Onkel Morgan hätte seine Freude daran gehabt.

Jack zitterte und schluckte heftig. Das Schlucken tat weh. Nicht auf die Art, wie eine Halsentzündung weh tut, sondern so, wie ein mißhandelter Muskel schmerzt.

Er hob die linke Hand – in der rechten hielt er die Flasche – und ließ die Handfläche sanft über seine Kehle gleiten. Einen Augenblick lang glich er auf absurde Weise einer Frau, die ihre Haut auf ein Doppelkinn oder Falten untersucht. Unmittelbar über seinem Adamsapfel fand er eine dick angeschwollene Abschürfung. Sie hatte kaum geblutet, schmerzte aber schon bei der leisesten Berührung. Das war die Wurzel gewesen, die sich um seinen Hals geschlungen hatte.

»Wirklich«, flüsterte Jack, blickte auf das orangene Wasser, lauschte dem Quaken der Ochsenfrösche und dem fernen Muhen der Kühe. »Alles ist wirklich geschehen.«

9

Jack begann den Abhang hinaufzusteigen und ließ den Fluß und den Osten hinter sich. Nachdem er knapp einen Kilometer gelaufen war, löste das stetige Reiben und Schlagen des Rucksacks auf seinem schmerzenden Rücken (auch die Verletzungen, die Osmond ihm zugefügt hatten, waren noch da, wie ihm der Druck des Rucksacks bewies) eine Erinnerung aus. Er hatte Speedys riesiges Sandwich abgelehnt, aber hatte Speedy nicht trotzdem etwas davon in seinen Rucksack gesteckt, während Jack das Gitarren-Plektron betrachtete? Sein Magen stürzte sich begeistert auf den Gedanken.

Jack ließ da, wo er gerade stand – in einem Schwaden von Bodennebel unter dem Abendstern –, die Riemen von den Schultern gleiten, öffnete eine der Schnallen, und da war das Sandwich, nicht nur ein Stück davon, sondern das ganze, in Zeitungspapier eingeschlagen. Jacks Augen füllten sich mit warmen Tränen, und er wünschte, Speedy wäre bei ihm, damit er ihn umarmen konnte.

Vor zehn Minuten hast du ihn einen verrückten alten Säufer genannt.

Er errötete, aber die Beschämung hinderte ihn nicht daran, das Sandwich mit einem halben Dutzend großer Bissen hinunterzuschlingen. Dann verschloß er seinen Rucksack und schulterte ihn wieder. Als er weiterging, war ihm wohler – nachdem das Loch in seinem Bauch fürs erste gestopft war, war er wieder er selbst geworden.

Wenig später funkelten Lichter in der Dunkelheit auf. Ein Farmhaus. Ein Hund begann zu bellen – es war das dunkle Gebell eines großen Tieres –, und Jack blieb einen Augenblick wie gebannt stehen.

Drinnen, dachte er. *Oder angekettet. Ich hoffe es.*

Er hielt sich nach rechts, und nach einer Weile hörte das Gebell auf. Er benutzte die Lichter der Farm als Anhaltspunkt und erreichte wenig später eine schmale, asphaltierte Straße. Dort blieb er stehen, blickte nach rechts und nach links und hatte keine Ahnung, welche Richtung er einschlagen sollte.

So, Freunde, hier steht Jack Sawyer, ganz allein auf weiter Flur, naß bis auf die Haut und mit schlammverkrusteten Schuhen. Und er hat noch einen weiten Weg vor sich.

Einsamkeit und Heimweh wallten in ihm auf. Jack unterdrückte sie. Er befeuchtete seinen Zeigefinger mit einem Tropfen Speichel, dann versetzte er dem Tropfen einen scharfen Schlag, die größere der beiden Hälften flog nach rechts – jedenfalls kam es Jack so vor –, und so wandte er sich in diese Richtung und ging weiter. Vierzig Minuten später, zum Umfallen müde (und wieder hungrig, was irgendwie schlimmer war), entdeckte er eine Kiesgrube mit einem Schuppen hinter einer Zufahrtsstraße, die mit einer Kette versperrt war.

Jack kroch unter der Kette durch und ging zu dem Schuppen. Vor der

Tür hing ein Schloß, aber er sah, daß unter einer Seite des kleinen Gebäudes die Erde weggewaschen war. Es war eine Sache von Minuten, den Rucksack abzunehmen, durch das Loch hindurchzukriechen und dann den Rucksack zu sich hereinzuziehen. Er fühlte sich sogar sicherer, weil das Schloß vor der Tür hing.

Er sah sich um und stellte fest, daß er von sehr alten Werkzeugen umgeben war – offensichtlich war der Schuppen seit langer Zeit nicht mehr benutzt worden, und das konnte ihm nur recht sein. Er zog sich splitternackt aus – sein klammes, schlammbedecktes Zeug war ihm zuwider. In einer seiner Hosentaschen fand er die Münze, die Hauptmann Farren ihm gegeben hatte; sie lag dort wie ein Riese neben ein wenig normalem Kleingeld. Jack holte sie hervor und sah, daß Farrens Münze mit dem Kopf der Königin auf der einen und dem geflügelten Löwen auf der anderen Seite sich in einen Silberdollar von 1921 verwandelt hatte. Eine Zeitlang starrte er wie gebannt auf das Profil der Freiheitsstatue; dann ließ er sie wieder in die Tasche seiner Jeans gleiten.

Er holte frische Sachen aus seinem Rucksack, überlegte, daß er die schmutzigen am Morgen einpacken – bis dahin würden sie getrocknet sein – und irgendwo unterwegs säubern würde – vielleicht in einem Laundromat, vielleicht im nächsten Fluß.

Auf der Suche nach Socken stieß seine Hand auf etwas Glattes und Hartes. Er zog es heraus und sah, daß es seine Zahnbürste war. Unvermittelt stiegen Bilder von Heimat, Sicherheit und Ordnung – all das, was eine Zahnbürste bedeuten konnte – in ihm auf und überwältigten ihn. Diesmal war er nicht imstande, diese Gefühle zu unterdrücken oder beiseitezuschieben. Eine Zahnbürste war etwas, das in ein gut beleuchtetes Badezimmer gehörte, etwas, das man mit einem Baumwollpyjama am Leibe und warmen Slippern an den Füßen benutzte. Nicht etwas, das vom Grunde eines Rucksacks auftauchte, in einem kalten, dunklen Werkzeugschuppen am Rand einer Kiesgrube in der Nähe eines verlassenen Dorfes, dessen Namen man nicht einmal kannte.

Das Gefühl der Einsamkeit wallte in ihm auf; jetzt hatte er vollends begriffen, daß er ganz auf sich allein gestellt war. Jack begann zu weinen. Er weinte nicht hysterisch und kreischte auch nicht wie manche Leute, die Wut hinter Tränen verbergen; er weinte mit dem stetigen Schluchzen eines Menschen, der gerade entdeckt hat, wie einsam er ist und auf lange Zeit auch bleiben wird. Er weinte, weil Sicherheit und Vernunft aus der Welt verschwunden zu sein schienen. Die Einsamkeit war da, sie war eine Gewißheit; doch in seiner Lage lag auch der Wahnsinn im Bereich des Möglichen.

Jack schlief ein, bevor sich alle Tränen ihren Weg gebahnt hatten. Er schlief um seinen Rucksack gerollt, nackt bis auf frische Unterhosen und Socken. Die Tränen hatten saubere Spuren auf seinen schmutzigen Wangen hinterlassen, und in der Hand hielt er seine Zahnbürste.

Achtes Kapitel

Der Oatley-Tunnel

1

Sechs Tage später hatte sich Jack fast vollständig aus seiner Depression herausgearbeitet. Am Ende seiner ersten Tage auf der Straße war ihm, als wäre er vom Kind über den Jugendlichen direkt zum Erwachsenen gereift – zum Erwachsenen, der weiß, was er tut. Gewiß, er war nicht in die Region zurückgekehrt, seit er am Westufer des Flusses zu sich gekommen war, aber dafür und für das damit verbundene langsamere Vorwärtskommen gab es eine vernünftige Ausrede – er sagte sich, daß er Speedys Zaubersaft aufsparen mußte für die Fälle, da er ihn wirklich brauchte.

Und hatte Speedy nicht selbst gesagt, er solle überwiegend auf den Straßen dieser Welt reisen? Also tat er es.

Wenn die Sonne am Himmel stand und die Autos ihn fünfzig oder sechzig Kilometer weiter nach Westen beförderten und sein Magen voll war, kam ihm die Region unvorstellbar fern und traumhaft vor: sie glich einem Film, den er zu vergessen begann, einer vorübergehenden Einbildung. Gelegentlich, wenn sich Jack im Wagen irgendeines Schullehrers zurücklehnte, die üblichen Fragen beantwortete und seine Geschichte zum besten gab, vergaß er sie regelrecht. Die Region verließ ihn, und er war wieder – fast jedenfalls – der Junge, der er zu Beginn des Sommers gewesen war.

Vor allem auf den großen Highways vergingen, nachdem ihn ein Wagen in der Nähe einer Ausfahrt abgesetzt hatte, in der Regel nur zehn oder fünfzehn Minuten, bis der nächste auf seinen hochgereckten Daumen reagierte und zur Seite ausscherte. Jetzt befand er sich irgendwo in der Nähe von Batavia im Westen des Staates New York und wanderte mit hochgerecktem Daumen die Einbiegerspur der Interstate 90 entlang; er war auf dem Weg nach Buffalo – und hinter Buffalo würde er sich nach Süden halten. Wenn man etwas zustandebringen wollte, mußte man die beste Methode ausarbeiten und dann entsprechend handeln. Der Rand McNally und seine Geschichte hatten ihn so weit gebracht; jetzt brauchte er nur noch einen Fahrer zu finden, der die ganze Strecke bis Chicago oder Denver fuhr (oder sogar bis Los Angeles, wenn man sich schon Tagträumen über das Glück hingeben wollte), und dann konnte er vor Mitte Oktober schon wieder auf dem Heimweg sein.

Er war sonnengebräunt, er hatte fünfzehn Dollar in der Tasche von seinem letzten Job – als Tellerwäscher im Golden Spoon Diner in Auburn –, und seine Muskeln kamen ihm zäher und geschmeidiger vor. Obwohl ihm manchmal nach Weinen zumute war, hatte er seit jener ersten unglücklichen Nacht keine Tränen mehr vergossen. Er hatte sich unter Kontrolle, das war der Unterschied. Jetzt, da er wußte, wie er vorgehen wollte, da er alles bis ins letzte Detail ausgearbeitet hatte, beherrschte er, was mit ihm geschah; er glaubte bereits, das Ende seiner Reise absehen zu können, obwohl es noch in weiter Ferne lag. Wenn er überwiegend in dieser Welt reiste, wie Speedy ihm geraten hatte, konnte er so schnell vorwärtskommen, wie erforderlich war, und mit dem Talisman rechtzeitig nach New Hampshire zurückkehren. Es würde klappen, und er würde viel weniger Probleme haben, als er befürchtet hatte.

Das zumindest bildete Jack Sawyer sich ein, als ein staubiger blauer Ford Fairlane an den Straßenrand ausscherte und darauf wartete, daß er angelaufen kam, die Augen gegen die Nachmittagssonne zusammenkneifend. *Fünfzig oder sechzig Kilometer,* dachte er. Er stellte sich die Seite des Rand McNally vor, die er sich am Morgen angesehen hatte, und beschloß: *Oatley.* Es klang langweilig, klein und ungefährlich – er war unterwegs, und jetzt konnte ihm nichts mehr passieren.

2

Jack beugte sich nieder und blickte durchs Fenster, bevor er die Tür des Fairlane öffnete. Dicke Musterbücher und Broschüren lagen auf den Rücksitzen; zwei große Aktenkoffer nahmen den Beifahrersitz ein. Der dickliche, schwarzhaarige Mann, der Jacks Haltung jetzt fast nachzuäffen schien, indem er sich über das Lenkrad beugte und den Jungen durch das offene Fenster hindurch musterte, war ein Handelsvertreter. Das Jackett seines blauen Anzugs hing am Haken hinter ihm; seine Krawatte hing auf Halbmast, die Ärmel waren aufgekrempelt. Ein Vertreter Mitte Dreißig, der sich in aller Ruhe durch seinen Bezirk hindurcharbeitete. Er würde sich mit ihm unterhalten wollen, wie alle Vertreter. Der Mann lächelte, hob erst den einen der dicken Aktenkoffer an und beförderte ihn über die Rücklehne auf das auf den hinteren Sitzen herrschende Durcheinander, dann den zweiten. »Erstmal ein bißchen Platz schaffen«, sagte er.

Jack wußte, daß der Mann ihn als erstes fragen würde, warum er nicht in der Schule war.

Er öffnete die Tür, sagte »Danke« und stieg ein.

»Hast du's weit?« fragte der Vertreter und warf einen Blick in den Rückspiegel, bevor er die Getriebeautomatik auf Vorwärts schaltete und auf die Fahrbahn zurückkehrte.

»Oatley«, sagte Jack. »Ich glaube, das sind ungefähr fünfzig Kilometer.«

»Dann hast du in Erdkunde geschwänzt«, sagte der Vertreter. »Bis Oatley sind es an die siebzig Kilometer.« Er drehte den Kopf, um Jack anzusehen, und überraschte den Jungen, indem er ihm zuzwinkerte. »Nimm mir's nicht übel«, sagte er, »aber ich sehe Kinder nicht gern als Anhalter auf der Straße. Deshalb nehme ich sie auch immer mit, wenn ich welche sehe. Ich weiß, bei mir sind sie sicher. Kein Betatzen, wenn du verstehst, was ich meine. Es sind zu viele Irre unterwegs, Junge. Liest du Zeitungen? Ich meine, es treiben sich viele Raubtiere herum. Du könntest leicht zu einer gefährdeten Art werden.«

»Da haben Sie sicher recht«, sagte Jack. »Aber ich versuche, vorsichtig zu sein.«

»Bist du irgendwo in dieser Gegend zu Hause?«

Der Mann musterte ihn immer noch und warf zwischendurch mit vogelartigen Drehungen des Kopfes kurze Blicke auf die Straße, während Jack in Gedanken angestrengt nach dem Namen einer weiter östlich an der Straße liegenden Ortschaft suchte. »Palmyra. Ich komme aus Palmyra.«

Der Vertreter nickte und sagte: »Ein nettes Städtchen«; dann konzentrierte er sich wieder auf den Highway. Jack ließ sich in den bequemen Plüsch des Sitzes sinken. Dann endlich sagte der Mann: »Ich hoffe, du schwänzt nicht gerade die Schule, oder?«, und da war wieder die Zeit für die Geschichte gekommen.

Er hatte sie schon so oft erzählt und jeweils nur die Namen der Ortschaften abgeändert, daß sie ihm wie ein aalglatter Monolog vorkam. »Nein, Sir. Es ist nur so, daß ich nach Oatley muß, um dort eine Weile bei meiner Tante Helen zu wohnen. Helen Vaughan. Das ist die Schwester meiner Mutter. Sie ist Lehrerin. Sehen Sie, mein Dad ist im letzten Winter gestorben, und seither hatten wir ziemlich zu krebsen – und dann wurde vor vierzehn Tagen der Husten meiner Mutter viel schlimmer, sie kam kaum noch die Treppe hinauf, und der Doktor sagte, sie müßte im Bett bleiben, solange es irgend geht, und da hat sie ihre Schwester gefragt, ob ich eine Weile bei ihr bleiben könnte. Und weil sie Lehrerin ist, wird sie mich in Oatley bestimmt gleich in die Schule schicken. Tante Helen würde nicht zulassen, daß ich schwänze, darauf können Sie sich verlassen.«

»Soll das etwa heißen, daß deine Mutter gesagt hat, du sollst per Anhalter von Palmyra nach *Oatley* fahren?« fragte der Mann.

»Oh nein – das hätte sie nie getan. Sie gab mir Geld für den Bus, aber

ich wollte es sparen. Wahrscheinlich ist in der nächsten Zeit von Zuhause kaum Geld zu erwarten, und Tante Helen hat auch nichts übrig. Meiner Mom wäre es gar nicht recht, wenn sie wüßte, daß ich per Anhalter fahre. Aber fünf Dollar sind fünf Dollar, und warum soll sie ein Busfahrer bekommen?«

Der Mann sah ihn aus dem Augenwinkel heraus an. »Wie lange willst du in Oatley bleiben?«

»Schwer zu sagen. Ich hoffe, daß es meiner Mutter bald wieder besser geht.«

»Fahr nicht per Anhalter zurück, okay?«

»Wir haben keinen Wagen mehr«, sagte Jack und fügte der Geschichte ein neues Kapitel hinzu. Er begann, Spaß daran zu finden. »Können Sie sich das vorstellen? Sie kamen mitten in der Nacht und nahmen ihn wieder mit. Verdammte Feiglinge. Sie wußten genau, daß wir alle schliefen. Kamen einfach mitten in der Nacht und stahlen unseren Wagen direkt aus der Garage. Mister, ich hätte um diesen Wagen gekämpft – und nicht nur, um damit zu meiner Tante zu fahren. Wenn meine Mutter zum Arzt muß, muß sie die ganze Anhöhe hinunterlaufen und dann noch fünf Blocks weiter zur Bushaltestelle. Das sollte doch nicht erlaubt sein, oder? Einfach aufkreuzen und unseren Wagen stehlen? Wir wollten die Raten wieder bezahlen, sobald wir konnten. Das würden Sie doch auch Diebstahl nennen, oder etwa nicht?«

»Wahrscheinlich würde ich das, wenn es mir passierte«, sagte der Mann. »Ich hoffe, daß es deiner Mutter bald wieder besser geht.«

»Das hoffe ich auch«, sagte Jack von ganzem Herzen.

Danach schwiegen sie, bis die ersten Hinweise auf die Ausfahrt Oatley auftauchten. Unmittelbar hinter der Ausfahrt stoppte der Vertreter auf der Einbiegerspur, lächelte Jack noch einmal an und sagte: »Viel Glück, Junge.«

Jack nickte und öffnete die Tür.

»Jedenfalls hoffe ich, daß du nicht allzu lange in Oatley bleiben mußt.«

Jack sah ihn fragend an.

»Kennst du das Nest?«

»Ein wenig. Eigentlich gar nicht.«

»Es ist ein Loch. Eines von den Nestern, wo die Leute essen, was sie auf der Straße überfahren. Sie trinken das Bier, und dann fressen sie das Glas. So ungefähr.«

»Danke für die Warnung«, sagte Jack und stieg aus. Der Vertreter winkte und setzte den Fairlane wieder in Bewegung. Augenblicke später war er nur noch ein dunkler Fleck, der der tiefstehenden, orangefarbenen Sonne entgegenrollte.

3

Ein oder zwei Kilometer weit führte die Straße durch eine flache, öde Landschaft – in der Ferne sah Jack zwei hölzerne, zweigeschossige Häuser inmitten von Feldern. Die Felder waren braun und kahl, und die Häuser waren keine Farmhäuser. Weit voneinander entfernt standen sie da in einer grauen, unbewegten Stille, die nur durch das Brausen des Verkehrs auf der Interstate 90 unterbrochen wurde. Keine Kühe muhten, keine Pferde wieherten – es gab keine Tiere, keine landwirtschaftlichen Geräte. Vor einem der Häuser rostete ein halbes Dutzend ausrangierter Autos still vor sich hin. Es waren die Häuser von Männern, die ihre Mitmenschen so gründlich verabscheuten, daß sogar Oatley ihnen zu volkreich war. Die leeren Felder waren die Wälle und Gräben, die sie um ihre abblätternden Holzburgen brauchten.

Endlich kam er an eine Straßenkreuzung. Sie sah aus wie eine Straßenkreuzung auf einer Zeichnung – zwei schmale, leere Straßen, die sich im Nichts kreuzten und dann in eine andere Art von Nichts weiterführten. Jack war nicht ganz sicher, welche Richtung er einschlagen mußte, und so schob er den Rucksack auf seinem Rücken zurecht und näherte sich der hohen, rostigen Eisenstange, an der die gleichfalls rostigen schwarzen Rechtecke mit den Straßennamen angebracht waren. Hätte er sich an der Ausfahrt nach links anstatt nach rechts wenden müssen? Auf dem Schild der Straße, die parallel zum Highway verlief, stand DOGTOWN ROAD. Dogtown? Jack blickte diese Straße entlang und sah nur endlose Weite, Felder voller Unkraut und den schwarzen Streifen Asphalt. Der Streifen Asphalt, auf dem er sich befand, trug auf dem Schild den Namen MILL ROAD. Ungefähr anderthalb Kilometer entfernt verschwand er in einem Tunnel, fast völlig überwachsen von krummen Bäumen und einer dichten Matte aus Efeu. In dem Efeugewirr und offenbar von ihm gehalten hing ein weißes Schild. Die Worte waren zu klein, als daß er sie hätte lesen können. Jack steckte die rechte Hand in die Tasche und umklammerte die Münze, die Hauptmann Farren ihm gegeben hatte.

Sein Magen äußerte sich. Er hatte Hunger, er mußte von diesem Fleck verschwinden und eine Ortschaft finden, in der er sich seine Mahlzeiten verdienen konnte. Also Mill Road – er würde ihr so weit folgen, bis er sah, was am anderen Ende des Tunnels lag. Jack schob sich ihm entgegen, und bei jedem Schritt ragte die dunkle Öffnung in dem Wall aus Bäumen höher vor ihm auf.

Kühl und feucht, nach Ziegelstaub und aufgegrabener Erde riechend schien der Tunnel den Jungen aufzunehmen und sich dann um ihn zu schließen. Einen Augenblick fürchtete Jack, daß er ihn unter die Erde führte – am Tunnelende war kein Licht zu sehen –, aber dann stellte er fest, daß der Asphaltboden eben verlief. LICHT EINSCHALTEN hatte auf dem Schild vor dem Tunnel gestanden. Jack stieß gegen eine Ziegelwand und spürte, wie lockerer Mörtel auf seine Hände rieselte. »Licht«, sagte er zu sich selbst und wünschte sich, eines zu haben, das er einschalten konnte. Offenbar machte der Tunnel irgendwo in seinem Verlauf eine Biegung. Er war vorsichtig, langsam und bedächtig genau gegen eine Mauer gelaufen, mit ausgestreckten Händen wie ein Blinder. Er tastete sich an der Mauer entlang. Wenn der Kojote in den Roadrunner-Zeichentrickfilmen das tat, endete es gewöhnlich damit, daß er von einem Lastwagen plattgewalzt auf der Straße lag.

Irgendetwas raschelte geschäftig über den Tunnelboden, und Jack erstarrte. Eine Ratte, dachte er. Oder ein Kaninchen, das den Weg zwischen den Feldern draußen abkürzen will. Aber dem Geräusch nach war es etwas Größeres.

Er hörte es wieder, weiter entfernt in der Dunkelheit, und tat einen weiteren blinden Schritt voran. Vor sich hörte er, nur einmal, ein Atemholen. Wieder blieb er stehen, überlegte. *War das ein Tier?* Jack legte die Fingerspitzen gegen die feuchte Ziegelmauer und wartete auf das Ausatmen. Es hatte sich nicht angehört wie ein Tier – Ratten oder Kaninchen atmeten gewiß nicht so tief ein. Er schlich ein paar Zentimeter vorwärts und gestand sich höchst ungern ein, daß das, was immer sich vor ihm befinden mochte, ihm Furcht einflößte.

Jack erstarrte wieder, denn jetzt hörte er ein kleines Geräusch, eine Art heiseres Kichern, das aus der Dunkelheit vor ihm kam. Im nächsten Augenblick driftete ein vertrauter, aber unbenennbarer Geruch, herb, stark und moschusartig, durch den Tunnel auf ihn zu.

Jack schaute über die Schulter zurück. Der Eingang war jetzt nur noch halb zu sehen, wurde zur Hälfte von der Biegung der Mauer verdeckt, war weit entfernt und schien etwa so groß wie der Eingang zu einem Kaninchenbau.

»Was ist hier?« rief er laut. »He! Ist hier irgendetwas? Irgendjemand?«

Er glaubte, tiefer drinnen im Tunnel etwas flüstern zu hören.

Er befand sich nicht in der Region, erinnerte er sich – schlimmstenfalls hatte er einen schwachsinnigen Hund aufgestört, der sich zu einem Schläfchen in die kühle Dunkelheit zurückgezogen hatte. In diesem Fall würde er ihm das Leben retten, indem er ihn aufweckte, bevor ein Wagen kam. »He, Hund!« brüllte er. »*Hund!*«

Unverzüglich belohnte ihn das Geräusch von Pfoten, die durch den Tunnel trabten. Aber – gingen sie oder kamen sie? Er lauschte dem leisen *tap tap tap* und konnte sich nicht darüber klarwerden, ob das Tier den Tunnel verließ oder sich ihm näherte. Dann kam ihm der Gedanke, daß das Geräusch vielleicht von hinten auf ihn zukam, und er blickte zurück und stellte fest, daß er so weit vorgedrungen war, daß er den Eingang auch nicht mehr sehen konnte.

»Wo steckst du, Hund?« sagte er.

Irgendetwas kratzte nur ein oder zwei Schritte hinter ihm auf dem Boden, und Jack tat einen Satz vorwärts und prallte mit der Schulter gegen die Rundung der Mauer.

Er ahnte eine Gestalt – vielleicht eine hundeähnliche – in der Dunkelheit. Jack tat einen Schritt voran – und fühlte sich plötzlich gebannt von einem Gefühl der Verwirrung, das so stark war, daß er sich wieder in der Region zu befinden glaubte. Der Tunnel war angefüllt mit diesem moschusartigen, beißenden Zoogeruch, und was auf ihn zukam, war kein Hund.

Ein Schwall kalter Luft, die nach Fett und Alkohol roch, wehte ihm entgegen. Ihm war, als käme das Wesen näher.

Nur einen Augenblick erhaschte er einen flüchtigen Blick auf ein in der Dunkelheit hängendes Gesicht, glühend wie von einem eigenen, kränklichen und verlöschenden inneren Licht, ein langes, bitteres Gesicht, das fast jugendlich wirkte, es aber nicht war. Der Atem, der von ihm ausging, war voll von Schweiß, Fett, Alkoholdunst. Jack drückte sich flach an die Mauer und hob die Fäuste, während das Gesicht schon wieder mit der Dunkelheit verschmolz.

In seinem Entsetzen glaubte er Schritte zu hören, die sich leise und schnell zum Tunneleingang hinbewegten; er löste sich von der Mauer und blickte zurück. Dunkelheit, Stille. Der Tunnel war leer. Jack schob die Hände in die Achselhöhlen und ließ sich so gegen die Mauer fallen, daß sein Rucksack den Stoß auffing. Einen Augenblick später begann er sich wieder vorwärtszutasten.

Sobald Jack den Tunnel hinter sich gebracht hatte, drehte er sich um und warf einen Blick darauf. Keine Geräusche drangen heraus, keine unheimlichen Geschöpfe kamen auf ihn zugeschlichen. Er tat drei Schritte vorwärts, blickte hinein. Und dann blieb ihm beinahe das Herz stehen: zwei riesige orangefarbene Augen kamen auf ihn zu. Sekunden später hatten sie die Entfernung zwischen sich und Jack auf die Hälfte reduziert. Er konnte sich nicht bewegen – seine Füße steckten bis über die Knöchel im Asphalt. Schließlich gelang es ihm, die Hände mit den Handflächen nach außen in einer abwehrenden Geste auszustrecken. Die Augen kamen immer näher, eine Hupe plärrte. Sekunden, bevor der Wagen aus dem Tunnel hervorschoß und ein rotgesichtiger Mann sichtbar wurde, der mit der Faust drohte, brachte sich Jack mit einem Sprung in Sicherheit.

»IDIOT«, brüllte der verzerrte Mund.

Immer noch benommen drehte Jack sich wieder um und sah, wie der Wagen bergab auf eine Ortschaft zujagte, die Oatley sein mußte.

Oatley, in einer langen Mulde gelegen, zog sich spärlich an zwei Hauptstraßen hin. Die eine, die Fortsetzung der Mill Road, führte an einem großen, schäbigen und von einem riesigen Parkplatz umgebenen Gebäude – einer Fabrik, dachte Jack – vorbei, danach gesäumt von Gebrauchtwagenplätzen (durchhängende Fähnchengirlanden), Schnellimbissen (die großen Titten von Amerika), einer Bowlingbahn mit einem riesigen Neonschild (BOWL-A-RAMA!), Lebensmittelgeschäften, Tankstellen. Jenseits von alledem durchquerte die Mill Road einen fünf oder sechs Blocks umfassenden Wohnbezirk – eine Kette alter, zweistöckiger Ziegelbauten, vor denen Wagen geparkt waren. An der anderen Straße lagen offensichtlich Oatleys bedeutendste Häuser – große, holzverkleidete Gebäude mit Veranden und langen, schräg abfallenden Rasenflächen. An der Kreuzung dieser beiden Straßen blinzelte eine Verkehrsampel mit ihrem roten Auge in den Spätnachmittag. Eine weitere, ungefähr acht Blocks entfernte Ampel wechselte gerade auf Grün; sie stand vor einem hohen, schäbigen Bauwerk mit vielen Fenstern, das wie eine Irrenanstalt aussah und deshalb vermutlich die High School war. Hinter diesen beiden Hauptstraßen erstreckte sich ein Wirrwarr von kleinen Häusern, untermischt mit anonymen, von hohen Maschendrahtzäunen umgebenen Baulichkeiten.

Viele Fenster der Fabrik waren zerbrochen, einige der Schaufenster im Geschäftsviertel zugenagelt. Müllberge und flatterndes Papier türmten sich auf eingezäunten Betonhöfen. Sogar die bedeutenden Häuser wirkten vernachlässigt – die Veranden hingen durch, die Anstriche waren verblichen. Wahrscheinlich gehörten sie den Besitzern der mit unverkäuflichen Autos vollgestopften Gebrauchtwagenplätze.

Einen Augenblick lang dachte Jack daran, Oatley den Rücken zu kehren und sich auf den Weg nach Dogtown zu machen, wo immer das liegen mochte. Aber das hieß, daß er noch einmal den Mill Road-Tunnel durchqueren mußte. Von irgendwo aus dem Geschäftsviertel drang das Quaken einer Hupe, für Jack ein Geräusch voll unvorstellbarer Einsamkeit und Schwermut.

Die Spannung, die ihn beherrschte, ließ erst nach, als er die Fabriktore erreicht hatte und der Mill Road-Tunnel weit hinter ihm lag. Fast ein Drittel der Fenster in der schmutzigen Ziegelsteinfassade war zerbrochen, andere waren mit braunen Papprechtecken ausgefüllt. Sogar von der Straße aus roch Jack Maschinenöl, Fett, schwelende Ventilatorriemen und rasselnde Getriebe. Er steckte die Hände in die Taschen und wanderte den Abhang hinunter, so schnell er konnte.

Aus der Nähe betrachtet steckte der Ort noch tiefer in der Krise, als es von der Hügelkuppe aus den Anschein gehabt hatte. Die Verkäufer in den Gebrauchtwagenhandlungen lehnten an den Fenstern ihrer Büros, zu gelangweilt, um herauszukommen. Ihre Fähnchen hingen zerfetzt und unlustig herab, die einstmals optimistischen Schilder auf dem geborstenen Gehsteig vor den Wagenreihen – AUS ERSTER HAND! EINMALIGE GELEGENHEIT! DAS AUTO DER WOCHE! – waren vergilbt. Auf einigen von ihnen war die Schrift verlaufen, als hätte man die Schilder im Regen stehengelassen. Nur sehr wenige Leute bewegten sich auf den Straßen. Als Jack sich dem Stadtzentrum näherte, sah er einen alten Mann mit eingesunkenen Wangen und grauer Haut, der versuchte, einen leeren Einkaufswagen den Bordstein hinaufzubefördern. Als er sich näherte, kreischte der alte Mann feindselig und erschrocken und entblößte dabei sein Zahnfleisch, das so schwarz war wie das eines Dachses. Offenbar glaubte er, Jack wollte seinen Wagen stehlen! »Entschuldigung«, sagte Jack mit klopfendem Herzen. Der alte Mann versuchte, den sperrigen Korb des Wagens mit den Armen zu umschließen, ihn zu beschützen, und die ganze Zeit zeigte er seinem Feind sein schwarzes Zahnfleisch. »Entschuldigung«, wiederholte Jack. »Ich wollte nur...«

»Miescher Dieb! Miescher DIEB!« kreischte der alte Mann, und Tränen krochen in die Runzeln auf seinen Wangen.

Jack machte, daß er davonkam.

Zwanzig Jahre zuvor, in den Sechzigern, mußte in Oatley Wohlstand geherrscht haben. Die ausgeblichene Farbigkeit des Geschäftsviertels an der Mill Road war das Produkt einer Zeit, in der Waren rasch umgesetzt wurden, Benzin billig war und niemand den Ausdruck »frei vereinbartes Einkommen« kannte, weil das Geld reichlich floß. Die Leute hatten ihre Ersparnisse in Konzessionen und kleine Ladengeschäfte gesteckt, und eine Zeitlang hatten sie zwar nicht gerade Geld gescheffelt, aber zumindest den Kopf über Wasser gehalten. Über diesem kleinen Geschäftsviertel lag nach wie vor eine Tünche von Hoffnung – aber in den Konzessions-Restaurants saßen nur ein paar gelangweilte Teenager hinter ihren Colaflaschen, und in den Schaufenstern nur allzuvieler kleiner Läden verkündeten Plakate, so verblichen wie die vor den Gebrauchtwagenhandlungen: ALLE PREISE REDUZIERT! RÄUMUNGSVERKAUF! Jack sah kein Schild, mit dem eine Aushilfe gesucht wurde, und ging weiter.

Je weiter Jack in die Stadt eindrang, desto deutlicher zeigte sich die Wirklichkeit unter der von der Sechzigern übriggebliebenen bunten Tünche. Während er an den verblichenen Ziegelsteingebäuden entlangwanderte, wurde sein Rucksack schwerer, seine Füße lahmer. Er wäre trotzdem noch nach Dogtown gelaufen, wenn seine Füße nicht gewesen wären und der Mill Road-Tunnel. Natürlich war es kein knurrender Wolfsmensch, der dort im Dunkel lauerte – so viel war ihm inzwischen klargeworden. Niemand konnte ihn im Tunnel angesprochen haben. Die Region hatte ihn erschüttert. Zuerst der Anblick der Königin, dann der tote Junge auf der Straße mit dem halb zerschmetterten Gesicht. Dann Morgan und die Bäume. Aber das war *dort* gewesen, wo solche Dinge normal sein konnten – und es vielleicht sogar waren. *Hier* schloß die Normalität solche Phantastereien aus.

Er stand vor einem breiten, schmutzigen Schaufenster, über dem die abgeblätterte Aufschrift MÖBELHANDLUNG auf dem Mauerwerk kaum noch zu lesen war. Er legte eine Hand über die Augen und blickte hinein. Eine Couch und ein Stuhl, beide mit einem weißen Laken abgedeckt, standen fünf Meter voneinander entfernt auf einem kahlen Holzfußboden. Jack wanderte weiter und fragte sich, ob er sich sein Essen würde erbetteln müssen.

Ein Stück die Straße hinab saßen vor einem vernagelten Schaufenster vier Männer in einem Auto. Es dauerte einen Augenblick, bis Jack bemerkte, daß das Auto – ein alter schwarzer DeSoto – keine Reifen mehr hatte. An der Windschutzscheibe klebte ein gelbes, schulheftgroßes Blatt mit der Aufschrift SCHÖNWETTERCLUB. Die Männer drinnen, zwei vorn, zwei hinten, spielten Karten. Jack trat an das Fenster neben dem Beifahrersitz.

»Entschuldigen Sie«, sagte er, und der ihm am nächsten sitzende Kartenspieler richtete ein graues Fischauge auf ihn. »Wissen Sie vielleicht, wo...«

»Hau ab«, sagte der Mann. Seine Stimme klang gequetscht und verschnupft, im Sprechen ungeübt. Das Jack halb zugewandte Gesicht war mit tiefen Aknenarben übersät und wirkte irgendwie abgeflacht, fast so, als wäre jemand daraufgetreten, als der Mann noch ein Kind war.

»Ich wollte nur fragen, ob Sie jemanden kennen, bei dem ich ein paar Tage arbeiten kann.«

»Versuch's in Texas«, sagte der Mann auf dem Fahrersitz, und die beiden auf dem Rücksitz brachen in Gelächter aus und verschütteten Bier über die Karten, die sie in der Hand hielten.

»Ich hab gesagt, du sollst abhauen«, sagte der flachgesichtige, grauäugige Mann, der Jack am nächsten war. »Sonst schlag ich dich eigenhändig zusammen.«

Und Jack begriff, daß er die Wahrheit sprach – wenn er noch einen Augenblick wartete, würde die Wut des Mannes überkochen, er würde aussteigen und ihn zusammenschlagen. Dann würde der Mann wieder in den Wagen einsteigen und eine weitere Bierdose öffnen. Rolling Rock-Dosen bedeckten den Wagenboden, geöffnete standen herum, frische wurden von weißen Plastikschlaufen zusammengehalten. Jack trat zurück, und das Fischauge wendete sich von ihm ab. »Ich versuch's doch lieber in Texas«, sagte er. Als er weiterging, wartete er darauf, das Öffnen der Tür des DeSoto zu hören, aber das einzige, was er beim Öffnen zischen hörte, war eine weitere Bierdose.

Er wanderte weiter.

Er gelangte ans Ende des Häuserblocks und blickte über die andere Hauptstraße des Ortes hinweg auf einen absterbenden Rasen voll gelblichen Unkrauts, auf dem Fiberglasfiguren von Rehen wie aus einem Disneyfilm standen. Auf der Veranda eines Hauses saß eine dicke alte Frau mit einer Fliegenklatsche in der Hand und starrte ihn an.

Jack wandte sich von ihrem argwöhnischen Blick ab und sah vor sich das letzte der leblosen Ziegelsteingebäude an der Mill Road. Drei Betonstufen führten zu einer geöffneten und festgestellten Gazetür hinauf. Ein großes, dunkles Fenster zeigte eine leuchtende BUDWEISER-Reklame und, einen halben Meter rechts davon, die gemalte Aufschrift UPDIKE'S OATLEY TAP. Und ein paar Zentimeter darunter, auf einem gelben, schulheftgroßen Blatt, genau so einem wie in dem DeSoto, standen handschriftlich die verheißungsvollen Worte AUSHILFE GESUCHT. Jack zog den Rucksack von seinen Schultern, klemmte ihn unter den Arm und ging die Stufen hinauf. Nur einen Augenblick, als er aus dem matten Sonnenlicht in die Dunkelheit der Gastwirtschaft trat, dachte er daran, wie er durch den dichten Efeuvorhang in den Mill Road-Tunnel eingetreten war.

Neuntes Kapitel

In der Kannenpflanze

1

Nicht ganz sechzig Stunden später stand ein Jack Sawyer, dessen Geistesverfassung sich erheblich von der des Jack Sawyer unterschied, der sich am Mittwoch in den Oatley-Tunnel hineingewagt hatte, im kalten Lagerraum des Oatley Tap und versteckte seinen Rucksack hinter den Fässern mit Busch-Bier, die an der hinteren Wand aufgereiht standen wie Aluminiumkegel in der Kegelbahn eines Riesen. In weniger als zwei Stunden, wenn das Lokal endlich für die Nacht geschlossen wurde, wollte Jack davonlaufen. Daß er es selbst so sah – nicht *gehen*, nicht *weiterziehen*, sondern *davonlaufen* –, war ein Beweis für die verzweifelte Lage, in der er sich zu befinden glaubte.

Ich war sechs. Sechs. John B. Sawyer war sechs. Jacky war sechs. Sechs.

Dieser scheinbar sinnlose Gedanke war ihm am Abend in den Kopf gedrungen und wiederholte sich nun immer wieder. Wahrscheinlich war es ein Anzeichen dafür, wie verängstigt er war, wie sicher, daß jetzt alles mögliche über ihn hereinbrach. Er hatte keine Ahnung, was dieser Gedanke bedeutete; er lief nur immer im Kreis herum wie ein Holzpferd auf einem Karussell.

Sechs. Ich war sechs. Jacky Sawyer war sechs.

Immer und immer wieder, eine Runde nach der anderen.

Der Lagerraum hatte eine Wand mit der Gaststube gemeinsam, und in dieser Nacht zitterte diese Wand buchstäblich vor Lärm; sie vibrierte wie ein Trommelfell. Bis vor zwanzig Minuten war es Freitagnacht gewesen, und sowohl in der Textilweberei in Oatley wie auch in der Gummifabrik in Dogtown war Freitag Zahltag. Jetzt war das Oatley Tap zum Bersten voll. Auf einem großen Plakat links neben der Bar stand DER AUFENTHALT VON MEHR ALS 220 PERSONEN VERSTÖßT GEGEN DIE FEUERVORSCHRIFT 331 VON GENESEE COUNTY. Doch wie es schien, war die Feuervorschrift 331 am Wochenende außer Kraft gesetzt, denn Jack schätzte, daß sich jetzt mehr als dreihundert Personen da draußen befanden und sich zu den Klängen einer Country- und Western-Band bewegten, die sich The Genny Valley Boys nannte. Es war eine entsetzliche Band, aber sie hatte eine Pedal-Steel-Gitarre. »Es gibt Leute hier, die würden eine Pedal-Steel-Gitarre am liebsten vögeln, Jack«, hatte Smokey gesagt.

»*Jack!*« brüllte Lori durch die Wand aus Lärm.

Lori lebte mit Smokey zusammen. Jack wußte immer noch nicht, wie sie mit Zunamen hieß. Er konnte sie kaum hören über dem Krach der Musikbox, die mit voller Lautstärke dröhnte, während die Band Pause machte. Jack wußte, daß alle fünf Musiker am entgegengesetzten Ende der Bar standen und Black Russians zum halben Preis in sich hineinschütteten. Lori steckte den Kopf zur Tür des Lagerraums herein. Strapaziertes blondes Haar, von weißen Kinder-Plastikspangen gehalten, funkelte im Licht der Leuchtstoffröhre.

»Jack, ich glaube, wenn du ihm dieses Faß nicht blitzschnell bringst, wird er deinen Arm in die Mangel nehmen.«

»Okay«, sagte Jack. »Sagen Sie ihm, es kommt sofort.«

Er spürte eine Gänsehaut auf den Armen, und das kam nicht nur von der feuchten Kälte des Lagerraums. Mit Smokey Updike war nicht zu spaßen – Smokey, der immer eine papierene Kochmütze auf dem schmalen Kopf trug, Smokey mit seinem großen Plastikgebiß aus dem Versandhaus, so ebenmäßig, daß es gräßlich anzuschauen war und etwas Leichenhaftes an sich hatte, Smokey mit seinen gewalttätigen braunen Augen und seiner schmutziggelben Lederhaut. Smokey Updike, dem es auf irgendeine Art, die Jack noch nicht zu durchschauen vermochte – und die ihn deshalb nur umso mehr ängstigte –, gelungen war, ihn zum Gefangenen zu machen.

Die Musikbox verstummte vorübergehend, aber dafür schien der Lärm der Menge um ein paar Grade anzusteigen. Irgendein Cowboy vom Ontariosee erhob die Stimme zu einem lauten, betrunkenen »Jip-PEEE!« Eine Frau kreischte. Ein Glas zerbrach. Dann dröhnte die Musikbox wieder auf; sie hörte sich fast an wie eine Saturnrakete bei vollem Einsatz ihrer Schubkraft.

Eins von den Nestern, wo die Leute essen, was sie auf der Straße überfahren.

Roh.

Jack beugte sich über eines der Aluminiumfässer und zog es einen knappen Meter vor, den Mund vor Anstrengung verzerrt, trotz der durch die Klimaanlage erzeugten Kühle mit Schweißperlen auf der Stirn und protestierendem Rücken. Das Faß knirschte und quietschte auf dem nackten Beton. Schwer atmend und mit dröhnenden Ohren hielt er inne.

Dann rollte er die Handkarre an das Faß Busch-Bier heran, richtete sie auf, trat wieder hinter das Faß. Es gelang ihm, es auf die Kante zu kippen und dahin zu rollen, wo die Handkarre stand. Als er es daraufsetzen wollte, verlor er die Kontrolle darüber – das große Faß wog nur ein paar Kilo weniger als Jack selbst. Es landete hart auf der Ladefläche der Handkarre, die mit einem Teppichrest gepolstert war, um solche Lan-

dungen zu mildern. Jack versuchte, es zu dirigieren und gleichzeitig
seine Hände in Sicherheit zu bringen. Er war zu langsam. Das Faß
quetschte seine Finger gegen das Gestänge der Handkarre. Ein qualvoller
Schlag, und dann gelang es ihm irgendwie, seine pochenden, hämmern-
den Finger herauszuziehen. Jack steckte sämtliche Finger seiner linken
Hand in den Mund und saugte daran; Tränen standen ihm in den Augen.

Noch schlimmer als die gequetschten Finger war jedoch, daß er das
leise Zischen von Gas hören konnte, das durch das Ventil im Deckel des
Fasses entwich. Wenn Smokey das Faß aufhängte und das Bier schaumig
herauskam – oder schlimmer noch, wenn das Ventil absprang und das
Bier ihm ins Gesicht spritzte . . .

Am besten, man stellte sich nicht vor, was dann passieren würde.

Als er am vergangenen Abend, Donnerstag abend, versucht hatte,
Smokey »ein Faß herzuschaffen«, war das Faß regelrecht umgekippt.
Das Ventil war quer durch den Raum geschossen. Bier schäumte weiß-
golden über den Boden des Lagerraums und floß in das Siel. Jack hatte
dagestanden, erstarrt und sterbenselend, und Smokeys Gebrüll war an
ihm vorübergerauscht. Es war kein Busch, es war Kingsland – das Bier
der Königin.

Da hatte Smokey ihn zum ersten Mal geschlagen. Er hatte ihm einen
kurzen, aber so heftigen Schlag versetzt, daß Jack gegen eine der splittri-
gen Wände des Lagerraums prallte.

»Was da ausläuft, ist dein Lohn für heute«, hatte Smokey gesagt.
»Und es wäre besser für dich, wenn das nicht noch einmal passiert, Jack.«

Was Jack an dem Satz *Es wäre besser für dich, wenn das nicht noch
einmal passiert* am meisten bestürzte, war das, was er andeutete: daß er
noch oft Gelegenheit haben würde, es noch einmal passieren zu lassen;
es war, als erwartete Smokey Updike, daß er noch lange Zeit bei ihm
bliebe.

»*Jack, beeil dich!*«

»*Ich komme*«, keuchte Jack. Er zog die Handkarre quer durch den
Raum zur Tür, tastete hinter sich nach dem Knopf, drehte ihn und stieß
die Tür auf. Sie stieß gegen etwas Großes, Weiches und Nachgiebiges.

»Paß auf, du Idiot!«

»Herrje, tut mir leid«, sagte Jack.

»Ich geb dir gleich ein Herrje, du Arschloch«, erwiderte die Stimme.

Jack wartete, bis sich die schweren Schritte auf dem Gang vor dem
Lagerraum entfernt hatten, und versuchte dann abermals, die Tür zu
öffnen.

Der Gang war schmal und gallengrün gestrichen. Er stank nach Kot,
Urin und WC-Reiniger. Hier und dort waren Löcher in den Putz und die
darunter liegenden Latten geschlagen worden; die Wände trugen zahllose Aufschriften und Zeichnungen, hinterlassen von gelangweilten
Betrunkenen, die darauf warteten, die mit POINTERS und SETTERS

bezeichneten Räumlichkeiten aufsuchen zu können. Die größte dieser Aufschriften war mit dickem schwarzem Filzstift quer über die grüne Wand geschrieben; sie schien die ganze dumpfe und ziellose Wut von Oatley herauszuschreien. SCHICKT ALLE AMERIKANISCHEN NIGGER UND JUDEN IN DEN IRAN lautete sie. Der Lärm aus der Gaststube war schon im Lagerraum laut gewesen; hier war er eine riesige Welle aus Schall, die nie zu brechen schien. Jack warf über das auf der Handkarre ruhende Faß noch einen Blick in den Lagerraum, um sich zu vergewissern, daß sein Rucksack nicht zu sehen war.

Er mußte hier heraus. Unbedingt. Das tote Telefon, das endlich gesprochen hatte, das ihn in eine Kapsel aus dunklem Eis einzuschließen schien – das war schlimm gewesen. Randolph Scott war schlimmer. Der Mann war nicht *wirklich* Randolph Scott; er sah nur so aus, wie Scott in seinen Filmen aus den fünfziger Jahren ausgesehen hatte. Smokey Updike war vielleicht noch schlimmer – aber dessen war sich Jack nicht mehr so sicher. Nicht seit er gesehen hatte (oder gesehen zu haben glaubte), wie die Augen des Mannes, der aussah wie Randolph Scott, ihre Farbe änderten.

Aber daß Oatley selbst das Allerschlimmste war – daran bestand kein Zweifel.

Oatley, New York, tief im Herzen von Genesee County, kam ihm jetzt vor wie eine entsetzliche Falle, die man für ihn aufgestellt hatte. Eine Art städtischer Kannenpflanze. Eines der wahren Wunder der Natur, die Kannenpflanze. Leicht, hineinzukommen. Fast unmöglich, wieder herauszukommen.

2

Ein hochgewachsener Mann mit dickem, vorquellendem Bauch stand da und wartete darauf, die Toilette benutzen zu können. Er rollte einen Plastikzahnstocher von einem Mundwinkel in den anderen und starrte Jack an. Jack vermutete, daß es der Bauch dieses Mannes gewesen war, den er mit der Tür getroffen hatte.

»Arschloch«, wiederholte der dicke Mann, und dann wurde die Toilettentür aufgerissen. Ein Mann kam heraus. Einen Augenblick, in dem Jacks Herzschlag aussetzte, standen sie sich Auge in Auge gegenüber. Es war der Mann, der wie Randolph Scott aussah. Aber er war kein Filmstar; er war nur ein Fabrikarbeiter aus Oatley, der seinen Wochenlohn vertrank. Später würde er in seinem halb abbezahlten Mustang davonfahren oder vielleicht auch auf einem zu drei Vierteln abbezahlten Motorrad – einer großen alten Harley, wahrscheinlich mit einem Aufkleber AMERIKA DEN AMERIKANERN auf der Verkleidung.

Seine Augen wurden gelb.
Nein, das bildest du dir nur ein, Jack. Er ist nur . . .
. . . nur ein Fabrikarbeiter, der ihn beäugte, weil er neu war. Wahrscheinlich hatte er hier in der Stadt die High School besucht, hatte Football gespielt, ein footballbegeistertes katholisches Mädchen geschwängert und geheiratet, und das Mädchen war fett geworden von Schokolade und Eiscreme; nur einer dieser Oatley-Typen, nur . . .
Aber seine Augen sind gelb geworden.
Schluß damit. Sie wurden es nicht!
Dennoch war etwas an ihm, das Jack an das erinnerte, was passiert war, als er in die Stadt kam – an das, was im Tunnel passiert war.

Der dicke Mann, der Jack ein Arschloch genannt hatte, wich vor dem geschmeidigen Mann in Levis und sauberem weißem T-Shirt zurück. Randolph Scott bewegte sich auf Jack zu. Seine großen, von Adern durchzogenen Hände schwangen an seinen Hüften.

Seine Augen funkelten eisig blau – und begannen sich dann zu verändern, feuchter und heller zu werden.

»Junge«, sagte er, und Jack floh mit unbeholfener Hast, stieß mit dem Hinterteil die Schwingtür auf, ohne Rücksicht darauf, ob sie jemanden traf.

Lärm stürmte auf ihn ein. Kenny Rogers brüllte jemandem namens Reuben James begeistert eine bäurische Hymne zu. »*Du bist einer, der immer die andere Wange hinhält*«, erklärte Kenny diesem Raum voller schlurfender, verdrossen dreinblickender Trunkenbolde, »*und sagst, auf die Sanftmütigen wartet eine bessere Welt.*« Jack entdeckte niemanden, der sonderlich sanftmütig aussah. Die Genny Valley Boys kehrten aufs Podium zurück und griffen nach ihren Instrumenten. Alle mit Ausnahme des Mannes, der die Pedal-Steel-Gitarre spielte, wirkten betrunken und verwirrt – als wüßten sie nicht recht, wo sie sich befanden. Der Gitarrenspieler sah nur gelangweilt aus.

Links von Jack benutzte eine Frau das Münztelefon – ein Telefon, das Jack, wenn es nach ihm ging, nie wieder anrühren würde, nicht für tausend Dollar. Während sie redete, fummelte ihr betrunkener Begleiter in ihrem halboffenen Cowboyhemd herum. Auf der großen Tanzfläche schlurften und schoben sich vielleicht siebzig Paare, ohne sich um das flotte Tempo der Musik zu kümmern; sie preßten sich lediglich aneinander, ließen die Becken kreisen, die Hände auf dem Hintern des Partners, Lippen auf Lippen geklebt, und Schweiß rann ihnen über die Stirn und zeichnete dunkle Flecke unter den Achselhöhlen.

»*Gott sei Dank*«, sagte Lori und stieß die halbhohe Schwingtür am Rande der Bar für ihn auf. Smokey stand ungefähr in der Mitte des Tresens und füllte Glorias Tablett mit Gin-and-Tonics, Wodka-Sours und dem, was als einziges mit Bier, dem Leib- und Magengetränk von Oatley, zu konkurrieren schien: Black Russians.

Jack sah Randolph Scott durch die Schwingtür hereinkommen. Er warf Jack einen Blick zu, und wieder fingen seine blauen Augen die von Jack sofort ein. Er deutete ein Nicken an, als wollte er sagen: *Wir reden noch miteinander. Ganz bestimmt. Darüber, was es im Oatley-Tunnel gibt oder nicht gibt. Oder über Peitschen. Oder kranke Mütter. Vielleicht reden wir auch darüber, daß du sehr, sehr lange hier in Genny County bleiben wirst ... vielleicht so lange, bis du ein alter Mann bist, der über seinem Einkaufswagen heult. Was hältst du davon, Jacky?*

Jack schauderte.

Randolph Scott lächelte, als hätte er das Schaudern gesehen – oder gespürt. Dann verzog er sich in die Menge.

Einen Augenblick später gruben sich Smokeys schmale, kräftige Finger in Jacks Schulter – suchten nach der empfindlichsten Stelle und fanden sie wie immer. Es waren geübte, nervensuchende Finger.

»Jack, du mußt dich schneller bewegen«, sagte Smokey. Seine Stimme klang fast mitfühlend, aber seine Finger gruben und bewegten sich und wühlten. Sein Atem roch nach den rosa Pfefferminzbonbons, die er fast ununterbrochen lutschte. Sein Versandhaus-Gebiß klickte und klackte. Gelegentlich war ein obszönes Schmatzen zu hören, wenn das Gebiß ein wenig verrutschte und er es wieder ansaugte. »Du mußt dich schneller bewegen, sonst muß ich dir Feuer unter dem Arsch machen. Hast du mich verstanden?«

»Ja«, sagte Jack und versuchte, nicht zu stöhnen.

»Gut.« Eine qualvolle Sekunde lang gruben sich Smokeys Finger noch tiefer ein, wühlten sich mit bitterer Befriedigung in das kleine, dort liegende Nervennest. Jack *mußte* stöhnen. Das genügte Smokey. Er gab ihn frei.

»Hilf mir, dieses Faß aufzuhängen, Jack. Und zwar schnell. Freitag nacht haben die Leute Durst.«

»Samstag morgen«, sagte Jack automatisch.

»Dann auch. Los.«

Irgendwie gelang es Jack, Smokey beim Hochhieven des Fasses in die rechtwinklige Öffnung unter dem Bartresen zu helfen. Smokeys dünne, seilartige Muskeln wölbten und wanden sich unter seinem Oatley Tap-T-Shirt. Die papierene Kochmütze blieb auf seinem schmalen Wieselkopf; ihre Vorderkante berührte, offenbar dem Gesetz der Schwerkraft nicht unterworfen, fast seine linke Augenbraue. Jack beobachtete mit angehaltenem Atem, wie Smokey das Ventil von dem Faß abzog. Es zischte etwas stürmischer als gewöhnlich – aber es schäumte nicht. Jack ließ unhörbar den angehaltenen Atem entweichen.

Smokey wirbelte ihm das leere Faß entgegen. »Bring das ins Lager zurück. Und dann wisch den Waschraum auf. Denk daran, was ich dir heute nachmittag gesagt habe.«

Jack dachte daran. Um drei Uhr war ein Heulen wie von einer Luftschutzsirene losgegangen, und Jack wäre beinahe aus der Haut gefahren. Lori hatte gelacht und gesagt: *Paß auf Jack auf, Smokey – ich glaube, er hat sich gerade vor Schreck in die Hose gemacht.* Smokey hatte ihr einen kurzen, unfreundlichen Blick zugeworfen und Jack zu sich gewinkt. Hatte Jack erklärt, daß es die Zahltag-Sirene der Textilweberei von Oatley gewesen war. Hatte ihm erklärt, daß eine ganz ähnliche Sirene in der Gummifabrik in Dogtown heulte, in der Wasserspielzeug, aufblasbare Gummipuppen und Kondome hergestellt wurden. Bald, sagte er, würde das Oatley Tap sich füllen.

»Und du und ich und Gloria und Lori, wir werden uns bewegen wie geölte Blitze«, sagte Smokey, »denn wenn am Freitag der Rubel rollt, holen wir herein, was dieser Laden jeden Sonntag, Montag, Dienstag, Mittwoch und Donnerstag nicht einbringt. Wenn ich dir sage, du sollst mir ein Faß herschaffen, dann will ich es hierhaben, bevor ich ausgeredet habe. Und alle halbe Stunde gehst du mit deinem Mop in die Herrentoilette. Freitag nacht kotzt ein Kerl ungefähr alle Viertelstunde die Landschaft voll.«

»Ich mache es bei den Damen«, sagte Lori, die zu ihnen getreten war. Ihr Haar war wie dünnes, gewelltes Gold, ihre Haut so weiß wie die eines Vampirs in einem Comic. Sie hatte entweder eine Erkältung, oder sie kokste; sie schnüffelte ununterbrochen. Jack vermutete, daß es eine Erkältung war; er bezweifelte, ob es sich in Oatley jemand leisten konnte, Kokain zu schnupfen. »Bei den Frauen ist es nicht ganz so schlimm wie bei den Männern. Fast so schlimm, aber nicht ganz.«

»Halt die Klappe, Lori.«

»Halt sie selber«, sagte Lori, und Smokeys Hand schnellte vor wie ein Blitz. Es klatschte, und plötzlich erschien der Umriß von Smokeys Handfläche wie eine Kinderzeichnung auf einer von Loris bleichen Wangen. Sie begann zu schluchzen – aber Jack empfand Abscheu und Bestürzung, als er in ihren Augen etwas bemerkte, das fast Glück war. Es war der Ausdruck einer Frau, die glaubte, eine derartige Behandlung wäre ein Zeichen der Zuneigung.

»Du brauchst dich nur dazuzuhalten, dann gibt es keine Probleme«, sagte Smokey. »Denk daran, dich schnell zu bewegen, wenn ich nach einem Faß rufe. Und denk daran, alle halbe Stunde mit deinem Mop in die Herrentoilette zu gehen und den Schweinkram aufzuwischen.«

Und dann hatte er Smokey wieder gesagt, daß er gehen wollte, und Smokey hatte seine leeren Versprechungen über Sonntagnachmittag wiederholt – aber was nützte es, daran zu denken?

Jetzt ertönten lautere Schreie und rauhes Gelächter. Dann das Krachen eines zerbrechlichen Stuhls und ein benommener Schmerzensschrei. Eine Schlägerei – die dritte dieser Nacht – war auf der Tanzfläche ausgebrochen. Smokey fluchte und drängte sich an Jack vorbei. »Schaff das Faß weg«, sagte er.

Jack hob das leere Faß auf die Handkarre und rollte sie auf die Schwingtür zu, wobei er sich unbehaglich nach Randolph Scott umsah. Er entdeckte den Mann in der Menge, die der Schlägerei zusah, und entspannte sich ein wenig.

Im Lagerraum stellte er das leere Faß zu den anderen in die Ladenische – sechs waren in dieser Nacht in Updike's Oatley Tap bereits geleert worden. Danach wollte er wieder nach seinem Rucksack sehen. Einen panischen Augenblick lang glaubte er, er wäre verschwunden, und sein Herz begann zu hämmern – der Zaubersaft war darin und die Münze aus der Region, aus der in dieser Welt ein Silberdollar geworden war. Schweiß stand auf seiner Stirn, als er ein paar Schritte nach rechts tat und zwischen zwei weiteren Fässern suchte. Da war er – er konnte die Rundung von Speedys Flasche durch das grüne Nylon des Rucksacks hindurch fühlen. Sein Herzschlag verlangsamte sich – aber seine Knie zitterten, und ihm war zumute wie jemandem, der mit knapper Not davongekommen ist.

Die Herrentoilette war ein Graus. Früher am Abend hätte sie Jack selbst zum Erbrechen gereizt, aber jetzt schien er sich tatsächlich an den Gestank zu gewöhnen – und das war irgendwie das Schlimmste von allem. Er ließ heißes Wasser einlaufen, schüttete Comet hinein und begann, den seifigen Mop durch die unvorstellbare Schweinerei auf dem Fußboden zu ziehen und zu schieben. Seine Gedanken wanderten zurück zu den letzten paar Tagen, quälten sich mit ihnen herum, wie sich ein Tier mit der Pfote quält, die in einer zugeschnappten Falle steckt.

3

Das Oatley Tap war dunkel und trübe und anscheinend völlig menschenleer gewesen, als Jack hereinkam. Die Stecker der Musikbox und der Spielautomaten waren aus den Dosen gezogen. Das einzige Licht im Raum kam von der Busch-Reklame über der Bar – einer Digitaluhr zwischen den Gipfeln zweier Berge, die aussah wie das gespenstischste UFO, das man sich vorstellen kann.

Mit einem leichten Lächeln ging Jack auf die Bar zu. Er war fast angekommen, als hinter ihm eine ausdruckslose Stimme sagte: »Dies ist eine Bar. Für Minderjährige verboten. Was bist du – dämlich? Verschwinde.«

Jack fuhr erschrocken zusammen. Er hatte gerade das Geld in seiner Tasche berührt und sich überlegt, so vorzugehen wie im Golden Spoon: er würde sich auf einen Hocker schwingen, etwas bestellen und dann nach dem Job fragen.

Natürlich war es illegal, einen Jungen wie ihn zu beschäftigen – zumindest ohne eine von den Eltern oder dem Vormund unterzeichnete

Arbeitserlaubnis –, doch das bedeutete nur, daß man ihn für weniger als den Mindestlohn anstellen konnte. Also wurde verhandelt, und den Anfang machte gewöhnlich Geschichte Nummer zwei – Jack und der böse Stiefvater.

Er fuhr herum und sah einen Mann, der allein in einer der Nischen saß und ihn mit kalter, verächtlicher Aufmerksamkeit musterte. Der Mann war dünn, aber unter seinem weißen Unterhemd und an den Seiten seines Halses bewegten sich dicke Muskelstränge. Er trug eine ausgebeulte weiße Kochhose. Eine Papiermütze saß schief auf seinem Kopf und reichte bis zur linken Augenbraue. Sein Kopf war schmal, dem eines Wiesels ähnlich. Sein Haar, an den Rändern ergrauend, war kurz geschnitten. Zwischen seinen großen Händen lagen ein Stapel Rechnungen und ein Taschenrechner.

»Ich sah Ihr Schild, ich meine, daß Sie Aushilfe suchen«, sagte Jack, aber ohne viel Hoffnung. Dieser Mann würde ihn nicht anstellen, und Jack war sich auch nicht sicher, ob er für ihn arbeiten wollte. Er sah gemein aus.

»So, das hast du gesehen?« sagte der Mann in der Nische. »Anscheinend hast du lesen gelernt – an einem der Tage, an denen du nicht die Schule geschwänzt hast.« Auf dem Tisch lag eines Packung Phillies Cheroots. Er schüttelte eine heraus.

»Ich wußte ja nicht, daß das hier eine Bar ist«, sagte Jack und tat einen Schritt rückwärts auf die Tür zu. Das Sonnenlicht schien, nachdem es durch das schmutzige Glas gedrungen war, kraftlos auf den Boden zu fallen, als läge das Oatley Tap in einer anderen Dimension. »Ich dachte, es wäre ein Grillrestaurant. So etwas. Ich gehe schon.«

»Komm her.« Die braunen Augen des Mannes sahen ihn jetzt unverwandt an.

»Nein, ist schon gut. Ich wollte nur...«

»Komm her. Setz dich.« Der Mann riß ein Streichholz am Daumennagel an und hielt es an seine Zigarre. Eine Fliege, die sich auf seiner Papiermütze geputzt hatte, summte in die Dunkelheit. Seine Augen ließen Jack nicht los. »Ich beiße nicht.«

Jack näherte sich langsam der Nische, und einen Augenblick später ließ er sich in ihr nieder, die Hände im Schoß gefaltet. Rund sechzig Stunden später, als er um halb eins in der Nacht die Herrentoilette aufwischte und ihm das verschwitzte Haar in die Augen hing, dachte Jack – nein, wußte Jack –, daß es nur seine eigene blöde Zutraulichkeit gewesen war, die die Falle zuschnappen ließ (sie war in dem Augenblick zugeschnappt, in dem er sich Smokey Updike gegenüber niederließ, ob er es nun gewußt hatte oder nicht). Die Venusfliegenfalle fängt ihre unglücklichen Opfer, indem sie über ihnen zusammenklappt; die Kannenpflanze mit ihrem köstlichen Duft und ihren glasglatten Wänden wartet nur darauf, daß irgendein schwachsinniges fliegendes Geschöpf sich auf ihr niederläßt und hineinrutscht – um schließlich in dem Regenwasser zu ertrinken, das sich in der Kanne sammelt. In Oatley enthielt die Kanne Bier anstelle von Regenwasser – aber das war auch der einzige Unterschied.

Wenn er davongelaufen wäre...

Aber er war nicht davongelaufen. Und vielleicht, dachte Jack, während er nach Kräften versuchte, diesem kalten braunen Blick standzuhalten, konnte er trotzdem hier arbeiten. Minette Banberry, die Besitzerin und Managerin des Golden Spoon in Auburn, war wirklich nett gewesen; sie hatte Jack gelegentlich in die Arme genommen und geküßt und ihm sogar drei dicke Sandwiches mit auf den Weg gegeben, aber er hatte sich nicht täuschen lassen. Freundlichkeit und sogar etwas, das entfernt an Güte erinnerte, schlossen ein kaltes Interesse am Profit nicht aus, nicht einmal etwas, das unverhohlener Habgier sehr nahe kam.

Der Mindestlohn im Staate New York waren drei Dollar und vierzig Cents pro Stunde – diese Information war, der gesetzlichen Vorschrift entsprechend, in der Küche des Golden Spoon angeschlagen gewesen, auf einem leuchtendrosa Stück Papier, das fast so groß war wie ein Filmplakat. Aber der Koch, der die Schnellgerichte zubereitete, war ein Haitianer, der kaum Englisch sprach, und Jack vermutete, daß er sich illegal im Lande aufhielt. Aber er war ein phantastischer Koch, der die Kartoffeln oder das Muschelfleisch keine Sekunde zu lang in der Friteuse ließ. Das Mädchen, das Mrs. Banberry beim Bedienen half, war hübsch, aber beschränkt und von einem Heim für geistig Behinderte in Rome zur Arbeit freigestellt worden. In solchen Fällen brauchte der Mindestlohn nicht gezahlt zu werden, und das lispelnde, beschränkte Mädchen erzählte Jack mit ungeheuchelter Begeisterung, daß es *für jede Stunde* einen Dollar und fünfundzwanzig Cents bekäme, ganz *für sie allein.*

Jack selbst bekam einen Dollar und fünfzig Cents. Er hatte darum gefeilscht, und er wußte, wenn Mrs. Banberry nicht in der Klemme gewesen wäre – ihr Tellerwäscher hatte sie an diesem Morgen verlassen, war zur Kaffeepause verschwunden und einfach nicht wiedergekommen –, hätte sie nicht mit sich reden lassen; sie hätte ihm einfach erklärt, er solle die eineinviertel Dollar nehmen oder sich anderswo umsehen, wir leben schließlich in einem freien Land.

Und hier, dachte er mit dem unbewußten Zynismus, der gleichfalls ein Teil seines neugewonnenen Selbstvertrauens war, haben wir eine zweite Mrs. Banberry. Männlich statt weiblich, mit drahtigen Muskeln statt dick und großmütterlich, mürrisch statt lächelnd, aber bestimmt das genaue Gegenstück zu Mrs. Banberry.

»Du suchst also Arbeit, wie?« Der Mann in der weißen Hose und der Papiermütze legte seine Zigarre in einen alten Zinnaschenbecher, in dessen Boden das Wort CAMELS eingestanzt war. Eine weitere Fliege hörte auf, sich zu putzen, und flog davon.

»Ja, Sir, aber wenn Sie sagen, daß dies eine Bar ist und . . .«

Das Unbehagen regte sich wieder. Diese braunen Augen machten ihn nervös – es waren die Augen eines alten Katers, der schon viele herumstreifende Mäuse wie ihn zur Strecke gebracht hatte.

»Ja, der Laden gehört mir«, sagte der Mann. »Smokey Updike.« Er streckte seine Hand aus. Überrascht ergriff Jack die Hand. Sie drückte einmal zu, hart, bis zur Schmerzgrenze. Dann lockerte sich der Griff – aber Smokey ließ nicht los. »Nun?«

»Wie bitte?« sagte Jack; er wußte, daß seine Worte töricht und ein wenig verängstigt klangen – ihm war töricht und ein wenig verängstigt zumute. Und er wünschte sich, Updike würde seine Hand loslassen.

»Haben deine Leute dir nicht beigebracht, daß man sich vorstellt?«

Das kam so unerwartet, daß Jack beinahe seinen eigenen Namen hervorgestoßen hätte anstelle dessen, den er im Golden Spoon gebraucht hatte, den Namen, den er auch nannte, wenn ihn die Leute, die ihn auf der Straße mitnahmen, danach fragten. Dieser Name – er war für ihn gewissermaßen sein »Straßenname« geworden – war Lewis Farren.

»Jack Saw – ah – Sawtelle«, sagte er.

Updike hielt seine Hand noch einen Augenblick länger, seine braunen Augen blieben unbeweglich. Dann ließ er sie los. »Jack Saw-ah-Sawtelle«, sagte er. »Dürfte der längste Name sein, der im Telefonbuch steht, was meinst du?«

Jack errötete, erwiderte aber nichts.

»Sehr groß bist du nicht«, sagte Updike. »Meinst du, du könntest ein fünfundvierzig Kilo schweres Bierfaß ankippen und auf eine Handkarre laden?«

»Ich denke schon«, sagte Jack, ohne zu wissen, ob er es konnte oder nicht. Es sah nicht aus, als wäre es ein großes Problem – in einem Laden, der so tot war wie dieser, brauchte der Mann wahrscheinlich nur ein neues Faß, wenn das Bier in dem unter den Zapfhähnen aufgehängten schal geworden war.

Als könnte er seine Gedanken lesen, sagte Updike: »Ja, im Augenblick ist niemand hier. Aber gegen vier, fünf Uhr beginnt das Geschäft zu laufen. Und am Wochenende wird es regelrecht voll. Das ist die Zeit, in der du deinen Lohn verdienst.«

»Ja, ich weiß nicht recht«, sagte Jack. »Was würden Sie zahlen?«

»Einen Dollar die Stunde«, sagte Updike. »Ich wünschte, ich könnte dir mehr zahlen, aber . . .« Er zuckte die Achseln und tippte auf den Stapel Rechnungen. Er lächelte sogar ein wenig, als wollte er sagen: *Du siehst, wie die Dinge liegen, Junge, aber in Oatley geht alles abwärts, wie eine billige Taschenuhr, bei der jemand vergessen hat, sie aufzuziehen – seit 1971 geht's ziemlich abwärts.* Aber seine Augen lächelten nicht. Seine Augen musterten Jacks Gesicht mit regloser, katzenhafter Konzentration.

»Das ist nicht gerade viel«, sagte Jack. Er sprach langsam, aber er dachte dafür umso schneller.

Das Oatley Tap war eine Gruft – nicht einmal ein einziger alter Säufer saß vor einem Glas Bier und sah sich *General Hospital* im Fernsehen an. In Oatley trank man offensichtlich in seinem Auto und nannte es einen Club. Ein Dollar fünfzig waren ein harter Lohn, wenn man schwer schuften mußte; in einem Laden wie diesem mochte ein Dollar leicht verdientes Geld sein.

»Nein«, pflichtete Updike bei und wandte sich wieder seinem Taschenrechner zu. »Das ist es nicht.« Seine Stimme sagte, Jack könnte es akzeptieren oder bleiben lassen; verhandelt würde nicht.

»Könnte angehen«, sagte Jack.

»Das ist gut«, sagte Updike. »Aber wir müssen noch etwas klarstellen. Vor wem läufst du davon, und wer sucht nach dir?« Die braunen Augen ruhten wieder auf ihm, und sie bohrten tief. »Wenn nämlich jemand hinter dir her ist, will ich nicht, daß er mir hier Schwierigkeiten macht.«

Das erschütterte Jacks Selbstvertrauen kaum. Er war vielleicht nicht gerade der hellste Junge der Welt, aber er war intelligent genug, um zu wissen, daß er sich nicht lange auf der Straße halten würde ohne eine zweite Geschichte, die für mögliche Arbeitgeber bestimmt war. Dies war Geschichte Nummer zwei – der böse Stiefvater.

»Ich komme aus einer kleinen Stadt in Vermont«, sagte er. »Fender-ville. Meine Eltern sind vor zwei Jahren geschieden worden. Mein Dad versuchte, das Sorgerecht für mich zu bekommen, aber der Richter sprach es meiner Mom zu. Das tun sie in den meisten Fällen.«

»So ist es.« Smokey Updike war zu seinen Rechnungen zurückgekehrt und beugte sich so tief über den Taschenrechner, daß seine Nase beinahe die Tasten berührte. Aber Jack war überzeugt, daß er trotzdem zuhörte.

»Nun, mein Dad ging nach Chicago und fand dort Arbeit in einer Fabrik«, sagte Jack. »Er schreibt mir fast jede Woche, aber seit dem letzten Jahr ist er nicht mehr gekommen, seit Aubrey ihn zusammengeschlagen hat. Aubrey ist...«

»Dein Stiefvater«, sagte Updike, und für einen Augenblick verengten sich Jacks Auge und sein instinktives Mißtrauen kehrte zurück. In Updikes Stimme lag kein Mitgefühl. Im Gegenteil – Updike schien fast über ihn zu lachen, als wüßte er, daß die ganze Geschichte nichts war als ein einziges Lügengespinst.

»Ja«, sagte er. »Meine Mom hat ihn vor anderthalb Jahren geheiratet. Er schlägt mich oft.«

»Traurig, Jack. Sehr traurig.« Jetzt blickte Updike auf, Hohn und Skepsis in den Augen. »Und deshalb bist du jetzt unterwegs nach Chicago, wo du mit deinem Dad glücklich zusammenleben wirst bis ans Ende eurer Tage.«

»Das hoffe ich«, sagte Jack, und dann kam ihm plötzlich eine Inspiration. »Jedenfalls hat mich mein *richtiger* Dad nie in meinem Kleiderschrank aufgehängt.« Er zog den Halsausschnitt seines T-Shirts herunter und entblößte die verletzte Stelle. Sie begann jetzt zu verblassen; während er im Golden Spoon arbeitete, hatte sie noch eine intensive, häßlich purpurne Farbe gehabt, wie ein Brandzeichen. Aber im Golden Spoon bot sich keine Gelegenheit, sie vorzuzeigen. Es war natürlich die Spur der Wurzel, die ihn in jener anderen Welt beinahe zu Tode gewürgt hatte.

Mit Befriedigung stellte er fest, daß sich Smokeys Augen überrascht und fast bestürzt weiteten. Er beugte sich vor und verstreute dabei einige seiner rosa und gelben Zettel. »Großer Gott, Junge«, sagte er. »Das hat dein Stiefvater getan?«

»Da beschloß ich, mich davonzumachen.«

»Wird er hier auftauchen – auf der Suche nach seinem Auto oder seinem Motorrad oder seiner Brieftasche oder seinen Haschvorräten?«

Jack schüttelte den Kopf.

Smokey musterte Jack noch einen Augenblick länger, dann drückte er auf den AUS-Knopf seines Taschenrechners. »Komm mit in den Lagerraum, Junge«, sagte er.

»Warum?«

»Ich will sehen, ob du es tatsächlich schaffst, eins dieser Fässer zu kippen. Wenn du mir ein Faß bringen kannst, wenn ich eins brauche, kannst du den Job haben.«

4

Jack bewies zu Smokey Updikes Zufriedenheit, daß er imstande war, eines der großen Aluminiumfässer zu kippen und so weit zu rollen, daß er es auf die Handkarre laden konnte. Er brachte es sogar fertig, es relativ leicht aussehen zu lassen – daß er ein Faß fallen ließ und dafür einen Schlag auf die Nase erhielt, lag noch in der Zukunft.

»Na, das geht ja«, sagte Updike. »Du bist nicht groß genug für den Job, und wahrscheinlich wirst du dir einen Bruch heben, aber das ist dein Problem.«

Er erklärte Jack, er könne mittags um zwölf mit der Arbeit beginnen und durcharbeiten bis ein Uhr morgens (»Jedenfalls, solange du es durchhältst«). Bezahlt werden würde Jack, sagte Updike, täglich, wenn das Lokal geschlossen wurde. Bar auf die Hand.

Sie kehrten in den Schankraum zurück, und dort war Lori in blauen Basketballshorts, die so kurz waren, daß die Ränder ihres Rayonschlüpfers zu sehen waren, und einer ärmellosen Bluse, die ganz offensichtlich vom Mammoth Mart in Batavia stammte. Ihr dünnes blondes Haar

167

wurde von Plastikspangen gehalten, und sie rauchte eine Pall Mall, deren Mundstück naß und dick mit Lippenstift verschmiert war. Zwischen ihren Brüsten baumelte ein silbernes Kruzifix.

»Das ist Jack«, sagte Smokey. »Du kannst das Schild aus dem Fenster nehmen.«

»Lauf, Junge«, sagte Lori. »Noch ist Zeit.«

»Halt die Fresse.«

»Ich denke nicht daran.«

Updike versetzte ihr einen Schlag aufs Hinterteil, nicht liebevoll, sondern so heftig, daß sie gegen die gepolsterte Kante des Bartresens prallte. Jack blinzelte und dachte an das Geräusch von Osmonds Peitsche.

»Starker Mann«, sagte Lori. In ihren Augen standen Tränen – und dennoch blickten sie zufrieden drein, als wäre alles genau so, wie es sein sollte.

Jacks Unbehagen war jetzt intensiver, deutlicher ausgeprägt – jetzt war es beinahe Angst.

»Stör dich nicht an unseren kleinen Meinungsverschiedenheiten, Junge«, sagte Lori auf dem Weg zu dem Schild im Fenster. »Die betreffen dich nicht.«

»Er heißt Jack, nicht *Junge*«, sagte Smokey. Er war in die Nische zurückgekehrt, in der er Jack »interviewt« hatte, und begann seine Rechnungen zusammenzuraffen. »Mach ihm ein paar Hamburger. Er muß um vier mit der Arbeit anfangen.«

Sie holte das Schild mit der Aufschrift AUSHILFE GESUCHT aus dem Fenster und stellte es auf eine Art hinter die Musikbox, die vermuten ließ, daß sie es schon viele Male getan hatte. Als sie an Jack vorbeikam, zwinkerte sie ihm zu.

Das Telefon läutete.

Alle drei blickten zu ihm hin, von seinem unvermuteten Schrillen überrascht. Einen Augenblick kam es Jack vor wie eine an der Wand klebende schwarze Schnecke. Es war ein seltsamer, fast zeitloser Augenblick. Er hatte Zeit, festzustellen, wie bleich Lori war – die einzige Farbe auf ihren Wangen kam von den rötlichen Narben ihrer abklingenden Jugendakne. Er hatte Zeit, die grausamen, verschlossenen Gesichtszüge Smokey Updikes zu studieren und zu sehen, wie die Adern an seinen langen Händen heraustraten. Zeit, das vergilbte Schild über dem Telefon zu sehen, auf dem stand BITTE BESCHRÄNKEN SIE IHRE GESPRÄCHE AUF DREI MINUTEN.

»Geh ran, Lori«, sagte Updike. »Bist du auf den Kopf gefallen?«

Lori ging zum Telefon.

»Oatley Tap«, sagte sie mit schwacher, zitternder Stimme. »Hallo? Hallo? . . . Ach, Scheiße.«

Sie knallte den Hörer auf die Gabel.

»Niemand dran. Gören. Manchmal wollen sie wissen, ob wir gebleichte Regenwürmer in Dosen haben. Wie möchtest du deine Hamburger, Junge?«
»*Jack!*« brüllte Updike.
»Jack, okay, okay. *Jack.* Wie möchtest du deine Hamburger, Jack?«
Jack sagte es ihr, und er bekam sie halb durchgebraten, genau richtig, mit braunem Senf und Bermudazwiebeln. Er schlang sie hinunter und trank dazu ein Glas Milch. Sein Unbehagen verschwand mit seinem Hunger. Gören, wie sie gesagt hatte. Dennoch wanderten seine Blicke immer wieder zum Telefon hinüber, und er war sich nicht sicher.

5

Es wurde vier Uhr, und als wäre die völlige Leere in der Gaststube nur ein geschickt aufgebautes Bühnenbild gewesen, um ihn anzulocken – wie die Kannenpflanze mit ihrem unschuldigen Aussehen und ihrem köstlichen Duft –, wurde die Tür aufgestoßen und fast ein Dutzend Männer in Arbeitskleidung kam hereingeschlendert. Lori schloß die Musikbox und die Spielautomaten an. Mehrere Männer riefen Smokey einen Gruß zu, und Smokey reagierte mit seinem schmalen Lächeln und entblößte sein großes Versandhausgebiß. Die meisten bestellten Bier. Zwei oder drei bestellten Black Russians. Einer von ihnen – ein Mitglied des Schönwetterclubs, da war sich Jack fast sicher – steckte einige Vierteldollar in die Musikbox und holte die Stimmen von Mickey Gilley, Eddie Rabbit, Waylon Jennings und anderen heraus. Smokey wies ihn an, Eimer und Mop aus dem Lagerraum zu holen und die Tanzfläche vor dem Podium zu wischen, die jetzt menschenleer war und auf Freitagabend und die Genny Valley Boys wartete. Smokey sagte, sobald sie trocken wäre, sollte er sie einbohnern. »Die Arbeit ist getan, wenn dir dein eigenes Gesicht entgegengrinst«, sagte Smokey.

6

So begann sein Dienst in Updike's Oatley Tap.
Gegen vier, fünf Uhr beginnt das Geschäft zu laufen.
Nun, er konnte nicht behaupten, daß Smokey ihn angelogen hatte. Bis zu dem Augenblick, in dem Jack seinen Teller von sich schob und seinen Lohn zu verdienen begann, war das Lokal menschenleer gewesen. Aber um sechs hielten sich vielleicht fünfzig Leute in der Gaststube auf, und die stämmige Kellnerin – Gloria – trat ihren Dienst an und wurde von

einigen Gästen lautstark willkommen geheißen. Gloria half Lori und servierte ein paar Karaffen Wein, zahlreiche Black Russians und ganze Ozeane von Bier.

Außer den Fässern mit Busch schleppte Jack Kasten um Kasten Flaschenbier herbei – Budweiser natürlich, aber auch Lokalmarken wie Genesee, Utica Club und Rolling Rock. An seinen Händen erschienen Blasen, sein Rücken begann zu schmerzen.

Zwischen Abstechern in den Lagerraum, um Kästen mit Flaschenbier zu holen, und Abstechern in den Lagerraum, um Smokeys Anweisung: »schaff mir ein Faß her, Jack« Folge zu leisten (ein Satz, der ihn bereits jetzt mit elementarem Entsetzen erfüllte), kehrte er zur Tanzfläche, zum Mop und zu der großen Flasche Bohnerwachs zurück. Einmal flog eine leere Bierflasche an seinem Kopf vorüber und verfehlte ihn nur um Haaresbreite. Er duckte sich mit rasendem Herzen, als sie an der Wand zerschellte. Smokey warf den betrunkenen Übeltäter hinaus, wobei er sein Gebiß in einem breiten, falschen Alligatorgrinsen entblößte. Als Jack aus dem Fenster blickte, sah er den Betrunkenen so hart gegen eine Parkuhr prallen, daß das rote Zeichen STÖRUNG hochsprang.

»Los, Jack«, rief Smokey ungeduldig von der Bar herüber, »er hat doch nicht getroffen, oder? Feg die Scherben weg!«

Eine halbe Stunde später schickte Smokey ihn in die Herrentoilette. Ein Mann in mittleren Jahren mit einem Bürstenhaarschnitt stand auf wackligen Beinen an einem der beiden eisverstopften Pissoirs; mit der einen Hand stützte er sich gegen die Wand, mit der anderen schwenkte er einen riesigen, unbeschnittenen Penis. Zwischen seinen gespreizten Arbeitsstiefeln dampfte eine Lache Erbrochenes.

»Mach das weg, Junge«, sagte der Mann, torkelte der Tür entgegen und versetzte Jack dabei einen so heftigen Schlag auf den Rücken, daß er fast gestürzt wäre. »Ein Mann muß Platz schaffen, wo immer er kann, stimmt's?«

Jack hielt durch, bis sich die Tür geschlossen hatte; dann hatte er keine Gewalt mehr über seinen Schlund.

Es gelang ihm noch, die einzige Kabine der Toilette zu erreichen, wo die nicht weggespülte und widerlich stinkende Hinterlassenschaft des letzten Kunden auf ihn wartete. Dort erbrach er alles, was von seinen Hamburgern noch übriggeblieben war, tat ein paar krampfhafte Atemzüge und erbrach sich abermals. Mit einer zitternden Hand tastete er nach der Spülung und drückte sie nieder. Waylon und Willie dröhnten dumpf durch die Wände und sangen von Luckenbach, Texas.

Plötzlich war das Gesicht seiner Mutter vor ihm, schöner, als es je auf einer Filmleinwand gewesen war, mit großen, dunklen und bekümmerten Augen. Er sah sie allein in ihren Zimmern im Alhambra sitzen, im Aschenbecher neben ihr glimmte eine vergessene Zigarette. Sie weinte. Weinte um ihn. Das Herz schien ihm so weh zu tun, daß er glaubte, sterben zu müssen, weil er sie so liebte und solche Sehnsucht nach ihr hatte – nach einem Leben, in dem es keine Dinge in Tunneln gab, keine Frauen, die sich irgendwie wünschten, geschlagen und zum Weinen gebracht zu werden, keine Männer, die sich beim Pissen zwischen ihre Füße kotzten. Er sehnte sich danach, bei ihr zu sein, und er haßte Speedy Parker aus tiefstem Herzen, weil er ihn auf diese fürchterliche Straße nach Westen in Marsch gesetzt hatte.

In diesem Augenblick brach alles zusammen, was von seinem Selbstvertrauen noch geblieben war. Das bewußte Denken wurde verdrängt von einem tiefen, elementaren, jämmerlichen Kinderschrei: *Ich will zu meiner Mutter bitte Gott ich will zu meiner MUTTER* ...

Er verließ die Kabine auf zitternden Beinen und dachte dabei: *Okay das war's das Spiel ist gelaufen hol dich der Teufel Speedy dieser Junge geht nach Hause. Dahin, wo er hingehört.* In diesem Augenblick war es ihm völlig gleichgültig, ob seine Mutter starb. In diesem Augenblick unaussprechlicher Qual konnte er an nichts anderes denken als an sich selbst, war seinem unbewußten Selbsterhaltungstrieb ausgeliefert wie ein Geschöpf, auf das ein Raubtier Jagd macht: ein Reh, ein Kaninchen, ein Eichhörnchen. In diesem Augenblick hätte er bereitwillig zugelassen, daß sie an dem Krebs starb, der von ihren Lungen aus metastasierte, wenn sie ihn nur in die Arme genommen und ihm einen Gutenachtkuß gegeben und ihn ermahnt hätte, im Bett nicht sein verdammtes Transistorradio laufen zu lassen oder die halbe Nacht beim Licht einer Taschenlampe unter der Bettdecke zu lesen.

Er stützte eine Hand gegen die Wand und bekam sich Stückchen für Stückchen wieder in den Griff. Dieses In-den-Griff-Bekommen war kein bewußter Akt, sondern ein simples Anspannen des Verstandes, etwas, das viel mit Phil Sawyer und Lily Cavanaugh zu tun hatte. Er hatte einen Fehler gemacht, ja, einen gewaltigen Fehler, aber er würde nicht umkehren. Die Region gab es wirklich, also mochte es den Talisman auch wirklich geben. Er würde seine Mutter nicht an seiner eigenen Mutlosigkeit sterben lassen.

Jack füllte seinen Eimer mit heißem Wasser aus dem Hahn im Lagerraum und wischte die Schweinerei auf.

Als er wieder herauskam, war es halb elf durch, und die Gaststube hatte sich zu leeren begonnen – Oatley war eine Arbeiterstadt, und seine arbeitenden Trinker gingen an Wochentagen früh nach Hause.

Lori sagte: »Du bist ja käsebleich, Jack. Fehlt dir etwas?«

»Könnte ich vielleicht ein Ingwerbier haben?« fragte er.

Sie brachte ihm eines, und Jack trank, während er das Einbohnern der Tanzfläche beendete. Viertel vor zwölf schickte ihn Smokey in den Lagerraum, damit er ihm »ein Faß herschaffte«. Jack konnte das Faß bewegen – unter Aufbietung aller Kräfte. Viertel vor eins begann Smokey, die letzten Gäste zu verscheuchen. Lori zog den Stecker der Musikbox – Dick Curlew erstarb mit einem langen, ausklingenden Stöhnen –, was nur mit ein paar schwachen Protestrufen quittiert wurde. Gloria tat dasselbe mit den Spielautomaten, zog ihren Pullover über (er war so rosa wie die Pfefferminzbonbons, die Smokey ständig lutschte, so rosa wie das falsche Zahnfleisch seines Gebisses) und ging. Smokey begann, die Lichter zu löschen und die letzten vier oder fünf Gäste zur Tür hinauszudrängen.

»Okay, Jack«, sagte er, als sie gegangen waren. »Du hast deine Sache gut gemacht. Es könnte noch besser sein, aber für den Anfang ging es. Du kannst dich im Lagerraum hinhauen.«

Anstatt nach seinem Lohn zu fragen (den Smokey ohnehin nicht anbot), taumelte Jack dem Lagerraum entgegen, so erschöpft, daß er einer kleineren Ausgabe der Trinker glich, die Smokey gerade vor die Tür gesetzt hatte.

Im Lagerraum sah er Lori in einer Ecke hocken – ihre Basketballshorts waren so weit hochgerutscht, daß es fast beängstigend war –, und einen Augenblick argwöhnte Jack mit dumpfer Bestürzung, sie durchwühlte seinen Rucksack. Dann sah er, daß sie auf einer Lage aus Apfelsäcken ein paar Decken ausgebreitet hatte. Außerdem hatte sie ans Kopfende ein kleines Seidenkissen mit der Aufschrift NEW YORK WORLD'S FAIR gelegt.

»Ich dachte, ich mache dir ein kleines Nest zurecht, Junge«, sagte sie.

»Danke«, sagte er. Es war eine einfache, fast beiläufige Geste der Freundlichkeit, aber Jack stellte fest, daß er Mühe hatte, nicht in Tränen auszubrechen. Stattdessen brachte er ein Lächeln zustande. »Vielen Dank, Lori.«

»Gern geschehen. Du wirst schon zurechtkommen hier. Smokey ist gar nicht so übel. Wenn man ihn erst einmal näher kennt, ist er gar nicht so übel.« Das sagte sie mit unbewußter Wehmut, als wünschte sie, daß es so wäre.

»Mag sein«, sagte Jack und setzte dann impulsiv hinzu: »Aber ich gehe morgen. Oatley scheint nicht ganz das Richtige für mich zu sein.«

Sie sagte: »Vielleicht gehst du, Jack – vielleicht entschließt du dich auch, eine Weile zu bleiben. Schlaf erst mal darüber.« Diese kleine Ansprache hatte etwas Gezwungenes und Unnatürliches an sich – nichts von der Echtheit ihres Lächelns, als sie gesagt hatte: *Ich dachte, ich mache dir ein kleines Nest zurecht.* Jack bemerkte es, aber er war zu erschöpft, um darüber nachzudenken.

»Das wird sich finden«, sagte er.

»Ja, das wird es wohl«, pflichtete Lori ihm auf dem Weg zur Tür bei. Sie warf ihm mit einer schmutzigen Hand einen Kuß zu. »Gute Nacht, Jack.«

»Gute Nacht.«

Er begann sein Hemd auszuziehen – und ließ es dann: er beschloß, nur die Schuhe auszuziehen. Im Lagerraum war es kalt und unbehaglich. Er setzte sich auf die Apfelsäcke, löste die Schnürsenkel, streifte erst einen Schuh ab und dann den anderen. Er wollte sich gerade auf Loris Souvenir vom New York World's Fair niederlegen – und er hätte schon tief und fest schlafen können, bevor sein Kopf es auch nur berührte –, als draußen in der Gaststube das Telefon zu läuten begann, in die Stille schrillte, in sie hineinbohrte und ihn an teigig graue Wurzeln denken ließ, an Peitschen und Pferde mit zwei Köpfen. Schrill, schrill, schrill, in die Stille, in die Totenstille.

Schrill, schrill, schrill, lange nachdem die Kinder, die anriefen und nach gebleichten Regenwürmern in Dosen fragten, zu Bett gegangen waren. Schrill, schrill, schrill. *Hallo, Jack, hier ist Morgan, ich habe gespürt, daß du in meinem Wald warst, du gerissener kleiner Scheißer. Ich habe dich in meinem Wald GEROCHEN – bildest du dir etwa ein, in deiner Welt wärst du sicher? Mein Wald ist auch dort. Letzte Chance, Jacky. Kehr nach Hause zurück, sonst schicken wir unsere Truppen aus. Dann hast du keine Chance mehr. Du hast nicht...*

Jack stand auf und lief auf Strümpfen durch den Lagerraum. Ein dünner Schweißfilm, der sich eiskalt anfühlte, schien seinen ganzen Körper zu bedecken.

Er öffnete die Tür einen Spaltbreit.

Schrill, schrill, schrill, schrill.

Dann, endlich: »Hallo, Oatley Tap. Was soll das?« Smokeys Stimme. Eine Pause. »Hallo?« Eine weitere Pause. »Verdammte Scheiße!« Smokey knallte den Hörer auf die Gabel, und Jack hörte, wie er den Raum durchquerte und dann die Treppe zu der kleinen Wohnung hinaufging, die er und Lori miteinander teilten.

7

Jack blickte fassungslos von dem grünen Zettel in seiner linken Hand auf das kleine Häufchen Scheine – sämtlich Ein-Dollar-Noten – und Kleingeld zu seiner Rechten. Es war elf Uhr am nächsten Vormittag. Donnerstag vormittag; er hatte seinen Lohn verlangt.

»Was soll das bedeuten?« fragte er; er konnte es noch immer nicht glauben.

»Du kannst lesen«, sagte Smokey, »und du kannst rechnen. Du bewegst dich zwar nicht so schnell, wie ich möchte, Jack – jedenfalls noch nicht –, aber du bist helle genug.«

Jetzt saß er da mit dem grünen Zettel in seiner Linken und dem Geld neben der anderen Hand. Dumpfer Zorn begann in seiner Stirn zu pulsieren wie eine Ader. RECHNUNG stand auf dem grünen Zettel.

Solche Formulare hatte auch Mrs. Banberry im Golden Spoon benutzt. Darauf stand:

1 Hamburger	$	1.35
1 Hamburger	$	1.35
1 gr. Milch		.55
1 Ingwerbier		.55
Steuer		.30

Darunter war die Summe $ 4.10 in großen Ziffern geschrieben und eingekreist. Mit seiner Schufterei von vier bis eins hatte Jack neun Dollar verdient. Smokey hatte fast die Hälfte davon einbehalten; was da neben seiner rechten Hand lag, waren vier Dollar und neunzig Cents.

Er blickte auf, wütend – zuerst zu Lori, die verlegen den Blick abwandte, und dann zu Smokey, der seinen Blick einfach erwiderte.

»Das ist Betrug«, sagte er leise.

»Das stimmt nicht, Jack. Schau auf die Preistafel...«

»Das meine ich nicht, das wissen Sie genau!«

Lori wich ein wenig zurück, als erwartete sie, daß Smokey ihm eine Ohrfeige gab – aber Smokey sah Jack nur mit einer Art beängstigender Geduld an.

»Schließlich habe ich dir dein Bett nicht in Rechnung gestellt, oder?«

»Bett!« brüllte Jack; ihm war, als kochte das Blut in seinen Wangen. »Ein schönes *Bett*! Aufgeschnittene Säcke auf einem Betonfußboden. Schönes *Bett*! Versuchen Sie nur, das auch noch gegenzurechnen, Sie gemeiner *Betrüger*!«

Lori gab einen verängstigten Laut von sich und warf einen Blick auf Smokey – aber Smokey saß Jack nur in der Nische gegenüber, und zwischen ihnen stieg der dichte Rauch seiner Zigarre auf. Eine frische Papiermütze saß schräg auf Smokeys schmalem Kopf.

»Wir haben abgemacht, daß du da drinnen schläfst«, sagte Smokey. »Du hast gefragt, ob das im Lohn inbegriffen wäre, und ich sagte, das wäre es. Vom Essen war nicht die Rede. Wenn es zur Sprache gekommen wäre, hätte sich vielleicht etwas machen lassen. Vielleicht auch nicht. Tatsache ist aber, daß du es nicht zur Sprache gebracht hast, und nun mußt du es akzeptieren.«

Jack saß zitternd da, Wuttränen in den Augen. Er versuchte zu sprechen, aber es kam nichts heraus als ein leises, ersticktes Stöhnen. Er war buchstäblich zu wütend, um reden zu können.

»Wenn du willst, können wir jetzt natürlich über einen Mitarbeiter-Rabatt auf dein Essen reden...«

»Zum Teufel mit Ihnen!« stieß Jack schließlich heraus; er ergriff die vier Ein-Dollar-Noten und das bißchen Kleingeld. »Bringen Sie dem nächsten Jungen, der hier hereinkommt, bei, sich seiner Haut zu wehren. *Ich gehe!*«

Er ging durch den Raum auf die Tür zu, und trotz seiner Wut wußte er

– vermutete nicht nur, sondern *wußte* –, daß er nicht bis auf den Gehsteig kommen würde.

»Jack.«

Er berührte den Türknopf, dachte daran, ihn zu ergreifen und zu drehen – aber die Stimme war nicht zu überhören, und sie klang bedrohlich. Er ließ die Hand sinken und drehte sich um; seine Wut verflog. Er kam sich plötzlich geschrumpft und alt vor. Lori hatte sich hinter den Bartresen verzogen, wo sie fegte und vor sich hinsummte. Offenbar war sie zu der Überzeugung gelangt, daß Smokey nicht vorhatte, Jack mit den Fäusten zu bearbeiten, und da sonst nichts wirklich von Belang war, war alles in bester Ordnung.

»Du wirst mich doch wohl nicht im Stich lassen, so kurz vor dem Wochenende.«

»Ich will hier raus. Sie haben mich betrogen.«

»Nein, mein Herr«, sagte Smokey. »Das habe ich dir eben erklärt. Wenn jemand einen Strich durch deine Rechnung gemacht hat, dann warst du es selber. Wir könnten jetzt über dein Essen reden – vielleicht fünfzig Prozent Rabatt auf die Mahlzeiten und Getränke sogar frei. So weit bin ich noch nie gegangen mit den Jungen, die ich von Zeit zu Zeit einstelle, aber dieses Wochenende steht uns einiges bevor, weil ein Haufen Wanderarbeiter zur Apfelernte in der Gegend ist. Und ich *mag* dich, Jack. Und deshalb habe ich dir keine runtergehauen, als du mich angeschrien hast, obwohl ich es vielleicht hätte tun sollen. Aber ich brauch dich übers Wochenende.«

Jack spürte, wie seine Wut kurz zurückkehrte und dann wieder verflog.

»Und was ist, wenn ich trotzdem gehe?« fragte er. »Immerhin bin ich fast fünf Dollar reicher, und aus diesem Scheißnest herauszukommen, wäre eine Wohltat.«

Smokey schaute Jack an, immer noch sein dünnes Lächeln im Gesicht, und sagte: »Weißt du noch, daß du gestern abend in die Herrentoilette gegangen bist, nachdem ein Mann sein Abendessen ausgespuckt hatte?«

Jack nickte.

»Weißt du noch, wie er aussah?«

»Bürstenhaarschnitt. Khaki. Und?«

»Das war Digger Atwell. Eigentlich heißt er Carlton, aber er hat sich zehn Jahre um die Friedhöfe der Stadt gekümmert, und deshalb nennen ihn alle Digger. Das war – oh, vor zwanzig oder dreißig Jahren. Ungefähr um die Zeit, als Nixon zum Präsidenten gewählt wurde, ging er zur Polizei. Jetzt ist er Polizeichef.«

Smokey nahm seine Zigarre zur Hand, tat einen Zug und sah Jack an.

»Digger und ich sind alte Freunde«, sagte Smokey. »Und wenn du jetzt einfach hinausgehen würdest, Jack, könnte ich nicht dafür garantieren, daß du keinen Ärger mit Digger bekommst. Könnte sein, daß man dich nach Hause zurückschickt. Könnte sein, daß du für die Stadt Äpfel pflückst – Oatley hat, oh, ich glaube, vierzig Morgen mit guten Bäumen. Könnte sein, daß du eine gewaltige Tracht Prügel beziehst. Oder – ich habe gehört, daß der alte Digger etwas für Kinder übrig hat, die sich auf den Straßen herumtreiben. Vor allem für Jungen.«

Jack dachte an den keulenförmigen Penis. Ihm war kalt und übel.

»Hier drinnen bist du sozusagen unter meinen Fittichen«, sagte Smokey. »Aber wenn du wieder auf der Straße bist – wer weiß, was dann passiert? Digger kann irgendwo stecken. Möglich, daß du ohne weiteres über die Stadtgrenze kommst. Es könnte aber auch sein, daß sein großer Plymouth auf einmal neben dir auftaucht. Digger ist nicht sonderlich helle, aber er hat eine gute Nase. Oder – es könnte ihn jemand anrufen.«

Hinter dem Bartresen spülte Lori Geschirr. Sie trocknete ihre Hände ab, schaltete das Radio ein und sang ein altes Steppenwolf-Lied mit.

»Weißt du was«, sagte Smokey. »Bleib fürs erste hier. Arbeite das Wochenende über. Dann setze ich dich in meinen Lieferwagen und bringe dich selbst über die Stadtgrenze. Was hältst du davon? Sonntag mittag verschwindest du von hier mit fast dreißig Dollar in der Tasche, die vorher nicht drin waren. Und dann wirst du denken, daß Oatley doch kein so schlimmes Nest ist. Also, was hältst du davon?«

Jack blickte in diese braunen Augen, sah die gelbe Lederhaut und die kleinen roten Pünktchen; er bemerkte Smokeys breites, scheinbar aufrichtiges, von falschen Zähnen gesäumtes Grinsen; er bemerkte sogar mit einem gespenstischen und erschreckenden Gefühl von *déja vu*, daß die Fliege auf die Papiermütze zurückgekehrt war und ihre haardünnen Vorderbeine putzte.

Vermutlich *wußte* Smokey, daß *er* wußte, daß alles, was Smokey gesagt hatte, gelogen war, und es war ihm sogar gleichgültig. Wenn er Samstag und Sonntag bis in die frühen Morgenstunden arbeiten würde, dann würde er am Sonntag vielleicht bis gegen zwei Uhr nachmittags schlafen. Smokey würde erklären, er könne ihn nicht aus der Stadt herausfahren, weil Jack zu spät aufgewacht war; jetzt war er vollauf damit beschäftigt, einem Spiel der Colts und der Patriots zuzusehen. Und Jack würde nicht nur zu erschöpft sein, um davonzugehen, sondern er würde auch fürchten, daß Smokey sein Interesse an den Colts und den Patriots lange genug verlieren könnte, um seinen guten Freund Digger Atwell anzurufen und zu sagen: »Er geht gerade die Mill Road entlang, Digger, alter Freund, warum greifst du ihn dir nicht? Und dann komm zur zweiten Halbzeit her. Freies Bier, aber kotz mir nicht das Pissoir voll, bevor ich den Jungen wiederhabe.«

Das war eine Möglichkeit. Er konnte sich noch andere ausdenken, jede ein wenig anders, aber alle liefen auf das gleiche hinaus.

Smokey Updikes Grinsen wurde noch ein wenig breiter.

Zehntes Kapitel

Elroy

1

Als ich sechs war...
Der Betrieb im Oatley Tap, der in den voraufgegangenen beiden Nächten um diese Zeit nachzulassen begonnen hatte, lief auf Hochtouren; es sah aus, als wollten die Gäste weitermachen, bis der Tag anbrach. Er stellte fest, daß zwei Tische verschwunden waren – Opfer der Schlägerei, die kurz vor seinem letzten Ausflug in die Toilette ausgebrochen war. Wo die Tische gestanden hatten, wurde jetzt getanzt.

»Wird Zeit«, sagte Smokey, als Jack hinter dem Bartresen entlangtaumelte und einen Kasten Bier neben dem Kühlfach abstellte. »Pack sie hinein, und dann holst du einen Kasten Budweiser. Das hättest du sowieso zuerst bringen sollen.«

»Lori hat nicht gesagt...«

Heißer, unerträglicher Schmerz durchtobte seinen Fuß, als Smokey einen schweren Schuh auf Jacks Turnschuh hieb. Jack stieß einen unterdrückten Schrei aus und spürte, wie seine Augen sich mit Tränen füllten.

»Halt's Maul«, sagte Smokey. »Lori hat keine blasse Ahnung, und du bist intelligent genug, das zu wissen. Also mach, daß du wegkommst, und hol mir einen Kasten Bud.«

Er kehrte in den Lagerraum zurück, auf dem Fuß hinkend, auf den Smokey getreten hatte, und fragte sich, ob in seinen Zehen vielleicht irgendwelche Knochen gebrochen waren. Es war durchaus möglich. Sein Kopf dröhnte vor Qualm und Lärm und dem abgehackten Rhythmus der Genny Valley Boys, von denen zwei jetzt eindeutig auf dem Podium torkelten. Ein Gedanke ragte klar heraus: möglicherweise konnte er nicht warten, bis der Laden geschlossen wurde. Es konnte durchaus sein, daß er nicht so lange durchhielt. Wenn Oatley ein Gefängnis war und das Oatley Tap seine Zelle, dann war Erschöpfung ebenso sein Wärter wie Smokey Updike – vielleicht noch mehr.

Obwohl er sich Gedanken darüber machte, wie es in der Region an einem solchen Ort aussehen mochte, erschien ihm der Zaubersaft immer mehr als Verheißung seines einzigen Auswegs. Er würde davon trinken und dann hinüberflippen – und wenn er es schaffte, dort einen oder zwei Kilometer westwärts zu wandern, konnte er einen weiteren Schluck trinken und in die USA zurückflippen, weit jenseits der Grenzen dieses entsetzlichen Nestes, vielleicht so weit westlich wie Bushville oder sogar Pembroke.

Als ich sechs war, als Jacko sechs war, als . . .

Er holte das Budweiser, taumelte und stolperte damit durch die Tür – und der hochgewachsene, sehnige Cowboy mit den großen Händen, der wie Randolph Scott aussah, stand da und sah ihn an.

»Hallo, Jack«, sagte er, und Jack bemerkte mit aufwallendem Entsetzen, daß die Iris in den Augen des Mannes so gelb war wie Hühnerkrallen. »Hat man dir nicht gesagt, du sollst verschwinden? Du hörst wohl nicht besonders gut, oder?«

Jack stand da, während der Kasten Budweiser an seinen Armen zerrte, starrte in diese gelben Augen, und plötzlich hämmerte ein gräßlicher Gedanke auf ihn ein: daß *dies* das Geschöpf war, das ihm im Tunnel aufgelauert hatte – dieses Mannding mit seinen toten gelben Augen.

»Lassen Sie mich in Ruhe«, sagte er – die Worte waren nur ein verzagtes, leises Flüstern.

Er schob sich näher heran. »Du solltest von hier *verschwinden*.«

Jack versuchte zurückzuweichen – aber hinter ihm war die Wand, und als sich der Cowboy, der wie Randolph Scott aussah, zu ihm niederbeugte, roch Jack in seinem Atem totes Fleisch.

2

Am Donnerstag, in der Zeit zwischen Jacks Arbeitsbeginn am Mittag und dem Eintreffen der üblichen Feierabendkundschaft, hatte der Münzfernsprecher mit dem Schild BITTE BESCHRÄNKEN SIE IHRE GESPRÄCHE AUF DREI MINUTEN zweimal geläutet.

Als es das erste Mal läutete, hatte Jack überhaupt keine Angst – und es war nur ein Mann, der für einen wohltätigen Zweck Spenden sammelte.

Zwei Stunden später, als Jack gerade die letzten der in der vorigen Nacht geleerten Flaschen einsackte, begann das Telefon wieder zu läuten. Diesmal fuhr sein Kopf hoch wie der eines Tieres, das in einem trockenen Wald Feuer gerochen hat – nur daß es nicht Feuer war, das er fürchtete, sondern Eis. Er wandte sich zu dem Apparat um, der nur gut einen Meter von der Stelle entfernt war, an der er arbeitete; er hörte die Sehnen in seinem Hals knacken. Ihm war, als müßte er sehen, daß der Münzfernsprecher mit Eis überkrustet war, Eis, das von dem schwarzen Plastikgehäuse des Apparats ausgeschwitzt wurde, das dünn wie Bleistiftminen aus den Löchern der Hörmuschel und der Sprechmuschel hervorquoll, das von der Wählscheibe und der Geldrückgabe in Zapfen herabhing.

Aber es war nur ein ganz gewöhnliches Telefon; und die Kälte und der Tod steckten in seinem Innern.

Er starrte es wie hypnotisiert an.

»Jack!« brüllte Smokey. »Geh endlich ran! Wofür zum Teufel bezahle ich dich?«

Jack warf Smokey einen Blick zu, so verzweifelt wie ein in die Enge getriebenes Tier – aber Smokey starrte nur zurück mit diesem dünnlippigen, ungeduldigen Ausdruck, der auf seinem Gesicht lag, bevor er Lori eine Ohrfeige versetzte. Er machte sich auf den Weg zum Telefon, fast ohne zu registrieren, daß seine Füße sich bewegten; er schritt tiefer und tiefer in diese Kapsel aus Kälte hinein, spürte, wie seine Arme sich mit Gänsehaut überzogen, wie Feuchtigkeit in seiner Nase knisterte.

Er streckte die Hand aus und ergriff den Hörer. Seine Hand wurde taub.

Er hielt ihn ans Ohr. Sein Ohr wurde taub.

»Oatley Tap«, sagte er in diese tödliche Schwärze hinein, und sein Mund wurde taub.

Die Stimme, die aus dem Apparat kam, war das gebrochene, heisere Krächzen eines Geschöpfes, das seit langem tot war und das die Lebenden nie zu Gesicht bekommen durften: sein Anblick würde einen lebenden Menschen um den Verstand bringen oder ihn tot umfallen lassen mit Frostbeulen auf den Lippen und blicklosen, von Eiskatarakten geblendeten Augen. »Jack«, flüsterte ihm diese rauhe, rasselnde Stimme aus der Muschel entgegen, und sein Gesicht wurde taub – wie bei einem Zahnarzt, der vor einem größeren Eingriff ein bißchen zuviel Novokain gespritzt hatte. »*Schwenk deinen Arsch heimwärts, Jack.*«

Von weit her, Lichtjahre entfernt, wie es schien, konnte er seine eigene Stimme hören, die wiederholte: »Oatley Tap – wer ist dort? Hallo? . . . Hallo? . . .«

Kalt, so kalt.

Seine Kehle war taub. Er holte Atem, und seine Lungen schienen zu gefrieren. Bald würden auch die Kammern seines Herzens vereisen, und er würde einfach tot umfallen.

Die eisige Stimme flüsterte: »*Schlimme Dinge passieren mit Jungen, die allein auf der Straße sind, Jack. Das kann dir jeder bestätigen.*«

Mit einer schnellen, unbeholfenen Bewegung legte Jack den Hörer auf. Er zog die Hände zurück und starrte dann das Telefon an.

»War es wieder dieser Idiot?« fragte Lori, und ihre Stimme war weit weg – aber immerhin etwas näher, als ihm seine eigene Stimme einige Sekunden zuvor vorgekommen war. Die Welt kehrte zurück. Auf dem Hörer des Münzfernsprechers sah er die Form seiner eigenen Hand, von einem glitzernden Rauhreifrand umgeben. Noch während er hinschaute, begann er zu schmelzen und an dem schwarzen Plastik herabzurinnen.

Am gleichen Abend – Donnerstag abend – sah er Genny Countys Version von Randolph Scott zum ersten Mal. Es waren nicht ganz so viele Gäste da wie Mittwoch abend – schließlich war es der Tag vor dem Zahltag; dennoch hielten sich so viele Männer in der Gaststube auf, daß der Bartresen und auch ein Teil der Tische und Nischen besetzt waren. Es waren Stadtleute aus einer ländlichen Gegend, in der die Pflüge jetzt vermutlich vergessen in Schuppen vor sich hinrosteten, Männer, die vielleicht gern Farmer gewesen wären, aber nicht mehr wußten, wie sie es anstellen sollten. Es waren eine Menge John Deere-Mützen zu sehen, aber Jack hatte den Eindruck, daß sich nur wenige dieser Männer auf einem Traktor wohlgefühlt hätten. Es waren Männer in grauen, braunen und grünen Köperhosen; Männer in blauen Hemden, auf die mit Goldfaden ihre Namen aufgestickt waren; Männer in kantigen Dingo-Stiefeln und Männer in großen Survivors. Männer, die ihre Schlüssel am Gürtel trugen. Männer, die Runzeln hatten, aber keine Lachfalten; ihre Münder waren verdrossen. Diese Männer trugen Cowboyhüte, und als Jack seinen Blick den Bartresen entlangwandern ließ, entdeckte er einige, die aussahen wie Charlie Daniels in den Kautabak-Anzeigen. Aber diese Männer kauten nicht; sie rauchten Zigaretten, und zwar massenhaft.

Jack putzte gerade die Scheibe der Musikbox, als Digger Atwell hereinkam. Die Musikbox war nicht in Betrieb, im Kabelfernsehen lief ein Spiel der Yankees, und die Männer an der Bar verfolgten es. Am Abend zuvor war Atwell in der für die Männer von Oatley typischen Freizeitkleidung erschienen (Köperhose, Khakihemd mit einer Menge Kugelschreibern in einer der beiden großen Taschen, Arbeitsstiefel mit Stahlkappen). Heute trug er eine blaue Polizeiuniform. Ein großer Revolver mit hölzernen Griffschalen steckte in einem Holster an seinem knarrenden Ledergürtel.

Jack fing seinen Blick auf, glaubte Smokeys Worte zu hören – *ich habe gehört, daß er etwas für Kinder übrig hat, die sich auf der Straße herumtreiben. Vor allem für Jungen* – und er fuhr zusammen, als hätte er etwas angestellt. Digger Atwell verzog das Gesicht zu einem breiten, langsamen Grinsen. »Na, hast du beschlossen, ein paar Tage hierzubleiben, Junge?«

»Ja, Sir«, murmelte Jack und spritzte noch mehr Windex auf die Glasscheibe der Musikbox, obwohl sie schon so sauber war, wie sie nur sein konnte. Er wartete nur darauf, daß Digger Atwell wegging. Nach einer Weile tat er es. Jack hob den Kopf, um zu sehen, wie der massige Polizist auf die Bar zustrebte – und in diesem Augenblick drehte sich der Mann am äußersten linken Ende der Bar um und sah ihn an.

Randolph Scott, schoß es Jack durch den Kopf. *Genau so sieht er aus.*

Aber ungeachtet seiner harten, unnachgiebigen Züge hatte der wirkliche Randolph Scott etwas unbestreitbar Heroisches an sich gehabt; hatte sein gutaussehendes Gesicht schroff gewirkt, so war es doch zugleich ein Gesicht gewesen, das lächeln konnte. Dieser Mann wirkte gelangweilt und irgendwie verrückt.

Und jetzt erkannte Jack entsetzt, daß der Mann ihn ansah. Er hatte sich nicht nur während des Werbespots umgedreht, um zu sehen, wer sich im Lokal aufhielt; er hatte sich umgedreht, um Jack anzusehen. Jack wußte, daß es so war.

Das Telefon. Das läutende Telefon.

Unter Aufbietung aller Kräfte wandte Jack den Blick ab. Er richtete ihn wieder auf die Scheibe der Musikbox und sah darin sein eigenes verängstigtes Gesicht, das gespenstisch über den dahinterstehenden Schallplatten schwebte.

Das Telefon an der Wand begann zu schrillen.

Der Mann am linken Ende der Bar warf einen Blick darauf – und dann sah er wieder Jack an, der wie erstarrt vor der Musikbox stand, eine Flasche Windex in der einen und einen Lappen in der anderen Hand, während sich seine Haare sträubten und seine Haut gefror.

»Wenn das wieder dieser Idiot ist, hole ich mir eine Pfeife und blas ihm in die Ohren, wenn er noch einmal anruft, Smokey«, sagte Lori, während sie auf den Apparat zuging. »Darauf kannst du Gift nehmen.«

Sie hätte eine Schauspielerin in einem Film sein können und alle Gäste bloße Statisten mit einer Standardgage von fünfunddreißig Dollar pro Tag. Die einzigen beiden wirklichen Menschen in der Welt waren er, Jack, und dieser grauenhafte Cowboy mit den großen Händen und den Augen, die Jack nicht sehen konnte.

Plötzlich, unheimlich formte der Mund des Cowboys die Worte: *Schwenk deinen Arsch heimwärts.* Dann blinzelte er ihm zu.

Das Telefon hörte auf zu läuten, bevor Lori die Hand danach ausstrekken konnte.

Randolph Scott drehte sich um, leerte sein Glas und rief: »Noch ein Gezapftes für mich, okay?«

»Hol's der Teufel«, sagte Lori. »In diesem Telefon spukt's.«

4

Später, im Lagerraum, fragte Jack Lori, wer der Mann war, der wie Randolph Scott aussah.

»Wie *wer*?« fragte Lori.

»Ein alter Film-Cowboy. Er saß am unteren Ende der Bar.«

Sie zuckte die Achseln. »Für mich sehen sie alle gleich aus, Jack. Ein

Haufen blöder Hammel, die sich vollaufen lassen. Donnerstagabends tun sie es gewöhnlich mit dem Geld, das ihre Frauen beim Bingo gewonnen haben.«
»Wenn er Bier will, verlangt er ›ein Gezapftes‹.«
Ihre Augen erhellten sich. »Ach ja! Der. Er sieht gemein aus.« In ihrer Stimme lag Anerkennung, als sie das sagte – als bewunderte sie die Linie seiner Nase oder das Strahlen seines Lächelns.
»Wer ist er?«
»Ich weiß nicht, wie er heißt«, sagte Lori. »Er treibt sich erst seit ein oder zwei Wochen hier herum. Vielleicht stellt die Fabrik wieder neue Leute ein. Es...«
»Herrgott nochmal, Jack, habe ich nicht gesagt, du sollst mir ein Faß herschaffen?«
Jack war gerade dabeigewesen, eines der großen Fässer auf die Handkarre zu rollen. Weil das Gewicht des Fasses sein eigenes nahezu aufwog, war das eine Arbeit, bei der er sorgsam balancieren mußte. Als Smokey ihn von der Tür aus anbrüllte, schrie Lori auf, und Jack fuhr zusammen. Er verlor die Kontrolle über das Faß, es kippte um, das Ventil schoß heraus wie ein Champagnerkorken, das Bier folgte in weißgoldenem Strahl. Smokey brüllte noch immer, doch Jack konnte nur wie gebannt auf das Bier starren, bis Smokey ihm einen Schlag versetzte.
Als er ungefähr zwanzig Minuten später in die Gaststube zurückkehrte, ein Kleenex auf der anschwellenden Nase, war Randolph Scott verschwunden.

5

Ich bin sechs.
John Benjamin Sawyer ist sechs.
Sechs...
Jack schüttelte den Kopf, versuchte, den stetig wiederkehrenden Gedanken zu verdrängen, während ihm der sehnige Fabrikarbeiter, der kein Fabrikarbeiter war, immer näher kam. Seine Augen – gelb und irgendwie schuppig. Er blinzelte, ein schnelles, milchiges, verschwimmendes Blinzeln, und Jack begriff, daß eine Nickhaut über seinen Augäpfeln saß.
»Du solltest von hier *verschwinden*«, flüsterte es wieder und griff nach Jack mit Händen, die begannen, sich zu verzerren, zu verhornen und zu verhärten.
Die Tür sprang auf, ein Lärmschwall drang heraus.
»Jack, wenn du noch lange hier herumtrödelst, muß ich dafür sorgen, daß es dir leid tut«, sagte Smokey hinter Randolph Scott. Scott trat

zurück. Keine verfließenden, sich verhärtenden Hufe mehr; seine Hände waren wieder gewöhnliche Hände, auf deren Rücken sich dick hervortretende Adern abzeichneten. Ein weiteres milchiges, irgendwie wirbelndes Blinken, an dem die Augenlider überhaupt nicht beteiligt waren – und dann waren die Augen des Mannes nicht gelb, sondern lediglich blaßblau. Er warf Jack einen letzten Blick zu und ging dann zur Herrentoilette.

Smokey kam jetzt auf Jack zu – mit nach vorn gerutschter Papiermütze, den schmalen Wieselkopf leicht geneigt, die Lippen geöffnet, so daß seine Alligatorzähne zu sehen waren.

»Ich sage es nicht noch einmal«, sagte Smokey. »Das ist die letzte Warnung, und bilde dir bloß nicht ein, das wäre leeres Gerede.«

Und wie es bei Osmond der Fall gewesen war, wallte in Jack plötzlich Wut auf – jene Art von Wut, die aus einem Gefühl hoffnungsloser Ungerechtigkeit erwächst und vielleicht nie so stark ausgeprägt ist wie bei Zwölfjährigen; Collegestudenten empfinden sie manchmal, aber das ist in der Regel kaum mehr als ein intellektuelles Echo.

Diesmal kochte sie über.

»Ich bin nicht Ihr Hund, also behandeln Sie mich gefälligst nicht so, als wäre ich es«, sagte Jack und tat einen Schritt auf Smokey Updike zu – auf Beinen, die noch vor Angst zitterten.

Von Jacks völlig unvermutetem Zorn überrascht – und vielleicht sogar verblüfft – wich Smokey einen Schritt zurück.

»Jack, ich warne dich...«

»Nein, Mann, ich warne *Sie*«, hörte Jack sich selbst sagen. »Ich bin nicht Lori. Mir macht es keinen Spaß, geschlagen zu werden. Und wenn Sie mich schlagen, dann schlage ich zurück.«

Smokey Updikes Fassungslosigkeit dauerte nur Momente. Er lebte in Oatley und hatte wahrscheinlich nicht viel von der Welt gesehen, aber er *bildete sich ein*, alles gesehen zu haben, und sogar bei einem Regionalspieler ist Selbstsicherheit manchmal genug.

Er streckte die Hand aus und packte Jack beim Genick.

»Riskier bloß nicht die große Lippe, Jack«, sagte er und zog Jack näher an sich heran. »Solange du in Oatley bist, bist du mein Hund – genau das, und nichts sonst. Solange du in Oatley bist, streichle ich dich, wenn es mir paßt, und schlage dich, wenn es mir paßt.«

Er schüttelte ihn, wie um ihm das Genick zu brechen. Jack biß sich auf die Zunge und schrie auf. Auf Smokeys blassen Wangen glühten jetzt hektische Wutflecke wie billiges Rouge.

»Vielleicht hast du das noch nicht begriffen, Jack, aber genau so ist es. Solange du in Oatley bist, bist du mein Hund, und du bist in Oatley, bis ich dich gehen lasse. Und je eher du das lernst, desto besser.«

Er zog seine Faust zurück. Einen Augenblick funkelte das Licht der drei nackten Sechzig-Watt-Lampen, die in diesem schmalen Gang hingen, in den Brillantsplittern des klobigen, hufeisenförmigen Ringes, den er trug. Dann schoß die Faust vor und knallte Jack ins Gesicht. Er prallte gegen die bekritzelte Wand; seine Wange brannte und wurde dann taub. Im Mund spürte er den Geschmack seines eigenen Blutes. Smokey sah ihn an – es war der kalt abschätzende Blick eines Mannes, der daran denkt, ein Kalb oder ein Lotterielos zu kaufen. Offenbar sah er in Jacks Augen nicht den Ausdruck, den er zu sehen wünschte, denn er packte den benommenen Jungen abermals, wahrscheinlich um ihn für einen weiteren Schlag in die richtige Position zu bringen.

In diesem Augenblick kreischte in der Gaststube ein Frau. »Nein, Glen! Nein!« Männer schrien durcheinander, die meisten erschrocken. Eine weitere Frau kreischte – hoch und durchdringend. Dann fiel ein Schuß.

»Scheiße auf Toast!« rief Smokey, wobei er jedes Wort so sorgfältig artikulierte wie ein Schauspieler auf einer Broadway-Bühne. Er schleuderte Jack gegen die Wand, wirbelte herum und fegte durch die Schwingtür. Ein weiterer Schuß fiel, gefolgt von einem Schmerzensschrei.

Jack war sich nur einer Sache völlig sicher – es war Zeit, daß er von hier verschwand. Nicht am Ende seiner heutigen Schicht oder der morgigen oder am Sonntagvormittag. Sondern sofort.

Der Aufruhr schien sich zu legen. Er hörte keine Sirenen, also war vielleicht niemand erschossen worden. Aber der Fabrikarbeiter, der aussah wie Randolph Scott, war, wie Jack sich erinnerte, noch immer in der Herrentoilette.

Jack ging in den kühlen, nach Bier riechenden Lagerraum, kniete vor den Fässern nieder und tastete nach seinem Rucksack. Und als seine Finger nichts fanden als dünne Luft und den schmutzigen Betonfußboden, überkam ihn wieder die erstickende Gewißheit, daß einer von ihnen – Smokey oder Lori – ihn beim Verstecken seines Rucksacks beobachtet und ihn weggenommen hatte. Damit du nicht auf die Idee kommst, aus Oatley zu verschwinden, mein Lieber. Dann Erleichterung, fast so erstickend wie die Angst, als seine Finger das Nylon berührten.

Jack lud sich den Rucksack auf und warf einen sehnsüchtigen Blick auf die Ladetür an der hinteren Wand des Lagerraums. Er hätte viel lieber diese Tür benutzt – er fürchtete sich vor dem Gang, an dessen Ende die Feuertür war, nahe, viel zu nahe bei den Toiletten. Aber wenn er die Ladetür öffnete, leuchtete an der Bar ein rotes Licht auf. Selbst wenn Smokey noch mit dem Durcheinander auf der Tanzfläche beschäftigt war, würde Lori das Licht sehen und es ihm sagen.

Also...

Er trat an die Tür, die zum Gang hinausführte, öffnete sie leise einen Spaltbreit und warf einen Blick hinaus. Der Gang war leer. Sehr gut. Randolph Scott hatte seine Blase erleichtert und war dorthin zurückgekehrt, wo sich etwas tat, während Jack seinen Rucksack holte. Okay.

Ja, aber es ist ebensogut möglich, daß er noch drinnen ist. Willst du ihm auf dem Gang begegnen, Jack? Willst du sehen, wie seine Augen wieder gelb werden? Warte, bis du sicher bist.

Aber das konnte er nicht. Weil Smokey bemerken würde, daß er nicht in der Gaststube war und Gloria und Lori half, die Tische abzuwischen, oder hinter dem Bartresen, um den Geschirrspüler auszuräumen. Er würde zurückkehren, um Jack beizubringen, wo sein Platz in der grandiosen Ordnung aller Dinge war. Also...

Also was? Mach dich auf den Weg.

Vielleicht wartet er da drinnen auf dich, Jacky ... vielleicht springt er dich an wie ein großes, böses Schachtelmännchen...

Welches war das größere Übel? Smokey oder der Fabrikarbeiter? Qualvolle Unentschlossenheit ließ Jack noch einen Augenblick länger zögern. Daß sich der Mann mit den gelben Augen noch in der Toilette aufhielt, war möglich; daß Smokey wiederkommen würde, war gewiß.

Jack öffnete die Tür und trat in den schmalen Gang. Der Rucksack auf seinem Rücken schien schwerer zu werden – für jeden, der ihn sah, ein beredter Hinweis auf seine geplante Flucht. Er schlich den Gang entlang – auf Zehenspitzen trotz der dröhnenden Musik und dem Lärm der Menge. Das Herz hämmerte in seiner Brust.

Ich war sechs, Jacky war sechs.

Was sollte das? Warum kam das immer wieder?

Sechs.

Der Gang schien länger geworden zu sein. Es war, als liefe man auf einer Tretmühle. Die Feuertür an seinem hinteren Ende schien qualvoll langsam näherzurücken. Schweiß bedeckte seine Stirn und seine Oberlippe. Sein Blick wanderte immer wieder zu der Tür auf der rechten Seite, auf der sich der schwarze Umriß eines Hundes abzeichnete. Unter diesem Umriß stand das Wort POINTERS. Und am Ende des Ganges eine Tür von verblichenem, abblätterndem Rot. NUR IN NOTFÄLLEN ZU BENUTZEN! LÖST ALARM AUS! Aber die Alarmanlage war schon seit zwei Jahren außer Betrieb. Das hatte Lori ihm erzählt, als Jack sie gefragt hatte, ob er den Müll durch diese Tür hinausbringen könnte.

Fast geschafft. Genau gegenüber von POINTERS.

Er ist drinnen, ich weiß, daß er drinnen ist ... und wenn er herausspringt, dann schreie ich ... ich ... ich...

Jack streckte eine zitternde rechte Hand aus und berührte den Riegel der Feuertür. Er fühlte sich wunderbar kühl an. Einen Augenblick lang glaubte er wirklich, er könnte einfach aus der Kannenpflanze herausfliegen und in die Nacht hinein – frei.

Dann sprang die Tür *hinter* ihm plötzlich auf, die Tür, an der SETTERS stand, und eine Hand ergriff seinen Rucksack. Jack stieß den schrillen, verzweifelten Schrei eines in die Falle geratenen Tieres aus und sprang auf die Feuertür zu, ohne Rücksicht auf den Rucksack und den darin befindlichen Zaubersaft. Wenn die Riemen gerissen wären, wäre er einfach hinausgeflüchtet auf das von Müll und Unkraut überwucherte Gelände hinter dem Wirtshaus, ohne Rücksicht auf Verluste. Aber die Riemen waren aus zähem Nylon und rissen nicht. Die Tür öffnete sich ein wenig, ließ kurz einen dunklen Keil Nacht erkennen und knallte dann wieder zu. Jack wurde in die Damentoilette gezerrt. Er wurde herumgewirbelt und dann zurückgeschleudert. Wenn er flach gegen die Wand geprallt wäre, wäre die Flasche mit dem Zaubersaft bestimmt zerbrochen und hätte seine paar Sachen und den alten Rand McNally mit dem Geruch faulender Trauben durchtränkt. Stattdessen prallte er mit dem Kreuz gegen das einzige Waschbecken des Raumes. Der Schmerz war riesig, unerträglich.

Der Fabrikarbeiter kam langsam auf ihn zu, zog seine Jeans hoch; seine Hände fingen an, sich zu verzerren und zu verdicken.

»Du solltest von hier verschwinden, Junge«, sagte er; seine Stimme wurde rauher, glich von Sekunde zu Sekunde mehr dem Knurren eines Tieres.

Jack begann sich nach links zu schieben, ohne den Blick vom Gesicht des Mannes abzuwenden. Seine Augen wirkten jetzt fast durchscheinend, nicht nur gelb, sondern von innen her erleuchtet – die Augen einer grauenhaften Kürbiskopf-Laterne.

»Aber du kannst dich auf den alten Elroy verlassen«, sagte das Cowboy-Ding, und jetzt grinste es und entblößte einen Mundvoll großer, gerundeter Zähne, von denen einige abgesplittert waren und andere schwarz verfault. Jack schrie. »Oh, du kannst dich auf Elroy verlassen«, sagte es, und jetzt waren seine Worte kaum vom Knurren eines Hundes zu unterscheiden. »Er wird dir nicht *allzu sehr* wehtun.«

»Du bist in besten Händen«, grollte es und kam Jack dabei näher, »du bist in besten Händen, ja, du bist . . .« Es redete weiter, aber Jack verstand nicht mehr, was es sagte. Jetzt knurrte es nur noch.

Jacks Fuß stieß gegen den Abfalleimer neben der Tür. Als das Cowboy-Ding seine Klauen nach ihm ausstreckte, ergriff Jack den Eimer und warf ihn. Der Eimer prallte von der Brust des Elroy-Dinges ab. Jack riß die Toilettentür auf und tat einen Sprung nach links, auf die Feuertür zu. Er bekam den Riegel zu fassen und wußte, daß Elroy dicht hinter ihm war. Er stürzte hinaus in das Dunkel hinter dem Oatley Tap.

Rechts neben der Tür stand eine Reihe überquellender Mülltonnen. Jack stieß drei davon blind hinter sich, hörte, wie sie gegeneinander prallten – und dann einen Wutschrei, als Elroy über sie stolperte.

Er fuhr herum und sah das Ding stürzen. Er hatte sogar einen Sekundenbruchteil Zeit, um zu erkennen – *großer Gott, ein Schwanz, es hat eine Art Schwanz* –, daß das Ding jetzt fast völlig zum Tier geworden war. Von seinen Augen ging ein gespenstisches gelbes Leuchten aus, wie helles Licht, das durch zwei Schlüssellöcher fällt.

Jack wich vor ihm zurück, zog den Rucksack von den Schultern, versuchte, die Schnallen zu öffnen mit Fingern, die sich wie Holzklötze anfühlten. In seinem Kopf tobte ein Wust ...

... Jacky war sechs Gott hilf mir Speedy Jacky war SECHS Gott bitte...

... von Gedanken und zusammenhanglosem Flehen. Das Ding knurrte und hieb auf die Mülltonnen ein. Jack sah eine seiner Klauen hochschießen und dann pfeifend niedersausen; an der Seite der Wellblechtonne klaffte ein fast meterlanger schartiger Riß. Es erhob sich, stolperte, wäre beinahe wieder gefallen und kam dann auf Jack zugetaumelt, das knurrende, verzerrte Gesicht jetzt fast auf Brusthöhe. Und trotz des bellenden Knurrens verstand er irgendwie, was es sagte.»Jetzt werde ich dich nicht nur rupfen, mein Hühnchen. Jetzt werde ich dich töten ... *hinterher.*«

Hörte er es mit seinen *Ohren?* Oder in seinem *Kopf?*

Einerlei. Die Kluft zwischen dieser und jener Welt war auf eine dünne Haut geschrumpft.

Das Elroy-Ding knurrte und kam auf ihn zu, schwankend und unbeholfen auf seinen Hinterbeinen, mit Kleidern, die ihm nirgendwo mehr paßten; die Zunge hing aus dem zähnestarrenden Maul. Hier war das freie Gelände hinter Smokey Updike's Oatley Tap, ja, hier war es endlich, voll Unkraut und angesammeltem Müll – eine rostige Bettfeder hier, dort der Kühlergrill eines 1957er Ford, und am Himmel eine bleiche Mondsichel wie ein gekrümmter Knochen, der jede Glasscherbe in ein totes, starrendes Auge verwandelte – und dies alles hatte nicht in New Hampshire angefangen, oder? Nein. Es hatte auch nicht angefangen, als seine Mutter krank wurde oder als er Lester Parker kennenlernte. Es hatte angefangen, als...

... Jacky sechs war. Als wir alle in Kalifornien lebten und niemand irgendwo anders lebte und Jacky...

Er mühte sich mit den Schnallen seines Rucksacks ab.

Es kam wieder, schien fast zu tänzeln und erinnerte ihn in diesem schwachen Mondlicht für einen Augenblick an eine Figur in einem Disneyfilm. Von einem verrückten Impuls getrieben, begann Jack zu lachen. Das Ding knurrte und sprang ihn an. Wieder verfehlten ihn die niedersausenden Klauen nur um Zentimeter, als er durch das Unkraut und den Müll zurückwich. Das Elroy-Ding landete auf der Bettfeder und verhakte sich irgendwie darin. Es heulte, spie weiße Schaumflocken in die Luft, zog und zerrte und mühte sich ab, um den tief in der rostigen Drahtspirale steckenden Fuß freizubekommen.

Jack tastete in seinem Rucksack nach der Flasche. Er wühlte sich an Socken, schmutzigen Unterhosen und einem zusammengerollten, nicht mehr taufrischen Paar Jeans vorbei. Dann bekam er den Hals der Flasche zu fassen und zog sie heraus.

Das Elroy-Ding zerriß die Luft mit einem Wutschrei und befreite sich endlich von der Bettfeder.

Jack ließ sich auf Schlacke und Unkraut fallen und rollte sich herum, die Finger der linken Hand um einen Rucksackriemen gehakt, die Flasche in der rechten. Mit Daumen und Zeigefinger der linken Hand schraubte er am Verschluß; der Rucksack schwang und schaukelte. Der Verschluß löste sich.

Ob es mir folgen kann? dachte er flüchtig, als er die Flasche an die Lippen hob. *Wenn ich verschwinde, bleibt dann ein Loch in der Mitte von Irgendetwas? Ein Loch, durch das es mir folgen kann, um mir auf den anderen Seite den Rest zu geben?*

Jacks Mund füllte sich mit dem fauligen Geschmack toter Trauben. Er würgte, sein Schlund krampfte sich zusammen, der widerliche Geschmack füllte auch seine Nase und seine Nebenhöhlen, und er seufzte tief und gequält. Er konnte das Elroy-Ding brüllen hören, aber das Gebrüll schien jetzt weit weg, als befände es sich an einem Ende des Oatley-Tunnels und er, Jack, stürzte dem anderen Ende entgegen. Und diesmal war ihm tatsächlich, als stürzte er, und er dachte: *Oh, mein Gott, was ist, wenn ich mich gerade über eine Klippe oder einen Berghang hinuntergeflippt habe?*

Die Augen vor Verzweiflung zusammengekniffen, hielt er Rucksack und Flasche fest und wartete darauf, was als nächstes passieren mochte – das Elroy-Ding oder nicht das Elroy-Ding, die Region oder das Ende –, und der Gedanke, der ihn schon den ganzen Abend verfolgt hatte, tauchte wieder auf wie ein Karussellpferd – Silver Lady, vielleicht Ella Speed. Er fing ihn ein und ritt darauf in einer Wolke aus dem gräßlichen Geruch des Zaubersaftes, hielt ihn fest. Wartete darauf, was als nächstes passieren würde, und spürte, wie sich seine Kleider veränderten.

Sechs oh ja wir waren alle sechs und niemand war etwas anderes und es war Kalifornien wer spielt das Saxophon Daddy ist es Dexter Gordon oder ist er es nicht was meint Mom damit wenn sie sagt wir leben auf einer Verwerfung und wo warst du oh wo gehst du hin Daddy du und Onkel Morgan oh Daddy manchmal sieht er dich an als als als wäre eine Verwerfung in seinem Kopf und als bräche ein Erdbeben hinter seinen Augen aus und es kostet dich das Leben oh Daddy!

Stürzend, sich drehend und windend in der Mitte zwischen hier und dort, in der Mitte eines Geruchs, der einer purpurnen Wolke glich, Jack Sawyer, John Benjamin Sawyer, Jacky, Jacky

war sechs, als alles begann, und wer spielte das Saxophon, Daddy? Wer spielte es, als ich sechs war, als Jacky sechs war, als Jacky . . .

Elftes Kapitel

Der Tod von Jerry Bledsoe

1

... *sechs war* – als es in Wirklichkeit anfing, Daddy, als sich die Lokomotiven, die ihn schließlich nach Oatley und darüber hinaus zogen, in Bewegung zu setzen begannen? Da war laute Saxophonmusik gewesen. *Sechs. Jacky war sechs.* Zuerst hatte seine Aufmerksamkeit nur dem Spielzeug gegolten, das sein Vater ihm geschenkt hatte, dem maßstabgetreuen Modell eines Londoner Taxis – das Spielzeugauto war schwer wie ein Ziegelstein, und auf dem glatten Parkett des neuen Büros genügte ein tüchtiger Schub, um es quer durchs ganze Zimmer rollen zu lassen. Spätnachmittag, ein Tag Ende August, ein Tag im ersten Schuljahr, ein feines Auto, das auf dem glatten Holz hinter der Couch rollte wie ein Panzer, eine zufriedene, entspannte Atmosphäre – keine eilige Arbeit mehr zu erledigen, keine Telefongespräche, die nicht bis morgen Zeit hatten. Sein Vater hatte die Füße auf den Schreibtisch gelegt, und Onkel Morgan hatte sich in einem Sessel auf der anderen Seite der Couch niedergelassen. Beide hatten einen Drink vor sich; bald würden sie die Gläser abstellen, den Plattenspieler und den Verstärker ausschalten und hinuntergehen zu ihren Wagen.

... *als wir alle sechs waren und niemand war etwas anderes und es war Kalifornien* ...

»Wer spielt das Saxophon?« hörte er Onkel Morgan fragen; halb in Träume versunken, hörte er die vertraute Stimme auf neue Art: irgend etwas Geflüstertes und Verstohlenes drang in Jacks Ohr. Er berührte das Verdeck des Spielzeugtaxis, und seine Finger waren so kalt, als wäre es aus Eis, nicht aus englischem Stahl.

»Das ist Dexter Gordon, der und kein anderer«, erwiderte sein Vater. Seine Stimme war so träge und freundlich wie immer, und Jack legte die Hand um das schwere Taxi.

»Gute Aufnahme.«

»*Daddy Plays the Horn.* Eine schöne alte Platte, nicht wahr?«

»Ich muß mich danach umsehen.« Und dann glaubte Jack zu wissen, was der merkwürdige Beiklang in Onkel Morgans Stimme zu bedeuten hatte – Onkel Morgan mochte Jazz im Grunde überhaupt nicht, er tat nur so vor Jacks Vater. Daß es so war, hatte Jack schon immer gewußt, und er fand es komisch, daß sein Vater es nicht auch bemerkte. Onkel

Morgan würde sich nie auf die Suche nach einer Platte mit dem Titel *Daddy Plays the Horn* begeben; es ging ihm nur darum, Phil Sawyer zu schmeicheln – und Phil Sawyer bemerkte es nicht, weil weder er noch überhaupt jemand Morgan Sloat jemals genügend Aufmerksamkeit schenkte. Onkel Morgan, gerissen und ehrgeizig (»gerissen wie ein Vielfraß, tückisch wie ein Winkeladvokat«, pflegte Lily zu sagen), lenkte Aufmerksamkeit von sich ab – irgendwie glitt das Auge wie von selbst an ihm vorbei. Jacky hätte wetten können, daß sogar seine Lehrer in der Schule Mühe hatten, sich an seinen Namen zu erinnern.

»Stell dir vor, was dieser Kerl da drüben sein würde«, sagte Onkel Morgan, ausnahmsweise Jacks volle Aufmerksamkeit auf sich lenkend. Der falsche Ton klang nach wie vor in seiner Stimme, aber es war nicht Sloats Heuchelei, die Jacks Kopf hochfahren ließ und seine Finger um sein schweres Spielzeug preßte – die Worte *da drüben* waren schnurstracks in sein Gehirn gedrungen und tönten jetzt nachhallend wie ein Glockenspiel. *Da drüben* – das war das Land von Jacks Tagträumen. Das hatte er sofort gewußt. Sein Vater und Onkel Morgan hatten vergessen, daß er hinter der Couch steckte, und sie würden jetzt über die Tagträume reden.

Sein Vater wußte über das Tagtraum-Land Bescheid. Jack hätte die Tagträume seinem Vater oder seiner Mutter gegenüber nie erwähnen können, aber sein Vater wußte über die Tagträume Bescheid, weil er Bescheid wissen mußte – so einfach war das. Und der Grund dafür, den Jack mehr gefühlsmäßig empfand als bewußt zu artikulieren vermochte, lag darin, daß sein Vater half, die Tagträume zu beschützen.

Und aus demselben Grund, gleichermaßen schwierig aus dem Bereich der Gefühle in den der Sprache zu übersetzen, flößte ihm die Verbindung zwischen Morgan Sloat und den Tagträumen Unbehagen ein.

»Wie?« sagte Onkel Morgan. »Dieser Kerl würde sie regelrecht umstülpen, meinst du nicht? Wahrscheinlich würden sie ihm zum Herzog des Verheerten Landes machen oder etwas dergleichen.«

»Das wohl nicht gerade«, sagte Phil Sawyer. »Nicht wenn er ihnen so gut gefällt wie uns.«

Aber Onkel Morgan gefällt er gar nicht, dachte Jack, der plötzlich begriff, daß dies wichtig war. *Er gefällt ihm nicht, überhaupt nicht, er findet, die Musik ist zu laut, er glaubt, sie nähme ihm etwas weg...*

»Nun, davon verstehst du wesentlich mehr als ich«, sagte Onkel Morgan mit einer Stimme, die umgänglich und entspannt klang.

»Gewiß, ich war öfter dort als du. Aber du holst ganz gut auf.« Jacky hörte, daß sein Vater lächelte.

»Oh, ich habe dies und jenes gelernt, Phil. Aber weißt du – ich kann dir gar nicht sagen, wie dankbar ich dir bin, daß du mir das alles gezeigt hast.« Die beiden Silben von *dankbar* füllten sich mit Rauch und dem Klirren brechenden Glases.

Doch all diese kleinen Warnungen hinterließen in Jacks intensiver, fast beseligter Zufriedenheit kaum mehr als leichte Dellen. Sie redeten über die Tagträume. Es war der reinste Zauber, daß dergleichen möglich war. Was sie sagten, war zu hoch für ihn, sie tauschten die Begriffe und das Vokabular von Erwachsenen, aber der sechsjährige Jack durchlebte von neuem das Wunder und das Glück der Tagträume, und er war zumindest alt genug, um zu begreifen, in welche Richtung ihre Unterhaltung ging. Die Tagträume waren wirklich, und irgendwie hatte er sie mit seinem Vater gemeinsam. Das war schon die Hälfte seines Glücks.

2

»Laß mich einiges dazu sagen, ganz gerade heraus«, sagte Onkel Morgan. »Sie haben Magie, wie wir Physik haben, richtig? Wir sprechen von einer Agrarmonarchie, die mit Magie anstelle von Wissenschaft arbeitet.«

»Gewiß«, sagte Phil.

»Und zwar vermutlich schon seit Jahrhunderten. An ihrem Leben hat sich nie viel geändert.«

»Das stimmt, wenn man von politischen Unruhen absieht.«

Dann straffte sich Onkel Morgans Stimme, und die Erregung, die er zu verbergen suchte, ließ in seinen Konsonanten kleine Peitschen knallen. »Vergessen wir das politische Zeug. Denken wir zur Abwechslung einmal an uns. Du sagst – und darin stimme ich mit dir überein, Phil –, daß die Region uns schon eine Menge eingebracht hat und daß wir bei den Veränderungen, die wir dort einführen, sehr behutsam vorgehen müssen. Mit dieser Einstellung habe ich keinerlei Probleme. Ich empfinde es ebenso.«

Jack konnte das Schweigen seines Vaters fühlen.

»Okay«, fuhr Sloat fort. »Gehen wir von der Voraussetzung aus, daß wir im Rahmen einer für uns prinzipiell vorteilhaften Situation jedermann auf unserer Seite am Gewinn teilhaben lassen können. Wir verzichten nicht auf die Vorteile, sind aber nicht gierig nach dem, was die Region uns einbringt. Wir sind diesen Leuten Dank schuldig, Phil. Sieh dir an, was sie für uns getan haben. Ich glaube, wir könnten zu einer Art echter Zusammenarbeit gelangen. Unsere Energie könnte ihre Energie stärken, und es könnten Dinge zustande kommen, an die wir bisher noch nicht einmal gedacht haben. Und wir würden großzügig erscheinen, was wir auch sind – aber ohne daß es uns weh tut.« Wahrscheinlich beugte er sich mit gerunzelter Stirn vor und preßte die Handflächen gegeneinander. »Natürlich fehlt mir noch der vollständige Überblick, das weißt du, aber ich denke, schon die Zusammenarbeit ist das Eintrittsgeld wert, davon bin ich überzeugt. Aber, Phil – kannst du dir vorstellen, was für einen Riesenreibach wir machen könnten, wenn wir ihnen elektrischen Strom gäben? Wenn wir die richtigen Leute da drüben mit modernen Waffen versorgten? Kannst du dir ein Bild davon machen? Es ist kaum vorstellbar.« Das feuchte, matschige Geräusch seines Händeklatschens.

»Ich möchte dich nicht überrumpeln – aber ich dachte, es wäre vielleicht an der Zeit, unsere Gedanken in diese Richtung zu lenken – darüber nachzudenken, wie wir uns in der Region stärker engagieren.«

Phil Sawyer sagte immer noch nichts. Onkel Morgan klatschte wieder in die Hände. Schließlich sagte Phil Sawyer mit unverbindlicher Stimme: »Du willst darüber nachdenken, wie wir uns stärker engagieren.«

»Ich finde, das sollten wir. Und ich kann dir Kapitel und Vers nennen, Phil, aber das sollte nicht nötig sein. Du weißt doch ebensogut wie ich, wie die Dinge lagen, bevor wir anfingen, gemeinsam dorthin zu gehen. Vielleicht hätten wir es allein schaffen können und es auch tatsächlich geschafft, aber was mich betrifft, bin ich dankbar dafür, daß wir aufhören können, eine Handvoll abgewirtschafteter Stripperinnen und Hänschenkleins zu vertreten.«

»Hör auf, Morgan«, sagte sein Vater.

»Flugzeuge«, sagte Onkel Morgan. »Denk an Flugzeuge.«

»Hör auf, hör auf damit, Morgan. Ich habe eine Menge Ideen, die dir offenbar noch gar nicht gekommen sind.«

»Neuen Ideen gegenüber bin ich immer offen«, sagte Morgan, und seine Stimme war wieder voller Rauch.

»Okay. Ich finde, wir müssen sehr behutsam sein, wenn wir uns dort einmischen, Partner. Ich glaube, alle größeren – alle wirklichen Veränderungen, die wir einführen, könnten sich umkehren und auf uns zurückfallen. Alles hat Folgen, und einige dieser Folgen könnten äußerst unangenehm sein.«

»Zum Beispiel?« fragte Onkel Morgan.

»Zum Beispiel Krieg.«

»Das ist Unfug, Phil. Wir haben nie etwas Derartiges erlebt – es sei denn, du denkst an Bledsoe . . .«

»Ich denke an Bledsoe. War das Zufall?«

Bledsoe. Jack überlegte. Er hatte den Namen schon gehört, aber die Erinnerung war verschwommen.

»Von Bledsoe bis zu einem Krieg ist ein weiter Weg, um es bescheiden auszudrücken. Außerdem sehe ich da keine Zusammenhänge.«

»Na schön. Aber hast du vielleicht davon gehört, daß ein Fremder den alten König drüben ermordet hat – vor langer Zeit? Hast du davon gehört?«

»Ja, ich glaube schon«, sagte Onkel Morgan, und Jack hörte abermals die Falschheit in seiner Stimme.

Der Stuhl seines Vaters knarrte – er nahm die Füße vom Schreibtisch und beugte sich vor. »Die Ermordung löste drüben einen kleinen Krieg aus. Die Anhänger des alten Königs mußten eine Rebellion niederschlagen, die ein paar unzufriedene Adlige angezettelt hatten, Leute, die glaubten, die Gelegenheit wäre günstig, die Macht an sich zu reißen und nach ihrem Gutdünken zu verfahren – Land zu enteignen, Vermögen zu beschlagnahmen, ihre Gegner ins Gefängnis zu werfen, zu Reichtum zu gelangen.«

»Sei nicht unfair«, unterbrach ihn Morgan. »Ich habe auch davon gehört. Die Leute wollten eine Art politischer Ordnung in dieses völlig ineffiziente System bringen – und dabei muß man anfangs gelegentlich hart durchgreifen. Das leuchtet mir ein.«

»Zugegeben, es ist nicht unsere Sache, über ihre Politik zu urteilen. Aber ich will auf etwas anderes hinaus. Dieser kleine Krieg dort drüben dauerte ungefähr drei Wochen. Als er vorüber war, waren vielleicht hundert Menschen ums Leben gekommen. Wahrscheinlich sogar noch weniger. Hat dir je jemand gesagt, wann dieser Krieg ausbrach? In welchem Jahr? An welchem Tag?«

»Nein«, murmelte Onkel Morgan mit mürrischer Stimme.

»Es war am 1. September 1939. Hier war es der Tag, an dem die Deutschen in Polen einmarschierten.« Sein Vater hörte auf zu reden, und Jack, der hinter der Couch sein schwarzes Spielzeugtaxi umklammerte, gähnte heftig, aber lautlos.

»Das ist doch Blödsinn«, sagte Onkel Morgan schließlich. »*Ihr* Krieg soll *unseren* ausgelöst haben? Glaubst du das etwa wirklich?«

»Ich glaube es«, sagte Jacks Vater. »Ich glaube, daß ein dreiwöchiger Aufstand da drüben hier einen Krieg auslöste, der sechs Jahre dauerte und Millionen Menschenleben kostete. Ja.«

»Nun . . .« sagte Onkel Morgan, und Jack konnte sich vorstellen, wie sehr ihm das gegen den Strich ging.

»Und da ist noch etwas. Ich habe mich drüben mit einer Menge Leute unterhalten. Und ich habe dabei den Eindruck gewonnen, daß der Fremde, der den König ermordete, ein *wirklicher* Fremder war, wenn du verstehst, was ich meine. Die Leute, die ihn sahen, hatten das Gefühl, daß er sich in der Kleidung der Region nicht wohlfühlte. Er benahm sich, als wären ihm die Sitten und Gebräuche nicht bekannt. Und er wußte nicht gleich mit dem Geld umzugehen.«

»Ah.«

»Ja. Wenn sie ihn nicht sofort in Stücke gerissen hätten, nachdem er den König erstochen hatte, könnten wir unserer Sache sicher sein, aber ich zweifle trotzdem nicht daran, daß er so war wie . . .«

»Wie wir.«

»Wie wir. So ist es. Ein Besucher. Morgan, ich glaube nicht, daß wir da drüben allzusehr in den Lauf der Dinge eingreifen dürfen. Weil wir

einfach nicht wissen, welche Auswirkungen das hat. Um dir die Wahrheit zu sagen – ich glaube, das, was in der Region vor sich geht, wirkt sich ständig auf uns aus. Und soll ich dir noch etwas Verrücktes sagen?«
»Warum nicht?« erwiderte Sloat.
»Es ist nicht die einzige andere Welt da draußen.«

3

»Du spinnst«, sagte Sloat.
»Wirklich. Als ich dort war, hatte ich ein- oder zweimal das Gefühl, mich in der Nähe eines weiteren Bereichs zu befinden – der Region der Region.«

Ja, dachte Jack, *das ist richtig, es muß so sein, die Tagträume der Tagträume, irgendein noch schönerer Ort, und jenseits davon liegen die Tagträume der Tagträume der Tagträume, und jenseits davon liegt noch ein weiterer Ort, eine noch herrlichere Welt...* Er spürte plötzlich, daß er sehr schläfrig geworden war.

Die Tagträume der Tagträume...

Und dann war er fast auf der Stelle eingeschlafen, das schwere kleine Taxi im Schoß, sein ganzer Körper schwer von Schlaf, auf den Holzdielen verankert und so glückhaft leicht.

Das Gespräch mußte weitergegangen sein – es mußte vieles geben, das Jack verpaßte. Er stieg und sank, schwer und leicht, durch die ganze zweite Seite von *Daddy Plays the Horn*, und in dieser Zeit mußte Morgan Sloat für seinen Plan argumentiert haben – leise, aber mit welchem Zusammenballen seiner Fäuste, mit welchen Verzerrungen seiner Stirn; dann mußte er den Eindruck erweckt haben, als wäre er überzeugbar, um dann schließlich von den Einwänden seines Partners überzeugt zu sein. Am Ende dieses Gespräches, an das sich der zwölfjährige Jack Sawyer in dem gefährlichen Grenzbereich zwischen Oatley, New York, und einem namenlosen Dorf der Region erinnerte, hatte Morgan Sloat den Eindruck erweckt, als wäre er nicht nur *überzeugt*, sondern dankbar für die Lektion. Als Jack erwachte, war das erste, was er hörte, die Frage seines Vaters: »He, wo ist Jack eigentlich geblieben?«, und das zweite war Onkel Morgans Behauptung: »Ich glaube wahrhaftig, du hast recht, Phil. Du hast eine Art, bis auf den Grund der Dinge durchzublicken, wirklich großartig, wie du das machst.«

»Wo zum Teufel steckt Jack?« sagte sein Vater, und Jack regte sich hinter der Couch. Jetzt wachte er richtig auf. Das schwarze Taxi polterte auf den Fußboden.

»Aha«, sagte Onkel Morgan. »Kleine Kinder mit großen Ohren, *peut-être*«?

»Bist du da hinten, Jacky?« fragte sein Vater. Stühle knirschten auf dem Parkett, Männer erhoben sich.

Er sagte »Uah« und beförderte das Taxi langsam wieder in seinen Schoß. Seine Beine fühlten sich steif und lahm an – wenn er aufstand, würden sie kribbeln.

Sein Vater lachte. Schritte kamen auf ihn zu, Morgan Sloats rotes, gedunsenes Gesicht erschien über der Lehne der Couch. Jack gähnte und stieß mit den Knien gegen die Rückwand der Couch. Neben Sloats Gesicht erschien das seines Vaters. Sein Vater lächelte. Einen Augenblick lang schienen die beiden Erwachsenenköpfe über der Couchlehne in der Luft zu schweben. »Komm, Schlafmütze, wir wollen nach Hause«, sagte sein Vater. Als der Junge Onkel Morgan ins Gesicht schaute, sah er Berechnung in seine Haut eindringen, in seinen feisten Wangen verschwinden wie eine Schlange unter einem Felsbrocken. Dann sah er wieder aus wie Richard Sloats Daddy, wie der gute alte Onkel Morgan, der immer mit großartigen Weihnachts- und Geburtstagsgeschenken aufwartete, der gute alte verschwitzte Onkel Morgan, der so leicht zu übersehen war. Aber wie hatte er vorher ausgesehen? *Wie ein menschliches Erdbeben, wie ein Mann, der an der Verwerfung hinter seinen Augen zugrundegeht, wie etwas, das unter höchster Spannung steht und kurz vor dem Explodieren ist...*

»Wie wär's mit einem Eis für den Heimweg, Jack?« sagte Onkel Morgan zu ihm. »Was hältst du davon?«

»Hm«, sagte Jack.

»Ja, wir können unten in der Halle eins kaufen«, sagte sein Vater.

»Lecker, lecker«, sagte Onkel Morgan. »Jetzt reden wir tatsächlich über Zusammenarbeit«, und lächelte Jack abermals zu.

Das geschah, als er sechs war, und jetzt, mitten in seinem gewichtslosen Sturz zwischen hier und dort, geschah es wieder. Der grauenhaft purpurne Geschmack von Speedys Saft staute es in seinem Mund, in seinen Nasenhöhlen, und der ganze geruhsame Nachmittag vor sechs Jahren passierte in seinem Kopf noch einmal Revue. Er sah ihn vor sich, als bewirkte der Zaubersaft vollständige Erinnerung, und er durchlebte diesen Nachmittag in den paar Sekunden, in denen ihm bewußt wurde, daß er diesmal den Zaubersaft tatsächlich erbrechen mußte.

Onkel Morgans Augen, die rauchten, und in Jacke eine gleichfalls rauchende Frage, die drängte und drängte, um endlich herauszukommen...

Wer spielte
Was für Variationen was für Variationen
Wer spielt diese Variationen, Daddy?
Wer
tötete Jerry Bledsoe? Der Zaubersaft stieg dem Jungen in den Mund,

beißende Rinnsale reizten seine Nase, und im gleichen Augenblick, in dem Jack lose Erde unter den Händen spürte, gab er nach und erbrach sich lieber, anstatt zu ertrinken. Was tötete Jerry Bledsoe? Fauliges, purpurnes Zeug schoß aus Jacks Mund, benahm ihm den Atem, und blindlings schob er sich zurück – seine Füße und seine Beine hatten sich in hohem, steifem Unkraut verfangen. Jack hob sich auf Hände und Knie und wartete, geduldig wie ein Maultier und mit offenem Mund, auf die zweite Attacke. Sein Magen krampfte sich zusammen, und bevor er stöhnen konnte, brannte sich noch mehr von dem stinkenden Saft seine Brust und seine Kehle herauf und spritzte aus seinem Mund. Dicke Speichelfäden hingen von seinen Lippen, und er streifte sie ab. Dann fuhr er mit der Hand über seine Hose. Jerry Bledsoe, ja. *Jerry*, der immer Hemden mit seinem Namen trug, wie ein Tankwart. Jerry, der gestorben war, als . . . Der Junge schüttelte den Kopf und wischte sich wieder mit den Händen über den Mund. Er spie in ein Büschel wildes Gras mit gesägten Halmen, das wie der Ansteckstrauß eines Riesen aus der graubraunen Erde sproß. Irgendein animalischer Instinkt, den er nicht begriff, veranlaßte ihn, die rosa Lache mit loser Erde zu bedecken. Ein anderer Reflex ließ ihn abermals die Handflächen an der Hose abwischen. Endlich blickte er auf.

Er kniete im letzten Abendlicht am Rand eines Feldweges. Kein furchtbares Elroy-Ding verfolgte ihn. Hunde, in einen hölzernen Pferch eingesperrt, schoben die Mäuler durch die Spalten ihres Gefängnisses und bellten und knurrten ihn an. Hinter den eingepferchten Hunden erhob sich ein weitläufiges Holzgebäude, und auch von ihm drangen Geräusche in den unendlichen Himmel. Sie hatten eine unverwechselbare Ähnlichkeit mit den Geräuschen, die Jack kurz zuvor durch die Wand des Oatley Tap hindurch gehört hatte: der Lärm von Betrunkenen, die einander anbellten. Eine Bar – hier würde man es wohl eine Schenke nennen, dachte Jack. Jetzt, nachdem die von Speedys Saft ausgelöste Übelkeit verflogen war, roch er den durchdringenden Hefeduft von Hopfen und Malz. Er mußte verhindern, daß die Männer in der Schenke ihn entdeckten.

Einen Augenblick lang dachte er daran, vor all diesen Hunden davonzulaufen, die durch die Spalten ihres Pferchs jappten und knurrten. Dann stand er auf. Der Himmel schien über seinem Kopf zur Seite zu kippen, sich zu verdunkeln. Und Zuhause, in *seiner* Welt, was passierte da? Eine hübsche kleine Katastrophe mitten in Oatley? Eine nette kleine Überschwemmung, ein reizendes Feuerchen? Jack entfernte sich behutsam rückwärts von der Schenke, dann schob er sich seitwärts durch das hohe Gras. Ungefähr sechzig Meter entfernt brannten dicke Kerzen in den Fenstern des einzigen anderen Gebäudes, das er sehen konnte. Von irgendwo, nicht weit zu seiner Rechten, driftete der Gestank eines Schweinekobens herüber. Als Jack ungefähr die halbe Strecke zwischen

der Schenke und dem Haus zurückgelegt hatte, hörten die Hunde auf, zu jappen und zu knurren, und er machte sich langsam auf Weg zur Weststraße. Die Nacht war dunkel und mondlos.
Jerry Bledsoe.

4

Es gab noch mehr Häuser, aber Jack sah sie erst, als er fast vor ihnen stand. Von den lärmenden Trinkern in der Schenke abgesehen, gingen die Menschen der Region mit der Sonne schlafen. In den kleinen rechteckigen Fenstern brannten keine Kerzen. Gleichfalls dunkel und rechteckig, standen die Häuser beiderseits der Weststraße seltsam isoliert da – irgend etwas stimmte nicht, wie auf einem Rätselbild in einer Kinderzeitschrift, aber Jack kam nicht darauf, was es war. Nichts hing kopfüber, nichts brannte, nichts schien sich am falschen Ort zu befinden. Die meisten dieser Häuser hatten dicke, struppige Dächer, die aussahen wie Heuschober mit Bürstenhaarschnitt; Jack vermutete, daß es Reetdächer waren – er hatte davon gehört, aber noch nie eines gesehen. *Morgan,* schoß es ihm plötzlich mit panischer Eindringlichkeit in den Kopf, *Morgan von Orris;* einen Augenblick lang sah er sie beide miteinander verschmelzen, den Mann mit langem Haar und einem Korkschuh und den verschwitzten, arbeitswütigen Partner seines Vaters – Morgan Sloat mit Piratenhaar und hinkendem Gang. Aber Morgan – der Morgan dieser Welt – hatte mit dem, was an diesem Bild nicht stimmte, nichts zu tun.

Jack kam gerade an einem kleinen, eingeschossigen Gebäude vorbei, das einem aufgeblähten Kaninchenstall ähnelte, einem Fachwerkhäuschen mit x-förmig angeordneten Balken. Auch dieses Gebäude hatte ein struppiges Bürstenhaardach. Wenn er jetzt Oatley verließe – oder, um der Wahrheit näherzukommen, aus Oatley herausrannte –, was würde er dann in dem einzigen dunklen Fenster dieser Hütte für Riesenkaninchen wahrscheinlich sehen? Er wußte es: das bewegte Flackern vom Bildschirm eines Fernsehers. Aber in den Häusern der Region gab es natürlich keine Fernseher. Und es war auch nicht das Fehlen des bunten Flackerns, das ihn verwirrte. Es war etwas anderes, etwas, das so sehr zu jeder Ansammlung von Häusern an einer Straße gehörte, daß sein Fehlen ein Loch in der Landschaft hinterließ. Man bemerkte das Loch, ohne sagen zu können, was fehlte.

Fernsehen, Fernsehgeräte ... Jack ließ das Fachwerkhäuschen hinter sich und sah vor sich ein weiteres zwergenhaft kleines Gebäude, dessen Vordertür nur wenige Zentimeter vom Straßenrand entfernt war. Es schien kein Reetdach zu haben, sondern mit Grassoden gedeckt zu sein, und Jack lächelte – dieses winzige Dorf erinnerte ihn an Hobbingen. Was, wenn ein Hobbit-Kabelverleger hier auftauchte und zur Dame des – Schuppens? der Hundehütte? – oder was auch immer sagte: »Madam, wir verlegen Kabel hier in Ihrer Gegend, und für eine kleine monatliche Gebühr können Sie fünfzehn neue Kanäle empfangen – stellen Sie sich das vor! –, Sie können *Midnight Blue* sehen, Sie bekommen die Sender, die ausschließlich über Sport und Wetter berichten, Sie können...« Und genau das war es, begriff er plötzlich. Vor diesen Häusern standen keine Masten. Keine elektrischen Leitungen! Keine Fernsehantennen ragten in den Himmel, keine hohen Holzmasten reihten sich an der Weststraße: in der Region gab es keinen elektrischen Strom. Und genau deshalb hatte er sich nicht gestattet, das fehlende Element zu identifizieren. Jerry Bledsoe war, zumindest während eines Teils seiner Zeit, der Elektriker und Hausmeister von Sawyer & Sloat gewesen.

5

Als sein Vater und Morgan Sloat diesen Namen, *Bledsoe*, erwähnten, war ihm, als hätte er ihn noch nie gehört – aber da er sich an ihn erinnerte, mußte er den Nachnamen des Hausmeisters zumindest ein- oder zweimal gehört haben. Aber Jerry Bledsoe war fast immer einfach *Jerry* gewesen, wie es auf der Tasche seines Arbeitshemdes geschrieben stand. »Jerry sollte sich die Klimaanlage einmal ansehen.« – »Würdest du Jerry bitten, die Scharniere an dieser Tür zu ölen?« Und Jerry würde erscheinen, in frischgewaschener Arbeitskleidung, das gelichtete rostrote Haar flach zurückgekämmt; er würde ernst durch seine runde Brille blicken und gelassen in Ordnung bringen, was in Ordnung gebracht werden mußte. Es gab eine Mrs. Jerry, die dafür sorgte, daß die gelblichbraune Arbeitshose immer sauber und gebügelt war, und mehrere kleine Jerrys, an die bei Sawyer & Sloat unfehlbar zu Weihnachten gedacht wurde. Jack war noch klein genug, um den Namen *Jerry* mit dem ewigen Widersacher des Katers Tom in Verbindung zu bringen, und so stellte er sich vor, daß der Hausmeister und Mrs. Jerry und die kleinen Jerrys in einem riesigen Mauseloch lebten, dessen Eingang aus einem halbrunden Ausschnitt in einer Scheuerleiste bestand.

Aber wer hatte Jerry Bledsoe getötet? Sein Vater und Morgan Sloat, die um die Weihnachtszeit immer so nett zu den Bledsoe-Kindern waren?

Jack bewegte sich in der Dunkelheit der Weststraße voran und wünschte sich, alles vergessen zu haben, was mit dem Hausmeister von Sawyer & Sloat zusammenhing; er wünschte, er wäre eingeschlafen, sobald er hinter die Couch gekrochen war. Schlaf war das, was er jetzt brauchte – viel dringender als die unbehaglichen Erinnerungen, die die sechs Jahre zurückliegende Unterhaltung heraufbeschworen hatte. Er beschloß, einen Schlafplatz ausfindig zu machen, sobald er sicher war, das letzte Haus etliche Kilometer hinter sich gelassen zu haben. Er würde mit einem Feld zufrieden sein, sogar mit einem Graben. Seine Beine wollten sich nicht mehr bewegen; all seine Muskeln, sogar seine Knochen schienen ihr Gewicht verdoppelt zu haben.

Es war geschehen, nachdem Jack – wie schon öfters – seinem Vater in irgendeinen geschlossenen Raum gefolgt war und dann feststellen mußte, daß Phil Sawyer verschwunden war. Später verschwand sein Vater aus seinem Schlafzimmer, aus dem Eßzimmer, aus dem Konferenzraum von Sawyer & Sloat. In diesem Fall hatte er für seinen unerklärlichen Trick die Garage neben dem Haus am Rodeo Drive gewählt.

Jack, der unbemerkt auf der kleinen Anhöhe saß – der höchsten Erhebung, die dieses Viertel von Beverly Hills zu bieten hatte –, sah, wie sein Vater das Haus verließ, den Rasen überquerte, dabei in seiner Tasche nach Geld oder Schlüsseln suchte und dann durch die Seitentür die Garage betrat. Sekunden später hätte die weiße Tür an der rechten Garagenwand aufschwingen müssen, aber sie blieb beharrlich geschlossen. Dann wurde Jack klar, daß der Wagen seines Vaters noch dort stand, wo er den ganzen Vormittag gestanden hatte – am Bordstein unmittelbar vor dem Haus. Lilys Wagen war fort – sie hatte sich eine Zigarette angezündet und erklärt, sie ginge zu einer Vorführung von *Dirt Track*, dem neuesten Film des Regisseurs von *Death's Darling*, und wehe dem, der sie daran zu hindern versuchte; es stand also kein Wagen in der Garage. Minutenlang wartete Jack darauf, daß sich etwas tat, aber weder die Seitentür noch die große Vordertür öffneten sich. Schließlich rutschte Jack die grasbewachsene Anhöhe hinunter, ging zu der Garage und trat ein. Der große, vertraute Raum war leer. Auf dem grauen Betonboden zeichneten sich dunkle Ölflecke ab. Werkzeug hing an silbrigen Haken an den Wänden. Jack gab ein erstauntes Grunzen von sich, rief »Dad?« und sah sich alles noch einmal an, um ganz sicherzugehen. Diesmal entdeckte er eine Grille, die dem schützenden Schatten der Wand entgegenhüpfte, und einen Augenblick hätte er *fast* glauben können, daß es wirklich Zauberei gab und daß irgendein böser Zauberer erschienen wäre und ... Die Grille hatte die Wand erreicht und verschwand in einer unsichtbaren Spalte. Nein, sein Vater war nicht in eine Grille verwandelt worden. »He«, sagte der Junge – wie es schien, nur zu sich selbst. Er ging rückwärts auf die Seitentür zu und verließ die Garage. Sonnenschein fiel auf die üppigen, dichten Rasenflächen am Rodeo Drive. Er hätte gern jemanden angerufen, aber wen? Die Polizei? *Mein Daddy ist in die Garage gegangen, und ich konnte ihn drinnen nicht finden, und nun habe ich Angst...*

Zwei Stunden später kam Phil Sawyer vom Beverly Wilshire-Ende der Straße heraufgewandert. Er trug das Jackett über der Schulter und hatte den Knoten seiner Krawatte gelockert – Jack kam er vor wie ein Mann, der von einer Reise um die Welt zurückkehrt.

Jack sprang von der Anhöhe herab und stürmte seinem Vater entgegen. »Du hast es aber eilig«, sagte sein Vater lächelnd, und Jack schmiegte sich an seine Beine. »Ich dachte, du machst ein Schläfchen, Travelling Jack.«

Sie hörten das Telefon läuten, als sie sich dem Haus näherten, und ein Instinkt – vielleicht der Instinkt, in der Nähe seines Vaters bleiben zu wollen – ließ Jack hoffen, daß es bereits ein dutzendmal geläutet hatte, daß der Anrufer auflegte, bevor sie die Vordertür erreicht hatten. Sein Vater fuhr ihm durchs Haar, legte ihm seine große, warme Hand ins Genick, dann riß er die Tür auf und war mit fünf langen Schritten am Telefon. »Ja, Morgan«, hörte Jack seinen Vater sagen. »Oh? Eine schlechte Nachricht? Ja, sag mir, was passiert ist.« Nach einem langen Augenblick des Schweigens, in dem er hören konnte, wie sich die blecherne, kratzende Stimme von Morgan Sloat durch die Telefondrähte schlich: »Oh, Jerry. Mein Gott. Der arme Jerry. Ich komme sofort.« Dann blickte sein Vater ihn an, ohne zu lächeln, ohne ihm zuzuzwinkern, er nahm nur seine Anwesenheit zur Kenntnis. »Ich komme gleich, Morgan. Ich muß Jack mitbringen, aber er kann im Wagen warten.« Jack spürte, wie sich seine Muskeln entkrampften, und er war so erleichtert, daß er nicht fragte, warum er im Wagen warten mußte, was er zu jeder anderen Zeit getan hätte.

Phil fuhr auf dem Rodeo Drive bis zum Beverly Hills Hotel, bog links in den Sunset Boulevard ab und lenkte den Wagen zum Bürogebäude. Er sagte nichts.

Auf dem Parkplatz neben dem Bürogebäude standen bereits zwei Streifenwagen und ein Wagen von der Feuerwehr, Onkel Morgans weißes Mercedes-Kabriolett und der verrostete alte zweitürige Plymouth, der dem Hausmeister gehört hatte. Gleich hinter der Eingangstür sprach Onkel Morgan mit einem Polizisten, der ganz langsam und in offensichtlichem Mitgefühl den Kopf schüttelte. Morgans rechter Arm hielt die Schultern einer schlanken jungen Frau umfaßt, die ihr Gesicht in seiner Brust vergraben hatte. Mrs. Jerry, das wußte Jack, und er sah, daß der größte Teil ihres Gesichts von einem weißen Taschentuch verdeckt wurde, das sie auf die Augen drückte. Ein Feuerwehrmann mit Helm und Regenmantel fegte weiter hinten in der Halle ein Chaos von verkrümmtem Metall und Kunststoff, Asche und Glasscherben zu einem Haufen zusammen. Phil sagte: »Bleib ein paar Minuten hier sitzen, Jack, okay?« und lief zum Eingang hinüber. Eine junge Chinesin saß auf einem Betonsockel am Rande des Parkplatzes und sprach mit einem Polizisten. Vor ihr lag ein verkrümmter Gegenstand, den Jack erst nach genauerem Hinsehen als Fahrrad erkannte. Als Jack Luft holte, roch er bitteren Rauch.

Zwanzig Minuten später kamen sein Vater und Onkel Morgan aus dem Gebäude heraus. Onkel Morgan, der immer noch Mrs. Jerry umfaßt hielt, winkte den Sawyers zum Abschied zu. Er führte die Frau zur Beifahrertür seines Wagens. Sein Vater stieg in seinen eigenen Wagen und fädelte sich in den Verkehr auf dem Sunset Boulevard ein.

»Ist Jerry verletzt?« fragte Jack.

»Ein seltsamer Unfall«, sagte sein Vater. »Elektrizität – das ganze Gebäude hätte in Rauch aufgehen können.«

»Ist Jerry verletzt?« wiederholte Jack seine Frage.

»Der arme Kerl ist so schwer verletzt, daß er tot ist«, sagte sein Vater.

Jack und Richard Sloat brauchten zwei Monate, um sich die Geschichte aus den Gesprächen, die sie mithörten, vollständig zusammenzureimen. Jacks Mutter und Richards Haushälterin lieferten weitere Details – die Haushälterin die grausigsten.

Jerry Bledsoe war an einem Samstag erschienen, um einige Fehler in der Alarmanlage des Gebäudes auszubügeln. Wenn er sich an einem Werktag an dem empfindlichen System zu schaffen machte, konnte es leicht geschehen, daß er versehentlich den Alarm auslöste und die Bewohner des Hauses verwirrte oder aufbrachte. Die Alarmanlage war an die Hauptschalttafel des Gebäudes angeschlossen, die sich in einem Gang im Erdgeschoß hinter zwei großen, abnehmbaren Nußbaumplatten befand. Jerry hatte sein Werkzeug bereitgelegt und die Platten abgenommen, nachdem er sich vergewissert hatte, daß der Parkplatz leer war und niemand aus der Haut fuhr, wenn die Alarmsirene aufheulen würde. Dann ging er in seine Werkstatt im Keller und teilte dem zuständigen Polizeirevier mit, sie brauchten sich um Signale von Sawyer & Sloat nicht zu kümmern, bis er wieder anriefe. Als er wieder hinaufging, um sich mit der Masse von Drähten zu beschäftigen, die in der Schalttafel zusammenliefen, bog eine dreiundzwanzigjährige Frau namens Loretta Chang auf ihrem Fahrrad gerade auf den Parkplatz ein – sie verteilte Werbezettel für ein Restaurant, das fünfzehn Tage später weiter unten in der Straße eröffnet werden sollte.

Später berichtete Mrs. Chang der Polizei, daß sie durch die gläserne Vordertür geblickt und gesehen hätte, wie ein Handwerker aus dem Keller in die Halle kam. Unmittelbar bevor der Mann seinen Schraubenzieher in die Hand nahm und die Schalttafel berührte, hatte sie gespürt, daß der Parkplatz unter ihren Füßen schwankte. Sie hielt es für ein leichtes Erdbeben; da sie zeitlebens in Los Angeles gewohnt hatte, brachte sie ein seismischer Vorgang, bei dem nicht einmal etwas einstürzte, nicht aus der Ruhe. Sie sah, daß Jerry Bledsoe die Füße versetzte (also hatte er es auch gespürt), den Kopf schüttelte und dann behutsam die Spitze des Schraubenziehers in ein Gewirr von Drähten steckte.

Und dann verwandelten sich die Halle und der Gang im Erdgeschoß des Hauses von Sawyer & Sloat in ein Inferno.

Aus der gesamten Schalttafel wurde in Sekundenschnelle ein massives Rechteck aus Flammen; bläulichgelbe Bögen, die Blitzen glichen, schossen heraus und hüllten den Handwerker ein. Elektronische Sirenen begannen zu heulen. Ein fast zwei Meter hoher Feuerball fiel aus der Wand, stieß den bereits toten Jerry Bledsoe beiseite und rollte den Gang entlang auf die Halle zu. Die transparente Vordertür verwandelte sich in herausfliegendes Glas und rauchende, zerfetzte Rahmenteile. Loretta Chang ließ ihr Rad fallen und hetzte zur Telefonzelle auf der anderen Straßenseite. Während sie der Feuerwehr die Adresse des Gebäudes nannte und feststellte, daß die Kräfte, die durch die Tür gebrochen waren, ihr Fahrrad fast auseinandergerissen hatten, schwankte Jerry Bledsoes verschmorter Körper noch immer aufrecht vor der verwüsteten Schalttafel. Tausende von Volt flossen durch seinen Körper, ließen ihn in regelmäßigen Abständen zucken, rissen ihn in stetigem Pulsieren vor und zurück. Alles Haar am Körper des Hausmeisters und der größte Teil seiner Kleidung waren verbrannt, und seine Haut war fleckig grau gekocht. Seine Brille, ein schmorender Klumpen aus braunem Plastik, bedeckte seine Nase wie ein Breiumschlag.

Jerry Bledsoe. *Wer spielt diese Variationen, Daddy?* Jack setzte einen Fuß vor den anderen, bis er eine halbe Stunde gegangen war, ohne noch eine der kleinen reetgedeckten Hütten zu sehen. Unvertraute Sterne hingen in unvertrauten Bildern am Himmel über ihm – Botschaften in einer Sprache, die er nicht lesen konnte.

Zwölftes Kapitel

Jack geht auf den Markt

1

In dieser Nacht schlief er in einem duftenden Heuschober der Region; er hatte sich zuerst hineingewühlt und sich dann umgedreht, so daß er frische Luft bekam. Eine Zeitlang horchte er auf leise raschelnde Geräusche – irgendwo hatte er gehört oder gelesen, daß Feldmäuse eine besondere Vorliebe für Heuschober hatten. Aber wenn sich in diesem welche aufhielten, hatte eine Riesenmaus namens Jack Sawyer ihnen einen solchen Schrecken eingejagt, daß sie verstummt waren. Er entspannte sich allmählich. Seine linke Hand tastete nach Speedys Flasche – er hatte die Öffnung mit einem Ballen aus elastischem Moos von einem Bach verstopft, an dem er haltgemacht hatte, um zu trinken. Es war durchaus möglich, dachte er, daß etwas von dem Moos in die Flasche fallen würde oder es bereits getan hatte. Ein Jammer – es würde das feine Aroma und das zarte Bukett beeinträchtigen.

Als er da lag, endlich warm geworden, sehr schläfrig, war das Gefühl, dessen er sich am stärksten bewußt war, Erleichterung – als hätte er ein Dutzend Fünf-Kilo-Gewichte auf dem Rücken getragen und irgendeine freundliche Seele hätte die Riemen gelöst und sie zu Boden fallen lassen. Er war wieder in der Region, dem Land, in dem so reizende Geschöpfe wie Morgan von Orris, Osmond der Peitschenschwinger und Elroy, der Wundervolle Bock-Mann, zu Hause waren, in der Region, wo alles mögliche passieren konnte.

Aber die Region konnte auch gut sein. Daran erinnerte er sich aus seiner frühen Kindheit, als sie alle in Kalifornien lebten und nirgendwo anders. Die Region konnte gut sein, und ihm war, als spürte er jetzt diese Gutartigkeit rings um sich herum, so friedlich, so unbestreitbar süß wie der Duft des Heuschobers, so klar wie der Geruch der Luft in der Region.

Verspürt eine Fliege oder ein Marienkäfer Erleichterung, wenn ein unerwarteter Windstoß kommt und die Kannenpflanze gerade so weit biegt, daß das ertrinkende Insekt entkommen kann? Jack wußte es nicht – aber er wußte, daß er aus Oatley heraus war, weit fort vom Schönwetterclub, von alten Männern, die über gestohlenen Einkaufswagen heulten, weit fort von Biergeruch und dem Gestank von Erbrochenem – und, was am wichtigsten war, weit fort von Smokey Updike und dem Oatley Tap.

Vielleicht würde er trotz allem eine Weile in der Region wandern. Mit diesem Gedanken schlief er ein.

2

Am folgenden Morgen war er vier, vielleicht fünf Kilometer die Weststraße entlanggewandert und hatte das Sonnenlicht genossen und den guten Erdgeruch von Feldern, die bald abgeerntet werden würden, als ein Wagen angerollt kam und ein schnurrbärtiger Farmer in einer Kleidung, die aussah wie eine Toga mit rauhen Breeches darunter, anhielt und rief:
»Willst du zum Markt, Junge?«

Jack starrte ihn erschrocken an; der Mann sprach kein Englisch – nicht einmal das Englisch, das man zur Zeit der Pilgerväter gesprochen hatte.

Neben dem schnurrbärtigen Farmer saß eine Frau in einem weiten Kleid: sie hielt einen vielleicht dreijährigen Jungen auf dem Schoß. Sie lächelte Jack nicht unfreundlich an und ließ dann die Augen zu ihrem Mann rollen. »Er ist einfältig, Henry.«

Sie sprechen kein Englisch – aber was sie auch sprechen mögen, ich verstehe sie. Ich denke sogar in dieser Sprache – und das ist nicht alles – ich sehe in ihr oder mit ihr oder was auch immer.

Jack begriff, daß er das bereits bei seinem vorigen Besuch in der Region getan hatte – nur war er damals zu aufgeregt gewesen, um es zu begreifen; es war alles so schnell gegangen, und *alles* war ihm fremd vorgekommen.

Der Farmer beugte sich vor. Er lächelte und zeigte dabei Zähne, die in einem grauenhaften Zustand waren. »Bist du einfältig, Junge?« fragte er nicht unfreundlich.

»Nein«, sagte er und erwiderte das Lächeln, so gut er konnte; er wußte, daß er nicht *nein* gesagt hatte, sondern ein Wort der Region, das *nein* bedeutete – als er geflippt war, hatten sich seine Sprache und seine Art zu denken (oder zumindest seine Art, sich etwas *vorzustellen* – dieses Wort war in seinem Vokabular nicht enthalten, aber er verstand trotzdem, was es bedeutete) ebenso verändert wie seine Kleidung. »Ich bin nicht einfältig. Aber meine Mutter hat gesagt, ich soll mich vorsehen bei den Leuten, die ich unterwegs treffe.«

Jetzt lächelte die Frau des Farmers. »Deine Mutter hatte recht«, sagte sie. »Willst du zum Markt?«

»Ja«, sagte Jack. »Das heißt, ich will weiter die Straße entlang – nach Westen.«

»Dann steig hinten auf«, sagte der Farmer. »Das Tageslicht bleibt nicht lange. Ich will verkaufen, was ich habe, und vor Sonnenuntergang wieder zu Hause sein. Der Mais taugt nicht viel, aber es ist der letzte des Sommers. Wir können froh sein, im Neunmond überhaupt noch Mais zu haben. Vielleicht kauft ihn jemand.«

»Danke«, sagte Jack und kletterte auf die Ladefläche des niedrigen Wagens. Hier waren Dutzende von Maiskolben mit rauhem Bindfaden zusammengebunden und aufgestapelt wie Klafterholz. Wenn dieser Mais nicht viel taugte, dann konnte sich Jack nicht vorstellen, wie guter Mais hier aussah – es waren die größten Kolben, die er je in seinem Leben gesehen hatte. Außerdem entdeckte er kleine Haufen von verschiedenen Kürbisarten, die er nicht kannte, von denen er aber überzeugt war, daß sie köstlich schmecken müßten. Sein Magen knurrte wütend. Seit er sich auf den Weg gemacht hatte, wußte er, was Hunger war – nicht als flüchtige Bekanntschaft, etwas, das man nach der Schule verspürte und das sich mit ein paar Keksen und einem Glas Milch mit Nesquik aus der Welt schaffen ließ, sondern als vertrauten Freund, der sich gelegentlich ein Stückchen entfernte, ihn aber nur selten ganz verließ.

Er saß mit dem Rücken zur Fahrtrichtung; seine sandalenbekleideten Füße hingen herunter und berührten fast die festgestampfte Erde der Weststraße. An diesem Morgen herrschte reger Verkehr, und Jack vermutete, daß die meisten Fahrzeuge zum Markt wollten. Hin und wieder rief Henry jemandem, den er kannte, einen Gruß zu.

Jack überlegte immer noch, wie die Kürbisse schmecken mochten, besonders eine Sorte, die die Farbe von Äpfeln hatte – und wo er seine nächste Mahlzeit herbekommen sollte, als kleine Hände in sein Haar fuhren und daran rissen – so heftig, daß ihm das Wasser in die Augen schoß.

Er fuhr herum und sah den Dreijährigen dastehen, mit nackten Füßen, ein breites Grinsen auf dem Gesicht und ein paar Strähnen von Jacks Haar in beiden Fäusten.

»Jason!« rief seine Mutter – aber es war ein gewissermaßen nachsichtiger Ruf *(Hast du gesehen, wie er an seinem Haar gezogen hat? So ein starker Junge!)* – »Jason, das ist aber gar nicht *lieb*!«

Jason grinste unverfroren. Es war ein breites, gedankenloses, strahlendes Grinsen, auf seine Art so süß wie der Duft des Heuschobers, in dem Jack die Nacht verbracht hatte. Er konnte nicht anders, er mußte es erwidern – und obwohl er es ohne jede Berechnung und ohne jeden Hintergedanken tat, erkannte er doch, daß er Henrys Frau damit erobert hatte.

»Sitz«, sagte Jason; er schwankte mit den unbewußten Bewegungen eines erfahrenen Matrosen und grinste Jack weiterhin an.

»Wie?«

»Soß.«

»Ich versteh dich nicht, Jason.«

»Sitz Soß.«

»Ich . . .«

Und dann ließ sich Jason, der groß und kräftig war für einen Dreijährigen, auf Jacks Schoß plumpsen, noch immer grinsend.

Sitz Soß, oh ja, jetzt habe ich verstanden, dachte Jack, während der dumpfe Schmerz in seinen Hoden bis in seine Magengrube ausstrahlte. »Jason, *du Böser!*« rief seine Mutter mit der gleichen nachsichtigen und sogar bewundernden Stimme – und Jason, der genau wußte, wer Hahn im Korbe war, grinste sein gedankenloses, süßes und reizendes Grinsen.

Jack spürte, daß Jason naß war. Sehr, ganz furchtbar, zweifellos naß. *Willkommen in der Region, Jacko.*

Und als er da saß mit dem Kind in den Armen und warme Feuchtigkeit langsam in seine Kleidung einsickerte, begann Jack zu lachen, das Gesicht zum blauen, blauen Himmel emporgewandt.

3

Ein paar Minuten später bahnte sich Henrys Frau ihren Weg dahin, wo Jack mit dem Kind auf dem Schoß saß, und holte Jason.

»Oh, hat er sich naßgemacht, der Böse«, sagte sie mit ihrer nachsichtigen Stimme. *Kann sich mein Jason nicht fein naßmachen?* dachte Jack und lachte wieder. Das brachte Jason zum Lachen, und Mrs. Henry lachte mit ihnen.

Während sie Jason trockenlegte, stellte sie Jack eine Reihe von Fragen – von der Art, wie er sie in seiner Welt schon oft gehört hatte. Aber hier mußte er vorsichtig sein. Er war ein Fremder, und es mochte versteckte Falltüren geben. Er hörte seinen Vater zu Morgan sagen . . . *ein wirklicher Fremder, wenn du verstehst, was ich meine.*

Jack spürte, daß der Mann genau zuhörte. Er beantwortete ihre Fragen, indem er seine Geschichte bedachtsam abwandelte – nicht die, die er erzählte, wenn er sich um Arbeit bewarb, sondern die, die er erzählte, wenn jemand, der ihn als Anhalter mitgenommen hatte, neugierig wurde.

Er sagte, er käme aus dem Dorf All-Hands – Jasons Mutter erinnerte sich vage, den Namen schon einmal gehört zu haben, aber das war alles. War er wirklich schon so weit gewandert? wollte sie wissen. Jack sagte, das hätte er getan. Und wo wollte er hin? Er erzählte ihr (und dem schweigend zuhörenden Henry), sein Ziel wäre das Dorf Kalifornien. Davon hatte sie noch nie etwas gehört, nicht einmal in den Geschichten, die gelegentlich auftauchende Hausierer erzählten. Jack war nicht sonderlich überrascht – aber er war froh, daß keiner von beiden sagte:

»Kalifornien? Wer hat je von einem Dorf namens Kalifornien gehört? Du willst uns wohl auf den Arm nehmen, Junge?« In der Region mußte es zahlreiche Orte geben – Dörfer und ganze Landstriche –, von denen die Leute, die auf ihrem eigenen, eng begrenzten Raum lebten, noch nie gehört hatten. Keine Leitungsmasten. Keine Elektrizität. Keine Filme. Kein Kabelfernsehen, das ihnen zeigte, wie herrlich es sich in Malibu oder Sarasota lebte. Keine regionale Version von Ma Bell, die verkündete, daß ein Drei-Minuten-Gespräch ins Grenzland nach siebzehn Uhr nur $ 5.83 zuzüglich Steuern kostete, die Gebühren am Gotthämmer-Abend und anderen Feiertagen jedoch etwas höher wären. *Sie leben unter dem Schleier des Geheimnisvollen*, dachte er. *Wenn man unter diesem Schleier lebt, dann bezweifelt man die Existenz eines Dorfes nicht, nur weil man noch nie davon gehört hat. Kalifornien klingt nicht unwahrscheinlicher als All-Hands.*

Sie bezweifelten sie nicht. Er erzählte ihnen, daß sein Vater im Vorjahr gestorben und daß seine Mutter sehr krank wäre (er dachte daran, hinzuzufügen, daß die Eintreiber der Königin mitten in der Nacht gekommen wären und ihren Esel geholt hätten, grinste dann aber und beschloß, diesen Teil der Geschichte lieber wegzulassen). Seine Mutter hatte ihm alles Geld gegeben, das sie erübrigen konnte (nur war das Wort, das in dieser merkwürdigen Sprache herauskam, nicht eigentlich *Geld* – es war etwas wie *Stäbchen*), und ihn in das Dorf Kalifornien geschickt, wo er bei seiner Tante Helen wohnen sollte.

»Es sind harte Zeiten«, sagte Mrs. Henry und drückte den jetzt trockengelegten Jason fester an sich.

»All-Hands liegt in der Nähe des Sommerpalastes, nicht wahr, Junge?« Es waren Henrys erste Worte, seit er Jack die Mitfahrt angeboten hatte.

»Ja«, sagte Jack. »Gar nicht weit davon. Ich glaube ...«

»Du hast nicht gesagt, woran dein Vater gestorben ist.«

Jetzt hatte er ihm den Kopf zugewendet. Sein Blick war streng und abschätzend, die frühere Freundlichkeit war daraus verschwunden; sie war vor seinen Augen erloschen wie eine Kerzenflamme im Wind. Ja, es gab tatsächlich Falltüren.

»War er krank?« fragte Mrs. Henry. »Es gibt so viele Krankheiten heutzutage – Pocken, Pest –, es sind harte Zeiten.«

Einen verrückten Augenblick dachte Jack daran, zu sagen: *Nein, er war nicht krank, Mrs. Henry. Sehen Sie, er ging eines Samstags aus, um eine Arbeit zu erledigen, und ließ Mrs. Jerry und all die kleinen Jerrys – mich eingeschlossen – zu Hause zurück. Das war, als wir alle in einem Loch hinter der Scheuerleiste lebten und niemand irgendwo anders lebte. Und wissen Sie was? Er steckte seinen Schraubenzieher in ein Gewirr von Drähten, und Mrs. Feeny, die drüben im Haus von Richard Sloat arbeitet, sie hat gehört, wie Onkel Morgan am Telefon sagte, die ganze Elektrizität wäre herausgekommen, die ganze Elektrizität, und hätte ihn gegrillt, so stark gegrillt, daß ihm die Brille auf der Nase zerschmolz, nur daß Sie nicht wissen, was Brillen sind, weil Sie hier keine haben. Keine Brillen – keinen elektrischen Strom – kein* Midnight Blue *... keine Flugzeuge. Sehen Sie zu, daß es Ihnen nicht ergeht wie Mrs. Jerry, Mrs. Henry. Versuchen Sie nicht ...*

»Egal, ob er krank war«, sagte der schnurrbärtige Farmer. »War er *politisch?*«

Jack sah ihn an. Sein Mund mühte sich ab, aber es kamen keine Worte heraus. Es gab zu viele Falltüren.

Henry nickte, als hätte er geantwortet. »Spring ab, Junge. Der Markt ist gleich hinter der nächsten Anhöhe. Ich nehme an, von hier aus schaffst du es zu Fuß, oder?«

»Ja, das werde ich wohl schaffen«, sagte Jack.

Mrs. Henry schaute verwirrt drein – aber jetzt hielt sie Jason von Jack fern, als hätte er womöglich eine ansteckende Krankheit.

Der Farmer, der noch immer über die Schulter zurückblickte, lächelte ein wenig reumütig. »Tut mir leid. Du scheinst ein netter Junge zu sein, aber wir sind einfache Leute hier – was da unten am Meer vorgeht, müssen die großen Herren unter sich ausmachen. Entweder stirbt die Königin, oder sie stirbt nicht – eines Tages wird sie sterben. Gott hämmert all seine Nägel, früher oder später. Und wenn sich kleine Leute in die Angelegenheiten der großen einmischen, ziehen sie immer den kürzeren.«

»Mein Vater ...«

»Ich will nicht wissen, was mit deinem Vater ist!« sagte Henry scharf. Seine Frau rückte weiter von Jack ab; sie hielt Jason noch immer an ihren Busen gedrückt. »Ob er ein guter Mann war oder ein schlechter, weiß ich nicht und *will* ich nicht wissen – ich weiß nur, daß er ein toter Mann ist; ich glaube nicht, daß du in dieser Hinsicht gelogen hast und daß sein Sohn im Freien geschlafen hat und den Geruch von jemandem an sich hat, der sich davonmacht. Dieser Sohn redet nicht, als wäre er in dieser Gegend zu Hause. Also steig ab. Wie du siehst, habe ich selber einen Sohn.«

Jack stieg ab und sah mit Bedauern die Angst im Gesicht der jungen Frau – Angst, die er hineingebracht hatte. Der Farmer hatte recht – kleine Leute taten gut daran, sich nicht in die Angelegenheiten der großen einzumischen. Nicht, wenn sie klug waren.

Dreizehntes Kapitel

Die Männer am Himmel

1

Es war ein Schock für ihn, als er entdeckte, daß aus dem Geld, für das er so hart gearbeitet hatte, tatsächlich Stäbchen geworden waren – sie sahen aus wie Spielzeugschlangen, die ein ungeschickter Handwerker geschnitzt hatte. Der Schock dauerte jedoch nur einen Augenblick, dann lachte er sich selbst aus. Die Stäbchen *waren* natürlich Geld. Wenn er hierherkam, änderte sich *alles*. Aus dem Silberdollar wurde die Greifenmünze, aus dem T-Shirt das Wams, aus dem Englischen die Sprache der Region, und aus dem guten alten amerikanischen Geld eben gegliederte Stäbchen. Er war mit ungefähr zweiundzwanzig Dollar geflippt, und nun besaß er wahrscheinlich genau die gleiche Summe in Geld der Region, obwohl er an einem der Stäbchen vierzehn Glieder zählte und mehr als zwanzig am anderen.

Das Problem war weniger das Geld als die Preise – er hatte nicht die geringste Ahnung, was billig war und was teuer, und als er über den Markt wanderte, kam er sich vor wie ein Kandidat in der Fernsehserie *Was kostet das?* – aber wenn er hier patzte, gab es keinen Trostpreis; wenn er hier patzte, dann würden die Leute . . . ja, was würden sie tun? Bestimmt würden sie ihn davonjagen. Über ihn herfallen, ihn schlagen? Vielleicht. Ihn umbringen? Wahrscheinlich nicht, aber das ließ sich nicht mit Gewißheit sagen. Es waren kleine Leute. Sie wollten von Politik nichts wissen. Und er war ein Fremder.

Mit diesem Problem beschäftigt, wanderte Jack langsam von einem Ende der lauten und geschäftigen Menge auf dem Marktplatz zum anderen. Das Problem konzentrierte sich mehr und mehr in seinem Magen – er war entsetzlich hungrig. Einmal sah er Henry, der mit einem Mann feilschte, der Ziegen zu verkaufen hatte. Mrs. Henry stand in seiner Nähe, aber etwas hinter ihm, um die Männer nicht bei ihrem Handel zu stören. Sie hatte Jack den Rücken zugewandt, aber sie hielt den Jungen auf dem Arm – *Jason, einen der kleinen Henrys*, dachte Jack –, und Jason entdeckte ihn. Der Junge winkte mit einem pummeligen Händchen, und Jack wendete sich schnell ab und brachte so viel Menschen wie möglich zwischen sich und die Henrys.

Der Duft von bratendem Fleisch schien überall zu sein. Er sah Händler mit großen Stücken Rindfleisch, die sich über größeren und kleineren Holzkohlefeuern drehten; er sah Lehrjungen, die dicke Scheiben von etwas, das aussah wie Schweinebraten, auf hausgebackenes Brot legten und zu den Käufern brachten. Sie glichen den Laufjungen bei einer Auktion. Die meisten Käufer waren Farmer wie Henry, und es sah aus, als verlangten sie ihr Essen auch auf die gleiche Art wie Bieter bei einer Auktion – sie hoben einfach fordernd eine ihrer Hände, mit gespreizten Fingern. Jack verfolgte mehrere dieser Transaktionen sehr aufmerksam, und in jedem Fall dienten die gegliederten Stäbchen als Zahlungsmittel – aber wie viele Glieder mußte er hergeben? Nicht, daß es eine Rolle spielte. Er mußte essen, ob ihn die Transaktion als Fremden auswies oder nicht.

Er passierte einen Clown, ohne ihm mehr als einen flüchtigen Blick zuzuwerfen, obwohl das Publikum, das sich versammelt hatte – in erster Linie Frauen und Kinder –, vor Begeisterung schrie und lachte. Er bewegte sich auf eine Bude mit Segeltuchwänden zu, wo ein massiger Mann mit Tätowierungen auf seinen kantigen Oberarmen neben einem Graben in der Erde stand, in der Holzkohle glimmte. Ein mehr als zwei Meter langer Eisenspieß hing über dem Graben, und an jedem Ende stand ein verschwitzter, schmutziger Junge. Fünf große Bratenstücke steckten auf dem Spieß, und die beiden Jungen drehten ihn mit vereinten Kräften.

»Feines Fleisch!« dröhnte der Mann. »Feines Fleisch! *Feiiines* Fleisch! Kauft mein feines Fleisch, Leute! Feines Fleisch gibt es hier!« Dann fuhr er, leiser, den ihm am nächsten stehenden Jungen an: »Streng dich gefälligst ein bißchen mehr an, Gott hämmere dich.« Dann fuhr er mit seiner Marktschreierei fort.

Ein Farmer, der mit seiner halbwüchsigen Tochter aufkreuzte, hob eine Hand und zeigte dann auf das zweite Fleischstück von links. Die Jungen unterbrachen das Drehen des Spießes gerade so lange, daß ihr Chef eine Scheibe von dem Braten abschneiden und sie auf ein Stück Brot legen konnte. Einer von ihnen lief damit zu dem Farmer, der eines der gegliederten Stäbchen zum Vorschein brachte. Jack beobachtete ihn genau und sah, daß er zwei Glieder abbrach und sie dem Jungen aushändigte. Als der Junge zu der Bude zurücklief, steckte der Kunde sein Stäbchen wieder ein, auf die gleiche automatische, aber sorgfältige Art und Weise, wie jeder Mensch sein Wechselgeld einsteckt. Dann nahm er einen Riesenbissen von dem belegten Brot und reichte den Rest seiner Tochter, die fast ebenso begeistert hineinbiß wie ihr Vater.

Jacks Magen knurrte vernehmlich. Er hatte gesehen, was er sehen mußte – er hoffte es zumindest.

»Feines Fleisch! Feines Fleisch! Feines . . .« Der massige Mann brach ab und blickte auf Jack herab, wobei sich seine buschigen Brauen über Augen zusammenzogen, die klein, aber durchaus nicht einfältig waren.

»Ich höre das Lied, das dein Magen singt, Freund. Wenn du Geld hast, können wir ein Geschäft machen und ich werde dich heute abend in mein Gebet einschließen. Wenn du keines hast, dann verzieh dich mit deinem blöden Schafsgesicht und scher dich zum Teufel.«

Beide Jungen lachten, obwohl sie offensichtlich erschöpft waren – sie lachten, als hätten sie keine Gewalt über die Laute, die sie hervorbrachten.

Aber der aufreizende Duft des langsam bratenden Fleisches ließ nicht zu, daß er sich entfernte. Er holte das kürzere seiner gegliederten Stäbchen hervor und zeigte auf den zweiten Braten von links. Er sprach kein Wort. Es schien ihm sicherer, es nicht zu tun. Der Händler grunzte, zog wieder sein ungeschlachtes Messer aus dem Gürtel und schnitt eine Scheibe ab – sie war kleiner als die, die er für den Farmer abgeschnitten hatte, stellte Jack fest, aber das scherte seinen Magen wenig; er knurrte wie verrückt in Erwartung dessen, was kommen sollte.

Der Händler legte das Fleisch auf Brot und brachte es ihm selbst, anstatt es einem der Jungen auszuhändigen. Er nahm Jacks Geldstäbchen. Anstelle von zweien brach er drei Glieder davon ab.

In Gedanken hörte er die ironisch belustigte Stimme seiner Mutter: *»Herzlichen Glückwunsch, Jacko ... du hast dich gerade ausnehmen lassen.«*

Der Händler sah ihn an, zeigte grinsend einen Mundvoll erbärmlicher, schwärzlicher Zähne, forderte ihn heraus, etwas zu sagen, sich irgendwie zu beschweren. *Du kannst froh sein, daß ich nur drei Glieder genommen habe und nicht alle vierzehn. Das hätte ich ohne weiteres gekonnt. Du könntest ebensogut ein Schild um den Hals tragen mit der Aufschrift ICH BIN HIER FREMD UND GANZ AUF MICH ALLEIN GESTELLT. Also, was ist, Schafsgesicht – willst du mich zur Rechenschaft ziehen?*

Was er wollte, spielte keine Rolle – fest stand, daß er den Mann nicht zur Rechenschaft ziehen *konnte*. Aber er empfand wieder diese dünne, ohnmächtige Wut.

»Verschwinde«, sagte der Händler, der seiner überdrüssig wurde. Er scheuchte Jack mit seiner großen Hand davon. Seine Finger waren voller Narben, unter den Nägeln saß Blut. »Du hast dein Essen. Und nun verschwinde.«

Ich könnte dir eine Taschenlampe zeigen, dachte Jack, und du würdest davonlaufen, als wären alle Teufel der Hölle hinter dir her. Könnte dir ein Flugzeug zeigen, und du würdest vermutlich den Verstand verlieren. Vielleicht bist du doch nicht ganz so zäh, wie du glaubst.

Er lächelte, und vielleicht war etwas in seinem Lächeln, das dem Fleischhändler nicht gefiel, denn er wich vor Jack zurück. Einen Augenblick lag Unbehagen auf seinem Gesicht, dann zogen sich die buschigen Brauen wieder zusammen.

»Verschwinde, habe ich gesagt!« brüllte er. »Verschwinde, Gott hämmere dich!« Und jetzt verschwand Jack.

2

Das Fleisch war köstlich. Jack schlang es ebenso hinunter wie das Brot, auf dem es lag, und leckte sich dann selbstvergessen den Saft von den Fingern, während er weiterwanderte. Das Fleisch hatte wie Schweinefleisch geschmeckt – und auch wieder nicht. Irgendwie hatte es voller, intensiver geschmeckt. Aber was es auch gewesen sein mochte – es hatte das Loch in seiner Mitte gründlich und nachhaltig gefüllt. Jack hatte das Gefühl, als könnte er es tausend Jahre lang auf seinem Frühstücksbrot mit in die Schule nehmen.

Jetzt, nachdem es ihm gelungen war, seinen Magen zum Schweigen zu bringen – zumindest eine Zeitlang –, war er imstande, sich interessierter umzusehen – und obwohl er es nicht wußte, hatte er nun endlich begonnen, mit der Menge zu verschmelzen. Jetzt war er nur einer unter vielen Bauernjungen, die vom Land in das Marktstädtchen gekommen waren, langsam zwischen den Buden herumwanderten und versuchten, in alle Richtungen gleichzeitig zu schauen. Hausierer nahmen ihn zur Kenntnis, aber nur als ein mögliches Opfer unter vielen. Sie riefen und winkten ihn heran, und wenn er vorbeiging, riefen und winkten sie denjenigen heran, der hinter ihm kam – Mann, Frau oder Kind. Jack starrte unverhohlen auf die Waren, die rings um ihn herum feilgeboten wurden, Waren, die wunderbar und merkwürdig zugleich waren, und inmitten all der anderen Leute, die gleichfalls starrten, hörte er auf, ein Fremder zu sein – vielleicht, weil er sich nicht mehr um Blasiertheit bemühte an einem Ort, an dem *niemand den Blasierten spielte*. Sie lachten, sie argumentierten, sie feilschten – aber niemand schien gelangweilt.

Das Marktstädtchen erinnerte ihn an den Pavillon der Königin, doch ohne die Atmosphäre greifbarer Spannung und allzu hektischer Fröhlichkeit – hier gab es die gleiche, fast unglaublich intensive Mischung von Gerüchen (in der bratendes Fleisch und der Kot von Tieren dominierten), die gleiche festlich gekleidete Menge (obwohl selbst die am kostbarsten gekleideten Leute, die Jack entdeckte, einigen der Dandies, die er im Pavillon gesehen hatten, nicht das Wasser reichen konnten), das gleiche beunruhigende und dennoch irgendwie herrliche Nebeneinander des völlig Normalen und überaus Merkwürdigen.

Er blieb vor einer Bude stehen, in der ein Mann Teppiche mit dem eingewebten Porträt der Königin verkaufte. Plötzlich fiel Jack Hank Scofflers Mutter ein, und er lächelte. Hank war einer der Jungen, mit denen Jack und Richard Sloat in L.A. befreundet gewesen waren. Mrs. Scoffler hatte ein Faible für die auffälligsten Dekorationen, die Jack je begegnet waren. Bei Gott, sie wäre begeistert gewesen von diesen Teppichen mit dem eingewebten Bild von Laura DeLoessian mit einem königlichen Kranz auf dem Kopf. Sie waren noch viel besser als das auf Samt gemalte Bild mit den Alaska-Elchen oder das Keramik-Diorama vom Letzten Abendmahl Jesu hinter der Bar im Wohnzimmer der Scofflers ...

Dann schien sich, noch während er hinschaute, das in die Teppiche eingewebte Gesicht zu verändern. Das Gesicht der Königin war verschwunden, und es war das Gesicht seiner Mutter, das er sah, vielfach wiederholt, mit zu dunklen Augen und viel zu weißer Haut.

Wieder überfiel Jack das Heimweh. Es stürzte in sein Denken wie eine Welle, und sein Herz rief nach ihr – *Mom! He, Mom! Großer Gott, was tue ich hier? Mom!!* –, und er fragte sich mit der Intensität eines Liebenden, was sie jetzt wohl tat, in dieser Minute. Saß sie am Fenster, rauchte, blickte hinaus aufs Meer, ein aufgeschlagenes Buch neben sich? Saß sie vorm Fernseher? War sie im Kino? Schlief sie? Lag sie im Sterben?

Ist sie tot? setzte eine boshafte Stimme hinzu, bevor er sie hindern konnte. *Ist sie tot, Jack? Schon tot?*

Hör auf!

Er spürte, wie Tränen in seinen Augen brannten.

»Warum so traurig, mein Junge?«

Erschrocken blickte er auf und stellte fest, daß der Teppichhändler ihn ansah. Er war ebenso massig wie der Fleischhändler, und seine Arme waren gleichfalls tätowiert, aber sein Lächeln war offen und sonnig. In ihm steckte keine Bosheit. Das war der große Unterschied.

»Es ist nichts«, sagte Jack.

»Wenn nichts dich so traurig macht, dann solltest du vielleicht an *etwas* denken, mein Sohn.«

»Habe ich so schlimm ausgesehen?« fragte Jack, jetzt ein wenig lächelnd. Er hatte auch alle Befangenheit im Umgang mit der Sprache verloren – zumindest in diesem Augenblick –, und vielleicht hörte der Teppichhändler deshalb nichts darin, was irgendwie merkwürdig klang.

»Junge, du hast ausgesehen, als wäre dir auf dieser Seite des Mondes nur ein einziger Freund geblieben und du hättest gerade gesehen, wie der Wilde Weiße Wolf aus dem Norden erschien und ihn mit einem silbernen Löffel verspeiste.«

Jack lächelte wieder. Der Teppichhändler wandte sich ab und holte etwas von einem kleineren Regal rechts neben dem größten Teppich – es war oval und hatte einen kurzen Griff. Als er es umdrehte, ließ die Sonne es aufblitzen – es war ein Spiegel. Er kam Jack klein und billig vor, ein Gegenstand von der Art, wie man sie auf dem Jahrmarkt bekommt, wenn man in einer Spielbude drei hölzerne Milchflaschen umgeworfen hat.

»Hier, mein Junge«, sagte der Teppichverkäufer. »Schau hinein und sieh selbst, ob ich recht habe.«

Jack schaute in den Spiegel und schnappte nach Luft; einen Augenblick lang war er so verblüfft, daß er glaubte, sein Herz hätte aufgehört zu schlagen. Er war es selbst, aber er sah aus wie eines der Geschöpfe aus dem Narrenland in der Disney-Version von *Pinocchio*, wo übermäßiges Billardspielen und Zigarrenrauchen Jungen in Esel verwandelt hat. Seine Augen, seinem angelsächsischen Erbgut entsprechend normalerweise blau und rund, waren jetzt braun und mandelförmig. Sein Haar, das ihm wie eine verfilzte Matte in die Stirn hing, hatte eine unverkennbare Ähnlichkeit mit einer Mähne. Er hob eine Hand, um es zurückzuschieben, und berührte nur nackte Haut – im Spiegel schienen seine Finger einfach durch das Haar hindurchzugleiten. Er hörte den Händler vergnügt lachen. Und was das Erstaunlichste war: an beiden Seiten seines Kopfes hingen lange Eselsohren herab. Noch während er hinschaute, zuckte eines der Ohren.

Plötzlich dachte er: *So einen Spiegel hatte ich schon!*

Und gleich darauf: *In den* Tagträumen *hatte ich so einen Spiegel. In der regulären Welt war es ... war es ...*

Er konnte höchstens vier gewesen sein. In der regulären Welt (er hatte, ohne es überhaupt zu bemerken, aufgehört, an sie als die *wirkliche* Welt zu denken) war es eine große Glasmurmel mit einem rosigen Zentrum. Eines Tages, als er damit spielte, war sie den Betonweg vor dem Haus hinabgerollt und, bevor er sie zu fassen bekam, in einen Gully gefallen. Er hatte sie verloren – für immer, hatte er damals gedacht; er hatte sich auf den Bordstein gesetzt, das Gesicht in den schmutzigen Händen vergraben und geweint. Aber es war nicht für immer gewesen – jetzt hielt er das alte Spielzeug wieder in Händen, und es war so wunderbar wie damals, als er drei oder vier gewesen war. Er lächelte entzückt. Das Bild veränderte sich, und aus Jack dem Esel wurde Jack der Kater mit einem weisen, insgeheim belustigten Gesicht. Seine Augen verfärbten sich von Eselbraun zu Katergrün, und kleine graubepelzte Ohren ragten wachsam dort auf, wo zuvor lange Eselsohren gebaumelt hatten.

»Besser«, sagte der Händler. »Besser, mein Sohn. Ich sehe gern glückliche Jungen. Ein glücklicher Junge ist ein gesunder Junge, und ein gesunder Junge findet seinen Weg in der Welt. So steht es im *Buch vom guten Wirtschaften*, und wenn es nicht drinsteht, gehört es hinein. Vielleicht kratze ich es hinein, wenn ich je genug zusammenkratze, um mir ein Exemplar zu kaufen. Willst du den Spiegel?«

»Ja!« rief Jack. »Ja, gern!« Er suchte nach seinen Stäbchen. Alle Sparsamkeit war vergessen. »Wie viel kostet er?«

Der Händler runzelte die Stirn und schaute sich rasch um, um festzustellen, ob sie beobachtet wurden. »Steck ihn weg, mein Sohn. Steck ihn sicher weg. Zeigst du deine Moneten, dann kannst du nur noch beten. Für Picker ist das Marktgewimmel der reinste Himmel.«

»Wie bitte?«

»Schon gut. Ich schenke ihn dir. Umsonst. Die Hälfte davon geht ohnehin zu Bruch, wenn ich im Zehnmond in meinen Laden zurückkehre. Mütter bringen ihre Kinder her, aber sie laufen, ohne zu kaufen.«

»Und Sie haben nichts zu versaufen«, sagte Jack.

Der Händler sah ihn überrascht an, und dann brachen beide in Gelächter aus.

»Ein glücklicher Junge mit einem fixen Mundwerk«, sagte der Händler. »Komm wieder, wenn du kühn und weniger grün bist, mein Sohn. Mit deinem Mund in der Hand ziehn wir durchs Land und machen uns gute Jahre mit unserer Ware.«

Jack kicherte. Der Mann war besser als eine Schallplatte von der Sugarhill Gang.

»Danke«, sagte er (und der Kater im Spiegel verzog das Maul zu einem unwahrscheinlich breiten Grinsen). »Vielen Dank.«

»Bedank dich nicht groß«, sagte der Händler – und setzte dann hinzu: »Und gib acht auf dein Moos!«

Jack ging weiter, nachdem er den Spiegel sorgfältig neben Speedys Flasche in seinem Wams verstaut hatte.

Und alle paar Minuten vergewisserte er sich, daß seine Stäbchen noch da waren.

Im Grunde wußte er recht gut, was mit Pickern gemeint war.

3

Zwei Buden von dem reimenden Teppichverkäufer entfernt versuchte ein verkommen aussehender Mann mit einer Klappe über einem Auge und stark nach Alkohol riechendem Atem einem Farmer einen großen Hahn zu verkaufen. Er erzählte dem Farmer, wenn er diesen Hahn kaufte und zu seinen Hennen steckte, hätten seine sämtlichen Eier in den nächsten zwölf Monden zwei Dotter.

Jack hatte jedoch weder Augen für den Hahn noch Ohren für die Reden des Mannes. Er trat zu einem Haufen Kinder, die sich um die Hauptattraktion des Einäugigen geschart hatten. Es war ein Papagei in einem großen Käfig aus Weidengeflecht. Er war fast so groß wie die jüngsten unter den Kindern, und sein Gefieder war so glatt und dunkelgrün wie eine Heineken-Bierflasche. Seine Augen funkelten goldgelb –

seine vier Augen. Wie das Pferd, das Jack in den Stallungen des Pavillons gesehen hatte, hatte der Papagei zwei Köpfe. Er klammerte sich mit seinen großen gelben Füßen an seiner Stange fest und blickte gelassen in zwei Richtungen zugleich, wobei sich seine beiden Federschöpfe fast berührten.

Der Papagei redete mit sich selbst, sehr zur Belustigung der Kinder – aber selbst in seiner Verblüffung fiel Jack auf, daß sie dem Papagei zwar ihre ganze Aufmerksamkeit widmeten, aber offenbar weder fassungslos oder auch nur erstaunt waren. Sie waren nicht wie Kinder, die ihren ersten Film sehen, wie festgebannt auf ihren Plätzen sitzen und nur Augen und Ohren sind; sie hatten mehr Ähnlichkeit mit Kindern, die jeden Samstag die neueste Ausgabe ihres Lieblingscomics bekommen. Es war zwar ein Wunder, aber kein völlig neuartiges. Und für wen verlieren Wunder ihren Reiz schneller als für kleine Kinder?

»*Raaak!* Wie hoch ist oben?« fragte Ostkopf.

»So tief wie unten?« erwiderte Westkopf, und die Kinder kicherten.

»*Graak!* Was ist der Unterschied zwischen einem Hirsch und einem Mann?« fragte jetzt Ostkopf.

»Daß der Hirsch ständig ein Geweih trägt, während es einem Mann schon reicht, wenn er einmal Hörner aufgesetzt bekommt«, erwiderte Westkopf. Jack lächelte, und mehrere der älteren Kinder lachten, aber die jüngeren schauten nur verständnislos drein.

»Und was ist in Mrs. Spratts Schrank?« wollte Ostkopf jetzt wissen.

»Etwas, das kein Mann sehen darf«, gab Westkopf zur Antwort, und obwohl Jack damit nichts anfangen konnte, brachen die Kinder in Gelächter aus.

Der Papagei verschob in aller Ruhe seine Klauen auf der Stange und ließ seine Exkremente in das darunterliegende Stroh fallen.

»Und was hat Alan Destry in der Nacht zu Tode erschreckt?«

»Er sah seine Frau – *graaak!* – aus dem Bad kommen!«

Der Farmer entfernte sich jetzt, und der einäugige Händler war seinen Hahn nicht losgeworden. Er drehte sich wütend zu den Kindern um.

»Verschwindet hier! Verschwindet, bevor ich jedem von euch einen Tritt versetze!«

Die Kinder verzogen sich und Jack mit ihnen, aber nicht ohne über die Schulter noch einen letzten staunenden Blick auf diesen wunderbaren Papagei zu werfen.

An einer anderen Bude gab er zwei Glieder von seinen Stäbchen für einen Apfel und eine Schale Milch aus – die süßeste, sahnigste Milch, die er je getrunken hatte. Wenn sie zu Hause solche Milch hätten, dachte Jack, dann wären Nestlé und Hershey in einer Woche bankerott. Er trank gerade den Rest seiner Milch, als er bemerkte, daß sich die Familie Henry langsam auf ihn zubewegte. Er gab die Schale der Frau in der Bude zurück, die haushälterisch die letzten Tropfen wieder in den großen Holzbottich neben sich goß. Dann ging er weiter, wischte sich den Milchbart von der Oberlippe und hoffte voller Unbehagen, daß niemand, der vor ihm aus der Schale getrunken hatte, Lepra oder Herpes oder etwas dergleichen gehabt hatte. Aber irgendwie glaubte er nicht, daß es hier solche Krankheiten gab.

Er wanderte durch die Hauptstraße des Marktstädtchens, an den Clowns vorbei, an zwei dicken Frauen vorbei, die Töpfe und Pfannen feilboten, an dem wunderbaren zweiköpfigen Papagei vorbei (dessen einäugiger Besitzer jetzt in aller Öffentlichkeit aus einer Tonflasche trank, von einem Ende seiner Bude zum anderen torkelte, den verstört dreinblickenden Hahn am Hals hielt und den Passanten unflätige Bemerkungen zuschrie – Jack sah, daß der dürre rechte Arm des Mannes mit gelblichweißem Guano verkrustet war, und verzog das Gesicht), an einem offenen Platz vorbei, auf dem sich Farmer versammelt hatten. Viele der Farmer rauchten aus Tonpfeifen, und Jack sah, daß mehrere Tonflaschen von der Art, wie sie der Vogelhändler geschwungen hatte, von Hand zu Hand gingen. Auf einem langen, grasbewachsenen Feld schirrten Männer Steine an große, zottige Pferde mit gesenkten Köpfen und sanften, stumpfsinnigen Augen.

Jack passierte die Teppichbude. Der Händler sah ihn und hob eine Hand. Jack erwiderte den Gruß und dachte daran, ihm noch ein paar Worte zuzurufen, doch dann ließ er es. Er wurde sich plötzlich einer gewissen Niedergeschlagenheit bewußt. Dieses Gefühl, ein Fremder, ein Außenseiter zu sein, hatte ihn wieder überfallen.

Er erreichte die Straßenkreuzung. Die Straße, die nach Norden und Süden führte, war kaum mehr als ein Feldweg. Die Weststraße war wesentlich breiter.

Old Travelling Jack, dachte er und versuchte zu lächeln. Er straffte die Schultern und hörte Speedys Flasche leicht gegen den Spiegel stoßen. *Old Travelling Jack macht sich auf den Weg, immer die regionale Entsprechung zur Interstate 90 entlang.* Füße, laßt mich nicht im Stich!

Er setzte sich wieder in Bewegung, und bald hatte ihn das weite, träumende Land verschlungen.

Ungefähr vier Stunden später, am Nachmittag, hatte sich Jack im hohen Gras am Straßenrand niedergelassen und beobachtete eine Reihe von Männern – aus der Entfernung wirkten sie kaum größer als Käfer –, die einen hohen, nicht sehr stabil aussehenden Turm erstiegen. Er hatte diesen Platz gewählt, um auszuruhen und seinen Apfel zu essen, weil die Weststraße hier dem Turm am nächsten zu kommen schien. Dennoch war er mindestens fünf Kilometer von ihm entfernt (vielleicht sogar viel weiter – die fast übernatürliche Klarheit der Luft machte es äußerst schwierig, Entfernungen genau zu schätzen), aber Jack hatte ihn bereits eine Stunde oder länger vor Augen gehabt.

Jack aß seinen Apfel, ruhte seine müden Füße aus und fragte sich, was es mit diesem Turm auf sich haben mochte, der völlig isoliert in einem Feld mit wogendem Gras stand. Und natürlich auch, warum diese Männer ihn erstiegen. Seit er das Marktstädtchen verlassen hatte, wehte ein stetiger Wind, und er wehte von Jack aus zum Turm hinüber, aber jedesmal, wenn er für eine Minute nachließ, konnte Jack hören, daß die Männer einander etwas zuriefen – und lachten. Es wurde sehr viel gelacht.

Ungefähr acht Kilometer westlich des Marktstädtchens war Jack durch ein Dorf gekommen – wenn man fünf winzige Häuser und einen Laden, der offensichtlich schon seit langem geschlossen war, als Dorf bezeichnen konnte. Das waren die letzten menschlichen Behausungen gewesen, die er gesehen hatte. Kurz bevor er den Turm entdeckte, hatte er sich gefragt, ob er etwa schon im Grenzland angekommen war, ohne es recht zu merken. Er erinnerte sich nur zu gut Hauptmann Farrens Worte: *Hinter dem Grenzland führt die Weststraße weiter ins Nirgendwo – oder in die Hölle... Ich habe sagen hören, daß selbst Gott sich nicht über das Grenzland hinaus vorwagt.*

Jack zitterte ein wenig.

Aber im Grunde glaubte er nicht, daß er schon so weit gekommen war. Außerdem verspürte er nichts von diesem sich ständig verstärkenden Unbehagen, das er empfunden hatte, als er bei dem Versuch, sich vor Morgans Kutsche zu verstecken, die Bekanntschaft der lebendigen Bäume gemacht hatte – der lebendigen Bäume, die ihm jetzt vorkamen wie ein grauenhafter Prolog zu den Tagen in Oatley.

Im Gegenteil – das wohlige Gefühl, das er gehabt hatte von dem Augenblick an, in dem er warm und ausgeruht in dem Heuschober aufgewacht war. und das angehalten hatte, bis ihn der Farmer Henry aufforderte, von seinem Wagen herunterzuspringen, war jetzt zurückgekehrt: das Gefühl, daß die Region ungeachtet alles Bösen, das sie enthalten mochte, in ihrem innersten Kern gut war und daß er ein Teil von ihr sein konnte, wann immer er wollte – daß er in Wirklichkeit kein Fremder war.

Ihm war bewußt geworden, daß er über lange Zeiträume hinweg tatsächlich ein Teil der Region gewesen war. Ein merkwürdiger Gedanke war ihm gekommen, als er auf der Weststraße dahinwanderte, ein Gedanke, der halb in Englisch kam und halb in der Sprache der Region: *Wenn ich träume, dann ist der einzige Augenblick, in dem ich WEISS, daß ich träume, der, in dem ich aufzuwachen beginne. Wenn ich träume und ganz plötzlich aufwache – weil zum Beispiel der Wecker klingelt –, dann bin ich völlig perplex, und zuerst ist es das Aufwachen, das mir wie ein Traum vorkommt. Und ich bin hier kein Fremder, wenn der Traum tief wird – ist es das, was ich meine? Nein, aber es kommt der Sache nahe. Ich bin sicher, mein Dad hat oft tief geträumt. Und ich bin ebenso sicher, daß Onkel Morgan es fast nie tut.*

Er beschloß, einen Schluck aus Speedys Flasche zu nehmen und zurückzuflippen, sobald er etwas bemerkte, das gefährlich sein konnte – oder auch nur etwas, das ihn ängstigte. Sonst würde er den ganzen Tag weiterwandern, bevor er in den Staat New York zurückkehrte. Er wäre sogar versucht gewesen, die Nacht in der Region zu verbringen, wenn er außer dem einen Apfel etwas zu essen gehabt hätte. Aber das hatte er nicht, und an der breiten, menschenleeren Weststraße gab es nirgends einen Schnellimbiß oder ein Rasthaus.

Die alten Bäume, die das Marktstädtchen und die Straßenkreuzung umgeben hatten, waren offenem Grasland beiderseits der Straße gewichen, nachdem Jack die letzten kleinen Ansiedlungen hinter sich gelassen hatte. Ihn überkam das Gefühl, als wandere er über einen endlosen Damm inmitten eines grenzenlosen Ozeans. An diesem Tag ging er ganz allein die Weststraße entlang unter einem Himmel, der hell und sonnig war, aber kühl (*Ende September, natürlich ist es schon kühl*, dachte er, aber das Wort, das ihm in den Kopf kam, war nicht *September*, sondern ein Wort der Region, das sich eher mit *Neunmond* übersetzen ließ). Keine Fußgänger begegneten ihm, keine beladenen oder leeren Wagen. Der Wind blies ziemlich stetig, fuhr durch den Ozean aus Gras mit einem leisen herbstlichen Seufzen und ließ die Halme in großen Wellen wogen.

Wenn man ihn gefragt hätte: »Wie fühlst du dich, Jack?«, dann hätte der Junge erwidert: »Recht gut, danke. Fröhlich.« Und er wäre sehr erstaunt gewesen, wenn man ihm gesagt hätte, daß er mehrere Male geweint hatte, als er dastand und zusah, wie die großen Wellen einander zum Horizont hin nachjagten, ein Anblick, den nur wenige Kinder seiner Zeit je vor Augen gehabt hatten – riesige, menschenleere Landstriche unter einem blauen Himmel von atemberaubender Weite und Tiefe. Es war ein Himmel, an dessen Kuppel sich keine Kondensstreifen von Düsenflugzeugen abzeichneten und dessen Ränder keine schmutzigen Smogbänder trübten.

Auf Jack stürzte eine Fülle von Wahrnehmungen ein; er sah und hörte und roch Dinge, die völlig neu für ihn waren, während andere, vertraute Wahrnehmungen zum ersten Mal in seinem Leben fehlten. In mancher Hinsicht war er ein bemerkenswert weltkluger Junge – da er in Los Angeles aufgewachsen war und einen Agenten zum Vater und eine Filmschauspielerin zur Mutter hatte, konnte er kaum naiv bleiben –, aber er war trotzdem noch ein Kind, weltklug oder nicht, und das war ein unbestreitbarer Vorteil, zumindest in einer solchen Situation. Bei einem Erwachsenen hätte ein einsamer Tagesmarsch durch das Grasland gewiß eine Überlastung der Sinne bewirkt und vielleicht sogar das Gefühl ausgelöst, wahnsinnig zu sein und unter Halluzinationen zu leiden. Ein Erwachsener hätte nach Speedys Flasche gegriffen – wahrscheinlich mit Fingern, die zu sehr zitterten, um sie fest zu ergreifen –, und zwar schon eine Stunde westlich des Marktstädtchens oder noch früher.

In Jacks Fall drang dieser Anprall fast vollständig durch sein Bewußtsein hindurch und ins Unterbewußte ein, so daß er, wenn er überwältigt war und zu weinen begann, sich seiner Tränen im Grunde nicht bewußt wurde und nur dachte: *Weiß der Himmel, ich fühle mich so wohl ... eigentlich müßte es mir unheimlich vorkommen, so ohne jede Menschenseele, aber das tut es nicht.*

Und deshalb empfand Jack sein Entzücken nur als gutes, fröhliches Gefühl, während er allein auf der Weststraße entlangwanderte und die Schatten hinter ihm allmählich länger wurden. Er dachte nicht daran, daß ein Teil seines Wohlbefindens aus der Tatsache rühren mochte, daß er keine zwölf Stunden zuvor noch im Oatley Tap gefangen gewesen war (die Blutblasen vom letzten Faß, das seine Finger gequetscht hatte, waren noch ganz frisch); daß er keine zwölf Stunden zuvor mit knapper Not einem mordlustigen Biest entkommen war, in dem er jetzt eine Art Wer-Bock sah; daß er sich zum ersten Mal in seinem Leben auf einer breiten, offenen Straße befand, die völlig menschenleer war; nirgendwo war eine Coca-Cola-Reklame in Sicht oder eine Budweiser-Tafel mit den weltberühmten Clydesdale-Pferden; keine allgegenwärtigen Leitungsdrähte zogen sich an der Straße entlang oder kreuzten sie, wie es bei jeder Straße, auf der Jack in seinem ganzen bisherigen Leben gereist war, der Fall gewesen war; nicht einmal das ferne Dröhnen von Flugzeugmotoren war zu hören, geschweige denn das Donnern der Boeing 747 bei ihrem Anflug auf den Flughafen von Los Angeles oder der F-111, die von der Portsmouth Naval Air Station starteten und dann, wenn sie auf den Atlantik hinausschossen, die Luft über dem Alhambra knallen ließen wie Osmonds Peitsche; da war nichts als das Geräusch seiner Füße auf der Straße und die saubere Ebbe und Flut seines Atems.

Und jetzt war dieser Turm zu betrachten und zu bestaunen. *Auf das Ding brächten mich keine zehn Pferde hinauf*, dachte Jack. Er hatte den Apfel bis auf das Kerngehäuse abgenagt, und ohne die Augen von dem Turm abzuwenden, wühlte er mit den Fingern ein Loch in den schweren Boden und vergrub das Gehäuse darin.

Der Turm sah aus, als wäre er aus Scheunenbrettern errichtet und mindestens hundertfünfzig Meter hoch. Wie es schien, bildete er ein großes, hohles Rechteck, dessen Außenwände aus einer Lage Bretter über der anderen bestanden. Obendrauf war eine Plattform, und bei genauerem Hinsehen sah Jack etliche Männer darauf herumlaufen.

Der Wind fegte in sanften Böen an ihm vorüber, während er am Straßenrand saß, mit angezogenen Knien, um die er die Arme geschlungen hatte. Eine weitere dieser Graswogen rollte auf den Turm zu. Jack konnte sich vorstellen, wie dieses wenig stabile Ding im Winde schwankte, und hatte ein flaues Gefühl im Magen.

Keine zehn Pferde brächten mich da hinauf, dachte er wieder.

Und dann passierte das, was er seit dem Augenblick, in dem er Männer auf dem Turm sah, befürchtet hatte: einer von ihnen fiel herunter.

Jack sprang auf. Auf seinem Gesicht lag der bestürzte, fassungslose Ausdruck eines Menschen, der bei einer Zirkusvorstellung erleben muß, daß etwas schiefgeht – ein Akrobat, der bei einem Sprung stürzt und bewegungsunfähig am Boden liegenbleibt, eine Trapezkünstlerin, die danebengreift und auf das Netz prallt, eine Menschenpyramide, die unvermutet zusammenstürzt und zu einem Haufen Leiber wird.

Oh Scheiße, oh verdammt, oh . . .

Jacks Augen weiteten sich plötzlich.

Der Mann war nicht vom Turm gefallen, und er war auch nicht heruntergeweht worden. An beiden Seiten der Plattform befanden sich zungenähnliche Vorsprünge – sie sahen aus wie Sprungbretter –, und der Mann war bis ans Ende eines dieser Vorsprünge gegangen und gesprungen. Ungefähr auf halber Höhe begann sich etwas zu entfalten – ein Fallschirm, dachte Jack, aber der hätte sich in dieser kurzen Zeit nicht öffnen können.

Es war auch kein Fallschirm.

Es waren Flügel.

Der Fall des Mannes verlangsamte sich und endete, als er sich ungefähr fünfzehn Meter über dem hohen Gras befand. Dann kehrte er sich um. Der Mann flog jetzt aufwärts und vorwärts, wobei die Flügel so hoch schlugen, daß sie einander fast berührten – wie die Schöpfe auf den Köpfen des Papageis auf dem Markt –, und dann mit kaum vorstellbarer Kraft wieder abwärts geführt wurden, den Armen eines Schwimmers im Endspurt vergleichbar.

Donnerwetter! dachte Jack, von seiner grenzenlosen Verblüffung auf das abgegriffenste Klischee zurückgeworfen. Das setzte allem die Krone auf; das war eine Wucht. *Donnerwetter, unglaublich, Donnerwetter.* Jetzt sprang ein zweiter Mann vom Turm herab, dann ein dritter und ein vierter. In weniger als fünf Minuten befanden sich an die fünfzig Männer in der Luft; sie flogen komplizierte, aber erkennbare Figuren: vom Turm fort, eine Acht beschreibend, über den Turm hinweg und an der anderen Seite wieder eine Acht, zurück zum Turm, auf der Plattform landen, wieder von vorn beginnen.

Sie wirbelten und tanzten und schwirrten durch die Luft. Jack begann vor Begeisterung zu lachen. Irgendwie erinnerte es ihn an die Wasserballetts in alten Esther-Williams-Filmen. Die Schwimmer in diesen Filmen – allen voran natürlich Esther Williams selbst – hatten immer den Anschein erweckt, als wäre das ganz einfach, als könnte man selbst so tauchen und herumwirbeln oder als wäre man mit ein paar Freunden ohne weiteres imstande, in exakt abgestimmter Choreographie beiderseits eines Sprungbrettes in die Höhe zu schießen.

Aber es gab einen Unterschied. Die Männer, die dort herumflogen, erweckten nicht den Anschein der Mühelosigkeit; sie schienen ungeheure Mengen von Energie aufwenden zu müssen, um sich in der Luft zu halten, und Jack war sich plötzlich ganz sicher, daß es wehtat, so wie manche Übungen im Turnunterricht wehtaten – Liegestütze und Klimmzüge zum Beispiel. *Ohne Schweiß kein Preis!* pflegte ihr Sportlehrer zu brüllen, wenn jemand den Mut aufbrachte, sich zu beklagen.

Und jetzt fiel ihm noch etwas ein – seine Mutter hatte ihn einmal in eine Tanzschule am unteren Ende des Wilshire Boulevard mitgenommen, wo ihre Freundin Myrna, eine *richtige* Ballettänzerin, trainierte. Myrna gehörte einer Truppe an, und Jack hatte sie und die anderen Mitglieder der Truppe auf der Bühne gesehen – seine Mutter nahm ihn oft mit, und meistens war es ziemlich langweilig, ungefähr wie in der Kirche oder bei *Sunrise Semester* im Fernsehen. Aber er hatte Myrna noch nie trainieren sehen – hatte sie noch nie aus der Nähe erlebt. Er war beeindruckt und ein wenig bestürzt gewesen von dem Kontrast zwischen einer Vorstellung auf der Bühne, wo alle zu gleiten oder mühelos auf der äußersten Fußspitze zu trippeln schienen, und dem, was er hier kaum einen Meter entfernt vor sich sah, wo grelles Tageslicht durch die deckenhohen Fenster einfiel und keine Musik ertönte – nur der Choreograph klatschte rhythmisch in die Hände und übte lautstark Kritik. Kein Lob; nur Kritik. Schweiß rann über ihre Gesichter. Ihre Trikots waren naß von Schweiß. Der Raum, so groß und luftig er war, stank nach Schweiß. Geschmeidige Muskeln zitterten und bebten nervös am Rande der Erschöpfung. Angespannte Sehnen standen vor wie isolierte Kabel. Auf Stirnen und Hälsen waren heftig pulsierende Adern zu sehen. Vom Händeklatschen und den wütenden, tyrannischen Zurufen des Choreographen abgesehen, waren die einzigen Geräusche das *Tap-tap* von Tänzern, die sich auf Spitze über den Boden bewegten, und das rauhe, gequälte Keuchen nach Luft. Jack war plötzlich klargeworden, daß diese Tänzer nicht nur ihren Lebensunterhalt verdienten; sie brachten sich um. Vor allem erinnerte er sich an ihre Gesichter – all diese erschöpfte Konzentration, all diese Schmerzen –, aber hinter den Schmerzen oder zumindest irgendwo in ihrem Randbereich hatte er Glück gesehen. Glück war es gewesen, was in diesen Gesichtern gelegen hatte, und es hatte Jack geängstigt, weil es ihm unerklärlich schien. Was waren das für Menschen, die in Hochstimmung gerieten, indem sie sich derart stetigen, pochenden, qualvollen Schmerzen aussetzten?

Und Schmerzen dieser Art glaubte er auch hier zu sehen. Waren es tatsächlich geflügelte Männer wie die Vogelmenschen in den *Flash Gordon*-Filmen, oder waren ihre Flügel mehr von der Art des Ikarus und Dädalus, etwas, das man sich anschnallte? Jack stellte fest, daß es keine Rolle spielte – jedenfalls für ihn nicht.

Glück.

Sie leben unter dem Schleier des Geheimnisses, diese Leute leben unter dem Schleier des Geheimnisses.

Und Glück ist es, was sie in der Luft hält.

Das war es, was eine Rolle spielte. Es war Glück, das sie in der Luft hielt, ob die Flügel nun aus ihrem Rücken wuchsen oder von Riemen und Schnallen dort gehalten wurden. Denn das, was er sah, sogar aus dieser Entfernung, war die gleiche Art von Anstrengung, die er an jenem Tag in der Tanzschule am Wilshire Boulevard gesehen hatte. All diese ungeheuerliche Aufbietung von Energie, nur um eine grandiose, kurzfristige Umkehrung der Naturgesetze zu bewirken. Daß eine derartige Umkehrung so viel verlangte und nur so kurze Zeit dauerte, war entsetzlich; daß Menschen es trotzdem versuchten, war entsetzlich und wunderbar zugleich.

Und alles ist nur ein Spiel, dachte er, und plötzlich war er seiner Sache sicher. Ein Spiel, vielleicht nicht einmal das – vielleicht war es nur das *Training* für ein Spiel, wie auch all der Schweiß und die zitternde Erschöpfung damals am Wilshire Boulevard nur Training gewesen waren. Training für eine Show, die wahrscheinlich nur wenige Leute interessierte und bald wieder abgesetzt werden würde.

Glück, dachte er wieder. Er stand jetzt, hatte das Gesicht erhoben, um die fliegenden Männer in der Ferne zu beobachten, und der Wind wehte ihm das Haar in die Stirn.

Glück – ein herrliches kleines Wort.

Als Jack sich auf der Weststraße wieder in Bewegung setzte, fühlte er sich wohler als je, seit dies alles begonnen hatte – und Gott allein wußte, *wie lange* das her war; sein Schritt war leicht, und auf seinem Gesicht lag noch immer ein fassungsloses, strahlendes Lächeln. Von Zeit zu Zeit blickte er über die Schulter zurück; er konnte die fliegenden Männer noch sehr lange sehen. Die Luft der Region war so klar, daß sie fast zu vergrößern schien. Und sogar nachdem er sie nicht mehr sehen konnte, dauerte dieses Glücksgefühl an, wie ein Regenbogen in seinem Kopf.

7

Als die Sonne zu sinken begann, wurde Jack klar, daß er seine Rückkehr in die andere Welt hinausschob, und das nicht nur, weil der Zaubersaft so widerlich schmeckte. Er schob sie hinaus, weil er nicht von hier fort wollte.

Ein Flüßchen war aus dem Grasland herausgekommen (wo jetzt wieder kleine Baumgruppen auftauchten – ausladende Bäume mit seltsam flachen Kronen, die Eukalypten ähnelten) und hatte einen rechten Haken geschlagen, so daß es parallel zur Straße verlief. Weiter entfernt, vor ihm und zu seiner Rechten, streckte sich eine riesige Wasserfläche. Sie war so riesig, daß Jack bis vor etwa einer Stunde gedacht hatte, es wäre ein Stück Himmel, das irgendwie eine etwas blauere Farbe angenommen hatte als der Rest. Aber es war nicht Himmel; es war ein See. Ein großer See; in der anderen Welt war es vermutlich der Ontariosee.

Er fühlte sich wohl. Die Richtung stimmte – vielleicht befand er sich ein wenig zu weit nördlich, aber er zweifelte nicht daran, daß die Weststraße bald genug südwärts abbiegen würde. Das fast manische Glücksgefühl, das er als Fröhlichkeit empfunden hatte, hatte sich zu einer wundervollen, heiteren Gelassenheit abgeschwächt, einem Gefühl, das so klar schien wie die Luft der Region. Nur eine Sache beeinträchtigte dieses gute Gefühl, und das war die Erinnerung
(sechs, Jacky war sechs)
an Jerry Bledsoe. Warum hatte sich sein Verstand so beharrlich gesträubt, diese Erinnerung zutage zu fördern?

Nein, nicht die Erinnerung – die zwei Erinnerungen. Die eine, als Richard und ich hörten, wie Mrs. Feeny ihrer Schwester erzählte, die ganze Elektrizität wäre herausgekommen und hätte ihn so gegrillt, daß ihm die Brille auf der Nase schmolz, sie hätte gehört, wie Mr. Sloat mit jemandem telefonierte und das sagte ... und die andere, als er hinter der Couch saß, ohne eigentlich zuhören oder lauschen zu wollen, und seinen Vater sagen hörte: »Alles hat Folgen, und einige dieser Folgen könnten äußerst unangenehm sein.« Für Jerry Bledsoe waren sie gewiß unangenehm gewesen, nicht wahr? Wenn einem die Brille auf der Nase schmilzt, kann man mit Fug und Recht von einer Unannehmlichkeit reden ...

Jack blieb stehen, wie festgebannt.

Was willst du damit sagen?
Du weißt, was ich damit sagen will, Jack. Dein Vater war an jenem
Tag verschwunden – sowohl er als auch Onkel Morgan. Sie waren hier
drüben. Wo, hier drüben? Ich glaube, sie waren hier drüben am gleichen
Ort, an dem in der anderen Welt ihr Bürogebäude steht. Und sie taten
etwas, oder einer von ihnen tat etwas. Vielleicht nichts Großes, viel-
leicht nicht mehr, als einen Stein zu werfen – oder das Kerngehäuse
eines Apfels in der Erde zu vergraben. Und irgendwie löste das drüben
ein Echo aus. Es löste ein Echo aus, und es tötete Jerry Bledsoe.
Jack zitterte. O ja, er glaubte zu wissen, warum es so lange gedauert
hatte, bis sein Verstand die Erinnerung zutage gefördert hatte – das
Spielzeugtaxi, das Gemurmel von Männerstimmen, Dexter Gordon, der
Saxophon spielte. Es hatte sich geweigert, sie zutage zu fördern. Weil
(wer spielt diese Variationen, Daddy)
sie besagte, daß er allein durch sein Hiersein in der anderen Welt
etwas Entsetzliches auslösen konnte. Den dritten Weltkrieg? Vermutlich nicht. Er hatte in letzter Zeit keine Könige ermordet, weder junge
noch alte. Aber was war geschehen, um das Echo auszulösen, das Jerry
Bledsoe grillte? Hatte Onkel Morgan Jerrys Twinner umgebracht (falls
Jerry einen hatte)? Hatte er versucht, einem der großen Tiere der Region
die Idee der Elektrizität zu verkaufen? Oder war es nur eine Kleinigkeit
gewesen – nichts Welterschütternderes als der Kauf einer Scheibe
Fleisch in einem ländlichen Marktstädtchen? Wer spielte diese Variationen? Was spielte diese Variationen?
Eine nette kleine Überschwemmung, ein hübsches Feuerchen.
Plötzlich war Jacks Mund so trocken wie Salz.
Er ging zu dem Flüßchen am Straßenrand, sank auf die Knie und
streckte eine Hand aus, um Wasser zu schöpfen. Plötzlich erstarrte seine
Hand. Das ruhig fließende Wasser hatte die Farben des nahen Sonnenuntergangs angenommen – aber jetzt mischte sich plötzlich Rot in diese
Farben, so daß das Flüßchen nicht Wasser, sondern Blut zu führen
schien. Dann färbte es sich schwarz. Einen Moment später war es
durchsichtig geworden, und Jack sah . . .
Ein leises Wimmern entfuhr ihm, als er Morgans Kutsche die Weststraße entlangjagen sah, gezogen von dreizehn schweißnassen Pferden
mit schwarzen Federbüschen. Lähmendes Entsetzen ergriff ihn: der
Kutscher, der hoch oben auf dem Bock thronte, die gestiefelten Füße auf
dem Spritzbrett und eine unaufhörlich knallende Peitsche in der Hand,
war Elroy. Aber es war keine Hand, die diese Peitsche hielt. Es war eine
Klaue. Elroy lenkte diese Alptraum-Kutsche, ein grinsender Elroy mit
einem Mund voll toter Reißzähne. Elroy, der es kaum abwarten konnte,
Jack Sawyer wiederzufinden und Jack Sawyers Bauch aufzureißen und
Jack Sawyers Eingeweide herauszuzerren.
Jack kniete neben dem Flüßchen, mit hervorquellenden Augen und

vor Bestürzung und Entsetzen zitterndem Mund. Er hatte noch etwas bemerkt in seiner Vision, keine große Sache, aber durch das, was aus ihr folgerte, das Erschreckendste von allem: die Augen der Pferde schienen zu glühen. Sie schienen zu glühen, weil Licht in sie fiel – das Licht des Sonnenuntergangs.

Die Kutsche fuhr auf der gleichen Straße westwärts – und sie hatte es auf ihn abgesehen.

Kriechend, weil er nicht sicher war, ob er sich auf den Beinen halten konnte, zog sich Jack von dem Flüßchen zurück. Dann taumelte er unbeholfen auf die Straße und fiel der Länge nach in den Staub; Speedys Flasche und der Spiegel, den ihm der Teppichhändler geschenkt hatte, bohrten sich in seinen Bauch. Er drehte den Kopf zur Seite und drückte die rechte Wange und das rechte Ohr fest auf die Oberfläche der Weststraße.

Er spürte das stetige Rumpeln in der harten, trockenen Erde. Es war noch fern – aber es kam näher.

Elroy auf dem Bock – und Morgan drinnen. Morgan Sloat? Morgan von Orris? Einerlei. Beide waren eins.

Mit einiger Mühe gelang es ihm, sich der hypnotischen Wirkung des Rumpelns in der Erde zu entziehen. Er stand wieder auf, holte Speedys Flasche aus seinem Wams und zog von dem Moospfropfen in ihrem Hals heraus, so viel er konnte, ohne sich an den Krümeln zu stören, die in den kleinen Rest der Flüssigkeit fielen, der jetzt noch in der Flasche war – nur noch ein paar Zentimeter. Er blickte nervös nach links, als erwartete er, die schwarze Kutsche am Horizont auftauchen zu sehen und die Pferde mit ihrem vom Sonnenuntergang gefüllten Augen, die leuchteten wie Spuklaternen. Natürlich sah er nichts. Der Horizont war hier in der Region näher, das war ihm bereits aufgefallen, und Geräusche trugen weiter. Morgans Kutsche mußte noch zwanzig Kilometer weiter östlich sein, vielleicht sogar dreißig.

Dennoch viel zu nahe, dachte Jack und hob die Flasche an die Lippen. Kaum eine Sekunde, bevor er trank, schrie sein Verstand auf: *He, warte eine Minute! Warte! Verdammter Idiot, bist du lebensmüde?* Er würde ganz schön dumm aus der Wäsche gucken, wie er da mitten auf der Weststraße stand und dann in die andere Welt zurückflippte, mitten auf eine andere Straße, wo ihn der nächste Laster oder Sattelschlepper überrollen würde.

Jack taumelte an den Straßenrand – und ging dann sicherheitshalber noch zehn oder zwanzig Schritte durch das hüfthohe Gras. Er holte ein letztes Mal tief Luft, atmete die süßen Düfte dieser Gegend ein, suchte nach diesem Gefühl heiterer Gelassenheit – dem Gefühl des Regenbogens.

Ich muß versuchen, mir dieses Gefühl zu bewahren, dachte er. *Ich werde es vielleicht brauchen – und vielleicht kann ich lange Zeit nicht hierher zurückkehren.*

Er ließ den Blick über das Grasland wandern, das sich jetzt von Osten her mit dem Dunkel der Nacht überzog. Der Wind wehte böig, kühl jetzt, aber noch immer voller Duft, spielte mit seinem Haar – das jetzt zottig zu werden begann –, wie er mit dem Gras spielte.

Bist du soweit, Jacko?

Jack schloß die Augen und wappnete sich gegen den gräßlichen Geschmack und das Erbrechen, mit dem er darauf reagieren würde.

»Banzai«, flüsterte er und trank.

Vierzehntes Kapitel

Buddy Parkins

1

Er erbrach ein dünnes, purpurnes Rinnsal. Sein Gesicht hing nur wenige Zentimeter über dem Gras, das den langen Abhang neben einem vierspurigen Highway bedeckte. Er schüttelte den Kopf und kauerte sich kniend zusammen, so daß nur sein Rücken dem schweren grauen Himmel zugewandt war. Die Welt, diese Welt stank. Jack schob sich zurück, fort von dem Erbrochenen, und der Gestank änderte sich, wurde aber nicht schwächer. Benzin und andere namenlose Gifte hingen in der Luft; und die Luft selbst stank nach Erschöpfung, Müdigkeit – sogar der Lärm, der vom Highways herüberdröhnte, peinigte diese sterbende Luft. Über seinem Kopf ragte die Rückseite eines Straßenschildes wie ein riesiger Fernsehschirm auf. Jack mühte sich auf die Beine. Weit jenseits des Highway schimmerte eine endlose Wasserfläche, nur eine Spur weniger grau als der Himmel. Ein irgendwie bösartiges Leuchten schoß über sie hinweg. Auch von dort kam ein Geruch nach Metallspänen und erschöpftem Atem. Der Ontariosee; und das kleine Städtchen dort unten konnte Olcott oder Kendall sein. Er war weit vom Weg abgekommen – hatte ungefähr hundertfünfzig Kilometer und womöglich viereinhalb Tage verloren. Jack trat vor das Schild und hoffte, daß es nicht noch mehr war. Er blickte zu den schwarzen Lettern empor. Wischte sich über den Mund. ANGOLA. Angola? Wo lag das? Er blickte hinunter auf das rußige Städtchen durch die jetzt schon wieder fast erträgliche Luft.

Und der Rand McNally, dieser unbezahlbare Begleiter, sagte ihm, daß es sich bei den Wassermassen dort drüben um den Eriesee handelte – anstatt mehrere Tagesreisen zu verlieren, hatte er sie gewonnen.

Aber bevor der Junge den Entschluß fassen konnte, daß er vielleicht trotz allem besser daran täte, in die Region zurückkehren, sobald er es für sicher hielt – das heißt, sobald Morgans Kutsche an der Stelle vorübergejagt war, an der er sich aufgehalten hatte –, bevor er das tun konnte, bevor er auch nur daran denken konnte, das zu tun, mußte er sich in das rußige Städtchen Angola begeben und feststellen, ob diesmal Jack Sawyer eine dieser Variationen spielte, Daddy. Er machte sich auf den Weg den Abhang hinunter, ein zwölfjähriger Junge in Jeans und

228

kariertem Hemd, groß für sein Alter, der bereits verwahrlost auszusehen begann und auf dessen Gesicht plötzlich zu viel Sorge lag.
    Als er die Hälfte des Abhangs hinter sich gebracht hatte, wurde ihm
plötzlich klar, daß er wieder auf Englisch dachte.

2

Viele Tage später, und ein gutes Stück weiter westlich: der Mann, Buddy
Parkins mit Namen, der auf der U.S. 40, unmittelbar außerhalb von
Cambridge, Ohio, einen hochgewachsenen Jungen mitgenommen hatte,
der sich Lewis Farren nannte, hätte diesen Ausdruck der Sorge erkennen
können – dieser Lewis sah aus, als ob sich die Sorge für immer in sein
Gesicht eingraben wollte. *Nimm's nicht so tragisch, mein Sohn, schon
in deinem eigenem Interesse*, hätte Buddy dem Jungen gern gesagt. Aber
seiner Geschichte zufolge hatte der Junge Sorgen genug für zehn. Mutter krank, Vater tot, fortgeschickt zu einer Tante, die Lehrerin war in
Buckeye Lake – Lewis Farren war mit Sorgen eingedeckt. Er sah aus, als
hätte er seit letztem Weihnachten keine fünf Dollar mehr auf einmal
gesehen. Und trotzdem hatte Buddy das Gefühl, daß ihm dieser Lewis
Farren irgendetwas vormachte.
    Zum einen roch er nach Farm, nicht nach Stadt. Buddy Parkins und
seine Brüder bewirtschafteten dreihundert Morgen Land nicht weit von
Amanda, ungefähr fünfzig Kilometer südöstlich von Columbus, und
Buddy wußte, daß er sich in dieser Hinsicht nicht irren konnte. Der
Junge roch nach Cambridge, und Cambridge war ländlich. Buddy war
aufgewachsen mit dem Geruch von Äckern und Scheunen, von Mist,
von Mais- und Erbsenfeldern, und die ungewaschene Kleidung des
Jungen neben ihm hatte all diese Gerüche absorbiert.
    Und dann die Kleidung selbst. Mrs. Farren mußte wirklich schwer
krank sein, dachte Buddy, wenn sie ihren Jungen auf die Straße schickte
mit Jeans, die zerrissen waren und so steif vor Schmutz, daß die Falten
aussahen, als wären sie aus Metall. Und die Schuhe! Lewis Farrens
Turnschuhe waren nahe daran, ihm von den Füßen zu fallen, die Senkel
waren mehrfach geknotet und der Stoff an beiden Füßen an vielen
Stellen gerissen oder durchgewetzt.
    »Sie haben also euren Wagen geholt, Lewis?«
    »So ist es, ja – diese lausigen Kerle kamen nach Mitternacht und
stahlen ihn direkt aus der Garage. Ich finde, so etwas sollte nicht erlaubt
sein. Nicht bei Leuten, die schwer arbeiten und ihre Raten wieder
bezahlen wollen, sobald sie können. Das finde ich jedenfalls. Sie doch
auch, oder?«
    Das ehrliche, sonnenverbrannte Gesicht des Jungen war ihm zuge-

wandt, als wäre dies die wichtigste Frage seit dem Sturz Nixons oder vielleicht der Affäre in der Schweinebucht, und alle Instinkte Buddys wollten ihm beipflichten – es drängte ihn, jeder im Grunde gutherzigen Ansicht beizupflichten, die ein Junge äußerte, der so offensichtlich nach Farmarbeit roch. »Wahrscheinlich hat das wie alle Dinge zwei Seiten, wenn man es bei Licht betrachtet«, sagte Buddy Parkins, nicht sehr glücklich. Der Junge blinzelte und wandte sich dann ab, um wieder nach vorn zu blicken. Wieder spürte Buddy seinen Kummer, die Wolke aus Sorgen, die über dem Jungen zu hängen schien, und bedauerte fast, daß er Lewis Farren die Bestätigung verweigert hatte, die er zu brauchen schien.

»Deine Tante unterrichtet wohl in der Grundschule in Buckeye Lake?« sagte Buddy in der schwachen Hoffnung, den Jungen ein wenig von seinem Jammer abzulenken. Von der Zukunft sprechen, nicht von der Vergangenheit.

»Ja, Sir, so ist es. Sie unterrichtet in der Grundschule. Helen Vaughan.« Seine Miene veränderte sich nicht.

Aber Buddy hatte es wieder gehört – er hielt sich nicht für Henry Higgins, den sprachkundigen Professor in dem Musical *My Fair Lady*, aber er war sich ganz sicher, daß dieser Lewis Farren nicht redete wie jemand, der in Ohio aufgewachsen war. Die Stimme des Jungen klang nicht richtig, zu gedrängt, die Betonungen stimmten nicht. Es war ganz und gar keine Ohio-Stimme. Vor allem war es keine ländliche Ohio-Stimme. Es war ein *Akzent*.

Sollte es möglich sein, daß ein Junge aus Cambridge, Ohio, so sprechen lernte? Aus welchem verrückten Grund auch immer? Buddy hielt es für möglich.

Auf der anderen Seite schien die Zeitung, die dieser Lewis Farren ständig unter den linken Ellenbogen gepreßt hielt, Buddy Parkins tiefsten und schlimmsten Argwohn zu bestätigen – daß sein verwahrloster junger Mitfahrer ein Ausreißer war und jedes seiner Worte eine Lüge. Der Titel der Zeitung, für Buddy schon durch leichtes Kopfneigen erkennbar, war *The Angola Herald*. Es gab ein Angola in Afrika, wo eine Menge Engländer als Söldner gekämpft hatten, und es gab ein Angola im Staat New York – direkt am Eriesee. Vor kurzem hatte das Fernsehen etwas über Angola gebracht, aber er konnte sich nicht mehr genau erinnern, um was es da gegangen war.

»Ich würde dich gern etwas fragen, Lewis«, sagte er und räusperte sich.

»Ja?« sagte der Junge.

»Wie kommt es, daß ein Junge aus einem netten Städtchen an der U.S. Vierzig eine Zeitung aus Angola, New York, mit sich herumträgt? Das ist ein verdammtes Ende weit weg. Ich bin nur neugierig, mein Sohn.«

Der Junge warf einen Blick auf die unter seinem Arm klemmende

Zeitung und drückte sie noch fester an sich, als befürchtete er, sie könnte herunterrutschen. »Oh«, sagte er. »Die habe ich gefunden.«

»Das glaubst du doch selber nicht«, sagte Buddy.

»Doch, Sir. Sie lag auf einer Bank an der Busstation zu Hause.«

»Du bist heute morgen zur Busstation gegangen?«

»Ja, aber dann beschloß ich, das Geld zu sparen und per Anhalter zu fahren. Mr. Parkins, wenn Sie mich an der Ausfahrt Zanesville absetzen, habe ich es nicht mehr weit. Dann wäre ich wahrscheinlich zum Abendessen bei meiner Tante.«

»Ja, das wäre möglich«, sagte Buddy und legte mehrere Kilometer in unbehaglichem Schweigen zurück. Schließlich hielt er es nicht mehr aus und sagte, sehr leise und ohne den Blick von der Straße abzuwenden: »Junge, bist du von Zuhause ausgerissen?«

Lewis Farren erstaunte ihn durch ein Lächeln – weder grinste er, noch setzte er ein Lächeln auf; er lächelte tatsächlich. Er hielt die Idee, er könnte von Zuhause ausgerissen sein, für spaßig. Sie amüsierte ihn. Einen Sekundenbruchteil, nachdem Buddy den Kopf gewendet hatte, warf ihm der Junge einen Blick zu, und ihre Augen begegneten sich.

Eine Sekunde lang, vielleicht auch zwei oder drei – so lange dieser Augenblick dauerte –, sah Buddy Parkins, daß dieser ungewaschene Junge, der neben ihm saß, schön war. Er hätte es für unmöglich gehalten, daß er dieses Wort je auf ein männliches Wesen anwendete, das älter war als neun Monate, aber unter dem Straßenschmutz war dieser Lewis Farren schön. Sein Sinn für Humor hatte vorübergehend seine Sorgen verscheucht, und was von ihm zu Buddy ausstrahlte – der zweiundfünfzig Jahre alt war und drei halbwüchsige Söhne hatte –, war eine Art freimütiger Güte, beeinträchtigt nur durch eine Reihe ungewöhnlicher Erlebnisse. Dieser Lewis Farren, zwölf Jahre alt seinen eigenen Angaben zufolge, war irgendwie weitergegangen und hatte mehr gesehen als Buddy Parkins, und was er gesehen und getan hatte, hatte ihn schön werden lassen.

»Nein, ich bin kein Ausreißer, Mr. Parkins«, sagte der Junge.

Dann blinzelte er, und sein Blick wandte sich wieder nach innen und verlor sein Strahlen, und der Junge sank wieder auf seinem Sitz zusammen. Er zog ein Knie hoch, stützte es gegen das Armaturenbrett und hielt die Zeitung unter seinem Bizeps.

»Nein, das glaube ich auch nicht«, sagte Buddy Parkins und richtete den Blick wieder auf den Highway. »Ein Ausreißer bist du wohl nicht, Lewis. Aber irgendetwas bist du.«

Der Junge reagierte nicht.

»Hast auf einer Farm gearbeitet, stimmt's?«

Lewis schaute ihn überrascht an. »Ja, das habe ich. Die letzten drei Tage. Für zwei Dollar die Stunde.«

Und deine Mommy ist so krank, daß sie nicht einmal deine Hose

waschen konnte, bevor sie dich zu ihrer Schwester schickte, ist es so?
dachte Buddy, aber was er sagte, war: »Lewis, was hältst du davon, mit
zu mir nach Hause zu kommen? Ich behaupte nicht, daß du vor irgend
etwas ausreißt, aber wenn du von irgendwo aus der Nähe von Cambridge
stammst, dann fresse ich diesen ramponierten alten Wagen mitsamt den
Reifen, und ich habe selbst drei Söhne, und der jüngste, Billy, ist nur
rund drei Jahre älter als du, und wir wissen, wie man *Jungen* füttern
muß. Du kannst bleiben, so lange du möchtest, je nachdem, wie viele
Fragen du beantworten willst. Weil ich nämlich Fragen stellen werde,
jedenfalls sobald wir das erste Mal Brot miteinander gebrochen haben.«
Er fuhr sich mit einer Hand über das kurze graue Haar und warf einen
Blick auf den Beifahrersitz. Lewis Farren sah mehr wie ein Junge aus und
weniger wie eine Offenbarung. »Du wärst uns willkommen, mein
Sohn.«
Lächelnd sagte der Junge: »Das ist wirklich sehr nett von Ihnen, Mr.
Parkins, aber ich kann nicht. Ich muß zu meiner – äh, Tante, in . . .«
»Buckeye Lake«, ergänzte Buddy.
Der Junge schluckte und blickte wieder geradeaus.
»Ich helfe dir gern, wenn du Hilfe brauchst«, wiederholte Buddy.
Lewis legte die Hand auf seinen dicken, sonnenverbrannten Unter-
arm. »Daß Sie mich mitgenommen haben, ist schon eine große Hilfe,
ehrlich.«
Zehn schweigsame Minuten später sah er der einsamen Gestalt des
Jungen nach, der auf der Ausfahrt vor Zanesville dahintrabte. Emmie
wäre wahrscheinlich über ihn hergefallen, wenn er mit einem fremden,
schmutzigen Jungen angekommen wäre, den sie füttern sollte, aber
sobald sie ihn gesehen und sich mit ihm unterhalten hätte, hätte sie die
guten Gläser und das Geschirr herausgeholt, das ihre Mutter ihr
geschenkt hatte. Buddy Parkins glaubte nicht, daß es in Buckeye Lake
eine Frau mit Namen Helen Vaughan gab, und er war auch nicht sicher,
ob dieser mysteriöse Lewis Farren überhaupt eine Mutter hatte – der
Junge machte zu sehr den Eindruck eines Waisenkindes, unterwegs mit
einem gewaltigen Auftrag. Buddy sah dem Jungen nach, bis er um eine
Kurve der Ausfahrt verschwand, und dann starrte er ins Leere und auf
das riesige gelb-purpurne Schild eines Einkaufszentrums. Eine Sekunde
lang dachte er daran, aus dem Wagen zu springen und hinter dem Jungen
herzulaufen, zu versuchen, ihn zurückzuholen . . . und dann stand ihm
ganz kurz eine chaotische, raucherfüllte Szene in den Sechs-Uhr-Nach-
richten vor Augen. Angola, New York. Irgendeine Katastrophe, zu
geringfügig, um mehr als einmal berichtet zu werden, eine jener kleinen
Tragödien, die die Welt unter einem Berg von Nachrichten begräbt.
Alles, was Buddy sich in diesem kurzen Moment vermutlich entstellter
Erinnerung vor Augen rufen konnte, war das Bild von Trägern, die wie
riesige Strohhalme über zerschmetterten Autos lagen und aufragten aus

einem rauchenden Loch im Boden – einem Loch, das geradewegs in die Hölle führen mochte. Buddy Parkins warf noch einen letzten Blick auf die leere Stelle der Straße, wo er den Jungen zuletzt gesehen hatte; dann trat er aufs Gaspedal und setzte den alten Wagen in Bewegung.

3

Buddy Parkins Erinnerung war exakter, als er vermutet hätte. Wenn er die Titelseite des etliche Tage alten *Angola Herald* hätte sehen können, den dieser merkwürdige Junge so schützend und angstvoll zugleich unter dem Arm gehalten hatte, dann hätte er lesen können:

FÜNF TOTE DURCH ZUFALLSERDBEBEN
von Herald-Reporter Joseph Gargan

Die Arbeiten an den Rainbird Towers, geplant als Angolas höchstes und luxuriösestes Apartmenthaus und noch sechs Monate vor der Fertigstellung, kamen gestern auf tragische Weise zum Stillstand, als ein völlig unerwartetes Erdbeben das Skelett des Gebäudes zum Einsturz brachte und zahlreiche Arbeiter unter sich begrub. Fünf Tote konnten bisher aus den Trümmern des geplanten Apartmenthauses geborgen werden, zwei weitere werden noch vermißt, kamen aber vermutlich gleichfalls ums Leben. Alle sieben Arbeiter waren Schweißer und Monteure der Firma Speiser Construction, und alle befanden sich auf Trägern der obersten beiden Stockwerke, als das Unglück geschah.

Das gestrige Beben war unseres Wissens das erste, das sich je in Angola ereignet hat. Armin Van Pelt vom Geologischen Institut der University of New York, den wir heute telefonisch um eine Stellungnahme baten, beschrieb das katastrophale Beben als eine »seismische Blase«. Vertreter der Sicherheitsbehörden des Staates setzen ihre Untersuchungen an der Unglücksstelle fort, ebenso eine Gruppe von...

Die Toten waren Robert Heidel, dreiundzwanzig; Thomas Thielke, vierunddreißig; Jerome Wild, achtundvierzig; Michael Hagen, neunundzwanzig; und Bruce Davey, neununddreißig. Die beiden, die noch vermißt wurden, waren Arnold Schulkamp, vierundfünfzig, und Theodore Rasmussen, dreiundvierzig. Jack brauchte nicht mehr auf die Titelseite der Zeitung zu sehen, um sich an ihre Namen zu erinnern. Das erste Erdbeben in der Geschichte von Angola, New York, hatte an dem Tag stattgefunden, an dem er von der Weststraße geflippt und an der Stadtgrenze gelandet war. Er wünschte sich, daß er mit dem großen, freundlichen Buddy Parkins hätte mitgehen, mit der Familie Parkins am Tisch sitzen und gekochtes Rindfleisch und Apfelkuchen essen und sich dann in das Gästebett der Parkins kuscheln und die selbstgenähte Steppdecke über den Kopf ziehen können. Und sich vier oder fünf Tage nicht bewegen, außer an den gedeckten Tisch. Aber ein Teil des Problems war, was er sah – der astreiche Kieferntisch, auf dem sich krümeliger Käse türmte, und jenseite des Tisches war ein Mauseloch in eine riesige Scheuerleiste gesägt, und aus Löchern in den Jeans der drei Parkins-Jungen ragten lange, dünne Schwänze hervor. Wer spielt diese Jerry Bledsoe-Variationen, Daddy? *Heidel, Thielke, Wild, Hagen, Davey; Schulkamp und Rasmussen.* Diese Jerry-Variationen? Er wußte, wer sie spielte.

4

Das riesige gelbe und purpurne Schild mit der Aufschrift BUCKEYE MALL schwebte über Jack, als er um die letzte Kurve der Auffahrt bog, driftete an seiner Schulter vorbei und tauchte dann an seiner anderen Seite wieder auf, und nun konnte er endlich erkennen, daß es auf einem Dreifuß aus hohen gelben Pfosten auf dem Parkplatz des Einkaufszentrums befestigt war. Das Einkaufszentrum selbst war eine futuristische Ansammlung von ockerfarbenen Gebäuden, die keine Fenster zu haben schienen – bis Jack einen Moment später erkannte, daß das Zentrum überdacht war und daß, was er sah, nur die Illusion einzelner Gebäude erweckte. Er steckte die Hand in die Tasche und befingerte die feste Rolle aus dreiundzwanzig Ein-Dollar-Noten, die sein gesamtes irdisches Vermögen ausmachten.

Im kühlen Sonnenschein eines Frühherbst-Nachmittags sprintete Jack über die Straße zum Parkplatz des Einkaufszentrums.

Ohne die Begegnung mit Buddy Parkins wäre Jack höchstwahrscheinlich auf der U.S. 40 geblieben und hätte versucht, wieder hundert Kilometer weiterzukommen – er wollte in zwei oder drei Tagen bei Richard Sloat in Illinois sein. Der Gedanke, seinen Freund Richard wiederzusehen, hatte ihn während der anstrengenden Tage pausenlosen Arbeitens auf Elbert Palamountains Farm in Gang gehalten: das Bild des bebrillten, ernsthaften Richard Sloat in seinem Zimmer in der Thayer School hatte ihm ebenso viel Auftrieb gegeben wie Mrs. Palamountains reichhaltige Mahlzeiten. Jack sehnte sich danach, Richard zu treffen, und zwar so bald wie möglich; aber Buddy Parkins Einladung, mit ihm in sein Haus zu kommen, hatte ihn irgendwie verunsichert. Er konnte jetzt nicht einfach in den nächsten Wagen steigen und mit seiner Geschichte von vorn beginnen (einer Geschichte, die ohnehin an Überzeugungs-kraft verloren zu haben schien). Das Einkaufszentrum bot ihm die ideale Gelegenheit, ein oder zwei Stunden abzuschalten, vor allem, wenn es in ihm irgendwo ein Kino gab – in seiner gegenwärtigen Verfassung hätte sich Jack auch die blödeste, schmalzigste *Love Story* angesehen.

Und vor dem Film, sofern er das Glück hatte, ein Kino zu finden, würde er zwei Dinge erledigen können, die er seit mindestens einer Woche vor sich hergeschoben hatte. Jack hatte bemerkt, daß Buddy Parkins seine zerfallenden Turnschuhe gemustert hatte. Sie fielen nicht nur auseinander – die Sohlen, einst weich und elastisch, waren aus irgendeinem Grund so hart geworden wie Asphalt. An Tagen, an denen er größere Strecken laufen mußte – oder wenn er den ganzen Tag im Stehen zu arbeiten hatte –, schmerzten seine Füße, als wären sie verbrannt.

Das zweite Unternehmen, der Anruf bei seiner Mutter, war so sehr mit Schuld- und anderen beängstigenden Gefühlen belastet, daß irgendetwas in Jack sich sträubte, es in sein Bewußtsein dringen zu lassen. Er wußte nicht, ob er die Tränen würde zurückhalten können, wenn er die Stimme seiner Mutter hörte. Was war, wenn sie schwach klang – was war, wenn sie so klang, als wäre sie schwer krank? Konnte er seine Reise nach Westen wirklich fortsetzen, wenn Lily ihn heiser bat, nach New Hampshire zurückzukehren? Vor seinem inneren Auge erschien plötzlich das deutliche Bild einer Reihe von Münzfernsprechern unter Plastikabdeckungen, die aussahen wie Trockenhauben, und er scheute sofort und instinktiv davor zurück – als könnte Elroy oder irgendein anderes Geschöpf aus der Region die Hand aus dem Hörer strecken und seinen Hals umklammern.

In diesem Augenblick sprangen drei Mädchen, ein oder zwei Jahre älter als Jack, aus dem Fond eines Subaru Brat, der schwungvoll in eine Parklücke nahe dem Haupteingang des Einkaufszentrums eingebogen war. Eine Sekunde lang sahen sie aus wie Modelle in gezwungen eleganten Posen, die Entzücken und Erstaunen ausdrücken sollten. Als sie ihre Körper in konventionellere Haltungen gebracht hatten, warfen die Mädchen uninteressierte Blicke auf Jack und brachten durch gekonntes Kopfschütteln ihre Frisuren in Ordnung. Sie wirkten langbeinig in ihren hautengen Jeans, diese selbstsicheren kleinen Prinzessinnen der zehnten Klasse, und wenn sie lachten, legten sie die Hände auf den Mund – auf eine Weise, die andeutete, daß das Lachen selbst lachhaft war. Jack verlangsamte seine Gangart zu einer Art Schlafwandler-Schlendern. Eine der Prinzessinnen warf einen Blick auf ihn und murmelte dann dem braunhaarigen Mädchen neben sich etwas zu.

Ich bin jetzt anders, dachte Jack. *Ich bin nicht mehr wie sie*. Mit dieser Erkenntnis brach Einsamkeit über ihn herein.

Ein untersetzter blonder Junge mit einer ärmellosen blauen Weste kam vom Fahrersitz des Wagens und scharte die Mädchen um sich, indem er einfach so tat, als ignorierte er sie. Der Junge, der in der letzten Klasse und in der Footballmannschaft seiner Schule mindestens Verteidiger sein mußte, warf einen einzigen Blick auf Jack und betrachtete dann abschätzig die Fassade des Einkaufszentrums. »Timmy?« sagte das langbeinige braunhaarige Mädchen. »Ja?« sagte der Junge. »Ich überlegte gerade, was hier so nach Scheiße stinkt.« Er belohnte die Mädchen mit einem überlegenen kleinen Lächeln. Das braunhaarige Mädchen bedachte Jack mit einem affektierten Blick, dann schloß es sich wieder den anderen an. Die drei Mädchen folgten Timmys arrogantem Körper durch die Glastüren in das Einkaufszentrum.

Jack wartete, bis die durch das Glas sichtbaren Gestalten Timmys und seines Hofstaats sich weit hinten in der Passage befanden und auf die Größe junger Hunde geschrumpft waren, bevor er auf die Platte trat, die die Türen öffnete.

Kalte, vorverdaute Luft schlug ihm entgegen.

Wasser rann an einer zweistöckigen Fontäne herab in ein von Bänken umgebenes Becken. Auf beiden Ebenen waren die offenen Fronten von Geschäften der Fontäne zugewandt. Leise Musik driftete von der ockerfarbenen Decke herab und ein seltsam bronzefarbenes Licht; der Geruch nach Popcorn, der Jack im gleichen Augenblick überfallen hatte, in dem die Glastüren hinter ihm zusammenglitten, ging von einem altmodischen, feuerwehrrot gestrichenen Popcorn-Karren aus, der im Erdgeschoß links neben der Fontäne vor einer Buchhandlung stand. Daß es in der Buckeye Mall kein Kino gab, hatte Jack gleich festgestellt. Timmy und seine langbeinigen Prinzessinnen schwebten die Rolltreppe am anderen Ende des Einkaufszentrums empor; ihr Ziel war vermutlich ein Schnellimbiß, The Captain's Table genannt und direkt neben der Rolltreppe gelegen. Jack schob wieder die Hand in die Hosentasche und berührte seine Rolle Geldscheine. Speedys Gitarren-Plektron und Hauptmann Farrens Münze steckten zusammen mit etwas Kleingeld auf dem Grund der Tasche.

Im Erdgeschoß, in dem Jack sich befand, gab es zwischen einem Plätzchenladen und einem Spirituosengeschäft, das SONDERANGEBOTE für Hiram Walker-Bourbon und Inglenook Chablis offerierte, ein Schuhgeschäft von Fayva. Vor dem Geschäft stand ein langer Tisch mit Turnschuhen. Der Mann an der Kasse beugte sich vor und beobachtete Jack, der sich die Schuhe ansah; er argwöhnte ganz offensichtlich, daß Jack versuchen würde, etwas zu stehlen. Die Markennamen auf dem Tisch waren Jack unbekannt. Es gab weder Nike noch Puma – die Schuhe trugen Namen wie Speedster oder Bullseye oder Zooms, und die Schnürsenkel jedes Paars waren miteinander verknotet. Es waren Turnschuhe, keine richtigen Laufschuhe, aber sie würden ihren Zweck erfüllen.

Er kaufte das billigste Paar, das es in seiner Größe gab, blaues Segeltuch mit roten Zickzackstreifen. Einen Markennamen konnte er nirgendwo entdecken, aber sie schienen sich nicht von den anderen Schuhen auf dem Tisch zu unterscheiden. An der Kasse legte er sechs schlaffe Dollarnoten auf den Tresen und sagte dem Kassierer, er brauchte keine Tüte.

Jack setzte sich auf eine der Bänke vor der hohen Fontäne und streifte seine zerfetzten Schuhe ab, ohne die Schnürsenkel zu lösen. Als er in die neuen schlüpfte, atmeten seine Füße vor Dankbarkeit regelrecht auf. Jack verließ die Bank und warf seine alten Schuhe in einen hohen schwarzen Abfallbehälter mit der weißen Aufschrift SEI KEIN SCHMUTZFINK! Darunter stand in kleineren Buchstaben *Die Erde ist unsere einzige Heimat.*

Jack begann ziellos durch den langen Gang im Erdgeschoß zu wandern und nach den Telefonen Ausschau zu halten. Am Popcorn-Karren trennte er sich von fünfzig Cents und erhielt dafür eine große Tüte mit frischem, fettglitzerndem Popcorn. Der Mann in mittleren Jahren mit Bowler, Schnauzbart und Ärmelhaltern, der ihm das Popcorn verkaufte, sagte ihm, die Telefone wären in einer Ecke neben 31 Flavors, oben. Dabei deutete er vage auf die nächste Rolltreppe.

Jack schaufelte sich das Popcorn in den Mund, während er auf der Rolltreppe nach oben fuhr – hinter einer Frau in den Zwanzigern und einer älteren Frau mit Hüften, die so breit waren, daß sie fast die gesamte Breite der Rolltreppe ausfüllten; beide trugen Hosenanzüge.

Wenn Jack innerhalb des Einkaufszentrums flippen würde – oder auch zwei oder drei Kilometer davon entfernt –, würden dann die Mauern beben und die Decken einstürzen und Ziegelsteine und Balken, Lautsprecher und Beleuchtungskörper herabprasseln lassen auf jedermann, der das Unglück hatte, sich gerade hier aufzuhalten? Und würde es darauf hinauslaufen, daß die Prinzessinnen aus der zehnten Klasse und sogar der arrogante Timmy und auch die meisten anderen Leute mit Schädelbrüchen und abgerissenen Gliedmaßen und zerschmettertem Brustkorb dalagen? Eine Sekunde, bevor er das obere Ende der Rolltreppe erreichte, sah Jack riesige Gipsbrocken und Stahlträger herabstürzen, hörte er das entsetzliche Bersten der Zwischengeschoßdecke, vernahm er die Schreie – noch unhörbar, noch in die Luft geschrieben.

Angola. Die Rainbird Towers.

Jack spürte, wie seine Handflächen zu jucken und zu schwitzen begannen, und er wischte sie an seinen Jeans ab.

THIRTY-ONE FLAVORS schrieb ein kaltes weißes Leuchtstoffschild zu seiner Linken, und als er darauf zuging, sah er, daß neben dem Laden ein Gang abzweigte. Glänzende braune Fliesen an den Wänden und auf dem Boden; und als ihn die Windung des Ganges von all den Leuten im Zwischengeschoß getrennt hatte, sah Jack drei Telefone, die mit durchsichtigen Plastikhauben abgedeckt waren. Gegenüber den Telefonen lagen die Türen zu MEN und LADIES.

Jack trat unter die mittlere Haube, wählte zuerst die Null, dann die Vorwahlnummer und schließlich die des Alhambra Inn and Gardens. »Ein bezahltes Gespräch?« fragte das Mädchen in der Vermittlung, und Jack sagte: »Nein, dies ist ein R-Gespräch für Mrs. Sawyer in vier-null-sieben und vier-null-acht. Von Jack.«

Die Hotelvermittlung meldete sich, und Jacks Brust krampfte sich zusammen. Das Gespräch wurde in die Suite gelegt. Das Telefon läutete einmal, zweimal, dreimal.

Dann sagte seine Mutter. »Mein Gott, wie bin ich froh, von dir zu hören! Dieses Strohmutter-Dasein ist nichts für mich. Irgendwie fehlt mir etwas, wenn du nicht hier herumschleichst und mir sagst, wie ich mit Kellnern umzugehen habe.«

»Du hast eben zu viel Klasse für die meisten Kellner, das ist das Problem«, sagte Jack und glaubte, vor Erleichterung weinen zu müssen. »Geht es dir gut, Jack? Sag die Wahrheit.«

»Natürlich geht es mir gut«, sagte er. »Ja, es geht mir wirklich gut. Ich wollte mich nur vergewissern, daß du – du weißt schon.«

Im Telefon wisperte es elektronisch, eine atmosphärische Störung, die sich anhörte wie Sand, der über den Strand geweht wird.

»Ich bin okay«, sagte Lily. »Mir geht's prächtig. Jedenfalls nicht schlechter, wenn es das ist, worüber du dir Sorgen machst. Im übrigen wüßte ich gern, wo du bist.«

Jack schwieg einen Moment, während die atmosphärischen Störungen wisperten und zischten. »Ich bin jetzt in Ohio. In ein paar Tagen treffe ich Richard.«

»Wann kommst du nach Hause, Jacko?«

»Das kann ich nicht sagen. Ich wollte, ich könnte es.«

»Du kannst es nicht sagen. Weiß der Himmel, Junge, wenn dir dein Vater nicht diesen albernen Namen gegeben hätte – und wenn du mich zehn Minuten früher oder zehn Minuten später gefragt hättest ...«

Die Störungen schwollen an und verschluckten ihre Stimme, und Jack erinnerte sich daran, wie sie in dem Teerestaurant ausgesehen hatte, abgezehrt und schwach, eine alte Frau. Als die Leitung wieder klarer wurde, fragte er: »Hast du Ärger mit Onkel Morgan? Belästigt er dich?«

»Ich habe Onkel Morgan mit einem Floh im Ohr fortgeschickt«, sagte sie.

»Er war bei dir? Er ist gekommen? Belästigt er dich immer noch?«

»Ich habe mir den Kerl vom Hals geschafft, zwei Tage nach deiner Abreise, Baby. Zerbrich dir seinetwegen nicht den Kopf.«

»Hat er gesagt, wo er hinwollte?« fragte Jack, aber sobald die Worte aus seinem Mund gekommen waren, gab das Telefon ein gequältes elektronisches Heulen von sich, ein Geräusch, das sich in seinen Kopf zu bohren schien. Jack verzog das Gesicht und riß den Hörer vom Ohr. Das grauenhafte Heulen war so laut, daß jeder es gehört hätte, der in den

Gang trat. »MOM!« schrie Jack; er wagte es nicht, den Hörer nahe ans Ohr zu halten. Das Heulen verstärkte sich; es klang, als wäre ein Radio zwischen zwei Stationen auf volle Lautstärke aufgedreht worden. Dann war die Leitung plötzlich tot. Jack drückte den Hörer ans Ohr und vernahm nichts als das monotone schwarze Schweigen einer toten Leitung. »He«, sagte er und rüttelte an der Gabel. Das monotone Schweigen im Apparat schien auf sein Ohr zu drücken.

Ebenso unvermittelt und als hätte sein Rütteln an der Gabel es bewirkt, kehrte das Freizeichen zurück – eine Oase der Vernunft, des Regulären. Jack fuhr mit der Hand in die Tasche und suchte nach einer weiteren Münze.

Er hielt den Hörer ungeschickt in der Linken, während er in der Tasche suchte; er erstarrte, als das Freizeichen plötzlich in den Weltraum entwich.

Morgan Sloats Stimme sprach so deutlich zu ihm, als stünde der gute alte Onkel Morgan am Nebentelefon. »Schwenk deinen Arsch heimwärts, Jack.« Die Stimme durchschnitt die Luft wie ein Skalpell. »Sieh zu, daß du deinen Arsch heimwärts schwenkst, bevor wir dich heimbringen müssen.«

»Warte«, sagte Jack, als bäte er um Zeit; in Wirklichkeit war er viel zu entsetzt, um zu wissen, was er sagte.

»Ich kann nicht länger warten, mein Kleiner. Du bist jetzt ein Mörder. Das stimmt doch, oder? Du bist ein Mörder. Und deshalb können wir dir keine Chance mehr geben. Scher dich zurück in dieses Nest in New Hampshire. Sofort. Sonst triffst du vielleicht in einem Sack dort ein.«

Jack hörte es im Hörer klicken. Er ließ ihn fallen. Der Apparat, an dem Jack gesprochen hatte, geriet ins Wackeln, dann rutschte er von der Wand. Einen Augenblick hing er an einem Gewirr aus Drähten; dann stürzte er krachend zu Boden.

Die Tür der Herrentoilette hinter Jack flog auf, und eine Stimme rief: »Heiliger Strohsack!«

Als Jack sich umwandte, sah er einen mageren, kurzhaarigen Jungen von vielleicht zwanzig auf die Telefone starren. Er trug eine weiße Schürze und eine Fliege – ein Angestellter aus einem der Läden.

»Ich habe es nicht getan«, sagte Jack. »Es ist einfach passiert.«

»Heiliger Strohsack.« Der kurzhaarige Angestellte starrte Jack einen Sekundenbruchteil lang an, fuhr zusammen, als wollte er davonlaufen, und fuhr sich dann mit den Händen über den Kopf.

Jack wich aus dem Gang zurück. Als er schon auf halber Höhe der Rolltreppe war, hörte er den Angestellten endlich rufen: »Mr. Olafson! Das Telefon, Mr. Olafson!« Jack ergriff die Flucht.

Die Luft draußen war hell und überraschend feucht. Benommen wanderte Jack über den Gehsteig. Ein paar hundert Meter entfernt, hinter dem Parkplatz, näherte sich ein schwarzweißes Polizeiauto dem Einkaufszentrum. Jack begann den Gehsteig entlangzuwandern. Ein Stück vor ihm versuchte eine sechsköpfige Familie, eine Gartenliege durch den nächsten Eingang des Einkaufszentrums zu manövrieren. Jack verlangsamte seine Schritte und sah zu, wie Mann und Frau die lange Liege in die Diagonale kippten, behindert von den Versuchen der kleineren Kinder, sich entweder auf die Liege zu setzen oder ihnen zu helfen. Endlich stolperte die Familie durch die Türen − fast in der Pose der Männer, die auf dem berühmten Photo von Iwo Jima die Flagge hißten. Das Polizeiauto drehte eine gemächliche Runde über den großen Parkplatz.

Gleich neben dem Eingang, durch den die chaotische Familie ihre Gartenliege manövriert hatte, saß ein alter schwarzer Mann auf einer Holzkiste, eine Gitarre im Schoß. Als Jack langsam näherkam, sah er die Blechtasse neben den Füßen des Mannes. Sein Gesicht war hinter einer großen, schmutzigen Sonnenbrille und unter der Krempe eines fleckigen Filzhutes verborgen. Die Ärmel seiner Jeansjacke waren zerknittert wie die Haut eines Elefanten.

Jack schwenkte zum Rand des Gehsteigs, um dem Mann all den Raum zu geben, der ihm zuzustehen schien, und bemerkte, daß der Mann ein Schild aus vergilbter weißer Pappe mit einer Aufschrift in zittrigen Großbuchstaben um den Hals trug. Ein paar Schritte weiter konnte er die Aufschrift lesen:

BLIND VON GEBURT AN
SPIELE JEDES LIED
GOTT SEGNE SIE

Er war schon fast an dem Mann mit der ramponierten alten Gitarre vorübergegangen, als er ihn mit brüchiger und eindringlicher Stimme flüstern hörte: »Yeah-bob.«

Fünfzehntes Kapitel

Snowball singt

1

Jack fuhr herum; das Herz hämmerte in seiner Brust.

Speedy?

Der Schwarze tastete nach seiner Tasse, hob sie hoch, schüttelte sie. Auf ihrem Grund klimperten ein paar Münzen.

Es *ist* Speedy. Hinter dieser dunklen Brille *ist* es Speedy. Jack war sich ganz sicher. Doch einen Augenblick später war er sich ebenso sicher, daß es *nicht* Speedy war. Speedy war nicht breitschultrig und hatte auch keinen breiten Brustkorb; Speedys Schultern waren rundlich, hingen ein wenig nach vorn, und deshalb wirkte sein Brustkorb leicht eingefallen. Mississippi John Hurt, nicht Ray Charles.

Aber ich wüßte es genau, so oder so, wenn er nur diese Brille abnehmen würde.

Er öffnete den Mund, um Speedys Namen laut auszusprechen; doch plötzlich begann der alte Mann zu spielen, wobei seine runzligen Finger, so trübdunkel wie altes Nußbaumholz, das regelmäßig geölt, aber nie poliert worden ist, geschmeidig über Saiten und Bünde glitten. Er spielt gut, holte die Melodie mit dem Plektron heraus. Und einen Augenblick später erkannte Jack das Lied. Er kannte es von einer der älteren Platten seines Vaters, einem Vanguard-Album mit dem Titel *Mississippi John Hurt Today.* Und obwohl der Blinde nicht sang, kannte Jack den Text:

> *Sagt mir, Freunde, ist es nicht hart,*
> *Old Lewis liegt im Grab verscharrt,*
> *Die Engel legten ihn hinein . . .*

Der blonde Footballspieler und seine drei Prinzessinnen kamen durch den Haupteingang des Einkaufszentrums. Jede der Prinzessinnen hatte eine Tüte Eiscreme, während Mr. All-America in jeder Hand ein Chili-Hot dog hielt. Sie schlenderten der Stelle entgegen, an der Jack stand. Jack, dessen ganze Aufmerksamkeit dem alten Schwarzen galt, hatte sie nicht einmal bemerkt. Er war völlig eingenommen von der Idee, daß es Speedy war, und Speedy hatte irgendwie seine Gedanken gelesen. Wie sonst hätte dieser Mann auf die Idee kommen können, eine Komposition von Mississippi John Hurt zu spielen, als Jack gerade dachte, wie sehr er Speedy ähnelte? Und obendrein ein Lied, in dem der Name vorkam, den er sich selber zugelegt hatte?

241

Der blonde Footballspieler nahm seine beiden Hot dogs in die Linke und hieb Jack die Rechte ins Kreuz, so heftig er konnte. Jacks Zähne schlugen in seine Zunge wie eine Bärenfalle. Der Schmerz war plötzlich und qualvoll.

»Nur eine kleine Aufmunterung, du Stinker«, sagte er. Die Prinzessinnen quiekten und kicherten. Jack stolperte vorwärts und stieß die Tasse des Blinden um. Münzen fielen heraus und rollten davon. Die sanfte Bluesmelodie brach mit einem Mißton ab.

Mr. All-America und seine drei kleinen Prinzessinnen zogen bereits weiter. Jack starrte ihnen nach und empfand die jetzt bereits vertraute ohnmächtige Wut. So erging es einem, wenn man auf sich allein gestellt war, jung genug, um jedermann auf Gnade oder Ungnade ausgeliefert zu sein – jedermann, von einem Psychopathen wie Osmond bis zu einem humorlosen alten Lutheraner wie Elbert Palamountain, dessen Vorstellung von einem ausgefüllten Arbeitstag darin bestand, einen in unaufhörlich niederprasselndem kaltem Oktoberregen zwölf Stunden durch ein schlammiges Feld waten zu lassen und in der Mittagspause kerzengerade aufgerichtet in der Kabine seines International Harvester zu sitzen, Zwiebelsandwiches zu verzehren und dabei aus dem Buch Hiob vorzulesen.

Jack hatte nicht das Bedürfnis, es ihnen heimzuzahlen, obwohl ihm irgendwie so war, als könnte er es, wenn er es nur wollte – daß er auf seltsame Art an Kraft gewann, fast einer elektrischen Ladung vergleichbar. Manchmal hatte er den Eindruck, als bemerkten andere Leute das auch – es stand in ihren Gesichtern geschrieben, wenn sie ihn ansahen. Aber er *wollte* es ihnen nicht heimzahlen; er wollte nur in Ruhe gelassen werden. Er . . .

Der Blinde tastete um sich herum nach dem verstreuten Geld, und seine dicklichen Hände glitten so sanft über das Pflaster, daß sie fast darauf zu lesen schienen. Er ertastete ein Zehncentstück, stellte seine Tasse wieder hin und ließ es hineinfallen.

Aus der Ferne hörte Jack eine der Prinzessinnen sagen: »Warum läßt man den hier sitzen? So ein schmutziger alter Kerl.«

Noch weiter entfernt: »Ja, *wahrhaftig*!«

Jack ließ sich auf die Knie sinken und begann zu helfen, er sammelte Münzen auf und steckte sie in die Tasse des Blinden. Hier unten, in der Nähe des alten Mannes, roch er sauren Schweiß, Schimmel und etwas Süßes, Mildes, so ähnlich wie Mais. Elegant gekleidete Kunden des Einkaufszentrums machten einen weiten Bogen um sie.

»Danke, danke«, krächzte der Blinde monoton. Jack roch totes Chili in seinem Atem. »Danke, Gottes Segen, danke.«

Es *ist* Speedy.

Es ist *nicht* Speedy.

Was ihn schließlich zum Sprechen zwang – und das war im Grunde nicht verwunderlich –, war der Gedanke daran, daß sein Zaubersaft zur Neige ging. Er hatte kaum noch zwei Schlucke übrig. Er wußte zwar nicht, ob er sich nach dem, was in Angola passiert war, je wieder dazu würde durchringen können, in der Region zu wandern, aber er war nach wie vor entschlossen, seiner Mutter das Leben zu retten, und das bedeutete, daß ihm vielleicht nichts anderes übrigblieb.

Und um was es sich beim Talisman auch handeln mochte – es war möglich, daß er in die andere Welt flippen mußte, um ihn zu bekommen.

»Speedy?«

»Danke, Gottes Segen, danke, habe ich nicht eine dorthin rollen gehört?« Er machte eine Handbewegung.

»*Speedy!* Ich bin's, Jack!«

»Hier gibt's niemanden, der Speedy heißt, Junge.« Seine Hände krochen auf dem Beton in die Richtung, in die er eben gedeutet hatte. Eine von ihnen fand ein Fünfcentstück; er ließ es in die Tasse fallen. Seine andere Hand kam mit dem Schuh einer elegant gekleideten jungen Frau in Berührung, die gerade vorüberging. Ihr hübsches, leeres Gesicht verzog sich angewidert, und sie entfernte sich rasch.

Jack fischte die letzte Münze aus dem Rinnstein. Es war ein Silberdollar – das große alte Wagenrad mit der Lady Liberty auf einer Seite.

Tränen schossen ihm aus den Augen. Sie rannen über sein schmutziges Gesicht, und er wischte sie mit einem Arm ab, der zitterte. Er weinte um Thielke, Wild, Hagen, Davey und Heidel. Um seine Mutter. Um Laura DeLoessian. Um den Sohn des Kutschers, der mit ausgeleerten Taschen tot auf der Straße lag. Aber vor allem um sich selbst. Er hatte es satt, auf der Straße zu sein. Vielleicht war es eine Straße der Träume, wenn man in einem Cadillac saß, aber wenn man sie als Anhalter bewältigen mußte, angewiesen war auf den hochgereckten Daumen und eine Geschichte, die fadenscheinig zu werden begann, wenn man jedermann auf Gnade oder Ungnade ausgeliefert war, dann war es nichts als eine Straße der Prüfungen. Jack hatte das Gefühl, genug Prüfungen bestanden zu haben – aber er konnte sich nicht mit Tränen aus der Affäre ziehen. Wenn er das tat, würde der Krebs seiner Mutter den Rest geben, und es war durchaus möglich, daß Onkel Morgan *ihm* den Rest gab.

»Ich glaube, ich schaffe es nicht, Speedy«, weinte er. »Ich schaffe es einfach nicht.«

Jetzt tastete der Blinde nach Jack anstatt nach den fortgerollten Münzen. Seine sanften, lesenden Finger fanden seinen Arm und schlossen sich um ihn. Jack spürte harte Hornhautschwielen in den Spitzen sämtlicher Finger. Er zog Jack an sich, hinein in diese Gerüche nach Schweiß, Wärme und totem Chili. Jack drückte das Gesicht an Speedys Brust.

»Ruhig, Junge. Ich kenne keinen Speedy, aber du scheinst mächtig viel von ihm zu halten. Du . . .«

»Ich möchte zu meiner Mutter, Speedy«, weinte Jack, »und Sloat ist hinter mir her. Er hat am Telefon zu mir gesprochen, *er*. Und das ist noch nicht das Schlimmste. Das Schlimmste war in Angola – die Rainbird Towers – ein Erdbeben – fünf Männer. Ich habe es getan, Speedy. *Ich habe fünf Männer umgebracht, als ich in diese Welt zurückkehrte, ich habe sie ebenso umgebracht, wie mein Dad und Morgan Sloat damals Jerry Bledsoe umgebracht haben!*«

Jetzt war es heraus, das Schlimmste. Er hatte den Brocken Schuldgefühl erbrochen, der ihm in der Kehle gesteckt hatte, der ihn zu ersticken drohte, und eine Flut von Tränen kam hervorgeschossen – aber jetzt waren es eher Tränen der Erleichterung als der Angst. Es war ausgesprochen. Er hatte gestanden. Er war ein Mörder.

»Hu-*iii*!« rief der Schwarze, und es klang, als wäre er absurderweise entzückt. Er hielt Jack mit einem dünnen, kräftigen Arm und wiegte ihn. »Du hast dir eine zu schwere Last auf den Rücken gepackt, Junge. Vielleicht solltest du etwas davon abschütteln.«

»Ich habe sie umgebracht«, flüsterte Jack. »Thielke, Wild, Hagen, Davey...«

»Also, wenn dein Freund Speedy hier wäre«, sagte der Schwarze, »*wer* er auch sein mag und *wo* immer er sich aufhalten mag in dieser großen alten Welt, dann würde er dir wahrscheinlich sagen, daß du nicht die ganze Welt auf deinen Schultern tragen kannst, Junge. Das kannst du nicht. Niemand kann das. Wenn du versuchst, die ganze Welt auf deinen Schultern zu tragen, dann bricht sie zuerst dein *Rückgrat* und dann deinen *Geist*.«

»Ich habe sie ermordet...«

»Hast du einen Revolver an ihre Köpfe gehalten und abgedrückt?«

»Nein – das Erdbeben – als ich geflippt bin...«

»Weiß nicht, was du damit meinst«, sagte der Schwarze. Jack hatte sich ein wenig von ihm zurückgezogen und einen neugierig fragenden Blick auf sein runzliges Gesicht gerichtet, aber der Mann hatte den Kopf dem Parkplatz zugewandt. Wenn er tatsächlich blind war, dann war es ihm gelungen, das glattere, etwas kräftigere Motorengeräusch des näherkommenden Polizeiautos von dem der anderen Wagen auf dem Parkplatz zu unterscheiden, denn sein Kopf wies genau in seine Richtung. »Ich weiß nur, daß deine Vorstellung von Mord ein bißchen zu weit geht. Wahrscheinlich denkst du schon, du hättest einen Menschen ermordet, wenn er hier vorbeigeht und einen Herzanfall hat und tot umfällt. ›Oh Gott, ich habe den Mann ermordet, weil ich hier gesessen habe, oh weh, oh Jammer, oh Graus, oh *dies* ... oh *das*!‹« Als der Blinde die Worte *dies* und *das* aussprach, akzentuierte er sie mit einem schnellen Wechsel von der G- zur C-Saite und wieder zurück zu G. Er lachte, mit sich selbst zufrieden.

»Speedy...«

»Hier gibt's niemanden, der Speedy heißt«, wiederholte der Schwarze; dann verzog er das Gesicht zu einem verschmitzten Lächeln, bei dem gelbe Zähne sichtbar wurden. »Aber manche Leute haben es verdammt eilig, die Schuld für etwas auf sich zu nehmen, mit dem andere angefangen haben. Vielleicht läufst du davon, Junge, und vielleicht wirst du *gejagt*.«

G-Saite.

»Vielleicht bist du einfach ein wenig aus dem Gleichgewicht.«

C-Saite, mit einem hübschen kleinen Lauf in der Mitte, über den Jack unwillkürlich lächeln mußte.

»Vielleicht springt dir auch ein anderer ins Gesicht.«

Wieder zurück zur G-Saite – dann legte der Blinde die Gitarre neben sich (während in dem Polizeiauto die beiden Beamten darum knobelten, wer von ihnen den alten Mann würde anfassen müssen, wenn er nicht friedlich in den Fond ihres Wagens stieg.)

»Vielleicht Jammer, vielleicht Graus, vielleicht *dies* und vielleicht *das*...« Er lachte wieder, als wären Jacks Ängste die lustigste Geschichte, die er je gehört hatte.

»Aber ich weiß nicht, was passieren kann, wenn ich...«

»Niemand weiß, was passieren kann, wenn er etwas tut, oder?« unterbrach ihn der Schwarze, der Speedy Parker sein mochte oder auch nicht. »Nein, *niemand* weiß das. Wenn du es wüßtest, würdest du den ganzen Tag im Haus bleiben und hättest Angst, auch nur den Fuß vor die Tür zu setzen! Ich kenne deine Probleme nicht, Junge, und ich will auch nichts davon wissen. Klingt ziemlich verrückt, dieses Gerede über Erdbeben und so. Aber weil du mir geholfen hast, mein Geld einzusammeln, ohne mir etwas zu stehlen – ich weiß es, weil ich jedes Klimpern gezählt habe –, will ich dir einen Rat geben. Es gibt Dinge, an denen man nichts ändern kann. Manchmal kommen Leute ums Leben, weil jemand etwas tut ... aber wenn dieser Jemand dieses Etwas *nicht* täte, würden viel mehr Leute ums Leben kommen. Verstehst du, worauf ich hinauswill, mein Sohn?«

Die schmutzige Sonnenbrille wandte sich ihm zu.

Jack verspürte einen tiefen Schauder der Erleichterung. Er verstand sehr gut. Der Blinde sprach von schwerwiegenden Entscheidungen. Er deutete an, daß es einen Unterschied geben mochte zwischen schwerwiegenden Entscheidungen und verbrecherischem Tun. Und daß der Verbrecher vielleicht gar nicht hier war.

Der Verbrecher war vielleicht der Mann, der ihm vor fünf Minuten am Telefon gesagt hatte, er solle seinen Arsch heimwärts schwenken.

»Es könnte sogar sein«, bemerkte der Blinde und schlug eine dunkle D-Moll-Saite an, »daß alles, was wir tun, dem Herrn dient, wie meine Momma mir erzählt hat und deine Momma vielleicht dir, wenn sie eine gute Christin ist. Vielleicht glauben wir, eine Sache zu tun, tun aber in

Wirklichkeit ganz etwas anderes. In der Bibel heißt es, daß alle Dinge, selbst die, die scheinbar böse sind, dem Herrn dienen. Was hältst du davon, Junge?«

»Ich weiß es nicht«, sagte Jack aufrichtig. Er war völlig verwirrt. Er brauchte nur die Augen zu schließen, um zu sehen, wie das Telefon sich von der Wand löste, wie es an seinen Drähten hing wie eine gespenstische Marionette.

»Jedenfalls *riecht* es, als hätte es dich zum Trinken verleitet.«

»Wie?« fragte Jack verblüfft. Dann dachte er: *Ich dachte daran, daß Speedy Mississippi John Hurt ähnlich sieht, und dieser Mann spielt einen John Hurt-Blues ... und jetzt spricht er vom Zaubersaft. Er ist vorsichtig, aber ich bin ganz sicher, daß er den Zaubersaft meint – es kann nicht anders sein!*

»Sie sind ein Gedankenleser«, sagte Jack leise. »Stimmt's? Haben Sie das in der Region gelernt, Speedy?«

»Weiß nicht, was du damit meinst«, sagte der Blinde, »aber im November sind meine Lichter seit zweiundvierzig Jahren tot, und in zweiundvierzig Jahren lernen Nase und Ohren, was die Augen nicht mehr können. Ich rieche billigen Wein an dir, mein Sohn. *Alles an dir* riecht danach. Fast so, als hättest du dir die Haare damit gewaschen.«

Jack fühlte sich auf seltsam träumerische Art schuldig – so, wie er sich immer fühlte, wenn man ihm vorwarf, etwas angestellt zu haben, und er in Wirklichkeit unschuldig war –, weitgehend unschuldig zumindest. Seit er in diese Welt zurückgekehrt war, hatte er die fast leere Flasche nur gelegentlich berührt, und schon das Berühren erfüllte ihn mit Furcht – ihm war dabei ungefähr so zumute, wie einem europäischen Bauern im vierzehnten Jahrhundert zumute gewesen sein mochte, wenn er einen Splitter vom Kreuz Christi oder den Fingerknochen eines Heiligen berührte. Es steckte Zauberkraft darin. *Starke* Zauberkraft. Und manchmal brachte sie Leute um.

»Ich habe ihn nicht zum Spaß getrunken, ehrlich«, brachte er schließlich heraus. »Und was ich hatte, ist fast alle. Es ... ich ... Mann, ich kann das Zeug nicht *ausstehen!*« Sein Magen begann sich nervös zu verkrampfen; schon beim Gedanken an den Zaubersaft wurde ihm schlecht. »Aber ich brauche mehr davon. Nur für alle Fälle.«

»Mehr Purpurjesus? Ein Junge in deinem Alter?« Der Blinde lachte und machte eine wegwerfende Handbewegung. »Teufel, du brauchst das Zeug doch nicht. Kein Junge ist auf *dieses* Gift angewiesen.«

»Aber ...«

»Komm, ich singe ein Lied für dich, um dich aufzumuntern. Mir scheint, du kannst es brauchen.«

Er begann zu singen, und seine Singstimme klang völlig anders als seine Sprechstimme. Sie war tief und kraftvoll und mitreißend – sie klang fast, dachte Jack ehrfürchtig, wie die geschulte, kultivierte Stimme eines Opernsängers, der zu seinem Vergnügen populäre Lieder singt. Jack spürte, wie sich seine Arme und sein Rücken beim Klang dieser kraftvollen Stimme mit Gänsehaut überzogen. Auf dem Gehsteig, der sich an der trüb ockerfarbenen Fassade des Einkaufszentrums entlangzog, drehten sich Köpfe.

»When the red, red robin goes bob-bob-bobbin along, ALONG, there'll be no more sobbin when he starts throbbin his old ... sweet SONG...«

Ein eindringliches Gefühl der Vertrautheit überfiel Jack; ihm war, als hätte er dies oder etwas sehr Ähnliches schon einmal gehört, und als der Blinde mit seinem verschmitzten, gelbzahnigen Lächeln den Übergang griff, erkannte Jack, wo das Gefühl herkam. Er wußte, warum sich all diese Köpfe umdrehten, als galoppierte ein Einhorn über den Parkplatz des Einkaufszentrums. In der Stimme des Mannes lag eine wundervolle, fremdartige Klarheit. Sie glich der Klarheit von Luft, die so rein war, daß man einen Rettich riechen konnte, den ein Mann eine halbe Meile entfernt aus dem Boden zog. Es war ein altes amerikanisches Evergreen – aber die Stimme gehörte der Region an.

»Get up... get up, you sleepyhead... get out... get out, get outta bed... live, love, laugh and be ha...«

Gitarre und Stimme brachen plötzlich ab. Jack, der sich voll und ganz auf das Gesicht des Blinden konzentriert hatte (vielleicht unbewußt versuchte, durch die dunklen Gläser hindurchzublicken und festzustellen, ob die Augen hinter ihnen Speedy Parkers Augen waren), blickte hoch und sah, daß hinter dem Blinden zwei Polizisten standen.

»Ich bin ja bekanntlich taub«, sagte der blinde Gitarrenspieler fast kokett, »aber ich glaube, ich *rieche* etwas Blaues.«

»Zum Teufel, Snowball, Sie wissen doch genau, daß Sie nicht vor dem Einkaufszentrum arbeiten dürfen!« sagte einer der Polizisten. »Was hat Richter Hallas Ihnen gesagt, als Sie das letzte Mal vor ihm standen? Zwischen Center Street und Mural Street und nirgendwo sonst. Verdammt, Mann, sind Sie völlig senil geworden? Ist Ihnen der Pimmel verfault von dem, was ihre Frau Ihnen gegeben hat, bevor sie davonlief? Himmel, ich kann einfach...«

Sein Kollege legte ihm eine Hand auf den Arm und wies mit einem vielsagenden Nicken auf Jack.

»Geh und sag deiner Mutter, daß sie dich braucht, Junge«, sagte der erste Polizist barsch.

Jack setzte sich auf dem Gehsteig in Bewegung. Er konnte nicht bleiben. Selbst wenn er etwas hätte tun können, konnte er nicht bleiben. Er hatte Glück, daß die Aufmerksamkeit der Polizisten ausschließlich dem Mann galt, den sie Snowball nannten. Wenn sie ihm einen zweiten Blick gegönnt hätten, hätte er bestimmt eine Menge Fragen beantworten müssen. Neue Turnschuhe oder nicht – alles andere an ihm sah mitgenommen und ramponiert aus. Polizisten haben einen guten Blick für Jungen, die auf den Straßen unterwegs sind, und Jack war ein Straßenjunge, wie er im Buche stand.

Er stellte sich vor, wie man ihn ins Gefängnis von Zanesville warf, während die Polizisten von Zanesville, feine, aufrechte Männer in Blau, die sich jeden Tag Paul Harvey anhörten und Anhänger von Präsident Reagan waren, herauszufinden versuchten, wessen Junge *er* war.

Nein, er wünschte sich nicht, daß ihm die Polizisten von Zanesville mehr als nur einen flüchtigen Blick zuwarfen.

Ein leise tuckernder Motor näherte sich von hinten.

Jack schob den Rucksack ein wenig höher hinauf und blickte auf seine neuen Turnschuhe herab, als wären sie ungeheuer interessant. Aus den Augenwinkeln sah er das Polizeiauto langsam vorübergleiten.

Der Blinde saß im Fond, neben ihm ragte der Hals seiner Gitarre auf.

Als der Wagen in eine der Ausfahrtstraßen einbog, drehte der Blinde plötzlich den Kopf und blickte durchs Rückfenster, sah Jack an...

... und obwohl er nicht durch die schmutzigen dunklen Gläser hindurchblicken konnte, wußte er ganz genau, daß Lester »Speedy« Parker ihm zugezwinkert hatte.

2

Es gelang Jack, weitere Gedanken zurückzudrängen, bis er wieder an der Auffahrt zum Highway angekommen war. Dann blieb er neben den Schildern stehen, die das einzig Eindeutige zu sein schienen in einer Welt

(in Welten?)

in der alles andere nur ein verwirrender grauer Wirbel war. Er spürte, wie eine schwarze Depression um ihn herumwirbelte, in ihn eindrang, versuchte, ihm die Entschlußkraft zu rauben. Er wußte, daß Heimweh bei dieser Depression eine Rolle spielte, aber verglichen mit diesem Gefühl war das Heimweh, das er früher empfunden hatte, kindisch und oberflächlich. Er kam sich hilflos vor; es gab nichts, an dem er sich festhalten konnte.

Wie er da neben den Straßenschildern stand und den Verkehr auf dem Highway beobachtete, war ihm fast selbstmörderisch zumute. Eine Zeitlang hatte er sich mit dem Gedanken in Gang gehalten, daß er bald mit Richard Sloat zusammentreffen würde (obwohl er es sich selbst kaum eingestand, war ihm die Idee, daß Richard mit nach Westen ziehen würde, mehr als einmal durch den Kopf geschossen – es wäre schließlich nicht das erste Mal, daß ein Sawyer und ein Sloat gemeinsam eine verrückte Reise unternahmen), aber die schwere Arbeit auf der Pala-, mountain-Farm und die seltsamen Vorgänge in der Buckeye Mall ließen selbst das im falschen Glanz von Narrengold erscheinen.

Kehr um, Jacky, du bist geschlagen, flüsterte eine Stimme. *Wenn du weiterziehst, endet es nur damit, daß man dir die Seele aus dem Leib prügelt... und das nächste Mal kommen vielleicht fünfzig Menschen ums Leben. Oder fünfhundert.*

Interstate 70 Ost.

Interstate 70 West.

Er griff in die Tasche und suchte nach der Münze – der Münze, die in dieser Welt ein Silberdollar war. Sollten die Götter, wer und wo immer sie sein mochten, ihm die Entscheidung abnehmen, ein für allemal. Er war zu erschöpft, um sie selbst zu treffen. Sein Rücken schmerzte noch von dem Schlag, den Mr. All-America ihm versetzt hatte. Wenn der Adler erschien, würde er die Auffahrt nach Osten hinaufgehen und sich auf die Heimreise machen. Wenn die Lady Liberty erschien, würde er die Reise fortsetzen – und kein einziges Mal mehr zurückblicken.

Er stand im Staub des weichen Banketts und warf die Münze hoch in die kühle Oktoberluft. Sie flog, drehte sich mehrmals, funkelte im Sonnenlicht. Jack reckte den Hals, um ihr mit den Augen zu folgen.

Ein alter Kombi fuhr vorbei, und die Familie in ihm unterbrach ihr Gezänk lange genug, um ihn neugierig zu mustern. Dem Mann am Steuer des Kombi, einem kahl werdenden Buchprüfer, der manchmal mitten in der Nacht aufwachte und sich einbildete, stechende Schmerzen in der Brust und im linken Arm zu haben, schoß plötzlich eine Reihe absurder Gedanken durch den Kopf. Abenteuer. Gefahr. Ein hochgestecktes, edles Ziel. Träume von Angst und Ruhm. Er schüttelte den Kopf, wie um ihn wieder klarzubekommen, und sah den Jungen im Rückspiegel des Wagens in dem Augenblick, in dem er sich bückte, um etwas zu betrachten. *Himmel, dachte der kahl werdende Buchprüfer, schlag dir diese verrückten Gedanken aus dem Kopf, Larry, du steckst doch nicht in einer Abenteuergeschichte für Jugendliche unter sechzehn.*

Larry fädelte sich in den Verkehr ein, beschleunigte auf hundert und vergaß den Jungen in seinen schmutzigen Jeans am Straßenrand. Wenn er es schaffte, bis drei zu Hause zu sein, konnte er sich im Fernsehen noch den Titelkampf im Mittelgewicht ansehen.

Die Münze kam herunter. Jack beugte sich über sie. Es war der Kopf – aber das war nicht alles.

Der Kopf auf der Münze war nicht der Lady Liberty. Es war der von Laura DeLoessian, der Königin der Region. Aber welch ein Unterschied zu dem bleichen, reglosen, schlafenden Gesicht, auf das er im Pavillon einen kurzen Blick hatte werfen können, umgeben von diensteifrigen

Pflegerinnen mit wogenden weißen Hauben! Dieses Gesicht war wach und rege, lebhaft und schön. Es war keine klassische Schönheit; dazu war die Kinnlinie nicht klar genug, und der im Profil sichtbare Wangenknochen war ein wenig zu sanft. Ihre Schönheit lag in der königlichen Haltung des Kopfes, verbunden mit dem unabweisbaren Eindruck, daß sie ebenso gutherzig wie fähig war.

Und es war dem Gesicht seiner Mutter so ähnlich.

Jacks Augen füllten sich mit Tränen, und er blinzelte heftig, weil er nicht wollte, daß sie ihm über die Wangen liefen. Für einen Tag hatte er genug geweint. Er hatte seine Antwort, und die gab ihm keinen Grund zum Weinen.

Als er die Augen wieder öffnete, war Laura DeLoessian verschwunden; der Kopf auf der Münze war wieder der der Lady Liberty.

Dennoch hatte er seine Antwort erhalten.

Jack bückte sich, holte die Münze aus dem Staub, steckte sie wieder in die Tasche und strebte der Auffahrt für die nach Westen führende Fahrbahn der Interstate 70 entgegen.

3

Ein Tag später; ein weißlich bedeckter Himmel und eine Luft, die nach kaltem Regen roch; die Grenze zwischen Ohio und Indiana von hier nur noch einen Katzensprung entfernt.

»Hier« war ein Gehölz hinter dem Rastplatz von Lewisburg an der Interstate 70. Jack stand gut verborgen – so hoffte er jedenfalls – zwischen den Bäumen und wartete geduldig darauf, daß der große kahle Mann mit der großen kahlen Stimme wieder in seinen Chevy Nova stieg und davonfuhr. Jack hoffte, daß er es täte, bevor es zu regnen begann. Ihm war auch ohne Nässe kalt genug, und seit dem Morgen fühlten sich seine Nebenhöhlen verstopft und seine Stimme dumpf an. Ihm war, als hätte er sich nun doch noch eine Erkältung zugelegt.

Der große kahle Mann mit der großen kahlen Stimme hatte gesagt, er hieße Emory W. Light. Er hatte Jack gegen elf Uhr nördlich von Dayton einsteigen lassen, und Jack hatte fast sofort ein flaues Gefühl in der Magengrube gehabt. Er war schon vorher mit Leuten wie Emory W. Light gefahren. In Vermont hatte Light sich Tom Ferguson genannt und gesagt, er wäre Abteilungsleiter in einem Schuhgeschäft; in Pennsylvania hatte er den Namen Bob Darrent getragen, und aus dem Job war der des Rektors der High School geworden; diesmal behauptete Light, der Präsident der First Mercantile Bank of Paradise Falls in der Stadt Paradise Falls zu sein. Ferguson war mager und dunkel gewesen, Darrent so rundlich und rosig wie ein frisch gebadeter Säugling, und Emory W.

Light war groß und eulenhaft mit Augen wie gekochten Eiern hinter einer randlosen Brille.

Doch das waren, wie Jack festgestellt hatte, nur äußerliche Unterschiede. Alle lauschten seiner Geschichte mit gespanntem Interesse. Alle fragten, ob er zu Hause eine Freundin hätte. Früher oder später spürte er dann, daß eine Hand (eine große kahle Hand) auf seinem Oberschenkel lag, und wenn er Ferguson/Darrent/Light ansah, entdeckte er in ihren Augen einen Ausdruck halb-irrer Hoffnung (gemischt mit halb-irrem Schuldbewußtsein) und Schweißperlen auf der Oberlippe (bei Darrent hatten die Schweißperlen durch einen dunklen Schnurrbart hindurchgeglitzert wie winzige weiße Augen, die durch dürftiges Unterholz blicken).

Ferguson hatte gefragt, ob er an zehn Dollar interessiert wäre. Darrent hatte das Angebot auf zwanzig erhöht.

Light fragte ihn mit einer großen kahlen Stimme, die trotzdem durch mehrere Tonlagen brach und bebte, ob er fünfzig Dollar gebrauchen könnte – er hätte immer einen Fünfziger im Absatz seines linken Schuhs, sagte er, und den würde er Master Lewis Farren mit Freuden geben. In der Nähe von Randolph gäbe es einen Ort, den sie aufsuchen könnten. Eine leere Scheune.

Jack sah keinen Zusammenhang zwischen den immer höher werdenden Offerten und irgendwelchen Veränderungen, die seine Abenteuer in ihm bewirkt haben mochten – er war von Natur aus weder introspektiv noch an Selbstanalysen interessiert.

Er hatte schnell genug gelernt, wie man auf Männer wie Emory W. Light reagieren mußte. Seine erste Erfahrung mit Light, als er sich Tom Ferguson nannte, hatte gezeigt, daß Besonnenheit der bessere Teil der Tapferkeit war. Als Ferguson eine Hand auf Jacks Oberschenkel legte, hatte Jack mit der Sensibilität, die er in Kalifornien erworben hatte, wo Homosexuelle zum Alltag gehören, automatisch gesagt: »Nein, danke, Mister. Ich bin absolut rechtsrum.«

Er war schon früher angefaßt worden, gewiß – vor allem in Kinos –, und in einem Herrenbekleidungsgeschäft in North Hollywood hatte ihm ein Verkäufer in einer Umkleidekabine ein eindeutiges Angebot gemacht (und als Jack dankend abgelehnt hatte, hatte er gesagt: »Dann probier doch mal den blauen Blazer an, ja?«).

Das waren Belästigungen, mit denen ein gutaussehender zwölfjähriger Junge in Los Angeles zu leben lernte, wie eine hübsche Frau damit zu leben lernt, daß sie gelegentlich in der Untergrundbahn angefaßt wird. Mit der Zeit lernt man sogar, es hinzunehmen, ohne sich dadurch den ganzen Tag verderben zu lassen. Bewußte Vorstöße wie der, den dieser Ferguson unternahm, waren dabei weitaus weniger problematisch als plötzliche Zugriffe aus dem Hinterhalt. Man konnte sie einfach beiseiteschieben.

Zumindest in Kalifornien konnte man es. Die Schwulen im Osten – und vor allem diese Hinterwäldler – hatten offensichtlich eine andere Art, auf Zurückweisung zu reagieren.

Ferguson hatte den Wagen mit quietschenden Reifen zum Stehen gebracht, hatte eine vierzig Meter lange Bremsspur hinter seinem Pontiac gezogen und eine Wolke von Bankettstaub in die Luft geschleudert. »Wer ist hier *linksrum?*« hatte er geschrien. »Wer ist hier *schwul?* Himmel, da nimmt man so einen verdammten Bengel mit, und zum Dank behauptet er, man wäre ein verdammter *Schwuler.*« Jack sah ihn benommen an. Das Bremsen war so plötzlich und unerwartet gekommen, daß er mit dem Kopf heftig gegen das gepolsterte Armaturenbrett geprallt war. Ferguson, der ihn noch eine Minute zuvor mit schmelzenden braunen Augen betrachtet hatte, sah jetzt aus, als brächte er ihn am liebsten um.

»Raus hier!« brüllte Ferguson. »Du bist es, der schwul ist, nicht ich! Du bist hier der Schwule! Raus hier, du schwuler Typ! Raus hier! Ich habe eine Frau! Ich habe Kinder! In ganz Neuengland wimmelt es wahrscheinlich von meinen Bastarden! Ich bin nicht schwul! Du bist der Schwule, nicht ich. ALSO SCHER DICH RAUS AUS MEINEM WAGEN!«

Verängstigter als je seit seiner Begegnung mit Osmond hatte Jack genau das getan. Ferguson gab Gas, besprühte ihn mit Kies, immer noch wutschnaubend. Jack taumelte zu einer Steinmauer, ließ sich darauf nieder und begann zu kichern. Aus dem Kichern wurde gellendes Gelächter, und da wurde ihm klar, daß er eine TAKTIK entwickeln mußte, zumindest für die Zeit, bis er wieder in zivilisiertere Gegenden kam. »Jedes schwerwiegende Problem verlangt eine TAKTIK«, hatte sein Vater einmal gesagt. Morgan hatte ihm nachdrücklich beigepflichtet, aber Jack fand, daß das kein Hinderungsgrund war.

Seine TAKTIK hatte sich bei Bob Darrent bewährt, und er hatte keinen Grund zu der Annahme, daß sie sich nicht auch bei Emory Light bewähren würde – aber mittlerweile war ihm kalt, und seine Nase lief. Er wünschte, daß Light einstieg und verschwand. Zwischen den Bäumen hindurch konnte Jack ihn dort unten sehen; er wanderte hin und her, die Hände in den Taschen, und sein großer kahler Schädel leuchtete schwach unter dem weißlich bedeckten Himmel. Auf dem Highway dröhnten große Sattelschlepper vorüber und erfüllten die Luft mit dem Geruch verbrannten Dieselöls. Das Wäldchen hier war die reinste Müllkippe, wie alle Wäldchen neben einem Rastplatz am Highway. Leere Erdnußtüten. Zerquetschte Hamburger-Behälter. Verbeulte Bier- und Coladosen mit Aufreißdeckeln, die in ihnen klapperten, wenn man sie mit dem Fuß anstieß. Zerbrochene Whiskey- und Ginflaschen. Dort drüben ein zerfetzter Nylonschlüpfer, in dessen Schritt noch eine vermoderte Binde klebte. Ein auf einen abgebrochenen Zweig gespießtes Kondom.

Lauter hübsche Sachen, die hier herumlagen. Und an den Wänden der Herrentoilette jede Menge Graffiti, davon viele von der Art, von denen sich Männer wie Emory W. Light angesprochen fühlen konnten.

Ich habe Heimweh nach der Region, dachte Jack, und die Erkenntnis überraschte ihn nicht im mindesten. Hier stand er zwischen zwei Toilettengebäuden an der Interstate 70 irgendwo im Westen von Ohio, zitterte in dem zerlumpten Pullover, den er für anderthalb Dollar in einem Billigladen erstanden hatte, und wartete darauf, daß dieser große kahle Mann dort unten sich auf sein Pferd schwang und davonritt.

Jacks TAKTIK war die Einfachheit selbst: bring einen Mann mit großen kahlen Händen und einer großen kahlen Stimme nicht gegen dich auf.

Jack seufzte erleichtert. Jetzt schien es zu funktionieren. Auf Emory W. Lights großem kahlem Gesicht lag ein halb verärgerter, halb angewiderter Ausdruck. Er kehrte zu seinem Wagen zurück, stieg ein, setzte so ungestüm zurück, daß er fast gegen den hinter ihm vorbeifahrenden Kleinlaster stieß (eine Hupe heulte kurz auf, und der Beifahrer in dem Laster zeigte Emory W. Light den Vogel), und fuhr dann davon.

Jetzt brauchte er sich nur noch dort auf die Straße zu stellen, wo sich die vom Rastplatz kommenden Fahrzeuge wieder in den Verkehr auf dem Highway einfädelten, und den Daumen hochzurecken – und zu hoffen, daß ihn jemand mitnahm, bevor es zu regnen anfing.

Jack sah sich noch einmal um. *Häßlich, widerwärtig.* Diese Worte drängten sich ihm auf, als er den Blick über den Müll und Unrat auf diesem pickligen Hinterhof des Rastplatzes schweifen ließ. Irgendwie kam es Jack vor, als herrschte hier eine Atmosphäre des Todes – nicht nur auf diesem Rastplatz oder auf den Interstate-Highways, sondern allen Gegenden, durch die er bisher gereist war, tief eingeprägt.

Das neue Heimweh kam wieder – der Wunsch, in die Region zurückzukehren und diesen tiefblauen Himmel wiederzusehen, die leichte Wölbung des Horizonts . . .

Aber es spielt diese Jerry Bledsoe-Variationen.

Weiß nicht, was du damit meinst . . . ich weiß nur, daß deine Vorstellung von Mord ein bißchen zu weit geht . . .

Auf dem Weg zum Rastplatz – jetzt mußte er tatsächlich urinieren – nieste Jack dreimal schnell hintereinander. Er schluckte und verspürte ein heißes Prickeln in der Kehle. Das hatte ihm gerade noch gefehlt. Krank werden, noch nicht einmal in Indiana, zehn Grad, Regen angesagt, niemand, der ihn mitnahm, und nun . . .

Der Fluß seiner Gedanken brach plötzlich ab. Er starrte auf den Parkplatz, mit weit offenem Mund. Einen Augenblick lang war ihm, als müßte er sich in die Hose machen, weil sich unterhalb seines Brustbeins alles zu verkrampfen schien.

Auf einem der rund zwanzig schrägen Parkstreifen stand Onkel Morgans BMW. Der dunkelgrüne Lack war jetzt trüb von Straßenschmutz, aber es war kein Irrtum möglich. Kalifornische Nummernschilder mit den Buchstaben MLS für Morgan Luther Sloat. Der Wagen sah aus, als wäre er schnell und hart gefahren worden. *Aber wenn er nach New Hampshire geflogen ist, wie kann sein Wagen dann hier sein?* wimmerte Jack in Gedanken. *Es ist Zufall, Jack, nur ein...*

Dann sah er den Mann, der mit dem Rücken zu ihm am Münzfernsprecher stand, und wußte, daß es kein Zufall war. Er trug einen dicken, pelzgefütterten Anorak, ein Kleidungsstück, das eher für fünfzehn Grad minus als für zehn Grad plus gedacht war. Aber obwohl er ihm den Rücken zuwandte, waren diese breiten Schultern, dieser massige, schlaffe und ungeschlachte Rumpf unverkennbar.

Der Mann am Telefon begann sich umzudrehen; den Hörer hatte er zwischen Ohr und Schulter geklemmt.

Jack drückte sich an die Ziegelsteinmauer der Herrentoilette.

Hat er mich gesehen?

Nein, beantwortete er seine Frage selbst. *Nein, ich glaube nicht. Aber...*

Aber Hauptmann Farren hatte gesagt, daß Morgan – der andere Morgan – ihn riechen würde, wie eine Katze eine Ratte riecht, und das hatte er auch getan. Von seinem Versteck in dem lebensgefährlichen Wald hatte Jack gesehen, wie sich das gräßliche weiße Gesicht im Fenster der Kutsche veränderte.

Dieser Morgan würde ihn gleichfalls riechen. Wenn man ihm Zeit ließ.

Schritte um die Ecke herum, näherkommend.

Mit taubem und angstverzerrtem Gesicht riß Jack seinen Rucksack herunter und ließ ihn fallen; er wußte, daß es zu spät, daß er zu langsam war, daß Morgan um die Ecke biegen und ihn lächelnd beim Genick packen würde. *Hi, Jacky! Hab ich dich endlich! Das Spiel ist aus, du kleiner Scheißer!*

Ein hochgewachsener Mann in einer karierten Jacke kam um die Ecke des Toilettengebäudes, warf Jack einen gleichgültigen Blick zu und trat an den Trinkbrunnen.

Zurückkehren. Ich kehre in die Region zurück. Da war kein Schuldgefühl, zumindest im Augenblick nicht; nur die entsetzliche Angst, in der Falle zu sitzen, in die sich seltsamerweise Erleichterung und Freude mischten. Jack öffnete die Schnallen seines Rucksacks. Hier war Speedys Flasche, in der kaum noch zwei Zentimeter der purpurnen Flüssigkeit *(kein Junge ist auf dieses Gift angewiesen aber ich bin's Speedy ich bin's!)* auf dem Boden schwappten. Wenn schon. Er kehrte zurück. Sein Herz tat einen Freudensprung bei dem Gedanken. Auf seinem Gesicht erschien ein breites Samstagabend-Grinsen, das den grauen Tag ebenso verleugnete wie die Angst in seinem Herzen. *Ich kehre zurück, ja, das tue ich.* Wieder näherten sich Schritte, und jetzt war es Onkel Morgan – dieser schwere und dennoch irgendwie mahlende Schritt war nicht zu verkennen. Aber die Angst war verschwunden. Onkel Morgan hatte etwas gerochen, aber wenn er um die Ecke bog, würde er nichts sehen als leere Erdnußtüten und verbeulte Bierdosen.

Jack sog den Atem ein – sog den fettigen Gestank von Diesel- und Benzinabgasen ein und die kalte Herbstluft. Hob die Flasche an die Lippen und kippte sie. Und kniff sogar die geschlossenen Augen noch fester zusammen, als . . .

Sechzehntes Kapitel

Wolf

1

... das starke Sonnenlicht seine geschlossenen Lider traf. Durch den widerlich süßen Dunst des Zaubersaftes hindurch roch er noch etwas anderes – den warmen Geruch von Tieren. Er konnte auch hören, wie sie sich rings um ihn herum bewegten.

Erschrocken öffnete Jack die Augen, aber fürs erste konnte er nichts sehen – der Helligkeitsunterschied war so groß und unvermittelt, als hätte jemand in einem dunklen Zimmer plötzlich ein paar Zweihundert-Watt-Lampen eingeschaltet.

Eine warme, fellbedeckte Flanke streifte ihn, nicht auf bedrohliche Art (hoffentlich, dachte Jack), sondern eher auf die Art von jemandem, der es eilig hat. Jack, der gerade aufstehen wollte, stürzte wieder zu Boden. *»He! He! Fort von ihm. Gleich hier und jetzt!«* Ein lautes, herzhaftes Klatschen, gefolgt von einem empörten Tierlaut, einem Mittelding zwischen Muhen und Blöken. *»Gottes Nägel! Unvernünftige Biester! Schert euch weg von ihm, sonst beiße ich euch die gottverhämmerten Augen aus!«*

Jetzt hatten sich seine Augen der Helligkeit dieses fast makellosen Herbsttages der Region hinreichend angepaßt, um einen jungen Riesen zu erkennen, der inmitten einer Herde durcheinanderwimmelnder Tiere stand und ihnen auf die Flanken und die leicht buckligen Rücken schlug – offensichtlich mit großem Genuß, aber mit geringem Kraftaufwand. Jack setzte sich auf, griff automatisch nach Speedys Flasche mit dem einen kostbaren Schluck, der noch darin war, und verstaute sie. Dabei wendete er die Augen nicht von dem jungen Mann ab, der ihm den Rücken zudrehte.

Groß war er – mindestens einsfünfundneunzig, schätzte Jack – und so breitschultrig, daß die Breite nicht ganz im richtigen Verhältnis zu seiner Größe stand. Langes, fettiges schwarzes Haar hing zottig bis auf seine Schulterblätter herab. Seine Muskeln schwollen und schwanden, während er sich zwischen den Tieren bewegte, die aussahen wie Zwergrinder. Er trieb sie von Jack fort und zur Weststraße hin.

Selbst von hinten bot er einen beeindruckenden Anblick, aber was Jack verblüffte, war seine Kleidung. Jedermann, den er in der Region gesehen hatte (sich selbst nicht ausgenommen), hatte einen Überrock, ein Wams oder grobe Breeches getragen.

Dieser Bursche trug einen Oshkosh-Latzoverall.

Dann drehte er sich um, und Jack spürte, wie Angst und Schrecken in seiner Kehle aufwallten. Er sprang auf.

Es war das Elroy-Ding.

Der Hirte war das Elroy-Ding.

2

Aber es war nicht so.

Jack wäre vielleicht nicht stehengeblieben, um das festzustellen, und alles, was danach geschah – das Kino, der Schuppen und die Hölle des Sunlight-Heims –, wäre nicht geschehen (oder hätte zumindest einen völlig anderen Verlauf genommen), aber er war dermaßen entsetzt, daß er wie erstarrt stehenblieb, nachdem er aufgesprungen war. Er war ebensowenig imstande fortzulaufen wie ein Reh, das ein Jäger mit seiner Blendlaterne eingefangen hat.

Als die Gestalt im Latzoverall näherkam, dachte er: *Elroy war nicht so groß und auch nicht so breit. Und seine Augen waren gelb* . . . Die Augen dieses Geschöpfes leuchteten in einem hellen, kaum vorstellbaren Orange. Wenn man in sie hineinblickte, war es, als blickte man in die Augen einer Kürbislaterne. Und während Elroys Grinsen Wahnsinn und Mord verkündet hatten, lag auf dem Gesicht dieses Burschen ein breites, fröhliches und harmloses Lächeln.

Seine Füße waren nackt, riesig und spatelförmig, die Zehen in Gruppen von zwei und drei angeordnet, fast verdeckt durch Ringel drahtigen Haars. Keine Klauen, wie die von Elroy gewesen waren, stellte Jack halb von Sinnen vor Überraschung, Angst und aufkeimender Belustigung fest, sondern eher Pfoten oder Tatzen.

Als er den Abstand zwischen sich und Jack verringerte, flammten seine Augen in einem noch helleren Orange auf, sie nahmen für einen Augenblick die Farbe der Leuchtwesten an, die beim Straßenbau beschäftigte Männer vor dem Überfahrenwerden schützen sollen. Dann verblich die Farbe zu einem lehmigen Haselnußbraun. Dabei stellte Jack fest, daß sein Lächeln verwirrt und freundlich zugleich war, und begriff zweierlei: zum einen, daß keine Bosheit in diesem Burschen steckte, nicht eine Unze Bosheit, und zum anderen, daß er schwer von Begriff war. Nicht gerade schwachsinnig, aber schwer von Begriff.

»Wolf!« rief der große, haarige Tierjunge lächelnd. Seine Zunge war lang und lief spitz zu, und Jack dachte, während ein Schauder ihn überlief, daß er tatsächlich einem Wolf glich. Nicht einem Ziegenbock, sondern einem Wolf. Und er hoffte, mit seiner Vermutung, daß keine Bosheit in ihm steckte, recht zu haben. *Aber wenn ich mich in dieser Hinsicht geirrt habe, dann brauche ich zumindest nicht zu befürchten, daß mir weitere Irrtümer unterlaufen... niemals wieder.* »Wolf! Wolf!« Er streckte eine Hand aus, und Jack sah, daß seine Hände behaart waren wie seine Füße, obwohl dieses Haar feiner und üppiger war – im Grunde sogar recht hübsch. Besonders dicht wuchs es auf den Handflächen, wo es der weichen Blesse auf der Stirn eines Pferdes glich. *Mein Gott, ich glaube, er will mir die Hand geben!*

Jack erinnerte sich an Onkel Tommy, der ihm gesagt hatte, er dürfe nie eine angebotene Hand zurückweisen, nicht einmal die seines schlimmsten Feindes (»Bekämpfe ihn hinterher bis aufs Messer, wenn es sein muß, aber drücke ihm zuerst die Hand«, hatte Onkel Tommy gesagt), und streckte ängstlich seine eigene Hand aus. Würde sie zerquetscht werden – oder vielleicht gefressen?

»Wolf! Wolf! Gibt die Hand, gleich hier und jetzt!« rief das Jungen-Ding in seinem Oshkosh-Overall begeistert. »Gleich hier und jetzt! Guter alter Wolf! Gott hämmre es! Gleich hier und jetzt! *Wolf!*«

Trotz seiner Begeisterung war Wolfs Griff fast sanft, gemildert durch die weiche, pelzige Behaarung seiner Handfläche. *Ein Latzoverall und ein prächtiger Händedruck von einem Burschen, der aussieht wie ein zu groß geratener Husky und ungefähr so riecht wie ein Heuboden nach starkem Regen,* dachte Jack. *Und was kommt nun? Eine Einladung, am Sonntag mit ihm in seine Kirche zu kommen?*

»Guter alter Wolf, wahrhaftig! Guter alter Wolf gleich hier und jetzt!« Wolf schlug die Arme um seine gewaltige Brust und lachte vor Freude über sich selbst. Dann packte er wieder Jacks Hand.

Diesmal wurde sie heftig geschüttelt. Irgend etwas mußte wohl geschehen an diesem Punkt, überlegte Jack. Sonst würde dieser nette, aber etwas einfältige junge Mann seine Hand womöglich weiterschütteln, bis die Sonne unterging.

»Guter alter Wolf«, sagte er. Diese Redewendung schien sein neuer Bekannter ganz besonders zu lieben.

Wolf lachte wie ein Kind und gab Jacks Hand frei. Jack verspürte Erleichterung. Die Hand war weder zerquetscht noch aufgefressen worden, aber sie fühlte sich ein wenig seekrank an.

»Bist ein Fremder, ja?« fragte Wolf. Er steckte seine behaarten Hände in die Schlitze seines Latzoveralls und spielte mit etwas, das sich in den Taschen befand.

»Ja«, sagte Jack; er dachte daran, was das Wort hier bedeutete, daß es einen ganz speziellen Sinn hatte. »Ja, ich glaube, das bin ich. Ein Fremder.«

»Gottverhämmert richtig! Ich rieche es! Gleich hier und jetzt, oh ja! Habe es gleich gemerkt! Riecht nicht schlecht, aber irgendwie *komisch*.

Wolf! Das bin ich. Wolf! Wolf! Wolf!« Er warf den Kopf zurück und lachte. Das Geräusch endete mit etwas, das einem Heulen beunruhigend nahekam.

»Jack«, sagte Jack. »Jack Saw...«

Seine Hand wurde wieder ergriffen und hingebungsvoll geschüttelt. »Sawyer« ergänzte er, als er wieder freigegeben worden war. Er lächelte und hatte dabei das Gefühl, als hätte ihm jemand mit einer großen Narrenpritsche auf den Kopf geschlagen. Fünf Minuten zuvor hatte er sich noch gegen die kalte Ziegelmauer eines Toilettengebäudes an der Interstate 70 gedrückt. Und jetzt stand er hier und unterhielt sich mit einem jungen Burschen, der mehr Tier als Mensch zu sein schien. Und seine Erkältung war wie weggeblasen.

3

»Wolf trifft Jack! Jack trifft Wolf! Hier und jetzt! Okay! Gut! Oh, Jason! Tiere auf der Straße! Sind sie nicht blöd! Wolf! Wolf!«

Mit lautem Rufen sprang Wolf den Abhang zur Straße hinunter, wo ungefähr die Hälfte seiner Herde stand und sich fassungslos umschaute, als fragten sich die Tiere, wohin das Gras verschwunden war. Sie sahen aus wie eine Kreuzung zwischen Rindern und Schafen, stellte Jack fest, und fragte sich, wie man eine solche Kreuzung nennen könnte. Selbst die größten von ihnen waren kaum mehr als einen guten Meter hoch. Ihr Fell war wollig, aber von einem lehmigen Braun, das dem von Wolfs Augen ähnelte – wenn sie nicht gerade funkelten wie Kürbislaternen. Auf ihren Köpfen saßen kurze, gekrümmte Hörner, die zu nichts nutze zu sein schienen. Wolf trieb sie von der Straße herunter. Die Tiere waren gefügig und zeigten keinerlei Angst. *Wenn eine Kuh oder ein Schaf in meiner Welt diesen Burschen erschnuppern würde, dachte Jack, brächten sie sich um bei dem Versuch, vor ihm auszureißen.*

Aber Jack mochte Wolf – er mochte ihn auf Anhieb, ebenso wie er Elroy auf Anhieb verabscheut und gefürchtet hatte. Der Vergleich bot sich an, weil beide unbestreitbar etwas gemeinsam hatten. Nur daß Elroy etwas von einem Bock an sich gehabt hatte, während Wolf – nun, eben ein Wolf war.

Jack wanderte langsam dorthin, wo Wolf seine Herde grasen ließ. Er erinnerte sich, wie er auf Zehenspitzen durch den stinkenden Gang des Oatley Tap auf die Feuertür zugeschlichen war, gespürt hatte, daß Elroy in der Nähe war, ihn gerochen hatte, wie eine Kuh in seiner Welt zweifellos Wolf riechen würde. Er erinnerte sich, wie Elroys Gestalt sich verzerrt hatte, wie sein Hals angeschwollen war, wie sein Gebiß sich in ein Maul voll schwärzlicher Reißzähne verwandelt hatte.

»Wolf?«

Wolf drehte sich um und sah ihn lächelnd an. Seine Augen funkelten in hellem Orange und wirkten einen Augenblick lang sowohl wild als auch intelligent. Dann verblaßte das Glühen, und sie nahmen wieder diesen lehmigen, immer leicht verwirrt wirkenden Haselnußton an.

»Bist du – eine Art Werwolf?«

»Aber sicher«, sagte Wolf lächelnd. »Den Nagel hast du gehämmert, Jack. Wolf!«

Jack setzte sich auf einen Stein und betrachtete Wolf nachdenklich. Er hielt es für unmöglich, noch mehr verblüfft zu werden, als er es ohnehin schon war, aber Wolf schaffte es mühelos.

»Wie geht's deinem Vater, Jack?« fragte er in jenem beiläufigen Ton, in dem man sich gewöhnlich nach dem Ergehen von Verwandten erkundigt. »Was macht Phil?«

4

Jack überkam ein ganz verrücktes Gefühl: ihm war, als bekäme sein Verstand keine Luft mehr. Einen Augenblick füllte es seinen Kopf so vollständig aus, daß kein Gedanke mehr hineinpaßte – er glich einem Rundfunksender, der nichts ausstrahlt als eine Trägerwelle. Dann sah er, wie sich Wolfs Gesicht veränderte. An die Stelle von Glück und kindlicher Neugier trat Kummer. Jack sah, daß Wolfs Nüstern heftig bebten.

»Er ist tot, nicht? Wolf! Das tut mir leid, Jack. Gott hämmre mich! Ich bin blöd! Wirklich *blöd*!« Wolf hieb sich mit einer Hand auf die Stirn, und diesmal heulte er tatsächlich. Es war ein Geräusch, das Jacks Blut gerinnen ließ. Die Tiere schauten sich unbehaglich um.

»Schon gut«, sagte Jack. Er hörte seine Stimme mehr in den Ohren als im Kopf, als hätte ein anderer gesprochen. »Aber – woher wußtest du es?«

»Dein Geruch hat sich geändert«, sagte Wolf einfach. »Ich wußte, daß er tot war, weil du danach gerochen hast. Armer Phil! So ein guter Mann! Geradeheraus, gleich hier und jetzt, Jack! Dein Vater war ein guter Mann! Wolf!«

»Ja«, sagte Jack, »das war er. Aber wie hast du ihn kennengelernt? Und woher weißt du, daß er mein Vater war?«

Wolf sah Jack an, als hätte er eine Frage gestellt, die so simpel war, daß sie kaum eine Antwort erforderte. »Ich erinnere mich natürlich an seinen Geruch. Wölfe erinnern sich an alle Gerüche. Du riechst genau so wie er.«

Peng! Die Narrenpritsche sauste wieder auf seinen Kopf herab. Jack war, als müßte er sich auf dem zähen, elastischen Gras wälzen, sich den Bauch halten und heulen. Man hatte ihm gesagt, er hätte die Augen seines Vaters und den Mund seines Vaters, sogar das Talent seines Vaters, etwas schnell zu skizzieren, aber daß er so roch wie sein Vater, hatte ihm noch niemand gesagt. Aber wahrscheinlich entbehrte es nicht einer gewissen verrückten Logik.

»Wie hast du ihn kennengelernt?« fragte Jack noch einmal.

Wolf schien um Worte verlegen zu sein. »Er kam mit dem anderen«, sagte er schließlich. »Dem von Orris. Ich war noch klein. Der andere war schlecht. Der andere hat einige von uns gestohlen. Dein Vater wußte es nicht«, setzte er hastig hinzu, als hätte Jack Zorn erkennen lassen. »Wolf! Nein! Er war gut, dein Vater, Phil. Der andere . . .«

Wolf schüttelte langsam den Kopf. Auf seinem Gesicht lag ein Ausdruck, der sogar noch simpler war als sein Vergnügen. Es war die Erinnerung an einen Kindheits-Alptraum.

»Schlecht«, sagte Wolf. »Er hat sich einen Platz in dieser Welt geschaffen, sagt mein Vater. Meistens war er in seinem Twinner, aber er kam aus deiner Welt. Wir wußten, daß er schlecht war, wir hätten es sagen können, aber wer hört schon auf einen Wolf? Niemand. Dein Vater wußte, daß er schlecht war, aber er konnte ihn nicht so gut riechen wie wir. Er wußte, daß er schlecht war, aber nicht, *wie* schlecht.«

Und Wolf warf den Kopf zurück und heulte abermals. Es war ein langes, durchdringendes Klagegeheul, das von dem tiefblauen Himmel zurückgeworfen wurde.

Zwischenspiel

Sloat in dieser Welt (II)

Aus der Tasche seines dicken Anoraks (er hatte ihn in dem Glauben gekauft, daß Amerika östlich der Rockies ab Anfang Oktober eine Eis- und Schneewüste war – und jetzt vergoß er Ströme von Schweiß) holte Morgan Sloat eine kleine Stahlkassette. Unter dem Verschluß lagen zehn kleine Knöpfe und ein Rechteck aus trübgelbem Glas, fünf Milli- meter hoch und fünf Zentimeter lang. Mit dem kleinen Finger der linken Hand drückte er behutsam auf einige der Knöpfe, und in dem kleinen Fenster leuchtete kurz eine Reihe von Ziffern auf. Sloat hatte diese Kassette, angepriesen als kleinster Safe der Welt, in Zürich gekauft. Nach Angaben des Verkäufers konnte nicht einmal eine Woche in einem Krematorium diesem Stahl etwas anhaben.

Jetzt klickte der Verschluß auf.

Sloat klappte zwei winzige Laschen aus schwarzem Juweliersamt zurück und legte etwas frei, das er schon über zwanzig Jahre besaß – also schon lange bevor der widerwärtige Bengel, der all diese Schwierigkeiten machte, geboren wurde. Es war ein rostiger Blechschlüssel, und früher hatte er im Rücken eines aufziehbaren Spielzeugsoldaten gesteckt. Sloat hatte den Spielzeugsoldaten im Schaufenster eines Trödelladens in der seltsamen kleinen Stadt Point Venuti in Kalifornien gesehen – einer Stadt, die ihm sehr viel bedeutete. Unter einem Zwang handelnd, der viel zu stark war, um sich leugnen zu lassen (und er hatte ihn auch nicht leugnen wollen, nicht wirklich; Morgan Sloat hatte aus Zwängen immer eine Tugend gemacht), war er hineingegangen und hatte fünf Dollar für den staubigen, verbeulten Soldaten bezahlt. Dabei war es nicht der Soldat, den er haben wollte. Es war der Schlüssel, der seinen Blick angezogen und ihm dann etwas zugeflüstert hatte. Er hatte den Schlüs- sel aus dem Rücken des Soldaten gezogen und ihn in die Tasche gesteckt, sobald er den Trödelladen verlassen hatte. Den Soldaten warf er in einen Mülleimer vor der Dangerous Planet-Buchhandlung.

Jetzt stand Sloat neben seinem Wagen auf dem Rastplatz von Lewis- burg, hielt den Schlüssel hoch und betrachtete ihn. Wie Jacks Plektron wurde auch der Blechschlüssel in der Region zu etwas anderem. Einmal hatte er, als er zurückkehrte, den Schlüssel in der Halle des alten Bürogebäudes verloren. Und offenbar hatte noch etwas von der Magie der Region daringesteckt, denn keine Stunde später hatte sich dieser

Idiot Jerry Bledsoe grillen lassen. Hatte Jerry ihn aufgehoben? War er vielleicht daraufgetreten? Sloat wußte es nicht, und es war ihm auch gleichgültig. Auch Jerrys Tod ging ihm nicht unter die Haut – und angesichts der Tatsache, daß der Hausmeister eine Lebensversicherung abgeschlossen hatte, die bei Tod durch Unfall die doppelte Summe zahlte (der Hausverwalter, mit dem Sloat gelegentlich eine Pfeife Haschisch teilte, hatte ihm diese nebensächliche Information zukommen lassen), konnte sich Sloat gut vorstellen, daß Nita Bledsoe einen Schritt die Leiter hinauf getan hatte. Aber der Verlust seines Schlüssels hatte ihn fast verrückt gemacht. Es war Phil Sawyer, der ihn gefunden hatte und ihm mit der Bemerkung zurückgab: »Hier, Morgan. Dein Maskottchen, nicht wahr? Anscheinend hast du ein Loch in der Tasche. Ich fand es in der Halle, nachdem sie den armen alten Jerry weggebracht hatten.«

Ja, in der Halle. In der Halle, wo alles roch wie der Motor eines Formel-eins-Rennwagens, der rund neun Stunden ununterbrochen auf Hochtouren gelaufen ist. In der Halle, wo alles geschwärzt und verbogen und geschmolzen war.

Nur sein bescheidener Blechschlüssel nicht.

Der in der anderen Welt eine höchst eigentümliche Blitzschleuder war – und den sich Sloat jetzt an einer dünnen Silberkette um den Hals hängte.

»Jetzt geht's dir an den Kragen, Jacky«, sagte Sloat mit fast zärtlicher Stimme. »Es ist an der Zeit, diesem ganzen lächerlichen Unternehmen ein für allemal einen Riegel vorzuschieben.«

Siebzehntes Kapitel

Wolf und die Herde

1

Wolf redete von vielen Dingen, stand gelegentlich auf, um seine Herde von der Straße zu scheuchen, und einmal, um sie an einen ein paar hundert Meter weiter westlich gelegenen Fluß zu treiben. Als Jack ihn fragte, wo er wohnte, deutete Wolf nur vage mit dem Arm nach Norden. Er wohnte, sagte er, bei seiner Familie. Als Jack ein paar Minuten später Genaueres wissen wollte, schaute Wolf überrascht drein und sagte, er hätte keine Frau und keine Kinder – es würde noch ein oder zwei Jahre dauern, bis er in das kam, was er den »großen Brunstmond« nannte. Daß er sich auf den »großen Brunstmond« freute, ließ das unschuldig lüsterne Grinsen, das sein Gesicht überzog, deutlich erkennen.

»Aber du hast doch gesagt, du wohnst bei deiner Familie.«

»Oh, Familie. Die! Wolf!« Wolf lachte. »Klar. Die! Wir leben alle zusammen. Müssen das Vieh hüten. Ihr Vieh.«

»Das der Königin?«

»Ja. Möge sie niemals sterben.« Und Wolf salutierte auf seltsam rührende Art, indem er mit der rechten Hand die Stirn berührte und sich kurz verneigte.

Weitere Fragen verschafften Jack in dieser Hinsicht einige Klarheit – zumindest glaubte er, zu verstehen. Wolf war Junggeselle (obwohl das irgendwie nicht das passende Wort war). Die Familie, von der er sprach, war weit verzweigt – es war die Familie der Wölfe –, ein nomadisierender, aber durch und durch loyaler Stamm, der das riesige, leere Gebiet durchwanderte, das östlich des Grenzlandes lag, aber westlich der »Siedlungen«, womit Wolf die Städte und Dörfer im Osten meinte.

Wölfe waren in der Regel solide, verläßliche Arbeiter. Ihre Kraft war legendär, ihr Mut unbestritten. Einige von ihnen waren nach Osten in die Siedlungen gezogen, wo sie der Königin als Wachtposten, Soldaten und sogar als persönliche Leibwachen dienten. In ihrem Leben, so erklärte Wolf Jack, gab es nur zweierlei, das wirklich von Belang war: die Königin und die Familie. Die meisten Wölfe, sagte er, dienten der Königin, wie er es tat – sie hüteten die Herden.

Die Schafsrinder waren in der Region die Hauptlieferanten von Fleisch, Kleidung, Talg und Lampenöl (das erzählte Wolf Jack nicht, aber

Jack schloß es aus dem, was er sagte). Alle Tiere gehörten der Königin, und die Familie der Wölfe hütete sie seit undenklichen Zeiten. Es war ihr Beruf. Eine auf seltsame Weise einleuchtende Entsprechung schien Jack das Verhältnis zu sein, das zwischen dem Bison und den Indianern der amerikanischen Prärie geherrscht hatte – zumindest so lange, bis der weiße Mann in dieses Gebiet eingedrungen war und das Gleichgewicht gestört hatte.

»Siehe, die Löwen werden bei den Lämmern wohnen und der Wolf bei seinen Schafsrindern«, murmelte Jack und lächelte. Er lag auf dem Rücken und hatte die Hände unter dem Kopf verschränkt. Ein wundervolles Gefühl des Friedens und der Gelassenheit hatte von ihm Besitz ergriffen.

»Wie, Jack?«

»Nichts«, sagte er. »Wolf, verwandelst du dich wirklich in ein Tier, wenn der Mond voll ist?«

»Natürlich!« sagte Wolf. Er sah verwundert aus, als hätte Jack so etwas gefragt wie: *Wolf, ziehst du dir wirklich die Hose hoch, nachdem du dein Geschäft erledigt hast?* »Fremde tun das nicht, stimmt's? *Das hat Phil mir erzählt.«*

»Und die Herde?« fragte Jack. »Wenn ihr euch verwandelt, ist sie dann . . .«

»Wir kommen nicht einmal *in die Nähe* der Herde, wenn wir uns verwandeln«, sagte Wolf ernst. »Guter Jason, nein! Wir würden über sie herfallen, weißt du das nicht? Und ein Wolf, der von seiner Herde ißt, muß sterben. So steht es im *Buch vom guten Wirtschaften.* Wolf! Wolf! Wir haben Orte, an die wir uns zurückziehen, wenn der Mond voll ist, und auch die Herde hat solche Orte. Die Tiere sind dumm, aber sie wissen, daß sie verschwinden müssen, wenn der große Mond kommt. Wolf! Nur gut, daß sie das wissen, Gott hämmre sie!«

»Aber ihr eßt doch Fleisch, oder?« fragte Jack.

»Lauter Fragen wie bei deinem Vater«, sagte Wolf. »Wolf! Aber mich stört es nicht. Ja, wir essen Fleisch. Natürlich tun wir das. Wir sind schließlich Wölfe.«

»Aber wenn ihr die Herde nicht anrührt, was eßt ihr dann?«

»Wir essen gut«, sagte Wolf; weiter wollte er sich zu diesem Thema nicht äußern.

Wie alles andere in der Region war auch Wolf von einem Geheimnis umgeben – einem Geheimnis, das grandios und beängstigend zugleich war. Die Tatsache, daß er sowohl Jacks Vater als auch Morgan Sloat kannte – zumindest ihren Twinnern mehr als einmal begegnet war –, trug zu Wolfs spezieller Aura des Geheimnisvollen bei, aber es steckte noch mehr dahinter. Alles, was Wolf ihm erzählte, veranlaßte Jack zu einem Dutzend weiterer Fragen, von denen Wolf die meisten nicht beantworten konnte – oder wollte.

Die Besuche von Philipp Sawtelle und Morgan von Orris waren ein anschauliches Beispiel dafür. Sie waren zum ersten Mal erschienen, als Wolf im »kleinen Mond« war und mit seiner Mutter und seinen beiden »Wurfschwestern« zusammenlebte. Sie waren offensichtlich auf der Durchreise, wie Jack selbst, nur wollten sie nach Osten anstatt nach Westen. (»Um die Wahrheit zu sagen, unter allen Menschen, die mir bisher so weit westlich begegnet sind, bist du so ziemlich der einzige, der noch weiter nach Westen will«, sagte Wolf.)

Sie waren nette Gäste gewesen, alle beide. Erst später hatte es Probleme gegeben – Probleme mit Orris. Das war gewesen, nachdem sich der Partner von Jacks Vater »einen Platz in dieser Welt geschaffen« hatte, wie Wolf Jack wieder und wieder erzählte – nur schien er jetzt Sloat in der Gestalt des Morgan von Orris zu meinen. Er habe eine seiner Wurfschwestern gestohlen, erzählte Wolf (»Meine Mutter hat sich einen Monat lang in Hände und Zehen gebissen, nachdem sie sicher war, daß er sie genommen hatte«, erzählte Wolf Jack scheinbar gelassen), und von Zeit zu Zeit habe er auch andere Wölfe genommen. Wolf senkte die Stimme und erzählte Jack mit einem Ausdruck, in dem sich Angst und abergläubisches Entsetzen mischten, daß der »hinkende Mann« einige dieser Wölfe in die andere Welt, ins Land der Fremden, mitgenommen und ihnen beigebracht hatte, von der Herde zu essen.

»Das ist sehr schlimm für Leute wie euch, nicht wahr?« fragte Jack.

»Sie sind verdammt«, sagte Wolf schlicht.

Anfangs hatte Jack gedacht, Wolf spräche von Kidnapping – schließlich hatte er, als er von seiner Wurfschwester sprach, das Wort *nehmen* gebraucht. Jetzt begann er zu verstehen, daß es sich keineswegs um Kidnapping handelte – es sei denn, Wolf hätte sagen wollen, daß Morgan die Seelen einiger Angehöriger der Wolf-Familie gekidnappt hatte. Jack begriff, daß Wolf in Wirklichkeit von Werwölfen redete, die der Krone und der Herde untreu geworden und zu Morgan übergegangen waren – Morgan Sloat und Morgan von Orris.

Was seine Gedanken wie von selbst wieder auf Elroy lenkte.

Ein Wolf, der von seiner Herde ißt, muß sterben.

Er dachte an die Männer in dem grünen Auto, die angehalten hatten, um ihn nach dem Weg zu fragen, ihm eine Tootsie Roll angeboten und dann versucht hatten, ihn in ihren Wagen zu zerren. Die Augen. Die Augen hatten sich verändert.

Sie sind verdammt.

Er hat sich einen Platz in dieser Welt geschaffen.

Bis jetzt hatte er sich sicher und glücklich gefühlt – glücklich, wieder in der Region zu sein, wo die Luft zwar kühl war, aber nicht zu vergleichen mit der naßkalten Trübe im Westen von Ohio, sicher mit dem großen, freundlichen Wolf neben sich, weit draußen im Land, meilenweit von irgendjemandem oder irgendetwas entfernt.

Hat sich einen Platz in dieser Welt geschaffen.
Er fragte Wolf nach seinem Vater – Philipp Sawtelle in dieser Welt –, aber Wolf schüttelte nur den Kopf. Er war ein guter Mann gewesen und ein Twinner – und damit offensichtlich ein Fremder; aber das war auch alles, was Wolf zu wissen schien. Twinner, sagte er, waren etwas, was mit Würfen von *Menschen* zusammenhing, und davon hätte er keine Ahnung. Er konnte auch Philipp Sawtelle nicht beschreiben – er erinnerte sich nicht. Er erinnerte sich nur an seinen Geruch. Was *er* wußte, erzählte er Jack, war nur, daß beide Fremden nett zu sein *schienen*, Philipp Sawtelle aber wirklich nett *war*. Einmal hatte er für Wolf und seine Wurfschwestern und Wurfbrüder Geschenke mitgebracht. Eines der Geschenke, unverändert aus der Welt der Fremden herübergebracht, war eine Packung Latzoveralls für Wolf gewesen.

»Ich habe sie ständig getragen«, sagte Wolf. »Meine Mutter wollte sie wegwerfen, nachdem ich sie ungefähr fünf Jahre getragen hatte. Sagte, sie wären nicht mehr zu gebrauchen! Sagte, ich wäre aus ihnen herausgewachsen! Wolf! Sagte, sie bestünden nur noch aus Flicken, die andere Flicken zusammenhielten. Aber ich wollte sie nicht hergeben. Schließlich kaufte sie Stoff von einem Hausierer, der auf dem Weg ins Grenzland war. Ich weiß nicht, wieviel sie dafür bezahlt hat, und ich traute mich nicht, sie zu fragen. Sie färbte ihn blau und nähte mir sechs Stück. Auf denen, die mir dein Vater mitbrachte, schlafe ich jetzt. Wolf! Wolf! Sie sind mein Kissen.« Wolf lächelte so freimütig – und gleichzeitig so sehnsüchtig –, daß Jack sich gedrängt fühlte, seine Hand zu ergreifen. Es war etwas, was er in seinem alten Leben nie über sich gebracht hätte, ganz gleich unter welchen Umständen, aber sein altes Leben schien weit hinter ihm zu liegen. Es machte ihm Freude, Wolfs warme, starke Hand zu ergreifen.

»Ich freue mich, daß du meinen Dad mochtest, Wolf«, sagte er.
»Ja, das tat ich! Wolf! Wolf!«
Und dann brach die Hölle los.

2

Wolf hörte auf zu reden und sah sich erschrocken um.
»Wolf? Was ist . . .«
»Pst!«
Dann hörte Jack es auch. Wolfs feineres Gehör hatte das Geräusch zuerst wahrgenommen, aber es schwoll rasch an; wenig später hätte es sogar ein Tauber gehört, dachte Jack. Die Tiere blickten um sich und begannen, sich unruhig und dicht aneinandergedrängt von der Quelle des Geräusches fortzubewegen. Es ähnelte einem Klangeffekt im Radio,

der andeuten soll, daß jemand ein Bettlaken ganz langsam mitten durchreißt. Doch die Lautstärke nahm immer mehr zu, bis Jack glaubte, verrückt werden zu müssen.

Wolf sprang auf; er wirkte verblüfft, verwirrt und erschrocken. Das reißende Geräusch, ein dumpfes, rauhes Rasseln, schwoll weiter an. Die Schreie der Tiere wurden lauter. Einige wichen in den Fluß zurück, und als Jack zu ihnen hinüberblickte, sah er eines mit wild strampelnden Beinen hineinklatschen und untergehen. Es war von seinen durcheinanderwimmelnden, zurückweichenden Gefährten umgestoßen worden. Es stieß einen schrillen Schrei aus. Ein anderes Schafsrind stolperte und wurde gleichfalls ins Wasser gestoßen. Das gegenüberliegende Flußufer war niedrig und morastig und dicht mit Schilf bewachsen. Die ersten Schafsrinder, die diesen Morast erreichten, blieben schnell in ihm stecken.

»*Oh, ihr gottverhämmerten, nichtsnutzigen Biester!*« schrie Wolf und rannte den Abhang hinunter zum Fluß, wo die ersten Tiere, die gestürzt waren, jetzt aussahen, als kämpften sie mit dem Tode.

»Wolf!« rief Jack, aber Wolf konnte ihn nicht hören. Das rauhe, reißende Geräusch machte es Jack fast unmöglich, seine eigene Stimme zu hören. Er blickte ein wenig nach rechts, am diesseitigen Flußufer entlang, und stand dann starr vor Staunen. Irgendetwas passierte mit der Luft. Ein Stück davon, ungefähr einen Meter über dem Boden, kräuselte sich und warf Blasen, schien sich zu verzerren und an sich selbst zu ziehen. Durch dieses Stück hindurch konnte Jack die Weststraße sehen, aber die Straße wirkte verschwommen und flimmerte, als sähe man sie durch die heiße, bewegte Luft, die über einem Verbrennungsofen aufsteigt.

Irgendetwas reißt die Luft auf wie eine Wunde – etwas kommt durch sie hindurch – von unserer Seite? Oh Jason, passiert das auch, wenn ich herüberkomme? Doch selbst in seiner Panik und Verwirrung wußte er, daß es nicht so war.

Jack hatte eine recht gute Vorstellung davon, wer imstande war, auf diese Weise, in einem Akt der Vergewaltigung, herüberzukommen.

Er begann, den Abhang hinunterzulaufen.

3

Das reißende Geräusch hielt an. Wolf war im Fluß niedergekniet und versuchte, dem zweiten umgestoßenen Tier auf die Beine zu helfen. Das erste trieb schlaff mit zertretenem und zerfetztem Körper stromabwärts.

»*Steh auf! Gott hämmre dich, steh auf! Wolf!*«

Wolf schlug nach Kräften auf die Schafsrinder ein, die um ihn herumwimmelten und ihn anstießen, und versuchte, sie beiseitezuschieben; dann schlang er beide Arme um den Bauch des ertrinkenden Tieres und zog es empor. »WOLF! HIER UND JETZT!« schrie er. Die Ärmel seines Hemdes platzten über dem Bizeps auf; Jack mußte an David Banner denken, der sich in einem seiner von Gammastrahlen ausgelösten Wutanfälle in den Unglaublichen Koloß verwandelt. Überall spritzte Wasser auf, und Wolf taumelte mit orangefarben funkelnden Augen auf die Füße; sein blauer Overall war schwarz vor Nässe. Wasser strömte aus den Nüstern des Tieres, das Wolf an die Brust gedrückt hielt, als wäre es ein zu groß geratener junger Hund. Seine verdrehten Augen zeigten klebriges Weiß.

»Wolf!« schrie Jack. »Es ist Morgan! Es ist...«

»Die Herde!« schrie Wolf zurück. »Wolf! Wolf! Meine gottverhämmerte Herde! Jack! Versuch nicht...«

Der Rest ging in einem mahlenden Donnerschlag unter, der die Erde beben ließ. Einen Augenblick übertönte der Donner sogar dieses monotone, wahnsinnig machende reißende Geräusch. Fast ebenso verwirrt wie Wolfs Tiere blickte Jack auf und sah einen klaren blauen Himmel, wolkenlos bis auf ein paar weiße Federwolken, die weit entfernt waren.

Der Donner versetzte Wolfs Herde vollends in Panik. Die Tiere wollten die Flucht ergreifen, aber in ihrer grandiosen Stupidität versuchten viele zu flüchten, indem sie zurückwichen. Sie stießen gegeneinander und wurden unter Wasser gedrückt. Jack hörte das widerwärtige Knacken eines brechenden Knochens, gefolgt vom lauten Schrei eines schmerzgepeinigten Tieres. Wolf bellte vor Wut, ließ das Schafsrind fallen und versuchte das andere Ufer des Flusses zu erreichen.

Bevor ihm das gelang, prallte ein halbes Dutzend Tiere gegen ihn und warf ihn um. Wasser spritzte auf und schoß in dünnen, hellen Fontänen empor. Nun war es Wolf, der in Gefahr war, von den stupiden, flüchtenden Tieren zertrampelt und ertränkt zu werden.

Jack sprang ins Wasser, das jetzt dunkel war von aufgewühltem Schlamm. Die Strömung machte es ihm schwer, das Gleichgewicht zu halten. Ein blökendes Schafsrind mit irre rollenden Augen platschte an ihm vorbei und warf ihn beinahe um. Wasser spritzte Jack ins Gesicht, und er versuchte, es sich aus den Augen zu wischen.

Jetzt schien das reißende Geräusch die ganze Welt auszufüllen. Wolf. Morgan war unwichtig, zumindest im Augenblick. Wolf war in Gefahr.

Sein zottiger, triefender Kopf tauchte kurz aus dem Wasser auf, dann überrannten ihn drei seiner Tiere, und Jack sah nur noch eine winkende, behaarte Hand. Er schob sich wieder vorwärts, versuchte, sich seinen Weg durch die Tiere hindurch zu bahnen, von denen einige noch auf den Beinen standen, während andere im Wasser trieben und unter den Füßen der anderen ertranken.

»*Jack!*« übertönte eine Stimme das reißende Geräusch. Es war eine Stimme, die Jack kannte. Onkel Morgans Stimme.

»*Jack!*«

Ein weiterer Donnerschlag, diesmal ein gewaltiger Aufprall von Eichenholz, der durch den Himmel rollte wie ein Artilleriegeschoß.

Keuchend, mit triefendem Haar, das ihm in die Augen hing, blickte Jack über die Schulter – und sah direkt auf die Raststätte an der Interstate 70 in der Nähe von Lewisburg, Ohio. Er sah sie wie durch welliges, schlecht gearbeitetes Glas – aber er *sah* sie. Die Ecke des Toilettengebäudes lag an der linken Seite dieses blasigen, gepeinigten Stückes Luft. Rechts war die Haube von etwas, das aussah wie ein Chevrolet-Kleinlaster; sie schwebte ungefähr einen Meter über dem Feld, auf dem er und Wolf keine fünf Minuten zuvor friedlich gesessen und geredet hatten. Und in der Mitte, aussehend wie ein Komparse in einem Film über Admirals Byrds Attacke auf den Südpol, stand Morgan Sloat, das feiste rote Gesicht verzerrt von mörderischer Wut. Wut und noch etwas anderem. Triumph. Ja, dachte Jack, genau das war es.

Er stand mitten im Fluß in Wasser, das ihm bis zur Hüfte ging, umgeben von blökenden und schreienden Tieren, und starrte auf das Fenster, das direkt in das Gewebe der Realität gerissen worden war, mit weit offenen Augen und weit offenem Mund.

Er hat mich gefunden, oh lieber Gott, er hat mich gefunden.

»*Hab ich dich endlich, du kleiner Scheißer!*« brüllte Morgan ihn an. Seine Stimme trug, aber sie klang irgendwie gedämpft und tot, als käme sie aus der Realität jener Welt in die Realität dieser Welt. Es war, als hörte man einen Mann rufen, der sich in einer Telefonzelle befand.

»*Jetzt wirst du dein blaues Wunder erleben.*«

Morgan setzte sich in Bewegung, wobei sein Gesicht verschwamm und sich kräuselte, als wäre es aus weichem Kunststoff, und Jack hatte Zeit zu sehen, daß er etwas in der Hand hielt, etwas, das er um den Hals gehängt hatte, etwas Kleines und Silbriges.

Jack stand da wie gelähmt, während sich Sloat wie ein Bulle durch das Loch zwischen den beiden Welten schob. Dabei zog er seine eigene Werwolf-Schau ab und verwandelte sich von Morgan Sloat, Kapitalanleger, Grundstücksspekulant und einstiger Hollywood-Agent, in Morgan von Orris, Anwärter auf den Thron der Königin. Seine Hängebacken strafften sich. Die Farbe wich aus ihnen. Sein Haar erneuerte sich, wuchs nach vorn, tönte die Schädelkuppe zuerst, als würde Onkel Morgans Kopf von einem unsichtbaren Wesen angemalt, und bedeckte sie dann. Das Haar von Sloats Twinner war lang, schwarz, strähnig, es wirkte irgendwie tot. Jack sah, daß es im Nacken zusammengebunden gewesen war, aber das meiste war herausgerutscht.

Der Anorak verschwamm, war einen Moment verschwunden, kehrte dann als Umhang mit Kapuze zurück.

Aus Morgans Wildlederstiefeln wurden dunkle, kniehohe Lederstiefel mit umgeschlagenen Stulpen, und aus einem ragte etwas heraus, das der Griff eines Messers sein mochte.

Und das kleine silbrige Ding in seiner Hand hatte sich in eine kleine Stange verwandelt, auf der blaues Feuer tanzte.

Es ist eine Blitzschleuder. Oh Gott, es ist eine...

»Jack!«

Der Ruf war leise, gurgelnd, voller Wasser.

Jack drehte unbeholfen im Fluß um und vermied mit knapper Not einen Zusammenstoß mit einem anderen Schafsrind, das tot im Wasser trieb. Er sah Wolfs Kopf wieder untergehen und beide Hände winken. Jack erkämpfte sich seinen Weg zu diesen Händen, indem er den Tieren auswich, so gut er konnte. Eines von ihnen prallte gegen seine Hüfte, und Jack stürzte und schluckte Wasser. Er stand rasch wieder auf, hustend und würgend; mit einer Hand tastete er in seinem Wams nach der Flasche, weil er fürchtete, sie wäre fortgespült worden. Sie war noch da.

»Junge! Dreh dich um und sieh mich an, Junge!«

Hab jetzt keine Zeit, Morgan. Tut mir leid, aber ich muß zusehen, ob ich es vermeiden kann, von Wolfs Herde ertränkt zu werden, bevor ich zusehen kann, ob es sich vermeiden läßt, daß ich von deinem Mordinstrument gegrillt werde. Ich...

Blaues Feuer wölbte sich zischend über Jacks Schulter – es glich einem todbringenden elektrischen Regenbogen. Es traf eines der Schafsrinder, die in dem schilfbewachsenen Schlamm am jenseitigen Flußufer steckengeblieben waren, und das unglückliche Tier explodierte, als hätte es Dynamit geschluckt. Blut spritzte in nadeldünnen Strahlen umher, und rings um Jack begannen Fleischfetzen niederzuregnen.

»Dreh dich um und sieh mich an, Junge!«

Er spürte die *Kraft*, die hinter diesem Befehl steckte, sein Gesicht mit unsichtbaren Händen packte, es zu drehen versuchte.

Wolf kam wieder hoch. Das Haar klebte ihm im Gesicht, und seine benommenen Augen blickten durch den Haarvorhang hindurch wie die eines Bobtails. Er hustete und taumelte und schien nicht mehr zu wissen, wo er sich befand.

»Wolf!« schrie Jack, aber wieder rollte der Donner über den blauen Himmel und übertönte ihn.

Wolf beugte sich vor und erbrach eine Menge schlammiges Wasser. Einen Augenblick später prallte ein weiteres der in Panik geratenen Schafsrinder gegen ihn und warf ihn wieder um.

Das war's, dachte Jack verzweifelt. *Das war's, er ist ertrunken, es kann nicht anders sein, gib's auf, verschwinde von hier...*

Aber er kämpfte sich weiter zu Wolf durch, schob ein sterbendes, nur noch schwach zuckendes Schafsrind beiseite, um zu ihm zu gelangen.

»Jason!« schrie Morgan von Orris, und Jack begriff, daß er nicht in der Sprache der Religion fluchte; er rief seinen, Jacks Namen. Nur daß er hier nicht Jack war. Hier war er Jason.

Aber der Sohn der Königin ist doch schon in der Wiege gestorben, er ist gestorben, er ...

Wieder fuhr ein Blitz zischend über ihn hinweg; er schien fast sein Haar zu scheiteln. Wieder schlug er am anderen Ufer ein, und diesmal ließ er eines von Wolfs Tieren verdampfen. Nein, nicht vollständig, stellte Jack fest. Die Beine des Tieres waren noch da, sie steckten im Schlamm wie Pfosten. Noch während er hinschaute, kippten sie schlaff in vier verschiedene Richtungen.

»DREH DICH UM UND SIEH MICH AN, GOTT HÄMMRE DICH!«

Das Wasser, warum schleudert er seine Blitze nicht ins Wasser und grillt mich, Wolf und alle Tiere gleichzeitig?

Dann erinnerte er sich an das, was er in der fünften Klasse gelernt hatte. Wenn elektrischer Strom auf Wasser trifft, kann er überallhin geleitet werden – auch zurück zum Erzeuger des Stroms.

Wolfs benommenes, unter Wasser treibendes Gesicht verdrängte diese Gedanken aus Jacks fieberhaft arbeitendem Kopf. Wolf war noch am Leben, aber festgeklemmt unter einem der Tiere, das zwar unverletzt schien, aber in Panik erstarrt war. Wolfs Hände bewegten sich mit kläglich nachlassender Kraft. Als Jack das letzte Stück hinter sich brachte, fiel eine dieser Hände herunter und trieb im Wasser, schlaff wie eine Seerose.

Ohne seine Bewegung zu verlangsamen, senkte Jack seine linke Schulter und stieß sie mit aller Kraft, die er aufbringen konnte, gegen das Schafsrind.

Wenn es ein ausgewachsenes Rind gewesen wäre, hätte Jack es wahrscheinlich nicht von der Stelle gebracht, zumal die ziemlich starke Strömung des Flusses gegen ihn arbeitete. Aber es war kleiner als ein Rind, und Jack stieß es mit der Kraft der Verzweiflung. Es blökte, torkelte rückwärts, saß kurz auf den Keulen und schoß dann dem jenseitigen Ufer entgegen. Jack packte Wolfs Hände und zog unter Aufbietung seiner ganzen Kraft.

Wolf kam so widerstrebend hoch wie ein Baumstamm, der sich mit Wasser vollgesogen hat; seine Augen waren jetzt glasig und halb geschlossen, Wasser strömte ihm aus Ohren, Nase und Mund. Seine Lippen waren blau.

Ein gegabelter Blitz fuhr rechts und links an der Stelle vorbei, an der Jack stand und Wolf festhielt; sie glichen zwei Betrunkenen, die versuchen, in einem Swimmingpool Walzer zu tanzen. Am anderen Ufer flogen die Teile eines weiteren Schafsrindes in alle Richtungen, und der abgerissene Kopf stieß einen letzten Schrei aus. Heiße Feuerbahnen fuhren im Zickzack durch den Sumpf, entzündeten die Schilfbüschel und fanden dann das trockenere Gras des Feldes, wo das Land wieder anzusteigen begann.

»*Wolf!*« schrie Jack. »*Wolf, um Gottes willen!*«

»Oah«, stöhnte Wolf und erbrach warmes, schlammiges Wasser über Jacks Schulter. »Oahhhh . . .«

Jetzt sah Jack Morgan am anderen Ufer stehen, eine große, puritanische Gestalt in seinem schwarzen Umhang. Die Kapuze gab seinem bleichen, vampirhaften Gesicht eine Art düster – romantischen Rahmen. Jack hatte Zeit für den Gedanken, daß die Region auch hier Wunder gewirkt hatte. Hier war Morgan keine übergewichtige Kröte mit erhöhtem Blutdruck, die nur Zahlen im Kopf, Piraterie im Herzen und Mord im Sinn hatte; hier war sein Gesicht straffer geworden, es hatte eine Art kalter, maskuliner Schönheit gewonnen. Er hob die silberne Stange wie einen Spielzeug-Zauberstab, und blaues Feuer zerriß die Luft.

»*Jetzt du und dein dämlicher Freund!*« schrie Morgan. Die dünnen Lippen öffneten sich zu einem triumphierenden Grinsen und enthüllten eingesunkene gelbe Zähne, die den verschwommenen Eindruck von Schönheit ein für allemal zunichtemachten.

Wolf schrie auf und zuckte in Jacks schmerzenden Armen. Er starrte Morgan an, und Haß und Angst ließen seine Augen orangefarben funkeln.

»*Du Teufel!*« heulte Wolf. »*Du Teufel! Meine Schwester! Meine Wurfschwester! Wolf! Wolf! Du Teufel!*«

Jack zog die Flasche aus seinem Wams. Es war ohnehin nur noch ein einziger Schluck darin. Er konnte Wolf mit einem Arm nicht halten; er entglitt ihm, und Wolf schien unfähig, sich selbst auf den Beinen zu halten. Aber das machte nichts. Er konnte ihn ohnehin nicht in die andere Welt mitnehmen. Oder konnte er es doch?

»*Du Teufel!*« heulte Wolf, und sein nasses Gesicht glitt an Jacks Arm herunter. Der Rücken seines Latzoveralls trieb aufgebauscht im Wasser.

Der Geruch brennenden Grases und brennender Tiere.

Widerhallender Donner.

Diesmal fuhr der Feuerstrom in der Luft so nahe an Jack vorbei, daß er ihm die Haare in der Nase versengte.

»*JAWOHL, IHR BEIDE, IHR ALLE BEIDE!*« kreischte Morgan. »*ICH WERDE DIR ZEIGEN, WAS PASSIERT, WENN MAN SICH MIR IN DEN WEG STELLT, DU VERDAMMTER KLEINER BASTARD! ICH LASSE EUCH BEIDE VERSCHMOREN! ALLE BEIDE!*«

»Wolf, halt dich fest!« schrie Jack. Er versuchte nicht mehr, Wolf hochzuhalten; stattdessen ergriff er Wolfs Hand und umfaßte sie, so fest er konnte. »Halt dich an mir fest, hast du gehört?«

»*Wolf!*«

Er hob die Flasche an die Lippen, und der grauenhaft kalte Geschmack verrotteter Trauben füllte zum letzten Mal seinen Mund. Die Flasche war leer. Während er schluckte, hörte er, wie sie zersprang, als einer von Morgans Blitzen sie getroffen hatte. Aber das Geräusch brechenden Glases war schwach – das elektrische Summen . . . sogar Morgans Wutgekreisch.

Ihm war, als stürzte er rücklings in ein Loch. Ein Grab vielleicht. Dann drückte Wolfs Hand die von Jack so heftig, daß Jack stöhnte. Das Schwindelgefühl, das Gefühl, einen Purzelbaum geschlagen zu haben, begann zu verblassen – und dann verblaßte auch der Sonnenschein und wurde zum trüben Purpurgrau einer Oktoberdämmerung im Herzen Amerikas. Kalter Regen schlug Jack ins Gesicht, und irgendwie hatte er das Gefühl, in viel kälterem Wasser zu stehen als noch Sekunden zuvor. Nicht weit entfernt hörte er das vertraute Dröhnen der großen Laster auf dem Highway – nur schien das Geräusch jetzt von irgendwo über seinem Kopf herzukommen.

Unmöglich, dachte er, aber war es das wirklich? Die Grenzen dieses Wortes schienen sich zu dehnen wie ein Gummiband. Einen benommenen Augenblick lang stand vor seinen Augen das Bild von fliegenden Lastwagen der Region, gelenkt von fliegenden Männern der Region mit großen, auf den Rücken geschnallten Segeltuchflügeln.

Zurück, dachte er. *Wieder zurück, dieselbe Zeit, derselbe Highway.*

Er nieste.

Und auch dieselbe Erkältung.

Aber zwei Dinge waren nicht dieselben geblieben.

Hier war kein Rastplatz. Sie standen knietief im eisigen Wasser eines Flusses unter einer Highway-Brücke.

Wolf war bei ihm. Das war das zweite, das sich geändert hatte.

Und Wolf schrie.

Achtzehntes Kapitel

Wolf geht ins Kino

1

Ein weiterer Lastwagen rollte über die Brücke, sein großer Dieselmotor dröhnte. Die Brücke bebte. Wolf heulte und klammerte sich so verzweifelt an Jack, daß beide beinahe ins Wasser gefallen wären. »Laß das!« schrie Jack. »Laß mich los, Wolf! Es ist nur ein Laster! Laß mich *los*!«

Er schlug nach Wolf, obwohl er es nicht wollte – Wolfs Entsetzen war mitleiderregend. Aber ob mitleiderregend oder nicht, auf Jack drückte der größte Teil eines Fußes von Wolf und vielleicht hundertfünfzig Pfund Gewicht, und wenn Wolf die Oberhand bekam, würden sie beide in dieses eiskalte Wasser stürzen und sich eine Lungenentzündung holen.

»*Wolf! Mag das nicht! Wolf! Mag das nicht! Wolf! Wolf!*«

Aber sein Griff lockerte sich. Einen Augenblick später fielen seine Arme seitlich herunter. Als ein weiterer Lastwagen über ihre Köpfe hinwegdröhnte, fuhr Wolf zusammen, konnte sich aber so weit beherrschen, daß er Jack nicht wieder packte. Aber in seinen Augen lag ein stummes, zitterndes Flehen, das zu sagen schien: *Bring mich von hier fort, bitte, bring mich von hier fort, ich möchte lieber tot sein als in dieser Welt.*

Es gibt nichts, das ich lieber täte, Wolf, aber Morgan ist drüben. Und selbst wenn er es nicht wäre – ich habe keinen Zaubersaft mehr.

Er blickte auf seine linke Hand herunter und sah, daß er den abgesplitterten Hals von Speedys Flasche umkrampfte wie ein Mann, der sich in einer Bar in eine Schlägerei stürzen will. Wolf hatte Glück gehabt, daß er sich nicht geschnitten hatte, als er sich in seiner Panik an Jack klammerte.

Jack warf den Flaschenhals ins Wasser.

Jetzt kamen zwei Lastwagen – der Lärm verdoppelte sich. Wolf heulte vor Entsetzen und schlug die Hände über die Ohren. Jack bemerkte, daß beim Flippen der größte Teil der Haare von Wolfs Händen verschwunden war – der größte Teil, aber nicht alle. Und er sah auch, daß die ersten beiden Finger an Wolfs Händen genau gleich lang waren.

»Komm, Wolf«, sagte Jack, als der Lärm der Lastwagen ein wenig schwächer geworden war. »Sehen wir zu, daß wir hier wegkommen. Wir sehen aus wie zwei Jungen, die darauf warten, getauft zu werden.«

Er ergriff Wolfs Hand und fuhr dann zusammen, als er die Panik spürte, die in Wolfs Griff steckte. Wolf sah seinen Ausdruck und ließ locker – ein wenig.

»Laß mich nicht allein, Jack«, sagte Wolf. »Bitte, laß mich nicht allein.«

»Nein, Wolf, ich laß dich nicht allein«, sagte Jack. Er dachte: *Wie schaffst du das eigentlich, du Trottel? Hier stehst du nun, unter einer Highway-Brücke irgendwo in Ohio, mit deinem Lieblings-Werwolf neben dir. Wie schaffst du das? Trainierst du? Und außerdem – wie steht es mit dem Mond, Jacko? Weißt du das?*

Er wußte es nicht, und da Wolken den Himmel verdeckten und ein kalter Regen fiel, gab es auch keine Möglichkeit, es herauszufinden.

Wie standen seine Chancen? Dreißig zu eins? Oder achtundzwanzig zu zwei?

Wie es auch sein mochte – sie standen nicht gut genug. Jedenfalls nicht, nachdem sich die Dinge so entwickelt hatten.

»Nein, ich laß dich nicht allein«, wiederholte er und führte Wolf dann dem entgegengesetzten Flußufer entgegen. Im seichten Wasser trieben die verrotteten Überreste der Puppe eines Kindes mit dem Bauch nach oben; blaue Glasaugen starrten in die zunehmende Dunkelheit. Die Muskeln in Jacks Arm schmerzten von der Anstrengung, Wolf durch diese Welt zu zerren, und sein Schultergelenk pochte wie ein fauler Zahn.

Als sie das Wasser verließen und das verunkrautete und mit Abfällen übersäte Flußufer erklommen, begann Jack wieder zu niesen.

2

Diesmal hatte Jack in der Region nur ein paar hundert Meter in Richtung Westen zurückgelegt – die Strecke, die Wolf seine Herde getrieben hatte, damit die Tiere in dem Fluß trinken konnten, in dem Wolf selbst beinahe ertrunken wäre. Hier befand er sich seiner Schätzung nach fünfzehn Kilometer weiter westwärts. Sie mühten sich das Ufer hinauf – zum Schluß mußte Wolf Jack buchstäblich hinaufziehen –, und im letzten Tageslicht entdeckte Wolf eine Ausfahrt, die ungefähr fünfzig Meter vor ihnen vom Highway abzweigte. Auf einem reflektierenden Schild stand: ARCANUM LETZTE AUSFAHRT IN OHIO STAATSGRENZE 25 KILOMETER

»Wir müssen trampen«, sagte Jack.

»Trampen?« sagte Wolf verwirrt.

276

»Laß dich anschauen.«

Er glaubte, es würde gehen, zumindest im Dunkeln. Wolf trug nach wie vor seinen Latzoverall, auf dem jetzt ein richtiges OSHKOSH-Etikett saß. Aus seinem handgesponnenen Hemd war ein blaukariertes Konfektionsstück geworden, das aussah, als stammte es aus ausrangierten Heeresbeständen. Seine vorher bloßen Füße steckten in einem riesigen Paar billiger Mokassins und weißen Socken.

Und was das Merkwürdigste war: mitten in Wolfs großem Gesicht saß eine Stahlbrille mit runden Gläsern von der Art, wie John Lennon sie zu tragen pflegte.

»Wolf, hattest du Probleme mit deinen Augen? Drüben in der Region?«

»Ich wußte nicht, daß ich welche hatte«, sagte Wolf. »Aber es scheint so. Wolf! Auf jeden Fall sehe ich hier besser, mit diesen Glasaugen. Wolf, gleich hier und jetzt!« Er richtete den Blick auf den Verkehr, der auf dem Highway entlangdröhnte, und einen Augenblick lang sah Jack, was Wolf sehen mußte: große stählerne Ungetüme mit riesigen gelblichweißen Augen, die mit unvorstellbarem Tempo durch die Nacht fauchten und deren Gummireifen die Straße malträtierten. »Ich sehe besser, als mir lieb ist«, sagte Wolf unglücklich.

3

Zwei Tage später hinkten zwei müde, fußlahme Jungen zwischen dem Schild STADTGRENZE auf der einen Seite des Highway 32 und der Reklametafel eines Restaurants auf der anderen hindurch und in die Stadt Muncie, Indiana. Jack hatte 38,9 Grad Fieber und hustete fast ununterbrochen. Wolfs Gesicht war geschwollen und verfärbt. Er sah aus wie ein Boxer, der gerade in einem harten Kampf den kürzeren gezogen hat. Am Vortag hatte er versucht, ihnen ein paar Äpfel von einem Baum zu beschaffen, der neben einer verlassenen Scheune am Straßenrand stand. Er hatte auf dem Baum gesessen und verschrumpelte Herbstäpfel in das Vorderteil seines Overalls gestopft, als die Lehmwespen, die ihr Nest irgendwo unter der Dachtraufe der alten Scheune angelegt hatten, ihn entdeckten. Wolf war vom Baum heruntergekommen, so schnell er konnte, mit einer braunen Wolke um den Kopf und laut heulend. Und obwohl ein Auge völlig zugeschwollen war und seine Nase einer großen purpurnen Rübe zu ähneln begann, hatte er darauf bestanden, daß Jack die besten Äpfel bekam. Sie waren alle nicht sonderlich gut – klein und sauer und wurmstichig –, und Jack hatte ohnehin keinen Appetit darauf, aber nach dem, was Wolf ausgestanden hatte, als er sie holte, brachte er es nicht übers Herz, sie abzulehnen.

Ein großer alter Camaro, dessen Heck so höhergelegt war, daß die Nase auf die Straße zeigte, dröhnte an ihnen vorüber. »He, ihr Arschlöcher!« brüllte jemand, und dann ertönte lautes, bierseliges Gelächter. Wolf heulte und klammerte sich an Jack. Jack hatte gedacht, daß Wolf seine Autopanik allmählich überwinden würde; jetzt begann er, es zu bezweifeln.

»Schon gut, Wolf«, sagte er erschöpft und befreite sich zum zwanzigsten oder dreißigsten Mal an diesem Tag von Wolfs Arm. »Sie sind vorbei.«

»So laut!« stöhnte Wolf. »Wolf! Wolf! Wolf! So laut, Jack, meine Ohren, meine Ohren!«

»Glasfaser-Schalldämpfer«, sagte Jack und dachte müde: Die kalifornischen Highways würden dir gefallen, Wolf. Die probieren wir aus, wenn wir dann noch zusammen sind, okay? Und dann sehen wir uns ein paar Serienwagenrennen und ein paar Motocrossfahrten an. Du wirst völlig aus dem Häuschen sein. »Manche Leute mögen das Geräusch. Sie...« Dann hatte er einen weiteren Hustenanfall und krümmte sich zusammen. Einen Augenblick verschwamm die Welt in Schattierungen von Grau. Langsam, sehr langsam wurde sie wieder klar.

»Mögen es«, murmelte Wolf. »Jason! Wie kann jemand so etwas mögen, Jack? Und die Gerüche...«

Jack wußte, daß für Wolf die Gerüche das Schlimmste waren. Sie waren noch keine vier Stunden hier, als Wolf es schon das Land der schlimmen Gerüche nannte. In der ersten Nacht hatte Wolf ein halbdutzendmal gewürgt; zuerst hatte er schlammiges Wasser aus einem Fluß in der anderen Welt auf die Erde von Ohio erbrochen, dann hatte er nur mit dem Brechreiz gekämpft. Es waren die Gerüche, erklärte er kläglich. Er verstand nicht, wie Jack sie ertragen konnte, wie überhaupt jemand sie ertragen konnte.

Jack wußte es – wenn man aus der Region zurückkehrte, wurde man von Gerüchen überwältigt, die man normalerweise kaum wahrnahm. Dieselkraftstoff, Auspuffgase von Autos, Industrieabgase, Müll, fauliges Wasser, alle möglichen Chemikalien. Aber man gewöhnte sich wieder daran. Gewöhnte sich daran oder stumpfte einfach ab. Wenn er Wolf nicht bald in die Region zurückbrachte, würde er womöglich verrückt werden. Und dabei treibt er mich gleich mit in den Wahnsinn, dachte Jack. Allzuviel fehlt daran ohnehin nicht mehr.

Ein klappernder, mit Hühnern beladener Farmlaster fuhr an ihnen vorüber, gefolgt von einer Reihe ungeduldiger Wagen, von denen einige hupten. Wolf sprang fast in Jacks Arme. Vom Fieber geschwächt, taumelte Jack in den Abfall und das Gestrüpp des Straßengrabens und ließ sich so abrupt nieder, daß seine Zähne zusammenschlugen.

»Es tut mir leid, Jack«, sagte Wolf unglücklich. »Gott hämmre mich!«

»Nicht deine Schuld«, sagte Jack. »Setz dich. Fünf Minuten Pause.«

Wolf setzte sich neben Jack; er sprach nicht, sondern schaute Jack nur bekümmert an. Er wußte, wie schwer er es Jack machte; er wußte, wie viel Jack daran lag, schnell voranzukommen, zum Teil, um Morgan abzuhängen, vor allem aber aus einem anderen Grund. Er wußte, daß Jack im Schlaf nach seiner Mutter stöhnte und manchmal sogar weinte. Aber das einzige Mal, daß er im Wachen geweint hatte, war gewesen, als Wolf bei Arcanum auf der Auffahrt zum Highway begriff, was Jack mit »Trampen« meinte. Als Wolf Jack erklärt hatte, er glaube nicht, daß er imstande wäre, als Anhalter mitzufahren – zumindest fürs erste nicht und vielleicht niemals –, hatte Jack sich auf die oberste Planke einer Leitschiene gesetzt, die Hände vors Gesicht geschlagen und geweint. Und dann hatte er aufgehört, was gut war – aber als er die Hände vom Gesicht genommen hatte, hatte er Wolf auf eine Art angesehen, die Wolf nicht daran zweifeln ließ, daß Jack ihn am liebsten in diesem Land der schlimmen Gerüche alleinlassen würde – und ohne Jack würde Wolf sehr schnell verrückt werden.

4

Sie wanderten auf der Abbiegerspur der Ausfahrt nach Arcanum entgegen, wobei Wolf jedesmal wimmerte und nach Jack griff, wenn ein Personenauto oder ein Lastwagen in der zunehmenden Dämmerung an ihnen vorüberrauschte. Jack hatte eine spöttische Stimme gehört, die ihm der Fahrtwind entgegentrug: »Wo ist euer Auto, ihr Wichte?« Er hatte es abgeschüttelt, wie ein Hund sich das Wasser aus den Augen schüttelt, und war einfach weitergegangen; jedesmal, wenn Wolf langsamer wurde oder erkennen ließ, daß er sich am liebsten im Wald verkröche, hatte er seine Hand ergriffen und ihn hinter sich hergezerrt. Es kam darauf an, den eigentlichen Highway, auf dem das Trampen verboten war, so schnell wie möglich zu verlassen und auf die Auffahrt zu der westwärts führenden Fahrbahn zu gelangen. Einige Staaten erlaubten das Anhalten von Wagen auf den Auffahrten (das zumindest hatte Jack ein Tramp erzählt, mit dem er eine Nacht in einer Scheune verbracht hatte), und selbst in den Staaten, in denen Trampen ungesetzlich war, drückten die Polizisten gewöhnlich ein Auge zu, wenn man sich auf einer Auffahrt befand.

Also zuerst zusehen, daß sie auf die Auffahrt kamen. Hoffen, daß kein Streifenwagen erschien, bevor sie dorthin gelangt waren. Was ein Staatspolizist von Wolf halten würde – daran wagte Jack überhaupt nicht zu denken. Er würde vermutlich glauben, eine den achtziger Jahren entsprechende Reinkarnation von Charles Manson mit einer John Lennon-Brille geschnappt zu haben.

Sie erreichten die Auffahrt und stellten sich an die westwärts führende

Fahrbahn. Zehn Minuten später war ein verbeulter alter Chrysler an den Straßenrand gefahren. Der Fahrer, ein stämmiger Mann mit Stiernakken und einer Mütze mit der Aufschrift CASE FARM EQUIPMENT auf dem Hinterkopf, lehnte sich zur Seite und öffnete die Tür. »Kommt rein, Jungs! Scheußliches Wetter, nicht?«

»Danke, Mister, das kann man wohl sagen«, erwiderte Jack munter. Sein Verstand lief auf Hochtouren, suchte nach einer Möglichkeit, Wolf in seine Geschichte einzubeziehen, und so bemerkte er Wolfs Gesichtsausdruck kaum.

Aber der Fahrer bemerkte ihn.

Sein Gesicht wurde hart.

»Hast du etwas Schlechtes gerochen, Junge?«

Der Ton des Mannes, der so hart war wie sein Gesicht, riß Jack in die Realität zurück. Alle Freundlichkeit war daraus verschwunden, und er sah aus, als wäre er gerade im Oatley Tap aufgekreuzt, um ein paar Bier zu trinken und ein paar Gläser zu essen.

Jack fuhr herum und schaute Wolf an.

Wolfs Nasenlöcher bebten wie die Nüstern eines Bären, der einen verwesenden Skunk gerochen hat. Seine Lippen waren nicht nur von den Zähnen zurückgezogen; sie waren regelrecht *verzerrt*, so daß das Fleisch unter seiner Nase kleine Wülste bildete.

»Was ist er – beschränkt?« hatte der Mann mit der CASE FARM EQUIPMENT-Mütze Jack leise gefragt.

»Nein, äh, er ist nur . . .«

Wolf begann zu knurren.

Damit hatte es sich.

»Himmel«, sagte der Mann im Ton von jemandem, der einfach nicht glauben kann, was vorgeht. Er trat aufs Gaspedal und jagte die Auffahrt hinunter; die Beifahrertür flog zu. Seine Schlußlichter blitzten kurz im regennassen Dunkel am Ende der Auffahrt auf und spiegelten sich wie schmutzigrote Pfeile auf dem Pflaster.

»Das ist *grandios*!« sagte Jack und wandte sich zu Wolf um, der vor seinem Zorn zurückwich. »Das ist einfach *grandios*! Wenn er CB-Funk im Wagen hat, dann ist er jetzt schon auf Kanal neunzehn, schreit nach der Polizei und erzählt jedem, der es hören will, daß ein paar Irre versuchen, von Arcanum aus mitgenommen zu werden. Jason! Oder Jesus! Oder wer auch immer, mir ist es egal! Willst du erleben, wie ein paar verdammte Nägel gehämmert werden, Wolf? Du brauchst das nur noch ein paarmal zu machen, dann wirst du *spüren*, wie sie gehämmert werden! *Wir* werden es sein, die gehämmert werden!«

Erschöpft, verwirrt, verzweifelt, fast am Ende seiner Kräfte hatte sich Jack dem kleinlauten Wolf genähert, der ihm, wenn er gewollt hätte, mit einem kräftigen Schwinger den Kopf von den Schultern reißen konnte, und Wolf wich vor ihm zurück.

»Nicht schreien, Jack«, stöhnte er. »Dieser Geruch – da drin zu sein –, eingeschlossen mit diesem *Geruch*...«

»Ich habe *nicht das geringste* gerochen«, schrie Jack. Seine Stimme brach, sein entzündeter Hals schmerzte mehr denn je, aber offenbar war er nicht imstande aufzuhören; er mußte schreien oder verrückt werden. Das nasse Haar hing ihm über die Augen. Er warf es zurück und versetzte Wolf dann einen Schlag auf die Schulter. Ein kurzes Aufklatschen, und seine Hand begann sofort zu schmerzen. Es war, als hätte er einen Stein geschlagen. Wolf heulte unterwürfig, und das machte Jack noch wütender. Die Tatsache, daß er gelogen hatte, steigerte seine Wut noch mehr. Diesmal war er kaum sechs Stunden in der Region gewesen, aber der Wagen des Mannes hatte gerochen wie die Höhle eines Tieres. Das durchdringende Aroma von kaltem Kaffee und frischem Bier (zwischen seinen Beinen hatte eine offene Dose Stroh's gestanden), ein Luftverbesserer, der am Rückspiegel hing und roch wie trockener, süßer Puder auf den Wangen eines Leichnams. Und dann war da noch etwas anderes gewesen, etwas Dunkleres, etwas Nasseres...

»*Nicht das geringste*«, schrie er mit heiser brechender Stimme. Er schlug Wolf auf die andere Schulter. Wolf heulte wieder und wandte sich ab, krümmte sich zusammen wie ein Kind, das von einem wütenden Vater geschlagen wird. Jack begann, ihn auf den Rücken zu schlagen, und seine schmerzenden Hände ließen aus Wolfs Overall kleine Wasserfontänen aufspritzen. Jedesmal, wenn Jacks Hand niederfuhr, heulte Wolf. »Also *gewöhn* dich gefälligst daran *(klatsch!)*, denn im *nächsten* Wagen, der vorbei kommt, kann ein *Bulle* sitzen *(klatsch!)*, oder es ist Mr. Morgan Sloat in seinem kotzgrünen BMW *(klatsch!)*, und du benimmst dich wie ein *Riesenroß*, und am Ende sitzen wir beide in der *Scheiße (klatsch!)*! Hast du mich verstanden?«

Wolf sagte nichts. Er stand zusammengesunken im Regen, wandte Jack den Rücken zu und zitterte. Jack spürte, wie ihm ein Klumpen in die Kehle stieg, wie etwas Heißes in seinen Augen brannte. All das steigerte seine Wut noch mehr. Etwas in ihm verlangte danach, daß er sich selbst wehtat, und eine hervorragende Möglichkeit, das zu tun, bestand darin, daß er Wolf wehtat.

»*Dreh dich um!*«

Wolf tat es. Tränen rannen aus seinen lehmigbraunen Augen hinter den runden Brillengläsern. Rotz lief ihm aus der Nase.

»*Hast du mich verstanden?*«

»Ja«, stöhnte Wolf. »Ja, ich habe verstanden, aber ich konnte einfach nicht mit ihm fahren, Jack.«

»Und warum nicht?« Jack sah ihn wütend an, die zu Fäusten geballten Hände auf den Lippen. Oh, diese Kopfschmerzen.

»Weil er starb«, sagte Wolf leise.

Jack starrte ihn an, und seine Wut verflog.

»Wußtest du das nicht, Jack?« fragte Wolf sanft. »Wolf! Du konntest es nicht *riechen*?«

»Nein«, sagte Jack mit leiser, pfeifender, atemloser Stimme. Denn er hatte *etwas* gerochen, etwas, das er noch nie zuvor gerochen hatte. Etwas wie eine Mischung aus . . .

Es fiel ihm ein, und plötzlich verließen ihn die Kräfte. Er sank auf die Leitschienenplanke und sah Wolf an.

Scheiße und faulende Trauben. So ein Geruch war es gewesen. Das traf es nicht hundertprozentig, kam ihm aber nur allzu widerwärtig nahe.

Scheiße und faulende Trauben.

»Es ist der schlimmste Geruch«, sagte Wolf. »Er kommt, wenn die Leute vergessen, wie es ist, wenn man gesund ist. Wir nennen es – *Wolf!* – die Schwarze Krankheit. Ich glaube, er wußte nicht einmal, daß er sie hatte. Und – diese Fremden können sie nicht riechen, stimmt das, Jack?«

»Ja«, flüsterte er. Und wenn er jetzt plötzlich zurückversetzt würde nach New Hampshire, in das Zimmer seiner Mutter im Alhambra – würde er diesen Gestank an *ihr* riechen?

Ja. Er würde ihn an seiner Mutter riechen, er würde ihren Poren entströmen, der Gestank nach Scheiße und faulenden Trauben, die Schwarze Krankheit.

»Wir nennen es Krebs«, flüsterte Jack. *Wir nennen es Krebs, und meine Mutter hat Krebs.*

»Ich weiß einfach nicht, ob ich trampen kann«, sagte Wolf. »Ich versuche es wieder, wenn du willst, Jack, aber die Gerüche, drinnen – draußen sind sie schon schlimm genug, *Wolf!* Aber drinnen . . .«

Da war es passiert, daß Jack die Hände vors Gesicht schlug und weinte, teils vor Verzweiflung, teils aus purer Erschöpfung. Und der Ausdruck, den Wolf schon vorher auf Jacks Gesicht gesehen zu haben glaubte, war jetzt wirklich da: einen Augenblick lang war die Versuchung, Wolf zu verlassen, mehr als eine Versuchung – sie war ein aufreizendes Gebot der Vernunft. Seine Chancen, je nach Kalifornien zu gelangen und den Talisman zu finden – was immer das sein mochte –, waren schon vorher gering gewesen; jetzt waren sie so geschrumpft, daß sie kaum noch unter dem Mikroskop zu entdecken waren. Wolf würde ihn nicht nur behindern; Wolf würde dafür sorgen, daß sie beide früher oder später im Gefängnis landeten. Wahrscheinlich früher. Und wie sollte er dem Vernunftmenschen Richard Sloat erklären, was es mit Wolf auf sich hatte?

Was Wolf in diesem Augenblick in Jacks Gesicht sah, war ein Ausdruck kaltblütigen Abwägens, der seine Knie weich werden ließ. Er sank auf sie nieder und streckte Jack die gefalteten Hände entgegen wie ein Liebhaber in einem viktorianischen Melodrama.

»Geh nicht fort, laß mich nicht allein, Jack«, weinte er. »Laß den alten

Wolf nicht allein, du hast mich hergebracht, bitte, laß mich nicht allein...«

Das war alles, was an bewußten Worten herauskam; vielleicht versuchte Wolf mehr zu sagen, aber darüber hinaus schien er nur schluchzen zu können. Jack spürte, wie ihn eine gewaltige Schwäche überfiel. Sie paßte gut, wie eine lange getragene Jacke. *Laß mich nicht allein, du hast mich hergebracht*... So war es. Er war für ihn verantwortlich, oder? Ja. Ja, ganz offensichtlich. Er hatte Wolf bei der Hand genommen und ihn aus der Region nach Ohio gezerrt, und seine pochende Schulter bewies es. Natürlich hatte er keine andere Wahl gehabt; Wolf war dem Ertrinken nahe gewesen, und selbst wenn er nicht ertrunken wäre, hätte Morgan ihn mit dieser merkwürdigen Blitzschleuder geröstet. Er hätte Wolf wieder anfahren können, hätte ihn fragen können: *Was wäre dir lieber, Wolf, alter Kumpel? Hier sein und verängstigt oder drüben und tot?*

Das hätte er gekonnt, ja, und Wolf hätte darauf keine Antwort gewußt, weil er im Denken nicht der Schnellste war. Aber Onkel Tommy hatte öfters ein Sprichwort zitiert, das lautete: *Für einen Mann, dessen Leben du rettest, trägst du zeitlebens die Verantwortung.*

Ohne Umschweife und ohne jedes Wenn und Aber – er war für Wolf verantwortlich.

»Verlaß mich nicht, Jack«, weinte Wolf. »Wolf! Wolf! Bitte verlaß den guten alten Wolf nicht, ich helfe dir, ich halte nachts Wache, ich kann eine Menge tun, bloß...«

»Laß das Geheul und steh auf«, sagte Jack ruhig. »Ich verlaß dich nicht. Aber wir müssen von hier verschwinden – es kann sein, daß uns der Mann einen Polizisten auf den Hals geschickt hat. Machen wir, daß wir fortkommen.«

5

»Hast du dir überlegt, was wir nun tun wollen?« erkundigte sich Wolf schüchtern. Sie hatten schon seit mehr als einer halben Stunde in dem von Gestrüpp überwucherten Straßengraben unmittelbar hinter der Stadtgrenze von Muncie gesessen, und als Jack sich zu Wolf umdrehte, stellte Wolf erleichtert fest, daß er lächelte. Es war ein erschöpftes Lächeln, und Wolf mißfielen die dunklen, müden Ringe unter Jacks Augen (Jacks Geruch mißfiel ihm sogar noch mehr – es war ein Krankheitsgeruch), aber es war ein Lächeln.

»Ich glaube, ich sehe da drüben, was wir als nächstes tun könnten«, sagte Jack. »Es fiel mir vor ein paar Tagen ein, als ich meine neuen Schuhe kaufte.«

Er hob die Füße, und er und Wolf betrachteten die Turnschuhe mit deprimiertem Schweigen. Sie waren abgetragen, zerfetzt und schmutzig. Die linke Sohle verabschiedete sich vom Oberteil. Jack besaß sie seit – er runzelte die Stirn und dachte nach. Das Fieber machte das Denken mühsam. Drei Tagen. Nur drei Tage waren vergangen, seit er sie vom Wühltisch des Fayva-Ladens geholt hatte. Jetzt sahen sie alt aus. Alt. »Nun ja...« seufzte Jack. Dann hellte sich sein Gesicht auf. »Siehst du das Haus da drüben, Wolf?«

Das Haus, ein graues Ziegelsteingebäude aus langweiligen Winkeln, stand wie eine Insel inmitten eines riesigen Parkplatzes. Wolf wußte, wie der Asphalt dieses Parkplatzes riechen würde: wie tote, verwesende Tiere. Der Gestank würde ihn fast ersticken lassen, und Jack würde ihn kaum bemerken.

»Damit du's weißt – auf dem Schild dort drüben steht Town Line Sixplex«, sagte Jack. »Das heißt, es ist ein Kino, in dem sechs Filme gleichzeitig laufen. Da müßte einer dabei sein, der uns gefällt.« *Und am Nachmittag dürften nicht allzu viele Leute da sein, und das ist gut, weil du die nervtötende Angewohnheit hast, bei jeder passenden und unpassenden Gelegenheit durchzudrehen, Wolf.* »Komm.« Er erhob sich mühsam.

»Was ist ein Kino, Jack?« fragte Wolf. Er wußte, daß er für Jack eine entsetzliche Belastung darstellte – eine so entsetzliche Belastung, daß er jetzt davor zurückscheute, wegen irgendetwas zu protestieren oder auch nur Unbehagen erkennen zu lassen. Aber ihm war ein bestürzender Gedanke gekommen: daß *ins Kino gehen* und *trampen* vielleicht ein und dasselbe waren. Jack nannte die dröhnenden Karren und Kutschen »Autos« und »Transporter« und »Kombis« (was vielleicht so etwas Ähnliches war wie die Kutschen, die in der Region Leute beförderten, dachte Wolf). War »Kino« vielleicht ein weiteres Wort für die lärmenden, stinkenden Kutschen? Es war durchaus möglich.

»Nun«, sagte Jack, »das ist leichter zu zeigen als zu erklären. Aber ich glaube, es wird dir gefallen. Und nun komm.«

Jack stolperte beim Herausklettern aus dem Graben und landete kurz auf den Knien. »Jack, bist du okay?« fragte Wolf besorgt.

Jack nickte. Sie machten sich auf den Weg über den Parkplatz, der genau so schlimm roch, wie Wolf es sich vorgestellt hatte.

Jack hatte einen Großteil der gut fünfzig Kilometer zwischen Arcanum, Ohio, und Muncie, Indiana, auf Wolfs breitem Rücken zurückgelegt. Wolf fürchtete sich vor Autos, Lastwagen versetzten ihn in Panik, ihm wurde schlecht bei fast jedem Geruch, und er neigte dazu, bei jedem unerwarteten lauten Geräusch zu heulen und die Flucht zu ergreifen. Aber er war auch fast unermüdlich. *Was das betrifft, so kann man das* »*fast*« *ebensogut streichen*, dachte Jack jetzt. *Nach allem, was ich weiß, ist er unermüdlich.*

Jack hatte dafür gesorgt, daß sie so schnell wie möglich von der Ausfahrt bei Arcanum fortkamen, indem er seine nassen, schmerzenden Beine in einen mühseligen Trab zwang. Sein Kopf schmerzte, als hämmerte eine geballte Faust von innen gegen seinen Schädel, Hitze- und Kältewellen jagten durch ihn hindurch. Wolf bewegte sich links von ihm, mit Schritten, die so lang waren, daß er sich mühelos neben Jack halten konnte, indem er nur eine mäßig schnelle Gangart vorlegte. Jack wußte, daß die Polizisten vielleicht nur eine fixe Idee von ihm waren, aber der Mann mit der CASE FARM EQUIPMENT-Mütze hatte wirklich verängstigt ausgesehen. Und sauer.

Sie hatten kaum ein paar hundert Meter zurückgelegt, als ein tiefer, brennender Schmerz in seine Seite stach, und er fragte Wolf, ob ihn eine Weile huckepack tragen könnte.

»Wie?« fragte Wolf.

»Du weißt schon«, sagte Jack und deutete es pantomimisch an.

Ein breites Grinsen überzog Wolfs Gesicht. Hier endlich war etwas, das er verstand; hier war etwas, das er *tun* konnte.

»Ich soll Pferdchen spielen!« rief er begeistert.

»Ja, genau das.«

»Aber gern! Wolf! Hier und jetzt! Hab ich mit meinen Wurfbrüdern immer gespielt! Spring auf, Jack!« Wolf bückte sich und hielt die gerundeten Hände bereit, damit sie als Steigbügel für Jacks Oberschenkel dienen konnten.

»Aber wenn ich dir zu schwer werde, mußt du . . .«

Bevor er den Satz beenden konnte, hatte Wolf ihn hochgehoben und rannte leichtfüßig mit ihm von der Straße herunter in die Dunkelheit – rannte wirklich. Die Regenluft fegte Jack das Haar aus der heißen Stirn.

»Wolf, du machst dich kaputt!« schrie Jack.

»Ich nicht! Wolf! Ich laufe, hier und jetzt!« Zum ersten Mal, seit sie herübergekommen waren, schien Wolf wirklich glücklich zu sein. Er lief die nächsten beiden Stunden, und sie waren schon weit westlich von Arcanum und befanden sich auf einer dunklen, zweispurigen Landstraße, als Jack in einem verwahrlosten Feld eine verlassene Scheune entdeckte. Dort verbrachten sie die Nacht.

Wolf machte einen großen Bogen um die Stadtzentren, in denen der Verkehr ein lärmender Strom war und Gerüche in einer giftigen Wolke zum Himmel emporstiegen, und Jack war es nur recht. Wolf fiel zu sehr auf. Aber einmal hatte er einen Halt verlangt, an einem Laden, der unmittelbar hinter der Grenze zu Indiana, in der Nähe von Harrisville, an der Straße lag. Während Wolf nervös am Straßenrand wartete, sich hinhockte, in der Erde wühlte, aufstand, steif im Kreis herumwanderte und sich dann wieder hinhockte, kaufte Jack eine Zeitung und las die Wettervorhersage genau durch. Der nächste Vollmond fiel auf den 31. Oktober. Jack warf einen Blick auf die Titelseite, um festzustellen, welches Datum sie trug. Die Zeitung war vom Vortag. Das war der 26. Oktober gewesen.

7

Jack öffnete eine der Glastüren und trat ins Foyer des Town Line Sixplex. Er warf einen scharfen Blick zurück auf Wolf, aber mit Wolf schien – zumindest im Augenblick – alles in Ordnung zu sein. Wolf wirkte sogar vorsichtig optimistisch – zumindest im Augenblick. Es gefiel ihm nicht, sich im Innern eines Gebäudes zu befinden, aber wenigstens war es kein Auto. Außerdem lag ein guter Geruch in der Luft – schwach und irgendwie verlockend. Das heißt, er wäre verlockend gewesen ohne einen bitteren, fast ranzigen Nebengeruch. Wolf blickte nach links und sah einen mit einem weißen Zeug gefüllten Glaskasten. Das war die Quelle des schwachen, guten Geruchs.

»Jack«, flüsterte er.

»Ja?«

»Ich möchte etwas von dem weißen Zeug, bitte. Aber ohne die Pisse.«

»Pisse? Was meinst du damit?«

Wolf suchte nach einem formelleren Wort und fand es. »Urin.« Er deutete auf ein Ding, in dem ein Licht an- und ausging. BUTTER-AROMA stand darauf. »Das ist doch eine Art Urin, oder? So wie es riecht, kann es nichts anderes sein.«

Jack lächelte müde. »Popcorn ohne den Butterersatz, okay«, sagte er. »Und nun halt den Mund, ja?«

»Tue ich, Jack«, sagte Wolf demütig. »Gleich hier und jetzt.«

Die Frau an der Kasse hatte auf einem großen Klumpen Kaugummi mit Traubenaroma herumgekaut. Jetzt hörte sie damit auf. Sie sah Jack an und dann Jacks massigen Gefährten. Das Kaugummi saß in ihrem halboffenen Mund wie ein purpurner Tumor. Ihre Augen wanderten zu dem Mann hinter dem Tresen.

»Zwei, bitte«, sagte Jack. Er zog seine Rolle Geldscheine heraus,

286

schmutzige, eselsohrige Eindollarnoten mit einem einsamen Fünfer in der Mitte.

»Welche Vorstellung?« Ihre Augen wanderten hin und her, hin und her, von Jack zu Wolf und von Wolf zu Jack. Sie glich einer Frau, die einem heißen Tennismatch zuschaut.

»Was läuft gerade an?«

»Ja...« Sie warf einen Blick auf einen mit Klebeband befestigten Zettel. »Da ist *Der fliegende Drache* in Saal vier. Es ist ein Kung Fu-Film mit Chuck Norris.« Hin und her wanderten ihre Augen, hin und her, hin und her. »Und in Saal sechs haben wir ein Doppelprogramm. Zwei Zeichentrickfilme von Ralph Bakshi. *Zauberer* und *Der Herr der Ringe*.«

Jack spürte Erleichterung. Wolf war ein zu groß geratenes Kind, und Kinder liebten Zeichentrickfilme. Vielleicht würde es doch noch gutgehen. Vielleicht würde Wolf im Land der schlimmen Gerüche zumindest etwas entdecken, das ihm Spaß machte, und Jack würde drei Stunden schlafen können.

»Die Zeichentrickfilme«, sagte er.

»Das macht vier Dollar«, sagte sie. »Die verbilligten Preise gelten nur bis vierzehn Uhr.« Sie drückte auf einen Knopf, und zwei Karten glitten mit einem mechanisch knarrenden Geräusch aus einem Schlitz. Wolf fuhr mit einem leisen Aufschrei zurück.

Die Frau sah ihn mit hochgezogenen Brauen an.

»Sind Sie nervös, Mister?«

»Nein, ich bin Wolf«, sagte Wolf. Er lächelte und zeigte dabei eine Menge Zähne. Jack hätte schwören können, daß Wolf jetzt beim Lächeln mehr Zähne zeigte als noch ein oder zwei Tage zuvor. Die Frau betrachtete diese Zähne und befeuchtete ihre Lippen.

»Er ist okay. Er ist nur...« Jack zuckte die Achseln. »Er kommt selten von der Farm weg.« Er gab ihr den einsamen Fünfer. Sie nahm ihn, als wünschte sie sich eine Zange, mit der sie ihn anfassen konnte.

»Komm, Wolf.«

Als sie sich dem Süßigkeitenstand zuwandten und Jack die Eindollarnote in die Tasche seiner schmutzigen Jeans steckte, flüsterte die Kartenverkäuferin dem Mann hinter dem Tresen zu: *Sieh dir seine Nase an!*

Jack warf einen Blick auf Wolf und sah, daß seine Nasenflügel rhythmisch bebten.

»Laß das«, flüsterte er.

»Was soll ich lassen, Jack?«

»Das, was du mit deiner Nase machst.«

»Oh. Ich will's versuchen, Jack, aber...«

»Pst.«

»Kann ich etwas für dich tun, Junge?« fragte der Verkäufer.

»Ja. Ein Junior Mints bitte, ein Reese's Pieces und eine extragroße Portion Popcorn ohne Fett.«

Der Verkäufer holte das Verlangte und schob es über den Tresen. Wolf nahm die Schale mit dem Popcorn in beide Hände und begann sofort, einen Mundvoll nach dem anderen herauszuholen und mit lautem Krachen zu zermahlen.

Der Verkäufer musterte sie schweigend.

»Er kommt selten von der Farm weg«, wiederholte Jack. Ein Teil von ihm fragte sich bereits, ob sie den beiden schon merkwürdig genug vorkamen, um sie auf die Idee zu bringen, ein Anruf bei der Polizei wäre vielleicht angebracht. Er dachte – nicht zum ersten Mal – an die Ironie, die in dieser ganzen Geschichte lag. In New York oder Los Angeles hätte vermutlich niemand Wolf einen zweiten Blick gegönnt – oder wenn einen zweiten, dann bestimmt keinen dritten. Wie es schien, war die Toleranzschwelle für das Unalltägliche im Mittelwesten wesentlich niedriger. Aber natürlich hätte Wolf längst vollständig durchgedreht, wenn sie in New York oder L.A. gewesen wären.

»Das merkt man«, sagte der Verkäufer. »Das macht zweiachtzig.«

Jack bezahlte und stöhnte innerlich, als ihm klar wurde, daß er gerade ein Viertel seiner Barschaft für diesen Nachmittag im Kino ausgegeben hatte.

Wolf grinste den Verkäufer durch einen Mund voll Popcorn an. Jack erkannte es als Wolfs Freundliches Lächeln Erster Güte, aber irgendwie bezweifelte er, daß der Verkäufer es auch so sah. Das Lächeln war voll von Zähnen – Hunderten, wie es schien.

Und Wolfs Nasenflügel bebten wieder.

Zum Henker, sollen sie doch die Bullen rufen, wenn sie wollen, dachte er mit einer Resignation, die eher zu einem Erwachsenen als zu einem Kind paßte. *Viel langsamer als jetzt können wir ohnehin nicht vorankommen. Er kann nicht in neuen Wagen fahren, weil er den Geruch der Katalysatoren nicht erträgt, und nicht in alten, weil sie nach Auspuffgasen und Schweiß und Öl und Bier riechen, und er kann wahrscheinlich in überhaupt keinem Auto fahren wegen seiner verdammten Klaustrophobie. Gesteh's ein, Jack, wenn auch nur dir selbst gegenüber. Du machst dir vor, er würde bald darüber hinwegkommen, aber das wird wahrscheinlich nie der Fall sein. Also was tun wir? Wandern zu Fuß durch Indiana, nehme ich an. Nein. Wolf wandert zu Fuß durch Indiana. Was mich betrifft, so durchquere ich Indiana auf seinem Rücken. Aber zuerst schleppe ich Wolf in dieses verdammte Kino und schlafe, bis beide Filme gelaufen sind oder bis die Bullen kommen. Und das ist das Ende meiner Geschichte, Sir.*

»Viel Spaß«, sagte der Verkäufer.

»Darauf können Sie sich verlassen«, erwiderte Jack. Er wendete sich zum Gehen und stellte dann fest, daß Wolf ihm nicht folgte. Wolf starrte mit fassungslosem, fast abergläubischem Staunen auf etwas über dem Kopf des Verkäufers. Jack schaute hinauf und sah, daß ein Mobile, das

die Wiedervorführung von Steven Spielbergs *Unheimliche Begegnungen* ankündigte, von einem leisen Luftzug getragen in der Luft schwebte.
»Komm, Wolf«, sagte er.

8

Wolf wußte, daß er es nicht ertragen würde, sobald sie durch die Tür traten.
Der Saal war klein, düster und dumpf. Die Gerüche im Innern waren grauenvoll. Ein Poet, der das roch, was Wolf in diesem Augenblick roch, hätte es vielleicht den Gestank ranzig gewordener Träume genannt. Wolf war kein Poet. Er wußte nur, daß der Geruch des Popcorn-Urins vorherrschte und daß er plötzlich das Gefühl hatte, sich übergeben zu müssen.
Dann wurde die Beleuchtung sogar noch schwächer, und der Saal verwandelte sich in eine Höhle.
»Jack«, stöhnte er und umklammerte Jacks Arm. »Jack, wir müssen hier raus, okay?«
»Es wird dir gefallen, Wolf«, murmelte Jack, der wußte, daß Wolf Unbehagen verspürte, aber nicht, wie tief es saß. Schließlich verspürte Wolf immer ein gewisses Unbehagen. In dieser Welt lieferte das Wort *Unbehagen* die Definition für Wolf. »Versuch es.«
»Gut, ich versuche es«, sagte Wolf, und Jack hörte die Zustimmung, aber nicht das schwache Beben, das bedeutete, daß Wolf den letzten Rest seiner Selbstbeherrschung mit beiden Händen umklammerte. Sie setzten sich, Wolf am Gang mit unbequem hochgezogenen Knien; die Schale mit dem Popcorn (das er nicht mehr mochte) drückte er an die Brust.
Vor ihnen flammte kurz das gelbe Licht eines Streichholzes auf. Jack roch das trockene Aroma von Pot, ein in Kinos so alltäglicher Geruch, daß man ihn vergessen konnte, sobald man ihn identifiziert hatte. Wolf roch einen Waldbrand.
»Jack...«
»Pst. Der Film fängt an.«
Und ich schlafe jetzt.
Mit welchem Heroismus Wolf die nächsten Paar Minuten durchstand, konnte Jack nicht ahnen. Wolf wußte es selbst nicht. Er wußte nur, daß er versuchen mußte, diesen Alptraum um Jacks willen durchzustehen. *Es kann nichts Schlimmes sein*, dachte er, *sieh doch, Wolf, Jack ist am Einschlafen, gleich hier und jetzt. Und du weißt, daß Jack dich nicht an einen Wehtut-Ort bringen würde, also halt aus – wart's ab – Wolf! – es ist nichts Schlimmes...*

Aber Wolf war ein zyklisches Geschöpf, und sein Zyklus näherte sich dem monatlichen Höhepunkt. All seine Instinkte waren geschärft und ließen sich kaum noch unterdrücken. Sein Verstand sagte ihm, daß ihm hier nichts passieren würde, daß Jack ihn nicht hergebracht hätte, wenn es anders wäre. Aber das war dasselbe, wie wenn sich ein Mann mit einer juckenden Nase sagt, er dürfte in der Kirche nicht niesen, weil es sich nicht gehört.

Er saß da, roch einen Waldbrand in der dunklen, stinkenden Höhle, fuhr jedesmal zusammen, wenn sich ein Schatten den Gang entlangbewegte, wartete dumpf darauf, daß etwas aus dem Dunkel über ihm herunterstürzte. Und dann öffnete sich am vorderen Ende der Höhle ein Zauberfenster, und er saß da im scharfen Gestank seines Angstschweißes, die Augen weit aufgerissen, das Gesicht eine Maske des Grausens, als Autos aufeinanderprallten und umstürzten, als Häuser brannten, als ein Mann einen anderen verfolgte.

»Vorschau«, murmelte Jack. »Sagte doch, es würde dir gefallen.«

Dann kamen Stimmen. Eine sagte *Rauchen verboten*. Eine sagte *Keine Abfälle auf den Boden werfen*. Eine sagte *Sonderpreise für Gruppen*. Eine sagte *Verbilligte Karten jeden Werktag bis sechzehn Uhr*.

»Wolf, sie haben uns übers Ohr gehauen«, murmelte Jack. Er wollte noch etwas sagen, aber es verwandelte sich in ein Schnarchen.

Eine letzte Stimme sagte *Und nun unser Hauptfilm*, und da verlor Wolf endgültig die Beherrschung. Bakshis *Herr der Ringe* lief mit Dolby-Sound, und die Vorführer hatten Anweisung, am Nachmittag voll aufzudrehen, denn das war die Zeit, in der die Potraucher erschienen, und die Potraucher hatten den Dolby-Sound gern laut.

Ein kreischendes, mißtönendes Schmettern von Blechinstrumenten. Das Zauberfenster ging wieder auf, und jetzt konnte Wolf das Feuer *sehen* – bewegte Rot- und Orangetöne.

Er heulte, sprang auf und riß Jack mit, der mehr als nur halb schlief. »*Jack!*« schrie er. »*Raus hier! Schnell raus hier! Wolf! Da, das Feuer! Wolf! Wolf!*«

»Runter da vorne!« rief jemand.

»Halt die Klappe, du Träne!« brüllte ein anderer.

Die Tür in der Rückwand von Saal 6 wurde geöffnet. »Was ist hier los?«

»Sei still, Wolf!« zischte Jack. »Um Himmels willen . . .«

»OWWWWW-OOOOOOOOOO!« heulte Wolf.

Eine Frau erhaschte einen Blick auf Wolf, als das weiße Licht aus dem Foyer auf ihn fiel. Sie kreischte und begann, ihren kleinen Sohn am Arm aus dem Saal zu zerren. Sie *zerrte* ihn buchstäblich, denn der Junge war auf die Knie gefallen und rutschte auf dem mit Popcorn übersäten Teppichboden des Mittelgangs entlang. Einer seiner Schuhe war ihm vom Fuß geglitten.

»OWWWWWWW-OOOOOOOOOOOOOOOOHHHHHHHOO
OOOOHHHHOOOO!«
Der drei Reihen vor ihnen sitzende Potraucher hatte sich umgedreht
und betrachtete sie mit vernebeltem Interesse. Er hielt einen glimmenden Joint in der Hand; eine Reservezigarette steckte hinter seinem Ohr.
»Ganz – *weit weg*«, artikulierte er mühsam. »Werwölfe von London
schlagen wieder zu, richtig?«
»Okay«, sagte Jack. »Okay, wir verziehen uns. Kein Problem. Aber –
aber mach das nicht noch einmal, hörst du? Okay?«
Er führte Wolf hinaus. Die Erschöpfung hatte ihn wieder überfallen.
Der grelle Licht des Foyers stach ihm in die Augen. Die Frau, die den
kleinen Jungen aus dem Saal gezerrt hatte, war in eine Ecke zurückgewichen und hatte die Arme schützend um den Jungen geschlungen. Als sie
sah, wie Jack den noch immer heulenden Wolf durch die Doppeltüren
von Saal 6 führte, riß sie das Kind hoch und ergriff die Flucht.

Der Verkäufer vom Süßigkeitenstand, die Kassiererin und ein hochgewachsener Mann in einem Sportjackett, das aussah, als hätte er es von
einem Zuhälter geerbt, bildeten eine dichte kleine Gruppe. Jack vermutete, daß es sich bei dem Mann in dem karierten Jackett und den weißen
Schuhen um den Geschäftsführer handelte.

Die Türen der anderen Säle des Kinokomplexes hatten sich spaltbreit
geöffnet, und Gesichter blinzelten aus der Dunkelheit, um herauszufinden, was der Lärm zu bedeuten hatte. Jack kamen sie vor wie Dachse, die
aus ihrem Bau herauslugen.

»Verschwindet!« sagte der Mann in dem karierten Jackett. »Verschwindet. Ich habe bereits die Polizei gerufen, sie wird in fünf Minuten
hier sein.«

Einen Scheiß hast du getan, dachte Jack und verspürte einen Hoff-
nungsstrahl. *Dazu hattest du gar keine Zeit. Und wenn wir schnell
abhauen, haben wir vielleicht – aber wirklich nur vielleicht – das Glück,
daß du dir nicht die Mühe machst.*

»Wir gehen schon«, sagte er. »Es tut mir wirklich leid. Es ist nur –
mein großer Bruder ist Epileptiker und hat gerade einen Anfall gehabt.
Und wir – wir haben seine Medizin vergessen.«

Bei dem Wort *Epileptiker* wichen die Kassiererin und der Verkäufer
zurück, als hätte er *Aussätziger* gesagt.

»Komm, Wolf.«

Er sah, wie der Geschäftsführer den Blick senkte, wie sich seine Lippen
angewidert verzogen. Jack folgte seinem Blick und sah den großen
dunklen Fleck auf dem Vorderteil von Wolfs Overall. Wolf hatte sich in
die Hose gemacht.

Wolf sah es gleichfalls. Vieles in Jacks Welt war ihm fremd, aber
anscheinend wußte er recht gut, was dieser angewiderte Blick bedeutete.
Er brach in lautes, durchdringendes, herzzerreißendes Schluchzen aus.

»*Tut mir leid, Jack. Tut Wolf so LEID!*«
»Schaff ihn hier raus«, sagte der Geschäftsführer verächtlich und wandte sich zum Gehen.
Jack legte einen Arm um Wolf und führte ihn auf die Tür zu. »Komm, Wolf«, sagte er. Er sprach ganz ruhig und mit ehrlicher Anteilnahme. Noch nie zuvor hatte ihm Wolf so viel bedeutet wie in diesem Augenblick. »Komm, es war meine Schuld, nicht deine.«
»Tut mir leid«, weinte Wolf verzweifelt. »Ich bin zu nichts gut, Gott hämmre mich, zu gar nichts.«
»Du bist zu vielem gut«, sagte Jack. »Komm.«
Er stieß die Tür auf, und sie traten hinaus in die dünne Spätoktober-Wärme.
Die Frau mit dem Kind war gut zwanzig Meter entfernt, aber als sie Jack und Wolf sah, schob sie sich rückwärts auf ihren Wagen zu und hielt dabei das Kind vor sich wie ein in die Enge getriebener Gangster eine Geisel.
»Laß ihn nicht in meine Nähe kommen!« kreischte sie. »Laß dieses Monster nicht in die Nähe von meinem Baby kommen! Hast du gehört? *Laß ihn nicht in meine Nähe kommen!*«
Jack überlegte, was er sagen konnte, um sie zu beruhigen, aber ihm fiel nichts ein. Er war zu müde.
Sie machten sich auf den Weg und überquerten den großen Parkplatz. Auf halbem Wege zur Straße taumelte er, und die Welt wurde einen Augenblick lang grau.
Er war sich nur vage bewußt, daß Wolf ihn hochhob und auf seine Arme packte wie ein Kind. Halb bewußt, daß Wolf weinte.
»Jack, es tut mir so leid, bitte, du darfst Wolf nicht hassen, ich kann ein guter alter Wolf sein, du wirst es sehen...«
»Ich hasse dich nicht«, sagte Jack. »Ich weiß, daß du – daß du ein guter alter...«
Bevor er den Satz beenden konnte, war er eingeschlafen. Als er aufwachte, war es Abend und Muncie lag hinter ihnen. Wolf hatte die Hauptstraßen gemieden und sich unbefestigte Landstraßen und Feldwege ausgesucht. Nicht im mindesten verwirrt durch das Fehlen von Hinweisschildern und die Vielzahl der Möglichkeiten war er mit dem unfehlbaren Instinkt eines Zugvogels ständig nach Westen gelaufen.
In dieser Nacht schliefen sie in einem leeren Haus nördlich von Cammack, und am Morgen hatte Jack das Gefühl, sein Fieber wäre etwas gesunken.
Im Laufe des Vormittags – es war der Vormittag des 28. Oktober – stellte Jack fest, daß die Behaarung auf Wolfs Handflächen zurückgekehrt war.

Neunzehntes Kapitel

Wolf rennt mit dem Mond

1

Diese Nacht verbrachten sie in den Trümmern eines ausgebrannten Hauses mit einem ausgedehnten Feld an der einen und einem Wäldchen an der anderen Seite. Am entgegengesetzten Ende des Feldes stand ein Farmhaus, aber Jack glaubte, daß sie sicher untergebracht waren, solange sie sich ruhig verhielten und die meiste Zeit drinnen blieben. Nachdem die Sonne untergegangen war, verschwand Wolf im Wald. Er bewegte sich langsam, und sein Gesicht war dem Boden nahe. Jack sah ihm nach und fand, daß er aussah wie ein Kurzsichtiger auf der Suche nach seiner verlorenen Brille. Dann machte er sich Sorgen (er stellte sich vor, daß Wolf in eine Falle mit Stahlbacken geraten war, daß er darin festsaß und mit aller Kraft versuchte, nicht zu heulen, während er sein eigenes Bein durchbiß...), bis Wolf endlich zurückkehrte, diesmal fast aufrecht gehend und beide Hände voll Pflanzen, deren Wurzeln aus seinen Fäusten heraushingen.

»Was hast du da, Wolf?« fragte Jack.

»Medizin«, sagte Wolf verdrossen. »Aber sie taugt nicht viel, Jack. Wolf! *Nichts* taugt viel in deiner Welt.«

»Medizin? Was meinst du damit?«

Aber mehr wollte Wolf nicht sagen. Er holte zwei Streichhölzer aus der Latztasche seines Overalls und machte ein rauchloses Feuer an; dann fragte er Jack, ob er eine Dose auftreiben könnte. Jack fand eine Bierdose im Straßengraben. Wolf roch daran und verzog die Nase.

»Riecht auch schlecht. Ich brauche Wasser, Jack. Sauberes Wasser. Ich hole es, wenn du zu müde bist.«

»Wolf, ich möchte wissen, was du vorhast.«

»Ich hole es«, sagte Wolf. »Da drüben am anderen Ende des Feldes ist eine Farm. *Wolf!* Dort gibt es Wasser. Du ruhst dich aus.«

Vor Jacks innerem Auge erschien das Bild einer Farmersfrau, die beim Abwaschen des Abendbrotgeschirrs einen Blick aus dem Küchenfenster warf und Wolf entdeckte, wie er über den Hof schlich, eine Bierdose in einer behaarten Pfote und ein Bündel Pflanzen und Wurzeln in der anderen.

»Nein, *ich gehe*«, sagte er.

Die Farm war kaum fünfhundert Meter von ihrem Nachtquartier entfernt; wenn sie über das Feld blickten, konnten sie das warme gelbe Licht deutlich sehen. Jack ging hinüber, füllte ohne Zwischenfälle die Bierdose aus einem Wasserhahn an einem Schuppen und machte sich auf den Rückweg. Als er die Hälfte des Feldes hinter sich gebracht hatte, fiel ihm auf, daß er seinen Schatten sehen konnte, und er blickte zum Himmel empor.

Der Mond, jetzt fast voll, stand über dem östlichen Horizont.

Beunruhigt kehrte Jack zu Wolf zurück und gab ihm die Dose mit dem Wasser. Wolf roch daran, verzog wieder die Nase, sagte aber nichts. Er setzte die Dose aufs Feuer und ließ zerkrümelte Teile der Pflanzen, die er gesammelt hatte, durch die Öffnung hineinfallen. Ungefähr fünf Minuten später stieg mit dem Dampf ein entsetzlicher Geruch auf – ein übler Gestank, wenn man das Kind beim rechten Namen nennen wollte. Jack stöhnte. Er zweifelte nicht im mindesten daran, daß Wolf von ihm verlangen würde, daß er das Zeug trank, und ebensowenig zweifelte er daran, daß es ihn umbringen würde. Vermutlich langsam und auf grauenhafte Weise.

Er schloß die Augen und begann laut und theatralisch zu schnarchen. Wenn Wolf glaubte, er schliefe, würde er ihn nicht wecken. Schließlich weckte man kranke Leute nicht auf, oder? Und Jack *war* krank; bei Anbruch der Dämmerung war sein Fieber zurückgekehrt; es tobte in ihm, jagte ihm Kälteschauer über den Rücken, der Schweiß brach ihm aus allen Poren.

Er blickte durch seine Wimpern hindurch und sah, daß Wolf die Dose zum Abkühlen beiseitegestellt hatte. Wolf hatte sich zurückgelehnt und blickte zum Himmel empor, die behaarten Hände um die Knie gelegt, das Gesicht träumerisch und irgendwie schön.

Er sieht den Mond an, dachte Jack, und Angst keimte in ihm auf.

Wir kommen nicht einmal in die Nähe der Herde, wenn wir uns verwandeln. Guter Jason, nein! Wir würden über sie herfallen.

Wolf, sag mir eines: bin ich jetzt die Herde?

Jack zitterte.

Fünf Minuten später – Jack war fast tatsächlich eingeschlafen – beugte sich Wolf über die Dose, roch daran, nickte, hob sie auf und kam dorthin, wo Jack an einem umgestürzten, vom Feuer geschwärzten Balken lehnte, ein T-Shirt zum Abpolstern der Kante im Nacken. Jack schloß die Augen ganz fest und begann wieder zu schnarchen.

»Komm, Jack«, sagte Wolf vergnügt. »Ich weiß, daß du wach bist. Wolf kannst du nichts vormachen.«

Jack öffnete die Augen und sah ihn verdrossen und widerwillig an.

»Woher hast du das gewußt?«

»Leute haben einen Schlafgeruch und einen Wachgeruch«, sagte Wolf. »Das müßten eigentlich sogar Fremde wissen, oder nicht?«

»Nein, ich glaube, das wissen sie nicht«, sagte Jack.

»Jedenfalls mußt du das hier trinken. Es ist Medizin. Trink es, Jack, gleich hier und jetzt.«

»Ich mag nicht«, sagte Jack. Der Geruch, der aus der Dose aufstieg, war morastig und ranzig.

»Jack«, sagte Wolf, »du hast außerdem einen Krankgeruch.«

Jack sah ihn an, ohne etwas zu sagen.

»Ja«, sagte Wolf. »Und er wird stärker. Er ist nicht wirklich schlimm, noch nicht, aber – Wolf! – er wird schlimm werden, wenn du keine Medizin dagegen nimmst.«

»Wolf, ich bin sicher, daß du in der Region ganz groß darin bist, Kräuter und Wurzeln zu finden, aber hier bist du im Land der schlimmen Gerüche, weißt du das nicht mehr? Womöglich hast du Greiskraut mit darin und Giftsumach und Bitterwicke und...«

»Die Sachen sind gut«, sagte Wolf. »Nur nicht sehr stark, Gott hämmre sie.« Wolf blickte wehmütig drein. »Nicht alles riecht schlecht hier, Jack. Es gibt auch gute Gerüche. Aber die guten Gerüche sind wie die Medizinpflanzen. Schwach. Ich glaube, sie waren früher stärker.«

Wolf blickte träumerisch zum Mond empor, und in Jack regte sich wieder das Unbehagen.

»Ich glaube, früher war dies einmal ein gutes Land«, sagte Wolf. »Sauber und voll Kraft...«

»Wolf?« sagte Jack leise. »Wolf, das Haar auf deinen Händen ist wieder da.«

Wolf fuhr zusammen und sah Jack an. Einen Augenblick – vielleicht war es nur eine Fieberphantasie, und selbst wenn nicht, dauerte es nur einen Augenblick – betrachtete Wolf Jack mit unverhülltem, gierigem Appetit. Dann schien er sich zu schütteln, als wollte er einen bösen Traum loswerden.

»Ja«, sagte er. »Aber ich möchte nicht darüber reden, und ich möchte auch nicht, daß du es tust. Es spielt keine Rolle, noch nicht. Wolf! Trink deine Medizin, Jack, alles andere braucht dich nicht zu kümmern.«

Es sah aus, als ließe Wolf nicht mit sich reden; wenn Jack die Medizin nicht trank, sah sich Wolf womöglich gezwungen, seinen Mund aufzusperren und sie ihm in die Kehle zu gießen.

»Wenn sie mich umbringt, bist du allein, ist dir das klar?« sagte Jack ingrimmig und nahm die Dose. Sie war noch warm.

Ein Ausdruck entsetzlicher Qual breitete sich auf Wolfs Gesicht aus. Er schob die Brille mit den runden Gläsern auf der Nase hoch. »Ich will dir nichts zuleide tun, Jack – Wolf will Jack nie etwas zuleide tun.« Der Ausdruck war so eindringlich und so jammervoll, daß er lächerlich gewirkt hätte, wäre er nicht so offensichtlich ehrlich gewesen.

Jack gab nach und trank den Inhalt der Dose. Diesem Ausdruck verletzter Bestürzung hatte er nichts entgegenzusetzen. Der Geschmack

war so grauenhaft, wie er ihn sich vorgestellt hatte ... *und die Welt –*
schien sie nicht einen Augenblick zu verschwimmen? Verschwamm sie
sie nicht auf die gleiche Art wie in dem Moment, in dem er in die Region
zurückflippte?
»*Wolf!*« schrie er. »*Wolf! Halt mich fest!*«
Wolf ergriff seine Hand, besorgt und aufgeregt zugleich. »Jack?
Jacky? Was ist?«
Der Geschmack der Medizin begann seinen Mund zu verlassen.
Gleichzeitig breitete sich ein warmes Glühen – die Art Glühen, die er die
wenigen Male verspürt hatte, wenn seine Mutter ihm erlaubt hatte, ein
Gläschen Brandy zu trinken – in seinem Magen aus. Und die Welt um
ihn herum festigte sich wieder. Vielleicht war das kurze Verschwimmen
auch nur Einbildung gewesen – aber Jack glaubte es nicht.
Ich wäre beinahe geflippt. Einen Augenblick war ich ganz nahe daran.
Vielleicht kann ich es ohne den Zaubersaft – vielleicht kann ich es!
»Jack? Was ist?«
»Mir ist besser«, sagte er und brachte ein Lächeln zustande. »Ich fühle
mich besser, das ist alles.« Er entdeckte, daß er sich tatsächlich besser
fühlte.
»Du riechst auch besser«, sagte Wolf fröhlich. »*Wolf! Wolf!*«

2

Sein Zustand besserte sich am nächsten Tag weiter, aber er war schwach.
Wolf trug ihn auf dem Rücken, und sie gelangten ein Stück weiter
westwärts. Als es dämmerte, suchten sie nach einem Ort, an dem sie die
Nacht verbringen konnten. Jack entdeckte einen Holzschuppen in einer
schmutzigen kleinen Mulde. Er war umgeben von Müll und alten Auto-
reifen. Wolf stimmte zu, ohne viel zu sagen. Er war den ganzen Tag still
und verdrossen gewesen.
Jack schlief fast sofort ein; gegen elf wachte er auf, weil er urinieren
mußte. Er blickte neben sich und sah, daß Wolfs Platz leer war. Vielleicht war Wolf losgezogen, um mehr Kräuter zu suchen, aus denen er
ihm noch einen Trank zubereiten konnte. Jack zog die Nase kraus, aber
wenn Wolf wollte, daß er noch mehr von dem Zeug trank, würde er es
tun. Schließlich hatte es bewirkt, daß es ihm jetzt wesentlich besser ging.
Er ging seitlich um den Schuppen herum, ein hochgewachsener,
schlanker Junge in Unterhosen, ungeschnürten Turnschuhen und offenem Hemd. Das Urinieren schien sehr lange zu dauern, und dabei blickte
er zum Himmel empor. Es war eine dieser irreführenden Nächte, die es
im Mittleren Westen manchmal im Oktober und Anfang November
gibt, kurze Zeit bevor der Winter grausam und unerbittlich herein-

bricht. Es war fast tropisch warm, und die milde Brise glich einer Liebkosung.

Der Mond hing am Himmel, weiß, rund und herrlich. Er warf ein klares und dennoch gespenstisch täuschendes Licht auf alle Dinge, schien sie gleichzeitig zu erhellen und zu verdunkeln. Jack starrte ihn an; er wußte, daß er fast hypnotisiert war, aber es kümmerte ihn nicht.

Wir kommen nicht einmal in die Nähe der Herde, wenn wir uns verwandeln. Guter Jason, nein!

Bin ich jetzt die Herde, Wolf?

Der Mond hatte ein Gesicht. Jack stellte ohne jede Überraschung fest, daß es Wolfs Gesicht war – aber es war nicht breit und offen und ein wenig verwundert, ein Gesicht voller Güte und Einfalt. Dieses Gesicht war schmal, ja, und düster; die Haare machten es düster, aber die Haare waren unwichtig. Es war düster vor Zielstrebigkeit.

Wir kommen nicht in die Nähe der Herde, wir würden über sie herfallen, Jack, wenn wir uns verwandeln, wir würden...

Das Gesicht im Mond, ein in Knochen geschnitztes Helldunkel, war das Gesicht eines bösartigen Tieres in dem Augenblick, in dem es zum Sprung ansetzt, mit geneigtem Kopf und einem offenen Mund voller Zähne.

Wir würden über sie herfallen, sie fressen, sie töten, töten TÖTEN TÖTEN...

Ein Finger berührte Jacks Schulter und glitt langsam bis zu seiner Taille herunter.

Jack hatte nur dagestanden, mit seinem Penis in der Hand, die Vorhaut leicht zwischen Daumen und Zeigefinger gehalten, und den Mond angeschaut. Jetzt spritzte ein frischer, harter Strahl Urin heraus.

»Ich habe dich erschreckt«, sagte Wolf hinter ihm. »Tut mir leid, Jack. Gott hämmre mich.«

Aber einen Augenblick lang hatte Jack das Gefühl, daß es Wolf keineswegs leid tat.

Einen Augenblick lang klang es, als grinste Wolf.

Und Jack war plötzlich ganz sicher, daß er gefressen werden würde.

Ein Haus aus Ziegelsteinen, schoß es ihm unvermittelt durch den Kopf. *Ich habe nicht einmal ein Haus aus Stroh, in das ich flüchten könnte.*

Die Angst überkam ihn, ein trockenes Entsetzen in seinen Adern, das heißer war als jedes Fieber.

Wer hat Angst vorm bösen Wolf, bösen Wolf, bösen Wolf...

»Jack?«

Ich, ich, ich habe Angst vorm bösen Wolf...

Er drehte sich langsam um.

Wolfs Gesicht, das nur leicht mit Stoppeln bedeckt gewesen war, als sie in den Schuppen gingen und sich hinlegten, trug jetzt von den Wangenknochen abwärts einen dichten Bart; die Behaarung schien direkt an den Schläfen anzusetzen. Seine Augen leuchteten in einem hellen Orangerot.

»Wolf, ist alles okay?« fragte Jack mit heiser flüsternder Stimme. Lauter reden konnte er nicht.

»Ja«, sagte Wolf. »Ich bin mit dem Mond gerannt. Es ist herrlich. Ich rannte – und rannte – und rannte. Aber ich bin okay, Jack.« Wolf lächelte, um zu zeigen, wie okay er war, und entblößte einen Mund voll riesiger Reißzähne. In dumpfem Entsetzen fuhr Jack zurück.

Wolf bemerkte seinen Ausdruck, und auf seinen rauher und gröber gewordenen Zügen breitete sich Bestürzung aus. Doch unter der Bestürzung – nicht sehr tief darunter – lag etwas anderes. Etwas, das frohlockte und grinste und seine Zähne zeigte. Etwas, das seine Beute jagen würde, bis der Beute vor Entsetzen das Blut aus der Nase strömte, bis sie stöhnte und bettelte. Etwas, das lachen würde, wenn es die schreiende Beute zerfetzte.

Es würde sogar dann lachen, wenn *er* die Beute wäre.

Besonders dann, wenn er die Beute wäre.

»Jack, es tut mir leid«, sagte er. »Die Zeit – kommt heran. Wir müssen etwas tun. Wir müssen – morgen. Wir müssen – wir müssen . . .« Er blickte auf, und dieser hypnotisierte Ausdruck breitete sich auf seinem Gesicht aus, während er zum Himmel emporblickte.

Er warf den Kopf zurück und heulte.

Und Jack glaubte – ganz schwach – zu hören, wie der Wolf im Mond zurückheulte. Entsetzen ergriff von ihm Besitz, leise und vollständig. In dieser Nacht schlief Jack nicht mehr.

3

Am nächsten Tag ging es Wolf besser. Etwas besser zumindest, aber seine Nerven waren zum Zerreißen gespannt. Als er Jack zu erklären versuchte, was er tun sollte – so gut er es vermochte –, flog hoch über ihnen ein Düsenflugzeug hinweg. Wolf sprang auf, tat einen Satz, heulte es an und drohte mit der Faust zum Himmel. Seine behaarten Füße waren wieder nackt. Sie waren angeschwollen und hatten die billigen Mokassins gesprengt.

Er versuchte Jack zu erklären, was er tun sollte, aber er hatte kaum mehr zur Verfügung als alte Geschichten und Gerüchte. Er wußte, was die Veränderung in seiner eigenen Welt bedeutete, aber er ahnte, daß sie im Land der Fremden viel heftiger ausfallen mochte – machtvoller und gefährlicher. Und das spürte er jetzt. Er spürte, wie diese Macht ihn durchdrang, und er war sicher, daß sie ihn fortreißen würde, wenn in der Nacht der Mond aufging.

Und er versicherte wieder und wieder, daß er Jack nichts zuleide tun wollte, daß er sich lieber selbst umbrächte, als Jack etwas zuleide zu tun.

4

Die nächste Kleinstadt war Daleville. Jack traf dort ein, kurz nachdem die Uhr am Gerichtsgebäude Mittag geschlagen hatte, und betrat das Eisenwarengeschäft. Eine seiner Hände steckte in der Hosentasche und berührte seine zusammengeschmolzene Rolle Banknoten.
»Kann ich etwas für dich tun, Junge?«
»Ja, Sir«, sagte Jack. »Ich brauche ein Vorhängeschloß.«
»Dann komm hier herüber und sieh dich um. Wir haben Yale-Schlösser, Mosslers, Lok-Tites und einen Haufen andere. Was für eins soll es denn sein?«
»Ein großes«, sagte Jack und betrachtete den Verkäufer mit seinen verschatteten, irgendwie beunruhigenden Augen. Sein Gesicht war hager, aber durch seine eigentümliche Schönheit dennoch überzeugend.
»Ein großes«, wiederholte der Verkäufer. »Und wozu brauchst du es, wenn ich fragen darf?«
»Für meinen Hund«, sagte Jack unbeirrt. Eine Geschichte. Immer wollten sie eine Geschichte hören. Diese hatte er sich auf dem Weg von dem Schuppen ausgedacht, in dem sie die letzten beiden Nächte verbracht hatten. »Ich brauche es für meinen Hund. Ich muß ihn einsperren. Er beißt.«

5

Das Schloß, daß er aussuchte, kostete zehn Dollar; danach blieben ihm noch ungefähr sechs Dollar. Es widerstrebte ihm, so viel Geld auszugeben, und er war nahe daran, sich für ein billigeres Fabrikat zu entscheiden – und dann fiel ihm ein, wie Wolf am Abend zuvor ausgesehen hatte, wie er den Mond angeheult hatte, während orangerotes Feuer aus seinen Augen sprühte.
Er bezahlte die zehn Dollar.
Als er zum Schuppen zurückeilte, reckte er jedesmal, wenn ein Wagen vorbeifuhr, den Daumen hoch; aber natürlich hielt keiner von ihnen an. Vielleicht machte er einen zu nervösen, hektischen Eindruck. Auf jeden Fall *fühlte* er sich nervös und hektisch. In der Zeitung, in die der Verkäufer ihn einen Blick hatte werfen lassen, war die Zeit des Sonnenuntergangs mit genau achtzehn Uhr angegeben gewesen. Die Zeit des

Mondaufgangs stand nicht darin, aber Jack schätzte, daß er spätestens um neunzehn Uhr aufgehen würde. Jetzt war es bereits dreizehn Uhr, und er hatte noch keine Ahnung, wo er Wolf die Nacht über unterbringen sollte.

Du mußt mich einsperren, Jack, hatte Wolf gesagt. *Mußt mich sicher einschließen. Denn wenn ich herauskomme, dann falle ich über alles her, was ich erjagen kann und zu fassen bekomme. Sogar über dich, Jack. Sogar über dich. Deshalb mußt du mich einschließen und nicht herauslassen, was ich auch tue oder sage. Drei Tage, Jack, bis der Mond anfängt, wieder dünner zu werden. Drei Tage – oder sogar vier, wenn du nicht ganz sicher bist.*

Ja, aber wo? Es durften keine Leute in der Nähe wohnen, damit niemand Wolf hörte, falls – *wenn,* korrigierte er sich widerstrebend – er zu heulen begann. Und es mußte ein Ort sein, der wesentlich stabiler war als der Schuppen, in dem sie geschlafen hatten. Wenn Jack sein schönes neues Zehn-Dollar-Schloß an die Tür des Schuppens hängte, war Wolf imstande, durch die Rückwand auszubrechen.

Wo?

Er wußte es nicht. Was er wußte, war nur, daß er kaum noch sechs Stunden Zeit hatte, einen geeigneten Ort zu finden – vielleicht weniger.

Jack hastete noch schneller voran.

6

Unterwegs waren sie an mehreren leeren Farmhäusern vorübergekommen, hatten in einem von ihnen sogar eine Nacht verbracht, und auf dem Rückweg von Daleville hielt Jack Ausschau nach Anzeichen dafür, daß Häuser unbewohnt waren: nach gardinenlosen Fenstern und Schildern, auf denen ZU VERKAUFEN stand, nach Gras, das bis zur zweiten Verandastufe reichte, und nach der Aura der Leblosigkeit, die leerstehende Häuser umgibt. Nicht, daß er hoffte, Wolf während der drei Tage seiner Verwandlung im Schlafzimmer irgendeines Farmers einschließen zu können. Wolf würde einfach die Tür einschlagen. Aber ein Farmhaus hatte einen Rübenkeller gehabt; das wäre gegangen.

Eine massive Eichentür in einer grasbewachsenen Kuppe wie eine Tür im Märchen, und dahinter ein Raum ohne Wände und ohne Decke – ein unterirdischer Raum, eine Höhle, aus der sich kein Geschöpf in weniger als einem Monat herauswühlen konnte. Der Keller hätte Wolf standgehalten, und der Fußboden und die Wände aus Erde hätten dafür gesorgt, daß er sich nicht verletzen konnte.

Aber das leere Farmhaus und der Rübenkeller lagen mindestens fünfzig oder sechzig Kilometer hinter ihnen. Es war unmöglich, in der bis zum Mondaufgang noch bleibenden Zeit dahin zurückzukehren. Und würde Wolf überhaupt willens sein, sechzig Kilometer weit zu laufen, nur um sich ohne Nahrung in eine Zelle sperren zu lassen, so kurz vor dem Eintritt seiner Verwandlung? Und außerdem konnte es sein, daß die Zeit schon zu weit fortgeschritten war. Es konnte sein, daß Wolf der Grenze schon so nahe war, daß er gar nicht daran dachte, sich irgendwo einsperren zu lassen. Was war, wenn diese frohlockende, gierige Unterseite seines Charakters aus der Grube herausgestiegen war und sich in dieser merkwürdigen neuen Welt umzusehen begann, herauszufinden versuchte, wo sich die Beute versteckte? Dann wäre das große Schloß, das die Nähte von Jacks Hosentasche zu zerreißen drohte, völlig nutzlos.

Jack kam der Gedanke, daß er kehrtmachen konnte. Er konnte nach Daleville zurückkehren und dann weiterreisen. In ein oder zwei Tagen würde er in der Nähe von Lapel oder Cicero sein, und dann konnte er vielleicht einen Nachmittag in einem Imbiß oder ein paar Stunden auf einer Farm arbeiten, ein paar Dollar verdienen und ein oder zwei Mahlzeiten herausschlagen, und dann in den folgenden Tagen zusehen, daß er nach Illinois kam. Illinois würde einfach sein – Jack wußte nicht genau, wieso, aber er war ziemlich sicher, daß er nur einen oder zwei Tage, nachdem er die Grenze von Illinois überschritten hatte, Springfield und die Thayer School erreichen würde.

Außerdem, überlegte Jack, als er ein paar hundert Meter von ihrem Schuppen entfernt auf der Straße verschnaufte, wie sollte er Richard Sloat erklären, was es mit Wolf auf sich hatte? Seinem alten Kumpel Richard mit seinen runden Brillengläsern, seiner Krawatte und seinen Wildlederschuhen? Richard Sloat war durch und durch Verstandesmensch: er war äußerst intelligent, aber auch dickköpfig. Was er nicht sah, das gab es für ihn nicht. Als Kind hatte sich Richard nie für Märchen interessiert; Disney-Filme über Feen, die Kürbisse in Kutschen verwandelten, hatten ihn ebenso kalt gelassen wie böse Königinnen, die sprechende Spiegel besaßen. Solche Spinnereien waren viel zu absurd, um den sechsjährigen (oder achtjährigen oder zehnjährigen) Richard in ihren Bann zu schlagen – ganz im Gegensatz etwa zum Photo eines Elektronenmikroskops. Richard hatte sich begeistert auf Rubiks Würfel gestürzt, mit dem er in weniger als neunzig Sekunden fertig wurde, aber Jack bezweifelte, daß er bereit war, einen einsfünfundneunzig großen, sechzehn Jahre alten Werwolf zu akzeptieren.

Einen Augenblick drehte sich Jack unschlüssig auf der Straße – einen Augenblick glaubte er fast, er würde imstande sein, Wolf zurückzulassen und seine Reise fortzusetzen, zuerst zu Richard und dann zum Talisman. *Was ist, wenn ich die Herde bin?* fragte er sich selbst wortlos. Und er erinnerte sich, wie Wolf hinter seinen armen, in Panik geratenen Tieren her die Böschung hinuntergestürmt war und sich ins Wasser geworfen hatte, um sie zu retten.

Der Schuppen war leer. Sobald Jack die offenstehende Tür sah, wußte er, daß Wolf irgendwohin verschwunden war, aber er eilte den Abhang der Mulde hinab und bahnte sich fast ungläubig seinen Weg durch den Müll. Wolf war nicht imstande, auch nur zehn Meter allein zu gehen; dennoch hatte er es getan. »Ich bin wieder da«, rief Jack. »He, Wolf? Ich habe das Schloß.« Er wußte, daß er mit sich selbst redete, und ein Blick in den Schuppen bestätigte es. Sein Rucksack lag auf einer kleinen Holzbank und daneben ein Stapel Klatschzeitschriften aus dem Jahre 1973. In einer Ecke des fensterlosen Schuppens erweckte ein wirrer Haufen toten Holzes den Eindruck, als hätte jemand einmal den halbherzigen Versuch unternommen, einen Vorrat an Brennmaterial anzulegen. Im übrigen war der Schuppen leer. Jack kehrte der offenen Tür den Rücken und ließ den Blick hilflos über die Hänge der Mulde schweifen.

Alte Reifen hier und dort zwischen dem Unkraut, ein Bündel verblichener und verrottender politischer Broschüren, auf denen noch der Name LUGAR zu lesen war, ein verbeultes blauweißes Zulassungsschild aus Connecticut, Bierflaschen, deren Etiketten verblichen waren – kein Wolf. Jack legte die Hände als Trichter an den Mund. »He, Wolf! Ich bin wieder da!« Er erwartete keine Antwort, und er bekam keine. Wolf war fort.

»Scheiße«, sagte Jack und stützte die Hände auf die Hüften. Widerstrebende Gefühle – Erbitterung, Erleichterung und Besorgnis – überkamen ihn. Wolf war verschwunden, um Jack das Leben zu retten – etwas anderes konnte sein Verschwinden nicht bedeuten. Sobald sich Jack auf den Weg nach Daleville gemacht hatte, war sein Freund abgehauen. Er war auf seinen unermüdlichen Beinen davongelaufen, und inzwischen war er meilenweit von hier entfernt und wartete auf den Mondaufgang. Wolf konnte sonstwo sein.

Auf dieser Erkenntnis beruhte ein Teil von Jacks Besorgnis. Es war möglich, daß Wolf in den Wald gelaufen war, der am Ende des langen, an die Mulde angrenzenden Feldes begann, und sich in den Wäldern an Kaninchen und Feldmäusen gütlich tat, an Maulwürfen und Dachsen und allem, was da sonst noch kreuchte und fleuchte. Wogegen nicht das geringste einzuwenden gewesen wäre. Aber es konnte ebensogut sein, daß Wolf Farmtiere erschnupperte und sich damit in wirkliche Gefahr brachte. Und es konnte ebensogut sein, daß er den Farmer und seine Frau erschnupperte. Oder, noch schlimmer, er konnte sich einer der etwas weiter nördlich gelegenen Städte genähert haben. Jack hielt es für durchaus möglich, daß ein verwandelter Wolf imstande war, mindestens ein halbes Dutzend Menschen zu zerreißen, bevor er selbst von jemandem getötet wurde.

»Verdammt, verdammt, verdammt«, sagte Jack und begann, den

Abhang am jenseitigen Ende der Mulde hinaufzuklettern. Er hatte nicht die geringste Hoffnung, Wolf zu entdecken – wahrscheinlich würde er ihn nie wiedersehen. Nach ein paar Tagen auf der Straße würde er wahrscheinlich in irgendeiner Kleinstadtzeitung einen haarsträubenden Bericht über das Blutbad finden, das ein riesiger Wolf angerichtet hatte, der offenbar auf der Suche nach Nahrung die Hauptstraße entlanggewandert war. Und es würden weitere Namen genannt werden, Namen wie Thielke, Heidel, Hagen ...

Zuerst richtete er den Blick auf die Straße, hoffte selbst jetzt noch, Wolfs massige Gestalt Richtung Osten entschwinden zu sehen – weil er Jack bei seiner Rückkehr aus Daleville nicht begegnen wollte. Die Straße war ebenso verlassen wie der Schuppen.

Natürlich.

Die Sonne, eine ebenso verläßliche Uhr wie die an seinem Handgelenk, war schon ein gutes Stück von ihrem Zenit herabgesunken.

Verzweifelt wendete sich Jack dem langen Feld und dem dahinterliegenden Waldrand zu. Nichts bewegte sich außer den Stoppeln, die sich unter einer kühlen Brise beugten.

JAGD NACH KILLERWOLF GEHT WEITER würde die Schlagzeile lauten – nach ein paar Tagen auf der Straße.

Dann bewegte sich tatsächlich etwas am Waldrand, ein großer brauner Felsbrocken, und Jack erkannte, daß es Wolf war. Er hatte sich hingehockt und starrte Jack an.

»Oh, du nichtsnutziger Bursche du«, sagte Jack, und inmitten seiner Erleichterung wußte er, daß ein Teil von ihm insgeheim glücklich gewesen war über Wolfs Verschwinden. Er tat einen Schritt auf ihn zu.

Wolf bewegte sich nicht, aber seine Haltung wurde irgendwie intensiver, elektrischer und wacher. Jacks nächster Schritt erforderte mehr Mut als der erste.

Zwanzig Meter näher bemerkte er, daß Wolf sich weiter verändert hatte. Sein Haar war noch dichter, noch üppiger geworden, es sah aus wie frisch gewaschen und gefönt; und sein Bart schien wirklich gleich unter den Augen zu beginnen. Selbst in dieser niedergekauerten Stellung wirkte sein ganzer Körper breiter und kraftvoller. Seine Augen funkelten orangerot und waren mit flüssigem Feuer gefüllt.

Jack zwang sich, näher heranzugehen. Er wäre fast stehengeblieben, als er zu bemerken glaubte, daß Wolf jetzt Pfoten hatte anstelle von Händen, aber einen Augenblick später erkannte er, daß seine Hände und Finger vollständig mit einem dichten Pelz aus groben, dunklen Haaren überzogen waren. Wolf starrte ihn weiterhin mit seinen funkelnden Augen an. Jack halbierte den Abstand zwischen ihnen, dann blieb er stehen. Seit er Wolf kennengelernt hatte, als dieser an einem Fluß der Region seine Herde hütete, war er zum ersten Mal nicht imstande, seinen Ausdruck zu deuten. Vielleicht war Wolf dafür schon zu anders geworden, vielleicht verbarg auch nur das Haar zu viel von seinem Gesicht. Er spürte nur, daß irgendein starkes Gefühl von Wolf Besitz ergriffen hatte.

Drei Meter entfernt blieb er endgültig stehen und zwang sich, dem Werwolf in die Augen zu sehen.

»Es ist bald so weit, Jacky«, sagte Wolf, und sein Mund öffnete sich zur beängstigenden Parodie eines Lächelns.

»Ich dachte, du wärst davongelaufen«, sagte Jack.

»Ich habe hier gesessen, um dich kommen zu sehen. Wolf!«

Jack wußte nicht, was er mit dieser Erklärung anfangen sollte. Irgendwie erinnerte sie ihn dunkel an Rotkäppchen. Wolfs Zähne sahen unwahrscheinlich dicht, scharf und kraftvoll aus. »Ich habe das Schloß«, sagte er. Er zog es aus der Tasche und hielt es hoch. »Ist dir etwas eingefallen, während ich fort war, Wolf?«

Wolfs ganzes Gesicht – Augen, Zähne, alles – funkelte Jack an.

»Du bist jetzt die Herde, Jacky«, sagte Wolf. Und dann legte er den Kopf zurück und stieß ein langes, durchdringendes Geheul aus.

8

Ein weniger verängstigter Jack Sawyer hätte vielleicht gesagt: »Laß den Blödsinn, ja?« oder »Wenn du nicht damit aufhörst, haben wir bald alle Hunde der Umgebung hier«, aber Bemerkungen dieser Art erstarben ihm in der Kehle. Er war zu verängstigt, um ein Wort herauszubringen. Wolf bedachte ihn mit seinem Lächeln erster Güte, aber sein Mund sah aus wie eine Fernsehwerbung für Fleischmesser. Die John Lennon-Brille schien in dem borstigen Bart und dem dichten Haar, das ihm über die Schläfen hing, fast völlig zu verschwinden. Jack kam es vor, als wäre er jetzt gut zwei Meter groß und so massig wie die Bierfässer im Lagerraum des Oatley Tap.

»Es gibt gute Gerüche in dieser Welt, Jacky«, sagte Wolf.

Nun erkannte Jack, in was für einer Stimmung sich Wolf befand. Es war Frohlocken. Er glich einem Mann, der gerade allen Widrigkeiten zum Trotz aus einem besonders schwierigen Kampf als Sieger hervorgegangen ist. Und auf dem Grunde dieses Triumphgefühls regten sich die Freude und die Unbezähmbarkeit, die Jack schon einmal gespürt hatte.

»Gute Gerüche! Wolf! Wolf!«

Jack tat einen behutsamen Schritt zurück und hoffte, daß der Wind Wolf nicht seinen Geruch zutrug. »Bisher hast du noch nie etwas Gutes an ihr gefunden«, sagte er, um überhaupt etwas zu sagen.

»Bisher war bisher, und jetzt ist jetzt«, sagte Wolf. »Gute Dinge. Viele gute Dinge – überall um uns herum. Wolf wird sie finden, ganz bestimmt.«

Das machte es noch schlimmer, denn jetzt konnte Jack in den rötlich funkelnden Augen eine unverhüllte Gier, einen völlig amoralischen Hunger sehen und fast fühlen. Ich fresse alles, was ich fangen und töten kann, besagten sie. Fangen und töten.

»Ich hoffe, Menschen gehören nicht zu diesen guten Dingen, Wolf«, sagte Jack ruhig.

Wolf hob das Kinn und stieß eine Reihe von gluckernden Lauten aus, die halb Heulen und halb Lachen waren.

»Wölfe müssen essen«, sagte er, und auch seine Stimme war voller Freude. »Oh, Jacky, wie wir Wölfe essen müssen! ESSEN! Wolf!«

»Ich muß dich in dem Schuppen einsperren«, sagte Jack. »Weißt du das nicht mehr, Wolf? Ich habe das Schloß. Hoffen wir, daß es dich drinnen hält. Komm, laß uns gleich hinübergehen. Du jagst mir eine Heidenangst ein.«

Diesmal stieg das gluckernde Lachen aus Wolfs Brustkorb empor. »Angst! Wolf weiß! Wolf weiß, Jacky! Du hast den Angstgeruch.«

»Das wundert mich gar nicht«, sagte Jack. »Laß uns jetzt zum Schuppen zurückkehren, okay?«

»Ich gehe aber nicht in den Schuppen«, sagte Wolf, und eine lange, spitz zulaufende Zunge erschien zwischen seinen Kiefern. »Nein, ich nicht. Nicht Wolf. Wolf kann nicht in den Schuppen gehen.« Die Kiefer öffneten sich weiter, und die dichtstehenden Zähne kamen zum Vorschein. »Wolf hat sich erinnert, Jacky. Wolf! Gleich hier und jetzt. Wolf hat sich erinnert!«

Jack wich zurück.

»Noch mehr Angstgeruch. Sogar auf deinen Schuhen. Auf deinen Schuhen, Jacky! Wolf!«

Schuhe, die nach Angst rochen, waren anscheinend umwerfend komisch.

»Du mußt in den Schuppen, das ist es, woran du dich erinnern mußt.«

»Falsch! Wolf! *Du* gehst in den Schuppen, Jacky! Jacky geht in den Schuppen! Ich habe mich erinnert! Wolf!«

Die Augen des Werwolfs wechselten von funkelndem Rotorange zu einem sanften, zufriedenen Purpurton. »Aus dem *Buch vom guten Wirtschaften*, Jacky. Die Geschichte vom Wolf, der seiner Herde nichts zuleide tun wollte. Erinnerst du dich, Jacky? Die Herde geht in die Scheune. Erinnerst du dich? Das Schloß kommt an die Tür. Wenn der Wolf weiß, daß die Veränderung kommt, geht die Herde in die Scheune und das Schloß kommt an die Tür. Damit er seiner Herde nichts zuleide tut.« Die Kiefer öffneten sich wieder, und die Spitze der langen, dunklen Zunge war hochgerollt und ließ seine Freude erkennen. »Damit er seiner Herde nichts zuleide tut! Wolf! Gleich hier und jetzt!«

»Du willst mich für drei Tage in den Schuppen einsperren?« fragte Jack.

»Ich muß essen, Jacky«, sagte Wolf schlicht, und der Junge bemerkte, daß sich Wolfs Augen wieder veränderten und etwas Dunkles, Flüchtiges und Unheimliches auf ihn zuglitt. »Wenn der Mond mich mitnimmt, muß ich essen. Gute Gerüche hier, Jacky. Viel zu essen für Wolf. Wenn der Mond mich losläßt, kommt Jacky aus dem Schuppen heraus.«

»Und was passiert, wenn ich mich nicht für drei Tage einsperren lassen will?«

»Dann wird Wolf Jacky töten. Und dann ist Wolf verdammt.«

»Und das steht alles im *Buch vom guten Wirtschaften*?«

Wolf nickte mit dem Kopf. »Ich habe daran gedacht. Ich habe rechtzeitig daran gedacht, Jacky. Als ich auf dich wartete.«

Jack versuchte noch immer, sich an Wolfs Idee zu gewöhnen. Er würde drei Tage ohne Nahrung auskommen müssen. Wolf würde nach Belieben herumwandern können. Er würde im Gefängnis sitzen, und Wolf gehörte die Welt. Dennoch war es wohl die einzige Möglichkeit, Wolfs Verwandlung zu überleben. Wenn er die Wahl hatte zwischen dreitägigem Fasten oder dem Tod, dann zog er den leeren Magen vor. Und dann kam Jack plötzlich der Gedanke, daß der Rollentausch im Grunde gar kein Rollentausch war – er würde, obwohl in den Schuppen eingesperrt, nach wie vor frei sein, und Wolf draußen in der Welt war nach wie vor ein Gefangener. Sein Gefängnis würde nur größer sein als sein eigenes. »Dann möge der Himmel das *Buch vom guten Wirtschaften* segnen; ich selbst nie wäre nie darauf gekommen.«

Wolf funkelte ihn wieder an und blickte dann sehnsüchtig zum Himmel empor. »Dauert nicht mehr lange, Jacky. Du bist die Herde. Ich muß dich einsperren.«

»Okay«, sagte Jack. »Das wirst du wohl müssen.«

Auch das kam Wolf ungeheuer komisch vor. Während das heulende Lachen aus ihm hervorbrach, schlang er einen Arm um Jacks Taille, hob ihn hoch und trug ihn quer über das ganze Feld. »Wolf sorgt für dich, Jacky«, sagte er, nachdem er fast sein Innerstes nach außen geheult hatte. Am oberen Rand der Mulde setzte er Jack sanft ab.

»Wolf«, sagte Jack.

Wolf öffnete die Kiefer und rieb sich die Leisten.

»Du darfst keine Leute töten, Wolf«, sagte Jack. »Denk daran. Wenn du dich an die Geschichte erinnern konntest, kannst du dich auch daran erinnern, daß du keine Leute töten darfst. Wenn du es tust, machen sie Jagd auf dich. Wenn du Leute tötest, wenn du auch nur einen Menschen tötest, dann machen viele Leute Jagd auf dich und töten dich. Und sie bekommen dich, Wolf, das kann ich dir versichern. Sie werden deine Haut auf ein Brett nageln.«

»Keine Leute, Jacky. Tiere riechen besser als Leute. Keine Leute! Wolf!«

Sie kletterten den Abhang hinunter in die Mulde. Jack holte das Schloß aus der Tasche, hängte es mehrere Male in den Metallring an der Tür ein und zeigte Wolf, wie er den Schlüssel benutzen mußte. »Und dann schiebst du den Schlüssel unter der Tür durch, okay?« fragte er. »Wenn du dich wieder zurückverwandelt hast, schiebe ich ihn wieder heraus.« Jack warf einen Blick auf die Unterkante der Tür – zwischen ihr und dem Erdboden klaffte ein fünf Zentimeter breiter Spalt.

»Klar, Jacky. Du schiebst ihn wieder heraus.«

»So, und was tun wir jetzt?« fragte Jack. »Soll ich gleich in den Schuppen gehen?«

»Setz dich dorthin«, sagte Wolf und deutete auf eine etwa einen halben Meter von der Tür entfernte Stelle auf dem Fußboden des Schuppens.

Jack sah ihn fragend an, dann trat er in den Schuppen und setzte sich. Wolf hockte sich unmittelbar vor der Schwelle nieder und streckte Jack die Hand entgegen, ohne den Jungen auch nur anzusehen. Jack ergriff Wolfs Hand. Es war, als hielte man ein haariges Geschöpf, das ungefähr so groß war wie ein Kaninchen. Wolf drückte so fest zu, daß Jack beinahe aufgeschrien hätte – aber wenn er es getan hätte, hätte Wolf es vermutlich überhaupt nicht gehört. Wolf starrte wieder himmelwärts, mit träumerischem, friedvollem und hingerissenem Gesicht. Nach ein oder zwei Sekunden gelang es Jack, seine Hand in Wolfs Griff in eine bequemere Position zu bringen.

»Bleiben wir lange so sitzen?« fragte er.

Es verging fast eine Minute, bevor Wolf antwortete. »Bis es so weit ist«, sagte er und drückte wieder Jacks Hand.

9

So saßen sie da, zu beiden Seiten des Türrahmens, stundenlang, wortlos, bis endlich das Tageslicht zu verblassen begann. In den letzten zwanzig Minuten hatte Wolf fast unmerklich gezittert, und als die Luft dunkler wurde, verstärkte sich das Zittern seiner Hand. So, dachte Jack, mochte ein Vollblutpferd vor Beginn eines Rennens zittern, wenn es darauf wartete, daß der Startschuß abgefeuert wurde und das Tor aufflog.

»Er fängt an, mich mitzunehmen«, sagte Wolf leise. »Bald rennen wir gemeinsam, Jacky. Ich wollte, du könntest auch mitkommen.«

Er drehte den Kopf, um Jack anzusehen, und der Junge stellte fest, daß es Wolf zwar ernst war mit dem, was er eben gesagt hatte, ein nicht unwesentlicher Teil von ihm aber wortlos erklärte: *Und dann könnte es sein, daß ich nicht nur neben dir renne, sondern auch Jagd auf dich mache, kleiner Freund.*

»Dann müssen wir jetzt wohl die Tür schließen«, sagte Jack. Er versuchte, seine Hand aus Wolfs Griff zu befreien, aber er konnte es nicht, bis Wolf ihn fast verächtlich freigab. »Jack einschließen, Wolf ausschließen.« Wolfs Augen funkelten kurz auf, wurden zu rotglühenden Elroy-Augen.

»Denke daran, du mußt dafür sorgen, daß der Herde nichts passiert«, sagte Jack. Er wich in die Mitte des Schuppens zurück.

»Die Herde geht in die Scheune. Das Schloß kommt an die Tür.« Wolfs Augen hörten auf, Feuer zu sprühen, verblaßten zu Orange.

»Häng das Schloß vor die Tür.«

»Gott hämmre es, genau das tue ich jetzt«, sagte Wolf. »Ich hänge das gottverhämmerte Schloß vor die gottverhämmerte Tür, siehst du?« Er schlug die Tür zu, und sofort war Jack von Dunkelheit umgeben. »Hörst du das, Jacky? Das ist das gottverhämmerte Schloß.« Jack hörte, wie das Schloß gegen die Metallöse klickte, dann hörte er, wie das Sperrwerk faßte, als Wolf es schloß.

»Jetzt den Schlüssel«, sagte Jack.

»Den gottverhämmerten Schlüssel, gleich hier und jetzt«, sagte Wolf, und ein Schlüssel klapperte ins Schloß und wieder heraus. Eine Sekunde später prallte der Schlüssel so hoch vom staubigen Boden unter der Tür ab, daß er über die Dielenbretter des Schuppens rutschte.

»Danke«, hauchte Jack. Er bückte sich und ließ die Finger über die Dielen gleiten, bis er den Schlüssel berührte. Einen Augenblick umklammerte er ihn so fest, daß er fast die Haut durchdrang – die Druckstelle blieb fast fünf Tage sichtbar, bis er in der Aufregung über ihre Verhaftung nicht mehr zur Kenntnis nahm, daß sie verschwunden war. Dann verstaute Jack den Schlüssel sorgsam in seiner Tasche. Draußen keuchte Wolf in regelmäßigen, erregt klingenden Stößen.

»Bist du böse auf mich, Wolf?« flüsterte er durch die Tür.

Eine Faust schlug gegen die Tür, heftig. »Nein! Nicht böse! Wolf!«

»Gut«, sagte Jack. »Keine Leute, Wolf. Denk daran. Sonst machen sie Jagd auf dich und töten dich.«

»Keine Leute – OOOOOWWWWW-OOOOOHHHHHOOOO!« Das Wort ging in ein langes, durchdringendes Geheul über. Wolfs Körper prallte gegen die Tür, und seine großen, schwarz behaarten Füße glitten in den Spalt unter ihr. Jack wußte, daß Wolf sich von außen an die Tür drückte. »Nicht böse, Jack«, flüsterte Wolf, als schäme er sich seines Geheuls. »Wolf ist nicht böse. Nur *voll Verlangen*, Jacky. Bald ist es so weit, so gottverhämmert *bald*.«

»Ich weiß«, sagte Jack, und plötzlich war ihm zumute, als müßte er weinen – er wünschte sich, Wolf in die Arme schließen zu können. Aber noch intensiver wünschte er sich, daß sie die dazwischenliegenden Tage in dem Farmhaus verbracht hätten und daß er jetzt vor einem Rübenkeller stünde, in dem Wolf sicher gefangensaß.

Wieder kam ihm der seltsame, bestürzende Gedanke, daß Wolf ohnehin sicher gefangensaß. Wolfs Füße glitten unter der Tür heraus, und Jack glaubte zu bemerken, daß sie kompakter, schlanker und schmaler wurden. Wolf knurrte, keuchte und knurrte wieder. Er hatte sich ein Stück von der Tür entfernt. Dann gab er ein Geräusch von sich, das ungefähr wie »Ahhh« klang.

»Wolf?« sagte Jack. Ein ohrenzerreißendes Geheul drang von oben auf Jack ein: Wolf hatte den Rand der Mulde erreicht.

»Sei vorsichtig«, sagte Jack, obwohl er wußte, daß Wolf ihn nicht hörte, und fürchtete, daß er die Warnung, selbst wenn er sie hätte hören können, nicht verstehen würde. Bald darauf hörte Jack Wolf noch mehrere Male heulen. Es waren die Laute eines freigelassenen Geschöpfes, vielleicht auch die Laute eines verzweifelten Wesens, das beim Erwachen feststellt, daß es noch immer eingesperrt ist – Jack wußte es nicht. Voller Trauer, unbezähmbar und von eigentümlicher Schönheit flogen die Schreie des armen Wolf in die mondhelle Luft, wie in die Nacht geschleuderte Tücher. Jack wußte nicht, daß er zitterte, bis er die Arme um den Körper schlang und spürte, wie sie an seinem Brustkorb bebten, der ebenfalls zu beben schien. Das Geheul wurde schwächer, verklang. Wolf rannte mit dem Mond.

10

Drei Tage und drei Nächte war Wolf fast ununterbrochen auf der Suche nach Nahrung. Von der Morgendämmerung bis kurz nach Mittag schlief er in einer Grube, die er unter dem umgestürzten Stamm einer Eiche entdeckt hatte. Wolf fühlte sich durchaus nicht eingesperrt, wie Jack befürchtet hatte. Der an das Feld angrenzende Wald war groß und wimmelte von der natürlichen Beute eines Wolfes. Mäuse, Kaninchen, Katzen, Hunde, Hörnchen – all das stöberte er mühelos auf. Er hätte sich auf den Wald beschränken und so viel fressen können, daß er bis zu seiner nächsten Verwandlung mehr als genug hatte.

Aber Wolf rannte mit dem Mond, und er hätte sich ebensowenig auf den Wald beschränken können, wie er imstande gewesen wäre, seiner Verwandlung Einhalt zu gebieten. Vom Mond geleitet, streifte er durch Höfe und über Weiden, an vereinzelten Vorstadthäusern vorbei und über Straßenbaustellen, auf denen Bulldozer und riesige asymmetrische Walzen wie schlafende Dinosaurier herumstanden. Die Hälfte seiner Intelligenz war in seinen Geruchssinn eingegangen, und es ist wohl keine Übertreibung, wenn man sagt, daß Wolfs immer schon feine Nase jetzt beinahe genial funktionierte. Er konnte nicht nur einen zehn Kilometer entfernten Stall voller Hühner riechen und ihren Geruch von denen der Kühe und Schweine und Pferde auf der gleichen Farm unterscheiden – das war relativ einfach –, er konnte auch riechen, wenn sich die Hühner bewegten. Er konnte riechen, daß eines der schlafenden Schweine einen verletzten Fuß hatte und eine der Kühe in der Scheune ein vereitertes Euter.

Und diese Welt – denn war es nicht der Mond dieser Welt, der ihn führte? – stank nicht mehr nach Chemikalien und Tod. Bei seinen Wanderungen stieß er auf eine ältere, primitivere Seinsordnung. Er atmete ein, was von der ursprünglichen Süße und Macht der Erde übriggeblieben war, was von den Eigenschaften noch vorhanden war, die sie vielleicht einst mit der Region gemeinsam hatte. Selbst wenn er sich einer menschlichen Behausung näherte, selbst wenn er dem Familienköter das Rückgrat brach und den Hund in Fetzen riß, die er ganz hinunterschlang, war sich Wolf der kühlen, reinen Ströme tief unter der Erde bewußt, des strahlenden Schnees auf einem Berg irgendwo fern im Westen. Dies schien die ideale Umwelt zu sein für einen Wolf, der mit dem Mond rannte, und wenn er irgendein menschliches Wesen getötet hätte, wäre er verdammt gewesen.

Er tötete keine Menschen.

Er sah keine, und vielleicht tat er es deshalb nicht. Während der drei Tage seiner Verwandlung tötete und verschlang Wolf Angehörige fast aller anderen Arten von Lebewesen, die im Osten von Indiana anzutreffen sind, darunter einen Skunk und eine ganze Familie von Luchsen, die in Kalksteinhöhlen in der Flanke eines zwei Täler entfernten Hügels lebten. In seiner ersten Nacht im Wald fing er eine niedrig fliegende Fledermaus mit den Kiefern, biß ihr den Kopf ab und verschluckte den noch zuckenden Rest. Ganze Schwadronen von Hauskatzen wanderten durch seinen Schlund, ganze Regimenter von Hunden. Mit wilder, konzentrierter Begeisterung schlachtete er in einer Nacht alle Schweine hin, die sich in einem Pferch von der Größe eines Häuserblocks befanden.

Aber zweimal stellte Wolf fest, daß es ihm auf geheimnisvolle Weise verboten war, seine Beute zu töten, und auch das trug dazu bei, daß er sich in der Welt, die er durchstreifte, heimisch fühlte. Es war eine Sache des Ortes, nicht irgendwelcher moralischer Bedenken – äußerlich gesehen unterschieden sich die Orte in nichts von anderen. Der eine war eine Lichtung im Wald, auf die er ein Kaninchen gejagt hatte, der andere der schäbige Hinterhof eines Farmhauses, auf dem ein wimmernder Hund an einen Pfosten angekettet lag. In dem Augenblick, in dem er eine Pfote auf diese Orte setzte, sträubten sich seine Nackenhaare, und ein elektrisches Kribbeln wanderte sein ganzes Rückgrat entlang. Es waren heilige Orte, und an einem heiligen Ort durfte Wolf nicht töten. Das war alles.

Wie alle geheiligten Orte waren auch diese vor langer Zeit ausgesondert worden – in *grauer Vorzeit*, wie man diese ungeheure Spanne vielleicht beschreiben könnte, die Wolf im Hinterhof der Farmers und auf der kleinen Lichtung wahrnahm, eine dichte Masse von Jahren, zusammengedrängt auf einen kleinen, bedeutungsschweren Ort. Wolf wich einfach vor dem heiligen Grund zurück und begab sich woanders hin. Wie die geflügelten Männer, die Jack gesehen hatte, lebte auch Wolf unter dem Schleier eines Geheimnisses, und Dinge dieser Art bereiteten ihm kein Unbehagen. Und er vergaß seine Verpflichtungen gegenüber Jack Sawyer nicht.

11

In dem verschlossenen Schuppen fand sich Jack stärker auf das zurückgeworfen, was in seinem eigenen Verstand und Charakter enthalten war, als je zuvor in seinem Leben.

Das einzige Möbelstück in dem Schuppen war die kleine Holzbank, die einzige Zerstreuung die rund zehn Jahre alten Zeitschriften. Und die konnte er nicht lesen. Weil der Raum fensterlos war, hatte er – die frühen Morgenstunden ausgenommen, in denen das Licht durch den Spalt unter der Tür einfiel – Mühe, die Bilder auf den Seiten zu erkennen. Die Texte waren Ströme aus grauen Würmern, nicht zu entziffern. Er konnte sich nicht vorstellen, wie er die nächsten drei Tage durchstehen sollte. Jack bewegte sich auf die Bank zu, schlug schmerzhaft mit dem Knie dagegen und setzte sich hin, um nachzudenken.

Eines der ersten Dinge, die er begriff, war die Tatsache, daß sich die Schuppen-Zeit von der Zeit draußen unterschied. Außerhalb des Schuppens marschierten die Sekunden rasch vorüber, verschmolzen zu Minuten, und die Minuten verschmolzen zu Stunden. Ganze Tage tickten vorbei wie Metronome, ganze Wochen. In der Schuppen-Zeit dagegen weigerten sich die Sekunden beharrlich, sich zu bewegen – sie dehnten sich zu grotesken Monstersekunden, zu Sekunden aus dehnbarer Plastikmasse. Draußen mochte eine Stunde vergehen, während im Schuppen vier oder fünf Sekunden anschwollen und sich aufblähten.

Das zweite, das Jack begriff, war die Tatsache, daß das Nachdenken über das langsame Vergehen der Zeit alles noch schlimmer machte. Sobald man anfing, sich auf das Vergehen der Sekunden zu konzentrieren, verweigerten sie erst recht die Bewegung. Also versuchte er, die Maße seiner Zelle abzuschreiten, nur um seine Gedanken von der Ewigkeit an Sekunden abzulenken, aus denen sich drei Tage zusammensetzten. Indem er einen Fuß vor den anderen setzte und seine Schritte zählte, fand er heraus, daß der Schuppen ungefähr zwei Meter zehn mal zwei

Meter siebzig groß war. Also hatte er zumindest genügend Platz, um sich in der Nacht auszustrecken.

Wenn er einmal die Runde an den Wänden des Schuppens machte, würde er neun Meter sechzig zurücklegen.

Wenn er die gleiche Runde einhundertviermal machte, hätte er einen Kilometer zurückgelegt.

Er würde zwar nicht essen können, aber er konnte laufen. Jack nahm seine Uhr ab und steckte sie in die Tasche, wobei er sich versprach, nur darauf zu schauen, wenn es unbedingt sein mußte.

Er hatte ungefähr die Hälfte seines ersten Kilometers zurückgelegt, als ihm einfiel, daß er im Schuppen kein Wasser hatte. Nichts zu essen und kein Wasser. Wahrscheinlich dauerte es länger als drei oder vier Tage, bis man verdurstete. Solange Wolf zu ihm zurückkehrte, konnte ihm nichts passieren – vielleicht ging es ihm schlecht, aber er würde am Leben bleiben. Und wenn Wolf nicht zurückkehrte? Dann würde er die Tür aufbrechen müssen.

Für alle Fälle, dachte er, wollte er es lieber gleich probieren, solange er noch Kraft genug hatte.

Jack ging zur Tür und drückte mit beiden Händen dagegen. Er drückte kräftiger, und die Scharniere quietschten. Versuchsweise warf Jack seine Schulter gegen die den Scharnieren gegenüberliegende Türkante. Er spürte seine Schulter, aber die Tür rührte sich nicht. Er hieb die Schulter kräftiger gegen die Tür. Die Scharniere quietschten, rührten sich aber keinen Millimeter. Wolf hätte die Tür mit einer Hand aus dem Rahmen reißen können, aber Jack wußte, daß er sie selbst dann nicht bewegen konnte, wenn er gegen sie anrannte, bis sich seine Schultern in Hamburger verwandelt hatten. Ihm blieb nichts übrig, als auf Wolf zu warten.

Um die Mitte der Nacht war Jack zehn oder zwölf Kilometer gelaufen – er hatte die Übersicht verloren, wie oft er einhundertvier Runden gedreht hatte, aber es mußte an die zehn- oder zwölfmal gewesen sein. Er war ausgedörrt, und sein Magen knurrte. Der Schuppen stank nach Urin, denn Jack war gezwungen gewesen, seine Blase an der hinteren Wand zu entleeren, wo ein Spalt zwischen den Brettern dafür sorgte, daß wenigstens etwas davon nach draußen gelangte. Er war erschöpft, aber er glaubte nicht, daß er schlafen konnte. Der Uhr zufolge befand er sich knapp fünf Stunden im Schuppen; nach Schuppen-Zeit waren es an die vierundzwanzig. Er scheute davor zurück, sich hinzulegen.

Sein Kopf würde keine Ruhe geben – da war er ganz sicher. Er hatte versucht, Listen anzufertigen von allen Büchern, die er im letzten Jahr gelesen hatte, von allen Lehrern, die er gehabt hatte, von allen Spielern der Los Angeles Dodgers – aber immer wieder brachen wirre, beunruhigende Bilder ein. Er sah, wie Morgan Sloat ein Loch in die Luft riß. Wolfs Gesicht trieb unter Wasser, und seine Hände sanken herab wie schwerer Tang. Jerry Bledsoe zuckte und schwankte vor der Schalttafel mit auf der Nase geschmolzener Brille. Die Augen eines Mannes wurden gelb, und seine Hand wurde zu einer Klaue. Onkel Tommys Gebiß blinkte im Rinnstein des La Cienega Boulevards. Morgan Sloat kam auf ihn zu, sein kahler Schädel überzog sich plötzlich mit schwarzen Haaren – aber dann kam Onkel Morgan auf seine Mutter zu, nicht auf ihn.

»Lieder von Fats Waller«, sagte er und versuchte, seine Gedanken im Dunkeln in eine andere Bahn zu lenken. »›Your Feets Too Big.‹ ›Ain't Misbehavin.‹ ›Jitterbug Waltz.‹ ›Keepin Out of Mischief Now.‹«

Das Elroy-Ding griff nach seiner Mutter, obszön flüsternd, umklammerte ihre Hüfte.

»Länder Mittelamerikas. Nicaragua. Honduras. Guatemala. Costa Rica . . .«

Selbst als er so müde war, daß er sich schließlich doch hinlegen und auf dem Fußboden zusammenrollen mußte, den Rucksack als Kissen unter dem Kopf, wüteten Elroy und Morgan Sloat in seinem Kopf. Osmond ließ seine Peitsche auf Lily Cavanaughs Rücken klatschen, und seine Augen tanzten. Wolf richtete sich auf, massig, ganz und gar unmenschlich, und wurde von einer Gewehrkugel mitten ins Herz getroffen.

Das erste Licht weckte ihn, und er roch Blut. Sein Körper verlangte nach Wasser, dann nach Nahrung. Jack stöhnte. Noch drei solche Nächte würde er nicht überleben. Im flach einfallenden Sonnenlicht konnte er undeutlich die Wände und das Dach des Schuppens ausmachen. Er sah größer aus, als es am Abend den Anschein gehabt hatte. Er mußte wieder urinieren, obwohl er kaum glaubte, daß sein Körper noch irgendwelche Flüssigkeit entbehren konnte. Schließlich begriff er, daß ihm der Schuppen größer vorkam, weil er auf dem Fußboden lag.

Dann roch er wieder Blut und drehte den Kopf zur Tür hin. Die abgehäuteten Keulen eines Kaninchens waren durch den Spalt hindurchgeschoben worden. Sie lagen auf den rauhen Dielenbrettern, und Blut sickerte aus ihnen heraus. An ihnen klebende Erde und eine lange Schleifspur ließen erkennen, daß einige Kraft erforderlich gewesen war, um sie in den Schuppen zu befördern. Wolf versuchte, ihm etwas zu essen zu bringen.

»Heiliger Strohsack!« stöhnte Jack. Die gehäuteten Keulen des Kaninchens hatten etwas bestürzend Menschenähnliches. Jacks Magen krampfte sich zusammen. Aber anstatt sich zu übergeben, lachte er, weil sich ihm ein verrückter Vergleich aufdrängte. Wolf glich dem Hauskater, der seiner Familie jeden Morgen einen toten Vogel, eine ausgeweidete Maus auf die Matte legt.

Mit zwei Fingern ergriff Jack das gräßliche Geschenk und legte es unter die Bank. Ihm war immer noch nach Lachen zumute, aber seine Augen waren naß. Wolf hatte die erste Nacht seiner Verwandlung überlebt, und Jack hatte es auch.

Der nächste Morgen brachte einen völlig unidentifizierbaren, fast eiförmigen Klumpen Fleisch, das einen erschreckend weißen, an beiden Enden ausgesplitterten Knochen umgab.

12

Am Morgen des vierten Tages hörte Jack, wie jemand den Abhang der Mulde herunterglitt. Ein aufgestörter Vogel kreischte und flog dann lärmend vom Dach des Schuppens auf. Schwere Schritte näherten sich der Tür. Jack stützte sich auf die Ellenbogen und blinzelte in die Dunkelheit. Ein großer Körper stieß gegen die Tür und blieb stehen. Ein Paar schmutzige und aufgerissene Mokassins kamen in dem Spalt zum Vorschein.

»Wolf?« fragte Jack leise. »Bist du das?«

»Gib mir den Schlüssel, Jack.«

Jack schob die Hand in die Tasche, holte den Schlüssel heraus und schob ihn zwischen die Schuhe. Eine große braune Hand erschien und hob den Schlüssel auf.

»Hast du Wasser mitgebracht?« fragte Jack. Trotz Wolfs grausigen Geschenken, denen er entnommen hatte, was er konnte, hatte ihm der Wassermangel schon stark zugesetzt – seine Lippen waren gedunsen und aufgesprungen, und seine Zunge fühlte sich geschwollen und ausgedörrt an. Der Schlüssel glitt ins Schloß, und Jack hörte es aufspringen.

Dann wurde das Schloß von der Tür abgenommen.

»Ein bißchen«, sagte Wolf. »Mach die Augen zu, Jacky. Du hast jetzt Nachtaugen.«

Jack schlug die Hände vor die Augen, als die Tür aufschwang, aber das Licht, das in den Schuppen dröhnte und donnerte, drang zwischen seinen Fingern hindurch und stach ihm so schmerzhaft in die Augen, daß er aufstöhnte. »Wird bald besser«, sagte Wolf dicht neben ihm. Wolfs Arm umfaßte ihn und hob ihn hoch. »Augen zulassen«, warnte Wolf und trat rückwärts aus dem Schuppen heraus.

Sogar als Jack »Wasser« sagte und den rostigen Rand eines alten Bechers an seinen Lippen spürte, wußte er, warum Wolf nicht im Schuppen geblieben war. Die Luft hier draußen kam ihm unglaublich frisch und süß vor – sie hätte direkt aus der Region stammen können. Er schluckte ungefähr zwei Eßlöffel Wasser, das ihm schmeckte wie die beste Mahlzeit der Welt, und das in ihn hineinrann wie ein frisches Bächlein, das allem wohltut, was es berührt. Ihm war, als würde er wiederbelebt.

Lange, bevor Jack glaubte, genug getrunken zu haben, nahm ihm Wolf den Becher von den Lippen. »Wenn ich dir mehr gebe, erbrichst du es nur«, sagte Wolf. »Öffne die Augen, Jack – aber nur ein klein wenig.«

Jack folgte der Anweisung. Eine Million Lichtpartikel stürmten auf seine Augen ein. Er schrie auf.

Wolf setzte sich und hielt Jack auf seinem Schoß in den Armen. »Trink«, sagte er und hielt den Becher abermals an Jacks Lippen. »Und mach die Augen ein bißchen weiter auf.«

Jetzt schmerzte das Sonnenlicht schon viel weniger. Jack blinzelte durch seine Wimpern hindurch in eine gleißende Helligkeit, während ein weiteres wundertätiges Rinnsal durch seine Kehle glitt.

»Ah«, sagte Jack. »Was macht Wasser so köstlich?«

»Der Westwind«, erwiderte Wolf prompt.

Jack öffnete die Augen weiter. Aus dem wirren Gleißen traten das verwitterte Braun des Schuppens und die Grün- und helleren Brauntöne der Mulde hervor. Sein Kopf lehnte an Wolfs Schulter, die Wölbung von Wolfs Bauch drückte gegen sein Rückgrat.

»Ist alles in Ordnung, Wolf?« fragte er. »Hast du genug zu essen bekommen?«

»Wölfe bekommen immer genug zu essen«, sagte Wolf einfach und schlug ihm leicht auf den Schenkel.

»Danke für das Fleisch, das du mir gebracht hast.«

»Ich hatte es versprochen. Du warst die Herde. Das weißt du doch.«

»Ja, das weiß ich«, sagte Jack. »Kann ich noch etwas Wasser haben?«

Er glitt von Wolfs Schoß herunter und setzte sich so auf den Boden, daß er ihn ansehen konnte.

Wolf reichte ihm den Becher. Die John Lennon-Brille war wieder da; Wolfs Bart war jetzt kaum mehr ein Schorf, der seine Wangen bedeckte; sein schwarzes Haar, obwohl noch immer lang und fettig, endete ein gutes Stück oberhalb der Schultern. Wolfs Gesicht war gutmütig und friedlich und machte einen müden Eindruck. Über dem Latzoverall trug er ein graues Sweatshirt, ungefähr zwei Nummern zu klein, mit dem Aufdruck INDIANA UNIVERSITY ATHLETIC DEPARTMENT auf dem Vorderteil.

Er sah einem gewöhnlichen Menschen ähnlicher als je, seit Jack ihn kennengelernt hatte. Er sah nicht so aus, als wäre er imstande, den einfachsten College-Kurs zu absolvieren, aber er hätte in einer Schulmannschaft einen großartigen Footballspieler abgeben können.

Jack nippte wieder – Wolfs Hand hing über dem rostigen Blechbecher, um ihn wegreißen zu können, falls Jack das Wasser hinunterstürzte.

»Du bist wirklich okay?«

»Gleich hier und jetzt«, sagte Wolf. Er rieb sich mit der anderen Hand den Bauch, der so aufgebläht war, daß er den Stoff an der Unterkante des Sweatshirts so straff dehnte wie eine Hand einen Gummihandschuh. »Nur müde. Wenig Schlaf, Jack. Gleich hier und jetzt.«

»Wo hast du das Sweatshirt her?«

»Es hing auf einer Leine«, sagte Wolf. »Kalt hier, Jacky.«

»Und du hast keine Leute angefallen, oder?«

»Keine Leute. Wolf! Und jetzt trink das Wasser, aber langsam.« Für einen Augenblick nahmen Wolfs Augen wieder diesen bestürzenden Orangeton an, und Jack erkannte, daß es in Wirklichkeit unmöglich war, ihn für einen gewöhnlichen Menschen zu halten. Dann öffnete Wolf seinen großen Mund und gähnte. »Wenig Schlaf.« Er rutschte auf dem Abhang in eine bequemere Stellung, legte den Kopf nieder und war fast sofort eingeschlafen.

Dritter Teil

Welten im Widerstreit

Zwanzigstes Kapitel

Im Namen des Gesetzes

1

Um zwei Uhr an diesem Nachmittag befanden sie sich rund hundertfünfzig Kilometer weiter westlich, und Jack Sawyer hatte das Gefühl, gleichfalls mit dem Mond gerannt zu sein – so problemlos war es gegangen. Trotz seines bohrenden Hungers hatte er langsam Schluck um Schluck von dem Wasser in dem rostigen Becher getrunken und darauf gewartet, daß Wolf aufwachte. Schließlich hatte Wolf sich geregt, er hatte »Jetzt können wir, Jack« gesagt, hatte den Jungen auf den Rücken genommen und war nach Daleville hineingetrabt.

Während Wolf draußen auf dem Bordstein saß und versuchte, unauffällig auszusehen, betrat Jack das Daleville Burger King. Dort zwang er sich, zuerst in die Herrentoilette zu gehen und sich bis zur Hüfte auszuziehen. Selbst im Waschraum ließ ihm der aufreizende Duft bratenden Fleisches das Wasser im Mund zusammenlaufen. Er wusch Hände, Arme, Brustkorb und Gesicht. Dann hielt er den Kopf unter den Wasserhahn und wusch sich mit flüssiger Seife die Haare. Ein zerknülltes Papierhandtuch nach dem anderen fiel zu Boden.

Endlich war er so weit, daß er sich an den Tresen wagte. Das uniformierte Mädchen starrte ihn an, als er seine Bestellung aufgab – das nasse Haar, dachte er. Während das Bestellte zurechtgemacht wurde, trat das Mädchen zurück, lehnte sich an den Durchgang zur Küche und starrte ihn unverfroren an.

Er biß in den ersten Whopper und wandte sich zu den Glastüren um. Saft rann ihm übers Kinn. Er war so hungrig, daß ihm kaum Zeit zum Kauen blieb. Mit drei riesigen Bissen verschlang er den größten Teil des großen Hamburgers. Er wollte gerade zum vierten Mal davon abbeißen, als er durch die Türen hindurch sah, daß sich ein Haufen Kinder um Wolf geschart hatte. Das Fleisch erstarrte in seinem Mund, und sein Magen krampfte sich zusammen.

Jack eilte hinaus, noch immer bemüht, den Mundvoll Hackfleisch, weiches Brot, Gurke, Salat, Tomate und Sauce hinunterzuschlucken. Die Kinder umringten Wolf von drei Seiten und starrten ihn ebenso unverfroren an, wie die Kellnerin Jack angestarrt hatte. Wolf hatte sich auf dem Bordstein so klein wie möglich gemacht, den Rücken gekrümmt und den Hals eingezogen wie eine Schildkröte. Die Ohren schienen flach an seinem Kopf anzuliegen. Der Bissen Hamburger steckte in Jacks Kehle wie ein Golfball, und als er krampfhaft schluckte, rutschte er ein Stückchen tiefer.

Wolf warf ihm aus dem Augenwinkel heraus einen Blick zu und entspannte sich sichtlich. Ein hochgewachsener junger Mann in Bluejeans öffnete anderthalb oder zwei Meter entfernt am Bordstein die Tür eines ramponierten roten Kleinlasters, lehnte sich dagegen und beobachtete sie lächelnd. »Hier, das ist für dich, Wolf«, sagte Jack so unbefangen, wie er nur konnte. Er reichte Wolf die Schachtel mit dem Hamburger. Wolf roch daran. Dann hob er den Kopf, nahm einen riesigen Bissen und begann, methodisch zu kauen. Die Kinder, verblüfft und fasziniert, kamen näher. Ein paar von ihnen kicherten. »Wer ist das?« fragte ein kleines Mädchen mit blonden Pferdeschwänzen, die von flauschigen rosa Schleifen zusammengehalten wurden. »Ist das ein Monster?« Ein sieben- oder achtjähriger Junge mit kurzgeschnittenem Haar schob sich vor das Mädchen und sagte: »Das ist der Unglaubliche Koloß, stimmt's? Das ist wirklich der Koloß. Oder?«

Wolf hatte das, was von seinem Whopper noch übrig war, aus der Schachtel herausgeholt. Er schob sich den ganzen Rest mit der Handfläche in den Mund. Salatfetzen fielen zwischen seine aufgestellten Knie, Mayonnaise und Fleischsaft verschmierten sein Kinn und seine Wangen. Alles andere wurde zu einer bräunlichen Masse, zermalmt zwischen Wolfs mächtigen Zähnen. Als er geschluckt hatte, begann er, die Schachtel auszulecken.

Jack nahm ihm sanft die Schachtel aus den Händen. »Nein, er ist nur mein Cousin. Er ist kein Monster, und er ist nicht der Koloß. Und nun verschwindet und laßt uns allein. Haut ab. Laßt uns allein.«

Sie starrten weiter. Wolf leckte sich jetzt die Finger ab.

»Wenn ihr ihn weiter so anstarrt, wird er wütend. Und ich weiß nicht, was er tut, wenn er wütend wird.«

Der Junge mit dem kurzgeschnittenen Haar hatte David Banners Verwandlung in den Unglaublichen Hulk genug gesehen, um sich vorstellen zu können, was passieren mochte, wenn dieses Hamburger verschlingende Monster wütend wurde. Er trat zurück. Die meisten anderen folgten seinem Beispiel.

»Verschwindet, bitte«, sagte Jack, aber die Kinder waren wieder stehengeblieben.

Wolf stand auf, ragte in seiner ganzen Größe empor und ballte die Fäuste. »GOTT HÄMMRE EUCH, STARRT MICH NICHT SO AN!« brüllte er. »IHR BRINGT ES NOCH FERTIG, DASS ICH MIR KOMISCH VORKOMME! ALLE LEUTE BRINGEN ES FERTIG, DASS ICH MIR KOMISCH VORKOMME!«

Die Kinder verzogen sich. Schwer atmend und mit rotem Gesicht stand Wolf da und sah ihnen nach, wie sie die Hauptstraße von Daleville entlangliefen und um die Ecke verschwanden. Als sie fort waren, schlug er die Arme um den Brustkorb und warf einen Blick auf Jack. Er war völlig zerknirscht. »Wolf hätte nicht schreien dürfen«, sagte er. »Sie sind ja noch klein.«

»Ein tüchtiger Schrecken tut ihnen nur gut«, sagte eine Stimme, und Jack sah, daß der junge Mann nach wie vor an seinem roten Kleinlaster lehnte und sie anlächelte. »Habe so etwas selbst noch nie gesehen. Ihr seid Vettern, stimmt's?«

Jack nickte argwöhnisch.

»Ich wollte nicht persönlich werden oder so etwas.« Er trat vor, ein umgänglicher, dunkelhaariger junger Mann mit einer ärmellosen Weste über einem karierten Hemd. »Vor allem will ich nicht derjenige sein, der es fertigbringt, daß sich irgendjemand komisch vorkommt.« Er hielt inne und hob abwehrend die Hände. »Ich dachte nur, daß ihr beide ausseht, als wärt ihr schon eine Weile unterwegs.«

Jack warf einen Blick auf Wolf, der noch immer zerknirscht seinen Brustkorb umfangen hielt, aber gleichzeitig den Mann durch seine runden Brillengläser hindurch anfunkelte.

»Ich kenne das«, sagte der Mann. »In dem Jahr, in dem ich die Daleville High School hinter mir hatte, bin ich selbst nach Nordkalifornien getrampt und wieder zurück. Aber wie dem auch sei – wenn ihr westwärts wollt, kann ich euch mitnehmen.«

»Kann nicht, Jacky.« Wolfs Stimme war ein dröhnendes Bühnenflüstern.

»Wie weit westwärts?« fragte Jack. »Wir wollen nach Springfield. Ein Freund von mir wohnt in Springfield.«

»Kein Problem, Junge.« Er hob wieder die Hände. »Ich fahre bis kurz vor Cayuga, und das ist fast an der Grenze von Illinois. Wartet, bis ich mir einen Burger reingezogen habe, dann geht's los. Gerade Strecke. Anderthalb Stunden, vielleicht weniger – und ihr habt den halben Weg nach Springfield hinter euch.«

»Kann nicht«, keuchte Wolf wieder.

»Da ist nur ein Problem, Leute. Ich hab einen Haufen Kram auf dem Vordersitz liegen. Einer von euch muß hinten einsteigen, und da ist es ziemlich windig.«

»Sie wissen gar nicht, wie großartig das ist«, sagte Jack, und das war die reine Wahrheit. »Wir warten, bis Sie wieder herauskommen.« Wolf begann aufgeregt zu tänzeln. »Ganz bestimmt, Mister. Wir sind hier, wenn Sie herauskommen. Und vielen Dank.«

Sobald der Mann durch die Türen verschwunden war, drehte er sich zu Wolf um und flüsterte auf ihn ein.

Und als der junge Mann – Bill »Buck« Thompson, so hieß er – mit zwei weiteren Whopper-Schachteln in den Händen zu seinem Kleinlaster zurückkehrte, fand er einen gelassen aussehenden Wolf auf der offenen Ladefläche vor; Jack saß auf dem Beifahrersitz neben einem Stapel fülliger Kunststoffbeutel, die erst zugeklebt und dann mit Heftklammern verschlossen und anschließend, dem Geruch nach zu urteilen, ausgiebig mit einem Luftverbesserer besprüht worden waren. Durch die Folie hindurch waren lange, farnwedelähnliche Stecklinge zu erkennen, mittelgrün, an denen sich zahlreiche Knospen gebildet hatten.

»Ich hatte den Eindruck, daß du immer noch ein bißchen hungrig aussiehst«, sagte er und warf Wolf einen weiteren Whopper zu. Dann setzte er sich auf den Fahrersitz, durch den Haufen Kunststoffbeutel von Jack getrennt. »Ich dachte, er würde ihn vielleicht mit den Zähnen fangen, womit ich deinem Cousin nicht zu nahe treten will. Da, nimm den hier; er hat seinen schon pulverisiert.«

Und so fuhren sie hundertfünfzig Kilometer westwärts, Wolf halb von Sinnen vor Begeisterung über den Wind, der an seinem Gesicht vorbeipfiff, halb hypnotisiert von der Geschwindigkeit und der Vielzahl der Gerüche, die seine Nase während der Fahrt einfing. Seine Augen funkelten und glühten, registrierten jede Nuance des Windes. Er rutschte hinter der Fahrerkabine von einer Seite zur anderen und hob die Nase in den Fahrtwind.

Buck Thompson bezeichnete sich als Farmer. Während der fünfundsiebzig Minuten, in denen sein Fuß auf dem Gaspedal ruhte, redete er ununterbrochen; aber er stellte Jack keine einzige Frage. Und als er kurz vor der Stadtgrenze von Cayuga auf einen Feldweg abbog und den Wagen neben einem Maisfeld zum Stehen brachte, das sich meilenweit hinzuziehen schien, griff er in seine Hemdentasche und brachte eine etwas ungleichmäßig gedrehte Zigarette in einer Hülle aus weichem weißem Papier zum Vorschein. »Bei manchen Leuten hilft Fusel«, sagte er. »Aber nicht bei deinem Cousin.« Er ließ die Zigarette in Jacks Hand fallen. »Laß ihn ein paar Züge machen, wenn er sich aufregt, okay? Ärztlicher Rat.«

Ohne viel nachzudenken, steckte Jack den Joint in seine Hemdentasche und kletterte aus der Fahrerkabine. »Danke, Buck«, rief er dem Fahrer zu.

»Mann, das war vielleicht ein Anblick, ihn essen zu sehen«, sagte Buck. »Was machst du, wenn du mit ihm irgendwo hinwillst? Sagst du ›hopp marsch!‹ zu ihm?«

Als Wolf begriffen hatte, daß die Fahrt zu Ende war, sprang er von der Ladefläche.

Der rote Kleinlaster rollte davon und zog eine lange Staubwolke hinter sich her.

»Laß uns das wieder machen«, rief Wolf begeistert. »Jacky! Laß uns das wieder machen!«

»Ich wollte, das wäre so einfach«, sagte Jack. »Komm, laß uns ein Stück laufen. Irgendwer wird schon vorbeikommen.« Er glaubte, daß sich sein Glück gewendet hätte, daß er und Wolf ohne weiteren Verzug die Grenze nach Illinois überschreiten würden; er war immer sicher gewesen, daß alles glattgehen würde, sobald er Springfield und die Thayer School und Richard erreicht hatte. Aber Jacks Verstand war noch halb in der Zeit des Schuppens befangen, in der sich das Unwirkliche aufbläht und alles Wirkliche verzerrt wird, und als die schlimmen Dinge wieder zu passieren begannen, passierten sie so schnell, daß er nichts dagegen tun konnte. Es sollte noch lange dauern, bevor Jack nach Illinois kam, und in dieser Zeit saß er wieder im Schuppen gefangen.

2

Die überstürzte Abfolge von Ereignissen, die ins Sunlight-Heim führte, begann zehn Minuten, nachdem die Jungen das kleine Schild passiert hatten, das ihnen sagte, daß sie sich jetzt in Cayuga, 23 568 Einwohner, befanden. Cayuga selbst war nirgends zu sehen. Zu ihrer Rechten erstreckte sich das endlose Maisfeld; zu ihrer Linken konnten sie über ein brachliegendes Feld hinweg sehen, wie sich die Straße bog und dann pfeilgerade auf den Horizont zuführte. Kurz nachdem Jack klargeworden war, daß sie wahrscheinlich den ganzen Weg in die Stadt würden laufen müssen, um einen anderen Wagen zu finden, der sie mitnahm, erschien auf dieser Straße ein Auto, das in schneller Fahrt auf sie zukam.

»Hinten fahren!« schrie Wolf und reckte begeistert die Arme hoch. »Wolf fährt hinten! Gleich hier und jetzt!

»Es fährt in der falschen Richtung«, sagte Jack. »Sei still und laß es vorbeifahren, Wolf. Und nimm die Arme herunter, sonst denkt er, du willst ihm ein Zeichen geben.«

Widerstrebend senkte Wolf die Arme. Der Wagen hatte die Straßenbiegung, die ihn zu Jack und Wolf bringen würde, fast erreicht. »Nicht hinten fahren?« fragte Wolf, beinahe kindisch schmollend.

Jack schüttelte den Kopf. Er starrte auf ein ovales Medaillon auf der staubigweißen Tür des Wagens. Parkverwaltung konnte darauf stehen oder Naturschutzbehörde. Es hätte alles mögliche sein können – ein Fahrzeug der Landwirtschaftsbehörde oder eines der Stadtverwaltung von Cayuga. Doch als es um die Kurve bog, sah Jack, daß es ein Streifenwagen war.

»Das ist ein Bulle, Wolf. Ein Polizist. Geh einfach weiter und benimm dich ganz unauffällig. Wir wollen nicht, daß er anhält.«

»Was ist ein Poppizist?« Wolf hatte die Stimme gesenkt; er sah, daß der Wagen jetzt direkt auf sie zugeschossen kam. »Bringt ein Poppizist Wölfe um?«

»Nein«, sagte Jack, »das tut er ganz bestimmt nicht«, aber es nützte nichts. Wolf umkrampfte mit einer zitternden Hand die von Jack. »Laß mich los, Wolf, bitte«, flehte Jack. »Es wird ihm komisch vorkommen.«

Wolfs Hand fiel herunter.

Als der Wagen auf sie zukam, warf Jack einen Blick auf die Gestalt hinter dem Lenkrad; dann drehte er sich um und ging ein paar Schritte zurück, um Wolf zu beobachten. Was er gesehen hatte, war nicht gerade ermutigend. Der Polizist am Steuer hatte ein breites, teigiges, anmaßendes Gesicht mit blassen Fettwülsten an den Stellen, an denen früher die Wangenknochen gewesen waren. Und Wolf war die Angst am Gesicht abzulesen. Seine Augen funkelten, seine Nüstern bebten; er zeigte seine Zähne.

»Das hat dir Spaß gemacht, auf der Ladefläche des Lasters zu fahren, stimmt's?« fragte ihn Jack.

Das Entsetzen ebbte ein wenig ab, und Wolf brachte fast ein Lächeln zustande. Der Streifenwagen dröhnte vorüber – Jack bemerkte, daß der Fahrer den Kopf drehte und sie musterte. »Okay«, sagte Jack. »Er fährt weiter. Alles in Ordnung, Wolf.«

Er hatte sich gerade wieder umgedreht, als er hörte, daß das Motorengeräusch des Streifenwagens plötzlich wieder lauter wurde.

»Poppizist kommt zurück!«

»Wahrscheinlich fährt er wieder nach Cayuga«, sagte Jack. »Dreh dich um und tu einfach dasselbe wie ich. Starr ihn nicht an!«

Der Streifenwagen scherte aus, fuhr an ihnen vorbei, ließ die Bremslichter aufflackern und kam diagonal vor ihnen zum Stehen. Der Polizist stieß die Tür auf und pflanzte seine Füße auf den Boden. Dann stemmte er sich aus dem Sitz. Er war ungefähr so groß wie Jack, und sein ganzes Gewicht steckte in seinem Gesicht und seinem Bauch – seine Beine waren knochendürr, Arme und Schultern die eines normal entwickelten Mannes. Sein Bauch, in die braune Uniform eingeschnürt wie ein bratfertiger Puter, quoll beiderseits des breiten braunen Gürtels hervor.

»Ich kann's gar nicht erwarten«, sagte er, stemmte einen Arm in die Hüfte und lehnte sich gegen die offene Tür. »Wie sieht eure Geschichte aus? Laßt hören.«

Wolf stellte sich hinter Jack und zog die Schultern ein; seine Hände steckten tief in den Taschen seines Overalls.

»Wir sind unterwegs nach Springfield, Officer«, sagte Jack. »Wir sind getrampt – vielleicht hätten wir das nicht tun dürfen.«

»Du meinst, das hättet ihr vielleicht nicht tun dürfen. Entzückend! Und was ist das für ein Bursche, der sich hinter dir zu verstecken versucht? Ein Schoßhündchen?«

»Er ist mein Cousin.« Jack überlegte einen Augenblick – er mußte seine Geschichte so erweitern, daß Wolf hineinpaßte. »Ich soll ihn nach Hause bringen. Er wohnt in Springfield bei seiner Tante Helen, ich meine, bei meiner Tante Helen. Das ist eine Lehrerin. In Springfield.« »Und was hat er angestellt? Ist er irgendwo ausgerissen?«

»Nein, nein, nichts dergleichen. Es ist nur so, daß...«

Der Polizist betrachtete ihn fast gleichgültig und zischte dann: »Namen?«

Jetzt stand er vor einem Problem: Wolf würde ihn bestimmt Jack nennen, ohne Rücksicht darauf, welchen Namen er dem Polizisten nannte. »Ich bin Jack Parker«, sagte er. »Und er...

»Moment. Das soll mir der Schwachkopf selber sagen. Komm her. Weißt du noch, wie du heißt, du Nulpe?«

Wolf wand sich hinter Jack, vergrub sein Kinn im Latz seines Overalls. Dann murmelte er etwas.

»Ich kann dich nicht hören, mein Sohn.«

»Wolf«, flüsterte er.

»Wolf. Das hätte ich mir eigentlich denken können. Und wie heißt du mit Vornamen? Oder hat man dir nur eine Nummer gegeben?«

Wolf hatte die Augen zugekniffen und verschränkte die Beine.

»Komm schon, Phil«, sagte Jack, weil er glaubte, daß dies einer der wenigen Namen war, an die sich Wolf vielleicht erinnern würde.

Aber er hatte die Worte kaum ausgesprochen, als Wolf den Kopf hob, seinen Rücken streckte und schrie: »JACK! JACK! JACK WOLF!«

»Wir nennen ihn manchmal Jack«, warf der Junge ein, obwohl er wußte, daß es bereits zu spät war. »Weil er mich so gern hat – manchmal bin ich sogar der einzige, der etwas mit ihm anfangen kann. Vielleicht bleibe ich sogar ein paar Tage in Springfield, wenn ich ihn heimgebracht habe, nur um sicherzugehen, daß er sich dort richtig eingewöhnt.«

»Jetzt reicht's, Jack. Wie wär's, wenn ihr beide, du und der alte Phil-Jack, in meinen Wagen steigen würdet, damit wir zusammen in die Stadt fahren und alle Unklarheiten beseitigen können?« Als sich Jack nicht bewegte, legte der Polizist eine Hand auf den Kolben des riesigen Revolvers, der an seinem prall sitzenden Gürtel hing. »In den Wagen mit euch. Er zuerst. Ich will wissen, warum ihr an einem Schultag hundert Kilometer von zu Hause fort seid. In den Wagen. Und zwar sofort.«

»Also, Officer«, setzte Jack an, und Wolf keuchte hinter ihm. »Nein. Kann nicht.«

»Mein Cousin hat seine Probleme«, sagte Jack. »Er leidet unter Klaustrophobie. Kleine Wagen, vor allem das Wageninnere, machen ihn verrückt. Wir können nur Laster anhalten, wo er auf der Ladefläche sitzen kann.«

»*In den Wagen mit euch!*« sagte der Polizist. Er trat vor und öffnete die hintere Tür.

»KANN NICHT!« heulte Wolf. »Wolf KANN NICHT! Stinkt, Jacky, da drinnen *stinkt* es!« Seine Nase und Oberlippe waren vor Ekel gerunzelt.

»Entweder du bringst ihn hinein, oder ich tue es«, sagte der Polizist zu Jack.

»Es ist nicht für lange, Wolf«, sagte Jack und griff nach Wolfs Hand. Widerstrebend ließ Wolf zu, daß Jack sie umfaßte. Jack zog ihn auf den Rücksitz des Streifenwagens zu, wobei er Wolfs Füße buchstäblich über den Asphalt zerren mußte.

Ein paar Sekunden lang sah es aus, als würde es klappen. Wolf kam dem Streifenwagen so nahe, daß er den Türrahmen berühren konnte. Dann begann sein ganzer Körper zu beben. Er klammerte sich mit beiden Händen an die Oberkante des Türrahmens. Es sah aus, als stünde er im Begriff, das Wagendach in zwei Teile zu zerfetzen – wie ein Muskelpaket im Zirkus ein Telefonbuch entzweireißt.

»Bitte«, sagte Jack ruhig. »Es geht nicht anders.«

Aber Wolf war verängstigt und zu angewidert von dem, was er roch. Speichel rann ihm aus dem Mund und tropfte auf das Wagendach.

Der Polizist ging um Jack herum und löste etwas von einem Haken an seinem Gürtel. Jack hatte gerade Zeit zu sehen, daß es nicht der Revolver war, als der Polizist seinen Schlagstock schon gekonnt auf Wolfs Schädelbasis krachen ließ. Wolfs Oberkörper sank auf das Wagendach, und dann glitt er anmutig auf die staubige Straße.

»Du faßt ihn am anderen Ende an«, sagte der Polizist und hängte den Schlagstock wieder an den Gürtel. »Es müßte doch mit dem Teufel zugehen, wenn wir diesen großen Brocken Scheiße nicht in den Wagen bekämen.«

Zwei oder drei Minuten später, nachdem sie Wolfs massigen, bewußtlosen Körper zweimal auf die Straße hatten fallen lassen, fuhren sie in Richtung Cayuga. »Ich weiß schon, was mit dir und deinem schwachsinnige Cousin passieren wird. Wenn er dein Cousin ist, was ich bezweifle.« Der Polizist warf Jack im Rückspiegel einen Blick zu, und seine Augen glichen in frischen Teer getauchten Rosinen.

Plötzlich schien Jacks gesamtes Blut in seinen Venen herabzufließen, und sein Herz tat einen Sprung in seiner Brust. Ihm war die Zigarette eingefallen, die in seiner Hemdtasche steckte. Er legte die Hand darauf und ließ sie dann schnell wieder fallen, bevor der Polizist etwas sagen konnte.

»Ich muß ihm die Schuhe wieder anziehen«, sagte Jack. »Sie sind ihm von den Füßen gerutscht.«

»Vergiß es«, sagte der Polizist, erhob aber keine weiteren Einwände, als sich Jack hinunterbeugte. Als er aus dem Blickfeld des Spiegels heraus war, schob er zuerst einen der aufgerissenen Schuhe wieder über Wolfs nackte Ferse, dann holte er schnell den Joint aus der Tasche und steckte ihn in den Mund. Er biß hinein, und trockne Krümel mit einem eigentümlichen Kräutergeschmack ergossen sich auf seine Zunge. Jack begann, sie zwischen seinen Zähnen zu zermahlen. Etwas rutschte in seinen Hals und kratzte, und er fuhr krampfhaft hoch, hielt die Hand vor den Mund und versuchte, mit geschlossenen Lippen zu husten. Als sein Hals wieder frei war, schluckte er hastig das ganze feuchte und ziemlich matschige Marihuana hinunter. Dann fuhr er sich mit der Zunge über die Zähne und beseitigte alle Reste und Spuren.

»Euch stehen ein paar Überraschungen bevor«, sagte der Polizist. »Ihr werdet ein bißchen Sonnenlicht in die Seele bekommen.«

»Sonnenlicht in die Seele?« fragte Jack, der glaubte, der Polizist hätte gesehen, wie er den Joint in den Mund steckte.

»Und außerdem ein paar Blasen an den Händen«, sagte der Polizist und warf einen vergnügten Blick auf Jacks schuldbewußtes Gesicht im Rückspiegel.

Das Gebäude der Stadtverwaltung von Cayuga war ein düsteres Labyrinth aus unbeleuchteten Korridoren und engen Treppen, die an ebenso engen Räumen vorbei unvermutet aufwärts zu führen schienen. Wasser gluckerte in den Rohren. »Eines will ich von vornherein klarstellen, Jungs«, sagte der Polizist, während er sie auf die letzte Treppe zu ihrer Rechten hinsteuerte. »Ihr seid nicht verhaftet. Ist das klar? Ihr seid lediglich zur Befragung in Gewahrsam genommen. Also kommt mir nicht mit irgendwelchem Scheiß über einen Anruf. Ihr hängt in der Luft, bis ihr uns gesagt habt, wer ihr seid und was ihr vorhabt. Habt ihr verstanden? Ihr hängt in der Luft. Wir gehen jetzt zu Richter Fairchild, der ist für euch zuständig, und wenn ihr nicht mit der Wahrheit herausrückt, habt ihr euch die Konsequenzen selbst zuzuschreiben. Hinauf mit euch! Ein bißchen dalli!«

Am Kopf der Treppe stieß der Polizist eine Tür auf. Eine schwarzgekleidete Frau in mittleren Jahren mit einer Drahtbrille blickte an der gegenüberliegenden Wand von einer Schreibmaschine auf. »Wieder zwei Ausreißer«, sagte der Polizist. »Sagen Sie ihm, daß wir da sind.«

Sie nickte, griff zum Telefon und sprach ein paar Worte. »Ihr könnt hineingehen«, sagte die Sekretärin zu ihnen, und ihre Augen wanderten von Wolf zu Jack und wieder zurück zu Wolf.

Der Polizist schob sie durch das Vorzimmer und öffnete die Tür zu einem doppelt so großen Raum, dessen eine Längswand mit Büchern bedeckt war; an der anderen hingen gerahmte Photos, Diplome und Urkunden. Vor den großen Fenstern waren die Jalousien heruntergelassen. Ein langer, dürrer Mann in dunklem Anzug, zerknittertem weißem Hemd und schmaler Krawatte erhob sich hinter einem ramponierten, an die zwei Meter breiten Schreibtisch. Das Gesicht des Mannes war eine Reliefkarte aus Runzeln, und sein Haar war so schwarz, daß es nur gefärbt sein konnte. Schaler Zigarettenrauch hing sichtbar in der Luft. »Was bringen Sie mir heute, Franky?« Seine Stimme war unvermutet tief, beinahe theatralisch.

»Jungen, die ich auf der French Lick Road aufgegriffen habe, nicht weit von Thompsons Farm.« Richter Fairchilds Runzeln verzogen sich zu einem Lächeln, als er Jack ansah. »Hast du irgendwelche Ausweispapiere bei dir, Junge?«

»Nein, Sir«, sagte Jack.

»Hast du Officer Williams in allem die Wahrheit gesagt? Er scheint nicht den Eindruck gehabt zu haben, sonst wärt ihr nicht hier.«

»Ja, Sir«, sagte Jack.

»Dann laß deine Geschichte hören.« Er ging um seinen Schreibtisch herum, brachte die flachen, direkt über seinem Kopf hängenden Rauchschwaden in Bewegung und ließ sich, halb sitzend, halb lehnend, auf der Schreibtischecke nieder, die Jack am nächsten war. Dann zündete er sich eine Zigarette an – Jack sah, wie ihn die tiefliegenden, blassen Augen durch den Rauchschleier hindurch musterten, und erkannte, daß keine Nachsicht in ihnen lag.

Die Kannenpflanze war wieder da.

Jack tat einen tiefen Atemzug. »Meine Name ist Jack Parker. Er ist mein Cousin und wird auch Jack genannt. Jack Wolf. Aber in Wirklichkeit heißt er Philipp. Er hat bei uns in Daleville gewohnt, weil sein Vater tot ist und seine Mutter krank wurde. Ich bringe ihn nach Springfield zurück.«

»Er ist beschränkt, oder?«

»Ein bißchen schwerfällig«, sagte Jack und warf einen Blick auf Wolf. Sein Freund schien kaum bei Bewußtsein.

»Wie heißt deine Mutter?« fragte der Richter Wolf. Wolf reagierte in keiner Weise. Er hielt die Augen fest geschlossen und hatte die Hände in die Taschen gesteckt.

»Sie heißt Helen«, sagte Jack. »Helen Vaughan.«

Der Richter löste sich vom Schreibtisch und kam langsam auf Jack zu. »Hast du getrunken, Junge? Du bist nicht ganz sicher auf den Beinen.«

»Nein.«

Richter Fairchild stellte sich dicht vor Jack und beugte sich nieder. »Laß mich deinen Atem riechen.«

Jack öffnete den Mund und atmete aus.

»Nein. Kein Alkohol.« Der Richter richtete sich wieder auf. »Aber das ist das einzige, was der Wahrheit entspricht, stimmt's? Du versuchst, mir einen Bären aufzubinden.«

»Es tut mir leid, daß wir getrampt sind«, sagte Jack, der wußte, daß seine Worte jetzt sehr vorsichtig wählen mußte – was er sagte, konnte nicht nur darüber entscheiden, ob er und Wolf freigelassen wurden; es fiel ihm auch schwer, die Worte zu formulieren –, alles schien ganz

langsam abzulaufen. »Wir fahren überhaupt nur ganz selten per Anhalter, weil Wolf – Jack, meine ich – Autos zuwider sind. Wir tun es nicht wieder. Wir haben nichts Böses getan, Sir, und das ist die Wahrheit.«
»Du verstehst nicht ganz, mein Junge«, sagte der Richter, und seine weitsichtigen Augen funkelten wieder. *Er genießt das,* wurde Jack plötzlich klar. Richter Fairchild kehrte langsam hinter seinen Schreibtisch zurück. »Es geht nicht darum, daß ihr per Anhalter gefahren seid. Ihr beide seid allein auf den Straßen unterwegs, kommt von Nirgendwo, geht nach Nirgendwo – regelrechte Zielscheiben für Ärger.« Seine Stimme glich dunklem Honig. »Aber wir haben hier in diesem Bezirk etwas, das wir für eine nicht alltägliche Einrichtung halten – vom Staat gutgeheißen und gefördert –, etwas, von dem man sagen könnte, daß es gerade für Jungen wie euch eingerichtet worden ist. Es nennt sich Sunlight Gardener-Bibelheim für gestrauchelte Jungen. Was Mr. Gardener bei Burschen, die in Schwierigkeiten geraten sind, bewirkt hat, kann man nur als Wunder bezeichnen. Wir haben ihm ein paar ganz zähe Brocken geschickt, und im Handumdrehen hatte er die Jungen so weit, daß sie auf den Knien lagen und Jesus um Vergebung baten. So etwas kommt nicht alle Tage vor, findest du nicht?«
Jack schluckte. Sein Mund kam ihm trockener vor, als er im Schuppen gewesen war. »Sir, wir müssen unbedingt so schnell wie möglich nach Springfield. Sie werden sich Sorgen machen . . .«
»Das bezweifle ich sehr«, sagte der Richter und lächelte mit all seinen Runzeln. »Aber weißt du was? Sobald ihr zwei Schulschwänzer auf dem Weg ins Sunlight-Heim seid, rufe ich in Springfield an und lasse mir die Nummer geben von dieser Helen – Wolf, nicht wahr? Oder war es Helen Vaughan?«
»Vaughan«, sagte Jack, und eine heiße Röte überzog sein Gesicht wie im Fieber.
»Ja«, sagte der Richter.
Wolf schüttelte den Kopf, blinzelte und legte dann eine Hand auf Jacks Schulter.
»Ah, du komms wieder zu dir, Junge«, sagte der Richter. »Kannst du mir sagen, wie alt du bist?«
Wolf blinzelte wieder und sah Jack an.
»Sechzehn«, sagte Jack. »Und du?«
»Zwölf.«
»Oh, ich hätte dich für etliche Jahre älter gehalten. Umso wichtiger ist es, daß dir geholfen wird, bevor du ernstlich in Schwierigkeiten gerätst, finden Sie nicht, Franky?«
»Amen«, sagte der Polizist.
»In einem Monat kommt ihr wieder her«, sagte der Richter. »Dann werden wir feststellen, ob sich euer Gedächtnis gebessert hat. Warum sind deine Augen so blutunterlaufen?«

»Sie fühlen sich irgendwie komisch an«, sagte Jack, und der Polizist bellte. Eine Sekunde später begriff Jack, daß er gelacht hatte. »Bring sie fort, Franky«, sagte der Richter. Er griff bereits nach dem Telefon. »In dreißig Tagen werdet ihr nicht wiederzuerkennen sein. Darauf könnt ihr euch verlassen.«

Während sie die Treppen des Ziegelsteingebäudes der Stadtverwaltung hinunterstiegen, fragte Jack Franky Williams, warum sich der Richter nach ihrem Alter erkundigt hatte. Der Polizist blieb auf der untersten Stufe stehen und machte eine halbe Drehung, um Jack aus seinem feisten Gesicht heraus anzufunkeln. »Der alte Sunlight nimmt sie gewöhnlich mit Zwölf auf und läßt sie mit Neunzehn wieder frei.« Er grinste. »Willst du damit sagen, daß du ihn noch nie im Radio gehört hast? Er ist so ziemlich das Berühmteste, was wir in dieser Gegend haben. Ich bin ziemlich sicher, daß man sogar in Daleville schon vom alten Sunlight Gardener gehört hat.« Seine Zähne waren kleine, verfärbte, unregelmäßig stehende Stummel.

3

Zwanzig Minuten später befanden sie sich wieder in Farmland.

Wolf war mit überraschend wenig Widerstreben in den Fond des Wagens gestiegen. Franky Williams hatte den Schlagstock von seinem Gürtel gelöst und gesagt: »Willst du den wieder kosten, du Schwachkopf? Wer weiß, vielleicht macht er dich helle.« Wolf hatte gezittert. Seine Nase hatte sich verzerrt, aber er war Jack in den Wagen gefolgt, wo er sich sofort die Nase zugehalten und begonnen hatte, durch den Mund zu atmen. »Wir kommen wieder aus diesem Ort heraus, Wolf«, hatte Jack ihm ins Ohr geflüstert. »Ein paar Tage, dann wissen wir, wie wir es anfangen müssen.«

»Ruhe da hinten«, kam es vom Fahrersitz.

Jack fühlte sich seltsam entspannt. Er war sicher, daß es ihnen irgendwie gelingen würde, zu entkommen. Er lehnte sich an den Kunststoffbezug des Sitzpolsters zurück und blickte auf die vorbeifliegenden Felder; seine Hand lag in der von Wolf.

»Da ist es«, rief ihnen Franky Williams vom Fahrersitz aus zu. »Euer künftiges Zuhause.«

Jack sah eine hohe Ziegelsteinmauer, die surrealistisch aus den Feldern aufragte – so hoch, daß man nicht über sie hinwegblicken konnte, und von drei Reihen Stacheldraht und in Beton eingebetteten Glasscherben gekrönt. Der Wagen fuhr jetzt an abgeernteten, eingezäunten Feldern vorüber; in den Zäunen wechselten Stränge aus Stacheldraht und glattem Draht miteinander ab.

»Er hat sechzig Morgen Land hier draußen«, sagte Williams. »Und alles ist von Mauern oder Zäunen umgeben – damit ihr nicht auf dumme Gedanken kommt. Die Jungen haben sie selbst errichtet.«

Da, wo die Straße auf das Grundstück des Heims stieß, unterbrach ein breites Eisentor die lange Flucht der Mauer. Als der Streifenwagen in die Einfahrt bog, schwang das Tor auf, von einem elektronischen Signal gesteuert. »Fernsehkameras«, erklärte der Polizist. »Sie warten schon auf euch zwei frische Fische.«

Jack beugte sich vor und brachte sein Gesicht ans Fenster. Jungen in Köperjacken arbeiteten auf den langen Feldern beiderseits der Straße, hackten, gruben, schoben Schubkarren.

»Ihr beiden Scheißer habt mir gerade zwanzig Dollar eingebracht«, sagte Williams. »Und Richter Fairchild ebenso viel. Ist das nicht grandios?«

Einundzwanzigstes Kapitel

Das Sunlight-Heim

1

Das Heim sah aus, als hätten Kinder es aus Bauklötzen errichtet, dachte Jack – so oft mehr Platz gebraucht wurde, war es aufs Geratewohl erweitert worden. Dann sah er, daß die zahlreichen Fenster vergittert waren, und sofort machte das weitläufige Gebäude auf ihn eher den Eindruck einer Strafanstalt als eines Bauwerks von Kindern. Der größte Teil der Jungen hatte die Arbeit unterbrochen, um die Ankunft des Streifenwagens zu beobachten.

Franky Williams lenkte den Wagen auf das breite, gerundete Ende der Auffahrt. Als er den Motor abgeschaltet hatte, trat eine hochgewachsene Gestalt durch die Vordertür, blieb auf der obersten Stufe stehen und musterte sie mit vor dem Leib gefalteten Händen. Unter einer dichten Mähne aus ziemlich langem, weißem Haar wirkte das Gesicht des Mannes unwahrscheinlich jugendlich – so, als hätte plastische Chirurgie diese gemeißelten, kraftvoll maskulinen Züge geschaffen oder zumindest deutlicher hervorgehoben. Es war das Gesicht eines Mannes, der alles überall und an jedermann verkaufen konnte. Seine Kleidung war so weiß wie sein Haar: weißer Anzug, weiße Schuhe, weißes Hemd und ein flatternder weißer Seidenschal um seinen Hals. Als Jack und Wolf aus dem Streifenwagen stiegen, holte der Mann in Weiß eine dunkelgrüne Sonnenbrille aus der Jackentasche, setzte sie auf und schien die beiden Jungen einen Augenblick abzuschätzen, bevor er lächelte – lange Falten spalteten seine Wangen. Dann nahm er die Sonnenbrille ab und steckte sie wieder in die Tasche.

»Gut«, sagte er. »Gut, gut. Was täten wir ohne Sie, Officer Williams?«

»Guten Tag, Reverend Gardener«, sagte der Polizist.

»Handelt es sich um das Übliche, oder wurden diese beiden frechen Burschen bei einer kriminellen Handlung gefaßt?«

»Stromer«, sagte der Polizist. Er hielt die Hände auf die Hüften gestemmt und blinzelte zu Gardener empor, als stäche ihm all das Weiß schmerzhaft in die Augen. »Weigerten sich, Richter Fairchild ihre richtigen Namen zu nennen. Und der da, der große« – er wies mit dem Daumen auf Wolf – »wollte gar nicht reden. Ich mußte ihm eins überbraten, um ihn überhaupt in den Wagen zu bekommen.«

Gardener schüttelte tragisch den Kopf. »Warum bringen Sie sie nicht hier herauf, damit sie sich vorstellen können? Danach erledigen wir die verschiedenen Formalitäten. Liegt irgendein Grund dafür vor, warum sie beide so – äh, sagen wir, ›beduselt‹ aussehen?«

»Dem Großen habe ich einen Schlag hinter die Ohren versetzt.«

»Hmmm.« Gardener trat zurück und legte die Hände vor der Brust zusammen.

Als Williams die Jungen die Stufen zu der langen Vorderveranda hinaufbeförderte, musterte Gardener mit schiefgelegtem Kopf seine Neuankömmlinge. Jack und Wolf erreichten das obere Ende der Treppe und traten zögernd auf die Veranda. Franky Williams wischte sich die Stirn und pflanzte sich neben sie. Gardener lächelte verschwommen, aber seine Augen fuhren zwischen den beiden Jungen hin und her. Eine Sekunde, nachdem etwas Hartes, Kaltes und Vertrautes in seinen Augen Jack angesprungen hatte, zog der Reverend die Sonnenbrille wieder aus der Tasche und setzte sie auf. Das Lächeln blieb verschwommen und zart, aber obwohl ein falsches Sicherheitsgefühl Jack einlullte, erstarrte er unter diesem Blick – er hatte ihn schon einmal gesehen.

Reverend Gardener schob die Sonnenbrille auf der Nase herunter und blinzelte kokett über den Rand des Gestells hinweg. »Namen? Namen? Könnten wir von den beiden Herren vielleicht ein paar Namen hören?«

»Ich heiße Jack«, sagte der Junge und brach dann ab – er würde kein Wort mehr sagen, bevor er es nicht unbedingt mußte. Einen Augenblick lang schien sich die Wirklichkeit um Jack herum zu kräuseln und zu verzerren: ihm war, als wäre er in die Region zurückgeflippt – mit dem Unterschied, daß die Region jetzt böse und bedrohlich war, und daß stinkender Qualm, züngelnde Flammen, die Schreie gepeinigter Leiber die Luft erfüllten.

Eine kraftvolle Hand umschloß seinen Ellenbogen und hielt ihn aufrecht. Anstelle von Gestank und Qualm roch Jack durchdringend süßliches, zu freigebig gebrauchtes Kölnisch Wasser. Zwei melancholische graue Augen blickten direkt in die seinen.

»Und bist du ein schlechter Junge gewesen, Jack? Bist du ein ganz schlechter Junge gewesen?«

»Nein, wir sind nur getrampt, und...«

»Ich glaube, du bist ein bißchen high«, sagte der Reverend Gardener. »Wir werden dafür sorgen müssen, daß man dir besondere Sorgfalt angedeihen läßt, nicht wahr?« Die Hand gab seinen Ellenbogen frei; Gardener trat einen Schritt zurück und schob die Sonnenbrille wieder vor seine Augen. »Ich nehme an, du hast auch einen Nachnamen?«

»Parker«, sagte Jack.

»Ja.« Gardener riß sich die Brille herunter, vollführte tänzelnd eine halbe Drehung und richtete den Blick auf Wolf. Er hatte nicht erkennen lassen, ob er Jack glaubte oder nicht.

333

»Donnerwetter«, sagte er. »Du bist ja ein Prachtexemplar. So ein strammer Bursche. Für einen großen, starken Jungen wie dich werden wir hier bestimmt Verwendung haben, der Herr sei gelobt. Und dürfte ich dich nun bitten, dem Beispiel von Mr. Jack Parker zu folgen und mir deinen Namen zu nennen?«

Jack warf einen besorgten Blick auf Wolf. Sein Kopf war gesenkt, und er atmete schwer. Eine glitzernde Speichelspur zog sich von einem Mundwinkel bis zum Kinn. Auf dem Vorderteil des gestohlenen Sweatshirts war ein schwarzer Fleck, halb Schmutz, halb Öl. Wolf schüttelte den Kopf, aber die Geste schien inhaltslos – es war, als schüttelte er eine Fliege ab.

»Dein Name, Junge? Name? Name? Heißt du Bill? Paul? Art? Sammy? Nein – bestimmt ist es etwas ganz Besonderes. George vielleicht?«

»Wolf«, sagte Wolf.

»Ah, das ist wirklich hübsch.« Gardener strahlte sie beide an. »Mr. Parker und Mr. Wolf. Vielleicht sind Sie so gut, sie hineinzubringen, Officer Williams? Und ist es nicht ein Glück, daß Mr. Bast bereits bei uns weilt? Denn die Anwesenheit von Mr. Hector Bast – er ist einer unserer Aufseher – bedeutet, daß wir vermutlich in der Lage sein werden, Mr. Wolf einzukleiden.« Er betrachtete die beiden Jungen über den Rand seiner Sonnenbrille hinweg. »Unter anderem sind wir hier im Bibelheim davon überzeugt, daß die Soldaten des Herrn am besten marschieren, wenn sie in Uniform marschieren. Und Heck Bast ist fast so groß wie dein Freund Wolf, mein lieber Jack Parker. Für euch beide wird also, sowohl was die Disziplin als auch die Kleidung betrifft, bestens gesorgt werden. Ein tröstlicher Gedanke, nicht wahr?«

»Jack«, sagte Wolf leise.

»Ja.«

»Mein Kopf tut weh, Jack. Tut sehr weh.«

»Ihr Köpfchen tut weh, Mr. Wolf?« Reverend Sunlight Gardener tänzelte auf Wolf zu und tätschelte ihm sanft den Arm. Wolf riß den Arm weg, und sein Gesicht verzog sich in einer instinktiven Geste des Abscheus. Das Kölnisch Wasser, dachte Jack – dieser durchdringende, widerliche Geruch mußte wie Ammoniak in Wolfs empfindliche Nase stechen.

»Keine Sorge, mein Junge«, sagte Gardener, scheinbar unberührt von Wolfs Zurückfahren. »Mr. Bast oder Mr. Singer, unser anderer Aufseher, werden sich drinnen darum kümmern. Frank, ich hatte Sie gebeten, die beiden hineinzubringen.«

Officer Williams reagierte, als hätte man ihn mit einer Nadel in den Rücken gestochen. Sein Gesicht wurde noch röter, und er ruckte seinen merkwürdigen Körper über die Veranda auf die Vordertür zu.

Sunlight Gardener ließ den Blick wieder zu Jack wandern, und der

Junge erkannte, daß all seine dandyhafte Lebhaftigkeit nichts war als eine Art steriler Selbstbelustigung: innerlich war der Mann in Weiß kalt und verrückt. Eine schwere Goldkette rasselte aus Gardeners Ärmel und kam am Daumenansatz zur Ruhe. Jack hörte eine Peitschenschnur durch die Luft pfeifen, und nun erkannte er Gardeners graue Augen.

Gardener war Osmonds Twinner.

»Bitte einzutreten«, sagte Gardener mit einer angedeuteten Verbeugung und wies auf die offene Tür.

2

»Übrigens, Mr. Parker«, sagte Gardener, sobald sie das Haus betreten hatten, »ist es möglich, daß wir uns schon einmal begegnet sind? Es muß doch einen Grund dafür geben, warum Sie mir so bekannt vorkommen, finden Sie nicht?«

»Ich weiß es nicht«, sagte Jack und ließ den Blick aufmerksam über das eigentümliche Innere des Bibelheims wandern.

Lange, mit dunkelblauem Stoff bezogene Couches zogen sich vor einem waldgrünen Teppich an einer Wand entlang; an der anderen Wand standen zwei massige Schreibtische mit Lederplatten. Ein pickliger Teenager an einem der Schreibtische warf ihnen einen gelangweilten Blick zu und kehrte dann zu dem Bildschirm vor sich zurück, auf dem ein Fernsehprediger gegen den Rock and Roll zu Felde zog. Der Junge, der an dem zweiten Schreibtisch saß, richtete sich auf und fixierte Jack aggressiv. Er war schlank und schwarzhaarig, und sein schmales Gesicht machte einen eifrigen und übellaunigen Eindruck. An der Tasche seines weißen Rollkragenpullovers steckte ein rechteckiges Namensschild von der Art, wie Soldaten es tragen: SINGER.

»Aber ich bin überzeugt, daß wir uns irgendwo schon einmal begegnet sind, junger Mann. Ich versichere dir, es kann nicht anders sein – ich vergesse niemals das Gesicht eines Jungen, wenn ich es einmal gesehen habe – ich bin buchstäblich unfähig, es zu vergessen. Bist du früher schon einmal mit dem Gesetz in Konflikt gekommen?«

Jack sagte: »Ich sehe Sie heute zum ersten Mal.«

Am anderen Ende des Raumes hatte sich ein massiger Junge von einer der blauen Couches erhoben und stand jetzt aufmerksam abwartend da. Auch er trug einen weißen Rollkragenpullover und ein militärisches Namensschild. Seine Hände wanderten nervös von seinen Hüften zu seinem Gürtel, in die Taschen seiner Bluejeans, wieder zurück zu seinen Hüften. Er war mindestens einsneunzig groß und wog fast hundertfünfzig Kilo. Akne brannte auf seinen Wangen und seiner Stirn. Das mußte Bast sein.

»Nun, vielleicht fällt es mir später wieder ein«, sagte Sunlight Gardener. »Heck, komm her und hilf unseren Neuankömmlingen am Schreibtisch, sei so gut.«

Bast kam mit mißmutigem Gesicht herangeschlurft. Mit voller Absicht kam er Wolf ganz nahe, bevor er zur Seite auswich, wobei der Mißmut in seinem Gesicht immer deutlicher wurde – wenn Wolf die Augen geöffnet hätte, was er nicht tat, hätte er nicht mehr gesehen als die verwüstete Mondlandschaft von Basts Stirn und die bösartigen kleinen Augen, die denen eines Bären ähnelten und ihm unter krustigen Brauen entgegenquollen. Dann ließ Bast seinen Blick zu Jack wandern, murmelte »Komm mit« und machte eine flüchtige Handbewegung in Richtung Schreibtisch.

»Registrierung, dann in die Wäschekammer zum Einkleiden«, sagte Gardener mit unbeteiligter Stimme. Danach bedachte er Jack mit einem chromglänzenden Lächeln. »Jack Parker«, sagte er leise. »Ich wüßte zu gern, wer du in Wirklichkeit bist, Jack Parker. Bast, sorge dafür, daß er nichts in den Taschen behält.«

Bast grinste.

Sunlight Gardener schlenderte quer durch den Raum auf den offensichtlich ungeduldigen Franky Williams zu und zog dann gemächlich eine lange Lederbrieftasche aus der Innentasche seines Jacketts. Jack sah, wie er Geld in die Hände des Polizisten zu zählen begann.

»Paß gefälligst auf, Rotzgesicht«, sagte der Junge hinter dem Schreibtisch, und Jack fuhr zu ihm herum. Der Junge spielte mit einem Bleistift, und das Grinsen auf seinem Gesicht war eine völlig unzureichende Maske für etwas, das Jack mit seinen geschärften Sinnen als einen für ihn typischen Zorn erkannte – eine für immer aufgestaute, in ihm brodelnde Wut. »Kann er schreiben?«

»Ich glaube nicht«, sagte Jack.

»Dann mußt du für ihn mit unterschreiben.« Singer schob zwei Formulare auf ihn zu. »Oben den Namen in Druckbuchstaben, unten die Unterschrift. Da, wo die Kreuze sind.« Er lehnte sich auf dem Sessel zurück, hob den Bleistift an die Lippen und ließ sich beredt in eine Ecke sinken. Jack vermutete, daß dies ein Trick war, den er von Reverend Sunlight Gardener persönlich gelernt hatte.

JACK PARKER schrieb er und kritzelte dann etwas dergleichen unten auf das Formular. PHILIPP JACK WOLF. Noch ein Kritzel, seiner wirklichen Handschrift noch unähnlicher.

»Jetzt seid ihr Mündel des Staates Indiana, und das bleibt ihr für die nächsten dreißig Tage, sofern ihr euch nicht entschließt, länger hierzubleiben.« Singer zog die Formulare zu sich heran. »Ihr werdet . . .«

»Entschließt?« fragte Jack. »Was meinst du damit?«

Auf Singers Wangen erschien ein Anhauch von Rot. Er ließ den Kopf zur Seite rucken und schien zu lächeln. »Wahrscheinlich weißt du nicht, daß mehr als sechzig Prozent der Jungen freiwillig hier sind. Es ist durchaus möglich, ja. Du könntest dich entschließen, hierzubleiben.« Jack bemühte sich um ein ausdrucksloses Gesicht.

Singers Mund zuckte so heftig, als hätte ein Angelhaken hineingeschlagen. »Der Laden hier ist in Ordnung, und wenn ich je höre, daß du ihn madig machst, dann schlage ich dich windelweich – ich bin sicher, es ist der beste Ort, an dem du je gewesen bist. Und ich sage dir noch etwas: du hast gar keine andere Wahl. Du hast das Sunlight-Heim zu respektieren. Hast du verstanden?«

Jack nickte.

»Und er? Hat er auch verstanden?«

Jack warf einen Blick auf Wolf, der langsam blinzelte und durch den Mund atmete.

»Ich denke schon.«

»Okay. Ihr beide schlaft in einem Zimmer. Der Tag beginnt um fünf Uhr morgens mit einem Gottesdienst. Feldarbeit bis sieben, dann Frühstück im Speisesaal. Wieder aufs Feld bis Mittag; dann gibt's Essen mit Bibellesung – dabei kommt jeder dran, also laßt euch beizeiten einfallen, was ihr lesen wollt. Und zwar nichts von dem Sexkram aus dem Hohen Lied, es sei denn, ihr wollt erfahren, was Disziplin heißt. Danach wird weitergearbeitet.«

Er warf Jack einen scharfen Blick zu. »Und glaub nicht, daß du hier im Sunlight-Heim für nichts und wieder nichts arbeitest. Zu unserer Vereinbarung mit dem Staat gehört, daß jeder einen anständigen Stundenlohn bekommt, von dem die Kosten für euren Unterhalt abgezogen werden – Kleidung und Essen, Strom, Heizung und dergleichen mehr. Euch werden fünfzig Cents pro Stunde gutgeschrieben. Das bedeutet, daß ihr für eure Arbeit hier fünf Dollar pro Tag bekommt – dreißig pro Woche. Die Sonntage verbringen wir in der Sunlight-Kapelle, ausgenommen die Zeit, in der wir uns die *Sunlight Gardener Gospel Hour* anschauen.«

Wieder breitete sich das Rot unter seiner Haut aus, und Jack bekundete durch ein Nicken, daß er verstanden hatte, wozu er sich mehr oder weniger gezwungen sah.

»Wenn ihr euch gut macht und redet wie menschliche Wesen, was die meisten Leute nicht können, kommt ihr vielleicht in den AD – in den Außendienst. Wir haben zwei AD-Abteilungen, eine, die auf den Straßen arbeitet und Blätter mit Hymnen und Blumen und Reverend Gardeners Schriften verkauft, und eine andere, die am Flughafen Dienst tut. Auf jeden Fall haben wir dreißig Tage, in denen wir zwei Säcke wie euch zur Vernunft bringen und euch zeigen können, wie schmutzig und lasterhaft und krankhaft euer dreckiges Leben war, bevor ihr hierhergekommen seid; und damit fangen wir jetzt an, und zwar auf der Stelle.«

Singer stand auf und stützte geziert die Fingerspitzen auf die Schreib-

tischplatte; sein Gesicht hatte die Farbe von leuchtendem Herbstlaub.
»Leert eure Taschen aus. Und zwar gleich.«

»Gleich hier und jetzt«, murmelte Wolf wie auswendig gelernt.

»AUSLEEREN!« brüllte Singer. »ICH WILL ALLES SEHEN!«
Bast stellte sich neben Wolf. Reverend Gardener, der Franky zu
seinem Wagen begleitet hatte, schob sich in Jacks Nähe.

»Wir haben festgestellt, daß persönliche Besitztümer unsere Jungen
zu stark an die Vergangenheit binden«, schnurrte Gardener Jack zu. »Sie
haben eine destruktive Wirkung. Wir halten dies für eine sehr nützliche
Maßnahme.«

»TASCHEN AUSLEEREN!« brüllte Singer wieder, jetzt mit fast
unverhohlener Wut.

Jack zog aus den Taschen, was sich im Laufe seiner Wanderung
angesammelt hatte. Ein rotes Taschentuch, das Elbert Palamountains
Frau ihm gegeben hatte, als sie sah, daß er sich die Nase am Ärmel
abwischte, zwei Streichholzbriefchen, die paar Dollar und das bißchen
Kleingeld, das er noch besaß – insgesamt sechs Dollar und zweiundvierzig Cents –, den Schlüssel zu Zimmer 407 des Alhambra Inn and
Gardens. Er schloß die Finger um die drei Dinge, die er zu behalten
gedachte. »Meinen Rucksack wollt ihr wohl auch«, sagte er.

»Natürlich, du jämmerlicher Furz«, fuhr Singer ihn an, »natürlich
wollen wir deinen Rucksack, aber zuerst wollen wir das, was du da zu
verstecken versuchst. Her damit – und zwar schnell.«

Widerstrebend holte Jack Speedys Gitarren-Plektron, die Murmel des
Teppichhändlers und das große Wagenrad des Silberdollars aus der
Tasche und legte sie auf das Taschentuch. »Das sind nur Glücksbringer.«
Singer griff nach dem Plektron. »He, was ist das? Ich will wissen, was
das ist!«

»Ein Plektron.«

»So?« Singer drehte es zwischen den Fingern, roch daran. Wenn er
hineingebissen hätte, hätte Jack ihm ins Gesicht geschlagen. »Ein Plektron? Sagst du die Wahrheit?«

»Ein Freund hat es mir gegeben«, sagte Jack und fühlte sich plötzlich
einsamer und verlorener denn je. Er dachte an Snowball auf dem Gehsteig vor dem Einkaufszentrum, der ihn mit Speedys Augen angesehen
hatte, der auf eine Art, die Jack nicht begriff, tatsächlich Speedy Parker
gewesen war. Dessen Namen er gerade als seinen eigenen angenommen
hatte.

»Hat er bestimmt gestohlen«, sagte Singer in den Raum hinein und
ließ das Plektron wieder neben die Münze und die Murmel auf das
Taschentuch fallen. »Und jetzt den Rucksack.« Als Jack den Rucksack
von den Schultern genommen und ausgehändigt hatte, wühlte ihn
Singer mehrere Minuten lang mit wachsendem Abscheu und wachsen-
der Enttäuschung durch. Der Abscheu wurde ausgelöst durch den

338

Zustand, in dem sich Jacks wenige noch vorhandenen Kleidungsstücke befanden, die Enttäuschung, weil aus dem Rucksack keinerlei Drogen zum Vorschein kamen.

Speedy, wo bist du jetzt?

»Nichts zu finden«, beschwerte sich Singer. »Sollen wir eine Leibesvisitation vornehmen?«

Gardener schüttelte den Kopf. »Sehen wir erst einmal zu, was wir von Mr. Wolf erfahren.«

Bast schob sich noch näher an Wolf heran. Singer sagte: »Also?«

»Er hat nichts in seinen Taschen«, sagte Jack.

»Ich will diese Taschen leer sehen! LEER!« brüllte Singer. »AUF DEN TISCH DAMIT!«

Wolf senkte das Kinn auf die Brust und hielt die Augen krampfhaft geschlossen.

»Du hast doch nichts in den Taschen, oder?« fragte Jack.

Wolf nickte einmal, ganz langsam.

»Er hält etwas zurück! Der Dämel hält etwas zurück!« kreischte Singer. »Los, du schwachköpfiger Idiot, hol das Zeug raus, auf den Tisch damit.« Er schlug zweimal scharf die Hände zusammen. »Daß Williams nicht auf die Idee gekommen ist, sie zu durchsuchen! Und Fairchild auch nicht! Einfach unglaublich – wie kann man nur so blöd sein.«

Bast schob sein Gesicht an das von Wolf heran und fauchte: »Wenn du nicht schleunigst die Taschen ausleerst, reiße ich dir das Gesicht herunter.«

Jack sagte sanft: »Tu es, Wolf.«

Wolf stöhnte. Dann zog er die geballte rechte Hand aus der Tasche seines Overalls. Er beugte sich über den Schreibtisch, hielt die Hand darüber und öffnete die Finger. Drei Streichhölzer und zwei kleine, vom Wasser glattgeschliffene Steine, marmoriert und gestreift und bunt, fielen auf das Leder. Als er die linke Hand öffnete, rollten zwei weitere hübsche Steinchen neben die anderen.

»Pillen!« Singer grabschte danach.

»Tu nicht, als wärest du ein Idiot, Sonny«, sagte Gardener.

»Deinetwegen habe ich dagestanden wie ein Trottel«, sagte Singer leise, aber wütend zu Jack, als sie die Treppe zu den oberen Stockwerken hinaufstiegen. Auf den Stufen lag ein schäbiger Teppich mit Rosenmuster. Nur die Haupträume im Erdgeschoß des Sunlight-Bibelheims waren gut ausgestattet, aufgeputzt – der Rest sah heruntergekommen und verwahrlost aus. »Das wird dir noch leid tun, das versichere ich dir – hier macht *niemand* Sonny Singer lächerlich. Ich bin es, der dafür sorgt, daß hier alles läuft, ihr Schwachköpfe. Himmel!« Er näherte sein schmales, brennendes Gesicht dem von Jack. »Das war wirklich ein tolles Ding, das ihr euch unten geleistet habt – der Dämlack und seine Scheißsteine. Es wird lange dauern, bis ihr das hinter euch habt.«

»Keine Ahnung, daß er etwas in den Taschen hatte«, sagte Jack.

Einen Schritt vor Jack und Wolf blieb Singer unvermittelt stehen. Seine Augen verschmälerten sich, sein ganzes Gesicht schien sich zusammenzuziehen. In dem Augenblick, in dem Jack begriffen hatte, was geschehen würde, klatschte ihm Singers Hand schon ins Gesicht.

»Jack?« flüsterte Wolf.

»Ich bin okay«, sagte er.

»Wenn du mir etwas tust, tue ich dir doppelt so viel«, sagte Singer zu Jack. »Und wenn du mir vor Reverend Gardener etwas tust, tue ich dir viermal so viel. Ist das klar?«

»Ja«, sagte Jack. »Ich glaube, ich habe verstanden. Sollten wir nicht irgendwelche Kleidung bekommen?«

Singer wirbelte herum und setzte sich wieder in Bewegung; Jack blieb eine Sekunde stehen und sah zu, wie sich der schmale, angespannte Rücken des Jungen die Treppe hinaufbewegte. *Du auch*, dachte er. *Du und Osmond. Eines Tages.* Dann folgte er ihm, und Wolf trabte hinter ihm drein.

In einem langen, mit Kartons vollgestapelten Raum wartete Singer ungeduldig an der Tür, während ein großer Junge mit ausdruckslosem Gesicht und dem Gebaren eines Schlafwandlers in den Regalen nach passender Kleidung für sie suchte.

»Schuhe auch. Entweder du findest passende Schuhe für ihn, oder du schwingst wieder den ganzen Tag die Schaufel«, sagte Singer von der Tür, wobei er ganz betont den Jungen nicht ansah. Verdrossener Abscheu – auch das war wohl eine von Sunlight Gardeners Maximen.

Endlich fand der Junge in einer Ecke des Raums ein Paar der schweren, kantigen Schnürschuhe in Größe achtundvierzig, und Jack zog sie Wolf an. Dann führte Singer sie eine weitere Treppe hinauf zum Schlaftrakt. Hier hatte man keinerlei Versuch unternommen, die wahre Natur des Sunlight-Heims zu verbergen. Ein schmaler Korridor erstreckte sich über die ganze Länge des Hauses – er mochte an die fünfzehn Meter lang sein. Zu beiden Seiten des Korridors lag eine schmale Tür mit eingesetztem Guckloch neben der anderen. Auf Jack machte dieser sogenannte Schlaftrakt den Eindruck eines Gefängnisses.

Singer führte sie ein Stück den schmalen Korridor entlang und blieb dann vor einer der Türen stehen. »An seinem ersten Tag braucht hier niemand zu arbeiten. Morgen fängt für euch das volle Programm an. Also schert euch hier hinein und lest in euren Bibeln oder sonst etwas. Ich komme dann und lasse euch rechtzeitig zur Beichte heraus. Und zieht die Sunlight-Kleidung an, verstanden?«

»Heißt das, daß du uns für die nächsten drei Stunden hier einschließen willst?«

»Soll ich etwa eure Händchen halten?« fuhr Singer auf, und sein Gesicht rötete sich wieder. »Wenn ihr freiwillig hier wärt, könnte ich euch herumlaufen lassen, damit ihr das Haus kennenlernt. Aber da ihr Mündel des Staates seid und von der Polizei eingeliefert wurdet, seid ihr nur eine Nummer besser als verurteilte Kriminelle. Wenn ihr Glück habt, seid ihr in dreißig Tagen vielleicht Freiwillige. Aber fürs erste schert ihr euch in euer Zimmer und fangt an, euch wie Menschen zu benehmen, die nach dem Bild Gottes geschaffen wurden, anstatt wie Tiere.« Ungeduldig stieß er einen Schlüssel ins Schloß, riß die Tür auf und stellte sich daneben. »Rein mit euch. Ich hab noch mehr zu tun.«

»Was passiert mit unseren Sachen?«

Singer seufzte theatralisch. »Denkst du Blödmann etwa, wir wären daran interessiert, etwas von eurem Kram zu stehlen?«

Jack zwang sich, nichts zu erwidern.

Singer seufzte abermals. »Okay. Wir bewahren alles für euch auf, in Mappen mit euren Namen darauf. Unten in Reverend Gardeners Büro. Dort wird auch euer Geld zurückgelegt bis zu dem Tag, an dem ihr entlassen werdet. Und nun schert euch hinein, bevor ich euch wegen Ungehorsam melde.«

Wolf und Jack betraten die kleine Kammer. Als Singer die Tür zuschlug, ging automatisch die Deckenbeleuchtung an und zeigte einen fensterlosen Raum mit einem metallenen Etagenbett, einem kleinen Ausguß in der Ecke und einem Metallstuhl. Sonst nichts. Auf den weißen Gipskartonwänden ließen gelbe Klebstoffreste erkennen, wo frühere Bewohner des Raums Bilder befestigt hatten. Der Schüssel drehte sich im Schloß.

Als Jack und Wolf sich umdrehten, sahen sie Singers gehetztes Gesicht in dem kleinen rechteckigen Türfenster. »Seid schön artig«, sagte er grinsend und verschwand.

»Nein, Jacky«, sagte Wolf. Die Decke war kaum zwei Zentimeter über seinem Kopf. »Wolf kann hier nicht bleiben.«

»Setz dich lieber hin«, sagte Jack. »Willst du das obere oder das untere Bett?«

»Wie?«

»Nimm das untere und setz dich. Wir sitzen in der Patsche.«

»Wolf weiß das, Jacky. Wolf weiß das. Das ist ein ganz schlimmer Ort. Kann hier nicht bleiben.«

»Warum ist es ein schlimmer Ort? Ich meine, woher weißt du das?«

Wolf setzte sich schwer auf das untere Bett, ließ seine neuen Kleider auf den Fußboden fallen und griff nach dem Buch und den beiden Broschüren, die dort lagen. Das Buch war die Bibel, in einen Kunststoff gebunden, der aussah wie blaue Haut. Jack warf einen Blick auf die Broschüren und las ihre Titel: *Der sichere Weg zum ewigen Heil* und *Gott liebt dich!* »Wolf weiß es. Und du auch, Jacky.« Wolf blickte zu ihm auf, fast finster. Dann betrachtete er wieder die Bücher in seinen Händen, begann darin zu blättern, ließ die Seiten durch die Finger gleiten.

Wahrscheinlich waren es die ersten Bücher, die Wolf je zu Gesicht bekommen hatte.

»Der weiße Mann«, sagte Wolf so leise, daß Jack es kaum hörte. »Der weiße Mann?«

Wolf hielt eine der Broschüren hoch, mit der Rückseite nach oben. Der hintere Einbanddeckel trug ein ganzseitiges Schwarzweiß-Photo von Sunlight Gardener; sein schönes Haar flatterte im Wind, die Arme waren ausgestreckt – ein Mann im ewigen Heil, von Gott geliebt.

»Er«, sagte Wolf. »Er tötet, Jacky. Mit Peitschen. Das ist einer von *seinen* Orten. Kein Wolf sollte sich je an einem von *seinen* Orten aufhalten. Und auch kein Jack Sawyer. Niemals. Wir müssen von hier fort, Jacky.«

»Wir kommen wieder heraus«, sagte Jack. »Das verspreche ich dir. Nicht heute oder morgen – wir müssen uns erst etwas ausdenken. Aber bald.«

Wolfs Füße ragten weit über das Ende seines Bettes heraus. »Bald.«

3

Bald, hatte er versprochen, und Wolf brauchte das Versprechen. Wolf war verängstigt. Jack wußte nicht, ob Wolf Osmond in der Region je begegnet war; aber er hatte bestimmt von ihm gehört. In der Region, zumindest bei den Angehörigen der Wolf-Familie, schien Osmond in einem noch schlechteren Ruf zu stehen als Morgan. Aber obwohl Jack wie auch Wolf in Sunlight Gardener Osmond erkannt hatten, hatte Gardener sie nicht erkannt – was zwei Möglichkeiten offenließ. Entweder machte sich Gardener nur einen Spaß mit ihnen, indem er Unwissenheit vortäuschte; oder er war ein Twinner wie Jacks Mutter, aufs engste mit jemandem in der Region verbunden, sich der Verbindung jedoch nur auf der tiefsten Ebene bewußt.

Und wenn das der Fall war, wie Jack glaubte, dann konnten er und Wolf auf den geeigneten Augenblick zur Flucht warten. In der Zwischenzeit mußten sie beobachten und lernen.

Jack zog die kratzige neue Kleidung an. Jeder der klobigen schwarzen Schuhe schien mehrere Kilo zu wiegen und an jeden Fuß zu passen. Es kostete ihn einige Mühe, bis er Wolf dazu überredet hatte, die Uniform des Sunlight-Heims anzuziehen. Dann legten sie sich beide hin. Jack hörte, wie Wolf zu schnarchen begann, und nach einer Weile schlief er gleichfalls ein. In seinen Träumen war seine Mutter irgendwo im Dunkeln und rief nach ihm, rief, er solle ihr helfen, helfen.

342

Zweiundzwanzigstes Kapitel

Die Predigt

1

Um fünf Uhr an diesem Nachmittag ging eine elektrische Klingel los, ein anhaltendes, durchdringendes Geräusch. Wolf fuhr von seinem Bett hoch und stieß mit dem Kopf so heftig gegen den Metallrahmen der oberen Koje, daß Jack gleichfalls hochfuhr. Nach etwa fünfzehn Sekunden hörte die Klingel auf zu lärmen; Wolf machte weiter.

»*Schlimmer Ort, Jack!*« schrie er. »*Schlimmer Ort, gleich hier und jetzt. Muß hier raus! Muß hier raus – GLEICH HIER UND JETZT!*« Jemand hämmerte gegen die Wand.

»Bring den Schwachkopf zur Ruhe!«

Von der anderen Seite kam ein schrilles, wieherndes Gelächter. »Jetzt kommt ein bißchen Sonnenlicht in eure Seelen, Jungs! Und so, wie der große Kerl sich anhört, ist das auch dringend nötig!« Und wieder das kichernde, wiehernde Gelächter, das einem entsetzten Aufschrei nur allzu ähnlich war.

»*Schlimm, Jack! Wolf! Jason! Schlimm! Schlimm, schlimm...*«

Jack kletterte von der oberen Koje herunter; er mußte sich zu jeder Bewegung zwingen. Er bekam die Realität noch nicht in den Griff – er war weder wach, noch schlief er. Als er sich durch die schäbige Kammer auf Wolf zubewegte, war ihm, als schöbe er sich durch dicken Sirup anstatt durch Luft.

Er war jetzt so müde – entsetzlich müde.

»Wolf«, sagte er. »Wolf, hör auf damit.«

»Kann nicht, Jacky!« schluchzte Wolf. Er hatte die Arme noch immer um den Kopf geschlungen, als müßte er verhindern, daß er explodierte.

»Du mußt, Wolf. Wir müssen jetzt hinaus auf den Korridor.«

»Kann nicht, Jacky«, schluchzte Wolf. »Es ist ein schlimmer Ort, schlimme Gerüche...«

Auf dem Korridor brüllte jemand – Jack glaubte, daß es Heck Bast war: »Raustreten zur Beichte!«

Überall auf dem Korridor wurden Türen geöffnet. Jack hörte das Poltern vieler Füße in den klobigen Schuhen des Sunlight-Heims. Auch an der Tür ihrer Kammer klickte das Schloß.

»Raustreten zur Beichte!« brüllte noch ein anderer, und alle nahmen den Ruf auf: »*Raustreten zur Beichte! Raustreten zur Beichte!*« Es hörte sich fast an wie Beifallsgeschrei auf einem Footballfeld.

»Wenn wir hier mit heiler Haut wieder herauskommen wollen, müssen wir ganz ruhig bleiben.«

»Kann nicht, Jacky, kann nicht ruhig bleiben, schlimm...«

In einer Sekunde würde ihre Tür geöffnet werden, und Bast oder Sonny Singer würden dastehen – vielleicht beide. Sie waren nicht »zur Beichte rausgetreten«, was immer das sein mochte; und obwohl es denkbar war, daß man Neuankömmlingen im Sunlight-Heim in der Eingewöhnungszeit ein paar Zugeständnisse machte, war Jack doch überzeugt, daß ihre Fluchtchancen größer waren, wenn sie sich so bald wie möglich und so vollständig wie möglich anpaßten. Mit Wolf war das nicht einfach. *Herrgott, es tut mir leid, daß ich dich da mit hineingezogen habe, Großer*, dachte Jack. *Aber die Dinge liegen nun einmal so, wie sie liegen. Und wenn wir nicht obenauf schwimmen können, gehen wir unter. Wenn ich also hart gegen dich sein muß, dann nur zu deinem Besten.* Und setzte unglücklich hinzu: *Ich hoffe es jedenfalls.*

»Wolf?« flüsterte er. »Willst du, daß Singer mich wieder schlägt?«

»Nein, Jack, nein...«

»Dann mußt du jetzt mit mir auf den Korridor hinaus«, sagte Jack. »Und du mußt daran denken, daß es zum großen Teil von deinem Verhalten abhängt, wie Singer und Bast mich behandeln. Singer hat mich geschlagen wegen der Steine, die du in der Tasche hattest...«

»Jemand könnte *ihn* schlagen«, sagte Wolf. Seine Stimme war leise und sanft, aber seine Augen verengten sich plötzlich und flackerten orangerot. Einen Augenblick sah Jack zwischen Wolfs Lippen weiße Zähne funkeln – nicht so, als ob Wolf lächelte, sondern eher so, als wären seine Zähne gewachsen.

»Daran darfst du nicht einmal denken«, sagte Jack ingrimmig. »Das macht alles nur noch schlimmer.«

Wolf ließ die Arme von seinem Kopf herabsinken. »Jack, ich weiß nicht...«

»Willst du es versuchen?« fragte Jack. Er warf einen weiteren besorgten Blick auf die Tür.

»Ich versuche es«, sagte Wolf mit bebender Stimme. Tränen standen in seinen Augen.

2

Eigentlich hätte der Korridor im Obergeschoß im hellen Licht der Spätnachmittagssonne liegen müssen, aber er tat es nicht. Es war, als wäre eine Art Filter vor die Fenster am Ende des Korridors gesetzt worden, so daß die Jungen zwar hinaussehen konnten – dorthin, wo das *wirkliche* Sonnenlicht war –, aber das Licht selbst nicht einzudringen vermochte. Irgendwie schien es auf den schmalen Bänken der hohen Fenster tot in sich zusammenzusinken.

Vierzig Jungen standen vor zwanzig Türen, zehn auf jeder Seite. Jack und Wolf waren die letzten, die erschienen, aber ihre Verspätung wurde nicht bemerkt. Singer, Bast und zwei weitere hatten ein anderes Opfer gefunden und keine Zeit, sich um sie zu kümmern.

Ihr Opfer war ein schmalbrüstiger, bebrillter Junge von vielleicht fünfzehn Jahren. Er stand da in einer traurigen Imitation von Habachtstellung. Seine Hose lag auf seinen schwarzen Schuhen, und er hatte keine Unterhose an.

»Hast du damit aufgehört?« fragte Singer.

»Ich...«

»*Halt's Maul!*« Das kam von einem der anderen Jungen, die neben Singer und Bast standen. Alle vier trugen Bluejeans anstelle von Arbeitshosen und saubere weiße Rollkragenpullover. Jack erfuhr bald, daß der Bursche, der gebrüllt hatte, Warwick hieß. Der vierte hieß Casey.

»Wenn wir wollen, daß du redest, dann fragen wir dich!« brüllte Warwick jetzt. »Bist du immer noch mit deinem Schwanz zugange, Morton?«

Morton zitterte und sagte nichts.

»ANTWORTE GEFÄLLIGST!« brüllte Casey. Er war ein rundbäuchiger Junge, der etwas von einem boshaften Gnom an sich hatte.

»Nein«, flüsterte Morton.

»WAS? LAUTER!« brüllte Singer.

»Nein!« stöhnte Morton.

»Wenn du es eine ganze Woche läßt, bekommst du deine Unterhosen zurück«, sagte Singer im Ton von jemand, der einem Unwürdigen eine große Gnade erweist. »Und nun zieh die Hose hoch, du erbärmliches Ferkel.«

Schnüffelnd bückte sich Morton und griff nach seiner Hose.

Die Jungen gingen hinunter zur Beichte und zum Abendessen.

Die Beichte fand in einem großen Raum mit kahlen Wänden statt, der dem Speisesaal gegenüberlag. Die aufreizenden Düfte von gebackenenen Bohnen und Hot dogs trieben herüber, und Jack sah, daß Wolfs Nasenlöcher rhythmisch bebten. Zum ersten Mal an diesem Nachmittag war dieser teilnahmslose Ausdruck aus seinen Augen verschwunden und etwas wie Interesse darin erschienen.

Jack sah der Beichte mit mehr Besorgnis entgegen, als er Wolf eingestanden hatte. Als er mit den Händen unter dem Kopf auf dem oberen Bett lag, hatte er in einer Ecke unter der Decke etwas Schwarzes gesehen. Ein oder zwei Augenblicke lang hatte er geglaubt, es wäre irgendein toter Käfer oder auch nur seine leere Hülle – er dachte, wenn er näher herankäme, würde er vielleicht das Spinnennetz sehen, in das er geraten war. Es war eine Wanze, aber keine von der organischen Sorte. Es war ein kleines, altmodisch aussehendes Abhörgerät, mit einer Schrauböse an der Wand befestigt. Aus seiner Rückseite schlängelte sich ein Kabel heraus und verschwand durch ein in den Putz geschlagenes Loch. Man hatte keinen Versuch unternommen, es zu verstecken. Gehört zum Service, Jungen. Sunlight Gardener hört euch zu.

Nach der Entdeckung der Wanze, nach der häßlichen kleinen Szene mit Morton auf dem Korridor war er darauf gefaßt gewesen, daß die Beichte eine unerfreuliche, vielleicht beängstigende und einschüchternde Angelegenheit war. Irgend jemand, vielleicht Sunlight Gardener selbst, wahrscheinlich aber Sonny Singer oder Hector Bast, würde aus ihm das Eingeständnis herauszuholen versuchen, daß er unterwegs Rauschgift genommen hatte, daß er auf jeden Gehsteig gespuckt hatte, den er unterwegs entdecken konnte, und daß er nach einem harten Tag auf den Straßen mit sich selbst gespielt hatte. Wenn er nichts davon getan hatte, dann würden sie ihm zusetzen, bis er es gestand. Sie würden versuchen, ihn zu zerbrechen. Jack glaubte, einer solchen Behandlung standhalten zu können, aber er war nicht sicher, ob Wolf es können würde.

Doch was ihn an der Beichte am meisten verstörte, war der Eifer, mit dem die Jungen des Heims dabei waren.

Der innere Kader – die Jungen in den weißen Rollkragenpullovern – ließ sich in der vorderen Reihe nieder. Jack sah sich um und stellte fest, daß die anderen mit einer Art einfältiger Erwartung zur offenen Tür hinüberblickten. Er dachte, es wäre das Abendessen, das sie erwarteten – es roch wirklich verdammt gut, zumal nach all diesen Wochen mit Hamburgern aus dem Schnellimbiß, durchsetzt mit großen Portionen von überhaupt nichts. Dann kam Sunlight Gardener flott hereingeschritten, und Jack bemerkte, daß sich die Erwartung auf ihren Gesichtern in Genugtuung verwandelte. Offenbar war es doch nicht das

Abendessen, das sie herbeigesehnt hatten. Morton, der noch fünfzehn Minuten zuvor mit der Hose auf den Knöcheln auf dem oberen Korridor gezittert hatte, blickte fast verzückt drein.

Die Jungen erhoben sich. Wolf blieb verwirrt dreinschauend und mit bebenden Nüstern sitzen, bis Jack ihn hochzerrte.

»Tu, was die anderen tun, Wolf«, murmelte er.

»Setzt euch, Jungen«, sagte Gardener lächelnd. »Bitte, setzt euch.« Sie setzten sich. Gardener trug verblichene Bluejeans und dazu ein offenes Hemd aus blendendweißer Seide. Er sah sie an, lächelte huldreich. Die Jungen erwiderten den Blick verehrungsvoll – die meisten jedenfalls. Jack entdeckte einen Jungen – mit gewelltem braunem Haar, dessen Ansatz sich bis in die Stirnmitte herunterzog, fliehendem Kinn, zarten kleinen Händen, die so bleich waren wie Onkel Tommys Delfter Fayencen –, der sich abwendete und eine Hand vor den Mund hielt, um ein spöttisches Lächeln zu verbergen, und er, Jack, verspürte ein wenig Ermutigung. Offenbar war das, was hier passieren sollte, nicht allen zu Kopfe gestiegen – aber doch sehr vielen. So wie die Dinge lagen, schienen die Köpfe regelrecht aufgebläht. Ein Junge mit vorstehenden Zähnen sah Sunlight Gardener mit vergötterndem Blick an.

»Laßt uns beten. Heck, sprichst du?«

Heck tat es. Er betete schnell und mechanisch. Es war, als liefe eine von einem Dyslektiker besprochene Schallplatte ab. Nachdem er Gott gebeten hatte, ihnen in den vor ihnen liegenden Tagen und Wochen beizustehen, ihnen ihre Sünden zu vergeben und ihnen zu helfen, bessere Menschen zu werden, ratterte Heck Bast »UmJesuwillenamen« und setzte sich.

»Danke, Heck«, sagte Gardener. Er hatte einen Stuhl genommen und ihn mit der Lehne zum Saal gedreht; nun saß er rittlings darauf wie ein Cowboy in einem Western von John Ford. Er zeigte sich von seiner liebenswürdigsten Seite; der sterile, ichbezogene Wahnsinn, den Jack bei ihrer Ankunft bemerkt hatte, war fast verschwunden. »Wir wollen ein Dutzend Beichten hören. Nicht mehr. Übernimmst du das, Andy?«

Mit geradezu lächerlich frommem Gesichtsausdruck tauschte Warwick mit Heck den Platz.

»Danke, Reverend Gardener«, sagte er und sah dann die Jungen an.

»Beichte«, sagte er. »Wer fängt an?«

In die Menge kam Bewegung – und dann erhoben sich Hände. Zwei – sechs – neun Hände.

»Roy Owdersfelt«, sagte Warwick.

Roy Owdersfelt, ein hochgewachsener Junge mit einem Pickel von Tumorgröße auf der Nasenspitze, erhob sich und verschränkte die grobknochigen Hände vor dem Leib. »Voriges Jahr habe ich meiner Mom zehn Dollar aus der Handtasche gestohlen!« verkündete er mit hoher, weinerlicher Stimme. Eine schorfige, schmutzige Hand wanderte zu

seinem Gesicht empor, ließ sich auf dem Pickel nieder und quetschte ihn.
»Ich ging mit dem Geld in die Spielhalle und wechselte es in lauter Vierteldollar um und spielte ein Spiel nach dem anderen, bis es alle war. Es war das Geld, das meine Mutter für die Gasrechnung beiseitegelegt hatte, und deshalb wurde das Gas abgestellt und wir konnten nicht heizen!« Er blinzelte in den Saal. »Und mein Bruder wurde krank und mußte mit Lungenentzündung ins Krankenhaus gebracht werden. Weil ich das Geld gestohlen hatte! Das ist meine Beichte.«

Roy Owdersfelt setzte sich.

Sunlight Gardener sagte: »Kann Roy vergeben werden?«

Einstimmig erwiderten die Jungen: »*Roy kann vergeben werden.*«

»Kann jemand von uns ihm vergeben, Jungen?«

»*Niemand von uns.*«

»Wer kann ihm vergeben?«

»*Gott durch die Kraft seines eingeborenen Sohnes Jesus.*«

»Willst du Jesus bitten, dein Fürsprecher zu sein?« fragte Gardener Roy Owdersfelt.

»Das will ich!« rief Roy mit bebender Stimme und quetschte wieder seinen Pickel. Jack sah, daß Roy Owdersfelt weinte.

»Und wenn deine Mutter das nächste Mal herkommt, dann sagst du deiner Mutter, daß du gesündigt hast gegen sie und deinen kleinen Bruder und das Angesicht Gottes und daß es dir mehr leid tut, als je einem Jungen hier etwas leid getan hat.«

»Das tue ich!«

Sunlight Gardener nickte Andy Warwick zu.

»Beichte«, sagte Warwick.

Bevor die Beichte gegen sechs Uhr beendet war, hatten fast alle mit Ausnahme von Jack und Wolf in der Hoffnung, der Versammlung von irgendeiner Sünde erzählen zu dürfen, die Hand gehoben. Einige von ihnen beichteten kleine Diebstähle. Andere erzählten, wie sie Alkohol gestohlen und getrunken hatten, bis ihnen schlecht wurde. Natürlich gab es viele Geschichten über Rauschgift.

Warwick rief sie auf, aber es war Sunlight Gardener, den sie beifallheischend ansahen, während sie redeten – und redeten – und redeten.

Er hat sie dazu gebracht, daß sie in ihre Sünden verliebt sind, dachte Jack beunruhigt. *Sie lieben ihn, sie wollen seinen Beifall, und den bekommen sie wahrscheinlich nur, wenn sie beichten. Einige dieser traurigen Kerle denken sich ihre Verbrechen vermutlich nur aus.*

Die Gerüche aus dem Speisesaal waren stärker geworden. Neben Jack knurrte Wolfs Magen wütend und anhaltend. Einmal, während ein Junge tränenreich gestand, einmal ein *Penthouse*-Magazin gestohlen zu haben, nur um sich diese schmutzigen Bilder von dem, was er »geile Frauen« nannte, anzusehen, knurrte Wolfs Magen so laut, daß Jack ihn mit dem Ellenbogen anstieß.

Im Anschluß an die letzte Beichte des Abends sprach Sunlight Gardener ein kurzes, melodiöses Gebet. Dann stand er an der Tür, lässig und dennoch elegant in seinen Jeans und dem weißen Seidenhemd, während die Jungen vorbeizogen. Als Jack und Wolf ihn passierten, schloß sich eine seiner Hände um Jacks Handgelenk.

»Ich habe dich schon einmal gesehen.« *Beichte,* verlangten Sunlight Gardeners Augen.

Und Jack verspürte den Drang, genau das zu tun.

Oh ja, wir kennen uns. Du hast mir den Rücken blutig gepeitscht.

»Nein«, sagte er.

»Oh doch«, sagte Gardener. »Oh doch. Ich habe dich schon einmal gesehen. In Kalifornien? In Maine? Oklahoma? Wo?«

Beichte.

»Ich kenne Sie nicht«, sagte Jack.

Gardener kicherte, und Jack wußte plötzlich, daß Sunlight Gardener innerlich hüpfte und tänzelte und eine Peitsche knallen ließ. »Dasselbe sagte Petrus, als er Jesus Christus identifizieren sollte«, sagte er. »Aber Petrus log. Und ich glaube, du lügst auch. War es in Texas, Jack? In El Paso? War es in einem anderen Leben in Jerusalem? Auf Golgatha, der Schädelstätte?«

»Ich sagte doch...«

»Ja, ja, ich weiß, wir sind uns vorhin zum ersten Mal begegnet.« Wieder ein Kichern. Jack sah, daß Wolf so weit zurückgewichen war, wie die Türöffnung es erlaubte. Es war der Geruch. Der widerliche Geruch des Kölnisch Wassers. Und darunter der Geruch des Wahnsinns.

»Ich vergesse nie ein Gesicht, Jack. Ich vergesse nie ein Gesicht oder einen Ort. Ich werde mich erinnern, wo wir uns begegnet sind.«

Seine Augen zuckten von Jack zu Wolf – Wolf wimmerte leise und wich noch weiter zurück – und dann wieder zu Jack.

»Laß es dir schmecken, Jack«, sagte er. »Laß es dir schmecken, Wolf. Euer richtiges Leben im Sunlight-Heim beginnt morgen.«

Auf halbem Weg zur Treppe drehte er sich um und blickte zurück.

»Ich vergesse nie ein Gesicht oder einen Ort, Jack. Es wird mir wieder einfallen.«

Jack dachte fröstelnd: *Hoffentlich nicht. Nicht bevor ich mindestens zweitausend Meilen fort bin von diesem Scheißgefängnis...*

Etwas versetzte ihm einen heftigen Schlag. Jack taumelte den Gang entlang, ruderte wie wild mit den Armen, um das Gleichgewicht zu halten. Er schlug mit dem Kopf auf den kahlen Betonfußboden und sah einen verworrenen Haufen Sterne.

Als er imstande war, sich aufzusetzen, sah er Singer und Bast grinsend beieinanderstehen. Hinter ihnen stand Casey, dessen Bauch sich unter seinem weißen Rollkragenpullover wölbte. Wolf sah Singer und Bast an, und in seiner gespannten Haltung war etwas, das Jack bestürzte.

»Nein, Wolf!« sagte er scharf.

Wolf sackte zusammen.

»Nur zu, du Dämel«, sagte Heck Bast mit leisem Auflachen. »Hör nicht auf ihn. Komm und versuch's, wenn du willst. Ich habe es gern, mich vor dem Abendessen ein bißchen aufzuwärmen.« Singer warf einen Blick auf Wolf und sagte: »Laß den Dämel in Ruhe, Heck. Er ist nur der Leib.« Er deutete mit einem Nicken auf Jack. »Das ist der *Kopf*. Das ist der *Kopf*, den wir umkrempeln müssen.« Er blickte auf Jack herab, die Hände auf den Knien, wie ein Erwachsener, der sich niederbeugt, um ein oder zwei freundliche Worte an ein sehr kleines Kind zu richten. »Und wir werden ihn umkrempeln, Mr. Jack Parker. Darauf können Sie sich verlassen.«

Ganz bewußt sagte Jack: »Verpiß dich, du großkotziges Arschloch.«

Singer fuhr zurück, als hätte man ihm einen Schlag versetzt, und Röte stieg aus seinem Kragen und breitete sich über seinen Hals und sein Gesicht aus. Knurrend trat Heck Bast einen Schritt vor.

Singer ergriff Basts Arm. Ohne den Blick von Jack abzuwenden, sagte er: »Jetzt nicht. Später.«

Jack erhob sich. »Nehmt euch vor mir in acht«, sagte er ruhig zu beiden, und obwohl Hector Bast nur wütend dreinblickte, wirkte Sonny Singer fast geängstigt. Einen Augenblick lang schien er etwas in Jack Sawyers Gesicht zu sehen, das kraftvoll war und einschüchternd – etwas, das noch nicht darin gewesen war vor fast zwei Monaten, als ein wesentlich jüngerer Junge dem Küstenstädtchen Arcadia Beach den Rücken gekehrt und sich auf den Weg nach Westen gemacht hatte.

4

Jack dachte, daß Onkel Tommy für das Abendessen vielleicht die Bezeichnung »Küche nach amerikanischer Farmerart« gewählt hätte. Die Jungen saßen an langen Tischen und wurden von vieren aus ihrer Mitte bedient, die sich nach der Beichte umgezogen hatten und jetzt saubere weiße Kittel trugen.

Nach einem weiteren Gebet wurde endlich das Essen aufgetragen. Große Glasschüsseln voll hausgebackener Bohnen wurden auf den vier Tischen weitergereicht, dampfende Platten mit billigen Hot dogs, Terrinen mit Ananasstücken aus der Dose, Unmengen Milch in schlichten Packungen mit der Aufschrift SPENDENWARE und MOLKEREIVERBAND DES STAATES INDIANA.

Wolf aß mit verbissener Konzentration; sein Kopf war gesenkt, und in einer Hand hielt er ständig ein Stück Brot, das ihm zum Schieben und Auftunken gleichzeitig diente. Während Jack ihn beobachtete, verschlang er fünf Hot dogs und drei Portionen der nicht durchgegarten Bohnen. Jack dachte an ihre fensterlose kleine Kammer und fragte sich, ob er in der Nacht eine Gasmaske brauchen würde. Er nahm es an – aber bekommen würde er wohl keine. Mit einigem Unbehagen beobachtete er, wie Wolf eine vierte Portion Bohnen auf seinen Teller häufte.

Nach dem Essen erhoben sich alle Jungen und räumten die Tische ab. Als Jack ihre Teller, das, was Wolf von einem Laib Brot übriggelassen hatte, und zwei Milchkrüge in die Küche trug, hielt er seine Augen weit offen. Die Aufschrift auf den Milchpackungen hatte ihn auf eine Idee gebracht.

Dieser Ort war weder ein Gefängnis noch ein Arbeitshaus. Wahrscheinlich galt er als Internat oder etwas dergleichen; das Gesetz schrieb bestimmt eine Überwachung durch irgendwelche staatlichen Inspektoren vor, und die Küche würde der Ort sein, auf die das Auge des Staates Indiana am häufigsten fiel. Gitter vor den Fenstern in den oberen Stockwerken, okay. Aber Gitter vor den Küchenfenstern? Jack hielt es für unwahrscheinlich. Das würde zu viele Fragen aufwerfen.

Die Küche konnte ein guter Ausgangspunkt für einen Fluchtversuch sein, und Jack betrachtete sie genau.

Sie hatte sehr viel Ähnlichkeit mit der Küche hinter der Cafeteria seiner Schule in Kalifornien. Fußboden und Wände waren gekachelt, die großen Ausgüsse und die Tresen bestanden aus Edelstahl. Die Schränke hatten fast die Größe von Gemüsecontainern. An einer Wand stand ein alter Geschirrspüler mit Förderband. Drei Jungen bedienten dieses Relikt aus grauer Vorzeit, beaufsichtigt von einem Mann in weißem Kochanzug. Der Mann war schmächtig, bleich und hatte ein kleines Rattengesicht. Eine filterlose Zigarette hing an seiner Unterlippe, und das kennzeichnete ihn in Jacks Überlegungen als möglichen Verbündeten. Er bezweifelte, daß Sunlight Gardener einem seiner Leute das Zigarettenrauchen gestattete.

An der Wand hing unter Glas und Rahmen die Bestätigung, daß diese Gemeinschaftsküche den vom Staat Indiana und der Regierung der Vereinigten Staaten gestellten Anforderungen entsprach.

Und vor den Milchglasscheiben waren tatsächlich keine Gitter.

Der rattengesichtige Mann warf einen Blick auf Jack, klaubte die Zigarette von seiner Unterlippe und warf sie in einen der Ausgüsse. »Frische Fische, du und dein Kumpel, wie?« fragte er. »Nun, ihr werdet bald genug alte Fische sein. Die Fische werden schnell alt hier im Sunlight-Heim, stimmt's, Sonny?«

Er grinste Sonny Singer herausfordernd an. Es war ganz offensichtlich, daß Singer nicht wußte, wie er auf ein solches Grinsen reagieren sollte; er wirkte verwirrt und unsicher, ein Junge wie andere auch.

»Sie wissen doch, daß Sie sich nicht mit den Jungen unterhalten sollen, Rudolph«, sagte er.

»Das kannst du dir in den Arsch stecken, wenn du es nicht über die Straße rollen oder in die Luft schleudern kannst, Freundchen«, sagte Rudolph und ließ den Blick gemächlich über Singer wandern. »Und das weißt du sehr gut, oder?«

Singer sah ihn an, wobei seine Lippen zuerst zitterten, sich dann verzerrten und schließlich zusammenpreßten.

Dann fuhr er plötzlich herum. »Abendandacht!« brüllte er wütend. »Abendandacht, macht zu, ein bißchen dalli, räumt die Tische ab und schert euch in die Diele, wir sind schon spät dran! Abendandacht!«

5

Die Jungen trabten eine schmale, von nackten Glühbirnen in Drahtgeflecht beleuchtete Treppe hinunter. Der Putz an den Wänden war feucht, und Wolfs Art, die Augen zu rollen, gefiel Jack ganz und gar nicht.

Danach war die Kapelle im Keller eine Überraschung. Der größte Teil des – sehr geräumigen – Untergeschosses war in eine fast schmucklose, moderne Kapelle umgewandelt worden. Die Luft hier unten war gut – weder zu warm noch zu kalt. Und frisch. Jack konnte das Flüstern einer nicht weit entfernten Klimaanlage hören. Der Raum enthielt fünf Reihen Bänke, durch einen Mittelgang unterteilt, der zu einem Podest mit einem Lesepult und einem schlichten Holzkreuz vor einem purpurnen Samtvorhang führte.

Irgendwo spielte eine Orgel.

Die Jungen ließen sich schweigend auf den Bänken nieder. Das Mikrophon auf dem Pult war mit einem großen, professionell wirkenden Dämpfer ausgestattet. Jack war mit seiner Mutter in vielen Aufnahmestudios gewesen, hatte oft geduldig dagesessen, ein Buch gelesen oder seine Schularbeiten gemacht, während sie einen Fernsehfilm nachsynchronisierte oder unklare Dialoge überarbeitete, und er wußte, diese Art Dämpfer sollte verhindern, daß der Sprecher das Mikrophon »knallen« ließ. Es kam ihm sehr merkwürdig vor, so etwas in der Kapelle eines religiösen Heims für gestrauchelte Jungen vorzufinden. Beiderseits des Pults stand je eine Videokamera – eine, die Sunlight Gardeners rechtes Profil einfangen sollte, und eine zweite für sein linkes Profil. An diesem Abend war keine von ihnen eingeschaltet. An den Wänden hingen schwere purpurne Vorhänge. An der rechten Wand wurden sie durch nichts unterbrochen, aber in die linke Wand war ein Rechteck aus Glas eingelassen. Jack entdeckte Casey, der vor einem professionell aussehenden Tonsteuergerät saß, ein Zweispulen-Bandgerät dicht neben sich. Während Jack ihn beobachtete, nahm Casey ein Paar Kopfhörer vom Steuergerät und stülpte sie sich über die Ohren.

Jack blickte nach oben und sah Holzbalken, die sich zu sechs bescheidenen Bögen vereinigten. Der Raum zwischen ihnen war mit weißen Lochplatten ausgefüllt – Schalldämmung. Der Raum sah aus wie eine Kapelle, war aber in Wirklichkeit eine überaus leistungsfähige Kombination von Fernseh- und Rundfunkstudio. Jack mußte plötzlich an Jimmy Swaggart, Rex Humbard, Jack Van Impe denken.

Leute, legt nur eure Hände auf den Fernseher, und ihr werdet GEHEILT werden!!!

Er hatte plötzlich das Gefühl, in lautes Lachen ausbrechen zu müssen. An der linken Seite des Podiums öffnete sich eine kleine Tür, und Sunlight Gardener trat heraus. Er war von Kopf bis Fuß in Weiß gekleidet, und Jack sah, daß sich auf den Gesichtern vieler Jungen Empfindungen von Verzückung bis hin zu regelrechter Vergötterung spiegelten. Jack hatte abermals Mühe, sich das Lachen zu verkneifen. Die Vision in Weiß, die sich dem Lesepult näherte, erinnerte ihn an eine Reihe von Werbespots, die er vor langer Zeit im Fernsehen gesehen hatte.

Sunlight Gardener sah genau so aus wie der Schauspieler in diesen Spots.

Wolf wandte sich zu ihm um und flüsterte heiser: »Was ist los, Jack? Du riechst, als wäre etwas furchtbar komisch.«

Jack hielt die Hand vor den Mund und schnaubte so heftig, daß farbloser Rotz auf seine Finger spritzte.

Mit einem vor rosiger Gesundheit leuchtenden Gesicht wendete Sunlight Gardener die Seiten der auf dem Pult liegenden großen Bibel um, scheinbar tief in Meditation versunken. Jack sah die mißmutige, verbrannter Erde gleichende Landschaft von Heck Basts Gesicht, die verkniffene, argwöhnische Miene von Sonny Singer. Der Anblick ernüchterte ihn sehr schnell.

In der Glaskabine richtete Casey sich auf und beobachtete Gardener genau. Und als Gardener sein dekoratives Gesicht von der Bibel hob und seine verschatteten, träumerischen und restlos irrsinnigen Augen auf seine Gemeinde richtete, betätigte Casey einen Schalter. Die Spulen des großen Bandgeräts begannen sich zu drehen.

6

»Entrüste dich nicht über die Bösen«,

sagte Sunlight Gardener. Seine Stimme war leise, melodisch, nachdenklich.

»Sei nicht neidisch auf die Übeltäter.
Denn wie das Gras werden sie bald verdorren,
und wie das grüne Kraut werden sie verwelken.
Hoffe auf den Herrn und tue Gutes,

bleibe im Lande und nähre dich redlich.
Habe deine Lust am Herrn;
Er wird dir geben, was dein Herz wünscht.
Befiel dem Herrn deine Wege,
Er wird's wohl machen ...
Steh ab vom Zorn und laß den Grimm,
entrüste dich nicht, damit du nicht Unrecht tust.
Denn die Bösen werden ausgerottet;
die aber des Herrn harren, werden das Land erben.«

Sunlight Gardener schloß das Buch.

»Möge der Herr«, sagte er, »dieser Verlesung seines Heiligen Wortes seinen Segen geben.«

Dann blickte er lange, lange Zeit auf seine Hände herab. In Caseys Glaskabine drehten sich die Spulen des Bandgeräts. Dann blickte er wieder auf, und in Gedanken hörte Jack den Mann plötzlich kreischen: *Doch nicht etwa das Kingsland? Du willst doch nicht etwa sagen, daß du eine ganze Wagenladung Kingsland-Bier umgekippt hast, du idiotischer Ziegenschwanz? Das willst du mir doch wohl nicht sagen, wie?*

Sunlight Gardener musterte seine junge Gemeinde ernst und eindringlich. Die Gesichter der Jungen erwiderten seinen Blick – runde Gesichter, schmale Gesichter, Gesichter mit blauen Flecken, Gesichter voller Aknepickel, Gesichter, die verschlagen waren, und offene, junge und liebenswerte Gesichter.

»Was bedeutet das, Jungen? Versteht ihr den Siebenunddreißigsten Psalm? Versteht ihr diesen wundervollen Text?«

Nein, sagten ihre Gesichter – verschlagen und offen, klar und eifrig, narbig und pickelig. *Nein, nicht richtig, sind nur bis zur fünften Klasse gekommen, waren unterwegs auf den Straßen, haben uns herumgetrieben, haben uns Ärger aufgehalst – sag es uns – sag es uns ...*

Ganz plötzlich, völlig unvermutet, kreischte Gardener ins Mikrophon: »Er bedeutet: *GERATET NICHT INS SCHWITZEN!*«

Wolf fuhr zusammen und stöhnte leise.

»Jetzt wißt ihr, was er bedeutet, nicht wahr? Den Ausdruck habt ihr schon gehört, nicht wahr?«

»*Ja!*« rief jemand hinter Jack.

»*OH JA!*« wiederholte Sunlight Gardener erfreut. »*GERATET NICHT INS SCHWITZEN! SCHWEISS IST SCHLECHT!* Das sind gute Worte, nicht wahr, Jungen? Das sind wirklich gute Worte, *OH JA!*«

»*Ja! ... JA!*«

»Dieser Psalm sagt, ihr braucht euch wegen der Bösen keine SORGEN zu machen! Braucht nicht *INS SCHWITZEN ZU GERATEN! OH JA!* Er sagt, ihr braucht euch wegen der Sünder und Übeltäter keine SORGEN zu machen! *SCHWEISS IST SCHLECHT!* Dieser Psalm hier sagt, wenn ihr mit dem Herrn GEHT und zum Herrn STEHT, *DANN IST ALLES IN BESTER ORDNUNG!* Versteht ihr das, Jungen? Habt ihr ein Ohr dafür?«

»Ja!«

»*Halleluja!*« rief Heck Bast mit frommem Lächeln.

»*Amen!*« erwiderte ein Junge mit großen, trägen Augen hinter dicken Brillengläsern.

Sunlight Gardener ergriff mit gekonnter Beiläufigkeit das Mikrophon, und Jack mußte wieder an einen Star-Auftritt in Las Vegas denken. Gardener begann mit schnellen, geschmeidigen Schritten hin und her zu gehen. Manchmal vollführte er mit seinen sauberen weißen Lederschuhen einen halben Tanzschritt; jetzt war er Dizzy Gillespie, nun Jerry Lee Lewis, nun Stan Kenton, nun Gene Vincent; vom Swingfieber befallen, legte er Zeugnis ab für Gott.

»*Nein, ihr braucht euch nicht zu fürchten! Oh nein! Ihr braucht euch nicht vor dem Jungen zu fürchten, der euch schmutzige Bilder zeigen will! Ihr braucht euch nicht vor dem Jungen zu fürchten, der behauptet, eine einzige Zigarette, ein einziger Joint würde euch nicht schaden, und ihr wäret Schlappschwänze, wenn ihr es nicht tätet! Oh nein! DENN WENN IHR DEN HERRN IN EUCH TRAGT, DANN GEHT IHR MIT DEM HERRN – HABE ICH RECHT?*«

»*JA!!!*«

»*OH JA! UND WENN IHR DEN HERRN IN EUCH TRAGT, DANN STEHT IHR ZUM HERRN – HABE ICH RECHT?*«

»*JA!*«

»*ICH KANN EUCH NICHT HÖREN. HABE ICH RECHT?*«

»*JA!!!!*« Sie schrien es heraus, und viele von ihnen schaukelten vor Erregung vor und zurück.

»*WENN ICH RECHT HABE, DANN SAGT HALLELUJA!*«

»*HALLELUJA!*«

»*WENN ICH RECHT HABE, DANN SAGT OH JA!*«

»*OH JA!*«

Sie schaukelten vor und zurück; Jack und Wolf waren hilflos – sie wurden mitgeschaukelt. Jack sah, daß einige der Jungen weinten.

»Und nun sagt mir«, fuhr Sunlight Gardener fort und blickte sie freundlich und vertrauensvoll an. »Ist hier im Sunlight-Heim Platz für irgendwelche Übeltäter? He? Was meint ihr?«

»Nein, Sir!« rief der dünne Junge mit den vorstehenden Zähnen.

»So ist es«, sagte Sunlight Gardener und kehrte zum Pult zurück. Er schwenkte das Mikrophon kurz und professionell zur Seite, um das Kabel nicht unter die Füße zu bekommen, dann schob er es wieder in seine Halterung. »So ist es. Hier ist kein Platz für Lügenschwätzer und andere Übeltäter, sagt Halleluja.«

»Halleluja«, erwiderten die Jungen.

»Amen«, pflichtete Sunlight Gardener ihnen bei. »Der Herr sagt – im Buch Jesaja sagt er es –, daß die, die des Herrn harren, neue Kraft bekommen – oh ja! –, daß sie auffahren mit Flügeln wie Adler, daß sie laufen und nicht matt werden, daß sie wandeln und nicht müde werden, und ich sage euch, Jungen, *DASS DAS SUNLIGHT-HEIM EIN ADLER-NEST IST – KÖNNT IHR DAZU OH JA SAGEN?*«

»*OH JA!*«

Wieder folgte eine Zäsur. Sunlight Gardener umfaßte die Kanten des Pultes, senkte den Kopf wie zum Gebet, sein prachtvolles weißes Haar hing in wohlgeordneten Wellen herab. Als er wieder zu sprechen begann, war seine Stimme leise und grüblerisch. Er blickte nicht auf. Die Jungen hörten atemlos zu.

»Aber wir haben Feinde«, sagte Sunlight Gardener schließlich. Es war kaum mehr als ein Flüstern, aber das Mikrophon fing es auf und übertrug es ganz deutlich.

Die Jungen seufzten – das Rascheln des Windes in Herbstlaub.

Heck Bast schaute sich wütend um, mit rollenden Augen und so dunkelrot glühenden Pickeln, daß es schien, als sei er von einem tropischen Fieber befallen. *Zeigt mir einen Feind,* besagte Heck Basts Gesicht. *Ja, nur zu, zeigt mir einen Feind, dann werdet ihr sehen, was mit ihm passiert!*

Gardener blickte auf. Jetzt schienen Tränen in seinen Augen zu stehen.

»Ja, wir haben Feinde«, wiederholte er. »Zweimal hat der Staat Indiana nun schon versucht, mein Haus zu schließen. Und wißt ihr warum? Die radikalen Humanisten können den Gedanken nicht ertragen, daß ich hier im Sunlight-Heim meinen Jungen beizubringen versuche, Gott und ihr Vaterland zu lieben. Es macht sie wütend. Und wollt ihr noch etwas wissen, Jungen? Wollt ihr ein ganz großes Geheimnis erfahren?«

Sie beugten sich vor, ließen den Blick nicht von Sunlight Gardener.

»Es macht sie nicht nur wütend«, sagte Gardener mit heiserem Verschwörerflüstern. »Es jagt ihnen *Angst* ein.«

»Halleluja!«

»Oh ja!«

»Amen!«

Blitzschnell ergriff Sunlight Gardener wieder das Mikrophon, und dann ging es los. Auf und ab. Hin und her. Manchmal legte er einen Twostep ein, wie ihn ein Varietékünstler in einem Cakewalk um 1910 nicht besser gekonnt hätte. Er warf ihnen die Worte zu, reckte einen Arm zuerst den Jungen entgegen und dann zum Himmel empor, wo Gott vermutlich seinen Sessel herbeigezogen und sich darauf niedergelassen hatte, um zuzuhören.

»Wir jagen ihnen Angst ein, oh ja! Jagen ihnen so viel Angst ein, daß sie noch einen Cocktail brauchen, noch einen Joint, noch eine Prise Kokain! Wir jagen ihnen Angst ein, weil selbst gerissene alte Gottesleugner und Jesushasser wie sie Rechtschaffenheit und Gottesfurcht riechen können, und wenn sie das riechen, dann riechen sie auch den Schwefeldunst, der ihnen aus den Poren dringt, und der Geruch gefällt ihnen gar nicht, oh nein! Und deshalb schicken sie immer mal wieder einen Inspektor oder zwei, damit sie Müll unter die Küchentresen schieben oder ein paar Schaben ins Mehl stecken! Sie setzen gemeine Gerüchte in die Welt und behaupten, meine Jungen würden geschlagen. *Werdet ihr geschlagen?*«

»*NEIN!*« brüllten sie entrüstet, und Jack war fassungslos, als er bemerkte, daß Morton die Frage ebenso begeistert verneinte wie alle anderen, obwohl sich auf seiner Wange bereits ein blauer Fleck zu bilden begann.

»Diese radikalen Humanisten haben uns sogar einen Haufen gerissener Reporter von irgendeinem Nachrichtenmagazın ins Haus geschickt!« rief Sunlight Gardener mit einer Art empörten Staunens. »Sie sind hierhergekommen und haben gesagt, ›Okay, aus wem sollen wir Kleinholz machen? Das haben wir schon hundertfünfzigmal getan, wir sind Experten im Verleumden der Rechtschaffenen, aber keine Sorge, gib uns nur ein paar Joints und ein paar Cocktails und zeig uns die Richtung.‹ Aber wir haben sie zum Narren gehalten, nicht wahr, Jungen?«

Grollende, beinahe bösartige Zustimmung.

»Sie fanden niemanden, der an einen Balken in der Scheune angekettet war, oder? Sie fanden keine Jungen in Zwangsjacken, wie ihnen einige dieser zur Hölle verdammten Schakale von der Schulbehörde weismachen wollten, oder? Sie fanden keine Jungen, denen man die Fingernägel ausgerissen oder den Kopf kahlgeschoren hatte oder sonst etwas dergleichen! Das einzige, was sie fanden, waren ein paar Jungen, die sagten, sie hätten eine Tracht Prügel bekommen, und das haben sie tatsächlich, oh ja, sie bekamen eine Tracht Prügel, und das kann ich selbst bezeugen vor dem Thron des Allmächtigen mit einem Lügendetektor an beiden Armen, weil es in der Bibel heißt, wer seine Rute SCHONT, der HASST seinen Sohn, und wenn ihr das glaubt, Jungen, dann gebt mir ein Halleluja!«

»*HALLELUJA!*«

»Selbst das Erziehungsministerium von Indiana, so gern es mich losgeworden wäre und dem Teufel freie Bahn geschaffen hätte, selbst das mußte zugeben, daß das Gesetz Gottes und das Gesetz des Staates Indiana übereinstimmen, wenn es um eine Tracht Prügel geht: daß der, der seine Rute SCHONT, seinen Sohn HASST! Sie fanden GLÜCKLICHE Jungen! Sie fanden GESUNDE Jungen! Sie fanden Jungen, die

Willens waren, mit dem Herrn zu GEHEN und zum Herrn zu STEHEN, oh, könnt ihr Halleluja sagen?»

Sie konnten es.

»Könnt ihr oh ja sagen?«

Auch das konnten sie.

Sunlight Gardener kehrte zum Pult zurück.

»Der Herr behütet diejenigen, die ihn lieben – und der Herr läßt nicht zu, daß ein Haufen potrauchender Kommunisten und radikaler Humanisten müden, verirrten Jungen diese Ruhestätte nimmt.

Da waren ein paar Jungen, die diesen sogenannten Reportern einen Haufen Lügen auftischten«, sagte Gardener. »Ich habe gehört, wie sie diese Lügen im Fernsehen wiederholten, und obwohl diese Jungen, die uns mit Dreck bewarfen, zu feige waren, auf dem Bildschirm ihre Gesichter zu zeigen, erkannte ich doch ihre Stimmen. Wenn man einen Jungen gefüttert hat, wenn man liebevoll seinen Kopf an die Brust gedrückt hat, weil er nachts nach seiner Mutter weinte, dann erkennt man auch seine Stimme.

Diese Jungen sind jetzt nicht mehr hier. Möge Gott ihnen vergeben – ich hoffe, er tut es, oh ja – aber Sunlight Gardener ist nur ein Mensch.«

Er ließ den Kopf sinken, um zu beweisen, was für ein beschämendes Eingeständnis das war. Doch als er ihn wieder hob, brannten seine Augen noch immer und funkelten vor Zorn.

»Sunlight Gardener kann ihnen nicht vergeben. Deshalb jagte Sunlight Gardener sie wieder hinaus auf die Straße. Sie wurden hinausgejagt ins Land, aber sie werden nicht genährt; sie sind in einer Region, in der sogar die Bäume sie auffressen können wie wilde Tiere, die in der Nacht herumstreifen.«

Bestürztes Schweigen im Raum. Sogar Casey hinter der Glasscheibe wirkte bleich und betroffen.

»In der Bibel heißt es, daß Gott Kain aus Eden hinausschickte ins Land Nod. Auf die Straße hinausgejagt zu werden, läuft auf dasselbe hinaus. Hier habt ihr einen sicheren Hafen.«

Er ließ den Blick über sie wandern.

»Aber wenn ihr schwach werdet – wenn ihr lügt –, dann wehe euch! Die Hölle wartet ebenso auf den Rückfälligen wie auf den Jungen oder den Mann, der sich absichtlich hineinstürzt.

Denkt daran, Jungen.

Denkt daran.

Laßt uns beten.«

Dreiundzwanzigstes Kapitel

Ferd Janklow

1

Jack brauchte weniger als eine Woche, um herauszufinden, daß die einzige Möglichkeit, aus dem Sunlight-Heim zu entkommen, ein Abstecher in die Region war. Er war durchaus willens, es zu versuchen. Aber er wußte, daß er fast alles tun und jedes Risiko eingehen würde, um nicht direkt aus dem Sunlight-Heim flippen zu müssen.

Dafür gab es keinen konkreten Grund, nur eine Stimme in seinem Unterbewußtsein, die ihm zuflüsterte, daß das, was hier schlimm war, drüben noch schlimmer sein würde. Dies war vielleicht ein böser Ort in allen Welten – ungefähr wie eine schlechte Stelle in einem Apfel, die sich bis ins Kerngehäuse erstreckt. Das Sunlight-Heim war schon schlimm genug; ihn verlangte nicht danach zu wissen, wie sein Gegenstück in der Region aussah.

Aber vielleicht gab es einen Weg.

Wolf und Jack und die anderen Jungen, die nicht das Glück hatten, im Außendienst eingesetzt zu sein – und das waren die meisten –, verbrachten ihre Tage auf dem, was die Alteingesessenen das Hintere Feld nannten. Es lag ungefähr drei Kilometer vom Heim entfernt an der Straße, am Rande von Gardeners Besitz, und hier verbrachten die Jungen ihre Tage mit dem Auflesen von Steinen. Um diese Jahreszeit gab es auf den Feldern sonst nichts mehr zu tun. Die letzte Ernte war Mitte Oktober eingebracht worden, aber, wie Sunlight Gardener täglich bei der Morgenandacht erklärte, Steine gab es immer.

Jeden Morgen, wenn er auf einem der beiden ramponierten Farmlaster des Heims saß, ließ Jack den Blick über das Hintere Feld wandern; Wolf saß neben ihm und hielt den Kopf gesenkt wie ein Junge mit einem Kater. Der Herbst im Mittleren Westen war regnerisch gewesen, und das Hintere Feld war eine klebrige Schlammwüste. Zwei Tage zuvor hatte einer der Jungen leise geflucht und es einen »verdammten Stiefelreißer« genannt.

Angenommen, wir hauen einfach ab, dachte Jack zum vierzigsten Mal. *Angenommen, ich rufe Wolf zu:* »*Auf geht's!*«, *und dann rennen wir los? Wohin? Ans nördliche Ende, wo die Bäume sind und die Steinmauer. Dort hört sein Land auf.*

359

Es könnte ein Zaun da sein.

Wir klettern hinüber. Notfalls kann Wolf mich hinüberwerfen.

Es könnte Stacheldraht da sein.

Wir kriechen drunter durch. Oder . . .

Oder Wolf könnte ihn mit den bloßen Händen zerreißen. Der Gedanke gefiel Jack nicht, aber er wußte, daß Wolf die Kraft dazu besaß – und wenn er ihn darum bat, würde Wolf es tun. Es würde ihm die Hände zerfetzen, aber hier im Heim wurde er auf noch schlimmere Art in Stücke gerissen.

Und was dann?

Flippen natürlich. Das war die einzige Möglichkeit. Wenn sie nur von dem Land herunterkamen, das zum Sunlight-Heim gehörte, flüsterte diese innere Stimme, dann hatten sie eine Chance, sich ihren Weg freizukämpfen.

Und Singer und Bast würden sie nicht mit einem der Lastwagen verfolgen können; der erste Lastwagen, der auf das Hintere Feld fuhr, bevor die Dezemberfröste den Boden hatten gefrieren lassen, würde bis zu den Trittbrettern im Schlamm versinken.

Es würde ein Wettrennen sein, ganz schlicht und einfach. Wir müssen es versuchen. Immer noch besser, als den Versuch im Heim selbst zu unternehmen. Und . . .

Und es waren nicht nur die immer größer werdenden Qualen, die Wolf litt; der Gedanke an seine Mutter machte ihn fast wahnsinnig, die in New Hampshire Stückchen für Stückchen starb, während Jack gezwungen war, Halleluja zu sagen.

Versuch es. Zaubersaft oder nicht – du mußt es versuchen.

Aber bevor Jack dazu bereit war, versuchte es Ferd Janklow.

Große Geister senden auf derselben Wellenlänge, könnt ihr Amen sagen?

2

Als es passierte, passierte es schnell. Im einen Augenblick hörte Jack noch Ferd Janklows üblichen, amüsant-zynischen Redensarten zu. Im nächsten jagte Ferd bereits über das schlammige Feld der Steinmauer entgegen. Bis Ferd losrannte, war der Tag so öde und normal gewesen wie jeder andere im Sunlight-Heim. Es war kalt und bedeckt; die Luft roch nach Regen, vielleicht auch Schnee. Jack blickte auf, um seinen schmerzenden Rücken zu entlasten und um zu sehen, ob Sonny Singer in der Nähe war. Sonny hatte seinen Spaß daran, Jack zu quälen. Der größte Teil der Quälerei war mehr von der lästigen Art. Jack wurde auf die Füße getreten, er wurde die Treppe hinaufgestoßen, der Teller war ihm bei drei aufeinanderfolgenden Mahlzeiten aus der Hand geschlagen worden – bis er gelernt hatte, ihn am Körper abzustützen und gleichzeitig fest zu umklammern.

Jack fragte sich manchmal, warum Sonny keine massierte Attacke organisiert hatte. Vielleicht lag es daran, daß sich Sunlight Gardener für den neuen Jungen interessierte. Der Gedanke gefiel ihm gar nicht, er ängstigte ihn, aber er war einleuchtend. Sonny Singer hielt sich zurück, weil Sunlight Gardener es ihm befohlen hatte, und das war ein weiterer Grund, so schnell wie möglich zu verschwinden.

Er blickte nach rechts. Wolf war etwa zwanzig Meter entfernt; das Haar hing ihm ins Gesicht, während er Steine aus dem Boden klaubte. Dicht neben ihm arbeitete ein Junge mit vorstehenden Zähnen, dünn wie eine Bohnenstange – Donald Keegan hieß er. Donny grinste ihn verehrungsvoll an und entblößte dabei seine vorstehenden Zähne. Speichel tröpfelte von der heraushängenden Spitze seiner Zunge. Jack blickte schnell woanders hin.

Ferd Janklow war zu seiner Linken – der Junge mit den schmalen Händen wie Delfter Fayencen und dem tief in der Stirn ansetzenden Haar. In der Woche, die seit Jacks und Wolfs Einkerkerung im Sunlight-Heim vergangen war, waren er und Ferd gute Freunde geworden.

Ferd grinste zynisch.

»Donny liebt dich«, sagte er.

»Pfeif drauf«, sagte Jack verlegen; er spürte, wie er rot wurde.

»Ich wette, Donny würde dir etwas pfeifen, wenn du ihn ließest«, sagte Ferd. »Stimmt's, Donny?«

Donny Keegan lachte sein lautes, rostiges Hiack-hiack, ohne die geringste Ahnung, wovon sie redeten.

»Laß bitte den Quatsch«, sagte Jack. Er fühlte sich verlegener als je zuvor.

Donny liebt dich.

Das Vertrackte daran war, dachte Jack, daß der arme, zurückgebliebene Donny Keegan ihn vielleicht *wirklich* liebte – und daß Donny vielleicht nicht der einzige war. Plötzlich erinnerte sich Jack an den netten Mann, der ihn eingeladen hatte, mit zu ihm nach Hause zu kommen, und der sich dann damit begnügt hatte, ihn an der Ausfahrt zum Einkaufszentrum von Zanesville abzusetzen. *Er sah es zuerst,* dachte Jack. *Was das Neue an mir auch sein mag – er sah es zuerst.*

Ferd sagte: »Du erfreust dich hier großer Beliebtheit, Jack. Ich glaube, sogar der alte Heck Bast würde es dir besorgen, wenn du ihn darum bätest.«

»Mann, das ist widerlich«, sagte Jack errötend. »Ich meine . . .«

Ganz plötzlich ließ Ferd den Stein fallen, den er gerade aufgeklaubt hatte, und richtete sich auf. Er blickte sich schnell um, stellte fest, daß keiner der weißen Rollkragenpullover in seine Richtung blickte, und wandte sich dann wieder zu Jack um. »Und nun, mein Liebling«, sagte er, »es war eine *überaus* langweilige Party, und ich muß jetzt wirklich gehen.«

Ferd warf Jack einen Luftkuß zu, und dann erschien auf seinem schmalen, blassen Gesicht ein erstaunlich strahlendes Lächeln und breitete sich aus.

Einen Augenblick später war er in voller Flucht, rannte auf die Steinmauer am Ende des Hinteren Feldes zu, rannte mit großen, weit ausgreifenden Storchenschritten.

Er hatte in der Tat einen Augenblick abgepaßt, in dem die Aufseher schliefen – bis zu einem gewissen Grade jedenfalls. Pedersen unterhielt sich mit Warwick und einem pferdegesichtigen Jungen namens Peabody, der vom Außendienst für eine Weile ins Heim zurückgekehrt war, über Mädchen. Heck Bast war die allerhöchste Gnade widerfahren, Sunlight Gardener nach Muncie begleiten zu dürfen. Ferd hatte schon einen guten Vorsprung, bevor ein erschrockener Schrei ertönte:

»He! He, da haut einer ab!«

Jack starrte hinter Ferd her, der bereits sechs Reihen weiter war und sprang wie der Teufel. Obwohl Ferd tat, was er selbst geplant hatte, verspürte Jack einen Augenblick lang Triumph und Begeisterung und wünschte ihm von Herzen alles Gute. *Lauf! Lauf, du sarkastischer Hundesohn! Lauf, um Jasons willen!*

»Es ist Ferd Janklow«, gurgelte Donny Keegan, und dann lachte er sein lautes, hustendes Lachen.

3

An diesem Abend versammelten sich die Jungen wie immer zur Beichte im Gemeinschaftsraum, aber die Beichte fiel aus. Andy Warwick kam herein, verkündete abrupt und ohne Umschweife den Ausfall der Beichte und erklärte ihnen, sie könnten vor dem Essen eine Stunde »gesellig beisammensitzen«. Dann trabte er wieder hinaus.

Jack hatte den Eindruck, daß Warwick unter der Patina seiner Parademarsch-Autorität erschrocken aussah.

Und Ferd Janklow war nicht da.

Jack blickte sich im Raum um und dachte mit grimmigem Humor, daß er, wenn dies ein »geselliges Beisammensitzen« war, nicht erleben wollte, was passierte, wenn Warwick eine »Schweigestunde« befohlen hätte. Sie saßen in dem großen Raum, neununddreißig Jungen im Alter zwischen zwölf und siebzehn, betrachteten ihre Hände, kratzten an Schorf, kauten verdrossen an ihren Nägeln. Allen gemeinsam war ein Ausdruck – sie glichen Junkies, denen man ihre Spritze vorenthielt. Sie wollten die Beichte hören; mehr noch, sie wollten selbst beichten.

Niemand erwähnte Ferd Janklow. Es war, als hätte Ferd Janklow mit seinen Grimassen zu Sunlight Gardeners Predigten und seinen blassen Händen wie Delfter Fayencen nie existiert.

Jack konnte nur mit Mühe den Impuls unterdrücken, aufzustehen und sie anzuschreien. Stattdessen begann er intensiver nachzudenken als je zuvor in seinem Leben

Er ist nicht hier, weil sie ihn getötet haben. Sie sind alle verrückt. Du glaubst, Verrücktheit wäre nicht ansteckend? Denk bloß daran, was dort unten in Südamerika passiert ist – als der Mann mit der spiegelnden Sonnenbrille ihnen sagte, sie sollten den vergifteten Saft trinken, da sagten sie oh, ja und tranken ihn.

Jack musterte die trübseligen, in sich gekehrten, müden, leeren Gesichter – und dachte daran, wie sie sich aufhellen, wie sie strahlen würden, wenn Sunlight Gardener hereinkäme, wenn er hereingeschritten käme, gleich hier und jetzt.

Sie würden es auch tun, wenn Sunlight Gardener sie dazu aufforderte. Sie würden ihn trinken, und dann würden sie mich und Wolf packen und ihn uns in die Kehle schütten. Ferd hatte recht – sie sehen etwas auf meinem Gesicht oder in meinem Gesicht, irgendetwas, das in der Region in mich eingegangen ist, und vielleicht lieben sie mich ein wenig – wahrscheinlich ist es das, was zumindest bei Heck Bast etwas klingeln läßt. Dieser Kerl ist es nicht gewohnt, irgendjemanden oder irgendetwas zu lieben. Ja, vielleicht lieben sie mich ein wenig – aber ihn lieben sie mehr. Sie würden es tun. Sie sind verrückt.

Ferd hätte ihm das sagen können, und jetzt, hier im Gemeinschaftsraum, wurde Jack klar, daß Ferd es ihm tatsächlich gesagt hatte.

Er erzählte Jack, daß er von seinen Eltern ins Sunlight-Heim eingeliefert worden war, wiedergeborenen Christen, die jedesmal, wenn jemand im Fernsehen ein Gebet sprach, in ihrem Wohnzimmer auf die Knie fielen. Keiner von beiden hatte Ferd verstanden, der aus ganz anderem Holz geschnitzt war. Sie glaubten, Ferd müsse ein Kind des Teufels sein – ein kommunististischer, radikal humanistischer Wechselbalg. Als er zum viertenmal davonlief und von keinem anderen als Franky Williams aufgegriffen wurde, kamen seine Eltern ins Sunlight-Heim – wo Ferd natürlich gelandet war – und verliebten sich auf Anhieb in Sunlight Gardener. Hier war die Antwort auf alle Probleme, die sie mit ihrem intelligenten, schwierigen, aufsässigen Sohn hatten. Sunlight Gardener würde ihren Sohn im Sinne des Herrn erziehen. Sunlight Gardener würde ihm zeigen, wo er vom rechten Weg abgekommen war. Sunlight Gardener würde ihnen die Verantwortung abnehmen und ihn von den Straßen von Anderson fernhalten.

»Sie sahen die Geschichte über das Sunlight-Heim im *Sunday Report*«, erzählte Ferd Jack. »Daraufhin schickten sie mir eine Postkarte, auf der es hieß, Gott würde Lügner und falsche Propheten in einem See aus Feuer strafen. Ich schrieb zurück – Rudolph in der Küche schmuggelte den Brief für mich heraus. Dolph ist ein recht anständiger Bursche.« Er hielt inne. »Weißt du, was Ferd Janklows Definition eines anständigen Burschen ist, Jack?«

»Nein.«

»Einer, der sich kaufen läßt«, sagte Ferd mit zynischem Lachen. »Dolphs Briefträgerdienste haben mich zwei Dollar gekostet. Also schrieb ich ihnen einen Brief und sagte, wenn Gott Lügner so bestrafte, wie sie sagten, dann hoffte ich nur, daß es Sunlight Gardener gelingen würde, in der anderen Welt ein Paar lange Unterhosen aus Asbest aufzutreiben, weil er über das, was hier vorgeht, schneller lügt, als ein Pferd traben kann. Alles, was sie im *Sunday Report* brachten – die Gerüchte über die Zwangsjacken und über die Box –, das war alles wahr. Oh, sie konnten es nicht beweisen. Der Kerl ist ein Irrer, aber ein *gerissener* Irrer. Wenn du dich in dieser Hinsicht je täuschen läßt, dann wirst du ebenso wie dein Freund Phil, der furchtlose Wolfsjunge, einiges auszustehen haben.«

Jack sagte: »Diese *Sunday Report*-Leute sind gewöhnlich ziemlich gut darin, die Leute mit den Händen im Fleischfaß zu ertappen. Das jedenfalls hat meine Mom gesagt.«

»Oh, er hatte Angst. Er war regelrecht durchgedreht. Hast du Humphrey Bogart in der *Meuterei auf der Caine* gesehen? So war er in der Woche, bevor sie erschienen. Als sie schließlich kamen, war er die Vernunft und Liebenswürdigkeit in Person, aber die Woche davor war die reinste Hölle. Mr. Eiscreme machte sich in die Hosen. Das war die Woche, in der er Benny Woodruff vom zweiten Stock die Treppe hinunterstieß, weil er ihn mit einem Superman-Heft erwischte. Benny war drei Stunden lang bewußtlos und wußte erst am Abend wieder, wo und wer er war.«

Ferd hielt inne.

»Er wußte, daß sie kamen. Genauso, wie er immer weiß, wann die staatlichen Inspektoren zu einer unangekündigten Inspektion auftauchen. Er versteckte die Zwangsjacken auf dem Boden und behauptete, die Box wäre ein Schuppen zum Heutrocknen.«

Wieder Ferds zynisches, verletztes Lachen.

»Und weißt du, was meine Eltern taten, Jack? Sie schickten Sunlight Gardener eine Photokopie meines Briefes an sie. ›In meinem eigenen Interesse‹, schrieb mein Pop in seinem nächsten Brief an mich. Und weißt du, was dann passierte? Ferd landete in der Box, und das hatte er seinen eigenen Eltern zu verdanken.«

Wieder das zynische Lachen.

»Und noch etwas. Das, was er neulich in der Abendandacht sagte, war kein Witz. Die Jungen, die mit den *Sunday-Report*-Leuten redeten, sind alle verschwunden – jedenfalls die, die er erwischen konnte.«

Genau so, wie Ferd jetzt verschwunden ist, dachte Jack und warf einen Blick auf Wolf, der brütend dasaß. *Dein Freund Phil, der furchtlose Wolfsjunge.* Begann Wolf wieder haariger auszusehen? So bald? Sicher nicht. Aber das würde natürlich kommen – das war so unausweichlich wie Ebbe und Flut.

Und da wir gerade hier sitzen und uns Gedanken machen über die Gefahren, die mit dem Hiersitzen verbunden sind, Jack – wie geht's deiner Mutter? Wie geht's der Königin des B-Films? Verliert sie Gewicht? Hat sie Schmerzen? Spürt sie endlich, wie es sich mit seinen scharfen kleinen Rattenzähnen in sie hineinfrißt, während du hier sitzt und in diesem verdammten Gefängnis Wurzeln schlägst? Macht sich Morgan vielleicht daran, seine Blitzschleuder zur Hand zu nehmen und dem Krebs ein bißchen nachzuhelfen?

Der Gedanke an Zwangsjacken hatte ihm einen Schlag versetzt, und obwohl er die Box gesehen hatte – ein großes, häßliches Eisending, das wie ein ausrangierter Kühlschrank auf dem Hinterhof des Heims stand –, konnte er einfach nicht glauben, daß Gardener tatsächlich Jungen darin einsperrte. Ferd hatte ihn allmählich überzeugt, mit leiser Stimme, während sie auf dem Hinteren Feld Steine ernteten.

»Er hat hier alles, was er braucht«, hatte Ferd gesagt. »Die Gelegenheit, Geld zu scheffeln. Im ganzen Mittleren Westen werden seine religiösen Shows über den Rundfunk, das Kabelfernsehen und die privaten Sender ausgestrahlt. Wir sind sein hingerissenes Publikum. Wir klingen großartig im Rundfunk und sehen großartig aus auf dem Bildschirm – das heißt, wenn Roy Owdersfelt nicht gerade diesen Scheißpikkel auf seiner Nase ausquetscht. Er hat Casey, seinen heißgeliebten Radio- und Fernsehproduzenten – Casey nimmt jede Morgenandacht mit den Videokameras und jede Abendandacht auf Tonband auf. Dann schneidet er alle Töne und Bilder zusammen und frisiert alles, bis Gardener aussieht wie Billy Graham und wir uns anhören wie das Publikum im Yankee Stadium beim siebten Spiel der World Series. Und das ist nicht alles, was Casey tut. Er ist das Genie das Hauses. Hast du die Wanze in eurem Zimmer gesehen? Casey hat die Wanzen installiert. Alles läuft in seinem Kontrollraum zusammen, und der einzige Weg in den Kontrollraum führt durch Gardeners Privatbüro. Die Wanzen sind tongesteuert, so daß er kein Band verschwendet. Alles Interessante hebt er für Sunlight Gardener auf. Ich habe gehört, Casey hätte Gardeners Telefon so manipuliert, daß er Ferngespräche umsonst führen kann, und ich weiß verdammt gut, daß er das Fernsehkabel angezapft hat, das vor dem Haus vorbeiführt. Wie gefällt dir der Gedanke, daß sich Mr. Eiscreme nach einem harten Tag, an dem er Jesus an die Massen verkauft hat, bequem zurücklehnt und sich im Fernsehen ein paar Krimis ansieht? Dieser Kerl ist so amerikanisch wie McDonald und Burger King zusammen, und hier in Indiana liebt man ihn fast so sehr, wie man High School-Basketball liebt.«

Ferd zog geräuschvoll Rotz hoch und spuckte in den Schlamm.

»Soll das ein Witz sein?« sagte Jack.

»Ferd Janklow macht nie Witze über die imbezilen Idioten des Sunlight-Heims«, sagte Ferd ernst. »Er ist reich, er braucht keine Steuererklärung abzugeben, er hat die Schulbehörde ins Bockshorn gejagt – will sagen, sie haben eine Heidenangst vor ihm; da ist eine Frau, die jedesmal, wenn sie hier ist, das große Zittern überfällt, und die aussieht, als machte sie am liebsten das Zeichen gegen den bösen Blick oder so etwas – und wie ich schon sagte, er scheint es immer zu wissen, wenn uns jemand vom Erziehungsministerium eine Überraschungsvisite abstatten will. Wir putzen das Haus von oben bis unten, Bast, der Bastard, bringt die Segeltuchjacken auf den Boden, und die Box wird mit Heu aus der Scheune gefüllt. Und wenn sie kommen, sitzen wir immer auf der Schulbank. Wie oft hast du schon auf der Schulbank gesessen, seit du hier in Indianas Version des *Love Boat* gelandet bist, Jack?«

»Kein einziges Mal«, sagte Jack.

»Kein einziges Mal«, pflichtete ihm Ferd freudig bei. Er lachte wieder sein zynisches, verletztes Lachen – und dieses Lachen besagte: *Rat mal, was ich herausgefunden habe, als ich acht wurde oder so? Ich habe herausgefunden, daß das ganze Leben eine verdammte Scheiße ist und daß sich daran so bald nichts ändern wird. Vielleicht wird sich auch nie etwas daran ändern. Und das kotzt mich an, aber es hat auch seine komischen Seiten. Verstehst du, was ich meine?*

4

Diese Gedanken gingen Jack durch den Kopf, als plötzlich harte Finger seinen Hals an den druckempfindlichen Stellen unter den Ohren packten und ihn von seinem Stuhl hochzogen. Er wurde umgedreht in eine Wolke aus Mundgeruch und kam in den Genuß – wenn das der richtige Ausdruck ist – der sterilen Mondlandschaft von Heck Basts Gesicht.

»Ich und der Reverend waren noch in Muncie, als sie deinen Freund, diesen aufsässigen Unruhestifter, ins Krankenhaus brachten«, sagte er. Seine Finger pulsierten und drückten, pulsierten und drückten. Der Schmerz war kaum auszuhalten. Jack stöhnte, und Heck grinste, und das Grinsen ließ noch größere Mengen fauligen Mundgeruchs entweichen.

»Der Reverend erhielt die Nachricht über sein Funkgerät. Janklow sah aus wie eine Tortilla, die ungefähr fünfundvierzig Minuten in einem Mikrowellenherd gesteckt hat. Es wird eine Weile dauern, bis sie ihn wieder zusammengeflickt haben.«

366

Er redet nicht mit mir, dachte Jack. *Er redet mit dem ganzen Raum.*
Wir sollen glauben, daß Ferd noch lebt.
»Du bist ein dreckiger Lügner«, sagte er. »Ferd ist ...«
Heck Bast schlug zu. Jack flog der Länge nach auf den Fußboden.
Jungen wichen aus seiner Nähe zurück. Irgendwo stieß Donny Keegan
sein hustendes Lachen aus.
Dann kam ein Wutschrei. Jack blickte benommen auf und schüttelte
den Kopf, um ihn wieder klarzubekommen. Heck drehte sich um und
sah, daß Wolf schützend über Jack stand, mit zurückgezogener Oberlippe, während die Deckenbeleuchtung auf seinen runden Brillengläsern
seltsame orangefarbene Reflexe spielen ließ.
»Der Dämel will also endlich ein Tänzchen wagen«, sagte Heck und
begann zu grinsen. »Mir soll's recht sein! Ich tanze gern. Komm,
Rotzgesicht. Komm her und laß uns tanzen.«
Immer noch knurrend und jetzt mit speichelbedeckter Unterlippe
bewegte Wolf sich vorwärts. Heck kam ihm entgegen. Stuhlbeine
scharrten über Linoleum, als die Jungen zurückwichen, um ihnen Platz
zu machen.
»Was geht hier ...«
Das kam von der Tür. Sonny Singer. Er brauchte den Satz nicht zu
beenden; er sah, was hier vorging. Lächelnd schloß er die Tür und lehnte
sich dagegen, schaute zu, die Arme über der Brust verschränkt, ein
Leuchten auf dem dunklen, schmalen Gesicht.
Jack ließ den Blick schnell zurück zu Wolf und Heck wandern.
»Wolf, sei vorsichtig!« rief er.
»Ich bin vorsichtig, Jack«, sagte Wolf, und seine Stimme war kaum
mehr als ein Knurren. »Ich ...«
»Laß uns *tanzen*, Arschloch«, grunzte Heck Bast und holte zu einem
sausenden Schwinger aus. Er traf Wolf auf dem rechten Wangenkno-
chen und trieb ihn drei oder vier Schritte zurück. Donny Keegan lachte
sein hohes, wieherndes Lachen, das, wie Jack jetzt wußte, ebenso oft ein
Anzeichen von Bestürzung wie von Belustigung war.
Der Schwinger war ein guter, kraftvoller Schlag. Unter anderen
Umständen wäre damit der Kampf beendet gewesen. Zu Heck Basts Pech
war es aber auch der einzige Schlag, den er anbringen konnte.
Er bewegte sich siegessicher vorwärts, hielt die großen Fäuste vor der
Brust geballt und holte zu einem weiteren Schwinger aus. Diesmal fuhr
Wolfs Arm hoch und vor, um ihn abzufangen. Wolf bekam Hecks Faust
zu fassen.
Hecks Hand war groß. Wolfs Hand war größer.
Wolfs Faust verschlang die von Heck.
Wolfs Faust ballte sich zusammen.
Aus ihr kam ein Geräusch wie von Stöckchen, die zuerst knistern und
dann brechen.

Hecks siegessicheres Lächeln gerann zuerst, dann erstarrte es. Einen Augenblick später begann er zu schreien.

»Hättest der Herde nichts zuleide tun dürfen, du Bastard«, flüsterte Wolf. »Immer eure Bibel hier und eure Bibel dort – *Wolf!* – und dabei hättet ihr nur sechs Verse aus dem *Buch vom guten Wirtschaften* zu hören brauchen, um zu wissen, daß man nie . . .«

Knistern!

». . . *nie* . . .«

Krachen!

»*NIE* der Herde etwas zuleide tut.«

Heck Bast fiel auf die Knie, heulend und schluchzend. Wolf hielt noch immer Hecks Faust in der seinen, und Hecks Arm war hochgereckt. Heck glich einem Faschisten, der auf den Knien mit *Heil Hitler* grüßt. Wolfs Arm war so starr wie Stein, aber sein Gesicht ließ keine große Anstrengung erkennen; es war, von den funkelnden Augen abgesehen, fast heiter.

Blut begann aus Wolfs Faust herauszutröpfeln.

»Wolf, stop! Es reicht!«

Jack sah sich schnell um und stellte fest, daß Sonny fort war und die Tür offenstand. Fast alle Jungen waren jetzt auf den Beinen. Sie waren so weit vor Wolf zurückgewichen, wie es die Zimmerwände gestatteten, und ihre Gesichter waren beeindruckt und ängstlich. Und immer noch das Tableau in der Mitte des Raumes: Heck Bast auf den Knien, mit ausgestrecktem und hochgerecktem Arm, seine Faust von der Wolfs verschluckt, und Blut, das aus Wolfs Faust auf den Fußboden tropfte.

Leute drängten durch die Tür. Casey, Warwick, Sonny Singer, drei weitere große Burschen. Und Sunlight Gardener mit einem kleinen schwarzen Kasten, der aussah wie ein Brillenetui, in einer Hand.

»*Es reicht, habe ich gesagt!*« Jack warf einen Blick auf die Neuankömmlinge und stürmte zu Wolf. »*Gleich hier und jetzt! Gleich hier und jetzt!*«

»Okay«, sagte Wolf ruhig. Er ließ Hecks Hand los, und Jack sah ein grauenhaft zerquetschtes Ding, das aussah wie eine zermalmte Kinderwindmühle. Die Finger bildeten groteske Winkel. Heck wimmerte und hielt seine zerstörte Hand vor die Brust.

»Okay, Jack.«

Die sechs griffen nach Wolf. Wolf machte eine halbe Drehung, bekam einen Arm frei, stieß zu, und plötzlich prallte Warwick gegen die Wand. Jemand schrie auf.

»Haltet ihn!« brüllte Gardener. »Haltet ihn! Haltet ihn, um Jesu willen!« Er öffnete den flachen schwarzen Kasten.

»*Nein, Wolf!*« rief Jack. »*Hör auf!*«

Einen Augenblick kämpfte Wolf weiter, dann gab er nach und ließ zu, daß sie ihn an die Wand drängten. Auf Jack machten sie den Eindruck von Liliputanern, die sich an Gulliver klammern. Endlich sah Sonny aus, als hätte er Angst vor Wolf.

»Haltet ihn«, wiederholte Gardener und holte eine glitzernde Spritze aus dem flachen Kasten. »Haltet ihn, gelobt sei Jesus Christus!«

»Das brauchen Sie nicht«, sagte Jack.

»Jack?« Wolf wirkte plötzlich verängstigt. »Jack? *Jack*?«

Gardener, auf dem Weg zu Wolf, stieß Jack im Vorübergehen beiseite. Jack taumelte gegen Morton, der kreischte und zurückwich, als hätte Jack eine ansteckende Krankheit. Nun begann sich Wolf wieder zu wehren – aber sie waren sechs, und dagegen kam er nicht an. Wenn die Verwandlung ihn überkommen hätte, wäre es vielleicht anders gewesen.

»*Jack*!« heulte er. »*Jack! Jack!*«

»Haltet ihn, gelobt sei Gott«, flüsterte Gardener mit brutal von den Zähnen zurückgezogenen Lippen und stieß die Nadel in Wolfs Arm.

Wolf erstarrte, dann warf er den Kopf zurück und heulte.

Ich bring dich um, du Bastard, schoß es Jack durch den Kopf. *Bring dich um, bring dich um, bring dich um.*

Wolf wehrte sich und schlug um sich. Gardener trat zurück, betrachtete ihn kalt. Wolf landete mit einem Knie in Caseys ausgedehntem Bauch. Casey stieß pfeifend die Luft aus, taumelte zurück, kam dann wieder vorwärts. Ein oder zwei Minuten später begann Wolf schlaff zu werden – dann sackte er zusammen.

Jack stand auf, vor Wut weinend. Er versuchte, sich auf den Klumpen aus weißen Rollkragenpullovern zu stürzen, die seinen Freund festhielten – und sah, wie Casey eine Faust auf Wolfs erschlaffendes Gesicht niedersausen ließ, und sah, wie Blut aus Wolfs Nase zu strömen begann.

Hände hielten ihn zurück. Er wehrte sich, dann blickte er sich um und sah die bestürzten Gesichter der Jungen, mit denen er auf dem Hinteren Feld Steine aufgesammelt hatte.

»Ich will, daß er in die Box kommt«, sagte Gardener, als Wolfs Knie endlich unter ihm nachgaben. Dann ließ er den Blick langsam zu Jack wandern. »Es sei denn – vielleicht ziehen Sie es vor, mir zu sagen, wo wir uns begegnet sind, Mr. Parker?«

Jack stand da, blickte auf seine Füße und sagte nichts. In seinen Augen brannten heiße, haßerfüllte Tränen.

»Dann ab in die Box«, sagte Gardener. »Vielleicht überlegen Sie es sich anders, wenn er zu singen beginnt, Mr. Parker.«

Gardener schritt hinaus.

Wolf heulte noch immer in der Box, als Jack und die anderen Jungen zur Morgenandacht hinuntermarschierten. Sunlight Gardeners Augen schienen ironisch auf Jacks blassem, angespanntem Gesicht zu ruhen. *Vielleicht jetzt, Mr. Parker?*

Wolf, es geht um meine Mutter, meine Mutter ...

Wolf heulte noch immer, als Jack und die anderen zur Feldarbeit eingesetzten Jungen in zwei Gruppen eingeteilt wurden und zu den Lastern marschierten. Als er in die Nähe der Box kam, konnte Jack nur mit größter Mühe dem Drang widerstehen, sich die Ohren zuzuhalten. Dieses Heulen, diese erbärmliche Schluchzen.

Unvermittelt stand Sonny Singer neben ihm.

»Reverend Gardener ist in seinem Büro und wartet darauf, dir die Beichte abzunehmen, Rotzgesicht«, sagte er. »Ich soll dir sagen, daß er den Dämel aus der Box herausläßt, sobald du ihm gesagt hast, was er wissen will.« Sonnys Stimme war seidenweich, sein Gesicht bedrohlich.

Wolf schrie und heulte, bettelte, man solle ihn herauslassen, hämmerte wie von Sinnen gegen die fest vernieteten Eisenwände der Box.

Oh, Wolf, es geht um meine MUTTER ...

»Ich kann ihm nicht sagen, was er wissen will«, sagte Jack. Er wandte sich unvermittelt zu Sonny um, legte die ganze Kraft dessen, was er in der Region erworben hatte, in seinen Blick. Sonny tat zwei riesige Schritte rückwärts, und auf seinem Gesicht malten sich Bestürzung und erbärmliche Angst. Er stolperte über seine eigenen Füße und prallte gegen einen der wartenden Lastwagen.

»Na schön«, sagte Sonny – er stieß die Worte auf eine Art hervor, die einem Jaulen sehr nahe kam. »Na schön, na schön, vergiß es.« Sein schmales Gesicht wurde wieder arrogant. »Reverend Gardener sagte, wenn du dich weigerst, soll ich dir sagen, daß dein Freund nach dir heult. Hast du das verstanden?«

»Ich weiß, nach wem er heult.«

»Auf den Laster!« sagte Pedersen grimmig, fast ohne sie anzusehen – aber als er an Sonny vorbeikam, verzog Pedersen das Gesicht, als hätte er etwas Übles gerochen.

Sogar nachdem sich die Lastwagen in Bewegung gesetzt hatten, hörte Jack Wolf noch heulen, obwohl die Schalldämpfer an beiden Lastern kaum mehr waren als Muscheln aus Eisengeflecht und die Motoren röhrten. Und Wolfs Heulen wurde auch nicht schwächer. Er hatte jetzt irgendeine Verbindung zu Wolf hergestellt, und er konnte Wolfs Heulen sogar noch hören, als die Arbeitsgruppen das Hintere Feld erreicht hatten. Die Erkenntnis, daß das Heulen nur in seinem Kopf war, machte die Sache keineswegs besser.

Um die Mittagszeit verstummte Wolf, und Jack wußte plötzlich und ohne jeden Zweifel, daß Gardener Anweisung gegeben hatte, ihn aus der Box herauszulassen, bevor sein Schreien und Heulen unliebsames Aufsehen erregte. Nach dem, was mit Ferd passiert war, konnte ihm nicht daran liegen, daß sich jemand für das Sunlight-Heim interessierte. Als die Arbeitsgruppen am Spätnachmittag zurückkehrten, stand die Tür der Box offen, und die Box war leer. Oben in der Kammer, die sie miteinander teilten, lag Wolf auf dem unteren Bett. Er lächelte matt, als Jack eintrat.

»Was macht dein Kopf, Jack? Sieht wieder ein bißchen besser aus. Wolf!«

»Wolf, wie geht es dir?«

»Habe geheult, nicht? Konnte einfach nicht anders.«

»Wolf, es tut mir so leid«, sagte Jack. Wolf wirkte seltsam – zu bleich, irgendwie reduziert.

Er stirbt, dachte Jack. Nein, korrigierte sein Verstand; Wolf hatte in dem Augenblick zu sterben begonnen, in dem sie auf der Flucht vor Morgan in diese Welt geflippt waren. Aber jetzt starb er schneller. Zu bleich – reduziert – aber . . .

Jack spürte, wie ihm ein Schauder über den Rücken lief.

Wolfs nackte Arme und Beine waren nicht wirklich nackt; sie waren von einem feinen Haarflaum bedeckt. Zwei Abende zuvor war er noch nicht dagewesen, da war er ganz sicher.

Er verspürte den Drang, an ein Fenster im Korridor zu stürzen und hinauszuschauen, den Mond zu suchen, sich zu vergewissern, daß ihm nicht irgendwie siebzehn Tage abhanden gekommen waren.

»Es ist nicht die Zeit der Verwandlung«, sagte Wolf. Seine Stimme war trocken, irgendwie ausgeleert. Die Stimme eines Kranken. »Aber sie hat eingesetzt in diesem dunklen, stinkenden Ding, in das sie mich eingesperrt haben. Wolf! Sie hat eingesetzt, weil ich so wütend war und solche Angst hatte. Weil ich geschrien und geheult habe. Schreien und Heulen kann die Verwandlung auslösen, wenn ein Wolf es lange genug tut.« Wolf wischte über das Haar an seinen Beinen. »Es geht wieder weg.«

»Gardener hat einen Preis für deine Freilassung genannt«, sagte Jack, »aber ich konnte ihn nicht zahlen. Ich wollte es, aber – Wolf – meine Mutter . . .«

Seine Stimme brach und bebte Tränen entgegen.

»Still, Jacky. Wolf weiß es. Gleich hier und jetzt.« Wolf lächelte sein entsetzlich mattes Lächeln und ergriff Jacks Hand.

Vierundzwanzigstes Kapitel

Jack benennt die Planeten

1

Eine weitere Woche im Sunlight-Heim, gelobt sei Gott. Der Mond nahm zu.

Am Montag forderte ein lächelnder Sunlight Gardener die Jungen auf, die Köpfe zu neigen und Gott zu danken für die Bekehrung ihres Bruders Ferdinand Janklow. Ferds Seele hatte sich für den Herrn entschieden, während er sich im Parkland Hospital erholte. Ferd hatte ein R-Gespräch mit seinen Eltern geführt und ihnen gesagt, er wolle sein künftiges Leben in den Dienst des Herrn stellen, und sie hatten gleich am Telefon gemeinsam gebetet und Gottes Beistand angefleht, und noch am gleichen Tag hatten seine Eltern ihn abgeholt. *Tot und begraben unter irgendeinem kalten Feld in Indiana – oder drüben in der Region, wo die Highway-Polizei von Indiana niemals hinkommt.*

Der Dienstag war zu kalt und regnerisch für Feldarbeit. Die meisten Jungen durften in ihren Zimmern bleiben und schlafen oder lesen, aber für Jack und Wolf hatte die Zeit der Quälerei begonnen. Wolf schleppte im strömenden Regen eine Ladung Müll nach der anderen aus der Scheune und den Schuppen an den Straßenrand. Jack hatte den Auftrag erhalten, die Toiletten zu säubern. Er nahm an, daß Warwick und Casey, die ihn dazu abkommandiert hatten, der Ansicht waren, ihm damit eine besonders widerliche Arbeit aufzuhalsen. Aber schließlich hatten sie die Herrentoilette im Oatley Tap nie gesehen.

Nur eine weitere Woche im Sunlight-Heim, könnt ihr oh ja sagen?

Am Mittwoch kehrte Hector Bast zurück, den rechten Arm bis zum Ellenbogen in Gips, das große, teigige Gesicht so blaß, daß die Pickel hervorstachen wie grelle Rougeflecken.

»Die Ärzte sagen, ich würde sie vielleicht nie wieder gebrauchen können«, sagte Heck Bast. »Du und dein reizender Freund – ihr habt mir das eingebrockt, Parker.«

»Willst du, daß mit deiner anderen Hand dasselbe passiert?« fragte ihn Jack – aber er hatte Angst. Es war nicht nur Rachsucht, was er in Hecks Augen sah; es war Mordgier.

»Ich habe keine Angst vor ihm«, sagte Heck. »Sonny sagt, sie hätten in der Box den größten Teil seiner Gemeinheit aus ihm herausgeholt.

Sonny sagt, er würde alles tun, nur um nicht wieder hineinzumüssen. Und was dich betrifft . . .«

Hecks linke Faust schoß vor. Er war mit der Linken nicht so geschickt wie mit der Rechten, aber Jack, aus der Fassung gebracht durch die bleiche Wut des großen Jungen, sah sie nicht kommen. Seine Lippen verzerrten sich unter Hecks Schlag zu einem makabren Lächeln und platzten auf. Er taumelte gegen die Wand.

Eine Tür wurde geöffnet und Billy Adams schaute heraus.

»*Mach die Tür zu, sonst bist du der nächste!*« brüllte Heck, und Adams, keineswegs erpicht darauf, von Heck zusammengeschlagen zu werden, kam dem Befehl sehr schnell nach.

Heck bewegte sich auf Jack zu. Jack stieß sich benommen von der Wand ab und hob die Fäuste. Heck blieb stehen.

»Das könnte dir so passen, nicht wahr?« sagte Heck. »Jemanden angreifen, der nur eine gute Hand hat.« Röte überflutete sein Gesicht.

Schritte klapperten, näherten sich der Treppe zum Schlaftrakt. »Das ist Sonny. Verschwinde. Scher dich hier raus. Aber wir kriegen dich, mein Freund. Dich und den Dämel auch. Reverend Gardener hat gesagt, wir dürfen, es sei denn, du erzählst ihm, was er wissen will.«

Heck grinste.

»Tu mir einen Gefallen, Rotzgesicht. Erzähl es ihm nicht.«

2

Es stimmte, *etwas* hatten sie in der Box tatsächlich aus Wolf herausgeholt, dachte Jack. Sechs Stunden waren vergangen seit seiner Begegnung mit Heck Bast auf dem Korridor. Bald würde die Klingel zur Beichte ertönen, aber fürs erste schlief Wolf erschöpft in der Koje unter ihm. Draußen schlug der Regen gegen die Mauern des Sunlight-Heims.

Es war nicht Gemeinheit, und Jack wußte, daß es nicht nur die Box war, die es herausgeholt hatte. Nicht einmal das Sunlight-Heim. Es war diese ganze Welt. Wolf sehnte sich einfach nach Zuhause. Er hatte den größten Teil seiner Vitalität verloren. Er lächelte selten und lachte überhaupt nicht mehr. Als Warwick ihn beim Mittagessen anbrüllte, weil er mit den Fingern aß, fuhr er zusammen und duckte sich.

Es muß bald geschehen, Jacky. Weil ich sterbe. Wolf stirbt.

Heck Bast behauptete, er hätte keine Angst vor Wolf, und tatsächlich schien nichts übriggeblieben zu sein, wovor man Angst haben mußte; es schien, als wäre das Zerquetschen von Hecks Hand der letzte Kraftakt gewesen, dessen Wolf fähig war.

Die Klingel läutete zur Beichte.

An diesem Abend, nach der Beichte, dem Essen und der Andacht, kehrten Jack und Wolf in ihre Kammer zurück und fanden ihre Betten tropfnaß und nach Urin stinkend vor. Jack ging zur Tür, riß sie auf und sah Sonny, Warwick und einen anderen großen Bengel namens Van Zandt grinsend auf dem Flur stehen.

»Haben uns wohl im Zimmer geirrt, Rotzgesicht«, sagte Sonny.

»Dachten, es wäre die Toilette – wegen der Klumpen Scheiße, die wir immer darin herumschwirren sehen.«

Van Zandt hielt sich den Bauch vor Lachen über diese geistvolle Bemerkung.

Jack starrte sie einen langen Augenblick an, und Van Zandt hörte auf zu lachen.

»Wen starrst du an, Rotzgesicht? Soll ich dir deine verdammte Nase einschlagen?«

Jack schloß die Tür, sah sich um und stellte fest, daß Wolf unausgezogen auf seinem nassen Bett schlief. Wolfs Bart begann wieder zu sprießen; dennoch war sein Gesicht blaß, die Haut gedehnt und glänzend. Es war das Gesicht eines Kranken.

Laß ihn in Ruhe, dachte Jack. *Soll er doch darin schlafen, wenn er so müde ist.*

Nein. Du läßt ihn nicht in diesem vollgesauten Bett schlafen. Das tust du nicht!

Erschöpft trat Jack zu Wolf, rüttelte ihn, bis er halb wach war, holte ihn von der nassen, stinkenden Matratze herunter und zog ihn aus. Sie schliefen dicht aneinandergedrängt auf dem Fußboden.

Um vier Uhr morgens wurde die Tür geöffnet, und Sonny und Heck kamen herein. Sie rissen Jack hoch und schleppten ihn hinunter in Sunlight Gardeners Büro im Keller.

Gardener hatte die Füße auf eine Ecke seines Schreibtisches gelegt. Trotz der ungewöhnlichen Zeit war er voll angekleidet. Hinter ihm hing ein Bild von Jesus, wie er auf dem See Genezareth wandelte, während seine Jünger fassungslos zusahen. Zu seiner Rechten befand sich ein Glasfenster, durch das man in das verdunkelte Studio sehen konnte, in dem Casey seine idiotischen technischen Wunder vollbrachte. An einer von Gardeners Gürtelschlaufen hing eine schwere Schlüsselkette. Die Schlüssel selbst, ein schweres Bund, lagen auf seiner Handfläche. Er spielte mit ihnen, während er sprach.

»Seit du hier bist, haben wir noch keine einzige Beichte von dir gehört, Jack«, sagte Sunlight Gardener in mild vorwurfsvollem Ton. »Beichte ist eine Wohltat für die Seele. Ohne Beichte können wir nicht errettet werden. Oh, ich meine nicht die götzendienerische, heidnische Beichte der Katholiken. Ich meine die Beichte vor deinen Brüdern und dem Heiland.«

»Ich mache das mit dem Heiland allein aus, wenn Sie nichts dagegen haben«, sagte Jack gelassen, und trotz seiner Angst und seiner Schlaftrunkenheit genoß er den wütenden Ausdruck, der auf Gardeners Gesicht erschien.

»Ich *habe* etwas dagegen!« brüllte Gardener. Schmerz explodierte in Jacks Nieren. Er fiel auf die Knie.

»Paß auf, was du zu Reverend Gardener sagst, Rotzgesicht«, sagte Sonny. »Hier sind ein paar Leute, die zu ihm stehen.«

»Gott segne dich für dein Vertrauen und deine Liebe, Sonny«, sagte Gardener feierlich; dann wendete er seine Aufmerksamkeit wieder Jack zu.

»Steh auf, mein Sohn.«

Jack schaffte es, auf die Füße zu kommen, indem er sich an der Kante von Sunlight Gardeners teurem Mahagonischreibtisch hochzog.

»Wie heißt du in Wirklichkeit?«

»Jack Parker.«

Er sah Gardener kaum wahrnehmbar nicken und versuchte, sich umzudrehen, aber es war einen Augenblick zu spät. Wieder explodierte Schmerz in seinen Nieren. Er schrie und stürzte wieder zu Boden, schlug mit der abheilenden Verletzung an der Stirn gegen die Kante von Gardeners Schreibtisch.

»Wo kommst du her, du lügnerische, unverschämte Teufelsbrut?«

»Aus Pennsylvania.«

Schmerz explodierte im fleischigen Teil seines linken Oberschenkels. Er rollte sich wie ein Fetus mit zur Brust hochgezogenen Knien auf dem weißen Karastanteppich zusammen.

»Holt ihn hoch.«

Sonny und Heck holten ihn hoch.

Gardener griff in die Tasche seines weißen Jacketts und zog ein großes Feuerzeug heraus. Er schlug auf das Rädchen, erzeugte eine große gelbe Flamme und näherte die Flamme langsam Jacks Gesicht. Fünfundzwanzig Zentimeter. Er konnte den süßlichen, durchdringenden Geruch des Feuerzeugbenzins riechen. Fünfzehn Zentimeter. Jetzt spürte er Wärme. Acht Zentimeter. Noch zwei Zentimeter – vielleicht nur einer –, und aus Unbehagen würde Schmerz werden. Sunlight Gardeners Augen waren verschleiert-glücklich.

»Ja!« Heck Basts Atem war heiß und roch wie schimmelige Peperoni.

»Woher kenne ich dich?«

»Ich habe Sie noch nie gesehen!« keuchte Jack.

Die Flamme kam noch näher. Jacks Augen begannen zu tränen, und er spürte, wie sie ihm die Haut versengte. Er versuchte, den Kopf zurückziehen. Sonny Singer stieß ihn vorwärts.

»Wo habe ich dich getroffen?« fauchte Gardener. Die Flamme des Feuerzeugs tanzte tief in seinen schwarzen Pupillen, jeder Reflex ein Twinner des anderen. »Deine letzte Chance!«

Sag es ihm, um Gottes willen sag es ihm!

»Wenn wir uns schon einmal begegnet sind, kann ich mich nicht erinnern«, keuchte Jack. »Vielleicht in Kalifornien...«

Das Feuerzeug klickte zu. Jack schluchzte vor Erleichterung.

»Bringt ihn zurück«, sagte Gardener.

Sie rissen Jack zur Tür.

»Du tust dir keinen Gefallen damit«, sagte Sunlight Gardener. Er hatte sich umgedreht und schien das Bild des auf dem Wasser wandelnden Jesus zu betrachten. »Ich bekomme es heraus. Wenn nicht heute nacht, dann morgen nacht. Wenn nicht morgen nacht, dann übermorgen nacht. Warum machst du es dir nicht leicht, Jack?«

Jack sagte nichts. Einen Augenblick später wurde ihm der Arm bis zum Schulterblatt hochgedreht. Er stöhnte.

»Sag's ihm!« flüsterte Sonny.

Und ein Teil von Jack wollte es, nicht weil man ihm wehtat, sondern weil...

... weil Beichte eine Wohltat für die Seele ist ...

Er erinnerte sich an den schlammigen Hof, er erinnerte sich, wie ihn der gleiche Mann in einer anderen Haut gefragt hatte, wer er war, erinnerte sich, wie er gedacht hatte: *Ich sage Ihnen alles, was Sie wissen wollen, wenn Sie nur aufhören, mich mit diesen verrückten Augen anzusehen, ganz bestimmt, denn ich bin nur ein Kind, und genau das tun Kinder, sie sagen alles ...*

Und dann erinnerte er sich an die Stimme seiner Mutter, diese zähe Stimme, die ihn fragte, ob er diesem Kerl gegenüber auspacken wollte.

»Ich kann Ihnen nicht sagen, was ich nicht weiß«, sagte er.

Gardeners Lippen öffneten sich zu einem kleinen, trockenen Lächeln.

»Bringt ihn zurück in sein Zimmer«, sagte er.

3

Nur eine weitere Woche im Sunlight-Heim, könnt ihr Amen sagen, Brüder und Schwestern. Nur eine weitere lange, lange Woche.

Jack blieb in der Küche, nachdem die anderen ihr Frühstücksgeschirr abgeliefert hatten und gegangen waren. Er wußte recht gut, daß er weitere Schläge, weitere Quälereien riskierte – aber diesmal schien das von untergeordneter Bedeutung zu sein. Nur drei Stunden zuvor war Gardener ganz nahe daran gewesen, ihm die Lippen abzubrennen. Er hatte es in den verrückten Augen des Mannes gesehen, hatte es in dem verrückten Herzen des Mannes gespürt. Nach so etwas schien das Risiko, geschlagen zu werden, in der Tat von untergeordneter Bedeutung.

Rudolphs weißer Kochanzug war so grau wie der tiefhängende

Novemberhimmel draußen. Als Jack seinen Namen flüsterte, bedachte Rudolph ihn mit einem blutunterlaufenen, zynischen Blick. Sein Atem roch nach billigem Whiskey.

»Verschwinde lieber von hier, frischer Fisch. Sie sind hinter dir her.«

Erzähl mir etwas, das ich nicht weiß.

Jack blickte nervös zu dem altertümlichen Geschirrspüler hinüber, der rumpelte und zischte und die Jungen, die ihn vollpackten, mit seinem dampfenden Drachenatem anfauchte. Sie schienen nicht in Jacks und Rudolphs Richtung zu blicken, aber Jack wußte, daß der Schein trog. Geschichten würden die Runde machen. Oh ja. Im Sunlight-Heim nahmen sie einem das Geld weg, und herumgetragene Geschichten wurden zu einer Art Ersatzwährung.

»Ich muß hier raus«, sagte Jack. »Ich und mein großer Freund. Wieviel würden Sie dafür nehmen, daß Sie in die andere Richtung sehen, während wir zur Hintertür hinausgehen?«

»Mehr als du bezahlen kannst, selbst wenn es dir gelänge, das in die Hände zu bekommen, was sie dir abgenommen haben, als sie dich hier einlochten«, sagte Rudolph. Seine Worte waren hart, aber in seinem Blick lag eine Art verschwommenen Mitgefühls.

Ja, natürlich – es war alles weg. Das Plektron, der Silberdollar, die Murmel des Teppichhändlers, seine sechs Dollar – alles war weg. In einem zugeklebten Umschlag und irgendwo aufbewahrt, vermutlich in Gardeners Büro im Keller. Aber ...

»Ich würde Ihnen einen Schuldschein geben.«

Rudolph grinste. »Ein Schuldschein von jemandem aus diesem Bau voller Diebe und Junkies, das ist wirklich ein Witz«, sagte er. »Steck dir deinen Scheißschuldschein sonstwohin.«

Jack richtete die gesamte neue Kraft, die in ihm steckte, auf Rudolph. Er war imstande, diese Kraft, diese neue Schönheit zu verbergen – bis zu einem gewissen Grade jedenfalls –, aber jetzt ließ er sie heraus und sah, wie Rudolph vor ihr zurückwich und sein Gesicht einen Moment lang verwirrt und verblüfft war.

»Mein Schuldschein würde gut sein, und ich glaube, Sie wissen das«, sagte Jack ruhig. »Geben Sie mir eine Adresse, und ich schicke Ihnen das Geld. Wieviel? Ferd Janklow hat mir erzählt, daß Sie für zwei Dollar einen Brief befördern. Genügen zehn Dollar, damit Sie lange genug woanders hinsehen, während wir einen Spaziergang unternehmen?«

»Nicht zehn, nicht zwanzig, nicht hundert«, sagte Rudolph leise. Jetzt blickte er den Jungen mit einer Traurigkeit an, die Jack ängstigte. Es war dieser Blick, der ihm – deutlicher als alles andere – verriet, wie tief Wolf und er in der Falle steckten. »Ja, ich habe es schon früher getan. Manchmal für fünf Dollar. Manchmal, ob du es glaubst oder nicht, sogar umsonst. Für Ferdie Janklow hätte ich es umsonst getan. Er war ein guter Junge. Diese *Scheißkerle* ...«

377

Rudolph hob eine von Wasser und Spülmitteln gerötete Faust und schüttelte sie gegen die grüngekachelte Wand. Er sah, wie Morton, den sie des Schwanzfummelns bezichtigt hatten, ihn ansah, und Rudolph starrte böse zurück. Morton wendete den Blick schleunigst ab.

»Warum also nicht?« fragte Jack verzweifelt.

»Weil ich Angst habe, Junge«, sagte Rudolph.

»Wie meinen Sie das? An dem Abend, als ich herkam, als Sonny anfing, Ärger zu machen . . .«

»Singer!« Rudolph machte eine verächtliche Handbewegung. »Ich habe keine Angst vor Singer, und ich habe keine Angst vor Bast, obwohl er so ein großer Kerl ist. *Er* ist es, vor dem ich Angst habe.«

»Gardener?«

»Er ist ein Teufel aus der Hölle«, sagte Rudolph. Er zögerte, dann sagte er: »Ich will dir etwas erzählen, was ich bisher noch niemandem erzählt habe. Einmal hatte er vergessen, mir meinen Lohn zu geben, und ich ging hinunter in sein Büro. Im allgemeinen tue ich das nicht, ich gehe nicht gern dort hinunter, aber diesmal mußte ich es . . . nun, ich mußte einen Mann treffen. Ich brauchte mein Geld, ganz schnell, verstehst du, was ich meine? Und ich hatte gesehen, wie er in sein Büro hinuntergegangen war, also wußte ich, daß er da war. Ich ging hinunter und klopfte an die Tür, und dabei schwang sie auf, weil er sie nicht richtig eingeklinkt hatte. Und weißt du was, Junge? *Er war nicht da.*«

Rudolphs Stimme war immer leiser geworden, während er diese Geschichte erzählte, bis Jack über dem Rumpeln und Fauchen des Geschirrspülers den Koch kaum noch verstehen konnte. Gleichzeitig hatten sich seine Augen geweitet wie die eines Kindes, das sich an einen Alptraum erinnert.

»Ich dachte, er wäre vielleicht in dem Aufnahmestudio, das sie da unten haben, aber da war er auch nicht. Und in der Kapelle konnte er nicht sein, weil es keine Verbindungstür gibt. Es führt eine Tür nach draußen, aber die war *von innen* verschlossen und verriegelt. Also wohin war er verschwunden? *Wohin war er verschwunden?*«

Jack, der es wußte, konnte Rudolph nur fassungslos ansehen.

»Ich glaube, er ist ein Teufel aus der Hölle, und er ist in irgendeinen Fahrstuhl gestiegen, um in seinem Hauptquartier Bericht zu erstatten«, sagte Rudolph. »Ich würde dir gern helfen, aber ich kann es nicht. Nicht für alles Geld in Fort Knox würde ich mich mit diesem Sunlight anlegen. Und nun verschwinde von hier. Vielleicht haben sie dein Fehlen noch nicht bemerkt.«

Aber sie hatten es natürlich bemerkt. Als er durch die Schwingtüren kam, trat Warwick hinter Jack und schlug ihm mit den zu einer gewaltigen Faust ineinander verschränkten Händen ins Kreuz. Als er durch den verlassenen Speisesaal taumelte, tauchte Casey wie ein böses Schachtelmännchen aus dem Nichts auf und stellte ihm ein Bein. Jack konnte nicht

bremsen. Er stolperte über Caseys Fuß, seine eigenen Füße glitten unter ihm weg, und er landete zwischen einem Haufen Stühle. Er erhob sich, gegen Wut- und Schamtränen ankämpfend.
»Du solltest dir mit dem Hinausbringen des Geschirrs lieber nicht so viel Zeit lassen, Rotzgesicht«, sagte Casey. »Du könntest dir wehtun.« Warwick grinste. »Ja. Und nun scher dich hinauf. Die Laster warten.«

4

In der nächsten Nacht wurde er wieder um vier geweckt und in Sunlight Gardeners Büro gebracht.

Gardener blickte von seiner Bibel auf, als wäre er überrascht, ihn zu sehen.

»Willst du jetzt beichten, Jack Parker?«

»Ich habe nichts...«

Wieder das Feuerzeug. Die Flamme, die kaum zwei Zentimeter vor seiner Nase tanzte.

»Gesteh. Wo sind wir uns begegnet?« Die Flamme tanzte noch etwas näher heran. »Ich will es wissen, Jack. Wo? Wo?«

»Saturn!« schrie Jack. Etwas anderes fiel ihm nicht ein. »Uranus! Merkur! Irgendwo im Asteroidengürtel! Io! Ganymed! Dei...«

Schmerz, dick und bleiern und qualvoll, explodierte in seinem Unterleib, als Heck Bast mit seiner gesunden Hand zwischen Jacks Beine faßte und seine Hoden zusammenquetschte.

»So«, sagte Heck Bast mit vergnügtem Lächeln. »Das war schon lange fällig, du zur Hölle verdammter Spötter.«

Jack sackte schluchzend auf dem Fußboden zusammen.

Sunlight Gardener beugte sich langsam nieder, mit geduldigem, fast glückseligem Gesicht. »Das nächste Mal ist es dein Freund, den wir hier unten haben«, sagte Sunlight Gardener sanft. »Und bei ihm werde ich nicht zögern. Denk darüber nach, Jack. Bis morgen nacht.«

Aber morgen nacht, beschloß Jack, würden er und Wolf nicht mehr da sein. Wenn ihnen nur die Region blieb, dann mußte es eben die Region sein...

... wenn es ihm gelang, sie dorthin zurückzubringen.

Jack und Wolf in der Hölle

1

Sie mußten vom Erdgeschoß aus flippen. Er konzentrierte sich darauf, nicht auf die Frage, ob sie überhaupt würden flippen können. Von ihrer Kammer aus wäre es einfacher, aber der erbärmliche kleine Raum, den er und Wolf miteinander teilten, lag im zweiten Stock, zwölf Meter über dem Erdboden. Jack wußte nicht, wie sich die Geographie und Topographie der Region zur Geographie und Topographie von Indiana verhielten, aber er wollte das Risiko, daß sie sich die Hälse brachen, nicht eingehen.

Er erklärte Wolf, was sie tun würden.

»Hast du verstanden?«

»Ja«, sagte Wolf teilnahmslos.

»Wiederhole es trotzdem, Wolf.«

»Nach dem Frühstück gehe ich in die Toilette gegenüber dem Gemeinschaftsraum. Ich gehe in die erste Kabine. Wenn niemand bemerkt, daß ich fort bin, kommst du nach. Und wir kehren in die Region zurück. Ist das richtig, Jacky?«

»Das ist es«, sagte Jack. Er legte Wolf eine Hand auf die Schulter und drückte zu. Wolf lächelte matt. Jack zögerte, dann sagte er:»Es tut mir leid, daß ich dich mit in diese Sache hineingezogen habe. Es ist allein meine Schuld.«

»Nein, Jack«, sagte Wolf gütig. »Wir versuchen es. Vielleicht...«

Einen Augenblick lang schien eine kleine, sehnsüchtige Hoffnung in Wolfs Augen aufzuflackern.

»Ja«, sagte Jack. »Vielleicht.«

2

Jack war zu verängstigt und zu aufgeregt, um zu frühstücken, aber er fürchtete, Aufmerksamkeit zu erregen, wenn er nicht aß. Also schaufelte er Eier und Kartoffeln in sich hinein, die wie Sägemehl schmeckten, und würgte sogar ein Stück fetten Speck hinunter. Das Wetter hatte sich endlich gebessert. In der Nacht zuvor hatte es gefroren, und die Steine auf dem Hinteren Feld würden Schlackebrocken gleichen, die in gehärteten Kunststoff eingebettet waren.

Das Geschirr wurde in die Küche gebracht.

Die Jungen durften sich in den Gemeinschaftsraum begeben, während Sonny Singer, Hector Bast und Andy Warwick ihre Tagesbefehle erhielten.

Sie saßen mit ausdruckslosen Gesichtern herum. Pedersen hatte ein frisches Exemplar der von Gardeners Organisation herausgegebenen Zeitschrift *Das Licht Jesu*. Er blätterte darin, hob aber zwischendurch immer wieder den Blick, um die Jungen zu beobachten.

Wolí blickte fragend zu Jack. Jack nickte. Wolf erhob sich und trottete aus dem Raum. Pedersen sah auf, stellte fest, daß Wolf den Flur überquerte und die lange, schmale Toilette auf der anderen Seite betrat; dann wendete er sich wieder seiner Zeitschrift zu.

Jack zählte bis sechzig, dann zwang er sich, noch einmal bis sechzig zu zählen. Es waren die beiden längsten Minuten seines Lebens. Er hatte entsetzliche Angst, daß Sonny und Heck in den Gemeinschaftsraum zurückkehren und alle Jungen zu den Lastwagen hinauskommandieren würden, und er wollte in der Toilette sein, bevor das geschah. Aber Pedersen war nicht dumm. Wenn Jack Wolf zu schnell folgte, konnte er argwöhnisch werden.

Endlich stand Jack auf und ging durch den Raum auf die Tür zu. Sie schien unendlich weit entfernt, und seine schweren Füße schienen ihn nicht näher an sie heranzubringen; es war wie eine optische Täuschung.

Pedersen blickte auf. »Wo willst du hin, Rotzgesicht?«

»Toilette«, sagte Jack. Seine Zunge war trocken. Er hatte schon gehört, daß Leute einen trockenen *Mund* bekamen, aber eine trockene *Zunge*?

»Sie können jeden Augenblick heraufkommen«, sagte Pedersen und deutete mit dem Kopf zum Ende des Flurs, wo die Treppe zur Kapelle, zum Studio und zu Gardeners Büro hinabführte. »Halt es lieber zurück und wässere das Hintere Feld.«

»Ich muß ein großes Geschäft erledigen«, sagte Jack verzweifelt.

»Dann hau ab«, sagte Pedersen mißmutig. »Steh nicht hier herum und schwing Volksreden.«

Er blickte wieder in seine Zeitschrift. Jack überquerte den Flur und betrat die Toilette.

Wolf hatte sich die falsche Kabine ausgesucht – ein Stück die Reihe hinunter waren seine großen, klobigen Arbeitsschuhe eindeutig auszumachen. Jack schob sich in die Kabine. Zu zweit konnten sie sich darin kaum rühren, und Jack war sich des starken, klaren Tiergeruchs, der von Wolf ausging, deutlich bewußt.

»Okay«, sagte Jack. »Versuchen wir's.«

»Jack, ich habe Angst.«

Jack lachte nervös. »Ich auch.«

»Wie wollen wir...«

»Ich weiß es nicht. Gib mir die Hände.« Das schien ein guter Anfang. Wolf legte seine behaarten – fast pfotenähnlichen – Hände in die von Jack, und Jack spürte, wie von ihnen eine unheimliche Kraft auf ihn überging. Wolf hatte seine Kraft also doch nicht verloren. Sie war in der Erde verschwunden, wie manchmal eine Quelle in einem besonders heißen Sommer in der Erde verschwindet.

Jack schloß die Augen.

»Ich *will* zurückkehren«, sagte er. »Ich *will* zurückkehren, Wolf. *Hilf mir!*«

»Ja«, hauchte Wolf. »Ich tue es, wenn ich kann! Wolf!«

»Hier und jetzt.«

»Gleich hier und jetzt!«

Jack drückte Wolfs Pfotenhände fester. Er konnte Lysol riechen. Irgendwo hörte er ein Auto vorüberfahren. Ein Telefon läutete. Er dachte: *Ich trinke den Zaubersaft. In Gedanken trinke ich ihn, gleich hier und jetzt. Ich trinke ihn, ich kann ihn riechen, so purpurn und so widerlich, ich kann ihn schmecken, ich spüre, wie meine Kehle sich zusammenkrampft...*

Und der Geschmack füllte seine Kehle, die Welt schwankte unter ihnen, um sie herum. Wolf rief: »Jack, es klappt!«

Das riß ihn aus seiner angestrengten Konzentration, und einen Augenblick spürte er, daß es nur ein Trick war – ungefähr so, wie wenn man durch Schäfchenzählen einzuschlafen versucht –, und die Welt verfestigte sich wieder. Der Lysolgestank flutete zurück. Schwach hörte er jemanden mißgelaunt ins Telefon sprechen: »Ja, hallo, wer ist da?«

Kümmere dich nicht darum, es ist kein Trick – es ist Zauber. Es ist Zauber, und ich habe es früher schon getan, als ich noch klein war, und ich kann es wieder tun. Speedy hat es gesagt, der blinde Sänger Snowball hat es auch gesagt: DER ZAUBERSAFT IST IN MEINEN GEDANKEN...

Er strengte sich an, setzte seine gesamte Willenskraft ein – und die Leichtigkeit, mit der sie flippten, war verblüffend. Es war, als träfe ein Schlag auf etwas, das aussah wie Granit, nur eine hohle Imitation aus

Papiermaché, so daß der Hieb, von dem man erwartete, daß er einem sämtliche Knöchel brach, auf keinerlei Widerstand stieß.

4

Jack, der die Augen fest geschlossen hatte, kam es vor, als wäre der Boden unter seinen Füßen erst zerbröckelt – und dann völlig verschwunden. *Oh, Scheiße, wir fallen doch*, dachte er bestürzt. Aber es war kein richtiger Fall, nur ein leichtes Abrutschen. Einen Augenblick später standen er und Wolf sicher da, nicht auf Toilettenfliesen, sondern auf Erde.

Ein Gestank nach Schwefel, untermischt mit etwas, das nach unverdünnter Kloake roch, drang auf sie ein; für Jack war es das Ende aller Hoffnung.

»Jason! Was ist das für ein *Geruch*?« stöhnte Wolf. »Oh, Jason, dieser *Geruch*, kann hier nicht bleiben, Jack, kann hier nicht bleiben...«

Jack riß die Augen auf. Im gleichen Augenblick ließ Wolf Jacks Hände los und torkelte mit noch geschlossenen Augen vorwärts. Jack sah, daß Wolf anstelle seiner schlecht sitzenden Arbeitshose und dem karierten Hemd den Oshkosh-Latzoverall anhatte, in dem er ihm zuerst begegnet war. Die John Lennon-Brille war verschwunden. Und...

... und Wolf torkelte auf den Rand eines kaum einen Meter entfernten Abgrunds zu.

»*Wolf!*« Er stürzte sich auf Wolf und schlang die Arme um seine Taille. »Wolf! Nein!«

»Kann nicht bleiben, Jacky«, stöhnte Wolf. »Es ist eine Grube, eine von den Gruben, Morgan hat diese Orte gemacht, oh, ich habe gehört, daß Morgan sie gemacht hat, ich kann es riechen...«

»*Wolf, da ist eine Klippe, du stürzt hinunter!*«

Wolf öffnete die Augen. Sein Kiefer sank herunter, als er den qualmerfüllten Abgrund sah, der sich vor ihren Füßen auftat. Auf seiner tiefsten, rauchigsten Sohle funkelten rote Feuer wie entzündete Augen.

»Eine Grube«, stöhnte Wolf. »Oh, Jacky, es ist eine Grube. Das sind die Öfen des Schwarzen Herzens dort unten. Das Schwarze Herz in der Mitte der Welt. Kann hier nicht bleiben, Jacky, ist das Allerschlimmste dort unten.«

Jacks erster kühler Gedanke, als er und Wolf am Rande der Grube standen und hinunterblickten in die Hölle oder in das Schwarze Herz in der Mitte der Welt, war, daß die Geographie der Region und die Geographie von Indiana doch nicht übereinstimmten. Im Sunlight-Heim gab es nichts, das dieser Klippe, dieser grauenhaften Grube entsprach.

Einen Meter weiter nach rechts, dachte Jack, von plötzlichem, Übelkeiterregendem Entsetzen gepackt. *Mehr wäre nicht nötig gewesen – nur einen Meter weiter nach rechts. Und wenn Wolf getan hätte, was ich ihm gesagt hatte...*

Wenn Wolf getan hätte, was Jack ihm gesagt hatte, dann wären sie von der ersten Kabine aus geflippt. Und wenn sie das getan hätten, wären sie hier genau hinter dem Klippenrand gelandet.

Seine Knie wurden weich. Er griff wieder nach Wolf, diesmal, um Halt zu finden.

Wolf hielt ihn geistesabwesend, mit weit aufgerissenen und orangefarben glühenden Augen. Sein Gesicht war eine Maske des Grauens und Entsetzens. »Es ist eine Grube, Jacky.«

Sie glich dem riesigen Molybdän-Tagebau, den er mit seiner Mutter besichtigt hatte, als sie drei Winter zuvor in Colorado Ferien gemacht hatten – sie waren zum Skilaufen nach Vail gefahren, aber an einem Tag war es dazu zu kalt gewesen, und so hatten sie eine Bustour zur Molybdän-Mine der Continental Minerals vor den Toren des Städtchens Sidewinder unternommen. »Es kommt mir vor wie die Hölle, Jacko«, hatte sie gesagt, und als sie durch das eisgesäumte Busfenster hinausblickte, war ihr Gesicht nachdenklich und traurig gewesen. »Ich wünschte, sie würden all diese Orte schließen, jeden einzelnen von ihnen. Sie holen Feuer und Vernichtung aus der Erde. Es sieht nicht nur aus wie die Hölle, es ist die Hölle.«

Dicke, erstickende Rauchschwaden stiegen aus der Tiefe der Grube empor. Ihre Wände waren mit breiten Adern irgendeines giftiggrünen Metalls durchzogen. Sie hatte einen Durchmesser von vielleicht fünfhundert Metern, und an den Innenwänden wand sich in Serpentinen eine Straße entlang.

Jack sah Gestalten, die sich auf dieser Straße aufwärts und abwärts bewegten.

Es war eine Art Gefängnis, genau wie das Sunlight-Heim ein Gefängnis war, und dies waren die Gefangenen und ihre Wärter. Die Gefangenen waren nackt, paarweise vor Rikscha-ähnliche Karren gespannt – Karren, die gefüllt waren mit riesigen Brocken von diesem grünen, fettig aussehenden Erz. Schmerz verzerrte ihre Gesichter zu groben Holzschnitten. Ihre Gesichter waren rußgeschwärzt und mit dicken roten Schwären bedeckt.

Die Wärter gingen neben ihnen her, und Jack registrierte mit dumpfem Entsetzen, daß sie nicht menschlich waren; man konnte sie beim besten Willen nicht als menschlich bezeichnen. Sie waren verkrümmt und bucklig, ihre Hände waren Klauen, ihre Ohren zugespitzt wie die von Mr. Spock. *Das sind ja Wasserspeier!* dachte er. *All diese Alptraummonster an den Kathedralen in Frankreich – Mom hatte ein Buch, und ich dachte, wir müßten uns jedes einzelne von den Dingern überall im ganzen Land ansehen, aber sie hörte auf, als ich einen bösen Traum*

hatte und ins Bett machte –, stammen sie von dort? Hat jemand sie dort gesehen? Jemand aus dem Mittelalter, der geflippt ist, diesen Ort sah und glaubte, eine Vision der Hölle zu haben?
Aber dies war keine Vision.

Die Wasserspeier hatten Peitschen, und über dem Rumpeln der Räder und dem Krachen von Gestein, das unter stetiger Backofenhitze zerbarst, konnte Jack sie knallen und zischen hören. Während er und Wolf hinschauten, hielt ein Paar Männer nahe dem oberen Ende der Serpentinenstraße an, die Köpfe gesenkt, die Sehnen an ihren Hälsen bis zum äußersten angespannt, mit vor Erschöpfung zitternden Beinen.

Das Monster, das sie bewachte – ein verkrüppeltes Geschöpf mit einem um die Beine gewickelten Lendenschurz, aus dessen dürrem Fleisch über den Wirbeln seines Rückgrats Büschel steifer Haare wuchsen –, ließ die Peitsche erst auf den einen und dann auf den anderen niedersausen, wobei es sie in einer hohen, kreischenden Sprache anbrüllte, die silberne Nägel aus Schmerz in Jacks Gehirn zu treiben schien. Jack sah die gleichen funkelnden Metallsporne, die auch Osmonds Peitsche geschmückt hatten, und bevor er blinzeln konnte, war der Arm des einen Gefangenen aufgerissen und der Nacken des anderen bestand nur noch aus blutigen Fetzen.

Die Männer schrien auf und beugten sich noch weiter vor, und ihr Blut war die dunkelste Farbe in der gelblichen Finsternis. Das Ding kreischte und schnatterte, und sein grauer, gepanzerter Arm beugte sich, als er die Peitsche über den Köpfen der Sklaven schwang. Unter Aufbietung ihrer letzten Kräfte zerrten sie den Karren hoch bis auf ebenes Gelände. Einer von ihnen stürzte vorwärts auf die Knie, völlig erschöpft, und die Bewegung des Karrens stieß ihn um. Eines der Räder rollte über ihn hinweg. Jack hörte, wie das Rückgrat des unglücklichen Gefangenen brach. Es hörte sich an wie der Startschuß des Schiedsrichters auf der Rennbahn.

Der Wasserspeier kreischte vor Wut, als der Karren schwankte und dann umstürzte und seine Ladung auf den aufgerissenen, sauren Boden am oberen Rand der Grube kippte. Mit zwei großen Schritten war er bei dem gestürzten Gefangenen und hob die Peitsche. Im gleichen Augenblick drehte der sterbende Mann den Kopf und blickte Jack Sawyer in die Augen.

Es war Ferd Janklow.

Wolf sah es auch.

Sie suchten Halt aneinander.

Und flippten zurück.

Sie waren in einem engen, geschlossenen Raum – einer Toilettenkabine nämlich –, und Jack konnte kaum atmen, weil ihn Wolf mit seinen Armen fest umklammerte. Und einer seiner Füße war klatschnaß. Irgendwie hatte er es geschafft, beim Zurückflippen mit einem Fuß im Toilettenbecken zu landen. Großartig. *Conan dem Barbaren passiert so etwas nie,* dachte Jack erbittert.

»Jack, *nein,* Jack, *nein,* es war eine Grube, *nein,* Jack . . .«

»Hör auf! Hör auf, Wolf! Wir sind zurück!«

»Nein, nein, n . . .«

Wolf brach ab. Dann öffnete er langsam die Augen.

»Zurück?«

»Jawohl, gleich hier und jetzt, also laß mich los, du brichst mir die Rippen, und außerdem steckt mein Fuß in dem verdammten . . .«

Die Tür zwischen der Toilette und dem Flur flog auf. Sie knallte so heftig gegen die gekachelte Wand, daß die Milchglasscheibe zersprang. Dann wurde die Kabinentür aufgerissen. Andy Warwick warf einen Blick hinein und sprach drei wütende, verächtliche Worte.

»Ihr verdammten Schwulen.«

Er packte den benommenen Wolf beim Vorderteil seines karierten Hemdes und zerrte ihn heraus. Wolfs Hose blieb am Stahldeckel des Toilettenpapierhalters hängen und riß das ganze Ding aus der Wand. Es flog durch die Luft. Die Rolle Toilettenpapier löste sich und entrollte sich auf dem Fußboden. Warwick stieß Wolf gegen die Waschbecken, die gerade die richtige Höhe hatten, um ihn in die Geschlechtsteile zu treffen. Wolf stürzte schmerzgepeinigt zu Boden.

Warwick wendete sich Jack zu, und Sonny Singer erschien an der Kabinentür. Er griff hinein und packte Jack beim Hemd.

»So, du Träne . . .« setzte Sonny an, aber weiter kam er nicht. Seit dem Tage, an dem er und Wolf in diesem Haus eingesperrt saßen, hatte Sonny Singer es auf Jack abgesehen. Sonny Singer mit seinem dunklen, verschlagenen Gesicht, das genauso aussehen wollte wie Sunlight Gardeners Gesicht (und zwar so bald wie möglich). Sonny Singer, der den reizenden Kosenamen *Rotzgesicht* geprägt hatte. Sonny Singer, von dem zweifellos die Idee stammte, in ihre Betten zu pissen.

Jack ließ seine rechte Faust vorschießen, nicht in Form eines wilden Schwingers auf Heck Bast-Manier, sondern gerade und kraftvoll aus dem Ellenbogen heraus. Seine Faust traf auf Sonnys Nase. Es gab ein hörbares Krachen. Jack erlebte einen Augenblick tiefster Befriedigung.

»So!« rief Jack. Er zog seinen Fuß aus dem Toilettenbecken. Ein großes Grinsen breitete sich auf seinem Gesicht aus, und er schickte mit aller Kraft, deren er fähig war, einen Gedanken zu Wolf:

Wir halten uns gar nicht so schlecht, Wolf – du hast dem einen

Bastard die Hand gebrochen, und ich habe dem anderen Bastard die Nase gebrochen.

Sonny taumelte schreiend rückwärts; Blut spritzte durch seine Finger.

Jack kam aus der Kabine heraus und hielt die Fäuste kampfbereit vor der Brust. »Ich habe dir doch gesagt, du sollst dich vor mir in acht nehmen, Sonny. Jetzt werde ich dir beibringen, wie man Halleluja sagt.«

»Heck!« schrie Sonny. »Andy! Casey! Irgendwer!«

»Du hast ja Angst, Sonny«, sagte Jack. »Ich weiß nicht, warum . . .«

Und dann stürzte etwas – etwas, das sich anfühlte wie eine ganze Mulde voller Ziegelsteine – auf sein Genick und trieb ihn vorwärts gegen einen der Spiegel über den Waschbecken. Wenn er aus Glas gewesen wäre, wäre er zerbrochen, und Jack hätte sich böse geschnitten. Aber alle Spiegel hier bestanden aus poliertem Stahl. Man wollte keine Selbstmorde im Sunlight-Heim.

Jack schaffte es, einen Arm hochzubekommen und den Schlag ein wenig abzumildern, aber er war noch immer benommen, als er sich umdrehte und Heck Bast entdeckte, der ihn angrinste. Heck Bast hatte ihn mit dem Gips an seiner rechten Hand geschlagen.

Und als er Heck ansah, überfiel ihn eine plötzliche, Übelkeit erregende Erkenntnis. *Du warst das!*

»Das hat verdammt weh getan«, sagte Heck und hielt die eingegipste Hand in der Linken, »aber es hat sich gelohnt, Rotzgesicht.« Er kam wieder näher.

Du warst das! Du warst das, der in dieser anderen Welt über Ferd stand und ihn zu Tode prügelte. Du warst das, du warst der Wasserspeier, es war dein Twinner!

Eine Wut, die so heiß war wie Scham, ergriff von Jack Besitz. Als Heck in Reichweite gekommen war, lehnte sich Jack gegen das Waschbecken, packte seine Kante fest mit beiden Händen und stieß mit beiden Füßen zu. Er traf Heck Bast mitten vor die Brust, so daß er rückwärts in die offene Kabine torkelte. Der Schuh, mit dem er bei der Rückkehr nach Indiana in einem Toilettenbecken gelandet war, hinterließ einen klar umrissenen nassen Abdruck auf Hecks weißem Rollkragenpullover. Wasser spritzte auf, als Heck mit verblüfftem Gesicht im Toilettenbecken saß. Sein Gips klapperte gegen Porzellan.

Jetzt drängten sich andere herein. Wolf versuchte, auf die Beine zu kommen. Das Haar hing ihm ins Gesicht. Sonny näherte sich ihm, eine Hand noch immer vor der blutenden Nase, offensichtlich in der Absicht, Wolf wieder zu Boden zu stoßen.

»Ja, nur los, versuch nur, ihn anzurühren, Sonny«, sagte Jack leise, und Sonny wich ängstlich zurück.

Jack ergriff einen von Wolfs Armen und half ihm hoch. Er sah wie in einem Traum, daß Wolf behaarter als zuvor zurückgekehrt war. *Das*

alles belastet ihn viel zu sehr, es löst seine Verwandlung aus, und – Gott,
hat das denn nie ein Ende, nie – nie . . .

Er und Wolf wichen vor den anderen – Warwick, Casey, Pedersen,
Peabody, Singer – in den hinteren Teil der Toilette zurück. Heck kam
von dem Toilettenbecken hoch, auf das Jack ihn mit seinem Tritt befördert hatte, und Jack bemerkte noch etwas. Sie waren von der vierten
Kabine aus geflippt. Heck Bast kam aus der fünften. Sie hatten sich in
dieser anderen Welt gerade so weit bewegt, um in eine andere Kabine
zurückzukehren.

»Sie haben sich da drin befummelt!« rief Sonny; seine Worte klangen
dumpf und nasal. »Der Schwachkopf und der Hübsche! Warwick und
ich, wir haben sie mit rausgeholten Schwänzen erwischt!«

Jack stieß an kalte Fliesen. Keine Möglichkeit, davonzulaufen. Er ließ
Wolf los, der benommen zusammensackte, und hob die Fäuste.

»Kommt schon«, sagte er. »Wer macht den Anfang?«

»Willst du's mit uns allen aufnehmen?« fragte Pedersen.

»Wenn es sein muß, tue ich es«, sagte Jack. »Was habt ihr vor – wollt
ihr mich zu Jesus befördern? Kommt schon!«

Aufflackerndes Unbehagen auf Pedersens Gesicht; ein Krampf unver-
hüllter Angst auf dem von Casey. Sie blieben stehen – sie blieben
tatsächlich stehen. Einen Augenblick lang verspürte Jack eine wilde,
aberwitzige Hoffnung. Die Jungen starrten ihn an mit dem Unbehagen
von Männern, die einen wütenden Hund vor sich haben, der überwältigt
werden kann – aber vorher vielleicht jemanden böse beißt.

»Tretet beiseite, Jungen«, sagte eine kraftvolle, wohlmodulierte
Stimme, und sie traten bereitwillig beiseite. Erleichterung erhellte ihre
Gesichter. Es war Reverend Gardener. Reverend Gardener wußte, wie
man mit einer solchen Situation fertig wurde.

Er kam auf die in die Ecke getriebenen Jungen zu, an diesem Morgen
in eine anthrazitfarbene Hose und ein weißes Atlashemd mit weiten
Ärmeln gekleidet. In der Hand hielt er den flachen Spritzenkasten.

Er sah Jack an und seufzte: »Weißt du, was über Homosexualität in
der Bibel steht, Jack?«

Jack zeigte ihm die Zähne.

Gardener nickte traurig, als hätte er nichts anderes erwartet.

»Nun ja, alle Jungen sind schlecht«, sagte er. »Es ist eine unumstößliche Tatsache.«

Er öffnete den Kasten. Die Spritze glitzerte.

»Allerdings glaube ich, daß ihr beide, du und dein Freund hier, etwas
getan habt, das noch schlimmer ist als Sodomie«, fuhr Gardener mit
seiner sanften, bedauernden Stimme fort. »Womöglich habt ihr euch an
einen Ort begeben, an dem ihr nichts zu suchen habt.«

Sonny Singer und Hector Bast tauschten einen überraschten, unbehaglichen Blick.

»Und ich glaube, an dieser Bosheit – dieser Perversität – bin ich zum Teil selbst schuld.« Er holte die Spritze heraus, warf einen Blick darauf und griff dann nach einer Ampulle. Er reichte Warwick den Kasten und zog die Spritze auf. »Ich war nie dafür, meine Jungen zur Beichte zu zwingen, aber ohne Beichte ist eine Entscheidung für Christus nicht möglich, und ohne Entscheidung für Christus wächst das Böse weiter. Und deshalb, obwohl ich es zutiefst bedaure, bin ich überzeugt, daß die Zeit des Bittens vorüber und die Zeit des Forderns im Namen Gottes gekommen ist. Pedersen. Peabody. Warwick. Casey. Haltet sie!«

Auf seinen Befehl stürzten die Jungen vor wie abgerichtete Hunde. Jack landete noch einen Schlag auf Peabody, und dann wurden seine Hände gepackt und festgenagelt.

»Laßt mich ran!« rief Sonny mit seiner neuen, dumpfen Stimme. Er drängte sich durch die Menge fasziniert zuschauender Jungen; Haß funkelte in seinen Augen. »Ich werd ihm eins versetzen!«

»Jetzt nicht«, sagte Gardener. »Später vielleicht. Wir beten darum, nicht wahr, Sonny?«

»Ja.« Das Funkeln in Sonnys Augen war regelrecht fieberhaft geworden. »Ich werde den ganzen Tag darum beten.«

Wie ein Mann, der endlich aus einem sehr langen Schlaf erwacht, knurrte Wolf und blickte sich um. Er sah, daß Jack festgehalten wurde, sah die Spritze und riß Pedersens Arm von Jack fort, als wäre es der eines Kindes. Ein überraschend lautes Brüllen kam aus seiner Kehle.

»*Nein! Laßt ihn LOS!*«

Mit einer geschmeidigen Anmut, die Jack daran erinnerte, wie sich Osmond auf jenem schlammigen Scheunenhof dem Kutscher zugewandt hatte, huschte Gardener an Wolfs blinde Seite. Die Nadel blitzte auf und fuhr herab. Wolf wirbelte herum, brüllte, als wäre er gestochen worden – und genau das war geschehen. Er griff nach der Spritze, aber Gardener wich seinem Zugriff geschickt aus.

Die Jungen, die auf ihre benommene Sunlight-Heim-Art zugeschaut hatten, traten jetzt eilig den Rückzug zur Tür an. Mit dem großen, einfältigen Wolf in solcher Wut wollten sie nichts zu tun haben.

»Laßt ihn LOS! Laßt – ihn – laßt ihn . . .«

»*Wolf!*«

»Jack – Jacky . . .«

Wolf betrachtete ihn mit verwirrten Augen, die ihre Farbe wie ein merkwürdiges Kaleidoskop von Haselnußbraun über Orange zu Trübrot veränderten. Er streckte Jack seine behaarten Hände entgegen, und dann trat Hector Bast hinter ihn und schlug ihn zu Boden.

»*Wolf! Wolf!*« Jack starrte ihn mit nassen, wütenden Augen an. »*Wenn du ihn umgebracht hast, du Schwein . . .*«

»Ganz ruhig, Mr. Jack Parker«, flüsterte ihm Gardener ins Ohr, und Jack spürte den Stich der Nadel im Oberarm. »Ganz ruhig jetzt. Wir werden ein bißchen Sonnenlicht in deine Seele bringen. Und dann werden wir vielleicht sehen, wie es dir gefällt, einen Karren die Serpentinenstraße hinaufzuzerren. Kannst du Halleluja sagen?«

Dieses eine Wort folgte ihm in dunkle Bewußtlosigkeit.

Wolf in der Box

1

Jack war schon eine ganze Weile wach, bevor sie merkten, daß er wach war, aber er er begriff nur ganz allmählich, wer er war und was mit ihm geschehen war und in welcher Lage er sich befand – in gewisser Weise glich er einem Soldaten, der ein massiertes, anhaltendes Trommelfeuer überlebt hat. Sein Arm pochte, wo Gardener die Spritze hineingejagt hatte. Sein Kopf schmerzte so heftig, daß ihm war, als pulsierten seine Augäpfel. Er hatte rasenden Durst.

Er tat einen weiteren Schritt ins Bewußtsein, als er versuchte, die schmerzende Stelle an seinem rechten Oberarm mit der linken Hand zu berühren. Er konnte es nicht. Irgendwie waren seine Arme um seinen Körper geschlungen. Er roch altes, schimmeliges Segeltuch – es war der Geruch eines Boy Scout-Zeltes, das man nach vielen dunklen Jahren auf dem Dachboden wiedergefunden hat. Erst nachdem er es ungefähr zehn Minuten lang durch die fast geschlossenen Lider hindurch betrachtet hatte, begriff er, was er da trug. Es war eine Zwangsjacke.

Ferd hätte das schneller kapiert, Jacko, dachte er, und der Gedanke an Ferd half ihm, seine Gedanken trotz der rasenden Kopfschmerzen zu ordnen. Er bewegte sich ein wenig, und der Schmerz, der ihm dabei durch den Kopf schoß, ließ ihn unwillkürlich aufstöhnen.

Heck Bast: »Er wacht auf.«

Sunlight Gardener: »Nein, das tut er nicht. Die Spritze, die ich ihm gegeben habe, hätte ausgereicht, einen ausgewachsenen Alligator zu betäuben. Er wird frühestens gegen neun wieder zu sich kommen. Er träumt nur ein bißchen. Heck, ich möchte, daß du nach oben gehst und den Jungen die Beichte abnimmst. Sag ihnen, daß die Abendandacht heute ausfällt; ich muß jemanden vom Flugplatz abholen, und das dürfte auch nur der Anfang einer sehr langen Nacht sein. Sonny, du bleibst und hilfst mir bei der Buchführung.«

Heck: »Es *klang* aber so, als wachte er auf.«

Sunlight: »Geh jetzt, Heck. Bobby Peabody soll Wolf überprüfen.«

Sonny (höhnisch): »Es gefällt ihm wohl nicht sehr da drin, wie?«

Oh, Wolf, sie haben dich wieder in die Box gesteckt, grämte sich Jack. *Es tut mir so leid – es ist meine Schuld – dies alles ist meine Schuld...*

»Es kommt nur sehr selten vor, daß die zur Hölle Verdammten die
Maschinerie der Erlösung zu schätzen wissen«, hörte Jack Sunlight
Gardener sagen. »Wenn die Teufel in ihnen zu sterben beginnen, fahren
sie mit Geschrei heraus. Geh jetzt, Heck.«
»Ja, Reverend Gardener.«
Jack hörte, wie Heck den Raum verließ, aber er sah es nicht. Er wagte
noch nicht, die Augen zu öffnen.

2

In die ungeschlachte, dilettantisch zusammengeschweißte und verrie-
gelte Box gesteckt wie das Opfer eines verfrühten Begräbnisses in einen
eisernen Sarg, heulte Wolf den ganzen Tag hindurch, hämmerte sich an
den Wänden der Box die Fäuste blutig, trat mit den Füßen gegen die
doppelt gesicherte Backsteinofen-Tür am unteren Ende des Sarges, bis
die durch seine Beine hochschießenden Schmerzen auf die Hoden über-
griffen. Durch Hämmern mit den Fäusten oder Treten mit den Füßen
kam er nicht heraus, das wußte er, und er wußte ebensogut, daß sie ihn
nicht herauslassen würden, nur weil er schrie, man solle ihn herauslassen. Aber er konnte nicht anders. Für Wolf gab es nichts Schlimmeres,
als eingesperrt zu sein.
Sein Geheul war überall in der unmittelbaren Umgebung des Sunlight-Heims und sogar auf den angrenzenden Feldern zu hören. Die
Jungen, die es hörten, blickten einander nervös an und schwiegen.
»Ich habe ihn heute morgen in der Toilette gesehen, und er ist wild
geworden«, vertraute Roy Owdersfelt seinem Freund Morton mit leiser
Stimme an.
»Waren sie wirklich miteinander zugange, wie Sonny gesagt hat?«
fragte Morton.
Ein weiteres Wolfsgeheul kam aus der massigen Eisenbox, und die
Blicke beider Jungen wanderten in ihre Richtung.
»Und wie!« sagte Roy nachdrücklich. »Ich habe es nicht genau gesehen, weil ich kurzsichtig bin, aber Buster Oates stand ganz vorn, und er
hat gesagt, der große Schwachkopf hätte einen Schwanz von der Dicke
eines Hydranten. Genau das hat er gesagt.«
»Jesus!« sagte Morton beeindruckt; vielleicht dachte er an sein eigenes, etwas unterentwickeltes Glied.
Wolf heulte den ganzen Tag, aber als die Sonne unterzugehen begann,
verstummte er. Den Jungen war die plötzliche Stille unheimlich. Sie
sahen einander an und blickten sogar noch öfter und mit mehr Unbehagen zu dem eisernen Quader hinüber, der in der Mitte einer kahlen Stelle
auf dem Hinterhof des Heims stand. Die Box war rund zwei Meter lang

und knapp einen Meter hoch; von der in die Westseite geschnittenen, ungefähr quadratischen und mit schwerem Maschendraht verkleideten Öffnung abgesehen, sah sie in der Tat aus wie ein eiserner Sarg. Was geht da drinnen vor? fragten sich die Jungen. Und sogar während der Beichte, die sie normalerweise völlig hinriß und alle anderen Gedanken verdrängte, wanderten ihre Augen immer wieder zum einzigen Fenster des Aufenthaltsraums, obwohl dieses Fenster auf die der Box gegenüberliegende Seite des Hauses ging.

Was geht da drinnen vor?

Hector Bast wußte, daß sie mit ihren Gedanken nicht bei der Beichte waren, und das ärgerte ihn, aber er konnte sie nicht bei der Stange halten, weil er nicht genau wußte, was los war. Ein Gefühl ängstlicher Erwartung hatte von den Jungen im Heim Besitz ergriffen. Ihre Gesichter waren bleicher als je zuvor; ihre Augen glitzerten, als hätten sie Rauschgift genommen.

Was geht da drinnen vor?

Was da drinnen vorging, war einfach genug.

Wolf hatte auf den Mond reagiert.

Er spürte, wie es geschah, als der Flecken Sonnenschein, der durch die Lüftungsöffnung einfiel, immer höher stieg und das Licht einen rötlichen Ton annahm. Es war zu früh, auf den Mond zu reagieren, er war noch nicht voll, und er würde darunter zu leiden haben. Dennoch passierte es, wie es einem Wolf schließlich immer passiert, ob bei Vollmond oder nicht, wenn er zu lange unter zu starkem Druck steht. Wolf hatte sich lange beherrscht, weil Jack es wünschte. Für Jack hatte er in dieser Welt große Heldentaten vollbracht. In einigen Fällen hatte Jack eine dunkle Ahnung davon, aber ihre wirklichen Ausmaße würde er nie auch nur annähernd begreifen können.

Aber jetzt war er dem Tode nahe, und er hatte auf den Mond reagiert, und weil das eine das andere mehr als erträglich zu machen schien – es war fast heilig und gewiß eine Fügung –, verspürte Wolf Erleichterung und Glück. Es tat so gut, nicht mehr kämpfen zu müssen.

Sein Mund, plötzlich voller scharfer Zähne.

3

Auf Hecks Abgang folgten Bürogeräusche: das leise Scharren von Stühlen, das Klirren von Schlüsseln an Sunlight Gardeners Gürtel, die Tür eines Aktenschrankes, die geöffnet und dann wieder geschlossen wurde.

»Abelson. Zweihundertundvierzig Dollar und sechsunddreißig Cent.«

Das Geräusch von Tasten, die angeschlagen wurden. Peter Abelson war einer der Jungen im Außendienst. Wie alle AD-Jungen war er intelligent, umgänglich und hatte keine physischen Defekte. Jack hatte ihn nur ein paarmal gesehen und dabei an Dondi denken müssen, eine heimat- und obdachlose Figur aus einem Comicstrip.

»Clark. Zweiundsechzig Dollar und siebzehn Cent.«

Wieder das Klicken der Tasten. Die Maschine ratterte, als Sonny sie addieren ließ.

»Das ist mehr als bescheiden«, bemerkte Sonny.

»Keine Sorge, ich rede mit ihm. Aber bitte halt jetzt den Mund, Sonny. Mr. Sloat trifft um zweiundzwanzig Uhr fünfzehn in Muncie ein, und es ist eine lange Fahrt. Ich möchte nicht zu spät kommen.«

»Entschuldigung, Reverend Gardener.«

Gardener gab eine Antwort, die nicht in Jacks Bewußtsein vordrang. Die Erwähnung des Namens *Sloat* traf ihn wie ein Schlag – und dennoch war er keineswegs überrascht. Er hatte gewußt, daß das vielleicht in den Karten lag. Gardener war vom ersten Tag an argwöhnisch gewesen. Wahrscheinlich hatte er seinen Boss nicht mit Nebensächlichkeiten belästigen wollen. Vielleicht hatte er nicht eingestehen wollen, daß es ihm ohne Hilfe nicht gelang, aus Jack die Wahrheit herauszuholen. Aber schließlich hatte er ihn angerufen – wo? Im Osten? Im Westen? Jack hätte viel darum gegeben, das zu wissen. War Morgan in Los Angeles gewesen oder in New Hampshire?

Hallo, Mr. Sloat. Ich hoffe, ich störe Sie nicht, aber die Ortspolizei hat mir einen Jungen gebracht – eigentlich zwei Jungen, aber es ist nur der intelligente, über den ich mir Gedanken mache. Mir ist, als kennte ich ihn. Vielleicht ist es auch mein – mein anderes Selbst, das ihn kennt. Er behauptet, er hieße Jack Parker, aber . . . wie? Ich soll ihn beschreiben? Aber gern . . .

Und der Ballon war hochgegangen.

Bitte halt jetzt den Mund, Sonny. Mr. Sloat trifft um zweiundzwanzig Uhr fünfzehn in Muncie ein . . .

Seine Zeit war fast abgelaufen.

Ich habe dir doch gesagt, du sollst deinen Arsch heimwärts schwenken, Jack – jetzt ist es zu spät.

Alle Jungen sind schlecht. Eine unumstößliche Tatsache.

Jack hob den Kopf ein winziges bißchen und ließ den Blick durch den Raum wandern. Gardener und Sonny Singer saßen nebeneinander am Schreibtisch in Gardeners Kellerbüro. Sonny betätigte die Tasten einer Addiermaschine; Gardener nannte ihm einen Betrag nach dem anderen. Jeder Betrag folgte dem Namen eines Jungen im Außendienst – in alphabetischer Reihenfolge. Vor Sunlight Gardener lagen ein Ordner, eine schmale Stahlkassette und ein wirrer Haufen Umschläge. Als Gardener einen der Umschläge zur Hand nahm, um den auf die Vorderseite notierten Betrag abzulesen, konnte Jack die Rückseite sehen. Sie trug eine Zeichnung, auf der zwei glückliche Kinder, jedes mit einer Bibel, Hand in Hand die Straße hinunter auf eine Kirche zuliefen. Unter ihnen stand: WIR WOLLEN SONNENSTRAHLEN SEIN FÜR JESUS. »Temkin. Genau einhundertundsechs Dollar.« Der Umschlag wanderte zu den anderen in die Stahlkassette.

»Ich glaube, er hat wieder abgesahnt«, sagte Sonny.

»Gott sieht die Wahrheit, aber er wartet«, sagte Gardener milde. »Victor ist in Ordnung. Und nun halt den Mund, damit wir bis sechs fertig werden.«

Sonny betätigte die Tasten.

Das Bild mit dem auf dem Wasser wandelnden Jesus war von der Wand abgeschwenkt und gab einen Safe frei. Der Safe stand offen.

Jack stellte fest, daß auf Gardeners Schreibtisch noch weitere interessante Gegenstände lagen: zwei Umschläge, einer mit der Aufschrift JACK PARKER und einer mit der Aufschrift JACK PHILIPP WOLF. Und sein guter alter Rucksack.

Der vierte Gegenstand war Gardeners Schlüsselbund.

Vom Schlüsselbund wanderte Jacks Blick zu der verschlossenen Tür an der linken Seite des Raums – Gardeners privater Ausgang ins Freie, das wußte er. Wenn es nur eine Möglichkeit gäbe...

»Yellin. Zweiundsechzig Dollar und neunzehn Cent.«

Gardener seufzte, legte den letzten Umschlag in die Kassette und schloß seinen Ordner. »Heck hatte anscheinend doch recht. Ich glaube, unser lieber Freund Mr. Jack Parker ist aufgewacht.« Er erhob sich, kam um den Schreibtisch herum und näherte sich Jack. Seine irren, verschleierten Augen funkelten. Er griff in die Tasche und zog das Feuerzeug heraus, und Jack spürte, wie der Anblick Panik in ihm aufsteigen ließ. »Nur daß du keineswegs Parker heißt, nicht wahr, mein Junge? In Wirklichkeit heißt du Sawyer, nicht wahr? Oh ja. Sawyer. Und jemand, der großes Interesse an dir hat, wird sehr, sehr bald eintreffen. Und wir werden ihm eine Menge interessanter Dinge zu erzählen haben, nicht wahr?«

Sunlight Gardener kicherte und ließ das Feuerzeug aufschnappen, so daß das geschwärzte Rädchen und der verrußte Docht zum Vorschein kamen.

»Beichte ist so gut für die Seele«, flüsterte er und schlug eine Flamme heraus.

Rums.
»Was war das?« fragte Rudolph und blickte von seinen Backöfen auf. Das Abendessen – fünfzehn große Truthahnpasteten – war bald fertig.
»Was war was?« fragte George Irwinson.
Am Ausguß, wo er Kartoffeln schälte, stieß Donny Keegan seit lautes, wieherndes Lachen aus.
»Ich habe nichts gehört«, sagte Irwinson. .
Donny lachte wieder.
Rudolph warf ihm einen gereizten Blick zu. »Willst du die verdammten Kartoffeln schälen, bis nichts mehr übrig ist, du Idiot?«
»*Hiack-hiack-hiack.*«
Rums!
»Da, diesmal hast du es doch gehört, oder?«
Irwinson schüttelte nur den Kopf.
Rudolph hatte plötzlich Angst. Diese Geräusche kamen aus der Box – von der er natürlich glauben sollte, es wäre ein Behälter zum Heutrocknen. Ein Märchen. In der Box war dieser große Junge – der, von dem sie behaupteten, er wäre am Morgen mit seinem Freund, dem, der erst gestern versucht hatte, ihn zu bestechen, bei Sodomie ertappt worden. Sie behaupteten, der große Junge wäre rabiat geworden, bevor Bast ihm einen Schlag versetzte . . . und einige von ihnen behaupteten auch, der große Junge hätte Basts Hand nicht nur gebrochen; sie behaupteten, er hätte sie zu Mus *zerquetscht.* Das war natürlich eine Lüge, mußte es sein, aber . . .
RUMS!
Diesmal sah Irwinson sich um. Und Rudolph stellte plötzlich fest, daß er auf die Toilette mußte. Und daß er dazu vielleicht bis in den zweiten Stock hinaufgehen und in den nächsten zwei, vielleicht sogar drei Stunden nicht wieder herauskommen würde. Er spürte, daß Unheil bevorstand – großes Unheil.
RUMS-RUMS!
Zum Teufel mit den Truthahnpasteten.
Rudolph nahm seine Schürze ab, warf sie auf den Tresen über den Salzdorsch, den er für das morgige Abendessen wässerte, und steuerte auf die Tür zu.
»Wo wollen Sie hin?« fragte Irwinson. Seine Stimme war plötzlich zu hoch. Sie bebte. Donny Keegan arbeitete verbissen weiter und reduzierte faustgroße Kartoffeln auf das Format von Tischtennisbällen; das feuchte Haar hing ihm ins Gesicht.
RUMS! RUMS! RUMS-RUMS-RUMS!
Rudolph bewantwortete Irwinsons Frage nicht, und als er die Treppe zum zweiten Stock erreicht hatte, rannte er fast. Die Zeiten waren hart

in Indiana, Arbeit war schwer zu finden, und Sunlight Gardener zahlte bar.

Dennoch fragte sich Rudolph, ob nicht vielleicht doch die Zeit gekommen war, von hier zu verschwinden und sich nach einem neuen Job umzusehen.

5

RUMS!
Der obere Riegel der Backsteinofen-Tür zerbrach in zwei Teile. Zwischen Box und Tür klaffte ein dunkler Spalt.
Ein Moment Stille. Dann:
RUMS!
Der untere Riegel knirschte, verbog sich.
RUMS!
Er brach.
Die Tür der Box knarrte in ihren ungeschlachten, selbstgemachten Scharnieren. Zwei riesige, dichtbehaarte Füße kamen mit den Sohlen zuerst zum Vorschein. Lange Krallen bohrten sich in den Staub.
Wolf bahnte sich seinen Weg ins Freie.

6

Hin und her bewegte sich die Flamme vor Jacks Augen, hin und her, hin und her. Sunlight Gardener sah aus wie eine Kreuzung zwischen einem Bühnenhypnotiseur und einem Schauspieler früherer Zeiten, Paul Muni vielleicht, der in einer Fernsehserie einen großen Wissenschaftler spielt. Es war komisch – Jack hätte gelacht, wenn er nicht so verängstigt gewesen wäre. Und vielleicht würde er trotzdem lachen.

»Jetzt habe ich ein paar Fragen an dich, und du wirst sie beantworten«, sagte Gardener. »Mr. Sloat könnte die Antworten selbst aus dir herausholen – oh, ganz leicht, ohne Frage! –, aber ich ziehe es vor, ihm die Mühe zu ersparen. Also – seit wann kannst du schon überwechseln?«

»Ich weiß nicht, was Sie meinen.«

»Seit wann kannst du in die Region überwechseln?«

»Ich weiß nicht, wovon Sie reden.«

Die Flamme kam näher.

»Wo ist der Nigger?«

»Wer?«

»Der Nigger, der Nigger!« kreischte Gardener. »Parker, Parkus, wie er sich auch nennt. Wo ist er?«

»Ich weiß nicht, von wem Sie reden.«

»Sonny! Andy!« brüllte Gardener. »Macht seine linke Hand frei. Haltet sie mir hin.«

Warwick beugte sich über Jacks Schulter und tat etwas. Einen Augenblick später lösten sie Jacks Hand von seinem Kreuz. Sie kribbelte unter unzähligen Nadelstichen, als das Blut wieder zu zirkulieren begann. Jack versuchte sich zu wehren, aber es nützte nichts. Sie hielten seine Hand fest.

»Und nun spreizt seine Finger.«

Sonny zog Jacks Ringfinger und den kleinen Finger in eine Richtung; Warwick zog Mittel- und Zeigefinger in die andere. Und dann hielt Gardener die Flamme des Feuerzeugs an die Spitze des Winkels, den die Finger bildeten. Der Schmerz war kaum auszuhalten; er schoß in seinem linken Arm hoch und schien von dort aus seinen ganzen Körper zu durchdringen. Ein süßlicher Brandgeruch stieg auf. Von ihm. Er war es, der brannte.

Nach einer Ewigkeit zog Gardener das Feuerzeug zurück und ließ es zuschnappen. Feine Schweißperlen standen auf seiner Stirn. Er keuchte.

»Die Teufel schreien, bevor sie herausfahren«, sagte er. »O ja, das tun sie, nicht wahr, Jungen?«

»Ja, gelobt sei Gott«, sagte Warwick.

»Den Nagel haben Sie gehämmert«, sagte Sonny.

»O ja, ich weiß es. Ja, das weiß ich in der Tat. Ich kenne die Geheimisse von Jungen und von Teufeln.« Gardener kicherte, dann beugte er sich vor, kam ganz nahe an Jack heran. Der erstickende Geruch des Kölnisch Wasser drang Jack in die Nase. So widerlich der Geruch war, so war er doch immer noch wesentlich besser als der seines verbrannten Fleisches.

»Nun, Jack. Wie lange wechselst du schon über? Wo ist der Nigger? Wie viel weiß deine Mutter? Wem hast du etwas davon erzählt? Was hat der Nigger dir erzählt? Damit fangen wir an.«

»Ich weiß nicht, wovon Sie reden.«

Gardener entblößte seine Zähne zu einem Grinsen.

»Jungen«, sagte er, »wir werden das Sonnenlicht schon noch in die Seele dieses Jungen bekommen. Schnallt seinen linken Arm wieder fest und macht seinen rechten frei.«

Sunlight Gardener ließ sein Feuerzeug wieder aufschnappen und wartete, bis sie fertig waren; sein Daumen ruhte leicht auf dem Rädchen.

7

George Irwinson und Donny Keagan waren nach wie vor in der Küche.
»Da ist jemand draußen«, sagte George nervös.
Donny sagte nichts. Er war mit dem Kartoffelschälen fertig und stand
nun vor den Herden, um sich zu wärmen. Er wußte nicht, was er als
nächstes tun sollte. Jenseits des Flurs fand gerade die Beichte statt, das
wußte er, und dort wäre er gern gewesen – die Beichte war sicher, und
hier in der Küche war er sehr, sehr nervös –, aber Rudolph hatte sie nicht
entlassen. Also blieb man am besten, wo man war.
»Ich habe jemanden gehört«, sagte George.
Donny lachte: »*Hiack! Hiack! Hiack!*«
»Jesus, dein Lachen macht mich ganz verrückt«, sagte George. »Ich
habe ein neues Heft von *Captain America* unter meiner Matratze. Wenn
du einen Blick hinauswirfst, darfst du es lesen.«
Donny schüttelte den Kopf und ließ wieder sein Eselslachen hören.
Georges Blick wanderte zur Tür. Geräusche. Kratzen. Kratzen an der
Tür. Wie ein Hund, der eingelassen werden wollte. Ein streunender,
heimatloser Hund. Aber welcher streunende, heimatlose Hund kratzt
schon an der Oberkante einer Tür, die rund zwei Meter hoch ist?
George trat ans Fenster und schaute hinaus. In der hereinbrechenden
Nacht konnte er fast nichts erkennen. Die Box war nur ein dunkler
Schatten zwischen anderen Schatten.
George ging auf die Tür zu.

8

Jack schrie so laut und so heftig, daß er dachte, seine Kehle müßte
platzen. Jetzt war auch Casey dazugekommen, Casey mit seinem dicken,
vorstehenden Bauch, und das war gut für sie, denn jetzt waren alle drei –
Casey, Warwick und Sonny Singer – nötig, um Jacks Arm zu packen und
seine Hand über der Flamme zu halten.
Als Gardener sie diesmal zurückzog, zeigte Jacks Hand eine schwarze,
blasig aufgetriebene Wunde von der Größe eines Vierteldollars.
Gardener erhob sich, nahm den Umschlag mit der Aufschrift JACK
PARKER von seinem Schreibtisch und brachte ihn mit. Er holte das
Gitarren-Plektron heraus.
»Was ist das?«
»Ein Plektron«, brachte Jack heraus. Der Schmerz in seinen Händen
war eine einzige Qual.
»Was ist es in der Region?«
»Ich weiß nicht, was Sie meinen.«

»Was ist das?«
»Eine Murmel. Sind Sie blind?«
»Ist es ein Spielzeug in der Region?«
»Ich weiß...«
»Ist es ein Spiegel?«
»... nicht ...«
»Ist es ein Kreisel, der verschwindet, wenn man ihn schnell rotieren läßt?«
»... wovon Sie ...«
»DU WEISST ES! DU WEISST ES GANZ GENAU, DU HALSSTARRIGES MISTSTÜCK!«
»... reden.«
Gardener schlug Jack ins Gesicht.
Er holte den Silberdollar heraus. Seine Augen funkelten.
»Was ist das?«
»Ein Glücksbringer von meiner Tante Helen.«
»Was ist es in der Region?«
»Eine Packung Popcorn.«
Gardener hob das Feuerzeug. »Deine letzte Chance, Junge.«
»Es verwandelt sich in ein Vibraphon und spielt ›Crazy Rhythm‹.«
»Haltet mir seine rechte Hand wieder hin«, sagte Gardener.
Jack wehrte sich, aber schließlich hatten sie seine Hand fest im Griff.

9

In den Backöfen begannen die Truthahnpasteten zu verbrennen.
George Irwinson hatte fast fünf Minuten an der Tür gestanden und versucht, genügend Mut aufzubringen, um sie zu öffnen. Das kratzende Geräusch hatte sich nicht wiederholt.
»So, nun werde ich dir zeigen, daß da nichts ist, wovor man Angst haben müßte, du Feigling«, sagte George beherzt. »Wenn man stark im Glauben ist, braucht man sich vor nichts zu fürchten!«
Mit diesem großartigen Spruch öffnete er die Tür. Eine riesige, zottige, schattenhafte Gestalt stand auf der Schwelle, rote Augen funkelten aus tiefen Höhlen. Georges Augen folgten einer Pfote, die sich im windigen Dunkel des Herbstabends erhob und dann niedersauste. Fünfzehn Zentimeter lange Krallen glitzerten im Küchenlicht. Sie rissen George Irwinson den Kopf von den Schultern; sein Kopf flog blutspritzend durch den Raum und landete auf den Schuhen des lachenden Donny Keegan, des irrsinnig lachenden Donny Keegan.
Wolf sprang in die Küche und landete auf allen vieren. Er verschwendete kaum einen Blick an Donny Keegan und lief auf den Flur hinaus.

Wolf! Wolf! Gleich hier und jetzt!
Das war wirklich Wolfs Stimme, die er in Gedanken hörte, aber jetzt war sie tiefer, voller, gebieterischer, als Jack sie je gehört hatte. Sie durchschnitt den Schmerz und den Nebel in seinem Kopf wie ein erstklassiges schwedisches Messer.
Er dachte: *Wolf hat auf den Mond reagiert.* Der Gedanke erfüllte ihn mit einer Mischung aus Triumph und Besorgnis.
Sunlight Gardener blickte nach oben, seine Augen verengten sich. In diesem Augenblick glich er selbst einem Tier – einem Tier, das Gefahr gewittert hat.
»Reverend?« fragte Sonny. Er keuchte leicht, und die Pupillen seiner Augen waren sehr groß. *Er genießt das,* dachte Jack. *Wenn ich anfange zu reden, wird Sonny enttäuscht sein.*
»Ich habe etwas gehört«, sagte Gardener. »Casey. Geh hinauf und horch in die Küche und den Gemeinschaftsraum.«
»Okay.« Casey verschwand.
Gardeners Blick kehrte zu Jack zurück. »Ich muß mich bald auf den Weg nach Muncie machen«, sagte er, »und wenn ich Mr. Sloat treffe, möchte ich in der Lage sein, ihm einige Informationen zu geben. Also rede endlich, Jack, und erspar dir weitere Schmerzen.«
Jack sah ihn an und hoffte, daß weder in seinem Gesicht noch an einem schnelleren, auffälligeren Puls an seinem Hals zu sehen war, daß sein Herz wie ein Schmiedehammer schlug. Wenn Wolf nicht mehr in der Box war...
Gardener hielt das Plektron, das Speedy ihm gegeben hatte, in der einen und die Münze von Hauptmann Farren in der anderen Hand. »Was sind das für Dinge?«
»Wenn ich flippe, verwandeln sie sich in Schildkrötenhoden«, sagte Jack und lachte hemmungslos und hysterisch.
Gardeners Gesicht verdunkelte sich vor Wut.
»Schnallt ihm die Arme wieder fest«, sagte er zu Sonny und Andy. »Schnallt ihm die Arme fest, und dann zieht diesem zur Hölle verdammten Bastard die Hosen herunter. Wir wollen sehen, was passiert, wenn wir *seine* Hoden anwärmen.«

11

Heck Bast fand die Beichte todlangweilig. Er hatte sie alle schon oft gehört, diese schäbigen kleinen Sünden. *Ich stahl Geld aus dem Portemonnaie meiner Mutter, ich habe auf dem Schulhof Joints geraucht, wir*

Klebstoff in eine Tüte geschüttet und daran geschnüffelt, ich tat dies, ich tat jenes. Kinderkram. Nichts Aufregendes. Nichts, was seine Gedanken von dem ständig pochenden Schmerz in seiner Hand ablenkte. Heck wünschte sich, unten zu sein und diesen Sawyer zu bearbeiten. Und dann käme der große Schwachkopf an die Reihe, der ihn irgendwie überrascht und seine Hand zerstört hatte. Ja, es würde ihm ein wahres Vergnügen sein, den großen Schwachkopf zu bearbeiten. Am liebsten mit einem Bolzenschneider.

Eine Junge namens Vernon Skarda leierte vor sich hin.

»... also er und ich, wir haben gesehen, daß der Schlüssel steckte, und wißt ihr, was das bedeutet? Also hat er gesagt, ›Setzen wir uns rein und fahren mal um den Block‹, hat er gesagt. Aber ich wußte, daß das Unrecht war, und ich hab ihm das gesagt, und daraufhin hat er gesagt, ›Du bist einfach ein Feigling‹, und ich habe gesagt, ›Ich bin kein Feigling.‹ Und er hat gesagt, ›Beweis es, beweis es‹, und ich habe gesagt, ›Ich mache keine Spritztouren‹, und er hat gesagt...«

Herr im Himmel, dachte Heck. Seine Hand begann jetzt, ihn förmlich anzugellen, und seine Schmerztabletten waren oben in seinem Zimmer. Am entgegengesetzten Ende des Raums riß Peabody den Mund zu einem abgrundtiefen Gähnen auf.

»Also sind wir um den Block gefahren, und dann hat er zu mir gesagt, er hat gesagt...«

Plötzlich flog die Tür so heftig nach innen, daß die Scharniere brachen. Sie schlug gegen die Wand, prallte zurück, traf einen Jungen namens Tom Cassidy, schmetterte ihn zu Boden und nagelte ihn dort fest. Etwas sprang in den Gemeinschaftsraum – zuerst dachte Heck Bast, es wäre ein Hund, das größte Ungetüm von einem Hund, das er je gesehen hatte. Die Jungen schrien und fuhren von ihren Stühlen auf – und erstarrten dann mit weit aufgerissenen und ungläubigen Augen, als das grauschwarze Untier, in das sich Wolf verwandelt hatte, sich aufrichtete, noch mit Fetzen seiner Arbeitshose und seines karierten Hemdes behangen.

Vernon Skarda starrte ihn an, mit vorstehenden Augen und herabhängendem Kiefer.

Wolf bellte, seine Augen funkelten die zurückweichenden Jungen an. Pedersen versuchte zur Tür zu kommen. Wolf, dessen Kopf beinahe die Decke berührte, bewegte sich blitzschnell. Er schwang einen Arm von der Dicke eines Scheunenbalkens. Klauen rissen einen Graben in Pedersens Rücken. Einen Augenblick lang war sein Rückgrat deutlich zu sehen – es glich einer blutigen Verlängerungsschnur. Fleisch und Blut spritzten an die Wände. Pedersen tat einen großen, taumelnden Schritt auf den Flur und brach dann zusammen.

Wolf drehte sich um – und seine funkelnden Augen richteten sich auf Heck Bast. Heck fuhr hoch, seine Beine wollten ihn plötzlich nicht mehr tragen, und starrte dieses zottige, rotäugige Ungetüm an. Er wußte, wer es war – oder zumindest, wer es gewesen war.

In diesem Augenblick hätte Heck alles darum gegeben, wieder gelangweilt zu sein.

12

Jack saß wieder auf dem Stuhl. Seine verbrannten, vor Schmerz pochenden Hände preßten sich gegen sein Kreuz – Sonny hatte die Zwangsjacke grausam fest geschnürt und dann Jacks Arbeitshose aufgeknöpft und heruntergezogen.

»So«, sagte Gardener und hielt sein Feuerzeug hoch, so daß Jack es sehen konnte. »Hör zu, Jack, hör jetzt gut zu. Ich werde dir wieder Fragen stellen. Und wenn du sie nicht genau und wahrheitsgemäß beantwortest, dann ist Sodomie eine Sünde, die zu begehen du nie mehr versucht sein wirst.«

Bei diesen Worten kicherte Sonny Singer hemmungslos. Dieser trübe, halbtote Ausdruck von Wollust stand wieder in seinen Augen, und er starrte Jack mit einer Art krankhafter Gier ins Gesicht.

»Reverend Gardener! Reverend Gardener!« Es war Casey, und Casey klang bestürzt. Jack öffnete die Augen. »Oben scheint der Teufel los zu sein!«

»Ich will jetzt nicht gestört werden.«

»Donny Keegan lacht in der Küche wie ein Wahnsinniger! Und...«

»Er hat doch gesagt, daß er jetzt nicht gestört werden will«, sagte Sonny. »Hast du das nicht gehört?«

Aber Casey war zu verstört, um aufzuhören. »... und es klingt, als wäre der ganze Gemeinschaftsraum in Aufruhr! Schreien! Kreischen! Und es klingt, als ob...«

Plötzlich brach ein Bellen von kaum vorstellbarer Kraft und Vitalität in Jacks Denken ein.

Jacky! Wo bist du? Wolf! Wo bist du, gleich hier und jetzt?

»... ein Rudel Hunde oder so etwas dort oben losgelassen worden wäre.«

Jetzt sah Gardener Casey an, mit schmalen Augen und fest zusammengepreßten Lippen.

Gardeners Büro. Unten! Wo wir schon öfters waren!

Wo ist unten, Jacky?

Die Treppe hinunter, Wolf!

Gleich hier und jetzt.

Das also war es; Wolf hatte den Verstand verloren. Von oben hörte Jack einen Aufprall und einen Schrei.

»Reverend Gardener?« fragte Casey. Sein normalerweise gerötetes Gesicht war jetzt totenblaß. »Reverend Gardener, was ist da los? Was...«

»Halt's Maul!« sagte Gardener, und Casey fuhr zurück, als wäre er geschlagen worden; seine Augen waren weit aufgerissen, seine Kiefer zitterten. Gardener stieß ihn beiseite, trat an den Safe, holte eine große Pistole heraus und steckte sie in seinen Gürtel. Zum ersten Mal wirkte Reverend Sunlight Gardener verängstigt und verblüfft.

Von oben kam ein dumpfes Schmettergeräusch, gefolgt von Kreischen. Die Augen von Singer, Warwick und Casey richteten sich nervös aufwärts – sie glichen Insassen eines Luftschutzkellers, an die der Bombenhagel immer näher heranrückt.

Gardener sah Jack an. Auf seinem Gesicht erschien ein Grinsen, seine Mundwinkel zuckten in unregelmäßigen Abständen, als wären Bindfäden an ihnen befestigt, Bindfäden, die von einem Marionettenspieler gezogen wurden, der sein Handwerk nicht besonders gut verstand.

»Er kommt hier herunter, nicht wahr?« sagte Gardener. Dann nickte er, als hätte Jack geantwortet. »Er kommt – aber ich glaube nicht, daß er auch wieder geht.«

13

Wolf sprang. Heck Bast konnte gerade noch seine rechte Hand im Gipsverband vor die Kehle heben. Dann kamen ein heißer Schmerz, ein sprödes Knirschen und eine Wolke von Gipsstaub, als Wolf den Gipsverband – und das, was von der darinsteckenden Hand noch übrig war – abbiß. Heck sah fassungslos dorthin, wo sie gewesen war. Blut spritzte aus seinem Handgelenk und tränkte seinen weißen Rollkragenpullover mit hellroter, heißer Wärme.

»Bitte«, wimmerte Heck. »Bitte, bitte, laß mich...«

Wolf spie die Hand aus. Sein Kopf fuhr vor mit der Geschwindigkeit einer angreifenden Schlange. Heck nahm noch ein dumpfes Ziehen wahr, als Wolf ihm die Kehle aufriß, und dann spürte er nichts mehr.

14

Als er aus dem Gemeinschaftsraum herausstürzte, glitt Peabody in Pedersens Blut aus, fiel auf ein Knie, erhob sich wieder und rannte dann, sich erbrechend, den Flur entlang, so schnell er konnte. Überall liefen in

Panik geratene Jungen umher und schrien. Peabody hatte sich noch einen Rest klaren Verstandes bewahrt. Er erinnerte sich, was er in extremen Situationen zu tun hatte – obwohl er nicht glaubte, daß jemand dabei an eine *derart* extreme Situation gedacht hatte; er vermutete, daß Reverend Gardener mehr an Situationen gedacht hatte, in denen ein Junge durchdrehte und mit dem Messer auf andere losging oder etwas dergleichen.

Hinter dem Empfangsraum, in den die Neuankömmlinge im Sunlight-Heim gebracht wurden, lag noch ein kleines Büro, das nur von den Rohlingen benutzt wurde, die Gardener seine »jungen Gehilfen« nannte.

In diesem Raum schloß Peabody sich ein, griff zum Telefon und wählte den Notruf. Einen Augenblick später sprach er mit Franky Williams.

»Peabody, im Sunlight-Heim«, sagte er. »Kommen Sie schnell und mit so vielen Wagen wie möglich, Officer Williams. Hier ist . . .«

Draußen hörte er einen langgezogenen Schrei, gefolgt von Krachen berstenden Holzes. Dann ein wütendes, bellendes Gebrüll, und der Schrei brach ab.

». . . die Hölle los«, beendete er seinen Satz.

»Was für eine Hölle?« fragte Williams ungeduldig. »Laß mich mit Gardener sprechen.«

»Ich weiß nicht, wo der Reverend ist, aber er würde Sie bestimmt hier haben wollen. Es hat Tote gegeben. Tote Jungen.«

»Was?«

»Kommen Sie her, mit vielen Leuten«, sagte Peabody. »Und mit vielen Gewehren.«

Ein weiterer Aufschrei. Das Poltern von etwas Schwerem, das umgestürzt wurde – wahrscheinlich die alte Kommode in der vorderen Diele.

»Maschinengewehren, wenn Sie welche haben.«

Ein Klirren von Glas, als der große Kronleuchter in der Diele herabstürzte. Peabody fuhr zusammen. Es hörte sich an, als nähme dieses Ungeheuer das ganze Haus mit seinen bloßen Händen auseinander.

»Himmel, bringen Sie eine Kanone mit, wenn Sie können«, sagte Peabody, jetzt stammelnd.

»Was . . .«

Peabody legte den Hörer auf, bevor Williams weitersprechen konnte. Er kroch unter den Schreibtisch und schlang die Arme um den Kopf. Und begann inbrünstig zu beten, daß all dies nur ein Traum war – der schlimmste Alptraum, den er je gehabt hatte.

Wolf jagte im Erdgeschoß den Flur zwischen dem Gemeinschaftsraum und der Vordertür entlang und hielt nur inne, um erst die Kommode umzukippen und dann hochzuspringen und den Kronleuchter zu pak-ken. Er schaukelte daran wie Tarzan, bis sich der Kronleuchter von der Decke löste und der ganze Läufer mit glitzernden Kristallen übersät war. *UNTEN. Jacky war unten. Aber – wo war unten?*

Ein Junge, der die qualvolle Spannung nicht aushielt und nicht mehr imstande war, auf das Verschwinden dieses Dinges zu warten, riß die Tür der Toilette auf, in der er sich versteckt hatte, und stürzte auf die Treppe zu. Wolf packte ihn und schleuderte ihn den Flur entlang. Der Junge prallte gegen die geschlossene Küchentür und blieb mit gebroche-nen Knochen liegen.

Wolfs Kopf war benommen vom berauschenden Geruch frisch ver-gossenen Blutes. Das Haar hing ihm in blutigen Strähnen um Kiefer und Schnauze. Er versuchte, seine Gedanken zu sammeln, aber es war schwer – sehr schwer. Er mußte Jacky jetzt ganz schnell finden, bevor er die Fähigkeit zu denken vollständig verloren hatte.

Er rannte zur Küche zurück, durch die er hereingekommen war, ließ sich wieder auf alle viere nieder, weil er sich so schneller und leichter bewegen konnte – und plötzlich, beim Passieren einer geschlossenen Tür, erinnerte er sich. Der enge Gang. Es war wie das Hinuntergehen in ein Grab. Der Geruch, naß und schwer in seiner Kehle . . .

UNTEN. Hinter dieser Tür. Gleich hier und jetzt!

»Wolf!« rief er, aber die Jungen, die sich in ihren Verstecken im Erdgeschoß und im ersten Stock zusammenkauerten, hörten nur ein anschwellendes Triumphgeheul. Er hob die beiden muskulösen Ramm-böcke, in die sich seine Arme verwandelt hatten, und trieb sie gegen die Tür. Sie barst in der Mitte und erbrach Splitter auf die Treppe. Wolf bahnte sich seinen Weg hindurch, und ja, hier war der enge Gang, wie ein Schlund; hier war der Weg zu dem Ort, an dem der Weiße Mann seine Lügen erzählte, während Jack und Wolf dasitzen und zuhören mußten.

Jack war jetzt dort unten. Wolf konnte ihn riechen.

Aber er roch auch den Weißen Mann – und Schießpulver.

Vorsicht . . .

Oh ja, Wölfe wußten, was Vorsicht bedeutete. Wölfe konnten rennen und töten, aber wenn es sein mußte, konnten Wölfe auch vorsichtig sein.

Er schlich auf allen vieren die Treppe hinunter, lautlos wie geölter Rauch, die Augen so rot wie Bremslichter.

Gardener wurde von Minute zu Minute nervöser; auf Jack machte er den Eindruck eines Mannes, der sich der Grenze nähert, an der ein Mensch durchdreht. Seine Augen wanderten ruckhaft herum – vom Studio, in dem Casey jetzt wie gebannt lauschte, zu Jack und dann zu der geschlossenen Tür, die zur Treppe führte.

Die Geräusche aus dem Erdgeschoß hatten aufgehört.

Jetzt bewegte sich Sonny Singer auf die Tür zu. »Ich gehe hinauf und sehe nach...«

»*Du gehst nirgendwohin! Komm zurück!*«

Sonny fuhr zusammen, als hätte Gardener ihn geschlagen.

»Was ist los, Reverend Gardener?« fragte Jack. »Sie scheinen ein bißchen nervös zu sein.«

Sonny versetzte ihm einen Schlag. »Paß auf, was du sagst, Rotzgesicht! Paß bloß auf!«

»Du siehst auch nervös aus, Sonny. Und du, Warwick. Und Casey dort drinnen...«

»*Bringt ihn zum Schweigen!*« kreischte Gardener plötzlich. »*Könnt ihr denn überhaupt nichts tun? Muß ich alles allein machen?*«

Sonny schlug Jack wieder, diesmal viel heftiger. Jacks Nase begann zu bluten, aber er lächelte. Wolf war jetzt sehr nahe – und Wolf war vorsichtig. In Jack keimte die irre Hoffnung auf, daß sie vielleicht doch noch lebend hier herauskämen.

Casey richtete sich plötzlich auf, riß die Kopfhörer herunter und schaltete die Wechselsprechanlage ein.

»Reverend Gardener! Ich höre Sirenen in den Außenmikrophonen!«

Gardeners Augen, jetzt zu weit aufgerissen, ruckten zu Casey zurück. »Was? Wie viele? Wie weit entfernt?«

»Offenbar eine ganze Menge«, sagte Casey. »Noch nicht sehr nahe. Aber sie kommen hierher. Ganz ohne Frage.«

Da verlor Gardener die Nerven; Jack sah, wie es geschah. Einen Augenblick lang saß er unentschlossen da, dann wischte er sich leicht mit dem Handrücken über den Mund.

Es ist nicht nur das, was oben passiert, und es sind nicht nur die Sirenen. Er weiß auch, daß Wolf in der Nähe ist. Er riecht ihn auf seine Art – und das gefällt ihm nicht. Wolf, vielleicht haben wir eine Chance!

Gardener reichte Sonny Singer die Pistole. »Ich habe jetzt keine Zeit, mich um die Polizei zu kümmern oder um das, was da oben passiert sein mag«, sagte er. »Das einzig Wichtige ist Morgan Sloat. Ich fahre nach Muncie. Ihr beide, Sonny und Andy, kommt mit. Haltet diese Kanone hier auf unseren Freund Jack gerichtet, während ich den Wagen aus der Garage hole. Wenn ihr die Hupe hört, kommt ihr heraus.«

»Und was ist mit Casey?« fragte Andy Warwick.

»Ja, ja, natürlich, Casey auch«, stimmte Gardener sofort zu, und Jack dachte: *Er läßt euch im Stich, ihr blöden Arschlöcher. Er läßt euch im Stich, und das ist so offensichtlich, als hätte er am Sunset Strip ein Plakat angeschlagen und die Tatsache verkündet, aber eure Köpfe sind so aufgeblasen, daß ihr es nicht merkt. Ihr würdet hier zehn Jahre lang sitzen bleiben und auf das Zeichen der Hupe warten, wenn nur das Essen und das Toilettenpapier so lange reichen.*

Gardener stand auf. Sonny Singer, das Gesicht im Bewußtsein seiner neuen Wichtigkeit gerötet, ließ sich hinter dem Schreibtisch nieder und richtete die Pistole auf Jack. »Wenn sein schwachköpfiger Freund hier auftaucht«, sagte Gardener, »dann erschieß ihn.«

»Wie kann er auftauchen?« fragte Sonny. »Er ist doch in der Box.«

»Ganz egal«, sagte Gardener. »Er ist böse, sie sind beide böse, ganz zweifellos, es ist eine unumstößliche Tatsache; wenn der Schwachkopf auftaucht, dann erschieß ihn, erschieß sie beide.«

Er hantierte mit den Schlüsseln an seinem Bund und wählte einen aus. »Wartet, bis ihr die Hupe hört«, sagte er. Er schloß die Tür auf und ging hinaus. Jack lauschte auf das Geräusch der Sirenen, aber er hörte nichts.

Die Tür fiel hinter Sunlight Gardener ins Schloß.

17

Die Zeit dehnte sich.

Eine Minute, die sich anfühlte wie zwei; zwei Minuten, die sich anfühlten wie zehn; vier Minuten, die sich anfühlten wie eine Stunde. Die drei »jungen Gehilfen«, die Gardener bei Jack zurückgelassen hatte, glichen Kindern bei einem Spiel, dessen Regeln verlangen, daß sie sich in einem bestimmten Moment nicht von der Stelle rühren. Sonny saß kerzengerade aufgerichtet hinter Sunlight Gardeners Schreibtisch – es war ein Platz, den er genoß und zu schätzen wußte. Die Pistole war auf Jacks Gesicht gerichtet. Warwick stand an der Tür zur Treppe. Casey saß in der hellerleuchteten Kabine, die Kopfhörer wieder über den Ohren, und starrte durch die andere Glasscheibe in das Dunkel der Kapelle, ohne etwas zu sehen, nur lauschend.

»Er hat nicht die Absicht, euch mitzunehmen, wißt ihr das?« sagte Jack plötzlich. Der Klang seiner Stimme überraschte ihn ein wenig. Sie war gleichmäßig und furchtlos.

»Halt's Maul, Rotzgesicht«, fuhr Singer ihn an.

»Haltet lieber nicht den Atem an, bis ihr ihn auf die Hupe drücken hört«, sagte Jack. »Ihr könntet hübsch blau anlaufen.«

»Wenn er den Mund nochmal aufmacht, Andy, dann brich ihm die Nase«, sagte Sonny.

»Das ist gut«, sagte Jack. »Brich mir die Nase, Andy. Erschieß mich, Sonny. Die Bullen kommen. Gardener ist abgehauen, und sie finden euch drei neben einer Leiche in einer Zwangsjacke.« Er hielt inne und verbesserte sich dann: »Einer Leiche in einer Zwangsjacke mit gebrochener Nase.«

»Schlag ihn, Andy«, sagte Sonny.

Andy Warwick ballte die Faust, zog sie zurück – und zögerte dann. Unsicherheit flackerte in seinen Augen.

»Los, Andy«, sagte er. »Schlag mich. Ich halte bestimmt still. Ein prächtiges Ziel.«

Auf Gardeners Schreibtisch stand eine Digitaluhr. Jacks Augen richteten sich einen Augenblick darauf, dann kehrten sie zu Warwicks Gesicht zurück. »Vier Minuten sind es jetzt, Andy. Wie lange braucht ein Mann, um einen Wagen aus der Garage zu holen? Zumal, wenn er es eilig hat?«

Sonny Singer fuhr von Gardeners Stuhl hoch, kam um den Schreibtisch herum und auf Jack zu. Sein schmales, verschlagenes Gesicht war wütend. Seine Fäuste waren geballt, und er war im Begriff, Jack zu schlagen. Warwick, der größer war, hinderte ihn daran. Auf Warwicks Gesicht lag jetzt Besorgnis – tiefe Besorgnis.

»Warte«, sagte er.

»Ich brauche mir das nicht anzuhören! Ich will...«

»Warum fragst du Casey nicht, wie nahe die Sirenen inzwischen sind?« fragte Jack, und Warwicks Gesicht wurde noch besorgter. »Ihr sitzt in der Tinte, wißt ihr das nicht? Muß ich es euch erst ausmalen? Die Karre läuft schief. Er wußte es – er hat es *gerochen!* Ihr müßt es ausbaden. Und nach den Geräuschen da oben...«

Singer riß sich aus Warwicks unentschiedenem Griff los und schlug Jack ins Gesicht. Sein Kopf flog zur Seite und kehrte dann langsam in die Senkrechte zurück.

»... ist es ein verdammt großes und unschönes Bad«, beendete Jack seinen Satz.

»Halt's Maul, oder ich bring dich um«, zischte Sonny.

Die Ziffern auf der Uhr hatten gewechselt.

»Fünf Minuten jetzt«, sagte Jack.

»Sonny«, sagte Warwick mit nicht ganz sicherer Stimme. »Wir sollten ihm dieses Ding ausziehen.«

»Nein!« Sonnys Aufschrei war verletzt, wütend – und letzten Endes verängstigt.

»Du weißt, was der Reverend gesagt hat«, sagte Warwick schnell. »Damals, bevor die Fernsehleute kamen. Niemand darf die Zwangsjacken sehen. Sie würden es nicht verstehen. Sie...«

Klick! Die Wechselsprechanlage.

»Sonny! Andy!« Aus Caseys Stimme klang Panik. »Sie kommen näher! Die Sirenen! Himmel! Was sollen wir tun?«

»Wir müssen ihn *sofort* ausziehen.« Warwicks Gesicht war bleich, nur hoch auf seinen Wangen brannten zwei rote Flecke.

»Reverend Gardener hat aber *auch* gesagt...«

»Ich scheiß drauf, was er gesagt hat!« Warwicks Stimme brach, und dann gab er seinen tiefsten Kinderängsten Ausdruck: »Wir werden *erwischt*, Sonny! Wir werden *erwischt*!«

Auch Jack glaubte jetzt die Sirenen zu hören, aber vielleicht war es nur Einbildung.

Sonnys Augen wanderten mit grauenhafter Unentschlossenheit zu Jack. Er hob die Pistole ein wenig an, und einen Augenblick glaubte Jack, daß Sonny ihn tatsächlich erschießen würde.

Aber inzwischen waren sechs Minuten vergangen, und noch immer kein Hupensignal, das verkündete, daß der *Deus ex machina* jetzt nach Muncie aufbrach.

»Zieh *du* ihn aus«, sagte Sonny verdrossen zu Andy Warwick. »Ich will ihn nicht anrühren. Er ist ein Sünder. Und ein Schwuler obendrein.«

Sonny kehrte zum Schreibtisch zurück, während Andys Finger sich mit den Schnüren der Zwangsjacke abmühten.

»Halt lieber die Klappe«, sagte er. »Ein Wort, und ich bringe dich selbst um.«

Rechter Arm frei.

Linker Arm frei.

Sie sanken knochenlos in seinen Schoß. Das Kribbeln und Stechen setzte wieder ein.

Warwick zerrte das widerwärtige Ding herunter, ein scheußliches Gebilde aus gelblichbrauner Leinwand und Lederschnüren. Warwick hielt es in der Hand, betrachtete es und verzog das Gesicht. Er schoß quer durch den Raum und begann, es in Sunlight Gardeners Safe zu stopfen.

»Zieh deine Hosen hoch«, sagte Sonny. »Meinst du etwa, ich genösse den Anblick?«

Jack zog seine Shorts hoch, bekam den Bund seiner Arbeitshose zu fassen, verlor ihn wieder und schaffte es dann, die Hose hochzuziehen.

Klick! Die Wechselsprechanlage.

»Sonny! Andy!« Caseys Stimme, in Panik. »Ich *höre* etwas!«

»Kommen sie auf den Hof?« kreischte Sonny. Warwick verdoppelte seine Anstrengung, die Zwangsjacke in den Safe zu stopfen. »Sind Sie durch das Tor...«

»*Nein! In der Kapelle! Ich kann nichts sehen, aber ich höre etwas in der...*«

Eine Explosion von brechendem Glas, als Wolf aus der Dunkelheit der Kapelle in das Studio sprang.

18

Die Schreie, die Casey ausstieß, als er sich in seinem auf Rollen montierten Stuhl vom Tonsteuergerät zurückstieß, wurden grauenhaft verstärkt. Im Studio tobte ein kurzer Glassturm. Wolf landete mit allen vieren auf dem Schaltpult des Steuergeräts und kam mit rot glühenden Augen halb gleitend, halb kletternd herunter. Seine langen Klauen drehten willkürlich Scheiben und legten Schalter um. Die Spulen des großen Sony-Bandgeräts begannen sich zu drehen.

»KOMMUNISTEN!« dröhnte die Stimme von Sunlight Gardener. Sie war zu höchster Lautstärke aufgedreht und übertönte Caseys Kreischen und Warwicks Schreie, erschieß es, Sonny, erschieß es, erschieß es! Aber nicht nur die Stimme von Gardener war zu hören. Aus dem Hintergrund kam wie Musik aus der Hölle das ineinander verfließende Heulen vieler Sirenen; Caseys Mikrophone registrierten, daß eine Karawane von Streifenwagen in die Auffahrt des Sunlight-Heims einbog.

»OH, SIE WERDEN EUCH ERZÄHLEN, IHR KÖNNTET EUCH DIESE SCHMUTZIGEN BÜCHER RUHIG ANSEHEN! SIE WERDEN EUCH ERZÄHLEN, ES WÄRE BELANGLOS, DASS DAS GESETZ DAS BETEN IN DEN ÖFFENTLICHEN SCHULEN VERBIETET! SIE WERDEN EUCH ERZÄHLEN, ES WÄRE SOGAR BELANGLOS, DASS SECHZEHN ABGEORDNETE IM REPRÄSENTANTENHAUS UND ZWEI GOUVERNEURE EINGEFLEISCHTE HOMOSEXUELLE SIND! SIE WERDEN EUCH ERZÄHLEN ...«

Caseys Stuhl rollte rückwärts gegen die Glaswand zwischen dem Studio und Sunlight Gardeners Büro. Er drehte den Kopf, und einen Augenblick lang konnten sie seine verstörten, vorgequollenen Augen sehen. Dann sprang Wolf von der Kante des Steuergeräts herunter. Sein Kopf traf Caseys Bauch – und pflügte sich hinein. Seine Kiefer öffneten und schlossen sich mit der Geschwindigkeit einer Mähmaschine. Blut spritzte gegen die Scheibe, als Casey sich zusammenzukrümmen begann.

»Erschieß es, Sonny, erschieß das verdammte Ding!« heulte Warwick.

»Glaube, ich erschieße lieber ihn«, sagte Sonny und drehte sich zu Jack um. Er sprach im Ton eines Mannes, der endlich eine grandiose Entscheidung getroffen hat. Er nickte, dann begann er zu grinsen.

»... DER TAG WIRD KOMMEN, JUNGEN! OH JA, EIN HERRLICHER TAG, UND AN DIESEM TAG WERDEN DIESE KOMMUNISTISCHEN HUMANISTEN, DIESE ZUR HÖLLE VERDAMMTEN ATHEISTEN ENTDECKEN, DASS DER FELSEN IHNEN KEINEN SCHUTZ BIETET, DASS SIE UNTER DEM TOTEN BAUM KEINE ZUFLUCHT FINDEN! SIE WERDEN, OH, SAGT HALLELUJA, SIE WERDEN ...«

Wolf, der knurrte und fetzte.

Sunlight Gardener, der gegen Kommunismus und Humanismus wütete, gegen die zur Hölle verdammten Drogenhändler, die dafür sorgten, daß in den öffentlichen Schulen das Gebet nicht wieder eingeführt wurde.

Sirenen von draußen; zuschlagende Wagentüren; jemand, der einem anderen zurief, er solle vorsichtig sein, der Junge hätte einen verängstigten Eindruck gemacht.

»Jawohl, du bist es, dem wir das alles zu verdanken haben.«

Er hob die 45er. Die Mündung sah so groß aus wie der Eingang zum Oatley-Tunnel.

Die Glaswand zwischen Studio und Büro flog mit dröhnendem Klirren nach innen. Eine grauschwarze, zottige Gestalt kam explosionsartig hereingeschossen, das Maul von einer Glasscherbe fast in zwei Teile zerschnitten, mit blutenden Füßen. Sie gab ein Bellen von sich, das einem menschlichen Laut ähnelte, und der Gedanke stürmte so mächtig auf Jack ein, daß er rückwärts taumelte:

DU WIRST DER HERDE NICHTS ZULEIDE TUN!

»Wolf!« schrie er. »Paß auf! Paß auf, er hat eine . . .«

Sonny riß den Abzug der 45er zweimal durch. Das Knallen war ohrenbetäubend in dem engen Raum. Die Kugeln waren nicht für Wolf bestimmt; sie waren für Jack bestimmt. Aber stattdessen trafen sie Wolf, der in diesem Augenblick im Sprung zwischen den beiden Jungen war. Jack sah, wie sich in Wolfs Seite riesige, zerfetzte, blutige Löcher auftaten, wo die Kugeln austraten. Beide Geschosse wurden aus ihrer Bahn gelenkt, als sie Wolfs Rippen durchschlugen, und keines von ihnen traf Jack, aber er spürte, wie eines dicht an seiner linken Wange vorbeipfiff.

»Wolf!«

Wolfs geschmeidiger Sprung wurde unbeholfen. Seine rechte Schulter fiel vor, prallte gegen die Wand, riß ein gerahmtes Photo von Sunlight Gardener mit dem Fez eines Freimaurerordens herunter und verspritzte Blut.

Lachend richtete Sonny Singer die Pistole auf Wolf und drückte wieder ab. Er hielt die Waffe in beiden Händen, der Rückstoß ließ seine Schultern zucken. Pulverdampf hing in einer dicken, giftigen, unbewegten Wolke im Raum. Wolf erhob sich auf alle viere und schaffte es irgendwie, sich aufzurichten. Ein röhrendes, gepeinigtes Schmerz- und Wutgeheul übertönte Sunlight Gardeners gellende Tonbandstimme.

Sonny schoß ein viertes Mal auf Wolf. Das Geschoß riß eine klaffende Wunde in seinen linken Arm. Blut und Knorpel spritzten durch den Raum.

JACKY! JACKY OH JACKY TUT WEH, TUT SO WEH . . .

Jack torkelte vorwärts und ergriff Gardeners Digitaluhr; es war einfach der erste Gegenstand in erreichbarer Nähe.

»*Sonny, paß auf!*« rief Warwick. »Paß...«

Dann stürzte sich Wolf, dessen ganze Körpermitte jetzt eine zerfetzte, mit blutgetränktem Fell bedeckte Masse war, auf ihn. Warwick rang mit Wolf, und einen Augenblick lang sah es fast so aus, als tanzten sie miteinander.

»...*AUF EWIG IN EINEM MEER AUS FEUER! DENN IN DER BIBEL HEISST ES*...«

Jack ließ die Digitaluhr mit aller Kraft, die er aufbringen konnte, auf Sonnys Kopf niederfahren. Kunststoff zerplatzte. Die Ziffern an der Vorderseite der Uhr begannen willkürlich zu blinken.

Sonny fuhr herum, versuchte, die Pistole zu heben. Jack schwang die Uhr in einem flachen, aufsteigenden Bogen, der auf Sonnys Mund endete. Sonnys Lippen verzerrten sich zu einem breiten Grinsen. Seine Zähne zersplitterten mit sprödem Krachen. Sein Finger riß wieder am Abzug der Pistole. Die Kugel schlug zwischen seinen Füßen ein.

Er prallte gegen die Wand, federte zurück und grinste Jack mit seinem blutigen Mund an. Auf schwankenden Beinen stehend hob er die Pistole.

»Du verdammter...«

Wolf warf Warwick. Warwick flog wie ein Ball durch die Luft und landete in Sonnys Rücken, als dieser abdrückte. Die Kugel verfehlte ihr Ziel, traf stattdessen eine der Tonspulen im Aufnahmestudio und zerschmetterte sie. Die wütende, kreischende Stimme von Sunlight Gardener verstummte. Aus den Lautsprechern kam nur noch das laute, tiefe Summen des Feedback.

Brüllend und taumelnd bewegte sich Wolf auf Sonny Singer zu. Sonny richtete die 45er auf ihn und drückte ab. Es kam nur ein trockenes, kraftloses Klicken. Sonnys nasses Grinsen gefror.

»Nein«, sagte er leise und betätigte wieder den Abzug – und wieder – und wieder. Als Wolf nach ihm griff, warf er ihm die Pistole ins Gesicht und versuchte, hinter Gardeners großen Schreibtisch zu kommen. Die Pistole prallte von Wolfs Schädel ab, und Wolf sprang mit letzter, versagender Kraft hinter Sonny her über Gardeners Schreibtisch und fegte dabei alles herunter, was darauf gewesen war. Sonny wich zurück, aber Wolf konnte seinen Arm packen.

»*Nein!*« kreischte Sonny. »*Nein, laß mich, sonst kommst du wieder in die Box, ich bin ein großer Mann hier, ich – ich – ich...*«

Wolf verdrehte Sonnys Arm. Dann kam ein reißendes Geräusch, ungefähr so, wie wenn ein Kind von einem gebratenen Truthahn den Unterschenkel abreißt. Plötzlich war Sonnys Arm in Wolfs großer Vorderpfote. Sonny taumelte zurück, Blut strömte aus seiner Schulter. Jack sah einen nassen, weißen Knochenbuckel. Er wendete sich ab und übergab sich.

Einen Augenblick verschwamm die ganze Welt in Grau.

19

Als er sich wieder umsah, schwankte Wolf inmitten des Schlachthauses, das einmal Gardeners Büro gewesen war. Seine Augen flackerten blaßgelb wie erlöschende Kerzen. Irgendetwas passierte mit seinem Gesicht, seinen Armen und seinen Beinen – er verwandelte sich zurück, stellte Jack fest. Und dann begriff er, was das bedeutete. Die alten Legenden logen, wenn sie behaupteten, nur silberne Kugeln könnten einen Werwolf töten, aber in anderer Hinsicht logen sie offenbar nicht. Wolf verwandelte sich zurück, weil er dem Tode nahe war.

»Wolf, nein!« weinte Jack und mühte sich auf die Beine. Er schaffte den halben Weg bis zu Wolf, glitt in einer Blutlache aus, fiel auf ein Knie, stand wieder auf. »Nein!«

»Jacky . . .« Die Stimme war leise, guttural, kaum mehr als ein Knurren – aber sie war verständlich.

Unglaublicherweise versuchte Wolf zu lächeln.

Warwick hatte es geschafft, die Tür zu öffnen, die ins Freie führte. Er wich langsam die Treppe hinauf zurück; seine Augen waren weit aufgerissen und völlig verstört.

»Geh zu!« schrie Jack ihn an. »Geh zu, verschwinde!«

Andy Warwick flüchtete wie ein aufgeschrecktes Kaninchen.

Eine Stimme aus der Wechselsprechanlage – Franky Williams' Stimme – zerschnitt das dröhnende Summen des Feedback. Sie war entsetzt, aber erfüllt von grauenhafter, widerwärtiger Erregung. »Himmel, seht euch das an! Sieht aus, als wäre jemand mit einem Hackmesser Amok gelaufen! Vergeßt nicht, in der Küche nachzusehen!«

»Jacky . . .«

Wolf stürzte zu Boden wie ein Baum.

Jack kniete nieder, drehte ihn um. Das Haar verschwand von Wolfs Wangen mit der spukhaften Geschwindigkeit einer Zeitaufnahme. Seine Augen waren wieder haselnußbraun. Und Jack fand, daß er entsetzlich müde aussah.

»Jacky . . .« Wolf hob eine blutige Hand und berührte Jacks Wange. »Getroffen – du? Hat er . . .«

»Nein«, sagte Jack und bettete den Kopf seines Freundes in seinen Schoß. »Nein, Wolf, er hat mich nicht erwischt. Kein einziges Mal.«

»Ich . . .« Wolfs Augen schlossen sich und öffneten sich dann langsam wieder. Er lächelte, versuchte zu lächeln, und sagte dann bedächtig, jedes Wort sorgfältig artikulierend, als müßte er das kundtun, wenn auch sonst nichts mehr. »Ich – habe – meine – Herde – beschützt.«

»Ja, das hast du getan«, sagte Jack, und seine Tränen begannen zu fließen. Sie schmerzten. Er umfaßte Wolfs zottigen, müden Kopf und weinte. »Das hast du wirklich getan, guter alter Wolf . . .«

»Guter – guter alter Jacky.«

»Wolf, ich gehe nach oben – da sind Polizisten – ein Kranken-
wagen . . .«

»Nein!« Noch einmal schien sich Wolf zu einer großen Anstrengung
zusammenzureißen. »Du mußt weiter – weiter . . .«

»*Nicht ohne dich, Wolf!*« Alle Lichter waren doppelt, dreifach verschwommen. Er hielt Wolfs Kopf in seinen verbrannten Händen. »Nicht
ohne dich, nein, auf keinen Fall . . .«

»Wolf – will nicht leben in dieser Welt.« Er tat einen tiefen, stocken-
den Atemzug und versuchte noch ein Lächeln. »Riecht – riecht zu
schlecht.«

»Wolf – hör zu, Wolf . . .«

Wolf faßte sanft seine Hände; während er sie hielt, konnte Jack
spüren, wie die Haare von ihnen verschwanden. Es war ein grauenhaftes, gespenstisches Gefühl.

»Ich liebe dich, Jacky.«

»Ich liebe dich auch, Wolf«, sagte Jack. »Gleich hier und jetzt.«

Wolf lächelte.

»Komme zurück, Jacky – kann es fühlen. Komme zurück . . .«

Plötzlich fühlten sich Wolfs Hände in Jacks Griff körperlos an.

»Wolf!« schrie er.

»Komme nach Hause zurück . . .«

»*Wolf, nein!*« Er spürte, wie das Herz in seiner Brust sich verkrampfte. Es würde brechen, oh ja, Herzen konnten brechen, er spürte
es. »*Wolf, komm zurück, ich liebe dich!*« Jetzt war ein Empfinden von
Leichtigkeit in Wolf, ein Gefühl, als verwandle er sich in etwas wie eine
Samenkapsel – oder den Schimmer einer Illusion. Ein Tagtraum.

» . . . leb wohl . . .«

Wolf war schwindendes Glas. Schwindend – schwindend . . .

»*Wolf!*«

» . . . liebe dich . . .«

Wolf war verschwunden. Wo er gewesen war, war nur noch ein
blutiger Umriß auf dem Fußboden.

»Oh Gott«, schluchzte Jack. »Oh Gott, oh Gott.«

Er ließ sich in Reverend Gardeners Sessel fallen, schlang die Arme um
den Leib und schaukelte in dem verwüsteten Büro schluchzend vor und
zurück.

Jack macht sich davon

1

Die Zeit verging – Jack hatte keine Ahnung, wie viel oder wie wenig. Er saß da, hatte die Arme um den Leib geschlungen, als steckte er wieder in der Zwangsjacke, schaukelte vor und zurück, schluchzte, fragte sich, ob Wolf nun wirklich tot war.

Er ist tot. Oh ja, er ist tot. Und weißt du, wer ihn umgebracht hat, Jack? Weißt du das?

Plötzlich wurde aus dem Feedback-Summen ein scharfes, kratzendes Geräusch. Einen Augenblick später lösten atmosphärische Störungen ein anschwellendes Knistern aus, und dann verstummte alles – das Feedback-Summen, die Stimmen von oben, das Leerlaufgeräusch der Motoren vor dem Haus. Jack nahm es kaum wahr.

Du mußt weiter. Wolf hat gesagt, du mußt weiter.

Ich kann nicht. Ich bin müde, und was ich auch tue, es ist falsch. Menschen kommen ums Leben...

Hör auf, dich selbst zu bemitleiden. Denk an deine Mutter, Jack.

Nein, ich bin müde. Laßt mich in Ruhe.

Und an die Königin.

Bitte, laßt mich' doch in Ruhe...

Endlich hörte er, wie die Tür am oberen Ende der Treppe geöffnet wurde, und das brachte ihn wieder zu sich. Er wollte hier nicht gefunden werden. Sollten sie ihn draußen festnehmen, auf dem Hinterhof, aber nicht in diesem stinkenden, blutbespritzten, von Pulverdampf erfüllten Raum, in dem er gefoltert und sein Freund getötet worden war.

Fast ohne zu wissen, was er tat, ergriff Jack den Umschlag, auf dem JACK PARKER stand. Er blickte hinein und sah das Gitarren-Plektron, den Silberdollar, seine schäbige Brieftasche, den Rand McNally-Straßenatlas. Er hielt den Umschlag schräg und sah die Murmel. Er steckte alles in seinen Rucksack und nahm ihn auf; er kam sich vor wie hypnotisiert.

Schritte auf der Treppe, langsam und vorsichtig.

»... wo ist das verdammte Licht...«

»... riecht komisch, wie in einem Zoo...«

»Vorsicht, Leute ...«

Jacks Blick fiel auf die Stahlkassette, vollgepackt mit Umschlägen mit der Aufschrift: WIR WOLLEN SONNENSTRAHLEN SEIN FÜR JESUS. Er nahm zwei davon an sich.

Wenn sie dich jetzt festnehmen, wenn du hinauskommst, können sie dir neben Mord auch noch Diebstahl anhängen.

Es spielte keine Rolle. Er bewegte sich nur um der Bewegung willen, aus keinem anderen Grund.

Der Hinterhof schien völlig verlassen. Jack stand am oberen Ende der Treppe, an der eine Feuertür ins Freie führte, und sah sich um; er konnte es kaum glauben. Von der Vorderseite des Hauses kamen Stimmen und Lichtreflexe, gelegentlich Meldungen aus der Zentrale und atmosphärische Störungen in den Funkgeräten der Polizei, die auf höchste Lautstärke aufgedreht waren; aber der Hinterhof war leer. Es gab keinen Sinn. Aber vielleicht waren sie durch das, was sie drinnen vorgefunden hatten, hinreichend verwirrt, hinreichend aus der Fassung gebracht . . .

Dann sagte eine Stimme, gedämpft, kaum fünf Meter links von Jack: »Himmel! Ist das zu glauben?«

Jacks Kopf fuhr herum. Dort stand wie ein ungeschlachter prähistorischer Sarg die Box auf der festgetretenen Erde. Drinnen bewegte sich der Strahl einer Taschenlampe. Jack sah Schuhsohlen herausragen. Eine undeutliche Gestalt hockte vor dem Eingang zur Box und untersuchte die Tür.

»Sieht aus, als wäre das Ding regelrecht aus den Angeln gerissen worden«, rief der Mann, der die Tür betrachtete, in die Box hinein. »Wie jemand das fertiggebracht hat, ist mir ein Rätsel. Die Scharniere sind aus Stahl. Aber sie sind regelrecht – zerwürgt . . .«

»Die verdammten Scharniere sind unwichtig«, kam die gedämpfte Stimme aus der Box. »Dieses verdammte Ding – sie haben *Jungen* hier drin eingesperrt, Paulie! Ich glaube, das haben sie wahrhaftig getan! *Jungen!* Da sind Kritzeleien an den Wänden . . .«

Das Licht bewegte sich.

». . . und Bibelverse . . .«

Das Licht bewegte sich weiter.

». . . und Bilder. Kleine Bilder. Strichmännchen, wie Kinder sie zeichnen . . . Himmel, glaubst du, daß Williams davon gewußt hat?«

»Bestimmt«, sagte Paulie, der noch immer die zerbrochenen und verwürgten Stahlscharniere an der Tür der Box untersuchte.

Paulie bückte sich und blickte hinein; sein Kollege schob sich rückwärts heraus. Jack unternahm keinen Versuch, sich zu verstecken, sondern wanderte hinter ihnen über den Hof. Er ging an der Garage entlang und stieg das Bankett zur Straße empor. Von hier aus hatte er freien Blick auf die vor der Front des Sunlight-Heims geparkten Streifenwagen. Während Jack dastand und sie beobachtete, jagte eine Ambulanz mit Blaulicht und heulenden Sirenen die Straße entlang.

»Hab dich geliebt, Wolf«, murmelte Jack und wischte sich mit dem

Ärmel über die nassen Augen. Dann trabte er auf der Straße in die Dunkelheit hinein; er zweifelte nicht daran, daß man ihn aufgreifen würde, bevor er sich eine Meile westlich des Sunlight-Heims befand. Drei Stunden später war er immer noch unterwegs; offenbar hatten die Polizisten da hinten mehr als genug zu tun.

2

Vor ihm lag ein Highway, hinter der nächsten oder der übernächsten Anhöhe. Jack sah das orangefarbene Glühen der Natriumdampflampen am Horizont und hörte das Dröhnen der großen Ferntransporter. Er machte in einem mit Müll übersäten Graben halt und wusch sich Gesicht und Hände in dem Wasser, das aus einem Rohr tröpfelte. Das Wasser war eisig kalt, aber es betäubte für eine Weile das Pochen in seinen Händen. Die alte Wachsamkeit kehrte fast unaufgefordert zurück.

Einen Augenblick blieb Jack stehen, wo er war, unter dem dunklen Nachthimmel von Indiana, und lauschte dem Dröhnen der großen Laster.

Der Wind, der in den Bäumen rauschte, fuhr durch sein Haar. Wolfs Tod bedrückte ihn, doch selbst das änderte nichts an dem guten, an dem sehr guten Gefühl, wieder frei zu sein.

Eine Stunde später bremste ein Lastwagenfahrer seinen Wagen neben dem erschöpften, blassen Jungen, der mit hochgerecktem Daumen an der Ausfahrt stand. Jack stieg ein.

»Wo willst du hin, Junge?« fragte der Fahrer.

Jack war zu erschöpft und fühlte sich zu elend, um seine Geschichte aufzutischen – er hatte sie ohnehin fast vergessen. Wahrscheinlich würde sie ihm später wieder einfallen.

»Nach Westen«, sagte er. »So weit Sie fahren.«

»Das wäre bis in die Mitte des Staates.«

»Gut«, sagte Jack und schlief ein.

Der große Diamond Reo rollte durch die kalte Nacht von Indiana; aus dem Rekorder kam die Stimme von Charlie Daniels, während er nach Westen rollte, dem Licht der eigenen Scheinwerfer nach, in Richtung Illinois.

Jacks Traum

1

Natürlich nahm er Wolf mit sich. Wolf war nach Hause zurückgekehrt, aber ein großer, treuer Schatten fuhr auf den Straßen von Illinois mit Jack in all den Lastern und Volkswagentransportern und staubigen Wagen. Das lächelnde Gespenst schnitt Jack ins Herz. Manchmal konnte er Wolfs massige, behaarte Gestalt nebenherlaufen, über die abgeernteten Felder rennen sehen – konnte sie fast sehen. Wolf war frei und strahlte ihn aus kürbisfarbenen Augen an. Wenn er dann den Blick abwendete, vermißte Jack Wolfs Hand, die sich um seine schloß. Jetzt, da er seinen Freund so sehr vermißte, schämte er sich seiner Ungeduld mit Wolf, und die Scham trieb ihm die Röte ins Gesicht. Öfter, als er zählen konnte, hatte er daran gedacht, Wolf im Stich zu lassen. Es war beschämend, beschämend. Wolf war – es dauerte eine Weile, bis Jack ganz begriffen hatte, daß *edelmütig* das richtige Wort war. Und dieses edelmütige Geschöpf, in dieser Welt so fehl am Platze, war für ihn gestorben.

Ich habe meine Herde beschützt. Jack Sawyer war nicht mehr die Herde. *Ich habe meine Herde beschützt.* Es gab Zeiten, in denen die Lastwagenfahrer oder Versicherungsvertreter, die diesen seltsamen Jungen am Straßenrand aufgelesen hatten – ihn aufgelesen hatten, obwohl er heruntergekommen und schmutzig aussah, obwohl sie möglicherweise nie zuvor einen Anhalter mitgenommen hatten –, einen Blick auf ihn warfen und sahen, daß er gegen Tränen ankämpfte.

Jack betrauerte Wolf, während er Illinois durchquerte. Irgendwie hatte er gewußt, daß er, einmal in diesem Staat, mühelos vorankommen würde, und tatsächlich brauchte er oft nicht mehr zu tun, als seinen Daumen hochzurecken und dem herannahenden Fahrer in die Augen zu sehen – und schon durfte er einsteigen. Die meisten Fahrer verlangten nicht einmal die Geschichte. Er brauchte nichts als eine kurze Erklärung dafür, warum er allein reise. »Ich will einen Freund in Springfield besuchen.« – »Ich muß einen Wagen abholen und nach Hause fahren.« »Gut, gut«, sagten die Fahrer – hatten sie überhaupt zugehört? Jack wußte es nicht. In Gedanken durchblätterte er einen meilenhohen Stapel von Bildern – Wolf, der in der Region in einen Fluß sprang, um seine

Tiere zu retten, Wolf, der die Nase in einen wohlriechenden Karton steckte, in dem ein Hamburger gewesen war, Wolf, der Essen für ihn in den Schuppen schob, in das Aufnahmestudio sprang, von den Kugeln getroffen wurde, verschwand... Jack wollte das alles nicht immer und immer wieder sehen, aber er mußte es, und die Bilder trieben ihm brennende Tränen in die Augen.

Nicht weit hinter Danville warf ihm ein untersetzter Mann in den Fünfzigern mit eisengrauem Haar und dem belustigten, aber strengen Ausdruck eines Lehrers, der seit zwei Jahrzehnten die fünfte Klasse unterrichtet, vom Lenkrad aus einen unauffälligen Blick nach dem anderen zu und fragte schließlich: »Ist dir nicht kalt, Junge? Du solltest mehr anhaben als diese schäbige Jacke.«

»Ein bißchen vielleicht«, sagte Jack. Sunlight Gardener war der Ansicht gewesen, daß die Köperjacken für die Feldarbeit auch im Winter warm genug waren, aber jetzt leckte und stach die Kälte durch all ihre Fasern.

»Auf dem Rücksitz liegt ein Mantel«, sagte der Mann. »Nimm ihn. Nein, keine Ausflüchte. Der Mantel gehört jetzt dir. Glaub mir, ich erfriere schon nicht.«

»Aber...«

»Du hast gar keine andere Wahl. Der Mantel gehört jetzt dir. Probier ihn an.«

Jack langte über die Rücklehne des Sitzes und zog ein schweres Bündel Stoff auf seinen Schoß. Anfangs war es formlos, unidentifizierbar. Dann kam eine große aufgesetzte Tasche zum Vorschein, ein Knebelknopf. Es war ein Lodenmantel, der nach Pfeifentabak roch.

»Mein alter«, sagte der Mann. »Er liegt nur im Wagen, weil ich sonst nicht weiß, wohin damit. Voriges Jahr haben mir die Kinder dieses Daunending geschenkt. Also bekommst du ihn.«

Jack mühte sich in den fülligen Mantel, zog ihn über die Köperjacke. »Phantastisch«, sagte er und kam sich vor, als umarmte ihn ein Bär mit einer Vorliebe für guten Pfeifentabak.

»Gut«, sagte der Mann. »Und wenn du jemals wieder draußen auf einer kalten, windigen Straße stehst, kannst du dich bei Myles P. Kiger aus Ogden, Illinois, dafür bedanken, daß er deine Haut gerettet hat. Deine...« Es sah aus, als wollte Myles P. Kiger noch mehr sagen; das Wort hing eine Sekunde in der Luft, der Mann lächelte noch immer; dann verzerrte sich das Lächeln zu einem Ausdruck einfältiger Verlegenheit, und er blickte wieder nach vorn. Im grauen Morgenlicht sah Jack, wie auf den Wangen des Mannes ein Muster aus roten Flecken erschien.

Deine (irgendwie beschaffene) Haut?

Oh nein.

Deine schöne Haut. Deine hinreißende, küssenswerte, verehrungs-würdige... Jack schob die Hände tief in die Taschen des Lodenmantels, zog ihn fest um sich. Myles P. Kiger aus Ogden, Illinois, starrte geradeaus.

»Ähem«, sagte Kiger, genau wie ein Mann in einem Comic-Heft.

»Danke für den Mantel«, sagte Jack. »Wirklich. Ich werde Ihnen dankbar sein, wo immer ich ihn trage.«

»Schon gut«, sagte Kiger, »vergiß es.« Aber eine Sekunde lang hatte sein Gesicht eine verblüffende Ähnlichkeit mit dem des armen Donny Keegan im Sunlight-Heim. »Da vorn ist ein Rasthaus«, sagte Kiger. Seine Stimme klang abgehackt, abrupt, nur scheinbar gelassen. »Dort können wir einen Happen essen, wenn du möchtest.«

»Ich habe kein Geld mehr«, sagte Jack, eine Behauptung, die genau um zwei Dollar und achtunddreißig Cent an der Wahrheit vorbeiging.

»Mach dir deshalb keine Gedanken.« Kiger war bereits auf die Abbiegerspur eingeschwenkt.

Sie fuhren auf einen windigen, fast leeren Parkplatz vor einem grauen Gebäude, das aussah wie ein Eisenbahnwaggon. EMPIRE DINER besagte eine Leuchtschrift über dem Haupteingang. Kiger brachte den Wagen vor einem der langen Fenster des Rasthauses zum Stehen, und sie stiegen aus. Jetzt spürte Jack, daß der Mantel ihn warmhalten würde. Ihm war, als würden seine Brust und seine Arme von einer wollenen Rüstung geschützt. Jack ging auf die Tür unter der Leuchtschrift zu, drehte sich aber um, als er feststellte, daß Kiger noch immer neben seinem Wagen stand. Der grauhaarige Mann, der kaum größer war als Jack, sah ihn über das Wagendach hinweg an.

»Hör mal«, sagte Kiger.

»Ich gebe Ihnen den Mantel gern zurück«, sagte Jack.

»Nein, der gehört jetzt dir. Mir kam nur gerade der Gedanke, daß ich doch keinen rechten Hunger habe, und wenn ich gleich weiterfahre, komme ich ein bißchen früher nach Hause.«

»Klar«, sagte Jack.

»Du findest hier sicher jemanden, der dich mitnimmt. Mühelos. Gar kein Problem. Ich würde dich hier nicht absetzen, wenn ich fürchten müßte, daß du nicht weiterkommst.«

»In Ordnung.«

»Moment. Ich habe gesagt, du bekommst etwas zu essen, und das sollst du auch.« Er steckte die Hand in die Hosentasche und hielt Jack dann über das Wagendach hinweg einen Geldschein hin. Der kalte Wind fuhr ihm durchs Haar und preßte es gegen seine Stirn. »Da, nimm.«

»Das muß nicht sein«, sagte Jack. »Ein paar Dollar habe ich noch.«

»Laß dir ein anständiges Steak geben«, sagte Kiger; er beugte sich über den Wagen und streckte ihm den Geldschein hin, als böte er ihm einen Rettungsring an oder griffe selbst nach einem.

Jack trat zögernd näher und nahm den Geldschein aus Kigers ausgestreckter Hand. Es war ein Zehner. »Vielen Dank.«

»Warum nimmst du nicht auch die Zeitung mit, damit du etwas zu lesen hast? Für den Fall, daß du eine Weile warten mußt oder so.« Kiger hatte die Wagentür geöffnet und sich hineingebeugt, um eine zusammengefaltete Zeitung vom Rücksitz zu holen. »Ich habe sie schon gelesen.« Er schob sie zu Jack hinüber.

Die Taschen des Lodenmantels waren so geräumig, daß Jack die zusammengefaltete Zeitung in eine von ihnen hineinschieben konnte. Myles P. Kiger stand noch einen Augenblick an der offenen Wagentür und musterte Jack. »Nimm es mir nicht übel, aber ich glaube, du wirst ein interessantes Leben haben«, sagte er.

»Es ist schon jetzt ziemlich interessant«, sagte Jack wahrheitsgemäß.

Das Salisbury-Steak kostete fünf Dollar und vierzig Cent einschließlich der Pommes frites. Jack setzte sich ans Ende des Tresens und schlug die Zeitung auf. Die Geschichte stand auf der zweiten Seite – am Tag zuvor hatte sie auf der Titelseite einer Zeitung aus Indiana gestanden. VERHAFTUNGEN IM ZUSAMMENHANG MIT GRAUENHAFTEN LEICHENFUNDEN. Friedensrichter Ernest Fairchild und Polizeibeamter Frank B. Williams aus Cayuga, Indiana, waren im Verlauf der Untersuchung des Todes von sechs Jungen im »Sunlight Gardener-Bibelheim für gestrauchelte Jungen« des Mißbrauchs öffentlicher Gelder und der Bestechlichkeit angeklagt worden. Der populäre Evangelist Robert »Sunlight« Gardener war allem Anschein nach kurz vor dem Eintreffen der Polizei geflüchtet; ein Haftbefehl gegen ihn war noch nicht erlassen, aber er wurde dringend zur Vernehmung gesucht. WAR ER EIN ZWEITER JIM JONES? lautete der Text unter einem Bild von Gardener in höchst beeindruckender Pose mit ausgestreckten Armen und elegant gewelltem Haar. Hunde hatten die Staatspolizei zu einer Stelle in der Nähe des Elektrozauns geführt, wo die Leichen von Jungen verscharrt worden waren – fünf Leichen, von denen die meisten bereits so verwest waren, daß sie nicht mehr identifiziert werden konnten. Ferd Janklow würde man vermutlich identifizieren können. Seine Eltern würden ihm ein richtiges Begräbnis zukommen lassen und sich dabei fragen, was sie falsch gemacht hatten; sie würden sich fragen, wie es möglich war, daß sie mit ihrer Liebe zu Jesus ihren intelligenten, aufsässigen Sohn zum Tode verdammt hatten.

Das Salisbury-Steak schmeckte nach Salz und Wolle, aber Jack verzehrte es bis auf den letzten Bissen und tunkte die ganze Soße mit den nicht durchgebratenen Pommes frites des Empire Diner auf. Er war gerade mit dem Essen fertig, als ein bärtiger Lastwagenfahrer mit einer Baseballmütze über langem, schwarzem Haar, einem Parka, der aus Wolfsfellen genäht zu sein schien, und einer dicken Zigarre im Mund neben ihm stehenblieb und fragte: »Willst du nach Westen, Junge? Ich fahre bis Decatur.« Die halbe Strecke nach Springfield, einfach so.

In dieser Nacht, die er in einem Drei-Dollar-pro-Nacht-Hotel verbrachte, von dem ihm der Lastwagenfahrer erzählt hatte, hatte Jack zwei
ganz deutliche Träume; vielleicht erinnerte er sich später auch nur an
diese beiden unter den vielen, die sein Bett überfluteten, vielleicht waren
die beiden in Wirklichkeit auch nur ein langer, ineinander übergehender
Traum. Er hatte seine Tür verschlossen, in den fleckigen, gesprungenen
Ausguß in der Ecke uriniert, seinen Rucksack unter das Kissen geschoben und war eingeschlafen mit der großen Murmel in der Hand, die in
der Region ein Spiegel war. Von irgendwoher kam Musik, fast wie eine
Untermalung im Kino – ein wilder Bebop, aber so leise, daß Jack gerade
noch die führenden Instrumente heraushören konnte: eine Trompete
und ein Altsaxophon. *Richard*, dachte Jack schläfrig, *morgen werde ich
Richard Sloat wiedersehen*, und dann glitt er, vom Rhythmus getragen,
in schlichte Bewußtlosigkeit.

Durch eine verheerte, rauchende Landschaft hindurch kam Wolf auf
ihn zu. Stränge von Stacheldraht, hier und dort zu willkürlichen, phantastischen Gebilden aufgetürmt, trennten sie voneinander. Tiefe Gräben
durchzogen das verwüstete Land; einen von ihnen übersprang Wolf
mühelos und stürzte dann fast in das Drahtverhau.

– Paß auf, rief Jack.

Wolf fing sich, bevor er in den dreifachen Stacheldraht fiel. Er
schwenkte eine große Pfote, um Jack zu zeigen, daß er unverletzt war,
dann stieg er vorsichtig über den Draht hinweg.

Jack spürte, wie ein starkes Gefühl des Glücks und der Erleichterung
in ihm aufbrandete. Wolf war nicht gestorben. Wolf kehrte zu ihm zurück.

Wolf brachte den Stacheldraht hinter sich und bewegte sich wieder
vorwärts. Der Abstand zwischen Jack und Wolf schien sich auf irgendeine geheimnisvolle Weise aufs Doppelte zu vergrößern – grauer Rauch,
der über den vielen Gräben hing, entzog die große, zottige Gestalt fast
seinem Blick.

– Jason! rief Wolf. – Jason! Jason!

– Ich bin noch da, rief Jack zurück.

– Schaffe es nicht, Jason! Wolf schafft es nicht!

– Versuch's weiter, brüllte Jack. – Verdammt, gib nicht auf!

Wolf machte vor einem undurchdringlichen Drahtverhau Halt, und
durch den Rauch hindurch sah Jack, wie er sich auf alle viere niederließ
und auf der Suche nach einem Durchschlupf hin und her trabte. Von
einer Seite zur anderen trabte Wolf, legte dabei jedesmal eine größere
Strecke zurück, zeigte von Sekunde zu Sekunde mehr Besorgnis. Endlich
erhob sich Wolf wieder, legte die Hände auf das dichte Drahtverhau und –

schob es so weit auseinander, daß er hindurchrufen konnte. – Wolf kann nicht, Jason, Wolf kann nicht!
– Ich liebe dich, Wolf, rief Jack über die qualmende Ebene.
– JASON! rief Wolf zurück. – SEI VORSICHTIG! Sie sind HINTER DIR HER! Es sind NOCH MEHR von ihnen!
– Mehr wovon? wollte Jack rufen, aber er konnte es nicht. Er wußte es. Dann änderte sich entweder der ganze Charakter des Traumes, oder ein neuer Traum begann. Er befand sich wieder in dem verwüsteten Aufnahmestudio und dem Büro des Sunlight-Heims, und die Gerüche von Pulverdampf und verbranntem Fleisch erfüllten die Luft. Singers verstümmelter Körper lag zusammengekrümmt auf dem Fußboden, Caseys Leichnam stürzte durch die zerschmetterte Glasscheibe. Jack saß auf dem Boden, hielt Wolf in den Armen und wußte wieder, daß Wolf starb. Aber Wolf war nicht Wolf.

Jack hielt Richard Sloats bebenden Körper, und es war Richard, der starb. Hinter den Gläsern seiner schwarzen Plastikbrille flackerten Richards Augen ziellos, schmerzgepeinigt. – Oh nein, oh nein, stöhnte Jack entsetzt. Richards Arm war zerschmettert, und sein Brustkorb war eine Masse aus verwundetem Fleisch und blutgetränktem weißem Hemd. Hier und dort leuchteten gebrochene Knochen weiß wie Zähne.
– Ich will nicht sterben, sagte Richard, und jedes Wort war eine übermenschliche Anstrengung. – Jason, du hättest nicht – du hättest nicht . . .
– Du darfst nicht auch noch sterben, flehte Jack. – Nicht du auch noch.

Richards Oberkörper sank in Jacks Armen zusammen, ein langer, sanfter Laut entfuhr seiner Kehle, und dann fanden seine plötzlich klaren und ruhigen Augen die von Jack. – Jason. Der Klang des Namens, der fast angemessen war, hing leise in der stinkenden Luft. – Du hast mich umgebracht, hauchte Richard; er hatte Mühe, die Worte zu formulieren. Richards Blick verschwamm wieder, und sein Körper schien plötzlich schwer zu werden in Jacks Armen. Es war kein Leben mehr in diesem Körper. Jason DeLoessian fuhr entsetzt auf –

3

– und Jack Sawyer saß aufrecht in dem kalten, fremden Bett in einer Absteige in Decatur, Illinois; im trüben gelben Licht der Straßenlaternen sah er seinen Atem so körperlich im Raum stehen, als käme er aus zwei Mündern. Er konnte einen Aufschrei nur unterdrücken, indem er seine Hände, seine eigenen Hände, so fest zusammenpreßte, daß er eine Walnuß hätte knacken können. Eine weitere weiße Atemwolke entströmte seinen Lungen.

Richard.

Wolf, der über diese tote Welt rannte und rief – was? *Jason*.

Das Herz des Jungen tat einen kurzen, entschlossenen Sprung – mit der Energie eines Pferdes, das über einen Zaun setzt.

Neunundzwanzigstes Kapitel

Richard in Thayer

1

Um elf Uhr am nächsten Vormittag setzte ein erschöpfter Jack Sawyer am Rande eines langen, mit steifem, braunem, totem Gras bedeckten Sportfeldes seinen Rucksack ab. Weit hinten arbeiteten zwei Männer in karierten Jacken und Baseballkappen mit Laubsauger und Harke auf einem Rasenstreifen, der die am weitesten von Jack entfernte Gruppe von Gebäuden umgab. Zu seiner Linken, gleich hinter der ziegelsteinroten Rückfront der Bibliothek von Thayer, lag der Lehrerparkplatz. Vor der Thayer School führte ein großes Tor auf eine von Bäumen gesäumte Auffahrt, die einen großen, von schmalen Pfaden durchzogenen rechteckigen Innenhof umgab. Wenn irgendetwas auf dem Schulgelände ins Auge stach, dann war es die Bibliothek – ein Bauhaus-Dampfer aus Glas, Stahl und Ziegelsteinen.

Jack hatte bereits festgestellt, daß vor der Bibliothek ein weiteres Tor auf eine andere Straße führte, die sich über zwei Drittel der Länge des Schulgeländes erstreckte und bei den in einem Rondeel aufgestellten Müllcontainern endete; dahinter stieg das Land zu einem Plateau an, auf dem der Footballplatz lag.

Jack bewegte sich am Rande des Sportfeldes entlang auf die Rückseite der Schulgebäude zu. Wenn sich die Thayer-Schüler in den Speisesaal begaben, konnte er sich auf die Suche nach Richards Zimmer machen – Nelson House, Eingang 5.

Das trockene Wintergras knisterte unter seinen Füßen. Jack zog Myles P. Kigers Mantel eng um sich. Der Mantel zumindest sah standesgemäß aus, was man von Jack kaum behaupten konnte. Er wanderte zwischen Thayer Hall und einem Wohngebäude mit Namen Spence House auf den rechteckigen Hof zu. Durch die Fenster von Spence House drangen müßige Spätvormittagsstimmen.

Jack blickte zum Hof und sah einen ältlichen Mann, leicht gebeugt und aus grünlicher Bronze, der auf einem Podest von der Höhe einer Hobelbank stand und den Umschlag eines schweren Buches betrachtete. Elder Thayer, vermutete Jack. Er trug den steifen Kragen, die weich fließende Krawatte und den Gehrock eines Neuengland-Transzendentalisten. Elder Thayers über das Buch geneigter Bronzekopf wies ungefähr in die Richtung der Unterrichtsgebäude.

Am Ende des Pfades bog Jack nach rechts ab. Plötzlich drang Lärm aus einem Fenster über ihm – Jungen skandierten die Silben eines Namens, der wie »Etheridge! Etheridge!« klang. Dann ein Getöse aus wortlosen Schreien und Rufen, begleitet vom Scharren schwerer Möbelstücke über einen Holzfußboden. »*Etheridge!*«

Jack hörte hinter seinem Rücken eine Tür ins Schloß fallen, und als er über die Schulter blickte, sah er einen hochgewachsenen Jungen mit schmutzigblondem Haar, der die Eingangsstufen von Spence House herabsprang. Er trug ein Sportjackett aus Tweed und eine Krawatte und ein Paar L. L. Bean Maine-Jagdschuhe. Vor der Kälte schützte ihn nur ein langer gelbblauer Schal, den er mehrmals um den Hals geschlungen hatte. Sein langes Gesicht wirkte gleichzeitig erschöpft und arrogant; im Augenblick war es das Gesicht eines Seniors in selbstgerechter Empörung. Jack zog die Kapuze des Lodenmantels über den Kopf und ging weiter den Pfad entlang.

»Keiner rührt sich von der Stelle!« rief der hochgewachsene Junge zu dem geschlossenen Fenster hinauf. »Ihr Anfänger bleibt gefälligst, wo ihr seid!«

Jack bewegte sich auf das nächste Gebäude zu.

»Ihr schiebt die Stühle herum!« schrie der hochgewachsene Junge hinter ihm. »Ich höre es. LASST DAS!« Dann hörte Jack, wie der wütende Senior ihn anrief.

Jack fuhr herum, mit wild klopfendem Herzen.

»Scher dich ins Nelson House, wer du auch bist, und zwar sofort, im Geschwindschritt, dalli-dalli. Sonst melde ich dich deinem Hausmaster.«

»Ja, Sir«, sagte Jack und machte schleunigst kehrt, um sich in die von dem Präfekten angedeutete Richtung zu bewegen.

»*Du bist mindestens sieben Minuten zu spät dran!*« brüllte Etheridge ihn an, und Jack fiel in Trab. »*Im Geschwindschritt, habe ich gesagt!*« Jack wechselte von Trab zu schnellem Lauf.

Als sein Weg bergab führte (er hoffte, daß es der richtige Weg war, zumindest war es die Richtung, in die Etheridge allem Anschein nach geblickt hatte), sah er, wie ein langer schwarzer Wagen – eine Limousine – gerade das Haupttor passierte und die lange Auffahrt zum Innenhof heraufglitt. Ihm kam der Gedanke, daß es sich bei demjenigen, der hinter den getönten Scheiben dieser Limousine saß, vermutlich nicht um eine so gewöhnliche Person wie den Vater oder die Mutter eines Schülers handelte.

Der lange schwarze Wagen schob sich vorwärts, aufreizend langsam.

Nein, dachte Jack. Ich sehe Gespenster.

Dennoch konnte er sich nicht rühren. Jack beobachtete, wie die Limousine am Rand des Hofes mit laufendem Motor zum Stehen kam. Ein schwarzer Chauffeur mit den Schultern eines Football-Verteidigers stieg aus und öffnete die hintere Tür. Ein alter, weißhaariger Mann, ein Fremder, stieg mühsam aus dem Fond des Wagens. Er trug einen schwarzen Mantel, der ein makellos weißes Hemd und eine einfarbig dunkle Krawatte sehen ließ. Der Mann nickte dem Chauffeur zu und bewegte sich langsam über den Hof auf das Hauptgebäude zu, ohne auch nur einen Blick in Jacks Richtung zu werfen. Der Chauffeur reckte bedächtig den Hals und blickte himmelwärts, als erwartete er, daß es gleich zu schneien anfinge. Jack trat ein paar Schritte zurück und beobachtete, wie der alte Mann die Stufen von Thayer Hall hinaufschritt. Der Chauffeur setzte seine eingehende Himmelsbetrachtung fort. Jack wich rückwärts auf dem Pfad zurück, bis ihn die Seitenfront des Gebäudes deckte; dann drehte er sich um und ging schnell weiter.

Nelson House war ein zweistöckiges Ziegelgebäude an der anderen Seite des Innenhofes. Zwei Fenster im Erdgeschloß zeigten ihm ein Dutzend Senioren, die ihre Privilegien genossen: sie lasen auf Couches hingestreckt, spielten gelangweilt Karten an einem niedrigen Tisch; andere blickten müßig auf etwas, bei dem es sich um ein Fernsehgerät handeln mochte, das unterhalb des Fensters stand.

Etwas weiter den Hügel hinauf schlug eine unsichtbare Tür zu, und Jack erhaschte einen Blick auf Etheridge, den hochgewachsenen blonden Senior, der in sein eigenes Haus zurückkehrte, nachdem er die Erstsemester für ihre Verbrechen zur Rechenschaft gezogen hatte.

Jack ging an der Front des Gebäudes entlang, und als er um die Ecke bog, fuhr ihm ein kalter Wind ins Gesicht. Gleich hinter der Ecke war eine schmale Tür und eine Tafel, eine weiße Holztafel mit schwarzen Kursivbuchstaben. Sie trug die Aufschrift EINGANG 5. Eine Reihe von Fenstern streckte sich bis zur nächsten Ecke.

Und hier, am dritten Fenster – Erleichterung. Denn hier saß Richard Sloat, die Bügel seiner Brille fest hinter den Ohren, die Krawatte korrekt geknotet, nur die Hände ein wenig tintenfleckig, gerade aufgerichtet an seinem Schreibtisch und las in einem dicken Buch, als hinge sein Leben davon ab. Er saß halb abgewandt von Jack, so daß dieser Zeit hatte, Richards geliebtes, vertrautes Profil in sich aufzunehmen, bevor er ans Fenster klopfte.

Richards Kopf fuhr vom Buch hoch. Er sah sich nervös um, erschreckt und überrascht von dem unerwarteten Geräusch.

»Richard«, sagte Jack leise und wurde mit dem Anblick des erstaunten Gesichtes seines Freundes belohnt. Richard war so fassungslos, daß er fast schwachsinnig wirkte.

»Mach das Fenster auf«, sagte Jack; er formulierte die Worte übertrieben sorgfältig, damit sein Freund sie ihm von den Lippen ablesen konnte. Richard erhob sich vom Schreibtisch, noch immer mit der Langsamkeit eines Menschen unter Schock. Jack deutete pantomimisch das Hochschieben des Fensters an. Als Richard am Fenster stand, legte er die Hände auf den Rahmen und musterte Jack einen Augenblick lang. Sein kurzer, kritischer Blick war zugleich eine Verurteilung von Jacks schmutzigem Gesicht und seinem strähnigen, ungewaschenen Haar, seiner unorthodoxen Ankunft und noch vielem mehr. *Was in aller Welt hast du nun wieder ausgeheckt?* Endlich schob er das Fenster hoch.

»Nun?« sagte Richard. »Die meisten Leute benutzen die Tür.«

»Sicher«, sagte Jack, fast lachend. »Wenn ich so wäre wie die meisten Leute, täte ich das wahrscheinlich auch. Tritt zurück, ja?«

Richard, der aussah, als hätte man ihn bei einer Unachtsamkeit ertappt, wich ein paar Schritte zurück.

Jack schwang sich auf die Fensterbank und glitt mit dem Kopf voran durchs Fenster. »Uff!«

»Okay, hi«, sagte Richard. »Ich glaube, ich freue mich sogar, dich zu sehen. Aber ich muß bald zum Lunch. Du könntest inzwischen duschen, denke ich. Die anderen sind drüben im Speisesaal.« Er brach ab, als wäre er verblüfft, weil er so viel geredet hatte.

Mit Richard, begriff Jack, mußte er behutsam umgehen. »Könntest du mir etwas zu essen mitbringen? Ich bin am Verhungern.«

»Großartig«, sagte Richard. »Erst machst du alle Welt, meinen Vater eingeschlossen, halb verrückt, indem du davonläufst, dann kommst du hier herein wie ein Einbrecher, und nun soll ich auch noch Essen für dich stehlen. Phantastisch. Ganz grandios.«

»Es gibt vieles, worüber wir reden müssen«, sagte Jack.

»*Wenn*«, sagte Richard, wobei er sich mit den Händen in den Taschen leicht vorbeugte, »*wenn* du dich noch heute auf den Heimweg nach New Hampshire machst, oder *wenn* du mich meinen Dad anrufen läßt, damit er kommt und dich heimbringt, dann versuche ich, ein bißchen Essen für dich zu ergattern.«

»Ich bin bereit, über alles mit dir zu reden, Richie-boy. Über alles und jedes. Auch über meine Rückkehr.«

Richard nickte. »Wo in aller Welt hast du überhaupt gesteckt?« Seine Augen brannten hinter den dicken Brillengläsern. Dann ein heftiges, überraschendes Blinzeln. »Und *wie* in aller Welt kannst du verantworten, wie ihr, du und deine Mutter, meinen Vater behandelt? Ach,

Scheiße, Jack. Ich finde, du solltest wirklich zurückkehren in dieses Nest in New Hampshire.«
»Ich kehre dorthin zurück«, sagte Jack. »Das verspreche ich dir. Aber vorher muß ich noch etwas besorgen. Kann ich mich hier irgendwo hinsetzen? Ich bin todmüde.«
Richard deutete mit einem Nicken auf sein Bett, dann wies er – typisch für ihn – mit der Hand auf den Schreibtischstuhl, der näher stand.
Auf dem Flur wurden Türen zugeschlagen. Laute Stimmen passierten Richards Tür, viele Schritte tappten vorüber.
»Hast du etwas über das Sunlight-Heim gelesen?« fragte Jack. »Ich war dort. Zwei meiner Freunde sind im Sunlight-Heim gestorben; der zweite, ob du's glaubst oder nicht, Richard, war ein Werwolf.«
Richards Züge wurden hart. »Nun, das ist ein erstaunlicher Zufall, weil nämlich . . .«
»Ich war wirklich im Sunlight-Heim, Richard.«
»Ich habe verstanden«, sagte Richard. »Okay. Ich komme in ungefähr einer halben Stunde mit etwas Eßbarem zurück. Dann erzähl ich dir auch, wer nebenan wohnt. Aber das ist doch Seabrook Island-Kram, nicht wahr? Sag die Wahrheit.«
»Ja, das kann schon sein.« Jack ließ Myles P. Kigers Mantel von seinen Schultern gleiten und auf die Stuhllehne rutschen.
»Ich bin bald wieder da«, sagte Richard. Auf dem Weg zur Tür winkte er Jack unsicher zu.
Jack streifte die Schuhe ab und schloß die Augen.

3

Die Unterhaltung, auf die Richard mit »Seabrook Island-Kram« angespielt hatte und an die Jack sich ebensogut erinnerte wie sein Freund, hatte gegen Ende ihres letzten Aufenthalts auf dieser Insel stattgefunden.
Solange Phil Sawyer lebte, hatten die beiden Familien fast alljährlich gemeinsam Ferien gemacht. Im Sommer nach seinem Tod hatten Morgan Sloat und Lily Sawyer versucht, die Tradition aufrechtzuerhalten. Sie waren in dem großen alten Hotel auf Seabrook Island in South Carolina abgestiegen, in dem sie einige ihrer glücklichsten Sommer verbracht hatten. Doch das Experiment war mißglückt.
Die Jungen waren gewöhnt, ihre Zeit miteinander zu verbringen. Sie waren auch an Orte wie Seabrook Island gewöhnt. Richard Sloat und Jack Sawyer waren während ihrer ganzen Kindheit von einem Ferienhotel, von einem langen, sonnigen Strand zum andern gestromert – doch jetzt hatte sich das Klima auf unerklärliche Weise geändert. Eine uner-

wartete Ernsthaftigkeit war in ihr Leben eingedrungen, eine gewisse Verlegenheit.

Phil Sawyers Tod hatte die Farben der Zukunft verändert. In jenem letzten Sommer auf Seabrook Island kam in Jack das Gefühl auf, daß ihm vielleicht nichts daran lag, auf dem Stuhl hinter dem Schreibtisch seines Vaters zu sitzen – daß er von seinem Leben mehr erwartete. Mehr wovon? Er wußte – und das war eines der wenigen Dinge, die er wirklich wußte –, daß dieses gebieterische »Mehr« mit den Tagträumen zusammenhing. Als er begonnen hatte, das zu begreifen, wurde ihm noch etwas anderes klar: sein Freund Richard war nicht nur außerstande, dieses Verlangen nach »Mehr« zu empfinden, sondern wollte gerade das Gegenteil. Richard wollte weniger. Richard wollte nichts, das er nicht respektieren konnte.

Jack und Richard waren in den gemächlichen Stunden, aus denen sich in guten Ferienhotels die Zeitspanne zwischen Lunch und Cocktails zusammensetzt, allein losgezogen. Sie waren nicht weit gegangen – nur die Flanke eines mit Kiefern bestandenen Hügels hinauf, der hinter dem Hotel anstieg. Unterhalb von ihnen funkelte das Wasser des riesigen, rechteckigen Swimmingpools, in dem Lily Cavanaugh Sawyer geschmeidig und kraftvoll eine Bahn nach der anderen schwamm. An einem der Tische in der Nähe des Beckens saß Richards Vater, in einen fülligen, flauschigen Frotteemantel gehüllt, Badesandalen an den weißen Füßen; er verzehrte ein Club-Sandwich und beschäftigte sich gleichzeitig mit dem Telefon in seiner anderen Hand.

»Ist es das, was du tun möchtest?« fragte er Richard, der ordentlich dasaß, während er sich ausgestreckt hatte, und – kaum überraschend – ein Buch in der Hand hielt. *Das Leben von Thomas Edison.*

»Was ich tun möchte? Wenn ich erwachsen bin, meinst du?« Richard schien von der Frage ein wenig aus der Fassung gebracht. »Wahrscheinlich ist es ganz nett. Ich weiß nicht, ob ich es möchte oder nicht.«

»Weißt du schon, was du willst, Richard? Du sagst immer, du wolltest Chemieforscher werden«, sagte Jack. »Warum sagst du das? Was bedeutet es?«

»Es bedeutet, daß ich Chemieforscher werden möchte.« Richard lächelte.

»Du weißt genau, was ich meine. Welchen *Sinn* hat es, Chemieforscher zu sein? Glaubst du, daß es Spaß machen wird? Glaubst du, daß du Krebs heilen und eine Million Menschenleben retten kannst?«

Richard betrachtete ihn ganz offen, und die Brille, die er seit ungefähr vier Monaten trug, vergrößerte seine Augen. »Nein, ich glaube nicht, daß ich je Krebs heilen werde. Aber darum geht es nicht. Der Sinn der Sache ist, herauszufinden, wie die Dinge funktionieren. Der Sinn liegt darin, daß in Wirklichkeit alles in einer festen Ordnung abläuft, wenn es auch nicht den Anschein hat, und daß man das herausfinden kann.«

»Ordnung.«

»Ja. Und das ist kein Grund zum Lächeln.«

Jack lächelte noch breiter. »Wahrscheinlich wirst du mich für verrückt halten. Ich möchte etwas finden, das all dies – all dieses reiche Volk, das hinter Golfbällen herjagt und in Telefone brüllt –, das all dies erbärmlich aussehen läßt.«

»Es sieht ohnehin schon erbärmlich aus«, sagte Richard ernsthaft.

»Denkst du nicht manchmal, daß mehr zum Leben gehört als Ordnung?« Er warf einen Blick auf Richards unschuldiges, skeptisches Gesicht. »Willst du nicht auch ein bißchen Magie, Richard?«

»Weißt du, manchmal glaube ich, was du willst, ist das Chaos«, sagte Richard. »Ich glaube, du willst mich auf den Arm nehmen. Wenn du Magie willst, dann zerstörst du alles, woran ich glaube. Im Grunde zerstörst du die Realität.«

»Vielleicht gibt es nicht nur *eine* Realität.«

»Sicher, in *Alice im Wunderland* vielleicht.« Richard verlor die Beherrschung.

Er stapfte durch die Kiefern davon, und Jack begriff zum ersten Mal, daß dieses Gespräch, das von seiner Einstellung zu den Tagträumen ausgegangen war, seinen Freund wütend gemacht hatte. Jacks längere Beine brachten ihn Sekunden später an Richards Seite. »Ich will dich nicht auf den Arm nehmen«, sagte er. »Im Grunde wollte ich nur wissen, warum du immer sagst, daß du Chemieforscher werden willst.«

Richard blieb stehen und musterte Jack nüchtern.

»Hör auf, mich mit solchem Gerede verrückt zu machen«, sagte Richard. »Das ist doch nur Seabrook Island-Kram. Zu den sechs oder sieben vernünftigen Leuten in Amerika zu gehören, ist schon schwierig genug, auch ohne daß mein bester Freund durchdreht.«

Von diesem Tage an scheute Richard Sloat jedesmal zurück, wenn Jack irgendetwas Phantastisches andeutete, und tat es als »Seabrook Island-Kram« ab.

4

Als Richard aus dem Speisesaal zurückkam, betrachtete Jack, frisch geduscht und mit naß am Kopf klebendem Haar müßig die Bücher auf Richards Schreibtisch, und als Richard mit einer fettfleckigen Papierserviette, die ganz offensichtlich um eine beachtliche Menge Verpflegung gewickelt war, durch die Tür trat, fragte er sich, ob die bevorstehende Unterhaltung einfacher sein würde, wenn die Bücher auf dem Schreibtisch nicht *Organische Chemie* und *Mathematische Puzzles* gewesen wären, sondern *Der Herr der Ringe* und *Unten am Fluß*.

»Was gab's zum Lunch?«

»Du hast Glück gehabt. Hähnchen auf Südstaatenart – unter dem, was wir hier kriegen, eines der wenigen Gerichte, bei denen einem das Tier nicht leid tut, das sterben mußte, um Teil der Nahrungskette zu werden.« Er reichte Jack die fettige Serviette. Vier große, goldbraun gebratene Hähnchenkeulen verbreiteten einen fast unglaublich guten Duft. Jack stürzte sich darauf.

»Seit wann ißt du wie ein Scheunendrescher?« Richard schob die Brille auf der Nase hoch und setzte sich auf sein schmales Bett. Unter seinem Tweedjackett trug er einen braungemusterten Pullover mit V-Ausschnitt, die Unterkante im Hosenbund.

Einen unbehaglichen Moment lang fragte sich Jack, ob es wirklich möglich war, mit jemandem, der so zugeknöpft war, daß er sogar seinen Pullover unter den Gürtel stopfte, über die Region zu sprechen.

»Ich habe gestern um die Mittagszeit das letzte Mal gegessen«, sagte er sanft. »Ich bin ein bißchen hungrig, Richard. Danke, daß du mir etwas mitgebracht hast. Es ist phantastisch. Das beste Hähnchen, das ich je gegessen habe. Mächtig anständig vor dir, daß du deswegen einen Hinauswurf riskierst.«

»Du glaubst wohl, das wäre ein Witz?« Richard zerrte stirnrunzelnd an seinem Pullover. »Wenn dich jemand hier findet, fliege ich vermutlich tatsächlich hinaus. Also mach darüber keine Witze. Wir müssen überlegen, wie wir dich nach New Hampshire zurückbringen.«

Danach ein Augenblick Schweigen: ein abschätzender Blick von Jack, ein ernster Blick von Richard.

»Ich weiß, daß ich dir erklären muß, was ich vorhabe, Richard«, sagte Jack, den Mund voll Hähnchenfleisch, »und glaube mir, es wird nicht einfach sein.«

»Du siehst irgendwie anders aus«, sagte Richard. »Du wirkst – älter. Aber das ist nicht alles. Du hast dich verändert.«

»Ich weiß, daß ich mich verändert habe. Du hättest dich auch verändert, wenn du seit September mit mir unterwegs gewesen wärst.« Jack lächelte, betrachtete den stirnrunzelnden Richard in seiner korrekten Kleidung und wußte, daß er es nie fertigbringen würde, Richard über seinen Vater aufzuklären. Er war dazu einfach nicht fähig. Wenn der Lauf der Dinge es mit sich brachte, dann sollte es eben sein; aber er selbst hatte nicht das Herz für diese spezielle Enthüllung.

Sein Freund fuhr fort, Jack stirnrunzelnd zu mustern; offensichtlich wartete er auf den Anfang seiner Geschichte.

Vielleicht um den Augenblick hinauszuschieben, in dem er versuchen mußte, Richard den Vernünftigen vom Unglaublichen zu überzeugen, fragte Jack: »Geht der Junge im Nebenzimmer von der Schule ab? Ich sah seine Koffer auf dem Bett liegen.«

»Ja, das ist interessant«, sagte Richard. »Ich meine, interessant im

Zusammenhang mit dem, was du sagtest. Er geht tatsächlich ab – er ist sogar schon fort. Wahrscheinlich kommt später jemand, um seine Sachen abzuholen. Gott weiß, was für einen phantastischen Reim du dir darauf machen wirst, aber der Junge nebenan war Reuel Gardener. Der Sohn dieses Predigers, der das Heim leitete, aus dem du angeblich entkommen bist.« Richard ignorierte Jacks plötzlichen Hustenanfall.

»Ich glaube, man kann Reuel beim besten Willen nicht als den gewöhnlichen Jungen von nebenan bezeichnen, und wahrscheinlich bedauert hier niemand seinen Abgang. Als die Geschichte über die Jungen, die im Heim seines Vaters gestorben waren, in den Zeitungen stand, bekam er ein Telegramm mit der Anweisung, Thayer zu verlassen.«

Jack war es gelungen, den Brocken Fleisch hinunterzuschlucken, der ihm beinah im Halse steckengeblieben wäre. »Sunlight Gardeners Sohn? Dieser Kerl hat einen Sohn? Und er war *hier*?«

»Er kam zu Beginn des Schuljahrs«, sagte Richard. »Das war es, was ich dir vorhin schon zu erzählen versuchte.«

Plötzlich fühlte sich Jack von der Thayer School auf eine Art bedroht, die außerhalb von Richards Begriffsvermögen lag. »Was war er für ein Junge?«

»Ein Sadist«, sagte Richard. »Manchmal habe ich wirklich merkwürdige Geräusche aus Reuels Zimmer gehört. Und einmal sah ich hinten auf dem Müllcontainer eine Katze, die keine Augen und Ohren mehr hatte. Wenn man ihn sah, konnte man sich gut vorstellen, daß er imstande war, eine Katze zu foltern. Außerdem roch er ungefähr so wie ranziges Leder.« Richard verstummte für einen genau kalkulierten Augenblick und fragte dann: »Warst du wirklich in diesem Sunlight-Heim?«

»Gut zwei Wochen. Und es war die Hölle oder etwas, was nicht weit davon entfernt ist.« Er atmete tief ein und warf einen Blick auf Richards kritisches, aber jetzt zumindest halb überzeugtes Gesicht. »Ich weiß, daß das ein harter Brocken für dich ist, Richard, aber der Junge, der bei mir war, war ein Werwolf. Und wenn er nicht bei dem Versuch, mir das Leben zu retten, getötet worden wäre, hätte ich ihn mitgebracht.«

»Ein Werwolf. Haare auf den Handflächen. Verwandelt sich bei Vollmond in ein blutrünstiges Ungeheuer.« Richards Blick wanderte nachdenklich durch das kleine Zimmer.

Jack wartete, bis Richards Blick zu ihm zurückgekehrt war. »Willst du wissen, was ich vorhabe? Soll ich dir erzählen, warum ich durchs ganze Land trampe?«

»Wenn du es nicht tust, schreie ich«, sagte Richard.

»Ja«, sagte Jack, »ich versuche, meiner Mutter das Leben zu retten.« Als er diesen Satz aussprach, schien er ihn mit wundersamer Klarheit zu erfüllen.

»Wie zum Teufel willst du das anstellen?« fuhr Richard auf. »Deine

Mutter hat vermutlich Krebs. Wie mein Vater euch klarzumachen versucht hat, braucht sie Ärzte und Wissenschaft – und du gehst auf Wanderschaft? Womit willst du deine Mutter retten? Mit Magie?« Jacks Augen begannen zu brennen. »Du hast's erfaßt, Richard.« Er hob einen Arm und drückte seine feuchten Augen in den Stoff in der Ellenbeuge.

»Komm schon, beruhige dich . . .« sagte Richard und zupfte nervös an seinem Pullover. »Nicht weinen, Jack, bitte, ich weiß, es ist furchtbar, ich wollte ja nicht – es war ja nur . . .« Richard hatte sofort und lautlos das Zimmer durchquert und klopfte Jack verlegen auf Arm und Schulter. »Ich bin okay«, sagte Jack. Er senkte den Arm. »Es ist kein verrücktes Hirngespinst, Richard, wenn es dir auch so vorkommt.« Er richtete sich auf. »Mein Vater nannte mich Travelling Jack, und das gleiche tat ein alter Mann in Arcadia Beach.« Jack hoffte, daß Richards Mitgefühl tatsächlich innere Türen öffnete; als er Richards Gesicht betrachtete, sah er, daß es so war. Sein Freund wirkte besorgt, teilnahmsvoll, unerschütterlich.

Und Jack fing an, seine Geschichte zu erzählen.

5

Um die beiden Jungen herum nahm das Leben in Nelson House seinen Fortgang, wie in allen Internaten ruhig und lärmend zugleich, akzentuiert durch Rufe, Getöse und Gelächter. Schritte passierten die Tür, hielten aber nicht an. Aus dem Zimmer über ihnen kam ein regelmäßiges Stampfen und gelegentliche Melodiefetzen, an denen Jack schließlich eine Platte von Blue Oyster Cult erkannte. Er begann damit, Richard von den Tagträumen zu erzählen. Von den Tagträumen ging er zu Speedy Parker über. Er beschrieb die Stimme, die aus dem wirbelnden Sandtrichter zu ihm gesprochen hatte. Und dann erzählte er Richard, wie er Speedys »Zaubersaft« getrunken hatte und das erste Mal in die Region geflippt war.

»Aber ich glaube, es war nur billiger Wein, Pennerwein«, sagte Jack. »Später, als er alle war, stellte sich heraus, daß ich ihn gar nicht brauchte. Ich konnte aus eigener Kraft flippen.«

»Okay«, sagte Richard unverbindlich.

Er versuchte, Richard einen anschaulichen Eindruck von der Region zu vermitteln: der Karrenweg, der Anblick des Sommerpalastes, ihre Zeitlosigkeit und Besonderheit. Hauptmann Farren; die sterbende Königin, die ihn auf das Thema der Twinner brachte; Osmond. Die Szene im Dorf All-Hands; die Grenzlandstraße, die gleichzeitig die Weststraße war. Er zeigte Richard seine kleine Kollektion magischer Gegenstände, das Gitarren-Plektron, die Murmel und die Münze. Richard drehte sie lediglich in den Fingern und gab sie dann kommentarlos zurück. Dann durchlebte Jack noch einmal die furchtbare Zeit im Oatley Tap. Richard hörte sich Jacks Bericht über Oatley schweigend, aber mit weit aufgerissenen Augen an.

Als er von der Szene am Rastplatz von Lewisburg an der Interstate 70 im Westen von Ohio erzählte, vermied er sorgfältig jede Erwähnung von Morgan Sloat und Morgan von Orris.

Dann mußte Jack Wolf so beschreiben, wie er ihm zum ersten Mal begegnet war, ein Riese in einem Oshkosh-Latzoverall, und er spürte, wie sich seine Augen wieder mit Tränen füllten. Er berichtete, wie er versucht hatte, Wolf in Autos hineinzubekommen, und gestand seine Ungeduld mit seinem Gefährten; er kämpfte gegen die Tränen an, eine Weile erfolgreich; er schaffte es, die Geschichte von Wolfs Verwandlung ohne Tränen oder einen Klumpen im Hals zu erzählen. Dann hatte er wieder Probleme. Seine Wut erlaubte ihm, frei zu reden, bis er zu Ferd Janklow kam; da begannen seine Augen wieder zu brennen.

Richard schwieg lange. Dann stand er auf und holte ein sauberes Taschentuch aus einer Kommodenschublade. Jack putzte sich geräuschvoll die Nase.

»Das war's«, sagte Jack. »Jedenfalls das meiste von dem, was passiert ist.«

»Was hast du gelesen? Was für Filme hast du gesehen?«

»Scheißkerl«, sagte Jack. Er stand auf und durchquerte das Zimmer, um seinen Rucksack zu holen, aber Richard streckte schnell den Arm aus und legte seine Finger um Jacks Handgelenk. »Ich glaube nicht, daß du dir das alles ausgedacht hast. Ich glaube nicht einmal, daß du dir irgend etwas davon ausgedacht hast.«

»Wirklich nicht?«

»Nein. Ich weiß nicht, was ich von alledem halten soll, aber ich bin sicher, daß du mir nichts vorlügst.« Er ließ seine Hand sinken. »Ich glaube dir, daß du im Sunlight-Heim warst. Und ich glaube dir auch, daß du einen Freund namens Wolf hattest, der dort starb. Aber so leid es mir tut – ich kann die Region nicht ernstnehmen, und ich kann nicht glauben, daß dein Freund ein Werwolf war.«

»Du hältst mich also für übergeschnappt«, sagte Jack.

»Ich glaube, daß du Probleme hast. Aber ich werde meinen Vater nicht anrufen, und ich setze dich auch nicht gleich wieder vor die Tür. Heute nacht wirst du erstmal in diesem Bett hier schlafen. Wenn Mr. Haywood seinen Kontrollgang macht und wir ihn kommen hören, versteckst du dich unter dem Bett.«

Richard hatte einen leicht befehlenden Ton angeschlagen; er stemmte die Hände auf die Hüften und sah sich kritisch im Zimmer um. »Du brauchst unbedingt ein bißchen Ruhe. Ich bin sicher, das ist eins deiner

Probleme. Du hast dich halb zu Tode arbeiten müssen in diesem furcht-
baren Haus und so viel durchgemacht, daß du nicht mehr geradeaus
denken kannst, und jetzt brauchst du Ruhe.«
»Ja, die brauche ich«, gab Jack zu.
Richard ließ seine Augen aufwärts rollen. »Ich muß gleich zum
Hallen-Basketball, aber du kannst dich hier verstecken. Später bringe ich
dir aus dem Speisesaal noch etwas zu essen mit. Aber das Wichtigste ist,
daß du Ruhe brauchst, und daß du nach Hause zurückmußt.«
Jack sagte: »New Hampshire ist nicht zu Hause.«

Dreißigstes Kapitel

Thayer wird unheimlich

1

Durch das Fenster konnte Jack Jungen in Mänteln sehen, die sich unter der Kälte duckten und zwischen der Bibliothek und den anderen Schulgebäuden hin- und herliefen. Etheridge, der Senior, der Jack am Morgen angesprochen hatte, eilte mit flatterndem Schal vorbei. Richard holte ein Tweedjackett aus dem schmalen Kleiderschrank neben seinem Bett. »Ich finde nach wie vor, daß du nach New Hampshire zurückkehren solltest. Ich muß jetzt zum Basketball – wenn ich nicht erscheine, brummt mir Trainer Fraser zehn Strafrunden auf, sobald er zurück ist. Heute ist irgendein anderer Trainer da, und Fraser hat gesagt, er dreht uns durch die Mühle, wenn wir schwänzen. Brauchst du etwas Sauberes zum Anziehen? Ich habe zumindest ein Hemd, das dir passen dürfte – mein Vater hat es mir aus New York geschickt, und Brooks Brothers haben sich in der Größe geirrt.«

»Laß sehen«, sagte Jack. Seine Kleider waren eindeutig eine Schande, so steif vor Schmutz, daß Jack jedesmal, wenn es ihm auffiel, an Pigpen denken mußte, eine Figur aus den »Peanuts«, umgeben von Schmuddeligkeit und Mißbilligung. Richard gab ihm ein durchgeknöpftes weißes Hemd, das noch in der Plastikhülle steckte. »Großartig, danke«, sagte Jack. Er zog es aus der Hülle und begann, die Stecknadeln zu entfernen. Es würde beinahe passen.

»Da ist auch noch ein Jackett, das du anprobieren könntest«, sagte Richard. »Der Blazer, der ganz hinten im Schrank hängt. Probier ihn an, ja? Du kannst dir auch eine von meinen Krawatten nehmen. Nur für den Fall, daß jemand hereinkommt. Dann sagst du, du kämest von Saint Louis Country Day und wärst auf Zeitungsaustausch hier. Das passiert zwei- oder dreimal im Jahr – Jungen von dort kommen hierher, Jungen von hier fahren dorthin, um an der Zeitung der anderen Schule mitzuarbeiten.« Er ging zur Tür. »Ich komme vor dem Abendessen zurück und sehe nach, wie dir's geht.«

Innerhalb weniger Minuten wurde es im Nelson House völlig still. Von Richards Fenster aus sah Jack hinter den großen Fenstern der Bibliothek zwei Jungen an Schreibtischen sitzen. Niemand bewegte sich über die Pfade oder über das steife braune Gras. Eine durchdringende

Glocke markierte den Beginn des Nachmittagsunterrichts. Jack streckte die Arme aus und gähnte. Ein Gefühl der Sicherheit kehrte in ihn zurück – was ihn umgab, war eine Schule mit all ihren vertrauten Ritualen: Glocken, Unterrichtsstunden, Basketballtraining. Vielleicht war es möglich, einen weiteren Tag hier zu bleiben; vielleicht war es sogar möglich, von einem der Telefone in Nelson House aus seine Mutter anzurufen. Und bestimmt war es möglich, etwas Schlaf nachzuholen.

Jack ging an den Schrank und fand den Blazer dort, wo er nach Richards Angaben hängen sollte. An einem Ärmel hing noch das Preisschild; Sloat hatte ihn aus New York geschickt, aber Richard hatte ihn noch nie getragen. Wie das Hemd, war auch der Blazer für Jack eine Nummer zu klein und spannte über den Schultern; sonst war er füllig geschnitten und die Ärmel waren so lang, daß die weißen Manschetten des Hemdes einen Zentimeter weit herausragten.

Jack nahm eine Krawatte vom Haken an der Schranktür – rot mit einem Muster von blauen Ankern. Er legte sich die Krawatte um den Hals und knotete sie sorgsam. Dann musterte er sich im Spiegel und lachte laut heraus. Er betrachtete den eleganten neuen Blazer, die Klubkrawatte, das schneeweiße Hemd, seine ausgebeulten Jeans. Er hatte es geschafft. Er sah aus wie ein Schüler eines teuren Internats.

2

Richard war, wie Jack feststellte, ein Bewunderer von John McPhee und Lewis Thomas und Stephen Jay Gould geworden. Er wählte aus den Büchern in Richards Regal *Die Meduse und die Schnecke* aus, weil ihm der Titel gefiel, und kehrte zum Bett zurück.

Eine unvorstellbar lange Zeit verging, ohne daß Richard von seinem Basketballtraining zurückkehrte. Jack wanderte in dem kleinen Zimmer hin und her. Er konnte sich nicht vorstellen, weshalb Richard nicht in sein Zimmer zurückkam, aber seine Phantasie zeigte ihm ein Unheil nach dem anderen.

Nachdem Jack zum fünften oder sechsten Mal auf die Uhr geschaut hatte, fiel ihm auf, daß er keine Schüler auf dem Gelände sah.

Was immer mit Richard passiert sein mochte, war der ganzen Schule passiert.

Der Nachmittag starb. Auch Richard, dachte er, war tot. Vielleicht war die ganze Thayer School tot – und er selbst war von der Pest verseucht, trug den Tod mit sich herum. Er hatte außer den Hähnchenkeulen, die Richard ihm aus dem Speisesaal mitgebracht hatte, den ganzen Tag nichts gegessen, aber er war nicht hungrig. Er saß da und fühlte sich sterbenselend. Er bewirkte Unheil, wo immer er hinkam.

Dann waren auf dem Flur wieder Schritte zu hören. Aus dem Obergeschoß hörte Jack das dumpfe Dröhnen von Bässen, dann erkannte er, daß es sich wieder um eine Platte von Blue Oyster Cult handelte. Die Schritte hielten vor der Tür an. Jack eilte zur Tür. Richard stand auf der Schwelle. Zwei Jungen mit weizenblondem Haar und Krawatten auf Halbmast warfen einen Blick herein und gingen dann weiter den Flur entlang. Auf dem Flur war die Rockmusik viel deutlicher zu hören.

»Wo hast du nur den ganzen Nachmittag gesteckt?« fragte Jack.

»Ach, irgendetwas war komisch«, sagte Richard. »Der ganze Nachmittagsunterricht fiel aus. Aber Mr. Dufrey wollte nicht, daß wir in unsere Zimmer zurückkehrten. Stattdessen mußten wir alle zum Basketballtraining, und das war noch komischer.«

»Wer ist Mr. Dufrey?«

Richard sah ihn an, als wäre er gerade aus der Wiege gefallen. »Wer Mr. Dufrey ist? Er ist der Direktor. Weißt du denn überhaupt nichts über diese Schule?«

»Nein, aber ich bekomme allmählich eine Vorstellung«, sagte Jack. »Was war so komisch an eurem Training?«

»Erinnerst du dich, daß ich sagte, daß Trainer Frazer sich heute von einem Freund vertreten lassen wollte? Und weil er sagte, wir bekämen alle Strafrunden aufgebrummt, wenn wir schwänzten, nahm ich an, sein Freund wäre ein wirklich großes Tier. Thayer School hat im Sport nie eine überragende Rolle gespielt. Aber irgendwie hatte ich erwartet, der Neue wäre jemand ganz Besonderes.«

»Laß mich raten. Der Neue sah nicht so aus, als hätte er irgendetwas mit Sport zu tun.«

Richard hob verblüfft das Kinn. »Nein«, sagte er. »So sah er nicht aus.« Er warf Jack einen nachdenklichen Blick zu. »Er rauchte die ganze Zeit. Sein Haar war lang und regelrecht fettig – er sah nicht im mindesten aus wie ein Trainer. Um die Wahrheit zu sagen – er sah aus wie jemand, dem die meisten Trainer am liebsten einen Tritt in den Hintern verpassen würden. Sogar seine Augen sahen komisch aus. Ich wette, er rauchte Pot.« Richard zupfte an seinem Pullover. »Ich glaube, er hatte keine Ahnung von Basketball. Er ließ uns nicht einmal unsere Läufe proben – das tun wir gewöhnlich nach dem Aufwärmen. Wir rannten ein bißchen herum, machten Zielübungen am Korb, und er rief uns etwas zu. Und dabei lachte er, als wären Jungen, die Basketball spielten, das Lustigste, das er je in seinem Leben gesehen hatte. Ist dir schon einmal ein Trainer begegnet, der Sport lustig fand? Sogar das Aufwärmen war komisch. Er sagte nur, ›Okay, macht ein paar Liegestütze‹, und rauchte seine Zigarette. Kein Zählen, kein Rhythmus, jeder tat, was er wollte.

Und danach hieß es, ›Okay, lauft ein bißchen herum‹. Er sah irgendwie wüst aus. Ich glaube, ich werde mich morgen bei Trainer Frazer beschweren.«

»An deiner Stelle würde ich mich weder bei ihm noch beim Direktor beschweren«, sagte Jack.

»Ah, ich verstehe«, sagte Richard. »Mr. Dufrey ist einer von ihnen. Von den Leuten aus der Region.«

»Oder er arbeitet für sie.«

»Siehst du denn nicht, daß du *alles* in dieses Schema zwängen kannst? *Alles, was irgendwie schief läuft?* Das ist zu einfach – auf diese Weise kannst du alles erklären. Das ist ein Anzeichen von Überspanntheit. Du schaffst Zusammenhänge, die es nicht gibt.«

»Und siehst Dinge, die es nicht gibt.«

Richard zuckte die Achseln, und trotz der Sorglosigkeit seiner Geste wirkte sein Gesicht elend. »Du sagst es.«

»Moment mal«, sagte Jack. »Weißt du noch, daß ich dir von dem Gebäude erzählte, das in Angola, New York, zusammengestürzt ist?«

»Die Rainbird Towers.«

»Was für ein Gedächtnis! Ich glaube, an diesem Unglück war ich schuld.«

»Jack, du bist . . .«

Jack sagte: »Verrückt, ich weiß. Sag mal, würde jemand auf den Alarmknopf drücken, wenn ich hinausginge und mir die Abendnachrichten ansähe?«

»Wohl kaum. Die meisten Jungen sitzen jetzt sowieso an ihren Hausaufgaben. Warum?«

Weil ich wissen möchte, was um uns herum passiert, dachte Jack, sprach es aber nicht aus. *Hübsche Feuerchen, reizende kleine Erdbeben – Hinweise darauf, daß sie kommen. Daß sie es auf mich abgesehen haben. Auf uns.*

»Ich brauche Tapetenwechsel«, sagte Jack und folgte Richard durch den wäßriggrünen Flur.

Thayer geht zum Teufel

1

Jack spürte die Veränderung als erster und begriff, was geschehen war; es war bereits vorher geschehen, als Richard noch fort war, und er hatte ein Gefühl dafür. Das dumpfe Stampfen von Blue Oyster Cult und »Tattoo Vampire« hatte aufgehört. Das Fernsehen im Gemeinschaftsraum, aus dem anstelle der Nachrichten eine Folge von *Hogan's Heroes* zu hören gewesen war, war verstummt.

Richard drehte sich zu Jack um und öffnete den Mund, um etwas zu sagen.

»Das gefällt mir nicht, Gridley«, kam ihm Jack zuvor. »Die Buschtrommeln haben aufgehört. Es ist zu ruhig.«

»Ha-ha«, sagte Richard dünn.

»Richard, kann ich dich etwas fragen?«

»Ja, natürlich.«

»Hast du Angst?«

Richards Gesicht verriet, daß er sich nichts sehnlicher wünschte, als sagen zu können: *Nein, natürlich nicht – um diese Tageszeit ist es immer ruhig in Nelson House*. Leider war Richard völlig außerstande zu lügen. Der liebe alte Richard. Jack fühlte eine Welle von Zuneigung in sich aufsteigen.

»Ja«, sagte Richard, »ich habe ein bißchen Angst.«

»Kann ich dich noch etwas fragen?«

»Ich denke schon.«

»Warum flüstern wir beide?«

Richard betrachtete ihn lange Zeit, ohne etwas zu erwidern. Dann setzte er sich auf dem grünen Flur wieder in Bewegung.

Die Türen zu den anderen Zimmern standen entweder offen oder waren angelehnt. Jack stellte fest, daß ihm durch die halboffene Tür von Zimmer 4 ein sehr vertrauter Geruch entgegenschlug; er stieß die Tür mit spitzen Fingern vollends auf.

»Wer raucht hier Pot?« fragte Jack.

»Was?« erwiderte Richard fassungslos.

Jack schnüffelte hörbar. »Riechst du es nicht?«

Richard kam zurück und blickte in das Zimmer. Beide Leselampen waren eingeschaltet. Auf einem Schreibtisch lag ein aufgeschlagenes Geschichtsbuch, ein Buch über *Schwermetalle* auf dem anderen. Poster schmückten die Wände: die Costa del Sol, Sam und Frodo auf dem Weg über die schrundigen und rauchenden Ebenen von Mordor zu Saurons Burg, Eddie Van Halen. Aus Kopfhörern, die auf dem aufgeschlagenen Band *Schwermetalle* lagen, drang leise blecherne Musik.

»Wenn du schon einen Hinauswurf riskierst, indem du einen Freund unter deinem Bett schlafen läßt, dann werden sie dir für Potrauchen wohl nicht nur einen Klaps aufs Handgelenk geben, oder?« sagte Jack.

»Natürlich wird man dafür relegiert.« Richard betrachtete den Joint wie hypnotisiert, und Jack fand, daß er bestürzter und fassungsloser aussah als je zuvor, sogar bestürzter und fassungsloser als beim Anblick der abheilenden Brandwunden zwischen Jacks Fingern.

»Nelson House ist leer«, sagte Jack.

»Mach dich nicht lächerlich!« Richards Stimme war scharf.

»Es ist aber so.« Jack wies mit einer Handbewegung den Flur entlang. »Wir sind die einzigen, die übriggeblieben sind. Und du kannst an die dreißig Jungen nicht völlig lautlos aus einem Haus herausholen. Sie sind nicht einfach gegangen; sie sind verschwunden.«

»In die Region, nehme ich an.«

»Ich weiß es nicht«, sagte Jack. »Vielleicht sind sie noch hier, aber auf einer anderen Ebene. Vielleicht sind sie hier. Vielleicht sind sie in Cleveland. Aber wo wir sind, sind sie nicht.«

»Mach die Tür zu«, sagte Richard unvermittelt, und als Jack nicht schnell genug reagierte, schloß Richard sie selbst.

»Willst du den Joint . . . «

»Ich will ihn nicht einmal anrühren«, sagte Richard. »Ich sollte sie melden. Ich sollte sie beide Mr. Hayward melden.«

»Würdest du das tun?« fragte Jack fasziniert.

Richard blickte verdrossen drein. »Nein – wahrscheinlich nicht«, sagte er. »Aber es gefällt mir nicht.«

»Es ist nicht in Ordnung«, sagte Jack.

»Genau das.« Richards Augen blitzten hinter seinen Brillengläsern auf; sie besagten, daß Jack den Nagel auf den Kopf getroffen hatte, und daß er sich damit abfinden mußte, ob es ihm paßte oder nicht. Er trat wieder auf den Flur hinaus. »Ich will wissen, was hier vorgeht«, sagte er, »und glaub mir, ich werde es herausfinden.«

Das könnte deiner Gesundheit wesentlich abträglicher sein als Marihuana, Richie-boy, dachte Jack und folgte seinem Freund.

Sie standen im Gemeinschaftsraum und schauten hinaus. Richard deutete auf den rechteckigen Innenhof. Im letzten Tageslicht sah Jack eine Gruppe von Jungen, die sich um die grünliche Bronzestatue von Elder Thayer geschart hatten.

»Sie rauchen!« rief Richard empört. »Auf dem Hof *rauchen* sie!«

Jack dachte sofort an den Potgeruch auf Richards Flur.

»Ja, sie rauchen«, sagte er zu Richard, »aber nicht die Sorte Zigaretten, die man aus dem Automaten holt.«

Richard klopfte wütend an die Scheibe. Er hatte, das erkannte Jack, den gespenstisch verlassenen Schlaftrakt vergessen; hatte den kettenrauchenden Ersatztrainer vergessen; hatte Jacks vermeintliche Geistesgestörtheit vergessen. Auf seinem Gesicht lag ein Ausdruck empörter Rechtschaffenheit, der besagte: *Wenn ein Haufen Jungen so herumsteht und direkt unter der Statue des Gründers dieser Schule Joints raucht, dann ist das ungefähr so, als wollte mir jemand einreden, die Erde wäre eine Scheibe oder Primzahlen wären gelegentlich durch zwei teilbar oder sonst etwas nicht minder Absurdes.*

Jacks Herz war voll von Mitleid für seinen Freund, aber es war auch voll von Bewunderung für eine Einstellung, die seinen Schulkameraden so reaktionär und sogar exzentrisch vorkommen mußte. Wieder fragte er sich, ob Richard die Schocks ertragen konnte, die ihm vielleicht bevorstanden.

»Richard«, sagte er, »diese Jungen gehören doch nicht zu Thayer, oder?«

»Gott, du hast wirklich den Verstand verloren, Jack. Es sind Senioren. Der Bursche mit der verrückten ledernen Fliegermütze ist Norrington. Der mit der grünen Trainingshose ist Buckley. Ich sehe Garson – Littlefield – und der mit dem Schal ist Etheridge«, schloß er.

»Bist du *sicher*, daß es Etheridge ist?«

»*Natürlich ist er es!*« brüllte Richard. Plötzlich löste er die Verriegelung des Fensters, schob es hoch und beugte sich hinaus in die kalte Luft.

Jack zog Richard zurück. »Richard, bitte, hör zu...«

Richard wollte nicht. Er drehte sich um und beugte sich wieder hinaus in das kalte Zwielicht.

»*He!*«

Nein, mach sie nicht auf uns aufmerksam, Richard, um Gottes willen...

»He, Leute! Etheridge! Norrington! Littlefield! Was zum Teufel geht da draußen vor?«

Die Unterhaltung und das rohe Gelächter brachen ab. Der Bursche, der Etheridges Schal trug, drehte sich in die Richtung, aus der Richards Stimme kam. Dabei legte er den Kopf ein wenig schief, um zu ihnen heraufzusehen. Das Licht aus der Bibliothek und der trübe Widerschein des winterlichen Sonnenuntergangs fielen auf sein Gesicht. Richards Hände flogen vor seinen Mund.

Die rechte Hälfte des Gesichts hatte tatsächlich eine gewisse Ähnlichkeit mit dem von Etheridge – einem älteren Etheridge, der eine Menge Orte aufgesucht hatte, die brave Internatsschüler nicht aufsuchen, und eine Menge Dinge getan hatte, die brave Internatsschüler nicht tun. Die andere Hälfte war eine zerklüftete Masse von Narben. Ein glitzernder Bogen, der einmal ein Auge gewesen sein mochte, blinzelte aus einem Krater in der klumpigen Fleischmasse unter der Stirn. Er glich einer Murmel, die man tief in eine Pfütze aus halbgeschmolzenem Talg gedrückt hatte. Aus dem linken Mundwinkel ragte ein einziger, langer Reißzahn.

Es ist sein Twinner, dachte Jack ohne den geringsten Zweifel. *Das da unten ist Etheridges Twinner. Sind sie alle Twinner? Ein Littlefield-Twinner und ein Buckley-Twinner und so weiter und so weiter? Das kann doch nicht wahr sein, oder?*

»Sloat!« rief das Etheridge-Ding. Es tat zwei torkelnde Schritte auf Nelson House zu. Jetzt fiel das Licht der Straßenlaternen an der Auffahrt direkt auf sein zerstörtes Gesicht.

»Mach das Fenster zu«, flüsterte Richard. »Mach das Fenster zu. Ich habe mich geirrt. Es sieht irgendwie aus wie Etheridge, aber er ist es nicht, vielleicht ist es sein älterer Bruder, vielleicht hat jemand Säure oder so etwas in das Gesicht von Etheridges Bruder geschüttet, und nun ist er verrückt, aber es ist nicht Etheridge, *also mach das Fenster zu, Jack, mach es schnell . . .*«

Unter ihnen torkelte das Etheridge-Ding einen weiteren Schritt auf sie zu. Es grinste. Aus seinem Mund rollte eine gräßlich lange Zunge heraus.

»Sloat!« rief es. »Gib uns deinen Passagier!«

Sowohl Jack als auch Richard fuhren herum und betrachteten einander mit angespannten Gesichtern.

Ein Geheul bebte durch die Nacht – es war inzwischen Nacht geworden; das Zwielicht war vergangen.

Richard sah Jack an, und einen Augenblick lang entdeckte Jack in den Augen des anderen Jungen so etwas wie Haß – einen Funken von seinem Vater. *Warum mußtest du hierherkommen, Jack? Warum? Warum mußtest du mir dieses Chaos bescheren? Warum mußtest du mir all diesen gottverdammten Seabrook Island-Kram aufhalsen?*

»Soll ich gehen?« fragte Jack leise.

Der Ausdruck von Qual und Zorn blieb noch einen Augenblick in Richards Augen, dann kehrte die alte Freundschaft in sie zurück.

»Nein«, sagte er und fuhr sich mit unsicheren Händen durchs Haar. »Nein, du gehst nirgendwohin. Das sind – das sind wilde Hunde da

draußen. Wilde Hunde, Jack, auf dem Campus von Thayer! Ich meine –
hast du sie gesehen?«

»Ja, ich habe sie gesehen, Richie-boy«, sagte Jack sanft, als sich
Richard wieder mit den Händen durch sein bisher so ordentliches Haar
fuhr und es noch gründlicher in Unordnung brachte.

»Ich muß Boynton anrufen, er ist unser Wachmann; das muß ich
tun«, sagte Richard. »Boynton anrufen oder die Polizei oder...«

Ein Geheul brach unter den Bäumen am entgegengesetzten Ende des
Hofes los, stieg aus den Schatten empor – ein anschwellendes, schwan-
kendes Geheul, das fast etwas Menschliches an sich hatte. Richard
blickte hinüber, sein Mund zitterte wie der eines gebrechlichen alten
Menschen; dann sah er Jack flehend an.

»Mach bitte das Fenster zu, Jack, ja? Mir ist fiebrig zumute. Ich
glaube, mich hat's erwischt.«

»So ist es, Richard«, sagte Jack, schob das Fenster herunter und schloß
das Geheul aus, soweit es sich ausschließen ließ.

»Schick deinen Passagier raus!«

1

»Faß mit an, Richard«, ächzte Jack.

»Ich will nicht, daß der Schrank verschoben wird, Jack«, sagte Richard mit kindisch belehrender Stimme. Die dunklen Ringe unter seinen Augen traten jetzt deutlicher hervor als während ihres Aufenthalts im Gemeinschaftsraum. »Da gehört er nicht hin.«

Draußen auf dem Hof schwoll das Geheul wieder an.

Das Bett stand vor der Tür. Richards Zimmer war jetzt völlig auf den Kopf gestellt. Richard stand da und betrachtete blinzelnd das Chaos. Dann trat er an sein Bett und zog die Decken herunter. Wortlos reichte er Jack eine davon, die andere breitete er auf dem Fußboden aus. Er holte Kleingeld und Geldscheinetui aus seinen Taschen und legte sie ordentlich auf die Kommode. Dann legte er sich auf die Mitte seiner Decke, faltete beide Seiten über sich und lag dann nur da auf dem Fußboden, die Brille noch auf der Nase, ein Bild schweigenden Elends.

Die Stille draußen war dicht und traumhaft, nur unterbrochen vom Dröhnen der Ferntransporter auf der Schnellstraße. In Nelson House selbst herrscht unnatürliche Ruhe.

»Ich will nicht über das reden, was draußen vorgeht«, sagte Richard. »Ist das klar?«

»Okay, Richard«, sagte Jack beruhigend. »Wir reden nicht darüber.«

»Gute Nacht, Jack.«

»Gute Nacht, Richie.«

Richard bedachte ihn mit einem Lächeln, das matt war und entsetzlich erschöpft; dennoch lag noch genügend Liebenswürdigkeit darin, daß es Jack das Herz wärmte. »Ich bin trotzdem froh, daß du gekommen bist«, sagte Richard. »Wir reden morgen früh über all diese Dinge. Ich bin sicher, dann geben sie mehr Sinn. Und mein bißchen Fieber wird bis dahin auch vergangen sein.«

Richard drehte sich auf die rechte Seite und schloß die Augen. Fünf Minuten später war er trotz des harten Fußbodens eingeschlafen.

Jack blieb noch lange sitzen und blickte hinaus in die Dunkelheit. Gelegentlich sah er die Lichter von Wagen, die auf der Springfield Avenue entlangfuhren; zu anderen Zeiten schienen sowohl die Scheinwerfer als auch die Straßenlaternen verschwunden zu sein; es war, als kippte die gesamte Thayer School immer wieder aus der Realität heraus und hinge eine Weile im Nirgendwo, bevor sie wieder zurückkippte. Ein Wind kam auf. Jack konnte hören, wie er die letzten gefrorenen Blätter an den Bäumen auf dem Hof rasseln ließ; konnte hören, wie er die Äste aneinanderschlug wie Knochen; konnte hören, wie er kalt zwischen den Gebäuden hindurchpfiff.

2

»Der Kerl kommt«, sagte Jack nervös. Es war etwa eine Stunde später. »Etheridges Twinner.«

»Was ist los?«

»Kümmere dich nicht darum«, sagte Jack. »Schlaf einfach weiter. Du brauchst das nicht zu sehen.«

Aber Richard setzte sich auf. Bevor sich sein Blick auf die gebückte, irgendwie verzerrte Gestalt richtete, die auf das Haus zukam, fesselte ihn der Anblick des Campus. Er war zutiefst bestürzt und verängstigt.

Der Efeu an der Monkson-Turnhalle, der am Morgen zwar gelichtet, aber immer noch schwach grün gewesen war, hatte jetzt eine häßliche, krankhafte Gelbfärbung angenommen.

»*Sloat! Schick deinen Passagier raus!*«

Plötzlich wollte Richard nur noch weiterschlafen – weiterschlafen, bis seine Grippe wieder verschwunden war (beim Erwachen hatte er beschlossen, daß es eine Grippe sein mußte; nicht nur eine fieberhafte Erkältung, sondern eine regelrechte Grippe); und die Grippe und das Fieber lösten diese grauenhaften Halluzinationen aus. Er hätte nie am offenen Fenster stehen dürfen – oder zulassen sollen, daß Jack durchs Fenster in sein Zimmer kam, dachte Richard und schämte sich sofort dieses Gedankens.

3

Jack warf einen schnellen Seitenblick auf Richard; sein blasses Gesicht und die vorstehenden Augen verrieten Jack, daß sich Richard immer mehr dem Punkt näherte, an dem er der Belastung nicht mehr gewachsen war.

Das Ding draußen war klein. Es stand auf dem reifbedeckten Gras wie ein Troll, der unter irgendeiner Brücke hervorgekrochen ist; seine langen Klauenhände hingen fast bis zu den Knien herab. Es trug einen

Militär-Duffelcoat, auf dessen linker Tasche der Name ETHERIDGE aufgedruckt war. Der Reißverschluß des Duffelcoats war nicht zugezogen, und darunter konnte Jack ein zerrissenes, ungebügeltes Pendleton-Hemd sehen. Auf einer Seite war ein dunkler Fleck, der von Blut oder Erbrochenem herrühren mochte. Er trug eine zerknitterte blaue Ripskrawatte mit einem Muster aus winzigen goldgelben E's; ein paar Kletten hingen daran wie groteske Krawattennadeln.

Nur eine Hälfte vom Gesicht dieses neuen Etheridge funktionierte richtig. In seinem Haar war Schmutz, welkes Laub haftete an seinen Kleidern.

»Sloat! Schick deinen Passagier raus!«

Jack blickte wieder auf Etheridges gräßlichen Twinner herab. Seine Augen, die irgendwie in ihren Höhlen vibrierten wie Stimmgabeln, die man in schnelle Schwingung versetzt hat, fingen seinen Blick ein und hielten ihn fest. Er hatte Mühe, ihn abzuwenden.

»Richard!« stöhnte er. »Sieh ihm nicht in die Augen.«

Richard antwortete nicht; er starrte mit benommener Faszination auf die grinsende Troll-Version von Etheridge.

Betroffen stieß Jack seinen Freund mit der Schulter an.

»Oh«, sagte Richard. Unvermittelt ergriff er Jacks Hand und drückte sie gegen seine Stirn. »Wie heiß fühle ich mich an?« fragte er.

Jack zog die Hand von Richards Stirn zurück, die ein wenig warm war, aber nicht mehr.

»Ziemlich heiß«, log er.

»Ich wußte es«, sagte Richard erleichtert. »Ich glaube, ich gehe bald in die Krankenstation. Ich brauche ein Antibiotikum.«

»Schick ihn raus, Sloat!«

»Laß uns den Schrank vors Fenster schieben«, sagte Jack.

»Dir passiert nichts, Sloat!« rief Etheridge. Das Ding grinste ermutigend – das heißt, die rechte Hälfte seines Gesichtes grinste ermutigend; die linke Hälfte verharrte in leichenhafter Starre.

»Wie kann es Etheridge nur so ähnlich sein?« fragte Richard mit unnatürlicher, bestürzender Gelassenheit. »Wie kann seine Stimme so deutlich durch das Glas dringen? Was ist mit seinem Gesicht los?« Seine Stimme wurde etwas schärfer und gewann etwas von ihrer früheren Entrüstung zurück, als er eine letzte Frage stellte, eine Frage, die in diesem Augenblick – zumindest für Richard Sloat – die allerwichtigste zu sein schien: »Wo hat es Etheridges Krawatte her, Jack?«

»Ich weiß es nicht«, sagte Jack. *Wir sind wieder auf Seabrook Island, und ich glaube, da müssen wir bleiben und schaukeln, bis dir schlecht wird.*

»Schick ihn raus, Sloat, sonst kommen wir rein und holen ihn!«

Das Etheridge-Ding entblößte in einem wild kannibalischen Grinsen seinen Reißzahn.

»Schick deinen Passagier raus, Sloat, er ist tot! Er ist tot, und wenn du ihn nicht bald herausschickst, fängt er an zu stinken!«
»Hilf mir mit diesem verdammten Schrank!« zischte Jack.
»Ja«, sagte Richard. »Ja, okay. Wir verschieben den Schrank, und dann lege ich mich hin, und später gehe ich vielleicht hinüber in die Krankenstation. Was meinst du, Jack? Was hältst du davon? Ist das ein guter Plan?« Sein Gesicht flehte Jack an, den Vorschlag gutzuheißen.
»Das findet sich«, sagte Jack. »Eins nach dem anderen. Zuerst den Schrank. Sie könnten mit Steinen werfen.«

4

Wenig später begann Richard im Schlaf, der ihn wieder überkommen hatte, zu murmeln und zu stöhnen. Das war schon schlimm genug; doch dann begannen ihm Tränen aus den Augenwinkeln zu sickern, und das war schlimmer.
»Ich kann ihn nicht aufgeben«, stöhnte Richard mit der weinerlichen, hilflosen Stimme eines Fünfjährigen. Jack starrte ihn an, und seine Haut wurde kalt. »Ich kann ihn nicht aufgeben, ich will meinen Daddy, bitte, bitte, wo ist mein Daddy, er ist in den Schrank gegangen, aber jetzt ist er nicht mehr im Schrank, ich will meinen Daddy, er sagt mir, was ich tun soll, bitte . . .«
Ein Stein durchschlug das Fenster. Jack schrie auf.
Er dröhnte gegen die Rückwand des Schrankes, den sie vors Fenster geschoben hatten. Ein paar Glassplitter flogen auf beiden Seiten des Schrankes ins Zimmer und zerbrachen auf dem Fußboden in kleinere Stücke.
»Gib uns deinen Passagier, Sloat!«
»Kann nicht«, stöhnte Richard und wand sich in seiner Decke.
»Gib ihn raus!« kreischte eine andere lachende, heulende Stimme.
»Wir bringen ihn zurück nach Seabrook Island, Richard! Zurück nach Seabrook Island, wo er hingehört!«
Noch ein Stein. Jack duckte sich instinktiv, aber auch dieser Stein prallte von der Rückwand des Schrankes ab. Hunde heulten und kläfften und knurrten.
»Nicht Seabrook Island«, murmelte Richard im Schlaf. »Wo ist mein Daddy? Er soll aus dem Schrank herauskommen! Bitte, *bitte, keinen Seabrook Island-Kram, BITTE . . .«*
Dann war Jack auf den Knien, schüttelte Richard so heftig, wie er es vermochte, und sagte ihm, er solle aufwachen, es wäre nur ein Traum, wach auf, um Gottes willen, *wach auf!*
»Bitte-bitte-bitte.« Draußen schwoll ein rauher, unmenschlicher

Chor von Stimmen. Es hörte sich an wie ein Chor von Tiermenschen aus H. G. Wells' *Dr. Moreaus Insel.*
»*Wa-chauf! Wa-chauf! Wa-chauf!*« respondierte ein zweiter Chor. Hunde heulten.

Ein Hagel von Steinen kam geflogen, brach mehr Glas aus der Fensterscheibe heraus, prallte gegen die Rückwand des Schrankes, ließ ihn schwanken.

»*DADDY IST IM SCHRANK!*« schrie Richard. »*DADDY, KOMM HERAUS, BITTE KOMM HERAUS! ICH HAB SOLCHE ANGST!*«
»*Bitte-bitte-bitte!*«
»*Wa-chauf! Wa-chauf! Wa-chauf!*«
Richards Hände fuhren durch die Luft.

Steine flogen und prallten gegen den Schrank; bald würde einer durchs Fenster kommen, dachte Jack, der entweder das billige Möbelstück glatt durchschlagen oder auf sie stürzen lassen würde.

Draußen lachten und bellten und riefen sie mit ihren gräßlichen Trollstimmen. Hunde – jetzt ganze Rudel, wie es schien – heulten und knurrten.

»*DADDYYYYYY...!*« kreischte Richard mit schriller, entsetzter Stimme.

Jack versetzte ihm einen Schlag.

Richard riß die Augen auf. Einen Augenblick lang starrte er ihn mit einem leeren Blick an, ohne eine Spur von Wiedererkennen; es war, als hätte der Traum ihm den Verstand geraubt. Dann zog er langsam und zitternd den Atem ein und ließ ihn mit einem Seufzer wieder entweichen.

»Ein Alptraum«, sagte er. »Kommt wahrscheinlich vom Fieber. Grauenhaft. Aber ich weiß nicht genau, was ich geträumt habe!« setzte er schnell hinzu, als erwartete er, daß Jack ihn jeden Augenblick danach fragen könnte.

»Richard, wir müssen aus diesem Zimmer raus«, sagte Jack.

»Aus diesem...« Richard sah Jack an, als hätte er den Verstand verloren. »Das kann ich nicht, Jack. Ich habe hohes Fieber – mindestens neununddreißigfünf, wenn nicht sogar vierzig Grad. Ich kann nicht...«

»Du hast höchstens ein Grad Fieber«, sagte Jack gelassen. »Vermutlich nicht einmal das...«

»Ich verbrenne!« protestierte Richard.

»Sie werfen mit Steinen, Richard.«

»Halluzinationen können nicht mit Steinen werfen, Jack«, sagte Richard, als erkläre er einem Schwachsinnigen einen simplen, aber wichtigen Tatbestand. »Das ist Seabrook Island-Kram. Das ist...«

Eine weitere Salve von Steinen flog durchs Fenster.

»*Schick deinen Passagier raus, Sloat!*«

»Komm, Richard«, sagte Jack und zog den Jungen auf die Füße. Er führte ihn zur Tür und auf den Flur. Richard tat ihm jetzt entsetzlich leid – vielleicht nicht so leid, wie ihm Wolf getan hatte; aber viel fehlte daran nicht.

»Nein – krank – Fieber – kann nicht . . .«

Hinter ihnen dröhnten weitere Steine gegen den Schrank. Richard schrie auf und klammerte sich an Jack wie ein Junge, der dem Ertrinken nahe ist.

Wildes, gackerndes Gelächter von draußen. Hunde heulten und kämpften miteinander.

Jack sah, wie Richard noch blasser wurde, sah ihn schwanken und versuchte zuzufassen. Aber er schaffte es nicht, Richard festzuhalten, als er vor Reuel Gardeners Tür zusammenbrach.

5

Es war nur eine Ohnmacht, und Richard kam schnell wieder zu sich, als Jack ihn in die empfindliche Haut zwischen Daumen und Zeigefinger kniff. Über das, was draußen vorging, wollte er nicht sprechen – er tat sogar, als wüßte er nicht, wovon Jack redete.

Sie bewegten sich behutsam den Flur entlang zur Treppe. Als sie beim Gemeinschaftsraum angekommen waren, steckte Jack den Kopf hinein und pfiff. »Richard, sieh dir das an!«

Widerstrebend sah Richard hinein. Der Gemeinschaftsraum war ein einziges Chaos. Stühle waren umgeworfen. Die Kissen auf der Couch waren aufgeschlitzt. Das Ölporträt von Elder Thayer an der gegenüberliegenden Wand war verunstaltet – jemand hatte aus seinem gepflegten weißen Haar ein Paar Teufelshörner herausragen lassen, ein anderer hatte einen Schnurrbart unter seine Nase gemalt, und ein dritter hatte eine Nagelfeile oder ein ähnliches Instrument dazu benutzt, ihn mit einem rohen Phallus zu versehen. Das Glas des Trophäenschrankes war zerschmettert.

Der Ausdruck benommenen, fassungslosen Entsetzens auf Richards Gesicht gefiel Jack ganz und gar nicht. Vielleicht wären sogar Kobolde, die in gespenstischer Prozession durch die Korridore zogen, oder Drachen über dem Innenhof für Richard erträglicher gewesen als diese stetige Erosion der Thayer School, die er kannte und liebte – einer Schule, die Richard fraglos für gut und edel hielt, ein sicheres Bollwerk gegen eine Welt, in der man sich im Grunde auf nichts verlassen konnte – nicht einmal darauf, dachte Jack, daß Väter wieder aus den Schränken herauskamen, in die sie hineingegangen waren.

»Wer hat das getan?« fragte Richard wütend. »Diese Kerle haben das getan«, beantwortete er selbst seine Frage. »Die waren es.« Er sah Jack an, und eine großartige, verschwommene Einsicht begann auf seinem Gesicht zu dämmern. »Vielleicht sind es Kolumbianer«, sagte er plötzlich. »Vielleicht sind es Kolumbianer, und dies ist eine Art Drogenkrieg, Jack. Ist dir der Gedanke auch schon gekommen?«

Jack hatte Mühe, ein lautes, irres Gelächter zu unterdrücken. Das war eine Erklärung, auf die vielleicht nur Richard Sloat hatte kommen können. Es waren die Kolumbianer. Der Krieg um die Absatzgebiete für Kokain wurde in der Thayer School in Springfield, Illinois, ausgetragen. Elementar, mein lieber Watson; dieses Problem hat eine siebeneinhalbprozentige Lösung.

»Unmöglich ist nichts«, sagte Jack. »Gehen wir nach oben.«

»Warum in aller Welt?«

»Nun – vielleicht finden wir da noch jemanden«, sagte Jack. In Wirklichkeit glaubte er es nicht, aber es war eine Antwort. »Vielleicht hat sich da oben jemand versteckt. Jemand, der normal ist wie wir.«

Richard sah Jack an, dann wanderte sein Blick wieder über das Chaos im Gemeinschaftsraum. Ein Ausdruck alptraumhafter Qual kehrte in sein Gesicht zurück, ein Ausdruck, der besagte: *Ich will das alles ja gar nicht sehen, aber irgendwie scheint es das zu sein, was ich jetzt wirklich sehen will; eine widerwärtige Zwangshandlung, ungefähr so, als bisse man in eine Zitrone oder führe mit den Fingernägeln über eine Schiefertafel oder kratzte mit einem Messer auf dem Porzellan eines Waschbeckens.*

»Das Rauschgift nimmt immer mehr überhand«, sagte Richard in gespenstischem Vortragston. »Erst vorige Woche habe ich in *The New Republik* einen Artikel über das Anwachsen des Drogenkonsums gelesen. Jack, die Leute da draußen könnten unter Rauschgift stehen! Sie könnten Kokain mit Äther geschnupft haben! Sie könnten . . .«

»Komm, Richard«, sagte Jack leise.

»Ich bin nicht sicher, ob ich die Treppe schaffe«, sagte Richard leicht quengelnd. »Vielleicht ist mein Fieber zu hoch zum Treppensteigen.«

»Versuch's auf die gute alte Thayer-Manier«, sagte Jack und führte ihn zur Treppe.

6

Als sie den Treppenabsatz im ersten Stock erreicht hatten, fluteten Geräusche in die glatte, fast atemlose Stille, die in Nelson House geherrscht hatte.

Draußen knurrten und bellten Hunde – es klang, als wären es jetzt nicht nur Dutzende, sondern Hunderte. Die Glocken in der Kapelle begannen plötzlich und unkontrolliert zu läuten.

Die Glocken machten die Hunde, die auf dem Innenhof hin und her rannten, vollends verrückt. Sie fielen übereinander her, wälzten sich im Gras, das zottig, ungepflegt und verunkrautet auszusehen begann, und stürzten sich auf alles, was in Reichweite ihrer Mäuler war. Jack sah, wie einer eine Ulme attackierte. Ein anderer stürzte sich auf die Statue von Elder Thayer, und als sein zubeißendes Maul auf die massive Bronze traf, spritzte Blut umher.

Angewidert wendete Jack sich ab. »Komm, Richard«, sagte er. Richard kam bereitwillig mit.

7

Der erste Stock war ein Durcheinander von umgestürzten Möbeln, zerbrochenen Fensterscheiben, Ballen von Polstermaterial, Schallplatten, die offenbar herumgeworfen worden waren wie Frisbee-Scheiben, aus den Schränken gerissenen Kleidungsstücken.

Der zweite Stock war voller Dampf und feuchtheiß wie ein tropischer Regenwald. Als sie sich der Tür näherten, die die Aufschrift DUSCHEN trug, erreichte die Wärme Sauna-Niveau. Der Dunst, der ihnen auf der Treppe in dünnen Schwaden entgegengekommen war, war hier ein fast undurchsichtiger Nebel.

»Bleib hier«, sagte Jack. »Warte auf mich.«

»Okay, Jack«, sagte Richard friedlich; er hob seine Stimme so weit, daß sie die prasselnden Duschen übertönte. Seine Brille war beschlagen, aber er unternahm keinen Versuch, sie abzuwischen.

Jack stieß die Tür auf und trat ein. Feuchte Hitze schlug ihm entgegen. Schweiß und Dampfschwaden durchnäßten seine Kleidung. Der gekachelte Raum war erfüllt vom Dröhnen und Trommeln des Wassers. Alle zwanzig Duschen waren aufgedreht, und die Wasserstrahlen aus allen zwanzig Duschen waren auf einen Haufen Sportgeräte in der Mitte des Raums gerichtet. Das Wasser konnte zwar durch diesen verrückten Haufen sickern, aber nur langsam; der Raum war überflutet. Jack zog die Schuhe aus und machte die Runde durch den Raum, glitt zwischen den Duschen hindurch, um sich möglichst trocken zu halten, und auch, um sich nicht zu verbrühen – wer immer die Duschen angestellt haben mochte, hatte offenbar die Kaltwasserhähne nicht angerührt. Er drehte alle Hähne zu, einen nach dem anderen. Er hatte keinerlei Anlaß, das zu tun, nicht den geringsten, und er machte sich Vorwürfe, daß er auf diese Weise Zeit vergeudete, die er eigentlich dazu benutzen mußte, sich auszudenken, wie sie hier herauskamen – aus Nelson House und aus dem Bereich der Thayer School –, bevor die Axt niederfuhr.

Keinen Anlaß, ausgenommen vielleicht den, daß Richard nicht der einzige war, dem es darum ging, im Chaos Ordnung zu schaffen und aufrechtzuerhalten.

Er kehrte auf den Flur zurück, und Richard war verschwunden.

»Richard?« Er spürte, wie sich sein Herzschlag beschleunigte.

Keine Antwort. »Richard!«

Der Geruch von verschüttetem Kölnisch Wasser hing in der Luft, betäubend schwer.

»Richard, wo zum Teufel steckst du?«

Richards Hand fiel auf Jacks Schulter, und Jack schrie auf.

8

»Ich weiß gar nicht, warum du so geschrien hast«, sagte Richard später. »Ich war es doch nur.«

»Ich bin ein bißchen nervös«, sagte Jack matt.

Sie saßen im zweiten Stock im Zimmer eines Jungen mit dem melodischen Namen Albert Humbert. Richard erzählte ihm, daß Albert Humbert, genannt Albert der Klops, der dickste Junge in der ganzen Schule war, und Jack glaubte es ohne weiteres; sein Zimmer enthielt eine erstaunliche Menge von Süßigkeiten und anderem Knabberkram – es war der Hort eines Jungen, dessen schlimmste Alpträume nicht davon handeln, aus der Basketball-Mannschaft hinausgeworfen zu werden oder eine Mathe-Arbeit zu verhauen, sondern davon, daß er in der Nacht aufwacht und nicht imstande ist, ein Ring-Ding oder einen Erdnußriegel zu finden. Vieles von dem Zeug war ausgekippt. Das Glas, in dem Zuckerwatte gewesen war, war zerbrochen, aber Jack hatte sich ohnehin noch nie etwas aus Zuckerwatte gemacht. Auch die Lakritzstangen ließen ihn kalt – Albert der Klops hatte einen ganzen Karton davon auf dem oberen Bord seines Schrankes stehen. Auf einer der Deckelklappen des Kartons stand: *Herzlichen Glückwunsch zum Geburtstag, Deine Dich liebende Mom.*

Es gibt liebende Mütter, die Kartons mit Lakritzstangen schicken, und liebende Väter, die Blazer von Brooks Brothers schicken, dachte Jack müde, *und wenn darin irgendein Unterschied liegt, ist Jason der einzige, der ihn kennt.*

Im Zimmer von Albert dem Klops fanden sie genug zu essen, um eine Art verrückter Mahlzeit zu halten – Slim Jims, Peperonischnitten, Kartoffelchips. Sie beschlossen die Mahlzeit mit einer Packung Keks. Jack hatte Alberts Stuhl vom Flur zurückgeholt und saß am Fenster. Richard saß auf Alberts Bett.

»Du bist wirklich nervös«, pflichtete ihm Richard bei und schüttelte ablehnend den Kopf, als Jack ihm den letzten Keks anbot. »Paranoisch sogar. Das kommt davon, daß du die letzten Monate auf den Straßen verbracht hast. Aber das gibt sich, sobald du wieder daheim bei deiner Mutter bist.«

»Richard«, sagte Jack und warf die leere Kekstüte auf den Boden, »hör endlich auf mit dem Quatsch. Siehst du denn nicht, was da draußen auf deinem Campus vorgeht?«

Richard befeuchtete seine Lippen. »Das habe ich *erklärt*«, sagte er. »Ich habe Fieber. Wahrscheinlich passiert nichts von alledem, und wenn, dann sind es völlig normale Dinge, und mein Verstand verzerrt und übertreibt sie. Das ist eine Möglichkeit. Die andere ist – ja – Drogenhändler.«

Richard lehnte sich auf dem Bett von Albert dem Klops vor.

»Du hast doch nicht etwa mit Drogen experimentiert, Jack? Während du unterwegs warst?« In Richards Augen war plötzlich das Licht durchdringender Intelligenz wieder aufgeflackert. *Hier ist eine mögliche Erklärung, ein möglicher Ausweg aus diesem Wahnsinn*, sagten seine Augen. *Jack ist in irgendeinen verrückten Rauschgiftring geraten, und all die Leute sind ihm hierher gefolgt.*

»Nein«, sagte Jack verdrossen. »Ich habe dich immer für einen Meister des Realen gehalten, Richie. Und ich hätte nie gedacht, daß ich einmal erleben müßte, daß du – ausgerechnet du – deinen Verstand dazu benutzt, die Tatsachen zu verdrehen.«

»Jack, das ist nichts als – als ein Rauschgift-Schlamassel, und das weißt du!«

»Drogenkrieg in Springfield, Illinois?« fragte Jack. »Wer redet jetzt Seabrook Island-Kram?«

Und in diesem Augenblick flog plötzlich ein Stein durch Albert Humberts Fenster und ließ Glassplitter auf den Fußboden regnen.

Dreiunddreißigstes Kapitel

Richard im Dunkeln

1

Richard schrie auf und hob einen Arm, um sein Gesicht zu schützen. Glassplitter flogen herum.

»*Schick ihn raus, Sloat!*«

Jack stand auf, von dumpfer Wut erfüllt.

Richard packte seinen Arm. »Jack, nein! Bleib vom Fenster weg!«

»Laß das!« fauchte Jack. »Ich habe es satt, daß man von mir redet, als wäre ich eine Pizza.«

Das Etheridge-Ding stand jenseits der Straße auf dem Gehsteig am Rand des Hofes und blickte zu ihnen herauf.

»Verschwindet hier!« brüllte Jack es an. Eine plötzliche Inspiration flammte in seinem Kopf auf wie eine Fackel. Er zögerte, dann rief er: »*Ich befehle euch, von hier zu verschwinden! Alle miteinander! Ich befehle es euch im Namen meiner Mutter, der Königin!*«

Das Etheridge-Ding fuhr zurück, als hätte ihm jemand einen Peitschenschlag ins Gesicht versetzt.

Dann verschwand der Ausdruck gequälter Überraschung wieder, und das Etheridge-Ding begann zu grinsen. »Sie ist tot, Sawyer!« rief es hinauf – aber Jacks Blick war während seiner Zeit auf den Straßen irgendwie schärfer geworden, und unter dem geheuchelten Triumph sah er den Ausdruck nervösen Unbehagens. »Königin Laura ist tot, und deine Mutter ist auch tot – tot in New Hampshire – sie ist tot und *stinkt.*«

»*Weg mit dir!*« brüllte Jack, und er hatte den Eindruck, daß das Etheridge-Ding wieder in hilfloser Wut zurückfuhr.

Richard war neben ihm ans Fenster getreten, blaß und verstört. »Was brüllt ihr euch da zu?« fragte er. Er blickte wie gebannt auf das grinsende Zerrbild, das jenseits der Straße unter ihnen stand. »Woher weiß Etheridge, daß deine Mutter in New Hampshire ist?«

»*Sloat!*« brüllte das Etheridge-Ding herauf. »*Wo ist deine Krawatte?*«

Richards Gesicht verkrampfte sich schuldbewußt; seine Hände fuhren zum offenen Kragen seines Hemdes empor.

»*Wir lassen es dir diesmal durchgehen, wenn du deinen Passagier rausschickst, Sloat!*« kreischte das Etheridge-Ding herauf. »*Wenn du ihn rausschickst, kann alles wieder so werden, wie es war. Das willst du doch, oder?«*

Richard starrte hinunter auf das Etheridge-Ding und nickte unwillkürlich – dessen war sich Jack ganz sicher. Sein Gesicht war vor Qual verzerrt, in seinen Augen glänzten unvergossene Tränen. Ja, er wollte, daß alles wieder so wurde, wie es war.

»*Liebst du diese Schule nicht, Sloat?*« rief das Etheridge-Ding zu Alberts Fenster herauf.

»Doch«, murmelte Richard und unterdrückte ein Schluchzen. »Doch, *natürlich* liebe ich sie.«

»Weißt du, was wir mit Punkern machen, die diese Schule nicht lieben? Schick ihn raus! Dann ist alles wieder so, als wäre er nie hier gewesen!«

Richard drehte sich langsam um und musterte Jack mit grauenhaft leerem Blick.

»Die Entscheidung liegt bei dir, Richie-boy«, sagte Jack leise.

»Er hat Drogen bei sich, Richard!« rief das Etheridge-Ding herauf. »Vier oder fünf Sorten. Koks, Hasch, Engelsstaub! Er hat mit dem Zeug gehandelt, um seine Reise zu finanzieren! Was meinst du, wie er zu dem hübschen Mantel gekommen ist, den er trug, als er bei dir aufkreuzte?«

»Drogen«, sagte Richard mit einem Schauder der Erleichterung. »Ich wußte es.«

»Aber du glaubst es nicht«, sagte Jack. »Drogen haben deine Schule nicht verändert, Richard. Und die Hunde . . .«

»Schick ihn raus . . .« Die Stimme des Etheridge-Dings wurde immer schwächer.

Als die beiden Jungen wieder hinunterblickten, war es verschwunden.

»Wohin, glaubst du, ist dein Vater gegangen?« fragte Jack leise. »Wohin ist er gegangen, als er nicht wieder aus diesem Schrank herauskam?«

Richard drehte sich langsam wieder zu ihm um. Sein Gesicht, sonst so ruhig und intelligent und gefaßt, zitterte so heftig, daß es regelrecht zerfiel. Sein Brustkorb begann zu zucken. Plötzlich stürzte Richard in Jacks Arme, umklammerte ihn in blinder Panik. Sein Körper zitterte unter Jacks Händen wie ein bis zum Zerreißen gespanntes Drahtseil. »*Es hat mich berührt, es hat mich berührt, etwas da drin hat mich berührt UND ICH WEISS NICHT, WAS ES WAR!*«

Die brennende Stirn gegen Jacks Schulter gedrückt, sprudelte Richard die Geschichte hervor, die er all die Jahre in sich verschlossen hatte. Sie kam in harten kleinen Brocken, wie deformierte Geschosse. Während er zuhörte, mußte Jack daran denken, wie sein Vater damals in die Garage gegangen und ihm zwei Stunden später auf der Straße entgegengekommen war. Das war schlimm gewesen, aber was Richard widerfahren war, war viel, viel schlimmer. Es erklärte Richards eisernes, kompromißloses Beharren auf Realität, der ganzen Realität und nichts als Realität. Es erklärte, warum Richard alles Phantastische ablehnte, sogar Science fiction: Jack wußte aus eigener Schul-Erfahrung, daß Typen wie Richard sie gewöhnlich verschlangen – das heißt, so lange es der harte Stoff war, Heinlein, Asimov, Arthur C. Clarke, Larry Niven zum Beispiel, nicht der metaphysische Quark der Robert Silverbergs und Barry Malzbergs –, aber das Zeug, in dem alle Sternquadranten und Logarithmen stimmten, das verschlangen sie, bis es ihnen zu den Ohren herauskam. Aber nicht Richard. Richards Abneigung gegen jede Art von Phantasie ging so weit, daß er nicht einen einzigen Roman zur Hand nahm, wenn es keine Hausaufgabe war; früher hatte er Jack die Bücher aussuchen lassen, wenn er einen Aufsatz über ein Buch seiner Wahl schreiben mußte; sie waren ihm gleichgültig, und er hatte sie durchgekaut wie trockenes Brot. Es wurde zu einer Herausforderung für Jack, eine Geschichte – irgendeine Geschichte – zu finden, die Richard gefallen, ihn ablenken, ihn mitreißen würde, wie gute Romane und Geschichten Jack gelegentlich mitrissen – die guten, dachte er, waren fast so gut wie die Tagträume, und jede skizzierte eine eigene Vorstellung der Region. Aber es war ihm nie gelungen, einen Funken, irgendeine Reaktion hervorzurufen. Ob es nun *The Red Pony* war, *Dragstrip Demon*, *The Catcher in the Rye* oder *I Am Legend*, die Antwort war immer die gleiche – stirnrunzelnde, interesselose Konzentration, gefolgt von einem stirnrunzelnden, interesselosen Aufsatz, der ihm ein C einbrachte oder, wenn sein Englischlehrer seinen großzügigen Tag hatte, ein B. Es waren die C's in Englisch, die ein paarmal daran schuld waren, daß sein Name auf der Liste der Klassenbesten fehlte, wo er gewöhnlich zu finden war.

Als Jack Goldings Roman *Der Herr der Fliegen* gelesen hatte, war ihm heiß und kalt zugleich gewesen, und er hatte – zugleich begeistert und entsetzt – am ganzen Körper gezittert, hatte sich vor allem gewünscht, was er sich immer wünschte, wenn er eine besonders gute Geschichte gelesen hatte: daß sie nicht zu Ende ginge, daß sie immer weiter und weiter ginge, wie auch das Leben immer weiterging (nur daß das Leben so viel langweiliger und so viel nichtssagender war als Geschichten). Er wußte, daß Richard einen Aufsatz schreiben mußte, und so hatte er ihm das eselsohrige Taschenbuch gegeben und geglaubt, das würde es bestimmt schaffen, das würde das Wunder bewirken – Richard mußte reagieren auf diese Geschichte von den verlorenen Jungen und ihrem Absinken in die Barbarei. Aber Richard hatte sich durch den *Herrn der Fliegen* durchgeackert, wie er sich bisher durch alle Romane durchgeackkert hatte, und einen weiteren Aufsatz geschrieben, in dem ebensoviel Feuer und Begeisterung lag wie im Autopsiebericht eines verkaterten Pathologen über das Opfer eines Verkehrsunfalls. *Was ist eigentlich mit dir los?* hatte Jack wütend gefragt. *Was in Gottes Namen hast du gegen eine gute Geschichte, Richard?* Und Richard hatte ihn fassungslos angestarrt, anscheinend ohne Jacks Zorn zu begreifen. *Geschichten, die sich jemand ausgedacht hat, sind nie gut.*

Damals war Jack zutiefst betroffen gewesen von Richards völliger Ablehnung der Phantasie, aber jetzt glaubte er sie besser zu verstehen – vielleicht sogar besser, als ihm im Grunde lieb war. Vielleicht war Richard jedes Buch mit einer Geschichte, das er aufschlug, vorgekommen wie eine aufgehende Schranktür; vielleicht erinnerte jeder bunte Schutzumschlag eines Taschenbuchs, der Leute zeigte, die nie so aussahen, als wären sie völlig real, Richard an den Vormittag, seit dem er genug davon hatte, ein für allemal.

3

Richard sieht, wie sein Vater in den Schrank im großen Schlafzimmer hineingeht und die Falttür hinter sich zuzieht. Er ist vielleicht fünf – oder sechs – bestimmt noch keine sieben. Er wartet fünf Minuten, dann zehn, und als sein Vater immer noch nicht wieder aus dem Schrank herausgekommen ist, bekommt er ein bißchen Angst. Er ruft. Er ruft (nach seiner Flöte ruft er, nach seiner Kegelkugel, er ruft nach seinem)
Vater, und als sein Vater nicht antwortet, ruft er mit immer lauterer Stimme und geht rufend immer näher an den Schrank heran, und nachdem schließlich fünfzehn Minuten vergangen sind und sein Vater immer noch nicht herausgekommen ist, zieht Richard die Falttür auf und geht hinein. Er geht in die höhlenartige Dunkelheit hinein.
Und etwas passiert.
Nachdem er sich durch den rauhen Tweed und die weiche Baumwolle und hin und wieder auch die glatte Seide der Mäntel und Anzüge und Jacketts seines Vaters hindurchgedrängt hat, tritt an die Stelle des Geruchs nach Stoffen und Mottenkugeln und muffiger dunkler Schrankluft ein anderer Geruch – ein heißer, feuriger Geruch. Richard beginnt vorwärts zu taumeln, schreit nach seinem Vater, glaubt, dort hinten müsse ein Feuer sein und sein Vater könnte darin verbrennen,

weil es so riecht wie ein Feuer – und plötzlich spürt er, daß die Dielen-bretter unter seinen Füßen verschwunden sind, und daß er auf schwarzer Erde steht. Widerliche schwarze Insekten mit Büscheln von Augen an den Enden langer Stiele hüpfen um seine Flauschpantoffeln herum. Daddy! kreischt er. Die Mäntel und Anzüge sind verschwunden, die Dielen sind verschwunden, aber unter seinen Füßen ist kein frischer weißer Schnee; es ist stinkende schwarze Erde, offenbar die Brutstätte dieser widerlichen, hüpfenden schwarzen Insekten; dieser Ort sieht ganz und gar nicht aus wie das Märchenland Narnia. Gekreisch antwortet auf Richards Kreischen – Gekreisch und irres Gelächter. Ein dunkler, scheinbar richtungsloser Wind läßt Rauch um ihn herumwirbeln, und Richard macht kehrt, torkelt den Weg zurück, den er gekommen ist, mit ausgestreckten Händen wie ein Blinder, tastet wie von Sinnen nach den Mänteln, versucht den schwachen, sauren Geruch der Mottenkugeln wiederzufinden . . .

Und plötzlich schließt sich eine Hand um sein Handgelenk.

Daddy? fragt er, aber als er hinunterblickt, sieht er keine menschliche Hand, sondern ein grünes, mit zuckenden Saugnäpfen bedecktes Ding, ein grünes Ding an einem langen, gummiartigen Arm, der sich in die Dunkelheit erstreckt, und blickt in ein Paar gelbe Schlitzaugen, die ihn unverhüllt hungrig anstarren.

Schreiend reißt er sich los und wirft sich blindlings ins Dunkel – und genau in dem Augenblick, in dem seine tastenden Finger die Sportjacketts und Mäntel seines Vaters wiederfinden, in dem er das gesegnete, rationale Geräusch aneinanderklappernder Kleiderbügel wiederhört, fährt ihm diese grüne, mit Saugnäpfen bedeckte Hand langsam übers Genick – und ist verschwunden.

Zitternd, so bleich wie alte Asche in einem kalten Herd, wartet er drei Stunden vor diesem verdammten Schrank, getraut sich nicht, wieder hineinzugehen, hat Angst vor der grünen Hand und den gelben Augen, zweifelt immer weniger daran, daß sein Vater tot sein muß. Und als sein Vater gegen Ende der vierten Stunde in das Zimmer zurückkehrt, nicht aus dem Kleiderschrank, sondern durch die Verbindungstür zwischen Schlafzimmer und oberem Flur – durch die Tür HINTER Richard –, als das geschieht, will Richard von Phantasie nichts mehr wissen. Er verleugnet die Phantasie, er weigert sich, etwas mit der Phantasie zu schaffen zu haben, mit ihr umzugehen, Kompromisse mit ihr zu schließen. Er hat ganz einfach genug davon, ein für allemal. Er springt auf, läuft auf seinen Vater zu, den geliebten Morgan Sloat, und klammert sich so fest an ihn, daß ihm die Arme eine Woche lang weh tun. Morgan hebt ihn hoch, lacht und fragt ihn, warum er so blaß ist. Richard lächelt und sagt, wahrscheinlich wäre etwas schuld, das er zum Frühstück gegessen hätte, aber jetzt ginge es ihm schon wieder besser, und er küßt seinen Vater auf die Wange und riecht die geliebte Mischung aus

Schweiß und Kölnisch Wasser. Und später an diesem Tag nimmt er all seine Geschichtenbücher – die kleinen Golden Books, die Bücher mit den Aufstellfiguren, die Ich-kann-lesen-Bücher, die Dr. Seuss-Bücher, das Grüne Märchenbuch für kleine Leute – und packt sie in einen Karton und bringt den Karton hinunter in den Keller, und er denkt: »*Ich hätte nichts dagegen, wenn jetzt ein Erdbeben käme und den Fußboden aufrisse und jedes einzelne dieser Bücher verschlänge. Es wäre sogar eine Erleichterung. Es wäre eine solche Erleichterung, daß ich wahrscheinlich den ganzen Tag und den größten Teil des Wochenendes lachen würde.*« *Das geschieht nicht, aber Richard empfindet große Erleichterung, als die Bücher in der doppelten Dunkelheit verschwunden sind – der Dunkelheit des Kartons und der Dunkelheit des Kellers. Er wirft nie wieder einen Blick darauf, und ebensowenig geht er jemals wieder in den Kleiderschrank seines Vaters mit der Falttür, und obwohl er manchmal träumt, es wäre etwas unter seinem Bett oder in seinem Schrank, etwas mit hungrigen gelben Augen, denkt er nie wieder an die grüne, mit Saugnäpfen bedeckte Hand, bis die merkwürdige Zeit über die Thayer School hereinbricht und er in den Armen seines Freundes Jack Sawyer in ungewohnte Tränen ausbricht.*

Er hat genug davon, ein für allemal.

4

Jack hatte gehofft, daß Richard, wenn er ihm seine Geschichte erzählte, mehr oder weniger zu seinem normalen, vernünftigen Selbst zurückfinden würde. Im Grunde war es ihm einerlei, ob Richard die Geschichte ganz schluckte oder nicht; wenn er nur seine Fassung so weit wiedergewann, daß er diesen Irrsinn in den Griff bekam, konnte er seinen beachtlichen Verstand dazu verwenden, Jack beim Finden eines Auswegs zu helfen – zumindest einer Möglichkeit, den Campus von Thayer zu verlassen und aus Richards Leben zu verschwinden, bevor Richard völlig durchdrehte.

Aber nichts dergleichen geschah. Als Jack mit ihm zu reden versuchte – ihm erzählte, wie sein eigener Vater in die Garage gegangen und nicht wieder herausgekommen war –, weigerte sich Richard, ihm zuzuhören. Das alte Geheimnis dessen, was damals in dem Schrank passiert war, war ans Licht gekommen (wenn auch nicht hundertprozentig: Richard klammerte sich nach wie vor hartnäckig an den Gedanken, daß es eine Halluzination gewesen war), aber Richard hatte genug davon, ein für allemal.

Am folgenden Morgen ging Jack nach unten. Er holte seine eigenen Sachen und alles, von dem er annahm, daß Richard es haben wollte –

Zahnbürste, Schulbücher, Hefte, frische Kleidung. Sie würden den Tag im Zimmer von Albert dem Klops verbringen. Von dort aus konnten sie den Hof und das Tor im Auge behalten. Wenn es dann wieder Abend wurde, konnten sie vielleicht entkommen.

5

Jack durchsuchte Alberts Schreibtisch und fand eine Flasche mit Baby-Aspirin. Er betrachtete sie einen Augenblick und fand, daß die kleinen orangefarbenen Tabletten fast ebensoviel über die liebende Mutter des verschwundenen Albert aussagten wie der Karton mit Lakritzstangen auf dem obersten Schrankbord. Jack schüttelte ein halbes Dutzend Tabletten heraus. Er gab sie Richard, und Richard schluckte sie geistes-abwesend. »Komm hier herüber und leg dich hin«, sagte Jack.

»Nein«, erwiderte Richard in einem Ton, der verdrossen, ruhelos und entsetzlich unglücklich war. Er kehrte zum Fenster zurück. »Ich muß Wache halten, Jack. Wenn solche Dinge vorgehen, muß jemand da sein, der Wache hält. Damit ein ausführlicher Bericht geschrieben werden kann – für die – für die Treuhänder. Später.«

Jack berührte leicht Richards Stirn. Und obwohl sie kühl war – fast kalt –, sagte er. »Dein Fieber ist schlimmer geworden. Leg dich lieber hin, bis das Aspirin gewirkt hat.«

»Schlimmer?« Richard sah ihn rührend dankbar an. »Wirklich?«

»Wirklich«, sagte Jack ernst. »Komm und leg dich hin.«

Fünf Minuten, nachdem er sich hingelegt hatte, war Richard einge-schlafen. Jack ließ sich im Sessel von Albert dem Klops nieder, dessen Sitz genauso durchsackte wie die Mitte seiner Matratze. Richards Gesicht leuchtete wächsern im aufdämmernden Tageslicht.

6

Irgendwie ging der Tag vorüber; gegen vier schlief Jack ein. Als er erwachte, war es dunkel, und er wußte nicht, wie lange er geschlafen hatte. Er wußte nur, daß er nicht geträumt hatte, und dafür war er dankbar. Richard bewegte sich unruhig, und Jack vermutete, daß er bald aufwachen würde. Er stand auf und streckte sich, stöhnte über die Steifheit in seinem Nacken. Er trat ans Fenster, schaute hinaus und stand dann reglos mit weit aufgerissenen Augen da. Sein erster Gedanke war: *Ich will nicht, daß Richard das sieht. Nicht, wenn ich es verhindern kann.*

O Gott, wir müssen hier raus, und das so bald wie möglich, dachte Jack bestürzt. *Sogar wenn sie – weshalb auch immer – davor zurückschrekken, uns direkt anzugreifen.*
Aber würde er Richard tatsächlich hier herausholen? Sie schienen nicht zu glauben, daß er es tun würde – sie rechneten damit, daß es ihm widerstrebte, Richard noch tiefer in diesen Wahnsinn hineinzuziehen.
Flippen, Jacko. Du mußt flippen, und du weißt es. Und du mußt Richard mitnehmen, weil dieser Ort zum Teufel geht.
Ich kann nicht. Wenn wir in die Region flippen, werden bei Richard sämtliche Schrauben locker.
Das spielt keine Rolle. Du mußt es tun. Es ist die beste Lösung – vielleicht sogar die einzige – weil sie nicht damit rechnen.
»Jack?« Richard setzte sich auf. Ohne die Brille wirkte sein Gesicht seltsam nackt. »Jack, ist es vorbei? War es ein Traum?«
Jack setzte sich auf das Bett und legte einen Arm um Richards Schultern. »Nein«, sagte er leise und beruhigend. »Es ist noch nicht vorbei.«
»Ich glaube, mein Fieber ist schlimmer geworden«, verkündete Richard und entzog sich Jack. Er ging hinüber zum Fenster und hielt dabei einen Bügel seiner Brille vorsichtig zwischen Daumen und Zeigefinger der rechten Hand. Er setzte die Brille auf und blickte hinaus. Gestalten mit glühenden Augen streiften umher. Er stand lange Zeit am Fenster, und dann tat er etwas, das so wenig zu Richard paßte, daß Jack es kaum glauben konnte. Er nahm die Brille wieder ab und ließ sie fallen. Ein sprödes Knistern war zu hören, als ein Glas zerbrach. Dann trat er mit voller Absicht auf die Brille und zertrümmerte beide Gläser.
Er hob die Brille auf, betrachtete sie und warf sie dann ohne eine Spur von Betroffenheit in die Richtung des Papierkorbes von Albert dem Klops. Er traf weit daneben. Jetzt lag auch eine Art sanfter Dickköpfigkeit in Richards Gesicht – etwas, das besagte: *Ich will nichts mehr sehen, also werde ich nichts mehr sehen. Ich habe das Problem gelöst. Ich habe genug davon, ein für allemal.*
»Sieh dir das an«, sagte er mit ausdrucksloser Stimme. »Ich habe meine Brille zerbrochen. Ich hatte noch eine, aber die ist vor zwei Wochen in der Turnhalle kaputtgegangen. Ohne Brille bin ich fast blind.«
Jack wußte, daß das nicht zutraf, aber er war zu verblüfft, um etwas zu erwidern. Ihm fiel keine angemessene Reaktion auf den radikalen Schritt ein, den Richard eben getan hatte – er hatte zu viel Ähnlichkeit mit dem Versuch, eine letzte Bastion gegen den Wahnsinn zu errichten.
»Außerdem glaube ich, daß mein Fieber wieder schlimmer geworden ist«, sagte Richard. »Hast du noch mehr von diesem Aspirin, Jack?«
Jack öffnete die Schreibtischschublade und reichte Richard wortlos die Flasche. Richard schluckte sechs oder acht Tabletten, dann legte er sich wieder hin.

Im Laufe des Abends brach Richard, der mehrmals zugesagt hatte, die Lage mit Jack zu besprechen, immer wieder sein Wort. Er wollte nicht darüber reden, daß sie fortgingen, sagte er, er wollte über *nichts* von alledem reden, jetzt nicht, sein Fieber war zurückgekehrt und fühlte sich viel, viel schlimmer an, er glaubte, daß es auf vierzigfünf, vielleicht sogar auf einundvierzig Grad gestiegen war. Er müßte unbedingt wieder schlafen.

»Zum Teufel, Richard!« brüllte Jack. »Du versuchst ja nur, dich aus der Affäre zu ziehen! Wenn es etwas gibt, das ich nie von dir erwartet hätte...«

»Red keinen Unsinn«, sagte Richard und ließ sich wieder auf Alberts Bett sinken. »Ich bin krank, Jack. Du kannst nicht erwarten, daß ich über all diese verrückten Dinge rede, wenn ich krank bin.«

»Richard, willst du, daß ich verschwinde und dich hier zurücklasse?«

Richard drehte den Kopf und musterte Jack einen Augenblick träge blinzelnd. »Das tust du nicht«, sagte er, und dann schlief er wieder.

Gegen neun Uhr trat auf dem Campus wieder eine dieser mysteriösen Ruhepausen ein, und Richard, der vielleicht spürte, daß seine angegriffene geistige Gesundheit jetzt keiner übermäßigen Belastung ausgesetzt sein würde, erwachte und schwang die Beine aus dem Bett. Braune Flecken waren an den Wänden erschienen, und er starrte darauf, bis er Jack auf sich zukommen sah.

»Mir ist viel besser, Jack«, sagte er hastig, »aber es hat wirklich nicht viel Sinn, darüber zu reden, daß wir fortgehen, es ist dunkel und...«

»Wir müssen noch heute abend fort«, sagte Jack ingrimmig. »Sie brauchen nur ihre Zeit abzuwarten. An den Wänden wachsen Pilze, und erzähl mir nicht, daß du *das* nicht siehst.«

Richard lächelte Jack mit einer blinden Nachsicht an, die Jack fast zum Wahnsinn trieb. Er liebte Richard, aber in diesem Augenblick hätte er ihn am liebsten durch die nächste pilzzerfressene Wand gestoßen.

Genau in diesem Augenblick begannen sich lange, fette weiße Würmer in das Zimmer von Albert dem Klops zu ringeln. Sie kamen aus den braunen Pilzflecken an den Wänden, als brächten die Pilze sie auf irgendeine unbekannte Weise hervor. Sie wanden und krümmten sich, halb in den braunen Flecken, halb außerhalb von ihnen, dann fielen sie zu Boden und begannen, blind auf das Bett zuzukriechen.

Jack hatte sich bereits gefragt, ob Richards Sehkraft tatsächlich so viel geringer war, als er in Erinnerung hatte, oder ob sie seit ihrer letzten Begegnung stark nachgelassen hatte. Jetzt stellte er fest, daß er mit seiner ersten Vermutung recht gehabt hatte. Richard konnte recht gut sehen. Jedenfalls hatte er nicht die geringsten Schwierigkeiten, die gallertartigen Dinger zu sehen, die aus den Wänden kamen. Er schrie auf und warf sich gegen Jack; Abscheu verzerrte sein Gesicht.

»*Würmer, Jack! Oh, Jesus! Würmer! Würmer!*«

»Wir kommen hier heraus – okay, Richard?« sagte Jack. Er hielt Richard mit einer Kraft, von der er nicht wußte, daß er sie besaß. »Wir warten nur auf den Morgen, okay? Kein Problem, okay?«

Jetzt erschienen sie zu Dutzenden, zu Hunderten, plumpe, wachsweiße Geschöpfe wie übergroße Maden. Einige platzten auf, als sie auf den Fußboden fielen. Die übrigen krochen träge auf sie zu.

»*Würmer, Jesus, wir müssen hier heraus, wir müssen*...«

»Gott sei Dank, endlich nimmt dieser Junge Vernunft an«, sagte Jack.

Er hängte sich seinen Rucksack über den linken Arm und faßte Richards Ellenbogen mit der rechten Hand. Er schob ihn zur Tür. Zertretene weiße Würmer spritzten unter ihren Schuhen hervor. Jetzt ergossen sie sich in einer wahren Flut aus den braunen Flecken – eine obszöne, unaufhörliche Massengeburt, die überall im Zimmer von Albert dem Klops vor sich ging. Ein Klumpen der weißen Würmer fiel von einem Fleck an der Decke herunter und landete auf Jacks Haar und Schultern; er wischte sie herunter, so gut er konnte, und zerrte den schreienden, um sich schlagenden Richard zur Tür hinaus.

Ich glaube, wir sind unterwegs, dachte Jack. *Gott steh uns bei. Ich glaube, wir sind wirklich unterwegs.*

9

Sie waren wieder im Gemeinschaftsraum. Wie sich herausstellte, hatte Richard noch weniger eine Vorstellung davon, wie sie sich aus Thayer herausschleichen konnten, als Jack selbst. Nur eines wußte Jack genau: er würde der trügerischen Stille nicht trauen, und er würde Nelson House nicht durch eine der Türen verlassen.

Als Jack durch das breite Fenster des Gemeinschaftsraums ganz nach links blickte, entdeckte er ein gedrungenes, achteckiges Ziegelsteingebäude.

»Was ist das, Richard?«

»Wie?« Richard betrachtete die dicken, trägen Schlammströme, die sich über den dunklen Innenhof ergossen.

»Ein kleines Ziegelsteingebäude. Man kann es von hier aus gerade noch sehen.«

»Ach so. Die Station.«

»Was ist eine Station?«

»Der Name hat heute nichts mehr zu besagen«, erklärte Richard, den Blick immer noch auf den schlammüberfluteten Hof gerichtet. »Genau wie unser Schulhospital. Es wird die Molkerei genannt, weil dort früher eine Scheune stand, in der tatsächlich Milch auf Flaschen abgefüllt wurde. Jedenfalls bis gegen 1910. Tradition, Jack. Sie ist sehr wichtig und einer der Gründe, warum ich Thayer liebe.« Richard blickte wieder unglücklich auf den verschlammten Campus hinaus. »Einer der Gründe, warum ich es bisher geliebt habe.«

»Die Molkerei, okay. Und was ist mit der Station?«

Richard begeisterte sich allmählich für das Thema Thayer und die Tradition.

»Diese Gegend von Springfield war früher ein riesiger Bahnhof«, sagte er. »Man könnte sogar sagen, daß in der alten Zeit...«

»Welche alte Zeit meinst du, Richard?«

»Oh, die Zeit um achtzehnhundertachtzig, achtzehnhundertneunzig. Siehst du...«

Richard brach ab. Seine kurzsichtigen Augen wanderten durch den Gemeinschaftsraum – Jack vermutete, daß sie nach weiteren Würmern suchten. Es waren keine da – zumindest noch nicht. Aber er konnte sehen, daß sich an den Wänden bereits braune Flecke bildeten. Die Würmer waren noch nicht da, aber sie würden kommen.

»Komm schon, Richard«, drängte Jack. »Du brauchtest doch früher keine Extraeinladung zum Reden.«

Richard lächelte ein wenig. Seine Augen kehrten zu Jack zurück. »In den letzten beiden Jahrzehnten des neunzehnten Jahrhunderts war Springfield einer der drei oder vier größten Eisenbahn-Knotenpunkte in Amerika. Das hatte es seiner geographischen Lage zu verdanken.« Er hob die rechte Hand zum Gesicht und streckte den Zeigefinger aus, um mit einer Gelehrtengeste die Brille auf der Nase hochzuschieben, begriff, daß sie nicht mehr da war, und ließ die Hand verlegen wieder sinken. »Von Springfield aus gingen Hauptstrecken in alle Richtungen. Diese Schule besteht, weil Elder Thayer die Möglichkeiten erkannte. Er machte ein Vermögen im Güterverkehr. In erster Linie zur Westküste. Er war der erste, der begriff, daß es sich lohnte, Güter nach Westen zu schicken, nicht nur nach Osten.«

Plötzlich ging in Jacks Kopf ein helles Licht an und überflutete all seine Gedanken mit einem grellen Gleißen.

»Zur Westküste?« Sein Magen verkrampfte sich. Er konnte die neue Form, die ihm dieses helle Licht gezeigt hatte, noch nicht identifizieren, aber das Wort, das in seinen Kopf einbrach, war feurig und vollkommen klar:

Talisman!

»Zur Westküste, hast du gesagt?«

»Natürlich habe ich das.« Richard musterte Jack befremdet. »Wirst du taub?«

»Nein«, sagte Jack. *Springfield war einer der drei oder vier größten Eisenbahn-Knotenpunkte in Amerika* ... »Nein, ich bin okay.« *Er war der erste, der begriff, daß es sich lohnte, Güter nach Westen zu schicken* ...

»Du hast eben ganz komisch ausgesehen.«

Er war, könnte man sagen, der erste, der begriff, daß es sich lohnte, Güter per Bahn ins Grenzland zu schicken.

Jack wußte, wußte mit absoluter Gewißheit, daß Springfield noch immer eine Art neuralgischer Punkt war, vielleicht noch immer ein Knotenpunkt. Vielleicht war das der Grund dafür, daß Morgans Magie hier so gut funktionierte.

»Hier gab es Kohlenhalden, Rangiergelände, Schuppen für die Loko- motiven und die Güterwagen und ungefähr eine Milliarde Meilen Geleise«, sagte Richard. »Der Bahnhof bedeckte die ganze Fläche, auf der jetzt die Thayer School steht. Wenn du irgendwo ein Loch in den Rasen gräbst, stößt du auf Schlacke und Schwellenreste und alles mögliche Zeug. Aber von alledem ist nichts übriggeblieben als dieses kleine Häus- chen. Die Station. Natürlich war es nie ein richtiges Stationsgebäude, dazu ist es zu klein, das liegt auf der Hand. Es war das Hauptbüro des Bahnhofs, in dem der Stationsvorsteher und der Eisenbahnboss erledig- ten, was zu erledigen war.«

»Du weißt ja mächtig gut Bescheid«, sagte Jack fast automatisch – in seinem Kopf gleißte noch immer dieses grelle neue Licht.

»Es gehört zur Tradition von Thayer«, sagte Richard schlicht.

»Und wozu dient es jetzt?«

»Es ist ein kleines Theater darin. Der Dramatische Club gibt dort seine Vorstellungen. Aber der Club war nicht sonderlich aktiv in den letzten paar Jahren.«

»Glaubst du, daß es verschlossen ist?«

»Warum sollte jemand auf die Idee kommen, die Station zu verschlie- ßen?« fragte Richard. »Es sei denn, du glaubtest, jemand könnte Inter- esse daran haben, ein paar Kulissen von einer Aufführung der *Fantas- ticks* im Jahre 79 zu stehlen.«

»Also könnten wir hineinkommen?«

»Ich denke schon. Aber warum ...«

Jack deutete auf eine Tür hinter den Tischtennistischen. »Was ist da drin?«

»Automaten. Und ein Münz-Mikrowellenherd zum Aufwärmen von Snacks und Tiefkühlgerichten. Jack ...«

»Komm mit.«

»Jack, ich glaube, mein Fieber kommt wieder.« Richard lächelte matt.

»Vielleicht sollten wir eine Weile hierbleiben. Wir könnten uns die Nacht über auf die Couches legen...«

»Siehst du die braunen Flecken an den Wänden?« fragte Jack ingrimmig und deutete mit dem Finger darauf.

»Nein, ohne Brille natürlich nicht!«

»Nun, sie sind da. Und in ungefähr einer Stunde kommen die Würmer herausgekrochen...«

»Okay«, sagte Richard hastig.

10

Die Automaten stanken.

Jack hatte den Eindruck, daß alle Waren, die sie enthielten, verdorben waren. Blauer Schimmel überzog die Käsecracker, die Doritos, die Jax und die gebratenen Schweineschwarten. Aus dem Eisautomaten sickerten träge Ströme geschmolzener Eiscreme.

Jack zog Richard zum Fenster. Er schaute hinaus. Von hier aus konnte er die Station gut erkennen. Dahinter sah er einen Maschendrahtzaun und die aus dem Campus herausführende Straße für Versorgungsfahrzeuge.

»In ein paar Sekunden sind wir draußen«, flüsterte Jack.

Er entriegelte das Fenster und schob es hoch.

Diese Schule besteht, weil Elder Thayer die Möglichkeiten erkannte... Erkennst du die Möglichkeiten, Jacko?

Es konnte durchaus sein.

»Sind diese Leute noch da draußen?« fragte Richard nervös.

»Nein«, sagte Jack und warf nur einen ganz oberflächlichen Blick in die Runde. Es spielte jetzt keine Rolle mehr, ob sie da waren oder nicht.

Einer der drei oder vier größten Eisenbahn-Knotenpunkte... ein Vermögen im Güterverkehr – in erster Linie zur Westküste – er war der erste, der begriff, daß es sich lohnte, Güter nach Westen zu schicken – nach Westen – nach Westen...

Eine dicke, ekelhafte Mischung aus Brackwassergeruch und Müllgestank driftete zum Fenster herein. Jack schwang ein Bein über die Brüstung und griff nach Richards Hand. »Komm«, sagte er.

Mit unglücklichem, vor Angst verzerrtem Gesicht wich Richard zurück.

»Jack – ich weiß nicht...«

»Dieser Laden fällt auseinander«, sagte Jack, »und bald wimmelt es auch hier von Würmern. Und nun komm. Sonst sieht mich noch jemand hier auf der Fensterbank, und dann ist es aus mit unserer Chance, wie zwei Mäuse hinauszuflitzen.«

»Ich verstehe das alles nicht!« klagte Richard. »Ich verstehe einfach nicht, was zum Teufel hier vorgeht!«

»Halt den Mund und komm mit«, sagte Jack. »Sonst geh ich alleine. Bei Gott, das tue ich. Ich liebe dich, aber meine Mutter liegt im Sterben. Ich verschwinde, und du kannst selbst sehen, wie du zurechtkommst.« Richard schaute Jack ins Gesicht und sah – sogar ohne Brille –, daß es Jack ernst war. Er ergriff Jacks Hand. »Gott, ich habe solche Angst«, flüsterte er.

»Da bist du in bester Gesellschaft«, sagte Jack und stieß sich ab. Eine Sekunde später landeten seine Füße auf dem stinkenden Rasen. Richard sprang neben ihm herunter.

»Wir sprinten hinüber zur Station«, flüsterte Jack. »Ich schätze, es sind ungefähr fünfzig Meter. Wenn sie unverschlossen ist, gehen wir hinein, wenn nicht, suchen wir an der dem Nelson House zugewandten Seite so viel Deckung wie möglich. Sobald wir sicher sind, daß uns niemand gesehen hat, und alles ruhig bleibt...«

»Flitzen wir hinüber zum Zaun.«

»Richtig.« *Vielleicht müssen wir auch flippen, aber darum brauchen wir uns im Augenblick nicht zu kümmern.* »Und zur Zubringerstraße. Ich könnte mir denken, daß alles wieder in Ordnung kommt, sobald wir das Gelände von Thayer verlassen haben. Wenn wir ein paar hundert Meter die Straße entlanggelaufen sind, kannst du vielleicht über die Schulter zurückblicken und in den Häusern und der Bibliothek wie gewöhnlich die Lichter brennen sehen, Richard.«

»Das wäre herrlich«, sagte Richard so sehnsüchtig, daß es einem fast das Herz brechen konnte.

»Okay, bist du soweit?«

»Ja, ich glaube schon«, sagte Richard.

»Lauf zur Station. Drück dich an dieser Seite an die Wand. Duck dich hinter den Büschen dort. Siehst du sie?«

»Ja.«

»Okay – auf geht's!«

Sie lösten sich von Nelson House und rannten Seite an Seite zur Station.

11

Sie hatten knapp die halbe Strecke geschafft, der Atem kam in weißen Dampfwolken aus ihren Mündern, ihre Füße jagten über den schlammigen Boden, als die Glocken der Kapelle in gräßliches, kakophonisches Geläute ausbrachen. Ein heulender Hundechor antwortete den Glocken.

Sie waren wieder da, die Präfekten, die jetzt Werwölfe waren. Jack tastete nach Richard und stellte fest, daß Richard nach ihm tastete. Ihre Hände schlossen sich umeinander.

Richard schrie und versuchte, ihn nach links zu ziehen. Seine Hand umkrampfte die von Jack, bis seine Fingerknochen schmerzhaft gegeneinanderknirschten. Ein magerer weißer Wolf, ein Aufsichtsratsvorsitzender der Wölfe, kam um die Station herum und raste auf sie zu. Das ist der alte Mann aus der Limousine, dachte Jack. Andere Wölfe und Hunde folgten ihm – und Jack sah, daß einige von ihnen keine Hunde waren; einige waren halbverwandelte Jungen, andere erwachsene Männer – Lehrer, vermutete er.

»Mr. Dufrey!« kreischte Richard und wies mit seiner freien Hand auf ihn. *(Für jemanden, der seine Brille verloren hat, siehst du recht gut, Richie-boy,* schoß es Jack durch den Kopf.) *»Mr. Dufrey! O Gott, es ist Mr. Dufrey! Mr. Dufrey! Mr. Dufrey!«*

In diesem Moment erhaschte Jack seinen ersten und einzigen Blick auf den Direktor der Thayer School – einen winzigen alten Mann mit grauem Haar, einer großen, krummen Nase und dem abgezehrten, behaarten Körper eines Leierkastenaffen. Er rannte flink auf allen vieren zusammen mit den Hunden und den Jungen, ein flacher Doktorhut tanzte auf seinem Kopf und weigerte sich irgendwie herunterzufallen. Er grinste Jack und Richard an, und mitten aus dem Grinsen fiel seine Zunge heraus, lang, lose baumelnd und von Nikotin gelb verfärbt.

»Mr. Dufrey! O Gott! O du lieber Gott! Mr. Dufrey! Mr. Du...«

Er zerrte Jack immer heftiger nach links. Jack war größer, aber Richard war von Panik ergriffen. Explosionen erschütterten die Luft. Der faulige Müllgestank verdichtete sich. Jack konnte das leise Floppen und Ploppen des aus der Erde herausquellenden Schlammes hören. Der weiße Wolf, der das Rudel anführte, kam näher und näher, und Richard versuchte, Jack von ihm wegzuzerren, versuchte, ihn zum Zaun hinzuzerren, und das war richtig, aber es war zugleich falsch, weil es die Station war, die sie erreichen mußten, nicht der Zaun. Das war der rechte Ort, das war er, weil dies einer der drei oder vier größten Eisenbahn-Knotenpunkte in Amerika gewesen war, weil Elder Thayer der erste gewesen war, der begriff, daß es sich lohnte, Güter nach Westen zu schicken, und jetzt begriff er, Jack Sawyer, es gleichfalls. Es war natürlich nur eine Intuition, aber Jack war zu der Überzeugung gelangt, daß in diesen weittragenden Angelegenheiten seine Intuition das einzige war, auf das er sich verlassen konnte.

»Laß deinen Passagier los, Sloat!« geiferte Dufrey. *»Laß deinen Passagier los, er ist zu hübsch für dich!«*

Aber was ist ein Passagier? dachte Jack in diesen letzten paar Sekunden, während Richard blindlings versuchte, ihn in die falsche Richtung zu zerren, und Jack ihn zurückriß, auf die Horde aus Hunden und Jungen und Lehrern zu, die hinter dem großen weißen Wolf auf die Station zurannten. *Ich sage dir, was ein Passagier ist: ein Passagier ist jemand, der gefahren wird. Und wo beginnt ein Passagier seine Fahrt? An einer Station natürlich* ...

»Jack, er will uns beißen!« kreischte Richard.

Der Wolf überholte Dufrey und sprang sie an; seine Kiefer fuhren auseinander und glichen einer gespannten Falle. In ihrem Rücken ertönte ein schweres, malmendes Geräusch, als Nelson House zerplatzte wie eine faule Melone.

Jetzt war es Jack, der Richards Fingerknochen malträtierte, sie fest, fester, am festesten umklammerte, während der Abend erfüllt war von wüstem Glockengeläut, vom Flackerlicht von Benzinbomben und vom Prasseln von Knallfröschen.

»*Halt dich fest!*« schrie er. »*Halt dich fest, Richard, auf geht's!*«

Er hatte noch Zeit zu denken: *Jetzt sind die Rollen vertauscht; jetzt ist es Richard, der die Herde ist, der mein Passagier ist. Gott steh uns beiden bei.*

»*Jack, was passiert jetzt?*« kreischte Richard. »*Was tust du? Laß das! LASS DAS! LASS* ...«

Richard kreischte noch immer, aber Jack hörte ihn nicht mehr – ganz plötzlich und triumphierend zersprang dieses Gefühl schleichenden Verhängnisses wie ein schwarzes Ei, und Licht erfüllte sein Gehirn – Licht und die süße Klarheit einer Luft, die so rein und klar war, daß man einen Rettich riechen konnte, den ein Mann eine halbe Meile entfernt aus dem Boden zog. Plötzlich hatte Jack das Gefühl, daß er sich einfach abstoßen und über den ganzen Innenhof hinwegspringen konnte – oder fliegen wie diese Männer mit den auf den Rücken geschnallten Flügeln.

Oh, Licht und klare Luft verdrängten diesen fauligen Müllgestank und das Gefühl, leere, dunkle Räume zu durchqueren, und einen Augenblick lang erschien ihm alles von Strahlen und Klarheit erfüllt; einen Augenblick lang war alles Regenbogen, Regenbogen, Regenbogen.

Und so flippte Jack Sawyer wieder in die Region, während er über den verrottenden Campus von Thayer rannte und das Getöse gesprungener Glocken und bellender und knurrender Hunde die Luft erfüllte.

Und diesmal nahm er Morgan Sloats Sohn Richard mit sich.

Sloat in dieser Welt/
Orris in der Region (III)

Am Morgen, nachdem Jack und Richard aus Thayer geflippt waren, lenkte Morgan Sloat kurz nach sieben Uhr seinen Wagen unmittelbar vor dem Haupttor der Schule an den Straßenrand. Er parkte. Der Parkplatz war mit dem Schild NUR FÜR BEHINDERTE gekennzeichnet. Sloat warf einen uninteressierten Blick darauf, dann griff er in die Tasche, zog ein Fläschchen mit Kokain heraus und schnupfte etwas davon. Binnen weniger Augenblicke schien die Welt an Farbe und Lebendigkeit zu gewinnen. Es war ein wunderbarer Stoff. Er fragte sich, ob er wohl auch in der Region wuchs und ob er dort stärker war.

Gardener selbst hatte ihn in seinem Haus in Beverly Hills um zwei Uhr morgens angerufen; er hatte ihn geweckt, um ihm zu berichten, was passiert war – in Springfield war es Mitternacht gewesen. Gardeners Stimme hatte gezittert. Offensichtlich fürchtete er, daß Sloat einen Wutanfall bekommen und toben würde, weil er eine knappe Stunde zu spät gekommen war, um Jack Sawyer zu erwischen.

»Dieser Junge – dieser schlechte, schlechte Junge . . .«

Sloat hatte keinen Wutanfall bekommen – im Gegenteil, eine außerordentliche Gelassenheit hatte von ihm Besitz ergriffen. Ihn überkam ein Gefühl der Prädestination, das, so vermutete er, von jenem anderen Teil seines Selbst herrührte – jenem Teil, den er in einer nur halb verstandenen Anspielung auf königlichen Rang »seine Orrisheit« nannte.

»Beruhigen Sie sich«, hatte Sloat ihm gesagt. »Ich komme, so schnell es geht. Bleiben Sie am Ball.«

Er hatte die Verbindung unterbrochen, bevor Gardener noch etwas sagen konnte, und sich wieder auf seinem Bett ausgestreckt. Er hatte die Hände über dem Bauch gefaltet und die Augen geschlossen. Ein Augenblick der Gewichtslosigkeit – nur ein Augenblick –, und dann spürte er Bewegung unter sich. Er hörte das Knarren von Ledergeschirr, das Rumpeln und Poltern von groben Eisenfedern, das Fluchen seines Kutschers.

Er hatte die Augen als Morgan von Orris aufgeschlagen.

Wie immer war seine erste Reaktion reinstes Entzücken: damit vergli-

473

chen kam ihm Koks vor wie Baby-Aspirin. Morgans Puls lag zwischen fünfundachtzig Schlägen in der Minute und hundertzwanzig, wenn er wütend war; der von Orris stieg selten über fünfundsechzig. Morgan Sloat konnte ausgezeichnet sehen; Morgan von Orris sah trotzdem noch besser. Er konnte den Verlauf jedes winzigen Risses in der Seitenwand der Kutsche verfolgen, konnte die Feinheit der Netzvorhänge bewundern, die durch die Fenster hereinwehten. Kokain hatte Sloats Nase verstopft, seinen Geruchssinn beeinträchtigt; Orris' Nase war völlig klar, und er roch Staub und Erde und Luft mit geradezu vollkommener Unfehlbarkeit – es war, als wäre er imstande, jedes einzelne Molekül wahrzunehmen und zu würdigen.

Hinter sich zurückgelassen hatte er ein leeres Doppelbett, in dem sich noch die Form seines massigen Körpers abzeichnete. Er saß auf einer Bank, die luxuriöser war als der Sitz jedes Rolls-Royce, der je gebaut wurde, und fuhr Richtung Westen dem Rand des Grenzlandes entgegen, zu einem Ort, der die Grenzland-Station genannt wurde. Zu einem Mann namens Anders. Er wußte diese Dinge, wußte genau, wo er war, weil Orris noch immer da war, in seinem Kopf – weil Orris zu ihm sprach, wie in Tagträumen die rechte Seite des Gehirns mit der linken sprechen mochte, mit leiser, aber vollkommen klarer Stimme. Sloat hatte sich die wenigen Male, bei denen Orris in das übergewechselt war, was Jack inzwischen die amerikanische Region nannte, mit der gleichen, leisen Unterbewußtseinsstimme mit ihm unterhalten. Wenn man überwechselte und in den Körper seines Twinners einfuhr, war die Folge eine Art gutartiger Besessenheit. Sloat hatte von gewaltsameren Fällen von Besessenheit gelesen, und obwohl ihn das Thema nicht sonderlich interessierte, hatte er doch vermutet, daß die armen, unglücklichen Tröpfe, denen das widerfuhr, von verrückten Wanderern aus anderen Welten übernommen worden waren; vielleicht war es auch die amerikanische Welt gewesen, die sie um den Verstand gebracht hatte. Das erschien ihm mehr als möglich; jedenfalls hatte sie einiges Unheil im Kopf des armen alten Orris angerichtet, als er die ersten zwei oder drei Mal übergewechselt war – er war restlos begeistert und gleichzeitig entsetzt gewesen.

Die Kutsche tat einen gewaltigen Satz. Im Grenzland mußte man die Straßen nehmen, wie sie waren, und Gott danken, daß es sie überhaupt gab. Orris setzte sich wieder bequem hin; sein Klumpfuß schmerzte dumpf.

»Legt euch ins Geschirr, Gott hämmre euch«, murmelte der Kutscher auf seinem Bock. Seine Peitsche pfiff und knallte. »Hüa, ihr Söhne von toten Huren! Hüa!«

Sloat lächelte vor Freude darüber, hier zu sein, wenn auch nur für ein paar Augenblicke. Er wußte bereits, was er erfahren wollte; Orris' Stimme hatte es ihm mitgeteilt. Noch vor dem Morgen würde die Kutsche bei der Grenzland-Station – der Thayer School in der anderen

Welt – eintreffen. Vielleicht wurde man ihrer habhaft, wenn sie sich noch dort aufhielten; wenn nicht, wartete das Verheerte Land auf sie.

Der Gedanke, daß Richard jetzt bei dem Sawyer-Bengel war, schmerzte und erboste ihn, aber wenn ein Opfer gebracht werden mußte – nun, auch Orris hatte *seinen* Sohn verloren und es überlebt.

Der einzige Umstand, der Jack bisher am Leben erhalten hatte, war die Tatsache seiner Einzelnatur; sie konnte Sloat an den Rand des Wahnsinns treiben. Wenn der Bengel flippte, befand er sich immer an einem Ort, der dem entsprach, den er verlassen hatte. Sloat dagegen kam immer dort an, wo Orris war, und das konnte viele Meilen von der Stelle entfernt sein, wo er eigentlich sein mußte – wie es auch jetzt der Fall war. Auf dem Rastplatz hatte er Glück gehabt, aber Sawyers Glück war größer gewesen.

»Aber jetzt wird dich das Glück bald genug verlassen, mein kleiner Freund«, sagte Orris. Die Kutsche tat einen weiteren heftigen Satz. Er verzog das Gesicht, dann lächelte er. Selbst wenn sonst nichts geschah, würde die Lage sich von selbst vereinfachen, wenn es zur letzten Konfrontation kam.

Genug.

Er schloß die Augen und verschränkte die Arme. Einen Augenblick später spürte er abermals dumpfen Schmerz in dem deformierten Fuß – und als er die Augen aufschlug, blickte Sloat zur Decke seines Schlafzimmers empor. Wie immer gab es einen Moment, in dem die zusätzlichen Pfunde mit bedrückender Schwere auf ihn einstürzten, in dem sein Herz schneller zu schlagen begann.

Dann war er aufgestanden und hatte die Jet-Vermietung angerufen. Siebzig Minuten später war er vom Los Angeles Airport gestartet. Während der abrupten Steillage der Lear nach dem Start fühlte er sich, wie er sich immer fühlte – als hätte man ihm eine Lötlampe an den Hintern geschnallt. Um fünf Uhr fünfzig mittelamerikanischer Zeit war die Maschine in Springfield gelandet, ungefähr gleichzeitig mit Orris' Ankunft bei der Grenzland-Station in der Region. Sloat hatte bei Hertz eine Limousine gemietet, und nun war er da. Das Reisen auf amerikanische Art hatte seine Vorteile.

Er stieg aus dem Wagen, und gerade als die morgendlichen Glocken zu läuten begannen, betrat er den Campus von Thayer, den sein Sohn so kurze Zeit zuvor verlassen hatte.

Alles war wie immer am frühen Morgen eines Wochentags in Thayer. Die Glocken in der Kapelle spielten eine normale Morgenmelodie, etwas Klassisches, das eine gewisse Ähnlichkeit mit dem »Te Deum« hatte, es aber nicht war. Schüler passierten Sloat auf ihrem Weg zum Speisesaal oder zum Frühsport. Vielleicht waren sie ein wenig stiller als gewöhnlich, und allen war ein Ausdruck gemeinsam – blaß und ein wenig benommen, als hätten sie einen beunruhigenden Traum hinter sich.

Was natürlich der Fall war, dachte Sloat. Er blieb einen Augenblick vor Nelson House stehen und betrachtete es nachdenklich. Sie wußten einfach nicht, wie unwirklich sie im Grunde waren, wie unwirklich alle Geschöpfe sein mußten, die an so dünnen Nahtstellen zwischen Welten lebten. Er bog um die Ecke und beobachtete einen Hausmeister, der Glasscherben aufsammelte, die wie falsche Diamanten auf dem Gelände herumlagen. Über seinen gebeugten Rücken hinweg konnte Sloat in den Gemeinschaftsraum von Nelson House hineinsehen, in dem ein ungewöhnlich stiller Albert der Klops saß und mit leerem Blick auf ein Bugs Bunny-Heft starrte.

Sloat machte sich auf den Weg zur Station, und seine Gedanken kehrten zu dem Tag zurück, an dem Orris zum ersten Mal in diese Welt übergewechselt war. Er dachte an diesen Tag mit einer Nostalgie, die, wenn man es recht bedachte, fast grotesk war – schließlich wäre er fast gestorben. Sie *beide* wären fast gestorben. Aber das war um die Mitte der fünfziger Jahre gewesen, und jetzt war *er* in der Mitte der fünfziger Jahre – und das war der entscheidende Unterschied.

Er war aus dem Büro gekommen, und die Sonne war in einem Los Angeles-Schleier aus trüben Purpurtönen und rauchigem Gelb untergegangen – damals, bevor der Smog von Los Angeles richtig dick wurde. Er hatte auf dem Sunset Boulevard gestanden und ein Plakat betrachtet, das eine neue Platte von Peggy Lee ankündigte, als er eine Kälte in seinem Kopf spürte. Es war gewesen, als wäre irgendwo in seinem Unterbewußtsein eine Quelle entsprungen, der etwas Fremdes, ganz Eigenartiges entströmte, das war wie – wie . . .

(wie Sperma)

. . . ja, genau wußte er nicht, wie es gewesen war. Er wußte nur, daß es rasch warm geworden war, erkennbar geworden war, und er hatte gerade noch Zeit zu begreifen, daß *er* es war, Orris, und dann hatte sich alles umgekehrt wie eine Geheimtür auf ihrem Schwenkmechanismus – ein Bücherregal auf der einen Seite, eine Chippendale-Kommode auf der anderen, und beide vollkommen auf das Ambiente des Raums abgestimmt –, und es war Orris gewesen, der am Steuer eines rundnasigen 1952er Ford saß, Orris, der den braunen Zweireiher und die John Penske-Krawatte trug, Orris, der sich zwischen die Beine faßte, nicht weil er Schmerzen hatte, sondern mit leicht angewiderter Neugier – Orris, der natürlich nie Unterhosen getragen hatte.

Es hatte einen Augenblick gegeben, erinnerte er sich, in dem der Ford beinahe auf dem Gehsteig gelandet wäre, und dann hatte Morgan Sloat – jetzt weitgehend der untergeordnete Geist – diesen Teil der Operation übernommen, und Orris brauchte sich um nichts zu kümmern, konnte alles bestaunen, fast aus dem Häuschen vor Begeisterung. Und das, was von Morgan Sloat übriggeblieben war, war gleichfalls begeistert; er war begeistert gewesen wie ein Mann, der einen Freund zum ersten Mal durch sein neues Haus führt und feststellt, daß es dem Freund ebenso gut gefällt wie ihm selbst.

Orris hatte den Wagen in ein Fat Boy Drive-in gelenkt, und nach einigen Schwierigkeiten mit Morgans unvertrautem Papiergeld hatte er einen Hamburger mit Pommes frites und einen Schokoladen-Thickshake bestellt, wobei die Worte mühelos aus seinem Mund kamen. Orris' erster Bissen in den Hamburger war skeptisch gewesen – und dann hatte er den Rest ebenso gierig hinuntergeschlungen wie Wolf seinen ersten Whopper. Er hatte die Pommes frites mit einer Hand in den Mund gestopft und gleichzeitig mit der anderen am Radio gedreht, bis er eine reizvolle Mischung aus Bebop und Perry Como und irgendeiner Bigband und frühen Bluesrhythmen gefunden hatte. Er hatte das Milchmixgetränk in sich hineingesaugt und dann mehr bestellt.

Nach der Hälfte des zweiten Hamburgers wurde ihm – Sloat ebenso wie Orris – schlecht. Plötzlich waren die gebratenen Zwiebeln zu stark, zu widerwärtig; plötzlich war der Gestank von Auspuffgasen überall. Seine Arme hatten plötzlich wie verrückt zu jucken begonnen. Er riß das Jackett seines Zweireihers herunter (der zweite Thickshake, diesmal Mokka, kippte um, und Eiscreme rann über den Sitz des Ford) und betrachtete seine Arme. Häßliche rote Flecke mit dunkelroten Zentren waren dort erschienen und breiteten sich weiter aus. Sein Magen verkrampfte sich, er beugte sich aus dem Fenster, und noch während er sich über das dort angebrachte Tablett übergab, spürte er, wie Orris aus ihm flüchtete, in seine eigene Welt zurückkehrte . . .

»Kann ich Ihnen helfen, Sir?«

»Wie?« Aus seinen Träumen aufgeschreckt, fuhr Sloat herum. Ein hochgewachsener blonder Junge, offensichtlich ein Senior, stand vor ihm. Er war standesgemäß gekleidet – ein makelloser blauer Flanellblazer über einem offenen Hemd und verblichene Levis.

Er wischte sich das Haar aus Augen, in denen ein benommener, träumerischer Ausdruck lag. »Ich bin Etheridge, Sir. Ich dachte, ich könnte Ihnen vielleicht helfen. Sie sahen so – verloren aus.«

Sloat lächelte. Er dachte daran zu sagen: *Nein, du bist es, der verloren aussieht, mein Freund,* tat es aber nicht. Alles war in bester Ordnung. Der Sawyer-Bengel war auf freiem Fuße, aber Sloat wußte, wo er hinging, und das bedeutete, daß Jacky an der Kette lag.

»Ich habe mich in der Vergangenheit verloren, sonst nichts«, sagte er. »Die alten Zeiten. Ich bin hier nicht fremd, Mr. Etheridge, wenn es das ist, was Sie beunruhigt. Mein Sohn ist Schüler hier. Richard Sloat.«

Einen Augenblick lang wurden Etheridges Augen sogar noch träumerischer – verwirrt, hilflos. Dann klärte sich sein Blick. »Richard, ja natürlich!« rief er.

»Ich treffe mich in Kürze mit dem Direktor und wollte mich vorher nur ein bißchen umsehen.«

»Dagegen ist wohl nichts einzuwenden.« Etheridge sah auf die Uhr. »Ich habe heute morgen Tischdienst. Wenn Sie also sicher sind, daß ich Ihnen nicht helfen kann . . .«

»Ich bin sicher.«

Etheridge bedachte ihn mit einem Nicken und einem ziemlich vagen Lächeln, dann machte er sich davon.

Sloat sah ihm nach, dann wanderte sein Blick wieder zum Nelson House hinüber. Bemerkte wieder das zerbrochene Fenster. Volltreffer. Es war möglich – sogar wahrscheinlich, daß die beiden Jungen irgendwo zwischen diesem Fenster und dem achteckigen Ziegelsteingebäude in die Region übergewechselt waren. Wenn er wollte, konnte er ihnen folgen. Einfach hineingehen – es war kein Schloß an der Tür – und verschwinden. Wiedererscheinen, wo sich Orris' Körper in diesem Augenblick befand. Das würde irgendwo in der Nähe sein; vielleicht stand er sogar vor dem Stationswärter. Diesmal brauchte er nicht an einen Ort überzuwechseln, der Hunderte von Meilen vom Brennpunkt des Geschehens in der Region entfernt war, und wo er nur die Möglichkeit hatte, die Entfernung mit der Kutsche zu überbrücken, oder, schlimmer noch, auf dem, was sein Vater Schusters Rappen genannt hatte.

Höchstwahrscheinlich waren die Jungen bereits fort. Auf dem Weg ins Verheerte Land. Wenn dem so war, dann würde das Verheerte Land ihnen den Garaus machen. Und Sunlight Gardeners Twinner Osmond war mehr als fähig, aus Anders alles herauszuholen, was er wußte. Osmond und sein gräßlicher Sohn. Es bestand also keine Veranlassung zum Überwechseln.

Außer vielleicht, um einen Blick auf die Szene zu werfen. Um das Vergnügen und die Erfrischung zu genießen, wieder Orris zu werden, wenn auch nur für ein paar Sekunden.

Und, natürlich, um sich zu vergewissern. Sein ganzes Leben, von Kindheit an, war ein Übungskurs im Sichvergewissern gewesen.

Er warf einen Blick in die Runde, um sich zu vergewissern, daß Etheridge tatsächlich verschwunden war; dann öffnete er die Tür der Station und ging hinein.

Der Geruch war schal, dunkel und unvorstellbar erinnerungsträchtig – der Geruch nach alter Schminke und Kulissenleinwand. Einen Augenblick lang hatte er das Gefühl, etwas noch Unvorstellbareres getan zu haben, als in die Region überzuwechseln; ihm war, als wäre er durch die Zeit zurückgereist bis zu jener Epoche, in der er und Phil Sawyer theaterverrückte Studenten waren.

Dann gewöhnten sich seine Augen an das Dämmerlicht, und er sah die unvertrauten, kitschigen Requisiten – eine Gipsbüste der Pallas für eine Inszenierung des *Raben*, einen abgeschmackt vergoldeten Vogelkäfig, ein Bücherregal voller Attrappen – und erinnerte sich, daß er sich in dem befand, was der Thayer School als »kleines Theater« diente.

Er hielt einen Augenblick inne, atmete tief ein; dann lenkte er den Blick auf einen durch ein kleines Fenster einfallenden staubigen Sonnenstrahl. Das Licht schwankte und war plötzlich ein dunkleres Gold, hatte die Farbe von Lampenlicht. Er war in der Region. Einfach so. Er war in der Region. Es folgte ein Augenblick fast atemberaubenden Entzückens über die Schnelligkeit der Verwandlung. In der Regel trat eine Pause ein, ein Gefühl des Gleitens von einem Ort zum anderen, und diese Zäsur schien in direktem Verhältnis zu der Entfernung zwischen den Körpern seiner beiden Selbst, Sloat und Orris, zu stehen. Einmal, als er von Japan aus übergewechselt war, wo er mit den Brüdern Shaw wegen eines fürchterlichen Romans verhandelt hatte, in dem Hollywood-Stars von einer geistesgestörten *ninja* bedroht werden, hatte die Pause so lange gedauert, daß er gefürchtet hatte, irgendwo in dem leeren, sinnlosen Fegefeuer zwischen den Welten für immer verlorenzugehen. Aber diesmal waren sie einander nahe – so nahe! Es war wie bei den seltenen Gelegenheiten, dachte er

(dachte Orris)

bei denen ein Mann und eine Frau genau im gleichen Augenblick zum Orgasmus gelangen und dabei miteinander sterben.

An die Stelle des Geruchs nach trockener Farbe und Leinwand war der leichte, angenehme Duft des Lampenöls der Region getreten. In der Lampe auf dem Tisch flackerte eine kleine Flamme, Rauchschleier stiegen von ihr auf. Zu seiner Linken war ein Tisch gedeckt, und die Überreste einer Mahlzeit erstarrten auf den rohen Tellern. Drei Tellern.

Orris trat vor, seinen Klumpfuß wie gewöhnlich ein wenig nachziehend. Er hob einen der Teller an, ließ das flackernde Lampenlicht widerwillig über das Fett gleiten. *Wer hat von diesem Teller gegessen? War es Anders oder Jason oder Richard – der Junge, der auch Rushton gewesen wäre, wenn mein Sohn noch lebte?*

Rushton war in einem Teich nicht weit vom Sommerpalast ertrunken. Man hatte ein Picknick veranstaltet. Orris und seine Frau hatten eine Menge Wein getrunken. Die Sonne war heiß gewesen. Der Junge, kaum der Wiege entwachsen, hatte geschlafen. Orris und seine Frau hatten sich geliebt und waren dann in der warmen Nachmittagssonne gleichfalls eingeschlafen. Die Schreie des Kindes hatten ihn geweckt. Rushton war aufgewacht und zum Wasser hinuntergelaufen. Er hatte im Wasser herumgepaddelt und war so weit gekommen, daß er keinen Boden mehr unter den Füßen hatte und in Panik geriet. Orris war zum Wasser gehinkt, war hineingesprungen und so schnell er konnte dorthin geschwommen, wo sein Sohn sich abmühte. Es war sein Fuß, sein verdammter Fuß, der ihn behinderte und vielleicht seinen Sohn das Leben gekostet hatte. Als er den Jungen erreichte, ging er bereits unter. Es war Orris gelungen, ihn bei den Haaren zu packen und ans Ufer zu ziehen – aber da war Rushton bereits blau und tot gewesen.

Keine sechs Wochen später war Margaret von eigener Hand gestorben.

Sieben Monate danach wäre Morgan Sloats Sohn beim Schwimmunterricht in einem Becken der YMCA in Westwood beinahe ertrunken. Er war ebenso blau und tot wie Rushton aus dem Wasser gezogen worden – aber der Bademeister hatte die Mund-zu-Mund-Beatmung angewendet, und Richard Sloat hatte darauf reagiert.

Gott hämmert seine Nägel, dachte Orris, und dann ließ ein tiefes, rumpelndes Schnarchen seinen Kopf herumfahren.

Anders, der Stationswärter, lag auf einem Strohsack in der Ecke; sein Kilt war bis zu den Hoden hochgerutscht. Neben ihm lag ein umgekippter irdener Weinkrug. Ein großer Teil des Weins hatte seine Haare durchnäßt.

Er schnarchte wieder, dann stöhnte er wie in einem bösen Traum.

Kein Traum kann so schlimm sein wie das, was dir jetzt bevorsteht, dachte Orris grimmig. Er trat einen Schritt näher heran, von seinem Umhang umflattert. Ohne jedes Mitleid blickte er auf Anders herab.

Sloat war imstande, Morde zu planen, aber es war immer wieder Orris gewesen, der übergewechselt war, um die Tat zu vollbringen. Es war Orris in Sloats Körper gewesen, der versucht hatte, den kleinen Jack Sawyer mit einem Kissen zu ersticken, während im Hintergrund die Stimme eines Ringkampf-Reporters vor sich hinleierte. Es war Orris gewesen, der die Ermordung von Phil Sawyer in Utah überwacht hatte (wie er auch die Ermordung von Phil Sawyers Twinner, des bürgerlichen Prinzen Philipp Sawtelle, in der Region überwacht hatte).

Sloat fand Geschmack an Blut, aber letzten Endes war er dagegen so allergisch wie Orris gegen amerikanisches Essen und amerikanische Luft. Stets war es Morgan von Orris, einstmals als Morgan Klumpfuß verhöhnt, der die Taten ausführte, die Sloat geplant hatte.

Mein Sohn starb; seiner lebt noch. Sawtelles Sohn starb; Sawyers Sohn lebt noch. Aber das läßt sich ändern. Wird sich ändern. Kein Talisman für euch, meine lieben kleinen Freunde. Euch steht eine radioaktive Version von Oatley bevor, und beide schuldet ihr den Waagschalen einen Tod. Gott hämmert seine Nägel.

»Und wenn Gott es nicht tut, dann werde ich es tun, darauf könnt ihr euch verlassen«, sagte er laut.

Der Mann auf dem Boden stöhnte abermals, als hätte er es gehört. Orris tat einen weiteren Schritt auf ihn zu, vielleicht in der Absicht, ihn mit einem Tritt zu wecken – doch dann schüttelte er den Kopf. In der Ferne hörte er Hufschläge, das leise Knarren und Klirren von Geschirr, die heiseren Rufe von Viehtreibern.

Das würde Osmond sein. Gut. Sollte sich Osmond um die Angelegenheit kümmern – ihm selbst lag wenig daran, einen verkaterten Mann zu befragen, wenn er recht gut wußte, was der Mann zu sagen hatte.

Orris humpelte zur Tür, öffnete sie und blickte hinaus in einen prachtvollen, pfirsichfarbenen Sonnenaufgang der Region. Aus dieser Richtung – der Richtung der aufgehenden Sonne – tönte der Hufschlag der herannahenden Reiter. Er gestattete sich noch einen Augenblick den Genuß dieses wundervollen Glühens, dann wandte er sich wieder nach Westen, wo der Himmel noch die Farbe einer frischen Prellung hatte. Das Land war dunkel – ausgenommen dort, wo zwei glänzende, parallele Linien das erste Sonnenlicht reflektierten.

Jungen, ihr seid in den Tod gegangen, dachte Orris befriedigt – und dann kam ihm ein Gedanke, der noch befriedigender war: vielleicht waren sie beide schon tot.

»Gut«, sagte Orris und schloß die Augen.

Einen Augenblick später ergriff Morgan Sloat die Klinke der Tür zum kleinen Theater der Thayer School, öffnete seine eigenen Augen und überdachte seine Rückreise an die Westküste.

Vielleicht war es an der Zeit, einen kleinen Ausflug in die Vergangenheit zu unternehmen. In ein Städtchen in Kalifornien, das Point Venuti hieß. Vorher vielleicht eine Reise nach Osten – ein Besuch bei der Königin – und dann . . .

»Die Seeluft«, erklärte er der Pallas-Büste, »wird mir guttun.«

Er trat wieder ins Innere, bediente sich abermals aus dem Fläschchen in seiner Tasche (jetzt ohne die Gerüche nach Leinwand und Schminke wahrzunehmen) und machte sich erfrischt auf den Weg zu seinem Wagen.

Vierter Teil

Der Talisman

Vierunddreißigstes Kapitel

Anders

1

Jack merkte plötzlich, daß er, obwohl immer noch rennend, durch dünne Luft rannte – wie eine Figur in einem Zeichentrickfilm, die gerade noch Zeit für einen überraschten Blick hat, bevor sie fünfhundert Meter in die Tiefe stürzt. Aber es waren keine fünfhundert Meter. Er begriff nur, daß der Boden nicht mehr da war, und dann fiel er einen oder anderthalb Meter, noch immer rennend. Er taumelte und hätte sich vielleicht auf den Beinen gehalten, doch dann prallte Richard gegen ihn, und sie stürzten beide.

»*Paß auf, Jack!*« schrie Richard – hatte aber offensichtlich nicht die Absicht, seinen eigenen Rat zu befolgen, denn seine Augen waren fest zusammengekniffen. »*Paß auf den Wolf auf! Paß auf Mr. Dufrey auf! Paß...*«

»Ruhig, Richard!« Die atemlosen Schreie bestürzten ihn mehr als alles andere. Sie klangen, als wäre Richard verrückt geworden, völlig verrückt. »Ruhig, es ist alles in Ordnung. Sie sind fort!«

»*Paß auf Etheridge auf! Paß auf die Würmer auf! Paß auf, Jack!*«

»Richard, sie sind *fort*! Sieh dich doch um, um Jasons willen!« Jack selbst war noch nicht dazu gekommen, sich umzusehen, aber er wußte, daß er es geschafft hatte – die Luft war still und süß, die Nacht völlig lautlos bis auf das leichte Rauschen einer kleinen, angenehm warmen Brise.

»*Paß auf, Jack! Paß auf, Jack! Paß auf, paß auf...*«

Wie ein böses Echo in seinem Kopf hörte er in der Erinnerung den Chor der Hunde-Jungen vor Nelson House rufen: *Wa-chauf, wa-chauf, wa-chauf! Bitte-bitte-bitte!*

»*Paß auf, Jack!*« heulte Richard. Er preßte das Gesicht in die Erde und sah aus wie ein übereifriger Moslem, der entschlossen ist, Allah auf sich aufmerksam zu machen. »*PASS AUF! DER WOLF! DIE PRÄFEKTEN! DER DIREKTOR! PASS AUF...*«

Von dem Gedanken, daß Richard tatsächlich verrückt geworden sein könnte, selbst in Panik versetzt, riß Jack seinen Freund am Kragen hoch und schlug ihm ins Gesicht.

Richard brach mitten im Satz ab. Er starrte Jack an, und Jack sah, wie sich die Form seiner Hand auf Richards bleicher Wange abzuzeichnen begann wie eine trübrote Tätowierung. An die Stelle der Scham trat rasch die brennende Neugier zu wissen, wo genau sie sich befanden. Von irgendwoher kam Licht; sonst wäre er nicht imstande gewesen, das Mal auf Richards Gesicht zu erkennen.

Eine Teilantwort auf die Frage kam aus seinem Innern; sie war eindeutig und unbestreitbar – zumindest, so weit sie ging. *Das Grenzland, Jacko. Du bist jetzt im Grenzland.* Doch bevor er sich weiter mit diesem Gedanken beschäftigen konnte, mußte er versuchen, Richard wieder zur Vernunft zu bringen.

»Bist du wieder in Ordnung, Richie?«

Richard sah Jack dumpf, verletzt und überrascht an. »Du hast mich geschlagen, Jack.«

»Ich habe dir eine Ohrfeige gegeben. Das soll ein probates Mittel sein, wenn jemand hysterisch ist.«

»Ich war nicht hysterisch. Ich bin in meinem ganzen Leben noch nie hysterisch ge...« Richard unterbrach sich wieder, sprang auf und schaute sich wie von Sinnen um. »Der Wolf! Wir müssen auf den Wolf aufpassen, Jack! Wenn wir es schaffen, über den Zaun zu kommen, erwischt er uns nicht!«

Er wäre losgerannt in die Dunkelheit und hätte versucht, einen Tornadozaun, der sich in einer anderen Welt befand, zu erreichen, wenn Jack ihn nicht gepackt und zurückgehalten hätte.

»Der Wolf ist fort, Richard.«

»Wie?«

»Wir haben es geschafft.«

»Wovon redest du?«

»Die Region, Richard! Wir sind in der Region! Wir sind geflippt!« *Und du hättest mir fast den Arm aus dem Gelenk gerissen, du Ungläubiger,* dachte Jack und rieb sich die schmerzende Schulter. *Wenn ich das nächste Mal versuche, jemanden mitzunehmen, suche ich mir ein Kind aus, das noch an den Weihnachtsmann und den Osterhasen glaubt.*

»Das ist lächerlich«, sagte Richard langsam. »So etwas wie die Region gibt es nicht, Jack.«

»Wenn es sie nicht gibt«, sagte Jack ingrimmig, »wie kommt es dann, daß dich dieser große weiße Wolf nicht in den Arsch beißt? Oder dein eigener verdammter Direktor?«

Richard starrte Jack an, öffnete den Mund, um etwas zu sagen, dann schloß er ihn wieder. Er sah sich wieder um, diesmal etwas aufmerksamer (Jack hoffte es zumindest). Jack tat dasselbe und genoß dabei die Wärme und Klarheit der Luft. Morgan und seine Horde entsprungener Irrer konnten jeden Augenblick über sie hereinbrechen, aber im Augenblick gab es für ihn nichts als die rein animalische Freude des Wiederhierseins.

Sie standen auf einem Feld. Hohes gelbliches Gras mit grannenbesetzten Ähren – kein Weizen, aber so etwas Ähnliches; auf jeden Fall irgendein Getreide – erstreckte sich rings um sie herum in die Nacht. Die warme Brise ließ es auf seltsame und dennoch reizvolle Weise wogen. Zu ihrer Rechten stand ein Holzgebäude auf einer kleinen Anhöhe, und davor eine auf einen Pfosten montierte Lampe, in deren Glaskugel eine klare, gelbe Flamme brannte, so hell, daß man sie kaum ansehen konnte. Jack stellte fest, daß das Gebäude achteckig war. Die beiden Jungen waren am äußersten Rand des von der Lampe erzeugten Lichtkreises gelandet – und am entgegengesetzten Ende des Kreises war etwas Metallisches, das das Lampenlicht reflektierte. Jack versuchte zu erkennen, was das schwache, silbrige Glimmen hervorbrachte – und dann begriff er. Was er empfand, war weniger Erstaunen als eine Art erfüllter Erwartung. Es war, als hätten sich zwei Teile eines sehr großen Puzzles, eines in der amerikanischen Region, das andere hier, nahtlos zusammengefügt.

Es waren Eisenbahnschienen. Und obwohl es unmöglich war, in der Dunkelheit ihre Richtung zu erkennen, glaubte Jack doch zu wissen, in welche Richtung diese Schienen liefen.

Nach Westen.

2

»Komm«, sagte Jack.

»Ich will nicht da hinauf«, sagte Richard.

»Warum nicht?«

»Zu viel verrückter Kram, der hier vorgeht.« Richard befeuchtete seine Lippen. »Da oben in dem Gebäude kann alles mögliche sein. Hunde. Verrückte Leute.« Er befeuchtete wieder seine Lippen. »Würmer.«

»Ich habe dir doch gesagt, daß wir jetzt in der Region sind. Der ganze Wahnsinn ist verflogen – hier ist es sauber. Zum Teufel, Richard, riechst du das denn nicht?«

»So etwas wie die Region gibt es nicht«, sagte Richard dünn.

»Sieh dich doch um.«

»Nein«, sagte Richard. Seine Stimme war dünner als je zuvor, die Stimme eines nervtötend halsstarrigen Kindes.

Jack riß eine Handvoll Ähren ab. »Sieh dir das an!«

Richard wendete den Kopf ab.

Jack widerstand nur mit Mühe dem Drang, ihn kräftig zu schütteln. Stattdessen warf er die Ähren beiseite, zählte in Gedanken bis zehn und machte sich dann auf den Weg die Anhöhe hinauf. Er blickte an sich

herunter und sah, daß er jetzt eine Art lederne Cowboyhose trug.
Richard war ähnlich gekleidet und trug um den Hals ein rotes Tuch, das
aussah, als stammte es aus einem Gemälde von Frederic Remington.
Jack faßte an seinen eigenen Hals und fühlte ein ähnliches Tuch. Er ließ die
Hände am Körper herabgleiten und entdeckte, daß Myles P.
Kigers warmer Mantel jetzt etwas war, das einer mexikanischen Serape ähnelte.
Ich wette, ich sehe aus wie eine Reklame für Taco Bell, dachte er und
lächelte.

Als Jack die Anhöhe hinaufzugehen begann und ihn zurückließ,
erschien auf Richards Gesicht ein Ausdruck panischen Entsetzens.

»Wo gehst du hin?«

Jack sah Richard an und kehrte um. Er legte seine Hände auf Richards
Schultern und blickte ihm nüchtern in die Augen.

»Wir können hier nicht bleiben«, sagte er. »Einige von ihnen müssen
gesehen haben, wie wir flippten. Es kann sein, daß sie uns nicht gleich
folgen können, es kann aber auch sein, daß sie es können. Ich weiß es
nicht. Von den Gesetzen, die all dies regieren, weiß ich ungefähr so viel
wie ein fünfjähriges Kind über Magnetismus – es weiß, daß Magneten
sich manchmal anziehen und manchmal abstoßen. Aber im Augenblick
ist das alles, was ich wissen muß. Wir müssen hier verschwinden. Ende
der Geschichte.«

»Ich träume das alles nur, da bin ich ganz sicher.«

Jack deutete mit einem Nicken auf das baufällige Holzgebäude. »Du
kannst mitkommen oder hierbleiben. Wenn du hierbleibst, hole ich dich
ab, nachdem ich den Ort ausgekundschaftet habe.«

»Nichts von alledem passiert«, sagte Richard. Seine nackten, brillen-
losen Augen waren weit offen, ohne Tiefe, sie wirkten irgendwie staubig. Er blickte kurz zum schwarzen Himmel der Region mit seinem
seltsam unvertrauten Sterngewimmel empor, schauderte und wendete
den Blick rasch wieder ab. »Ich habe Fieber. Es ist eine Grippe. Die
Grippe grassiert in letzter Zeit. Dies ist ein Delirium. Du bist der
Stargast in meinem Delirium.«

»Sobald ich dazu komme, schicke ich jemanden mit meiner Mitglieds-
karte zur Deliriumsschauspieler-Gewerkschaft«, sagte Jack. »Aber
warum bleibst du inzwischen nicht hier, Richard? Wenn nichts von-
alledem passiert, gibt es auch nichts, wovor du dich ängstigen könntest.«

Er machte sich wieder auf den Weg. Wenn Richard noch lange auf
diese Art weitermachte, würde er gleichfalls verrückt werden.

Er hatte die halbe Anhöhe hinter sich gebracht, als Richard neben ihm
auftauchte.

»Ich wäre zu dir zurückgekommen«, sagte Jack.

»Ich weiß«, sagte Richard. »Ich dachte nur, ich könnte ebensogut
mitkommen. Jedenfalls, solange dies alles nur ein Traum ist.«

»Wenn da oben jemand ist, halt deinen Mund«, sagte Jack. »Ich

glaube, es ist jemand da – mir war, als hätte ich jemanden aus dem Fenster nach mir Ausschau halten sehen.«
»Was hast du vor?« fragte Richard.
Jack lächelte. »Nach Gehör spielen, Richie-boy«, sagte er. »Genau das habe ich getan, seit ich New Hampshire verließ. Nach Gehör gespielt.«

3

Sie erreichten die Stufen zur Veranda. Richard umklammerte Jacks Schulter mit der Kraft äußerster Panik. Jack wandte sich verdrossen zu ihm um; auch Richards patentierter Kansas City-Klammergriff war etwas, das sehr schnell den Reiz der Neuheit verlor.
»Was ist?« fragte Jack.
»Es ist wirklich ein Traum«, sagte Richard, »und ich kann es beweisen.«
»Wie?«
Wir reden nicht mehr Englisch, Jack! Wir reden in irgendeiner Sprache, und wir sprechen sie völlig richtig, aber es ist kein Englisch!«
»So ist es«, sagte Jack. »Verblüffend, nicht?«
Er begann, die Stufen hinaufzusteigen, und ließ Richard mit offenem Mund unten stehen.

4

Ein oder zwei Sekunden später hatte sich Richard wieder gefaßt und stieg hinter Jack die Treppe hinauf. Die Stufen waren verzogen, locker und rissig. Durch einige von ihnen wuchsen Stengel dieses grannentragenden Getreides hindurch. Beide hörten von irgendwo aus dem tiefen Dunkel das schläfrige Summen von Insekten – nicht das rauhe Schnarren von Grillen, sondern ein angenehmeres Geräusch. Hier war so vieles angenehmer, dachte Jack.
Die Außenlampe lag jetzt hinter ihnen; ihre Schatten liefen vor ihnen über die Veranda und knickten dann rechtwinklig ab, um an der Tür hochzusteigen. An der Tür hing ein verblichenes Schild. Einen Augenblick hatte Jack den Eindruck, als stünden kyrillische Buchstaben darauf, so unentzifferbar wie Russisch. Dann wurden sie deutlich, und das Wort war keine Überraschung. STATION.
Jack hob die Hand, um anzuklopfen, dann schüttelte er leicht den Kopf. Nein. Er würde nicht anklopfen. Dies war kein Privathaus; auf dem Schild stand STATION, ein Wort, das an öffentliche Gebäude

denken ließ – Orte, an denen man auf Greyhound-Busse und Amtrak-Züge wartete, Ladezonen für den Sonnigen Süden.

Er stieß die Tür auf. Freundliches Lampenlicht und eine entschieden unfreundliche Stimme drangen gleichzeitig auf die Veranda. »Geh weg, du Teufel!« kreischte die brüchige Stimme. »Verschwinde, ich mache mich morgen früh auf den Weg. Ich schwöre es! Der Zug steht im Schuppen! Verschwinde! Ich habe geschworen, daß ich losfahre, und ich tue es, also geh gefälligst – und laß mir ein bißchen Ruhe!«

Jack runzelte die Stirn. Richard blickte fassungslos drein. Der Raum war sauber, aber sehr alt. Die Bretter waren so verzogen, daß die Wände beinahe Wellen schlugen. An einer Wand hing das Bild einer Postkutsche von der Größe eines Walfängers. Ein alter Tresen, dessen Oberfläche fast so wellig war wie die Wände, zog sich quer durch den Raum und unterteilte ihn. Dahinter hing an der gegenüberliegenden Wand eine Schiefertafel mit der Aufschrift KUTSCHENANKÜNFTE am Kopf der einen und KUTSCHENABFAHRTEN am Kopf der anderen Spalte. Es mußte sehr lange her sein, fand Jack, seit jemand Informationen daraufgeschrieben hatte; die Tafel sah aus, als würde sie zerbröckeln und zu Boden fallen, wenn jemand versuchte, sie zu beschreiben, und sei es auch nur mit weicher Kreide.

Auf einer Seite des Tresens stand die größte Sanduhr, die Jack je gesehen hatte – groß wie eine Zweiliterflasche, mit grünem Sand gefüllt.

»Laß mich in Ruhe! Ich habe versprochen, daß ich fahre, und ich werde es tun! Bitte, Morgan! Sei so gut! Ich habe es versprochen, und wenn du mir nicht glaubst, dann schau doch in den Schuppen! Der Zug steht bereit. Ich schwöre, der Zug steht bereit!«

Es folgte noch eine Menge Geplapper und Geschnatter der gleichen Art. Der große alte Mann, der es hervorsprudelte, duckte sich in der rechten hinteren Ecke des Raumes. Jack schätzte, daß er mindestens einsneunzig groß war – sogar in der servilen Haltung, die er im Augenblick einnahm, war die niedrige Decke des Gebäudes kaum zehn Zentimeter über seinem Kopf. Er mochte um die Siebzig sein, vielleicht auch ein noch relativ rüstiger Achtziger. Ein schneeweißer Bart begann unter seinen Augen und fiel in einer Fülle babyfeinen Haars bis auf seine Brust. Seine Schultern waren breit, sackten jetzt aber so weit herunter, daß es aussah, als hätte man ihn gezwungen, viele Jahre lang schwere Lasten zu schleppen. Von seinen Augenwinkeln gingen tiefe Krähenfüße aus; die Stirn war von tiefen Falten durchzogen. Sein Gesicht war wächsern gelb. Er trug einen weißen, mit leuchtend scharlachroten Fäden durchwirkten Kilt, und er war offensichtlich zu Tode verängstigt. Er schwenkte einen dicken Stock, aber ohne jede Autorität.

Jack warf einen scharfen Blick auf Richard, als der alte Mann den Namen seines Vaters aussprach, aber Richard war nicht in der Verfassung, derartige Feinheiten zu bemerken.

»Ich bin nicht der, für den du mich hältst«, sagte Jack und näherte sich dem alten Mann.

»Geh weg!« kreischte er. »Ich laß mich nicht hinters Licht führen. Der Teufel kann auch ein freundliches Gesicht aufsetzen, wenn er will! Verschwinde! Ich tue es ja! Er steht bereit, morgen früh fahre ich los! Ich habe gesagt, ich tue es, und ich werde es tun, also laß mich in Ruhe!«

Der Rucksack war jetzt ein Beutel, der an Jacks Arm hing. Als Jack den Tresen erreicht hatte, kramte er darin, schob den Spiegel und einige der gegliederten Geldstäbchen beiseite. Seine Finger schlossen sich um das, was er suchte, und brachten es heraus. Es war die Münze, die ihm Hauptmann Farren gegeben hatte, die Münze mit der Königin auf der einen und dem Greif auf der anderen Seite. Er hieb sie auf den Tresen, und das sanfte Licht des Raums fing sich im zarten Profil von Laura DeLoessian – und wieder erfüllte ihn Staunen über die Ähnlichkeit dieses Profils mit dem seiner Mutter. *Haben sie einander von Anfang an so ähnlich gesehen? Oder sehe ich nur mehr Ähnlichkeit, weil ich öfter an sie denke? Oder bringe ich sie tatsächlich irgendwie näher zusammen, mache eins aus ihnen?*

Während sich Jack dem Tresen näherte, wich der alte Mann noch weiter zurück; es sah aus, als verschwände er am liebsten durch die Rückwand des Gebäudes. Seine Worte wurden zu einer hysterischen Flut. Doch als Jack die Münze auf den Tresen hieb wie ein Schurke in einem Western, der einen Drink verlangt, brach der alte Mann plötzlich ab. Er starrte auf die Münze, seine Augen weiteten sich, seine nassen Mundwinkel zuckten. Seine geweiteten Augen hoben sich auf Jacks Gesicht und sahen ihn jetzt zum ersten Mal an.

»Jason«, flüsterte er mit zitternder Stimme. Das schwache Gestammel war verschwunden. Jetzt zitterte die Stimme nicht mehr vor Angst, sondern vor Ehrfurcht. »Jason!«

»Nein«, sagte er. »Ich heiße...« Dann brach er ab; er begriff, daß das Wort, das in dieser seltsamen Sprache herauskommen würde, nicht *Jack* war, sondern...

»Jason!« rief der alte Mann und fiel auf die Knie. »Jason, du bist gekommen! Du bist gekommen, und alles wird gut, ja, alles wird gut, alles und jedes wird gut!«

»He«, sagte Jack. »He, was soll das...«

»Jason! Jason ist gekommen, und die Königin wird gesund, und alles und jedes wird gut!«

Jack, der weniger darauf gefaßt war, diese tränenreiche Anbetung hinzunehmen, als mit der Aufregung und dem Entsetzen des alten Stationswärters fertig zu werden, wandte sich zu Richard um – aber von ihm kam keine Hilfe. Richard hatte sich links neben der Tür auf dem Fußboden ausgestreckt und war entweder eingeschlafen oder spielte die Rolle eines schlafenden Menschen verdammt gut.

»*Ach, Scheiße!*« murmelte Jack.

Der alte Mann lag auf den Knien, plapperte und weinte. Die Situation verließ rasch die Bereiche des lediglich Lächerlichen und stieß in die kosmischer Komik vor. Jack fand eine Klappe und trat hinter den Tresen. »Erhebe dich, du guter und getreuer Diener«, sagte Jack. Hatten Christus oder Buddha je vor solchen Problemen gestanden? »Auf die Füße, Mann.«

»*Jason! Jason!*« schluchzte der alte Mann. Sein weißes Haar bedeckte Jacks sandalenbekleidete Füße, als er sich über sie beugte und sie zu küssen begann – und es waren durchaus keine kleinen Küsse, sondern tüchtige Schmatzer von der guten alten Art. Jack begann hilflos zu kichern. Er hatte es geschafft, Illinois hinter sich zu lassen, und nun waren sie in einer baufälligen Station mitten in einem großen Getreidefeld, das kein Weizen war, irgendwo im Grenzland, Richard schlief neben der Tür, und dieser seltsame alte Mann küßte ihm die Füße, und sein Bart kitzelte.

»*Erhebe dich!*« schrie Jack kichernd. Er versuchte zurückzutreten, stieß jedoch gegen den Tresen. »*Erhebe dich, du getreuer Diener! Erhebe dich auf deine vermaledeiten Füße, steh auf, es reicht!*«

»*Jason!*« Schmatz! »*Alles wird gut!*« Schmatz-schmatz!

Und alles und jedes wird gut, dachte Jack verrückterweise und kicherte wieder, als der alte Mann seine Zehen küßte.

Schmatz-schmatz-schmatz.

Oh, Schluß damit, ich halte es wirklich nicht mehr aus.

»*STEH AUF!*« brüllte er mit höchster Lautstärke, und endlich stand der alte Mann vor ihm, zitternd und weinend, nicht imstande, Jack in die Augen zu sehen. Aber seine erstaunlich breiten Schultern hatten sich ein wenig gehoben, wirkten nicht mehr gebrochen, und Jack war auf unerklärliche Art froh darüber.

5

Es dauerte eine Stunde oder länger, bis es Jack gelang, mit dem alten Mann ein zusammenhängendes Gespräch zu führen. Sie *fingen an*, miteinander zu reden; doch dann verfiel Anders, der von Beruf Stallbursche war, wieder in eine seiner O-Jason-mein-Jason-wie-herrlich-bist-du-Touren, und Jack mußte ihn beruhigen, so schnell er konnte – auf jeden Fall, bevor die Fußküsserei wieder losging. Aber Jack mochte den alten Mann und empfand Mitgefühl für ihn. Um das zu tun, brauchte er sich nur vorzustellen, wie ihm zumute sein würde, wenn Jesus oder Buddha in der Wagenwaschanlage oder während der Mittagspause in der Schule auftauchten. Außerdem mußte er sich eine eindeutige und unleugbare Tatsache eingestehen: da war ein Teil seines Selbst, für das Anders' Verhalten nicht unbedingt eine Überraschung bedeutete. Obwohl er sich als Jack fühlte, fühlte er sich in immer stärkerem Maße auch als – der andere.

Aber der war gestorben.

Das war die Wahrheit, die unleugbare Wahrheit. Jason war gestorben, und Morgan von Orris war vermutlich an seinem Tod nicht unbeteiligt. Doch bei Burschen wie Jason bestand immer die Möglichkeit, daß sie wiederkehrten, oder etwa nicht?

Jack hielt die Zeit, die es ihn kostete, Anders zu zusammenhängendem Reden zu bringen, nicht für vergeudet, und sei es auch nur, weil sie ihm gestattete, ganz sicher zu sein, daß Richard nicht simulierte; er war tatsächlich wieder eingeschlafen. Und das war gut, weil Anders eine Menge über Morgan zu sagen hatte.

Früher einmal, sagte er, war dies die letzte Kutschenstation in der bekannten Welt gewesen und hatte den wohlklingenden Namen Grenzland-Station getragen. Jenseits davon wurde die Welt zu einem fürchterlichen Ort.

»In welcher Beziehung fürchterlich?« fragte Jack.

»Ich weiß es nicht«, sagte Anders und zündete seine Pfeife an. Er blickte hinaus in die Dunkelheit, und sein Gesicht war traurig. »Es gibt Geschichten über das Verheerte Land, aber jede besagt etwas anderes, und alle beginnen ungefähr auf die gleiche Art: ›Ich kenne einen Mann, der einem Mann begegnete, der drei Tage am Rand des Verheerten Landes umhergeirrt ist, und der hat gesagt . . .‹ Aber ich habe noch nie eine Geschichte gehört, in der es hieß: ›Ich bin drei Tage am Rand des Verheerten Landes umhergeirrt, und *ich* sage . . .‹ Siehst du den Unterschied, Jason, mein Herr?«

»Ich sehe ihn«, sagte Jack langsam. *Das Verheerte Land.* Schon der Klang dieser Worte bewirkte, daß es ihn kalt überlief. »Niemand weiß also, wie es dort aussieht?«

»Nicht mit Sicherheit«, sagte Anders. »Aber wenn nur ein Viertel von dem stimmt, was ich gehört habe . . .«

»Was hast du gehört?«

»Daß es dort Mißgeburten gibt, neben denen die Geschöpfe in Orris' Erzgruben fast normal aussehen. Daß es dort Feuerbälle gibt, die über die Hügel und das leere Land rollen und lange schwarze Spuren hinterlassen – bei Tage jedenfalls sind die Spuren schwarz, aber ich habe gehört, daß sie nachts glühen. Und wenn ein Mann einem dieser Feuerbälle zu nahe kommt, wird er fürchterlich krank. Sein Haar fällt aus, am ganzen Körper brechen Geschwüre hervor; dann beginnt er sich zu erbrechen; manchmal erholt er sich wieder, aber meistens geht das Erbrechen weiter, bis sein Magen reißt und seine Kehle platzt, und dann . . .«

Anders stand auf.

»Herr! Was ist? Hast du etwas vor dem Fenster gesehen? Hast du auf diesen zweifach verdammten Schienen ein Gespenst gesehen?«

Anders blickte aufgeregt aus dem Fenster.

Strahlenvergiftung, dachte Jack. *Er weiß es nicht, aber er hat die Symptome von Strahlenvergiftung bis aufs I-Tüpfelchen genau beschrieben.*

Im vergangenen Jahr hatten sie sich in einer Physik-Arbeitsgemeinschaft mit Kernwaffen beschäftigt und mit dem, was passierte, wenn jemand radioaktiven Strahlen ausgesetzt war – und da seine Mutter den Atomwaffen-Gegnern und der Bewegung, die gegen den Bau weiterer Kernkraftwerke protestierte, zumindest sehr nahestand, hatte Jack in dieser Arbeitsgemeinschaft genau aufgepaßt.

Wie gut, dachte er jetzt, paßte Strahlenvergiftung in die Vorstellung von einem Verheerten Land! Und dann fiel ihm noch etwas anderes ein: die ersten Tests waren im Westen durchgeführt worden. Hier hatte man den Prototyp der Bombe von Hiroshima an einen Turm gehängt und zur Detonation gebracht, hier waren nur von Schaufensterpuppen bewohnte Vorstädte vernichtet worden, damit die Militärs eine mehr oder minder zutreffende Vorstellung davon gewinnen konnten, was eine Kernexplosion und der aus ihr resultierende Feuersturm bewirkten. Dann hatten sie sich nach Utah und Nevada zurückgezogen, die zu den letzten amerikanischen Regionen gehörten, die noch weitgehend unberührt waren, und hatten ihre Versuche dort einfach unter der Erde fortgesetzt. Draußen in diesen weiten Einöden, diesem Gewirr aus Restbergen und Mesas und zerklüfteten Wüstenlandschaften gehörte, das wußte er, ein großer Teil des Landes der Regierung, und es waren nicht nur Bomben, die dort getestet wurden.

Wie viel von diesem Scheiß würde Sloat hier herüberbringen, wenn die Königin starb? Wie viel von diesem Scheiß hatte er bereits herübergebracht? War diese ehemalige Kutschen- und jetzige Eisenbahnstation ein Teil des dafür vorgesehenen Transportsystems?

»Du siehst nicht gut aus, Herr, ganz und gar nicht. Du bist so weiß wie ein Laken, das nehme ich auf meinen Eid!«

»Mir fehlt nichts«, sagte Jack langsam. »Setz dich wieder. Erzähl weiter. Und zünde deine Pfeife an, sie ist ausgegangen.«

Anders nahm die Pfeife aus dem Mund und zündete sie wieder an; dann wanderte sein Blick abermals zum Fenster – und jetzt war sein Gesicht nicht mehr nur traurig, sondern angstverstört. »Aber ich werde bald genug erfahren, ob die Geschichten wahr sind.«

»Wie das?«

»Weil ich mich morgen früh bei Tagesanbruch auf den Weg ins Verheerte Land mache«, sagte Anders. »Ich mache mich auf den Weg ins Verheerte Land, und zwar mit Morgan von Orris' Teufelsmaschine in dem Schuppen dort drüben, und befördere Gott weiß was für gräßliches Teufelszeug.«

Jack starrte ihn an; sein Herz klopfte wie wild, das Blut hämmerte in seinem Schädel.

»Wohin? Wie weit? Bis ans Meer? Das große Wasser?«

Anders nickte langsam. »Ja«, sagte er. »Ans Wasser. Und...« Seine Stimme sank zu einem kraftlosen Flüstern herab, und sein Blick wanderte zum Fenster, als fürchtete er, irgendein namenloses Ding könnte hereinschauen, sie beobachten, belauschen.

»Und dort erwartet mich Morgan, und von dort soll es weitergehen.«

»Wohin?« fragte Jack.

»Zum schwarzen Hotel«, erwiderte Anders mit leiser, zitternder Stimme.

6

Wieder verspürte Jack den Drang, in irres Gelächter auszubrechen. *Das schwarze Hotel* – das klang wie der Titel einer düsteren Gruselgeschichte. Und dennoch – schließlich hatte dies alles in einem Hotel angefangen. Dem Alhambra in New Hampshire, an der Küste des Atlantik. Gab es da ein anderes Hotel, vielleicht sogar eine ebenso weitläufige viktorianische Monstrosität, an der Küste des Pazifik? War das der Ort, an dem dieses merkwürdige Abenteuer enden sollte? In einer Art Gegenstück zum Alhambra und einem nicht weit davon gelegenen verwahrlosten Vergnügungspark? Der Gedanke war unheimlich einleuchtend; auf seltsame und dennoch bestechende Art schien sogar die Idee von Twinnern und Wechselbeziehungen darin enthalten zu sein...

»Was siehst du mich so an, Herr?«

Anders' Stimme klang gereizt und erregt. Jack wendete rasch den Blick ab. »Es tut mir leid«, sagte er. »Ich habe nur nachgedacht.«

Er lächelte beruhigend, und der alte Stallbursche erwiderte zögernd das Lächeln.

»Und ich wünschte, du würdest mich nicht so nennen.«

»Dich was nennen, Herr?«

»Herr.«

»Herr?« Anders blickte verwirrt drein. Er wiederholte nicht, was Jack gesagt hatte, sondern bat um Verdeutlichung. Jack hatte das Gefühl, daß der Versuch, auf diesem Punkt zu bestehen, in einer Farce enden würde.

»Schon gut«, sagte er. Dann beugte er sich vor. »Ich möchte, daß du mir alles erzählst. Kannst du das?«

»Ich will es versuchen, Herr«, sagte Anders.

Anfangs kamen seine Worte langsam. Er war ein alleinstehender Mann, der sein ganzes Leben im Grenzland verbracht hatte und es nicht gewohnt war, viel zu reden. Jetzt war er zum Sprechen aufgefordert worden von einem Jungen, von dem er glaubte, daß er zumindest von königlichem Geblüt war und vielleicht sogar von göttlicher Abkunft. Doch ganz allmählich kamen die Worte schneller, und gegen Ende seiner zwar unbewiesenen, aber dennoch ungeheuer aufregenden Geschichte strömten sie fast aus ihm heraus. Trotz seines Akzents hatte Jack keine Mühe, seiner Geschichte zu folgen.

Anders kannte Morgan, weil Morgan Herr des Grenzlandes war. Sein eigentlicher Titel, Morgan von Orris, war nicht ganz so großartig, aber in der Praxis liefen beide auf das gleiche hinaus. Orris war der östlichste Bezirk des Grenzlandes und zugleich der einzige Teil dieser riesigen Graslandschaft, der wirklich verwaltet wurde. Weil Morgan in Orris unbeschränkt regierte, regierte er, weil es kein anderer tat, auch im übrigen Grenzland. Außerdem hatten sich ihm in den letzten fünfzehn Jahren immer mehr böse Wölfe angeschlossen. Anfangs spielte das keine große Rolle, weil es kaum böse Wölfe gab (allerdings hatte das Wort, das Anders benutzte, in Jacks Ohren eine gewisse Ähnlichkeit mit *tollwütige*). Doch in den letzten Jahren waren es immer mehr geworden, und Anders sagte, er hätte gehört, daß, seit die Königin krank geworden war, mehr als die Hälfte der vom Mondwechsel abhängigen Hirten von der Krankheit verseucht war. Außerdem waren die Wölfe nicht die einzigen Geschöpfe, über die Morgan von Orris verfügte, sagte Anders; es gab andere, noch schlimmere – darunter solche, erzählte man sich, deren bloßer Anblick genügte, einen Mann in den Wahnsinn zu treiben.

Jack dachte an Elroy, das Ding aus dem Oatley Tap, und schauderte.

»Hat dieser Teil des Grenzlandes, in dem wir uns befinden, einen Namen?« fragte Jack.

»Herr?«

»Die Gegend, in der wir uns jetzt befinden.«

»Keinen richtigen Namen, Herr, aber manche Leute nennen sie Ellis-Breaks.«

»Ellis-Breaks«, sagte Jack. In Jacks Gedanken begann endlich ein Bild von der Geographie der Region, vage und wahrscheinlich in vielen Einzelheiten falsch, Gestalt anzunehmen. Da war die Region, die dem amerikanischen Osten entsprach; das Grenzland, das dem Mittleren Westen und den Großen Ebenen Amerikas (Ellis-Breaks? Illinois? Nebraska?) entsprach; und das Verheerte Land, das dem amerikanischen Westen entsprach.

Er starrte Anders so lange und so gebannt an, daß der alte Stallbursche wieder nervös wurde. »Entschuldige«, sagte Jack. »Erzähl weiter.«

Sein Vater, sagte Anders, war der letzte Kutscher gewesen, der von der Grenzland-Station nach Osten gefahren war. Anders war sein Lehrling gewesen. Doch schon damals, erzählte er, hatte es im Osten bereits große Verwirrung und Unruhen gegeben; am Beginn der Unruhen hatte die Ermordung des alten Königs gestanden und der kurze Krieg, den sie auslöste, und obwohl der Krieg mit der Thronbesteigung der Guten Königin Laura endete, war das Land seither ständig von Unruhen erschüttert worden, die sich, wie es schien, stetig ostwärts ausbreiteten und vom ruinierten und entstellten Verheerten Land ausgingen. Es gab Leute, sagte Anders, die überzeugt waren, daß das Böse seinen Ursprung weit hinten im Westen hatte.

»Ich bin nicht sicher, ob ich dich richtig verstehe«, sagte Jack, obwohl sein Herz es zu verstehen glaubte.

»Da, wo das Land zu Ende ist«, sagte Anders. »Am Ufer des großen Wassers, da, wo ich hinfahren soll.«

Mit anderen Worten, es begann an dem Ort, an dem mein Vater lebte – und ich und Richard – und Morgan. Morgan Sloat.

Die Unruhen, sagte Anders, hatten aufs Grenzland übergegriffen, und nun war der Stamm der Wölfe zum Teil verseucht – auf welche Weise, wußte niemand zu sagen, aber der alte Stallbursche fürchtete, daß die Seuche das Ende der Wölfe bedeuten würde, wenn sie nicht bald zum Stillstand käme. Der Aufruhr war bis hierher vorgedrungen und hatte jetzt sogar den Osten erreicht, wo, wie er gehört hatte, die Königin krank und dem Tode nahe war.

»Aber das stimmt doch nicht, Herr, oder?« fragte Anders fast flehend.

Jack sah ihn an. »Sollte ich diese Frage beantworten können?« fragte er.

»Natürlich«, sagte Anders. »Bist du denn nicht ihr Sohn?«

Einen Augenblick lang hatte Jack das Gefühl, als würde die Welt um ihn herum sehr still. Das süße Summen der Insekten draußen verstummte. Richard schien zwischen schweren, trägen Atemzügen eine Pause einzulegen.

Selbst sein eigenes Herz schien auszusetzen – vielleicht vor allem das.

Dann sagte er mit völlig ruhiger Stimme: »Ja – ich bin ihr Sohn. Und es stimmt – sie ist sehr krank.«

»Aber stirbt sie?« beharrte Anders, jetzt mit unverhüllt flehenden Augen. »Stirbt sie, Herr?«

Jack lächelte ein wenig und sagte: »Das wird sich finden.«

Wie Anders sagte, war Morgan von Orris, bevor die Unruhen begannen, ein unbedeutender Grenzland-Herrscher gewesen und nicht mehr; seinen Operntitel hatte er von einem Vater geerbt, der ein schmieriger, übelriechender Hanswurst gewesen war. Schon zu Lebzeiten war er eine Zielscheibe des allgemeinen Spotts gewesen, und sogar die Art seines Todes wurde allgemein bespöttelt.

»Er bekam Durchfall, nachdem er einen ganzen Tag Pfirsichwein getrunken hatte, und starb mit heruntergelassener Hose.«

Die Leute glaubten, auch den Sohn des alten Mannes zur Zielscheibe ihres Spotts machen zu können, aber kurz nachdem in Orris das Henken begonnen hatte, lachte niemand mehr. Und als in den Jahren nach dem Tode des alten Königs die Unruhen ausbrachen, war Morgan zu immer größerer Bedeutung aufgestiegen wie ein Stern von übler Vorbedeutung.

All dies bedeutete so weit draußen im Grenzland wenig – diese großen, leeren Flächen, sagte Anders, ließen Politik unwichtig erscheinen. Von praktischer Bedeutung waren nur die entsetzlichen Veränderungen im Stamm der Wölfe gewesen; doch da die meisten der bösen Wölfe in das Andere Land abwanderten, spielte selbst das keine große Rolle.

Aber dann, nicht lange, nachdem die Nachricht von der Krankheit der Königin so weit nach Westen vorgedrungen war, hatte Morgan einen Trupp grotesker, verkrüppelter Sklaven aus den weiter ostwärts liegenden Erzgruben hier herausgeschickt; die Wärter dieser Sklaven waren Wölfe und andere, noch unheimlichere Geschöpfe. Sie unterstanden einem entsetzlichen Mann mit einer Peitsche; als die Arbeit begann, war er fast ständig dagewesen, aber dann war er verschwunden. Anders, der sich den größten Teil dieser grauenhaften Wochen und Monate in seinem Haus verkrochen hatte, das ungefähr acht Kilometer südlich von hier lag, hatte aufgeatmet, als er wieder verschwand. Er hatte Gerüchte gehört, daß Morgan den Mann mit der Peitsche wieder nach Osten beordert hatte, wo sich weittragende Entscheidungen anbahnten. Anders wußte nicht, ob das zutraf oder nicht. Er war nur froh darüber, daß dieser Mann, der gelegentlich von einem hageren, irgendwie widerwärtigen kleinen Jungen begleitet wurde, nicht mehr da war.

»Und sein Name?« fragte Jack. »Wie hieß er?«

»Ich weiß es nicht, Herr. Bei den Wölfen hieß er *Der mit der Peitsche*. Für die Sklaven war er nur der Teufel. Ich würde sagen, sie hatten beide recht.«

»Trug er stutzerhafte Kleidung? Lederjacken mit funkelnden Knöpfen? Vielleicht Schuhe mit aufgesetzten Schnallen?«

Anders nickte.

»Benutzte er massenhaft starkes Parfum?«

»Ja! Genau das tat er!«

»Und die Peitsche endete in Ledersträngen mit Metallspitzen?«

»Ja, Herr. Eine fürchterliche Peitsche. Und er konnte grauenhaft gut mit ihr umgehen.«

Es war Osmond. Es war Sunlight Gardener. Er war hier, überwachte eines von Morgans Projekten – und dann wurde die Königin krank, und Osmond wurde in den Sommerpalast zurückbeordert, wo ich seine reizende Bekanntschaft machte.

»Sein Sohn«, sagte Jack. »Wie sah sein Sohn aus?«

»Nur Haut und Knochen«, sagte Anders langsam. »Ein Auge war verschwommen. Das ist alles, woran ich mich erinnere. Der Sohn des Peitschenmannes war schlecht zu sehen, Herr. Die Wölfe schienen ihn noch mehr zu fürchten als seinen Vater, obwohl der Sohn keine Peitsche hatte. Sie sagten, er wäre *trübe*.«

»Trübe«, wiederholte Jack nachdenklich.

»Ja. Es ist ihr Wort für jemanden, der schlecht zu sehen ist, so genau man auch hinschaut. Unsichtbarkeit ist unmöglich – das jedenfalls sagen die Wölfe –, aber jemand, der den Trick kennt, kann sich *trübe* machen. Die meisten Wölfe kennen ihn, und dieser kleine Hurensohn kannte ihn auch. Und deshalb erinnere ich mich nur daran, wie mager er war, und an das verschwommene Auge und daran, daß er so häßlich war wie schwarze, syphilitische Sünde.«

Anders hielt einen Moment inne.

»Er liebte es, andere Geschöpfe zu quälen. Kleine Geschöpfe. Er verzog sich mit ihnen unter die Veranda, und dann hörte ich die entsetzlichsten Schreie . . .« Anders schauderte. »Das war einer der Gründe, weshalb ich in meinem Haus blieb. Ich kann es nicht ertragen, wenn kleine Tiere vor Schmerzen schreien. Mir wird dabei immer ganz elend zumute.«

Alles, was Anders sagte, warf in Jacks Gedanken hundert neue Fragen auf. Vor allem hätte er gern alles gehört, was Anders über die Wölfe wußte – schon ihre Erwähnung löste in ihm ein Gefühl aus, in dem sich Freude und ein tiefes Verlangen nach *seinem* Wolf mischten.

Aber die Zeit war knapp; dieser Mann sollte sich am Morgen auf die Reise nach Westen und ins Verheerte Land machen, eine von Morgan angeführte Horde verrückter Schüler und Lehrer konnte jeden Augenblick aus dem, was der alte Stallbursche das Andere Land nannte, hierher durchbrechen, Richard konnte aufwachen und wissen wollen, wer dieser Morgan war, von dem sie redeten, und wer dieser *trübe* Junge war – dieser *trübe* Junge, der eine verdächtige Ähnlichkeit mit dem hatte, der im Nelson House das Zimmer neben seinem bewohnte.

»Sie kamen also«, drängte er, »sein Trupp kam, und Osmond war ihr Oberaufseher – zumindest, bis er abberufen wurde oder in Indiana bei der Abendandacht in Erscheinung treten mußte . . .«

»Herr?« Auf Anders' Gesicht malten sich wieder Erstaunen und Verblüffung.

»Sie kamen, und sie bauten – was?« Er war sicher, die Antwort auf diese Frage bereits zu kennen, aber er wollte sie von Anders hören.

»Die Schienen natürlich«, sagte Anders. »Die Schienen, die nach Westen ins Verheerte Land führen. Die Schienen, auf denen ich morgen selbst fahren muß.« Er schauderte.

»Nein«, sagte Jack. Eine entsetzlich heiße Erregung explodierte in seiner Brust wie eine Sonne, und er stand auf. Wieder verspürte er das Klicken in seinem Kopf, dieses unabweisbare Gefühl, daß große Dinge zusammentrafen.

Ein grandioses, strahlendes Licht erhellte Jacks Gesicht. Anders stürzte auf die Knie. Das Geräusch weckte Richard, der sich verschlafen aufsetzte.

»Nicht du«, sagte Jack. »Ich. Und er.« Er deutete auf Richard.

»Jack?« Richard sah ihn schläfrig verwirrt mit seinen kurzsichtigen Augen an. »Wovon redest du? Und warum schnüffelt dieser Mann auf dem Fußboden herum?«

»Herr – natürlich hast du zu bestimmen –, aber ich verstehe nicht . . .«

»Nicht du«, sagte Jack. »Wir. Wir fahren den Zug für dich.«

»Aber warum, Herr, warum?« stammelte Anders, der noch immer nicht aufzublicken wagte.

Jack Sawyer schaute hinaus in die Dunkelheit.

»Weil ich glaube«, sagte er, »daß es am Ende dieser Schienen – an ihrem Ende oder nicht weit davon entfernt – etwas gibt, das ich holen muß.«

Sloat in dieser Welt (IV)

Am zehnten Dezember saß ein dick vermummter Morgan Sloat auf dem unbequemen Holzstuhl neben Lily Sawyers Bett; er fror und hatte deshalb seinen dicken Kaschmirmantel eng um sich gezogen und die Hände tief in den Taschen vergraben. Dennoch fühlte er sich wesentlich wohler, als seine Erscheinung vermuten ließ. Lily war dem Tode nahe. Sie war auf dem Weg zu jenem Ort, von dem es keine Rückkehr gab, selbst dann nicht, wenn man eine Königin in einem Bett von der Größe eines Footballplatzes war.

Lilys Bett war nicht so großartig, und sie hatte nichts Königliches an sich. Die Krankheit hatte ihr die einstige Schönheit geraubt, sie hatte ihr Gesicht abmagern lassen und sie zwanzig Jahre älter gemacht. Sloat ließ seine Augen zufrieden über die vorstehenden Wangenknochen wandern, über die schildpattähnliche Haut auf ihrer Stirn. Ihr abgezehrter Körper zeichnete sich kaum noch unter den Laken und Decken ab. Sloat wußte, daß das Alhambra gut dafür bezahlt worden war, sich nicht um Lily Cavanaugh Sawyer zu kümmern; er selbst war es gewesen, der dafür bezahlt hatte. Ihr Zimmer wurde nicht mehr geheizt. Sie war der einzige Hotelgast. Außer dem Portier und dem Koch bestand das Personal nur noch aus drei portugiesischen Zimmermädchen, die ihre gesamte Zeit mit dem Putzen der Halle verbrachten – es mußten die Mädchen gewesen sein, die Lily reichlich mit Decken versorgt hatten. Sloat selbst hatte die Suite auf der anderen Seite des Korridors gemietet und den Portier und die Mädchen angewiesen, ihn regelmäßig über Lilys Befinden zu informieren.

Um zu sehen, ob sie die Augen öffnen würde, sagte er: »Du siehst besser aus, Lily. Ich glaube tatsächlich, ich sehe Anzeichen der Besserung.«

Nur ihre Lippen bewegend, sagte Lily: »Ich weiß nicht, warum du dich auf einmal so menschlich gibst, Sloat.«

»Ich bin der beste Freund, den du hast«, erwiderte Sloat.

Jetzt schlug sie die Augen auf; sie waren nicht so trüb, wie er es gern gehabt hätte. »Scher dich hier raus«, flüsterte sie. »Du bist widerlich.«

»Ich versuche nur, dir zu helfen, und ich wollte, du würdest dir das ins

Gedächtnis rufen. Ich habe alle Papiere, Lily. Du brauchst sie nur zu unterschreiben. Wenn du das getan hast, ist für dich und deinen Sohn gesorgt, solange ihr lebt.« Sloat musterte Lily mit einem Ausdruck zufriedener Schwermut. »Ich hatte übrigens nicht viel Glück bei meinen Versuchen, Jack aufzuspüren. Hast du in letzter Zeit mit ihm telefoniert?«

»Du weißt genau, daß ich das nicht getan habe«, sagte sie. Und weinte nicht, wie er gehofft hatte.

»Ich finde wirklich, der Junge sollte hier sein. Du etwa nicht?«

»Verpiß dich«, sagte Lily.

»Ich glaube, ich werde tatsächlich das Badezimmer benutzen, wenn du nichts dagegen hast«, sagte er und stand auf. Lily schloß wieder die Augen und ignorierte ihn. »Ich hoffe trotzdem, daß ihm nichts passiert«, sagte Sloat, während er langsam am Bett entlangwanderte. »Jungen, die auf den Straßen herumwandern, können schreckliche Dinge passieren.« Lily reagierte noch immer nicht. »Dinge, an die ich gar nicht denken mag.« Er erreichte das Fußende des Bettes und ging zur Badezimmertür. Lily lag unter den Laken und Decken wie ein zerknülltes Stück Seidenpapier. Sloat betrat das Badezimmer.

Er rieb sich die Hände, schloß leise die Tür und drehte beide Hähne über dem Waschbecken auf. Aus der Manteltasche holte er ein kleines braunes Zweigramm-Fläschchen, aus der Innentasche seines Jacketts ein Kästchen, das einen Spiegel, eine Rasierklinge und ein kurzes Messingröhrchen enthielt. Auf den Spiegel schüttete er etwa ein Achtelgramm vom feinsten peruanischen Flockenkokain, das er hatte auftreiben können, zerkleinerte es mit der Rasierklinge und teilte es in zwei längliche Häufchen. Er schnupfte die Häufchen durch das Messingröhrchen auf, keuchte, atmete scharf ein und hielt ein oder zwei Sekunden den Atem an. »Aah.« Seine Atemwege öffneten sich so breit wie Tunnel. Ganz hinten begann ein Tropfen die Wohltat abzuliefern. Sloat hielt seine Hände unter den Wasserhahn und zog etwas von der an Daumen und Zeigefinger haftenden Feuchtigkeit in die Nasenlöcher. Er trocknete sich Gesicht und Hände ab.

Dieser wunderbare Zug, gestattete er sich zu denken, *dieser wunderbare, wunderbare Zug, ich glaube, ich bin stolzer auf ihn als auf meinen Sohn.*

Morgan Sloat schwelgte in der Vision seines kostbaren Zuges, der in beiden Welten der gleiche war: die erste konkrete Manifestation seines langgehegten Plans, moderne Technologie in die Region zu bringen. Er stellte sich vor, wie der Zug mit seiner nützlichen Fracht in Point Venuti eintraf. Point Venuti! Sloat lächelte, während der Koks durch sein Gehirn jagte und ihm die übliche Botschaft brachte, daß alles gut werden würde, alles gut werden würde. Der kleine Jacky Sawyer würde schon sehr viel Glück brauchen, wenn er Point Venuti wieder verlassen wollte.

Und wenn man bedachte, daß sein Weg dorthin durch das Verheerte Land führte, würde er schon viel Glück brauchen, um überhaupt dorthin zu gelangen. Aber die Droge erinnerte Sloat daran, daß es ihm in mancher Hinsicht lieber war, wenn Jack es schaffte, das gefährliche, verderbte kleine Point Venuti zu erreichen, daß es ihm sogar lieber war, wenn Jack die Konfrontation mit dem schwarzen Hotel überlebte, das nicht nur Bretter und Nägel, Ziegel und Stein war, sondern auch irgendwie lebendig ... weil es durchaus möglich war, daß er mit dem Talisman in seinen Diebsfingern wieder herauskam. Und wenn das geschah ...

Ja, wenn dieses wirklich wunderbare Ereignis eintrat, dann würde in der Tat alles gut werden.

Und beide, Jack Sawyer und der Talisman, würden zerbrochen werden.

Und er, Morgan Sloat, hätte endlich den Spielraum, den seine Talente verdienten. Eine Sekunde lang sah er sich selbst, die Arme über sternbesäte Weiten breitend, über Welten, die übereinander lagen wie Liebende in einem Bett, über alles, was der Talisman beschützte, über all das, was er so sehr begehrte, seit er vor vielen Jahren das Agincourt kaufte. All das konnte Jack ihm beschaffen. Süße. Glorie.

Um diesen Gedanken zu feiern, holte Sloat das Fläschchen abermals aus der Tasche; er hielt sich nicht mit dem Ritual von Spiegel und Rasierklinge auf, sondern benutzte einfach den anhängenden kleinen Löffel, um das medizinisch weiße Pulver erst an das eine und dann an das andere Nasenloch zu bringen. Süße, in der Tat.

Noch schnüffelnd kehrte er ins Schlafzimmer zurück. Lily machte einen etwas lebhafteren Eindruck, aber seine Laune war jetzt so gut, daß nicht einmal dieses Anzeichen fortdauernden Lebens sie trüben konnte. Ihre Augen, glänzend und seltsam hohl in ihrem Knochenrahmen, folgten ihm. »Onkel Sloat hat sich ein neues Laster zugelegt«, sagte sie.

»Und du stirbst«, sagte er. »Welches ist das kleinere Übel?«

»Wenn du genug von dem Zeug nimmst, stirbst du auch.«

Ohne sich von ihrer Feindseligkeit abschrecken zu lassen, kehrte Sloat zu dem klapprigen Holzstuhl zurück. »Um Himmels willen, Lily, werde endlich erwachsen«, sagte er. »Heutzutage schnupft doch jedermann. Du bist nicht auf dem laufenden – schon seit Jahren nicht. Willst du etwas abhaben?« Er zog das Fläschchen aus der Tasche und ließ es an der Kette baumeln, an der der kleine Löffel befestigt war.

»Scher dich raus.«

Sloat brachte das Fläschchen dichter an ihr Gesicht heran.

Lily fuhr mit der Schnelligkeit einer angreifenden Schlange in ihrem Bett hoch und spuckte ihm ins Gesicht.

»Miststück!« Er fuhr zurück und tastete nach seinem Taschentuch, während ihm die Spucke die Wange hinabbrann.

»Wenn das Zeug so wunderbar ist, warum mußt du dich dann ins Badezimmer schleichen, um es zu nehmen? Antworte nicht, laß mich in Ruhe. Ich will dich nicht wiedersehen, Sloat. Heb deinen fetten Arsch und verschwinde.«

»Du wirst einsam sterben, Lily«, sagte er, jetzt perverserweise von einer harten, kalten Freude erfüllt. »Du wirst einsam sterben, und dieses blöde kleine Nest wird dir ein Armenbegräbnis geben, und dein Sohn wird auch sterben, weil er dem, was ihm bevorsteht, nicht gewachsen ist, und niemand wird je wieder etwas von euch hören.« Er grinste sie an. Seine fetten Hände waren zu haarigen weißen Fäusten geballt. »Erinnerst du dich an Asher Dondorf, Lily? Unseren Klienten? Der in der Serie *Flanagan und Flanagan* den Hauswirt spielte? Vor ein paar Wochen stand etwas über ihn im *Hollywood Reporter*. Er wollte sich in seinem Wohnzimmer erschießen, aber er hat saumäßig gezielt, denn anstatt sich umzubringen, hat er nur sein Gaumendach zerschmettert, und jetzt liegt er im Koma. Und das kann Jahre dauern, habe ich gehört, Jahre, in denen er langsam verrottet.« Er beugte sich über sie, und seine Stirn legte sich in Falten. »Ich glaube, du und Asher, ihr habt eine Menge gemeinsam.«

Sie sah ihn unverwandt an. Ihre Augen schienen in ihren Kopf zurückgesunken zu sein, und in diesem Augenblick hatte sie viel Ähnlichkeit mit einer zähen alten Grenzerfrau mit der Schrotflinte in der einen und der Bibel in der anderen Hand. »Mein Sohn wird mir das Leben retten«, sagte sie. »Jack wird mir das Leben retten, und du kannst ihn nicht daran hindern.«

»Das findet sich«, erwiderte Sloat. »Das muß sich erst noch herausstellen.«

Fünfunddreißigstes Kapitel

Das Verheerte Land

1

»Aber begibst du dich nicht in Gefahr, Herr?« fragte Anders und kniete vor Jack nieder; sein weiß-roter Kilt bauschte sich um ihn wie ein Rock.

»Jack?« fragte Richard mit einer Stimme, die nicht mehr war als ein dünnes, weinerliches Quietschen.

»Würdest du dich nicht in Gefahr begeben?« fragte Jack.

Anders drehte seinen großen weißen Kopf zur Seite und blinzelte zu Jack hinauf, als hätte er ihm ein Rätsel aufgegeben. Er sah aus wie ein großer, verwirrter Hund.

»Ich will damit sagen, daß die Gefahr für mich ebenso groß ist, wie sie für dich sein würde, das ist alles.«

»Aber, Herr...«

»Jack?« ertönte wieder Richards quengelige Stimme. »Ich bin eingeschlafen, und jetzt müßte ich eigentlich wach sein, aber wir sind noch immer an diesem merkwürdigen Ort, also träume ich noch immer... aber ich will wach sein, Jack, ich will das nicht mehr träumen. Nein. Ich will nicht.«

Und deshalb hast du deine verdammte Brille zerbrochen, dachte Jack. Dann sagte er: »Das ist kein Traum, Richie-boy. Wir machen uns auf die Reise. Wir fahren mit einem Zug.«

»Hä?« sagte Richard, rieb sich das Gesicht und setzte sich auf. Wenn Anders einem großen weißen, mit einem Rock bekleideten Hund ähnelte, dann hatte Richard mit nichts so viel Ähnlichkeit wie mit einem aus tiefem Schlaf erwachten Säugling.

»Oh, Herr Jason«, sagte Anders. Jetzt sah es aus, als wäre er den Tränen nahe – Tränen der Erleichterung, dachte Jack. »Ist das dein Wille? Ist es dein Wille, diese Teufelsmaschine durch das Verheerte Land zu fahren?«

»Das ist es«, sagte Jack.

»Wo sind wir?« fragte Richard. »Bist du sicher, daß sie uns nicht folgen?«

Jack drehte sich zu ihm um. Richard saß auf dem welligen gelben Fußboden, blinzelte verständnislos, noch immer von einem Nebel des Entsetzens eingehüllt. »Okay«, sagte er. »Ich werde deine Fragen beantworten. Wir sind in einem Gebiet der Region, das Ellis-Breaks genannt wird...«

»Ich habe Kopfweh«, sagte Richard. Er schloß die Augen.

»Und«, fuhr Jack fort, »wir werden den Zug dieses Mannes besteigen und mit ihm durch das ganze Verheerte Land bis zum schwarzen Hotel fahren – oder so nahe heran wie möglich. So liegen die Dinge, Richard. Glaub's oder laß es bleiben. Und je eher wir das tun, desto eher können wir uns von den Geschöpfen absetzen, die hinter uns her sind.«

»Etheridge«, flüsterte Richard. »Mr. Dufrey.« Er ließ den Blick im Innern des altersschwachen Gebäudes herumwandern, als erwartete er, ihre Verfolger jeden Augenblick durch die Wände brechen zu sehen. »Es ist ein Gehirntumor«, sagte er in ganz sachlichem Ton. »Das ist die Ursache meines Kopfwehs.«

»Herr Jason«, sagte Anders und verneigte sich so tief, daß sich sein Haar auf die welligen Dielenbretter legte. »Wie gut du bist, Erhabener, wie gut zu deinem geringsten Diener, wie gut zu denen, die es nicht verdienen, mit deiner Anwesenheit beehrt zu werden...« Er kroch vorwärts, und Jack bemerkte mit Grausen, daß er vorhatte, wieder mit der verrückten Fußküsserei anzufangen.

»Ganz schön senil, würde ich sagen«, warf Richard ein.

»Bitte, steh auf, Anders«, sagte Jack und trat einen Schritt zurück. »Komm, steh auf, es ist genug.« Der alte Mann kroch weiter vorwärts, brabbelte seine Erleichterung heraus, daß ihm das Verheerte Land erspart blieb. »STEH AUF!« schrie Jack.

Anders blickte mit gerunzelter Stirn zu ihm hoch. »Ja, Herr.« Er erhob sich langsam.

»Bring deinen Gehirntumor hier herüber, Richard«, sagte Jack. »Wir wollen sehen, ob wir herausbekommen, wie man diesen verdammten Zug fährt.«

2

Anders war hinter dem langen, welligen Tresen entlanggegangen und kramte in einer Schublade. »Ich glaube, es sind Teufel, die in diesem Zug stecken, Herr«, sagte er. »Seltsame Teufel, alle irgendwie auf einen Haufen geworfen. Sie scheinen nicht zu leben, und trotzdem leben sie.« Er zog die längste und dickste Kerze, die Jack je gesehen hatte, aus der Schublade. Aus einer auf dem Tresen stehenden Schachtel wählte er einen knapp halbmeterlangen, schmalen Holzspan aus und hielt eines seiner Enden in die Lampenflamme. Der Span fing Feuer, und Anders zündete damit seine riesige Kerze an. Dann schwenkte er das »Streichholz«, bis die Flamme in einem Rauchkringel erlosch.

»Teufel?« fragte Jack.

»Ganz seltsame Kästen – ich glaube, die Teufel sind darin eingesperrt. Manchmal spucken sie und sprühen Funken! Ich werde sie dir zeigen, Herr.«

Ohne weitere Erklärungen ging er zur Tür; das warme Kerzenlicht ließ für einen Augenblick alle Runzeln aus seinem Gesicht verschwinden. Jack folgte ihm hinaus in die Weite der Region. Er erinnerte sich an das Bild an der Wand von Speedy Parkers Büro, ein Bild, von dem schon damals eine unerklärliche Kraft ausging, und er hatte das Gefühl, sich nicht fern von dem Ort zu befinden, an dem das Bild aufgenommen worden war. Im Hintergrund erhob sich ein Berg, der ihm vertraut vorkam. Unterhalb der kleinen Anhöhe erstreckten sich die Getreidefelder in alle Richtungen, wogten in glatten, ebenmäßigen Wellen. Richard Sloat schloß sich Jack widerstrebend an und rieb sich die Stirn. Die silbrigen Metallbänder, Fremdkörper in dieser Landschaft, führten unerbittlich westwärts.

»Der Schuppen ist da hinten, Herr«, sagte Anders leise und bog fast ängstlich um die Ecke des Stationsgebäudes. Jack warf noch einen Blick auf den fernen Berg. Jetzt hatte er weniger Ähnlichkeit mit dem Berg auf Speedys Bild – er wirkte neuer, es war ein Berg des Westens, nicht des Ostens.

»Wieso nennt er dich eigentlich immer ›Herr Jason‹?« flüsterte ihm Richard ins Ohr. »Er tut so, als kennte er dich.«

»Das ist schwer zu erklären«, sagte Jack.

Richard zupfte an seinem Halstuch, dann umklammerte er Jacks Bizeps. Wieder der gute alte Kansas City-Klammergriff. »Was ist mit der Schule passiert, Jack? Was ist aus den Hunden geworden? Wo sind wir?«

»Komm mit«, sagte Jack. »Wahrscheinlich träumst du noch.«

»Ja«, sagte Richard, und seine Erleichterung war nicht zu überhören. »Ja, das ist es, nicht wahr? Ich schlafe noch. Du hast mir all das verrückte Zeug über die Region erzählt, und jetzt träume ich davon.«

»So ist es«, sagte Jack und folgte Anders. Der alte Mann hielt die riesige Kerze hoch wie eine Fackel und schritt auf ein weiteres, etwas größeres, aber gleichfalls achteckiges Holzgebäude am hinteren Ende der Anhöhe zu. Die beiden Jungen folgten ihm durch das hohe gelbe Gras. Auch hier verbreitete eine Kugellampe so viel Licht, daß sie sehen konnten, daß das zweite Gebäude an zwei Seiten offen war; es sah aus, als wären zwei Seiten des Achtecks säuberlich abgeschnitten worden, und die silbrigen Gleise führten durch diese Öffnungen. Anders erreichte den Schuppen, drehte sich um und wartete auf die Jungen. Mit der hochgehaltenen, flackernden, sprühenden Kerze, seinem langen Bart und seiner merkwürdigen Kleidung glich er einer Märchen- oder Sagengestalt, einem Zauberer oder Hexenmeister.

»Hier sitzt das Ding, seit es gekommen ist, und ich wünschte, die Dämonen schafften es fort.« Anders warf einen finsteren Blick auf die Jungen, und seine Runzeln vertieften sich. »Eine Erfindung des Teufels. Ein schlimmes Ding, das könnt ihr mir glauben.« Als die Jungen ihn erreicht hatten, warf er einen Blick über die Schulter, und Jack bemerkte, daß es Anders sogar widerstrebte, zusammen mit dem Zug im Schuppen zu stehen. »Die halbe Ladung ist an Bord, und die stinkt zum Himmel.« Jack betrat den Schuppen durch das offene Ende und zwang Anders, ihm zu folgen. Richard torkelte hinter ihnen drein und rieb sich die Augen. Der kleine Zug stand westwärts gerichtet auf den Schienen – eine merkwürdig aussehende Lokomotive, ein geschlossener und ein offener, mit einer Plane abgedeckter Wagen. Aus dem letzteren kam der Geruch, der Anders so mißfiel. Es war ein falscher Geruch, der nicht zur Region gehörte, metallisch und fettig zugleich.

Richard begab sich schnurstracks in eine Ecke des Schuppens, setzte sich mit dem Rücken zur Wand auf den Boden und schloß die Augen.

»Weißt du, wie man damit umgeht, Herr?« fragte Anders mit leiser Stimme.

Jack schüttelte den Kopf und ging an den Gleisen entlang zur Spitze des Zuges. Ja, hier waren Anders' »Dämonen«. Es waren Kastenbatterien, wie Jack vermutet hatte. Sechzehn Stück, in zwei Reihen aneinandergekoppelt in einem Metallbehälter, der auf den vorderen vier Rädern ruhte. Das ganze Vorderteil der Lokomotive glich einem Lieferdreirad in größerer, komplizierterer Ausführung. Da, wo eigentlich der Fahrradsattel hätte sein müssen, war ein kleines Führerhaus, das Jack an etwas anderes erinnerte – an etwas, das ihm auf Anhieb nicht einfiel.

»Die Dämonen reden mit dem aufrechtstehenden Stock«, sagte Anders hinter ihm.

Jack schwang sich in das kleine Führerhaus hinauf. Der »Stock«, von dem Anders gesprochen hatte, war ein Schalthebel, der in einem Schlitz mit drei Rasten saß. Und jetzt fiel Jack ein, an was ihn das Führerhaus erinnerte. Der ganze Zug bewegte sich nach dem gleichen Prinzip wie ein Golfkarren. Batterien lieferten die Energie, und es waren nur drei Schaltungen möglich: vorwärts, Stillstand und rückwärts. Es war die einzige Art von Zug, die in der Region überhaupt fahren konnte, und es mußte eine Sonderanfertigung für Morgan Sloat sein.

»Die Dämonen in den Kästen spucken und sprühen Funken, und sie reden mit dem Stock, und der Stock bewegt den Zug, Herr.« Anders stand nervös neben dem Führerhaus, und sein Gesicht war zu einer Unzahl von Runzeln verzerrt.

»Du wolltest am Morgen losfahren?« fragte Jack den alten Mann.

»Ja.«

»Aber der Zug ist fahrbereit?«

»Ja, Herr.«

Jack nickte und sprang herunter. »Woraus besteht die Ladung?« »Teufelszeug«, sagte Anders ingrimmig. »Für die bösen Wölfe. Soll zum schwarzen Hotel gebracht werden.«

Wenn ich gleich losführe, wäre ich Morgan Sloat ein gutes Stück voraus, dachte Jack und warf einen unbehaglichen Blick zu Richard hinüber, der es geschafft hatte, wieder einzuschlafen. Ohne den starrköpfigen, hypochondrischen Richard wäre er nie über Sloats Expreß gestolpert; und Sloat hätte das »Teufelszeug« – bestimmt irgendwelche Waffen – gegen ihn einsetzen können, sobald er in die Nähe des schwarzen Hotels kam. Denn das Hotel war das Ziel seiner Reise, dessen war er sich jetzt sicher. Und all das schien darauf hinzudeuten, daß Richard, so hilflos und nervenaufreibend er auch war, bei der Lösung seiner Aufgabe eine größere Rolle spielte, als sich Jack je hatte träumen lassen. Sawyers Sohn und Sloats Sohn; der Sohn des Prinzen Philipp Sawtelle und der Sohn des Morgan von Orris. Einen Augenblick wirbelte die Welt um Jack herum, und einen Augenblick flackerte die Erkenntnis in ihm auf, daß Richards Anwesenheit bei dem, was immer er im schwarzen Hotel tun mußte, unerläßlich war. Dann schnüffelte Richard und öffnete den Mund, und das Gefühl flüchtigen Begreifens entglitt Jack wieder.

»Mal sehen, was für ein Teufelszeug das ist«, sagte er. Er machte kehrt und ging am Zug entlang; dabei fiel ihm zum ersten Mal auf, daß der Boden des achteckigen Schuppens unterteilt war – der größte Teil davon bestand aus einem großen Rund, einem riesigen Teller vergleichbar. Ein Spalt umgab ihn, und von ihm aus erstreckten sich Dielenbretter bis an die Wände. Jack hatte noch nie von einem Rundhaus gehört, aber das Prinzip verstand er: der tellerförmige Teil des Bodens ließ sich um hundertachtzig Grad drehen. Normalerweise kamen Züge oder Kutschen von Osten und fuhren in die gleiche Richtung zurück.

Die Plane über der Fracht wurde von dicker brauner Schnur gehalten, die so faserig war, daß sie wie Stahlwolle aussah. Jack versuchte, eine Ecke anzuheben und darunter zu blicken, sah aber nur Dunkelheit. »Hilf mir«, sagte er zu Anders.

Der alte Mann trat vor, runzelte die Stirn und löste dann mit einer geschickten, kraftvollen Bewegung einen Knoten. Die Plane lockerte sich und sackte durch. Jetzt konnte Jack eine Ecke anheben; er sah, daß der Wagen zur Hälfte mit einer Reihe von Holzkisten gefüllt war, die die Aufschrift MASCHINENTEILE trugen. *Gewehre,* dachte er; Morgan bewaffnet seine Armee von Wölfen. Auf der anderen Hälfte der Ladefläche unter der Plane waren große, rechteckige Klumpen einer weichen, in durchsichtige Kunststoffolie eingeschlagenen Substanz gestapelt. Jack hatte keine Ahnung, um was es sich bei dieser Substanz handelte, aber er war ziemlich sicher, daß es kein Kuchenbrot war. Er ließ die Plane los und trat zurück, und Anders zog die Schnur fest und verknotete sie wieder.

»Wir fahren jetzt gleich«, sagte Jack, der diesen Entschluß gerade gefaßt hatte.

»Aber, Herr Jason – das Verheerte Land – bei Nacht – weißt du . . .«

»Ja, ich weiß«, sagte Jack. »Ich weiß, daß ich alle Überraschung brauche, die ich ihnen bereiten kann. Morgan und der Mann, den die Wölfe Den mit der Peitsche nennen, erwarten mich, und wenn ich zwölf Stunden eher auftauche, als sie mit diesem Zug rechnen, kommen Richard und ich vielleicht mit dem Leben davon.«

Anders nickte düster, und wieder glich er einem zu groß geratenen Hund, der mit unerfreulichen Dingen fertigzuwerden versucht.

Jacks Blick wanderte wieder zu Richard, der mit offenem Mund dasaß und schlief. Als wüßte er, was in Jacks Gedanken vorging, blickte auch Anders auf den schlafenden Richard. »Hatte Morgan von Orris einen Sohn?« fragte Jack.

»Ja, Herr. Aus Morgans kurzer Ehe ging ein Kind hervor – ein Junge namens Rushton.«

»Und was wurde aus Rushton?«

»Er starb«, sagte Anders schlicht. »Morgan von Orris war nicht zum Vater bestimmt.«

Jack schauderte und erinnerte sich, wie sein Feind gewaltsam die Luft zerrissen und beinahe Wolfs gesamte Herde umgebracht hatte.

»Wir fahren los«, sagte er. »Hilfst du mir bitte, Richard in das Führerhaus zu bringen, Anders?«

»Herr . . .« Anders ließ den Kopf sinken, dann hob er ihn wieder und bedachte Jack mit einem fast väterlich besorgten Blick. »Die Reise ist lang, es dauert zwei, vielleicht sogar drei Tage, bis ihr die Küste im Westen erreicht. Habt ihr etwas zu essen? Wollt ihr meine Abendmahlzeit mit mir teilen?«

Jack war ungeduldig, es drängte ihn, zur letzten Etappe seiner Reise zum Talisman aufzubrechen, aber dann knurrte plötzlich sein Magen und erinnerte ihn daran, wie lange es her war, seit er, von dem Knabberkram und den altbackenen Keksen im Zimmer von Albert dem Klops abgesehen, etwas gegessen hatte. »Ja, gern«, sagte er. »Auf eine halbe Stunde wird es wohl nicht ankommen. Danke, Anders. Hilf mir, Richard auf die Beine zu stellen, ja?« Und vielleicht, dachte er, hatte er es ohnehin nicht so eilig, das Verheerte Land zu durchqueren.

Gemeinsam zogen sie Richard hoch. Wie eine Haselmaus öffnete er die Augen, lächelte und glitt dann wieder in den Schlaf zurück. »Essen«, sagte Jack. »Richtiges Essen. Was hältst du davon, Richie?«

»Im Traum esse ich nie«, erwiderte Richard mit surrealer Vernünftigkeit. Er gähnte und rieb sich die Augen. Allmählich entdeckte er seine Füße wieder und brauchte sich nicht mehr an Anders und Jack anzulehnen. »Aber ich bin ziemlich hungrig, um die Wahrheit zu gestehen. Das ist ein langer Traum, nicht wahr, Jack?«

»Ja«, sagte Jack.

»Sag mal, ist das der Zug, mit dem wir fahren wollen?«

»Ja.«

»Kannst du das Ding fahren, Jack? Es ist mein Traum, ich weiß, aber ...«

»Es ist fast so leicht zu bedienen wie meine alte elektrische Eisenbahn«, sagte Jack. »Ich kann es fahren, und du auch.«

»Ich will aber nicht«, sagte Richard, und dieser quengelige, weinerliche Ton kehrte in seine Stimme zurück. »Ich will überhaupt nicht auf diesen Zug. Ich will wieder in mein Zimmer.«

»Komm statt dessen mit und iß etwas«, sagte Jack und führte ihn aus dem Schuppen. »Dann machen wir uns auf den Weg nach Kalifornien.«

Und so zeigte sich die Region den Jungen unmittelbar vor ihrer Fahrt ins Verheerte Land von ihrer besten Seite. Anders gab ihnen dicke, köstliche Scheiben Brot, offensichtlich aus dem Getreide gebacken, das rings um die Station wuchs, zarte Fleischbrocken und saftiges, unvertrautes Gemüse, einen aromatischen rosa Saft, bei dem Jack aus irgendeinem Grund an Papaya dachte, obwohl er wußte, daß es etwas anderes sein mußte. Richard kaute in glücklicher Trance, der Saft rann ihm übers Kinn, bis Jack ihn abwischte. »Kalifornien«, sagte er einmal. »Ich hätte es mir denken können.« Jack nahm an, die Bemerkung bezöge sich darauf, daß dieser Staat im Ruf der Verrücktheit stand, und fragte nicht weiter nach. Mehr Sorge bereitete ihm der Gedanke, was sie mit Anders' vermutlich beschränkten Vorräten anstellten, aber der alte Mann tauchte immer wieder hinter dem Tresen unter, wo er oder vor ihm sein Vater einen kleinen Holzofen installiert hatte, und kehrte mit immer neuen Speisen zurück. Maiskuchen, Kalbsfußsülze, Dinge, die wie Hähnchenkeulen aussahen, aber schmeckten – ja, wonach? Weihrauch und Myrrhe? Blüten? Der Geschmack ergoß sich über seine Zunge, und es fehlte nicht viel, daß er auch gesabbert hätte.

Zu dritt saßen sie an einem kleinen Tisch in dem warmen, von weichem Licht erhellten Raum. Gegen Ende der Mahlzeit schleppte Anders fast schüchtern einen schweren, zur Hälfte mit Rotwein gefüllten Krug heran. Mit dem Gefühl, den Anweisungen eines Drehbuchs zu folgen, trank Jack ein kleines Glas.

3

Zwei Stunden später, als ihm schläfrig zumute wurde, fragte sich Jack, ob die gewaltige Mahlzeit nicht ein ebenso gewaltiger Fehler gewesen war. Erstens war die Abfahrt von Ellis-Breaks und der Station nicht problemlos verlaufen; zweitens drohte Richard ernstlich den Verstand zu verlieren; und drittens und vor allem anderen war das Verheerte Land weitaus verrückter, als Richard es je sein würde – und es beanspruchte seine ungeteilte Aufmerksamkeit.

Nach dem Essen waren sie alle drei in den Schuppen zurückgekehrt, und da hatten die Probleme angefangen. Jack wußte, daß er sich vor dem ängstigte, was ihm bevorstand – und er wußte jetzt, daß diese Angst vollauf gerechtfertigt war –, und vielleicht waren seine Befürchtungen daran schuld, daß er sich nicht so verhielt, wie er sich hätte verhalten müssen. Das erste Problem war aufgetaucht, als er versuchte, Anders mit der Münze zu bezahlen, die Hauptmann Farren ihm gegeben hatte. Anders reagierte, als hätte ihm sein geliebter Jason einen Stich in den Rücken versetzt. Sakrileg! Frevel! Indem er ihm die Münze anbot, hatte Jack mehr getan, als den alten Stallburschen zu beleidigen; er hatte, bildlich gesprochen, seine Religion besudelt. Offenbar gehörte es sich nicht, daß auf übernatürliche Weise wiederauferstandene göttliche Wesen ihre Anhänger mit Münzen beschenkten. Anders war so empört gewesen, daß er seine Hand auf den »Teufelskasten« niedersausen ließ, wie er den Behälter nannte, in dem die Batterien untergebracht waren, und Jack wußte, daß Anders nur mit Mühe der Versuchung widerstanden hatte, den Schlag auf ein anderes Ziel neben dem Zug zu lenken. Jack hatte nur einen halben Waffenstillstand erreicht: Anders wollte seine Entschuldigungen ebensowenig annehmen wie sein Geld. Schließlich hatte sich der alte Mann beruhigt, nachdem er das Ausmaß von Jacks Bestürzung begriffen hatte, aber zu seinem normalen Verhalten kehrte er erst zurück, als Jack seiner Vermutung Ausdruck gab, daß Hauptmann Farrens Münze vielleicht noch anderen Zwecken dienen konnte, andere Aufgaben für ihn zu erfüllen hatte. »Du bist nicht durch und durch Jason«, hatte der alte Mann gegrummelt, »aber vielleicht hilft dir die Münze der Königin auf deinem weiteren Weg.« Er hatte den Kopf geschüttelt, und ihr Abschied war alles andere als ungetrübt gewesen.

Aber das hatte zum großen Teil auch an Richard gelegen. Was als eine Art kindischer Panik begonnen hatte, steigerte sich rasch zu regelrechtem Entsetzen. Richard hatte sich geweigert, den Zug zu besteigen. Bis zu diesem Augenblick hatte er in einer Art gleichgültiger Benommenheit im Schuppen herumgestanden, ohne den Zug anzusehen. Als er dann begriff, daß Jack wirklich von ihm verlangte, daß er diesen Zug besteigen sollte, war er ausgeflippt – und seltsamerweise war es der Gedanke, daß die Reise nach Kalifornien führte, der ihm den größten Schrecken einflößte. »NEIN! NEIN! ICH KANN NICHT!« hatte Richard geschrien, als Jack ihn zum Einsteigen aufforderte. »ICH WILL WIEDER IN MEIN ZIMMER!«

»Es kann sein, daß sie uns folgen, Richard«, sagte Jack verdrossen.

»Wir müssen hier verschwinden.« Er ergriff Richards Arm. »Denk daran, das ist alles nur ein Traum.«

»O Herr, Herr«, hatte Anders gesagt und war ziellos in dem großen Schuppen herumgewandert, bis Jack begriff, daß diesmal nicht er gemeint war.

»ICH MUSS WIEDER IN MEIN ZIMMER ZURÜCK!« stieß Richard hervor. Seine Augen waren so fest zusammengekniffen, daß sich eine tiefe Falte von einer Schläfe bis zur anderen zog.

Wieder die Erinnerung an Wolf. Jack hatte versucht, Richard zum Zug zu ziehen, aber Richard hatte sich nicht von der Stelle gerührt, starrköpfig wie ein Maultier. »ICH KANN DA NICHT HIN!« schrie er.

»Hierbleiben kannst du auch nicht«, sagte Jack. Er unternahm einen weiteren vergeblichen Versuch, Richard zum Zug zu zerren, und diesmal bewegte er sich tatsächlich einen oder zwei Schritte vorwärts. »Richard«, sagte er, »das ist doch lächerlich. Willst du allein hier zurückbleiben? Soll ich dich hier in der Region allein zurücklassen?« Richard schüttelte den Kopf. »Dann komm mit. Es wird Zeit. In zwei Tagen sind wir in Kalifornien.«

»Schlimme Geschichte«, murmelte Anders, während er die Jungen beobachtete. Richard schüttelte einfach den Kopf und beharrte auf seiner Weigerung. »Ich kann da nicht hin«, wiederholte er. »Ich kann nicht auf diesen Zug steigen, und ich kann da nicht hin.«

»Nach Kalifornien?«

Richard kniff den Mund zu einem lippenlosen Spalt zusammen und schloß wieder die Augen. »Mist«, sagte Jack. »Kannst du mir helfen, Anders?« Der große alte Mann warf ihm einen betroffenen, fast verächtlichen Blick zu, dann kam er heran und nahm Richard auf die Arme, als wäre er nicht größer als ein junger Hund. Der Junge gab einen ausgesprochen hundeähnlichen Laut von sich. Anders setzte ihn auf die gepolsterte Bank des Führerhauses. »Jack!« rief Richard, als fürchtete er, ganz auf sich gestellt durch das Verheerte Land reisen zu müssen. »Hier bin ich«, sagte Jack, der bereits von der anderen Seite ins Führerhaus hinaufkletterte. »Danke, Anders«, sagte er zu dem alten Stallburschen, der düster nickte und sich in eine Ecke des Schuppens zurückzog. »Gib auf dich acht.« Richard hatte angefangen zu weinen, und Anders musterte ihn ohne eine Spur von Mitleid.

Jack drückte auf den Startknopf, und als der Motor zum Leben erwachte, schossen zwei riesige blaue Funken aus dem »Teufelskasten« hervor. »Auf geht's«, sagte Jack und schob den Schalthebel nach vorn. Der Zug begann aus dem Schuppen herauszurollen. Richard wimmerte und zog die Knie an. Sagte etwas wie »Unsinn« oder »unmöglich« – zu verstehen war er nicht – und vergrub dann das Gesicht zwischen den Knien. Es sah aus, als versuchte er, sich wie ein Igel zusammenzurollen. Jack winkte Anders zu, der zurückwinkte, und dann waren sie aus dem beleuchteten Schuppen heraus und hatten über sich nur noch den grenzenlosen dunklen Himmel. Anders' Silhouette erschien in der Öffnung, durch die sie herausgefahren waren; es sah fast aus, als hätte er sich entschlossen, ihnen nachzulaufen. Der Zug war offensichtlich nicht imstande, mehr als fünfzig Kilometer in der Stunde zurückzulegen, und im Augenblick schaffte er nur zehn oder fünfzehn. Jack kam das qualvoll langsam vor. Nach Westen, sagte er sich, nach Westen, Westen, Westen. Anders wich in den Schuppen zurück, sein Bart ruhte wie Rauhreif auf seiner massigen Brust. Der Zug ruckte vorwärts – ein weiterer zischender, blauer Funke sprühte auf –, und Jack drehte sich auf dem gepolsterten Sitz um, um zu sehen, was vor ihm lag.

»NEIN!« schrie Richard so laut, daß Jack beinahe aus dem Führerhaus gefallen wäre. »ICH KANN NICHT! ICH KANN DA NICHT HIN!« Er hatte den Kopf von den Knien gehoben, aber er sah nichts – seine Augen waren immer noch fest zusammengekniffen, und sein ganzes Gesicht war verkrampft.

»Sei still«, sagte Jack. Vor ihm zogen sich die Schienen durch die endlosen, wogenden Getreidefelder; undeutliche Berge hingen wie alte Zähne in den Wolken am westlichen Himmel. Jack warf einen letzten Blick über die Schulter und sah, wie die kleine Oase aus Licht und Wärme, die Station und der Schuppen, allmählich immer weiter zurückblieb. Anders war ein hoher Schatten in einer beleuchteten Türöffnung. Jack winkte ein letztes Mal, und der Schatten winkte zurück. Jack blickte wieder nach vorn, über die endlosen Getreidefelder, all diese sanfte Weite. Wenn es so aussah im Verheerten Land, dann standen ihnen zwei ausgesprochen geruhsame Tage bevor.

Aber natürlich sah es dort nicht so aus, ganz und gar nicht. Selbst in der mondhellen Dunkelheit erkannte er, daß das Getreide sich lichtete, struppiger wurde – eine Veränderung, die ungefähr eine halbe Stunde nach Verlassen der Station eingetreten war; sogar die Farbe wirkte jetzt falsch, fast künstlich; es war nicht mehr das wundervoll organische Gelb, das er zuvor gesehen hatte, sondern das Gelb von etwas, das einer starken Hitzequelle zu nahe gekommen ist – das Gelb von etwas, in dem fast kein Leben mehr ist. Und der gleiche Eindruck ging jetzt von Richard aus. Eine Zeitlang hatte er stoßweise geatmet, dann hatte er so stumm und schamlos geweint wie ein sitzengelassenes Mädchen, schließlich war er in unruhigen Schlaf gefallen. »Kann nicht dahin zurück«, hatte er im Schlaf gemurmelt, das jedenfalls glaubte Jack zu verstehen. Im Schlaf schien er zu schwinden.

Allmählich hatte sich der ganze Charakter der Landschaft geändert. An die Stelle der weithin rollenden Ebenen von Ellis-Breaks traten verschwiegene kleine Senken und dunkle, mit schwarzen Bäumen bedeckte Täler. Überall lagen riesige Felsbrocken herum, Schädel, Eier, Riesenzähne. Auch der Boden hatte sich verändert; er war viel sandiger geworden. Zweimal ragten die Flanken der Täler unmittelbar neben den Schienen auf, und Jack sah zu beiden Seiten nichts als rötliche, von niedrigen Kriechpflanzen überwucherte Klippen. Hin und wieder glaubte er ein Tier zu sehen, das in Deckung flüchtete, aber das Licht war zu schwach und das Tier zu schnell, als daß er es hätte identifizieren können. Dennoch hatte Jack das unbehagliche Gefühl, das Tier selbst dann nicht identifizieren zu können, wenn es am hellen Mittag reglos auf dem Rodeo Drive gestanden hätte – irgendwie hatte er den Eindruck, daß sein Kopf doppelt so groß war, wie er eigentlich sein sollte, und daß das Tier gut daran tat, sich vor menschlichen Augen zu verbergen.

Als neunzig Minuten vergangen waren, stöhnte Richard im Schlaf, und die Landschaft ringsum war völlig fremdartig. Als sie aus dem zweiten der bedrängend engen Täler herauskamen, überfiel Jack ein Gefühl plötzlicher Weite – anfangs war es, als befände er sich wieder im Land der Tagträume. Dann war ihm, selbst im Dunkeln, aufgefallen, wie verkümmert und verkrüppelt die Bäume waren; schließlich hatte er den Geruch bemerkt. Wahrscheinlich hatte sich diese Wahrnehmung nur langsam in seinem Bewußtsein verdichtet; erst nachdem er gesehen hatte, wie sich die wenigen, über die schwarze Ebene verstreuten Bäume zusammenkrümmten wie gepeinigte Tiere, war ihm der schwache, aber unmißverständliche Geruch nach Verderbnis aufgefallen. Verderbnis, Höllenfeuer.

Hier stank die Region, jedenfalls fehlte nicht viel daran.

Der Geruch abgestorbener Blumen lag über dem Land; und darunter lag, wie bei Osmond, ein gröberer, durchdringenderer Geruch. Wenn Morgan in einer seiner beiden Rollen dafür verantwortlich war, dann hatte er nach Jacks Empfinden den Tod in die Region gebracht.

Jetzt gab es keine engen Täler und Senken mehr; jetzt machte das Land den Eindruck einer ungeheuren roten Wüste. Die seltsam verkrüppelten Bäume punktierten ihre flachen Hänge. Vor Jack zog sich die silbrige Doppellinie der Schienen durch dunkle, rötliche Leere; beiderseits von ihm streckte sich leere Wüste ins Dunkel.

Zumindest schien das rote Land irgendwie leer. Mehrere Stunden sah Jack tatsächlich nichts – außer den mißgestalteten kleinen Tieren, die sich an den Hängen beiderseits des Gleiseinschnitts versteckten. Es gab Augenblicke, in denen er aus dem Augenwinkel heraus eine plötzliche, gleitende Bewegung wahrzunehmen glaubte. Doch sobald er den Kopf gedreht hatte, war sie verschwunden. Dann hatte er eine Weile, nicht länger als zwanzig oder dreißig Minuten, das beängstigende Gefühl, von den Hunde-Geschöpfen der Thayer School verfolgt zu werden. Überall, wo er hinblickte, hatte irgendetwas gerade aufgehört, sich zu bewegen, war hinter einen der verkrüppelten Bäume geglitten oder im Sand verschwunden. In dieser Zeitspanne kam ihm die große Wüste des Verheerten Landes nicht leer oder tot vor, sondern angefüllt mit behendem, verborgenem Leben. Jack drückte den Schalthebel des Zuges nach vorn (als ob das helfen würde) und wünschte sich, daß der Zug schneller führe, schneller. Richard war auf seinem Sitz zusammengesunken und wimmerte. Jack stellte sich vor, wie all diese Wesen, diese Dinge, die weder etwas von Menschen noch von Hunden an sich hatten, auf sie losstürzten, und hoffte nur, daß Richards Augen geschlossen blieben.

»NEIN!« schrie Richard, noch immer schlafend.

Jack wäre beinahe aus dem Führerhaus gestürzt. Er *sah*, wie Etheridge und Mr. Dufrey ihnen nachsetzten. Sie gewannen Boden, ihre Zungen hingen heraus, ihre Schultern ruckten. Im nächsten Augenblick begriff er, daß er nur neben dem Zug hergleitende Schatten gesehen hatte. Die rennenden Schuljungen und ihr Direktor waren ausgelöscht wie Geburtstagskerzen.

»NICHT DAHIN!« schrie Richard. Jack atmete tief ein. Nichts würde ihnen passieren. Die Gefahren des Verheerten Landes wurden überschätzt, waren bloßes Gerede. Noch einige wenige Stunden, dann würde die Sonne aufgehen. Jack hob seine Uhr vor die Augen und sah, daß sie erst knapp zwei Stunden unterwegs waren. Sein Mund öffnete sich zu einem gewaltigen Gähnen, und er bedauerte, daß er hinten in der Station eine so reichhaltige Mahlzeit zu sich genommen hatte.

Ein Kinderspiel, dachte er, alles wird gut, alles . . .

Und gerade, als er Anders' Lieblingsspruch zitieren wollte, sah er den ersten der Feuerbälle, und mit seiner Gelassenheit war es ein für allemal zu Ende.

4

Eine Kugel aus Licht von mindestens drei Metern Durchmesser kam über den Horizont gerollt und schien sich zuerst direkt auf den Zug zuzubewegen. »Großer Gott«, murmelte Jack und erinnerte sich daran, was ihm Anders von den Feuerbällen erzählt hatte. *Wenn ein Mann einem dieser Feuerbälle zu nahe kommt, wird er fürchterlich krank . . . sein Haar fällt aus . . . am ganzen Körper brechen Geschwüre hervor . . . er beginnt sich zu erbrechen . . . und das Erbrechen geht weiter, bis sein Magen reißt und seine Kehle platzt . . .* Er schluckte angestrengt – es war, als schluckte er ein Pfund Nägel. »Bitte, lieber Gott«, sagte er laut. Die riesige Lichtkugel kam direkt auf ihn zugerollt, als besäße sie einen Verstand und hätte beschlossen, Jack Sawyer und Richard Sloat von der Erde zu tilgen. Jacks Magen krampfte sich zusammen, seine Hoden wurden zu Stein. *Strahlenvergiftung. Das Erbrechen geht weiter, bis der Magen reißt . . .*

Beinahe hätte sein Magen das köstliche Abendessen, das Anders ihm vorgesetzt hatte, wieder von sich gegeben. Der Feuerball rollte auch weiterhin direkt auf den Zug zu, Funken sprühend und vor feuriger Energie zischend. Er hinterließ eine golden glühende Spur, die auf eine unerklärliche Art funkelnde, brennende Linien in die rote Erde zu reißen schien. Erst als der Feuerball von der Erde abprallte, einen gewaltigen Satz tat wie ein riesiger Tennisball und nach links abgelenkt wurde, wo er ihnen nicht mehr gefährlich werden konnte, sah Jack zum ersten Mal auch die Geschöpfe, von denen er die ganze Zeit vermutet hatte, daß sie ihnen folgten. Das rötlichgoldene Licht des dahinrollenden Feuerballs und das Nachglühen seiner Spur auf der Erde beleuchteten eine Gruppe ungeschlacht wirkender Tiere, die dem Zug offensichtlich gefolgt waren. Es waren Hunde, oder es waren früher einmal Hunde gewesen, oder ihre Vorfahren waren Hunde gewesen, und Jack warf einen unbehaglichen Blick auf Richard, um sich zu vergewissern, daß er noch schlief.

Die Geschöpfe, die hinter dem Zug zurückblieben, legten sich flach auf den Boden wie Schlangen. Ihre Köpfe waren hundeähnlich, aber ihre Hinterbeine waren verkümmert, und ihre Körper, soweit er sehen konnte, haar- und schwanzlos. Sie wirkten naß – die unbehaarte rosa Haut glänzte wie die neugeborener Mäuse. Sie knurrten, wollten nicht gesehen werden. Diese fürchterlichen Hundemutationen waren es gewesen, die Jack an den Hängen beiderseits des Gleiseinschnitts gesehen hatte. Grell beleuchtet, flach hingestreckt wie Reptilien, zischten und knurrten sie und krochen davon – auch sie fürchteten die Feuerbälle und ihre Spuren auf der Erde. Dann stieg Jack der Geruch des Feuerballs in die Nase, der sich jetzt schnell, fast wütend, wieder auf den Horizont zubewegte und dabei eine ganze Reihe der verkrüppelten Bäume in Brand steckte. Höllenfeuer, Verderbnis.

Ein weiterer Feuerball erschien am Horizont und zog zur Linken seine glühende Bahn. Der Gestank übersehener Zusammenhänge, vereitelter Hoffnungen und übler Gelüste – Jack, dem das Herz dicht unter der Zunge saß, glaubte all dies in der widerwärtigen Ausdünstung des Feuerballs wahrzunehmen. Die wimmernde Meute der Hundemutationen hatte sich aufgelöst in eine Drohung glitzernder Zähne, ein Flüstern verstohlener Bewegungen, das dumpfe Geräusch schwerer, beinloser Körper, die sich durch roten Staub schleppen. Wie viele waren es? Aus dem Wurzelwerk eines brennenden Baumes, der seine Krone im Stamm zu verstecken suchte, bleckten ihn zwei der deformierten Hunde mit langen Zähnen an.

Dann taumelte ein weiterer Feuerball über den weiten Horizont und zog, weiter vom Zug entfernt, eine breite, glühende Spur, und Jack erhaschte einen Blick auf etwas, das sich an die kahle Flanke einer Anhöhe schmiegte und wie ein baufälliger kleiner Schuppen aussah. Vor ihm stand eine große, menschenähnliche Gestalt, die in seine Richtung blickte. Ein flüchtiger Eindruck von Größe, Haarigkeit, Kraft, Bosheit ...

Jack war sich der Langsamkeit von Anders' kleinem Zug nur allzu bewußt – er und Richard waren allem ausgesetzt, was vorhatte, sie etwas genauer in Augenschein zu nehmen. Der erste Feuerball hatte die gräßlichen Hunde verscheucht, aber menschliche Bewohner des Verheerten Landes mochten weniger leicht zu verscheuchen sein. Bevor die Helligkeit zu einer glimmenden Spur verdämmerte, sah Jack noch, daß die Gestalt vor dem Schuppen sie mit den Augen verfolgte, einen großen, zottigen Kopf drehte, als der Zug vorüberfuhr. Wenn das, was er gesehen hatte, Hunde waren – wie würden dann die Menschen aussehen? Im letzten Flackerschein des Feuerballs hastete das menschenähnliche Geschöpf um die Ecke seiner Behausung. Ein dicker Reptilienschwanz hing von seinem Hinterteil herunter, dann war das Ding um das Gebäude herum, und dann war es wieder dunkel, und nichts – weder Hunde noch Tiermensch oder Schuppen – war mehr zu sehen. Jack war sich nicht einmal sicher, ob er das Geschöpf wirklich gesehen hatte.

Richard zuckte im Schlaf zusammen, und Jack preßte im vergeblichen Versuch, mehr Geschwindigkeit herauszuholen, die Hand auf den primitiven Schalthebel. Das Winseln der Hunde hinter ihnen verebbte allmählich. Schwitzend hob Jack abermals das linke Handgelenk vor die Augen und stellte fest, daß seit seinem letzten Blick auf die Uhr nur fünfzehn Minuten vergangen waren. Zu seinem Erstaunen gähnte er wieder und bedauerte erneut, in der Station so viel gegessen zu haben.

»NEIN!« kreischte Richard. »NEIN! ICH KANN DA NICHT HIN!«

Dahin? Jack fragte sich, was mit »dahin« gemeint sein mochte. Kalifornien? Oder meinte er irgendeinen bedrohlichen Ort, einen Ort, an dem seine gefährdete Selbstbeherrschung, unberechenbar wie ein nicht eingerittenes Pferd, ihm endgültig entglitt?

5

Die ganze Nacht stand Jack am Schalthebel, während Richard schlief, und beobachtete, wie die Spuren der verschwundenen Feuerbälle auf der rötlichen Erdoberfläche flackerten. Der Geruch toter Blumen und verborgener Verderbnis erfüllte die Luft. Von Zeit zu Zeit drang das Gewinsel der Hunde oder anderer jämmerlicher Geschöpfe unter den Wurzeln der verkrüppelten, gekrümmten Bäume hervor, die nach wie vor die Landschaft punktierten. Dann und wann schossen blaue Lichtbögen aus den Batterien. Richard war in einem Zustand, der über bloßen Schlaf hinausging, eingehüllt in eine Bewußtlosigkeit, die er ersehnte und wohl auch brauchte. Er gab keine gequälten Ausrufe mehr von sich – er war in seiner Ecke des Führerhauses zusammengesunken und atmete ganz flach, als kostete ihn sogar das Atmen mehr Kraft, als er hatte. Halb sehnte sich Jack nach dem Tageslicht, halb fürchtete er es. Wenn der Morgen kam, würde er die Tiere sehen können – aber was würde er sonst noch sehen müssen?

Von Zeit zu Zeit warf er einen Blick auf Richard. Die Haut seines Freundes kam ihm ungewöhnlich bleich vor; sie hatte einen gespenstischen Grauton angenommen.

6

Der Morgen kam mit dem Nachlassen der Dunkelheit. Ein rosa Band erschien am schüsselförmigen Rand des östlichen Horizonts, und bald darauf wuchsen rötliche Streifen aus ihm heraus und schoben das verheißungsvolle Rosa höher in den Himmel. Jack hatte das Gefühl, daß seine Augen fast so rot waren wie diese Streifen, und seine Beine schmerzten. Richard lag quer auf dem kleinen Sitz des Führerhauses, immer noch flach und fast widerwillig atmend. Jetzt sah Jack, daß es stimmte – Richards Gesicht war seltsam grau. Seine Augenlider flatterten in einem Traum, und Jack hoffte, daß er nicht wieder einen seiner Schreie ausstieß. Richards Mund öffnete sich, aber was herauskam, war nur seine Zungenspitze, kein lauter Schrei. Richard fuhr sich mit der Zunge über die Oberlippe, schnarchte und verfiel dann wieder in seine komaähnliche Betäubung.

Obwohl Jack sich verzweifelt danach sehnte, sich hinzusetzen und die Augen zu schließen, weckte er Richard nicht. Denn je mehr Jack sah, je mehr ihm das neue Licht die Einzelheiten des Verheerten Landes enthüllte, desto inbrünstiger hoffte er, daß Richards Bewußtlosigkeit andauerte, solange er das Stehen in Anders' kleinem Zug aushielt. Er war alles andere als begierig darauf, Richard Sloats Reaktion auf die Eigentümlichkeiten des Verheerten Landes zu erleben. Ein bißchen Schmerzen, ein gewisses Maß an Erschöpfung, das war nur ein geringer Preis für etwas, das – wie er recht gut wußte – nur vorübergehende Ruhe war.

Was er durch seine zusammengekniffenen Augen sah, war eine Landschaft, in der es nichts gab, das nicht verkrüppelt war, das nicht Schaden gelitten hatte. Im Mondschein hatte sie ausgesehen wie eine endlose, mit Bäumen bestandene Wüste. Jetzt sah Jack, daß diese Wüste keine war. Was er für rötlichen Sand gehalten hatte, war lockere, pulverige Erde –

sie sah aus, als könne man bis zu den Knöcheln, wenn nicht gar bis zu den Knien darin versinken. In dieser mageren, ausgedörrten Erde wuchsen die erbärmlichen Bäume. Direkt betrachtet, sahen sie tatsächlich so aus, wie sie ihm in der Nacht vorgekommen waren – so verkrüppelt, daß es den Anschein hatte, als versuchten sie, sich unter ihre eigenen gewundenen Wurzeln zurückzuwinden. Das war schlimm genug – schlimm genug für Richard den Vernünftigen. Aber wenn man einen dieser Bäume von der Seite sah, aus einem Augenwinkel heraus, dann sah man ein Lebewesen, das Qualen litt; die verkrümmten Äste waren Arme, hochgereckt über ein gepeinigtes, in einem Schmerzensschrei erstarrtes Gesicht. Jedesmal, wenn Jack die Bäume nicht direkt anschaute, sah er ein gequältes Gesicht bis ins kleinste Detail – das offene O des Mundes, die starrenden Augen und die schlaff herabhängende Nase, die langen Schmerzensfalten, die sich über die Wangen zogen. Sie fluchten, flehten, schrien ihn an – ihre unhörbaren Stimmen hingen in der Luft wie Rauch. Jack stöhnte. Wie alles im Verheerten Land waren auch die Bäume vergiftet.

Das rötliche Land erstreckte sich meilenweit nach beiden Seiten, hier und dort unterbrochen von Flächen sauer aussehenden gelben Grases, das glänzte wie Urin oder frische Farbe. Ohne die gräßliche Farbe des langen Grases hätten diese Flächen Oasen geglichen, denn jede lag neben einem kleinen, runden Wassertümpel. Das Wasser war schwarz, und auf seiner Oberfläche trieben ölige Flecken. Irgendwie wirkte es dicker als Wasser, ölig, giftig. Der zweite dieser Tümpel, den Jack sah, begann träge zu wallen, als der Zug vorüberfuhr, und zuerst dachte Jack voller Grauen, daß das schwarze Wasser selbst lebendig war, ein Lebewesen, das ebensolche Qualen litt wie die Bäume, die er nicht mehr sehen wollte. Doch dann sah er, wie etwas die Oberfläche dieser dicken Flüssigkeit durchbrach, ein breiter schwarzer Rücken oder eine Flanke, die herumrollte, bis ein breites, gieriges Maul zum Vorschein kam, sich schnappend schloß. Eine Andeutung von Schuppen, die geschillert hätten, wenn der Tümpel dem Geschöpf nicht die Farbe genommen hätte. *Großer Gott*, dachte Jack, *war das ein Fisch?* Er hatte den Eindruck, als wäre es fast sechs Meter lang, viel zu groß für den kleinen Tümpel. Ein langer Schwanz peitschte das Wasser auf, bevor das ganze, riesige Geschöpf wieder in die wahrscheinlich beträchtliche Tiefe des Tümpels zurückglitt.

Jack warf einen scharfen Blick auf den Horizont; ihm war, als hätte einen Augenblick lang ein Kopf über ihn hinweggespäht. Und dann überkam ihn wieder ein Gefühl plötzlicher Verwirrung, das gleiche Gefühl, das auch der Anblick des Ungeheuers von Loch Ness – oder was es sonst gewesen sein mochte – in ihm ausgelöst hatte. Wie in aller Welt konnte ein Kopf über den *Horizont* hinwegspähen?

Weil der Horizont gar nicht der richtige Horizont war, begriff er schließlich – die ganze Nacht hindurch, bis er jetzt sah, was am Rande seines Gesichtsfeldes lag, hatte er die Ausmaße des Verheerten Landes gründlich unterschätzt. Erst als sich die Sonne ihren Weg in die Welt erzwang, begriff Jack, daß er sich in einem ausgedehnten Tal befand, dessen Begrenzung fern im Hintergrund nicht der Rand der Welt war, sondern der rauhe Kamm einer Hügelkette. Alles und jedes konnte ihn im Auge behalten und hinter den Kuppen der Hügel ringsum in Deckung gehen. Er erinnerte sich an das menschenähnliche Wesen mit dem Krokodilschwanz, das hinter der Ecke des kleinen Schuppens verschwunden war. Konnte es sein, daß es ihm die ganze Nacht gefolgt war und darauf gewartet hatte, daß er einschlief?

Der Zug rollte durch das gräßliche Tal, bewegte sich nervenaufreibend langsam voran.

Er suchte den gesamten Kamm der Hügelkette ab und sah nichts als das frische Licht der Morgensonne, die die fernen Felskuppen vergoldete. Jack drehte sich im Führerhaus um, und Angst und Spannung ließen ihn vorübergehend seine Müdigkeit vergessen. Richard verbarg sein Gesicht hinter dem Arm und schlief weiter. Alles und jedes konnte mit ihnen Schritt gehalten haben und jetzt auf eine günstige Gelegenheit lauern.

Eine langsame, fast verstohlene Bewegung zu seiner Linken ließ ihn den Atem anhalten. Eine Bewegung von etwas Großem, Gleitendem – Jack war, als sähe er ein halbes Dutzend der Krokodil-Männer, die über die Hügelkuppe auf ihn zugekrochen kamen, und er schirmte die Augen mit den Händen ab und starrte auf die Stelle, wo er sie gesehen zu haben glaubte. Die Felsen hatten die gleiche rötliche Farbe wie die staubige Erde, und zwischen ihnen führte durch eine Spalte in den hochaufragenden Felsen ein Pfad über den Hügelkamm. Was sich zwischen zwei aufrechten Felsen bewegte, war eine nicht einmal annähernd menschliche Gestalt. Es war eine Schlange – zumindest hielt Jack es dafür. Es war in einen nicht einsehbaren Winkel des Pfades geglitten, und Jack sah nur noch einen glatten, runden Reptilienleib hinter den Felsen verschwinden. Die Haut des Geschöpfes war merkwürdig gefurcht; verbrannt außerdem – unmittelbar bevor es verschwand, bot es den Anblick von ausgefetzten schwarzen Löchern in seiner Flanke ... Jack reckte den Hals, um die Stelle zu sehen, an der es wieder zum Vorschein kommen mußte, und für Sekunden sah er den Kopf eines Riesenwurms, der, zu einem Viertel in der dicken roten Staubschicht vergraben, in seine Richtung herumschwenkte. Die Lider waren verwachsen und die Augen verschleiert, aber es war der Kopf eines Wurms.

Ein anderes Tier kam unter einem Felsen hervor, mit schwerem Kopf und nachgeschlepptem Körper, und als der gewaltige Kopf des Wurmes darauf zuschoß, sah Jack, daß das flüchtende Geschöpf eine der Hundemutationen war. Der Wurm öffnete ein Maul, das dem Schlitz eines

Straßenbriefkastens glich, und packte das aufheulende Hundewesen. Jack hörte ganz deutlich das Brechen von Knochen. Das Heulen des Hundes verstummte. Der Riesenwurm verschluckte den Hund wie eine Pille. Dann lag unmittelbar vor der massigen Gestalt des Wurms eine der von einem Feuerball hinterlassenen schwarzen Spuren, und Jack sah, wie sich das lange Geschöpf in den Staub hineinbohrte wie ein Schiff, das unter die Meeresoberfläche absinkt. Offensichtlich wußte es, daß ihm die Spuren der Feuerbälle gefährlich werden konnten, und wühlte sich deshalb auf Würmerart darunter durch. Jack beobachtete, wie das widerwärtige Geschöpf völlig in dem roten Pulver verschwand. Dann ließ er den Blick über den gesamten langen, roten, mit vereinzelten Flächen des glänzenden gelben Grases bestandenen Abhang schweifen und fragte sich, wo es wieder zum Vorschein kommen mochte.

Als er zumindest halbwegs sicher war, daß der Wurm nicht versuchen würde, den Zug zu verschlingen, richtete er seine Aufmerksamkeit wieder auf den Kamm der vor ihm liegenden Hügel.

7

Bis Richard spät am Nachmittag aufwachte, sah Jack:
zumindest einmal und unverkennbar einen Kopf, der über den Hügelkamm spähte;
zwei weitere tödliche Feuerbälle, die hüpfend auf ihn zurollten;
das kopflose Skelett von etwas, das er zuerst für ein großes Kaninchen hielt, bis ihm zu seiner Bestürzung klar wurde, daß es sich um ein Kleinkind handelte, dessen sauber abgenagte Knochen dicht neben den Schienen lagen, kurz darauf gefolgt von dem runden, glänzenden Schädel desselben Kindes, halb in der lockeren Erde versunken.

Und er sah:
ein Rudel der Hunde mit den großen Köpfen, noch entstellter als die, die er zuvor gesehen hatte, die vor Hunger geifernd versuchten, sich hinter dem Zug herzuschleppen;
drei Bretterbuden, menschliche Behausungen, auf Stelzen über die dicke Staubschicht emporgehoben – Hinweise darauf, daß es in dieser stinkenden, vergifteten Wildnis des Verheerten Landes noch Menschen gab, die Ränke schmiedeten und Jagd auf Eßbares machten;
einen kleinen, ledrigen Vogel, federlos, der – eine echte Besonderheit der Region – ein bärtiges Affengesicht hatte und aus dessen Flügelspitzen deutlich erkennbare Finger herausragten;
und das Schlimmste (abgesehen von dem, was er zu sehen *glaubte*): zwei völlig unidentifizierbare Tiere, die aus einem der schwarzen Tümpel tranken – Tiere mit langen Zähnen, menschlichen Augen, Vorder-

beinen, die denen von Schweinen glichen, und Hinterbeinen, die aussahen wie die von Katzen. Ihre Gesichter waren von dichtem Haarfilz bedeckt. Als der Zug an den Tieren vorüberfuhr, sah Jack, daß die Hoden des einen zur Größe von Kissen angeschwollen waren und auf dem Boden schleiften. Wie kamen solche Monstrositäten zustande? Radioaktivität vermutlich – sie war das einzige, das imstande war, die Natur dermaßen zu verunstalten. Die Geschöpfe, selbst von Geburt an vergiftet, schlürften das vergiftete Wasser und fauchten den kleinen Zug an, als er vorüberfuhr.

Auch unsere Welt könnte eines Tages so aussehen, dachte Jack. Herrliche Aussichten.

8

Und dann gab es noch die Dinge, die er zu sehen *glaubte*. Seine Haut fühlte sich heiß und unbehaglich an – den Umhang, der an die Stelle von Myles P. Kigers Mantel getreten war, hatte er bereits auf den Boden des Führerhauses fallen lassen. Noch vor Mittag entledigte er sich auch seines handgesponnenen Hemdes. In seinem Mund war ein scheußlicher Geschmack, eine säuerliche Kombination von rostigem Metall und verfaultem Obst. Schweiß rann ihm vom Haaransatz in die Augen. Er war so müde, daß er im Stehen zu träumen begann, mit offenen und von Schweiß brennenden Augen. Er sah große Rudel der widerlichen Hunde über die Hügel hasten; er sah, wie sich die rötlichen Wolken am Himmel öffneten und mit langen, flammenden Teufelsarmen nach ihm und Richard griffen. Als ihm schließlich die Augen zufielen, sah er Morgan von Orris, dreieinhalb Meter groß und in Schwarz gekleidet, der Blitze in alle Richtungen schleuderte und die Erde in große Staubfontänen und Krater zerfetzte.

Richard stöhnte und murmelte: »Nein, nein, nein.«

Morgan von Orris löste sich auf wie ein Nebelschwaden, und Jacks schmerzende Augen öffneten sich wieder.

»Jack?« sagte Richard.

Das rote Land vor dem Zug war leer bis auf die schwarzen Spuren der Feuerbälle. Jack fuhr sich mit der Hand über die Augen, streckte sich ein wenig und sah Richard an. »Ja«, sagte er. »Wie geht es dir?«

Richard lehnte sich an die harte Rückwand des Sitzes und wandte ihm sein graues, erschöpftes Gesicht zu.

»Tut mir leid, daß ich gefragt habe«, sagte Jack.

»Nein«, sagte Richard. »Mir geht es besser, wirklich.« Jack spürte, wie seine Anspannung zumindest ein wenig nachließ. »Ich habe immer noch Kopfweh, aber sonst geht es mir besser.«

»Du hast eine ganze Menge Geräusche von dir gegeben in deinem –
ähem . . .«, sagte Jack, der nicht wußte, wieviel Realität sein Freund zu
ertragen bereit war.

»In meinem Schlaf. Ja, das kann schon sein.« In Richards Gesicht
arbeitete es, aber diesmal machte sich Jack nicht auf einen Schrei gefaßt.
»Ich weiß, daß ich jetzt nicht träume, Jack. Und ich weiß auch, daß ich
keinen Gehirntumor habe.«

»Weißt du, wo du bist?«

»Auf diesem Zug. Dem Zug des alten Mannes. In dem, was das
Verheerte Land genannt wird.«

»Das ist ja kaum zu fassen«, sagte Jack.

Richard errötete unter seiner grauen Blässe.

»Und wie bist du dazu gekommen?« fragte Jack, der immer noch nicht
recht wußte, ob er Richards Verwandlung trauen konnte.

»Nun, ich wußte, daß ich nicht träumte«, sagte Richard, und seine
Wangen röteten sich noch stärker. »Ich glaube – ich glaube, es war
einfach an der Zeit, nicht mehr dagegen anzukämpfen. Wenn wir in der
Region sind, dann sind wir eben in der Region, so unmöglich das auch
sein mag.« Ihre Blicke begegneten sich, und der Anflug von Humor in
Richards Augen überraschte Jack. »Erinnerst du dich an die riesige
Sanduhr in der Station?« Als Jack nickte, sagte Richard: »Das gab den
Ausschlag – als ich dieses Ding sah, wußte ich, daß ich mir das alles nicht
nur einbildete. Weil ich mir dieses Ding nicht hätte einbilden können. Es
wäre unmöglich gewesen – schlechterdings unmöglich. Wenn ich eine
primitive Uhr erfinden müßte, dann hätte sie alle möglichen Räder und
Rollen – sie wäre nicht so simpel. Also war es keine Einbildung. Also war
es wirklich. Und folglich war auch alles andere wirklich.«

»Und wie fühlst du dich jetzt?« fragte Jack. »Du hast sehr lange
geschlafen.«

»Ich bin immer noch so müde, daß ich kaum den Kopf hochhalten
kann. Im Grunde fühle ich mich ganz und gar nicht wohl.«

»Richard, ich muß dich etwas fragen. Gibt es irgendeinen Grund
dafür, daß du dich vor Kalifornien fürchtest?«

Richard senkte den Kopf und schüttelte ihn dann.

»Hast du je von etwas gehört, das das schwarze Hotel genannt wird?«

Richard schüttelte abermals den Kopf. Er log, akzeptierte aber, wie
Jack begriff, so viel, wie er nur konnte. Alles andere – Jack war plötzlich
sicher, daß da noch anderes sein mußte, eine Menge anderes – mußte
warten. Vielleicht so lange, bis sie das schwarze Hotel erreicht hatten.
Rushtons Twinner, Jasons Twinner; gemeinsam würden sie das Heim
und Gefängnis des Talismans erreichen.

»Na schön«, sagte er. »Bist du imstande zu laufen?«

»Ich glaube schon.«

»Gut. Da ist nämlich etwas, was ich tun möchte – seit ich weiß, daß du nicht mehr an einem Gehirntumor stirbst, meine ich. Und ich brauche deine Hilfe.«

»Wozu?« fragte Richard. Er fuhr sich mit einer zitternden Hand übers Gesicht.

»Ich möchte eine oder zwei dieser Kisten auf dem hinteren Wagen öffnen und zusehen, ob wir uns irgendwelche Waffen beschaffen können.«

»Ich hasse und verabscheue Schießeisen«, sagte Richard. »Wenn es sie nicht gäbe, dann wäre dein Vater ...«

»Ja, und wenn Schweine Flügel hätten, könnten sie fliegen«, sagte Jack. »Ich bin ziemlich sicher, daß wir verfolgt werden.«

»Vielleicht ist es mein Vater«, sagte Richard mit hoffnungsvoller Stimme.

Jack gab einen undefinierbaren Laut von sich und zog den kleinen Schalthebel aus der ersten Raste. Der Zug verlor merklich an Kraft, und Jack schaltete auf Stillstand.

»Glaubst du, daß du herausklettern kannst?«

»Natürlich«, sagte Richard und stand zu schnell auf. Seine Knie gaben nach, und er fiel hart auf die Bank. Sein Gesicht wirkte jetzt noch grauer als zuvor, und seine Stirn und seine Oberlippe glänzten feucht. »Vielleicht doch nicht«, flüsterte er.

»Laß dir Zeit«, sagte Jack, trat neben ihn und legte eine Hand auf Richards Ellenbogen und die andere auf seine feuchte, heiße Stirn. »Entspann dich.« Richard schloß kurz die Augen, dann blickte er mit einem Ausdruck absoluten Vertrauens in die von Jack.

»Ich habe versucht, zu schnell hochzukommen«, sagte er. »Alles sticht und kribbelt, weil ich so lange in derselben Stellung geblieben bin.«

»Dann also schön langsam«, sagte Jack und half einem stöhnenden Richard, auf die Beine zu kommen.

»Tut weh.«

»Das gibt sich gleich. Du mußt mir helfen, Richard.«

Richard tat versuchsweise einen Schritt vorwärts und zog zischend die Luft ein. »Au.« Er bewegte das andere Bein. Schließlich beugte er sich vor und schlug mit den Handflächen gegen seine Schenkel und Waden. Dann bemerkte Jack, wie sich Richards Gesichtsausdruck veränderte, aber diesmal nicht vor Schmerzen – ein nahezu fassungsloses Erstaunen breitete sich darauf aus.

Jack folgte der Richtung, in die die Augen seines Freundes blickten, und sah, daß einer der federlosen, affengesichtigen Vögel vor dem Zug vorüberglitt.

»Ja, hier gibt es eine Menge komischer Geschöpfe«, sagte Jack. »Mir wäre wesentlich wohler zumute, wenn es uns gelänge, unter der Plane irgendwelche Waffen zu finden.«

»Was erwartest du auf der anderen Seite dieser Hügel?« fragte Richard. »Dasselbe wie hier?«

»Nein. Ich glaube, da drüben sind mehr Menschen«, sagte Jack. »Wenn man sie als Menschen bezeichnen kann. Ich habe zweimal jemanden entdeckt, der uns beobachtete.«

Der Ausdruck von Panik, der Richards Gesicht überflutete, veranlaßte Jack, schnell hinzuzusetzen: »Ich glaube nicht, daß es jemand aus deiner Schule war. Aber es könnte etwas ebenso Schlimmes sein – ich will dir nicht Angst machen, Richie, aber ich habe ein wenig mehr vom Verheerten Land gesehen als du.«

»Das Verheerte Land«, sagte Richard zweifelnd. Er ließ den Blick über den roten Staub des Tales mit den widerwärtigen Flecken uringelben Grases wandern. »Oh – dieser Baum – ah . . .«

»Ich weiß«, sagte Jack. »Man muß einfach lernen, sie zu ignorieren.«

»Was in aller Welt kann ein solches Unheil anrichten?« fragte Richard. »Das hat doch mit Natur nichts mehr zu tun.«

»Vielleicht finden wir es eines Tages heraus.« Jack half Richard beim Aussteigen aus dem Führerhaus; danach standen sie beide auf der Metallplanke, die die Räder abdeckte. »Steig nicht in den Staub hinunter«, warnte er Richard. »Wir wissen nicht, wie tief er ist, und ich möchte dich nicht herausziehen müssen.«

Richard schauderte – aber vielleicht nur, weil er aus dem Augenwinkel heraus einen weiteren der schreienden, gepeinigten Bäume entdeckt hatte. Gemeinsam schoben sich die beiden Jungen an der Seite der stehenden Lokomotive entlang, bis sie sich auf die Kupplung des leeren, geschlossenen Wagens schwingen konnten. Von dort führte eine schmale Metalleiter auf das Wagendach, und am anderen Ende konnten sie über eine weitere Leiter zu dem offenen Wagen hinabsteigen.

Jack zog an der dicken, haarigen Schnur und versuchte sich zu erinnern, wie Anders es angestellt hatte, sie so leicht zu lösen. »Ich glaube, das ist die Stelle«, sagte Richard und hielt ein Stück Schnur hoch, das der Schlinge eines Henkers ähnelte. »Jack?«

»Versuch es.«

Richard hatte nicht genug Kraft, um den Knoten selbst zu lösen; doch als Jack ihm half, an dem vorstehenden Schnurende zu ziehen, verschwand die »Henkerschlinge«, und die Plane sackte auf die Kisten herab. Jack schlug die Plane über den vorderen Kisten – MASCHINENTEILE – zurück und legte noch weitere, kleinere Kisten frei, die er zuvor nicht gesehen hatte und die mit LINSEN bezeichnet waren. »Hier sind sie«, sagte er. »Ich wollte, wir hätten ein Brecheisen.« Er blickte zum Hügelkamm hinauf, und ein gepeinigter Baum öffnete den Mund und stieß einen stummen Schrei aus. War da nicht wieder ein Kopf, der über den Kamm spähte? Vielleicht war es auch einer der Riesenwürmer, der auf sie zuglitt. »Komm, wir versuchen, eine dieser

Kisten aufzumachen«, sagte er, und Richard trat bereitwillig neben ihn. Nach sechsmaligem, kräftigem Ziehen am Deckel einer Kiste spürte Jack endlich Bewegung und hörte die Nägel knirschen. Richard mühte sich weiterhin an seiner Seite der Kiste ab. »Schon gut«, sagte Jack zu ihm. »Beim nächsten Mal habe ich ihn.« Richard trat zurück und wäre fast über einer der kleineren Kisten zusammengebrochen. Dann richtete er sich auf und erkundete, was sonst noch unter der losen Plane lag. Jack hockte sich vor die große Kiste und preßte die Kiefer zusammen. Dann legte er die Hände auf die Ecken des Deckels, atmete tief ein und drückte, bis seine Muskeln zu schmerzen begannen. Gerade als er glaubte, nachlassen zu müssen, knirschten die Nägel abermals und begannen aus dem Holz zu gleiten. Jack schrie »AAAGH!« und hievte den Deckel von der Kiste.

Drinnen lag, dick eingefettet, ein halbes Dutzend Gewehre von einer Art, die Jack noch nie gesehen hatte – wie Abschmierpistolen, die sich gerade in Schmetterlinge verwandeln, halb mechanisch, halb insektenartig. Er zog eines heraus und betrachtete es genauer; vielleicht konnte er herausfinden, wie es funktionierte. Es war eine automatische Waffe, also würde er ein Magazin brauchen. Er beugte sich nieder und benutzte den Lauf des Gewehrs dazu, den Deckel von einer der mit LINSEN bezeichneten Kisten abzuheben. Wie erwartet, fand er in der kleineren Kiste einen Haufen dick eingefetteter, in Plastikfolie verpackter Magazine.

»Das ist eine Uzi«, sagte Richard hinter ihm. »Eine israelische Maschinenpistole. Das Lieblingsspielzeug der Terroristen.«

»Woher weißt du das?« fragte Jack und holte eine zweite Waffe heraus.

»Aus dem Fernsehen natürlich. Was dachtest du denn?«

Jack experimentierte mit dem Magazin, versuchte zuerst, es verkehrt herum einzuführen, und fand dann die richtige Position. Als nächstes fand er den Sicherungshebel, schob ihn vor und dann wieder zurück.

»Diese Dinger sind so verdammt häßlich«, sagte Richard.

»Du bekommst auch eine, also beklag dich nicht.« Jack holte ein zweites Magazin für Richard heraus, und nach kurzem Nachdenken leerte er die Kiste aus; zwei Magazine steckte er in seine Taschen, zwei warf er Richard zu, dem es gelang, beide zu fangen; die übrigen verstaute er in seinem Beutel.

»Uff«, sagte Richard.

»Eine Art Versicherung«, sagte Jack.

9

Als sie wieder im Führerhaus angekommen waren, sank Richard auf der Bank zusammen – die Bewältigung der beiden Leitern und das Entlangschieben auf der schmalen Metallplanke über den Rädern hatten fast seine gesamte Kraft aufgezehrt. Aber er rückte zur Seite, damit Jack sich hinsetzen konnte, und beobachtete unter schweren Lidern, wie sein Freund den Zug wieder anfahren ließ. Jack griff nach seinem Umhang und begann das Gewehr damit zu bearbeiten.

»Was machst du da?«

»Ich wische das Fett ab. Das solltest du auch tun, wenn ich fertig bin.«

Den Rest des Tages saßen die beiden Jungen im offenen Führerhaus des Zuges; sie schwitzten und versuchten, die schreienden Bäume, den verderbten Gestank der an ihnen vorübergleitenden Landschaft, ihren Hunger nicht zur Kenntnis zu nehmen. Jack fiel auf, daß um Richards Mund herum ein kleiner Garten aus offenen Geschwüren erblüht war. Schließlich nahm er Jack die Uzi aus den Händen, befreite sie von Fett und schob ein Magazin ein. Salziger Schweiß brannte in Rissen in seinen Lippen.

Jack schloß die Augen. Vielleicht hatte er die über den Hügelkamm spähenden Köpfe nicht gesehen; vielleicht wurden sie doch nicht verfolgt. Er hörte, wie die Batterien zischten und knallend große Funken versprühten, und spürte, wie Richard zusammenfuhr. Einen Augenblick später war er eingeschlafen und träumte von Essen.

10

Als Richard Jacks Schulter schüttelte und ihn aus einer Welt zurückholte, in der er gerade eine Pizza von der Größe eines Lastwagenreifens verspeiste, breiteten sich die ersten Schatten über das Tal und milderten die Qual der schreienden Bäume. Sogar sie wirkten schön in dem weichen, nachlassenden Licht, in dem sie sich tief niederbeugten und die Hände vor die Gesichter hielten. Der dunkelrote Staub schimmerte und glühte. Die Schatten zeichneten sich deutlich auf ihm ab und gewannen fast zusehends an Länge. Das widerlich gelbe Gras nahm einen fast weichen Orangeton an, und das schwindende rote Sonnenlicht zeichnete schräge Streifen auf die Felsen am Rande des Tals. »Ich dachte, du würdest das sehen wollen«, sagte Richard. Um seinen Mund herum schienen sich weitere Geschwüre gebildet zu haben. Richard lächelte matt. »Es kam mir irgendwie bemerkenswert vor – das Spektrum, meine ich.«

Jack befürchtete schon, Richard würde ihm einen wissenschaftlichen

Vortrag über die Farbverschiebungen bei Sonnenuntergang halten, aber sein Freund war zu erschöpft oder zu krank für Physik. Schweigend sahen die beiden Jungen zu, wie die Dämmerung alle Farben um sie herum verdunkelte und im Westen den Himmel in grandiosem Purpur erglühen ließ.

»Weißt du, was wir außerdem noch spazierenfahren?« fragte Richard.

»Nein«, sagte Jack. Im Grunde war es ihm ziemlich gleichgültig. Etwas Gutes konnte es nicht sein. Er hoffte, noch einen weiteren Sonnenuntergang zu erleben, der so herrlich, so stimmungsträchtig war wie dieser.

»Plastiksprengstoff. Säuberlich kiloweise abgepackt – ich glaube jedenfalls, daß es jeweils ein Kilo ist. Genug von dem Zeug, um eine ganze Stadt in die Luft zu jagen. Wenn eines dieser Schießeisen versehentlich losgeht oder jemand anders eine Kugel in diese Päckchen jagt, ist dieser Zug nur noch ein Loch in der Erde.«

»Wenn du's nicht tust – ich tu's nicht«, sagte Jack und widmete sich ganz dem Sonnenuntergang. Ein seltsames Vorgefühl stieg in ihm auf, ein Traum von Vollbringen, der Erinnerungen an alles zutage förderte, was ihm widerfahren war, seit er das Alhambra Inn and Gardens verlassen hatte. Er sah seine Mutter Tee trinkend in dem kleinen Restaurant, plötzlich eine erschöpfte alte Frau; Speedy Parker, der am Fuß eines Baumes saß; Wolf beim Hüten seiner Herde; Smokey und Lori im gräßlichen Oatley Tap; all die verhaßten Gesichter des Sunlight-Heims: Heck Bast, Sonny Singer und die anderen. Er vermißte Wolf mit unvermuteter Intensität, der Sonnenuntergang und die hereinbrechende Dämmerung ließen ihn ganz deutlich vor seinem Auge erscheinen; warum das so war, vermochte Jack nicht zu sagen. Er wünschte, er könnte Richards Hand ergreifen. Dann dachte er: *Warum eigentlich nicht?* und schob seine Hand auf der Sitzbank vor, bis er auf die ziemlich schmutzige, klamme Pranke seines Freundes stieß. Er schloß seine Finger darum.

»Mir ist so schlecht«, sagte Richard. »Nicht so wie – vorher. Mein Magen fühlt sich furchtbar an, und mein ganzes Gesicht brennt.«

»Ich glaube, wenn wir aus dieser Gegend heraus sind, geht es dir wieder besser«, sagte Jack. *Aber haben Sie dafür irgendwelche Beweise, Doktor?* fragte er sich. *Welche Beweise haben Sie dafür, daß er nicht regelrecht vergiftet wird?* Er hatte keine. Er tröstete sich mit dem gerade erst erfundenen (gerade erst entdeckten?) Gedanken, daß Richard bei dem, was immer sich im schwarzen Hotel ereignen mochte, eine entscheidende Rolle spielte. Er brauchte Richard Sloat – und nicht nur, weil Richard Sloat Plastiksprengstoff von Beuteln mit Handelsdünger unterscheiden konnte.

War Richard schon einmal im schwarzen Hotel gewesen? War er tatsächlich in die Nähe des Talismans vorgedrungen? Er warf einen Blick auf seinen Freund, der flach und angestrengt atmete. Richards Hand fühlte sich an wie eine Wachsplastik.

»Ich will dieses Ding nicht mehr«, sagte Richard und schob die Uzi von seinem Schoß herunter. »Mir wird schlecht von dem Geruch. «

»Okay«, sagte Jack und zog sie mit seiner freien Hand auf den eigenen Schoß. Einer der Bäume schlich sich in sein Gesichtsfeld und heulte vor Qual lautlos auf. Bald würden die Hundemutationen auf Nahrungssuche gehen. Jack warf einen Blick auf die Hügel zu seiner Linken – Richards Seite – und sah, wie eine menschenähnliche Gestalt zwischen den Felsen hindurchschlüpfte.

11

»He«, sagte er fast ungläubig. Von seinem Erschrecken unberührt, verschönerte der düsterrote Sonnenuntergang auch weiterhin das Unverschönerbare. »He, Richard. «

»Was ist? Ist dir auch schlecht?«

»Ich glaube, ich hab da oben jemanden gesehen. An deiner Seite. « Er blickte wieder zu den Felsen empor, bemerkte jedoch keine Bewegung.

»Interessiert mich nicht«, sagte Richard.

»Das sollte es aber. Sie passen genau den richtigen Zeitpunkt ab. Sie wollen über uns herfallen, wenn es gerade so dunkel ist, daß wir sie nicht mehr sehen können. «

Richard öffnete mühsam das linke Auge und warf einen unbeteiligten Blick in die Runde. »Ich sehe niemanden. «

»Ich im Augenblick auch nicht, aber ich bin doch froh, daß wir nach hinten gegangen sind und die Schießeisen geholt haben. Setz dich gerade hin und halt die Augen offen, wenn du lebend hier herauskommen willst. «

»Du kannst einem ganz schön auf die Nerven gehen. « Aber Richard richtete sich auf und öffnete beide Augen. »Ich sehe da oben wirklich nichts, Jack. Es ist schon zu dunkel. Du hast dir wahrscheinlich nur eingebildet . . . «

»Pst«, sagte Jack. Er glaubte, zwischen den Felsen am oberen Rand des Tales eine weitere Gestalt gesehen zu haben. »Es sind zwei. Ich frage mich, ob noch einer zum Vorschein kommt. «

»Und ich frage mich, ob da überhaupt irgendetwas ist«, sagte Richard. »Weshalb sollte uns jemand etwas zuleide tun wollen? Ich meine, wir sind schließlich nicht . . . «

Jack drehte den Kopf und ließ den Blick über die vor dem Zug liegenden Schienen wandern. Hinter dem Stamm eines der schreienden Bäume bewegte sich etwas. Etwas, das größer war als ein Hund.

»Oh«, sagte Jack. »Ich glaube, da wartet noch einer von den Kerlen auf uns.« Einen Augenblick war er vor Angst wie gelähmt – er wußte nicht, was er tun sollte, um diese drei Angreifer abzuwehren. Sein Magen krampfte sich zusammen. Er hob die Uzi von seinem Schoß hoch, betrachtete sie benommen und fragte sich, ob er wirklich imstande sein würde, die Waffe zu benutzen. Konnte es sein, daß die Wegelagerer des Verheerten Landes auch Gewehre hatten?

»Es tut mir leid, Richard, aber ich glaube, wir sitzen in der Tinte, und ich werde deine Hilfe brauchen.«

»Was kann ich tun?« fragte Richard mit unsicherer Stimme.

»Nimm deine Kanone«, sagte Jack und reichte ihm eine Uzi. »Und ich glaube, wir sollten uns hinknien, um ihnen weniger Ziel zu bieten.«

Er ließ sich auf die Knie nieder, und Richard folgte mit langsamen Unterwasserbewegungen seinem Beispiel. Von irgendwo hinter ihnen kam ein langer Schrei, von oben ein weiterer. »Sie wissen, daß wir sie gesehen haben«, sagte Richard. »Aber wo stecken sie?«

Die Frage wurde fast sofort beantwortet. In der dunkel purpurroten Dämmerung gerade noch sichtbar, kam ein Mann – oder etwas, das aussah wie ein Mann – aus seiner Deckung hervor und rannte den Abhang hinab auf den Zug zu. Lumpen umflatterten ihn. Er schrie wie ein Indianer und hielt etwas in den erhobenen Händen, das wie eine biegsame Stange aussah; Jack versuchte noch immer zu erraten, welche Funktion das Ding haben mochte, als er mehr hörte als sah, daß etwas Schmales an seinem Kopf vorbeizischte. »Heiliger Strohsack! Sie haben Pfeile und Bogen!« sagte er.

Richard stöhnte, und Jack fürchtete, seinen Mageninhalt über sie beide erbrechen zu müssen.

»Ich muß ihn erschießen«, sagte er.

Richard schluckte und gab einen undefinierbaren Laut von sich.

»Zum Teufel«, sagte Jack und legte den Sicherungsbügel seiner Uzi um. Er hob den Kopf und sah, wie das in Lumpen gekleidete Wesen gerade einen weiteren Pfeil abschoß. Der Schuß traf ihn zwar nicht, aber der Pfeil fuhr in die Wand des Führerhauses. Jack riß die Uzi hoch und zog den Abzug durch.

Auf das, was passierte, war er nicht gefaßt. Er hatte geglaubt, die Maschinenpistole würde ruhig in seiner Hand liegen und gehorsam ein paar Kugeln von sich geben. Statt dessen hüpfte die Uzi in seinen Händen wie ein Tier und ratterte so laut, daß ihm fast das Trommelfell geplatzt wäre. Der Pulvergestank brannte in seiner Nase. Der zerlumpte Mann warf die Arme hoch – vor Verblüffung, nicht, weil er verwundet war. Endlich dachte Jack daran, den Finger vom Abzug zu nehmen. Er ahnte nicht, wie viele Schüsse er eben vergeudet hatte oder wie viele Patronen noch im Magazin waren.

»Hast du ihn erwischt?« fragte Richard.

Der Mann rannte jetzt die Flanke des Tals hinauf, mit riesigen, flappenden Füßen. Dann sah Jack, daß es keine Füße waren – der Mann lief auf großen, plattenähnlichen Gebilden, die im Verheerten Land offenbar Schneeschuhen entsprachen. Er versuchte, einen der Bäume zu erreichen und hinter ihm in Deckung zu gehen.

Jack hob die Uzi mit beiden Händen und visierte über den kurzen Lauf. Dann drückte er sanft auf den Abzug. Das Gewehr bockte in seiner Hand, aber nicht so vehement wie beim ersten Mal. Kugeln fuhren in einem weiten Bogen heraus, und zumindest eine von ihnen traf – der Mann kippte zur Seite, als wäre ein Lastwagen gegen ihn geprallt. Seine Füße flogen aus den Schneeschuhen.

»Gib mir deine Kanone«, sagte Jack und nahm Richard die zweite Uzi aus den Händen. Immer noch kniend, verfeuerte er ein halbes Magazin in das verschattete Dunkel vor dem Zug und hoffte, damit das dort auf sie lauernde Geschöpf getötet zu haben.

Ein weiterer Pfeil prallte gegen den Zug, noch einer blieb in der Wand des geschlossenen Wagens stecken.

Richard kniete zitternd und weinend auf dem Boden des Führerhauses. »Nachladen«, sagte Jack und hielt Richard ein Magazin aus seiner Tasche unter die Nase. Er suchte die Flanke des Tales nach dem zweiten Angreifer ab. In weniger als einer Minute würde es zu dunkel sein, um unterhalb des Hügelkammes noch irgendetwas zu erkennen.

»Ich sehe ihn«, rief Richard. »Ich habe ihn gesehen – da drüben!« Er deutete auf einen Schatten, der sich lautlos und eilig zwischen den Felsen bewegte, und Jack schickte die restlichen Kugeln im Magazin der zweiten Uzi in seine Richtung. Danach nahm Richard ihm die Maschinenpistole ab und legte die andere in seine Hände.

»Nette Jungen, gute Jungen«, ertönte eine Stimme zu ihrer Rechten – wie weit vor ihnen, war unmöglich zu sagen. »Ihr bleibt stehen, ich bleib stehen, gut? Alles vorbei jetzt. Ihr nette Jungen, vielleicht verkaufen Gewehr. Ist mächtig gut zum Töten.«

»*Jack*«, flüsterte Richard eindringlich, um ihn zu warnen.

»Wirf Pfeile und Bogen weg«, rief Jack, noch immer neben Richard in Deckung.

»Jack, tu das nicht!« flüsterte Richard.

»Werf sie weg, jetzt gleich«, kam die Stimme, immer noch vor ihnen. Irgendetwas Leichtes fiel in den Staub. »Jungen bleiben stehen, verkaufen Gewehr, gut?«

»Okay«, sagte Jack. »Komm her, damit wir dich sehen können.«

»Gut«, sagte die Stimme.

Jack zog den Schalthebel zurück und ließ den Zug ausrollen. »Wenn ich schreie«, flüsterte er Richard zu, »drückst du ihn nach vorn, so schnell du kannst, okay?«

»Oh, Jesus«, stöhnte Richard.

Jack vergewisserte sich, daß die Uzi, die Richard ihm gerade gegeben hatte, entsichert war. Ein Schweißtropfen rann ihm über die Stirn ins rechte Auge.

»Alles gut jetzt«, sagte die Stimme. »Jungen können sich aufsetzen. Sitzt auf, Jungen.«

Wa-chauf, wa-chauf, bitte, bitte.

Der Zug rollte auf die Stimme zu. »Leg die Hand auf den Hebel«, flüsterte Jack. »Es ist bald soweit.«

Richards zitternde Hand, die zu schmal und kindlich aussah, um auch nur etwas halbwegs Bedeutendes bewerkstelligen zu können, berührte den Schalthebel.

Plötzlich stand Jack das Bild von Anders vor Augen, wie er auf einem welligen Holzfußboden vor ihm kniete und fragte: *Aber begibst du dich nicht in Gefahr, Herr?* Er hatte ausweichend geantwortet, die Frage nicht wirklich ernst genommen. Was war das Verheerte Land schon für einen Jungen, der für Smokey Updike Bierfässer geschleppt hatte?

Jetzt fürchtete er mehr, daß er in die Hosen machen würde, als daß Richard seinen Mageninhalt über Myles P. Kigers Lodenmantel entleeren könnte.

Lautes Gelächter durchbrach die Dunkelheit neben dem Führerhaus, und Jack zog sich hoch, legte die Uzi an und schrie im gleichen Augenblick, in dem ein schwerer Körper gegen die Wand des Führerhauses prallte und sich dort festklammerte. Richard drückte den Schalthebel nach vorn, und der Zug ruckte an.

Ein nackter, haariger Arm klammerte sich an die Wand des Führerhauses. *So viel zum Thema Wilder Westen,* dachte Jack, und dann ragte der gesamte Rumpf des Mannes über ihm auf. Richard schrie, und es fehlte nicht viel, daß Jack tatsächlich seinen Darm in die Hose entleert hätte.

Das Gesicht bestand fast nur aus Zähnen. Es war ein Gesicht, von dem ein ebenso bösartiger Eindruck ausging wie von einer Klapperschlange, die ihre Giftzähne entblößt hat; von einem der langen, gerundeten Zähne fiel ein Tropfen herab, den Jack instinktiv für Gift hielt. Von der winzigen Nase abgesehen, glich das Geschöpf, das über den Jungen aufragte, einem Mann mit dem Kopf einer Schlange. In einer krallenartigen Hand hielt er ein erhobenes Messer. Jack gab einen ungezielten Panikschuß ab.

Dann veränderte sich das Geschöpf und schwankte einen Augenblick zurück, und im Bruchteil einer Sekunde sah Jack, daß Kralle und Messer verschwunden waren. Das Geschöpf schwang den blutigen Stumpf und hinterließ einen roten Fleck auf Jacks Hemd. Dann tat sein Verstand Jack den Gefallen, ihn zu verlassen, und seine Finger waren imstande, die Uzi direkt auf die Brust des Geschöpfes zu richten und auf den Abzug zu drücken.

Ein großes Loch öffnete sich mitten in der blutbespritzten Brust, und die gifttropfenden Zähne schlugen aufeinander. Jack drückte weiter auf den Abzug, und die Uzi hob von selbst ihren Lauf und verwandelte in ein oder zwei Sekunden den Kopf des Geschöpfes in eine blutige Masse. Dann war es verschwunden. Nur ein großer Blutfleck an der Wand des Führerhauses und der Fleck auf Jacks Hemd bewiesen, daß die Jungen das Ganze nicht nur geträumt hatten.

»Paß auf!« schrie Richard.

»Ich hab ihn erwischt«, hauchte Jack.

»Wo ist er geblieben?«

»Heruntergefallen«, sagte Jack. »Er ist tot.«

»Du hast ihm die *Hand* abgeschossen«, flüsterte Richard. »Wie hast du das geschafft?«

Jack hob die Hände vor die Augen und sah, wie sie zitterten. Der Gestank rauchlosen Pulvers umhüllte sie. »Ich habe nur jemanden nachgeahmt, der Zielen gelernt hat.« Er senkte die Hände und fuhr sich mit der Zunge über die Lippen.

Zwölf Stunden später, als über dem Verheerten Land die Sonne wieder aufging, hatte keiner der beiden Jungen geschlafen – sie hatten die ganze Nacht steif wie Soldaten dagesessen, ihre Maschinenpistolen auf dem Schoß, angespannt gelauscht, um auch das geringste Geräusch aufzufangen. Von Zeit zu Zeit feuerte Jack, wohl wissend, wie viel Munition der Zug transportierte, blindlings ein paar Schüsse in die Landschaft. Und wenn es in diesem Teil des Verheerten Landes Menschen oder Ungeheuer gab, so ließen sie die Jungen an diesem ganzen zweiten Tag unbehelligt. Was bedeuten mochte, dachte Jack erschöpft, daß sie die Gewehre kannten. Oder daß sich hier draußen, so nahe der Westküste, niemand an Morgans Zug zu vergreifen wagte. Nichts davon sagte er zu Richard, dessen Augen verschleiert und verschwommen waren und der die meiste Zeit zu fiebern schien.

12

Am Abend dieses Tages spürte Jack in der säuerlichen Luft den Geruch von Salzwasser.

Jack und Richard ziehen in den Krieg

1

Der Sonnenuntergang an diesem Abend war großflächiger – je näher sie dem Ozean kamen, desto weiter hatte sich das Land wieder geöffnet –, aber nicht so eindrucksvoll. Jack brachte den Zug auf der Kuppe eines erodierten Hügels zum Stehen und kletterte wieder nach hinten zu dem offenen Wagen. Dort stöberte er fast eine Stunde herum – bis die trüben Farben am Himmel verblichen waren und im Osten ein Viertelmond aufgegangen war – und kehrte dann mit sechs Kisten zurück, die alle die Aufschrift LINSEN trugen.

»Mach sie auf«, wies er Richard an. »Und zähle sie. Ich ernenne dich zum Verwalter der Magazine.«

»Wunderbar«, sagte Richard mit matter Stimme. »Ich wußte doch, daß meine teure Erziehung noch einmal zu etwas nütze sein würde.«

Jack machte sich abermals auf den Weg zu dem offenen Wagen und hebelte den Deckel von einer weiteren der mit MASCHINENTEILE gekennzeichneten Kisten ab. Während er damit beschäftigt war, hörte er von irgendwo aus der Dunkelheit einen rauhen, heiseren Schrei, gefolgt von einem schrillen Schmerzenslaut.

»Jack? Jack, bist du da hinten?«

»Ja, ich bin hier!« rief Jack. Er hielt es für äußerst unklug, daß sie einander anschrien wie zwei Waschweiber, die sich über den Gartenzaun hinweg unterhalten, aber Richards Stimme hörte sich an, als wäre er einer Panik nahe.

»Kommst du bald zurück?«

»Komme sofort!« rief Jack und hebelte schneller und angestrengter mit dem Lauf der Uzi. Sie ließen das Verheerte Land hinter sich, aber Jack wollte den Zug trotzdem nicht allzu lange stehenlassen. Es wäre einfacher gewesen, wenn er die Kiste mit den Maschinenpistolen ins Führerhaus hätte tragen können, aber sie war zu schwer.

Meine Uzis sind nicht schwer, dachte Jack und kicherte leise in die Dunkelheit hinein.

»*Jack?*« Richards Stimme klang schrill und verängstigt.

»Mach dir nicht in die Hose, Kumpel«, sagte er.

»Nenn mich nicht Kumpel«, sagte Richard.

Nägel lösten sich knirschend aus dem Holz, und schließlich konnte Jack den Deckel lüften. Er ergriff zwei der Pistolen und wollte sich gerade auf den Rückweg machen, als er eine weitere Kiste entdeckte – ungefähr so groß wie die Verpackung eines tragbaren Fernsehgeräts –, die bisher unter einer Falte der Plane verborgen gewesen war.

Jack kletterte im schwachen Mondlicht über das Dach des geschlossenen Wagens und spürte den Wind im Gesicht. Er war sauber – er stank nicht mehr nach verrotteten Blumen und Verderbnis, er war einfach sauber und feucht und roch unverkennbar nach Salz.

»Was hast du da hinten gemacht?« fragte Richard vorwurfsvoll. »Jack, wir haben doch die Uzis! Und wir haben Munition! Warum mußtest du dann nach hinten gehen und mehr holen? Irgendetwas hätte hier hereinklettern können, während du da hinten herumgespielt hast!«

»Mehr Uzis, weil Maschinenpistolen zu Überhitzung neigen«, sagte Jack. »Mehr Munition, weil wir vielleicht eine Menge verschießen müssen. Ich sehe nämlich auch Fernsehkrimis.«

Er machte sich wieder auf den Weg. Er wollte wissen, was die kleinere Kiste enthielt.

Richard ergriff seinen Arm, und Panik verwandelte seine Hand in eine Art Vogelkralle.

»Dir passiert schon nichts, Richard.«

»Jemand könnte dich herunterzerren.«

»Ich glaube, wir haben das Verheerte Land fast . . .«

»Jemand könnte *mich* herunterzerren! Jack, laß mich nicht *allein*!« Richard brach in Tränen aus. Er wandte sich nicht von Jack ab und schlug auch nicht die Hände vors Gesicht; er stand einfach da mit verzerrter Miene, während ihm die Tränen aus den Augen quollen. Jack schlang die Arme um ihn und hielt ihn fest.

»Wenn irgendetwas dich erwischt und umbringt, was wird dann aus mir?« schluchzte Richard. »Wie komme ich dann jemals wieder aus diesem Land heraus?«

Ich weiß es nicht, dachte Jack. *Ich weiß es wirklich nicht.*

2

Also begleitete Richard Jack auf seinem letzten Ausflug zu dem rollenden Munitionsdepot auf dem hinteren Wagen. Das hieß, daß Jack ihm die Leiter hinaufhelfen, ihn auf dem Dach des geschlossenen Wagens stützen und ihm dann behutsam wieder hinunterhelfen mußte – ungefähr so, wie man einer gebrechlichen alten Dame beim Überqueren der Straße hilft. Die seelische Verfassung Richards des Vernünftigen besserte sich – aber seine körperliche wurde ständig schlechter.

Obwohl Schmierfett zwischen den Brettern herausquoll, war die Kiste mit OBST gekennzeichnet. Wie zu erwarten, enthielt sie durchaus kein Obst, sondern Handgranaten.

»Heilige Hanna!« flüsterte Richard.

»Wer immer sie sein mag«, pflichtete Jack ihm bei. »Hilf mir. Ich denke, wir können uns jeder vier oder fünf in die Hemden stecken.«

»Wozu brauchst du dieses Zeug?« fragte Richard. »Willst du dich mit einer ganzen Armee anlegen?«

»Etwas dergleichen.«

3

Richard blickte zum Himmel empor, als er und Jack das Dach des geschlossenen Wagens überquerten, und ein Schwächeanfall überkam ihn. Er taumelte, und Jack mußte schnell zufassen, damit er nicht hinunterstürzte. Ihm war klargeworden, daß er am Himmel weder Sternbilder der Nördlichen noch der Südlichen Hemisphäre erkennen konnte. Die Sterne da oben waren ihm fremd – aber sie bildeten Muster, und irgendwo in dieser unbekannten, unglaublichen Welt mochte es Seeleute geben, die nach ihnen navigierten. Dieser Gedanke war es, der ihm die Realität dessen, was er erlebte, vor Augen führte – sie ihm schlagartig, endgültig und unleugbar klarmachte.

Dann holte Jacks Stimme ihn aus weiter Ferne zurück: »He, Richie! Jason! Beinahe wärst du über die Seite gekippt!«

Endlich waren sie wieder im Führerhaus.

Jack legte den Schalthebel nach vorn, und Morgan von Orris' Vehikel setzte sich wieder in Bewegung. Jack warf einen Blick auf den Boden des Führerhauses: vier Uzis, fast zwanzig Haufen von je zehn Magazinen und zehn Handgranaten mit Abzügen, die aussahen wie die Aufreißringe an Bierdosen.

»Wenn wir jetzt nicht genug von dem Zeug haben«, sagte Jack, »können wir das Ganze ebensogut vergessen.«

»Was erwartest du, Jack?«

Jack schüttelte nur den Kopf.

»Manchmal glaube ich, du hältst mich für einen ausgemachten Schwachkopf, stimmt's?« fragte Richard.

Jack grinste. »Das habe ich seit jeher getan, Kumpel.«

»Nenn mich nicht Kumpel!«

»Kumpel-Kumpel-*Kumpel*!«

Diesmal lockte der alte Spaß ein kleines Lächeln hervor. Es war nicht viel und ließ die wachsende Zahl von Blasen, die auf Richards Lippen erschienen waren, noch deutlicher hervortreten – aber es war besser als nichts.

»Kommst du zurecht, wenn ich wieder schlafe?« fragte Richard, schob die Magazine beiseite und lehnte sich, mit Jacks Umhang zugedeckt, in eine Ecke des Führerhauses. »All dieses Klettern und Tragen – ich bin so zerschlagen, daß ich glaube, ich bin wirklich krank.«

»Natürlich komme ich zurecht«, sagte Jack. Er hatte sogar das Gefühl, als flössen ihm frische Kraft und neuer Auftrieb zu. Beides würde er vermutlich bald brauchen.

»Ich kann das Meer riechen«, sagte Richard, und Jack glaubte aus seiner Stimme eine verblüffende Mischung aus Zuneigung, Widerwillen, Sehnsucht und Furcht herauszuhören. Dann fielen Richards Augen zu.

Noch nie hatte Jack das Gefühl, daß das Ende – eine Art Ende – nahe war, so stark empfunden.

4

Noch bevor der Mond unterging, waren die letzten niederträchtigen und erbärmlichen Merkmale des Verheerten Landes verschwunden. Das Getreide war zurückgekehrt. Es war gröber, als es in Ellis-Breaks gewesen war; dennoch ging von ihm ein Gefühl der Sauberkeit und Gesundheit aus. Jack registrierte schwache Vogellaute, die sich anhörten wie Möwenschreie. Inmitten dieser weiten, rollenden Felder, die ein wenig nach Obst und durchdringender nach Meersalz rochen, klangen die Laute unbeschreiblich einsam.

Nach Mitternacht begann der Zug zwischen Bäumen hindurchzutuckern – zumeist waren es Nadelbäume, und ihr Aroma, untermischt mit dem Salzgeruch in der Luft, schien die Verbindung zwischen dem Ort, zu dem er unterwegs war, und dem, von dem er aufgebrochen war, zu bestätigen. Er und seine Mutter hatten den Norden Kaliforniens nur selten aufgesucht – vielleicht, weil Sloat oft dort Ferien machte –, aber er erinnerte sich, daß Lily ihm erzählt hatte, die Gegend um Mendocino und Sausalito hätte sehr viel Ähnlichkeit mit Neuengland. Filmgesellschaften, die eine Neuengland-Szenerie brauchten, drehten gewöhnlich im Norden von Kalifornien, anstatt die weite Reise quer über den Kontinent zu machen, und das Publikum merkte es nur in den seltensten Fällen.

Es ist so, wie es sein sollte. Auf irgendeine ganz eigentümliche Art. Ich kehre an den Ort zurück, den ich verlassen habe.

Richard: *Willst du dich mit einer ganzen Armee anlegen?*

Er war froh, daß Richard schlief und er die Frage nicht beantworten mußte – fürs erste jedenfalls nicht.

Anders: *Teufelszeug. Für die bösen Wölfe. Soll zum schwarzen Hotel gebracht werden.* Das Teufelszeug waren Uzis, Plastiksprengstoff, Handgranaten. Das Teufelszeug war da. Die bösen Wölfe waren es nicht. Dafür war der geschlossene Wagen leer, und dieser Umstand ließ nach Jacks Ansicht nur einen Schluß zu.

Hier ist eine Geschichte für dich, Richie-boy, und ich bin froh, daß du schläfst und ich sie dir nicht erzählen muß. Morgan weiß, daß ich komme, und er plant eine Willkommensparty. Nur sind es Werwölfe anstelle von nackten Mädchen, die für Unterhaltung sorgen, und als Gastgeschenke bringen sie Maschinenpistolen und Handgranaten. Sicher, wir haben seinen Zug entführt und sind dem Fahrplan um zehn oder zwölf Stunden voraus, aber wenn wir auf ein Lager voller Wölfe stoßen, die darauf warten, den Regions-Expreß zu besteigen – und ich vermute, daß genau dies passieren wird –, brauchen wir jede Spur von Überraschung, die wir ihnen bereiten können.

Jack fuhr sich mit der Hand über die Schläfe.

Es wäre einfacher, den Zug ein gutes Stück von dem Ort entfernt zum Stehen zu bringen, an dem sich Morgans Miliz aufhielt, und einen großen Bogen um das Lager zu machen. Einfacher und auch sicherer.

Aber damit wäre das Problem der bösen Wölfe nicht gelöst, Richie – kannst du mir folgen?

Er warf einen Blick auf das Arsenal auf dem Boden des Führerhauses und fragte sich, ob er tatsächlich einen Kommandoüberfall auf Morgans Wolfsbrigade plante. Ein schönes Kommando stellten sie dar – der gute alte Jack Sawyer, König der vagabundierenden Tellerwäscher, und sein verschlafener Kumpan Richard. Jack fragte sich, ob er den Verstand verloren hatte. Vermutlich war es so, denn genau das plante er – es würde das sein, womit sie am allerwenigsten rechneten ... und es hatte sich zu viel angesammelt, allzu viel, eine verdammte Menge zu viel. Er war gepeitscht worden. Wolf war getötet worden. Sie hatten Richards Schule vernichtet und den größten Teil von Richards geistiger Gesundheit, und womöglich saß Morgan Sloat in New Hampshire und quälte seine Mutter.

Verrückt oder nicht, die Zeit des Heimzahlens war gekommen.

Jack bückte sich, hob eine der geladenen Uzis auf und hielt sie im Arm, während die Schienen vor ihm abrollten und der Salzgeruch ständig stärker wurde.

In den frühen Morgenstunden schlief Jack eine Weile, doch als es dämmerte, weckte Richard ihn auf.

»Vor uns ist etwas.«

Bevor er dorthin schaute, warf er einen prüfenden Blick auf Richard. Er hatte gehofft, daß Richard bei Tageslicht besser aussehen würde, aber nicht einmal die Kosmetik der Dämmerung konnte die Tatsache bemänteln, daß Richard krank war. Das Licht des neuen Tages hatte die Farbe seiner Haut von Grau in Gelb verwandelt – das war alles.

»He! Zug! Hallo, großer Scheißzug!« Der Ruf war guttural, eher ein tierisches Röhren. Jack blickte wieder nach vorn.

Sie näherten sich einem schmalen, kleinen Unterstand vor einem Zaun, der sich quer vor ihnen durchs Land zog. Die Schienen führten durch eine Lücke im Zaun. Die Zaunpfähle, ungefähr anderthalb Meter voneinander entfernt und mit offenbar selbstgefertigtem Stacheldraht verbunden, wirkten wie schiefe, hölzerne Zähne im schwarzen Kiefer der Erde.

Vor dem Wachhäuschen stand ein Wolf – aber das einzige, worin er Jacks Wolf ähnelte, waren die orangefarben funkelnden Augen. Der Kopf dieses Wolfes war widerlich flach; er sah aus, als hätte jemand die Rundung seines Schädels mit einer Sense abgemäht. Das Gesicht schien über seinen herabhängenden Kiefer vorzuragen wie ein über einem Steilhang schwankender Felsbrocken. Selbst die freudige Überraschung, die jetzt auf diesem Gesicht lag, konnte seine dumpfe, brutale Stupidität nicht überdecken. In Zöpfe geflochtenes Haar hing von seinen Wangen herab, und eine Narbe in Form eines X verunstaltete seine Stirn.

Der Wolf trug eine Art Söldneruniform – jedenfalls stellte sich Jack vor, daß so eine Söldneruniform aussehen mußte. Eine weite grüne Hose fiel über schwarze Stiefel – aber die Kappen der Stiefel waren, wie Jack bemerkte, abgeschnitten, um für die haarigen, langen Klauen des Wolfes Platz zu schaffen.

»Zug!« bellte er, als die Lokomotive die letzten fünfzig Meter zurücklegte. Er begann in die Luft zu springen, grinste einfältig, schnippte mit den Fingern. Schaum flog in widerwärtigen Fetzen aus seinem Rachen. »Zug! Zug! Scheißzug, GLEICH HIER UND JETZT!« Sein Maul spaltete sich zu einem breiten, widerwärtigen Grinsen und entblößte zwei Reihen abgebrochener gelber Speere. »Seid ein bißchen früh dran, okay, okay!«

»Jack, was ist das?« fragte Richard. Seine Hand krallte sich in Jacks Schulter, aber seine Stimme klang, um ihm Gerechtigkeit widerfahren zu lassen, halbwegs normal.

»Ein Wolf. Einer von Morgans Wölfen.«

Oh, Jack, du Rindvieh – du hast den Namen genannt!

Aber jetzt war nicht die Zeit, sich darüber Gedanken zu machen. Sie waren neben dem Wachhäuschen angelangt, und der Wolf hatte offensichtlich vor, aufzuspringen. Er machte einen unbeholfenen Luftsprung, und die kappenlosen Stiefel ließen den Staub aufwirbeln. In dem Ledergürtel, den er wie einen Patronengurt über der Brust trug, steckte ein Messer, aber er hatte keine Schußwaffe.

Jack stellte die Uzi auf Einzelfeuer.

»Morgan? Wer ist Morgan? Welchen Morgan meinst du?«

»Nicht jetzt«, sagte Jack.

Seine Aufmerksamkeit konzentrierte sich auf einen Punkt – den Wolf. Er setzte ein großes Grinsen auf; dabei hielt er die Uzi so, daß der Wolf sie nicht sehen konnte.

»Anders-Zug! Scheißrichtig! Hier und jetzt!«

An der rechten Seite der Lokomotive war über einer breiten, einem Laufbrett ähnelnden Stufe ein Griff angebracht, der aussah wie eine große Heftklammer. Wild grinsend, mit schaumbedecktem Kinn und offensichtlich geistesgestört, packte der Wolf den Griff und tat einen Satz auf die Stufe.

»He, wo ist der alte Mann? Wolf! Wo ist . . .«

Jack hob die Uzi und feuerte eine Kugel in das linke Auge des Wolfs.

Das orangefarben funkelnde Licht erlosch wie eine Kerzenflamme in einer heftigen Bö. Der Wolf kippte rücklings von der Stufe herunter und sah dabei aus wie ein Mann, der sich auf ziemlich verrückte Art ins Wasser stürzt. Dann prallte er auf dem Boden auf.

»Jack!« Richard zog Jack herum. Sein Gesicht sah fast so erregt aus, wie das des Wolfes gewesen war – nur war es nicht vor Vergnügen, sondern vor Entsetzen verzerrt. »Hast du meinen Vater gemeint? Hat mein Vater etwas mit dieser Sache zu tun?«

»Richard, vertraust du mir?«

»Ja, aber . . .«

»Dann laß das jetzt. Dafür haben wir im Augenblick keine Zeit.«

»Aber . . .«

»Nimm ein Schießeisen.«

»Jack . . .«

»Richard, nimm ein Schießeisen!«

Richard bückte sich und hob eine der Uzis auf. »Ich hasse Schießeisen«, sagte er wieder.

»Ja, ich weiß. Ich bin selbst nicht gerade wild darauf, Richie-boy. Aber die Zeit des Heimzahlens ist gekommen.«

Die Schienen näherten sich einem hohen Palisadenzaun. Hinter ihm ertönten Grunzlaute und Gebrüll, anfeuernde Rufe, rhythmisches Klatschen, das Geräusch von Stiefelabsätzen, die in stetigem Rhythmus auf nackte Erde prallten. Es gab noch andere, weniger leicht identifizierbare Geräusche, aber alle ordneten sich für Jack zur vagen Vorstellung eines Exerzierplatzes. Die Entfernung zwischen Wachhäuschen und Palisadenzaun betrug ungefähr achthundert Meter, und Jack bezweifelte, daß bei der dort drinnen herrschenden Aktivität jemand seinen Schuß gehört hatte. Der Zug fuhr fast lautlos. Das Überraschungsmoment war nach wie vor auf ihrer Seite.

Die Schienen verschwanden unter einem geschlossenen, zweiflügeligen Tor im Palisadenzaun.

»Jack, du solltest jetzt lieber stoppen.« Sie waren noch hundertfünfzig Meter vom Tor entfernt. Hinter ihm skandierten rauhe Stimmen: »*Im Gleichschritt MARSCH! Eins-zwei! Eins-zwei!*« Jack mußte wieder an H. G. Wells' Tiermenschen denken und zitterte.

»Nichts dergleichen, Richie. Wir brechen durch das Tor. Du hast gerade noch Zeit, ein Vaterunser zu beten.«

»Jack, du bist verrückt!«

»Ich weiß.«

Hundert Meter. Die Batterien summten. Ein blauer Funke schoß zischend empor. An beiden Seiten flog nackte Erde vorüber.

»Und wenn dieser jämmerliche kleine Zug aus den Schienen springt?«

»Durchaus möglich, daß er das tut«, sagte Jack.

»Oder wenn er durch das Tor bricht, und dahinter hören die Schienen einfach *auf*?«

»Das wäre ein Punkt für die anderen.«

Fünfzig Meter.

»Jack, hast du den Verstand verloren?«

»Durchaus möglich. Entsichere deine Uzi, Richard.«

Richard legte den Sicherungsbügel um.

Poltern – Gegrunze – marschierende Männer – das Knirschen von Leder – Rufe – ein durchdringender, unmenschlicher Schrei, der Richard zusammenfahren ließ. Und dennoch sah Jack in Richards Gesicht eine Entschlossenheit, die ihn mit Stolz erfüllte. *Er hält zu mir – Richard der Vernünftige hält zu mir.*

Fünfundzwanzig Meter.

Rufe – Quietschen – gebrüllte Kommandos – und ein gurgelnder, reptilienartiger Schrei – *Gruuu-UUUU!* –, bei dem sich alle Haare in Jacks Nacken sträubten.

»Wenn wir hier heil herauskommen«, sagte Jack, »spendiere ich dir eine Currywurst.«

»*Du kannst mich!*« rief Richard und begann – kaum glaublich – zu lachen. Das ungesunde Gelb in seinem Gesicht schien zu verblassen.

Fünf Meter – und dann machten die abgeschälten Balken, aus denen das Tor bestand, einen soliden Eindruck, jawohl, einen sehr soliden Eindruck, und Jack hatte gerade noch Zeit, sich zu fragen, ob er nicht vielleicht eine Riesendummheit beging.

»Duck dich, Kumpel!«

»Nenn mich nicht K...«

Der Zug prallte gegen das Tor und schleuderte sie beide vorwärts.

7

Das Tor war wirklich sehr solide und überdies an der Innenseite mit zwei großen Balken verriegelt. Morgans Zug war nicht sonderlich groß, und die Batterien waren nach der langen Fahrt durch das Verheerte Land fast leer. Der Anprall hätte den Zug gewiß entgleisen lassen und beide Jungen das Leben gekostet, hätte das Tor nicht eine Achillesferse gehabt. Nach dem neuesten Stand der amerikanischen Technik hergestellte Angeln waren bestellt, aber noch nicht eingetroffen, und die alten Eisenangeln zerbrachen, als der Zug gegen das Tor prallte.

Der Zug rollte mit einer Geschwindigkeit von etwa vierzig Stundenkilometern auf das eingezäunte Gelände und schob das aus den Angeln gerissene Tor vor sich her. Hinter dem Palisadenzaun war ein Hinderniskurs aufgebaut, und das Tor stieß, einem Schneepflug vergleichbar, gegen primitive hölzerne Hürden, kippte sie um, schob sie vor sich her, machte Kleinholz aus ihnen.

Außerdem prallte es gegen einen Wolf beim Strafexerzieren. Seine Füße verschwanden unter der Kante des wandernden Tores und wurden abgerissen, mitsamt den kappenlosen Stiefeln. Sofort setzte seine Verwandlung ein, und schreiend und knurrend begann der Wolf, mit Klauen, die rasch die Länge und Schärfe der Steigeisen eines Telegraphenarbeiters erreichten, an dem Tor hochzuklettern, das jetzt bereits eine Strecke von etwa zwölf Metern zurückgelegt hatte. Erstaunlicherweise gelangte er fast bis an die Oberkante des Tores, bevor Jack auf Neutral schaltete. Der Zug blieb stehen. Das Tor stürzte um, wirbelte eine gewaltige Staubwolke auf und zermalmte den unglücklichen Wolf. Unter dem letzten Wagen des Zuges wuchs das Haar an den abgerissenen Füßen des Wolfes noch mehrere Minuten lang weiter.

Die Verhältnisse innerhalb des Lagers waren besser, als Jack zu hoffen gewagt hatte. Wie in allen militärischen Lagern begann auch hier der Tag offensichtlich sehr früh, und der größte Teil der Truppen schien draußen zu sein, wahrscheinlich vollauf mit Exerzieren beschäftigt.

»*Nach rechts!*« rief er Richard zu.

»*Was soll ich?*« rief Richard zurück.

Jack öffnete den Mund und schrie alles heraus: für Onkel Tommy Woodbine, auf der Straße überfahren; für einen namenlosen Kutscher, in einem schlammigen Hof zu Tode gepeitscht; für Ferd Janklow; für Wolf, erschossen in Sunlight Gardeners Büro; für seine Mutter; aber vor allem, stellte er fest, für Königin Laura DeLoessian, die gleichfalls seine Mutter war, und für die Verbrechen, die an der Region begangen wurden. Er schrie es heraus als Jason, und seine Stimme war wie Donner.

»*REISS SIE IN STÜCKE!*« brüllte Jack Sawyer/Jason DeLoessian und eröffnete das Feuer nach links.

8

Auf Jacks Seite lag ein unebener Exerzierplatz, auf Richards Seite ein langgestrecktes Blockhaus. Das Blockhaus ähnelte einer Arbeiterbaracke aus einem Roy Rogers-Film, aber Richard vermutete, daß es als Kaserne diente. Auf Richard wirkte der ganze Ort vertrauter als alles, was ihm bisher von dieser seltsamen Welt, in die Jack ihn mitgenommen hatte, begegnet war. Orte wie diesen hatte er in den Fernsehnachrichten schon öfters gesehen. An Orten wie diesem trainierten von der CIA unterstützte Rebellen, um eines Tages in einem süd- oder mittelamerikanischen Staat die Macht zu ergreifen. Allerdings lagen diese Trainingslager gewöhnlich in Florida, und die Geschöpfe, die hier aus der Kaserne strömten, waren keine *cubanos* – was sie waren, wußte Richard nicht zu sagen.

Einige von ihnen glichen Teufeln und Satyrn auf mittelalterlichen Gemälden. Einige sahen aus wie degenerierte menschliche Wesen – fast wie Höhlenmenschen. Eines der Geschöpfe, das in das frühmorgendliche Sonnenlicht heraustorkelte, war mit Schuppen bedeckt und hatte Nickhäute – Richard kam es vor wie ein Alligator, der es irgendwie geschafft hat, sich aufzurichten. Noch während er hinschaute, öffnete das Ding sein Maul und stieß den Schrei aus, den er und Jack schon einmal gehört hatten: *Gruuu-UUUU!* Er konnte gerade noch feststellen, daß die meisten dieser Ausgeburten der Hölle völlig fassungslos wirkten; dann zerriß das Knattern von Jacks Uzi die Welt.

Auf Jacks Seite hatten rund zwei Dutzend Wölfe auf dem Exerzierplatz Freiübungen gemacht. Wie der Wolf draußen beim Wachhäuschen trugen sie grüne Drillichhosen, Stiefel mit abgeschnittenen Kappen und Patronengurte. Wie der Wachposten machten sie einen stupiden, flachköpfigen und durch und durch bösartigen Eindruck.

Sie waren gerade damit beschäftigt gewesen, eine Serie von Liegestützen zu absolvieren, als der Zug durch das Tor brach und der unglückliche Kerl, der am falschen Ort und zur falschen Zeit strafexerzierte, von ihm zermalmt wurde. Als Jack seinen Schrei ausstieß, sprangen sie auf, aber da war es schon zu spät.

Ein großer Teil von Morgans sorgfältig zusammengestellter Brigade aus Wölfen, in einem Zeitraum von fünf Jahren nach ihrer Kraft und Brutalität, ihrer Angst vor Morgan und ihrer Loyalität ihm gegenüber ausgewählt, wurde mit einem einzigen Feuerstoß aus der Maschinenpistole in Jacks Händen ausgelöscht. Sie stolperten und taumelten rückwärts, mit aufgerissenen Brustkörben und blutüberströmten Köpfen. Es gab Wutgeheul und Schmerzensschreie – aber nicht viele. Die meisten von ihnen starben einfach.

Jack warf das leere Magazin aus und schob ein neues ein. Am linken Ende des Exerzierplatzes waren vier Wölfe entkommen; im Zentrum hatten sich zwei unter die Schußlinie fallen lassen. Sie waren beide verwundet. kamen aber jetzt auf ihn zu; ihre langen Klauen bohrten sich in den Staub, Haar sproßte in ihren Gesichtern, ihre Augen funkelten. Als sie auf die Lokomotive zurannten, sah Jack, wie Reißzähne aus ihren Mäulern hervorkamen und frisches, drahtiges Haar auf ihren Gesichtern wuchs.

Er riß den Abzug der Uzi durch, deren heißen Lauf er jetzt nur mit Mühe herunterhalten konnte; der starke Rückstoß ließ die Mündung nach oben wandern. Die beiden angreifenden Wölfe wurden so heftig zurückgeschleudert, daß sie wie Akrobaten kopfüber durch die Luft flogen. Die anderen vier Wölfe versuchten es erst gar nicht, sondern hetzten auf die Stelle zu, an der noch vor zwei Minuten das Tor gewesen war.

Die verschiedenartigen Geschöpfe, die aus der Blockhaus-Kaserne herausgequollen waren, schienen endlich begriffen zu haben, daß die Ankömmlinge zwar Morgans Zug benutzten, ihnen jedoch ganz und gar nicht freundlich gesonnen waren. Sie griffen nicht konzentriert an, schoben sich aber in einer murmelnden Masse auf sie zu. Richard legte den Lauf seiner Uzi auf die brusthohe Seitenwand des Führerhauses und eröffnete das Feuer. Die Geschosse trieben sie zurück. Zwei der Geschöpfe, die aussahen wie Ziegen, fielen auf Hände und Knie – oder Hufe – und kehrten eilends in das Gebäude zurück. Richard sah drei weitere herumwirbeln und zu Boden stürzen. Ein Glücksgefühl, das so heftig war, daß ihm fast die Sinne schwanden, durchströmte ihn.

Die Kugeln rissen auch den weißlichgrünen Bauch des Alligator-Dinges auf, und eine schwärzliche Flüssigkeit – kein Blut, sondern brandige Jauche – begann herauszuströmen. Es fiel rückwärts, aber sein Schwanz schien den Sturz aufzufangen. Es richtete sich wieder auf und stürmte auf den Zug zu. Wieder stieß es seinen rauhen, durchdringenden Schrei aus – und diesmal hatte Richard das Gefühl, daß dieser Schrei etwas widerwärtig Weibliches an sich hatte.

Er drückte auf den Abzug der Uzi. Nichts passierte. Das Magazin war leer.

Das Alligator-Ding lief mit langsamer, unbeholfener, trampelnder Entschlossenheit. In seinen Augen funkelte mörderische Wut – und Intelligenz. Auf seiner schuppigen Brust schaukelten Rudimente von Brüsten.

Richard bückte sich, tastete, ohne die Augen von dem Alligator abzuwenden, und fand eine der Handgranaten.

Seabrook Island, dachte Richard träumerisch, *Jack nennt diese Gegend die Region, aber in Wirklichkeit ist es Seabrook Island, es besteht keine Veranlassung, Angst zu haben, absolut keine Veranlassung; das alles ist nur ein Traum, und wenn sich die schuppigen Klauen dieses Dinges um meinen Hals legen, wache ich ganz bestimmt auf, und selbst wenn es kein Traum sein sollte, wird Jack mich bestimmt retten – ich weiß, daß er das tun wird, weil Jack hier so etwas ähnliches ist wie ein Gott.*

Er zog die Handgranate ab, widerstand dem Drang, sie in seiner Panik einfach irgendwo hinzuschleudern, und warf sie aus der tiefgehaltenen Hand sanft empor. »*In Deckung, Jack!*«

Jack duckte sich sofort hinter die Seitenwand des Führerhauses, ohne einen Blick zu verschwenden. Richard tat das gleiche, aber erst, nachdem er etwas Unglaubliches von schwärzester Komik gesehen hatte: das Alligator-Ding hatte die Granate aufgefangen – und versuchte, sie aufzufressen.

Die Detonation war nicht das dumpfe Donnern, das Richard erwartet hatte, sondern ein lautes, gellendes Krachen, das sich in seine Ohren bohrte und sie heftig schmerzen ließ. Außerdem hörte er ein Geräusch, das klang, als hätte jemand einen Eimer Wasser gegen den Zug klatschen lassen.

Er blickte auf und sah, daß die Lokomotive und die beiden Wagen bedeckt waren mit heißem Gedärm, schwarzem Blut und Fetzen vom Fleisch des Alligator-Geschöpfes. Die gesamte Front des Kasernengebäudes war aufgerissen, und der größte Teil der Trümmer war blutig. Mittendrin entdeckte er einen haarigen Fuß in einem kappenlosen Stiefel.

Dann sah er, wie der wirre Haufen umgestürzter Balken in Bewegung geriet und zwei der ziegenähnlichen Geschöpfe sich darunter hervorwühlten. Richard bückte sich, fand ein volles Magazin und schob es ein. Die Uzi wurde heiß, genau wie Jack es vorausgesagt hatte.

Auf geht's! dachte er matt und eröffnete von neuem das Feuer.

Als Jack nach der Detonation der Handgranate wieder auftauchte, sah er die vier Wölfe, die seinen ersten beiden Feuerstößen entgangen waren, gerade durch die Öffnung im Zaun rennen, die vorher das Tor verschlossen hatte. Sie heulten vor Entsetzen. Sie rannten nebeneinander her, und Jacks Schußfeld war frei. Er hob die Uzi. Dann senkte er den Lauf wieder – er wußte, er würde ihnen später wiederbegegnen, wahrscheinlich beim schwarzen Hotel, wußte, daß er ein Rindvieh war – brachte es aber, Rindvieh oder nicht, einfach nicht fertig, sie in den Rücken zu schießen.

Hinter der Kaserne erklang jetzt eine schrille, weibische Stimme. »Vorwärts! Vorwärts, sage ich. Bewegt euch! Bewegt euch!« Eine Peitsche knallte.

Jack kannte dieses Geräusch, und er kannte die Stimme. Als er sie das letzte Mal gehört hatte, war er in eine Zwangsjacke eingeschnürt gewesen. Jack hätte diese Stimme überall wiedererkannt.

Wenn sein schwachköpfiger Freund hier auftaucht, dann erschieß ihn.

Nun, das ist dir gelungen, aber vielleicht ist heute Zahltag – und nach dem Klang deiner Stimme weißt du das sogar.

»Macht sie fertig, was ist los mit euch Feiglingen? Macht sie fertig, muß ich euch alles erst vormachen? Folgt uns, folgt uns!«

Drei Geschöpfe kamen hinter den Trümmern der Kaserne hervor, und nur eines von ihnen war eindeutig menschlich – Osmond. In der einen Hand hielt er seine Peitsche, in der anderen eine Sten-Maschinenpistole. Er trug einen roten Umhang, schwarze Stiefel und eine weiße, weite, flatternde Seidenhose, die mit frischem Blut bespritzt war. Links von ihm erschien ein zottiges Ziegengeschöpf in Jeans und Westernstiefeln. Dieses Geschöpf und Jack blickten einander an und erlebten einen Augenblick gegenseitigen Wiedererkennens. Es war der Cowboy aus dem Schankraum des Oatley Tap. Es war Randolph Scott. Es war Elroy. Es grinste Jack an, und seine lange Zunge glitt heraus und fuhr über seine breite Oberlippe.

»Mach ihn fertig!« kreischte Osmond Elroy an.

Jack versuchte, die Uzi anzuheben, aber sie lag plötzlich schwer in seinen Armen. Osmond war schlimm, das Wiederauftauchen Elroys war noch schlimmer, aber das Ding zwischen den beiden war ein Alptraum. Natürlich war es das Gegenstück der Region zu Reuel Gardener; der Sohn Osmonds, der Sohn von Sunlight. Und in der Tat hatte es etwas von einem Kind an sich – einem Kind, wie es vielleicht ein grausam veranlagter Junge im Vorschulalter zeichnen mochte.

Es war käsebleich und hager; einer seiner Arme endete in einem wurmähnlichen Tentakel, das Jack irgendwie an Osmonds Peitsche erinnerte. Seine Augen, von denen eines schielte, saßen unterschiedlich hoch. Dicke rote Geschwüre bedeckten seine Wangen. *Einiges davon ist Strahlenkrankheit – Jason, ich glaube, Osmonds Junge ist einem dieser Feuerbälle ein wenig zu nahe gekommen … aber das andere … Jason, Jesus – was war seine Mutter? Im Namen aller Welten – WAS WAR SEINE MUTTER?*

»*Schnappt den Heuchler!*« kreischte Osmond jetzt. »*Verschont Morgans Sohn, aber schnappt den Heuchler. Schnappt den falschen Jason! Los, ihr Feiglinge! Sie haben keine Munition mehr!*«

Schreie, gebrüllte Befehle. Binnen kurzem, das wußte Jack, würde ein frisches Kontingent von Wölfen, unterstützt von allen nur erdenklichen Mißgeburten, hinter dem hervorkommen, was von der Kaserne noch stand; dort waren sie vor der Detonation geschützt gewesen; vermutlich wären sie dort auch mit geduckten Köpfen hockengeblieben – wenn Osmond nicht gewesen wäre.

»Hättest von den Straßen fortbleiben sollen, Hühnchen«, grunzte Elroy und lief auf den Zug zu. Sein Schwanz peitschte durch die Luft.

Reuel Gardener – oder was immer Reuel in dieser Welt sein mochte – gab einen dumpfen Wimmerlaut von sich und versuchte, ihm zu folgen. Osmond streckte die Hand aus und riß ihn zurück; seine Finger schienen regelrecht in den widerwärtig dünnen Hals des Monsters hineinzugleiten.

Dann hob er die Uzi und verfeuerte ein ganzes Magazin direkt in Elroys Gesicht. Die Kugeln rissen dem Ziegen-Ding den Kopf ab, und dennoch bewegte sich Elroy kopflos noch einen Augenblick weiter vorwärts, und eine seiner Hände, deren Finger zur Parodie eines Paarhufs verschmolzen waren, griff blindlings nach Jack, bevor er rückwärts zu Boden stürzte.

Jack starrte ihn an, fassungslos – wieder und wieder hatte er von der letzten, entsetzlichen Konfrontation im Oatley Tap geträumt, hatte versucht, dem Ungeheuer in einem dunklen Dschungel voller Sprungfedern und Glasscherben zu entkommen. Und jetzt war das Geschöpf hier, und irgendwie hatte er es getötet. Es fiel ihm schwer, seinen Verstand mit dieser Tatsache vertraut zu machen. Es war, als hätte er das Schreckgespenst seiner Kindheit getötet.

Richard schrie – und seine Maschinenpistole knatterte ohrenbetäubend.

»*Es ist Reuel! Oh Jack oh mein Gott oh Jason es ist Reuel es ist Reuel…*«

Die Uzi in Richards Händen hustete noch einmal, dann verstummte sie. Das Magazin war leer. Reuel riß sich von seinem Vater los. Wimmernd torkelte und hüpfte er auf den Zug zu. Seine Oberlippe verkrampfte sich und entblößte lange Zähne, falsch und wächsern wie die einer Dracula-Maske.

Richards letzter Feuerstoß traf ihn in Brust und Hals, bohrte Löcher in die braune Kombination aus Kilt und Jumper, die er trug, zerriß sein Fleisch in lange, ausgefetzte Lappen. Träge Rinnsale dunklen Blutes kamen aus diesen Wunden, mehr nicht. Vielleicht war Reuel einmal menschlich gewesen – Jack hielt es eben noch für denkbar. Doch jetzt war nichts Menschliches mehr an ihm; die Kugeln verlangsamten seine Bewegungen nicht einmal. Das Ding, das unbeholfen über Elroys Leichnam hinwegsprang, war ein Dämon. Es roch wie ein nasser Giftpilz.

Irgendetwas wurde warm an Jacks Bein. Zuerst nur warm – dann heiß. Was war das? Es fühlte sich an, als steckte ein Teekessel in seiner Tasche. Aber er hatte keine Zeit, darüber nachzudenken. Die Szene entfaltete sich vor ihm. In Technicolor.

Richard ließ seine Uzi fallen, taumelte zurück und schlug die Hände vors Gesicht. Durch die Spalten zwischen seinen Fingern hindurch starrte er mit entsetzten Augen auf das Reuel-Ding.

»Laß ihn nicht an mich heran, Jack! Laß ihn nicht an mich heran!« Reuel blubberte und wimmerte. Seine Hände klatschten gegen die Seitenwand der Lokomotive, und es hörte sich an wie Flossen, die in nassen Schlamm klatschen. Jack sah dicke, gelbliche Schwimmhäute zwischen seinen Fingern.

»Komm zurück!« brüllte Osmond seinem Sohn nach, und die Angst in seiner Stimme war unverkennbar. »Komm zurück, er ist schlecht, er wird dir wehtun, alle Jungen sind schlecht, eine unumstößliche Tatsache, komm zurück, komm zurück!«

Reuel gurgelte und grunzte begeistert. Er zog sich hoch, und Richard schrie wie von Sinnen und wich in die hinterste Ecke des Führerhauses zurück.

»LASS IHN NICHT AN MICH HERAN!«

Weitere Wölfe, weitere Mißgeburten kamen um die Ecke. Eine von ihnen, ein Geschöpf, von dessen Kopf zwei gebogene Widderhörner abstanden und das nur mit vielfach geflickten Shorts bekleidet war, stürzte und wurde von den anderen zertrampelt.

Wieder Wärme, kreisförmig, an Jacks Oberschenkel. Reuel, der jetzt ein dürres Bein über die Seitenwand des Führerhauses schwang. Das Geschöpf sabberte, griff nach ihm, das Bein wand sich, es war gar kein Bein, es war ein Tentakel. Jack hob die Uzi und feuerte.

Das halbe Gesicht des Reuel-Dinges flog davon wie Pudding. Aus dem, was übrig war, fiel eine Flut von Würmern.

Reuel kam immer noch näher.

Griff nach ihm mit diesen durch Schwimmhäute verbundenen Fingern.

Richards Schreie, Osmonds Schreie flossen ineinander, verschmolzen zu einem.

Hitze wie von einem Brandeisen an seinem Bein, und plötzlich wußte er, was es war – sogar als Reuels Hand auf seine Schulter klatschte, wußte er, was es war. Es war die Münze, die Hauptmann Farren ihm gegeben hatte, die Münze, die anzunehmen Anders sich geweigert hatte. Seine Hand fuhr in die Tasche. Die Münze fühlte sich in seiner Hand an wie ein Brocken Erz – er schloß die Faust darum und spürte, wie starke Stöße von Energie ihn durchpulsten. Reuel spürte es auch. Aus seinem triumphierenden Sabbern und Grunzen wurde Angstgewimmer. Er versuchte zurückzuweichen, und das eine noch vorhandene Auge rollte entsetzt.

Jack zog die Münze heraus. Sie fühlte sich rotglühend an. Er spürte die Hitze – aber sie verbrannte ihn nicht.

Das Profil der Königin strahlte wie die Sonne.

»In ihrem Namen, du widerliche Mißgeburt!« schrie Jack. *»Verschwinde vom Angesicht dieser Erde!«* Er öffnete die Faust und hieb die Hand auf Reuels Stirn.

Reuel und sein Vater schrien gleichzeitig – Osmond in einer Mittellage zwischen Tenor und Sopran, Reuel im summendem Bass eines Insekts. Die Münze glitt in Reuels Stirn wie ein glühender Schürhaken in ein Faß mit Butter. Eine übelriechende, dunkle Flüssigkeit von der Farbe von Tee, der zu lange gezogen hat, rann aus Reuels Kopf und über Jacks Handgelenk. Die Flüssigkeit war heiß, winzige Würmer schwammen in ihr. Sie wanden und schlängelten sich. Er spürte, wie sie zubissen. Dennoch drückte er mit Zeige- und Mittelfinger seiner rechten Hand kräftiger zu, drückte die Münze tiefer in den Kopf des Ungeheuers hinein.

»Verschwinde vom Angesicht dieser Erde, du Abschaum! Im Namen der Königin und im Namen ihres Sohnes, verschwinde vom Angesicht dieser Erde!«

Es kreischte und heulte; Osmond kreischte und heulte mit ihm. Die Verstärkungen hatten Halt gemacht und drängten sich hinter Osmond zusammen; abergläubisches Entsetzen lag auf ihren Gesichtern. Ihnen war, als wäre Jack größer geworden, als ginge ein helles Licht von ihm aus.

Reuel zuckte. Stieß noch einen weiteren gurgelnden Schrei aus. Das schwarze Zeug, das aus seinem Kopf floß, färbte sich gelb. Ein letzter Wurm, lang, fett und weiß, wand sich aus dem Loch heraus, das die Münze hinterlassen hatte. Er fiel auf den Boden des Führerhauses. Jack trat darauf. Unter seinem Absatz platzte er auf und verspritzte. Reuel sank zu einem nassen Haufen zusammen.

Jetzt brach in dem staubigen Lager ein derart schrilles Schmerz- und Wutgeheul los, daß Jack dachte, sein Schädel müsse zerspringen. Richard hatte sich wie ein Fetus zusammengerollt und die Arme um den Kopf geschlungen.

Osmond heulte. Er hatte seine Peitsche und die Maschinenpistole fallen gelassen.

»Du Unflat!« heulte er und drohte Jack mit den Fäusten. »Was hast du getan? Oh, du unflätiger, schlechter Junge! Ich hasse dich, ich hasse dich bis in alle Ewigkeit und darüber hinaus! Oh, du unflätiger Heuchler! Ich bring dich um! Morgan bringt dich um! Oh, mein geliebter, mein einziger Sohn! DU UNFLAT! MORGAN WIRD DICH TÖTEN FÜR DAS, WAS DU GETAN HAST! MORGAN ...!«

Die anderen nahmen den Schrei mit flüsternden Stimmen auf, die Jack an die Jungen im Sunlight-Heim erinnerten – Bekomme ich ein Halleluja? Und dann verstummten sie, denn ein anderes Geräusch wurde hörbar.

Jack fühlte sich sofort in den behaglichen Nachmittag zurückversetzt, den er mit Wolf verbracht hatte, als sie beide am Fluß saßen und zusahen, wie die Herde graste und trank, während Wolf von seiner Familie erzählte. Der Nachmittag war behaglich gewesen – bis Morgan kam.

Und jetzt kam Morgan abermals – er flippte nicht, sondern erzwang sich seinen Weg in einem Akt der Gewalt.

»Morgan! Es ist ...«

»Morgan, Herr ...«

»Herr von Orris ...«

»Morgan ... Morgan ... Morgan ...«

Das reißende Geräusch schwoll an. Die Wölfe warfen sich in den Staub. Osmond tänzelte wie ein Wahnsinniger, und seine schwarzen Stiefel traten die mit Metallspornen besetzten Lederstränge seiner Peitsche in den Staub.

»Schlechter Junge! Unflätiger Junge! Jetzt wirst du es büßen! Morgan kommt! Morgan kommt!«

Ungefähr fünf Meter rechts von Osmond begann die Luft zu verschwimmen und zu flimmern wie die Luft über einem heißen Verbrennungsofen.

Jack sah sich um, stellte fest, daß Richard in dem Haufen Maschinenpistolen, Magazine und Handgranaten zusammengerollt lag wie ein kleiner Junge, der beim Kriegspielen eingeschlafen ist. Aber er wußte, daß Richard nicht schlief; und dies war kein Spiel – wenn Richard sah, wie sein Vater aus einem Loch zwischen den Welten zum Vorschein kam, würde er den Verstand verlieren.

Jack hockte sich neben seinen Freund und schlang die Arme fest um ihn. Das Geräusch wie von einem zerreißenden Bettlaken wurde lauter, und plötzlich hörte er Morgans wutentbrannte Stimme:

»Was macht der Zug JETZT SCHON hier, ihr Idioten?«

Er hörte Osmond heulen. »Der unflätige Heuchler hat meinen Sohn getötet!«

»Auf geht's, Richie«, murmelte Jack und verstärkte seinen Griff um Richards schmalen Oberkörper. »Die Ratten verlassen das sinkende Schiff.«

Er schloß die Augen, konzentrierte sich – und dann flippten sie beide in einem einzigen Augenblick schwindelerregenden Wirbelns.

Siebenunddreißigstes Kapitel

Richard erinnert sich

1

Sie hatten das Gefühl, zur Seite und abwärts zu rollen, als wären die beiden Welten durch eine kurze Rampe miteinander verbunden. Schwach, verklingend, schließlich völlig verstummend, hörte Jack Osmond kreischen: »*Schlecht! Alle Jungen! Eine unumstößliche Tatsache! Alle Jungen! Unflat! Unflat!*« Einen Augenblick lang schwebten sie in dünner Luft. Richard schrie auf. Dann prallte Jack mit einer Schulter auf den Boden. Richards Kopf schlug gegen seine Brust. Jack hielt die Augen geschlossen und lag da, die Arme um Richard geschlungen, lauschend, riechend.

Stille. Keine absolute oder vollständige Stille, aber eine riesige, zu deren Ausmaßen zwei oder drei zwitschernde Vögel den Kontrast lieferten.

Der Geruch war kühl und salzig. Ein guter Geruch – wenn auch nicht so gut, wie die Welt in der Region riechen konnte. Selbst hier – wo immer *hier* sein mochte – bemerkte Jack einen schwachen Untergeruch – wie von altem Öl, das in den Betonboden der Parkbuchten von Tankstellen eingesickert ist. Es war der Geruch zu vieler Menschen, die zu viele Motoren laufen ließen, und er hatte die gesamte Atmosphäre verschmutzt. Seine Nase reagierte sehr empfindlich darauf, und er konnte ihn sogar hier wahrnehmen, wo er keine Autos hörte.

»Jack? Sind wir okay?«

»Wir sind«, sagte Jack und öffnete die Augen, um festzustellen, ob das der Wahrheit entsprach.

Sein erster Blick löste einen bestürzenden Gedanken aus: in seiner panischen Hast, zu verschwinden, zu entkommen, bevor Morgan eintraf, hatte er sie offenbar nicht in die amerikanische Region zurückbefördert, sondern in der Zeit vorwärtsgetrieben. Was er sah, schien der gleiche Ort zu sein, aber älter, so verlassen, als wären ein oder zwei Jahrhunderte vergangen. Der Zug stand noch immer auf den Schienen und sah so aus, wie er zuvor ausgesehen hatte. Alles andere sah keineswegs so aus. Die Schienen, die den verunkrauteten Exerzierplatz durchquerten und Gott weiß wohin weiterführten, waren alt und dick mit Rost bedeckt. Die Schwellen wirkten schwammig und verrottet. Zwischen ihnen wuchs hohes Unkraut.

Er umschlang Richard noch fester, der sich unter seinem Zugriff wand und dann gleichfalls die Augen öffnete.

»Wo sind wir?« fragte er und schaute sich dabei um. Wo die Blockhaus-Kaserne gewesen war, stand eine langgestreckte Nissenhütte mit rostfleckigem Wellblechdach. Das Dach war das einzige, das deutlich zu sehen war; der Rest des Gebäudes war von Efeu und anderen Pflanzen überwuchert. Davor standen zwei Pfosten, die vielleicht einmal ein Schild getragen hatten. Wenn es so war, dann war es schon lange her.

»Ich weiß es nicht«, sagte Jack und richtete den Blick dahin, wo der Hinderniskurs gewesen war – dort befand sich jetzt eine kaum noch erkennbare, mit wildem Phlox und Goldrute überwachsene Furche; dann faßte er seine schlimmste Befürchtung in Worte: »Vielleicht habe ich uns in der Zeit vorwärtsgetrieben.«

Zu seiner Verblüffung lachte Richard. »Ein beruhigendes Gefühl, daß sich auch in der Zukunft nicht viel ändern wird«, sagte er und deutete auf ein Stück Pappe, das an einen der Pfosten vor der Nissenhütte angenagelt war. Es war etwas verwittert, aber dennoch gut lesbar:

ZUTRITT VERBOTEN!
Anordnung des Mendocino County Sheriff's Department
Anordnung der Staatspolizei von Kalifornien

ZUWIDERHANDELNDE WERDEN BESTRAFT!

2

»Wenn du wußtest, wo wir sind«, sagte Jack, der sich töricht vorkam und gleichzeitig große Erleichterung empfand, »warum hast du dann gefragt?«

»Ich habe es eben erst entdeckt«, erwiderte Richard, und wenn Jack den Drang verspürt haben sollte, Richard aufzuziehen, so verflog er rasch. Richard sah entsetzlich aus; er sah aus, als litte er unter einer Art unheimlicher Tuberkulose, die nicht seine Lungen, sondern seinen Verstand angriff. Daran war nicht nur die verstörende Reise in der Region schuld – damit hatte er sich allem Anschein nach abgefunden. Doch jetzt wußte er noch etwas anderes. Es handelte sich nicht um eine Realität, die in völligem Gegensatz zu all seinen sorgsam entwickelten Vorstellungen stand; auch *damit* würde er sich abfinden können, wenn man ihm Zeit genug ließ. Aber die Erkenntnis, daß der eigene Vater einer von den Männern mit den schwarzen Hüten ist, konnte einem kaum die erfreulichsten Augenblicke seines Lebens bescheren.

»Okay«, sagte er und versuchte, seiner Stimme einen freudigen Klang zu geben – er empfand tatsächlich eine gewisse Freude. Er konnte sich gut vorstellen, daß selbst ein an Krebs sterbendes Kind eine gewisse Freude empfinden würde, wenn es einem Monster wie Reuel entkommen war. »Also auf, marsch, marsch, Richie-boy. Ich will dich ja nicht strafen, aber wir haben noch Meilen vor uns, bevor wir schlafen, und du bist noch immer eins von den blödesten Schafen.«

Richard stöhnte. »Wer dir eingeredet hat, du hättest Sinn für Humor, sollte erschossen werden, Kumpel.«

»*Bitez mon crank, mon ami.*«

»Wohin gehen wir?«

»Ich weiß es nicht«, sagte Jack, »aber es muß irgendwo in dieser Gegend sein. Ich spüre es wie einen Angelhaken in meinem Kopf.«

»Point Venuti?«

Jack drehte den Kopf und sah Richard lange an. In Richards erschöpften Augen war nichts zu lesen.

»Warum hast du das gefragt, Kumpel?«

»Wollen wir dorthin?«

Jack zuckte die Achseln. *Vielleicht. Vielleicht auch nicht.*

Sie wanderten langsam über den verunkrauteten Exerzierplatz, und Richard wechselte das Thema. »War das alles wirklich?« Sie näherten sich dem rostigen, zweiflügligen Tor. Über dem Grün tat sich eine Gasse aus blaßblauem Himmel auf. »War irgendetwas davon wirklich?«

»Wir haben ein paar Tage auf einer Elektrolokomotive verbracht, die in der Stunde vierzig, maximal fünfzig Kilometer fuhr«, sagte Jack, »und irgendwie sind wir damit von Springfield in Illinois bis in den Norden von Kalifornien gekommen. Und jetzt sag du mir, ob das wirklich ist.«

»Ja – ja, aber . . .«

Jack streckte die Arme aus. Sein rechtes Handgelenk war mit roten Striemen bedeckt, die juckten und schmerzten.

»Bisse«, sagte Jack. »Von den Würmern. Den Würmern aus Reuel Gardeners Kopf.«

Richard wandte sich ab und erbrach sich geräuschvoll.

Jack hielt ihn; hätte er es nicht getan, wäre Richard vermutlich zusammengesackt. Er war entsetzt, wie dünn Richard geworden war, wie heiß sich sein Fleisch durch das modische Hemd hindurch anfühlte.

»Tut mir leid, daß ich das gesagt habe«, sagte er, als es Richard wieder besser zu gehen schien. »Es war ziemlich roh.«

»Ja, das war es. Aber vielleicht ist es das einzige, das mich – du weißt schon . . .«

»Das dich überzeugt?«

»Ja. Kann sein.« Richard sah ihn mit seinen nackten, verwundeten Augen an. Seine ganze Stirn war jetzt mit Pickeln bedeckt. Offene Geschwüre umgaben seinen Mund. »Jack, ich muß dich etwas fragen, und ich möchte, daß du mir ehrlich antwortest – unumwunden. Ich muß dich fragen . . .«

Oh, ich weiß recht gut, was du mich fragen willst, Richie-boy.
»In ein paar Minuten«, sagte Jack. »In ein paar Minuten kommen wir zu allen Fragen und so vielen Antworten, wie ich dir geben kann. Aber erst haben wir noch etwas zu erledigen.«

»Was zu erledigen?«

Anstatt ihm zu antworten, ging Jack zu dem kleinen Zug. Er blieb einen Augenblick davor stehen, betrachtete ihn: die gedrungene Lokomotive, der leere geschlossene, der offene Wagen. War es ihm irgendwie gelungen, das ganze Ding mitzunehmen, als er nach Kalifornien flippte? Er glaubte es nicht. Schon das Flippen mit Wolf war ein Kraftakt gewesen, das Flippen mit Richard vom Campus von Thayer aus hatte ihm beinahe den Arm aus dem Gelenk gerissen, und in beiden Fällen hatte es einer bewußten Willensanstrengung bedurft. Soweit er sich erinnern konnte, hatte er überhaupt nicht an den Zug gedacht, als er flippte – nur daran, daß er Richard aus dem paramilitärischen Trainingslager der Wölfe fortbringen mußte, bevor er seinen Vater zu Gesicht bekam. Bisher hatte alles irgendwie die Form verändert, wenn er von einer Welt in die andere überwechselte – der Akt des Überwechselns schien einen Akt der Verwandlung zu fordern. Aus einem Hemd konnte ein Wams werden, aus Jeans wollene Hosen, aus Geld gegliederte Stäbchen. Aber dieser Zug sah hier genauso aus, wie er drüben ausgesehen hatte. Es war Morgan gelungen, etwas zu schaffen, das beim Überwechseln keinerlei Einbußen erlitt.

Außerdem haben sie drüben auch Bluejeans angehabt, Jacko.

Ja. Und Osmond hatte zwar seine altbewährte Peitsche, aber außerdem eine Maschinenpistole.

Morgans Maschinenpistole. Morgans Zug.

Ein kalter Schauder lief ihm über den Rücken. Er hörte Anders murmeln: *Böse Geschichte.*

Das war es in der Tat. Eine sehr böse Geschichte. Anders hatte recht gehabt. Es waren Teufel, alle irgendwie auf einen Haufen geworfen. Jack langte ins Führerhaus, holte eine der Uzis heraus, schob ein neues Magazin ein und kehrte zu Richard zurück, der sich blaß und nachdenklich, aber interessiert umschaute.

»Das sieht aus wie ein altes Camp für Überlebenstraining«, sagte er.

»Du meinst, so ein Ort, an dem sich Glücksritter-Typen auf den dritten Weltkrieg vorbereiten?«

»Ja, etwas von der Art. Von der Sorte gibt es etliche im Norden von Kalifornien – sie schießen aus dem Boden, haben eine Weile Bestand, und dann verlieren die Leute das Interesse, weil der dritte Weltkrieg auf sich warten läßt oder sie wegen illegalen Besitzes von Waffen oder Rauschgift oder dergleichen verhaftet werden. Mein – mein Vater hat mir das erzählt.«

Jack sagte nichts.

»Was hast du mit dem Schießeisen vor, Jack?«

»Ich will versuchen, diesem Zug den Garaus zu machen. Irgendwelche Einwände?«

Richard schauderte, und sein Mund verzog sich zu einer Grimasse des Abscheus. »Nicht die geringsten.«

»Was meinst du, ob es die Uzi schafft? Wenn ich in dieses Plastikzeug schieße?«

»Mit einer Kugel nicht, aber vielleicht mit einem ganzen Magazin.«

»Probieren wir's aus.« Jack legte den Sicherungsbügel um.

Richard packte seinen Arm. »Es wäre vielleicht klüger, wenn wir uns hinter den Zaun zurückziehen, bevor du es versuchst«, sagte er.

»Okay.«

Als sie den efeuüberwucherten Zaun erreicht hatten, richtete Jack die Uzi auf die flachen Päckchen mit Plastiksprengstoff. Er drückte auf den Abzug, und die Uzi riß die Stille in Fetzen. Einen Augenblick lang schien Feuer an der Mündung des Laufs zu hängen. In der Kirchenstille des verlassenen Lagers klang das Knattern erschreckend laut. Vögel kreischten überrascht und verängstigt auf und flüchteten in stillere Teile des Waldes. Richard stöhnte und preßte die Handflächen auf die Ohren. Die Plane flatterte und tanzte. Dann verstummte die Uzi, obwohl er nach wie vor auf den Abzug drückte. Das Magazin war leer, und der Zug stand immer noch auf den Schienen.

»Nun«, sagte Jack, »das war wohl nichts. Hast du irgendeine andere . . .«

Der offene Wagen explodierte mit einer blauen Flammenwand und Donnergetöse. Jack sah, daß er sich regelrecht von den Schienen hob. Er packte Richard im Genick und drückte ihn zu Boden.

Die Explosionen gingen noch lange weiter. Metall sauste durch die Luft und prasselte wie ein Regenschauer auf das Wellblechdach der Nissenhütte. Hin und wieder, wenn ein großer Brocken emporgeschleudert wurde, ertönte ein Geräusch wie von einem chinesischen Gong. Dann durchschlug etwas unmittelbar über Jacks Kopf den Zaun und hinterließ ein Loch, das größer war als seine beiden Fäuste zusammen, und Jack fand, daß es Zeit war, das Feld zu räumen. Er packte Richard und zog ihn zum Tor hinüber.

»Nein!« rief Richard. »Die Schienen!«

»Was?«

»Die Schie . . .«

Etwas sauste über sie hinweg, und beide Jungen duckten sich. Ihre Köpfe stießen aneinander.

»Die Schienen!« rief Richard und rieb sich mit einer bleichen Hand den Kopf. »Nicht die Straße. Auf den Schienen entlang!«

»Kapiert!« Jack war verblüfft, erhob aber keine Einwände. Schließlich mußten sie irgendwohin gelangen.

Die beiden Jungen krochen an dem alten Palisadenzaun entlang wie Soldaten auf ihrem Weg ins Niemandsland. Richard hatte die Führung übernommen und steuerte auf die Stelle zu, wo die Schienen am anderen Ende des Lagers durch eine Öffnung im Zaun führten.

Als sie draußen waren, warf Jack einen Blick über die Schulter zurück – durch das halb offenstehende Tor konnte er alles sehen, was er sehen mußte oder wollte. Der größte Teil des Zuges schien regelrecht verdunstet zu sein. Metallbrocken, manche noch erkennbar, die meisten nicht, lagen in weitem Umkreis um die Stelle herum, an der er nach Amerika zurückgekehrt war, an der er gebaut, gekauft und bezahlt worden war. Daß sie nicht von herumfliegenden Splittern getötet worden waren, war erstaunlich; daß sie nicht einmal einen Kratzer abbekommen hatten, grenzte an ein Wunder.

Das Schlimmste war jetzt vorbei. Sie befanden sich außerhalb des Tores, hatten sich aufgerichtet, waren aber gewärtig, sich zu ducken und zu rennen, falls noch etwas explodieren sollte.

»Meinem Vater wird es nicht gefallen, daß du seinen Zug in die Luft gejagt hast, Jack«, sagte Richard.

Seine Stimme klang völlig gelassen, aber als Jack ihn ansah, stellte er fest, daß Richard weinte.

»Richard...«

»Nein, es wird ihm ganz und gar nicht gefallen«, sagte Richard, als gäbe er sich selbst eine Antwort.

3

Ein dichter, üppiger, kniehoher Streifen Unkraut wuchs zwischen den Schienen, die vom Lager fortführten – und zwar, wie Jack vermutete, ungefähr nach Süden. Die Schienen selbst waren verrostet und schienen lange nicht benutzt worden zu sein; an manchen Stellen waren sie krumm und regelrecht gewellt.

Das müssen Erdbeben gewesen sein, dachte Jack mit einem Anflug von Unbehagen.

Hinter ihnen explodierte der Plastiksprengstoff noch immer. Jedesmal, wenn Jack glaubte, es wäre endlich vorbei, kam wieder ein langes, heiseres Grollen, das sich anhörte, als räusperte sich ein Riese. Einmal blickte er zurück und sah eine schwarze Rauchwolke am Himmel hängen. Er lauschte, ob er das heftige, laute Prasseln von Feuer hören konnte – wie jedermann, der längere Zeit an der kalifornischen Küste gelebt hat, fürchtete er sich vor Bränden –, vernahm aber nichts dergleichen. Sogar der Wald hier glich dem in Neuengland; er war dicht und mit Feuchtigkeit gesättigt – ein krasser Gegensatz zur blaßbraunen Landschaft Niederkaliforniens mit ihrer klaren, knochentrockenen Luft. Die Vegetation war üppig, die Schienen eine allmählich enger werdende Gasse zwischen vorrückenden Bäumen, Sträuchern und dem allgegenwärtigen Efeu (und wahrscheinlich auch Giftsumach, dachte Jack und kratzte abwesend an den Bißwunden an seinem Handgelenk), der blaßblaue Himmel eine fast ebensolche Gasse über ihnen. Sogar die Schlacke auf dem Gleiskörper war moosüberwachsen. Der Ort kam ihm vor wie ein Geheimnis, ein Ort für Geheimnisse.

Er legte ein tüchtiges Tempo vor, und das nicht nur, damit sie die Schienen hinter sich hatten, bevor die Polizei oder die Feuerwehr auftauchte. Das Tempo sorgte auch dafür, daß Richard schwieg. Er mußte sich zu sehr anstrengen, wenn er mit Jack Schritt halten wollte, um reden oder Fragen stellen zu können.

Sie hatten vielleicht drei Kilometer zurückgelegt, und Jack gratulierte sich noch immer zu seiner jede Unterhaltung abwürgenden Methode, als Richard mit dünner, pfeifender Stimme rief: »Jack...«

Jack drehte gerade noch rechtzeitig den Kopf, um zu sehen, wie Richard, der ein wenig zurückgefallen war, vorwärts taumelte. Die Pickel zeichneten sich auf seiner papierweißen Haut ab wie Muttermale. Jack konnte ihn gerade noch auffangen. Richard schien nicht mehr zu wiegen als eine Papiertüte.

»Großer Gott, Richard!«

»Bis vor ein oder zwei Sekunden war ich okay«, sagte Richard mit derselben dünnen, pfeifenden Stimme. Sein Atem ging sehr schnell, sehr trocken. Seine Augen waren halb geschlossen; Jack sah nur das Weiße und winzige Bögen von blauer Iris. »Hab einfach – schlappgemacht. Tut mir leid.«

Hinter ihnen dröhnte eine weitere laute, heftige Explosion, gefolgt vom Prasseln der auf das Wellblechdach der Nissenhütte niederhagelnden Zugtrümmer. Jack warf einen Blick zurück und betrachtete dann die vor ihnen liegenden Schienen.

. »Kannst du dich an mir festhalten? Ich trag dich ein Stück Huckepack.« Wie zu Wolfs Zeiten, dachte er.

»Ich kann mich festhalten.«

»Wenn du es nicht kannst, sag Bescheid.«

»Jack«, sagte Richard mit einer herzerfrischenden Spur seiner gewohnten Logik, »wenn ich mich nicht festhalten kann, bin ich auch nicht in der Lage, dir Bescheid zu sagen.«

Jack stellte Richard auf die Beine. Richard stand taumelnd da und sah aus wie jemand, dem man nur ins Gesicht zu blasen brauchte, um ihn auf den Rücken zu legen. Jack drehte sich um und kauerte nieder; die Sohlen seiner Turnschuhe ruhten auf einer der verrotteten Schwellen. Er formte die Hände zu Steigbügeln, und Richard legte seine Arme um Jacks Hals. Dann erhob sich Jack und begann, in einem Tempo auf den

Schwellen entlangzuwandern, das fast ein Laufschritt war. Daß er Richard auf dem Rücken trug, schien überhaupt kein Problem zu sein, und das nicht nur, weil Richard Gewicht verloren hatte. Jack hatte Bierfässer transportiert, Kartons geschleppt, Äpfel gepflückt. Er hatte etliche Zeit damit verbracht, auf Sunlight Gardeners Hinterem Feld Steine aufzuklauben, *bekomme ich ein Halleluja?* All das hatte ihn zäh gemacht. Aber die Zähigkeit reichte tiefer in sein innerstes Wesen hinab, als etwas so Simples und Seelenloses wie körperliche Arbeit erreichen konnte. Es war auch nicht nur eine Folge des Hin- und Herflippens zwischen zwei Welten oder der Tatsache, daß die andere Welt – so atemberaubend sie sein konnte – ihn abgerieben hatte wie nasse Farbe. Jack war sich vage bewußt, daß er mehr versucht hatte, als nur seiner Mutter das Leben zu retten; daß er von Anfang an versucht hatte, etwas Größeres zu bewerkstelligen. Er hatte versucht, ein gutes Werk zu tun, und ihm war gleichermaßen vage bewußt, daß ein derart verrücktes Unterfangen immer Zähigkeit erzeugte.

Er fiel tatsächlich in Laufschritt.

»Wenn du mich seekrank machst«, sagte Richard mit schwacher Stimme, die im Rhythmus von Jacks Schritten schwankte, »spuck ich dir auf den Kopf.«

»Ich wußte doch, daß ich mich auf dich verlassen kann, Richie-boy«, keuchte Jack lächelnd.

»Ich komme mir – überaus albern vor hier oben. Wie ein menschlicher Hüpfstock.«

»So siehst du wahrscheinlich auch aus, Kumpel.«

»Nenn mich – nicht Kumpel«, flüsterte Richard, und Jacks Lächeln wurde breiter. *O Richard, du Bastard, mögest du ewig leben.*

4

»Ich kannte diesen Mann«, flüsterte Richard über Jacks Kopf.

Jack erschrak, als hätte man ihn aus dem Schlaf gerissen. Er hatte Richard zehn Minuten zuvor auf den Rücken genommen, sie hatten weitere zwei Kilometer hinter sich gebracht. und nach wie vor waren keinerlei Anzeichen irgendeiner Zivilisation zu entdecken. Nur die Schienen und der Salzgeruch in der Luft.

Die Schienen, dachte Jack. Führen sie zu dem Ort, von dem ich glaube, daß sie zu ihm hinführen?

»Welchen Mann?«

»Den Mann mit der Peitsche und der Maschinenpistole. Ich kenne ihn. Er war oft bei uns.«

»Wann?« keuchte Jack.

»Vor langer Zeit. Als ich noch ganz klein war.« Dann setzte Richard widerstrebend hinzu: »Damals, als ich diesen seltsamen Traum im Kleiderschrank hatte.« Er hielt inne. »Aber es war wohl kein Traum, oder?« »Nein, ich glaube nicht.«

»Ja. War der Mann mit der Peitsche Reuels Vater?«

»Was meinst du?«

»Er war es«, sagte Richard finster. »Ganz offensichtlich.«

Jack blieb stehen.

»Richard, wohin führen diese Schienen?«

»Du weißt, wo sie hinführen«, sagte Richard mit seltsam leerer Gelassenheit.

»Ja – ich glaube, ich weiß es. Aber ich möchte es von dir hören.« Jack hielt inne. »Ich glaube, ich *muß* es von dir hören. Wo führen sie hin?«

»Sie führen zu einem Ort, der Point Venuti heißt«, sagte Richard, und es klang, als wäre er wieder den Tränen nahe. »Dort gibt es ein großes Hotel. Ich weiß nicht, ob das der Ort ist, den du suchst, aber ich nehme es an.«

»Ich auch«, sagte Jack. Er setzte sich wieder in Bewegung, Richards Beine unter den Armen, langsam stärker werdende Schmerzen im Rükken, und folgte den Schienen, die ihn an den Ort bringen würden, an dem es etwas gab, das seiner Mutter das Leben retten konnte.

5

Während sie dahinwanderten, redete Richard. Er kam nicht gleich auf die Rolle, die sein Vater in dieser verrückten Geschichte spielte, kreiste sie aber ganz allmählich ein.

»Ich kenne diesen Mann von früher«, sagte Richard. »Dessen bin ich mir ziemlich sicher. Er kam in unser Haus. Immer durch die Hintertür. Er läutete nicht und klopfte auch nicht an. Irgendwie kratzte er an der Tür. Das ging mir immer durch und durch. Jagte mir so viel Angst ein, daß ich dachte, ich würde mir in die Hose machen. Er war groß – sicher, einem Kind kommen alle Erwachsenen groß vor, aber dieser Mann war wirklich groß – und er hatte weiße Haare. Meist trug er eine dunkle Brille. Manchmal auch so eine Sonnenbrille mit spiegelnden Gläsern. Als ich die Geschichte über ihn im *Sunday Report* sah, wußte ich, daß ich ihn *irgendwo* schon einmal gesehen hatte. An dem Abend, an dem die Sendung lief, war mein Vater oben und erledigte irgendwelchen Papierkram. Ich saß vor dem Fernseher, und als mein Vater hereinkam und sah, was lief, ließ er beinahe den Drink fallen, den er in der Hand hielt. Dann schaltete er auf eine andere Station um, die eine Wiederholung von *Raumschiff Enterprise* brachte.

Damals, als der Mann meinen Vater besuchte, nannte er sich nicht Sunlight Gardener. Ich kann mich nicht an seinen Namen erinnern – es war so etwas wie Banlon – oder Orlon ...«

»Osmond?«

»Ja, so hieß er. Seinen Vornamen habe ich nie gehört. Aber er tauchte ungefähr jeden Monat einmal auf. Manchmal öfter. Einmal kam er eine Woche lang fast jeden Abend, und danach ließ er sich fast ein halbes Jahr lang nicht blicken. Wenn er kam, habe ich mich immer in meinem Zimmer eingeschlossen. Ich mochte seinen Geruch nicht. Er benutzte eine Art Parfum – Kölnisch Wasser, nehme ich an, aber es roch irgendwie stärker. Wie ganz billiges Parfum. Aber darunter ...«

»Darunter roch er, als hätte er ungefähr zehn Jahre nicht gebadet.«

Richard sah ihn mit weit aufgerissenen Augen an.

»Ich habe ihn auch als Osmond kennengelernt«, erklärte Jack. Er hatte es Richard schon früher erzählt – zumindest einen Teil davon –, aber Richard hatte nicht zugehört. Jetzt hörte er zu. »In der Gegend der Region, die New Hampshire entspricht, bevor ich ihn in Indiana als Sunlight Gardener kennenlernte ...«

»Dann mußt du auch dieses – dieses *Ding* gesehen haben.«

»Reuel?« Jack schüttelte den Kopf. »Reuel muß damals im Verheerten Land gewesen sein und sich einer intensiven Kobalt-Behandlung unterzogen haben.« Jack dachte an die offenen Geschwüre auf dem Gesicht des Geschöpfes, dachte an die Würmer. Er betrachtete sein geschwollenes Handgelenk, in das die Würmer gebissen hatten, und schauderte. »Reuel habe ich erst jetzt zu Gesicht bekommen, und sein amerikanischer Twinner ist mir nie begegnet. Wie alt warst du, als Osmond aufzutauchen begann?«

»Ich muß vier gewesen sein. Die andere Geschichte – du weißt, die mit dem Schrank – passierte erst später. Ich erinnere mich, daß ich danach noch mehr Angst vor ihm hatte.«

»Nachdem dich das Ding im Schrank berührt hatte.«

»Ja.«

»Und das passierte, als du fünf warst.«

»Ja.«

»Als wir *beide* fünf waren.«

»Ja. Du kannst mich absetzen. Ich kann eine Weile laufen.«

Jack tat es. Sie gingen schweigend weiter, mit gesenkten Köpfen, ohne einander anzusehen. Als sie beide fünf waren, hatte etwas aus der Dunkelheit Richard berührt. Als sie beide sechs waren

(sechs, Jacky war sechs)

hatte Jack gehört, wie sich sein Vater und Morgan Sloat über eine Gegend unterhielten, die sie aufsuchten, eine Gegend, die Jacky die Tagtraum-Landschaft nannte. Und später im gleichen Jahr hatte etwas aus der Dunkelheit ihn und seine Mutter berührt. Es war nicht mehr und nicht weniger gewesen als Morgan Sloats Stimme. Morgan Sloat, der aus Green River, Utah, anrief. Schluchzend. Er, Phil Sawyer und Tommy Woodbine waren drei Tage zuvor zu ihrem alljährlichen November-Jagdausflug aufgebrochen – ein anderer Studienkollege, Randy Glover, besaß in Blessingston, Utah, eine luxuriöse Jagdhütte. Gewöhnlich ging Glover mit ihnen auf die Jagd, aber in diesem Jahr hatte er in der Karibik gekreuzt. Morgan rief an, um ihnen mitzuteilen, daß Phil erschossen worden war, vermutlich von einem anderen Jäger. Er und Tommy Woodbine hatten ihn auf einer provisorischen Trage aus der Wildnis herausgeschleppt. Auf dem Rücksitz von Glovers Jeep war Phil noch einmal zu Bewußtsein gekommen, und hatte Morgan gebeten, Jack und Lily zu sagen, daß er sie liebte. Fünfzehn Minuten später war er gestorben, während Morgan Green River und dem nächsten Krankenhaus entgegenjagte.

Morgan hatte Phil nicht getötet; Tommy konnte bezeugen, daß sie alle drei zusammen waren, als der Schuß fiel, falls irgendwelche Zeugenaussagen erforderlich gewesen wären (was natürlich nie der Fall war).

Doch damit war nicht gesagt. daß er nicht jemanden angeheuert hatte, dachte Jack jetzt. Und damit war auch nicht gesagt, daß Onkel Tommy nicht seine eigenen Zweifel gehabt hatte über das, was damals geschehen war. Wenn dem so war, dann war Onkel Tommy vielleicht nicht nur deshalb umgebracht worden, damit Jack und seine sterbende Mutter Morgans Nachstellungen schutzlos ausgeliefert waren. Vielleicht war er getötet worden, weil Morgan sich keine Gedanken mehr darüber machen wollte, ob die alte Tunte nicht doch eines Tages Phil Sawyers Sohn gegenüber andeuten würde, daß hinter Phils Tod möglicherweise mehr steckte als ein Unfall. Jack spürte, wie ihm Bestürzung und Abscheu eine Gänsehaut über den Rücken jagten.

»Tauchte der Mann auf, bevor dein Vater und mein Vater das letzte Mal zusammen auf die Jagd gingen?« fragte Jack eindringlich.

»Jack, ich war vier Jahre alt . . .«

»Nein, du warst *sechs*. Du warst vier, als er das erste Mal auftauchte, du warst sechs, als mein Vater in Utah getötet wurde. Und du vergißt nicht viel, Richard. Tauchte er auf, bevor mein Vater starb?«

»Das war die Zeit, in der er eine Woche lang fast jeden Abend kam«, sagte Richard mit kaum hörbarer Stimme. »Unmittelbar vor diesem letzten Jagdausflug.«

Obwohl er Richard daraus keinen Vorwurf machen konnte, war Jack nicht imstande, seine Bitterkeit zurückzuhalten. »Mein Vater kommt bei einem Jagdunfall in Utah ums Leben, Onkel Tommy wird in Los Angeles überfahren. Die Todesrate unter den Freunden deines Vaters ist verdammt hoch, Richard.«

»Jack . . .« setzte Richard mit unglücklicher, zitternder Stimme an.

»Natürlich ist das alles Wasser unter der Brücke oder verschüttete

Milch oder was es sonst noch an passenden Klischees gibt«, sagte Jack. »Aber als ich in deiner Schule auftauchte, Richard, hast du mich für verrückt gehalten.«

»Jack, du verstehst nicht ...«

»Nein, vermutlich nicht. Ich war müde, und du hast mich bei dir schlafen lassen. Gut. Ich war hungrig, und du hast mir etwas zu essen gebracht. Wunderbar. Aber was ich am meisten brauchte, war, daß du mir *glaubtest*. Ich wußte, daß das zu viel verlangt war, aber zum Henker! Du kanntest den Kerl, von dem ich redete! Du *wußtest*, daß er schon früher im Leben deines Vaters eine Rolle gespielt hatte! Aber nein – du hast einfach so etwas gesagt wie ›Der gute alte Jack hat draußen auf Seabrook Island ein bißchen zu lange in der Sonne gelegen und blah-blah-blah!‹ Jesus, Richard, ich habe geglaubt, dazu wären wir zu gute Freunde.«

»Du verstehst immer noch nicht.«

»Was? Daß du dich zu sehr vor Seabrook Island-Kram fürchtetest, um mir ein bißchen zu glauben?« Jacks Stimme bebte vor Entrüstung.

»Nein. Ich fürchtete mich vor etwas viel Schlimmerem.«

»Ach?« Jack blieb stehen und sah Richard mitleidslos in das bleiche, unglückliche Gesicht. »Was könnte es für Richard den Vernünftigen Schlimmeres geben?«

»Ich fürchtete«, sagte Richard mit völlig gelassener Stimme, »ich fürchtete, wenn ich mehr über diese Geheimnisse erführe – über diesen Mann Osmond oder über das, was damals in dem Schrank war –, dann würde ich nicht mehr imstande sein, meinen Vater zu lieben. Und ich hatte recht.«

Richard bedeckte das Gesicht mit seinen dünnen, schmutzigen Fingern und begann zu weinen.

6

Jack stand da, sah zu, wie Richard weinte und machte sich bittere Vorwürfe. Was immer Morgan Sloat sein mochte – er war immer noch Richard Sloats Vater; Morgans Geist lauerte in Richards Händen und in Richards Gesicht. Hatte er das vergessen? Nein – aber einen Augenblick lang hatte seine bittere Enttäuschung über Richard alles andere überdeckt. Und seine wachsende Nervosität hatte gleichfalls eine Rolle gespielt. Der Talisman war jetzt nahe, sehr nahe, und er spürte es in seinen Nervenenden wie ein Pferd, das Wasser in der Wüste riecht oder einen fernen Grasbrand auf der Prärie.

Ja, und dieser Bursche hier ist der beste Freund, den du hast, Jacko – also spinn ein bißchen, wenn es unbedingt sein muß, aber trample nicht auf Richard herum. Der Junge ist krank – falls du es noch nicht bemerkt haben solltest.

Er griff nach Richard. Richard versuchte, ihn fortzustoßen. Jack ließ es nicht zu. Er schlang die Arme um Richard, und dann standen die beiden eine ganze Weile mitten auf dem einsamen Bahnkörper; Richards Kopf ruhte an Jacks Schulter.

»Hör zu«, sagte Jack verlegen, »versuch, dir nicht allzu viele Gedanken zu machen über – du weißt schon – das alles . . . Noch nicht, Richard. Versuch einfach, dich von der Strömung tragen zu lassen.« Gott, das hörte sich wirklich albern an. Es war ungefähr dasselbe, wie wenn man jemandem sagte, er hätte Krebs, aber er brauchte sich keine Sorgen zu machen, denn gleich würde der *Krieg der Sterne* in den Videorecorder eingelegt, und der würde ihn aufheitern.

»Okay«, sagte Richard. Er löste sich aus Jacks Armen. Die Tränen hatten auf seinem schmutzigen Gesicht saubere Rinnen ausgewaschen. Er fuhr sich mit einem Arm über die Augen und versuchte zu lächeln. »Alles wird gut, alles wird gut . . .«

»Und alles und jedes wird gut«, fiel Jack ein – sie beendeten den Spruch gemeinsam, dann lachten sie gemeinsam, und das war in Ordnung.

»Komm«, sagte Richard. »Machen wir uns wieder auf den Weg.«

»Wohin?«

»Zu deinem Talisman«, sagte Richard. »Nach allem, was du erzählt hast, muß er in Point Venuti sein. Und das ist die nächste Station an der Strecke. Also komm, Jack. Machen wir uns auf den Weg. Aber langsam – ich bin noch nicht fertig mit Reden.«

Jack musterte ihn neugierig, und dann setzten sie sich wieder in Bewegung – aber langsam.

7

Nachdem der Damm einmal gebrochen war und Richard zuließ, daß er sich an Dinge erinnerte, erwies er sich als unvermutet reiche Informationsquelle. Jack war zumute, als hätte er an einem Puzzle gearbeitet, ohne zu wissen, daß ihm etliche der wichtigsten Teile fehlten. Es war Richard, der ihm die meisten dieser Teile lieferte. Richard war schon früher in dem Lager gewesen; das war das erste Teil. Es hatte seinem Vater gehört.

»Bist du sicher, daß es derselbe Ort war?« fragte Jack zweifelnd.

»Ganz sicher«, sagte Richard. »Es kam mir schon auf der anderen Seite, da drüben, irgendwie vertraut vor. Als wir zurückkehrten – hierher –, war ich ganz sicher.«

Jack nickte – er wußte nicht recht, was er sonst hätte tun sollen. »Wir waren oft in Point Venuti. Da wohnten wir immer, bevor wir hierherkamen. Der Zug war eine großartige Sache. Ich meine, wie viele Väter haben schon ihren Privatzug?« »Nicht viele«, sagte Jack. »Ich vermute, Diamond Jim Brady und Leute wie er hatten Privatzüge, aber ich weiß nicht, ob sie Väter waren.«

»Oh, in die Kategorie gehört mein Dad nicht«, sagte Richard mit leichtem Lachen, und Jack dachte: *Da bin ich nicht so sicher, Richard.* »Wir kamen immer in einem Mietwagen aus L.A. nach Point Venuti und wohnten dort in einem Motel. Nur wir beide.« Richard brach ab. Seine Augen waren feucht vor Liebe und Erinnerung. »Dann – nachdem wir uns eine Weile dort aufgehalten hatten – bestiegen wird Dads Zug nach Camp Readiness. Es war nur ein kleiner Zug.« Er blickte Jack bestürzt an. »Ich glaube, so einer wie der, mit dem wir gefahren sind.«

»Camp Readiness?«

Aber Richard schien ihn nicht gehört zu haben. Sein Blick war auf die verrosteten Schienen gerichtet. Hier waren sie unversehrt, aber Jack dachte, daß sich Richard vielleicht an die verbogenen und verkrümmten Abschnitte erinnerte, die sie eine Weile zuvor passiert hatten. An einigen Stellen hatten sich die Enden der Schienenabschnitte sogar hochgebogen wie zerrissene Gitarrensaiten. Vermutlich befanden sich in der Region die Schienen in gutem Zustand und wurden regelmäßig und liebevoll gewartet.

»Früher verkehrte hier ein Schienenbus«, sagte Richard. »Vor langer Zeit, in den dreißiger Jahren, hat mein Vater gesagt. Die Mendocino County Red Line. Aber sie gehörte irgendeiner privaten Gesellschaft, und die machte bankerott, weil in Kalifornien – du weißt schon . . .«

Jack nickte. In Kalifornien fuhr jeder einen Wagen. »Richard, warum hast du mir nie von diesem Ort erzählt?«

»Mein Vater hat ausdrücklich gesagt, ich dürfte dir nicht davon erzählen. Du und deine Eltern wußten, daß wir gelegentlich in Nordkalifornien Ferien machten, und dagegen war nichts einzuwenden, aber ich sollte dir weder etwas von dem Zug noch von Camp Readiness erzählen. Er sagte, wenn ich es erzählte, würde Phil wütend werden, weil er nichts davon wußte.«

Richard hielt inne.

»Er sagte, wenn ich davon erzählte, würde er mich nie wieder mitnehmen. Ich dachte, es wäre deshalb, weil sie Partner waren, die keine Geheimnisse voreinander haben sollten. Aber jetzt vermute ich, daß mehr dahintersteckte. Die Busgesellschaft machte bankerott, weil immer mehr Autos auf immer mehr Straßen erschienen.« Er machte eine nachdenkliche Pause. »Das ist mir aufgefallen an der Gegend, in die du mich mitgenommen hast. So eigenartig sie war – sie stank nicht nach Abgasen. Das ist mir aufgefallen.«

Jack nickte wieder, sagte aber nichts.

»Schließlich verkaufte die Busgesellschaft die ganze Linie mit allem Drum und Dran an eine Erschließungsfirma. *Die* dachte, die Leute würden sich weiter landeinwärts niederlassen wollen. Aber das taten sie nicht.«

»Und dann kaufte sie dein Vater.«

»Ja, vermutlich. Genau weiß ich es nicht. Er redete nie viel darüber, wie er die Linie gekauft hat – oder wie er die Schienen für den Bus gegen diese Eisenbahnschienen auswechseln ließ.«

Das muß eine gewaltige Arbeit gewesen sein, dachte Jack, und dann dachte er an die Erzgruben und Morgan von Orris' anscheinend unerschöpfliches Heer von Arbeitssklaven.

»Ich weiß, daß er sie auswechseln ließ, aber nur deshalb, weil ich ein Buch über Eisenbahnen bekam und feststellte, daß sich die Spurweiten unterscheiden. Schienenbusse laufen auf Schmalspur. Dies ist Normalspur.«

Jack kniete nieder und konnte tatsächlich auf den halbverrotteten Schwellen zwei sehr schwache Rinnen entdecken – in ihnen hatten die Busschienen gelegen.

»Er hatte einen kleinen roten Zug«, sagte Richard träumerisch. »Nur eine Lokomotive und zwei Wagen. Sie fuhr mit Dieselkraftstoff. Er machte Scherze darüber und sagte, das einzige, was Männer von Jungen unterschiede, wäre der Preis ihrer Spielsachen. Auf dem Hügel oberhalb von Point Venuti lag eine alte Busstation; wir fuhren mit dem Mietwagen hinauf, parkten den Wagen dort und stiegen ein. Ich erinnere mich, wie die Station roch – irgendwie alt, aber nicht unangenehm –, irgendwie so, als wäre sie voll von altem Sonnenschein. Und der Zug stand da. Und mein Dad – er pflegte zu sagen: ›Nach Camp Readiness alles einsteigen, Richard! Hast du deine Fahrkarte?‹ Und dann gab es Limonade – oder Eistee – und wir saßen im Führerhaus – manchmal hatten wir irgendwelche Sachen geladen – Nachschub oder Vorräte – aber wir saßen immer vorn – und – und . . .«

Richard schluckte und fuhr sich wieder mit der Hand über die Augen.

»Und es war eine schöne Zeit«, beendete er seinen Satz. »Nur er und ich. Es war wunderbar.«

Er blickte sich um, und in seinen Augen glänzten unvergossene Tränen.

»Damals gab es in Camp Readiness so einen Teller, auf dem der Zug wenden konnte«, sagte er. »Damals, in der alten Zeit.«

»Richard . . .«

Jack versuchte, ihn zu berühren.

Richard schüttelte ihn ab, trat beiseite und wischte sich mit dem Handrücken die Tränen von den Wangen.

»War noch nicht so erwachsen damals«, sagte er mit einem Lächeln.

Versuchte es jedenfalls. »*Nichts* war so erwachsen damals, findest du nicht auch, Jack?«

»Nein«, sagte Jack und stellte fest, daß er jetzt gleichfalls weinte. *O Richard, lieber Richard.*

»Nein«, sagte Richard lächelnd, ließ den Blick über die Bäume beiderseits der Schienen wandern und wischte sich die Tränen mit dem schmutzigen Handrücken ab, »nichts war so erwachsen damals. Damals, als wir noch Kinder waren. Damals, als wir alle in Kalifornien lebten und niemand irgendwo anders lebte.«

Er sah Jack an und versuchte zu lächeln.

»Jack, hilf mir«, sagte er. »Mir ist, als steckte mein Bein in irgendeiner blöden Falle – und ich – ich . . .«

Dann fiel Richard auf die Knie, das Haar hing ihm in das erschöpfte Gesicht, und Jack kniete neben ihm nieder, und mehr kann ich dazu nicht sagen – außer daß sie sich gegenseitig trösteten, so gut sie konnten, und das reicht, wie wohl jeder aus eigener Erfahrung weiß, nie ganz aus.

8

»Der Zaun war neu damals«, sagte Richard, als er wieder sprechen konnte. Sie waren ein Stück weitergewandert. Auf einer hohen, massigen Eiche sang ein Ziegenmelker. Der Salzgeruch in der Luft war stärker geworden. »Daran erinnere ich mich. Und an das Schild – CAMP READINESS stand darauf. Es gab einen Hinderniskurs und Taue, an denen man hochklettern konnte, und andere Taue, an denen man über große Wasserlachen hinwegschwang. Es sah ungefähr so aus wie ein Ausbildungslager der Marines in einem Film über den Zweiten Weltkrieg. Aber die Leute, die dort trainierten, hatten nicht viel Ähnlichkeit mit den Marines. Sie waren fett und alle gleich gekleidet – in graue Trainingsanzüge mit der Aufschrift CAMP READINESS quer über der Brust und roten Paspeln in den Seitennähten der Trainingshosen. Sie sahen alle aus, als bekämen sie im nächsten Augenblick eine Herzattacke oder einen Schlaganfall. Vielleicht beides gleichzeitig. Manchmal blieben wir über Nacht. Ein paarmal verbrachten wir das ganze Wochenende dort. Nicht in der Nissenhütte; das war eine Art Kaserne für die Burschen, die dafür bezahlten, daß sie fit wurden.«

»Wenn es das war, was sie taten.«

»Ja. Wenn es das war, was sie taten. Jedenfalls wohnten wir in einem großen Zelt und schliefen auf Feldbetten. Es war eine Wucht.« Richard lächelte wieder sehnsüchtig. »Aber du hast recht, Jack – nicht alle Burschen, die sich dort herumtrieben, sahen aus wie Geschäftsleute, die versuchen, fit zu werden. Die anderen . . .«

»Was war mit den anderen?« fragte Jack.

»Einige von ihnen – sehr viele von ihnen – sahen aus wie die großen, haarigen Geschöpfe in der anderen Welt«, sagte Richard so leise, daß Jack sich anstrengen mußte, um ihn zu verstehen. »Wie Wölfe. Ich meine, sie sahen *ein bißchen* aus wie normale Menschen, aber nicht sehr. Sie wirkten – ungeschliffen. Verstehst du?«

Jack nickte. Er verstand.

»Ich weiß noch, daß ich mich ein wenig davor fürchtete, ihnen in die Augen zu sehen. Hin und wieder blitzte es in ihren Augen ganz eigenartig auf – fast so, als stünde ihr Gehirn in Flammen. Einige von den anderen...« Ein Licht der Erkenntnis dämmerte in Richards Augen auf. »Einige von den anderen sahen aus wie der falsche Basketballtrainer, von dem ich dir erzählte. Der eine Lederjacke trug und rauchte.«

»Wie weit ist es bis Point Venuti, Richard?«

»Genau weiß ich es nicht. Aber wir brauchten nur ein paar Stunden, und der Zug fuhr nicht sehr schnell. Vielleicht im Laufschrittempo, viel schneller bestimmt nicht. Von Camp Readiness dürften es nicht viel mehr als dreißig Kilometer sein. Wahrscheinlich sogar etwas weniger.«

»Dann sind wir vielleicht noch fünfundzwanzig Kilometer davon entfernt. Von...«

(vom Talisman)

»So ist es.«

Jack blickte auf, als sich der Tag verdunkelte. Wie um zu beweisen, daß die Natur nicht unbedingt auf ihrer Seite stand, verschwand die Sonne hinter einer dicken Wolke. Die Temperatur schien um einige Grade zu sinken, und der Tag hatte plötzlich etwas Bedrückendes. Der Ziegenmelker verstummte.

9

Richard sah das Schild zuerst – ein weißgekalktes Stück Holz mit schwarzer Aufschrift. Es stand links neben den Schienen, und sein Pfosten war von Efeu überwuchert, als befände er sich schon seit sehr langer Zeit an dieser Stelle. Die Aufschrift jedoch war neuesten Datums. Sie lautete: GUTE VÖGEL KÖNNEN FLIEGEN. SCHLECHTE JUNGEN MÜSSEN STERBEN. DIES IST EURE LETZTE CHANCE: KEHRT UM.

»Du kannst umkehren, Richie«, sagte Jack ruhig. »Von mir aus jedenfalls. Aber sie werden dir nichts tun. Nichts von alledem ist deine Sache.«

»Vielleicht doch«, sagte Richard.

»Ich habe dich hineingezerrt.«

»Nein«, sagte Richard. »Mein Vater hat mich hineingezerrt. Oder das Schicksal hat mich hineingezerrt. Oder Gott. Oder Jason. Wer immer es war, ich bleibe bei dir.«

»Also gut«, sagte Jack. »Gehen wir weiter.«

Als sie das Schild passierten, holte Jack zu einem passablen Kung-Fu-Tritt aus und stürzte den Pfosten um.

»Gut gemacht, Kumpel«, sagte Richard und lächelte ein wenig.

»Danke. Aber nenn mich nicht Kumpel.«

10

Obwohl Richard wieder sehr elend und erschöpft aussah, redete er die ganze nächste Stunde, während sie auf den Schienen entlang dem ständig stärker werdenden Geruch des Pazifischen Ozeans entgegenwanderten. Er ließ einer Flut von Erinnerungen ihren Lauf, die er über Jahre hinweg in sich verschlossen hatte. Obwohl er es sich nicht anmerken ließ, war Jack fassungslos vor Erstaunen – und erfüllt von einem tiefen, schmerzlichen Mitleid für das einsame Kind, das sich nach jedem noch so geringen Fetzen der Zuneigung seines Vaters sehnte, und das ihm Richard jetzt, absichtlich oder nicht, vor Augen führte.

Er betrachtete Richards Blässe, die Flecken auf seinen Wangen, seiner Stirn und um seinen Mund herum; lauschte dieser scheuen, fast flüsternden Stimme, die dennoch nicht stockte oder versagte, nachdem sich nun endlich die Gelegenheit bot, alles zu erzählen; und er war von neuem froh darüber, daß Morgan Sloat nicht *sein* Vater war.

Richard erzählte, daß er sich auf diesem Abschnitt der Strecke an viele Landmarken erinnerte. An einer Stelle sahen sie über den Bäumen das Dach einer Scheune mit einer verblichenen Chesterfield-Reklame.

»›Zwanzig gute Tabake ergeben zwanzig wundervolle Zigaretten‹«, sagte Richard lächelnd. »Aber damals war die ganze Scheune zu sehen.«

Er wies Jack auf eine große Kiefer mit doppelter Krone hin, und fünfzehn Minuten später erzählte er Jack: »An der anderen Seite des Hügels dort drüben lag früher ein Felsbrocken, der aussah wie ein Frosch. Ich bin gespannt, ob er noch da ist.«

Er war noch da, und Jack fand, daß er tatsächlich einem Frosch ähnelte. Ein wenig. Wenn man viel Phantasie hatte. *Und die hatte man vielleicht, wenn man drei war. Oder vier. Oder sieben. Oder wie alt Richard damals gewesen sein mochte.*

Richard hatte den Zug geliebt und Camp Readiness *interessant* gefunden – mit den Bahnen, auf denen man laufen, den Hürden, die man überspringen, den Tauen, an denen man klettern konnte. Aber Point Venuti selbst hatte er nicht gemocht. Nach längerem Nachdenken fiel Richard sogar der Name des Motels wieder ein, in dem er und sein Vater immer gewohnt hatten, wenn sie sich in dem Küstenstädtchen aufhielten. Das Kingsland-Motel, sagt er – und Jack stellte fest, daß ihn dieser Name nicht sonderlich überraschte.

Das Kingsland-Motel, sagte Richard, war nicht weit von dem alten Hotel entfernt, für das sich sein Vater immer sehr zu interessieren schien. Richard konnte das Hotel von seinem Fenster aus sehen, und es gefiel ihm nicht. Es war ein riesiges, weitläufiges Gebäude mit Türmchen und Giebeln und Erkern und Kuppeln; überall drehten sich merkwürdig geformte Wetterfahnen aus Messing. Sie drehten sich sogar, wenn kein Wind ging, sagte Richard – er erinnerte sich ganz deutlich, wie er am Fenster seines Zimmers gestanden und zugesehen hatte, wie sie sich drehten, eigenartige Messinggebilde in der Form von Halbmonden, Skarabäen und chinesischen Symbolen, die in der Sonne schimmerten, während unter ihnen das Meer schäumte und toste.

Das kommt mir alles sehr bekannt vor, dachte Jack.

»Es war leer?« fragte Jack.

»Ja. Es stand zum Verkauf.«

»Wie hieß es?«

»Das Agincourt.« Richard hielt inne, dann fügte er eine weitere Kinderfarbe hinzu – die Farbe, die die meisten Kinder nur selten verwenden. »Es war schwarz. Es war aus Holz gebaut, aber das Holz sah aus wie Stein. Alter schwarzer Stein. Und deshalb nannten mein Vater und seine Freunde es das schwarze Hotel.«

11

Teils – aber nicht ausschließlich – um Richard abzulenken, fragte Jack: »Hat dein Vater das Hotel gekauft? So wie er Camp Readiness kaufte?«

Richard dachte eine Weile nach, dann nickte er. »Ja«, sagte er, »ich glaube schon. Nach einiger Zeit. Als wir die ersten Male hinkamen, hing ein Schild mit der Aufschrift ZU VERKAUFEN am Tor, aber bei einem unserer späteren Besuche war es einfach verschwunden.

»Aber ihr habt nie darin gewohnt?«

»Großer Gott, nein!« Richard schauderte. »Um mich da hineinzubekommen, hätte er mich an einer Kette hineinschleifen müssen – und selbst damit hätte er es wahrscheinlich nicht geschafft.«

»Du bist nie drinnen gewesen?«

»Nein. Ich war nie drinnen, und ich werde nie hineingehen.«

Oh, Richie-boy, hat man dir nicht beigebracht, daß man niemals nie sagen soll?

»Gilt das auch für deinen Vater? Ist er auch nie drinnen gewesen?«

»Meines Wissens nicht«, sagte Richard mit fast professoraler Stimme. Sein Zeigefinger fuhr zum Nasenrücken empor, als wollte er die Brille hochschieben, die nicht mehr daraufsaß.»Ich würde sogar wetten, daß er nie hineinging. Er hatte ebenso viel Angst davor wie ich. Bei mir war das alles – ich hatte einfach Angst. Aber bei meinem Vater steckte mehr dahinter. Er war ...«

»Was war er?«

Widerstrebend sagte Richard:»Ich glaube, er war von dem Ding besessen.«

Richard hielt inne, den Blick ins Leere gerichtet, erinnerte sich. »Wenn wir in Point Venuti waren, ging er jeden Tag hinüber und blieb davor stehen. Und das nicht nur ein paar Minuten oder so – manchmal blieb er drei Stunden davor stehen. Manchmal noch länger. Die meiste Zeit war er allein. Aber nicht immer. Er hatte – merkwürdige Freunde.«

»Wölfe?«

»Vermutlich«, sagte Richard fast wütend.»Ja, einige von ihnen mögen Wölfe gewesen sein oder wie immer man sie nennen will. Sie sahen aus, als fühlten sie sich nicht wohl in ihrer Kleidung – sie kratzten sich ständig, gewöhnlich an den Stellen, an denen sich anständige Leute nicht kratzen sollten. Andere sahen aus wie der falsche Trainer. Irgendwie hart und niederträchtig. Einige von ihnen habe ich auch in Camp Readiness gesehen. Und laß dir gesagt sein, Jack – diese Kerle hatten noch mehr Angst vor dem schwarzen Hotel als mein Vater. Sie krümmten sich regelrecht, wenn sie in seine Nähe kamen.«

»Und Sunlight Gardener? War er auch dabei?«

»Ja«, sagte Richard.»Aber in Point Venuti sah er eher aus wie der Mann, der da drüben war ...«

»Wie Osmond.«

»Ja. Aber diese Leute kamen nicht sehr oft. Meist war da nur mein Vater. Gelegentlich ging er ins Restaurant unseres Motels und ließ sich ein paar Sandwiches einpacken; dann setzte er sich draußen auf eine Bank und betrachtete das Hotel, während er sie verzehrte. Ich stand in der Halle vom Kingsland und sah vom Fenster aus zu, wie mein Vater das Hotel betrachtete. Das Gesicht, das er dabei machte, gefiel mir gar nicht. Er sah aus, als hätte er Angst, aber er sah auch aus, als – als empfände er eine Art hämisches Vergnügen.«

»Hämisches Vergnügen«, wiederholte Jack nachdenklich.

»Manchmal fragte er mich, ob ich mitkommen wollte, und ich sagte immer nein. Dann nickte er, und ich erinnere mich, daß er einmal sagte: ›Das hat Zeit. Irgendwann wirst du alles verstehen, Rich – zu gegebener Zeit.‹ Ich weiß noch, daß ich dachte, wenn es etwas mit dem schwarzen Hotel zu tun hat, will ich nichts verstehen.

Einmal«, sagte Richard,»als er betrunken war, sagte er, in diesem Haus wäre etwas. Er sagte, es wäre schon seit langer Zeit darin. Ich erinnere mich, daß wir in den Betten lagen. Es war ein stürmischer Abend. Ich hörte die Wellen ans Ufer branden, und die Wetterfahnen auf den Türmen des Agincourt knarrten und quietschten. Es war ein beängstigendes Geräusch. Ich dachte über das Haus nach, über all diese Zimmer, alle leer . . .«

»Bis auf die Gespenster«, murmelte Jack. Er glaubte, Fußtritte zu hören, und sah sich schnell um. Nichts; niemand. Keine Menschenseele, so weit er sehen konnte.

»So ist es, bis auf die Gespenster«, pflichtete Richard ihm bei. »Und schließlich fragte ich: ›Ist es wertvoll, Daddy?‹

›Es ist das Wertvollste, das es überhaupt gibt‹, sagte er.

›Dann bricht vermutlich irgendwann ein Junkie ein und stiehlt es‹, sagte ich. Es war – wie soll ich mich ausdrücken? – kein Thema, an dem ich festhalten wollte, aber ich wollte auch nicht, daß er einschlief. Nicht bei dem Sturm, der draußen tobte, und bei dem Knarren und Quietschen der Wetterfahnen.

Er lachte, und ich hörte ein leises Klirren, als er sich aus der Flasche auf dem Fußboden noch etwas Bourbon nachschenkte.

›Das stiehlt niemand, Rich‹, sagte er. ›Und jeder Junkie, der ins Agincourt einbricht, bekommt Dinge zu sehen, die er noch nie in seinem Leben gesehen hat.‹ Er trank, und ich merkte, daß er schläfrig wurde. ›Es gibt auf der ganzen Welt nur einen Menschen, der das Ding anrühren kann, und wird nie auch nur in seine Nähe kommen, Rich, das kann ich dir garantieren. Eine seiner Besonderheiten ist, daß es hier wie drüben das gleiche ist. Es verändert sich nicht – jedenfalls meines Wissens nicht. Ich besäße es gern, aber ich werde nicht einmal versuchen, es an mich zu bringen, zumindest jetzt noch nicht, vielleicht niemals. Ich könnte eine Menge damit bewerkstelligen, darauf kannst du Gift nehmen – aber aufs Ganze gesehen denke ich, daß mir lieber ist, wenn es bleibt, wo es ist.‹

Inzwischen wurde ich selbst schläfrig, aber ich fragte, was das Ding war, von dem er redete.«

»Was hat er gesagt?« fragte Jack mit trockenem Mund.

»Er nannte es« – Richard runzelte nachdenklich die Stirn –, »er nannte es ›die Achse aller möglichen Welten‹. Dann lachte er. Dann gab er ihm noch einen anderen Namen. Einen, der dir nicht gefallen wird.«

»Was war es?«

»Du wirst wütend werden.«

»Heraus mit der Sprache, Richard.«

»Er nannte es – ja, er nannte es ›Phil Sawyers fixe Idee‹.«

Es war nicht Wut, was Jack empfand, sondern heiße, atemberaubende Erregung. Ja, das war es in der Tat, das war der Talisman. Die Achse aller möglichen Welten. Wie vieler Welten? Das wußte Gott allein. Die amerikanische Region, die eigentliche Region; die hypothetische Region der Region; und so weiter und so weiter, ein Universum, ein grenzenloser Makrokosmos von Welten – und in allen blieb ein Ding immer dasselbe; eine verbindende Kraft, die unleugbar gut war, auch wenn sie jetzt in einem bösen Ort eingekerkert war; der Talisman, die Achse aller möglichen Welten. Und war es außerdem Phil Sawyers fixe Idee? Vermutlich. Phils fixe Idee – Jacks fixe Idee – die von Morgan Sloat – von Gardener – und natürlich die Hoffnung zweier Königinnen.

»Es sind nicht nur Twinner«, sagte er leise.

Richard trabte mechanisch voran und sah zu, wie die verrotteten Schwellen unter seinen Füßen verschwanden. Jetzt blickte er nervös auf.

»Es sind nicht nur Twinner, weil es mehr als zwei Welten gibt. Es gibt Dreier – Vierer – wer weiß? Morgan Sloat hier, Morgan von Orris da drüben; vielleicht Morgan, Herzog von Azreel, irgendwo anders. *Aber in das Hotel hat er sich nie hineingewagt!*«

»Ich weiß nicht, wovon du redest«, sagte Richard mit resignierter Stimme. *Aber ich bin sicher, daß du trotzdem weitermachst,* besagte diese Resignation, *von bloßem Unsinn bis zu regelrechter Verrücktheit. Nach Seabrook Island alles einsteigen!*

»Er *kann nicht* hinein. Das heißt, Morgan von Kalifornien kann nicht hinein, und weißt du, warum? Weil Morgan von Orris nicht hineinkann. Und Morgan von Orris kann es nicht, weil Morgan von Kalifornien es nicht kann. Wenn einer von ihnen nicht in *seine* Version des schwarzen Hotels hineinkann, dann kann es *keiner* von beiden. Verstehst du?«

»Nein.«

»Zwei Morgans oder Dutzende, es spielt keine Rolle. Zwei Lilys oder Dutzende – Dutzende von Königinnen in Dutzenden von Welten, stell dir das vor, Richard! Kannst du dir das vorstellen? Dutzende von schwarzen Hotels – in einer anderen Welt ist es vielleicht ein schwarzer Vernügungspark oder eine schwarze Wohnwagenkolonie oder was auch immer. Aber, Richard . . .«

Er brach ab, faßte Richard bei den Schultern und sah ihn mit funkelnden Augen an. Einen Augenblick lang versuchte Richard, sich abzuwenden, dann ließ er es, von der Leidenschaft in Jacks Gesicht gebannt. Plötzlich, einen Moment lang, hielt Richard das alles für möglich. Plötzlich, einen Moment lang, fühlte er sich *geheilt.*

»Was?« flüsterte er.

»*Manche* Dinge sind nicht ausgeschlossen. Manche *Menschen* sind nicht ausgeschlossen. Sie sind – ja – *einmalig.* Das ist der einzige Grund, den ich mir vorstellen kann. Sie sind wie der Talisman. Es gibt sie nur einmal. Wie mich. Ich hatte einen Twinner, aber der ist gestorben. Nicht nur in der Welt der Region, sondern in allen Welten außer dieser. Ich weiß es – ich fühle es. Und mein Dad wußte es auch. Ich glaube, deshalb nannte er mich Travelling Jack. Wenn ich hier bin, bin ich nicht dort. Wenn ich dort bin, bin ich nicht hier. Und bei dir, Richard, *ist es ebenso!*«

Richard starrte ihn sprachlos an.

»Du erinnerst dich nicht, weil du regelrecht abgeschaltet hattest, als ich mich mit Anders unterhielt. Aber er sagte, Morgan von Orris hätte einen Sohn gehabt. Rushton. Weißt du, was er war?«

»Ja«, flüsterte Richard. Er war immer noch außerstande, den Blick von Jack abzuwenden. »Er war mein Twinner.«

»So ist es. Und Anders sagte, er wäre schon als kleines Kind gestorben. Der Talisman ist einmalig. *Wir* sind einmalig. Ich habe Morgan von Orris in der anderen Welt gesehen – er *ähnelt* deinem Vater, aber er *ist* nicht dein Vater. Er konnte nicht in das schwarze Hotel eindringen, und er kann es nach wie vor nicht. Aber er weiß, daß du einmalig bist, ebenso wie er weiß, daß ich es bin. Er möchte mich umbringen. Aber dich braucht er auf seiner Seite. Denn wenn er zu dem Schluß kommt, daß er den Talisman doch haben will, kann er jederzeit *dich* hineinschicken, damit du ihn herausholst, nicht wahr?«

Richard begann zu zittern.

»Aber das braucht uns nicht zu kümmern«, sagte Jack ingrimmig. »Wir holen ihn heraus, aber *er* bekommt ihn nicht in die Finger.«

»Jack, ich glaube nicht, daß ich in das Haus hineingehen kann«, sagte Richard, aber er flüsterte die Worte so leise und kraftlos, daß Jack, der bereits weitergegangen war, sie nicht hörte.

Richard bemühte sich, ihn einzuholen.

12

Die Unterhaltung geriet ins Stocken. Der Mittag kam und ging. Der Wald war sehr stumm geworden, und zweimal hatte Jack Bäume mit seltsam knorrigen Stämmen und verworrenen Wurzeln dicht neben den Schienen gesehen. Die Bäume gefielen ihm nicht. Sie kamen ihm bekannt vor.

Richard, der zugesehen hatte, wie die Schwellen unter seinen Füßen verschwanden, stolperte schließlich, fiel vornüber und schlug auf den Kopf. Danach trug Jack ihn wieder auf dem Rücken.

Nach einer Zeit, die Jack wie eine Ewigkeit vorkam, rief Richard: »Da, Jack!«

Vor ihnen verschwanden die Schienen in einem alten Eisenbahnschuppen. Die Türen standen offen und gaben den Blick frei auf eine verschattete Dunkelheit, öde und mottenzerfressen. Hinter dem Schuppen (der einst vielleicht so einladend gewesen war, wie Richard erzählt hatte; jetzt kam er Jack unheimlich vor) lag eine Straße – Highway 101, vermutete Jack.

Und dahinter der Ozean – er konnte das Tosen der Brandung hören.

»Ich glaube, wir sind da«, sagte er mit trockenem Mund.

»Fast«, sagte Richard. »Bis nach Point Venuti sind es noch ungefähr anderthalb Kilometer. Gott, ich wollte, wir brauchten nicht dorthin. – Jack? Wohin gehst du?«

Aber Jack sah sich nicht um. Er stieg vom Gleiskörper herunter, machte einen großen Bogen um einen der unheimlich aussehenden Bäume (der nicht einmal Strauchhöhe hatte) und ging auf die Straße zu. Hohes Gras und Unkraut schlugen an seine von der langen Reise arg mitgenommenen Jeans. Irgendetwas in dem Schuppen – Morgan Sloats früherer Privatbahnstation – bewegte sich und gab ein widerwärtig glitschendes Geräusch von sich, aber Jack warf nicht einmal einen Blick darauf.

Er erreichte die Straße, überquerte sie und trat an die Kante.

13

Mitte Dezember des Jahres 1981 stand ein Junge namens Jack Sawyer da, wo Wasser und Land zusammentreffen, die Hände in den Taschen seiner Jeans, und blickte hinaus auf die Weite des Pazifik. Er war zwölf Jahre alt und sah für sein Alter außergewöhnlich gut aus. Sein braunes Haar war lang – ein wenig zu lang –, aber der Seewind wehte es ihm aus der klaren Stirn. Er stand da und dachte an seine Mutter, die starb, an Freunde, abwesende und anwesende, und an Welten innerhalb von Welten, die sich auf ihren Bahnen bewegten.

Ich habe meinen Weg gemacht, dachte er und zitterte. Mit Travelling Jack Sawyer von Küste zu Küste. Plötzlich füllten sich seine Augen mit Tränen. Dann atmete er tief das Salz ein. Hier war er nun – und der Talisman war nahe.

»Jack!«

Zuerst drehte sich Jack nicht um; der Pazifik hielt seinen Blick gefangen, das Sonnenlicht, das golden auf den Wellenkämmen funkelte. Er war da; er hatte es geschafft. Er . . .

»*Jack!*«

»Was?«

»Sieh mal!« keuchte Richard und zeigte die Straße hinunter, in die Richtung, in der Point Venuti liegen mochte. »Sieh dir das an!«

Jack tat es. Er verstand Richards Überraschung, verspürte aber selbst keine – jedenfalls nicht mehr, als er verspürt hatte, als Richard ihm den Namen des Motels nannte, in dem er und sein Vater in Point Venuti gewohnt hatten. Nein, kaum Überraschung, aber . . .

Aber es tat verdammt gut, seine Mutter wiederzusehen.

Ihr Gesicht war drei Meter hoch, und es war jünger, als Jack es in

Erinnerung hatte. Es war Lily auf dem Höhepunkt ihrer Karriere. Ihr prachtvoll messingblondes Haar war zu einem Pferdeschwanz zusammengebunden, und auf ihrem Gesicht lag das unverwechselbare, unbekümmerte Geh-zum- Teufel-Lächeln. Niemand sonst hatte im Film je so gelächelt – sie hatte das Lächeln erfunden, und sie besaß noch immer das Patent darauf. Sie blickte über eine nackte Schulter zurück. Auf Jack – auf Richard – auf den blauen Pazifik.

Es war seine Mutter – doch als er blinzelte, ging in dem Gesicht eine Veränderung vor. Die Linie von Kinn und Kiefer wurde runder, die Wangenknochen traten weniger deutlich hervor, das Haar wurde dunkler, die Augen noch tiefer blau. Jetzt war es das Gesicht von Laura DeLoessian, der Mutter Jasons. Jack blinzelte abermals, und es war wieder seine Mutter – seine Mutter mit achtundzwanzig, mit ihrem einzigartigen Lächeln die ganze Welt herausfordernd.

Es war eine Reklametafel. An ihrer oberen Kante stand:

DRITTES JÄHRLICHES B-FILM-FESTIVAL
POINT VENUTI, KALIFORNIEN
BITKER THEATER
10. BIS 20. DEZEMBER
DIESES JAHR FILME MIT LILY CAVANAUGH
»KÖNIGIN DES B-FILMS«

»Jack, das ist deine *Mutter*«, sagte Richard. Seine Stimme war heiser vor Ehrfurcht. »Ist das nur ein Zufall? Das kann doch keiner sein, oder?«

Jack schüttelte den Kopf. Nein, das war kein Zufall.

Das Wort, von dem er die Augen nicht abwenden konnte... Es war das Wort KÖNIGIN.

»Komm«, sagte er zu Richard. »Ich glaube, wir sind bald da.«

Gemeinsam wanderten sie die Straße hinab auf Point Venuti zu.

Das Ende der Straße

1

Während sie weitergingen, musterte Jack Richards kraftlose Haltung und sein schweißglänzendes Gesicht. Richard sah aus, als hielte ihn nur seine Willenskraft aufrecht. Auf seinem Gesicht waren noch mehr nässende Pickel erschienen.

»Bist du okay, Richie?«

»Nein. Mir ist gar nicht gut. Aber ich kann noch laufen, Jack. Du brauchst mich nicht zu tragen.« Er senkte den Kopf und trabte verbissen weiter. Jack sah, daß sein Freund, der so viele Erinnerungen hatte an diesen eigentümlichen kleinen Zug und die eigentümliche kleine Station, erheblich schwerer an der Realität litt, wie sie sich jetzt darbot – verrostete Schienen, zerbrochene Schwellen, Unkraut, Giftsumach... und schließlich ein baufälliges Gebäude, von dem all die helle Farbe abgeblättert war, an die er sich erinnern mochte, ein Gebäude, in dessen Dunkel etwas Widerwärtiges herumglitt.

Mir ist, als steckte mein Bein in irgendeiner blöden Falle, hatte Richard gesagt, und Jack glaubte, das recht gut zu verstehen – aber er verstand es nicht so *tief* wie Richard. Richard verstand so viel, daß er nicht sicher war, ob er es ertragen konnte. Ein Stück von Richards Kindheit war aus ihm herausgebrannt, von innen nach außen gewendet worden. Die Bahnlinie und die tote Station mit ihren glaslos starrenden Fenstern mußten Richard wie grauenhafte Parodien vorgekommen sein – Brocken einer Vergangenheit, die im Kielwasser dessen zu Bruch gingen, was er über seinen Vater herausgefunden hatte oder sich eingestehen mußte. Richards ganzes Leben hatte begonnen, sich wie das von Jack dem Muster der Region anzupassen, aber Richard hatte sich auf diese Verwandlung viel weniger vorbereiten können.

2

Jack hätte schwören können, daß alles, was er Richard über den Talisman erzählt hatte, der Wahrheit entsprach – der Talisman wußte, daß sie kamen. Jack hatte es zum ersten Mal gespürt, als er die Reklametafel mit dem Bild seiner Mutter sah; jetzt war das Gefühl zwingend und machtvoll. Es war, als wäre einige Kilometer entfernt ein großes Tier aufgewacht und sein Schnurren ließe die Erde vibrieren – oder als wären in einem hundertstöckigen Gebäude gleich hinter dem Horizont alle Lampen auf einmal eingeschaltet worden und verströmten eine Helligkeit, die die Sterne verblassen ließ – oder als hätte jemand den stärksten Magneten der Welt aktiviert, der jetzt an Jacks Gürtelschließe zog, an den Münzen in seiner Tasche und den Füllungen in seinen Zähnen, und der nicht nachlassen würde, bis er ihn an sich gezogen hatte. Das Schnurren des großen Tieres, die plötzliche, strahlende Beleuchtung, das Ziehen des Magneten – all das widerhallte in Jacks Brust. Irgendetwas dort draußen, irgendetwas in der Richtung von Point Venuti verlangte nach Jack Sawyer, und Jack wußte nur, daß der Gegenstand, der so inständig nach ihm rief, groß war. Groß. Ein kleiner Gegenstand konnte eine solche Kraft nicht haben. Er hatte die Größe eines Elefanten, einer Stadt.

Und er fragte sich, ob er imstande sein würde, etwas so Monumentales zu bewegen. Der Talisman war in ein magisches, unheildrohendes altes Hotel eingekerkert; vermutlich war er nicht nur dort hingebracht worden, um ihn vor bösen Händen zu schützen, sondern auch deshalb, weil es für jedermann – mit welchen Absichten auch immer – schwer war, ihn zu bewegen. Vielleicht, überlegte Jack, war Jason der einzige, der dazu imstande war – der den Talisman bewegen konnte, ohne sich oder ihm Schaden zuzufügen. Er spürte die Kraft und Dringlichkeit, mit der der Talisman nach ihm rief, und konnte nur hoffen, daß er vor ihm nicht schwach werden würde.

»›Du wirst es verstehen, Rich‹«, sagte Richard plötzlich. »Das hat mein Vater gesagt. Er hat gesagt, ich würde es verstehen. ›Du wirst es verstehen, Rich.‹«

»Ja«, sagte Jack und warf ihm einen besorgten Blick zu. »Wie fühlst du dich, Richard?«

Zu den Geschwüren um seinen Mund und den Pickeln auf Stirn und Wangen war jetzt eine Kollektion bösartig aussehender roter Quaddeln gekommen. Es sah aus, als wäre es einem Insektenschwarm gelungen, sich unter die Oberfläche seiner protestierenden Haut zu graben. Einen Augenblick stand Jack das Bild von Richard Sloat vor Augen, wie er an dem Morgen ausgesehen hatte, als er durch sein Fenster in Nelson House, Thayer School, einstieg: Richard Sloat mit der Brille auf der Nase und dem säuberlich in den Hosenbund gesteckten Pullover. Würde

es diesen aufreizend korrekten, durch nichts aus der Fassung zu bringenden Jungen jemals wieder geben?
»Ich kann immer noch laufen«, sagte Richard. »Aber war es das, was er meinte? Ist es *das*, was ich verstehen sollte?«
»Du hast etwas Neues im Gesicht«, sagte Jack. »Willst du ein bißchen ausruhen?«
»Nein«, sagte Richard, und seine Stimme klang, als käme sie vom Grund eines schlammgefüllten Fasses. »Ich spüre den Ausschlag. Er juckt. Ich glaube, mein Rücken ist auch voll davon.«
»Laß mich nachsehen«, sagte Jack. Richard blieb mitten auf der Straße stehen, gehorsam wie ein Hund. Er schloß die Augen und atmete durch den Mund. Die roten Quaddeln leuchteten auf seiner Stirn und seinen Wangen. Jack trat hinter ihn, schob sein Jackett hoch und hob das Rückenteil seines schmutzigen, durchgeknöpften blauen Hemdes. Die Quaddeln waren kleiner und sahen nicht so bösartig aus; sie reichten von Richards dünnen Schulterblättern bis in sein Kreuz, nicht größer als Zecken.
Richard gab einen großen, mutlosen Seufzer von sich.
»Da sind Quaddeln, aber es ist nicht so schlimm«, sagte Jack.
»Danke«, sagte Richard. Er atmete tief ein und hob dann den Kopf. Der graue Himmel über ihnen schien schwer genug, um auf die Erde herabzustürzen. Weit unten am Fuße des rauhen Abhangs brandete das Meer gegen die Felsen. »Nur noch ein paar Kilometer«, sagte Richard. »Die schaffe ich.«
»Ich nehm dich auf den Rücken, wenn es sein muß«, sagte Jack und verriet damit unwillkürlich seine Überzeugung, daß Richard bald wieder getragen werden mußte.
Richard schüttelte den Kopf und unternahm den kraftlosen Versuch, sein Hemd wieder in die Hose zu stopfen. »Manchmal glaube ich – manchmal glaube ich, ich kann nicht . . .«
»Wir müssen in dieses Hotel, Richard«, sagte Jack, hakte Richard unter und zwang ihn auf diese Weise zum Weitergehen. »Du und ich. Zusammen. Ich habe nicht die blasseste Ahnung, was passieren wird, wenn wir drinnen sind, aber du und ich, wir gehen beide hinein. Und lassen uns von niemandem daran hindern. Ist das klar?«
Richard bedachte ihn mit einem halb ängstlichen, halb dankbaren Blick. Jetzt entdeckte Jack die unregelmäßigen Umrisse weiterer Quaddeln auf Richards Wangen. Wieder war er sich einer starken Kraft bewußt, die ihn vorantrieb, wie er Richard vorangetrieben hatte.
»Du meinst meinen Vater«, sagte Richard. Er blinzelte, und Jack glaubte, daß er versuchte, die Tränen zurückzuhalten – die Erschöpfung hatte ihn empfindlicher werden lassen.
»Ich meine alles«, sagte Jack, nicht ganz der Wahrheit entsprechend. »Laß uns weitergehen, Richie.«

»Aber was soll ich verstehen? Ich begreife einfach nicht . . .« Richard
sah sich um, blinzelte mit seinen ungeschützten Augen. Der größte Teil
der Welt, erinnerte sich Jack, gab für ihn nur ein verschwommenes Bild.
»Du verstehst schon jetzt eine ganze Menge mehr, Richie«, erklärte
ihm Jack.
Dann verzerrte ein bestürzend bitteres Lächeln für einen Moment
Richards Mund. Er hatte eine ganze Menge mehr verstehen müssen, als
ihm lieb war, und in diesem Augenblick wünschte sich Jack, er wäre
mitten in der Nacht allein aus der Thayer School fortgelaufen. Doch der
Zeitpunkt, an dem er Richards Unschuld hätte bewahren können, lag
weit zurück, wenn es ihn überhaupt je gegeben hatte – Richard gehörte
unabdingbar zu Jacks Mission. Er spürte, wie starke Hände sein Herz
erfaßten: Jasons Hände, die Hände des Talismans.
»Wir sind bald da«, sagte er, und Richard paßte sich dem Rhythmus
seiner Schritte an.
»Wir werden da unten in Point Venuti meinen Dad treffen, nicht
wahr?« fragte er.
Jack sagte: »Ich passe auf dich auf, Richard. Jetzt bist du die Herde.«
»Was?«
»Niemand wird dir etwas zuleide tun – es sei denn, du kratzt dich
selbst zu Tode.«
Richard murmelte vor sich hin, während sie weitergingen. Seine
Hände wanderten zu seinen entzündeten Schläfen und rieben darauf
herum. Hin und wieder grub er die Finger in die Haare, kratzte sich wie
ein Hund und grunzte, nur teilweise befriedigt.

3

Bald nachdem Jack Richards Hemd angehoben und die roten Quaddeln
auf seinem Rücken gesehen hatte, entdeckten sie den ersten der Bäume
der Region. Er wuchs an der landeinwärts gelegenen Straßenseite; das
Gewirr dunkler Äste und der mit dicker, rissiger Borke bedeckte Stamm
erhoben sich aus rötlichem, wächsern aussehendem Giftsumach. Astlö-
cher in der Borke, Mündern oder Augen gleich, starrten die Jungen an.
Unter der dichten Matte des Giftsumachs versetzte ein Rascheln unbe-
friedigter Wurzeln die wächsernen Blätter in Bewegung, als führe der
Wind durch sie hindurch. Jack sagte: »Gehen wir auf die andere Straßenseite hinüber«, und hoffte, daß Richard den Baum nicht bemerkt
hatte. Er hörte, wie sich die dicken, gummiartigen Wurzeln ihren Weg
durch den Giftsumach bahnten.
*Ist das ein JUNGE? Kann das ein JUNGE sein? Vielleicht ein ganz
BESONDERER Junge?*

Richards Hände flogen von seinen Hüften zu seinen Schultern, seinen Schläfen, seinem Kopf. Die zweite Welle von Quaddeln auf seinen Wangen sah aus wie das Make-up für einen Horrorfilm – er hätte in einem von Lily Cavanaughs alten Streifen ein jugendliches Monster spielen können. Auf seinen Händen hatten sich die roten Quaddeln zu breiten roten Striemen vereinigt.

»Kannst du wirklich noch laufen, Richard?« fragte Jack.

Richard nickte. »Eine Weile geht es noch.« Er blinzelte quer über die Straße zurück. »Das war kein gewöhnlicher Baum, nicht wahr? So einen Baum habe ich noch nie gesehen, nicht einmal in einem Buch. Das war ein Baum der Region, stimmt's?«

»Ich fürchte, ja«, sagte Jack.

»Das heißt, daß die Region sehr nahe ist, oder?«

»Ich nehme es an.«

»Und vor uns sind noch mehr von diesen Bäumen, ja?«

»Warum stellst du Fragen, wenn du die Antworten schon weißt?« fragte Jack. »Oh, Jason, was für eine blöde Bemerkung. Entschuldige, Richie – ich hatte gehofft, du würdest ihn nicht bemerken. Ja, ich nehme an, daß da oben noch mehr von der Sorte sind. Wir dürfen ihnen nicht zu nahe kommen.«

Und außerdem, dachte Jack, war »da oben« kaum der richtige Ausdruck: die Straße führte stetig abwärts, und jeder Meter schien sie dem Licht weiter zu entziehen. Alles ringsum schien von der Region durchdrungen.

»Kannst du noch einen Blick auf meinen Rücken werfen?« fragte Richard.

»Natürlich.« Jack hob wieder Richards Hemd an. Richards Rücken war jetzt gleichfalls mit dicken roten Quaddeln bedeckt, von denen Hitze auszustrahlen schien. »Es ist ein bißchen schlimmer geworden«, sagte er.

»Das dachte ich mir. Nur ein bißchen, ja?«

»Nur ein bißchen.«

Wenn das so weiterging, dachte Jack, würde Richard bald aussehen wie ein Alligatorkoffer – der Alligatorjunge, Sohn des Elefantenmenschen.

Kurz vor ihnen waren zwei der Bäume zusammengewachsen; ihre warzigen Stämme hielten sich auf eine Art umschlungen, die eher an Gewalttätigkeit als an Liebe denken ließ. Als Jack sie anstarrte, während sie an ihnen vorüberhasteten, glaubte er zu sehen, wie schwarze Löcher in der Borke sich wie Münder bewegten, ihnen Flüche oder Küsse zuwarfen; und er hörte, wie die Wurzeln an der Basis der verschlungenen Stämme knirschten. *(JUNGE! Da draußen ist EIN JUNGE! UNSER Junge ist da draußen!)*

Obwohl es noch früh am Nachmittag war, war die Luft dunkel und seltsam körnig wie ein altes Zeitungsphoto. Wo vorher an der landeinwärts gelegenen Straßenseite Gras gewachsen war, wo zart und weiß wilde Möhren geblüht hatten, bedeckte jetzt undefinierbares Unkraut die Erde. Es war blütenlos, hatte nur wenige Blätter, ähnelte zusammengeringelten Schlangen und roch schwach nach Dieselöl. Hin und wieder flammte die Sonne durch die körnige Düsternis wie ein trüb orangefarbenes Feuer. Jack mußte an ein Photo von Gary, Indiana, bei Nacht denken, das er einmal gesehen hatte – von Gift genährte Höllenflammen vor einem schwarzen, vergifteten Himmel. Von dort unten zerrte der Talisman an ihm wie ein Riese, der an seinen Kleidern riß. Das Bindeglied zwischen allen denkbaren Welten. Er würde Richard in diese Hölle mitnehmen und mit all seiner Kraft um sein Leben kämpfen, selbst wenn er ihn an den Knöcheln schleifen mußte. Und Richard mußte diese Entschlossenheit an Jacks Gesicht abgelesen haben, denn er mühte sich, an Rippen und Schultern kratzend, neben ihm voran.

Ich werde es tun, erklärte Jack sich selbst; er versuchte zu ignorieren, in welchem Maße er sich damit Mut zu machen versuchte. *Und wenn ich durch ein Dutzend Welten hindurch muß, ich werde es tun.*

4

Dreihundert Meter weiter die Straße hinab lauerte eine Gruppe der häßlichen Bäume wie Wegelagerer am Straßenrand. Als er sie an der anderen Straßenseite passierte, warf Jack einen Blick auf ihre gewundenen Wurzeln und entdeckte, halb in die Erde eingebettet, durch die sie sich schlängelten, das kleine, gebleichte Skelett eines acht- oder neunjährigen Jungen, noch in ein vermoderndes grünschwarz kariertes Hemd gekleidet. Jack schluckte und hastete weiter und zerrte Richard hinter sich her wie einen Hund an der Leine.

5

Ein paar Minuten später sah Jack Sawyer Point Venuti zum ersten Mal.

Neununddreißigstes Kapitel

Point Venuti

1

Point Venuti hing tief in der Landschaft, klammerte sich an die Hänge des Kliffs, das zum Ozean hinabführte. Hinter ihm ragte eine weitere Kette von Kliffs, massig, aber zerklüftet, in den dunklen Himmel. Sie sahen verrunzelt aus wie uralte Elefanten. Die Straße führte zwischen hohen Holzwänden hindurch, bis sie hinter einem langen, braunen Wellblechbau – einer Fabrik oder einem Lagerschuppen – um die Ecke bog, um dann in einer absteigenden Folge von Terrassen, den düsteren Dächern anderer Lagerschuppen, zu verschwinden. Von Jacks Standpunkt aus erschien die Straße erst wieder, wo sie am entgegengesetzten Ende einen Abhang hinauf und weiter nach Süden führte, nach San Francisco. Er sah nur die treppenförmig abfallenden Dächer der Lagerschuppen, die eingezäunten Parkplätze und zur Rechten das winterliche Grau des Wassers. Auf dem Teil der Straße, den er einsehen konnte, bewegte sich niemand; niemand erschien in der Reihe kleiner Fenster an der Rückfront der nächstgelegenen Fabrik. Staub wirbelte über die leeren Parkplätze. Point Venuti wirkte verlassen, aber Jack wußte, daß dieser Eindruck täuschte. Morgan Sloat und seine Kohorten – soweit sie das überraschende Eintreffen des Zuges in der Region überlebt hatten – würden irgendwo auf die Ankunft von Travelling Jack und Richard warten. Der Talisman rief nach Jack, drängte ihn, und er sagte: »Das also ist es«, und setzte sich wieder in Bewegung.

Gleich darauf entdeckte er zwei neue Facetten von Point Venuti. Als erstes gerieten etwa zwanzig Zentimeter vom Heck einer Cadillac-Limousine in sein Blickfeld – Jack sah den schwarzen Lack, die glänzende Stoßstange, einen Teil des rechten Rücklichts. Wenn es nach ihm ging, hätte der abtrünnige Wolf hinter dem Steuer zu den Opfern von Camp Readiness gehören müssen. Dann blickte er wieder zum Ozean hinüber. Eine langsame Bewegung über den Dächern der Lagerschuppen lenkte seine Aufmerksamkeit auf sich. KOMM HER, rief der Talisman auf seine drängende, magnetische Weise. Irgendwie schien sich Point Venuti zusammenzuballen wie eine Hand zur Faust. Hoch über den Dächern drehte sich eine dunkle, farblose Wetterfahne von der Form eines Wolfskopfes ziellos hin und her, keinem Wind gehorchend. Als Jack sah, wie sich die Wetterfahne bewegte – von links nach rechts, von rechts nach links – und wie sie dann einen vollständigen Kreis beschrieb, wußte er, daß er seinen ersten Blick auf das schwarze Hotel geworfen hatte. Von den Dächern der Lagerschuppen, von der Straße vor ihm, von der ganzen unsichtbaren Stadt ging eine unverkennbare Feindseligkeit aus, greifbar wie ein Schlag ins Gesicht. Hier sickerte die Region in Point Venuti ein; hier war die Realität ganz dünn geschliffen. Der Wolfskopf drehte sich ziellos in der Luft, und der Talisman zerrte an Jack. KOMM HER KOMM HER KOMM GLEICH KOMM GLEICH GLEICH... Jack begriff, daß ihn der Talisman nicht nur auf seine unvorstellbare Weise immer stärker anzog, sondern daß er auch sang. Ohne Worte, ohne Melodie, aber es war Gesang, das Steigen und Fallen einer Walmelodie, unhörbar für jedermann außer ihm.

Der Talisman wußte, daß er gerade die Wetterfahne des Hotels gesehen hatte.

Vielleicht war Point Venuti der verderbteste und gefährlichste Ort in ganz Nord- und Südamerika, dachte Jack, plötzlich nur noch halb so mutig, aber er konnte ihn nicht am Betreten des Hotels hindern. Jetzt war ihm, als hätte er einen ganzen Monat lang nichts getan, als sich auszuruhen und Sport zu treiben. Er drehte sich zu Richard um und versuchte, sich seine Bestürzung über den Zustand seines Freundes nicht anmerken zu lassen. Auch Richard konnte ihn nicht aufhalten – wenn es sein mußte, würde er Richard regelrecht durch die Wände des verdammten Hotels schieben. Er sah, wie sich Richard gepeinigt mit den Fingernägeln durchs Haar und dann über die Quaddeln auf seinen Schläfen und Wangen fuhr.

»Wir schaffen es, Richard«, sagte er. »Ich weiß, daß wir es schaffen, einerlei, wie viele Knüppel sie uns zwischen die Beine werfen. Wir schaffen es.«

»Unsere Probleme werden mit uns Probleme haben«, sagte Richard; daß dies ein Zitat aus einem Dr. Seuss-Buch war, war ihm vermutlich nicht bewußt. »Ich weiß nicht, ob ich durchhalten kann. Das ist die reine Wahrheit. Ich kann mich kaum noch auf den Beinen halten.« Er warf Jack einen Blick zu, aus dem unverhüllte Qual sprach. »Was ist mit mir los, Jack?«

»Ich weiß es nicht, aber ich weiß, wie dem ein Ende zu machen ist.« Und hoffte, daß es der Wahrheit entsprach.

»Ist es mein Vater, der mir das antut?« fragte Richard kläglich und fuhr sich mit der Hand über das verquollene Gesicht. Dann zog er das Hemd aus der Hose und betrachtete die ineinander verfließenden Quaddeln auf seinem Bauch. Der Ausschlag begann an seiner Taille und zog sich fast bis zum Hals hoch. »Es sieht aus wie ein Virus oder etwas von der Art. Hat mein Vater mir das beschert?«

»Ich glaube nicht, daß er es mit Absicht getan hat, Richie«, sagte Jack. »Wenn dir das ein Trost ist.«

»Es ist keiner«, sagte Richard.

»Es wird alles ein Ende finden. Der Seabrook Island-Expreß ist kurz vor der Endstation.«

Richard neben sich, tat Jack wieder einen Schritt vorwärts – und sah die Schlußlichter des Cadillacs kurz aufleuchten, bevor der Wagen aus seinem Blickfeld glitt. Diesmal würde es keinen Überraschungsangriff geben, kein wundervolles Krach-Bum-Erscheinen durch einen Zaun mit einem Zug voller Waffen und Munition, doch selbst wenn ganz Point Venuti wußte, daß sie kamen, würde Jack sich nicht aufhalten lassen. Ihm war plötzlich zumute, als hätte er eine Rüstung angelegt, als hielte er ein Zauberschwert in den Händen. Niemand in Point Venuti hatte die Macht, ihm etwas zuleide zu tun, bevor er das Hotel Agincourt erreicht hatte. Er war unterwegs, Richard ging an seiner Seite; alles würde gut werden. Und noch bevor er drei weitere Schritte getan hatte, trat ihm ein Bild vor Augen, besser und treffender als das eines Ritters, der in die Schlacht zieht. Das Bild kam direkt aus einem der Filme seiner Mutter, durch ein himmlisches Telegramm übermittelt. Ihm war, als säße er auf einem Pferd, einen breitrandigen Hut auf dem Kopf und einen Revolver an der Hüfte, unterwegs, um in Deadwood Gulch aufzuräumen.

Last Train to Hangtown, erinnerte er sich: Lily Cavanaugh, Clint Walker und Will Hutchins, 1960. So sei es.

2

Neben dem ersten der verlassenen Gebäude ragten vier oder fünf von den Bäumen der Region aus der harten braunen Erde. Vielleicht waren sie die ganze Zeit über dagewesen, hatten ihre Äste fast bis zum weißen Mittelstreifen der Straße vorgereckt, vielleicht auch nicht. Jack konnte sich nicht erinnern, sie gesehen zu haben, als er das erste Mal auf die Stadt hinunterblickte. Aber daß er die Bäume übersehen hätte, war ebenso unwahrscheinlich wie das Übersehen eines Rudels wilder Hunde. Er hörte, wie sich ihre Wurzeln über die Erdoberfläche schoben, als Richard und er sich dem Lagerschuppen näherten.

(UNSER Junge? UNSER Junge?)

»Komm auf die andere Straßenseite«, sagte er zu Richard und ergriff seine verschwollene Hand, um ihn hinüberzuführen.

Sobald sie die andere Straßenseite erreicht hatten, streckte einer der Bäume unübersehbar Äste und Wurzeln nach ihnen aus. Wenn ein Baum einen Magen hätte, dann hätten sie seinen Magen knurren gehört. Die knorrigen Äste und die glatten, schlangenähnlichen Wurzeln peitschten über die weiße Linie. Jack stieß den keuchenden Richard mit

dem Ellenbogen in die Rippen, packte seinen Arm und zerrte ihn vorwärts.
(MEIN MEIN MEIN JUNGE! JAAA!)
Plötzlich erfüllte ein fetzendes, reißendes Geräusch die Luft, und
einen Augenblick glaubte Jack, Morgan von Orris bahnte sich wieder mit
brutaler Gewalt seinen Weg durch die Welten, würde zu Morgan Sloat –
Morgan Sloat mit einem letzten, unwiderstehlichen Angebot, zu dem
eine Maschinenpistole gehörte, ein Flammenwerfer, eine rotglühende
Zange . . . Doch anstelle von Richards wutschnaubendem Vater klatschte
die Krone eines der Bäume mitten auf die Straße, schnellte noch einmal
mit brechenden Ästen hoch und rollte sich dann auf die Seite wie ein
totes Tier.
»Großer Gott«, sagte Richard. »Er hat sich regelrecht aus dem Boden
gerissen, um uns zu verfolgen.«
Genau das war auch Jacks Meinung. »Ein Kamikazebaum«, sagte er.
»Ich glaube, uns steht in Point Venuti einiges bevor.«
»Wegen des schwarzen Hotels?«
»Ja – aber auch wegen des Talismans.« Er blickte die Straße hinunter
und sah etwa zehn Meter entfernt eine weitere Gruppe der fleischfres-
sen'en Bäume. »Die ganze Atmosphäre, ihre Schwingung oder wie
immer du es nennen willst, ist völlig durcheinandergeraten – alles ist
gleichzeitig böse und gut, schwarz und weiß, alles ist miteinander ver-
mischt.«
Jack behielt die Baumgruppe im Auge, der sie sich jetzt langsam
näherten, und sah, daß der ihnen am nächsten stehende Baum seine
Krone neigte, als hätte er seine Stimme gehört.
Vielleicht ist diese ganze Stadt ein großes Oatley, dachte Jack, und
vielleicht kam er trotz allem heil wieder heraus – aber wenn vor ihnen
ein Tunnel lag, dann würde Jack Sawyer sich hüten, ihn zu betreten. Er
hatte nicht das geringste Bedürfnis, der Point Venuti-Version von Elroy
zu begegnen.
»Ich habe Angst«, sagte Richard. »Jack, was ist, wenn noch mehr von
diesen Bäumen einfach aus der Erde herausspringen?«
»Ach, weißt du«, sagte Jack, »die Bäume sind zwar beweglich, aber sie
kommen nicht weit. Selbst ein lahmer Vogel wie du sollte imstande sein,
vor einem Baum davonzulaufen.«
Er erreichte die letzte Kurve der Straße, die an den letzten Lagerschuppen vorbei bergab führte. Der Talisman rief nach ihm, unablässig und
unüberhörbar. Schließlich hatte er die Kurve hinter sich, und der Rest
von Point Venuti lag vor ihm.
Das, was von Jason in ihm steckte, hielt ihn in Gang. Point Venuti
mochte einmal ein hübscher Ferienort gewesen sein, aber diese Zeit lag
lange zurück. Jetzt war Point Venuti selbst der Oatley-Tunnel, und er
mußte durch ihn hindurch. Die rissige, zersprungene Oberfläche der

Straße führte hinab zu einem Areal mit ausgebrannten, von Bäumen der Region umstandenen Häusern – wahrscheinlich hatten einst die Arbeiter aus den leeren Fabriken und Lagerschuppen in ihnen gewohnt. Von einem oder zweien der Häuser war noch so viel übriggeblieben, daß man erkennen konnte, wie sie ausgesehen hatten. Hier und dort lagen die verkrümmten Karosserien ausgebrannter Autos neben den Häusern, von hohem Unkraut überwuchert. Durch die geborstenen Fundamente der kleinen Häuser bahnten sich langsam die Wurzeln der Bäume ihren Weg. Geschwärzte Ziegelsteine und Bretter, umgestürzte und zerschlagene Badewannen, verbogene Rohre lagen auf dem Gelände herum. Jack sah etwas Weißes aufblitzen, aber er wendete den Blick ab, sobald er erkannt hatte, daß es ein weißer Knochen war, der zu einem unter dem Wurzelwust verhakten Skelett gehörte. Früher waren Kinder auf Fahrrädern durch diese Straßen gestoben, Hausfrauen hatten sich in Küchen getroffen, um über Preise und Arbeitslosigkeit zu klagen, Männer hatten vor ihren Häusern Autos poliert – aber das war einmal. Eine umgestürzte Schaukel ragte rostverkrustet aus Geröll und Unkraut.

Am trüben Himmel zuckten rötliche Flackerlichter auf.

Zwischen den beiden Blocks mit den ausgebrannten Häusern und den gierigen Bäumen hing eine tote Ampel über der leeren Straßenkreuzung. Jenseits der Kreuzung waren an der Wand eines verkohlten Gebäudes noch ein paar Buchstaben einer Reklame zu erkennen – UH OH! BETTER GET MAA – und darunter das pockennarbige, blasige Bild vom Vorderteil eines Autos, das aus einer Schaufensterscheibe herausragte. Das Feuer hatte sich nicht weiter ausgebreitet, aber Jack wünschte, es hätte es getan. Point Venuti war eine verbrannte Stadt; und Feuer war besser als Fäulnis. Das Gebäude mit der halbzerstörten Reklame für Maaco-Farben war das erste in einer Reihe von Geschäften. Die Dangerous Planet-Buchhandlung, Tea & Sympathy, Ferdys Gesunde Biokost, Neon Village; Jack konnte nur einige der Aufschriften über den Läden entziffern, denn zumeist war die Farbe schon vor langer Zeit abgeblättert. Die Läden schienen geschlossen zu sein, so verlassen wie die Fabriken und Lagerschuppen. Sogar von da aus, wo er stand, konnte Jack erkennen, daß die Schaufensterscheiben schon vor so langer Zeit zerbrochen waren, daß sie aussahen wie leere Brillengestelle, die blicklosen Augen von Idioten. Hingeklatschte Farbe schmückte die Fassaden der Läden, rot und schwarz und gelb; in dem trüben Licht sahen die Farbflecke aus wie grelle Narben. Eine nackte Frau, so abgezehrt, daß Jack ihre Rippen hätte zählen können, drehte sich auf der mit Unrat übersäten Straße vor den Geschäften langsam um sich selbst, zeremoniös wie eine Wetterfahne. Das Gesicht über dem bleichen Körper mit seinen Hängebrüsten und dem verfilzten Schamhaar war leuchtend orangerot angemalt. Auch ihr Haar war orangefarben. Jack blieb stehen und beobachtete, wie die Irre mit dem angemalten Gesicht und dem gefärbten Haar die Arme hob, den Oberkörper langsam zur Seite drehte, ihren linken Fuß über dem fliegenübersäten Kadaver eines Hundes ausstreckte und in dieser Position erstarrte wie eine Statue. Dann senkte sich langsam der Fuß, und der abgezehrte Körper drehte sich zurück.

Hinter der Frau, hinter der Reihe leerer Läden wurde die Main Street zum Wohngebiet – jedenfalls vermutete Jack, daß dort einst das Wohngebiet gelegen hatte. Auch hier entstellten grelle Farbnarben die Gebäude, zweistöckige Häuschen, einst weiß gestrichen, jetzt mit hingeklatschter Farbe und Graffiti bedeckt. Ein Slogan sprang ihm entgegen: DU BIST JETZT TOT, an die Wand eines isolierten, abblätternden Gebäudes gemalt, das vermutlich einmal ein Gasthaus gewesen war. Die Worte standen schon seit langer Zeit dort.

JASON, ICH BRAUCHE DICH, sang der Talisman auf eine Weise, die zugleich mehr und weniger war als Sprache.

»Ich kann nicht«, flüsterte Richard neben ihm. »Jack, ich weiß, daß ich es nicht kann.«

Hinter der Reihe abblätternder, hoffnungslos aussehender Häuser senkte sich die Straße abermals, und Jack sah die Hecks zweier Cadillac-Limousinen, die mit laufenden Motoren zu beiden Seiten der Main Street geparkt waren. Wie eine Trickaufnahme, unvorstellbar groß, unvorstellbar bedrohlich, überragte die obere Hälfte – das obere Drittel? – des schwarzen Hotels die Hecks der Cadillacs und die trostlosen kleinen Häuser. Von der Kuppe des letzten Hügels abgeschnitten, schien es in der Luft zu schweben. »Ich kann dort nicht hinein«, wiederholte Richard.

»Ich bin nicht einmal sicher, ob wir an diesen Bäumen vorbeikommen«, sagte Jack. »Nur nicht nervös werden, Richie.«

Richard gab ein merkwürdig schnüffelndes Geräusch von sich, und es dauerte einen Augenblick, bis Jack begriff, daß er weinte. Er legte einen Arm um Richards Schulter. Das Hotel beherrschte die Landschaft – das war offensichtlich. Das schwarze Hotel beherrschte Point Venuti, die Luft über ihm, die Erde unter ihm. Jack schaute hinüber und sah, wie sich die Wetterfahnen in unterschiedliche Richtungen drehten, wie die Türme und Giebel wie Warzen in die graue Luft emporragten. Das Agincourt sah aus, als wäre es aus Stein – aus tausendjährigem Stein, so schwarz wie Teer. Plötzlich flackerte in einem der oberen Fenster ein Licht auf – Jack war, als hätte das Hotel ihm zugeblinzelt, insgeheim belustigt, ihn endlich in der Nähe zu wissen. Eine undeutliche Gestalt schien von dem Fenster wegzugleiten; einen Augenblick später schob sich das Dunkel einer Wolke über die Scheibe.

Von irgendwo da drinnen kam das Lied des Talismans, und nur Jack konnte es hören.

»Ich glaube, es ist gewachsen«, hauchte Richard. Seit er das Hotel über der letzten Anhöhe hatte schweben sehen, hatte er vergessen, sich zu kratzen. Tränen rannen über die dicken Quaddeln auf seinen Wangen und zwischen ihnen hindurch, und Jack sah, daß der Ausschlag seine Augen jetzt so eingekreist hatte, daß es aussah, als kniffe er sie ständig zusammen. »Es ist unmöglich, aber früher war das Hotel kleiner, Jack. Ich weiß es genau.«

»Hier ist nichts unmöglich«, sagte Jack, obwohl es kaum erforderlich war – sie befanden sich seit langem im Bereich des Unmöglichen. Und das Agincourt war so riesig, so dominierend, daß es den Maßstab der restlichen Stadt sprengte.

Die architektonischen Extravaganzen des schwarzen Hotels, all die Erker und Wetterfahnen, die Kuppeln und Giebel, die es eigentlich zu einem verspielten Phantasiegebilde hätten machen müssen, verliehen ihm statt dessen etwas Bedrohliches, Alptraumhaftes. Es sah aus, als gehörte es in irgendein Anti-Disneyland, in dem Donald Duck seine Neffen Tick, Trick und Track erwürgt und Micky Maus seine Minnie mit Heroin vollgepumpt hatte.

»Ich habe Angst«, sagte Richard; und der Talisman sang JASON KOMM GLEICH.

»Bleib dicht bei mir, Richie, dann gehen wir beide so glatt durch wie ein heißes Messer durch Butter.«

Als Jack weiterging, begannen die Bäume der Region vor ihnen zu rascheln.

Erschrocken fiel Richard etwas zurück – möglich, dachte Jack, daß er jetzt fast blind war, ohne Brille und mit den zugeschwollenen Augen. Er streckte die Hand nach hinten, zog Richard vorwärts und spürte dabei, wie dünn Richards Hand und Handgelenk geworden waren.

Richard stolperte. Sein mageres Handgelenk brannte in Jacks Hand. »Du darfst auf keinen Fall langsamer werden«, sagte Jack. »Wir müssen so schnell wie möglich an ihnen vorbei.«

»Ich kann nicht«, schluchzte Richard.

»Soll ich dich tragen? Ich meine es ernst, Richard. Ich finde, die Lage könnte noch schlimmer sein. Wenn wir da hinten im Lager nicht so viele von seinen Leuten erledigt hätten, hätte er bestimmt alle fünfzig Meter einen Wachtposten aufgestellt.«

»Wenn du mich trägst, kannst du dich nicht schnell genug bewegen. Ich würde dich behindern.«

Und was in Dreiteufelsnamen tust du schon die ganze Zeit? schoß es Jack durch den Kopf, aber er sagte: »Halt dich an meiner Seite und renn, so schnell du kannst, Richie. Auf drei geht's los. Kapiert? Eins – zwei – drei!«

Er riß Richards Arm nach vorn und begann, an den Bäumen vorbeizu-sprinten. Richard taumelte, keuchte und schaffte es dann, sich aufzu-richten und vorwärtszubewegen, ohne zu stürzen. Staubfontänen erschienen an der Basis der Bäume, ein Tumult aus aufreißender Erde und krabbelnden Wesen, die aussahen wie riesige Käfer, glänzend wie Schuhwichse. Ein kleiner brauner Vogel flog aus dem Unkraut neben der Baumgruppe auf, und eine geschmeidige Wurzel peitschte wie ein Ele-fantenrüssel aus dem Staub hoch und fing ihn in der Luft.

Eine weitere Wurzel langte nach Jacks Knöchel, erreichte ihn aber nicht. Die Münder in der rauhen Borke heulten und kreischten.

(LIEBLING? LIEBLINGSJUNGE?)

Jack biß die Zähne zusammen und versuchte, Richard vorwärtszurei-ßen. Die Kronen der Bäume schwankten und bogen sich. Ganze Nester und Familien von Wurzeln glitten auf die weiße Linie zu, bewegten sich, als hätten sie einen eigenen Willen. Richard zögerte, drehte dann den Kopf, um an Jack vorbei einen Blick auf die nach ihnen greifenden Bäume zu werfen, und wurde langsamer.

»Lauf zu!« schrie Jack und riß an Richards Arm. Die roten Quaddeln fühlten sich an, als steckten heiße Steine unter seiner Haut. Er zerrte Richard voran, während nur allzu viele der bösartigen Wurzeln frohlok-kend über die weiße Linie auf sie zukrochen.

Jack legte den Arm im gleichen Augenblick um Richards Taille, in dem eine lange Wurzel durch die Luft peitschte und sich um Richards Arm schlang.

»Jesus!« schrie Richard. »Jason! Sie hat mich erwischt! Sie hat mich erwischt!«

Voller Entsetzen sah Jack, wie sich die Wurzelspitze, der Kopf eines blinden Wurms, hob und ihn anstarrte. Sie zuckte träge in der Luft, dann wand sie sich noch einmal um Richards Arm. Weitere Wurzeln glitten quer über die Straße auf sie zu.

Jack riß Richard zurück, so stark er konnte. Die Wurzel um Richards Arm wurde straff. Jack verschränkte die Arme um Richards Taille und zerrte gnadenlos. Richard stieß einen gespenstisch hallenden Schrei aus. Einen Augenblick fürchtete Jack, Richards Schulter wäre ausgekugelt, aber eine laute Stimme in ihm befahl: ZIEH!, und er grub die Hacken in den Staub und zog noch kräftiger.

Dann wären sie beide beinahe in ein Nest kriechender Wurzeln gestürzt: die Wurzel, die sich um Richards Arm geschlungen hatte, war gerissen. Jack konnte sich nur auf den Füßen halten, indem er ein paar hektische Rückwärtsschritte tat; gleichzeitig beugte er sich vor, um auch Richard am Stürzen zu hindern. Auf diese Weise kamen sie genau in dem Augenblick, in dem sie das reißende, knackende Geräusch vernah-men, das sie schon einmal gehört hatten, am letzten der Bäume vorbei. Diesmal brauchte Jack Richard nicht zu sagen, daß er rennen sollte.

Der ihnen am nächsten stehende Baum hatte sich ausgerissen und fiel mit erderschütterndem Krachen nur einen knappen Meter hinter Richard auf die Straße. Hinter ihm stürzten die anderen und schwenkten ihre Wurzeln wie wirres Haar.

»Du hast mir das Leben gerettet«, sagte Richard. Er weinte wieder, jetzt mehr vor Schwäche und Erschöpfung und Schock als vor Angst.

»Von jetzt an, Richie, trage ich dich auf dem Rücken«, sagte Jack keuchend und bückte sich, um Richard hinaufzuhelfen.

4

»Ich hätte es dir sagen müssen«, flüsterte Richard. Sein Gesicht brannte an Jacks Rücken, sein Mund an Jacks Ohr. »Ich will nicht, daß du mich haßt, aber ich könnte dir keinen Vorwurf daraus machen, wenn du es tätest, wirklich nicht. Ich weiß, ich hätte dir davon erzählen müssen.« Er schien nicht mehr zu wiegen als seine eigene Hülle, in der nichts mehr steckte.

»Was hättest du erzählen müssen?« Jack schob Richard genau in die Mitte seines Rückens und hatte wieder das beunruhigende Gefühl, nur einen leeren Fleischsack zu tragen.

»Von dem Mann, der meinen Vater besuchte – von Camp Readiness – und von dem Kleiderschrank.« Richards scheinbar hohler Körper zitterte auf dem Rücken seines Freundes. »Ich hätte es dir erzählen müssen. Aber ich konnte es nicht einmal *mir selbst* eingestehen.« Sein Atem, so heiß wie seine Haut, blies erregt in Jacks Ohr.

Jack dachte: *Das ist das Werk des Talismans.* Einen Augenblick später korrigierte er sich: *Nein, es ist das Werk des schwarzen Hotels.*

Die beiden Limousinen, die auf der Kuppe des nächsten Hügels geparkt hatten, waren während ihres Kampfes mit den Bäumen verschwunden, aber das Hotel stand nach wie vor da und wuchs mit jedem Schritt, den Jack tat. Die abgezehrte nackte Frau, ein weiteres Opfer des Hotels, vollführte nach wie vor ihren irren, langsamen Tanz vor der Reihe leerer Läden. Die kleinen roten Lichter tanzten, erloschen, tanzten in der trüben Luft. Die Zeit war aufgehoben, es war weder Morgen noch Nachmittag noch Abend – es war das Verheerte Land der Zeit. Das Agincourt schien aus Stein gebaut, obwohl Jack wußte, daß es das nicht war – das Holz schien sich verkalkt und verdickt, sich selbst von innen nach außen geschwärzt zu haben. Die Wetterfahnen, Wolf und Krähe und Schlange und kryptische Gebilde, die Jack nichts sagten, drehten sich in alle Richtungen. Mehrere Fenster blitzten Jack eine Warnung zu; aber vielleicht waren es nur Spiegelungen der roten Flackerlichter. Noch immer konnte er das untere Ende des Abhangs und das Erdgeschoß des

Agincourt nicht sehen; dazu mußte er erst an der Buchhandlung und den anderen Läden vorbei sein, die dem Feuer entgangen waren. Wo war Morgan Sloat?

Und wo, was das betraf, war das ganze gottverdammte Empfangskomitee? Jack hörte den Talisman wieder nach sich rufen und spürte, wie sich in ihm ein zäheres, kräftigeres Wesen regte.

»Haß mich nicht, nur weil ich es nicht fertigbrachte . . .« sagte Richard mit versagender Stimme.

JASON, KOMM GLEICH KOMM GLEICH!

Jack packte Richards dünne Beine und wanderte durch das ausgebrannte Gebiet, in dem einst so viele Häuser gestanden hatten. Die Bäume der Region, die diese Ödnis als ihr privates Frühstückslokal benutzten, raunten und regten sich, aber sie waren zu weit entfernt, um Jack zu beunruhigen.

Die Frau auf der leeren, mit Unrat übersäten Straße drehte sich langsam um, als ihr bewußt wurde, daß die Jungen auf sie zukamen. Sie war gerade dabei gewesen, eine schwierige Folge von Bewegungen auszuführen; doch jetzt ließ sie die Arme und ein ausgestrecktes Bein herabsinken und stand stocksteif neben dem toten Hund, um zu beobachten, wie Jack mit seiner Last den Hügel herabkam. Einen Augenblick lang wirkte sie wie eine Luftspiegelung, zu halluzinatorisch, um wirklich zu sein, diese abgezehrte Frau mit dem hochstehenden, orangefarbenen Haar und dem Gesicht von der gleichen Farbe; dann rannte sie schwerfällig über die Straße und verschwand in einem der namenlosen Läden.

Jack grinste, ohne sich dessen bewußt zu sein – überrascht von einem Triumphgefühl und von etwas, das sich nur als gepanzerte Entschlossenheit beschreiben ließ.

»Meinst du wirklich, daß du es schaffst?« keuchte Richard, und Jack sagte: »Im Augenblick ist mir, als könnte ich alles schaffen.«

Er hätte Richard den ganzen Weg zurück nach Illinois tragen können, wenn der große, singende, im Hotel eingekerkerte Gegenstand es ihm befohlen hätte. Wieder verspürte Jack dieses Gefühl unbedingter Entschlossenheit, und er dachte: *Es ist so dunkel hier, weil alle Welten zusammengedrängt sind, miteinander verschmolzen sind wie eine dreifach belichtete Aufnahme auf einem Film.*

5

Er spürte die Bewohner von Point Venuti, bevor er sie sah. Sie würden ihn nicht angreifen – dessen war sich Jack sicher, seit die verrückte Frau in den Laden geflüchtet war. Sie beobachteten ihn. Unter Veranden hervor, durch Latten hindurch, von den Rückwänden leerer Räume aus spähten sie nach ihm – aber ob ängstlich, wütend oder verzweifelt, wußte er nicht zu sagen.

Richard war auf seinem Rücken eingeschlafen oder ohnmächtig geworden und atmete in heißen, harten Stößen.

Jack machte einen Bogen um den toten Hund und warf einen Blick in das Loch, in dem einst das Schaufenster der Dangerous Planet-Buchhandlung gesessen hatte. Zuerst sah er nur das wirre Durcheinander gebrauchter Spritzen auf dem Boden, auf und zwischen den verstreut herumliegenden Büchern. In den Regalen an den Wänden herrschte gähnende Leere. Dann lenkte eine ruckartige Bewegung im düsteren Hintergrund des Ladens seinen Blick auf sich, und zwei bleiche Gestalten traten aus dem Dunkel hervor. Beide hatten Bärte und lange, nackte Körper, an denen sich die Sehnen wie Seile abzeichneten. Das Weiße von vier irren Augen blitzte ihn an. Der eine der nackten Männer hatte nur eine Hand und grinste. Er hatte eine Erektion, und sein Penis glich einer dicken, bleichen Keule. Wo war die andere Hand des Mannes? Er blickte nochmals hin, und jetzt sah er nur noch hagere weiße Gliedmaßen.

Jack blickte nicht in die anderen Länden, aber als er vorbeiging, wurde er von Augen verfolgt.

Bald darauf wanderte er an den kleinen, zweigeschossigen Häusern vorüber. DU BIST JETZT TOT, verkündete die Wand. Er würde nicht in die Fenster blicken, versprach er sich, er konnte es nicht.

Orangefarbene Gesichter mit orangefarbenem Haar darüber lugten durch ein Erdgeschoßfenster.

»Baby«, flüsterte eine Frau im nächsten Haus. »Süßer kleiner Jason.« Diesmal sah er hin. *Du bist jetzt tot.* Sie stand hinter einer zerbrochenen kleinen Fensterscheibe, spielte mit der Kette, die durch ihre Brustwarzen gezogen war, lächelte ihn schief an. Jack starrte in ihre leeren Augen, und die Frau ließ die Hände sinken und wich zögernd vom Fenster zurück. Die Kette schaukelte zwischen ihren Brüsten.

Augen verfolgten Jack aus dem Hintergrund dunkler Zimmer, durch Latten hindurch, aus Kriechräumen unter Veranden.

Das Hotel ragte vor ihm auf, lag aber jetzt nicht mehr genau vor ihm. Die Straße mußte eine Biegung gemacht haben; das Agincourt stand jetzt zu seiner Linken. Und ragte es wirklich noch so beherrschend auf, wie es zuvor den Anschein gehabt hatte? Das, was von Jason in ihm steckte, oder Jason selbst flammte in Jack auf, und er erkannte, daß das schwarze Hotel zwar noch immer groß war, aber keineswegs riesig.

KOMM ICH BRAUCHE DICH JETZT, rief der Talisman. DU HAST RECHT, ES IST NICHT SO GROSS, WIE DU GLAUBEN SOLLST.

Auf der Kuppe des letzten Hügels blieb er stehen und blickte hinunter. Da waren sie, in der Tat, alle miteinander. Und da war das schwarze Hotel, das ganze Hotel. Die Main Street führte zum Strand hinunter, der aus weißem Sand bestand, unterbrochen durch große Gesteinsbrocken, die aussahen wie zerklüftete, verfärbte Zähne. Das Agincourt stand ein Stück zu seiner Linken, an der dem Meer zugewandten Seite von einem Wellenbrecher aus massigen Steinen flankiert, der weit ins Wasser hinausreichte. Davor parkte, nebeneinander aufgereiht, ein Dutzend langer, schwarzer Limousinen, einige staubig, andere spiegelblank poliert, mit laufenden Motoren. Weiße Schwaden, weißer als die Luft, drifteten aus den Auspuffrohren. Männer in den dunklen Anzügen von FBI-Agenten patrouillierten am Zaun entlang, die Hände zu den Augen emporgehoben. Als Jack vor dem Gesicht eines der Männer zwei rote Lichtblitze aufflackern sah, huschte er hinter die Seitenwand eines der kleinen Häuser; er bewegte sich, bevor ihm richtig bewußt geworden war, daß die Männer Feldstecher hatten.

In den ein oder zwei Sekunden auf der Hügelkuppe hatte er dagestanden wie auf dem Präsentierteller. Ihm war klar, daß ein Augenblick der Sorglosigkeit fast zu seiner Entdeckung geführt hätte; er atmete stoßweise und lehnte die Schulter gegen die grauen Schindeln der Hauswand. Dann rückte er Richard auf seinem Rücken in eine bequemere Position.

Immerhin wußte er jetzt, daß er sich dem Hotel nur von der Seeseite her nähern konnte. Das hieß, daß er den Strand ungesehen überqueren mußte.

Er richtete sich wieder auf, spähte um die Ecke des Hauses. Morgan Sloats dezimierte Armee saß in den Limousinen oder wimmelte, so ziellos wie Ameisen, vor dem hohen schwarzen Zaun herum. Einen verrückten Augenblick lang erinnerte sich Jack bis ins kleinste Detail an den ersten Blick, den er auf den Sommerpalast der Königin geworfen hatte. Auch damals stand er oberhalb einer Szenerie, in der Leute scheinbar ziellos durcheinanderwimmelten. War es hier ebenso, wie es dort gewesen war? An jenem Tag – der so weit zurücklag, daß er in vorgeschichtliche Zeiten zu gehören schien – war von der Menge vor dem Pavillon eine Aura des Friedens, der Ordnung ausgegangen. Jack wußte, daß diese Aura jetzt verschwunden war. Jetzt beherrschte Osmond die Szene vor dem großen, zeltartigen Gebilde, und die Leute, die mutig genug waren, den Pavillon zu betreten, würden mit abgewandten Gesichtern hineinhasten. Und was war mit der Königin? fragte sich Jack. Die Erinnerung an dieses bestürzend vertraute, von weißen Bettlaken umgebene Gesicht drängte sich ihm auf.

Und dann hätte Jacks Herz beinahe zu schlagen aufgehört; das Bild des Pavillons und der kranken Königin verschwand vor seinem inneren Auge. Sunlight Gardener erschien in seinem Blickfeld, einen Lautsprecher in der Hand. Der Seewind blies ihm eine dicke, weiße Haarsträhne über die Sonnenbrille. Einen Augenblick lang glaubte Jack, die Mischung aus süßlichem Kölnisch Wasser und Dschungelfäule zu riechen. Vielleicht fünf Sekunden lang vergaß er zu atmen. Er stand an der rissigen, abblätternden Schindelwand und starrte hinunter, wo ein Wahnsinniger Männern in schwarzen Anzügen Befehle zuschrie, im Kreis herumwirbelte, auf etwas zeigte, das Jack nicht sehen konnte, und angewidert den Mund verzog.

Dann fiel ihm das Atmen wieder ein.

»Interessant, was wir da vor uns haben, Richard«, sagte Jack. »Wir haben ein Hotel vor uns, das sich doppelt so groß machen kann, wenn es will, und außerdem haben wir da unten den verrücktesten Mann der Welt.«

Richard, von dem Jack geglaubt hatte, er schliefe, überraschte ihn mit einem kaum hörbaren Gemurmel.

»Was?«

»Versuch's trotzdem«, flüsterte Richard schwach. »Mach dich auf, Kumpel.«

Jack lachte leise. Einen Augenblick später bewegte er sich im Schutz der Häuser vorsichtig bergab und schlich durch hohes Gras zum Strand hinunter.

Vierzigstes Kapitel

Speedy am Strand

1

Am Fuß des Hügels ließ sich Jack ins Gras fallen und kroch weiter, Richard auf dem Rücken wie einst seinen Rucksack. Als er das vergilbte Unkraut am Straßenrand erreicht hatte, schob er sich zentimeterweise vorwärts und hielt Ausschau. Unmittelbar vor ihm, auf der anderen Straßenseite, begann der Strand. Hohe, verwitterte Felsbrocken ragten aus dem weißgrauen Sand, weißgraues Wasser brandete gegen das Ufer. Ein Stück vom Hotel entfernt, an der landeinwärts gelegenen Seite der Straße, stand ein langgestrecktes, baufälliges Gebäude, das aussah wie ein angeschnittener Hochzeitskuchen. Eine Holztafel mit einem großen Loch darin trug die Aufschrift KINGSLA . . . . . TEL. Das Kingsland Motel, erinnerte sich Jack, in dem Morgan Sloat mit seinem kleinen Sohn abgestiegen war, um wie unter Zwang das schwarze Hotel zu beobachten. Ein Stück weiter die Straße hinauf leuchtete etwas Weißes – Sunlight Gardener, der offensichtlich einige der dunkelgekleideten Männer beschimpfte und mit der Hand hügelaufwärts deutete. *Er weiß nicht, daß ich schon hier unten bin*, erkannte Jack, als einer der Männer langsam die Küstenstraße hinaufwanderte und nach allen Seiten Ausschau hielt. Gardener machte eine weitere befehlende Handbewegung, und eine der am Ende der Main Street geparkten Limousinen setzte sich in Bewegung und rollte neben dem dunkelgekleideten Mann her, der sein Jackett aufknöpfte, sobald er den Gehsteig der Main Street erreicht hatte, und eine Pistole aus dem Schulterholster zog.

In den anderen Limousinen drehten die Fahrer die Köpfe und spähten den Hügel hinauf. Jack pries sein Glück – fünf Minuten später, und ein abtrünniger Wolf mit einer großen Pistole hätte seiner Suche nach dem großen, singenden Ding im Hotel ein Ende bereitet.

Er konnte nur die beiden oberen Stockwerke des Hotels sehen und die auf den architektonischen Extravaganzen des Daches herumwirbelnden Wetterfahnen. Aus der Froschperspektive schien der Wellenbrecher zur Rechten des Hotels, der sich am Strand entlangzog und dann ins Wasser erstreckte, zu einer Höhe von sechs Metern oder mehr aufzuragen.

KOMM GLEICH KOMM GLEICH, rief der Talisman mit Worten, die keine Worte waren.

Der Mann mit der Pistole war jetzt außer Sichtweite, aber die Fahrer starrten hinter ihm her, während er den Weg zu den Irren von Point Venuti hinauftrabte. Sunlight Gardener hob seinen Lautsprecher und brüllte:»Löscht ihn aus! Ich will, daß er ausgelöscht wird!« Er stieß mit dem Lautsprecher einen anderen dunkelgekleideten Mann an, der gerade seinen Feldstecher hob, um in Jacks Richtung die Straße abzusuchen. »He, du! Schweinehirn! Nimm die andere Straßenseite ... *und lösch diesen schlechten Jungen aus,* oh ja, diesen allerschlechtesten, allerschlechtesten Jungen, *den allerschlechtesten* ...« Seine Stimme entfernte sich, während der zweite Mann die Straße überquerte und die Pistole bereits seine Faust verlängerte.

Das war die beste Chance, die sich ihm je bieten würde, erkannte Jack – niemand sah in seine Richtung. »Halt dich gut fest«, flüsterte er Richard zu, der sich nicht regte. »Zeit für einen kleinen Spurt.« Er zog die Füße unter den Körper und wußte, daß Richards Rücken wahrscheinlich über dem vergilbten Unkraut und dem hohen Gras zu sehen war. Vornübergebeugt preschte er vor und setzte die Füße auf die Küstenstraße.

Sekunden später lag Jack Sawyer in körnigem Sand flach auf dem Bauch. Er schob sich mit den Füßen voran. Richards Hand umkrampfte seine Schulter fester. Jack schob sich weiter durch den Sand, bis er hinter dem ersten hohen Felsbrocken in Deckung war; dann hörte er einfach auf, sich zu bewegen und lag nur keuchend da, den Kopf auf den Händen, Richard, so leicht wie ein Blatt, auf dem Rücken. Das Wasser, jetzt kaum sechs Meter entfernt, klatschte ans Ufer. Jack konnte immer noch hören, wie Sunlight Gardener Schwachköpfe und unfähige Idioten anschrie, und seine völlig verrückte Stimme kam von irgendwo ein Stück weiter die Main Street hinauf. Der Talisman drängte ihn, drängte ihn vorwärts, vorwärts ...

Richard glitt von seinem Rücken.

»Bist du okay?«

Richard hob eine dünne Hand und berührte mit den Fingern die Stirn und mit dem Daumen eine Wange. »Ich denke schon. Hast du meinen Vater gesehen?«

Jack schüttelte den Kopf. »Noch nicht.«

»Aber er ist hier.«

»Wahrscheinlich. Ganz sicher.« Das Kingsland, erinnerte sich Jack und sah in Gedanken die schäbige Fassade, die durchlöcherte Holztafel. Morgan Sloat hatte sich bestimmt in dem Motel verkrochen, in dem er vor sechs oder sieben Jahren so oft gewohnt hatte. Jack spürte seine Anwesenheit, als hätte das Wissen, wo er sich aufhielt, ihn heraufbeschworen.

»Mach dir seinetwegen keine Gedanken.« Richards Stimme war so dünn wie Papier. »Ich meine, mach dir meinetwegen keine Gedanken um ihn. Ich glaube, er ist tot, Jack.«

Jack musterte seinen Freund mit einer neuen Befürchtung: verlor Richard jetzt den Verstand? Fieber hatte er ganz offensichtlich. Weiter hügelaufwärts brüllte Sunlight Gardener in seinen Lautsprecher: »AUSSCHWÄRMEN!«

»Du glaubst...«

Und dann hörte Jack eine andere Stimme, deren Flüstern zuerst von Gardeners wütendem Befehl übertönt worden war. Die Stimme klang vertraut; Jack erkannte den Tonfall und das Timbre. Und seltsamerweise bewirkte der Klang dieser Stimme, daß seine Anspannung nachließ – fast so, als könnte er jetzt damit aufhören, sich Gedanken und Sorgen zu machen, weil ihm alles abgenommen wurde –, und das, noch bevor er ihren Besitzer beim Namen nennen konnte.

»Jack Sawyer«, wiederholte die Stimme. »Hierher, Junge.«

Es war Speedy Parkers Stimme.

»Ja, das glaube ich«, sagte Richard; dann schloß er die zugeschwollenen Augen wieder und sah aus wie ein von der Flut angespülter Leichnam.

Ich glaube, mein Vater ist tot, hatte Richard gesagt, aber Jacks Gedanken waren weit von den Fieberphantasien seines Freundes entfernt.

»Hierher, Travelling Jack«, rief Speedy wieder, und der Junge stellte fest, daß die Stimme von der größten Gruppe von Felsbrocken kam, drei zusammenhängenden, aufrecht stehenden Säulen dicht am Ufer. Eine dunkle Linie, die Hochwassermarke, zog sich im unteren Viertel ihrer Höhe über die Steine.

»Speedy«, flüsterte Jack.

»Yeah-bob«, kam die Antwort. »Versuch herzukommen, ohne daß diese Zombies dich sehen. Und bring deinen Freund mit.«

Richard lag noch immer auf dem Rücken im Sand, die Hand vor dem Gesicht. »Komm, Richie«, flüsterte ihm Jack ins Ohr. »Wir müssen ein Stückchen weiter. Speedy ist hier.«

»Speedy?« flüsterte Richard zurück, so leise, daß Jack es kaum hören konnte.

»Ein Freund. Siehst du die Steine da drüben?« Er hob Richards Kopf auf dem binsendünnen Hals. »Er ist dahinter. Er wird uns helfen, Richie. Und wir können ein bißchen Hilfe brauchen.«

»Ich kann überhaupt nichts sehen«, klagte Richard. »Und ich bin so müde...«

»Kriech wieder auf meinen Rücken.« Er drehte sich um und streckte sich flach im Sand aus. Richards Arme legten sich um seine Schultern, und seine Hände griffen schwach ineinander.

Jack spähte hinter dem Stein hervor. Drüben auf der Küstenstraße fuhr sich Sunlight Gardener übers Haar und näherte sich der Vordertür des Kingsland Motels. Das schwarze Hotel ragte furchteinflößend empor. Der Talisman rief nach Jack Sawyer. Gardener zögerte vor der

Tür des Motels, fuhr sich mit beiden Händen übers Haar, schüttelte den Kopf, machte plötzlich kehrt und schritt dann wesentlich schneller die lange Reihe der Limousinen ab. Er hob den Lautsprecher. »MELDUNG ALLE FÜNFZEHN MINUTEN!« kreischte er. »PATROUILLEN! SOFORT MELDEN, WENN SICH AUCH NUR EIN KÄFER REGT! VERSTANDEN?«

Gardener bewegte sich von ihnen fort; alle anderen beobachteten ihn. Es war der richtige Augenblick. Jack stieß sich von den deckenden Felsen ab und rannte vornübergebeugt und Richards magere Unterarme umklammernd über den Strand. Seine Füße ließen Klümpchen von feuchtem Sand aufspritzen. Die drei zusammenhängenden Felssäulen, die so nahe zu sein schienen, als er mit Speedy sprach, schienen jetzt Hunderte von Metern entfernt – der offene Raum zwischen ihm und den Säulen wollte und wollte sich nicht schließen. Es war, als wichen die Steine zurück, während er auf sie zurannte. Jack erwartete jeden Augenblick, einen Schuß zu hören. Würde er zuerst die Kugel spüren oder hörte er den Knall, bevor das Geschoß ihn niederstreckte? Endlich ragten die drei Felsen in seinem Blickfeld immer höher auf, und dann war er da, ließ sich auf den Bauch fallen und rutschte hinter ihnen in Deckung.

»Speedy«, sagte er, trotz allem fast lachend. Doch der Anblick Speedys, der neben einer bunten kleinen Decke saß und gegen die mittlere Felssäule lehnte, ließ das Lachen in seiner Kehle ersterben – und ebenso zumindest die Hälfte seiner Hoffnung.

2

Denn Speedy sah noch schlimmer aus als Richard. Viel schlimmer. Sein aufgesprungenes, nässendes Gesicht nickte Jack erschöpft zu, und der Junge hatte das Gefühl, daß Speedy seine Hoffnungslosigkeit bestätigte. Speedy trug nur alte braune Shorts, und seine ganze Haut schien von einer grauenhaften Krankheit befallen zu sein, wie von Lepra.

»Setz dich, Travelling Jack«, flüsterte Speedy mit heiserer, geborstener Stimme. »Ich muß dir eine Menge sagen, also sperr die Ohren auf.«

»Wie geht es Ihnen?« fragte Jack. »Ich meine – großer Gott, Speedy –, kann ich irgendetwas für Sie tun?«

Er legte Richard sanft in den Sand.

»Sperr die Ohren auf, und mach dir um Speedy keine Sorgen. Mir geht's nicht gerade gut, wie du siehst, aber wenn du alles richtig machst, kann es mir wieder gutgehen. Das hat mir der Dad deines Freundes hier beschert – und seinem eigenen Sohn offenbar auch. Der alte Bloat will nicht, daß sein Sohn in das Hotel geht, auf gar keinen Fall. Aber du mußt ihn mitnehmen, Junge. Du mußt ihn mitnehmen.«

Während Speedy sprach, schien er immer wieder sekundenlang ohnmächtig zu werden, und Jack war mehr denn je seit Wolfs Tod danach zumute, zu schreien oder zu jammern. Seine Augen schmerzten, und er wußte, daß er am liebsten geweint hätte. »Ich weiß, Speedy«, sagte er. »Darauf bin ich selbst schon gekommen.«

»Du bist ein guter Junge«, sagte der alte Mann. Er lehnte den Kopf zurück und musterte Jack. »Du bist es wirklich. Die Straße hat ihr Zeichen an dir hinterlassen. Du bist es. Du wirst es schaffen.«

»Wie geht's meiner Mom, Speedy?« fragte Jack. »Bitte, sagen Sie es mir. Sie ist noch am Leben, ja?«

»Du kannst sie anrufen, sobald du es hinter dir hast«, erwiderte Speedy. »Aber erst mußt du ihn holen, Jack. Denn wenn du ihn nicht holst, ist sie tot. Und auch Laura, die Königin. Sie ist dann auch tot.« Speedy stemmte sich stöhnend ein Stückchen hoch, um seinen Rücken zu strecken. »Fast alle Leute am Hof haben sie aufgegeben – haben sie aufgegeben, als wäre sie schon tot.« Auf seinem Gesicht spiegelte sich Empörung. »Sie haben alle Angst vor Morgan. Weil sie wissen, daß Morgan ihnen die Haut vom Leibe reißt, wenn sie ihm nicht gleich Gehorsam schwören. Bevor Laura ihren letzten Atemzug getan hat. Und weiter hinten in der Region sind zweibeinige Schlangen wie Osmond und seine Kreaturen herumgekrochen und haben erzählt, sie wäre schon tot. Und wenn sie stirbt, Travelling Jack, wenn sie stirbt...« Er neigte sein zerstörtes Gesicht dem Jungen entgegen. »Dann regiert in beiden Welten der schwarze Terror. Der schwarze Terror. Du kannst deine Mom anrufen. Aber erst mußt du ihn holen. Du mußt. Er ist alles, was uns noch geblieben ist.«

Jack brauchte nicht zu fragen, was er meinte.

»Ich bin froh, daß du verstehst, Junge.« Speedy schloß die Augen und lehnte den Kopf an den Stein.

Einen Augenblick später öffneten sich seine Augen langsam wieder. »Schicksale. Darum geht es. Mehr Schicksale, mehr Leben, als du ahnst. Hast du je den Namen Rushton gehört? Vermutlich, es war ja viel Zeit dazu.«

Jack nickte.

»Und all diese Schicksale haben bewirkt, daß deine Mom dich ins Hotel Alhambra brachte, Travelling Jack. Ich habe nur dagesessen und darauf gewartet, daß du auftauchst. Der Talisman hat dich hergezogen, Junge. Jason. Den Namen hast du vermutlich auch gehört.«

»Das bin *ich*«, sagte Jack.

»Dann hol den Talisman. Ich hab dieses Ding hier mitgebracht – es ist eine kleine Hilfe.« Kraftlos hob er die Decke an, die, wie Jack jetzt sah, aus Gummi war und deshalb keine Decke sein konnte.

Jack nahm das Gummibündel aus Speedys wie verkohlt aussehender Hand. »Aber wie komme ich in das Hotel hinein?« fragte er. »Ich kann nicht über den Zaun klettern, und mit Richard kann ich nicht schwimmen.«

»Blas es auf.« Speedys Augen hatten sich wieder geschlossen. Jack faltete das Ding auseinander. Es war ein aufblasbares Floß, und es hatte die Form eines beinlosen Pferdes.

»Erkennst du sie?« Speedys Stimme, so brüchig sie war, hatte einen sehnsüchtigen Klang. »Du und ich, wir haben sie getragen, vor langer Zeit. Ich hab dir gesagt, wie sie heißt.«

Plötzlich erinnerte sich Jack, wie er Speedy gesucht hatte an jenem Tag, der erfüllt schien von schwarzweiß gestreiftem Licht, und wie er ihn in einem runden Schuppen gefunden hatte, wo er ein Karussellpferd reparierte. *Du trittst der Lady zwar zu nahe, aber ich denke, sie hat nichts dagegen, wenn du mir hilfst, sie wieder dahin zu bringen, wo sie hingehört.* Jetzt hatte auch das eine weiterreichende Bedeutung. Ein weiteres Teil der Welt fügte sich ein. »Silver Lady«, sagte er.

Speedy blinzelte ihn an, und wieder überkam Jack das gespenstische Gefühl, daß alles in seinem Leben zusammengewirkt hatte, um ihn an diesen Punkt zu bringen. »Ist dein Freund hier okay?« Es war – fast – eine Ablenkung.

»Ich denke schon.« Jack warf einen besorgten Blick auf Richard, der sich auf die Seite gedreht hatte und mit geschlossenen Augen flach atmete.

»Dann blas die alte Silver Lady auf. Du mußt den Jungen unbedingt mitnehmen. Er gehört dazu.«

Der Zustand von Speedys Haut schien sich zu verschlechtern, während sie da am Strand saßen – sie hatte eine aschgraue Färbung angenommen. Bevor Jack das Ventil in den Mund steckte, fragte er: »Kann ich irgend etwas für dich tun, Speedy?«

»Klar, geh in den Drugstore von Point Venuti und hol mir eine Flasche Lydia Pinkhams Wundersalbe.« Speedy schüttelte den Kopf. »Du weißt, wie du Speedy Parker helfen kannst, Junge. Hol den Talisman. Das ist alles, was ich an Hilfe brauche.«

Jack blies in das Ventil.

3

Nur wenig später steckte er den Stöpsel am hinteren Ende eines Floßes ein, das aussah wie ein gut meterlanges Pferd mit ungewöhnlich breitem Rücken.

»Ich weiß nicht, ob ich Richard auf dieses Ding hinaufbekomme«, sagte er, nicht vorwurfsvoll, sondern nur laut denkend.

»Er wird imstande sein, Anweisungen zu befolgen, Travelling Jack.«

Setz dich einfach hinter ihn, gib ihm Hilfestellung. Mehr braucht er nicht.«

Und in der Tat hatte sich Richard in den Windschatten der Felssäulen geschoben und atmete jetzt glatt und regelmäßig durch den offenen Mund. Ob er schlief oder wach war, war nicht zu erkennen.

»Okay«, sagte er. »Ist hinter dem Haus eine Pier oder so etwas?«

»Etwas Besseres als eine Pier. Wenn du über den Wellenbrecher hinaus bist, siehst du große Pfähle – ein Teil des Hotels ist über dem Wasser gebaut. An den Pfählen siehst du eine Leiter. Befördere Richard die Leiter hinauf, dann seid ihr auf einer großen Plattform. Dort sind hohe Fenster – von der Art, die gleichzeitig Türen sind, verstehst du? Du machst eine der Fenstertüren auf und bist im Speisesaal.« Er brachte ein Lächeln zustande. »Und wenn du erst einmal im Speisesaal bist, wirst du es vermutlich auch schaffen, den Talisman aufzuspüren. Hab keine Angst vor ihm, Junge. Er hat auf dich gewartet – er kommt in deine Hände wie ein braver Hund.«

»Was hindert die Kerle da drüben, mir zu folgen?«

»Pah, *die* können nicht ins schwarze Hotel.« Entrüstung über die Dummheit von Jacks Frage sprach aus jeder Falte in Speedys Gesicht.

»Das weiß ich. Ich meine im Wasser. Könnten sie nicht in ein Boot steigen und mich verfolgen?«

Jetzt brachte Speedy ein schmerzverzerrtes, aber echtes Lächeln zustande. »Ich glaube, das wirst du selber herausfinden, Travelling Jack. Old Bloat und seine Leute wagen sich nicht ins Wasser. Mach dir deshalb keine Gedanken – denk nur daran, was ich dir gesagt habe, und zieh los.«

»Bin schon unterwegs«, sagte Jack und schob sich so weit vor, daß er einen Blick auf die Küstenstraße und das Hotel werfen konnte. Es war ihm gelungen, den Weg über die Straße und zu Speedys Versteck ungesehen zurückzulegen; also würde er es wohl auch schaffen, Richard die paar Schritte zum Wasser hinunterzuzerren und ihn auf das Floß zu befördern. Mit einigem Glück müßte es auch gelingen, ungesehen die Pfähle zu erreichen – Gardener und die Männer mit den Feldstechern konzentrierten sich auf den Ort und den Abhang.

Jack spähte um die Kante einer der Felssäulen herum. Die Limousinen standen noch immer vor dem Hotel. Jack streckte den Kopf etwas weiter vor, um die Straße überblicken zu können. Einer der dunkelgekleideten Männer trat gerade aus der Tür des baufälligen Kingsland Motels – und Jack fiel auf, daß er versuchte, den Blick vom schwarzen Hotel abzuwenden.

Dann schrillte eine Pfeife, hoch und beharrlich wie der Schrei einer Frau.

»Beweg dich!« flüsterte Speedy heiser.

Jack riß den Kopf hoch und sah am oberen Ende des grasbewachsenen

Abhangs hinter den zerfallenen Häusern einen der dunkelgekleideten Männer, der in die Pfeife blies und genau in seine Richtung deutete. Dunkles Haar umwehte seine Schultern, und mit diesem Haar, dem schwarzen Anzug und der Sonnenbrille sah er aus wie ein Todesengel. »WIR HABEN IHN! WIR HABEN IHN!« brüllte Gardener. »ERSCHIESST IHN! TAUSEND DOLLAR DEM BRUDER, DER MIR SEINE EIER BRINGT!«

Jack ging blitzschnell hinter dem Felsen in Deckung. Eine halbe Sekunde später prallte eine Kugel von der mittleren Säule ab, und unmittelbar darauf hörte er den Knall. *Jetzt weiß ich es*, dachte Jack, als er Richards Arm ergriff und ihn zum Floß zog. *Erst wird man umgelegt, dann hört man den Schuß.*

»Du mußt jetzt los«, flüsterte ihm Speedy in atemloser Hast zu. »In dreißig Sekunden geht die Schießerei richtig los. Bleib so lange wie möglich hinter dem Wellenbrecher, dann fahr rüber. Hol ihn, Jack.«

Jack warf Speedy einen verängstigten, gehetzten Blick zu, als eine zweite Kugel vor ihrer kleinen Bastion in den Sand schlug. Dann schob er Richard vor das Floß und stellte mit einiger Genugtuung fest, daß er geistesgegenwärtig genug war, die Gummistränge der Mähne zu ergreifen und sich daran festzuhalten. Speedy hob die rechte Hand zu einer Geste, die Winken und Segen zugleich war. Auf den Knien gab Jack dem Floß einen Schub, der es fast ans Wasser heranbrachte. Wieder hörte er das Schrillen der Pfeife. Dann sah er zu, daß er auf die Füße kam, und er rannte noch, als das Floß ins Wasser glitt; als er sich hinaufzog, war er naß bis zum Gürtel.

Jack paddelte stetig am Wellenbrecher entlang. Als er sein Ende erreicht hatte, bog er in das ungeschützte Wasser ein und paddelte weiter.

4

Von da an konzentrierte sich Jack aufs Paddeln und verdrängte entschlossen jeden Gedanken daran, was er tun würde, wenn Morgans Männer Speedy umbrachten. Er mußte unter die Pfähle gelangen, das war alles, was zählte. Eine Kugel schlug ins Wasser und ließ ungefähr anderthalb Meter links von ihm eine Fontäne aufspritzen. Eine weitere hörte er vom Wellenbrecher abprallen. Jack paddelte nach Leibeskräften.

Einige Zeit verstrich, er wußte nicht wieviel. Endlich rollte er sich seitlich vom Floß herunter und schwamm an sein hinteres Ende, um es mit Scherenschlägen seiner Beine noch schneller voranzuschieben. Eine kaum wahrnehmbare Strömung trieb ihn seinem Ziel entgegen. Endlich näherte er sich den Pfählen, hohen, verkrusteten Holzsäulen, so dick wie Telefonmasten. Jack hob das Kinn aus dem Wasser und sah, wie das

Hotel unendlich groß über der breiten, schwarzen Plattform empor-
ragte, sich über ihm türmte. Er warf einen Blick nach hinten und rechts,
aber Speedy hatte sich nicht bewegt. Oder doch? Speedys Arme sahen
anders aus. Vielleicht . . .

Auf dem grasbewachsenen Abhang hinter der Reihe zerfallener Häuser bewegte sich etwas. Jack schaute genauer hin und sah vier der
dunkelgekleideten Männer auf den Strand zurennen. Eine Welle schlug
gegen das Floß, und er hätte es beinahe losgelassen. Richard stöhnte.
Zwei der Männer zeigten aufgeregt in seine Richtung. Ihre Münder
bewegten sich.

Eine weitere hohe Welle ließ das Floß schaukeln und drohte es wieder
an den Strand zurückzutreiben.

Eine Welle, dachte Jack, was für eine Welle?

Er blickte über das vordere Ende des Floßes hinweg, als es wieder in ein
Wellental tauchte. Der breite graue Rücken von etwas, das für einen
gewöhnlichen Fisch entschieden zu groß war, versank unter der Oberfläche. Ein Hai? Jack dachte voller Unbehagen an seine Beine, die hinter
ihm im Wasser hingen. Er tauchte den Kopf ins Wasser, gewärtig, einen
langen, zigarrenförmigen Bauch mit Zähnen auf sich zuschwimmen zu
sehen.

Das sah er nicht, aber was er sah, verblüffte ihn.

Im Wasser, das hier sehr tief zu sein schien, wimmelte es wie in einem
Aquarium, aber in einem, das keine Fische von normaler Größe oder
normalem Aussehen enthielt. In diesem Aquarium schwammen nur
Monster. Unter Jacks Beinen bewegte sich eine Vielzahl riesiger, zum
Teil abstoßend häßlicher Tiere. Sie mußten bereits unter ihm und dem
Floß gewesen sein, seit das Wasser für sie tief genug geworden war, denn
überall wimmelte es von ihnen. Das Ding, das die abtrünnigen Wölfe
erschreckt hatte, glitt in die Tiefe wie ein Güterzug und kam dann wieder
hoch. Die Haut über seinen Augen zuckte. Lange Barthaare trieben
beiderseits seines höhlenartigen Mauls im Wasser – es hat ein Maul wie
eine Fahrstuhltür, dachte Jack. Das Geschöpf glitt an ihm vorbei, schob
Jack mit dem Gewicht des von ihm verdrängten Wassers näher an das
Hotel heran und hob sein triefendes Maul über die Oberfläche. Sein
haariges Profil ähnelte dem eines Neandertalers.

Old Bloat und seine Leute wagen sich nicht ins Wasser, hatte Speedy
gesagt.

Die Macht, die den Talisman im schwarzen Hotel eingeschlossen
hatte, hatte auch diese Geschöpfe vor Point Venuti ins Wasser gesetzt,
um die falschen Leute von ihm fernzuhalten; und Speedy hatte es
gewußt. Die großen Leiber der Geschöpfe schoben das Floß behutsam
immer näher an die Pfähle heran, aber die Wellen, die sie aufwarfen,
bewirkten, daß Jack das, was sich am Strand tat, nur in Bruchstücken
mitbekam.

Er stieg auf einen Wellenkamm und sah Sunlight Gardener mit flatterndem Haar neben dem schwarzen Zaun stehen und mit einem langen, schweren Jagdgewehr auf seinen Kopf zielen. Das Floß sank ins Tal; die Kugel zischte mit einem Geräusch wie ein vorbeischwirrender Kolibri hoch über ihn hinweg. Als Gardener das nächste Mal schoß, stieg ein fischähnliches Geschöpf, drei Meter lang und mit einer riesigen, segelähnlichen Rückenflosse aus dem Wasser und fing die Kugel auf. Dann glitt es in einer ununterbrochenen Bewegung wieder ins Wasser zurück. Jack sah ein großes, ausgefetztes Loch in seiner Seite. Als er sich wieder auf einem Wellenkamm befand, sah er Sunlight Gardener auf einen der Cadillacs zustürmen. Die Bewegungen der Riesenfische brachten ihn immer näher an die Pfähle heran.

5

Eine Leiter, hatte Speedy gesagt, und sobald sich Jack unter der breiten Plattform befand, suchte er die Düsternis nach ihr ab. Die dicken Pfähle, mit Algen und Muscheln überwachsen und mit tropfendem Tang behangen, bildeten vier Reihen. Wenn die Leiter angebracht worden war, als die Plattform gebaut wurde, dann war sie jetzt vermutlich nutzlos – jedenfalls würde eine mit Muscheln und Tang überwachsene Holzleiter kaum zu finden sein. Die gewaltigen Pfähle waren jetzt viel dicker, als sie ursprünglich gewesen waren. Jack streckte die Unterarme über das Hinterteil des Floßes und schwang sich mit Hilfe des kräftigen Gummischweifs wieder hinauf. Dann knöpfte er zitternd das klatschnasse Hemd auf – es war noch immer das weiße, mindestens eine Nummer zu kleine Hemd, das Richard ihm gegeben hatte – und ließ es auf das Floß fallen. Richard saß am Bug des Floßes, mit geschlossenen Augen in sich zusammengesunken.

»Wir suchen eine Leiter«, sagte Jack.

Mit einer kaum wahrnehmbaren Kopfbewegung deutete Richard an, daß er verstanden hatte.

»Meinst du, daß du eine Leiter hinaufsteigen kannst, Richie?«

»Vielleicht«, flüsterte Richard.

»Sie muß hier irgendwo sein. Wahrscheinlich an einem dieser Pfähle befestigt.«

Jack paddelte mit beiden Händen und brachte das Floß zwischen zwei Pfähle der ersten Reihe. Der Ruf des Talismans war jetzt so stetig und kraftvoll, daß ihm war, als könnte er ihn aus dem Floß und auf die Plattform heben. Dann trieben sie zwischen der ersten und der zweiten Pfahlreihe, bereits unterhalb der schwarzen Plattform; genau wie draußen flackerten auch hier kleine rote Lichter in der Luft und verlöschten wieder. Jack zählte: vier Reihen Pfähle, fünf in jeder Reihe. Zwanzig Stellen, an denen die Leiter sein konnte. Die Dunkelheit unter der Plattform und die von den Pfählen gebildeten Gassen erinnerten ihn an eine Tour durch die Katakomben.

»Sie haben uns nicht erschossen«, sagte Richard gelassen. Im gleichen Ton hätte er sagen können: »Brot ist leider ausverkauft.«

»Wir hatten Hilfe.« Er warf einen Blick auf den zusammengesunkenen Richard. Richard würde es nie schaffen, eine Leiter hochzuklettern, wenn er nicht irgendwie angestachelt wurde.

»Wir nähern uns einem Pfahl«, sagte Jack. »Beug dich vor und stoß uns ab, ja?«

»Wie?«

»Sorg dafür, daß wir nicht an den Pfahl stoßen«, wiederholte Jack. »Komm schon, Richard. Ich brauche deine Hilfe.«

Es schien zu funktionieren. Richard öffnete mühsam das linke Auge und legte die rechte Hand auf den Rand des Floßes. Als sie näher an den dicken Pfahl herantrieben, streckte er die Hand aus, um sie fernzuhalten. Dann gab etwas an dem Pfahl ein schmatzendes Geräusch von sich – es klang, als öffneten sich nasse Lippen.

Richard stöhnte auf und zog die Hand zurück.

»Was war das?« fragte Jack, und Richard brauchte nicht zu antworten – jetzt sahen sie beide die schneckenähnlichen Geschöpfe, die an den Pfählen klebten. Ihre Augen und ihre Mäuler waren geschlossen gewesen. Jetzt waren sie aufgestört, krochen herum und zeigten die Zähne. Jack streckte die Hände ins Wasser und schwang den Bug des Floßes um den Pfahl herum.

»O Gott«, sagte Richard. In den winzigen, lippenlosen Mäulern saßen zahllose Zähne. »Gott, ich schaffe das nicht.«

»Du mußt es schaffen, Richie«, sagte Jack. »Hast du nicht gehört, was Speedy unten am Strand gesagt hat? Vielleicht ist er jetzt schon tot, Richard, und wenn er tot ist, dann ist er gestorben, weil er mich wissen lassen wollte, daß ich dich unbedingt in das Hotel mitnehmen muß.«

Richard hatte die Augen wieder geschlossen.

»Und mir ist es gleich, wie viele Schnecken wir töten müssen, um die Leiter hinaufsteigen zu können. Und du wirst hinaufsteigen, Richard. Daran führt kein Weg vorbei.«

»Du kannst mich mal«, sagte Richard. »Und hör auf, mich so anzuquasseln. Ich habe deine Großmäuligkeit satt. Ich weiß, daß ich die Leiter hinaufsteigen werde, wo immer sie sein mag. Ich weiß nur nicht, ob ich es schaffe. Also geh zum Teufel.« Richard hatte diese ganze Rede mit geschlossenen Augen hervorgestoßen. Jetzt öffnete er mühsam beide Augen. »Spinner.«

»Ich brauche dich«, sagte Jack.

»Spinner. Ich steige die Leiter hinauf, du Arschloch.«

»Dann sollte ich sie lieber finden«, sagte Jack, paddelte das Floß zur nächsten Pfahlreihe und sah sie.

6

Die Leiter hing zwischen den beiden inneren Pfahlreihen herab; sie endete einen guten Meter über der Wasseroberfläche. Ein undeutliches Rechteck an ihrem oberen Ende ließ eine Falltür vermuten, die Zugang zur Plattform bot. In der Dunkelheit war es nur der Geist einer Leiter, kaum zu erkennen.

»Jetzt wird's ernst, Richie«, sagte Jack. Er steuerte das Floß behutsam am nächsten Pfahl vorbei, damit es nicht dagegenschrammte. Die Hunderte von schneckenartigen Geschöpfen, die an dem Pfahl klebten, bleckten die Zähne. Sekunden später glitt der Kopf des Pferdes unter die Leiter; Jack konnte hochlangen und die unterste Sprosse ergreifen. »Okay«, sagte er. Er band zuerst einen Ärmel seines nassen Hemdes an die Sprosse, dann den anderen um den steifen Gummischweif des Pferdes. Damit war zumindest sichergestellt, daß das Floß noch da war – wenn sie je wieder aus dem Hotel herauskamen. Jacks Mund wurde plötzlich trocken. Der Talisman sang, rief nach ihm. Er stand vorsichtig im Floß auf und ergriff die Leiter. »Du zuerst«, sagte er. »Es wird nicht einfach sein, aber ich helfe dir.«

»Brauche keine Hilfe«, sagte Richard. Als er aufstand, wäre er beinahe vornübergekippt und hätte das Floß kentern lassen.

»Immer sachte.«

»Selber sachte.« Richard streckte beide Arme aus, um das Gleichgewicht wiederzufinden. Sein Mund war verkniffen. Er sah aus, als hätte er Angst zu atmen. Dann tat er einen Schritt vorwärts.

»Gut.«

»Arschloch.« Richard setzte den linken Fuß vor, hob den rechten Arm, setzte den rechten Fuß vor. Jetzt konnte er, angestrengt blinzelnd, mit den Händen die Unterkante der Leiter finden. »Siehst du?«

»Okay«, sagte Jack und hob beide Hände mit offenen Handflächen und ausgestreckten Fingern vor die Brust, um anzudeuten, daß er nicht vorhatte, Richard mit dem Angebot tatkräftiger Unterstützung zu beleidigen.

Richards Hände umklammerten die Leiter, und seine Füße glitten vorwärts und zogen das Floß mit sich. Eine Sekunde später hing er halb über dem Wasser – nur Jacks Hemd verhinderte, daß das Floß unter Richards Füßen wegglitt.

»Hilfe!«

»Zieh die Füße zurück.«

Richard tat es und stand wieder aufrecht, schwer atmend.

»Laß dir Hilfestellung geben, okay?«

»Okay.«

Jack kroch auf dem Floß entlang, bis er sich direkt vor Richard befand. Er stand vorsichtig auf. Richard umklammerte zitternd mit beiden Händen die unterste Sprosse. Jack legte seine Hände auf Richards magere Hüften. »Ich hebe dich hoch. Versuch nicht mit den Füßen zu strampeln – zieh dich nur so weit hoch, daß du das Knie auf die Sprosse bekommst. Zuerst gehst du mit den Händen eine Sprosse höher.« Richard öffnete ein Auge und tat es.

»Bist du soweit?«

»Ja.«

Das Floß glitt vorwärts, aber Jack stemmte Richard so weit hoch, daß er sein rechtes Knie auf die unterste Sprosse legen konnte. Dann packte Jack die Holme der Leiter und stabilisierte mit Armen und Beinen das Floß. Richard grunzte und versuchte, das andere Knie auf die Sprosse zu bekommen; eine Sekunde später hatte er es geschafft. Weitere zwei Sekunden später stand Richard Sloat aufrecht auf der Leiter.

»Weiter komme ich nicht«, sagte er. »Ich glaube, ich falle herunter. Mir ist so schlecht, Jack.«

»Bitte versuch, noch eine höher zu kommen. Bitte. Dann kann ich dir helfen.«

Mühsam verlagerte Richard seine Hände eine Sprosse höher. Jack warf einen Blick nach oben und stellte fest, daß die Leiter an die zehn Meter lang war. »Und jetzt die Füße. Bitte, Richard.«

Langsam setzte Richard erst den einen und dann den anderen Fuß auf die zweite Sprosse.

Jack legte die Hände außerhalb von Richards Füßen um die Sprosse und zog sich hoch. Das Floß schwang in einem weiten Halbkreis herum, aber er zog die Knie an und fand mit beiden Beinen auf der untersten Sprosse sicheren Halt. Von Jacks Hemd gehalten, schwang das Floß zurück wie ein Hund an der Leine.

Als sie ein Drittel der Leiter hinter sich hatten, mußte Jack einen Arm um Richards Taille legen, um zu verhindern, daß er in das schwarze Wasser hinabstürzte.

Endlich zeichnete sich das Rechteck der Falltür direkt über Jacks Kopf in dem schwarzen Holz ab. Er sicherte Richard, indem er mit der linken Hand um Richard herum die Leiter ergriff, während er mit der rechten die Falltür zu öffnen versuchte. Wenn sie nun zugenagelt war? Aber sie schwang auf und schlug flach auf die Oberseite der Plattform. Jack schob den linken Arm unter Richards Achselhöhlen und zog ihn durch die Öffnung aus der Dunkelheit heraus.

Zwischenspiel

Sloat in dieser Welt (V)

Das Kingsland Motel hatte fast sechs Jahre leergestanden; es hatte jetzt den dumpfen Geruch nach vergilbten Zeitungen, den alle Gebäude haben, die lange nicht benutzt wurden. Anfangs hatte der Geruch Sloat gestört. Seine Großmutter war zu Hause gestorben, als er noch ein Kind war – sie hatte vier Jahre dazu gebraucht, aber schließlich hatte sie es doch geschafft –, und der Geruch ihres Sterbens war so ähnlich gewesen wie dieser. In einem Augenblick, in dem er seinen größten Triumph zu feiern hoffte, wollte er weder einen solchen Geruch noch solche Erinnerungen.

Doch jetzt spielte das keine Rolle mehr. Nicht einmal die Verluste, die ihm Jack bei seiner verfrühten Ankunft in Camp Readiness beigebracht hatte, spielten jetzt eine Rolle. Seine anfängliche Wut war einer nervös-hektischen Erregung gewichen. Mit gesenktem Kopf, zuckenden Lippen und glänzenden Augen durchwanderte er das Zimmer, in dem er und Richard damals gewohnt hatten. Er verschränkte die Hände hinter dem Rücken, fuhr sich mit ihnen über den kahlen Schädel. Meist jedoch lief er herum wie einst im College, die Hände so zu Fäusten geballt, daß sich die Nägel tief in seine Handflächen bohrten. Sein Magen fühlte sich abwechselnd sauer und schwindelerregend leicht an.

Die Dinge näherten sich ihrem Höhepunkt.

Nein; nein. Richtig gedacht, falsch ausgedrückt.

Die Dinge kamen *zusammen*.

Richard ist mittlerweile tot. Mein Sohn ist tot. Muß tot sein. Er hat das Verheerte Land überlebt – mit Mühe und Not –, aber das Agincourt überlebt er nicht. Er ist tot. Mach dir in dieser Hinsicht keine falschen Hoffnungen. Jack Sawyer hat ihn auf dem Gewissen, und dafür quetsche ich ihm bei lebendigem Leibe die Augen aus.

»Aber *ich* habe ihn auch auf dem Gewissen«, flüsterte Morgan und unterbrach seine Wanderung einen Augenblick.

Plötzlich dachte er an seinen Vater.

Gordon Sloat war ein strenger lutherischer Pastor in Ohio gewesen. Morgan hatte seine gesamte Kindheit damit verbracht, vor diesem harten, beängstigenden Mann die Flucht zu ergreifen. Endlich war er nach

610

Yale entkommen. In seinem letzten Jahr an der High School war sein ganzes Sinnen und Trachten auf Yale gerichtet gewesen, vor allem aus einem Grund, den er sich nicht bewußt eingestand, der aber so tief gründete wie gewachsener Fels: es war ein Ort, an dem sein grober, bäurischer Vater nie auftauchen würde. Wenn sein Vater je versuchen sollte, einen Fuß auf den Campus von Yale zu setzen, würde *etwas* passieren. Wie dieses *Etwas* aussah, wußte der Schüler Sloat nicht so recht – aber er hatte das Gefühl, daß es ihm ungefähr so gehen würde wie der bösen Hexe, die sich einfach auflöste, als Dorothy einen Eimer Wasser über ihr ausleerte. Und offenbar hatte er mit seinen Vermutungen recht gehabt: sein Vater setzte nie einen Fuß auf den Campus von Yale. Vom ersten Tag an, den Morgan dort verbrachte, schwand die Macht, die Gordon Sloat über seinen Sohn ausgeübt hatte – und schon das lohnte all die Mühen und Anstrengungen.

Aber jetzt, wo er mit geballten Fäusten dastand und seine Nägel sich in seine weichen Handflächen bohrten, sprach sein Vater zu ihm: *Was hülfe es dem Menschen, wenn er die ganze Welt gewönne und verlöre doch seinen eigenen Sohn?*

Für einen Augenblick füllte der feuchte, vergilbte Geruch – der Geruch nach leerem Hotel, der Großmuttergeruch, der Todesgeruch – seine Nase, schien ihn ersticken zu wollen, und Morgan Sloat/Morgan von Orris hatte Angst.

Was hülfe es dem Menschen ...

Im Buch vom guten Wirtschaften *heißt es, ein Mann soll die Frucht seines Samens nicht zu einer Opferstätte bringen, denn wenn er es tut ...*

Was hülfe es ...

... dann soll dieser Mann verdammt sein, verdammt, verdammt.

... dem Menschen, wenn er die ganze Welt gewönne und verlöre doch seinen eigenen Sohn?

Stinkender Verputz. Der trockene Geruch uralten Mäusedrecks, der sich in den dunklen Räumen hinter den Wänden in Pulver verwandelte. Irre. Irre, die sich auf den Straßen herumtrieben.

Was hülfe es dem Menschen?

Tot. Ein Sohn tot in jener Welt, ein Sohn tot in dieser.

Was hülfe es dem Menschen?

Dein Sohn ist tot, Morgan. Muß tot sein. Tot im Wasser – tot unter den Pfählen und dort treibend oder tot – ganz zweifellos! – oberhalb von ihnen. Konnte es nicht schaffen. Konnte nicht ...

Was hülfe es ...

Und plötzlich hatte er die Antwort.

»*Es hülfe ihm, die Welt zu gewinnen!*« schrie Morgan in den vermoderten Raum. Er begann wieder herumzuwandern. »*Es hülfe dem Menschen, die Welt zu gewinnen, und bei Jason, die Welt ist genug!*«

Lachend wanderte er immer schneller herum, und wenig später tropfte Blut aus seinen geballten Fäusten.

Ungefähr zehn Minuten später fuhr draußen ein Wagen vor. Morgan trat ans Fenster und sah Sunlight Gardener aus dem Cadillac springen. Sekunden darauf hämmerte er mit beiden Fäusten gegen die Tür wie ein Dreijähriger, der in einem Wutanfall auf den Fußboden trommelt. Morgan sah, daß der Mann restlos den Verstand verloren hatte, und fragte sich, ob das gut oder schlecht war.

»Morgan!« bellte Gardener. »Lassen Sie mich herein! Neuigkeiten! Ich habe Neuigkeiten!«

Deine Neuigkeiten habe ich längst durch meinen Feldstecher gesehen. Hämmere ruhig noch eine Weile gegen die Tür, Gardener, bis ich zu einem Entschluß gekommen bin. Ist es gut, daß du so verrückt bist, oder schlecht?

Gut, entschied Morgan. In Indiana hatte Sunlight es im entscheidenden Moment mit der Angst zu tun bekommen und war geflüchtet, ohne das Problem Jack ein für allemal zu klären. Aber jetzt hatte sein unbeherrschter Kummer ihn wieder vertrauenswürdig gemacht. Wenn Morgan einen Kamikazepiloten brauchte, würde Sunlight Gardener als erster ins Flugzeug springen.

»Lassen Sie mich rein, Morgan! Neuigkeiten! Neuigkeiten! Neu ...«

Morgan öffnete die Tür. Obwohl er zutiefst erregt war, wirkte das Gesicht, das er Gardener zeigte, fast unheimlich gelassen.

»Immer mit der Ruhe«, sagte er. »Ganz ruhig, Gard. Sonst platzt Ihnen noch eine Ader.«

»Sie sind ins Hotel gegangen – am Strand – haben auf sie geschossen, als sie am Strand waren – blöde Arschlöcher, haben nicht getroffen – im Wasser, dachte ich – wir kriegen sie im Wasser – und dann kamen die Meerestiere – ich hatte ihn im Visier – ich hatte den schlechten Jungen GENAU IM VISIER – und dann – die Tiere – sie – sie ...«

»Beruhigen Sie sich«, sagte Morgan besänftigend. Er schloß die Tür und zog eine Flasche aus der Innentasche. Er reichte sie Gardener, der sie aufschraubte und zwei große Schlucke nahm. Morgan wartete. Sein Gesicht war huldvoll und gelassen, doch auf seiner Stirn pulsierte eine Ader, und seine Hände öffneten und schlossen sich, öffneten und schlossen sich.

Ja, sie waren ins Hotel gegangen. Morgan hatte gesehen, wie das lächerliche Floß mit dem bemalten Pferdekopf und dem Gummischweif auf dem Wasser tanzte. Er hatte seinen Sohn gesehen, der zusammengesunken im Bug hockte. Doch nicht einmal der große Zeiss-Ikon-Feldstecher hatte ihn erkennen lassen, was er wissen wollte – wissen *mußte*.

»Mein Sohn«, sagte er zu Gardener. »Was sagen Ihre Leute – war er tot oder lebendig, als Jack ihn auf das Floß brachte?«

Gardener schüttelte den Kopf – aber seine Augen verrieten, was er glaubte. »Das weiß niemand genau. Einige sagen, er hätte sich bewegt; andere sagen, er hätte es nicht getan.«

Es spielt keine Rolle. Wenn er da noch nicht tot war, dann ist er es jetzt. Ein Atemzug von der Luft in diesem Haus, und seine Lungen bersten.

Gardeners Wangen hatten Whiskeyfarbe angenommen, und seine Augen tränten. Er gab die Flasche nicht zurück, sondern behielt sie in der Hand. Sloat hatte nichts dagegen. Er brauchte jetzt weder Whiskey noch Kokain. Er war auch ohne das schon in der entsprechenden Verfassung.

»Noch mal von vorn«, sagte Morgan, »aber diesmal klar und verständlich.«

Das einzige, was Gardener zu berichten wußte und was Morgan nicht schon seinem Gestammel entnommen hatte, war die Anwesenheit des alten Niggers unten am Strand, und das hätte er fast erraten können. Dennoch ließ er Gardener weiterreden. Gardeners Stimme beruhigte, seine Wut belebte ihn.

Während Gardener redete, ging Morgan noch ein letztes Mal seine Aussichten durch; seinen Sohn strich er mit einem kurzen Aufflackern von Trauer aus der Gleichung.

Was hülfe es dem Menschen? Es hülfe dem Menschen, die Welt zu gewinnen, und die Welt ist genug – oder, in diesem Fall, Welten. Ich kann sie alle beherrschen, wenn ich will – ich kann so etwas sein wie der Gott des Universums.

Der Talisman. Der Talisman ist . . .

Der Schlüssel?

Nein. O nein.

Nicht ein Schlüssel, sondern eine Tür; eine verschlossene Tür zwischen ihm und seinem Schicksal. Er wollte diese Tür nicht öffnen, er wollte sie vernichten, so vollständig vernichten, daß sie nie wieder zugeschlagen, geschweige denn verschlossen werden konnte.

Wenn der Talisman zerschmettert war, würden all diese Welten seine Welten sein.

»Gard!« sagte er und begann wieder hektisch umherzuwandern.

Gardener blickte Morgan fragend an.

»Was hülfe es dem Menschen?«

»Ich verstehe nicht . . .«

Morgan blieb mit fieberhaft glänzenden Augen vor Gardener stehen. Sein Gesicht veränderte sich. Wurde das von Morgan von Orris und dann wieder das von Morgan Sloat.

»Es hülfe ihm, die Welt zu gewinnen«, sagte Morgan und legte die Hände auf Osmonds Schultern. Als er sie eine Sekunde später zurückzog, war aus Osmond wieder Gardener geworden. »Es hülfe dem Menschen, die Welt zu gewinnen, und die Welt ist genug.«

»Morgan, ich glaube, Sie verstehen nicht«, sagte Gardener und sah Morgan an, als wäre er nicht recht bei Sinnen. »Ich glaube, sie sind hineingegangen. Ins Hotel, wo ER ist. Wir haben versucht, sie zu erschießen, aber diese Geschöpfe – die Meerestiere – kamen hoch und beschützten sie, genau wie es im *Buch vom guten Wirtschaften* geschrieben steht – und wenn sie drinnen sind . . .« Gardeners Stimme hob sich. Osmonds Augen rollten vor Haß und Bestürzung.

»Das habe ich verstanden«, sagte Morgan beruhigend. Sein Gesicht und seine Stimme waren wieder gelassen, aber seine Fäuste arbeiteten ununterbrochen, und Blut tröpfelte auf den angeschimmelten Teppich. »Ja, ich habe voll und ganz verstanden. Sie sind hineingegangen, und mein Sohn wird nicht wieder herauskommen. Sie haben Ihren Sohn verloren, Gard, und nun habe ich meinen verloren.«

»*Sawyer!*« bellte Gardener. »Jack *Sawyer! Jason!* Dieser . . .« Gardener überließ sich einer Fluchtirade, die mindestens fünf Minuten dauerte. Er verfluchte Jack in zwei Sprachen; seine Stimme tobte vor Schmerz und irrer Wut. Morgan stand da und ließ alles aus ihm heraussprudeln.

Als Gardener eine Pause machte und keuchend einen weiteren Schluck aus der Flasche nahm, sagte Morgan:

»So ist es! Ein widerwärtiger Bengel! Aber jetzt hören Sie zu, Gard – hören Sie zu?«

»Ja, Morgan.«

Gardeners/Osmonds Augen glänzten bitter und aufmerkam.

»Mein Sohn wird nicht wieder aus dem schwarzen Hotel herauskommen, und ich glaube auch nicht, daß Jack Sawyer wieder herauskommt. Wahrscheinlich ist er nicht *Jason* genug, um mit dem fertigzuwerden, was dort drinnen ist. Wahrscheinlich wird ER ihn töten oder um den Verstand bringen oder ihn hundert Welten weit fortjagen. Aber es *kann sein*, daß er wieder herauskommt. Gard. Ja, es *kann sein*.«

»Er ist der schlechteste, der allerschlechteste Bastard, der je gelebt hat«, flüsterte Gardener. Seine Hände umklammerten die Flasche – fester – immer fester –, bis seine Finger Dellen in die Stahlhülle drückten.

»Sie sagen, der alte Nigger ist unten am Strand?«

»Ja.«

»Parker«, sagte Morgan, und im gleichen Augenblick sagte Osmond: »Parkus.«

»Tot?« fragte Morgan ohne sonderliches Interesse.

»Ich weiß es nicht. Ich nehme es an. Soll ich meine Leute hinunterschicken, um ihn zu holen?«

»*Nein!*« sagte Morgan scharf. »Nein – aber wir werden dahin gehen, wo er ist, nicht wahr, Gard?«

»Werden wir das?«

Morgan grinste.

»Ja, das werden wir. Sie – ich – wir alle. Denn wenn Jack Sawyer aus dem Hotel herauskommt, wird er da zuerst hingehen. Er wird doch seinen alten Kumpel nicht am Strand liegen lassen, oder?«

Jetzt begann auch Gardener zu grinsen. »Nein«, sagte er. »Nein.«

Erst jetzt spürte Morgan den dumpfen, pochenden Schmerz in seinen Händen. Er öffnete sie und betrachtete gedankenverloren das Blut, das aus den tiefen, halbkreisförmigen Wunden in seinen Handflächen quoll.

Sein Grinsen verging nicht, sondern wurde sogar noch breiter.

Gardener starrte ihn ehrfürchtig an. Ein gewaltiges Gefühl seiner Macht erfüllte Morgan. Er griff an seinen Hals und schloß eine blutige Hand um den Schlüssel, der Blitze schleuderte.

»Es hülfe ihm, die *Welt* zu gewinnen«, flüsterte er. »Bekomme ich ein *Halleluja*?«

Seine Lippen zogen sich noch weiter zurück. Es war das Grinsen eines Wolfes, eines bösartigen Einzelgängers – eines Wolfes, der zwar alt ist, aber noch immer gerissen und hartnäckig und voller Kraft.

»Kommen Sie, Gard«, sagte er. »Gehen wir zum Strand.«

Einundvierzigstes Kapitel

Das schwarze Hotel

1

Richard Sloat war nicht tot; doch als Jack seinen Freund aufhob, war er bewußtlos.

Wer ist jetzt die Herde? hörte er Wolf fragen.

KOMM ZU MIR! KOMM GLEICH! sang der Talisman mit seiner machtvollen, tonlosen Stimme. *KOMM ZU MIR, BRING DIE HERDE MIT, UND ALLES WIRD GUT, ALLES WIRD GUT, UND...*

».. . und alles und jedes wird gut«, flüsterte Jack.

Er tat einen Schritt vorwärts und wäre fast in die Öffnung der Falltür getreten – wie ein Kind, das höchst realistisch Doppelhinrichtung durch Erhängen spielt. *Baumel mit einem Freund*, schoß es Jack durch den Kopf. Das Herz hämmerte ihm in den Ohren, und einen Augenblick war ihm, als müsse er sich in das grau gegen die Pfähle schwappende Wasser erbrechen. Dann fing er sich wieder und schloß die Falltür mit dem Fuß. Jetzt gab es nur noch das Geräusch der Wetterfahnen – kabbalistische Messingfiguren, die rastlos in der Luft wirbelten.

Jack wendete sich dem Agincourt zu.

Er sah, daß er auf einer breiten Plattform stand, einer Art erhöhter Terrasse. In den Zwanzigern und Dreißigern hatten hier zur Cocktailstunde Leute unter Sonnenschirmen gesessen, Gin Rickeys und Sidecars getrunken, vielleicht den neuesten Roman von Edgar Wallace oder Ellery Queen gelesen, vielleicht auch nur dahin geblickt, wo die Insel Los Cavernes gerade noch auszumachen war – ein blaugrauer Walrücken, der am Horizont vor sich hinträumte. Die Männer in Weiß, die Frauen in Pastell.

Vielleicht, früher einmal.

Jetzt waren die Bretter verzogen und gerissen und zersplittert. Jack wußte nicht, in welcher Farbe die Plattform früher gestrichen gewesen war; jetzt war sie schwarz wie das ganze Hotel – von der gleichen Farbe vermutlich wie die bösartigen Tumoren in den Lungen seiner Mutter.

Drei Meter vor ihm waren Speedys »Fenstertüren«, durch die in dieser fernen Vergangenheit die Gäste aus- und eingegangen sein mochten. Jetzt waren sie mit weißer Tünche überstrichen und sahen aus wie blinde Augen.

Auf einer von ihnen stand:
DEINE LETZTE CHANCE ZUR UMKEHR
Das Geräusch der Wellen. Das Geräusch des auf dem verwinkelten Dach herumwirbelnden Metallzeugs. Der Geruch nach Meersalz und verschütteten Drinks – Drinks, vor langer Zeit verschüttet von eleganten Damen und Herren, die jetzt tot und längst begraben waren. Der Geruch des Hotels selbst. Er blickte wieder auf das übertünchte Glas und entdeckte ohne echte Überraschung, daß sich die Botschaft bereits verändert hatte:
SIE IST SCHON TOT JACK ALSO WOZU DIE MÜHE?
(wer ist jetzt die Herde?)
»Du bist es, Richie«, sagte Jack, »aber du bist es nicht allein.«
Richard gab in Jacks Armen ein schnarchendes, protestierendes Geräusch von sich. »Auf geht's«, sagte Jack und setzte sich in Bewegung. »Noch eine Meile. Mehr oder minder.«

2

Die übertünchten Fenster schienen tatsächlich *breiter* zu werden, als Jack auf das Agincourt zuging; es schien fast, als musterte das schwarze Hotel ihn mit blinder, verächtlicher Überraschung.
Glaubst du wirklich, kleiner Junge, du könntest hier hereinkommen und hoffen, du kämest je wieder heraus? Glaubst du wirklich, daß genug von Jason in dir steckt?
Rote Flackerlichter wie die, die er in der Luft gesehen hatte, tanzten und huschten über das getünchte Glas. Einen Augenblick lang nahmen sie Form an, wurden zu winzigen Feuerteufelchen, die hinunterglitten zu den messingnen Türgriffen und sich dort vereinigten. Die Griffe begannen trübrot zu glühen wie Schmiedeeisen in der Esse.
Also los, kleiner Junge. Greif zu. Versuch es doch.
Einmal, als Sechsjähriger, hatte Jack den Finger auf die kalte Spirale eines elektrischen Heizofens gelegt und dann den Schalter auf STARK gestellt. Er war einfach neugierig gewesen, wie schnell die Spirale heiß werden würde. Eine Sekunde später hatte er den schon blasenbedeckten Finger mit einem Schmerzensschrei zurückgerissen. Phil Sawyer war angerannt gekommen, hatte einen Blick darauf geworfen und gefragt, seit wann er diesen komischen Drang verspürte, sich bei lebendigem Leibe zu verbrennen.
Jack stand da mit Richard in den Armen und betrachtete die trübrot glühenden Griffe.
Also los, kleiner Junge. Weißt du noch, wie du dich am Heizofen verbrannt hast? Du dachtest, du hättest massenhaft Zeit, die Finger

zurückzuziehen – »Zum Teufel«, hast du gedacht, »das Ding braucht mindestens eine Minute, bis es rot wird« –, aber es hat dich sofort verbrannt, stimmt's? Und was glaubst du, Jack, wie sich das hier anfühlen wird?

Weitere rote Funken glitten am Glas herunter und versammelten sich auf den Türgriffen. Die Griffe zeigten jetzt das weißgeränderte Rot von Metall, das nur noch wenige Grade von seinem Schmelzpunkt entfernt ist und zu tropfen beginnt. Wenn er einen dieser Griffe berührte, würde er in sein Fleisch eindringen, Gewebe verkohlen lassen und Blut zum Sieden bringen. Die Qual würde mit nichts zu vergleichen sein, das er je empfunden hatte.

Er wartete einen Augenblick mit Richard auf den Armen, hoffte, der Talisman würde ihn wieder rufen oder das an die Oberfläche kommen, was von Jason in ihm steckte. Aber was in seinem Kopf laut wurde, war die Stimme seiner Mutter.

Muß denn immer jemand oder etwas da sein, das dir einen Stoß gibt, Jacko? Nun mach schon, Junge – schließlich hast du dich aus freien Stücken auf die Sache eingelassen; du kannst weitermachen, wenn du es wirklich willst. Mußt du immer darauf warten, daß dir jemand hilft?

»Okay, Mom«, sagte Jack. Er lächelte ein wenig, aber seine Stimme zitterte vor Angst. »Ein Punkt für dich. Ich hoffe nur, daß jemand daran gedacht hat, die Brandsalbe einzupacken.«

Er legte die Hand auf einen der rotglühenden Griffe.

Aber sie glühten nicht; das Ganze war nur eine Täuschung. Der Griff war warm, nicht mehr. Als Jack ihn drehte, erstarb das rote Glühen in sämtlichen Griffen. Und als er die Glastür aufstieß, hörte er den Talisman wieder singen, und eine Gänsehaut überlief seinen ganzen Körper: GUT GEMACHT JASON! ZU MIR! KOMM ZU MIR!

Mit Richard auf den Armen trat er in den Speisesaal des schwarzen Hotels.

3

Als er die Schwelle überquerte, spürte er, wie eine leblose Kraft – etwas wie eine tote Hand – ihn aufzuhalten versuchte. Jack drängte dagegen an; ein oder zwei Sekunden später war das Gefühl verschwunden.

Der Raum war nicht regelrecht dunkel – aber die übertünchten Fenster tauchten ihn in ein monochromes Grau, das Jack nicht gefiel. Er kam sich eingenebelt vor, blind. Der Geruch des Verfalls kam aus den Wänden, deren Verputz sich langsam in einen widerwärtigen Brei verwandelte – der Geruch leeren Alters und saurer Dunkelheit. Aber da war noch mehr, und Jack wußte und fürchtete es.

Dieses Haus war nicht leer.

Um was es sich handeln mochte, wußte er nicht – aber er wußte, daß Sloat sich nie hereingewagt hatte, und vermutete, daß auch sonst niemand sich hereinwagen würde. Die Luft fühlte sich in seinen Lungen so schwer und unangenehm an, als enthielte sie ein langsam wirkendes Gift. Ihm war, als bedrängten ihn schiefe Ebenen, verwinkelte Flure, Geheimkammern und blinde Korridore wie die Mauern einer großen und vielfältigen Krypta. Hier gab es Wahnsinn, lauernden Tod und geifernde Unvernunft. Jack verfügte vielleicht nicht über die Worte, um diesen Dingen Ausdruck zu geben, aber er spürte sie dennoch – er wußte, was ihm bevorstand. Und ebenso wußte er, daß alle Talismane der Welt ihn nicht vor diesen Dingen beschützen konnten. Er hatte sich auf ein makabres Ritual eingelassen, dessen Ausgang keineswegs sicher war.

Er war ganz auf sich allein gestellt.

Etwas kitzelte ihn im Genick. Er hob die Hand, um es wegzuwischen, und tat einen schnellen Schritt zur Seite. Richard stöhnte schwer in seinen Armen.

Es war eine große schwarze Spinne, die an einem dicken Faden hing. Jack blickte hoch und sah ihr Netz in einem der stillstehenden Ventilatoren, ein schmutziges, verfilztes Gebilde zwischen den hölzernen Flügeln. Der Leib der Spinne war aufgetrieben. Jack konnte ihre Augen sehen. Er erinnerte sich nicht, jemals zuvor die *Augen* einer Spinne gesehen zu haben. Jack schlug einen Bogen um die hängende Spinne, um zu den Tischen zu gelangen. Die Spinne drehte sich am Ende ihres Fadens und verfolgte ihn mit den Augen.

»*Mieser Dieb!*« kreischte sie ihn plötzlich an.

Jack schrie auf und preßte Richard mit panischer Kraft an sich. Sein Schrei widerhallte in dem hohen Speisesaal. Aus den Schatten im Hintergrund kam ein hohles metallisches Klirren, und etwas lachte.

»*Mieser Dieb, mieser DIEB!*« kreischte die Spinne, und dann hangelte sie sich plötzlich zu ihrem Netz unter der verschnörkelten Blechdecke hinauf.

Mit hämmerndem Herzen durchquerte Jack den Speisesaal und legte Richard auf einen der Tische. Der Junge stöhnte wieder, ganz matt. Jack spürte die dicken Quaddeln unter seiner Kleidung.

»Ich muß dich eine Weile alleinlassen, Richie«, sagte Jack.

Aus dem Schatten hoch über ihm: »*Ich kümmre mich – kümmre mich – kümmre mich gut um ihn, du mieser Dieb – mieser Dieb ...*« Dann ein helles, summendes Kichern.

Unter dem Tisch, auf den Jack Richard gelegt hatte, lag ein Stapel Tischdecken. Die obersten zwei oder drei waren schmierig vor Schimmel, aber ungefähr in der Mitte des Stapels fand er eine in halbwegs gutem Zustand. Er breitete sie aus und deckte Richard bis zum Hals damit zu. Dann machte er sich auf den Weg.

Die Stimme der Spinne flüsterte dünn aus den Ventilatorflügeln herab, aus einer Dunkelheit, die nach verrotteten Fliegen und eingesponnenen Wespen stank. »...*ich kümmre mich um ihn, du mieser Dieb*...«

Jack blickte betroffen auf, aber er konnte die Spinne nicht sehen. Er konnte sich die kalten, kleinen Augen vorstellen, sehen konnte er sie nicht. Ein quälendes, übelkeiterregendes Bild drängte sich ihm auf: die Spinne, die sich an ihrem Faden auf Richards Gesicht herabließ, zwischen Richards schlaffe Lippen kroch und in Richards Mund und dabei ununterbrochen *mieser Dieb, mieser Dieb* kreischte.

Er dachte daran, die Tischdecke bis über Richards Mund hochzuziehen, und stellte dann fest, daß er es nicht fertigbrachte, Richard zu etwas zu machen, das fast wie ein Leichnam aussah – es kam ihm fast vor wie eine Herausforderung.

Er kehrte zu Richard zurück, stand unentschlossen da und wußte gleichzeitig, daß gerade diese Unentschlossenheit die hier lauernden Mächte freute – daß sie alles freute, was ihn vom Talisman fernhielt.

Er griff in die Tasche und holte die große dunkelgrüne Murmel heraus, die in der anderen Welt ein Zauberspiegel war. Jack hatte keinerlei Veranlassung zu glauben, daß sie eine spezielle Macht gegen den bösen Blick besaß, aber sie kam aus der Region – und die Region war, vom Verheerten Land einmal abgesehen, ihrem Wesen nach gut. Und Güte, überlegte Jack, mußte ihre eigene Macht über das Böse haben.

Er bog Richards Hand um die Murmel. Richards Hand schloß sich und fiel dann langsam wieder auseinander, sobald Jack seine eigene wegzog.

Von irgendwo über ihm kam das schmutzige Kichern der Spinne.

Jack beugte sich tief über Richard, versuchte den Krankheitsgeruch, der dem Geruch dieses Hauses so ähnlich war, zu ignorieren und sagte: »Halt sie in der Hand, Richie. Halt sie fest, Kumpel.«

»Nicht... Kumpel«, murmelte Richard, aber seine Hand schloß sich matt um die Murmel.

»Danke, Richie-boy«, sagte Jack. Er küßte sanft Richards Stirn und machte sich dann wieder auf den Weg durch den Speisesaal zu der geschlossenen Doppeltür am entgegengesetzten Ende. *Es ist wie im Alhambra*, dachte er. *Dort geht es vom Speisesaal in den Garten, hier geht es vom Speisesaal zu einer Plattform über dem Wasser. Hier wie dort eine Doppeltür, durch die man ins eigentliche Hotel gelangt.*

Als er den Speisesaal durchquerte, spürte er wieder den Druck der toten Hand – es war das Hotel, das ihn abstieß, ihn wieder hinauszuschieben versuchte.

Wenn schon, dachte Jack und ging weiter.

Der Druck schwand fast sofort.

Wir haben andere Mittel, flüsterte die Doppeltür, als er sich ihr näherte. Wieder hörte Jack das hohle Klirren von Metall.

Du hast Angst vor Sloat, flüsterte die Doppeltür; nur war sie es jetzt nicht mehr allein – die Stimme, die Jack jetzt hörte, war die Stimme des ganzen Hotels. *Du hast Angst vor Sloat und vor bösen Wölfen und vor Dingen, die aussehen wie Ziegenböcke und Basketballtrainer, die in Wirklichkeit keine Basketballtrainer sind; du hast Angst vor Maschinenpistolen und Plastiksprengstoff und magischen Schlüsseln. Uns hier drinnen kümmern solche Dinge nicht. Sie bedeuten uns nichts. Morgan Sloat ist nicht mehr als eine Ameise. Er hat nur noch zwanzig Jahre zu leben, und das ist für uns weniger als die Spanne zwischen zwei Atemzügen. Wir im schwarzen Hotel hüten nur den Talisman – das Bindeglied zwischen allen denkbaren Welten. Du bist hier eingedrungen, um zu stehlen, was uns gehört, und wir sagen dir zum letzten Mal: wir haben andere Mittel, mit miesen Dieben wie dir fertigzuwerden. Und wenn du weitergehst, wirst du herausfinden, wie sie aussehen – du wirst es herausfinden.*

4

Jack schob erst den einen Flügel der Doppeltür auf, dann den anderen. Die Laufrollen quietschten unangenehm, als sie zum ersten Mal seit Jahren über die eingelassenen Schienen glitten.

Hinter der Tür lag ein dunkler Gang. *Der führt in die Halle*, dachte Jack. *Und wenn es hier wirklich so ist wie im Alhambra, muß ich die Haupttreppe hinauf in den ersten Stock.*

Im ersten Stock würde er den großen Ballsaal finden. Und im großen Ballsaal würde er das finden, um dessentwillen er gekommen war.

Jack warf einen Blick zurück, stellte fest, daß Richard sich nicht bewegt hatte, und trat in den Gang. Er schloß die Tür hinter sich.

Langsam bewegte er sich den Gang entlang; seine zerfetzten und schmutzigen Turnschuhe glitten flüsternd über den vermodernden Teppich.

Ein Stück weiter den Gang hinab sah er noch eine Doppeltür, diesmal mit aufgemalten Vögeln.

Rechts und links von ihm lagen mehrere Konferenzräume. Hier der Golden-State-Raum, genau gegenüber der Forty-Niners-Raum. Fünf Schritte weiter, der Doppeltür mit den aufgemalten Vögeln näher, der Mendocino-Raum (und in die untere Füllung der Mahagonitür eingeritzt: DEINE MUTTER SCHRIE ALS SIE STARB). Am Ende des Ganges – unendlich weit entfernt! – sah er wäßriges Licht. Die Halle.

Klirr.

Jack fuhr blitzschnell herum und erhaschte eine Spur von Bewegung unmittelbar hinter einer der spitzwinkligen Türen...

(Stein?) (spitzwinklige Türen?)
Jack blinzelte verwirrt. Der Gang war mit dunklem Mahagoni getäfelt, das in der feuchten Seeluft halb verrottet war. Kein Stein. Und die Türen, die in den Golden-State-Raum, den Forty-Niners-Raum und den Mendocino-Raum führten, waren ganz gewöhnliche Türen, normale Rechtecke ohne Spitzbögen. Dennoch hatte er sich einen Augenblick lang eingebildet, Öffnungen zu sehen, die an die Bögen von Kathedralen erinnerten, Öffnungen, gesichert durch eiserne Fallgitter – von der Art, die durch Drehen einer Winde gehoben und gesenkt werden konnten. Fallgitter mit hungrig aussehenden Spitzen am unteren Ende. Wenn so ein Fallgitter gesenkt war und den Zugang versperrte, glitten die Spitzen in Löcher im Boden.

Keine steinernen Bogengänge, Jacko. Schau genau hin. Ganz gewöhnliche Türen. Du hast solche Fallgitter im Londoner Tower gesehen, auf deiner Europareise mit Mom und Onkel Tommy vor drei Jahren. Du spinnst nur ein bißchen ...

Aber das Gefühl in seiner Magengrube war unmißverständlich.

Sie waren wirklich da. Ich bin geflippt – eine Sekunde lang war ich in der Region.

Klirr.

Jack fuhr in die andere Richtung herum, auf seiner Stirn brach Schweiß aus, im Genick begannen sich seine Haare zu sträuben.

Er sah es wieder – das Aufblitzen von etwas Metallischem im Schatten eines dieser Räume. Er sah gewaltige Steine, schwarz wie die Sünde, mit rauhen, von grünem Moos gefleckten Oberflächen. Widerliche weiße Würmer wanden sich durch die großen Poren in dem zerfallenden Mörtel zwischen den Steinen. In Abständen von fünf oder sechs Metern standen leere Leuchter vor den Mauern; die Fackeln, die einst daringesteckt hatten, waren längst verschwunden.

Klirr.

Diesmal blinzelte er nicht einmal. Die Welt zerglitt vor seinen Augen, schwankte wie ein durch klares, fließendes Wasser betrachteter Gegenstand. Die Wände bestanden wieder aus dunklem Mahagoni anstelle von Steinblöcken. Die Türen waren *Türen,* keine eisernen Fallgitter. Die beiden Welten, bisher durch eine Membran getrennt, so dünn wie ein Nylonstrumpf, begannen ineinander überzugehen.

Und außerdem, begriff Jack, begann sich das, was von Jason in ihm steckte, mit seinem Jack-Wesen zu vermischen – etwas Drittes kam zum Vorschein, eine Art Amalgam aus beiden.

Ich weiß nicht, was für eine Verbindung das ist, nicht genau – aber ich hoffe, sie ist stark – denn hinter diesen Türen lauert etwas – hinter allen Türen.

Jack schob sich seitwärts auf die Halle zu.

Klirr.

Diesmal verwandelten sich die Welten nicht; solide Türen blieben solide Türen, und er nahm keine Bewegung wahr.

Aber dahinter. Gleich dahinter...

Jetzt hörte er etwas hinter der bemalten Doppeltür – in dem Himmel über der Marschlandschaft stand das Wort REIHERBAR. Es hörte sich an, als wäre eine große, rostige Maschine in Gang gesetzt worden. Jack drehte sich

(Jason drehte sich)

zur aufgehenden Tür

(zum hochgehenden Fallgitter)

seine Hand fuhr in

(den Beutel)

die Tasche

(den er am Gürtel seines Wamses trug)

seiner Jeans und schloß sich um das Gitarren-Plektron, das Speedy ihm vor so langer Zeit gegeben hatte.

(und schloß sich um den Haifischzahn)

Er wartete auf das, was aus der Reiherbar herauskommen würde, und die Wände des Hotels flüsterten leise: *Wir haben Mittel, mit miesen Dieben wie dir fertigzuwerden. Du hättest kehrtmachen sollen, solange noch Zeit dazu war – denn jetzt, kleiner Junge, ist es aus mit dir.*

5

Klirr – WUMM!
Klirr – WUMM!
Klirr – WUMM!

Das Geräusch war laut, unbeholfen und metallisch. Es hatte etwas Erbarmungsloses und Unmenschliches an sich, das Jack mehr ängstigte, als ein menschenähnlicheres Geräusch es vermocht hätte.

Es näherte sich schlurfend mit seinem eigenen langsamen, entnervenden Rhythmus.

Klirr – WUMM!
Klirr – WUMM!

Dann trat eine lange Pause ein. Jack wartete, ein Stück von der bemalten Tür entfernt an die Wand des Ganges gepreßt; seine Nerven waren so angespannt, daß sie zu summen schienen. Lange Zeit passierte überhaupt nichts. Jack begann schon zu hoffen, der Klirrer wäre durch eine interdimensionale Falltür wieder in die Welt verschwunden, aus der er gekommen war. Jack spürte, daß ihm in seiner unnatürlich steifen und angespannten Haltung der Rücken wehtat. Er entspannte sich.

Und dann ein splitterndes Krachen, und eine riesige gepanzerte Faust mit stumpfen, fünf Zentimeter langen Dornen auf den Knöcheln durchschlug den abblätternden blauen Himmel auf der Tür. Jack preßte sich an die Wand und rang nach Atem.

Dann flippte er hilflos in die Region.

<h2 style="text-align:center">6</h2>

Auf der anderen Seite des Fallgitters stand eine Gestalt in einer schwärzlichen, rostigen Rüstung. Der zylindrische Helm, nur von einem schwarzen, waagerechten, kaum zwei Zentimeter breiten Augenschlitz unterbrochen, wurde von einem abscheulichen roten Federbusch gekrönt – weiße Würmer krochen darin herum. Jason sah, daß es die gleichen Würmer waren, die aus den Wänden des Zimmers von Albert dem Klops gefallen waren und sich dann über die ganze Thayer School ausgebreitet hatten. Der Helm endete in einer Halsberge, die auf den Schultern des rostigen Ritters lag wie eine Stola auf denen einer Dame. Ober- und Unterarme waren mit schweren, an den Ellenbogen durch Armkacheln miteinander verbundenen Stahlschienen gepanzert. Die Kacheln waren mit uraltem Schmutz verkrustet, und wenn sich der Ritter bewegte, quietschten die Kacheln wie die schrillen, fordernden Stimmen ungezogener Kinder.

Die gepanzerten Fäuste waren mit Dornen bewehrt.

Jason drückte sich gegen die Steinmauer, starrte den Ritter an, war sogar unfähig, den Blick abzuwenden; sein Mund war trocken wie im Fieber, und seine Augäpfel schienen im Rhythmus des Herzschlags in ihren Höhlen zu pulsieren.

In der rechten Hand hielt der Ritter einen Streitkolben mit einem Dreißigpfundkopf aus rostigem Stahl, eine mörderische Waffe.

Das Fallgitter; zwischen ihm und mir ist doch das Fallgitter...

Doch dann begann sich, obwohl keine menschliche Hand zu sehen war, die Winde zu drehen; die Eisenkette, deren Glieder so lang waren wie Jacks Unterarm, begann sich um die Trommel zu wickeln, und das Fallgitter begann sich zu heben.

<h2 style="text-align:center">7</h2>

Die gepanzerte Faust zog sich aus der Tür zurück und hinterließ ein ausgesplittertes Loch, das die verblichene Idylle in einen surrealistischen Alptraum verwandelte; es sah aus, als hätte ein apokalyptischer Jäger, von seinem Tag in der Marsch enttäuscht, eine Ladung Schrot in den

Himmel gejagt. Dann durchschlug der Streitkolben mit einem gewaltigen Hieb die Tür und löschte einen der beiden gerade im Auffliegen begriffenen Reiher aus. Jack hob eine Hand vors Gesicht, um es vor Splittern zu schützen. Der Streitkolben wurde zurückgezogen, und wieder folgte eine kurze Pause – gerade so lang, daß Jack wieder daran denken konnte, davonzulaufen. Dann durchbrach die dornenbesetzte Faust abermals die Tür, drehte sich erst in die eine und dann in die andere Richtung, erweiterte das Loch, zog sich zurück. Eine Sekunde später brach der Kolben mitten durch eine schilfbewachsene Fläche, und ein großes Stück der rechten Türhälfte fiel auf den Teppich.

Jetzt konnte Jack die gepanzerte Gestalt sehen, die im Schatten der Reiherbar stand. Sie trug eine andere Rüstung als die, die Jason in der schwarzen Burg gesehen hatte; dort war der Helm fast zylindrisch und von einem roten Federbusch gekrönt gewesen. Dieser Helm sah aus wie der polierte Kopf eines stählernen Vogels. Ungefähr in Ohrhöhe ragte an beiden Seiten ein Horn hervor. Jack sah einen Brustharnisch, einen Schuppenpanzerrock und darunter ein Kettenhemd. Der Kolben war in beiden Welten derselbe, und in beiden Welten ließen die Ritter-Twinner ihn im gleichen Augenblick wie verachtungsvoll fallen – wer brauchte schon einen Streitkolben, um mit einem so erbärmlichen Gegner fertigzuwerden?

Lauf! Jack, lauf!

So ist's richtig, flüsterte das Hotel. *Lauf! Das ist es, was miese Diebe tun sollten! Lauf! LAUF!*

Aber er würde nicht davonlaufen. Vielleicht würde er sterben, aber er würde nicht davonlaufen, denn diese verschlagene, flüsternde Stimme hatte recht: Davonlaufen – das war, was miese Diebe taten.

Ich bin kein Dieb, dachte Jack ingrimmig. *Das Ding wird mich vielleicht töten, aber ich laufe nicht davon. Weil ich kein Dieb bin.*

»*Ich laufe nicht davon!*« rief Jack dem leeren Vogelgesicht aus poliertem Stahl zu. »*Ich bin kein Dieb! Hast du gehört? Ich bin gekommen, um zu holen, was mir zusteht, und ICH BIN KEIN DIEB!*«

Ein dumpfer Schrei kam aus den Luftlöchern an der Unterkante des Vogelhelms. Der Ritter hob seine dornenbewehrten Fäuste und ließ sie niedersausen, eine auf die durchgesackte rechte Türhälfte, die andere auf die linke. Die Angeln brachen – und als die Türen ihm entgegenfielen, sah Jack einen der gemalten Reiher, der wie in einem Zeichentrickfilm von Walt Disney nach wie vor aufzufliegen versuchte, mit glänzenden und schreckgeweiteten Augen.

Die Rüstung kam auf ihn zu wie ein todbringender Roboter; die Füße hoben sich und krachten dann nieder. Sie war über zwei Meter groß, und als sie durch die Tür brach, fetzten die Hörner am Helm tiefe Rinnen in das Holz der Türfüllung.

Lauf! schrie eine stammelnde Stimme in seinem Kopf.

Lauf, du Dieb! flüsterte das Hotel.

Nein, antwortete Jack. Er starrte zu dem herannahenden Ritter empor, und seine Hand schloß sich fest um das Gitarren-Plektron in seiner Tasche. Die dornenbesetzten Panzerhandschuhe hoben sich zum Visier des Vogelhelms und lüfteten es. Jack keuchte.

Der Helm war leer.

Dann griffen die bewehrten Fäuste nach Jack.

8

Die dornenbesetzten Hände hoben sich und packten den zylindrischen Helm. Sie lüfteten ihn langsam und entblößten das fahle, hagere Gesicht eines Mannes, der dreihundert Jahre alt zu sein schien. Eine Seite seines Kopfes war eingeschlagen. Knochensplitter hatten sich wie Stücke von Eierschalen durch die Haut gebohrt, und die Wunde war mit einer schwarzen Masse verkrustet, die Jason für verwestes Gehirn hielt. Es atmete nicht, aber die rotgeränderten Augen, die Jason musterten, funkelten in teuflischer Gier. Es grinste, und Jason sah die nadelscharfen Zähne, mit denen die Schreckensgestalt ihn in Stücke reißen würde.

Sie klirrte unbeholfen vorwärts – doch das war nicht das einzige Geräusch.

Er blickte nach links, in den großen Saal

(die Halle)

der Burg

(des Hotels)

und sah einen zweiten Ritter, der anstelle eines Helms einen flachen Eisenhut trug. Ihm folgte ein dritter – und ein vierter. Sie kamen langsam auf ihn zu, bewegte alte Rüstungen, in denen jetzt irgendwelche Vampire steckten.

Dann packten ihn die Hände bei den Schultern. Die stumpfen Dornen an den Handschuhen bohrten sich in seine Schultern und Arme. Warmes Blut floß, und das fahle, runzlige Gesicht verzerrte sich zu einem grausam hungrigen Grinsen. Die Kacheln an seinen Ellenbogen quietschten und knarrten, als der tote Ritter den Jungen an sich heranzog.

Jack schrie vor Schmerz – die kurzen, stumpfen Dornen an diesen Händen waren *in* ihm, *in* ihm, und er begriff ein für allemal, daß dies Wirklichkeit war und daß dieses Ding ihn im nächsten Augenblick töten würde.

Er wurde hingezerrt zu der leeren Schwärze in diesem Helm . . .

Aber war er tatsächlich leer?

Undeutlich, verschwommen sah Jack ein doppeltes rotes Glühen in der Dunkelheit – etwas wie Augen.

Und während ihn die gepanzerten Hände immer höher emporhoben, empfand er Eiseskälte, als hätten sich alle Winter, die es je gegeben hatte, miteinander vereinigt; ein Strom eisiger Luft wehte ihm aus dem leeren Helm entgegen.

Es wird mich wirklich töten, und meine Mutter wird sterben, Richard wird sterben. Sloat wird gewinnen, es wird mich töten, es wird (mich mit seinen Zähnen zerreißen) mich steinhart gefrieren lassen . . .

JACK! rief Speedys Stimme.

(JASON! rief Parkus' Stimme.)

Das Plektron, Junge! Nimm das Plektron! Bevor es zu spät ist! UM JASONS WILLEN NIMM DAS PLEKTRON, BEVOR ES ZU SPÄT IST!

Jacks Hand schloß sich darum. Es war so heiß, wie die Münze gewesen war, und an die Stelle der lähmenden Kälte trat ein Gefühl überwältigender Zuversicht. Er zog es aus der Tasche, schrie vor Schmerz, als die durchstochenen Muskeln gegen die in sie hineingetriebenen Dorne anarbeiteten, doch das Triumphgefühl blieb – dieses herrliche Gefühl der *Wärme* der Region, das klare Empfinden des *Regenbogens.*

Das Plektron – denn es war wieder ein Plektron – lag in seinen Fingern, ein kräftiges, schweres Elfenbeindreieck mit einem feinen und geheimnisvollen Schnitzmuster – und in diesem Augenblick sah Jack

(sah Jason)

wie sich das Muster in ein Gesicht verwandelte – das Gesicht von Laura DeLoessian

(das Gesicht von Lily Cavanaugh Sawyer).

10

»In ihrem Namen, du widerliche Mißgeburt!« schrien sie gleichzeitig – aber es war nur ein Schrei: der Schrei von Jack und Jason zugleich. *»Verschwinde vom Angesicht dieser Erde! Im Namen der Königin und im Namen ihres Sohnes, verschwinde vom Angesicht dieser Erde!«*

Jason hieb das Gitarren-Plektron in das weiße, hagere Gesicht des

Gespenstes in der Rüstung; im gleichen Augenblick war es Jack, der das Plektron in eine eiskalte schwarze Leere gleiten sah. Es folgte ein Moment, in dem Jason sah, wie die roten Augen des Vampirwesens ungläubig hervortraten, als sich die Spitze des Plektrons in seine tief gerunzelte Stirn bohrte. Gleich darauf barsten die bereits brechenden Augen, und eine schwarze, dampfende Jauche ergoß sich über seine Hand. In ihr schwammen winzige, beißende Würmer.

11

Jack wurde an die Wand geschleudert. Er prallte mit dem Kopf dagegen. Trotzdem – und trotz des heftig pochenden Schmerzes in seinen Schultern und Oberarmen – ließ er das Plektron nicht fallen.

Die Rüstung rasselte wie eine aus Blechdosen zusammengebastelte Vogelscheuche. Jack konnte sehen, wie sie irgendwie *anschwoll*, und er hob die Hand, um seine Augen zu schützen.

Die Rüstung zerstörte sich selbst – sie fiel einfach auseinander; und Jack dachte, wenn er das nicht in einem Gang dieses stinkenden Hotels gesehen hätte, die warme Nässe von Blut in den Achselhöhlen, sondern in einem Film, dann hätte er gelacht. Der Vogelkopfhelm aus poliertem Stahl fiel gedämpft polternd auf den Teppich. Die Halsberge aus dichtem Kettengewebe, die verhindern sollte, daß ein Feind dem Ritter eine Schwertklinge oder eine Speerspitze in die Kehle stieß, fiel klirrend daneben. Brust- und Rückenpanzer lösten sich voneinander wie gerundete Buchstützen. Die Beinschienen klappten zur Seite. Zwei Sekunden lang regnete Metall auf den schimmeligen Teppich, und dann war da nur noch etwas, das aussah wie ein Schrotthaufen.

Jack drückte sich an die Wand und starrte mit geweiteten Augen auf den Haufen, als erwartete er, daß sich die Rüstung im nächsten Augenblick wieder zusammensetzte. Doch als nichts dergleichen geschah, wendete er sich nach links, der Halle zu – und sah, wie sich drei weitere Rüstungen langsam auf ihn zubewegten. Eine trug ein halb vermodertes Banner mit einem Zeichen, das Jack bekannt vorkam: er hatte es auf den Standarten der Eskorten gesehen, die Morgan von Orris' schwarze Kutsche auf der Grenzlandstraße begleiteten. Morgans Zeichen – aber er wußte, daß dies nicht Morgans Kreaturen waren; daß sie sein Banner trugen, war nur eine Art morbider Scherz gegenüber dem Eindringling, der gekommen war, sie ihrer einzigen Daseinsberechtigung zu berauben.

»Nicht noch mehr«, flüsterte Jack heiser. Das Plektron zitterte in seinen Fingern. Irgendetwas war mit ihm geschehen; es hatte Schaden gelitten, als er mit seiner Hilfe den Ritter vernichtete, der aus der

Reiherbar gekommen war. Das Elfenbein, das vorher die Farbe frischer Sahne gehabt hatte, war deutlich vergilbt; außerdem war es von feinen Rissen durchzogen.

Die Rüstungen klirrten stetig auf ihn zu. Eine zog langsam ein langes Schwert mit einer unheildrohenden doppelten Spitze. »Nicht noch mehr«, stöhnte Jack. »O Gott, bitte, nicht noch mehr. Ich bin so müde, ich kann nicht, nicht noch mehr, nicht noch mehr...«

Travelling Jack, ole Travelling Jack...

»*Speedy, ich kann nicht!*« schrie er. Tränen rannen über sein schmutziges Gesicht. Die Rüstungen näherten sich mit der Unerbittlichkeit von Autoteilen auf dem Fließband. In ihrer kalten, schwarzen Leere heulte ein arktischer Wind.

...du bist in Kalifornien, um ihn zu holen.

»*Bitte, Speedy, nicht noch mehr!*«

Sie griffen nach ihm – schwarzmetallene Robotergesichter, rostige Beinschienen, Kettenpanzer voll Moos und Schimmel.

Mußt dein Bestes geben, Travelling Jack, flüsterte Speedy kraftlos, und dann war er verschwunden, und es lag an Jack allein, zu bestehen oder unterzugehen.

Zweiundvierzigstes Kapitel

Der Talisman

1

Ihr habt einen Fehler gemacht, meldete sich in Jacks Hirn eine geisterhafte Stimme, als er vor der Reiherbar stand und die anderen Rüstungen auf sich zukommen sah. Vor seinem inneren Auge erschien ein wütender Mann – im Grunde nicht mehr als ein großer Junge –, der auf einer Westernstraße auf die Kamera zuschritt, erst einen Revolvergürtel umschnallte und dann noch einen, so daß sie sich über seinem Bauch kreuzten. *Ihr habt einen Fehler gemacht – ihr hättet* beide *Ellis-Brüder umlegen sollen!*

2

Von allen Filmen seiner Mutter hatte Jack *Last Train to Hangtown,* 1960 gedreht und 1961 uraufgeführt, immer am besten gefallen. Es war ein Film von Warner Brothers, und wie in vielen der billigeren Filme, die Warner Brothers in dieser Zeit herausbrachten, waren die Hauptrollen mit Schauspielern besetzt, die in dem halben Dutzend Fernsehserien von Warner Brothers beschäftigt waren. Jack Kelly von der *Maverick*-Show hatte in *Last Train* mitgespielt (der weltmännische Spieler) und Andrew Duggan von *Bourbon Street Beat* (der böse Rinderbaron). Clint Walker, der im Fernsehen einen Typ namens Cheyenne Bodie spielte, war Rafe Ellis (der ehemalige Sheriff, der noch ein letztes Mal die Kanone umschnallen muß). Die Rolle des Tanzlokal-Mädchens mit willigen Armen und goldenem Herzen hatte ursprünglich Inger Stevens spielen sollen, aber Miss Stevens mußte sich mit einer schweren Bronchitis ins Bett legen, und Lily Cavanaugh war eingesprungen. Es war die Art von Rolle, die sie selbst im Koma hätte spielen können. Einmal, als seine Eltern dachten, er schliefe, unterhielten sie sich im Wohnzimmer, und als er barfuß ins Badezimmer tappte, um sich ein Glas Wasser zu holen, hörte er seine Mutter etwas so Bemerkenswertes sagen, daß er es nie vergaß. »All die Frauen, die ich gespielt habe, wußten, wie man fickt, aber keine einzige wußte, wie man furzt«, hatte sie gesagt.

Will Hutchins, der gleichfalls in einem anderen Warner Brothers-Programm mitspielte (es trug den Titel *Sugarfoot*), war auch dabei gewesen. Vor allem der Rolle wegen, die Hutchins darin spielte, war *Last Train to Hangtown* Jacks Lieblingsfilm. Es war diese Figur – Andy Ellis genannt –, die sich jetzt, als die Rüstungen den dunklen Gang entlang auf ihn zumarschierten, seinem erschöpften, taumelnden, überbeanspruchten Hirn aufdrängte.

Andy Ellis war der feige kleine Bruder, den erst zum Schluß der Geschichte die Wut packt. Nachdem er den ganzen Film hindurch ängstlich in irgendwelchen Ecken gehockt hatte, zog er nun aus, um Duggans bösen Gefolgsleuten entgegenzutreten, nachdem der Haupt-Gefolgsmann (dargestellt vom finsteren, stoppelbärtigen, starr dreinblickenden Jack Elam, der in allen Warner-Epen, Fernseh- und Kinofilmen gleichermaßen, den Haupt-Gefolgsmann spielte) seinen Bruder Rafe mit einem Schuß in den Rücken getötet hatte.

Hutchins war die staubige Breitwand-Straße entlanggeschritten, hatte sich mit ungeschickten Fingern die Revolvergurte seines Bruders umgeschnallt und gebrüllt: »Nun kommt schon! Kommt schon! Ich warte auf euch! Ihr habt einen Fehler gemacht! Ihr hättet *beide* Ellis-Brüder umlegen sollen!«

Will Hutchins war nicht der größte Schauspieler aller Zeiten gewesen, aber in dieser Szene hatte er es – zumindest nach Jacks Ansicht – zu echter Überzeugungskraft und echter Brillanz gebracht. Man spürte, daß dieser Junge in den Tod ging und es auch wußte, aber entschlossen war, dennoch weiterzugehen. Und obwohl er Angst hatte, bewegte er sich auf dieser Straße ohne das geringste Zögern; er marschierte darauflos, wußte genau, was er zu tun hatte, obwohl er ungeschickt an den Schnallen der Revolvergurte seines Bruders herumfingerte.

Die Rüstungen kamen, verringerten den Abstand, schaukelten von einer Seite zur anderen wie Spielzeugroboter. *Eigentlich müßten in ihren Rücken Schlüssel stecken*, dachte Jack.

Er wendete sich ihnen zu und hielt das vergilbte Plektron zwischen Daumen und Zeigefinger seiner rechten Hand.

Sie schienen zu zögern, als spürten sie seine Furchtlosigkeit. Das ganze Hotel schien zu zögern, als begriffe es plötzlich eine Gefahr, die größer war, als es anfangs angenommen hatte; in den Fußböden knarrten Dielenbretter, irgendwo schlug eine Tür nach der anderen zu, die Wetterfahnen auf dem Dach hörten einen Augenblick auf, sich zu drehen.

Dann klirrten die Rüstungen wieder vorwärts. Sie bildeten eine bewegte Mauer aus Harnischen und Kettenpanzern, Beinschienen, Helmen und Halsbergen. Eine trug einen Morgenstern an hölzernem Schaft, eine einen Streitkolben, und die in der Mitte das Schwert mit der doppelten Spitze.

Jack schritt auf sie zu. Seine Augen funkelten; er streckte ihnen das Gitarren-Plektron entgegen. Strahlendes Jason-Leuchten lag auf seinem Gesicht. Er

glitt

für einen Augenblick in die Region und *wurde* Jason; hier schien der Haifischzahn, der aus dem Plektron geworden war, in Flammen zu stehen. Als er sich den drei Rittern näherte, hob einer seinen Helm und entblößte ein weiteres dieser alten, bleichen Gesichter – mit schlaffem Unterkinn und graubleichen Hautlappen, die an seinem Hals herabhingen wie schmelzendes Kerzenwachs. Er warf seinen Helm nach ihm. Jason wich ihm mühelos aus und

glitt zurück

und wurde wieder Jack, während der Helm von der getäfelten Wand hinter ihm abprallte. Vor ihm stand eine kopflose Rüstung.

Glaubt ihr, damit könntet ihr mir Angst einjagen? dachte er verächtlich. *Den Trick kenne ich. Er macht mir keine Angst, ihr macht mir keine Angst, und ich hole ihn mir, darauf könnt ihr euch verlassen!*

Diesmal spürte er nicht nur, wie das Hotel *zuhörte*; diesmal schien es ringsum zurückzuweichen wie das Gewebe eines Verdauungsorgans vor einem vergifteten Stück Fleisch. Oben, in den fünf Räumen, in denen die fürf Wächterritter gestorben waren, barsten fünf Fensterscheiben mit pistolenschußartigem Knallen. Jack ging auf die Rüstungen los.

Von irgendwo über ihm kam die klare und reine, triumphierende Stimme des Talismans:

JASON! ZU MIR!

»*Kommt schon!*« rief Jack den Rüstungen zu und begann zu lachen. Er konnte nicht anders. Noch nie war ihm ein Lachen so kraftvoll vorgekommen, so mächtig, so gut wie dieses – es war wie Wasser aus einer Quelle oder aus einem tiefen Fluß. »*Kommt schon, ich bin bereit! Ich weiß nicht, aus welcher finsteren Ecke ihr hervorgekrochen seid, aber ihr hättet dort bleiben sollen! Ihr habt einen Fehler gemacht!*«

Noch lauter lachend, aber im Innern entschlossen wie Wotan auf dem Walkürenfelsen, sprang Jack die kopflose, schwankende Gestalt in der Mitte an.

»*Ihr hättet* beide *Ellis-Brüder umlegen sollen!*« schrie er, und als Speedys Gitarren-Plektron in die Zone eisiger Luft fuhr, in der sich der Kopf des Ritters hätte befinden müssen, fiel die Rüstung auseinander.

In ihrem Schlafzimmer im Alhambra blickte Lily Cavanaugh Sawyer plötzlich von dem Buch auf, in dem sie gelesen hatte. Ihr war, als hätte jemand – nein, nicht einfach jemand, *Jack!* – von irgendwo am Ende des leeren Korridors, vielleicht sogar aus der Halle, nach ihr gerufen. Sie lauschte mit weit offenen Augen, geschürzten Lippen, hoffendem Herzen – aber da war nichts. Jack war immer noch fort, der Krebs fraß sie immer noch Stück für Stück auf, und es dauerte immer noch anderthalb Stunden, bis sie wieder etwas von der braunen Roßarznei nehmen durfte, die die Schmerzen ein klein wenig milderte.

In letzter Zeit hatte sie immer öfter daran gedacht, all die großen braunen Tabletten auf einmal zu nehmen. Das würde die Schmerzen nicht nur ein wenig mildern; das würde ihnen ein für allemal ein Ende machen. *Es heißt immer, Krebs wäre unheilbar, aber lassen Sie sich das nicht einreden, Mrs. C. – Sie brauchen nur zwei Dutzend von diesen Pillen zu schlucken. Was halten Sie davon? Wollen Sie's ausprobieren?*

Was sie davon abhielt, war Jack – sie sehnte sich so sehr nach ihm, daß sie jetzt sogar seine Stimme zu hören glaubte –, und er tat nicht nur so etwas zugleich Simples und Albernes, wie ihren Namen zu rufen, sondern zitierte aus einem ihrer alten Filme.

»Du bist ein verrücktes altes Huhn, Lily«, krächzte sie und zündete sich mit dünnen, zitternden Fingern eine Herbert Tarrytoon an. Sie tat zwei Züge, dann drückte sie sie aus. Mehr als zwei Züge lösten den Husten aus, und der Husten riß sie in Stücke. »Verrücktes altes Huhn.« Sie nahm ihr Buch wieder auf, konnte aber nicht lesen, weil ihr jetzt die Tränen übers Gesicht strömten und sie Schmerzen hatte, oh, solche Schmerzen, und sie wollte alle braunen Pillen schlucken, aber erst wollte sie ihren Sohn wiedersehen.

Komm heim, Jacko, dachte sie, *bitte, komm bald heim, sonst können wir uns nur noch über den Psychographen miteinander unterhalten. Bitte, Jack, bitte, komm heim.*

Sie schloß die Augen und versuchte zu schlafen.

4

Der Ritter mit dem dornengespickten Morgenstern hielt einen Moment länger aus, ließ seine leere Mitte sehen und zerfiel dann gleichfalls. Der letzte hob seinen Streitkolben – und fiel dann einfach in sich zusammen. Einen Augenblick lang stand Jack inmitten des Trümmerhaufens, immer noch lachend; doch als sein Blick auf Speedys Gitarren-Plektron fiel, brach sein Lachen ab.

Es war jetzt dunkelgelb und sah uralt aus; die Haarrisse hatten sich zu Spalten vertieft.

Macht nichts, Travelling Jack. Du mußt weiter. Vielleicht wartet irgendwo noch eine weitere dieser wandelnden Blechbüchsen auf dich. Wenn das so ist, gehst du auf sie los, nicht wahr?

»Wenn es sein muß, tue ich es«, murmelte Jack.

Mit dem Fuß stieß er eine Beinschiene beiseite, einen Helm, einen Brustharnisch. Dann ging er den Gang entlang, genau in der Mitte, nachgebenden Teppich unter den Füßen. Er erreichte die Halle und sah sich kurz um.

JACK! KOMM ZU MIR! JASON! KOMM ZU MIR! sang der Talisman.

Jack begann, die Treppe emporzusteigen. Als er sie zur Hälfte hinter sich hatte, blickte er hoch und sah den letzten der Ritter auf dem Absatz stehen, dastehen und auf ihn herabschauen. Es war eine riesige Gestalt, fast zweieinhalb Meter groß; Rüstung und Federbusch waren schwarz, und durch den Augenschlitz des Helms drang ein unheildrohendes rotes Funkeln. Auch seine gepanzerte Faust hielt einen riesigen Streitkolben.

Einen Augenblick blieb Jack wie erstarrt stehen, dann setzte er seinen Weg treppauf fort.

5

Sie haben den Schlimmsten für den Schluß aufgespart, dachte Jack, und als er sich dem schwarzen Ritter stetig näherte,

glitt

er

wieder

in Jason. Der Ritter trug noch immer eine schwarze Rüstung, aber sie sah anders aus; das Visier war hochgeklappt und ließ ein Gesicht sehen, das fast völlig unter alten, eingetrockneten Schwären verschwand. Jason erkannte sie. Der Mann war einem der rollenden Feuerbälle im Verheerten Land ein wenig zu nahe gekommen.

Andere Gestalten gingen auf der Treppe an ihm vorbei, Gestalten, die er nicht deutlich erkennen konnte, während seine Finger über ein breites Geländer glitten, das nicht aus westindischem Mahagoni bestand, sondern aus dem Eisenholz der Region. Gestalten in Wämsern, Gestalten in seidenen Umhängen, Frauen in Roben mit weiten Glockenröcken und strahlendweißen, über kunstvoll frisiertes Haar drapierten Kapuzen; die Leute waren schön, aber verdammt – aber vielleicht kommen alle Gespenster den Lebenden verdammt vor. Weshalb wäre sonst schon der Gedanke an Gespenster so gruselig?

JASON! ZU MIR! sang der Talisman, und für einen Augenblick schienen alle Trennwände zwischen den Realitäten einzustürzen; jetzt glitt er nicht, sondern schien durch die Welten zu *fallen* wie ein Mann, der durch die morschen Fußböden eines alten Turms bricht, durch einen nach dem anderen. Er empfand keine Furcht. Der Gedanke, daß er nie würde zurückkehren können – daß er für alle Zeiten durch eine ganze Kette von Realitäten fallen oder sich wie in einem großen Wald verirren könnte –, kam ihm zwar, aber er schob ihn sofort wieder beiseite. All dies widerfuhr Jason

(und Jack)

in einem einzigen Augenblick, kürzer als die Spanne, die er brauchte, um seinen Fuß von einer Stufe der breiten Treppe auf die nächste zu setzen. Er würde zurückkehren; er war einzigartig, und er glaubte nicht, daß er sich verirren konnte, weil er in jeder dieser Welten einen Platz hatte. *Aber ich existiere nicht gleichzeitig in allen,* dachte Jason

(Jack).

Das ist das Entscheidende; das ist das Ausschlaggebende; ich flackere durch sie alle hindurch, wahrscheinlich zu schnell, um etwas zu sehen, und lasse hinter mir ein Geräusch zurück wie ein Händeklatschen oder einen Überschallknall, wenn sich die Luft dort, wo ich für eine Millionstelsekunde Raum eingenommen habe, wieder schließt.

In vielen dieser Welten war das schwarze Hotel eine schwarze Ruine – es waren Welten, schoß es ihm durch den Kopf, in denen das Böse, das jetzt auf dem zwischen Kalifornien und der Region gespannten Draht balancierte, bereits an die Macht gelangt war. In einer von ihnen hatte das Meer, das tosend ans Ufer brandete, eine widerlich grüne Farbe, und der Himmel sah ähnlich brandig aus. In einer anderen sah er, wie ein fliegendes Geschöpf von der Größe eines Planwagens die Flügel anlegte und wie ein Habicht auf die Erde zuschoß. Es schlug ein schafähnliches Tier und flog wieder hoch, die blutigen Keulen im Schnabel.

Flip – flip – flip. Welten glitten an seinen Augen vorbei wie von einem geschickten Spieler gemischte Karten.

Hier war wieder das Hotel, und über ihm ragten ein halbes Dutzend verschiedene Versionen des schwarzen Ritters – doch alle verfolgten das gleiche Ziel, und die Unterschiede waren so unwesentlich wie die von Autokarosserien. Hier war ein schwarzes Zelt, angefüllt mit dem durchdringenden Geruch schimmelnder Leinwand – sie war an vielen Stellen zerrissen, und die Sonne fiel in staubigen, einander kreuzenden Strahlen ein. In einer anderen Welt hing Jack/Jason an einer Art Seilgerüst, und der schwarze Ritter stand in einem hölzernen Korb, der aussah wie das Krähennest eines Schiffes, und während er hinaufkletterte, flippte er wieder – und wieder – und wieder.

Hier stand der ganze Ozean in Flammen; hier sah das Hotel fast so aus wie in Point Venuti, aber es war zur Hälfte im Meer versunken. Einen

Augenblick lang schien er sich in einem Fahrstuhlkorb zu befinden, und der Ritter stand darauf und blickte wie durch eine Falltür auf ihn herab. Dann stand er auf einer Rampe, deren oberes Ende von einer riesigen Schlange bewacht wurde; ihr langer, muskulöser Leib war mit glitzernden schwarzen Schuppen gepanzert.

Und wann werde ich am Ende von allem angekommen sein? Wann werde ich aufhören, durch Fußböden zu brechen und einfach in Dunkel zu landen?

JACK! JASON! rief der Talisman, und er rief in allen Welten. ZU MIR!

Und Jack kam zu ihm; es war, als käme er nach Hause.

6

Er sah, daß es stimmte: er hatte sich nur eine einzige Stufe hinaufbewegt. Doch die Realität hatte sich wieder verfestigt. Der schwarze Ritter – *sein* schwarzer Ritter, Jack Sawyers schwarzer Ritter – stand da und versperrte den Treppenabsatz. Er hob seinen Streitkolben.

Jack hatte Angst, aber er ging weiter, Speedys Plektron in der ausgestreckten Hand.

»Ich habe keine Lust, mich mit dir anzulegen«, sagte Jack. »Geh mir lieber aus dem . . .«

Die schwarze Gestalt schwang den Streitkolben. Er sauste mit unvorstellbarer Gewalt nieder. Jack wich ihm blitzschnell aus, und der Streitkolben fuhr da, wo er gestanden hatte, in die Treppe und ließ die ganze Stufe zersplittert in hohle Dunkelheit stürzen.

Die Gestalt riß den Streitkolben aus dem Holz. Jack sprang zwei weitere Stufen höher, Speedys Plektron nach wie vor zwischen Daumen und Zeigefinger – und plötzlich löste es sich einfach auf, zerfiel zu einem kleinen Eierschalenregen aus vergilbten Elfenbeinbröckchen. Die meisten fielen auf Jacks Turnschuhe, und er starrte fassungslos darauf.

Das Geräusch toten Gelächters.

Der Streitkolben, an dem noch Splitter und Späne von altem, feuchtem Treppenholz hingen, hob sich in beiden gepanzerten Fäusten des Ritters. Heißes rotes Glühen drang durch den Sehschlitz seines Helms und schien aus Jacks emporgewandtem Gesicht quer über dem Nasenrücken eine blutige Spur herauszuschneiden.

Wieder dieses Gelächter – er hörte es nicht mit den Ohren, weil er wußte, daß die Rüstung so leer war wie die anderen, nur eine Stahlhülle für einen untoten Geist, sondern in seinem Kopf. *Du hast verspielt, Junge – hast du wirklich geglaubt, mit diesem lächerlichen Ding wärst du an mir vorbeigekommen?*

Der Streitkolben sauste abermals nieder, diesmal in der Diagonalen, und Jack riß die Augen gerade noch rechtzeitig von dem roten Glühen los, um sich tief zu ducken – er spürte, wie der Streitkolben einen Augenblick, bevor er ein gut meterlanges Stück Geländer herausriß und ins Leere segeln ließ, die oberste Schicht seines langen Haars streifte.

Das Knirschen und Klirren von Metall, als sich der Ritter vorbeugte, sein geneigter Helm wirkte wie eine gräßliche, sarkastische Parodie der Besorgtheit; dann zog er den Streitkolben zurück und hob ihn für einen weiteren vernichtenden Hieb.

Jack, du hast keinen Zaubersaft gebraucht, um zu flippen, und du brauchst auch kein Zauberplektron, um mit dieser Blechbüchse hier fertigzuwerden!

Der Streitkolben sauste wieder durch die Luft. Jack sprang zurück, zog den Bauch ein und spürte, wie sich die durchbohrten Muskeln in seinen Schultern schmerzhaft gegen die plötzliche Bewegung wehrten.

Der Streitkolben verfehlte seine Brust nur um Millimeter und fuhr dann durch eine Reihe dicker Mahagoni-Geländerstäbe, als wären es Zahnstocher. Jack taumelte am Rande der Leere. Er versuchte, an den Überresten des Geländers zu seiner Linken Halt zu finden und riß sich stattdessen zwei Splitter unter die Fingernägel. Der Schmerz war so nadeldünn und durchdringend, daß er einen Augenblick glaubte, seine Augen müßten zerspringen. Dann gelang es ihm, mit der rechten Hand fest zuzufassen, das Gleichgewicht wiederzugewinnen und vor dem Loch im Geländer zurückzuweichen.

Der ganze Zauber steckt in DIR, Jack! Hast du das noch nicht begriffen?

Einen Augenblick lang stand er nur da und keuchte, dann stieg er weiter die Treppe hinauf, den Blick auf das leere Eisengesicht gerichtet.

»Scher dich weg, Ritter Gawain.«

Der Ritter neigte den Helm, und es sah aus, als wollte er *sagen Entschuldige, mein Junge – redest du mit mir?* Dann schwang er wieder den Streitkolben.

Erst jetzt bemerkte Jack, bisher vielleicht von seiner Angst geblendet, wie lange das Hochschwingen des Streitkolbens dauerte, wie genau sich an ihm die Bahn seines Niedersausens ablesen ließ. Vielleicht sind seine Scharniere verrostet, dachte er. Jetzt, da sein Kopf wieder klar war, war es kein Problem mehr, unter dem Bogen, den der Streitkolben beschrieb, hinwegzutauchen.

Er reckte sich auf die Zehenspitzen, griff hoch und packte den schwarzen Helm mit beiden Händen. Das Metall war widerlich warm – es fühlte sich an wie eine harte Haut, unter der ein Fieber tobt.

»Verschwinde vom Angesicht dieser Erde«, sagte er mit einer Stimme, die leise und gelassen war, fast im Gesprächston. »In *ihrem* Namen befehle ich es.«

Das rote Glühen im Helm erlosch wie eine Kerze in einer Kürbislaterne, und plötzlich lag das ganze Gewicht des Helmes – fünfzehn Pfund mindestens – in Jacks Händen, weil nichts mehr da war, das es tragen konnte – die Rüstung war in sich zusammengefallen.

»Ihr hättet *beide* Ellis-Brüder umlegen sollen«, sagte Jack und warf den leeren Helm über das Geländer. Er prallte mit lautem Scheppern unten auf den Fußboden und rollte davon wie ein Spielzeug. Das Hotel schien sich zu krümmen.

Jack betrat den breiten Gang im ersten Stock, und endlich war da Licht: sauberes, klares Licht wie an dem Tag, an dem er die Männer am Himmel gesehen hatte. Der Gang endete vor einer weiteren Doppeltür; sie war geschlossen, doch durch die Spalten zwischen den beiden Flügeln drang eine Helligkeit heraus, die ihm verriet, daß hinter ihr ein noch helleres Licht sein mußte.

Ihn verlangte sehr danach, dieses Licht zu sehen und die Quelle, der es entströmte; er war weit gereist, um es zu sehen, und durch viel bittere Dunkelheit.

Die Türflügel waren schwer und mit zierlichem Schnitzwerk verziert. Darüber standen in Goldschrift, die ein wenig abgeblättert, aber noch vollständig lesbar war, die Worte BALLSAAL DER REGION.

»He, Mom«, sagte Jack Sawyer mit leiser, staunender Stimme, als er auf diese Helle zutrat. Glück erfüllte sein Herz – was er empfand, war Regenbogen, Regenbogen, Regenbogen. »He, Mom, ich glaube, ich bin angekommen, ich bin endlich angekommen.«

Dann ergriff er sanft und ehrfürchtig mit jeder Hand eine der Klinken und drückte sie nieder. Er öffnete die Tür, und ein Balken aus klarem weißem Licht fiel auf sein erhobenes, staunendes Gesicht.

7

Im gleichen Augenblick, in dem Jack dem letzten der fünf Wächterritter außer Gefecht setzte, blickte Sunlight Gardener zufällig zum schwarzen Hotel hinüber. Er hörte ein dumpfes Dröhnen, als wäre irgendwo in dem Gebäude eine kleine Menge Dynamit explodiert. Im gleichen Augenblick flammte in allen Fenstern im ersten Stock des Agincourt helles Licht auf, und alle Messingsymbole auf dem Dach – Monde, Sterne, Planeten, seltsam gebogene Pfeile – kamen gleichzeitig zum Stillstand.

Gardener war ausstaffiert, als gehörte er zu einem Einsatzkommando der Polizei von Los Angeles. Über seinem weißen Hemd trug er eine schwarze Flakweste, ein Funksprechgerät hing an einem Segeltuchriemen über einer Schulter. Die kurze, dicke Antenne schaukelte hin und her, wenn er sich bewegte. Über der anderen Schulter hing eine

Weatherbee .360, ein Jagdgewehr von der Größe eines Flakgeschützes, das selbst Robert Ruark vor Neid hätte erblassen lassen. Gardener hatte es sechs Jahre zuvor gekauft, als die Umstände verlangten, daß er sich seines alten Jagdgewehrs entledigte. Die Hülle der Weatherbee aus echtem Zebrafell lag im Kofferraum eines schwarzen Cadillac, neben dem Leichnam seines Sohnes.

»Morgan!«

Morgan drehte sich nicht um. Er stand hinter einer Gruppe von Steinen, die aus dem Sand herausragten wie schwarze Reißzähne. Sechs Meter von ihm entfernt und nur einen Meter oberhalb der Hochwassermarke lag Speedy Parker – alias Parkus. Als Parkus hatte er Morgan von Orris einst brandmarken lassen – an den Innenseiten der weißen Schenkel jenes Morgan zogen sich rote Narben entlang, die Zeichen, an denen man in der Region einen Verräter erkennt. Nur der Fürsprache von Königin Laura hatte er es zu verdanken, daß diese Narben nicht über seine Wangen liefen; an der Innenseite seiner Schenkel waren sie fast immer unter seiner Kleidung verborgen. Morgan – dieser ebenso wie der andere – hatte für die Königin trotz ihrer Fürsprache nicht mehr übrig als zuvor – aber sein Haß auf Parkus, der seinerzeit die Verschwörung entdeckt hatte, kannte keine Grenzen.

Jetzt lag Parker/Parkus mit dem Gesicht nach unten auf dem Strand. Sein Schädel war mit schwärenden Wunden bedeckt, Blut sickerte träge aus seinen Ohren.

Morgan hätte gern geglaubt, daß er noch lebte und litt, aber sein Rücken hatte sich zum letzten Mal erkennbar gehoben und gesenkt, als er und Gardener vor ungefähr fünf Minuten hier unten bei den Steinen angekommen waren.

Als Gardener rief, drehte sich Morgan nicht um – er genoß den Anblick seines alten, jetzt gestürzten Feindes. Wer immer behauptet haben mochte, Rache wäre nicht süß, der hatte sich gründlich geirrt.

»*Morgan!*« zischte Gardener wieder.

Diesmal drehte sich Morgan stirnrunzelnd um. »Was ist?«

»Sehen Sie! Da, auf dem Dach!«

Morgan sah, daß alle Wetterfahnen – die zahlreichen Messinggebilde, die sich immer mit gleichbleibender Geschwindigkeit gedreht hatten, ob Windstille herrschte oder ein Orkan tobte – aufgehört hatten, sich zu bewegen. Im gleichen Augenblick zitterte die Erde unter ihren Füßen und kam gleich darauf wieder zur Ruhe. Es war, als hätte ein riesiges, unterirdisches Tier sich im Winterschlaf bewegt. Morgan hätte fast geglaubt, es wäre nur Einbildung gewesen, wenn sich Gardeners blutunterlaufene Augen nicht entsetzt geweitet hätten. *Ich wette, du wünschst dir, du hättest Indiana nie verlassen, Gard,* dachte Morgan. Dort gibt es keine Erdbeben, nicht wahr?

In allen Fenstern des Agincourt flammte wieder Licht auf.

»Was hat das zu bedeuten, Morgan?« fragte Gardener heiser. Morgan sah, daß Gardeners irre Wut über den Verlust seines Sohnes jetzt zum ersten Mal in Angst ums eigene Leben umgeschlagen war. Das war lästig, aber falls erforderlich, konnte man ihn wieder zu seiner früheren Wut aufpeitschen. Morgan widerstrebte es nur, zu diesem Zeitpunkt Energie auf irgendetwas zu verschwenden, das nicht unmittelbar mit dem Problem zusammenhing, die Welt – *alle Welten* – von Jack Sawyer zu befreien, der anfangs nur eine Laus in seinem Pelz gewesen war und nun das größte Problem in seinem Leben darstellte.

Gardeners Funksprechgerät quakte.

»Red Squad Leader Vier an Sunlight Man. Sunlight Man, bitte kommen!«

»Hier Sunlight Man, Red Squad Leader Vier«, fauchte Gardener. »Was gibt's?«

In rascher Folge nahm Gardener vier aufgeregt heruntergerasselte Berichte entgegen, die alle denselben Inhalt hatten und nur meldeten, was die beiden schon selbst gesehen und gespürt hatten – aufleuchtendes Licht, Wetterfahnen zum Stillstand gekommen, etwas, das vielleicht ein leichtes Erdbeben gewesen war. Dennoch nahm Gardener die Berichte begeistert entgegen, stellte unwirsche Fragen, fauchte »Over!« am Ende jedes Berichts, unterbrach gelegentlich mit »Wiederholen« oder »Roger!« Sloat kam er vor wie ein Schauspieler in einem Katastrophenfilm.

Aber wenn es ihm Spaß machte, sollte es Sloat recht sein. Es enthob ihn der Mühe, Gardeners Frage zu beantworten – ganz abgesehen von der Möglichkeit, daß Gardener gar keine Antwort hören *wollte* und deshalb den ganzen Zirkus mit seinem Funksprechgerät veranstaltete.

Die Wächter waren tot oder ausgeschaltet. Deshalb drehten sich die Wetterfahnen nicht mehr, und das hatten die Lichter zu bedeuten. Jack hatte den Talisman nicht – jedenfalls noch nicht. Wenn er ihn hatte, würde in Point Venuti alles *richtig* beben, prasseln und stürzen. Und jetzt vermutete Sloat, daß Jack ihn tatsächlich bekommen würde – daß es ihm immer *bestimmt* gewesen war, ihn zu bekommen. Aber der Gedanke jagte ihm keine Angst ein.

Seine Hand fuhr hoch und berührte den Schlüssel an seinem Hals.

Gardener waren die *Over* und *Roger* und *Verstanden* inzwischen ausgegangen. Er schulterte das Funksprechgerät wieder und sah Morgan mit weit aufgerissenen, verängstigten Augen an, doch bevor er etwas sagen konnte, legte ihm Morgan sanft die Hände auf die Schultern. Wenn er imstande war, für irgendjemanden außer seinem toten Sohn Liebe zu empfinden, dann empfand er Liebe – wenn auch eine etwas verzerrte – für diesen Mann. Sie waren einen langen Weg gemeinsam gegangen, als Morgan von Orris und Osmond ebenso wie als Morgan Sloat und Robert »Sunlight« Gardener.

Mit einem Gewehr, sehr ähnlich dem, das jetzt über Gardeners Schulter hing, hatte Gardener Phil Sawyer in Utah erschossen.

»Ganz ruhig, Gard«, sagte er gelassen. »Wir werden gewinnen.«

»Sind Sie so sicher?« flüsterte Gardener. »Ich glaube, Morgan, er hat die Wächter getötet. Ich weiß, es klingt verrückt, aber ich glaube wirklich...« Er brach ab; sein Mund zitterte schwächlich, seine Lippen waren mit einer dünnen Speichelschicht bedeckt.

»Wir werden gewinnen«, wiederholte Morgan mit der gleichen gelassenen Stimme, und er war davon überzeugt. Ihm war, als wäre alles so vorherbestimmt gewesen. Er hatte viele Jahre darauf gewartet; war immer entschlossen gewesen und war es auch jetzt noch. Jack würde mit dem Talisman auf den Armen herauskommen. Es war ein Gegenstand, dem eine ungeheure Kraft innewohnte – aber er war zerbrechlich.

Er warf einen Blick auf die Weatherbee und ihr Zielfernrohr, dann berührte er den Schlüssel, der die Blitze schleuderte.

»Wenn er herauskommt, sind wir bestens gerüstet«, sagte Morgan und setzte dann hinzu: »In beiden Welten. Solange Sie es nicht mit der Angst zu tun bekommen. Solange Sie zu mir halten.«

Das Zittern der Lippen ließ ein wenig nach. »Morgan, natürlich werde ich...«

»Denken Sie daran, wer Ihren Sohn getötet hat«, sagte Morgan leise.

Im gleichen Augenblick, in dem Jack Sawyer die brennende Münze in die Stirn eines monströsen Geschöpfes der Region gedrückt hatte, hatte Reuel Gardener, der seit seinem sechsten Lebensjahr unter relativ harmlosen epileptischen Anfällen gelitten hatte (im gleichen Alter, in dem bei Osmonds Sohn die ersten Anzeichen der Krankheit des Verheerten Landes auftraten), auf dem Rücksitz eines von einem Wolf gefahrenen Cadillac, unterwegs von Illinois nach Kalifornien, offenbar einen schweren Anfall bekommen.

Erstickend und purpurrot angelaufen, war er in Sunlight Gardeners Armen gestorben.

»Denken Sie daran«, wiederholte Morgan leise.

»Schlecht«, flüsterte Gardener. »Alle Jungen. Eine unumstößliche Tatsache. Und dieser Junge ganz besonders.«

»Richtig!« pflichtete Morgan ihm bei. »Denken Sie daran! Wir können ihn aufhalten, aber wir müssen unbedingt dafür sorgen, daß er das Hotel nur auf der Landseite verlassen kann.«

Er führte Gardener zu den Felsen, von denen aus er Parker betrachtet hatte. Jetzt sah er, daß sich Fliegen – dicke weiße Fliegen – auf dem toten Nigger niedergelassen hatten. Es konnte ihm nur recht sein. Wenn es ein Anzeigenblatt für Fliegen gegeben hätte, hätte er mit Freuden in einer bezahlten Annonce darauf hingewiesen, wo Parker zu finden war. Kommt, kommt alle her. Sie würden ihre Eier in die Falten seines faulenden Fleisches legen, und der Mann, der die Schenkel seines Twinners gebrandmarkt hatte, würde Maden gebären. Ein erfreulicher Gedanke. -

Er deutete zur Plattform hinüber.

»Das Floß ist irgendwo darunter«, sagte er. »Es sieht aus wie ein Pferd – der Himmel weiß, warum. Aber Sie waren immer ein Meisterschütze. Wenn Sie es ausmachen können, Gard, dann jagen Sie ein paar Kugeln hinein. Versenken Sie das Scheißding.«

Gardener nahm das Gewehr von der Schulter und blickte durch das Zielfernrohr. Eine Zeitlang bewegte sich die Mündung des großen Gewehrs langsam hin und her.

»Ich sehe es«, flüsterte Gardener frohlockend und drückte ab. Das Echo rollte über das Wasser und verhallte schließlich im Nichts. Der Lauf des Gewehrs hob sich und senkte sich dann wieder. Gardener feuerte nochmals. Und noch einmal.

»Erledigt«, sagte Gardener und setzte das Gewehr ab. Er hatte seinen Mut wiedergefunden, er war wieder ein großer Mann. Er lächelte – wie damals, als er seinen Auftrag in Utah erledigt hatte. »Es ist nur noch eine tote Haut auf dem Wasser. Wollen Sie selbst sehen?« Er bot Sloat das Gewehr an.

»Nein«, sagte Sloat. »Wenn Sie sagen, Sie haben es getroffen, dann haben Sie es getroffen. Jetzt muß er an der Landseite herauskommen, und wir wissen, welche Richtung er dann einschlägt. Ich glaube, wir werden bekommen, was uns so viele Jahre im Wege gestanden hat.«

Gardener sah ihn mit ehrfürchtig glänzenden Augen an.

»Ich schlage vor, wir gehen dort hinüber.« Er deutete auf den alten Plankenweg. Er lag unmittelbar hinter dem Zaun, an dem er so viele Stunden damit verbracht hatte, das Hotel zu beobachten und an das zu denken, was sich im Ballsaal befand.

»In Ordnung.«

In diesem Augenblick begann die Erde unter ihren Füßen zu stöhnen und sich aufzubäumen – das unterirdische Geschöpf war erwacht; es schüttelte sich und brüllte.

Im gleichen Augenblick fiel blendend weißes Licht aus sämtlichen Fenstern des Agincourt – das Licht von tausend Sonnen. Alle Fenster flogen gleichzeitig heraus; Glasscherben regneten herab.

»*DENKEN SIE AN IHREN SOHN UND FOLGEN SIE MIR!*« rief Sloat. Das Gefühl, daß alles vorherbestimmt war, war jetzt ganz stark und eindeutig. *Es war ihm bestimmt, zu gewinnen, trotz allem.*

Die beiden stürmten über den rüttelnden Strand auf den Plankenweg zu.

8

Jack bewegte sich langsam, von Staunen erfüllt, über das Parkett des Ballsaals. Sein Blick war aufwärts gerichtet, seine Augen funkelten. Sein Gesicht war übergossen von einem klaren weißen Leuchten, in dem alle Farben enthalten waren – die Farben des Sonnenaufgangs, die Farben des Sonnenuntergangs, die Farben des *Regenbogens*. Der Talisman hing hoch über ihm in der Luft und drehte sich langsam.

Es war eine Kristallkugel von vielleicht einem Meter Umfang – die Korona, die sie umgab, war so hell, daß sich ihre genaue Größe nicht feststellen ließ. Anmutig gerundete Linien schienen sich über ihre Oberfläche zu ziehen wie Längen- und Breitengrade – *und warum nicht?*, dachte Jack, noch immer von Ehrfurcht und Staunen benommen. *Es ist die Welt – ALLE Welten – ein Mikrokosmos. Mehr noch; es ist die Achse aller denkbaren Welten.*

Er sang; er drehte sich; er *leuchtete*.

Jack stand darunter, übergossen von seiner Wärme und dem klaren Gefühl seiner Kraft; er stand da wie im Traum, spürte, wie diese Kraft in ihn einströmte wie ein sauberer Frühlingsregen, der Milliarden winziger Samen zum Keimen bringt. Er spürte, wie ein grenzenloses Glücksgefühl wie eine Rakete durch sein Bewußtsein schoß, und Jack Sawyer hob lachend beide Hände über sein emporgewandtes Gesicht; es war eine Geste, die dem Glücksgefühl entsprach, das in ihm aufstieg.

»*Und jetzt komm zu mir!*« rief er

und glitt

> (durch? über?)

> > in

> > > Jason.

»*Und jetzt komm zu mir!*« rief er wieder, nun in der sanft fließenden, gleitenden Sprache der Region – er rief es lachend, aber Tränen rannen ihm über die Wangen. Und er begriff, daß die Reise mit dem anderen Jungen begonnen hatte und auch mit ihm enden mußte; also

> > > > glitt

> > > er zurück

> in

Jack Sawyer.

Über ihm bebte der Talisman in der Luft, drehte sich langsam, verströmte Licht und das Gefühl des Guten, das Gefühl von *Weiße*.

»*Komm zu mir!*«

Er bewegte sich, schwebte herab.

Und so kam nach vielen Wochen voller Abenteuer, Dunkelheit und Verzweiflung, in denen er Freunde gefunden und wieder verloren hatte, nach Tagen voller Mühe und Plage und Nächten in feuchten Heuschobern, nach der Begegnung mit den Dämonen der dunklen Orte (von denen nicht der harmloseste in den Tiefen seiner eigenen Seele wohnte) – nach alledem kam auf diese Weise der Talisman zu Jack Sawyer.

Er sah ihn herabkommen, und obwohl er kein Bedürfnis spürte, zu flüchten, erfüllte ihn doch ein überwältigendes Gefühl von Welten in Gefahr, Welten in der Schwebe. War das, was von Jason in ihm steckte, wirklich? Königin Lauras Sohn war tot; er war ein Gespenst, dessen Namen die Leute in der Region anriefen. Dennoch mußte er wirklich sein. Jacks Jagd nach dem Talisman, einem Ziel, das nur Jason erreichen konnte, hatte Jason für kurze Zeit wieder ins Leben zurückgebracht – Jack hatte wirklich einen Twinner gehabt oder zumindest etwas Ähnliches. Wenn Jason ein Gespenst war, wie die Ritter Gespenster gewesen waren, dann konnte es durchaus sein, daß er verschwand, sobald diese strahlende Kugel seine erhobenen Hände berührte. Jack würde ihn ein zweites Mal töten.

Keine Sorge, Jack, flüsterte eine Stimme. Die Stimme war warm und klar.

Er kam herab, eine Kugel, eine Welt, *alle* Welten – es war Glorie und Wärme, es war das Gute, es war die Wiederkehr des Weißen. Und er war, wie es seit jeher beim Weißen der Fall war und immer sein wird, ungeheuer zerbrechlich.

Als er herabkam, wirbelten Welten in Jacks Kopf. Jetzt glaubte er nicht, durch Schichten von Realitäten zu stürzen, sondern einen ganzen Kosmos von Realitäten zu sehen, die einander überdeckten, miteinander verbunden waren wie ein Hemd aus

(Wirklichkeit)

Kettengewebe.

Du greifst nach einem Universum von Welten, einem Kosmos des Guten, Jack. Die Stimme gehörte seinem Vater. *Laß ihn nicht fallen, Junge. Um Jasons willen, laß ihn nicht fallen.*

Welten um Welten um Welten, manche grandios, manche teuflisch, alle für einen Moment erhellt vom warmen, weißen Licht dieses Sterns, einer Kristallkugel mit feinen, eingravierten Linien. Er kam langsam herab, auf Jack Sawyers zitternde, ausgestreckte Finger zu.

»*Komm zu mir!*« rief Jack, wie er ihm zugesungen hatte. »*Komm zu mir!*«

Jetzt war er einen Meter über seinen Händen, übergoß sie mit seiner weichen, heilenden Wärme; jetzt einen halben. Er zögerte einen

Moment, rotierte langsam mit leicht geneigter Achse, und Jack sah die strahlenden Umrisse von Kontinenten und Ozeanen und Eiskappen auf seiner Oberfläche. Er zögerte – und glitt dann langsam in die zugreifenden Hände des Jungen.

Dreiundvierzigstes Kapitel

Nachrichten aus aller Welt

1

Lily Cavanaugh, die in unruhigen Schlaf gefallen war, nachdem sie geglaubt hatte, Jacks Stimme von irgendwoher zu hören, fuhr kerzengerade im Bett auf. Zum ersten Mal seit Wochen kam Farbe in ihre wachsbleichen Wangen, und in ihren Augen leuchtete Hoffnung. »Jason?« keuchte sie und runzelte dann die Stirn; das war nicht der Name ihres Sohnes. Aber in dem Traum, aus dem sie gerade erwacht war, hatte sie einen Sohn dieses Namens gehabt, und in dem Traum war sie jemand anderes gewesen. Daran waren natürlich die Tabletten schuld; sie bescherten ihr die verrücktesten Träume.

»Jack?« versuchte sie es wieder. »Jack, wo bist du?«

Keine Antwort – aber sie *spürte* ihn, wußte, daß er am Leben war. Zum ersten Mal seit langer Zeit – sechs Monaten vielleicht – fühlte sie sich regelrecht wohl.

»Jacko«, sagte sie und langte nach ihren Zigaretten. Sie sah sie einen Augenblick lang an und schleuderte sie dann quer durchs Zimmer, so daß sie im Kamin auf dem anderen Zeug landeten, das sie später am Tag verbrennen wollte. »Ich glaube, ich gebe das Rauchen zum zweiten und letzten Mal in meinem Leben auf, Jacko«, sagte sie. »Halt die Ohren steif, Junge. Deine Mom liebt dich.«

Und dann stellte sie fest, daß sie lächelte – ohne jeden ersichtlichen Grund.

2

Donny Keegan, der im Sunlight-Heim Küchendienst getan hatte, als Wolf aus der Box ausbrach, hatte die Schreckensnacht überlebt; George Irwinson, der Junge, der mit ihm zusammen in der Küche gearbeitet hatte, war weniger glücklich gewesen. Jetzt lebte Donny in einem normaleren Waisenhaus in Nuncie, Indiana. Anders als die meisten anderen Jungen im Sunlight-Heim war Donny tatsächlich Waise; um den Behörden gegenüber den Schein zu wahren, hatte Gardener ein paar von ihnen aufnehmen müssen.

Jetzt war er dabei, noch halb verschlafen, in einem dunklen Korridor den Fußboden aufzuwischen. Plötzlich wachte er auf; er sah hoch, seine trüben Augen weiteten sich. Die Wolken draußen, aus denen ein leichter Schneefall auf die dezemberlich kahlen Felder herabgerieselt war, rissen plötzlich im Westen auf und ließen einen einzigen, breiten Sonnenstrahl durch, der in seiner isolierten Schönheit entsetzlich und erhebend zugleich war.

»*Du hast recht, ich LIEBE ihn!*« rief Donny triumphierend. Es war Ferd Janklow, dem er das zurief, obwohl Donny, der zu viel Spinnweben im Kopf hatte, um noch Verstand darin unterbringen zu können, seinen Namen längst vergessen hatte. »*Er ist schön, und ich LIEBE ihn!*«

Donny lachte sein idiotisches Lachen, aber jetzt war sogar sein Lachen fast schön. Einige der anderen Jungen öffneten ihre Türen und starrten Donny verblüfft an. Sein Gesicht lag im Licht des einzelnen, vergänglichen Strahls, und am Abend flüsterte einer der anderen Jungen einem Freund zu, einen Moment lang hätte Donny ausgesehen wie Jesus.

Der Moment ging vorüber; das Wolkenloch schloß sich wieder, und am Abend war aus dem leichten Geriesel der erste heftige Schneesturm des Winters geworden. Einen kurzen Augenblick lang hatte Donny gewußt – regelrecht gewußt –, was dieses Gefühl von Liebe und Triumph zu bedeuten hatte. Der Augenblick verging so schnell wie ein Traum beim Aufwachen – aber das Gefühl selbst vergaß er nie, dieses fast atemberaubende Gefühl einer Gnade, die nicht verheißen und dann verweigert, sondern gewährt und übermittelt wird; das Gefühl von Klarheit und Süße, von wunderbarer Liebe; das Gefühl der Begeisterung über die Wiederkehr des Weißen.

3

Richter Fairchild, der Jack und Wolf ins Sunlight-Heim geschickt hatte, war kein Richter mehr, und sobald seine letzte Berufung abgelehnt war, würde er ins Gefängnis wandern. Daß er im Gefängnis landen würde, schien inzwischen festzustehen, und zwar für lange Zeit. Vielleicht würde er nie wieder herauskommen. Er war ein alter Mann und nicht sehr gesund. Wenn sie nur die verdammten *Leichen* nicht gefunden hätten . . .

Er war so gelassen geblieben, wie es unter den gegebenen Umständen möglich war, aber jetzt, als er in seinem Arbeitszimmer saß und seine Fingernägel mit der langen Klinge seines Taschenmessers säuberte, brach eine große graue Welle von Depression über ihn herein. Er zog das Messer unter seinen dicken Nägeln hervor, betrachtete es einen Augenblick nachdenklich und steckte dann die Messerspitze ins rechte Nasen-

loch. Dort hielt er es einen Moment und flüsterte dann: »Scheiße.
Warum nicht?« Er ruckte die Faust aufwärts und schickte die fünfzehn
Zentimeter lange Klinge auf eine kurze, tödliche Reise – sie durchbohrte
zuerst seine Nebenhöhlen und dann sein Gehirn.

4

Smokey Updike saß in einer Nische des Oatley Tap, sah Rechnungen
durch und tippte Beträge in seinen Taschenrechner – genau wie an dem
Tag, an dem Jack ihn kennengelernt hatte. Doch jetzt war es fast Abend,
und Lori bediente die ersten Gäste. Aus der Musikbox dröhnte die
Stimme einer Sängerin.

In einem Augenblick war alles normal. Im nächsten saß Smokey
kerzengerade aufgerichtet da, und seine Papiermütze rutschte ihm vom
Kopf. Seine Hände krallten sich in das weiße T-Shirt über der linken
Brustseite, durch die ein plötzlicher Schmerz wie ein silberner Bolzen
hindurchschoß. *Gott hämmert seine Nägel,* hätte Wolf gesagt.

Im gleichen Augenblick flog der Grill mit einem lauten Knall in die
Luft. Er traf eine Busch-Reklame und riß sie von der Decke. Sie landete
klirrend auf dem Fußboden. Gleich darauf erfüllte der Geruch nach
Flüssiggas den Raum hinter der Bar. Lori kreischte.

Die Musikbox beschleunigte: auf 45, 78, 150, 400 Umdrehungen. Die
Worte der Sängerin verwandelten sich in das wilde Geschnatter wahnsinniger Backenhörnchen auf einer Raketen-Abschußrampe. Einen
Augenblick später flog die Frontscheibe der Musikbox auseinander;
bunte Scherben fetzten durch den Raum.

Smokey warf einen Blick auf seinen Taschenrechner und sah, wie ein
einziges Wort in der Leuchtanzeige aufblinkte:

TALISMAN-TALISMAN-TALISMAN-TALISMAN

Dann explodierten seine Augen.

»*Lori, stell das Gas ab!*« schrie einer der Gäste. Er glitt von seinem
Hocker und drehte sich zu Smokey um. »Smokey, sag ihr...« Der
Mann stieß einen Schreckensschrei aus, als er das Blut aus den Löchern
spritzen sah, in denen Smokey Updikes Augen gewesen waren.

Einen Augenblick später flog das ganze Oatley Tap in die Luft, und
bevor die Feuerwehr aus Dogtown und Elmira eintraf, stand fast die
ganze Stadt in Flammen.

Kein großer Verlust, Kinder. Könnt ihr Amen sagen?

In der Thayer School, in der alles so normal verlief wie immer (ein kurzes Zwischenspiel ausgenommen, das Schülern und Lehrern nur als eine Reihe verschwommener, irgendwie zusammenhängender Träume im Gedächtnis geblieben war), hatten gerade die letzten Unterrichtsstunden des Tages begonnen. Was in Indiana leichter Schneefall war, war hier in Illinois ein kalter Sprühregen. Die Schüler saßen verträumt in ihren Klassenzimmern.
Plötzlich begannen die Glocken in der Kapelle zu läuten. Köpfe fuhren hoch. Augen weiteten sich. Auf dem ganzen Campus von Thayer schienen halbvergessene Träume plötzlich wieder lebendig zu werden.

Etheridge hatte in einer Mathe-Stunde gesessen und mit der Hand rhythmisch einen gewaltigen Ständer massiert, blicklos auf die Logarithmen starrend, mit denen der alte Mr. Hunkins die Tafel bedeckte. Seine Gedanken waren bei der kessen kleinen Kellnerin, mit der er verabredet war. Sie trug Strumpfbänder anstelle von Strumpfhosen und war mehr als willens, beim Ficken die Strümpfe anzulassen. Jetzt ließ Etheridge den Blick über die Fenster wandern, vergaß seine Erektion, vergaß die Kellnerin mit ihren langen Beinen und den glatten Nylons; plötzlich und ohne jeden Anlaß fiel ihm Sloat ein. Der pedantische kleine Richard Sloat, der dazu aufforderte, daß man ihn als Flasche einstufte, obwohl er irgendwie keine war. Er dachte an Sloat und fragte sich, wie es ihm wohl ginge. Irgendwie hatte er das Gefühl, daß es mit Sloat, der vor vier Tagen unentschuldigt die Schule verlassen und seither kein Lebenszeichen von sich gegeben hatte, nicht zum besten stand.

Mr. Dufrey, der Direktor, saß gerade in seinem Büro und diskutierte mit einem wütenden – und reichen – Vater über die Relegation eines Jungen namens George Hatfield wegen Betrugs, als das unplanmäßige Glockengeläut begann. Als es endete, kauerte Mr. Dufrey auf Händen und Knien auf dem Boden, das graue Haar war ihm in die Stirn gefallen, die Zunge hing ihm aus dem Mund. Hatfield der Ältere stand an der Tür, preßte sich regelrecht dagegen, Mund und Augen weit aufgerissen; seine Wut hatte sich in Verblüffung und Angst verwandelt. Mr. Dufrey kroch auf seinem Teppich herum und bellte wie ein Hund.

Albert der Klops hatte sich gerade etwas zum Knabbern geholt, als die Glocken zu läuten begannen. Er blickte zum Fenster hinüber und runzelte die Stirn wie jemand, der sich an etwas zu erinnern versucht, das ihm auf der Zunge liegt. Dann zuckte er die Achseln und kehrte zu den Kartoffelchips zurück, von denen seine Mutter ihm gerade einen ganzen Karton geschickt hatte. Ihm war – nur einen Augenblick, aber der Augenblick war lang genug –, als wimmelte es in der Tüte von dicken weißen Würmern.

Er fiel ihn Ohnmacht.

Als er wieder zu sich gekommen war und genügend Mut gesammelt hatte, um wieder einen Blick in die Tüte zu werfen, sah er, daß es nur Einbildung gewesen war. Natürlich! Was hätte es sonst sein sollen! Dennoch war es eine Einbildung, die von diesem Tag an eine starke Macht auf ihn ausübte; wann immer er eine Tüte öffnete, die Chips, Schokoladenriegel, Erdnüsse oder sonstwelchen Knabberkram enthielt, sah er die Würmer vor seinem inneren Auge. Im Frühjahr hatte Albert der Klops fünfunddreißig Pfund abgenommen, spielte in der Tennis-Mannschaft von Thayer und hatte ein Mädchen. Er war halb von Sinnen vor Glück. Zum ersten Mal in seinem Leben hatte er das Gefühl, daß er die Liebe seiner Mutter überleben würde.

7

Als die Glocken zu läuten begannen, blickten alle auf. Einige lachten, einige runzelten die Stirn, ein paar brachen in Tränen aus. Irgendwo heulten Hunde, und das war merkwürdig – Hunde waren auf dem Campus nicht erlaubt.

Die Melodie, die die Glocken spielten, war nicht einprogrammiert – der verärgerte Hausmeister stellte es später fest. In der nächsten Ausgabe der Schülerzeitung äußerte ein Spaßvogel die Vermutung, jemand habe sich eingeschlichen und die Melodie in Vorfreude auf die Weihnachtsferien einprogrammiert.

Es war die Melodie von »Happy Days Are Here Again«.

8

Obwohl die Mutter von Jacks Wolf geglaubt hatte, sie wäre zu alt, um noch einmal schwanger zu werden, war zur Zeit der Veränderung vor ungefähr zehn Monaten ihre Blutung ausgeblieben. Vor einem Monat hatte sie Drillinge zur Welt gebracht – zwei Wurfschwestern und einen Wurfbruder. Es war eine schwere Geburt gewesen, und die Vorahnung, daß eines ihrer älteren Kinder dem Tode nahe war, hatte auf ihr gelastet.

Dieses Kind, das wußte sie, war in das Andere Land gegangen, um die Herde zu beschützen, und es würde im Anderen Land sterben, und sie würde es nie wiedersehen. Das bedrückte sie, und es war nicht nur die schwere Geburt, die sie zum Weinen brachte.

Doch jetzt, als sie unter einem vollen Mond schlief, ihre Jungen neben sich, alle in sicherer Entfernung von der Herde, drehte sie sich mit einem Lächeln um, zog den jüngsten Wurfbruder an sich und begann, ihn zu lecken. Noch im Schlaf legte das Wölfchen die Pfoten um den zottigen Hals seiner Mutter und drückte die Wange an ihre weich behaarte Brust, und dann lächelten beide. Im Schlaf der Veränderung regte sich ein menschlicher Gedanke: *Gott hämmert seine Nägel gut und gerade.* Und der Mond dieser wunderbaren Welt, in der alle Gerüche gut waren, schien auf sie herab, während sie eng umarmt schliefen und die Wurf-schwestern dicht daneben.

9

In dem Städtchen Goslin, Ohio (in der Nähe von Amanda und etwa fünfzig Kilometer südlich von Columbus) schaufelte ein Mann namens Buddy Parkins kurz vor Anbruch der Dämmerung Mist aus einem Hühnerstall. Er hatte eine Mullmaske umgebunden, um Mund und Nase vor der erstickenden weißen Guanowolke zu schützen, die beim Arbeiten aufstieg. Die Luft stank nach Ammoniak. Er hatte Kopf-schmerzen von dem Gestank. Außerdem hatte er Rückenschmerzen, weil er groß war und der Hühnerstall nicht. Alles in allem war es so ziemlich die widerwärtigste Arbeit, die er sich vorstellen konnte. Er hatte drei Söhne, und keiner der verdammten Bengel war jemals da, wenn der Hühnerstall ausgemistet werden mußte. Das einzig Gute war, daß er es bald geschafft hatte, und...

Der Junge! Herr im Himmel, der Junge!

Plötzlich erinnerte er sich ganz deutlich und mit einer Art unbewußter Liebe an den Jungen, der sich Lewis Farren genannt hatte. Den Jungen, der behauptet hatte, er wäre auf dem Weg zu seiner Tante Helen Vaughan in Buckeye Lake; den Jungen, der sich zu Buddy umgedreht hatte, als Buddy ihn fragte, ob er von Zuhause ausgerissen wäre, und ihm dabei ein Gesicht zugewendet hatte, in dem aufrichtige Güte lag und Schönheit, die Buddy an Regenbogen nach einem Gewitter denken ließ, an Sonnenuntergänge am Ende von Tagen voller Plackerei und gut getaner Arbeit.

Er richtete sich verblüfft auf und stieß mit dem Kopf so hart gegen einen Balken des Hühnerstalls, daß ihm Tränen in die Augen traten – doch gleichzeitig lächelte er, ohne zu wissen, warum. *Oh, mein Gott, der*

Junge ist DA, er ist DA, dachte Buddy Parkins, und obwohl er keine Ahnung hatte, wo »da« war, überwältigte ihn plötzlich die Vorstellung eines grandiosen Abenteuers; seit er mit zwölf die *Schatzinsel* gelesen und mit vierzehn das erste Mal die Brust eines Mädchens umfaßt hatte, war er nicht mehr so hingerissen, so begeistert gewesen. Er begann zu lachen. Er ließ seine Schaufel fallen, und während ihn die Hühner fassungslos anstarrten, tanzte Buddy Parkins im Hühnermist herum, lachte hinter seiner Maske und schnippte mit den Fingern.

»Er ist da!« rief Buddy Parkins lachend den Hühnern zu. »Heigh-ho, er ist da, er hat es endlich geschafft, er ist da, und *er hat ihn!*«

Später glaubte er fast – aber nicht ganz –, der Gestank des Hühnermistes müßte ihn irgendwie high gemacht haben. Aber das war es nicht *allein,* verdammt nochmal, *das war es nicht allein.* Er hatte eine Art Offenbarung gehabt, obwohl er nicht mehr wußte, was es gewesen war – vermutlich war es dasselbe wie bei dem englischen Dichter, von dem ein Lehrer in der High School einmal erzählt hatte: der Mann hatte eine große Dosis Opium genommen und angefangen, ein Gedicht über ein seiner Phantasie entsprungenes Chinesenbordell zu schreiben – aber als er auf die Erde zurückgekehrt war, konnte er es nicht vollenden.

Ungefähr so, dachte er, aber irgendwie wußte er, daß es nicht so war; und obwohl er sich nicht zu erinnern vermochte, was das Glücksgefühl ausgelöst hatte, so vergaß er doch wie Donny Keegan nie, wie dieses Glücksgefühl über ihn hereingebrochen war, so völlig unvermutet – die unwiderstehliche Vorstellung, für einen Moment ein herrliches weißes Licht erblickt zu haben, das alle Farben des Regenbogens in sich vereinigte.

10

Es gibt ein altes Lied von Bobby Darin, in dem es heißt: »*Und der Grund spuckt Wurzeln aus, / werden Drillichhemden und Stiefel draus, / schafft sie fort . . . schafft sie fort.*« Das war ein Lied, das die Kinder in der Umgebung von Cayuga, Indiana, bestimmt geliebt hätten, wenn es nicht lange vor ihrer Zeit populär gewesen wäre. Das Sunlight-Heim stand kaum mehr als eine Woche leer, und schon jetzt hatte es den Ruf eines Spukhauses, was in Anbetracht der grausigen Überreste, die man in der Nähe des Elektrozauns gefunden hatte, nicht überraschend war. Das ZU VERKAUFEN-Schild des Grundstücksmaklers sah aus, als hinge es nicht seit neun Tagen, sondern seit mindestens einem Jahr an seinem Pfosten, und der Makler hatte den Preis bereits gesenkt und dachte daran, es noch einmal zu tun.

Wie sich herausstellte, erübrigte sich das. Als aus dem bleigrauen

Himmel über Cayuga der erste Schnee herabzurieseln begann (und als Jack Sawyer etwa dreitausend Kilometer entfernt den Talisman berührte), explodierten die Flüssiggastanks hinter der Küche. Eine Woche zuvor war ein Mann von Eastern Indiana Gas and Electric dagewesen und hatte das Gas herausgepumpt; er hätte geschworen, daß man in einen dieser Tanks hineinkriechen und sich eine Zigarette anstecken konnte, aber sie explodierten trotzdem – sie explodierten im gleichen Augenblick, in dem die Fenster des Oatley Tap herausflogen (und mit ihnen etliche Gäste in Drillichhemden und Stiefeln – die Rettungsmannschaft aus Elmira schaffte sie fort).

Das Sunlight-Heim brannte bis auf die Grundmauern nieder.

Bekomme ich ein Halleluja?

11

In allen Welten regte sich etwas und veränderte seine Lage ein wenig wie ein großes Tier – aber in Point Venuti steckte das Tier in der Erde; es war erwacht und brüllte. Nach Angabe der Seismologen im California Institute of Technology schlief es erst neunundsiebzig Sekunden später wieder ein.

Das Erdbeben hatte begonnen.

Vierundvierzigstes Kapitel

Das Erdbeben

1

Es dauerte eine Weile, bis Jack bemerkte, daß das Agincourt um ihn herum in Stücke fiel, und das war nicht verwunderlich. Er war in Staunen versunken. In gewisser Hinsicht befand er sich überhaupt nicht im Agincourt, nicht in Point Venuti, nicht in Mendocino County, nicht in Kalifornien, nicht in der Amerikanischen Region, nicht in irgendeiner anderen Region; und dennoch befand er sich in ihnen und ebenso in einer unendlichen Zahl anderer Welten, und in allen gleichzeitig. Auch befand er sich nicht nur an einem Ort in all diesen Welten; er befand sich überall, er *war* diese Welten. Wie es schien, war der Talisman mehr, als selbst sein Vater vermutet hatte. Er war nicht nur die Achse aller möglichen Welten, sondern die Welten selbst – die Welten und die Räume zwischen diesen Welten.

Hier gab es so viel Transzendentales, daß selbst ein tibetanischer Heiliger den Verstand verloren hätte. Jack Sawyer war überall; Jack Sawyer war alles. In einer Welt, fünfzigtausend Welten von der Erde entfernt, verdurstete irgendwo im Zentrum eines Kontinents, dessen Lage ungefähr der von Afrika entsprach, ein Grashalm; Jack verdurstete mit ihm. In einer anderen Welt paarten sich Drachen in einer Wolke hoch über dem Planeten, der feurige Atem ihrer Ekstase vermischte sich mit der kalten Luft, und Wolkenbrüche ergossen sich auf die Erde unter ihnen. Jack war der männliche Drache; Jack war der weibliche Drache; Jack war das Sperma; Jack war das Ei. Weit draußen im All trieben drei Staubkörnchen im interstellaren Raum; Jack war der Staub, und Jack war der Raum zwischen ihnen. Galaxien wickelten sich in seinem Kopf ab wie lange Papierrollen, und das Schicksal stanzte willkürliche Muster in sie ein, verwandelte sie in makrokosmische Pianola-Bänder, die alles spielten – vom Ragtime bis zum Grabgesang. Jacks Zähne bissen in eine Orange; Jacks Fleisch schrie auf, als sich die Zähne hineingruben. Er war eine Billion Stäubchen unter einer Milliarde Betten. Er war ein junges Känguruh, das vom Leben im Beutel seiner Mutter träumte, während die Mutter über eine purpurne Ebene hüpfte, auf der Kaninchen, so groß wie Rehe, herumrannten und Haken schlugen. Er war der Schinken in einem Rauchhaus in Peru und das Ei unter einer der Hennen in dem

Hühnerstall, den Buddy Parkins in Ohio ausmistete. Er war der pulverisierte Hühnermist in Buddy Parkins' Nase; er war das zitternde Härchen, das Buddy Parkins bald zum Niesen bringen würde; er war die Bazillen im Niesen; er war die Atome in den Bazillen; er war die Tachyonen in den Atomen, die durch die Zeit zurückjagten bis zum Urknall zu Beginn der Schöpfung.

Sein Herz tat einen Schlag, und tausend Sonnen verglühten.

Er sah Unmengen von Sperlingen in Unmengen von Welten und registrierte das Fallen oder Wohlbefinden jedes einzelnen.

Er starb in der Hölle der Erzgruben der Region.

Er lebte als Grippevirus in Etheridges Krawatte.

Er fegte in einem Wind über ferne Länder.

Er war...

Er war Gott. Gott oder etwas, das ihm so ähnlich war, daß der Unterschied keine Rolle spielte.

Nein! schrie Jack entsetzt. *Nein. Ich will nicht Gott sein! Bitte, bitte, ich will nicht Gott sein! ICH WILL NUR MEINER MUTTER DAS LEBEN RETTEN!*

Und plötzlich schloß sich die Unendlichkeit wie Karten, die in der Hand eines Falschspielers zusammengleiten. Sie verengerte sich zu einem Balken aus blendend weißem Licht, und auf ihm kehrte er zurück in den Ballsaal der Region. Nur Sekunden waren vergangen. Er hielt noch immer den Talisman in den Händen.

2

Draußen hatte der Boden zu tanzen begonnen wie ein in Ekstase versetzter Derwisch. Die Flut, die gerade auflief, besann sich eines anderen, lief wieder ab und ließ Sand zurück, so tief gebräunt wie die Beine eines Starlets. Auf diesem entblößten Sand wälzten sich seltsame Fische; einige von ihnen schienen nur aus gallertartigen Augenklumpen zu bestehen.

Die Kliffs hinter der Stadt bestanden angeblich aus Sedimentgestein, doch jeder Geologe hätte auf den ersten Blick sagen können, daß dieses Gestein sich zu Sediment verhielt wie Neureiche zu den Oberen Zehntausend. Das Hochland von Point Venuti war in Wirklichkeit nichts als Schlamm, dessen harte Kruste jetzt aufriß und sich in tausend verschiedene Richtungen spaltete. Einen Augenblick schien sie sich zu halten, dann öffneten sich neue Risse und schlossen sich wieder wie keuchende Münder; dann stürzte das Bergland in sich zusammen und rutschte auf die Stadt. Erdschauer regneten herab, darunter Felsbrocken von der Größe der Reifenfabriken in Toledo.

Morgans Wolfbrigade war bei Jacks und Richards Überraschungsangriff auf Camp Readiness dezimiert worden. Jetzt verringerte sich ihre Zahl noch weiter. Viele von ihnen ergriffen heulend und schreiend die Flucht; einige flippten in ihre eigene Welt zurück. Ein paar kamen davon; die meisten überlebten den Aufruhr der Elemente nicht. Drei Wölfe in schwarzen Motorradfahrer-Lederjacken schafften es, in ihren Wagen – einen verbeulten alten Lincoln Mark IV – zu steigen und anderthalb Blocks weit zu fahren, bis ein Felsbrocken vom Himmel fiel und den Lincoln zermalmte.

Andere rannten schreiend durch die Straßen, während ihre Veränderung einsetzte. Die Frau mit der Kette in den Brustwarzen stolzierte heiter und gelassen vor einem von ihnen herum. Heiter und gelassen riß sie sich das Haar in großen Büscheln aus. Die blutigen Wurzeln schwankten wie Seegras.

»Hier«, rief sie mit heiter gelassenem Lächeln. »Ein Blumenstrauß! Für dich!«

Der Wolf, keineswegs heiter und gelassen, riß ihr mit einem einzigen Biß den Kopf herunter und rannte weiter, weiter.

3

Jack betrachtete das, was er eingefangen hatte, atemlos wie ein Kind, das erlebt, wie ein scheues Geschöpf des Waldes sich hervorwagt und ihm aus der Hand frißt.

Er leuchtete zwischen seinen Handflächen, zunehmend und abnehmend, zunehmend und abnehmend.

Mit meinem Herzschlag, dachte er.

Er schien aus Glas zu bestehen, fühlte sich aber ein wenig nachgiebig an. Von seinen Händen aus schossen Farben in zauberhaften Wogen nach innen: Tintenblau von seiner linken, ganz dunkles Karmin von seiner rechten Hand. Er lächelte – und dann erlosch das Lächeln.

Vielleicht bringst du eine Milliarde Menschen um, wenn du das tust – Feuer, Überschwemmungen. Denk an das Haus, das in Angola, New York, zusammenstürzte, nachdem du …

Nein, Jack, flüsterte der Talisman, und er verstand, warum er dem sanften Druck seiner Hände nachgegeben hatte. Er war lebendig; natürlich war er das. *Nein, Jack. Alles wird gut – alles wird gut – alles und jedes wird gut. Du mußt nur glauben; treu sein; durchhalten; du darfst jetzt nicht unsicher werden.*

Regenbogen, Regenbogen, Regenbogen, dachte Jack und fragte sich, ob er je fähig sein würde, sich von diesem wundervollen Gegenstand zu trennen.

Am Strand hatte sich Gardener neben dem Plankenweg vor Entsetzen flach auf den Bauch fallen lassen. Seine Finger gruben sich in den lockeren Sand. Er wimmerte.

Morgan taumelte wie ein Betrunkener auf ihn zu und riß ihm das Funksprechgerät von der Schulter.

»Hierbleiben!« brüllte er hinein; dann wurde ihm klar, daß er vergessen hatte, das Gerät einzuschalten. Er tat es. »HIERBLEIBEN! WENN IHR AUS DER STADT ZU KOMMEN VERSUCHT, FALLEN EUCH DIE VERDAMMTEN KLIFFS AUF DEN KOPF! KOMMT HIERHER! KOMMT ZU MIR! DAS ALLES IST NUR FAULER ZAUBER! KOMMT HIER HERUNTER! SPERRT DEN STRAND AB! WER KOMMT, WIRD BELOHNT! WER NICHT KOMMT, STIRBT IN DEN ERZGRUBEN UND IM VERHEERTEN LAND! KOMMT HIER HERUNTER! HIERHER INS FREIE! HIER FÄLLT EUCH NICHTS AUF DEN KOPF! KOMMT HER, VERDAMMT NOCHMAL!«

Er warf das Funksprechgerät auf die Erde, bückte sich und riß den wimmernden, käsebleichen Gardener hoch. »Auf die Beine, Hübscher«, sagte er.

Richard war bewußtlos, aber er schrie auf, als der Tisch, auf dem er lag, ihn auf den Fußboden schleuderte. Jack hörte den Aufschrei, und er weckte ihn aus der hingerissenen Betrachtung des Talismans.

Erst jetzt merkte er, daß das Agincourt um ihn herum ächzte wie ein Schiff im Sturm. Er blickte sich um und sah, wie Bretter sich lösten und staubiges Gebälk freilegten. Die Balken fuhren hin und her wie Schiffchen auf einem Webstuhl. Weiße Würmer wimmelten herum und flüchteten vor dem klaren Licht des Talismans.

»Ich komme, Richard!« rief er und machte sich auf den Rückweg. Einmal geriet er aus dem Gleichgewicht und stürzte; er hob die leuchtende Kugel, weil er wußte, daß sie verletzlich war – wenn sie hart genug aufprallte, würde sie zerbrechen; was dann geschah, wußte Gott allein. Er landete auf einem Knie, wurde nach hinten auf sein Gesäß zurückgeworfen und kam dann wieder auf die Füße.

Von unten hörte er Richard wieder schreien.

»Richard! Ich komme!«

Von oben kam ein Geräusch wie Schlittenglocken. Er blickte auf und sah, wie der Kronleuchter schaukelte, schneller und schneller. Das Geräusch ging von seinen Kristallbehängen aus. Jack sah, wie die Kette riß und der Kronleuchter auf den Fußboden aufschlug wie eine Bombe, die anstelle von Sprengstoff mit Glasrauten gefüllt war. Glassplitter flogen.

Jack verließ den Raum mit großen, unbeholfenen Sprüngen – wie ein Komiker, der versucht, einen betrunkenen Matrosen zu spielen. Den Gang entlang. Als die Dielen unter seinen Füßen in Bewegung gerieten und aufrissen, wurde er erst an die eine, dann an die andere Wand geschleudert. Jedesmal, wenn er gegen eine Wand prallte, streckte er den Talisman mit beiden Händen von sich, zwischen denen er leuchtete wie weißglühende Kohle.

Du kommst nie die Treppe hinunter.

Ich muß. Ich muß.

Er erreichte den Absatz, auf dem der schwarze Ritter auf ihn gewartet hatte. Die Welt torkelte in eine andere Richtung; die Treppenstufen bewegten sich in so großen Wellen, daß ihm schon vom Hinsehen schlecht wurde. Eine Stufe sprang hoch und hinterließ ein schwarzes Loch.

»Jack!«

»Ich komme, Richard!«

Du kommst nicht die Treppe hinunter. Völlig ausgeschlossen.

Ich muß. Ich muß.

Den zerbrechlichen Talisman in den Händen, wagte sich Jack auf die Treppe, die jetzt aussah wie ein fliegender Teppich aus Tausendundeiner Nacht in einem Tornado.

Die Stufen hoben sich und schleuderten ihn dem Loch entgegen, durch das der Helm des schwarzen Ritters gefallen war. Jack schrie und taumelte rückwärts auf die Öffnung zu, preßte mit der rechten Hand den Talisman an sich und flegelte mit der linken nach hinten. Flegelte ins Nichts. Seine Absätze trafen auf das Loch und kippten ins Leere.

6

Fünfzig Sekunden waren vergangen, seit das Erdbeben begonnen hatte. Nur fünfzig Sekunden – aber Leute, die ein Erdbeben überlebt haben, wissen, daß die objektive, mit der Uhr meßbare Zeit in einem Erdbeben jeden Sinn verliert. Drei Tage nach dem Erdbeben von 1964 in Los Angeles fragte ein Fernsehreporter einen Überlebenden, der sich in der Nähe des Epizentrums befunden hatte, wie lange das Beben gedauert hätte.

»Es dauert noch immer an«, erklärte der Überlebende.

Zweiundsechzig Sekunden nach Beginn des Bebens ergab sich das gesamte Hochland von Point Venuti in sein Schicksal; es stürzte auf die

Stadt und wurde zum Tiefland von Point Venuti. Nur eine Säule aus härterem Gestein blieb stehen, die wie ein anklagender Finger auf das Agincourt zeigte. Aus den Erd- und Gesteinsmassen, die auf die Stadt gestürzt waren, ragte ein schmutziger Schornstein wie ein Phallus.

7

Am Strand stützten sich Morgan Sloat und Sunlight Gardener gegenseitig; es sah aus, als tanzten sie miteinander. Gardener hatte die Weatherbee abgelegt. Ein paar Wölfe, deren Augen entweder vor Entsetzen hervorquollen oder wutentbrannt funkelten, hatten sich zu ihnen gesellt. Weitere kamen. Bei allen war die Veränderung ganz oder teilweise eingetreten. Ihre Kleidung hing in Fetzen an ihnen herunter. Morgan sah, wie sich einer von ihnen auf die Erde warf und hineinzubeißen begann, als wäre der unruhige Boden ein Feind, den man töten konnte. Morgan warf nur einen Blick auf diesen Irrsinn und vergaß ihn dann. Ein Lieferwagen mit der Aufschrift WILD CHILD jagte über den Point Venuti Square, auf dem einst Kinder ihre Eltern um Eiscreme und Fähnchen mit dem Bild des Agincourt angebettelt hatten. Der Lieferwagen schaffte es, den Platz zu überqueren; er sprang auf den Gehsteig und pflügte sich dann durch zugenagelte Buden seinen Weg zum Strand hinunter. Dann tat sich vor ihm ein letzter Riß auf, und der WILD CHILD-Lieferwagen, der Tommy Woodbine getötet hatte, stürzte hinein und verschwand für immer. Flammen schossen hoch, als der Tank explodierte. Sloat erinnerte sich vage an die Predigten seines Vaters über die Feuer der Hölle. Dann schloß sich die Erde über dem Riß.

»Festhalten«, rief er Gardener zu. »Ich glaube, das Haus stürzt über ihm zusammen und begräbt ihn unter sich, aber falls er herauskommt, müssen Sie ihn erschießen, ob die Erde bebt oder nicht.«

»Werden wir merken, wenn ER zerbricht?« quakte Gardener

Morgan Sloat grinste wie ein Eber in einem Rohrdickicht.

»Wir werden es merken«, sagte er. »Die Sonne wird schwarz werden.«

Vierundsiebzig Sekunden.

Jacks linke Hand suchte Halt an den zersplitterten Überresten des Geländers. Der Talisman leuchtete an seiner Brust, und die Längen- und Breitengrade, die sich um ihn herumzogen, glühten so hell wie die Drahtfäden in Glühlampen. Seine Absätze kippten, seine Sohlen begannen zu rutschen.

Ich falle! Speedy! Ich...

Neunundsiebzig Sekunden.

Es hörte auf.

Ganz plötzlich hörte es auf.

Aber wie für den Überlebenden des Erdbebens von 1964 dauerte es auch für Jack an, zumindest in einem Teil seines Bewußtseins. In einem Teil seines Bewußtseins bebte die Erde weiter wie Götterspeise bei einem Kirchenpicknick.

Er schaffte es, sich von dem Loch im Geländer zurückzuziehen und in die Mitte der verbogenen Treppe zu gelangen. Dann stand er da mit schweißglänzendem Gesicht und drückte den großen runden Stern an seine Brust. Er stand da und lauschte der Stille.

Irgendetwas Schweres – vielleicht ein Schrank oder eine Kommode –, das auf der Kippe gestanden hatte, stürzte mit widerhallendem Getöse um.

»*Jack! Bitte! Ich glaube, ich sterbe!*« Richards stöhnende, hilflose Stimme klang tatsächlich, als wäre er dem Tode nahe.

»*Richard! Ich komme!*«

Er machte sich auf den Weg die Stufen hinab, die sich aufgeworfen und verbogen hatten und aus den Fugen gerissen waren. Viele von ihnen waren überhaupt nicht mehr da, und er mußte mit großen Schritten über sie hinweg. An einer Stelle fehlten vier in einer Reihe, und er sprang, den Talisman mit einer Hand an die Brust gedrückt und mit der anderen auf dem verzogenen Geländer entlanggleitend.

Immer noch fielen Dinge. Glas zersprang und klirrte. Irgendwo rauschte wie verrückt eine Toilettenspülung.

Der Redwood-Tresen der Rezeption in der Halle war in der Mitte aufgerissen, aber die Doppeltür stand offen, und ein heller Keil aus Sonnenlicht fiel hindurch – der feuchte, halb verrottete Teppich schien zischend und dampfend gegen dieses Licht zu protestieren.

Die Wolken sind aufgerissen, dachte Jack. *Draußen scheint die Sonne.* Und dann: *Wir gehen durch die Vordertür hinaus, Richie-boy. Du und ich. In voller Lebensgröße und doppelt so stolz.*

Der Gang, der an der Reiherbar vorbei in den Speisesaal führte, erinnerte ihn an die Szenenbilder in der alten Fernsehserie *Twilight Zone,* in der alles schief und irgendwie aus dem Lot war. Hier neigte sich der Fußboden nach links, dort nach rechts; hier glich er den Höckern eines Kamels. Er tastete sich durch das Halbdunkel, und der Talisman erhellte seinen Weg wie die größte Taschenlampe der Welt.

Er erreichte den Speisesaal und sah Richard in die Tischdecke verwikkelt auf dem Fußboden liegen. Blut sickerte aus seiner Nase. Als er näherkam, sah er, daß einige der harten roten Quaddeln aufgeplatzt waren; weiße Würmer krochen aus Richards Fleisch heraus und wanden sich träge über seine Wangen. Einer kam gerade aus Richards Nase zum Vorschein.

Richard stieß einen schwachen, gurgelnden, jämmerlichen Schrei aus und griff danach. Es war der Schrei eines Menschen, der eines qualvollen Todes stirbt.

Sein Hemd warf und verzerrte sich über den Würmern.

Jack taumelte über den unebenen Fußboden auf ihn zu – und die Spinne kam aus der Dunkelheit herabgeschossen und spritzte ihr Gift blindlings in die Luft.

»*Mieser Dieb*«, geiferte sie mit ihrer schrillen, monotonen Stimme. »*O du mieser Dieb, bring ihn zurück, bring ihn zurück!*«

Ohne nachzudenken, hob Jack den Talisman. Er versprühte klares weißes Feuer – Regenbogenfeuer –, und die Spinne schrumpfte zusammen und wurde schwarz. Eine Sekunde später war sie nur noch ein Klumpen rauchender Kohle, der langsam in der Luft schaukelte.

Aber er hatte keine Zeit, dieses Wunder zu bestaunen. Richard starb.

Jack erreichte ihn, fiel neben ihm auf die Knie und befreite ihn von der Tischdecke, als wäre es ein Leichentuch.

»Hab's endlich geschafft, Kumpel«, flüsterte er und versuchte, die Würmer nicht zur Kenntnis zu nehmen, die aus Richards Fleisch hervorkrochen. Er hob den Talisman, dachte einen Moment nach und legte ihn dann auf Richards Stirn. Richard schrie jämmerlich auf und versuchte, sich ihm zu entwinden. Jack legte eine Hand auf Richards magere Brust und hielt ihn fest – das war nicht schwierig. Gestank stieg auf, als die Würmer unter dem Talisman verschmorten.

Was nun? Da ist mehr, aber was?

Er ließ den Blick durch den Raum wandern und sah die große Murmel, die er Richard in die Hand gedrückt hatte – die Murmel, die in der anderen Welt ein Zauberspiegel war. Er sah, wie sie sich in Bewegung setzte, anderthalb Meter weit rollte und dann liegenblieb. Ja, sie rollte. Sie rollte, weil sie eine Murmel war, und Murmeln sind zum Rollen geschaffen. Murmeln waren rund, und der Talisman war es auch.

Licht brach in sein verstörtes Denken ein.

Jack hielt Richard fest und rollte den Talisman über seinen Körper. Als er Richards Brust erreicht hatte, hörte Richard auf, sich zu wehren. Jack dachte, er wäre ohnmächtig geworden, aber ein rascher Blick sagte ihm, daß es nicht der Fall war. Richard sah ihn mit aufdämmerndem Staunen an . . .

. . . und die Geschwüre auf seinem Gesicht waren verschwunden! Die harten roten Quaddeln verblichen!

»Richard!« rief er und lachte, als hätte er den Verstand verloren. »He, Richard, sieh dir das an! Bwana macht juju!«

Er rollte mit der Handfläche den Talisman langsam über Richards Bauch. Der Talisman leuchtete hell, sang ein klares, wortloses Lied von Gesundheit und Heilung. Über Richards Leisten. Jack schob Richards Beine zusammen und rollte ihn zwischen ihnen bis zu seinen Knöcheln. Der Talisman leuchtete hellblau – dunkelrot – gelb – so grün wie eine Wiese im Juni. Dann war er wieder weiß.

»Jack«, flüsterte Richard. »Sind wir deshalb gekommen?«

»Ja.«

»Er ist schön«, sagte Richard. Dann zögerte er. »Darf ich ihn halten?«

Jack überkam ein Gefühl unvermuteter Besitzgier. Einen Augenblick lang riß er den Talisman an sich. *Nein! Du könntest ihn zerbrechen. Außerdem gehört er mir! Seinetwegen habe ich den Kontinent durchquert! Seinetwegen habe ich mit den Rittern gekämpft! Du bekommst ihn nicht. Er gehört mir! Mir!*

Plötzlich ging von dem Talisman in seinen Händen eine entsetzliche Kälte aus, und einen Augenblick lang – einen Augenblick, der Jack mehr ängstigte als alle Erdbeben, die es je gegeben hat oder geben wird – färbte er sich völlig schwarz. Das weiße Licht war erloschen. In seinem bisher so herrlichen, todüberwindenden Innern sah er das schwarze Hotel. Auf Türmen und Giebeln und Erkern, auf den Kuppeln, die aufragten wie Warzen mit bösartigen Geschwüren, drehten sich die Wetterfahnen – Wolf und Krähe und kabbalistische Sterne.

Willst du das neue Agincourt sein? flüsterte der Talisman. *Auch ein Junge kann ein Hotel sein – wenn er es darauf anlegt.*

Die Stimme seiner Mutter, klar in seinem Kopf: *Wenn du ihn nicht aus der Hand geben willst, Jacko, wenn du dich nicht überwinden kannst, ihn deinem Freund anzuvertrauen, dann kannst du bleiben, wo du bist. Wenn du es nicht fertigbringst, den Preis mit ihm zu teilen – den Preis zu riskieren –, dann brauchst du nicht nach Hause zu kommen. Oh, ich weiß, Kinder bekommen dergleichen oft genug zu hören, aber wenn es wirklich Ernst wird, liegen die Dinge anders, stimmt's? Wenn du ihn nicht teilhaben lassen kannst, dann laß mich sterben – um diesen Preis will ich nicht leben.*

Der Talisman schien plötzlich unendlich schwer zu sein, das Gewicht von Leichen zu haben. Dennoch schaffte Jack es irgendwie, ihn anzuheben und in Richards Hände zu legen. Die Hände waren weiß und mager – aber Richard hielt ihn mühelos, und Jack begriff, daß die Schwere nur in seiner Einbildung existiert hatte, seiner krankhaften Besitzgier. Als der Talisman wieder in seinem herrlichen Weiß erstrahlte, spürte Jack, wie auch aus ihm die innere Dunkelheit wich.

Richard lächelte, und das Lächeln verschönte sein Gesicht. Jack hatte Richard oft lächeln sehen, aber in diesem Lächeln lag ein Friede, den er noch nie an ihm bemerkt hatte; ein Friede, der sein Fassungsvermögen überstieg. Im weißen Licht des Talismans sah er, daß Richards Gesicht zwar noch verwüstet und abgezehrt aussah, aber weiter abheilte.

Richard drückte den Talisman an die Brust, als wäre er ein Säugling, und lächelte Jack mit strahlenden Augen an.

»Wenn *das* der Seabrook Island-Expreß ist«, sagte er, »dann kaufe ich mir eine Dauerkarte. *Falls* wir je hier herauskommen.«

»Es geht dir besser?«

Richards Lächeln leuchtete wie das Licht das Talisman. »Um *Welten* besser«, sagte er. »Und nun hilf mir auf, Jack.«

Jack wollte ihn bei den Schultern fassen. Richard streckte ihm den Talisman entgegen.

»Nimm du ihn wieder«, sagte er. »Ich bin immer noch ziemlich schwach, und er will zu dir. Ich spüre es.«

Jack nahm ihn und half Richard auf. Richard legte einen Arm um Jacks Hals.

»Bist du bereit – *Kumpel?*«

»Ja«, sagte Richard. »Ich bin bereit. Aber ich glaube, der Seeweg ist versperrt. Mir war, als hörte ich bei dem großen Gerumpel die Plattform abstürzen.«

»Wir gehen zur Vordertür hinaus«, sagte Jack. »Selbst wenn Gott von den Fenstern hier bis zum Strand eine Gangway auslegte, würde ich zur Vordertür hinausgehen. Wir schleichen uns nicht hinaus, Richie. Wir verlassen das Haus wie Gäste, die ihre Rechnung beglichen haben. Und mir ist, als hätte ich eine Menge bezahlt. Was meinst du?«

Richard hob eine Hand; die abheilenden Wunden waren noch deutlich zu sehen.

»Ja, wir sollten es versuchen«, sagte er. »Gib mir ein bißchen Hilfestellung.«

Jack ergriff Richards Hand, und dann machten sie sich auf den Weg zurück durch den Gang; einer von Richards Armen lag um Jacks Hals.

Im Gang starrte Richard fassungslos auf den Haufen toten Metalls. »Was ist das?«

»Blechbüchsen«, sagte Jack und lächelte. »Ausrangierte Blechbüchsen.«

»Jack, was in aller Welt hast du . . .«

»Lassen wir das«, sagte Jack. Er lächelte, und er fühlte sich nach wie vor wohl; dennoch war ihm, als durchzögen wieder bis zum Zerreißen gespannte Drähte seinen Körper. Das Erdbeben war vorbei – aber draußen wartete Morgan auf sie. Und Gardener.

Wenn schon. Alles kommt so, wie es kommen soll.

Sie erreichten die Halle, und Richard ließ seinen Blick verwundert über die Treppe wandern, den gesprungenen Empfangstresen, die umgestürzten Trophäen und Fähnchenständer. Der ausgestopfte Kopf eines Schwarzbären steckte die Nase in ein Fach des Postregals, als röche er etwas Gutes – Honig vielleicht.

»Donnerwetter«, sagte Richard. »Da hat nicht viel daran gefehlt, daß der ganze Bau zusammenstürzte.«

Jack führte Richard zur Doppeltür und stellte fest, daß Richard das einfallende Sonnenlicht fast gierig genoß.

»Bist du wirklich bereit, Richard?«

»Ja.«

»Dein Vater ist draußen.«

»Nein, das ist er nicht. Alles, was da draußen ist, ist – wie nennst du es? Sein Twinner.«

»Oh.«

Richard nickte. Trotz der Nähe des Talismans machte er wieder einen erschöpften Eindruck. »Ja.«

»Wahrscheinlich wird es hart auf hart gehen.«

»Ich tue, was ich kann.«

»Ich liebe dich, Richard.

Richard lächelte matt. »Ich liebe dich auch, Jack. Und nun laß uns gehen, bevor ich es mit der Angst zu tun bekomme.«

9

Sloat hatte wirklich geglaubt, er hätte alles unter Kontrolle – die Situation natürlich, aber, was wichtiger war, sich selbst. Er glaubte es, bis er seinen Sohn, offensichtlich schwach, offensichtlich krank, aber noch immer lebend, aus dem schwarzen Hotel kommen sah, einen Arm um Jack Sawyers Hals und das Gesicht an Jack Sawyers Schulter gelehnt.

Sloat hatte außerdem geglaubt, er hätte endlich seine Gefühle über Phil Sawyers Bengel unter Kontrolle – nur seine Wut war schuld daran gewesen, daß ihm Jack entgangen war, zuerst beim Pavillon der Königin, dann im Mittleren Westen. Er hatte es sogar geschafft, Ohio heil zu durchqueren – und Ohio war nur ein Augenzwinkern von Orris entfernt, dem Machtbereich des anderen Morgan. Aber seine Wut hatte zu unkontrolliertem Handeln geführt, und so war ihm der Junge entschlüpft. Er hatte seine Wut unterdrückt – aber jetzt flackerte sie bösartig und ungezügelt wieder auf. Es war, als hätte jemand Benzin auf ein abgedeckt schwelendes Feuer gegossen.

Sein Sohn, noch am Leben. Und sein geliebter Sohn, dem er die Herrschaft über Welten und das Universum hatte vererben wollen, lehnte sich haltsuchend an Sawyer.

Und das war nicht alles. In Sawyers Händen lag der Talisman, leuchtend und funkelnd wie ein auf die Erde herabgefallener Stern. Selbst von hier konnte Sloat es fühlen – es war, als hätte die Schwerkraft des Planeten plötzlich zugenommen, als zöge sie ihn herunter, ließe sein Herz mühsamer schlagen; als liefe die Zeit davon, trocknete sein Fleisch aus, trübte seinen Blick.

»*Tut weh!*« heulte Gardener neben ihm.

Die meisten der Wölfe, die das Erdbeben überlebt und sich um Morgan geschart hatten, schlugen jetzt die Hände vors Gesicht und taumelten zurück. Einige von ihnen erbrachen sich.

Einen Augenblick lang empfand Morgan lähmende Angst – und dann rissen seine Wut, seine Erregung und der Irrsinn, den seine immer grandioser werdenden Träume von Macht und Herrschaft genährt hatten, seine Selbstbeherrschung in Fetzen.

Er hob die Daumen zu den Ohren und stieß sie so tief hinein, daß es schmerzte. Dann streckte er die Zunge heraus und drohte Mr. Jack Hundesohn Sawyer, dessen letztes Stündlein geschlagen hatte, mit den Fingern. Einen Augenblick später fielen die Zähne in seinem Oberkiefer herab wie ein Fallgitter und schnitten von seiner herausgestreckten Zunge die Spitze ab. Sloat bemerkte es überhaupt nicht. Er packte Gardener bei der Flakweste.

»*ERSCHIESS IHN!*« kreischte er Gardener ins Gesicht. Blut von seiner durchgebissenen Zunge spritzte in einem feinen Strahl heraus. »*ERSCHIESS IHN, DU LEVANTINISCHER BROCKEN SCHEISSE! ER HAT DEINEN SOHN UMGEBRACHT! ERSCHIESS IHN UND ERSCHIESS DEN SCHEISS-TALISMAN! SCHIESS DURCH SEINE ARME UND ZERBRICH IHN!*«

Jetzt begann Sloat langsam vor Gardener herumzutanzen; in seinem Gesicht arbeitete es, seine Daumen steckten wieder in seinen Ohren, seine Finger zuckten, die amputierte Zunge schnellte immer wieder aus seinem Mund. Er glich einem mordgierigen Kind – ausgelassen und gleichzeitig beängstigend.

»*ER HAT DEINEN SOHN UMGEBRACHT! RÄCHE DEINEN SOHN! ERSCHIESS IHN! ZERSCHIESS DAS DING! DU HAST SEINEN VATER ERSCHOSSEN, JETZT ERSCHIESS IHN!*«

»Reuel«, sagte Gardener nachdenklich. »Ja. Er hat Reuel getötet. Er ist der allerschlechteste Bastard, den es je gab. *Alle* Jungen. Eine unumstößliche Tatsache. Aber er – *er* . . .«

Er drehte sich in Richtung des schwarzen Hotels und hob die Weatherbee an die Schulter. Jack und Richard hatten die aufgerissene Vordertreppe hinter sich gebracht und befanden sich jetzt auf dem breiten Fußweg, der noch ein paar Minuten zuvor völlig eben gewesen, aber jetzt von Rissen durchzogen war. Im Zielfernrohr waren die beiden Jungen so groß wie Wohnwagen.

»*ERSCHIESS IHN!*« bellte Morgan. Er streckte die blutende Zunge wieder heraus und gab einen gräßlichen Laut von sich, der wie triumphierendes Kindergestammel klang. Seine Füße, die in schmutzigen Gucci-Mokassins steckten, stampften auf den Boden. Einer von ihnen landete auf der abgebissenen Zungenspitze und trampelte sie tiefer in den Sand.

»*ERSCHIESS IHN! ZERSCHIESS DAS DING!*« heulte Morgan.

Wie eine Weile zuvor, als Gardener sich anschickte, das Gummipferd zu versenken, beschrieb die Mündung der Weatherbee winzige Kreise. Dann kam sie zur Ruhe. Jack trug den Talisman vor der Brust. Das Fadenkreuz lag genau über der leuchtenden Kugel. Das .360er Geschoß würde mitten hindurchfahren und ihn zerschmettern, und die Welt würde schwarz werden – *aber vorher,* dachte Gardener, *werde ich sehen, wie der Brustkorb dieses schlechten, dieses allerschlechtesten Jungen auseinanderfliegt.*

»Er ist totes Fleisch«, flüsterte Gardener und begann, den Abzug der Weatherbee durchzuziehen.

10

Richard hob mühsam den Kopf, reflektiertes Sonnenlicht stach ihm in die Augen.

Zwei Männer. Einer mit leicht geneigtem Kopf, der andere, wie es schien, tanzend. Wieder das Aufblitzen von Sonnenlicht, und Richard begriff. Er begriff – und Jack sah in die falsche Richtung. Jack blickte zum Strand hinunter, wo Speedy lag.

»*Jack, paß auf!*« schrie er.

Jack fuhr herum. »Was...«

Es geschah schnell. Jack verpaßte es fast vollständig. Richard sah und verstand es, konnte Jack aber nie richtig erklären, was geschehen war. Das Sonnenlicht wurde abermals vom Zielfernrohr des Gewehrs reflektiert, und diesmal traf der reflektierte Sonnenstrahl auf den Talisman. Und der Talisman lenkte ihn auf den Schützen zurück. Das war es, was Richard Jack später erzählte, aber es kam der Sache so nahe wie die Behauptung, das Empire State Building wäre mehrere Stockwerke hoch.

Der Talisman lenkte den Sonnenstrahl nicht nur zurück; er *lud* ihn irgendwie *auf.* Er verschoß ein dickes Band aus Licht wie einen Todesstrahl in einem Weltraumfilm. Er existierte nur eine Sekunde lang, aber seine Wirkung auf Richards Netzhaut hielt eine Stunde vor, erst weiß, dann grün, dann blau, um schließlich zum Zitronengelb des Sonnenlichts zu verblassen.

»Er ist totes Fleisch«, flüsterte Gardener, und dann erfüllte lebendiges Feuer das Zielfernrohr. Die dicken Linsen zersprangen. Rauchendes, geschmolzenes Glas fuhr in Gardeners rechtes Auge. Die Patronen im Magazin der Weatherbee explodierten und zerrissen sie. Einer der herumfliegenden Metallsplitter amputierte den größten Teil von Gardeners rechter Wange. Weitere Brocken und Splitter peitschten an Sloat vorüber, der wie durch ein Wunder unverletzt blieb. Drei Wölfe hatten noch bei ihnen ausgeharrt; jetzt ergriffen zwei von ihnen die Flucht. Der dritte lag tot auf dem Rücken und starrte blicklos zum Himmel empor. Der Abzug der Weatherbee hatte sich genau zwischen den Augen in seinen Kopf gebohrt.

»Was?« bellte Morgan. Sein blutiger Mund stand offen. »Was? Was?«

Gardener hatte eine verblüffende Ähnlichkeit mit dem Kojoten in den Roadrunner-Zeichentrickfilmen, nachdem eines seiner Mordinstrumente nach hinten losgegangen ist.

Er ließ die Reste des Gewehrs fallen, und Sloat sah, daß von seiner linken Hand alle Finger abgerissen waren.

Gardeners rechte Hand zog mit einer fast weibisch gezierten Bewegung das Hemd aus der Hose. An der Innenseite des Hosenbundes war eine Messerscheide befestigt – ein schmales Etui aus feinem Ziegenleder. Gardener zog ein Stück chromgefaßtes Elfenbein heraus. Er drückte auf einen Knopf, und eine zwanzig Zentimeter lange Klinge fuhr heraus.

»Schlecht«, flüsterte er. »Schlecht!« Dann hob sich seine Stimme. »Alle Jungen! Schlecht! *Eine unumstößliche Tatsache! EINE UNUMSTÖSSLICHE TATSACHE!*« Er begann, über den Strand auf den Gehweg zuzulaufen, auf dem Jack und Richard standen. Seine Stimme hob sich weiter, bis sie nur noch ein dünnes, fiebriges Kreischen war. »SCHLECHT! ÜBEL! SCHLECHT! ÜBEL! ÜÜÜÜÜÜÜÜÜ...«

Morgan blieb einen Augenblick reglos stehen, dann griff er nach dem Schlüssel an seinem Hals. Ihm war, als bekäme er damit auch seine von Panik erfüllten Gedanken in den Griff.

Er wird hinuntergehen zu dem alten Nigger. Da erwische ich ihn.

»ÜÜÜÜÜÜÜÜÜÜ...« kreischte Gardener und lief weiter, das Mordmesser in der ausgestreckten Hand.

Morgan machte kehrt und ging den Strand hinunter. Die Tatsache, daß alle Wölfe verschwunden waren, drang nur undeutlich in sein Bewußtsein. Es störte ihn nicht.

Er würde sich ganz allein um Jack Sawyer kümmern – und den Talisman.

Fünfundvierzigstes Kapitel

Entscheidungen am Strand

1

Wie ein Besessener und mit blutüberströmtem Gesicht stürmte Sunlight Gardener auf Jack zu. Er war der Mittelpunkt einer Irrsinnsszenerie. Vermutlich zum ersten Mal seit Jahrzehnten wieder von hellem, strahlendem Sonnenlicht übergossen, war Point Venuti ein Trümmerhaufen – eingestürzte Gebäude, geborstene Rohre und Gehsteige, die aussahen wie schräg in Regalen stehende Bücher. Hier und da lagen wirkliche Bücher herum; ihre zerfetzten Schutzumschläge flatterten über tiefen Rissen in der Erde. Hinter Jack gab das Agincourt ein Geräusch von sich, das einem Stöhnen glich; dann hörte Jack, wie tausend Bretter in sich zusammenbrachen, wie Wände einstürzten und Latten und Putz herabregneten. Gleichzeitig sah er, daß Morgan Sloat sich den Strand hinunterbewegte, und die Erkenntnis, daß er auf dem Weg zu Speedy Parker – oder Speedys Leichnam – war, erfüllte ihn mit Unbehagen.

»Er hat ein Messer, Jack«, flüsterte Richard.

Gardeners verstümmelte Hand beschmierte sein einst so makelloses weißes Seidenhemd mit Blut, aber es kümmerte ihn nicht. »ÜÜÜÜÜÜÜBEL!« kreischte er, und seine Stimme übertönte das stetige Tosen des Wassers am Ufer und die fortdauernden Einsturzgeräusche. »ÜÜÜÜÜÜÜÜ...«

»Was wirst du tun?« fragte Richard.

»Woher soll ich das wissen?« erwiderte Jack – eine bessere, aufrichtigere Antwort hätte er nicht geben können. Er hatte keine Ahnung, wie er mit diesem Irren fertigwerden sollte. Aber er würde mit ihm fertigwerden. Dessen war er ganz sicher. »Ihr hättet *beide* Ellis-Brüder umlegen sollen«, dachte Jack.

Nach wie vor kreischend kam Gardener auf sie zugerannt. Er war noch immer ein gutes Stück entfernt, ungefähr in der Mitte zwischen dem Ende des Zauns und der Vorderfront des Hotels. Eine Hälfte seines Gesichts war von einer roten Maske bedeckt. Aus seiner nutzlosen linken Hand spritzte ein stetiger Blutstrom auf den sandigen Boden. Der Abstand zwischen dem Irren und den Jungen schien sich in Sekundenschnelle zu halbieren. War Morgan Sloat inzwischen unten am Strand? Jack war, als drängte der Talisman ihn vorwärts.

»Übel! Unumstößliche Tatsache. Übel!« kreischte Gardener.

»Flippen«, sagte Richard laut . . .

und Jack

        glitt hinüber

wie er es im Innern des schwarzen Hotels getan hatte.

Und dann stand er im strahlenden Sonnenschein der Region vor Osmond. Plötzlich verließ ihn der größte Teil seiner Selbstsicherheit. Alles war geblieben, wie es war, aber alles war anders. Ohne sich umzuschauen, wußte er, daß hinter ihm etwas stand, das weitaus schlimmer war als das Agincourt – er hatte das Äußere der Burg, die in der Region dem Hotel entsprach, nie gesehen, aber plötzlich *wußte* er, daß sich aus dem großen Tor eine Zunge herausreckte, um sie zu packen – und daß Osmond vorhatte, Richard und ihn auf sie zuzutreiben.

Osmond trug eine Klappe über dem rechten Auge und einen blutfleckigen Handschuh an der linken Hand. Die Rohledersträge seiner Peitsche glitten von seiner Schulter. »Oh ja«, zischte er. »*Dieser* Junge. Hauptmann Farrens Junge.« Jack drückte den Talisman schützend an seinen Bauch. Die Peitschensträge glitten über den Boden, reagierten auf die kleinste Bewegung von Osmonds Handgelenk wie ein Rennpferd auf seinen Jockey. »Was hülfe es einem Jungen, wenn er eine Glaskugel gewönne und verlöre doch die Welt?« Die Peitsche schien sich fast von selbst vom Boden zu lösen. »NICHTS! NICHT DAS MINDESTE!« Osmonds wahrer Geruch, dieser Gestank nach Schmutz und Unrat und Verderbtheit, wehte ihm entgegen, und sein mageres, irrsinniges Gesicht verzerrte sich, als hätte dicht daneben ein Blitz eingeschlagen. Dann erschien ein leeres, strahlendes Lächeln, während er die Peitsche über Schulterhöhe hob.

»Ziegenschwanz«, sagte Osmond fast liebevoll. Die Peitschensträge sausten Jack entgegen, der in plötzlich aufbrandender Panik zurückfuhr, aber nicht weit genug.

Richards Hand packte seine Schulter, als er zurückflippte, und sofort verschwand das grauenhafte, einem Gelächter ähnliche Sausen der Peitsche aus der Luft.

Messer! hörte er Speedy sagen.

Gegen seine Instinkte ankämpfend, trat Jack in den Raum, in dem die Peitsche gewesen war, obwohl fast alles in ihm zurückweichen wollte. Richards Hand fiel von seiner Schulter, und Speedys Stimme verklang. Jack drückte den leuchtenden Talisman mit der linken Hand an sich und streckte die rechte aus. Seine Finger schlossen sich um ein mageres Handgelenk.

Sunlight Gardener kicherte.

»JACK!« schrie Richard hinter ihm.

Er stand wieder in dieser Welt im hellen, reinigenden Sonnenlicht, und Sunlight Gardeners messerbewehrte Hand drängte auf ihn herab.

Gardeners zerstörtes Gesicht hing nur Zentimeter über seinem eigenen, und ein Geruch wie von Müll und Tierkadavern, die seit langem auf der Straße liegen, hüllte sie ein. »Nicht das mindeste«, sagte Gardener. »Bekomme ich ein Halleluja?« Er drückte das elegante, tödliche Messer nieder, und Jack gelang es, dagegen anzudrücken.

»JACK!« schrie Richard wieder.

Gardener starrte ihn mit einem funkelnden Vogelauge an und drückte das Messer weiter herunter.

Weißt du nicht, was Sunlight getan hat? sagte Speedys Stimme. *Weißt du es immer noch nicht?*

Jack blickte in Gardeners irrsinnig flackerndes Auge. Doch. Er wußte es.

Richard kam ihm zu Hilfe und trat Gardener gegen den Knöchel, dann hieb er ihm eine schwache Faust an die Schläfe.

»Sie haben meinen Vater umgebracht«, sagte Jack.

Gardeners Auge funkelte ihn an. »Du hast meinen Sohn umgebracht, du verdammter Bastard!«

»Morgan Sloat hat gesagt, Sie sollten meinen Vater umbringen, und Sie haben es getan.«

Gardener drückte das Messer weitere fünf Zentimeter herunter. Aus dem Loch, in dem sein rechtes Auge gesessen hatte, quoll ein Klumpen gelber, mit Blut vermischter Masse.

Jack schrie – und in seinem Schrei artikulierten sich sein Grausen, seine Wut und all die langvergrabenen Gefühle von Verlassenheit und Hilflosigkeit, die ihn nach dem Tod seines Vaters gequält hatten. Er stellte fest, daß es ihm gelungen war, Gardeners Hand wieder hochzudrücken. Er schrie wieder. Gardeners fingerlose linke Hand trommelte auf Jacks linken Arm. Jack war es gerade gelungen, Gardeners Handgelenk zurückzudrehen, als er spürte, wie sich der bluttropfende Stumpf zwischen seinem Arm und seinem Brustkorb hindurchschob. Richard versuchte weiter, Gardener anzugreifen, aber Gardener kam mit seiner fingerlosen Hand dem Talisman bedrohlich nahe.

Gardeners Gesicht näherte sich dem von Jack.

»Halleluja«, flüsterte er.

Jack drehte seinen ganzen Körper, setzte mehr Kraft ein, als er zu haben glaubte. Er riß Gardeners Messerhand herunter. Die andere, fingerlose Hand flog zur Seite. Jack preßte das Handgelenk der Messerhand und spürte, wie sich dicke Sehnen unter seinem Zugriff wanden. Dann fiel das Messer zu Boden, jetzt so ungefährlich wie der fingerlose Stumpf, der mehrmals Jacks Rippen traf. Jack warf sich gegen den bereits aus dem Gleichgewicht geratenen Gardener, der zurücktaumelte.

Er streckte Gardener den Talisman entgegen. Richard stöhnte: *Was machst du da?* Aber es war richtig, richtig, richtig. Jack bewegte sich auf Gardener zu, der ihn immer noch anfunkelte, aber jetzt weniger selbstsicher. Er brachte den Talisman noch näher an Gardener heran. Gardener grinste, weiteres Blut trat aus der leeren Augenhöhle aus, und versuchte, auf den Talisman einzuschlagen. Dann bückte er sich nach dem Messer. Jack stürzte vor und berührte Gardeners Stirn mit der warmen, lebendigen Haut des Talismans. Wie Reuel, so Sunlight. Dann sprang er zurück.

Gardener heulte wie ein tödlich verwundetes Tier. Wo der Talisman ihn berührt hatte, war die Haut schwarz geworden. Dann löste sie sich auf, wurde flüssig, begann zu rinnen. Jack trat einen weiteren Schritt zurück. Gardener fiel auf die Knie. Sein Kopf war nur noch mit einer wächsernen Haut bedeckt, und eine halbe Sekunde später ragte nur noch ein glänzender Schädel aus dem Kragen des blutverschmierten Hemdes heraus.

Der ist erledigt, dachte Jack. *Wie gut!*

2

»So«, sagte Jack, von wilder Zuversicht erfüllt. »Und nun laß uns zu ihm gehen, Richie. Laß uns . . .«

Er sah Richard an und stellte fest, daß sein Freund dem Zusammenbrechen nahe war. Er stand schwankend und mit halbgeschlossenen und verschleierten Augen im Sand.

»Vielleicht ist es doch besser, wenn du so lange hier sitzenbleibst«, sagte Jack.

Richard schüttelte den Kopf. »Ich komme mit, Jack. Seabrook Island. Den ganzen Weg – bis zur Endstation.«

»Ich muß ihn töten«, sagte Jack. »Das heißt, wenn es mir gelingt.«

Richard schüttelte abermals den Kopf, diesmal verbissen und starrköpfig. »Nicht meinen Vater. Ich hab's dir gesagt. Vater ist tot. Wenn du mich zurückläßt, krieche ich. Krieche durch den Misthaufen, der von *diesem* Kerl übriggeblieben ist, wenn es sein muß.«

Jack blickte zu den Felsen hinunter. Er konnte Morgan nicht sehen, aber er hielt es für ziemlich sicher, daß Morgan da unten war. Und wenn Speedy noch lebte, mochte sich Morgan in diesem Augenblick anschicken, etwas dagegen zu unternehmen.

Jack versuchte zu lächeln, aber es gelang ihm nicht. »Denk an die Bazillen, die du dabei aufschnappen könntest.« Er zögerte noch einen Augenblick, dann streckte er Richard widerstrebend den Talisman entgegen. »Ich trage dich, aber du mußt ihn tragen. Laß ihn nicht fallen, Richard. Wenn du ihn fallen läßt . . .«

Was hatte Speedy gesagt?

»Wenn du ihn fallen läßt, ist alles verloren.«

»Ich lasse ihn nicht fallen.«

Jack legte den Talisman in Richards Hände, und wieder schien sich Richards Zustand zu bessern – ein wenig. Sein Gesicht war entsetzlich blaß. Im hellen Leuchten des Talismans glich es dem Gesicht eines toten Kindes auf der Blitzlichtaufnahme eines Polizeifotografen.

Es ist das Hotel. Es vergiftet ihn.

Aber es war nicht das Hotel, nicht allein. Es war Morgan. *Morgan vergiftete ihn.*

Jack drehte sich um und spürte, wie sehr es ihm widerstrebte, den Blick auch nur einen Augenblick vom Talisman abzuwenden. Er bückte sich und bog die Hände zu Steigbügeln.

Richard kletterte auf seinen Rücken. Er hielt den Talisman mit einer Hand, die andere legte er um Jacks Hals. Jack packte Richard Oberschenkel.

Er ist so leicht wie eine Distel. Er hat seinen eigenen Krebs. Hatte ihn sein Leben lang. Morgan Sloat ist radioaktiv vor Bösartigkeit, und Richard stirbt an seiner Ausstrahlung.

Er fiel in Trab – hinunter zu den Felsen, hinter denen Speedy lag, und er spürte das Licht und die Wärme des Talismans über ihm.

3

Mit Richard auf dem Rücken lief er um die linke Seite der Felsengruppe herum, noch immer von dieser irrsinnigen Zuversicht erfüllt; und daß sie irrsinnig war, wurde ihm schlagartig klar, als ein plumpes, mit hellbraunem Wollstoff bekleidetes Bein plötzlich hinter dem letzten Felsen hervorschoß wie ein Schlagbaum.

Scheiße! schrie Jacks Verstand. *Er hat auf dich gewartet, du Vollidiot!*

Richard schrie auf. Jack versuchte, sich auf den Beinen zu halten; es gelang ihm nicht.

Morgan brachte ihn mit der gleichen Mühelosigkeit zu Fall, mit der ein Schulhoftyrann auf dem Spielplatz einen kleineren Jungen zu Fall bringt. Nach Smokey Updike, nach Osmond und Gardener, nach Elroy und etwas, das aussah wie eine Kreuzung zwischen einem Alligator und einem Sherman-Tank, war es ausgerechnet Morgan Sloat, der ihn zu Fall brachte – der übergewichtige Hypertoniker Morgan Sloat, der hinter einem Felsen lauerte und nur darauf wartete, daß ein zu selbstsicherer Jack Sawyer direkt auf ihn zugelaufen kam.

Richard stieß einen schrillen Schrei aus, als Jack vorwärtstaumelte. Undeutlich erkannte er ihre gemeinsamen Schatten auf dem Sand – er schien so viele Arme zu haben wie ein Hindugott. Er spürte, wie sich das Gewicht des Talismans verlagerte – und dann überkippte.

»LASS IHN NICHT FALLEN RICHARD!« schrie Jack.

Richard flog über Jacks Kopf hinweg. Seine Augen waren entsetzt und weit aufgerissen. Die Sehnen an seinem Hals standen vor wie Klavierdrähte. Im Stürzen hielt er den Talisman in die Höhe. Seine Mundwinkel waren vor Verzweiflung verzerrt. Er prallte mit dem Gesicht auf die Erde. Hier, wo Speedy lag, war der Sand im Grunde kein Sand, sondern grobes Geröll, untermischt mit kleinen Felsbrocken und Muscheln. Richard stürzte auf einen Felsbrocken, den das Erdbeben hochgeschleudert hatte. Einen Augenblick lang sah Richard aus wie ein Strauß, der den Kopf in den Sand gesteckt hat. Jack hörte einen dumpfen Aufprall. Richards Gesäß, mit einer schmutzigen Hose bedeckt, schwankte trunken hin und her. Unter anderen Umständen wäre es eine komische Pose gewesen, die einen Schnappschuß gelohnt hätte. »Richard der Vernünftige schlägt Kapriolen am Strand.« Aber dies war alles andere als komisch. Richards Hände öffneten sich langsam – und der Talisman rollte ungefähr einen Meter den sanft abfallenden Strand hinunter; dann blieb er liegen und reflektierte Himmel und Wolken, nicht auf der Oberfläche, sondern in seinem sanft leuchtenden Innern.

»Richard!« schrie Jack wieder.

Morgan war irgendwo hinter ihm, aber für den Augenblick hatte Jack ihn vergessen. All seine Selbstsicherheit war verschwunden; sie hatte ihn in dem Moment verlassen, in dem dieses braungekleidete Bein vorgeschossen war wie ein Schlagbaum. Übertölpelt wie ein Kind auf dem Spielplatz, und Richard – Richard war . . .

»Rich . . .«

Richard rollte sich herum, und Jack sah, daß Richards armes, erschöpftes Gesicht blutüberströmt war. Ein dreieckiger Fetzen Kopfhaut hing ihm wie ein zerschlissenes Segel bis fast übers Auge. Jack sah Haare an seiner Unterseite, die auf Richards Wange lagen wie sandfarbenes Gras – und wo die behaarte Haut losgerissen worden war, sah er das nackte Glänzen von Richard Sloats Schädel.

»Ist er zerbrochen?« fragte Richard. Seine Stimme brach und wurde fast zu einem Schrei. »Jack, ist er zerbrochen, als ich fiel?«

»Er ist okay, Richie – er ist . . .«

Die Augen in Richards blutigem Gesicht traten erschrocken vor. »Jack! Jack, paß . . .«

Etwas, das sich anfühlte wie ein lederner Ziegelstein – einer von Morgan Sloats Gucci-Mokassins – fuhr zwischen Jacks Beine und knallte gegen seine Hoden. Es war ein Volltreffer, und Jack sackte ich sich zusammen, gepeinigt vom brennendsten Schmerz seines Lebens – einer Qual, die schlimmer war als alles, das er sich vorstellen konnte. Er war nicht einmal imstande zu schreien.

»Er ist okay«, sagte Morgan Sloat. »Aber dir scheint es nicht so gut zu gehen, Jacky-boy. Ganz und gar nicht.«

Und jetzt war der Mann, der sich Jack langsam näherte – der sich langsam näherte, weil er es genoß –, ein Mann, dem Jack noch nie richtig vorgestellt worden war. Für den Bruchteil einer Sekunde war er ein weißes Gesicht im Fenster einer großen schwarzen Kutsche gewesen, ein Gesicht mit dunklen Augen, die irgendwie seine Gegenwart spürten; er war eine flirrende, wandelbare Gestalt gewesen, die sich mit Gewalt ihren Weg in die Realität des Feldes bahnte, auf dem er und Wolf sich über so wunderbare Dinge wie Wurfbrüder und den großen Brunstmond unterhalten hatten; er war ein Schatten in Anders' Augen gewesen. *Aber richtig gesehen habe ich Morgan von Orris bis jetzt noch nicht,* dachte Jack. Und er selbst war noch Jack – Jack in einer schmutzigen, ausgeblichenen Baumwollhose, wie sie vielleicht asiatische Kulis tragen, und Sandalen mit Rohlederriemen, Jack – aber nicht Jason. Seine Hoden waren ein einziger, erstickter Schmerzensschrei.

Der Talisman lag einige Meter entfernt und warf sein strahlendes Licht auf den schwarzen Sand eines anderen Strandes. Richard war nicht da, aber diese Tatsache drang erst ein wenig später in Jacks Bewußtsein.

Morgan trug einen dunkelblauen Umhang, zusammengehalten, wie es schien, von einer Schließe aus gehämmertem Silber. Als er sich bewegte, schaukelte sie leicht hin und her, und Jack erkannte, daß das silberne Ding überhaupt nichts mit dem Umhang zu tun hatte, der von einer schlichten dunklen Schnur gehalten wurde. Es war eine Art Anhänger. Einen Augenblick hielt er es für einen winzigen Golfschläger, wie ihn eine Frau von einem Armband voller Amulette ablöst und sich dann spaßeshalber um den Hals hängt. Doch als Sloat näherkam, sah er, daß es dazu zu schmal war – es endete nicht in einem Schlagholz, sondern lief spitz zu.

Es sah aus wie eine Blitzschleuder.

»Nein, du siehst gar nicht gut aus, Junge«, sagte Morgan von Orris. Er trat dorthin, wo Jack mit angezogenen Knien lag, stöhnte und seine Hoden hielt. Er beugte sich vor, stützte die Hände auf die Schenkel und betrachtete Jack – ungefähr so, wie ein Mann ein Tier betrachtet, das er überfahren hat. Ein uninteressantes Tier wie etwa ein Waldmurmeltier oder ein Hörnchen. »Ganz und gar nicht.«

Morgan beugte sich noch tiefer herab.

»Du hast mir eine Menge Ärger gemacht«, sagte Morgan von Orris. »Du hast eine Menge Schaden angerichtet. Aber zum Schluß...«

»Ich glaube, ich sterbe«, flüsterte Jack.

»Noch nicht. Oh, ich weiß, daß es sich so anfühlt, aber du kannst mir glauben, daß du jetzt noch nicht stirbst. In vielleicht fünf Minuten wirst du wissen, wie es ist, wenn man *wirklich* stirbt...«

»Nein – in mir – ist etwas zerbrochen«, stöhnte Jack. »Kommen Sie näher heran – ich muß etwas fragen – bitte...«

Morgans dunkle Augen funkelten in seinem bleichen Gesicht. Vielleicht war es die Genugtuung, daß Jack ihn anflehte. Er beugte sich so tief herab, daß sein Gesicht fast das von Jack berührte. Vom Schmerz gepeinigt, hatte Jack die Beine angezogen. Jetzt ließ er sie vor- und hochschnellen.

Einen Augenblick hatte er das Gefühl, als führe eine rostige Klinge durch seine Genitalien und in den Magen hinauf, aber das Geräusch seiner Sandalen, die auf Morgans Gesicht trafen, seine Lippen aufplatzen ließen und seine Nase zur Seite drückten, machte den Schmerz mehr als wett.

Morgan von Orris taumelte zurück, brüllte vor Überraschung und Schmerz, und sein Umhang flatterte wie die Flughäute einer großen Fledermaus.

Jack erhob sich. Einen Augenblick lang sah er die schwarze Burg – sie war viel größer, als das Agincourt gewesen war, schien eine riesige Fläche zu bedecken –, und dann rannte er an dem bewußtlosen *(oder toten)* Parkus vorbei auf den Talisman zu, der friedlich leuchtend im Sand lag, und während er rannte

flippte er

zurück in die amerikanische Region.

»Oh, du Bastard!« brüllte Morgan Sloat. »Du verdammter kleiner Bastard, mein Gesicht, mein Gesicht, du hast mir das Gesicht zerschlagen!«

Ein knisterndes Zischen. Ozongestank. Ein greller blauweißer Blitz fuhr an Jack vorbei und schmolz Sand wie Glas.

Dann hatte er den Talisman – *hatte ihn wieder!* Sofort ließ der qualvoll pochende Schmerz in seinen Hoden nach. Mit der Glaskugel in den erhobenen Händen drehte er sich zu Morgan um.

Morgans Lippen bluteten, und er hielt eine Hand an die Wange – Jack hoffte, daß es ihm gelungen war, Sloat auch ein paar Zähne auszuschlagen. Sloats andere Hand war ausgestreckt und hielt den schlüsselähnlichen Gegenstand, der gerade einen Blitz neben Jack in den Sand gejagt hatte.

Jack tat einen Schritt zur Seite, den Talisman, in dessen Innern sich die Farben ständig änderten, in den ausgestreckten Händen. Der Talisman schien zu verstehen, daß Sloat nahe war, denn von der großen, gefurchten Glaskugel ging jetzt eine Art tonloses *Summen* aus; Jack hörte es nicht, spürte aber das Vibrieren in seinen Händen. Ein weißes Band zog sich durch den Talisman wie ein heller Lichtstrahl, und Sloat wich aus und richtete die Spitze des Schlüssels auf Jacks Kopf.

Er wischte sich das Blut von der Unterlippe. »Du hast mir das Gesicht zerschlagen, du stinkender kleiner Bastard«, sagte er. »Bilde dir nur nicht ein, diese Glaskugel könnte dir helfen. Ihre Zukunft ist noch kürzer als deine.«

»Warum hast du dann Angst davor?« fragte der Junge und streckte sie ihm wieder entgegen.

Sloat wich wieder zur Seite, als könnte auch der Talisman Blitze schleudern. *Er weiß nicht, wozu er imstande ist,* dachte Jack. *Er weiß überhaupt nichts über ihn, er weiß nur, daß er ihn haben will.* »Laß ihn sofort fallen«, sagte Sloat. »Laß ihn los, du Schwindler. Sonst reiße ich dir den Kopf von den Schultern. Laß ihn fallen.«

»Du hast Angst«, sagte Jack. »Jetzt, wo der Talisman genau vor deiner Nase ist, wagst du es nicht, zu kommen und ihn zu nehmen.«

»Ich brauche nicht zu kommen und ihn zu nehmen«, sagte Sloat. »Du verdammter Heuchler. Laß ihn fallen. Ich möchte sehen, wie du ihn selbst zerbrichst, Jacky.«

»Hol ihn doch, Sloat«, sagte Jack und spürte, wie eine Woge aus belebender Wut durch ihn hindurchschoß. *Jacky.* Es empörte ihn, den Kosenamen seiner Mutter aus Sloats nassem Mund zu hören. »Ich bin nicht das schwarze Hotel, Sloat. Ich bin nur ein Junge. Kannst du einem Jungen nicht eine Glaskugel wegnehmen?« Jack wußte genau, daß sie sich im Patt befanden, solange er den Talisman in den Händen hielt. Ein dunkelblauer Funke, sprühend wie die Funken aus Anders' »Dämonen«, glühte im Innern des Talismans auf und erlosch wieder. Jack spürte nach wie vor das machtvolle *Summen,* das von ihm ausging. »Komm doch und nimm ihn«, höhnte Jack.

Wutschnaubend streckte ihm Sloat den Schlüssel entgegen. Blut lief ihm übers Kinn. Einen Augenblick lang wirkte Sloat verwirrt, so ohnmächtig wütend wie ein Bulle in einem Pferch, und Jack lächelte ihm ins Gesicht. Dann warf Jack einen Blick zur Seite, dorthin, wo Richard im Sand lag, und das Lächeln erstarb. Richards Gesicht war mit Blut bedeckt, sein Haar mit Blut getränkt.

»Du Scheiß . . .« setzte er an, aber es war ein Fehler gewesen, den Blick abzuwenden. Ein sengender Strahl aus blauem und gelbem Licht fuhr neben ihm in den Sand.

Er drehte sich wieder zu Sloat um, der gerade einen weiteren Blitz auf seine Füße abschoß. Jack sprang zurück, und der vernichtende Lichtstrahl schmolz den Sand vor seinen Füßen zu einer gelben Flüssigkeit, die fast sofort zu einem langen, geraden Streifen glatten Glases abkühlte.

»Dein Sohn stirbt«, sagte Jack.

»Deine Mutter stirbt«, fauchte Sloat ihn an. »Laß das verdammte Ding fallen, bevor ich dir den Kopf abreiße. Los. Laß es fallen!«

Jack sagte. »Hau ab und treib's mit einer Ratte!«

Morgan Sloat öffnete den Mund, entblößte eine Reihe blutiger Zähne und schrie: »Ich werd's mit deiner *Leiche* treiben!« Der Schlüssel zielte unsicher auf Jacks Kopf, schwenkte dann zur Seite. Sloats Augen glitzerten, und dann schoß seine Hand hoch, so daß der Schlüssel zum Himmel

emporzeigte. Eine lange Blitzsträhne schien aus Sloats Faust hervorzu-
schießen, die sich nach oben hin immer mehr verbreiterte. Der Himmel
wurde schwarz. Der Talisman und Morgan Sloats Gesicht leuchteten in
der plötzlichen Dunkelheit – Sloats Gesicht, weil das Licht des Talismans
darauffiel. Jack begriff, daß auch sein Gesicht im hellen Licht des Talismans deutlich zu sehen sein mußte. Und in dem Augenblick, in dem er
Sloat den Talisman entgegenstreckte und Gott weiß was versuchte – ihn
dazu zu bringen, den Schlüssel fallen zu lassen, ihn wütend zu machen,
ihm zu verstehen zu geben, daß er machtlos war –, mußte Jack erfahren,
daß Morgan Sloat noch nicht am Ende seines Lateins angekommen war.
Dicke Schneeflocken fielen von dem dunklen Himmel herab. Sloat
verschwand hinter dem immer dichter werdenden Vorhang aus Schnee.
Jack hörte sein nasses Lachen.

4

Lily mühte sich aus ihrem Bett heraus und trat ans Fenster. Sie blickte
hinaus auf den dezemberlich toten Strand, der nur von einer einzigen
Straßenlaterne auf der Promenade erhellt wurde. Plötzlich ließ sich eine
Möwe auf der äußeren Fensterbank nieder. Ein Stück Knorpel hing aus
ihrem Schnabel, und in diesem Augenblick dachte sie an Sloat. Die
Möwe sah aus wie Sloat.

Zuerst fuhr Lily zurück, dann trat sie wieder ans Fenster. Sie empfand
eine geradezu lächerliche Wut. Eine Möwe konnte nicht wie Sloat
aussehen – das war nicht *in Ordnung*. Sie klopfte an das kalte Glas. Die
Möwe flatterte kurz mit den Flügeln, flog aber nicht auf. Und dann hörte
sie, wie von ihrem kalten Verstand ein Gedanke ausging, hörte ihn so
deutlich wie aus einem Radio:

Jack stirbt, Lily – Jack stiiiirbt ...

Die Möwe beugte ihren Kopf. Klopfte mit voller Absicht ans Glas wie
Poes Rabe.

Stiiiiirbt ...

»*NEIN!*« schrie Lily sie an. »*HAU AB, SLOAT!*« Diesmal klopfte sie
nicht nur, sondern schlug mit der Faust zu und zerschmetterte das Glas.
Die Möwe flatterte zurück, kreischte und stürzte beinahe ab.

Von Lilys Hand tropfte Blut – nein, es tropfte nicht nur, es *strömte*.
Sie hatte zwei tiefe Schnittwunden. Sie zog Glasscherben aus ihrem
Handballen und wischte dann die Hand am Nachthemd ab.

»*DAMIT HAST DU WOHL NICHT GERECHNET, DU SCHEISS-
VIEH!*« schrie sie den Vogel an, der rastlos über dem Garten kreiste. Sie
brach in Tränen aus. »*Und nun laß ihn in Ruhe! Laß ihn in Ruhe! LASS
MEINEN JUNGEN IN RUHE!*«

Sie war überall voll Blut. Kalte Luft strömte durch die Fensterscheibe herein, die sie zerschlagen hatte. Und dann sah sie, wie die ersten Schneeflocken vom Himmel herab und in das weiße Licht der Straßenlaterne hineinrieselten.

5

»Paß auf, Jacky.«

Leise. Links von ihm.

Jack drehte sich in diese Richtung, hielt den Talisman hoch wie einen Scheinwerfer. Er schickte einen Lichtstrahl aus, in dem fallender Schnee tanzte.

Sonst nichts. Dunkelheit – Schnee – das Tosen des Ozeans.

»Falsche Seite, Jacky.«

Er fuhr nach rechts herum, seine Füße glitten über den vereisenden Schnee. Näher. Er war näher gewesen.

Jack hob den Talisman. »Komm und hol ihn dir, Sloat.«

»Du hast keine Chance, Jack. Ich kann ihn jederzeit nehmen, wenn ich will.«

Hinter ihm – und noch näher. Aber als er den leuchtenden Talisman hob, war kein Sloat zu sehen. Schnee schlug ihm ins Gesicht. Er atmete ihn ein, und die Kälte brachte ihn zum Husten.

Sloat kicherte unmittelbar vor ihm.

Jack fuhr zurück und wäre fast über Speedy gestolpert.

»Hallo, Jacky!«

Eine Hand kam aus der Dunkelheit links von ihm und zog ihn am Ohr. Er drehte sich in diese Richtung, mit wild klopfendem Herzen und weit aufgerissenen Augen. Dann glitt er aus und landete auf einem Knie.

Irgendwo neben ihm gab Richard ein gequältes Stöhnen von sich.

Über ihm prasselte Donner durch die Dunkelheit, die Sloat irgendwie erzeugt hatte.

»Wirf ihn mir zu!« reizte Sloat. Er tänzelte aus der stürmischen, schneegefüllten Dunkelheit heraus, schnippte mit den Fingern seiner rechten Hand, schwenkte mit der linken den Schlüssel. Seine Gesten schienen einem exzentrischen Rhythmus unterworfen. Irgendwie erinnerte Sloat Jack an einen lateinamerikanischen Bandleader früherer Zeiten – Xavier Cugat vielleicht. »Wirf ihn mir doch einfach zu! Schießbude, Jack! Tontauben! Wirf ihn dem guten alten Onkel Morgan zu! Was hältst du davon, Jacky? Wirf den Ball und gewinn eine Barbie-Puppe!«

Und Jack stellte fest, daß er den Talisman an die rechte Schulter gehoben hatte – offensichtlich, um genau zu tun, was Sloat wollte. *Er*

hypnotisiert dich, versucht, dich aus der Fassung zu bringen, versucht,
dich dazu zu bringen, daß du tust, was er will, versucht...
Sloat verschwand wieder in der Dunkelheit. Schnee wirbelte um ihn
herum.
Jack drehte sich nervös im Kreise, konnte Sloat aber nirgends entdek-
ken. *Vielleicht hat er sich verzogen, vielleicht...*
»Hallo, Jacky.«
Nein, er war noch da. Irgendwo. Links von ihm.
»Als dein lieber alter Daddy starb, habe ich gelacht, Jacky. Ich habe
ihm ins Gesicht gelacht. Als seine Pumpe endlich stillstand, hatte
ich...«
Die Stimme schwankte. Verstummte einen Augenblick. Kam zurück.
Rechts von ihm. Jack fuhr wieder herum, begriff nicht, was vorging,
wurde von Minute zu Minute nervöser.
»... das Gefühl, als hätte mein Herz Flügel bekommen und flöge
davon. So ist es geflogen, Jacky.«
Ein Stein kam aus der Dunkelheit – nicht auf Jack gezielt, sondern auf
die Glaskugel. Er wich aus. Erhaschte einen undeutlichen Blick auf
Sloat. Wieder verschwunden.
Eine Pause – dann war Sloat wieder da, diesmal mit einer neuen Platte.
»Hab deine Mutter gevögelt, Jacky«, höhnte die Stimme hinter ihm.
Eine fette, heiße Hand packte seine Hose.
Jack fuhr wieder herum, und diesmal wäre er beinahe über Richard
gestolpert. Tränen – heiße, wuterfüllte Tränen traten ihm in die Augen.
Er wollte nicht weinen, aber die Tränen waren da und ließen sich nicht
leugnen. Der Wind heulte wie ein Drache in einem Windkanal. *Der*
Zauber steckt in dir, hatte Speedy gesagt, aber wo war der Zauber jetzt?
Wo oh wo oh wo?
»*Halt den Mund über meine Mutter!*«
»Hab sie oft gevögelt«, setzte Sloat genüßlich hinzu.
Wieder rechts von ihm. Eine fette, tanzende Gestalt in der Dunkel-
heit.
»Weil *sie* es wollte, Jacky!«
Hinter ihm. *Ganz nahe!*
Jack fuhr wieder herum. Hielt den Talisman hoch. Er verströmte
einen weißen Lichtstrahl. Sloat tanzte aus ihm heraus, aber vorher sah
Jack noch, daß sein Gesicht vor Schmerz und Wut verzerrt war. Das
Licht hatte Sloat berührt, ihm weh getan.
Kümmere dich nicht um das, was er sagt – es sind lauter Lügen, das
weißt du genau. Aber wie schafft er das? Er ist wie Edgar Bergen. Nein –
er ist wie Indianer im Dunkeln, die einen Wagentreck umzingeln. Wie
schafft er das?
»Diesmal hast du mir den Schnurrbart angesengt, Jacky«, sagte Sloat
und kicherte leise. Er schien ein wenig außer Atem, aber nicht genug.

Bei weitem nicht genug. Jack keuchte wie ein Hund an einem heißen Sommertag, seine Augen brannten in der stürmischen Dunkelheit. »Aber ich mache dir keinen Vorwurf daraus, Jacky. Also, wo waren wir stehengeblieben? Ach ja. Deine Mutter...«

Ein kleines Schwanken – ein kleines Verklingen – und dann kam von rechts ein Stein aus der Dunkelheit und traf Jacks Schläfe. Er fuhr herum, aber Sloat war schon wieder verschwunden, behende wieder in den Schnee zurückgeglitten.

»Sie hat ihre langen Beine um mich geschlungen, bis ich um Gnade bettelte!« erklärte Sloat von irgendwo rechts hinter Jack.

Laß es nicht zu, laß nicht zu, daß er dich weich macht, laß es nicht zu...

Aber er konnte nicht dagegen angehen. Es war seine *Mutter*, von der dieser Widerling redete, seine *Mutter*.

»*Hör auf! Kein Wort mehr!*«

Jetzt war Sloat vor ihm – so nahe, daß Jack ihn trotz des wirbelnden Schnees eigentlich deutlich hätte sehen müssen, aber da war nur ein Glimmen wie von einem Gesicht, das man in der Nacht unter Wasser sieht. Ein weiterer Stein kam aus der Dunkelheit und traf Jack am Hinterkopf. Er taumelte vorwärts und wäre fast wieder über Richard gestolpert – einen Richard, der schnell unter einer dicken Schneedecke verschwand.

Er sah Sterne – und begriff, was vorging.

Sloat flippte! Flippte – veränderte seine Position – flippte zurück!

Jack drehte sich hilflos im Kreis wie ein Mann, der nicht von einem, sondern von hundert Feinden bedrängt wird. Ein Blitzstrahl schoß grünlichblau aus der Dunkelheit. Er versuchte, ihn mit dem Talisman einzufangen, auf Sloat zurückzuwerfen. Zu spät. Er erlosch.

Aber wie kommt es, daß ich ihn drüben nicht sehe? Drüben in der Region?

Die Antwort schoß in ihn ein wie ein blendendes Licht – und wie als Reaktion darauf strahlte der Talisman einen grandiosen Fächer weißen Lichtes aus, der das Schneetreiben durchschnitt wie der Scheinwerfer einer Lokomotive.

Ich sehe ihn da drüben nicht, kann da drüben nicht auf ihn reagieren, weil ich nicht drüben bin! Jason ist fort – und ich bin ein Einzelwesen! Sloat flippt an einen Strand, an dem niemand ist außer Morgan von Orris und einem toten oder sterbenden Mann namens Parkus: auch Richard ist nicht dort, weil Morgan von Orris' Sohn Rushton schon lange tot und Richard ebenfalls ein Einzelwesen ist! Als ich vorhin geflippt bin, war der Talisman da – aber Richard nicht! Morgan flippt – verändert seine Position – flippt zurück – versucht, mich zu übertölpeln...

»*Hallo! Jacky-boy!*«

Links.

»*Hier bin ich!*«

Rechts.

Aber Jack drehte sich nicht mehr nach ihm um. Er blickte in den Talisman und wartete auf den Auftakt. Den wichtigsten Auftakt seines Lebens.

Hinter ihm. Diesmal würde er hinter ihm auftauchen.

Der Talisman leuchtete auf, eine starke Lampe im Schnee.

Jack fuhr herum – und flippte gleichzeitig in die Region, in strahlenden Sonnenschein. Und da war Morgan von Orris, in voller Lebensgröße und doppelt so häßlich. Offenbar merkte er nicht, daß Jack seinen Trick durchschaut hatte; er hinkte rasch auf eine Stelle zu, die ihn hinter Jacks Rücken bringen würde, wenn er in die amerikanische Region zurückflippte. Auf seinem Gesicht lag ein schadenfrohes Kleine-Jungen-Grinsen. Sein Umhang flatterte um ihn herum. Er zog den linken Fuß nach, und Jack sah, daß der Strand rings um ihn herum mit Schleifspuren bedeckt war. Morgan war immer im Kreis um ihn herumgelaufen, hatte Jack mit obszönen Lügen über seine Mutter aus der Fassung zu bringen versucht, hatte ihn mit Steinen beworfen, war hin und her geflippt.

»ICH SEHE DICH!« rief Jack, so laut er konnte.

Völlig aus der Fassung gebracht, starrte Morgan ihn an und umklammerte die silberne Stange.

»ICH SEHE DICH!« rief Jack wieder. »Wollen wir noch eine Runde drehen?«

Morgan von Orris richtete die Spitze der Stange auf ihn, und binnen einer Sekunde verwandelte sich der Ausdruck einfältiger Fassungslosigkeit auf seinem Gesicht in den eines Mannes, der schnell erkennt, welche Möglichkeiten eine Situation bietet. Seine Augen verengten sich. In der Sekunde, in der Morgan von Orris seine todbringende Blitzschleuder auf ihn richtete und die Augen zielend verengte, wäre Jack beinahe in die amerikanische Region zurückgeflippt, und das hätte sein Ende bedeutet. Aber einen Sekundenbruchteil, bevor Vorsicht oder Panik ihn veranlaßten, gewissermaßen vor einen fahrenden Lastwagen zu springen, rettete ihn die gleiche intuitive Einsicht, die ihn erkennen ließ, daß Morgan zwischen den Welten flippte; Jack hatte die Taktik seines Gegners begriffen. Er blieb stehen, wartete wieder auf den fast mystischen Auftakt. Den Bruchteil einer Sekunde hielt Jack den Atem an. Wenn Morgan nur eine Spur weniger stolz auf seine Verschlagenheit gewesen wäre, hätte er in diesem Moment das tun können, was er sich so sehnlich wünschte. Er hätte Jack Sawyer töten können.

Statt dessen geschah genau das, was Jack erwartet hatte – Morgans Bild verschwand plötzlich aus der Region. Jack atmete ein. Speedy (*Parkus*, begriff Jack) lag wenige Schritte entfernt reglos da. Der Auftakt kam. Jack atmete aus und flippte zurück.

Ein frischer Streifen Glas zog sich durch den Strand von Point Venuti und reflektierte den weißen Lichtstrahl, der plötzlich wieder vom Talisman ausging.

»Der ging daneben«, flüsterte Morgan Sloat aus der Dunkelheit. Schnee umwirbelte Jack, kalter Wind ließ seine Glieder, seine Kehle, seine Stirn erstarren. Eine Autolänge entfernt hing Sloats Gesicht vor ihm, die Stirn in die vertrauten Falten gelegt, der blutige Mund offen. Er streckte Jack den Schlüssel entgegen, und auf dem braunen Ärmel seines Anzugs sammelte sich ein Streifen aus pulverigem Schnee. Jack sah, daß aus dem linken Loch seiner unverhältnismäßig kleinen Nase dunkles Blut heraussickerte. Sloats Augen, vor Schmerz blutunterlaufen, leuchteten in der dunklen Luft.

6

Verwirrt öffnete Richard Sloat die Augen. Alles an ihm war kalt. Zuerst dachte er, ohne irgendetwas dabei zu fühlen, er wäre tot. Er war irgendwo gestürzt, wahrscheinlich auf den steilen, gefährlichen Stufen, die zur Haupttribüne der Thayer School hinaufführten. Jetzt war er kalt und tot, und nichts konnte ihm mehr passieren. Eine Sekunde lang empfand er grenzenlose Erleichterung.

Dann schoß frischer Schmerz durch seinen Kopf, und er spürte, daß ihm warmes Blut über die Hände rann – beides Beweise dafür, daß Richard Llewellyn Sloat, so willkommen es ihm in diesem Augenblick auch gewesen wäre, noch nicht tot war, sondern nur eine verletzte, leidende Kreatur. Ihm war, als wäre der ganze obere Teil seines Schädels abgerissen. Er wußte nicht, wo er sich befand. Es war kalt. Sein Blick verfestigte sich lange genug, um ihn erkennen zu lassen, daß er im Schnee lag. Es war Winter geworden. Weitere Schneemassen kamen vom Himmel herab. Dann hörte er die Stimme seines Vaters, und alles kehrte zu ihm zurück.

Richard ließ die Hand auf seinem Kopf liegen, hob aber ganz langsam das Kinn, bis er in die Richtung blicken konnte, aus der die Stimme seines Vaters kam.

Jack Sawyer hielt den Talisman in den Händen – das war das erste, das Richard wahrnahm. Der Talisman war unbeschädigt. Er spürte, wie etwas von der Erleichterung zurückkehrte, die er empfunden hatte, als er glaubte, er wäre tot. Selbst ohne seine Brille sah Richard, daß Jack einen unbesiegten, *ungebeugten* Eindruck machte, der ihn tief bewegte. Jack sah aus wie – wie ein Held. Das war es. Er sah aus wie ein schmutziger, abgerissener, unvorstellbar junger Held, in fast jeder Hinsicht für die Rolle gänzlich ungeeignet, und dennoch unbestreitbar ein Held.

Außerdem sah Richard, daß Jack jetzt nur noch Jack war. Das Außerordentliche, das Besondere – diese Eigenschaft, die ihm die Aura eines Filmstars verliehen hatte, der sich herabläßt, als schäbig gekleideter Zwölfjähriger aufzutreten, war verschwunden, und das machte sein Heldentum für Richard noch beeindruckender.

Sein Vater lächelte wölfisch. Aber das war nicht sein Vater. Sein Vater war schon vor langer Zeit ausgehöhlt worden – ausgehöhlt von seinem Neid auf Phil Sawyer, seinem unmäßigen Ehrgeiz.

»So können wir ewig weitermachen«, sagte Jack. »Ich werde dir den Talisman niemals geben, und du kannst ihn niemals mit diesem Ding da zerstören. Gib auf.«

Die Spitze des Schlüssels in der Hand seines Vaters bewegte sich langsam zur Seite und nach unten und war dann genau auf ihn gerichtet.

»Zuerst werde ich Richard den Rest geben«, sagte sein Vater. »Willst du wirklich erleben, wie sich dein Freund Richard in gebratenen Speck verwandelt? Wie? Willst du das? Und natürlich hält mich nichts davon ab, diesem Mistkerl da neben ihm den gleichen Dienst zu erweisen.«

Jack und Sloat tauschten einen kurzen Blick. Und Richard wußte, daß es seinem Vater ernst damit war. Er würde ihn töten, wenn Jack ihm den Talisman nicht auslieferte. Und dann würde er den alten schwarzen Mann, Speedy, töten.

»Tu's nicht«, flüsterte er mühsam. »Sag ihm, er kann dich am Arsch lecken.«

Richard traute seinen Augen nicht, als er sah, daß Jack ihm zuzwinkerte.

»Laß das Ding einfach fallen«, hörte er seinen Vater sagen.

Entsetzt sah Richard, wie Jack die Handflächen nach unten neigte und den Talisman herausfallen ließ.

7

»Jack, nein!«

Jack drehte sich nicht zu Richard um. *Man besitzt etwas nur dann wirklich, wenn man bereit ist, darauf zu verzichten,* hämmerten seine Gedanken in ihm. *Man besitzt etwas nur dann wirklich, wenn man bereit ist, darauf zu verzichten, was hülfe es dem Menschen, es hülfe ihm nichts, es hülfe ihm einen Quark, und das lernt man nicht in der Schule, das lernt man auf der Straße, man lernt es von Ferd Janklow und von Wolf und von Richard, der kopfüber auf die Steine stürzt.*

Man lernte diese Dinge – oder man starb irgendwo draußen in der Welt, wo kein klares Licht leuchtete.

»Schluß mit dem Töten«, sagte er in die schneestiebende Dunkelheit dieses Nachmittags an einem kalifornischen Strand hinein. Eigentlich hätte er völlig am Ende seiner Kräfte sein müssen – schließlich hatte er vier grauenhafte Tage hinter sich, und jetzt, an ihrem Ende, hatte er den Ball geworfen wie ein unerfahrener Linksaußen, der noch viel zu lernen hat. Hatte alles hingeworfen. Dennoch war es die sichere Stimme von Anders, die er hörte, von Anders, der mit ausgebreitetem Kilt und gebeugtem Kopf vor Jack/Jason gekniet hatte; von Anders, der gesagt hatte: *Alles wird gut, alles wird gut, alles und jedes wird gut.*

Der Talisman leuchtete auf dem Strand, an einer seiner Seiten schmolz der Schnee und verwandelte sich in Tröpfchen, und in jedem Tröpfchen war ein Regenbogen; in diesem Augenblick überkam Jack ein atemberaubendes Gefühl der Sauberkeit – *er hatte verzichtet, weil es sein mußte.*

»Schluß mit dem *Morden.* Zerbrich ihn, wenn du kannst«, sagte er. »Du tust mir leid.«

Das war es, was Morgan Sloat den Rest gab. Hätte er sich noch einen Funken vernünftigen Denkens bewahrt, so hätte er einen Stein aus dem unirdischen Schnee geklaubt und den Talisman zerschmettert – und er hätte ihn, ungeschützt und zerbrechlich, wie er war, mühelos zerschmettern können.

Statt dessen richtete er den Schlüssel auf ihn.

Während er es tat, stürmten liebe- und haßerfüllte Erinnerungen an Jerry Bledsoe und Jerry Bledsoes Frau auf ihn ein. Jerry Bledsoe, den er getötet hatte, und Nita Bledsoe, die eigentlich Lily Cavanaugh hätte sein sollen ... Lily, die ihn, als er einmal versucht hatte, sie zu berühren, so heftig geschlagen hatte, daß seine Nase blutete.

Feuer schoß heraus – grünblaues Feuer aus der Spitze eines billigen Blechschlüssels. Es fuhr auf den Talisman zu, traf ihn, breitete sich auf ihm aus, verwandelte ihn in eine glühende Sonne. Einen Augenblick lang waren alle Farben da – einen Augenblick lang waren alle *Welten* da. Dann war alles verschwunden.

Der Talisman verschluckte das Feuer von Morgans Schlüssel.

Zehrte es gänzlich auf.

Die Dunkelheit kehrte zurück. Jacks Füße glitten unter ihm weg, und er landete auf Speedy Parkers schlaff hingestreckten Beinen. Speedy gab einen grunzenden Laut von sich und zuckte.

Zwei Sekunden lang blieb alles in der Schwebe – und dann schoß plötzlich eine Flut von Feuer aus dem Talisman heraus. Jack riß die Augen auf, obwohl ihn der Gedanke durchzuckte

(du wirst erblinden! Jack, du wirst)

und die veränderte Geographie von Point Venuti leuchtete auf, als hätte sich der Gott des Universums herabgebeugt, um eine Blitzlichtaufnahme zu machen. Jack sah das Agincourt, zusammengesackt und halb zerstört; sah das eingestürzte Hochland, das jetzt das Tiefland war; sah Richard auf dem Rücken liegen; sah Speedy mit zur Seite gedrehtem Gesicht. Speedy lächelte.

Dann wurde Morgan Sloat zurückgedrängt, umhüllt vom Feuer aus seinem eigenen Schlüssel – Feuer, das der Talisman ebenso absorbiert hatte wie das reflektierte Licht von Sunlight Gardeners Zielfernrohr, und das er jetzt vertausendfacht zu ihm zurückschickte.

Ein Loch riß auf zwischen den Welten – ein Loch von der Größe des Tunnels, der nach Oatley hineinführte –, und Jack sah, wie Sloat durch dieses Loch getrieben wurde, sein eleganter brauner Anzug brannte, seine skelettartige, talgige Hand umkrampfte noch immer den Schlüssel. Sloats Augen kochten in ihren Höhlen, aber sie waren offen – es war *Bewußtsein* in ihnen.

Und während er verschwand, sah Jack, daß er sich zugleich veränderte – er sah den Umhang wie die Flughäute einer Fledermaus, die durch die Flamme einer Fackel hindurchschießt, sah seine brennenden Stiefel, sein brennendes Haar. Sah, wie aus dem Schlüssel eine Blitzschleuder wurde.

Sah – *Tageslicht!*

8

Es brach wie eine Flut über sie herein. Jack rollte sich geblendet auf dem schneebedeckten Strand auf die andere Seite. In seinen Ohren – Ohren tief im Innern seines Kopfes – hallte Morgans Todesschrei, als er durch alle denkbaren Welten hindurchgeschleudert wurde ins Nichts.

»Jack?« Richard setzte sich benommen auf, hielt sich den Kopf. »Jack? Was ist passiert? Ich glaube, ich bin die Tribünentreppe hinuntergefallen.«

Speedy zuckte im Schnee, dann stemmte er sich mit den Armen hoch und sah Jack an. Seine Augen wirkten erschöpft – aber die Schwären in seinem Gesicht waren verschwunden.

»Gute Arbeit, Jack«, sagte er und lächelte. »Gute . . .« Dann gaben seine Arme nach, und er sank keuchend wieder herunter.

Regenbogen, dachte Jack benommen. Er stand auf und fiel wieder um. Gefrierender Schnee bedeckte sein Gesicht und begann in Tränen zu schmelzen. Er mühte sich auf die Knie, dann stand er wieder auf. Sein Gesichtsfeld war voller Flecken – aber er sah die ausgebrannte Stelle im Schnee, an der Morgan gestanden hatte.

»*Regenbogen!*« rief Jack Sawyer und streckte seine Hände himmelwärts, weinend und lachend zugleich. »*Regenbogen! Regenbogen!*«

Er trat zum Talisman und hob ihn auf, immer noch weinend.

Er brachte ihn zu Richard Sloat, der Rushton gewesen war; zu Speedy Parker, der war, was er war.

Er heilte sie.

Regenbogen, Regenbogen, Regenbogen!

Sechsundvierzigstes Kapitel

Noch eine Fahrt

1

Er heilte sie, aber er konnte sich hinterher weder erinnern, was vor sich gegangen war, noch an irgendwelche Einzelheiten. Eine Zeitlang hatte der Talisman in seinen Händen geleuchtet und gesungen, und er glaubte gesehen zu haben, wie sein Feuer regelrecht über sie *hinwegzufließen* schien, bis sie in Licht gebadet waren. Das war alles, was sein Gedächtnis hergab.

Und zum Schluß wurde das wundervolle Licht im Talisman schwächer – immer schwächer – bis es erlosch.

Jack dachte an seine Mutter und stieß einen heiseren Verzweiflungsschrei aus.

Speedy taumelte durch den schmelzenden Schnee und legte ihm einen Arm um die Schultern.

»Es kommt wieder, Travelling Jack«, sagte Speedy. Er lächelte, wirkte aber doppelt so erschöpft wie Jack. Speedy war zwar geheilt – aber es ging ihm trotzdem nicht gut. *Diese Welt bringt ihn um,* dachte Jack. *Auf jeden Fall bringt sie das um, was Speedy Parker ist. Der Talisman hat ihn geheilt – aber er stirbt trotzdem.*

»Du hast etwas für *ihn* getan«, sagte Speedy. »Und nun möchtest du natürlich, daß er etwas für *dich* tut. Mach dir keine Sorgen. Komm herüber, Jack, hierher, wo dein Freund liegt.«

Jack tat es. Richard schlief in dem schmelzenden Schnee. Der grauenhafte lose Hautfetzen war verschwunden, aber durch sein Haar zog sich ein langer, weißer Streifen – ein Streifen, auf dem nie wieder Haare wachsen würden. »Nimm seine Hand.«

»Warum?«

»Wir wollen flippen.«

Jack warf Speedy einen fragenden Blick zu, aber Speedy äußerte sich nicht weiter. Er nickte nur, als wollte er sagen: *Ja, du hast richtig gehört.*

Okay, dachte Jack. *Ich habe ihm bis jetzt vertraut . . .*

Er langte hinunter und ergriff Richards Hand. Speedy umfaßte seine andere Hand.

Fast ohne es zu bemerken, wechselten sie über.

2

Es war, wie Jack vermutet hatte – die Gestalt neben ihm auf dem schwarzen Sand, der überall die Spuren von Morgan von Orris' Hinkefuß zeigte, machte einen gesunden und kräftigen Eindruck.

Jack starrte ehrfürchtig – und etwas unbehaglich – auf den Fremden; er sah aus, als wäre er Speedy Parkers jüngerer Bruder.

»Speedy – Mr. Parkus, meine ich – was ist...«

»Ihr braucht Ruhe«, sagte Parkus. »Du ganz bestimmt, und der andere junge Mann hier sogar noch mehr. Er war dem Tode näher, als irgend jemand je wissen wird außer ihm selbst – und ich glaube nicht, daß er ein Mensch ist, der solche Dinge eingesteht – nicht einmal sich selbst gegenüber.«

»Ja«, sagte Jack. »Das stimmt.«

»Hier hat er mehr Ruhe«, erklärte Parkus und begann, mit Richard auf den Armen den Strand hinaufzuwandern, fort von der Burg. Jack taumelte hinter ihm her, so gut er konnte, blieb aber allmählich immer weiter zurück. Er war schnell außer Atem, seine Beine fühlten sich an, als wären sie aus Gummi. Sein Kopf schmerzte – die Nachwirkungen des Schocks hatten eingesetzt.

»Warum – wo...« Mehr brachte er nicht heraus. Er preßte den Talisman an sich; er war jetzt dunkel, seine Oberfläche rußig, undurchsichtig, uninteressant.

»Nur noch ein Stückchen weiter«, sagte Parkus. »Du und dein Freund, ihr wollt doch nicht da schlafen, wo *er* war, oder?«

Trotz seiner Erschöpfung schüttelte Jack den Kopf.

Parkus warf einen Blick über die Schulter, dann sah er Jack betrübt an.

»Da unten stinkt es nach seiner Bosheit«, sagte er, »und es stinkt nach deiner Welt, Jack.«

»Ich finde, zwischen den beiden Gerüchen ist kein großer Unterschied.«

Speedy ging weiter, Richard auf den Armen.

3

Vierzig Meter weiter den Strand hinauf blieb er stehen. Hier war der Sand nicht mehr schwarz – auch nicht weiß, eher mittelgrau. Parkus setzte Richard sanft ab. Jack ließ sich neben ihm nieder. Der Sand war warm – wohltuend warm. Hier war kein Schnee.

Parkus setzte sich mit untergeschlagenen Beinen neben ihn.

»Jetzt werdet ihr schlafen«, sagte er. »Vielleicht wacht ihr erst morgen wieder auf. Aber hier stört euch niemand. Sieh dich um.«

Parkus deutete mit dem Arm in die Richtung, in der in der Region Point Venuti gelegen hatte. Als erstes sah er die schwarze Burg, deren eine Seite aufgerissen und eingestürzt war, als hätte darin eine gewaltige Explosion stattgefunden. Jetzt wirkte die Burg fast harmlos. Die Bedrohung war ausgebrannt, der Schatz entführt. Jetzt waren es nur noch in Mustern aufgetürmte Steine.

Als Jack den Blick weiterwandern ließ, sah er, daß das Erdbeben hier nicht so heftig gewesen war – und daß es hier weniger gab, das zerstört werden konnte. Ein paar eingestürzte Hütten, die aussahen, als wären sie fast nur aus Treibholz errichtet; eine Reihe von zerbrochenen Kutschen, die in der amerikanischen Region vielleicht Cadillacs gewesen waren; hier und dort ein zottiger Leichnam.

»Die, die dort waren und am Leben geblieben sind, sind jetzt fort«, sagte Parkus. »Sie wissen, was geschehen ist, sie wissen, daß Orris tot ist; sie werden euch nicht mehr belästigen. Das Böse, das dort war, ist fort. Weißt du das? *Fühlst* du das?«

»Ja«, flüsterte Jack. »Aber – Mr. Parkus – Sie wollen doch nicht – nicht...«

»Gehen? Doch. Sehr bald. Ihr beide werdet euch richtig ausschlafen, aber wir müssen vorher noch einiges bereden. Es dauert nicht lange, also versuch, noch ein paar Minuten wachzubleiben.«

Mit einiger Mühe hob Jack den Kopf; er schaffte es sogar, die Augen wieder zu öffnen. Parkus nickte.

»Wenn ihr aufgewacht seid, haltet euch nach Osten – aber flippt nicht! Bleibt eine Zeitlang hier in der Region. Drüben auf eurer Seite ist zu viel los – Rettungsmannschaften, Reporter, weiß Jason, was sonst noch alles. Wenigstens wird der Schnee geschmolzen sein, bevor jemand merkt, daß er da war, von ein paar Leuten abgesehen, die man für arme Irre halten wird...«

»Warum müssen Sie fort?«

»Ich habe einen weiten Weg vor mir, Jack. Und eine Menge zu erledigen. Die Nachricht von Morgans Tod ist schon nach Osten unterwegs. Und zwar schnell. Ich hinke jetzt hinter der Nachricht her, aber ich muß sehen, daß ich ihr zuvorkomme. Ich muß im Grenzland – und im Osten – sein, bevor sich ein Haufen übler Burschen aus dem Staub macht.« Er blickte aufs Meer hinaus, und seine Augen waren so kalt und grau wie Feuerstein. »Wenn die Rechnung fällig wird, muß sie beglichen werden. Morgan ist fort, aber es gibt noch eine Menge unbezahlte Schulden.«

»Sie sind hier so etwas wie ein Polizist, stimmt's?«

Parkus nickte. »Ich bin, was du Obersten Richter und Urteilsvollstrek-ker in einer Person nennen würdest. Hier jedenfalls.« Er legte eine kraftvolle, warme Hand auf Jacks Kopf. »Drüben bin ich nur der Mann, der von Ort zu Ort zieht, hier und dort einen Job annimmt, ein paar

Melodien spielt. Und manchmal, das kannst du mir glauben, gefällt mir das wesentlich besser.«

Er lächelte wieder, und diesmal *war er* Speedy.

»Und diesem Mann wirst du hin und wieder begegnen, Jacky. Ja, hin und wieder, hier oder dort. Vielleicht in einem Einkaufszentrum oder in einem Vergnügungspark.«

Er blinzelte Jack zu.

»Aber Speedy – geht es nicht gut«, sagte Jack. »Woran er auch leidet – es war etwas, das der Talisman nicht anrühren konnte.«

»Speedy ist *alt*«, sagte Parkus. »Wir sind gleichaltrig, aber in deiner Welt altert man schneller als hier. Aber er hat noch ein paar Jahre vor sich. Vielleicht sogar eine ganze Reihe. Mach dir deshalb keine Sorgen, Jack.«

»Ist das ein Versprechen?« fragte Jack.

Parkus grinste. »Yeah-bob.«

Jack grinste müde zurück.

»Du und dein Freund, ihr haltet euch nach Osten. Geht weiter, bis ihr ungefähr acht Kilometer hinter euch habt. Hinter den Hügeln ist das Gehen leicht. Haltet Ausschau nach einem großen Baum – dem größten, den ihr je gesehen habt. Wenn ihr diesen großen, alten Baum erreicht habt, Jack, nimmst du Richard an der Hand, und dann flippt ihr zurück. Ihr kommt neben einer riesigen Sequoie zum Vorschein, in die ein Tunnel hineingeschnitten ist, durch den die Straße hindurchführt. Die Straße ist die Route Siebzehn, und ihr seid in den Außenbezirken einer kleinen Stadt namens Storeyville. Geht in die Stadt hinein. An der Verkehrsampel findet ihr eine Mobil-Tankstelle.«

»Und dann?«

Parkus zuckte die Achseln. »Das weiß ich nicht so genau. Vielleicht triffst du dort jemanden, den du kennst.«

»Aber wie kommen wir . . .«

»Still«, sagte Parkus und legte Jack eine Hand auf die Stirn, genau wie seine Mutter es immer getan hatte, als er

(schlaf, Kindchen, schlaf, dein Vater hüt' die Schaf' und all diese guten Dinge, la-la, schlaf jetzt, Jacky, alles ist gut, alles ist gut, und . . .)

noch ganz klein war. »Keine Fragen mehr. Ich glaube, jetzt wird alles gut für Richard und dich.«

Jack legte sich hin, die dunkle Kugel in der Armbeuge. An jedem seiner Augenlider schien jetzt ein Ziegelstein zu hängen.

»Du bist gut und tapfer gewesen, Jack«, sagte Parkus mit ruhigem Ernst. »Ich wollte, du wärst mein Sohn – und ich bewundere deinen Mut. Und deine Treue. In vielen Welten gibt es Leute, die dir Dank schuldig sind. Und ich glaube, die meisten von ihnen spüren es auf die eine oder andere Art.«

Jack brachte ein Lächeln zustande.

»Bleiben Sie noch ein bißchen«, brachte er heraus.

»Gut«, sagte Parkus. »Bis du schläfst. Hab keine Angst, Jack. Hier tut dir niemand etwas.«

»Meine Mom hat immer gesagt . . .«

Bevor er den Gedanken zu Ende denken konnte, schlief er schon.

4

Und der Schlaf überdauerte auf mysteriöse Weise auch den folgenden Tag, nachdem er erwacht war – eine schützende Benommenheit, die sein Denken einhüllte und fast den ganzen Tag zu etwas Langsamem und Traumhaftem machte. Er und Richard, der sich ähnlich langsam und zögernd bewegte, standen vor dem größten Baum der Welt. Ein Flitter aus Licht bedeckte rings um sie herum den Waldboden. Zehn erwachsene Männer, die sich an den Händen hielten, hätten ihn nicht umspannen können. Der Baum ragte über ihnen, massig und abgesondert: ein Leviathan in einem Wald hoher Bäume, ein Paradebeispiel für die Üppigkeit der Region.

Hab keine Angst, hatte Parkus gesagt, bevor er sie verließ. Jack neigte den Kopf, um in die Krone des Baumes hinaufzublicken. Er war seelisch erschöpft, obwohl es ihm nicht recht bewußt war. Die gewaltigen Dimensionen des Baumes ließen nur ein schwaches Staunen in ihm aufflackern. Er stützte sich mit einer Hand an die überraschend glatte Borke. *Ich habe den Mann umgebracht, der meinen Vater umgebracht hat*, dachte er. Mit der anderen Hand hielt er den dunklen, scheinbar toten Talisman. Auch Richard blickte zur riesigen Krone des Baumes hinauf, so hoch über ihnen wie das Dach eines Wolkenkratzers. Morgan war tot, Gardener auch, und der Schnee am Strand mußte inzwischen geschmolzen sein. Aber der Schnee war nicht vollständig verschwunden. Jack war zumute, als füllte ein ganzer Strand voll Schnee seinen Kopf. Vor tausend Jahren, wie es ihm jetzt vorkam, hatte er gedacht, wenn es ihm tatsächlich gelänge, seine Hände um den Talisman zu legen, würde eine Flut von Triumph und Begeisterung und Ehrfurcht über ihn hereinbrechen, doch jetzt hatte er nur eine ganz blasse Ahnung von diesen Gefühlen. In seinem Kopf schneite es, und er sah nichts, was über Parkus' Anweisungen hinausging. Dann wurde ihm klar, daß der riesige Baum ihm Halt bot.

»Gib mir die Hand«, sagte er zu Richard.

»Aber wie kommen wir nach Hause?« fragte Richard.

»Hab keine Angst«, sagte er und faßte Richards Hand. Jack Sawyer war nicht darauf angewiesen, daß ihm ein Baum Halt bot. Jack Sawyer war im Verheerten Land gewesen, er hatte das schwarze Hotel besiegt.

Jack Sawyer war *gut und tapfer*. Jack Sawyer war ein erschöpfter zwölfjähriger Junge, in dessen Kopf es schneite. Er flippte mühelos zurück in
seine eigene Welt, und Richard glitt mit ihm durch alle Grenzen zwischen den Welten.

5

Der Wald war dichter geworden; es war ein amerikanischer Wald. Das
Dach aus sanft rauschenden Zweigen war spürbar niedriger, die Bäume
ringsum merklich kleiner als in dem Waldstück, in das Parkus sie
geschickt hatte. Die Veränderung des Maßstabs drang vage in Jacks
Bewußtsein, bevor er die zweispurige Straße vor sich sah; und schon
versetzte ihm die Realität des zwanzigsten Jahrhunderts einen Tritt
gegen das Schienbein. Sobald er die Straße sah, hörte er auch schon das
Schaumschlägergeräusch eines kleinen Motors und wich, Richard mit
sich ziehend, instinktiv zurück. Ein weißer Renault fegte an ihnen
vorüber und fuhr in den in den Stamm der Sequoie gesägten Tunnel
hinein (der Baum war kaum halb so groß wie sein Gegenstück in der
Region). Doch zumindest ein Erwachsener und zwei Kinder in dem
Renault betrachteten nicht die Sequoien, um derentwillen sie von New
Hampshire nach Kalifornien gekommen waren. Die Frau und die
beiden Kinder auf dem Rücksitz hatten sich umgedreht und starrten
Jack und Richard an. Ihre Münder glichen weit offenen schwarzen
Höhlen. Sie hatten gesehen, wie zwei Jungen am Rand der Straße
auftauchten, aus dem Nichts auf unerklärliche Weise Gestalt annahmen
wie Captain Kirk und Mr. Spock beim Herabbeamen von Bord der
Enterprise.

»Schaffst du es, ein Stückchen zu laufen?«

»Natürlich«, sagte Richard.

Jack betrat die Route 17 und wanderte durch die große Öffnung im
Baum.

Vielleicht träumte er das alles, dachte er. Vielleicht war er noch immer
in der Region, den schlafenden Richard neben sich, beide unter Parkus'
gütigem Blick. *Meine Mom hat immer gesagt... Meine Mom hat
immer gesagt...*

6

Wie durch dicken Nebel schreitend (obwohl der Tag in Wirklichkeit sonnig und trocken war), führte Jack Sawyer Richard Sloat aus dem Sequoienwald heraus und eine abfallende Straße zwischen trockenen Dezemberwiesen entlang.
... *daß die wichtigste Person in einem Film gewöhnlich der Kameramann ist* ...
Sein Körper brauchte mehr Schlaf. Sein Verstand brauchte Ferien.
... *daß Wermut den besten Martini verdirbt* ...
Richard folgte ihm schweigend, nachdenklich. Er ging so viel langsamer, daß Jack am Straßenrand auf ihn warten mußte. Ungefähr einen Kilometer voraus war eine kleine Stadt zu sehen; es mußte sich um Storeyville handeln. Beiderseits der Straße standen ein paar niedrige weiße Gebäude; eines trug ein Schild mit der Aufschrift ANTIQUITÄTEN. Jenseits der Gebäude hing eine Ampel über einer leeren Kreuzung. Jack entdeckte eine Ecke des MOBIL-Schildes vor der Tankstelle. Richard trottete weiter, den Kopf so tief gesenkt, daß sein Kinn fast auf der Brust ruhte. Als er näher herankam, sah Jack, daß sein Freund weinte.

Jack legte den Arm um Richards Schultern. »Eines solltest du wissen, Richie«, sagte er.

Richards Gesicht war tränenüberströmt, aber herausfordernd.

»Ich mag dich«, sagte Jack.

Richards Blick kehrte ruckartig auf den Straßenbelag zurück. Jack ließ seinen Arm auf Richards Schulter liegen.

Einen Augenblick später blickte Richard auf und nickte. Und das entsprach dem, was Lily Cavanaugh Sawyer ihrem Sohn ein- oder zweimal gesagt hatte: *Es gibt Augenblicke, Jacko, in denen man nicht auszusprechen braucht, was man denkt.*

»Wir haben's bald geschafft, Richie«, sagte Jack. Er wartete, bis Richard sich die Tränen abgewischt hatte. »Ich nehme an, daß bei der Mobil-Station jemand auf uns wartet.«

»Hitler vielleicht?« Richard preßte die Handballen auf die Augen. Einen Augenblick später war er zum Weitergehen bereit, und die beiden Jungen wanderten nach Storeyville hinein.

7

An der im Schatten liegenden Seite der Tankstelle parkte ein Cadillac El Dorado mit einer bumerangförmigen Fernsehantenne am Heck, groß wie ein Wohnwagen und schwarz wie der Tod.

»Oh, Jack, verdammte Scheiße«, stöhnte Richard und umklammerte Jacks Schulter. Seine Augen waren weit aufgerissen, sein Mund zitterte.

Die dunkle, unscheinbare Kristallkugel, in die sich der Talisman verwandelt hatte, umklammernd, ging Jack hügelabwärts auf die Tankstelle zu.

»Jack!« schrie ihm Richard matt nach. »Was zum Teufel tust du? Es ist einer von IHNEN! Solche Wagen waren in Thayer! Solche Wagen waren in Point Venuti!«

»Parkus hat gesagt, wir sollten hierher kommen.«

»Du bist verrückt, Kumpel«, flüsterte Richard.

»Ich weiß. Aber hier passiert uns nichts. Du wirst es erleben. Und nenn mich nicht Kumpel.«

Die Tür des Caddy schwang auf, und ein muskulöses, in verblichenen Jeansstoff gekleidetes Bein kam zum Vorschein. Aus Unbehagen wurde Entsetzen, als er sah, daß vom schwarzen Stiefel des Fahrers die Kappe abgeschnitten war, um Platz zu schaffen für die langen, behaarten Zehen.

Neben ihm quietschte Richard wie eine Feldmaus.

Es war ein Wolf – Jack wußte es, noch bevor er sich umgedreht hatte. Er war gut zwei Meter groß. Sein Haar war lang, zottig und nicht sehr sauber. Es hing ihm in Strähnen bis auf den Kragen, einige Kletten saßen darin. Dann drehte er sich um. Jack sah Augen orangefarben aufblitzen – und sein Entsetzen verwandelte sich in Freude.

Jack rannte auf die große Gestalt zu, ohne sich um den Tankwart zu kümmern, der herausgekommen war und ihn anstarrte, und die Leute, die vor dem Gemischtwarenladen herumlungerten. Das Haar flog ihm aus der Stirn, seine zerfetzten Turnschuhe trommelten den Boden; sein Gesicht war zu einem fassungslosen Lächeln verzerrt; seine Augen leuchteten wie der Talisman.

Ein Latzoverall; ein Oshkosh-Overall. Eine randlose runde Brille; eine John Lennon-Brille. Und ein breites Willkommenslächeln.

»Wolf!« schrie Jack Sawyer. »Wolf, du lebst! Wolf, du lebst!«

Er war noch gut einen Meter von Wolf entfernt, als er sprang. Und Wolf fing ihn mühelos auf und strahlte ihn an.

»Jack Sawyer! Wolf! Großartig! Genau, wie Parkus gesagt hat! Ich bin hier an diesem gottverhämmerten Ort, der stinkt wie Scheiße im Sumpf, und du bist auch da! Jack und sein Freund! Wolf! Gut! Großartig! Wolf!«

Es war der Geruch des Wolfes, der Jack sagte, daß dies nicht sein Wolf war, aber der Geruch sagte ihm auch, daß dieser Wolf ein Verwandter von ihm war – ein sehr naher Verwandter.

»Ich kannte deinen Wurfbruder«, sagte Jack, noch immer in den zottigen, starken Armen des Wolfes.

»Meinen Bruder Wolf«, sagte Wolf und setzte Jack ab. Er streckte eine

Hand aus und berührte den Talisman. Auf seinem Gesicht lag andächtige Ehrfurcht. Als er ihn berührte, erschien ein heller Funke und schoß in die dunkle Tiefe der Kugel hinein wie ein stürzender Komet. Er atmete tief ein, sah Jack an und lächelte. Jack erwiderte das Lächeln. Jetzt kam Richard herbei und starrte sie beide mit einer Mischung aus Erstaunen und Angst an.

»In der Region gibt es gute und schlechte Wölfe...« setzte Jack an.

»Massenhaft gute Wölfe!« warf Wolf ein.

Er streckte Richard die Hand entgegen. Richard wich instinktiv zurück, dann ergriff er sie. Der Ausdruck seines Gesichts ließ Jack vermuten, daß Richard ungefähr die Behandlung erwartete, die Heck Basts Hand vor so langer Zeit zuteil geworden war.

»Das ist der Wurfbruder von *meinem* Wolf«, sagte Jack stolz. Er räusperte sich, weil er nicht genau wußte, wie er seinen Gefühlen Ausdruck geben sollte. Verstanden Wölfe Beileidsbezeugungen? Gehörten sie zu ihren Ritualen?

»Ich hatte deinen Bruder gern«, sagte er. »Er hat mir das Leben gerettet. Ich glaube, abgesehen von Richard war er der beste Freund, den ich je hatte. Es tut mir so leid, daß er gestorben ist.«

»Er ist jetzt im Mond«, sagte Wolfs Bruder. »Er kommt zurück. Alles verschwindet, Jack Sawyer, wie der Mond. Alles kommt zurück, wie der Mond. Und nun kommt. Ich möchte weg von diesem stinkenden Ort.«

Richard blickte verwirrt drein, aber Jack begriff und konnte es ihm nachfühlen – die Tankstelle schien in einen heißen, öligen Schwaden aus verbrannten Kohlenwasserstoffen eingehüllt zu sein wie in ein durchsichtiges braunes Leichentuch.

Der Wolf trat an den Cadillac und öffnete die hintere Tür wie ein Chauffeur – und genau das, dachte Jack, war er vermutlich.

»Jack?« Richard machte einen verängstigten Eindruck.

»Alles in Ordnung«, sagte Jack.

»Aber wohin...«

»Zu meiner Mutter, denke ich«, sagte Jack. »Quer durch den Kontinent bis nach Arcadia Beach, New Hampshire. Und zwar Erster Klasse. Komm, Richie.«

Sie gingen zu dem Wagen. Auf dem breiten Rücksitz lag ein abgeschabter alter Gitarrenkasten. Jack spürte, wie sein Herz einen Sprung machte. »Speedy!« Er drehte sich zu Wolfs Wurfbruder um. »Fährt Speedy mit uns?«

»Ich kenne niemanden, der Speedy heißt«, sagte der Wolf. »Das heißt, ich hatte einen Onkel, den wir Speedy nannten, weil er so flink war, aber später lahmte er und konnte nicht einmal mehr mit der Herde Schritt halten.«

Jack deutete auf den Gitarrenkasten.

»Wo kommt der her?«

Wolf lächelte und zeigte viele große Zähne. »Von Parkus. Und das hier ist auch für euch. Hätte ich beinah vergessen.«

Er zog eine sehr alte Postkarte aus der Gesäßtasche. Die Vorderseite zeigte ein Karussell mit vielen vertrauten Pferden – darunter Ella Speed und Silver Lady –, aber die Damen im Vordergrund trugen Kleider mit Turnüren, die Jungen Knickerbocker, viele der Herren steife, runde Filzhüte und schmale Schnurrbärte. Die Karte fühlte sich seidig an vor Alter.

Er drehte sie um und las zuerst den aufgedruckten Text: ARCADIA BEACH KARUSSELL – 4. JULI 1894.

Speedy – nicht Parkus – hatte zwei Sätze daruntergeschrieben. Die Handschrift war kritzelig und ungelenk; er hatte mit einem weichen, stumpfen Bleistift geschrieben.

Du hast große Wunder vollbracht, Jack. Nimm aus dem Kasten, was du brauchst – behalt den Rest oder wirf ihn weg.

Jack steckte die Postkarte in die Hosentasche und stieg in den Cadillac ein. Eine der Schließen an dem alten Gitarrenkasten war zerbrochen. Er öffnete die anderen drei.

Richard war gleichfalls eingestiegen. »Heiliger Strohsack!« flüsterte er.

Der Gitarrenkasten war vollgestopft mit Zwanzig-Dollar-Noten.

8

Wolf fuhr sie nach Hause, und obwohl vieles von dem, was in diesem Herbst passiert war, für Jack schnell an Deutlichkeit verlor, blieb ihm doch jeder Augenblick dieser Fahrt zeit seines Lebens im Gedächtnis. Er und Richard saßen im Fond des El Dorado, und Wolf fuhr sie – nach Osten, immer nach Osten. Wolf kannte die Straßen, und Wolf fuhr sie. Gelegentlich ließ er mit ohrenbetäubender Lautstärke Creedence Clearwater Revival-Bänder laufen – »Run Through the Jungle« liebte er offenbar ganz besonders. Dann wieder verbrachte er lange Zeit damit, auf den Knopf zu drücken, der das Ausstellfenster bewegte, und den Variationen der Windgeräusche zu lauschen, die ihn restlos zu faszinieren schienen.

Nach Osten, immer nach Osten – in den Sonnenaufgang jeden Morgen, in das allmählich dunkler werdende Blau der Dämmerung jeden Abend, zuerst John Fogerty lauschend und dann dem Wind, dann wieder John Fogerty und abermals dem Wind.

Sie aßen in McDonald's. Sie aßen in Burger Kings. Sie hielten vor Filialen von Kentucky Fried Chicken. In den letzteren verzehrten Jack und Richard ein normales Abendessen; Wolf erhielt eine Familienpakkung und aß alle einundzwanzig Hähnchenteile. Nach den Geräuschen zu urteilen, aß er auch den größten Teil der Knochen mit. Jack dachte an Wolf und das Popcorn. Wo war das gewesen? In Muncie. Am Stadtrand von Muncie, im Town Line Sixplex. Kurz bevor sie im Sunlight-Heim gelandet waren. Er lächelte – und hatte dann das Gefühl, als führe ihm ein Pfeil durchs Herz. Er blickte aus dem Fenster, damit Richard die Tränen in seinen Augen nicht sah.

Am zweiten Abend machten sie in Julesburg, Colorado, Station, und Wolf bereitete auf einem tragbaren Grill aus dem Kofferraum eine reichhaltige Picknickmahlzeit. Sie aßen im Sternenlicht auf einem verschneiten Feld, eingehüllt in dicke Parkas, die sie von dem Schatz im Gitarrenkasten gekauft hatten. Über ihnen blitzte ein Sternschnuppenschauer auf, und Wolf tanzte im Schnee wie ein Kind.

»Der Bursche gefällt mir«, sagte Richard nachdenklich.

»Ja, mir auch. Du hättest seinen Bruder sehen sollen.«

»Ich wollte, ich hätte es.« Richard begann, die Abfälle einzusammeln. Was er dann sagte, verblüffte Jack. »Ich vergesse eine Menge, Jack.«

»Was meinst du damit?«

»Genau das. Meile für Meile erinnere ich mich weniger an das, was passiert ist. Alles wird undeutlich. Und ich glaube – ich glaube, ich will es gar nicht anders. – Bist du wirklich sicher, daß deine Mutter okay ist?«

Dreimal hatte Jack versucht, seine Mutter anzurufen. Niemand hatte sich gemeldet. Aber er machte sich deshalb keine großen Sorgen. Es war alles in Ordnung. Er hoffte es. Wenn er ankam, würde sie da sein. Krank – aber noch am Leben. Er hoffte es.

»Ja.«

»Weshalb geht sie dann nicht an den Apparat?«

»Sloat hatte da ein paar Tricks mit den Telefonen«, sagte Jack. »Und bestimmt auch mit dem Personal des Alhambra. Sie ist noch okay. Krank – aber okay. Noch am Leben. Ich fühle es.«

»Und wenn dieses Ding sie heilt . . .« Richard verzog das Gesicht, dann gab er sich einen Ruck. »Glaubst du immer noch – ich meine, wird sie mich trotzdem – wird sie trotzdem damit einverstanden sein, daß ich bei euch bleibe?«

»Nein«, sagte Jack und half Richard, die Überreste des Abendessens einzusammeln. »Wahrscheinlich wird sie dich in ein Waisenhaus stecken lassen. Oder ins Gefängnis. Red nicht solch dummes Zeug, Richie – natürlich kannst du bei uns bleiben.«

»Nun – nach allem, was mein Vater getan hat . . .«

»Das war dein Vater, Richie«, sagte Jack schlicht. »Nicht du.«

»Und ihr werdet mich nicht immer wieder daran erinnern? Es mir immer wieder ins Gedächtnis rufen?«

»Nicht, wenn du es vergessen willst.«

»Das will ich, Jack. Das will ich wirklich.«

Wolf kam zurück.

»Seid ihr so weit? Wolf!«

»Wir sind so weit«, sagte Jack. »Sag mal, Wolf, wie wäre es mit dem Scott Hamilton-Band, das ich in Cheyenne gekauft habe?«

»Klar, Jack. Und dann ein bißchen Creedence?«

»›Run Through the Jungle‹, stimmt's?«

»Gutes Lied, Jack. Eine Wucht. *Wolf!* Eine gottverhämmerte Wucht von einem Lied!«

»Finde ich auch, Wolf.« Er warf Richard einen Blick zu, und Richard erwiderte den Blick und lächelte.

Am nächsten Tag rollten sie durch Nebraska und Iowa; einen Tag später passierten sie die ausgebrannte Ruine des Sunlight-Heims. Jack vermutete, daß Wolf absichtlich daran vorbeifuhr; vielleicht wollte er den Ort sehen, an dem sein Bruder gestorben war. Er drehte den Kassettenrecorder mit dem Creedence-Band auf höchste Lautstärke, aber Jack glaubte ihn trotzdem schluchzen zu hören.

In der Abenddämmerung des fünften Tages erreichten sie Neuengland.

Siebenundvierzigstes Kapitel

Das Ende der Reise

1

Nachdem sie so weit gekommen waren, schien die ganze lange Fahrt von Kalifornien nach Neuengland an einem einzigen langen Nachmittag und Abend stattgefunden zu haben. Einem Nachmittag, der Tage, einem Abend, der vielleicht ein ganzes Leben lang währte, bis zum Bersten angefüllt mit Sonnenuntergängen, Musik und Gefühlen. *Große rollende Feuerbälle*, dachte Jack, *ich habe es tatsächlich hinter mir*, als er nach einer Zeitspanne, die ihm wie eine halbe Stunde vorkam, einen zweiten Blick auf die kleine Uhr am Armaturenbrett warf und feststellte, daß drei Stunden verflogen waren. War es überhaupt noch der gleiche Tag? »Run Through the Jungle« ließ die Luft pulsieren; Wolf nickte im Takt dazu mit dem Kopf, lächelte ununterbrochen, fand unfehlbar die besten Straßen; das Heckfenster gab den Blick auf den ganzen Himmel frei, über den sich grandiose Bänder verdämmernder Farben erstreckten, Purpur und Blau und das dunkle Rot der untergehenden Sonne. Jack erinnerte sich an jede Einzelheit dieser langen Reise, an jedes Wort, jede Mahlzeit, jede Nuance der Musik, Zoot Sims oder John Fogerty oder auch nur Wolf, der sich mit den Luftgeräuschen vergnügte, aber die wahre Zeitspanne hatte sich in seinem Kopf zur Dichte eines Diamanten zusammengezogen. Er schlief auf dem weich gepolsterten Rücksitz, und wenn er die Augen aufschlug, sah er Licht oder Dunkelheit, Sonne oder Sterne. Zu den Dingen, an die er sich besonders deutlich erinnerte, nachdem sie wieder in Neuengland waren und der Talisman erneut zu leuchten und die Wiederkehr normaler Zeiten – oder vielleicht den Neuanfang der Zeit für Jack Sawyer – zu verkünden begann, gehörten die Gesichter von Leuten, die neugierige Blicke ins Innere des El Dorado warfen (Leute auf Parkplätzen, ein Matrose und ein kuhäugiges Mädchen in einem Kabriolett an einer Verkehrsampel in einem sonnigen Städtchen in Iowa, ein magerer Junge in Ohio), um festzustellen, ob Mick Jagger oder Frank Sinatra ihnen vielleicht einen Besuch abstatten wollten. Nichts da, Leute, wir sind's bloß. Der Schlaf entführte ihn immer wieder. Einmal erwachte er (Colorado? Illinois?) unter dem Hämmern von Rockmusik, Wolf schnippte mit den Fingern, ließ den großen Wagen glatt dahinrollen, der Himmel öffnete sich in Orange, Purpur und Blau, und er sah, daß Richard irgendwo ein Buch aufgetrieben hatte und im Licht der eingebauten Leselampe las. Das Buch war *Broca's Brain*. Richard wußte immer, was die Stunde geschlagen hatte. Jack überließ sich der Musik, den Farben des Abends. Sie hatten es *getan*, sie hatten alles getan – ausgenommen das, was in einem leeren kleinen Badeort in New Hampshire noch zu tun war.

Fünf Tage, oder eine einzige lange, verträumte Dämmerung? »Run Through the Jungle«. Zoot Sims' Tenorsaxophon, das sagte: *Hier ist eine Geschichte für euch, mögt ihr diese Geschichte?* Richard war sein Bruder, sein Bruder.

Der magische Sonnenuntergang am fünften Tag, an dem der Talisman zu neuem Leben erwachte, brachte die Zeit zu ihm zurück. *Oatley*, dachte Jack am sechsten Tag, *ich hätte Richard den Oatley-Tunnel zeigen sollen und das, was vom Oatley Tap noch übrig ist*. Aber er wollte Oatley nicht wiedersehen, es hätte ihm weder Genugtuung noch Freude bereitet. Und er wußte jetzt, wie weit sie gereist waren, während er durch die Zeit trieb wie eine Distel. Wolf hatte sie auf die große, breite Arterie der Interstate 95 gebracht, sie waren in Connecticut, und Arcadia Beach war nur noch einen Katzensprung entfernt. Von jetzt an zählte Jack die Meilen und die Minuten.

2

Viertel nach fünf am Abend des 21. Dezember, rund drei Monate, nachdem Jack Sawyer nach Westen aufgebrochen war, kurvte ein schwarzer Cadillac El Dorado in die kiesbestreute Auffahrt des Alhambra Inn and Gardens in dem Städtchen Arcadia Beach, New Hampshire. Der Sonnenuntergang war am westlichen Himmel ein sanfter Abschied aus Rot- und Orangetönen, die zu Gelb verblaßten – zu Blau – zu königlichem Purpur. In den Gartenanlagen knarrten kahle Äste im bitteren Winterwind. Bis vor einer Woche hatte mitten zwischen ihnen ein Baum gestanden, der kleine Tiere fing – Waldmurmeltiere, Vögel, die magere, halbverhungerte Katze des Portiers. Dieser Baum war sehr plötzlich gestorben. Was sonst im Garten wuchs, war zwar kahl, lebte aber in seiner Ruheperiode weiter.

Die Stahlgürtelreifen des El Dorado knirschten über den Kies. Von drinnen, durch das polarisierte Glas gedämpft, kam der Klang von Creedence Clearwater Revival. »*Wer meinen Zauber kennt*«, sang John Fogerty, »*erfüllt das Land mit Rauch*.«

Der Cadillac stoppte vor der breiten Eingangstür. Dahinter war nur Dunkelheit. Die Doppelscheinwerfer verlöschten, und der lange Wagen stand im Schatten; aus dem Auspuff drang eine weiße Wolke, orangene Parklichter funkelten.

Hier am Ende des Tages; hier bei Sonnenuntergang mit Farben, die am westlichen Himmel ausfächerten.

Hier.

Gleich hier und jetzt.

3

Ein schwaches, unbestimmtes Leuchten erhellte das Innere des Caddy. Der Talisman flackerte – aber nur schwach, verstrahlte kaum mehr als das Licht eines sterbenden Glühwürmchens.

Richard drehte sich langsam zu Jack um. Sein Gesicht war blaß und verängstigt. Er umklammerte seinen Carl Sagan mit beiden Händen, wrang das Taschenbuch, wie eine Waschfrau ein Laken wringt. *Richards Talisman,* dachte Jack und lächelte.

»Jack, möchtest du, daß ich . . .«

»Nein«, sagte Jack. »Warte, bis ich dich rufe.«

Er öffnete die rechte hintere Tür, war im Begriff auszusteigen, dann blickte er zurück auf Richard. Richard saß klein und zusammengesunken auf seinem Platz, wrang das Taschenbuch in den Händen. Er sah todunglücklich aus.

Ohne jedes Nachdenken kehrte Jack in den Wagen zurück und küßte Richard auf die Wange. Richard legte seine Arme einen Augenblick lang um Jacks Hals und drückte ihn fest an sich. Dann ließ er Jack los. Keiner von ihnen sprach ein Wort.

4

Jack machte sich auf den Weg zu den Stufen, die zur Halle hinaufführten – dann wendete er sich nach rechts und trat statt dessen an den Rand der Auffahrt. Hinter einem Eisengeländer fiel rissiges Gestein terrassenförmig zum Strand hin ab. Weiter rechts ragte die Achterbahn des Vergnügungsparks in den dunkelnden Himmel.

Jack hob das Gesicht ostwärts. Der Wind, der durch die Gartenanlagen fegte, blies ihm das Haar aus der Stirn.

Er hob die Kugel in seiner Hand, als böte er sie dem Meer als Opfer an.

Am 21. Dezember 1981 stand ein Junge namens Jack Sawyer nahe dem Ort, wo Wasser und Land zusammentreffen, einen Gegenstand von nicht unbeträchtlichem Wert in den Händen, und blickte hinaus auf die nächtliche Weite des Atlantik. Er war dreizehn Jahre alt geworden an diesem Tag, wenn er es auch nicht wußte, und er sah ungewöhnlich gut aus. Das braune Haar war lang – ein wenig zu lang –, aber der Seewind wehte es ihm aus der klaren Stirn. Er stand da, dachte an seine Mutter und an die Zimmer in diesem Hotel, die sie miteinander geteilt hatten. Würde sie da oben ein Licht einschalten? Er war ziemlich sicher, daß sie es tun würde.

Jack drehte sich um, und seine Augen blitzten im Licht des Talismans.

Lily tastete sich mit einer zitternden, abgemagerten Hand an der Wand entlang, suchte nach dem Lichtschalter. Sie fand ihn und drückte darauf. Jeder, der sie in diesem Augenblick gesehen hätte, hätte sich wahrscheinlich entsetzt abgewendet. Im Lauf der letzten Woche hatte der Krebs in ihr zum Endspurt angesetzt, als ahnte er, daß etwas unterwegs war, das ihm den Spaß verderben würde. Lily Cavanaugh wog jetzt neununddreißig Kilo. Ihre Haut war fahl und spannte sich über ihren Schädel wie Pergament. Die braunen Ringe unter ihren Augen waren dunkler geworden; die Augen selbst starrten mit fiebernder, erschöpfter Intelligenz aus ihren Höhlen. Ihr Busen war verschwunden. Das Fleisch an ihren Armen war verschwunden. Ihr Gesäß und die Rückseiten ihrer Oberschenkel waren durchgelegen.

Und das war nicht alles. Im Lauf der letzten Woche hatte sie sich eine Lungenentzündung zugezogen.

In dem Zustand, in dem sie sich befand, war sie natürlich für eine Erkrankung der Atemwege eine erstklassige Kandidatin. Es hätte auch unter günstigsten Umständen passieren können – und die Umstände waren alles andere als günstig. Das nächtliche Gluckern in den Heizkörpern des Alhambra war schon vor einiger Zeit verstummt. Wie lange das her war, wußte sie nicht – die Zeit war für sie so undefinierbar geworden wie für Jack im El Dorado. Sie wußte nur, daß die Wärme am gleichen Abend verschwunden war, an dem sie die Fensterscheibe zerschlagen hatte, um die Möwe zu verjagen, die aussah wie Morgan Sloat.

Seit jenem Abend hatte sich das Alhambra in einen verlassenen Eiskeller verwandelt. Eine Krypta, in der sie sterben würde.

Wenn Sloat für das verantwortlich war, was mit dem Alhambra

geschehen war, dann hatte er verdammt gute Arbeit geleistet. Alle waren fort. *Alle.* Keine Mädchen mehr, die ihre quietschenden Wagen durch die Gänge schoben. Kein pfeifender Hausmeister mehr. Kein maulfauler Tagesportier. Sloat hatte sie alle in die Tasche gesteckt und fortgeschleppt.

Vor vier Tagen – als sie im Zimmer nicht einmal mehr so viel fand, um ihren Vogelappetit zu stillen – war sie aus dem Bett gestiegen und hatte sich langsam den Korridor entlang bis zum Fahrstuhl geschleppt. Sie hatte einen Stuhl auf diese Expedition mitgenommen, auf den sie sich abwechselnd stützte und mit erschöpft herabhängendem Kopf niederließ. Sie brauchte vierzig Minuten, um die zwölf Meter Korridor bis zur Fahrstuhltür hinter sich zu bringen.

Sie hatte mehrmals auf den Knopf gedrückt, um den Fahrstuhl herbeizuholen, aber er kam nicht. Die Knöpfe wurden nicht einmal hell.

»Verdammte Scheiße«, hatte Lily heiser gemurmelt und sich dann sechs Meter weiter bis zum Treppenabsatz geschleppt.

»*He!*« hatte sie hinuntergerufen und war dann, über die Stuhllehne gebeugt, von einem Hustenanfall geschüttelt worden.

Vielleicht haben sie mich nicht rufen hören, aber sie müssen doch hören, wie ich alles heraushuste, was von meinen Lungen noch übrig ist, dachte sie.

Aber niemand kam.

Sie rief wieder, noch einmal, hatte einen weiteren Hustenanfall, dann machte sie sich auf den Rückweg durch den Korridor, der ihr so lang vorkam wie ein Stück Schnellstraße in Nebraska an einem klaren Tag. Die Treppe hinabzusteigen, wagte sie nicht. Sie würde nie wieder heraufkommen können. Außerdem war da unten niemand; nicht in der Halle, nicht im Saddle of Lamb, nicht in der Kaffeestube, *nirgends.* Auch die Telefone waren außer Betrieb. Zumindest das Telefon in *ihrem* Zimmer war außer Betrieb, und sie hatte auch sonst in diesem alten Mausoleum kein einziges Mal ein Telefon läuten hören. Es lohnte nicht. Sie wollte nicht in der Halle erfrieren.

»Jacko«, murmelte sie, »wo zum Teufel steckst . . .«

Dann begann sie wieder zu husten, und diesmal war es wirklich schlimm. Sie kippte ohnmächtig zur Seite und zog dabei den häßlichen Stuhl mit sich, so daß er auf ihr zu liegen kam; so lag sie fast eine Stunde auf dem kalten Fußboden, und das war wahrscheinlich die Zeit, in der die Lungenentzündung ihren Einzug in ihren rasch zerfallenden Körper hielt. *Hallo, großes K. Ich bin gerade hier eingezogen. Du kannst mich großes L nennen. Los, galoppieren wir um die Wette!*

Irgendwie gelangte sie wieder in ihr Zimmer, und seitdem hatte sie in einer steigenden Fieberspirale existiert, hatte gehört, wie ihr Atem lauter und lauter wurde, bis ihr fieberndes Hirn ihr vorgaukelte, ihre Lungen wären zwei organische Aquarien mit unter Wasser rasselnden

Ketten. Und dennoch hielt sie aus – hielt aus, weil ein Teil ihres Verstandes mit verrückter, nachlassender Gewißheit darauf bestand, daß Jack auf dem Rückweg von dort war, wo immer er gewesen sein mochte.

7

Ihr Koma hatte begonnen wie eine kleine Vertiefung im Sand – eine Vertiefung, die zu wirbeln beginnt wie ein Strudel. Das Rasseln der Unterwasserketten in ihrer Brust verwandelte sich in ein langes, trockenes Ausatmen.

Dann hatte irgendetwas sie aus dieser immer tiefer werdenden Spirale herausgeholt und sie veranlaßt, in der kalten Dunkelheit nach dem Lichtschalter zu tasten. Sie war aufgestanden. Sie hatte nicht mehr die Kraft, das zu tun; jeder Arzt hätte es für unmöglich gehalten. Dennoch tat sie es. Sie fiel zweimal zurück, dann kam sie endlich auf die Beine, mit vor Anstrengung verzerrtem Mund. Sie tastete nach dem Stuhl, fand ihn und begann, quer durch den Raum zum Fenster hinüberzutaumeln.

Lily Cavanaugh, die Königin des B-Films, gab es nicht mehr. Sie war ein wandelnder Schrecken, vom Krebs zerfressen, vom steigenden Fieber verbrannt.

Sie erreichte das Fenster und blickte hinaus.

Entdeckte unten eine menschliche Gestalt – und eine leuchtende Kugel.

»Jack!« versuchte sie zu rufen. Es kam nur ein kiesiges Flüstern. Sie hob eine Hand, versuchte zu winken. Ein Schwächeanfall überkam sie. Sie klammerte sich an die Fensterbank.

»Jack!«

Plötzlich verstrahlte der leuchtende Ball in der Hand der Gestalt ein helles Licht, ließ das Gesicht deutlich hervortreten, und es war Jacks Gesicht, es war Jack, oh, Gott sei Dank, es war Jack. Jack war da.

Die Gestalt begann zu laufen.

Jack!

Ihre eingesunkenen, sterbenden Augen wurden noch glänzender. Tränen rannen ihr über die gelben, fieberheißen Wangen.

8

»*Mom!*«
Jack rannte durch die Halle, bemerkte, daß die altmodische Telefon-
vermittlung schwarz und verschmort war wie nach einem Kurzschluß,
und vergaß es sofort wieder. Er hatte sie gesehen, und sie sah *grauenhaft*
aus – wie die Silhouette einer an einem Fenster aufgestellten Vogelscheuche.
»*Mom!*«
Er jagte die Treppe hinauf, nahm zuerst zwei, dann drei Stufen auf
einmal, der Talisman verschoß einen Strahl rosaroten Lichts und wurde
dann dunkel in seinen Händen.
»*Mom!*«
Den Gang entlang zu ihrem Zimmer, mit fliegenden Füßen, und nun
endlich hörte er ihre Stimme – keinen munteren Zuruf, kein leicht
kehliges Lachen; es war das staubige Krächzen einer Kreatur am Rande
des Todes.
»Jacky?«
»*Mom!*«
Er stürzte ins Zimmer.

9

Unten im Wagen starrte ein nervöser Richard Sloat durch das polarisierte Fenster empor. Was tat er hier, was tat Jack da oben? Richards
Augen schmerzten. Er versuchte angestrengt, im Abenddunkel die oberen Fenster zu erkennen. Während er sich zur Seite beugte und hinauf-
starrte, flammte in mehreren der oberen Fenster ein weißer Lichtstrahl
auf und übergoß die gesamte Front des Hotels sekundenlang mit blendender Helligkeit. Richard steckte den Kopf zwischen die Knie und
stöhnte.

10

Sie lag unter dem Fenster auf dem Fußboden – dort entdeckte er sie
endlich. Das zerwühlte, irgendwie staubig aussehende Bett war leer, das
ganze Schlafzimmer, so unordentlich wie ein Kinderzimmer, schien leer
zu sein . . . Jacks Magen verkrampfte sich, Worte blieben in seiner Kehle
stecken. Dann verschoß der Talisman wieder sein grandioses Licht und
tauchte sekundenlang alles im Raum in reines, farbloses Weiß. Sie

krächzte noch einmal »Jacky?«, und er rief »MOM!«, als er sie, zusammengeknüllt wie ein Bonbonpapier, unter dem Fenster entdeckte. Ihr Haar lag dünn und strähnig auf dem schmutzigen Teppich. Ihre Hände glichen winzigen Tierklauen, bleich und scharrend. »Oh, Jesus, Mom, o Gott, heiliger Strohsack«, stammelte er und schaffte es irgendwie, den Raum zu durchqueren, ohne einen Schritt zu tun, er *schwebte*, er *schwamm* durch Lilys unordentliches, eiskaltes Schlafzimmer, ein Augenblick, der ihm so scharf erschien wie ein Bild auf einer photographischen Platte. Ihr strähniges Haar auf dem schmutzigen Teppich, die kleinen, knotigen Hände.

Er atmete den durchdringenden Geruch der Krankheit, des nahen Todes. Jack war kein Arzt und wußte kaum etwas von dem, was in Lilys Körper vorging. Aber eines wußte er – seine Mutter starb, ihr Leben versickerte in unsichtbaren Spalten, und es blieb nur noch sehr wenig Zeit. Sie hatte zweimal seinen Namen ausgesprochen, und das war so ziemlich alles, was das restliche bißchen Leben in ihr zuließ. Weinend legte er eine Hand auf ihren bewußtlosen Kopf und setzte den Talisman neben ihr auf den Fußboden.

Ihr Haar fühlte sich an, als wäre es voll Sand, ihr Kopf war glühendheiß. »O Mom, Mom«, sagte er und schob die Hände unter sie. Ihr Gesicht konnte er immer noch nicht sehen. Unter dem dünnen Nachthemd fühlte sich ihre Hüfte so heiß an wie eine Ofentür. Eine verrückte Sekunde lang glich sie einem schmutzigen kleinen Kind, krank und einsam. Er hob sie hoch, und es war, als höbe man ein Bündel Kleider. Er stöhnte. Ihre Arme hingen kraftlos herab.

(Richard)

Richard hatte sich nicht so schlimm angefühlt, nicht einmal, als er ihn in das vergiftete Point Venuti hinuntertrug und glaubte, nur eine leere Hülle auf dem Rücken zu haben. Zu dieser Zeit war von Richard nicht viel mehr übrig gewesen als Quaddeln und Ausschlag, und auch er wurde von Fieber verzehrt. Aber jetzt wurde Jack mit schlagartigem Entsetzen klar, daß in Richard mehr Leben, mehr *Substanz* vorhanden gewesen war als jetzt in seiner Mutter. Immerhin, sie hatte seinen Namen ausgesprochen.

(und Richard wäre fast gestorben)

Sie hatte seinen Namen ausgesprochen. Daran klammerte er sich. Sie hatte *es geschafft, ans Fenster zu kommen.* Sie hatte *seinen Namen ausgesprochen.* Es war unmöglich, undenkbar, absurd, sich vorzustellen, daß sie sterben würde. Einer ihrer Arme schwankte vor ihm wie ein Schilfrohr... der Ehering war ihr vom Finger geglitten. Er weinte stetig, unaufhörlich, unbewußt. »Okay, Mom«, sagte er. »Okay, jetzt ist es okay, es ist okay.«

Von dem schlaffen Körper in seinen Armen ging ein leichtes Beben aus, das Zustimmung bedeuten mochte.

Er legte sie sanft aufs Bett, und sie rollte gewichtlos zur Seite. Jack beugte sich über sie. Das erschöpfte Haar gab ihr Gesicht frei.

11

Einmal, ganz zu Beginn seiner Reise, hatte er einen beschämenden Augenblick lang seine Mutter als alte Frau gesehen – eine verbrauchte alte Frau in einem Teerestaurant. Sobald er sie erkannt hatte, war die Illusion verflogen, und Lily Cavanaugh Sawyer war wieder sie selbst geworden, alterslos. Die echte, die wahre Lily Cavanaugh konnte niemals altern – sie war für immer und alle Zeit eine Blondine mit einem unverwechselbaren Lächeln und einem belustigten Scher-dich-zum-Teufel-Ausdruck im Gesicht. Das war die Lily Cavanaugh, deren Bild auf der Reklametafel ihm neue Kraft verliehen hatte.

Aber die Frau auf dem Bett hatte kaum noch Ähnlichkeit mit der Schauspielerin auf der Reklametafel. Einen Augenblick war Jack von seinen Tränen geblendet. »Oh, tu's nicht, tu's nicht, tu's nicht«, sagte er und legte eine Hand auf ihre fahle Wange.

Sie schien nicht mehr die Kraft zum Heben einer Hand zu haben. Er nahm ihre trockene, verfärbte Hand in die seine. »Bitte, bitte, du darfst nicht . . .« Er gestattete sich nicht einmal, das Wort auszusprechen.

Und dann begriff er, welche Anstrengung diese abgezehrte Frau sich zugemutet hatte. Sie hatte nach ihm Ausschau gehalten. Seine Mutter hatte gewußt, daß er kam. Sie hatte daran geglaubt, daß er wiederkommen würde, und auf irgendeine Art, die mit dem Talisman zusammenhängen mußte, hatte sie auch den Augenblick seiner Rückkehr gespürt.

»Ich bin da, Mom«, flüsterte er und spürte zum ersten Mal, daß er am ganzen Leibe zitterte.

»Ich hab ihn mitgebracht«, sagte er. Er erlebte einen Augenblick strahlenden Stolzes, reiner Freude am Vollbringen. »Ich habe den Talisman mitgebracht«, sagte er.

Er legte ihre Hand sanft auf die Bettdecke.

Neben dem Stuhl, wo er ihn (nicht minder sanft) auf den Fußboden gesetzt hatte, leuchtete der Talisman. Aber sein Licht war schwach, zögernd, wolkig. Er hatte Richard geheilt, indem er die Kugel einfach über den Körper seines Freundes rollte; er hatte das gleiche bei Speedy getan. Aber dies mußte etwas anderes sein. Das wußte er, aber er wußte nicht, wie es sein mußte – es sei denn, es wäre eine Frage des Wissens und Nichtglaubenwollens.

Er konnte unmöglich den Talisman zerbrechen, nicht einmal, um seiner Mutter das Leben zu retten – das zumindest *wußte* er.

Jetzt füllte sich das Innere des Talismans mit einer wolkigen Weiße, die pulsierte, in sich verfloß und zu einem einzigen, stetigen Licht wurde. Jack legte seine Hände darauf, und der Talisman verschoß eine blendende Mauer aus Licht – *Regenbogen!* –, die fast zu sprechen schien. ENDLICH!

Jack kehrte durch das Zimmer zum Bett zurück; der Talisman sprühte Licht vom Fußboden über die Wand bis zur Decke, tauchte das Bett in ein unstetes, grelles Leuchten.

In dem Augenblick, in dem er neben dem Bett seiner Mutter angekommen war, hatte Jack das Gefühl, als veränderte der Talisman unter seinem Finger kaum merklich seine Struktur. Irgendwie *verlagerte* sich seine gläserne Härte, wurde weniger glatt, poröser. Seine Fingerspitzen schienen fast in den Talisman einzusinken. Das Wolkige in seinem Innern brodelte und verdunkelte sich.

Und in diesem Augenblick überkam Jack ein starkes – ein nahezu leidenschaftliches – Gefühl, das er an jenem lange zurückliegenden Tag, an dem er in die Region aufgebrochen war, für unmöglich gehalten hätte. Er wußte, daß sich der Talisman, der so viel Blut und Mühe gekostet hatte, auf unvorhersehbare Weise verändern würde. Er würde sich für immer verändern, und er würde ihn verlieren. Der Talisman würde *nicht mehr ihm gehören.* Auch sein klares Äußeres bewölkte sich, die gesamte herrliche, gefurchte Oberfläche wurde weicher. Sie fühlte sich nicht mehr wie Glas an, sondern wie erwärmter Kunststoff.

Rasch legte Jack den sich verändernden Talisman in die Hände seiner Mutter. Er würde wissen, was er zu tun hatte; er war für diesen Augenblick gemacht; er war in irgendeiner märchenhaften Schmiede erschaffen worden, damit er das leistete, was genau in diesem Augenblick und keinem anderen erforderlich war.

Jack wußte nicht, was er zu erwarten hatte. Eine Explosion von Licht? Einen Geruch nach Medikamenten? Den Urknall zu Beginn der Schöpfung?

Nichts geschah. Seine Mutter fuhr fort, sichtlich, aber reglos zu sterben.

»Oh, bitte«, stammelte Jack, »bitte – Mom – bitte . . .«

Der Atem stockte ihm in der Brust. Da, wo eine der senkrechten Furchen gewesen war, hatte sich im Talisman lautlos ein Spalt aufgetan, aus dem sich langsam Licht ergoß und die Hände seiner Mutter überströmte. Aus dem wolkigen Innern der schlaffer werdenden, sich entleerenden Kugel ergoß sich immer mehr Licht durch den offenen Spalt.

Von draußen kam plötzlich das laute Zwitschern von Vögeln, die ihr Leben feierten.

Das nahm Jack jedoch nur ganz am Rande wahr. Er beugte sich atemlos vor und beobachtete, wie sich der Talisman über das Bett seiner Mutter ergoß. Wolkige Helligkeit brodelte in ihm. Spalten und Lichtstrahlen belebten ihn. Die Lider seiner Mutter zuckten. »O Mom«, flüsterte er. »Oh...«

Graugoldenes Licht flutete aus der Öffnung des Talismans und driftete wolkig an den Armen seiner Mutter hinauf. Ihr bleiches, abgezehrtes Gesicht verzog sich fast unmerklich.

Jack atmete unbewußt ein.

(Was?)

(Musik?)

Die graugoldene Wolke aus dem Innern des Talismans dehnte sich über den Körper seiner Mutter, umgab sie mit einer durchscheinenden, milchigen Hülle. Jack sah, wie dieses fließende Gewebe über Lilys jämmerliche Brust glitt, über ihre abgezehrten Beine. Zusammen mit der graugoldenen Wolke drang aus dem offenen Spalt des Talismans ein erstaunlicher Duft, süß und unsüß zugleich, nach Blumen und Erde, durch und durch gut, würzig; ein Duft nach Geburt, dachte Jack, obwohl er nie eine Geburt erlebt hatte. Er zog ihn in seine Lungen, und inmitten seines Staunens kam ihm der Gedanke, daß er, Jack Sawyer, in dieser Minute geboren wurde – und mit kaum wahrnehmbarem Schock drängte sich ihm die Erkenntnis auf, daß der Spalt im Talisman einer Vagina glich. (Natürlich hatte er nie eine Vagina gesehen und nur eine höchst vage Vorstellung davon.) Jack blickte direkt in die Öffnung in dem sich ausdehnenden, schlaffer werdenden Talisman.

Jetzt wurde er sich zum ersten Mal der unglaublichen, irgendwie mit leiser Musik untermischten Ausgelassenheit der Vögel vor den dunklen Fenstern bewußt.

(Musik? Was?)

Ein kleiner, farbiger Lichtball schoß in sein Blickfeld, blitzte einen Augenblick in dem offenen Spalt auf, drang unter die wolkige Oberfläche des Talismans und schoß in das driftende, gasartige Innere hinein. Jack blinzelte. Er war so ähnlich gewesen wie... Ein weiterer folgte, und diesmal hatte er Zeit, auf dem winzigen Globus die Grenzen zwischen Blau und Braun und Grün zu erkennen, die Küstenlinien und Bergketten. Auf dieser winzigen Welt, begriff er, stand ein fassungsloser Jack Sawyer, blickte auf einen noch winzigeren Farbpunkt herab, und auf diesem Punkt stand ein staubkörnchengroßer Jack und starrte auf eine Welt von der Größe eines Atoms. Eine weitere Welt folgte den ersten beiden, wirbelte in die sich vergrößernde Wolke im Innern des Talismans hinein, hinaus, hinein, hinaus.

Seine Mutter bewegte die rechte Hand und stöhnte.

Jack begann hemmungslos zu weinen. Sie würde am Leben bleiben. Er wußte es jetzt. Alles war so gekommen, wie Speedy es gesagt hatte; der Talisman zwang das Leben zurück in den erschöpften, von Krankheit verwüsteten Körper, tötete das Übel, das sie tötete. Er beugte sich vor; der Duft nach Jasmin und Hibiskus und frisch umgegrabener Erde drang in seine Nase. Eine Träne fiel von seiner Nasenspitze und funkelte in den Lichtstrahlen des Talismans wie ein Edelstein. Er sah, wie Sterne an dem offenen Spalt vorbeidrifteten, sah eine leuchtendgelbe Sonne im grenzenlosen schwarzen Raum treiben. Musik schien den Talisman zu füllen, das Zimmer, die ganze Welt. Das Gesicht einer Frau, einer Fremden, glitt über den offenen Spalt. Auch Kindergesichter, dann die Gesichter anderer Frauen . . . Tränen strömten ihm übers Gesicht, denn er hatte im Talisman auch das Gesicht seiner Mutter vorbeigleiten sehen, die zuversichtlichen, selbstsicheren, zarten Züge der Königin über ein halbes Hundert schnell abgedrehter Filme. Als er sein eigenes Gesicht zwischen all den Welten und Geschöpfen entdeckte, deren Geburt sich im Talisman vollzog, glaubte er, vor Gefühl bersten zu müssen. *Er dehnte sich.* Er atmete Licht. Und er nahm zum ersten Mal ganz bewußt die erstaunlichen Geräusche rings um sich wahr, als er sah, daß die Augen seiner Mutter zumindest zwei gesegnete Sekunden lang offenblieben . . .

(Denn so lebendig wie die Vögel, so lebendig wie die Welten im Talisman hörte er das Schmettern von Posaunen, Trompeten und Saxophonen; den Chor von Fröschen und Schildkröten und Tauben, die sangen: »*Wer meinen Zauber kennt, erfüllt das Land mit Rauch*«; er hörte die Stimmen von Wölfen, die ihre Wolfsmusik zum Mond schickten. Wasser schwappte gegen den Bug eines Schiffes, und ein Fisch schwappte aus der Oberfläche eines Sees heraus, und ein Regenbogen schwappte auf die Erde, und ein wandernder Junge schwappte einen Tropfen Speichel, der ihm sagen sollte, in welche Richtung er gehen mußte; und dann kam die gewaltige Stimme eines Orchesters, das mit seinem ganzen, massigen Herzen sang; der Raum füllte sich mit dem rauchigen Klang einer einzigen Stimme, die sich immer höher über diese unendliche Vielzahl von Geräuschen erhob. Das Getriebe von Lastwagen knirschte, Fabriksirenen heulten, irgendwo platzte ein Reifen, irgendwo knatterte laut ein Knallfrosch, ein Liebender flüsterte *noch einmal*, ein Kind schrie auf, und die Stimme hob sich höher und höher, und einen Augenblick lang war sich Jack nicht bewußt, daß er nichts sehen konnte; doch dann konnte er es wieder.)

Lilys Augen öffneten sich weit. Sie blickten in Jacks Gesicht mit einem fassungslosen Wo-bin-ich-Ausdruck. Es war der Ausdruck eines neugeborenen, gerade zur Welt gekommenen Kindes. Dann holte sie tief Atem . . .

. . . und als sie es tat, stieg im Talisman ein Strom von Welten und geneigten Galaxien und Universums in die Höhe und in einem Strom von Regenbogenfarben aus ihm heraus. Sie strömten in ihren Mund und ihre Nase ... sie ließen sich funkelnd auf ihrer bleichen Haut nieder wie Tautröpfchen und schmolzen in sie hinein. Einen Augenblick lang war seine Mutter in Strahlen eingehüllt ...

... *einen Augenblick lang war seine Mutter der Talisman.*

Alles Kranke verschwand aus ihrem Gesicht. Es geschah nicht wie eine Folge von Zeitrafferaufnahmen in einem Film. Es geschah *ganz plötzlich.* Es geschah *in einem Sekundenbruchteil.* Sie war krank ... und dann war sie gesund. Rosige Gesundheit blühte auf ihren Wangen. Strähniges, schütteres Haar war plötzlich üppig und glatt, hatte die Farbe von dunklem Honig.

Jack starrte sie an, als sie ihm ins Gesicht blickte.

»Oh ... oh ... oh, mein GOTT ...« flüsterte Lily.

Das Regenbogenstrahlen verblich – aber die Gesundheit blieb.

»Mom?« Er beugte sich vor. Etwas knisterte wie Zellophan unter seinen Fingern. Es war die spröde Hülle des Talismans. Er legte sie auf den Nachttisch. Um Platz dafür zu schaffen, schob er die Medizinflaschen beiseite. Einige zersplitterten auf dem Fußboden, aber das machte nichts. Sie brauchte keine Medikamente mehr. Er legte die Hülle mit sanfter Ehrerbietung hin; er ahnte – nein, er *wußte* –, daß auch sie bald verschwunden sein würde.

Seine Mutter lächelte. Es war ein liebliches, zufriedenes, irgendwie überraschtes Lächeln – *Hallo, Welt, hier bin ich wieder! Wie findest du das?*

»Jack, du bist nach Hause gekommen«, sagte sie endlich und rieb sich die Augen, als wollte sie sich vergewissern, daß es kein Trugbild war.

»Klar«, sagte er. Er versuchte zu lächeln. »Klar doch.«

»Ich fühle mich – wesentlich besser, Jacko.«

»Wirklich?« Er lächelte, wischte sich mit den Handballen die nassen Augen. »Das ist gut, Mom.«

Ihre Augen strahlten.

»Nimm mich in die Arme, Jacky.«

In einem Zimmer im vierten Stock eines verlassenen Ferienhotels an der Küste von New Hampshire beugte sich ein dreizehnjähriger Junge namens Jack Sawyer vor, schloß die Augen und umarmte lächelnd seine Mutter. Sein normales Leben mit Freunden, Sport und Musik, ein Leben, in dem es Schulen gab, die man besuchte, und saubere Betten, in die man sich abends legte, das normale Leben eines dreizehnjährigen Jungen (wenn man das Leben eines solchen Geschöpfes in all seiner Farbigkeit und mit all seinen Tumulten überhaupt als normal ansehen kann) war ihm, das begriff er jetzt, wiedergeschenkt worden. Auch das hatte der Talisman für ihn getan. Als ihm einfiel, sich umzuwenden und nach ihm zu sehen, war der Talisman verschwunden.

Epilog

In einem wogenden weißen Schlafzimmer voller besorgter Frauen schlug Laura DeLoessian, die Königin der Region, die Augen auf.

Schluß

So endet diese Geschichte. Da es, strenggenommen, die Geschichte eines *Jungen* ist, muß hier Schluß sein; die Geschichte könnte nicht weitergehen, ohne zur Geschichte eines *Mannes* zu werden. Wenn man einen Roman über Erwachsene schreibt, weiß man genau, wo man Schluß machen muß – mit einer Hochzeit nämlich; schreibt man dagegen über Jugendliche, muß man da aufhören, wo es am ehesten geht.

Die meisten der Personen, die in diesem Buch eine Rolle spielen, leben noch und sind gesund und glücklich. Eines Tages mag es vielleicht der Mühe wert sein, die Geschichte wieder aufzunehmen und zu sehen, was aus ihnen geworden ist; deshalb wäre es unklug, von ihren gegenwärtigen Umständen schon jetzt etwas zu verraten.

Mark Twain, *Tom Sawyer*

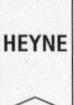

HEYNE

Richard Bachman = Stephen King

»King ist gleich Horror.«

»Eine unwiderstehliche
Spezialmischung«
SÜDDEUTSCHE ZEITUNG

Eine Auswahl:

Der Fluch
01/6601

Menschenjagd
01/6687

Sprengstoff
01/6762

Todesmarsch
01/6848

Amok
01/7695

Regulator
01/10454

**Stephen King:
Desperation**
01/10446

01/10454

HEYNE-TASCHENBÜCHER

HEYNE

Caleb Carr

Der Bestsellerautor Caleb Carr
führt uns in das New York der
Jahrhundertwende und in die
Abgründe der menschlichen
Psyche.

»Glänzend geschriebene,
atmosphärisch dichte,
historische Psychothriller.«

STERN

Die Einkreisung
01/9843

Engel der Finsternis
01/13007

01/13007

HEYNE-TASCHENBÜCHER

HEYNE

David Morrell

Einer der meistgelesenen
amerikanischen Thriller-
Autoren.

»Aufregend, provozierend,
spannend.« *Stephen King*

Der Nachruf
01/10614

Das Ebenbild
01/13255

Das Portrait
01/13340

Der verschollene Bruder
01/13590

01/13340

HEYNE-TASCHENBÜCHER